文学の再生へ

野間宏から現代を読む

富岡幸一郎
紅野謙介◉編

協力＝野間宏の会（代表・黒井千次）

藤原書店

1974年頃

北野中学校時代

第三高等学校時代。前列右端が野間

1935 年、京都大学入学。愛知・犬山城で

前列左から高安国世、下村正夫。後列左から野間、内田義彦。1941 年

映画「真空地帯」撮影時、長男・廣道らと。右端は山本薩夫監督、野間の左横が主役の木谷一等兵を演じた木村功。1952 年

次男・新時と。1959 年

アプレゲール・クレアトリス叢書の第一冊として真善美社より刊行された『暗い絵』

『近代文学』同人。前列左より花田清輝、佐々木基一、椎名麟三、高桑純夫、荒正人。後列左から平野謙、本多秋五、埴谷雄高、平田次三郎、野間。1948 年

記録芸術の会。中央の野間の左に花田清輝、右に針生一郎。1957 年

タシケントでの第二回アジア・アフリカ作家会議にて。左端は遠藤周作。1958 年

日本文学代表団の団長として中国を訪問。前列中央に野間、毛沢東、右端に大江健三郎。1960 年

左より梅崎春生、中村真一郎、野間、十返肇

富士の武田邸にて、あさって会。前列左より武田泰淳、野間、中村真一郎、椎名麟三、堀田善衞、埴谷雄高。1969 年

自宅の応接間で。1976 年

『青年の環』その他の創造活動により、第四回ロータス賞を受賞。1973 年

アルマアタで開かれたAA 作家会議の折。左端が野間光子夫人、右端は小田実。1973 年

岩波書店『講座 文学』編集会議。1975 年頃

左より内田義彦、岡本敏子、野間、丸山眞男

井上靖と、1987 年

『青年の環』完結記念レセプション、1971 年

「狭山事件の真相究明に努力を続ける 野間宏氏を囲む会」にて、1983 年

初監督作品「親鸞・白い道」でカンヌ国際映画祭審査員特別賞を受賞した三國連太郎と箱根で対談。1987 年

播磨灘でハイテク汚染を取材して。当時新評論編集長（現藤原書店社長）、藤原良雄と。1986 年

＊敬称略

まえがき

「野間宏の会」代表幹事　黒井千次

「野間宏の会」が発足したのは、野間宏氏が亡くなった一九九一年一月から二年余を経た、一九九三年五月であった。日本出版クラブ会館で開かれたその発足記念の集りにおいて、呼びかけ人を代表する形で木下順二氏が行った挨拶の中の言葉が、今でも鮮明に頭に残っている。

――この会は単に亡くなった人を偲ぶための集りではない。野間宏が全力をあげて挑もうとした問題を、我々がそれぞれの分野、立場においてどう受けとめ、どう考えてその課題に迫っていくか、を確かめるための場であるべきだ、と。そして野間宏が挑んだ問題とは、戦後文学の底にもある、人間と社会に対する〝根源的な問い〟に他ならない――。

つまりこの集りの場は、故人となった作家の名がつけられているとはいえ、ただ文学に関わる問題のみを論ずるのではなく、より広い領域にわたる根源的な問いを追究する創造的な場でなければならぬのだ、と続いた。そして野間宏という作家の挑もうとした問題と領域、その追究の全軌跡を眺め渡せば、それは至極当然のことと思われた。

爾後二十回にわたって、野間宏の抱えた、人間と社会に対する〝根源的な問い〟を問いつめようとする「野間宏の会」は、講演や対談、シンポジウム等の形でその目的を果すことに努め、二〇一五年まで歩み続けて各回の報告をまとめた会報を二十号まで発行した。

会報の内容はまことに広い範囲にわたり、多様な参加者の声を集め、多彩な言葉を記すものとなった。野間宏の作品論があり、作家論があり、人物論があり、日記論があり、またこの作家の関った裁判の問題があり、外国での評価や翻訳を通して捉えられた野間論があり、また一方には、この作家が強い関心を持ち続けた環境問題へのアプローチ、それをめぐる自然科学への接近、更には親鸞を中心にした宗教を巡る主題にまで、実に様々な問題意識や視座の入り組んだ言葉からなる、一連なりの報告書が生み出される結果となった。ある意味では、そのような報告書そのものが、作家野間宏が求めて止まなかった〝全体〟というものの投影された姿でもあるのかもしれなかった。

二十年を越える会の活動の中で生み出されたものをすべて提示することは量の上からも困難であり、またかえって視点の混乱する恐れも考えられることから、それらを精選して編んだ一冊を、これまでの「野間宏の会」の活動報告として人々の前に差し出す運びとなった。

二〇一五年は、野間宏生誕百年に当たる。それを記念する企画として、このような形の書物がまとめられ、刊行されるのは、まことに意義深いことといわねばならない。なぜなら、それは単なる記念事業であるだけではなく、現代に対して突きつけられた声の集りである、と考えられるからに他ならない。

かつて会の出発に当って木下順二氏が述べた、野間宏が挑んだ問題とは、人間と社会に対する〝根源的な問い〟である、との言葉は、二十年後の今日においては、その頃より更に切実な響きをもって耳を打つ。人間の姿、社会の形は、年毎に歪みを増し、生命の根源を危ういものにしつつあるかに感じられる。

百年前に生まれ、二十数年前に亡くなった一人の作家の仕事、それを遂行しようとした姿を振り返る行為は、今、必然的に時代に向けて放たれる批評の声を生み、それこそ根源的な言葉を突きつけねば止まぬものとなりつつあると思われる。

野間宏という作家が、自分の仕事である文学を通して現代における根源的な問いかけを引き受けるに至ったことは、「野間宏の会」の活動の中でも明らかになるのだが、一方野間宏にそのような方向を指し示し、そこへの歩みを促したのは現代の文学であったのだ、という視点も失われてはなるまい。文学とは世界への入口であり、現代への扉である、との意識は常に野間宏の内にあったに違いない。

文学の再生へ　目次

I　現代作家が読む野間宏

環境問題にとりくんだ野間さんの思い【野間宏の感度】……環境学 山田國廣 470
自然法爾のこと【自然を創り得るのは自然だけ】……生態学 川那部浩哉 477

III 野間宏主要作品論

アヴァンギャルド野間宏……塚原 史 481
暗い想像力【野間宏とドストエフスキー】……ロシア文学 亀山郁夫 490
『暗い絵』 リアリズムの方法……奥泉 光 505
地図と迷路【野間宏の風景】……文学研究 山下 実 511
集団的主体性をめざして……針生一郎 525
野間宏と「顔」……フランス文学 石井洋二郎 539
『顔の中の赤い月』 『顔の中の赤い月』を読む……作家 中沢けい 556
戦後文学で加害責任を初めて問うた……ドイツ文学、現代文明論 池田浩士 564
『崩解感覚』 野間宏における官能性【『崩解感覚』を中心に】……川崎賢子 572

『第三十六号』 **野間文学における悪人性**【国家の悪・個人の悪】……西川長夫 583

『真空地帯』 **戦争を伝える**【野間宏『真空地帯』再読】……歌人 道浦母都子 591

『さいころの空』 **経済と肉体**【『さいころの空』の今日性《アクチュアリティ》】……富岡幸一郎 602

『わが塔はそこに立つ』 **野間宏と文学変革**……フランス文学、文芸評論家 菅野昭正 612

野間宏と仏教【『わが塔はそこに立つ』を今読む】……日本近現代文学 尾末奎司 623

『サルトル論』 **日本におけるサルトル論争**……哲学、フランス語圏文学 澤田 直 638

野間宏とサルトル【芸術論をめぐって】……フランス文学 海老坂 武 652

『青年の環』 **野間宏と大阪**（関西）……作家 モブ・ノリオ 668

『青年の環』と大阪（西浜）【第二部第三章「皮の街」「歴史の臭気」】……真宗大谷派僧侶 日野範之 677

『死体について』 **野間宏の後期短篇について**……山下 実 690

最後の小説の可能性【『死体について』刊行にあたって】……富岡幸一郎 699

『時 空』 **『時空』の時空**……文芸編集者 大槻慎二 703

『生々死々』 **野間宏と全体小説**【その現代性について】……高橋源一郎 709

『完本　狭山裁判』
日本の裁判を知る大事な記録……国語学　大野　晋　718
現代の魔女裁判弾劾の書……法医学　木村　康　718
「ドレフュス事件」と類似する「狭山事件」……マスコミ学　稲葉三千男　719
「狭山裁判」と野間宏……社会学　日高六郎　719
「奈落を考える会」と野間宏……ジャーナリスト　梅沢利彦　721
差別と人間……沖浦和光　722
野間宏と狭山裁判の思想的意味……久野　収　723
全体小説と『狭山裁判』……佐木隆三　723
野間さんの遺志……弁護士　中山武敏　724
巨人のライフワークの全貌を知る必要……針生一郎　725
野間さんの執筆動機……作家、俳人　土方　鐵　726
野間宏さんを憶う……作家　真継伸彦　726
野間さんの言ったこと……安岡章太郎　727
『作家の戦中日記』
全体小説作家生成のドラマ……尾末奎司　729
野間宏の戦場記録をよむ【短歌・俳句を中心に】……歌人、作家　辺見じゅん　741

文学の再生へ

野間宏から現代を読む

*本文風景写真＝市毛 實

*各稿の末尾には出典を記した。明記のない場合は、すべて「野間宏の会」会報に掲載されたものである。同会の定例会での講演、シンポジウム等は、開催年月と回数を記し、会報への寄稿は刊行年月と号数を記した。

Ⅰ 現代作家が読む野間宏

野間宏の〝表現〟の力

――『暗い絵』『崩解感覚』ほか初期短編――

作家　髙村　薫

野間の小説が持つ凄み

本日はこのような「野間宏の会」にお招きいただきまして、大変恐縮しております。私は本来はこういうところでお話をさせていただくような物書きではございませんし、ひょっとしたら、皆さんが「こんな話ではないか」と期待しておられるような話にはならないかもしれません。どうかその場合は御容赦いただきたいと思います。

一読者として、三十年経っても四十年経っても、野間の小説に、私は飽きることがありません。若い頃とはもちろん読み方が変わってきておりますけれども、それでもその作品が持つ凄みというのは変わりません。読むたびに新しい凄みを発見する、というよりも、作品が元々持っている凄みに引き戻される、そういう感じがいたします。つまり、一読者の私はどんどん年をとっていきますけれども、小説の方は年をとらない。野間の小説は永遠にそれが書かれたときのエネルギーを保ったまま、作品に触れる読者を常にそこへ、書かれた時点へ引き戻していく、連れ戻していく、そういう感じが致します。これは大変稀有なことでございまして、普通の小説は時代と共に古びていきます。終戦から六十年も経つことを考えますと、戦後派と呼ばれた作家達の作品群でも、もう十分に歴史になってしまっております。そんな小説を今日私達が手にとって、それが書かれた時点でその小説が帯びていた熱や緊張感を、ほぼそのまま味わう。これは、全く奇蹟のようなことだと思います。

そして野間の小説がもしそういう力を持っているのであれば、その出どころはもちろん小説自体にあります。私は戦後派を遠く遠く離れた現代の小説家として、野間の小説の力がどこから来るのか、それを知りたいと思い続けてきました。これは一読者の欲望であり、また一小説家の欲望でもありますけれども、それだけではなくて、日本の近現代小説がきちんと再認識をしておかなければならない小説作法の一つがここにある、というふうに私は考えております。

野間が作り上げた小説作法と申しますのは、同時代にあっても、あるいは後の時代にあっても安易に模倣されることがなかったわけですが、なぜ模倣されなかったのか。その理由も、ひょっとしたら野間が作り上げた小説作法に秘密があるのかもしれないと思っております。小説作法といいますのは、もちろん小説の表現に還元されていくものでありますから、野間の小説作法について考えるということは、その表現の手段、手法について考えることになります。そこで本日は主に、野間の初期の短編小説を取り上げて、野間の表現というものが一体どんなものだったのか、私なりに考えたいと思っております。

短編を取り上げる理由ですけれども、一定の物語を持つ長編や中編よりも、物語の断片しか持たない短編に、小説表現というのが凝縮されるものだからであります。また、野間の短編は時代的に見ましても、ほとんど戦争や戦時下の空気がその背景にあるのですが、その中でも直接に軍隊とか戦争を取り上げていないものとして、『暗い絵』と『崩解感覚』を選ぼうと思います。といいますのは、終戦直後の占領期に次々と書かれた小説が、戦争や戦時下の空気を題材にするのは当然のことではありますけれども、戦争や戦時下の空気というのはそれだけで大きな物語性を持ってしまう、非常に特殊な舞台装置であります。あまりに強力な舞台装置なので、小説にとっては幾らか磁力が強すぎて、小説の表現そのものは必然的に後退させられてしまう、そういうふうに感じます。もちろんそうは言いましても、例えば『真空地帯』というのは今でも傑作でございますし、野間の小説は仮に軍隊や戦争を描いていても、その大きな舞台装置に引きずられないだけの表現の強度を持っております。そのあたりが同時代のどの作家とも違うわけですけれども、そういう野間の小説の中でも強いて小説の表現に特化して眺めるのなら、『真空地帯』よりも『崩解感覚』、あるいは長編よりも短編だと思うわけです。

本日は野間の小説が、なぜ書かれたときのエネルギーを今日まで保っているように感じられるのか、その強度はどこから生まれてくるのか。これを突きとめたいと思っているのですけれども、そもそもその小説の表現をつくり出すのは、その作家の持つ小説作法であります。ですから、まず初めに野間の小説作法というものは一体どういうものであったのかを、先に振り返っておきたいと思います。

Ⅰ　作中人物の強度

戦争と作家

御存じのように、『暗い絵』は昭和二十一（一九四六）年、『崩解感覚』は昭和二十三（一九四八）年に発表されました。この終戦直後の占領期は、日本人がそれぞれに戦前や戦中の自身の価値観や言動の検証を余儀なくされた時代であります。例えば大東亜戦争に協力して戦争賛美をした人、あるいは共産主義者であっても、戦時中に特高に逮捕されて、いわゆる転向をした人。あるいはまた、旗幟を鮮明にしないで日和見を決め込んだ人。あるいはまた、保身のために権力になびいた人。そしてもちろん、戦場で言語に絶する壮絶な経験をした人などなどがいます。敗戦と同時にそれぞれが、新たな自問自答や、あるいは自責の念に駆られたわけで、民主主義社会の自由の下で同時代の作家達は、自分達の過去の清算というものすごい重圧と息苦しさを背負い込んだのでした。

それは恐らく野間宏も例外ではなく、野間の場合は何よりもまず軍隊体験を通じて、軍隊という巨大な暴力組織に組み込まれた時の、自分という人間の卑小さ、無力さ、これに対する根源的な認識と絶望があったように思います。私は、『真空地帯』の主人公は野間ではないかと思うのですが、主人公は軍隊という組織の不条理や不整合を見抜く目がある一方で、例えば人並みに古参兵に媚びたり、あるいはうまく立ち回りたいという、人間らしい側面もあります。うまく立ち回りたいけれども、不器用でうまくいかない。そういう自分の惨めさを、否応なしに突きつけられるのが軍隊という組織でもあります。そして戦時下では、そういう自身の惨めさは、戦地へ送られるという形で自分の死に直結するわけで、主人公の惨めさにはどうしようもない絶望が伴っております。

他にも野間は、戦時下で共産主義や労働運動に接近していたにもかかわらず、実際には軍隊にいたときに治安維持法で逮捕、収監された以外に積極的に社会運動に参加したわけではありませんでした。そういう自分自身への、自問自答もあったかもしれません。また、獄死した運動家達と自分を比べたときに、曰く言い難いいろいろな思いもあったかもしれません。そうした息苦しさが終戦と同時に一気に噴き出してきたわけで、同時代の多くの作家と同じように野間宏も、自分自身にのしかかってくる巨大な息苦しさ、これを原動力にして短編小説を書いていったのだと思います。

最初に、戦争や戦時下というのはそれだけで物語性を帯びてしまう巨大な舞台装置であると申しました。占領期の作家達は、この戦争という巨大な物語性を共有することで、戦後の作家活動の一歩を踏み出していきました。例えば椎名麟三、武田泰淳、大岡昇平、埴谷雄高、小島信夫、梅崎春生、富士正晴、少し若いところでは井上光晴。皆、戦中に自分は何者だったのかを引きずることで、戦後の活動を始めたのでありました。同じ時代に生きていてもそれぞれ見ていたものが違いますし、置かれていた状況も違います。違うけれども、戦争や戦時下という舞台装置に置いてみると、結局どの作家のどの作品も、登場人物一人、状況一つ、場所一つ、出来事一つがそのまま物語性を帯びてしまうのがよくわかります。どこをどう切り取っても軍隊は軍隊ですし、労働運動のオルグはオルグですし、銃後の生活は銃後の生活であります。あの時代に特有の色どりや、あるいは臭いがどの作品にも少しずつ漂っていて、総じて戦時下もしくは占領期の空気という、金太郎飴に感じられないでもない。これが、戦争や戦時下という舞台装置の功罪であります。

状況に同化せずに立つ

先に結論から申しますと、野間宏はこの同じ舞台装置に立ちながら、いかにして金太郎飴にならないかを無意識の裡に試みたように思います。もちろんそういう試みをしていない、例えば『コレヒドールへ』といったような戦争そのものを描いた短編もありますけれども、『真空地帯』を例にとりますと、明らかに舞台装置として軍隊や戦時下の社会を描きながら、作家自身がそれに抵抗しているように感じられます。

具体的に申しますと、例えば『真空地帯』のような物語の設定にしますと、普通であれば陸軍という組織のどうしようもない不条理ですとか不正と冗舌に満ちた腐敗の下で押し潰されていく一兵卒の悲劇、といった感じになるだろうと思います。ところが、野間はそういう小説は書いておりません。軍隊組織や戦争に押し潰されていく一兵卒の悲劇というありがちな構図になりますと、例えば主人公は不条理を不条理と認識した上で、その不条理な状況に抵抗して敗れる、ということが必要になるわけですが、野間はそういう構図は作りません。野間が表現しているのは、実に平凡で卑小で、どこにでもいそうな主人公の木谷という男の存在であって、一人の男がまさにいま悩みを抱えて、首をすくめて、冴えない顔をしてその辺を歩いているように思えてくる。軍隊にあっても、野間はまずはそういう人間を作るのであります。実際には六十年以上昔の大阪市内の陸軍の連隊本部の兵営の話なのですが、まさにいま私の目の前に、非常に鬱々とした顔をした木谷利一郎が立っているように、そういうふうに思えてくる。御存じの通りこの木谷は、たまたま便所の近くで上官の財布を拾って、それを届けるかわりに、そこに入っていた金で飛田の遊郭にいる女に会いに行くわけです。難しいことを考えているわけではありません。女に会いに行きたかっただけ、なのです。それで捕まって刑務所で服役して、連隊に復帰してきたところから小説は始まるのですが、兵隊といっても普通の市井の男ですから、戦地に送られない限り考えることは食べること、煙草のこと、そして女を抱くこと、等々です。この一人の平凡な男が、まさに下半身を疼かせながら存在している感じ、質感を持って存在していること、そしてそのことが小説の強度になっているような書き方。これが野間の書き方であります。

この書き方は、戦時下を舞台にすれば当然伴ってくるであろう物語性への抵抗というふうに言えると思いますが、とにかくここに小説家野間宏がいると思います。物語に直面しながら、物語に抵抗する。これが小説家の真骨頂というものであります。

もちろん『真空地帯』というのは物語としても非常によくできておりまして、木谷は難しいことは何も考えていないけれども、凡庸な頭なりに、例えば自分に着せられた窃盗の罪には、上官達の不正行為が絡んでいるということに何となく気づいてはおりますし、できれば汚名を晴らしたいといった思いもないことはない。ところが結局は何も希望どおりにならないまま南方へ送られてしまうわけで、最終的には木谷利一郎という男の物語は、木谷利一郎という兵隊の物語に飲み込まれて終わる、という構図になっております。つまり『真空地帯』では、戦時下を舞台にすれば当然伴ってくる物語性に最後は同化しているわけですが、それでもこの木谷という男の物語は、決して「軍隊に押し潰されていく一兵卒の悲劇」には終わっておりません。御存じのとおり、最後までこの小説に響いているのは、花枝という飛田の女の声やしぐさであります。戦地に向かう木谷利一郎は、兵隊であって兵隊でない、自分を裏切った女のことを考えて続けている男として消えていくのです。

言いかえますと、野間は、木谷という一兵卒を、時代や状況に完全に同化させることをしていない。あえて同化させないことで、戦争や戦時下という状況が持っている物語性に抵抗をしている。これが、野間の基本的な姿勢であると思います。同業者の立場から申しますと、この姿勢があるから、野間はまさに小説家なのであります。

登場人物の強度

そしてこの姿勢は、もちろん短編小説でも生きております。逃れがたい戦時下の息苦しさ――これに突き動かされながら、その戦時下の状況や空気と完全には同化しない人間達がいる。まさに『暗い絵』や『崩解感覚』の登場人物達は、そうではないでしょうか。例えば『暗い絵』は戦前、社会主義運動の活動家となっていった学生達の世界を描いておりますけれども、主人公の深見進介はその学生達と深く付き合いながら、自身は活動に参加しておりません。それどころか彼の目下の関心事は、付き合っている女性のことと仕送りのやりくりのことなのです。

また、『崩解感覚』の主人公の及川隆一の頭にあるのも、女のことです。戦後間もない時期の下宿屋で、たまたま別の部屋の学生が首吊り自殺をしたおかげで、及川はその日約束をしていた女性に会いに行けなくなってしまう。実は、この及川も戦争を色濃く引きずっていて、偶然自殺者とめぐり会ったのをきっかけにしてあれこれ考え始めるわけですけれども、それでも彼の頭の大部分を占めているのは女との情事のことです。

このように『暗い絵』の主人公も、『崩解感覚』の主人公も、あの木谷利一郎と同じように、同時代を生きながらその同時代の空気や状況に同化していない。頭の中で女のことを考えているために、周囲の状況と同化することを妨げられていると言えます。もちろん小説家野間宏が、あえてそういう人物を主人公に据えているわけであります。

ちなみに、時代の状況や空気に同化しないということは、時代の状況に逆らって立つということになります。戦時下の空気に逆らって立つということは、日本人一般である前に、どこそこの某という固有名を与えられた個人として立っているということですが、それだけではありません。先程から申しておりますように、何もしなくても強烈な物語性を帯びてしまう戦時下という状況にあって、登場人物が同時代の日本人一般を離れて個人であるためには、個人でいられるような強度を持っていなければなりません。そして登場人物にそういう強度を与えるのは、その人物に与えられている性格とか社会的な肩書などの属性ではなくて、一つの存在を作り出す具体的な表現、すなわち小説作法なのであります。

最初に私は、野間の小説は六十年以上前に書かれたにもかかわらず、書かれた当時の力をそのまま保っていると申しました。その稀有な力が生まれてくる源泉の一つは、その登場人物の強度を作り出しているところの具体的な表現方法にある――これは間違いないと思います。すなわち、作中人物の強度を作り出す手法こそ、野間の表現の秘密であり、その手法が最も凝縮されて結実しているのが短編だと思うわけであります。

作中人物のリアルさ――視点をどこにおくか

さてここから、時代状況に逆らって立つ作中人物達の、その強度を作り出す野間の手法を具体的に見ていきたいと思います。野間に特有の手法というのは二つありまして、一つは人物造形の作法であり、もう一つは、よく言われる生理の表現であります。この二つが混然と組み合わさった時に、まさに野間宏の世界が立ち上がってくるわけですが、まず人物造形の方から眺めてみたいと思います。

野間の作中人物につきましては、一般的にバルザックのようだとかゾラのようだとか言われますけれども、そう言われる主な理由は多分、野間の人物達が徹底した観察眼によって、とてもリアルに描かれているからだろうと思います。『暗い絵』の最初に登場してくる飯屋の親爺とか、あるいは『崩解感覚』の下宿屋のおかみとか、映画で言えば全くの脇役、チョイ役ですけれども、まるで目の前にいるかのようにリアルで、それだけでもう舌を巻いてしまいます。

けれども私の個人的な印象では、そうした野間の作中人物は、バルザックやゾラとはまた決定的に違う感じも致します。例えばバルザック『人間喜劇』の登場人物達も、あるいはゾラ『ルーゴン・マッカール叢書』の登場人物達も、彼らを観察しているバルザックの目、ゾラの目というのがあって、どの人物達も彼ら自身が立っている地平ではないところから俯瞰されております。これは十九世紀の小説の基本的な作法ですけれども、さらに言えばバルザックの目、ゾラの目というのは、人物達を外から眺める一方、内面に入り込んで人物の口を借りることもあれば、はたまたその人物の目になって、他者を眺めることもあります。ところが野間の作中人物達は、常に主人公の目で眺められているのです。

今日ここにおいでの皆さんは、私などが申し上げなくても、登場人物のだれでもない、神の視点というものと、主人公の視点というものの決定的な違いについてはよく御存じだと思いますけれども、小説家として自分がどちらに立つかは、小説の運命を決定づけてしまうとても重要なポイントになります。私自身の経験から申しますと、小説家は最初の出発点で、ほぼ直感的にどちらかを選択しているものでありまして、そうした選択を本能のようにしてしまうこと、これがまさに小説家の小説家たるゆえんでもありますけれども、野間もきっと本能的に視点の選択をしたに違いないと思います。

そして野間は、バルザックやゾラとは違う、主人公の目で世界を眺める手法を選んだわけですけれども、そうして選ばれた主人公の目ももちろん、観察する目、ではあります。主人公が、例えば自分自身を観察するときには、内省や独白が生まれます。主人公が他者を観察するときには、主人公が相対している場所ですとか、人間や時代が他者として立ち上がってきます。野間の小説はどれも、主人公が存在しているというよりは、その目がまずは存在している、と言ってもいいほどでありまして、主人公の目が向かう先々に小説の空間が生み出されていくのです。

そう考えてみますと、野間の作中人物のリアルさの理由がよくわかります。例えば航空写真のように神様が上空から俯瞰しているのではなくて、主人公の目が一人一人に向かっていて、その都度とらえた対象を言葉にしていくわけですから、主人公にとって意味がないということがない。常に主人公に直に関わってきて、さまざまな主人公に影響を及ぼしてくる存在としてのそういう他者が、一刻一刻、一ページ一ページ、世界に充満していくわけです。そして、その代わりに肝心の主人公の影が薄い。視点である主人公は、時に透明人間になってしまうわけですけれども、これは視線の持つ宿命だと言えます。一枚の写真の中にそれを写した写真家の視線はあるけれども、写真家の姿はないのと同じことであります。

「観察する目」の宿命

とにかく野間の小説において、短編であれ長編であれ、主人公以外の作中人物達のリアルな質感、これは圧倒的なわけですが、それは徹底した観察眼によるリアリズムではなくて、ひたすらそれを目の当たりにしている主人公の世界観や正義にとってリアルだ、ということだと思います。そうでなければ、例えば『暗い絵』にそれぞれ名前を持って登場してくる学生達を正しくとらえることはできないと思います。御存じのとおり『暗い絵』には、最初に深見進介が足を運ぶ食堂に五人、その次に足を運ぶ友人の下宿に三人、全部で八人の同級生や学生仲間が出てきます。しかもその全員に名前がついていて、性格や世界観や、あるいは社会主義についての考え方、大学での活動、さらには女性観や生活観などが一応書き分けられております。原稿用紙にして大体一五〇枚ぐらいの小説にしては登場人物が多すぎて、煩雑すぎるとも言えます。実際に昔も今も私自身は、最後に深見進介と一緒に夜の京都を歩くことになる、木山省吾という学生以外の人物の顔が、いま一つはっきりしません。つまり、深見進介にとってはだれもがリアルな存在なので、名前つきで一人一人言葉にされているわけですが、読者の私にとってはそうではない。私には、深見進介の目を通して、治安維持法で捕まる前に最後に帰り道を共にした木山省吾という学生が、やっと立ち上がってくるだけなのです。

けれどもこの八人の学生たちも、例えば戦前の京都大学の学生達のある種の群像としてなら、十分に受け取ることができます。恐らく深見進介自身、食堂や下宿先で出会う学生達の一人一人がリアルな存在であると同時に、自分が生きている時代や社会の風景の一部、すなわち群像として見えていたのではないか。というのも、それが観察する目の宿命だからであります。観察する目は決して当事者にはならないし、なれない。これは、小説家の宿命でもあります。観察する目であるゆえに、小説家は基本的には行動しない。全面的な社会運動家にはなれない。社会運動に関心はあっても、常に小説家である自身とは葛藤が生まれて、引き裂かれざるを得ないのです。

こう申しますと、野間は積極的に社会活動をした作家だという社会通念に反しますけれども、社会問題に対する意識と、小説家としての意識や直感というものは、やはり別物だったと私自身は考えております。小説空間を生み出す視点という仕組み一つとってみましても、当事者になることは原理的に無理だからであります。もちろん、だからといって野間宏の価値が下がるわけでもありませんし、社会運動に力を注いだもう一人の野間宏がいた、そうの野間宏もまた大きな足跡を残した、ということでよい、というふうに、私は思うのであります。

小説が発生するための空間を紡ぎ出す目

ここで少し脱線いたしますけれども、野間宏の描く主人公の男達は、一部を除いてほとんど女性とうまくいっておりません。つまり女性はいつも離れたところにいて、互いに結婚に踏み切れないでいるか、あるいは何らかの会えない障害があるか、あるいは破局が迫っているか、そんな状況なわけであります。『真空地帯』の木谷利一郎もそうですし、『暗い絵』の深見進介も、『崩解感覚』の及川隆一も、あるいは『顔の中の赤い月』の北山年夫も、全員が何らかの理由で女性は離れたところにおります。

これは不思議なことです。野間は、本当は女性を観察することにかけては天才的で、それは十代の日記にも如実に表れておりますす。もちろん正確には男の目で眺められた女性ではありますけれども、とにかく女のことを考えている男の描写、もしくは男と相対しているときの女の描写はものすごく上手い。野間は、女性のヌメッとした質感を描ける小説家なのです。それなのに、主人公の男達の前に女はいない。女は離れたところに置かれていて、どこまでも男があれこれ思いをめぐらせる対象になっているのです。これを言いかえますと、主人公の男はやはり当事者になっていない、もしくは当事者になれない、ということではないでしょうか。そのかわりに、主人公の男達は絶えず自分の置かれている状況を観察して、分析して、自分とは何者かを考え続けているのです。

つまり彼らは当事者になる代わりに、観察者の宿命を背負っているわけです。なぜか。繰り返しになりますが、彼ら野間の主人公達は物語を動かす駒ではなくて、小説が発生するための空間を紡ぎ出す目として機能している、ということだと思います。

主人公の目によって捉えられる野間の作中人物達のリアルさというのは、時に『暗い絵』の学生群像のように、小説のバランスを崩すほど過剰になることもあると申しました。『崩解感覚』において、主人公の及川隆一の目によって捉えられる自殺者の荒井幸夫も、やはりリアルさとしては過剰だと言う他ありません。なぜなら、この短編の中で主人公の及川隆一は、あくまで偶然同じ下宿屋に住む学生の荒井の自殺とめぐり会ってしまうだけで、及川の当座の人生と自殺した学生に深い関わり合いはないのです。単に下宿屋のおかみさんに頼まれて、警察を呼んでくるまでの間自殺した荒井の部屋の番をすることになっただけです。では、自殺した荒井自身が何か劇的な物語を持っていたのかというと、それも違います。自殺した理由さえ、最後まではっきりとはわかりません。

では、なぜ自殺した青年についてそれほど克明に描かれているのか。その答えは、もちろん主人公の及川にとって自殺した青年がリアルだから、と言う以外にありません。及川自身、戦時中に手榴弾で自殺しようとして失敗した強烈な体験の持ち主であって、手榴弾が爆発した時に体が受けた爆風や衝撃の感覚、これを「崩解感覚」と野間は表現しているのですが、その強烈な身体の体験があるゆえに、たまたま遭遇した他人の自殺がとんでもなくリアルなわけです。この場合正確に言えば、自殺した荒井という個人がリアルなのではなくて、自殺という行為がリアルなわけですが、ともかく、女性と逢引きするはずだったある一日に、他人の自殺というアクシデントが突然差し込んできて予定が狂う。普通の小説なら予定が狂ったこと自体が動力になって、予定外の物語が転がり出したりするわけですけれども、野間はそんな小説は書きません。予定は確かに狂ってしまったし、会うはずの女にも会えなかったわけですが、主人公の及川の目が向かうのは、まずは首吊り死体なのです。そして、自分自身の体にしみ込んでいる自殺の体験へと散漫に思いは飛んでいったり、あるいは女との逢引きの時間が迫っていることに焦ったりしながら、それでも及川の目は首吊り死体の周辺に留まり続けておりますし、思考は自殺した荒井青年の周りを回り続ける。

つまり、この小説では、物語の中心に置かれている駒は首吊り死体であって、荒井幸夫なのです。もちろんそれを見ている及川の目が首吊り死体や荒井という青年の空間を紡ぎ出しているわけですが、普通のバランスを考えますと、読者にとっては最後まで「荒井ってだれよ?」という不全感が解消されることはありません。要するにこの『崩解感覚』という小説でも、作中人物の過剰なリアルさがアンバランスな感覚を生み出していて、そのアンバランスな違和感が主人公の思考を動かしていく動力になっている、というふうにも言えると思います。

アンバランス――ブリューゲルと野間

この、アンバランスということ自体、時代の空気に逆らって立つ、あるいは時代の空気に同化しないことの一つの象徴でもあろうかというところですが、かのブリューゲルの絵やヒエロニムス・ボスの絵も、一言で言い表すなら「アンバランス」ではないかと思います。普通の絵は主題があって、構図には中心がありますけれども、ブリューゲルの絵は違います。また、野間の主人公達の目も、目の前にあるあらゆる他者に向かっていて、それが作中人物の多さにつながって、だれが主役、ということがありません。中心を持たない群像劇につながっていくわけですが、中心がないために構図としては平坦ですし、小説としてもバランスを欠いていると言う他ありません。

私の不勉強のせいで、野間が『暗い絵』でブリューゲルを選んだ理由はわからないんですけれども、少なくとも中心を持たない空間の作り方という意味では、野間の小説とブリューゲルの絵は似ていると言えると思います。そして中心を持たない世界、バランスを欠いた世界、どこへ目を据えていいのかわからない、違和感に満ちた世界。そういう世界を紡ぎ出す視線というのは、まさに時代に同化しない視線、時代にあえて逆らって立つ観察者の目、だろうと思う次第です。

もっとも、野間とブリューゲルの目では相違点もあります。ブリューゲルも確かに時代の観察者でしたけれども、彼の目は対象を抽象化する目であって、リアルに存在を描き出す目ではありません。対象をとらえる端から抽象化してパターン化することで立ち上がってくる。これは、寓話の世界であります。ブリューゲルは時代や人間を観察しながら、その時々の世界観を抽象化して構築していった画家です。ブリューゲルの描く群像の一人一人はみんな同じ顔をしていて、男とか女とか子供といった属性しか与えられていません。それは、そのためだと思います。

一方、野間は同じように時代や人間を観察しながら、決して抽象はしません。抽象しないということは、全体にとっての意味を度外視するということでもあります。食堂の高利貸の親爺、あるいは若奥さんがぞっとするほどリアルなのはそういうことであって、ある状況において主人公の深見進介にとってリアルな、生《なま》の現実性はあったけれども、小説空間全体にとっての意味はない。そういう生《なま》の対象を生《なま》のまま描き出す、これが野間の目なのです。

こうして見てみますと、野間がなぜブリューゲルを選んだのか私にはいま一つわからないのですけれども、ひょっとしたらよく言われるように、ブリューゲルの画集を見ていたときの深見進介は、社会主義運動の仲間と世界観を同じにしていたわけですから、そのときだけは政治的な目でブリューゲルの絵に時代の寓意を見ていた、ということなのかもしれません。

II 「生理」の表現

思考、行動そのものとしての生理

時代の空気にあえて同化をしない、時代の状況に逆らって立つような主人公の強度をつくり出す、そういう野間の手法について探っているところです。ここまでは二つある手法のうちの人物造形と、その造形を生み出す主人公の目について見てまいりました。次は二つ目の生理の表現であります。

生理と一口に申しましても、野間が描くのは、単に主人公がそのときどんな生理状況にあったかということではありません。野間の描く人間にとっても、もちろん生理はそのとき主人公が置かれている物理的状況にぴったりと張り付いているものであって、生理だけが独立しているわけでもありません。とはいえ、生理の表現と言いますと、例えば人間のことを語るときに、その時その人間が考えていること、していること、見ているもの、聞こえているもの、そういうものだけではなくて、その人間が感じている身体の全部、内臓や皮膚の感覚、そこから生じてくる感情なども一切合財一緒に語らなければならない。そういうふうに、一般には理解されているようです。

けれども、野間における生理の表現というのは、「思考や行動や感情と一緒に生理も描く」ということではなくて、むしろ「生理を持つ身体が思考する」、「生理を持つ身体が行動をする」ということなのだと思います。「思考する身体が同時に生理を持っている」というのとは少し違うわけであります。

どこが違うのか。同じじゃないかと言われるかもしれませんけれども、「生理を持っている身体」と「身体に生理がある」というのは同じではありません。「生理を持つ身体」における生理というのは、身体に含まれる身体の一部分でありますけれども、「身体に生理がある」というときの生理は、身体の目的語であります。「身体の一部としての生理」というのは、身体にとって対象とはなりません。つまり対象化して恣意的にとったりとらなかったり、あるいは見たり見なかったり、あるいは個人の意思で欲望したり欲望しなかったりすることができない。そういうものとしての生理を、野間は表現しているのです。

私の身体に常に含まれている生理というのは、どこまでも身体の一部であって、主人公の意思の自由にはならない。生理は時ともなしに噴き出してきて思考しますし、感情を持ち、身体を動かしていくのであって、思考する主体というのが別にあるわけではありません。そういう基本に立って生理の表現を考えますと、野間の主人公達の場合、生理はまさに思考や行動そのものだということがよくわかります。

「生理を持つ身体」が紡ぐ物語

ここで、野間の主人公達がどういうふうに造形されているかをもう一度振り返ってみますと、彼らはいつも必ずある特定の場所にいて、特定の状況に置かれている、ということが分かります。例えば『暗い絵』の深見進介は、親からの仕送りを減らされて金欠に陥ったあげく、高利貸の親爺が経営する食堂におります。また、『崩解感覚』の及川隆一は、情欲を満たすだめだけにつき合っている女との逢引きに出かけるときに、下宿の別の部屋で首吊り自殺に遭遇します。両者とも実に具体的な場所と状況があって、そこに実に具体的な生理が不可分に張りついているわけです。決して、抽象的な存在ではないのです。

ちなみに、例えば武田泰淳や川端康成の描く人間は、野間の主人公と同じような「生理を持つ身体」だと私は感じるのですけれども、武田も川端も、主人公達は必ずしも具体的な場所や状況を与えられているわけではありません。具体的に、例えば家にいたり町にいたりはしますけれども、野間ほど具体的ではなくて、むしろ抽象的な空間の感じが致します。恐らくほとんどの小説家は、人物が立っている場所そのものにはあまり関心がなくて、むしろその場所から人間が抜け出してくるような、そういうふうに世界を見ているということなのかもしれません。そのため、登場人物とともにある土地や場所にはあまりリアリティが感じられないのだろうと思うわけですが、野間の小説空間は違います。野間の主人公達にあっては、「生理を持つ身体」、「生理としての身体」が空間を紡ぎ出していきます。ですから、彼らが立っている場所や土地にも生理が感じられます。正確には、人物の生理と場所が一体化しているということですけれども、言うなれば「生理を持つ土地」、「生理を持つ場所」が生まれていくわけであります。

例えば『暗い絵』では、深見進介の同級生達がたむろしている食堂の部屋も、社会主義運動をしている学生の下宿先の部屋も、むさくるしくて息詰まるような若者達の生理に満ちております。それはもちろん深見進介の生理であり、彼の生理が紡ぎ出した場所の生理ということになります。また、例えば『崩解感覚』では、主人公の及川隆一が荒井青年が自殺した部屋をしげしげと所在なげに見回しているわけですが、戦後間もない時期の下宿屋の、貧相で殺伐として何もない、擦り切れた畳の部屋の臭いまでが伝わってまいります。それはまさに、及川隆一の生理が紡ぎ出した空間だからです。

そしてもちろん野間の短編の主人公達は、常にある場所から別の場所へと移動していきます。深見進介は下宿を出て木山省吾と二人で京都の町を歩きます。及川隆一もやっと下宿を出て、女と待ち合わせていた飯田橋へ向かいます。女と会えなかったので、さらに歩いて、暗くなってからまた下宿に戻ってくる。こうして歩き、移動していくのは人物であると同時に、生理も移動していくのです。生理が移り変わっていくと同時に、体も移り変わっていきます。身体が移動していきます。身体が移動するにつれて、思考も移動していきます。野間の短編は、まさにこういうふうにして書かれております。

小説作法としての巧みさ

また、もう一つ指摘をさせていただきますと、野間の主人公達は特定の場所や状況を与えられて立っているだけではなくて、その状況が大抵行き詰まりの状況になっております。深見進介は借りた金が返せない金欠ですし、及川隆一は自殺に失敗した記憶を抱えたまま終戦を迎えて、しかも女とうまくいかない。そういう個人的な行き詰まりを抱えた主人公達が、ある場所から別の場所へ歩いて移動していく。行き詰まっているから移動する、というふうにも見えます。

そして移動した結果、客観的な行き詰まり状況自体に変化はないけれども、物理的な場所だけは移動していく。深見進介の金欠は解消しませんし、及川隆一の心を塞いでいる崩解感覚も消えはしませんけれども、場所が移動して、時間が移動して、生理が移動することで思考が動いていきます。思考が動くことでさらに記憶が甦ったり、新たな生理が出てきたりして、さらに思考が動く。そうして思考が間違いなく、間断なく動いていくことで、小説の空間が成立していくわけであります。

こういう野間の書き方を小説作法として見てみますと、とても巧みな方法であると思います。小説である以上どんな書き手も技巧をこらしてフィクションをつくり上げていくわけですが、出来上がった野間の小説空間では、実に自然に物事が流れていきます。例えば生活費のこと、父親のこと、付き合っている女性のこと、社会主義運動の仲間達のこと、その仲間達が治安維持法で捕まるかもしれないという切羽詰まった不安のこと。さまざまな次元の違う思いが、時に生理とごちゃまぜになりながら、実に自然に深見進介の身体の中で流れていくのです。

これは小説である以上、私は野間が技巧を凝らした成果だと思いますけれども、ではなぜ野間はこういう形を選び取ったのでしょうか。なぜ雑多な思いは、生理と混然一体になりながら主人公の身体の中を流れていくような、こういう小説空間を作り出したのでしょうか。その答えは、野間にとってそれこそが自分自身を含めた人間存在のありように一番近いと感じられたから。それ以外にないだろうと思います。

強烈な身体性

そもそも野間宏という人は、主人公の視線一つをとってみましても、とても真面目で嘘のつけない人だったと思いますが、小説を書くという行為においても生理を持つ自分の身体にひたすら忠実であることが第一であって、忠実に観察をして、忠実に言葉にしていくという作業がまず最初にある。小説自体は虚構であってても、その虚構を作り出す書き手の自分自身は生身の現実であるわけで、いわば私という生身の身体の存在を離れて言葉はない、というところではないでしょうか。そしてそれがそのまま主人公の視線になり、空間になっていくのです。

ここにありますのは、強烈な身体性というものであります。小説家としての野間宏の身体性、そして野間が作り出した主人公達の身体性は、常に自分の身体を時代や社会の状況のど真ん中に置くことで生まれてくるものです。よく考えてみますと、神の視点に立ったときには、人間は確かに大きな時代や社会に呑み込まれてしまう、と見えるかもしれません。しかし、一人一人の個人にとっては、呑み込まれようが逆らって立とうが、常に自分自身の身体や目が中心にあって、世界も他者も自分の身体一つで捉えられる限りのものである。そういうことに変わりはありません。そういうものとしての私の身体という認識が、小説作法や表現に結実している――それが野間の小説であり、野間の小説空間なのだと思います。

主人公の身体、言いかえれば主人公の目、これが常に状況のど真ん中にあって、主人公が移動すると目も移動して、目が移動すれば空間が移動して、思考も移動していく。こういう書き方ですぐに思い浮かぶのは、『ユリシーズ』であります。しかし『ユリシーズ』では、確かに主人公は物理的に移動していくのですが、主人公と共に移動していくのは意識や思考であって、生理を持つ身体ではありません。なぜそうなるのかを考えますと、これはもうジョイスという人はそういう人なんだと言う他ないですが、翻って生理を持つ身体が移動していく野間の場合も、とにかく野間という人はそういう人だった、としか言いようがありません。

ともあれ野間の小説表現の最も根幹にあるのは、小説家野間宏、すなわち主人公の、強烈な身体性であると思います。生理の表現というのは、つまるところ思考や感情と不可分の身体性の表出でありまして、野間の描く主人公達というのは、まず身体が存在しているのだという認識を持って生きているわけであります。そしてまず存在している私という身体、あるいは私という生理、これは普遍性からは最も遠いものでありまして、個別の中の個別であります。決して抽象化されることはない。つまり私という身体性を持って世界の中に立っているということは、すなわち世界に同化されない、時代や空気に同化されない個人であるということとイコールにもなるのです。深見進介も及川隆一も、戦時下や占領下の空気を呼吸しながら、同時に私という生理や身体を持って立っているために、決して同時代の空気と一つにはならない。個人の目であり続けるわけです。

野間の官能性

さて、その時代や社会の空気に逆らって立つような野間の作中人物の強度がどのように生み出されているのかを、私なりに見てまいりました。何よりもまず強烈な身体性があって、主人公の身体と目によって世界が造形されているために、時に過剰なほどリアルであったりアンバランスだったりします。その決定的に個別の、生《なま》の存在が各々の小説空間を埋めていて、決して抽象化されたり普遍化されることがない。寓話や神話にはならない、この生《なま》の視線、生《なま》の身体、生《なま》の生理、生《なま》の声というものの強度が、野間の表現の強度だということでありました。

もちろん単に時代や社会に同化しない強度というだけなら、寓話や神話にも強度はありますし、ひょっとしたらそちらの方が分かりやすいかもしれません。けれども私という身体、私という生理を持って立っている主人公の生《なま》の視線、生《なま》の声には、神話や寓話にはないものがあります。それが表現の官能であります。野間宏を小説家たらしめ、またその言語表現を小説たらしめているのは、まさにこの官能性であります。この官能性がなければ、例えば及川隆一が世界が崩落する感覚の周りを言葉で延々とねぶり続けている件りなどは、神経症を患っている患者の独白と変わりがないでしょう。また、例えば深見進介が『暗い絵』の冒頭でブリューゲルの一枚の絵の内容を言葉にする件りも、表現に官能がなければ単に意味不明ではないでしょうか。

しかし、それではこの野間の官能性は身体の生理の表現から出てくるのかと申しますと、半分はイエスで半分はノーだと思います。なぜ半分はノーかと申せば、例えば身体や生理の表現がほとんどない川端康成の言語空間にも私達は官能を感じるからです。官能性というのは、生理の表現から出てくるとは限らないということであります。

翻って野間の『暗い絵』なり『崩解感覚』なりを眺めてみますと、どちらの作品もさまざまな身体性に満ちていることは確かですし、官能の少なくとも半分は、身体の持つ手触りや、抽象ではない具象の持つ直接性から来ていると考えてもよいのではないかと思います。

『暗い絵』に満ちている身体性の一例を挙げれば、学生達の着ている学生服であります。野間は食堂や下宿で学生達のそれぞれが着ている学生服について、それぞれ詳細に描写をしておりますけれども、身につけるものとしての学生服が、時には個人の身体や生理を代弁するわけです。袖口が擦り切れた貧しい学生服は、それを着ている学生、例えば木山省吾の存在を、身体性という形で主人公の深見進介に突きつけてくる。そういうふうに書かれているのです。実際深見進介の目は、繰り返し木山省吾の着ている学生服に向かい、袖口が擦り切れているとか、膝が抜けているとか、逐一言葉にしていきます。小説の行動上、深見進介は既に獄死している木山省吾との一夜を思い出してその時の木山の姿を描写しているわけですが、思い出すのがよれよれの学生服だということは、主人公の視線がそれを見詰めていたということです。治安維持法が猛威をふるう時代の下、思想運動のあり方を語り合いながら、深見進介の目は友の貧しい学生服を見詰めていたのです。貧しいよれよれの学生服というのは、ひょっとしたらその時代の学生達の存在のひ弱さや貧弱さ、無力さ、あるいは心もとなさの象徴であったのかもしれませんけれども、野間にとっては存在の無力さといった抽象的な言葉よりも、よれよれの学生服という身体性の方が、より存在の悲しさにぴったりくると感じられたのだと思います。

悲しみの塊

そしてここでさらに思い当たるのは、『暗い絵』という小説における深見進介の生理や身体というのは、悲しみの感情と混然一体になっているという点であります。戦後から間もない時期の野間宏は、戦時中に社会運動で奪われた命への悲しみと自身の無力さを合わせた、どうしようもない焦燥感を抱いて小説を書き始めたと思うわけですが、『暗い絵』では悲しみが前面に出てきておりますし、『崩解感覚』では自身の存在の無力さが前面に出てきております。どちらも主人公の身体に宿っている感情であり、身体の生理と不可分になっているという意味では、他のさまざまな感情、例えば金貸しの食堂の親爺への怒りとか、付き合っている女への執着とか、同級生達への違和感とか、そういったものと同じ地平に並んでいるはずですけれども、実際には喪失の悲しみや存在の無力さが際立っております。もちろんそういう時代の状況だったわけで、至るところで喪失の悲しみには事欠かなかったのですが、それにしても野間は敢えて油染みたよれよれの学生服や、下宿の電熱器で温めたコンデンスミルクといった食べ物を散りばめて、悲しみをより身体的なものにしていくのです。つまり、治安維持法で捕まって殺された友への悲哀や悲嘆が、抽象的ではなくて、主人公の具体的な生理として描かれているわけです。恐らく野間がまだ若かったこともあるでしょうけれども、戦時下という特別な時代を振り返ったときに、思想や内省の言葉ではなくて、悲しみの感情でしか包み込むことができないと全身で感じたということなのかもしれません。全身で、全身体でそう感じたからこそ、その目がとらえた学生服や煙草やコンデンスミルクなどが身体性を帯びて、生理と一体になって迫ってくるのです。

こうして眺めてみますと、野間は主人公の目で世界を捉える手法ですとか、主人公の身体性の表現を通して小説の強度を作り出しているのですが、初期の短編に関する限り、そうした小説作法の以前にまず人間野間宏がいて、戦争や文化や労働運動なども全部ひっくるめた戦前の時代への膨大な悲しみの塊がまずあったのではないかという気も致します。

本日の最初に、戦時下という空気がそのまま孕んでしまう巨大な物語性に対して、野間は小説家として抵抗している、と申しました。その見方は基本的には正しいだろうと思いますけれども、一方ではそうして物語性に抵抗しながらも、人間野間宏が抱えていた悲しみの塊を、小説家野間宏はやはり全身で掬い上げる他なかっただろうとも思うわけです。かくして悲しみを掬い上げたときに、深見進介が木山省吾に対して抱く哀切極まりない感情が、学生服や煙草に火をつける仕草といった、身体性の表現になって溢れ出したのだろうということです。

正直なところ『暗い絵』も『崩解感覚』も、幾らかは若気の至りといった感もありまして、特に『暗い絵』は相当に感傷的な小説になっております。ある意味ストレートに情緒が込められていて、二十一世紀の感性では気恥ずかしいと感じられるかもしれません。しかし、一編の小説にもしも小説作法や表現の技巧を超えた力があるとしたら、それは人間が全身でぶつかった何物か、身体全部で感じた何物か、身体全部で表現した何物かをおいて他にはないと思います。戦時中に山ほどあった悲劇や喪失を、一人の個人が個別の身体で受けとめて身体化して、抽象ではない個別の物語、個別の喪失にして、個別に全身で悼んでいるのが『暗い絵』であります。そういう小説に、力がないわけがありません。

結局、私を含めて多くの読者が魅かれてやまない野間宏の生理の表現の技巧的な凄さ、これは不滅なんだけれども、それ以上に、六十数年前に一人の小説家が全身で抱いていた悲しみの塊に、やはり二十一世紀の私達はやはり打ちのめされるのかもしれません。

ただし、惜しむらくは深見進介や及川隆一が抱いていた悲しみの原因が、歴史を知らない二十一世紀の若い人達にはもはや理解できないかもしれません。何しろ短編でもありますし、野間は学生達に何が起こってなぜ殺されたのかを、後世の読者が理解できるようには書いていないからです。けれども『暗い絵』や『崩解感覚』から仮に時代の悲しみの部分を取り去っても、小説表現の凄さが減るわけではありません。私の世代が野間の短編を全身で読むことができますし、事実関係も社会的な背景も、時代の空気も、その時代を生きてきた身体の生理の部分も、ほぼ読み取ることができますけども、そうではない若い世代も、野間宏が作り上げた非常に精緻な小説空間に驚くことぐらいはできるだろうと思います。そう信じて、若い読者にも野間宏を読むよう、これから大いに薦めていきたいと思っております。

最後になりましたけれども、私自身も小説家のはしくれとして、いつか『暗い絵』のような、奇蹟のような一編の短編が書けたらという夢を持っているということをここで告白をさせていただいて、本日の私の話を終わらせていただきたいと思います。どうもありがとうございました。

（二〇一一年六月　第一九回）

三・一一と野間宏

作家　高橋源一郎

出会い

野間宏との出会い、野間宏の会との出会い

こんにちは。高橋源一郎です。よろしくお願いします。

野間宏の会でお話しさせていただくのは、二回目です。前回が二〇〇〇年です。二十一世紀になる前です。なぜ憶えていたかというと、僕が二十世紀の最後に書いた『日本文学盛衰史』という本の中に、野間宏の会のことが書いてあったからです。そのときはたしか、『生々死々』という大作のお話をしました。とてつもなく長くて、会が始まる前に読み終えることができるだろうかというのが最大の問題で、移動中も持って歩きました。確か前回もアルカディア市ヶ谷でした。たどり着く三分前に読み終わりました。読み終わったばかりなので、話すことが幾らでもあって、よかったなという思い出があります。

多分、もう二度と野間宏の会に来ることはないだろうと思っていました。なぜかというと、そのとき話したことをよく覚えていまして、僕はこういう文学に関する催しにはいろいろ参加させていただくんですが、見回したところ、この野間宏の会は平均年齢が異常に高い（笑）。「日本近代文学の命運とともに、多分この野間宏の会はなくなるでしょう」という話をしたら、何とまだ生きている（笑）。何としぶといんだと思います。

そのとき愛憎込みというか、僕が野間宏の会に招かれた理由は、いまだに定かではありません。『日本文学盛衰史』の中にも書いたんですけれども、僕が最初に接した日本文学というのが、野間宏さん個人の肉体でした。多分何かの偶然で神戸にいらっしゃって、神戸大学のある小さな部屋で野間宏さんがしゃべっていたんです。すごく小さい部屋だったことを、覚えています。全部で二十人ぐらいしか入らない部屋の真ん中に野間宏さんがいて、もちろん何をしゃべったかは全く覚えていませんが、非常に危険な雰囲気がしていました。ここは何か、怪しい相談をしているところかと、どきどきしておりました。ただ野間宏だとしか覚えていません。もう少し内容を覚えていればよかったんですが、きっとこれだけの縁だろうなと思いました。そうしたら、野間宏の会に招かれてお話をして、何とさらに十数年後、もう一度お話をする機会がめぐってきました。

野間宏と対極にいたはずなのに

僕が作家としてデビューしてもう三十年少しになります。別に自称しているわけではありませんが、「ポストモダンの作家」などと言われてきました。およそ野間宏と一八〇度対極にある作家です。容貌はどうかわからないですけれども、作品の内容も異なります。およそ自分と関係のないというか、野間宏的なものを否定することで――野間宏的という言い方が少しおかしければ、戦後文学的なさまざまな考え方、形式、思想、メッセージも含めて粉砕しちゃおうと考え、野間宏とはおよそ対極にある者として、活動を始めました。

ところが、いつごろからだったかわからないんですけど、忘れ去ったはずの野間宏が僕の中でだんだん復活してきました。数年前から『群像』という雑誌で、戦後文学を再発見するという季刊の連載が始まりました。それと同時に僕も、「日本文学盛衰史　戦後文学篇」という小説の連載を始めました。もう一度、戦後文学が何であったかを検証しようという意味もありますし、そもそも戦後というのは何だったんだろうということを、一度自分にもはっきりさせておきたかったのです。これが、僕がその連載を始めた理由でした。

戦後文学作家について

井上光晴の「全身小説家」

その連載の一回目に、井上光晴さんの「全身小説家」という映画を取り上げました。映画ができたのは、かなり前だったかもしれませんが、僕はそのとき初めて見て、大変ショックを受けました。僕は戦後文学作家のことを、じつはよく知らなかったのではないかと。一応教養としてというか、ある時期熱心に読んだこともあります。井上光晴の長編小説も、嫌々読みました。野間さんの『青年の環』は、とりかかって何度か二巻目の途中まで行くんですが、後にしようと言っているうちに、『青年の環』はついに読み終わりませんでした（笑）。すみません。五巻の終わりの方は読んでみたんですけど、まあ関係ないやというのが、僕の正直な気分でした。

ところが「全身小説家」の井上光晴を見て、打たれたというのか、感動したというのか、こいつ頭おかしいなと思ったというのか、この人たちには僕たちにない何か、それも大切なものがあるという感情を抱きました。それはなかなか説明しにくいもので、そのことを説明するために、その連載を縷々続けていったわけです。

その「全身小説家」の中には、老いた野間宏の姿も映っています。亡くなる直前の野間さんです。疲れて、いすに座り込んで、井上光晴と話をしている。その井上光晴も闘病中で、結局両雄は映画と前後して亡くなってしまいます。僕は、戦後文学の最後の姿をドキュメンタリーで見ていたと思います。

「全身小説家」は井上光晴さんを追ったドキュメンタリーですが、皆さんも御存じのように、大変活動的な方で、文学学校、小説学校をつくられて、小説を講義し、教え、書かせた。そんなことして意味があるのかなと思っていたんですが、最近僕も自前の小説学校で教えるようになっています。だんだん井上光晴になってきちゃいました。

野間宏化する僕①

それだけならばいいんですけれども、去年の三・一一の直後に当たる四月から、『朝日新聞』で「論壇時評」という仕事をやらせていただくようになりました。そのとき以来、何を取り上げたか、ちょっとさっき喫茶店で書き上げてみたんです。原子力問題、原発問題、原発反対闘争をしている祝島のこと、障害者差別と闘っている静岡県の施設のこと、農業問題でＴＰＰと厳しく対立している農文協のこと、原発労働者を中心とする労働運動のこと、国旗、国歌のことなど取り上げていました。えっ、ちょっと待てよ、野間宏じゃん（笑）。自分でもびっくりしました。あんなに自分から遠いと思っていた野間宏と同じことを、ずっとやっているんですね。心底驚きました。今日は、ちょっとそのことを少しお話したいと思います。「三・一一と野間宏」というか、野間宏の復活、いや、復活したら怖いですけど、そういうことを少しお話ししたいと思います。

僕たち、言い換えると戦後文学的と言われた人たち、名前をあげると、野間宏さん、井上光晴さん、埴谷雄高さん、堀田善衞さんたちです。そういった僕たちは――もちろんこの「僕たち」には、野間宏の会の人を含んでいますが――、「戦後文学」という言葉からイメージする、政治について語ること、あるいは科学や社会について無視しないこと、作家が部屋にとどまって書くだけではなく行動すること、社会と関連を持つことをやってきました。そういったものが戦後文学と言われているものの特徴の一つを形づくっていると思います。部屋に閉じこもって静かに執筆をするのではなく、時には外に出てなかなか家に帰ってこない。「行動する知識人」という言い方になりますけれども、それが戦後文学と言われるものの一つの特徴を形づくっていると思います。

戦後文学は古いか

豊かさの中で共感されなくなっていった戦後文学

ある時期から、そういう戦後文学者たちのあり方は古い、時代遅れだ、そんなことやって意味があるのか、と思われてきたように思います。それはなぜかということを、一つ一つ指摘するのは難しいですね。さまざまな理由があります。一九六〇年代から一九七〇年代にかけて、日本という国が経済的に豊かになっていった。そのことで、負の部分を指摘する戦後文学的なものがリアルに感じられなくなった。確かにそういう問題はあるかもしれません。遠いよね、頑張ってるね、偉いよね、でも、僕は知らん、ということです。そういうことを考える人たちが大半になったとき、静かに戦後文学的なものは退場していったのではないかと思います。

世代によって住む世界が異なる

僕はこれを、『1Q84』問題」と呼んでいます。このことはもしかしたら前回の野間宏の会でもお話ししたのかもしれませんが、僕はいま大学で教えていて、今の大学生はすべて平成生まれです。僕が大学の先生になったときは全員昭和生まれ、途中からミックスが始まり、ついに平成生まれの学生しかいなくなりました。そういう学生と話していると、突然自分がどの時代にいるのかわからなくなることがあります。皆さんもそうかもしれませんね。あるとき、音楽が好きだと言っているゼミ生がいたので、「へえ、最近買ったCDは」と聞いたら、「えっ、CD、買ったことありません」と。「ちょっと待って、音楽好きって言ったよね」、「はい」、「CDは」、「買ったことありません」。一〇秒ぐらい考えて、もしかして僕は日本語を間違っているんだろうか。「音楽を聴くのは、どうしているの」と言ったら、「ああ、iTunesで買って、ダウンロードしています」と。それは三年前の話で、その話を聞いていた最後の昭和世代の学生が「えっ、私はCD買うわよ」と言ったら、そのときの一年生の子が「先輩、昭和くさい」と(笑)。僕はそのとき、戦後文学は終わったなと思いました。昭和くさいと、まだ二十歳ぐらいの子が言われてる。というか、僕はどうなんだということです。

そういう話は、取り上げていくと幾らでもあります。皆さんも日々感じておられると思います。ドストエフスキーという人を知りませんと、東大の仏文の先生が大学院生に言われてショックを受けたと、書いたのを読んだのが六年前です。そして今や、そんなことで驚く人が昭和くさいということです。

そのとき、こういうことを思ったんですよね。僕たちは、多分ここの人たちは、野間宏を全員知っているだろうと。読んだこともある。多分野間宏を読んでいる人は、確率的にほぼ九九%ドストエフスキーを読んでいるに違いない。宮沢賢治だって読んでいるに違いない。ところが僕のところに来るゼミ生は自称読書家で、本をいっぱい読んでいますと言いますが、今までドストエフスキーを読んだことのある人は、一人も来たことがない。でも、読ませると「先生、やばいよ、あれ」とかいいます。『白痴』を読ませると「すごいよね、ムイシュキンって。格好いいよね」、「どこが」という会話になります。こんな話をしていると野間宏に行き着かないので、これ以上しませんが。

こういう話を彼らとするたびに、僕は世界観が変わってしまいました。それはどういうものかというと、僕たちはドストエフスキーがいたり、野間宏がすぐれた作家である世界に住んでいますが、そういう世界はタイムスリップしてどこかに行っちゃったんです。

二十代の子たちと話をしていると、冷静に考えてみると、彼らが生きている世界と、僕が生きてきた世界は同じ世界ではないことに気づきます。偶然一緒にいるような気がしますが、それは気のせいです。もうタイムスリップしてしまって、野間宏が存在しない世界が九割になってしまった。僕らは何かの偶然でまだ生き残っていますが、タイムスリップした難民のようなものです。気がつけばそういう形で戦後は消え去ったんです。小さなタイムスリップが断続して起こり、前にあった世界を継承せずに、全く白紙のまま自分たちの世界を広げていく人たちには、歴史も伝統もなく、言ってみれば断絶だけがある。いつ戦後が終わったんだろうと気にしている人たちの世界は、遠くへ弾き飛ばされてしまって、気がつけば、戦後という概念そのものがない人たちが主流派になっています。

こうやって戦後は終わったんだと思っていたのですが、「日本文学盛衰史　戦後文学篇」というのを書いているうちに、どうもそれだけでもないような、ざわざわとした気分がするようになりました。新しいという言葉は適当ではないので、違った秩序、違った世界観、違った価値観を持つ人たちがつくる世界が主流になって、それ以外の世界観を持っている人たちは、いわばわきへ、傍流へ、外へ押し出される。しかし、こういう循環はいつも起こってきたんだろう、しょうがない、自分の好きなものをめでて、あとは余生を過ごそうかと思っていたんですが、どうも何か違う。

戦後文学的な存在、〝ロケンローラー〟内田裕也

それはこの「戦後文学篇」という小説を書いている何回目かに、

戦後文学的な人として、内田裕也にぶつかったんです。内田裕也、知っていますね、「ロケンローラー」です。内田裕也って、僕は結構尊敬しています。何がすごいって、すぐれたミュージシャンなのに音痴というところです（笑）。普通、音楽をやんないだろう（笑）。彼の音楽は、ロックンロールじゃなくてロケンロールです。彼が、一九九一年に東京都知事選に立候補しました。そのとき、もはや伝説となった都知事選立候補者、内田裕也の政見放送というのがあって、これはYouTubeで見ることができます。内田裕也の演説の何がすごいって、全文英語。おまえはどこの都知事選に立候補しているんだ（笑）。「レディース・アンド・ジェントルメン」から始まります。自分の歴史とロックンロールの歴史を、四分間にわたって英語でしゃべります。その四分間の中に日本と世界の戦後の様相が、極めて的確かつラディカルに、しかも英語で語られている。しかも最後時間が余っちゃったんですね、このロケンローラー。政見放送の時間は、決まっているんです。二〇秒ぐらい余ったと思うんですよ。すると、にらんだまま黙っているんです。で、最後に「サンキュー」と。これは、『白痴』を読んで以来の感動でした。

これは何かというと、まず途方もない、理解できない異物が目の前に出現したということです。いやいや、もっと簡単に言うと、これは文学だなと。やっぱり、まずびっくりさせなきゃいけない。すぐわかっちゃいけない。ハッタリがきいてなきゃいけない。メッセージがなきゃいけない。すごい、すべて完備していました。いや、もう内田裕也に負けました。

多分音楽を専門にやっている人たちに、内田裕也は評判が悪いと思います。音楽だけやってろよ、そもそもおまえ音楽下手じゃん、おまえがいるからロックンロールが迷惑してる、とか。でも僕はそのとき感じたんです。都知事選に立候補して、はっきり言ってほとんどの人は何も理解できない英語でメッセージを発して、これが、彼にとってロケンロールの必然だった。音楽をやっているのがロケンロールだというのが、大抵のミュージシャンです。でも彼だけは、何と言ったらいいでしょうか、文学者、哲学者、いや、革命家。というか、僕は多分彼こそがロケンローラーなんだろう、伝えるということをよく知っている人だと思います。伝えるためにはあえて伝えにくくしなきゃいけないこともあるということを、熟知している。その専門の人たちからは、何やってんだ、あいつはと思われる。もっとやることがあるだろうと、小説を書けよと……。別の話しちゃいました（笑）。と言われるようなことを、あえてする。

やられたという感じがしました。彼の中の音楽と言葉、これは相同的にというか、対比的に、文学と政治ということを見事に具体的に表しているように、僕は思いました。もちろんそんなことを考えて連載に登場させたんじゃなくて、何となく面白いんで、何かがここにあると思って書いているうちに、だんだん粛然とした気持ちになってきました。

戦後文学の再評価と三・一一

「ぼくはこの日をずっと待っていたんだ」

内田裕也を褒めているのはいいんだけど、内田裕也だけを褒めている場合じゃないですね。待てよ、僕は、井上光晴や堀田善衞や埴谷雄高を尊敬していると、口では言いながら、ばかにしていたんじゃないか。あのやり方はないよねと。小説だけ書けばいいじゃんと。晩年、皆さん御存じのように野間宏はあらゆるところに出かけ、社会活動に忙しく、長いのも書いていたんですが、小説を書く時間があまりなかった。もっと書くべきことがあるんじゃないか、直接そう言った方もいるようですが、そう言われると野間宏は「準備しているよ」と、むかっとしておっしゃったそうです。今ならその気持ちがわかります。なぜって、僕も野間宏みたいになってきちゃったからです。

そんな連載を続けているうちに、三・一一が起こりました。このことについてはたくさんしゃべることがあるんですけども、この野間宏の会との関連で言わせていただくと、やっぱりこれは大きな必然だったんだなという気がします。僕は三・一一の後、『恋する原発』という小説を書きました。その中である人の言葉の引用として、とても有名な方の実際に言った言葉の引用として、「ぼくはこの日をずっと待っていたんだ」という言葉を引用しました。「あれ、高橋さんがつくったんでしょう」「いや、つくってない」。本当なんです。本当にすごく有名な人なんです。口では言えないぐらい、日本じゅう全員が知っている人。この方がインタビューの冒頭でそうおっしゃったんですが、周りが焦って、こんなことはとても外に出せないということになりました。河本準一どころじゃないということで、この言葉は外に出ませんでした。たまたまそのインタビューをしたインタビュアーが僕の友達ですが、「本当にこれ載せたかったんだけど、無理なんだよね」と言ってました。

なぜ出せなかったのだろうと思いました。ちなみにこの人も文学者じゃないんですが、戦後的なものを濃厚に持った、あまりヒントを出すとわかっちゃうんですけど、濃厚に持った方です。「この日を待っていた」という感覚は、僕にもわかるような気がします。いや、わかると言ったら、これは失礼になるかもしれませんね。「待っていた」ではなくて、このままこういう状態が続くはずがないんじゃないかと思っていました。そしてあの日がやってきた。もちろん津波や地震は天災ですから、それを防御できなかったこと、それを防御するシステムを築けなかったこの国の結果については語ることはできませんが、もう一つの原発事故については、また別な考えが必要になると思います。三・一一がなかったらもう少し楽しく、楽な日々が迎えられていたような気がします。

僕もあんな変な小説を書かず、「論壇時評」で毎回野間宏のようなことを書く必要もなく、できるだけ楽しいことに目を向けて趣味の世界に生きるはずだったのが、何の間違いで毎回こんなことを書いているんだろうと思います。しかし、これは間違いじゃなかったんじゃないか。

野間宏化する僕②

三・一一以降、ちょうど僕は「論壇時評」を引き受けることになったんですが、それまで読まなかったものを読む必要ができました。というか、それまで興味を持たなかったものに、興味を引かれるようになりました。四月から原子力学会の雑誌を定期購読していました。これが面白いんですよね。原子力関係の教科書も買って、大体基礎的なことはもうわかるようになりました。独学です。この辺がもはや野間宏ですね。こんなことも知らなかったのかということが、たくさんあります。いや、皆さんもお気づきかもしれませんが、我々はすべての情報を知ることはできません。これだけ大きくなった世界では、だれしもがある一部の情報や知識しか手に入れることはできません。情報量、これはいろんなところでいろんな言い方がされています。十年で十倍とか、いやいや、十年で百倍だとか。ものすごい勢いで、インターネットを中心に情報があふれ出しています。しかし、僕たちの受容能力が百倍に上がったという話は聞きません。ということは、僕たちが知ることができるものの割合は加速度的に少なくなっている、そう言った方が正しいのかもしれません。それでも、何もなければ僕たちは何も気にせず生きていくことができる。

しかしあの日が起こってから、例えば放射能のことについて無関心でいるのは、相当ポリシーを持っているか、相当頑固か、変わり者じゃないと難しいです。僕のところには、七歳児と六歳児がいるので、敏感にならざるを得ないです。というか、うちの奥さんは子供を連れて沖縄行くとか言い出したので、去年の四月、止めるのが大変でした。つまり、そのことについても発言しないと家庭生活も営めない。こういったできごとというか、こういった問題が、実にたくさん周りにあふれてくるようになりました。

先ほどちらりと挙げましたけれども、TPPの問題、知らない、国旗、国歌の問題、関係ない、ここ数日のトレンドで言うと、生活保護、関係ない、と言うこともできます。しかしそれが、本当に我々の生活に何の関係もないのか、と考えるようになりました。そして、僕たちの生きているこの世界というものは、そういったさまざまの、今までは見えなかったつながりによって動いていることが、少しずつ見えてきました。こういうとき、何も見えなかったころの感覚や考え方で過ごすことができるだろうかということを、考えるようになりました。

戦後民主主義の崩壊と日本の衰退

これは「論壇時評」にも書いたことですが、去年の四月に僕の長男が小学校に入学しました。長女は四十歳なんですけど……、その辺は今日の話と関係ないですね。諸般の事情で長男はいま七歳なんですが、小学校の入学式というのに、僕は三十年ぶりぐらいに出ました。この会にいらっしゃった方々は、約数名を除くと、もはや多分子供が小学校に入学するという可能性はないと思いますが（笑）……ないことはないですよね。入学式に出てびっくりしたのが、いま東京都の公立の小学校では式次第が決まっているんですね。最初に校長先生が真ん中の演壇に向かってお辞儀、敬礼をします。何もない空間に向かってです。面白いですよね。僕らは、国旗があるに違いないと思って行ったんです。そうしたらね、何もない、空虚なんです。そこに向かって深々とお辞儀をする。これは何の儀式かと思ったら、ずっと離れた左側の方に日の丸があるんです。どうもその東京都教育委員会がつくった式次第を見たら、ちゃんと左の奥に置けと書いてあるんです。

つまり直接お辞儀をするといろいろ差し障りがあるので、全体に向かってやっているということです。何かよくわかんない理屈です。確かに日の丸に向かって礼はしているんだけど、直接にはしていないというあいまいな決着です。ですから子供から見ると、先生が空虚に向かって礼をしている。そういう教育はいかがなものかと思いました。僕はそのとき、外に出ていたんですけど。石原さんが都知事になるまでそういう規則はなかったそうです。というか、学校で適当にやっていた。気がつけば、一つ一つのシステムが過去へ戻っていっている気がします。

いま大阪では橋下さんという人が出て、ちょっと僕は橋下さん批判を始めたので、そろそろターゲットに回ってくるかと思うと怖いんです。怖いんですけど、本気でやるしかないですね。今、大阪市職員の入墨を禁止するという話が出ています。あれ、皆さんわかると思いますが、入墨をしているのは、旧部落出身の人が多いんですね。ですからあれは、対部落への全面戦争の宣言です。わかってやっています。かつて戦後タブーとされていたものというか、戦後的なものの力によって封印されていたもの、一応は民主主義ということで、形式的ではあれ完備されていたものが、いま一つ一つ突き崩されていこうとしています。

僕は一九八〇年代にデビューした作家で、野間さんがお亡くなりになったのは一九九一年ですね。いわば、日本という国が経済的に最も豊かだった時代です。経済的に豊かであるということは、政治的な争いを封印します。皆が豊かであれば、けんかはしない。ですから戦後的な、あるいは近代百二十年この社会が抱えてきた矛盾が、一時的にではあれ、表面的に緩和された時期です。僕はその時代にデビューした作家だったので、政治的なものはもう封印してもいいだろう、無用な争いを何もないところに起こすのは、芸のないことだと感じていました。僕が戦後派作家というものに興味を失ったのは、多分そういう理由だったからだと思います。

ところが何ということか、それから二十年経って、螺旋的に日本は貧しい方向へ戻りつつあります。予想外だったというか、三、四年前に日本の人口は峠を越えました。いま急速に減りつつあります。どの予測を見ても日本の社会はどんどん人口が減り、そして貧しくなっていくだろうと。今でさえこの有様です。

戦後的問題は何も解決されていなかった

今度の河本問題でもそうですけども、インターネットは新しい情報ツールとして、今まで言語によるコミュニケーションの手段を持たなかった人たちに、すばらしい武器を与えました。しかし、同時にある意味でそれは人々の無意識の中にあった闇を広げてしまう役割を持ったと思います。橋下さんを支持している人の多くは、ネットの奥に住んでいます。それはものすごい圧力となっています。僕の知人で橋下さんの批判をちょっとした人がいます。内田樹さんじゃないですよ。内田さんのところにもものすごく抗議が来ていますけど。今までだれを批判しても、まあ公の雑誌でたたかれるとかそういったことはあったんですが、橋下さんを批判したら、どこでどう調べたのか彼のメールアドレスとか、秘密にしている住所にものすごい抗議の手紙やメールが殺到。監視されているんじゃないかと、結構怖がっていました。どうも今のそういう技術だと、どんなに秘密にしても、個人情報が漏れていくようです。内田さんはとても恐ろしいことだと言っていました。

もしかしたら、この状況は一九七〇年代や一九六〇年代はおろか、一九五〇年代ですらなく、戦前、日本が天皇制の下に厳しい言論統制の時代にあったころと、じつは本質的にもう変わらないのではないかという人もいます。ある意味すべては予想外でした。戦後は終わり、戦後的問題はすべて解決された。明るいか暗いかはわからないけれども、次の二十一世紀のステージがやってくると、みんな思っていた。僕も何となくそう思っていたんですが、三・一一以降、明らかになったことというか、感じることができるのは、問題は何一つ解決していなかったということです。

原子力工学の専門家が、それ以外のことには一切無知であることも明らかになりました。そんなことは野間宏ならずとも、何十年も前から言われてきた。それを放置していた結果、あんなことになってしまい、その罪というか、その責を僕たちが背負わなければならなくなってしまいました。民主主義の問題、同和問題、農業問題、公害、教育、国旗、国家、一九六〇年代から一九七〇年代にかけて野間宏が、そんなことはやんなくてもいいから小説書きなよ、と言われながらも取り組んでいたあの問題が、何一つ解決されていないどころか、ある意味もっと解決困難な問題として浮かび上がってきてしまいました。ここはもう腹を据えて取り組むしかないと思います。

日本の将来

反原発闘争の聖地祝島には、日本の近未来モデルがある

去年、僕は山口県上関町祝島というところを訪問しました。御存じのとおり、三十年間にわたって原発反対闘争をしているところです。野間さんが亡くなったのが一九九一年だから、行かれたことがあるんでしょうか。もし行かれていなくても、生きていらしたら、どの時点かでは多分行かれたと思います。

そこで僕は、本当にびっくりしたことが幾つかあります。例えばその祝島というところは、三〇年前反対闘争を始めたとき、人口は二千五百人、いま四百二十人です。五分の一以下になってしまいました。日本のあらゆる地方と、同じ問題を抱えているということです。野間さんの大きなテーマの一つに、農業問題、あるいは地方の問題があります。原発の問題と言いかえてもいいかもしれません。原発は大体過疎の村、ほかに産業がないところに招致されます。そういう場所に原発がやってくる。あるいは、公害を引き起こす工場がやってくる。これが日本の社会システムの根本的な方向でした。しかし縮んでいくこの社会では、もうほかに選択する道がない。そんなように思っている人も多いですね。

御存じのように、ほとんどの原発建設反対闘争は失敗に終わります。最終的に、お金と人間関係の中で反対運動はつぶされていくんですが、どうやら上関原発はつくられなくなるという方向なので、この祝島だけは奇跡的に成功し、おそらく史上初の勝利した原発反対運動になるのではないかと言われています。その理由を知りたくて、僕は祝島に行きました。

行ってわかったのは、この島には独自の文化があった、あるいは、そこだけの共同体、生活があったということです。ときどき休むことがあるけれども、毎週一回、三十年間、デモを続けているそうです。ということは、一千三百回ぐらいになるでしょうか、そういうギネスもののデモがあります。そのデモは、次の三つのときだけ、お休みになります。雨の日、風の日、参加者の身内に不幸があったとき。どうしてかというと、デモ参加者の平均年齢が七十歳なので、風が吹くと老人が倒れちゃうからだそうです(笑)。僕もデモに入りましたけど、七十歳ぐらいということは、もうすぐこのデモも滅びちゃうんだな、と思いました。ところが、この人たちは、全然暗くないんです。

原発反対運動が失敗するのはお金のせいだと言われていますが、この島、お金が要らない。老人の単身家庭が多いんです。いわゆる孤老です。でも彼らは、七十を過ぎても元気に働いている。大体死ぬ直前まで元気に働いています。病気になったらどうするか。隣から老人が助けに来ます。小さな相互扶助の、お金はあまり必要としない自給自足の共同体があって、彼らはそのよさをよく知って、その島と運命をともにしようとしています。小さくなっ

ていく世界。夕暮れの光景のような世界に住むことの楽しさを、よく知っているなと思いました。

野間宏化する僕③

どうしてこんな話をしたかというと、僕は去年の四月以来「論壇時評」をしていることもあって、僕の読む本は、もっぱら政治や社会のことに関するものばかりになっていきました。最近全然文学を読んでいない、やや野間宏化しているんですが、でもそれが全然つまらなくない。今こそ、この世界のありようをもう少しくっきりと知りたい。僕も作家ですので、究極の願望は小説を書くことです。それは、野間宏もそうだっただろうと思います。小説家という種族が、何で小説家なのかというと、一番書きたいものが小説で、一番自分の思いを表現するのも小説で、三度の飯より小説が好きだからです。しかし、どんなときにも疑問が生じたり、それでいいのかと思うことがあります。恐らく野間さんは『暗い絵』や『崩解感覚』のような小説から始まって、常にこの世界全体を描き尽したいという欲望にさいなまれていたと思います。しかし、世界あるいは社会は広がり続け、その全体をとらえようとするなら、知識においてそれまでになかったほどの量を必要としたでしょう。いやいや、そんな知識なんか要らないよと言える人は幸いです。別に野間宏は知識を必要とする小説を書いたのではなくて、この社会を本当に知りたいと切望すれば、知識を追求せざるを得なかったのではないかと思います。

そういう野間宏的な生き方に、野間宏的な小説家の進む道に、これまで僕はほとんど興味がありませんでした。しかし、ある時期からそれでいいのかなと思うようになりました。僕の中にも、僕が生きているこの世界、僕が死んでもなお続くこの世界の実相を書き込みたいという欲望は強くあります。それに知識が必要だとは、それほど思っていませんでした。原発や経済や、教育問題や農業問題を知らなければ、世界全体をとらえる小説は書けないとは思わない。しかしそれらの知識なしで何を書くのかといったとき、僕の中に幾つかの疑問が浮かびました。

いま思っていること

もうそれほど時間がないので、結論というか、いま僕が思っていることをお話しします。僕は別に小説家という種族の皆さんに、もっと社会のことを知ってほしいとか、野間宏のように絶えず勉強しろとか、そういうことは求めません。しかし、ある意味半世紀も前の古い時代に戻っていくようにさえ見えるこの世界、ここには一体何があるんだろうか、なぜこんなことが起こったんだろうかといったことを考えていく必要が、今はあるような気がします。いま生きている読者、これからやってくる読者、彼らに向かって僕たちは書くわけですが、彼らに誠実にメッセージを渡したいと思うとき、僕たちにもやるべき準備があるだろうと思います。

郵便はがき

料金受取人払

牛込局承認

7198

差出有効期間
平成29年6月
21日まで

162-8790

東京都新宿区
早稲田鶴巻町五二三番地

株式会社 藤原書店 行

（受取人）

ご購入ありがとうございました。このカードは小社の今後の刊行計画および新刊等のご案内の資料といたします。ご記入のうえ、ご投函ください。

お名前	年齢
ご住所 〒 TEL　E-mail	
ご職業（または学校・学年、できるだけくわしくお書き下さい）	
所属グループ・団体名　連絡先	
本書をお買い求めの書店 市区郡町　書店	■新刊案内のご希望 □ある □ない ■図書目録のご希望 □ある □ない ■小社主催の催し物案内のご希望 □ある □ない

書名		読者カード

●本書のご感想および今後の出版へのご意見・ご希望など、お書きください。
（小社PR誌『機』に「読者の声」として掲載させて戴く場合もございます。）

■本書をお求めの動機。広告・書評には新聞・雑誌名もお書き添えください。
□店頭でみて　□広告　□書評・紹介記事　□その他
□小社の案内で　（　　）（　　）（　　）

■ご購読の新聞・雑誌名

■小社の出版案内を送って欲しい友人・知人のお名前・ご住所

お名前　　ご住所 〒

□購入申込書（小社刊行物のご注文にご利用ください。その際書店名を必ずご記入ください。）

書名　　冊	書名　　冊
書名　　冊	書名　　冊

ご指定書店名　　住所

都道府県　　市区郡町

それが野間宏的なものであると、ここで断言するつもりはありません。ただ政治的なもの、科学に関する勉強、そういったものは文学や芸術には必要ないよというイデオロギーが、恐らく一九八〇年代以降あったと思います。そのような文学に関する一つの思い込み、イデオロギーは、気がつけば消えてしまっていた。少なくとも、僕の中では消えてしまったように思います。

ですから、今は亡き野間宏さんにもし言葉をかけるなら、「すみません、先生、誤解していました。なかなかやるじゃないですか。僕も頑張りますので、どこかにいたらまた読んでください」と伝えたいです。以上です。

（二〇一二年五月　第二〇回）

システムに抗する文学の可能性

作家　古川日出男

震災直後には、ほとんど何も考えていませんでしたが、ただ、それまでと同じようにものを書いていいのかという倫理的な問いが、自分の内側にありました。今までと同じものを書いていたら、この倫理的な問いかけがないことになる。つまり、幾つか書くのをやめなくちゃいけない。いま何を書くべきかということはほとんど考えずに、いま書いてはいけないものは何だろうかということをずっと考えて、それで結局二つほど執筆を中断した作品があります。その上で、それでもあふれてくる言葉があればそれは吐かなくてはいけないし、どうしても体が動きたいと言ったら行動しなくちゃいけないと思ってきました。そのままあれから、もう一年二カ月になりますけれども、何というか、動き続けているなかで、

アンバランスな存在である文学者

いま書いてはいけないことと、やるべきこと

どうも、今日はよろしくお願いいたします。

僕は福島県の生まれで、十八歳まで郡山市で過ごしました。震災後、自分なりにずいぶんいろいろな文章、作品を発表してきました。あの震災自体、科学的なレベルを別にすると、だれも予期していなかったと思います。そして僕自身が予期していなかったことに翻弄されながら、書き続けてきました。そういう作家だったから今回この野間宏の会に呼んでいただけたと思っています。

という気がします。野間宏の会の第二十回に、自分が参加するとは思っていませんでしたが、お電話をちょうだいして、では何か話すことがありそうなので、話させていただきたいとお答えして、参加しました。

アンバランスな文学者の思い

今日は第一部がとても充実していて、山田〔國廣〕さんと吉岡〔斉〕さんのお話は、すごく実際的で、僕には感ずることや、ためになることがたくさんありました。僕はただの文学者なので、そういう実際的なことはなしに、文学者という異様にアンバランスな存在の五感から、いま何をしたらいいと思っているかをお話しできれば、と思います。

第一部で、まず山田さんから除染の話がありました。除染のガイドラインがもう決定されているから、まともな除染、効果的な除染が行われないで、そのシステムが先に動いてしまっていく。制度が先にありきで行っている。この除染のガイドラインがあるからというのは、それこそ野間宏の『真空地帯』のテーマだなと思いました。

吉岡さんの政府事故調のお話。配布していただいた資料の中に「無謬性の原則」という言葉がありました。これなんかもまさに法ができて、システムができてしまったら、システムの中にいる官僚である検察や警察は、システムの瑕疵を問わないということですね。

システムができ、システムの内側に入ってしまうと、もうシステムを攻撃できないというのは、とても日本人的な性向ではないかと思います。日本の組織のあり方は独特ですが、作家というのはある種アウトサイダーです。組織からドロップアウトした人間ですから、組織というものを外から捉えることができます。僕は幼いころから生きづらいなと思っていましたが、日本的な組織のあり方に対して感じていたのだと思います。

今回震災が起きて、僕は明治維新のことを考えました。どんなに徳川幕府がだめになっても、それだけでは倒幕は起きなかったと思います。どうして倒幕が起きたかというと、黒船が来たからです。黒船が来ない限り、多分幕府そのものをつぶすことは無理で、システムが温存されて、システムの内部で排除や処罰が展開していって、今も徳川家が第二十何代とかいって続いていたはずだと思います。あのとき国際的な圧力によって、初めて日本はシステムを変えることを考えた。やっぱりその黒船と同じように、去年三月十一日の震災は、圧力として日本の上にのしかかっていると思います。

終戦、敗戦によって起きたことも同じです。GHQの圧力によって憲法を新しくつくるという、外の力が加わりました。いま我々がしなくてはいけないのは、あの東日本大震災を一種の外圧ととらえて、システムそのものを破壊するか、問い直すことではないかと思います。

ただ、僕は何の専門家でもないし、最初から言っているように、ただの文学者ですから、できる限りアンバランスな視点を、ある風潮やある意見に流れていく世の中に対して提示するのが、役割じゃないかなと思っています。

震災後

美の発見

それで、いきなり話を脱臼させるような問いかけです。福島という場所のことを考えると、汚染されている、震災ですべてが破壊されたという見方で、もう一色に染まって一年二カ月たちましたが、では震災後に美しさはないのでしょうか。

今年の正月に地元に戻ったときに、甥、姪と通学路を歩いて小学校に行きました。そうしたらグラウンドの隅に夏まではなかった、変なものがありました。除染のため表土を五センチほど削って、その表土を校庭の下に埋めたんで、その除染の痕跡かなと思いました。でもそれは太陽光発電パネルが着いた放射能のモニタリングポストでした。線量を三百六十五日、二十四時間、標示しています。いつ撤去するのかわからない。撤去できる日が、自分が生きている間に来るのかもわからないモニタリングポストが、校庭にありました。

さらにあたりを散策してみました。僕は結構田舎育ちで、本当に山の中で生まれたような野生児です。皆さんご存じのように、福島には干しガキがありますが、いまは販売禁止になっています。干しガキにした方が放射性物質の度合いが高くなってしまうからです。だから干しガキを作るなということが、去年の秋ぐらいに、大きく報道されていました。それで干しガキ作りを生業としている方は、出荷できないものをどうしていいかわからない。だってこれは放射性廃棄物だから、だれも持っていってくれない。そのまま実が生っていて、熟し切って落ちていたり、なかなか落ちずに、そのまま枝に残ったりしていました。その他の木の実、果実もだれも収穫しないから、何が起きているかというと、それをえさにする鳥の数と種類が増えて、鳥の鳴き声に満ちていました。「見たこともない鳥がいるよ、美しいね」と言って、甥、姪と立ち止まりました。そういう鳥たちにとってものすごく豊かな光景が、今年の正月に地元に広がっていました。

それをぱっと見ていると、美しいんですね。冬の光景なんだけども枯れてなくて、美しい。ただそれは何だろうと考えると、実際は美しくないわけです。

僕が散策した場所の周りには、コイの養殖池があります。多分今コイの養殖は、廃業するしかないだろうなと思いますが、地産地消している限りは続くかもしれません。コイのうま煮は福島の名物ですから。ただ、それは恐ろしい、淡水が汚染された場所だから。

墓地にもいってみました。震災のとき地元は震度六弱だったので、結構墓石が倒れて、去年の夏ぐらいまではそのままになっていました。でもさすがに墓は直さなくちゃいけないという話でどんどん直していって、一月三日の時点では墓石が随分立っていました。うちの父親なんか「あれはアロンアルファでくっつくよ」とか言って、喜んでくっつけていました。私の地元はそういう場所です。

鳥たちがいっぱいいる風景を僕が見たのは、家の真裏、数百メートルのところです。さらにそこから二百メートルぐらい行くと、郡山市の市場があり、そこでは郡山市じゅうの義務教育の学校における給食の放射能検査をしています。そういう場所だとわかっていても、鳥とかほかの生き物からすると、震災が起きて何か棲みやすくなった、おれたち豊饒になったと思っているかもしれないなあと感じました。汚染だ、不幸だというのは人間の一面的な見方であって、目にカラーコンタクトレンズを入れて見ちゃうと、ちょっとわからないものもあるなと思いました。

先ほど原さんから、大船渡という言葉が出ましたけども、ちょうど一週間前に僕は大船渡にいました。大船渡も津波のひどかったところですが、あそこには港にセメント工場があります。民間のセメント工場です。そこで、じつはがれきを燃やせるんですよ。今年の十一月からセメント工場として再開するらしいですが、今は徹底的にがれき処理で操業しています。もしかしたら、そこでは夜遅くまで焼却していて、また朝早くからやっているのかなと思って、夜中の十二時ぐらいに見たら、まだどんどん燃やしていました。港に白と赤の色の煙突が何となくかすかに見えて、煙突の周りは航空安全用に電光がついていて、煙突からは煙が出ている。多分二十四時間燃やしているんです。星がものすごいきれいで、カモメがすごい鳴いていました。もしかしたらセメント工場でがれきを燃やし続けているから、夜なのにカモメが鳴き続けていたのかもしれません。星を見ていると、ぱっと白い翼で飛んでいきます。そのとき僕は仲間と八人ぐらいでその港に立っていましたが、みんな言葉もなく、美しいなと思いながら星を見ていました。

震災でつらいこととか、悲しいこととか、腹が立つこととか、そういうのはもちろんあるし、今後も続きますが、だからそこにはもう美はないかというと、それは違うと思います。こういった場所を救うという行為は上から目線で、不幸な場所だから助けてあげなくちゃとなってしまいます。しかしどういう状況でも、災害や事故が起きた後にも、また新たに小さな美しさや楽しさや、そういうものがいっぱい誕生するんだなあということを、すごく痛感しました。

『銀河鉄道の夜』の朗読会

僕が震災後、最初に大船渡に行ったのは、去年の終わりでした。そして先週は、宮沢賢治の『銀河鉄道の夜』を朗読劇にしました。僕が脚本を書いて、出演は詩人で明治大学教授の管啓次郎さん、翻訳家で東京大学教授の柴田元幸さん、ミュージシャンで僕の友達の小島ケイタニーラブ君、それに僕の四人で、先週から今週の頭にかけて大船渡市、仙台市、福島市と公演して回りました。

どうして賢治をやったのかというと、先ほどお話ししたように、震災の後に、書けない言葉は書いちゃいけないという判断がまずあり、自分の言葉ではこの状況に全く太刀打ちできないなと思ったとき、じゃあ人の言葉をかりればいいと思ったんです。言葉さえ発すれば、自分は文学者なんだから、何かできると思いました。言葉では誰の言葉にしようかと考えたとき、富裕な人間でありながら、農家に徹底的に近づいていって、なおかつ日蓮宗の激烈な信徒で、世界を救いたいけども自分では救えないという葛藤の中を生き、津波の年に生まれて津波の年に死んだ宮沢賢治の言葉が、自然に自分の中にしみ込んできました。賢治の言葉を発するために、何人かの仲間とステージにして、その他のスタッフを入れて十数人で、ずっと移動していったんです。

大船渡で上演するときは、まっさらな会場に舞台を組み上げていって、そこでは演出、舞台の組み方、登場の仕方も、以前の公演と全然違うものになりました。仙台市は被災三県の中核です。そのど真ん中で公演したときは、やはりとても違うものになりました。経済をがんがん回すことが復興だということで動いているから、スタイリッシュな、東京でやるのと同じような形でいいということになりました。福島市でやるときは、もう会場に入った瞬間から、自分の中で福島弁、郡山弁がよみがえってきて、ここに来ているのは福島の人たちなのだからという思いで、公演しました。その土地土地の言葉、空間を意識して、公演しました。

僕のためにやっている、あるいは来てくれる人のためにやっているというよりも、震災直後は一緒の被災地だったのが、福島、宮城、岩手と、ばらばらになってきている、それを実際に身体で確認して、つなぎ直さないといけないと、すごく思っていました。でも実際に現地に行ってみたら、その土地土地で出すものは違うものにしなくちゃいけないと考え直し、違うものをして、違うように見てもらい、違うふうに土地の人たちと交流してきました。

公演のために大船渡に入る前の日、陸前高田に行ってきました。僕は福島県の浜通りの方を結構、震災直後に行きましたし、ほかの場所にも津波の後、行きました。陸前高田は津波被災地として象徴的に扱われて、相当復興が進んだ、がれきの撤去が進んでいると報道されていますが、とても語れない光景が広がっていました。六月に陸前高田市立体育館が撤去されると聞いていたので、そこには行こうという話になりました。行ってみると、体育館の中に、流されて押し戻されてきた車が、放置されていました。体育館の入り口は開け放たれていて、館内の時計は三時三〇分で止まっていました。津波の時間です。入り口には、亡くなられた方のために線香が立っていました。二階には人がいないギャラリー席があり、三方から階下を見下ろしていました。だれもが言葉を失ってしまう空間です。これがなくなってしまうことは、よくないと感じました。物見遊山でいいから、これは見に来るべきではないかという光景でした。

隣には図書館が併設されていました。図書館には、津波にやられた書籍が全部積み上げられていました。活字を扱っている人間には、とても恐ろしい光景です。後で来た編集者はやはり言葉を失ったと言っていました。自分らがやっていることの、死を見たわけです。そこには言葉の死がありました。そういうものを見た後に、それでも真夜中の大船渡に行ってみたら、夜の星空に、鳴きながら飛んでいく真っ白なカモメに出会いました。ああ、きれいだなと思い、後ろを振り返ったら、三階ぐらいまで穴が開いている建物、がれきが撤去されたフラットな土地しかありません。それでもきれいだと思いました。自分の感受性がばかげているのかもしれないけど、信じて時折は出していかないと、そして実際に復興のため、除染のため、おかしな政府のシステムを変えるために働いている人たちにも、根を詰めてやってもらうかわりに、わきの方で緩やかな美しさ、楽しさを見ていただかないといけないなと、すごく思いました。そういうことに思い至ったことが、この朗読劇を上演して回った最大の収穫だったと思います。

地震、津波、原発事故

震災は原発事故だけではない

福島の人間として思うのは、果たして「震災」はまだ存在しているのか、ということです。「震災」は、「原発事故」という言葉に回収されてしまっているように思います。

いろんな人とのつながりや流れで、三・一一から一年間にニューヨーク、トロント、パリに行く機会がありました。ニューヨークに昨年五月に行ったときには、あちらの人にも、津波の光景が身体と脳裏に残っていて、それで「日本は大丈夫か、何か助けになりたい」と言ってくれました。トロントに九月に行ったときには、僕は福島の作家として紹介されたので、福島の話しかしませんでした。もしかしたら津波の印象もあったかもしれませんが、僕は話していません。今年三月にパリに行ったときは、これは僕だけじゃなくて日本人の作家何人かと一緒に行きましたが、皆さん口々に原発のことしか質問しません。津波のことはだれからも質問されませんでした。

フランスは原発大国で、フランスと日本の原発の重要性というのは、この間まで一緒でしたから、それは当然です。恐らくもう地震、津波の記憶はあまりないんじゃないかな、原発事故の記憶だけになっているんじゃないかなと思いました。このことが被災者の中でも、津波でやられた人たちのある種の悔しさになっていいます。福島の人間だからこそ、ちょっと考えなくちゃいけないなと思います。それをやらない限り、問題はどんどん小さな視点になっていって、最初に起きたのが想像外の巨大地震だったこと、千年に一度のことだったことが、忘れ去られていくのではないかなと思いました。

大船渡で公演を終わった後、現地の方が随分手伝ってくださいました。みなさん、僕よりかなり年配の方々でした。そのとき、そこの会長さんから、「出身はどこですか」と聞かれたんです。「福島です」と言ったらものすごくびっくりされて、「福島の農家なんです」と言ったら、もっとびっくりされて、「本当に福島の農家は大変でしょう。うちなんかは全然大変じゃない」と応じてくださいました。「大変じゃない」と言われても、津波の被害に会われた方々が単純に見積もっても二万人いるわけですから、その人たちに言われたときにすごく困ってしまいました。

そのうえその会長さんから、「本当に農家は大変でしょう、福島だと、シイタケとか」と言われました。じつは僕の実家はシイタケ専業農家で、二代続けてシイタケしかやっていません。大変といったら多分トップクラスで大変だと思います。でもそういう個人の問題とは別なところで考えないと、被災地の中で引き裂かれてしまいます。しかも宮城、岩手のがれきから放射能がちょっと出るとか、出ないとかで引き受ける、引き受けないという話は、先ほどの山田さんのお話にもありましたが、福島県内でやればいいというのが一種の希望だったんですけど。そういうときにも、やっぱり何か宮城や岩手に犠牲を強いているみたいなつらい気持ちがします。そんな中で「福島が一番つらいでしょう」と言われました。大船渡の人に何かをわたし、大船渡の人から何かもらえればいいと思って朗読劇の上演に行ったのですが、そこでいただいた言葉は、わたしの中でとても重く響きました。

ツアーが終わってから、実家にほんの少しの時間、立ち寄りました。自分の周りだけの印象ですが、もう津波の死のイメージは残っていませんでした。もちろんみんな、これから将来どうなるのか、三十年、四十年後、福島の子供たちはどうなるのかと考えています。ただ、そうなんですが、福島県内でも津波の被害は本当にひどかったわけで、三・一一で最初に起こったのは津波でした。恐らく福島の多くの人が、原発の建屋が爆発するまで、原発のことをあまり考えなかったと思います。その最初の時点で起きていたシンパシーを忘れてしまったら、福島の内から外に救いを求めることは、できないんじゃないかなという気がします。

「福島イコール原発事故」は、思考がシステムに取り込まれたため

僕は、「福島イコール原発事故」という図式も一つのシステムだと思っています。そのシステムにとらわれて、特に文学みたいなアンバランスな表現、アンバランスな生産活動が、原発だけに向かってしまっては、行き場がないんじゃないかなと思いました。震災は、マグニチュード九・〇の巨大地震から起きたということを、忘れてはだめだ、忘れてはだめだと、繰り返し、自分に言い聞かせています。

郡山市の南は須賀川市と接しています。その須賀川市には藤沼湖という農業用のダムがあります。これが地震でやられて、ダムが崩れて鉄砲水が出て、七名が亡くなられて、一名がいまだに行方不明のままです。これは県内で起きた、津波、海水ではない、淡水による死者です。白河市というもっと南では、土砂崩れで人が亡くなった人がいます。四月初めの余震でもいわき市で土砂崩れが起こり人が亡くなっています。土砂災害で二桁の人間が亡くなったことになります。地震で淡水に呑み込まれて死んだり、土の中に埋もれて死んだりした人たちがいたのです。まず福島にも、そういう地震の死があったということを忘れては、どこにも救いようがないように思います。地震があり、津波があり、原発事故があったという三段階、この三つを等価のものと考えない限り、それぞれの人がそれぞれの立場で、おれはこれ専門にここを救うとか、おれはここで活動するというふうにできないような気がします。

野間文学とシステム社会

野間宏の『真空地帯』を読んで、これはいかに日本人が一つの機構、システムから逃れられないかという話だなというのを、すごく痛感しました。僕なんかは戦争を全く知らない人間、文学的にも影響を受けていない、全く断絶してしまった世代です。大江健三郎さん以降しか読まないようなタイプの人間です。そういう僕にも、この本を読んだときに、驚くような、目を見張るようなことがありました。『真空地帯』に記されている軍隊というのは、一つのシステムであり、そのシステムは信じられていて、システムを維持しなくちゃいけない、でも、だれもそのシステムを、信念を持って愛してはいない、愛していないのは自明なのだけど、それを言ってはだめ、システムに正義がないことがわかっているけど、そのシステムを守ることは正義だ、と言っている。これと同じことが、今も起きていると思います。

震災が起きて、まるで終戦直後だと言われています。僕も直後の津波の被害で、これは本当に空襲を受けたような光景だと思いました。福島に関しては、去年までは「福島だけ戦時下なんです」みたいな言い方もしてきましたが、いまはシステムの問題がすごく起きているような気がします。

日本人は組織が生まれると、組織を存続させるんですね。個人が生存しなくてはいけないという本能を押し殺していいような、独特なところがあって、軍隊の中でも起きたことだろうなと思います。『真空地帯』は外地の話ではなく、内地でじわじわとなぶり殺す、あるいはなぶり殺すことにじわじわと快感を覚える話です。本当に恐ろしいと思いました。

このまま行くと、震災についても、システムが復興に勝つなあというのが、僕の予感です。システムに勝たせてはいけない。復興というのは、大きなシステムをつくらせずに、小さなパーツを、機動力を生かして戦術的にばっと使っていくようなことをやらないといけないし、その小さなパーツそれぞれのリーダーをつくっていくということがすごく重要です。大きなシステムができないようにするためには、社会的にはあまり生産的ではないけれども、表現者、文学者がアンバランスな発言、アンバランスな感慨、アンバランスなアドバイスを発していくことが、すごく大事なんじゃないかなと思います。

『真空地帯』がすごくリアルに、生々しく描けている一つの理由は、登場人物たちが関西弁だからだと思います。関西弁で書かれているから、抽象的な話ではなく、うまくいっているのではないでしょうか。

野間宏と宮沢賢治

世界性と地域性が共存する宮沢賢治の世界

僕が、震災後に宮沢賢治が気になったのは、世界性と地域性が共存しているからかなあと思っています。人名や、イーハトーブなど、インド・ヨーロッパ語的な語彙を自ら創作しながら、一方で岩手の花巻弁をいっぱい投入しています。そのぶれが、とても必要なことなんじゃないかなと思っています。

私はあまり報道番組を見るわけではないですが、震災報道を見ていると、岩手から福島までのどこの地域の人の言葉を聞いていても、次第に一つのイントネーションに聞こえてきて、自分の中で十八歳までいた東北弁がよみがえってきます。そういう言葉の力がないとだめなのではないでしょうか。震災の悲劇に共感してもらえたのは、じつはあのローカルな言葉の力が大きかったのではないかなと思います。全員がきれいな標準語で悲劇を語っても心に届かないと思います。何を話しているのかちょっとわかんないけど、何だか、かわいそうだなあと思い、そのときに初めてみんなが力になりたいという気持ちになるのではないでしょうか。震災から時間が経てば経つほど、言説、発言が次第にフラットな標準語になってきて、共感が薄れているのではないでしょうか。これは、我々が震災を忘れているというより、我々が日本の中に、何十ものローカルな言葉があることを忘れているからじゃないかなと思います。賢治に学ばされたことだし、自分でやっていかなくてはならないことだと思います。

野間宏の『真空地帯』の中で、最も僕の中で美しく響いてきたのは、その関西弁です。もちろん関西弁の敬語が表す微妙な上下関係というのは、活字ではわからないですけども、すごく人間関係の嫌らしい調整があるなということは感じます。それがとても効果的だし、美しいなあと思いました。

原さんの後で照れるのですが、花巻弁も出てくる賢治の詩を二分ぐらい朗読して、その後、宮沢賢治と野間宏の文学についてまとめたいと思います。「永訣の朝」を読ませていただきます。

永訣の朝

けふのうちに
とほくへいつてしまふわたくしのいもうとよ
みぞれがふつておもてはへんにあかるいのだ
　（あめゆじゆとてちてけんじや）
うすあかくいつそう陰惨《いんざん》な雲から
みぞれはびちよびちよふつてくる
　（あめゆじゆとてちてけんじや）
青い蓴菜《じゆんさい》のもやうのついた
これらふたつのかけた陶椀《たうわん》に
おまへがたべるあめゆきをとらうとして
わたくしはまがつたてつぽうだまのやうに
このくらいみぞれのなかに飛びだした
　（あめゆじゆとてちてけんじや）
蒼鉛《さうえん》いろの暗い雲から
みぞれはびちよびちよ沈んでくる
ああとし子
死ぬといふいまごろになつて
わたくしをいつしやうあかるくするために
こんなさつぱりした雪のひとわんを
おまへはわたくしにたのんだのだ
ありがたうわたくしのけなげないもうとよ
わたくしもまつすぐにすすんでいくから
　（あめゆじゆとてちてけんじや）
はげしいはげしい熱やあへぎのあひだから
おまへはわたくしにたのんだのだ
　銀河や太陽　気圏などとよばれたせかいの
そらからおちた雪のさいごのひとわんを……
……ふたきれのみかげせきざいに

みぞれはさびしくたまつてゐる
わたくしはそのうへにあぶなくたち
雪と水とのまつしろな二相系《にさうけい》をたもち
すきとほるつめたい雫にみちた
このつややかな松のえだから
わたくしのやさしいいもうとの
さいごのたべものをもらつていかう
わたしたちがいつしよにそだつてきたあひだ
みなれたちやわんのこの藍のもやうにも
もうけふおまへはわかれてしまふ
(Ora Orade Shitori egumo)
ほんたうにけふおまへはわかれてしまふ
あああのとざされた病室の
くらいびやうぶやかやのなかに
やさしくあをじろく燃えてゐる
わたくしのけなげないもうとよ
この雪はどこをえらばうにも
あんまりどこもまつしろなのだ
あんなおそろしいみだれたそらから
このうつくしい雪がきたのだ
　　(うまれでくるたて
　　こんどはこたにわりやのごとばかりで
　　くるしまなあよにうまれてくる)
おまへがたべるこのふたわんのゆきに
わたくしはいまこころからいのる
どうかこれが天上のアイスクリームになつて
おまへとみんなとに聖い資糧をもたらすやうに
わたくしのすべてのさいはひをかけてねがふ

ありがとうございます。

野間宏と宮沢賢治の共通点

野間宏と宮沢賢治の一番の共通点は、鎌倉仏教への傾倒だと、僕は思います。賢治と日蓮宗についてはすでにお話ししましたけども、日蓮宗というのは、基本的にどこかナショナリズムに向かっていくところがあります。でも、野間さんは親鸞、親鸞とおっしゃっているように、あれだけ国家、システムというものを書きながら、浄土真宗の方に向かいます。浄土真宗は、個人と阿弥陀との一対一の関係を大切にするところがあって、そこから救われていきます。賢治が個人を救おうとしながら、ナショナリズムの日蓮宗に向かい、国家というものをすごく意識した野間宏という作家が浄土真宗に向かいます。これは差なのでしょうか。それとも差ではなく、人は自分が生まれた環境から何かを選びとったとき、それに対して補完するようなもの、逆なものを持ってくるから、二人は同じことをしていたのでしょうか。この二〇一三年、このことをゆっくりと考えた方がいいなと、僕は思っています。

野間宏さんは、親鸞は天皇批判をした唯一の仏教徒である、システムというものを批判した人間である、鎌倉仏教あるいは日本仏教の世界の中で、親鸞だけがそうである、こういう言葉を書きつけた人です。おそらく、『真空地帯』の軍事裁判が、天皇が持っている司法権の下で行われたということを書かずに告げた人だから、親鸞の本を、現代語訳したときに、書きつけたんだなと思いました。

原発事故に関しては専門家の方々がきちんとした言葉で、説明してくれると思います。ただ震災がなぜ起こったかというのは、これはだれもうまく言えないと思います。もちろんプレートテクトニクスとか、そういう言葉では言えますが、なぜ二万人死ぬのか、なぜ福島の人間がこのまま三〇年、四〇年、廃炉になるのを待たなくてはならないのか、これは説明できない。そういう語れない言葉に向かって文学が行けば、無駄なことをしていけば、少しは希望のようなものが、見いだせるのではないかなと思います。十五年後に自分が書くもの、あるいは四十年後にまだ生き続けて廃炉を見届け、廃炉された場所の前で発する言葉、これらが自分にとっての勝負だと思っています。今日はどうもありがとうございました。

（二〇一二年五月　第二〇回）

言葉の断片、切れはしの尊厳

――野間宏『日記』と敗戦――

作家
浅尾大輔

野間宏の持続力の源は何か

本日は、どうぞよろしくお願い致します。お手元にレジュメを用意しています。時間が限られていますが、私は野間さんをどんなふうに読んだか、お伝えしたいと思います。

私にとって野間宏さんは、世界の終わり、全滅、そういうもののイメージを作家はどこかで担保にして、希望や新しい世界、創造――そういったものを突きつめなければならない、と言った方ではないかと思っています。恐らく、第三次世界大戦や核戦争、そういった、滅びというものを担保にしていた、そう思っています。

レジュメをご覧ください。「言葉の断片、切れはし」と書きました。これは、野間さん自身の言葉です。自分がかつて戦争中に書いた言葉の断片や切れはし、そういうもの……。『暗い絵』を書くときに、なかなか一行目が書けなくて、友達の画集の中に入っていたノートの切れはし、そういったものから手が伸び、足が伸び、あの有名な冒頭をもつ『暗い絵』につながったとおっしゃっています。そのとき、三十一歳です。

私は、どうして敗戦後すぐこんなふうに猛ダッシュができたのか、立て続けに優れた小説群を発表していけたのか、その瞬発力と持続力の原因を知りたいと思っています。そのことを考えたとき、野間さんというのは、戦後派の作家、新進気鋭の作家というのではなくて、既にその敗戦の時点においても、作品は発表されていないけれどもベテラン作家として存在していたのではないか。戦前・戦中・戦後という区切り・断絶がないという、そんなイメージがありました。

言葉の断片が、どのように育っていくのか

戦前は左翼の学生として、一人の役人として、それから一人の兵士として、野間さんが手帳やノート、切れはしにいろいろなことを書いているわけですけれども、彼の体内に孕《はら》まれていったもの、堆積していったもの、文学的精神、日々の暮らしの中で書き留められていった「言葉の断片、切れはし」が、巨大な歴史、自分ではどうすることもできないような運命、この場合は世界戦争――この世界戦争を生き抜く、この戦争にこの命をかけてもいい、そういう担保として、メモ、ノート稿、断片、詩といったものの重さがあったのではないか。それが力になって、戦後の作品の主題として育っていったのではないかと感じました。

後で触れますが、野間さんは例えば昭和七年のノート稿に、「芸術とは統制されたる生命の表現」とか、『暗い絵』の中には「判断を伴わない彼の考えは判断を伴わないという点であるいは青年の野心であり……青年の希望である。しかしその希望は、決して達せられないものかも知れない」という記述――つまり自分はもう死んで、そこで終わってしまうかもしれないけれども、そこにある野間さんの、または仲間たちの言葉、ぬくもりや空間というものは、その希望だと言っています。

そういうことを私が教えてもらったのが、野間宏さんの分厚い『作家の戦中日記』の上下巻です。藤原書店から二〇〇一年に出ています。これは、すさまじいものです。絶望や苦しみ、混乱――そういったものが、ノート、メモにたくさん溢れています。下巻の口絵写真で、こういうふうにびっちりと、あの野間さんがその当時の思いを書いているわけですけれども、私は、これを見たとき、圧倒されるとともに、かつてブリューゲルを見た学生仲間で共有した痛みや呻き、嘆き、「永杉英作のアパートの六畳の部屋の精神の雰囲気」などを感じました。

日記の中には、自分の性欲は異常なのだろうか、変態なのではないか、などと、過剰なプライド、それをまた否定する自分、それから学生生活が大変貧しいということも書かれています。異性との関係にも苦しみます。例えば、小林多喜二が殺された昭和八年の二月には、「学校やめて働きながら書く」と決意しています。この頃の、全体を流れる野間さんの気性は、社会と身体への執拗なこだわり、粘着的な追求――それが言葉とつながって、竹内勝太郎先生の象徴主義などとマッチして、マルクス主義ともつながっていくということではないでしょうか。

・野間青年は、自身の性欲は異常なのか、変態なのか……と悩む。過剰な自意識と自嘲の告白。貧しい生活。初恋、異性との関係に苦しんでいる（昭和８年２月、「学校やめて働きながら書く」と決意したりしている）。
・野間青年の、社会（現象や思想）と身体への執拗なこだわり。粘着的な追求。
　が、言葉への執着となり、フランスサンボリズムの竹内表現とマッチして救われ、やがてマルクス主義とも結びつく。

　昭和９年（1934）、小説『車輪』創作ノート、
　昭和10年２月、小説の構想のなかで「進介」（「暗い絵」の主人公の名前）の文字が見える。３月、「私は、共産主義者として働きたい」「竹内勝太郎の喜劇を追求すること。悲劇の向うの喜劇、すみ切った、明るい喜び」と記している。
　昭和11年10月、「川端のパイ公来る。」のくだりアリ！（これも「暗い絵」）
　昭和12月11日、「中野重治の『新潮』一月号にかいた茂吉論。私は、私の立場と全く同じものを感じた。立ち読みしながら、うれしく、涙をだしてしまった」。

　中野重治「斎藤茂吉　鑑賞と批評と」（全集17巻）
　茂吉の歌をどのようにとらえるか　土屋文明批判
　自分は困窮している、安い原稿料では、茂吉への持続的な探求できない。
　土屋文明の茂吉理解は、間違っている。
「茂吉のエロスは、大正期からの流れを汲むというより、彼自身の高い教養によって芸術の域まで高められたと解すべきで、同時にプロレタリア文学もまた遅い歩みのうちに高みに到達するであろう。」（中野）

　大学卒業を控えた昭和12年１月、「昼は唯物論、夜はトルストイの開けた穴。肉体の穴の色。すべてが空虚だ。光子の去った穴だ」と切迫していく。
「苦しいか。」「苦しいな。」（これは「真空地帯」の安西学徒兵の言葉ではないか？）

「この安西の手紙は小さいノートにはさんであったが、ノートにはところどころにきれぎれの言葉がかきちらしてあって、それは曾田をぎょっとさせた。苦しいか、おい、苦しいか、苦しいといえ。心などもうなくなってしまった」（「真空地帯」）

　９月「私は、やはり、戦争に行くか、獄にはいるか、いずれかするのが、よいのかもしれない。この、両方ともよいのであろう。反天皇。」

◎ かつての左翼仲間が決死の覚悟でとった選択すべてを、大阪大空襲のもとで、いまこそ全肯定すること。
　戦前戦中に書き継いだ「断片」と「切れはし」が、「暗い絵」「真空地帯」の主題となっていく。

2

第19回 野間宏の会 レジュメ
「言葉の断片、切れはしの尊厳　野間宏『作家の戦中日記』と敗戦」(30分)
2011.6.4　浅尾 大輔　日本出版クラブ会館（東京・神楽坂）

1．「言葉の断片、切れはし」(「暗い絵」＝「著者から読者へ」講談社文芸文庫)
1940年頃、構想を内に抱きはじめ、1945年9月、作品にとりかかった。

〈指摘、朗読〉

「言葉の切れはし、断片にすぎないものの書き込まれた、紙片れ」→ 有名な冒頭へ

◎ 敗戦直後の猛ダッシュ、立て続けに発表される小説群（物語と文体)、その瞬発力と持続力
・批評家たちのターゲット（「見られるもの」としてのトップランナー)
・作家の社会的使命
そのうち、
◎ 野間宏は、戦後派（戦後文学の旗手）とか新人作家などではなく、「ベテラン作家」だったのではないか。
野間さんには、戦前・戦中・戦後という区切り・断絶がないように見える。


敗戦まで、作品らしいものは、ほとんど発表することがない（出来ない)。

が、左翼学生として、一役人として、一兵士として、野間さんの体内に常に孕（はら）まれていったもの、堆積していったもの（文学的精神、日々の暮らしのなかで書き留められていった「言葉の断片、切れはし」）が、巨大な歴史、あるいは世界戦争を生き抜く＝この戦争に、この生命を賭けてもいいという「担保」として、「力」として、やがてそれは「主題」へと育っていったのでは……。

「芸術とは統制されたる生命の表現。(竹内氏)」(「ノート1緑集」、昭和7年)
「判断を伴わない彼の考えは判断を伴わないという点であるいは青年の野心であり、あるいは遥かな地平線をもった青年の希望である。しかしその希望は、決して達せられないものかも知れない」(「暗い絵」)

◎「言葉の断片、切れはし」には、野間さん固有の世界をこえた、分厚い世代が抱えていた、さまざまな価値が対象化されている
『作家の戦中日記 一九三二 − 一九四五』(上・下、藤原書店、2001)

絶望、苦しみ、混乱の、執拗に書き続けた断片・メモとして（「下」の口絵写真)。

かつてブリューゲルの絵を見て、学生仲間たちで共有した「痛みと呻きと嘆き」「永杉英作のアパートの六畳の部屋の精神の雰囲気」(「暗い絵」）そのもの。

例えば、

1

・人事、外出の情報　　「林中尉の飛田遊廓事件」（書類の置き忘れ）　外出禁止令
・木谷の「手紙」とは　　天皇制軍隊の暴力を告発していたこと
「ひる初年兵が机の上で手紙などかいたりしたら、それこそ、顔がはれあがるほどなぐりあげられます」
◎ 記憶（暗誦）と、記憶の継承と　　人事異動（野戦行き）によって、丸ごと消える

「しかし奪い去られないでのこっているものが、彼のうちにあるだろうか。たとい冬が終わったにしても同じことである。空気のない兵隊のところには、季節がどうしてめぐってくることがあろう……。『真空管』のおおいを破るということ、残っていることといえばただそれだけのことである。（略）そう考えるとき（略）せまってくるのは木谷の顔、その存在だ。」
「兵隊としてあるまじき言葉、彼の所持せる私物の手帳のなかに、いたるところに発見され、木谷のいだいている考えが、まことに軍隊の神聖なる秩序を維持する上に於てこの上なく有害であると認められる……」

野間さんは、自分の生死を賭けて、自分が見たもの、聞いたもの、感じたものをメモにしようとした。自分の死によって、メモとして終わってもいい。燃えてしまってもいい。しかし、巨大な歴史というもの、いま現在の世界戦争下の組織と人間のありようを「紙」に「文字」として残しておかねば、いつか、遠い先の、来るべきたたかいの「砦」は、築けないという自覚（作家としての使命）があったのではないか。

尊厳とは「とうとくおごそかなこと。気高く犯しがたいこと。また、そのさま。『人間の一を守る』（『広辞苑』）

野間宏しかいなかったことの意味

以上

4

2．燃えずに残ったもの ＝ 敗戦がもたらしたもの
「暗い絵」
〈指摘、朗読〉
「そしてこの画集もまた数知れぬ白い輝きを連ねて夜空を押し渡り襲うて来る B29 の重い翼の嵐の下に、はね上る油玉と共に燃え、ただ曲がりくねった鉛のガス管や、紫色に焦げてゆがんだ裸の鉄骨や（……）形もない灰となって残ったのである。」

戦中　観念の雑煮、空転する言葉、繰り返される易い表現、物語の不全・上滑り
敗戦　ノートの、メモ帳の、日記・詩・草稿・断章・書き写しなどが、総合されて、迫真の純文学へと昇華した契機

ところで、「紙」とは何か。
「植物などの繊維を絡み合わせ、すきあげて薄い膜状に作り、乾燥させたもの。情報の記録や物の包装のほか、さまざまな用途に使用」（『広辞苑』）
それは、「火」（暴力）によって、燃えてなくなるもの

・燃えずに残ったもの　　物語
「穴」という象徴
「人間の自覚の形」「魂だというか」
「絶対専制政治下の人間の自由だったと思うんやがね」
「仕方のない正しさ」

「暗い絵」という物語
　貧しく、容姿をからかわれる左翼学生「深見進介」
　食堂、金貸しと哀れな思想運動家たち　　　写真版の画集
　肉体の問題　「二人の間には憎悪の感情に基づいた手紙のやり取りが続いている。」

「真空地帯」という物語
軍隊手帳、週番勤務簿、犯罪情報、給与伝票、日日命令綴り、割出表、外出簿、郵便貯金の通帳、通信紙、「手紙」（木谷上等兵が曾田一等兵に懇願したもの等）、大便用のちり紙、紙幣、書物、新聞、補充兵名簿、身上調書、転属者名簿、花枝の写真……、

◎ 文学の「終り」を知る
「しかし彼の手は二年間のうちになんということになってしまったんだろうか……。手はふるえ、字はひょろひょろした細長いいやなものだった。」（木谷のセリフ）
「自分は、このような手帳は絶対にもたないようにしなければならない」（曾田一等兵）

3

昭和九年、十年、十一年、十二年と、日記や手紙、草稿を読んでいくと、私がびっくりしたのは、「進介」という言葉が創作ノートや日記の中に出てきていることです。小説の書き手からすると、主人公の名前はそれなりの意味を持っていて、また野間さんも言っているように、ずっとこの進介という言葉にこだわって戦後まで生きようと思ったのではないか。あるいは、昭和十一年の十月には「川端のパイ公来る」、川端署の警察官がやってきたというくだりがあるんですけれども、これはまさに『暗い絵』の中に出てきます。あるいは中野重治の『新潮』に書いた評論を、涙を流しながら立ち読みした、と。どこに感動したのかということは書いていないのですが、そう書いてありました。

だんだん切迫するのは、大学卒業を控えた昭和十二年です。「昼は唯物論、夜はトルストイの開けた穴。肉体の穴の色。すべてが空虚だ。光子の去った穴だ」、「苦しいか」、「苦しいな」。この「苦しいか」、「苦しいな」というのも、『真空地帯』の安西学徒兵の言葉として出てきます。『真空地帯』には、こんなふうに書いてありました。「この安西の手紙は小さいノートにはさんであったが、ノートにはところどころにきれぎれの言葉がかきちらしてあって、それは曾田をぎょっとさせた。苦しいか、おい、苦しいか、苦しいといえ。心などもうなくなってしまった」――こんな言葉に結実していくのではないでしょうか。

そして九月です。「私は、やはり、戦争に行くか、獄に入るか、いずれかするのが、よいのかもしれない。この、両方ともよいのであろう。反天皇。」かつての左翼仲間が獄で亡くなったり、戦争で亡くなったりします。そういった決死の覚悟でとった選択すべてを、『暗い絵』で考えれば、いま眺めている大阪大空襲の燃え盛る戦火の場面の中で、全肯定する、と。彼らを否定するのではなく、全員丸ごと肯定する。そういうようなことを、私は感じました。戦前戦中に書き継いだこういった断片とか切れはし、軍隊手帳もありますが、それが戦後の作品の主題となっていく。

敗戦、燃えずに残ったもの

では、敗戦とは何だったのか。これを、私は「燃えずに残ったもの」と言いたいと思います。『暗い絵』の冒頭から少し入ったところですけれども、まずはブリューゲルの画集です、「そしてこの画集もまた数知れぬ白い輝きを連ねて夜空を押し渡り襲うて来るB29の重い翼の嵐の下に、はね上がる油玉と共に燃え、ただ曲がりくねった鉛のガス管や、紫色に焦げてゆがんだ裸の鉄骨や……形もない灰となって残ったのである」――めらめら燃えていく、人も建物も全部、人類が全滅していく――そういう状況を見ながら、『暗い絵』というのは一九四二年、四三年ごろの左翼の運動がどうだったのかという世界に入っていくわけです。

当然のことながら、その戦中の野間さんの日記や草稿は、必ずしも『暗い絵』のように完成されたものではありません。観念のごった煮と言いましょうか。言葉が空転していたり、易い表現が繰り返されていたり、上滑りしたり……といった感じがあります。それでも、それが敗戦の中で迫真の純文学に昇華していきます。それは解き放たれているようでいて、私には、何か、痛恨の無念の思いが感じられる。若干、暗いものが宿っている感じがするのです。

ところで、唐突ですが、「紙」とは何だろうと考えました。『広辞苑』には、こう書いてあります――「情報の記録や物の包装のほか、さまざまな用途に使用される」と。私が付け加えると、「火」(暴力)によって燃えてなくなってしまう、炭化して灰になってしまうものだと思うのです。

では、燃えずに残ったものは何かと考えたとき、『暗い絵』であれば、「穴」という象徴です。野間さんの中に、穴という、僕もうまく表現できませんが、そういうものがあるのです。あるいは人間の「魂」、観念です。それを「絶対専制政治の下の、人間の自由だったと思うんやがね」――と、学生・深見は言います。あるいは、こういう状況はもう仕方がない、と。しかし、その仕方のない中でも、「仕方のない正しさ」というものがあるという、そういう観念、気持ち、思い――そういうものが燃えずに残ったのではないでしょうか。

書けないという状況から

そしてまさに『暗い絵』という作品に結実するわけですが、この作品の構成を見ると面白いことに、主人公の深見進介がブリューゲルの写真版の画集にたどり着くまで、食堂と金貸しと哀れな思想運動家に出会わなければいけない、と、野間さんは書いています。食べることとお金と、考えること――そういうものが、僕たちは早く写真版の画集を見たいんですけれど(笑)、その写真集を見る前に、そういう、ブロックするものがある。それから、肉体の問題があります。「二人の間には憎悪の感情に基づいた手紙のやり取りが続いている」と。どちらにしても、手紙や写真版の画集、またはそこにまつわるお金、食べること、それから考えること、そういったものが、この『暗い絵』に敷きつめられている。

『真空地帯』はどうか。レジュメに書き出していますが、軍隊手帳から始まって給与の伝票、割出表、外出簿、たくさんの小さな、小さなガリで切ったメモ、紙が、当時は非常に高価だったようですが、軍隊の中ではたくさん使われていることがわかります。

そして木谷という主人公はこう言います。手帳で、または手紙で自分で文字を書こうと思ったら、二年間ほとんど動けないような状況に置かれていたので、「彼の手は二年間のうちになんということになってしまったんだろうか……。手はふるえ、字はひょろひょろした細長いいやなものだった」――つまり書けなくなっていく。軍隊の刑務所の中に入っていると。あるいは曾田一等兵は、「自分は、このような手帳は絶対に持たないようにしなければならない」、書き留めるということを自ら禁止する、と。なぜかというと、書かれたものというのは、軍隊内部では、人事や、外出するのはだれだというような情報の根本的な証拠になるわけですね。書類を置き忘れて失脚させられた、そういう上司もいます。つまり、私なりに考えると、野間さんは「文学の終わり」――書くことを禁じられて、肉体的にももう書けなくなるような状況を、作家として知っている。そういうところまで追いつめられたと言えるかもしれません。そこからどう反転するか。そこからどう現実を切り返していくかということが、テーマになっていくのではないかと思います。

木谷が軍隊の中で罪だと問われた、その証拠になったのが「手紙」です。その手紙にはいろんなことが書かれているんですが、突きつめると、天皇制、軍隊の暴力を告発していたことではないかと僕は読みました。こういうふうに書いてあります。「ひる初年兵が机の上で手紙などかいたりしたら、それこそ、顔がはれあがるほどなぐりあげられます」。そうなってくると手紙が書けない、メモも書けない。暴力が渦巻く状況の中で、野間さんはどういうふうに考えたのか。これはもう記憶（暗誦）と、その記憶をいかに継承していくかという、観念のリレーといいましょうか……。

なぜかというと、例えば自分の仲間になってほしい、話し合いたいと思った彼が、野戦行きで人事異動になり、その隊から離れたら、その人間は丸ごと消えてしまうわけです。その人の経験も人生も、考え方も、全部丸ごと消えていくかもしれない。それは、野間さん自身も経験したことです。こう書いてあります。「しかし奪い去られないでのこっているものが、彼のうちにあるだろうか。たとい冬が終わったにしても同じことである。空気のない兵隊のところには、季節がどうしてめぐってくることがあろう……。『真空管』のおおいを破るということ、残っていることといえばただそれだけのことである。（略）そう考えるとき（略）せまってくるのは木谷の顔、その存在だ」。

曾田という兵隊は、そのとき木谷の顔を思い出す。その木谷はどういう人間かというと、「兵隊としてあるまじき言葉、彼の所持せる私物の手帳のなかに、いたるところに発見され、木谷のいだいている考えが、まことに軍隊の神聖なる秩序を維持する上に於てこの上なく有害であると認められる」という、犯罪情報の一文が思い起こされる人間なのです。

燃えてしまっても、闘いの「砦」に

この二冊を読みますと、野間さんは自分の生死をかけて、自分が見たもの、聞いたもの、感じたものを、すべてメモ、ノートに落とそうとしたのではないかと、本当に思います。これは、自分の死によって、メモとして終わってもいい、燃えてしまってもいい、しかし巨大な歴史というもの、世界戦争下の組織の人間のありようを、「紙」に「文字」として残しておく。いつか、それが遠い先の来るべき闘いの「砦」になるのではないか。燃えてしまっても、ですよ、燃えてなくなっても、野間さんがそのとき書きつけた、考えたこと、それが必要ではないかという自覚——これは、僕は作家としての使命だと思っています。

尊厳という言葉を『広辞苑』で調べると、「とうとくおごそかなこと。気高く犯しがたいこと、また、そのさま。『人間の——を守る』」とあります。しかし私たちは、野間さんの作品を読むと、彼の作品の中に、生きたくても生きられなかった人、あるいはすれ違ったままどこに行ったかわからなくなってしまった人、そういう人たちの姿をきっと読みとることができると思います。つまり、今ないものとされている、あるいは生きられなかった、そういう人たちの存在を、メモや日記、本当に小さな切れはしですね——そういうものに、野間さんは尊厳を与えている——そう思います。

私は、新聞記者をしていたとき、秋田で、戦争中に従軍看護婦として出られていた方の取材をしたことが、今でも忘れられません。その方が、「戦争が終わる間近に、学徒兵の人たちの日記をたくさん焼いた」とおっしゃいました。その学徒兵の人たちは、みんな東北の方なんです。「どんなに多くの人々が『家《え》サ行く《えぐ》でや』と言って死んでいったことか」と、取材当時七十四歳の彼女は私に言ったんです。けれども、患者さんに情けを持つなという軍律があったようで、日赤の救護看護婦さんは、兵隊さんが自分に託してくれた日記を泣く泣く焼却炉にくべたと言うんです。そういう話を思い出すとき、なぜ野間さんが生き残ったか、なぜ野間さんしかいなかったのかという大きな問題がやはり出てくるだろうと思います。

いま、未曾有の大震災と原発事故と、こういう大変な事態が進行している中で野間さんを読むという、野間さんのテキストをとことん、その限界まで読み尽くしていく作業は、とても意味があるのではないかと思うのです。ありがとうございます。

（二〇一一年六月　第一九回）

野間宏の時空

作家
黒井千次

「ファンレター」への返事

ちょうど僕が高校の三年生で大学を受けなければいけない時期のことでした。父親が法律関係の仕事をしておりまして、文学部に行きたいと言ったら、たいへんに怒りました。役人でしたので、東大というのは法学部以外はほとんど学部として認めないという、そういう考え方の人間でした。僕は文学部に行きたいと思ってはいたんですけれども、その文学部というところがどういうものか、実際にはよくわからない。文学をやりたいと思ったら文学部に行くというきわめて常識的な考えをもった上で迷っていた。たまたまその頃、野間宏さんの『暗い絵』『二つの肉体』『肉体は濡れて』、それからいくつかの初期の短編を読んでいて、充分にはわからないながらも惹かれるところがあって、これは今にして思えば、ファンレターのごときものであったかと思いますけれども、その小説についての感想などを書き連ねて、その後に自分は小説を書きたいと思っているのだけれども、大学を選ぶに際して、文学部に行くか、親はこんなことを言っているけれども、あんまりそれは聞くつもりはないのだけれどもというふうな、一種の相談といいましょうか、後から考えてみると、あれはただ作家に手紙が書きたかったということがいちばん切実だったのではないかとも思いますけれども、そういうお手紙を出しました。野間さんは三十代の後半にさしかかっておられたと思いますけれども、非常に忙しい時期だったろうし、返事がそんなに簡単にいただけるとは期待していませんでした。一九五〇年の暮だったのではないでしょうか。

　思ったとおり返事はしばらく来ませんで、やっぱり有名な人に手紙を出しても返事はくれないんだなと思って、なかばあきらめていたある日、学校から帰りましたら机の上にハトロン紙の封筒がおいてあって、裏を返したら野間宏という名前がある。狂喜して、その封筒を開きますと、茶色い罫のコクヨではなかったかと思いますが、四〇〇字詰めの原稿用紙にびっしり三枚書いたお返事が出てきました。それは「簡単にお答えします」というふうに書き出してあるわけです。そして最後は「今後はもうこのようなお便りをさし上げることもできないと思います」というのが結びの言葉です。で、その間に、いろいろなことが書かれていました。要するに大学に進むのにはどこがいちばん勉強しやすいかというふうなことに関しての野間さんの考えが述べられておりまして、自分がいま進むのだったら、経済学部を選ぶだろうというふうな意見が記されていた。なぜ経済学部を選ぶかというと、経済学、社会科学の勉強がいちばん個人的に独学ではやりにくいと、それをほんとうにしっかりつかむためにはやっぱり大学でその勉強をするのがいいだろうというふうな点が中心でした。しかしその手紙の中で最も印象深く残っているのは、小説家はすべてを知らなければいけない、との言葉です。学部のどこを選ぶかということは、勉強を進めていく便宜上そういう問題はあるかもしれないけれども、どの学部に進んだとしても、経済も、法学部で学ぶような知識も、社会科学も自然科学も、とにかくあらゆるものを知っていなければいけないので、それが小説家というものだ、と。結論的に言えば、どの学部に進むかよりも、どれだけ本人が自分のもっている力を奮い立たせて、最後まで自分の意志を貫いてやりたいことを実現するかということの方が重要だ。だからそういう意志の持続に比べれば、どの学部を選ぶかという点は本質的な問題ではないといったお考えが書かれておりました。で、大学を出た後はぜひ就職すべきであると。現在の日本の小説がどうも狭い領域しか描けないのは、実社会を知っている人が少ないからなので、ぜひ就職しろと。就職するのであれば、実社会が実社会である所以である一番基底の部分、つまり物を作るところ、生産部門といいましょうか、メーカーのようなところに入って生活することが必要ではないかと思うというふうなことが書かれていました。

　これは十七歳の少年にたいして与えられた手紙でありまして、その当時、高校生であった少年がそういうお返事の内容を全部理解したとはとても思えません。

　しかし後で考えてみると、大学は経済学部に進んだこと、それから会社に入ったこと、会社も何となく生産現場というものがあるところに行きたいとメーカーを希望したことなど、自分の歩んできた道すじというのは、あの一通の手紙に書かれていたことからほとんどはみ出していないのに気づきます。

「書いてますか」

その手紙についてはいろいろな思いがあるのですけれども、とにかくそういう作家として野間宏という人は僕の前にありました。野間さんはお会いするといつでも最初の挨拶が、ちょっと口をとがらすようにして、含み声で「書いてますか」と言われるんです。「書いてます」とこっちはうつむきがちに答えるんだけれども、書いてるものがなかなか発表できなくて、「主観的には書いてはいるんですけれども、客観的には書いていることになりません」と弁解じみた言葉をごにょごにょ口の中で呟いたりしたことを覚えています。就職して会社に入ってから、地方の工場勤務となり、たまたま東京に出て来ました時に野間さんにばったり会いまして、その時も「書いてますか」とは言われたんですが、その二番目の質問が、「資本のほうはどうですか」と言うんです(笑)。僕はびっくりしまして、つまり会社に入って、会社で働いている人間に「資本のほうはどうですか」と言われても答えようがない。たしかに労使対立ということはあるし、労働組合の活動も青年部の仕事なぞをやってはおりましたけれども、労使交渉にしても組合活動面のいろいろな接触にしても、相手を資本というふうに考えたことはない、考えたことはないと言うよりも考えられないわけですね。総務部長なり人事部長なり、工場長なりという人の顔としては出てくるんだけれども、で、それはまぎれもなく資本を代表する人間ではあったけれども、それをひっくるめて「資本のほうはどうですか」と言われて答えようがなかったのを覚えています。そういう問いを発する人でした、野間さんという方は。その問いの発し方の中にやはりいかにも野間さんらしい味わいがあったように僕は思います。

そういう野間さんのことは、思い出すと細かなことがいろいろと出てくる。僕は酒がほとんど飲めないもので、元気のいい頃の野間さんにはいつも「俺は酒の飲めない小説家というのは信じられない」というふうに言われ続けておりました。後年、身体をこわした野間さんが酒をやめられて、会なんかがあった時もジュースだけ飲まれているのをみると、よっぽど寄って行って、酒の飲めない小説家はどうですかと(笑)聞いてみたい思いが喉元までこみ上げましたけれども、病んでおられる方にこういうことを言ってはいけないと思って遠慮しました。

全体小説への歩み

野間さんのお仕事は大きく分けて、三つの時期に区分できるでしょう。最初が『暗い絵』からはじまって『真空地帯』が書かれるまでの、初期短編の時代といいましょうか。これが十数年あったと思います。『真空地帯』の後から、今度は長編小説の時代がはじまって、『さいころの空』『わが塔はそこに立つ』、それから最後が『青年の環』で、お手許の作品年譜を見ていただくとわかりますが、『青年の環』の刊行が一九七一年ですね。この頃までの約二十年間が長編の時代ということになるかと思います。そして一九七一年に『青年の環』の出た後、七二年、七三年、七四年、七五年、七六年、七七年、しばらく小説が出ておりません。これはお身体を悪くされた時期とも重なっているかと思いますが、その時期から後、今度は一九七七年に『サルトル論』が発表されまして、それから一九九一年までの十五年間あまりが最後の、今、山田さんからいろいろとお話のあった環境問題に非常に積極的に取り組まれた時期ということになるかと思います。

そこに最後の評論集となりました『時空』という福武書店から出された本が飾られております。一方、野間さんの出された、おそらく最初の評論集、この『文学の探究』という本が、これは未來社から一九五二年の九月に出ていますが、これを学生時代に読んで、たいへんに刺戟と衝撃をおぼえました。非常におもしろいというか、よくはわからない部分も含めて強く惹かれましたし、何かというとこの『文学の探究』を思い出しながら来たようなところがあります。その二つの評論集に挟まれて数多くの小説があるわけです。『文学の探究』から『時空』にまでいたる時間の中に野間さんのその後のいとなみが全部入っている。そして考え方が進んだとか発展したとかということはもちろんその中に含まれていますけれども、終始一貫して何か同じ考えが貫かれているということをたいへんに強く感じます。

『文学の探究』の冒頭に「小説論」というエッセイがありまして、これが一、二、三というふうに分かれています。その一と二はふつうの文章なのですが、その中の三というのが、作家と物理学者と医者と画家と、この四人の討論形式で書かれている、つまり会話体と言いましょうか、で書かれている一風変ったエッセイです。初めに作家が、「久しぶりで会ったので、いつものように問題の整理をしたいのだが、やってくれないだろうか。最近の物理学、殊に原子物理学の到達点を考えてみると、非常に文学の問題と近いような感じがするのだが、それをもっとわかりやすく説明してくれないか」と言い出して、まず物理学者が発言します。それから医者が発言して、画家が発言してというふうにして、話は進んでいく。で、医者は「きみの綜合説というのは、ほんとに面白くないね」と言ったりするわけです（笑）。それにたいして作家が抗弁をしていく。そこで興味を惹かれるのは、この作家が十九世紀と二十世紀の小説の総合としての綜合小説というものの課題が明らかにあるんだと、主張している点です。この時の綜合小説というのは分析・綜合というか、一緒にするという綜合です。

綜合小説をつくりあげる、つまり一人の人間を捉えるためには、その社会的条件、生理的条件、心理的条件を明らかにしていかなければならない。これは野間さんの全体小説ということが言われるときに、つねに引かれてくる部分だと思いますけれども。それでその生理的、心理的、社会的存在というこの言い方が、後になると変ってきます。さっき言った一九七七年以降の環境問題に取り組まれる頃になると、生理的の後に（物理的）という要因が入ってくるんです。「生理的（物理的）、心理的、社会的」というふうに。なぜ作家が環境問題にかかわるのかという、一九七七年に書かれたエッセイを見ますと、その冒頭のところに、「生理的（物理的）」というふうな書き方をして、このカッコの中が、前はからっぽだったというふうな言葉が出てきます。つまり生理的というのは、最初の「文学の探究」の中に出てきますけれども、人間の生理というものを、たとえば欲望との関係とか、そういうものから捉えていくのであって、その中には物理的な要素は入っていなかったわけです。どちらかといえば、生理的、心理的なものよりも社会的なもののほうがまだ見極めつくされていないというニュアンスが強かったように思いますけれども、それがそうではなくて、物理的という言葉が一九七〇年代の後半になって入ってくる。なぜここに物理的という言葉が入ってくるかというと、これは当然、想像されるように、分子生物学というものが登場し、その発達がめざましいことに関係しています。さきほど山田さんのお話にあった、これは野間さんの感度ということにもなるかと思いますけれども、その分子生物学への興味、関心が野間さんの中で非常に強くなってくる。

僕はそこらへんの知識がとぼしいので、正確なことは言えませんし、野間さんが語られていることの内の理解できる範囲でしか言えませんけれども、とにかく、有機物と無機物は断絶しているのではない。生き物と生きていないものとは、つまり人間とこの机とは有機物と無機物というかっこうで別なものだと考えられていたけれどそうではない。その二つはつながっているんだ、と。それに遺伝子、その分子生物学のほうからさらに遺伝子の問題というのが出てきて、そこらへんになると僕はますますわかりませんが、とにかくＤＮＡというものが出てきます。その遺伝子には遺伝の働きという一つの要素と、それからもう一つ環境との相互作用という要素が入っている。その二つがひっくるまれて、分子生物学という科学が生き物の構造を明らかにしていく。その生き物というのは、しかし自然界にある無機物とつながっていないのではない。それは分子の段階まで下がっていけば、両方は連続しているんだ、と。たしか、「連続の断絶、断絶の連続」というふうな言葉が出てきたかと思いますが、そういう言い方をされています。つまり環境問題というのは、たしかにわれわれが生きている地球環境が破壊されたり、危機に陥ったりしてきて、これはほっといたらたいへんなことになるぞというふうな感覚で受けとめることはもちろんあるでしょうし、必要なことだとは思いますけれども、野間さんのアプローチというのはそういう、これは悪ロとして言うわけではないですけれども、市民的レベルの問題とはちょっと別だったように思うんです。人間を生理的、心理的、社会的な存在として、そこから全体小説というものを考えよう、そういうふうに人間を捉えることを通して全体の人間を捉えようという話になってくると、そこのところで、これは従来の考え方の中により深く入っていく、深く入っていくことによってさらに問題が広がらざるをえないという構造がある。そこから出てきた環境問題という、野間さんにとっての自分の前に突きつけられた課題、それはもちろん社会的な課題であると同時にたいへんに文学的な課題でもあったのではないかという気がいたします。

第二次大戦がもたらしたもの

それからもう一つ、やはり野間さんにとって大きな問題としてあったのは、「戦争」というものだったと思います。これは『文学の探究』という最初の評論集の中のエッセイに出てきますけれども、「人間の条件」という言葉を使って人間をどう捉えるか、どう捉えればいいかという問いを発して、生理的、心理的、社会的という考え方が出てきます。そして、その底にあったのは、戦争というあまりに巨大な現象が、人間がもっていた考え方を、とくにこれは第二次大戦ですが、根底から突き崩してしまったという認識です。あまりに巨大な力によって突き崩されてしまったので、従来の人間が生きていく条件、人間を捉える条件というものが、今は簡単には昔のようには考えられなくなった、それが十九世紀と二十世紀の小説概念というものを統一して、新しい地平に出ていかなければ現代の人間は捉えられないという考えの基礎にある。この戦争についての野間さんの認識というのは、たいへんに深いものがあったのではないかと思います。たとえば『顔の中の赤い月』という初期の短編は戦後社会を描いているし、『夜の脱柵』とか、軍隊生活を描いた短編もいくつかありますし、それから最初の長編としての『真空地帯』があります。これは軍隊の内務班の生活を描いたものですけれども、その頃、僕は学生でしたが、麻生三郎さんの装丁で、厚い書き下ろしが出て、非常に話題にもなったし、僕も夢中になって読んだのを覚えています。野間さんは長編小説を書き得なければ作家ではないと。で、はじめて長編小説というものを書くことができて、それが幸いに成功をして、はじめて自分はほっとしたというふうなことを書いてもおられるし、直接、お口からうかがったこともあります。ただ、くり返しくり返し、その後書き続けられていたことの中に、戦争の小説を書くためには、やはり戦闘を書かなければいけない。自分は軍隊生活の小説は書いたけれども、まだ戦闘の小説は書いていない。戦闘の小説を自分はぜひ書かなければならないと思っているというふうに言われたり、書かれたりしている時期もあるし、それから最初、そういうふうに思っていたんだけれども、戦闘の小説というものに対する気持ちが、何か一時期のような激しさを自分の中で失ってきた。これはもう少しべつの方向で考え直さなければいけない、という意味のことを書かれている時期もあります。

野間さんは一九九一年の一月に亡くなられたわけですけれども、その前年に「野間宏の会」の代表幹事をしてくださる木下順二さんの『子午線の祀り』という長大な戯曲が青山劇場で全編公演という形で公演されまして、その初日だったのでしょうか、終わった後で初日のお祝いというか、会がありまして、劇場の地下のホールみたいなところだったと思いますが、そこに出演者も関係者も観客の一部も集まりました。その時、野間さんは奥さまとご一緒に来られていたと思いますけれども、まあ暖かくはない季節ではあったけれども、それにしても少し厚手にすぎるのではないかと思われるような黒っぽいコートを着ておられた。幕間にお会いすると、「喉が渇いたな」と言われて、それで「そこでジュースを買いましょうか」と言うと、「いや、俺が買う、俺が買う」と、人込みの中に野間さんははいっていってしまわれて、こっちはあわてて追っかけて行ったりしたのですけれども、案外お元気なのかなというふうに思いました。しかしその後のパーティーのほうでは、一言、野間さんに挨拶をしてほしいと司会者のほうから言葉があった時、自分は今身体の具合が悪く、喉の調子もおかしくて声が出ないから勘弁してほしいというふうなことを言われて、奥様とご一緒に会場の一番隅のベンチのような椅子にうずくまるみたいにして座っておられたのを、どういうことなのだろうと思いながら見ていたのを覚えています。

驚いたのは、それから少したって、その野間さんがフィリピンに取材に行かれたということを聞いた時でした。これはほんとうにびっくりしました。あの身体の状態でどうしてフィリピンに行かれたのだろう。フィリピンに行かれたのは、かつての自分が戦ったコルヒドールでしょうか、昔の戦場をどうしても訪ねなければいけないとの気持ちがあったからでしょう。昔の戦場を訪ねるということは、戦闘の小説を書くということを考えられていたのだと思います、おそらく。僕はその話は同行した編集者に聞いたんですけれども、彼によれば、八〇〇枚ぐらいの一挙書き下ろしを文芸誌に掲載するという、そういう予定だった。しかし野間さんが八〇〇枚と言われたら、おそらく八〇〇〇枚くらいになるだろうと思われます。八〇〇枚で終わるわけがない。もしほんとうにそれが書き始められたら。ただ、その時の野間さんというのはほんとうにもう体力を消耗されていて、しかも取材の車にはクーラーがついていないで、たいへんに暑い。五月だったか、現地はたいへんに暑い時期なんだそうです。その暑い時期に車に揺られて、あちらに行ったり、こちらに戻ったりしながら、いくら行っても自分の探し求めている場所が変わってしまって残っていない。で、散々探したあげくに、どうもここらしいという一点を見つけて、「うん、まちがいない、ここだろう」と言われた時に、そのついて行った編集者の方が、ほんとうにほっとした、つまりむだではなかったというふうに、心からほっとしたと語っていました。最初は車を止めて、ここかもしれない、あそこかもしれないという場所が出てくるたびに車から降りて、周りを見回しておられたというのですけれども、だんだん疲れてしまって、止めてももう車から降りられなくなってしまった。で、帰ったら入院して検査するという予定が最初から頭の中にあっての取材旅行だった。一週間足らずの取材旅行ですけれども、その間にずいぶん体力を消耗されたのだろうと考えざるをえません。そして帰って、入院されて、その後ずっと体調がお悪くおなりになった。あの時期の野間さんというのは、たしかにいちばん大きな課題は環境問題という形で、そういうものに取り組まれておられたのはまちがいないと思います。それから『生々死々』という、これまた長大な作品を書いておられた、あるいは書き終わって手を入れて、さらに第二部に入ろうという時期とも重なっていたかもしれない。そういう時期に、しかし一方では、今行っておかないとどうしても行けなくなってしまうという思いがあったのではないかと推測されるのですけれども、条件の悪いフィリピンにまで出かけて行って、そこで一週間に近い取材を重ねられるという一連の動きの中には、やっぱり何か一本の軸ではつかみ切れない野間さんのさまざまな思いというものがうごめいていたのではないかと思うのです。

一つの巨大な坩堝

「全体」ということを野間さんは言われました。「全体」というのはたしかに何か巨大なものでして、さきほど、トータルかホールかというふうなお話がありましたけれども、たしかにただのトータルではないし、とにかく何かある巨大なうごめくものであって、これにたいして向かっていこうとすることは、ほとんど悲願みたいなもので、一種絶望的ないとなみではないかというふうな気もいたしまして、野間さんのなされたこと、やろうとしたこと、残されたものというのは、いずれにしても「全体」に深くかかわっているのであって、その「全体」とは、環を閉じることができないものではなかったかというふうに感じます。『青年の環』はたしかに八〇〇〇枚で、何十年かかけて環が閉じられ、あれは一つの作品として完成しましたけれども、野間さんが考えられていらっしゃった全体というものは、おそらく環は閉じないのではないかという気持ちのほうがむしろ強くあります。その閉じない環は、これは閉じることはもともとやはり不可能なのであって、不可能なことにたいして挑戦し、それに向かっていくプロセスでいろいろなことが起こって、いろいろな方面に引き裂かれるというのが、僕は野間さんだったのではないかというふうに今思っております。

あそこにあります『時空』という最後の評論集は、これは一種奇怪な書物で、読んでもよくわからないところもありますけれども、播磨灘の環境問題の調査の旅からはじまって、そこで聖徳太子の関係のお社に行って、聖徳太子から今度は世阿弥が出てきます。その世阿弥の祖先を奉った神社というのが現れて、そこから次に『風姿花伝』に入ります。『風姿花伝』の検証がずっと続いて行って、今度は世阿弥の娘婿の金春太夫の著した書物にまで進みます。そういうエッセイ集ですけれども、各章の最後の数行がまったく別のことのためにとっておかれまして、一行空白があって、「ドル一四一円、この円高はなお続くであろう」とか、それから「アメリカ大統領選挙が終わるまではこの問題はわからない」とか、まったく別種の国際情勢に関するコメントが必ず入っている。前の文章とここことがどうつながるかはよくわからないんだけれども、読んでいると、いきなり大統領選挙が出てきたり、それからオゾン層も出てきますけれども、ドル・ポンドの危機の問題が出てきたり、何かとんでもないことがポコッと出てくる、その呼吸がじつに不思議でして、わからないんですけれども、何かあの最後がとてもおもしろい、最後とのつながり具合がとてもおもしろいというふうに、読んでいて感じてしまいました。これは理屈づけて考えれば、いろいろなことが言えるのかもしれませんけれども、何かやっぱりあれが野間さんだというふうな気がするんです。何かよくわからないわけです、外から見てると。よくわからないけれども、そのわからないことをやっている野間さんというのは、十分につかみきれない部分において、なんともおもしろい存在で、そのおもしろい存在だと思っているうちに、そのおもしろさというのは単純なおもしろさではなくて、何か巨大なものの淵から立ちのぼってくるようなおもしろさだと感じます。野間さんとは、そういうものを抱えた、いわば深い暗黒を抱えた方だったのではないかというふうな気持ちがたいへんに強くいたします。

ですから、きょうの張さんとか、松井さんとか、いろいろとお話があって、それをうかがっていると、それぞれにたいへん興味をおぼえますし、その切り口なりアプローチなりというのは、なるほどそうかというふうなところがありますし、怒った野間さんの手紙なんていうのは十分に想像がついて、怒られたほうもたいへんだったろうと思わざるをえませんけれども、でもそういうふうにいろいろなところからいろいろな人がいろいろなことを言って、いろいろな内容を考えることができる、一つの巨大な坩堝というのか、甕というのか、淵というのか、穴というのか、何かそういうものが野間さんだったのではないか。で、そういう野間さんが後に残されていったものというのは、したがって非常に豊かなのであって、その中からわれわれ一人一人がどんなものを汲み取っていくことができるかということを考えていくのが、これからのわれわれの、責務というか、責任というか、そういうものであるに違いない。しかし、そういう側面があるのはたしかですけれども、ほんとうはただそれだけではなくて、みずからの自分のもっている欲望というか、欲求というか、課題というか、それをもって入っていかないと、その坩堝の中から何も出てこないのではないかというような印象を僕は抱いています。つまり偉大な作家であった、巨大な足跡を残したといった人はいくらでもいるわけで、野間さんの場合はちょっとそこが違っているのではないかという気持ちが何となく僕の中には強く動いております。

そういう中の一つとして自分もどこかの部分で野間さんの残したものにつながっていきたいと考えています。自分の中にあるものはいろいろで、それは短い時間の中で十分にお話することはできませんが、とにかくそんな課題が非常に豊かに渦巻いている、そういう大きな器を前にしていられるということは、不幸な時代の中にあって、やはり一つの幸せなのではないか、それらの問いを実現していく、何かの形でわがものとしていくということが、後に残された人間にとっての仕事になっていくのではないかというふうなことを漠然と考えております。どうもまとまりがありませんけれども、時間になりましたので……。

（一九九三年五月　第一回）

野間宏と戦後文学

作家
古井由吉

一九四五年の五月

雨が降っています。ことしの五月は半ばごろから何だか梅雨のような天気、奇妙な五月と思っておられる方も多いと思いますが、これは一九四五年、つまり昭和二十年の東京の五月の天気にそっくりなんです。あの年も月の半ばから梅雨のような天気が続いて、降れば肌寒いほどだった。おかげで敵の空襲は来ない。けれども余りうっとうしいので、「空襲がないのはありがたいが、これじゃあこっちの体が持ちやしない」なんて年配者が嘆いているのを、私は聞きました。中には「陽気まで狂いやがったから、この戦は負けだ」と、理屈に合っているような合っていないようなことを口走っている人もいました。

それを聞いていた私は、満でまだ八歳にもなっていない。何でそんなことを覚えているかというと、こんな次第です。その年一月の銀座の空襲から始まって、二月末の日本橋、神田、三月はかの一〇万人からが焼き殺された本所、深川の空襲、それから少し間があいて四月に、山の手に二度にわたって空襲を受けています。私は当時池上線の沿線に住んでいまして、その四月半ばの空襲のときは、もううちのかなり近隣まで爆撃が及んでいる。明日は我が身かと近辺の人が思っているころから、こんな天気になってしまいました。

ところが忘れもしません、五月二十三日。この日は一日中降ったりやんだり、やんだかと思ったら、夕方にまた雨が走ったはずなんです。それで雨戸を閉めて、夕食を済ませて眠るとそのうちに、知らないうちに空が晴れてしまった。それで二十四日未明に、途端に敵の編隊が押し寄せてきました。私の家は丸焼けです。その空襲のときからきれいに晴れ上がって、その昼間はお天気。その翌日からまた降り出して。私の家では庭の隅に焼けトタンをかぶせてバラックを建てましたけれど、その焼けトタンに当たる雨の音をよく覚えています。

敗戦直後の日本

きょうは「野間宏と戦後文学」という題になります。戦後というのは、ここでは敗戦直後というぐらいの意味です。確かに一九四五年から今まで、戦後は戦後である。体験者が多く亡くなって、世代が変わっても戦後は戦後であると。かくいう私自身も、何度かの空襲の恐怖の中でひょっとして自分の人生のエネルギーが、あのときにもう尽きているんじゃないかと思うことがよくあります。もちろんエネルギーというのは亢進するものだし、私も決して元気のない男ではない。けれど一瞬の恐怖の中で、あるいは一瞬の恐怖の果てしないような繰り返しの中で、尽きるに等しくなるエネルギーもあるんじゃないかと考えています。私にとっては、戦後はまだ続いている。だがここでは、敗戦直後ということにします。

敗戦直後と言って、私が大体どんな時期を思い浮かべているのか。そうですね、現在から振り返ってその下限、最近の方を見ると、もちろん個人的な体験上のことでもありますが、一九五三年——昭和二十八年。私が高校に入った年のころです。新制高校です、もちろん。個人的なことの外へ、広げられないでもない。というのは、その年に朝鮮戦争の休戦協定が調印されています。これは当時その中にいた人間にとっては、子供にしても、戦火がもう来年にでも日本に及ぶんじゃないかと、戦争となったら、もうこの前の戦争と段違いの破壊力があるから生き残れるものは少ないと、そう思っていました。その圧迫感が抜けた。

もう一つ、私は昭和二十八年に新制高校に入っていますけれども、学校に入って教師たちがよく話したのは、三年ほど先輩たちの結核患者のことです。相当胸を冒されても、学校を休みたくない一心で出てくる。大通りから校門まで坂道になっている高校で、その途中で幾度も休まなければならない、そんな状態でした。でも出てくるので、教師がいろいろなだめて、クラスメートにノートまでとらせて休ませたんだけれども間もなく亡くなったとか。そういう話がたくさんありました。ところがその昭和二十八年のころに、外国で開発されたストレプトマイシンとパス、当時としてはもう絶大な効果を持つ特効薬でしたね。これが日本にも出回って手に入るようになった。そうしたら、めっきり結核患者が減った、助かる人が多くなりました。私が昭和三十一年に大学に入ったときには、もう大勢の、ベテランと称する療養所帰りの人たちがいました。二十四、五歳だったんだろうけれども、私なんかから見ればおじさんに見えたものです。そんな時代の変わり目があります。例えば今癌というものの特効薬が出たら、人の生き心地は随分違ってしまうでしょう。それと同じぐらいのことがあったんです。僕でも、ちょっと熱を出すと結核じゃないかと、そんなふうに思ったものですから。

それともう一つ、戦後の後遺症として少年の自殺が多かった。学校の屋上から飛び降りるということが続出するんです。それが、僕らの年代あたりからぱったりと止まった。そういう変わり目です。大体その一九五三年より前のことを思っています。

もう少し絞りますと一九四八年、昭和二十三年。太宰治が自殺した年です。その年末にA級戦犯が処刑されました。翌一九四九年、昭和二十四年、アメリカからドッジという経済特使が来て、日本にいろいろ指示をして経済復興のガイドライン、ドッジラインというものが提示されました。それからシャープという人が来て、税制について勧告しました。私も経済のことにはそんなに詳しくはないのであくまでも感触のことを言っているんですけれども、日本が経済主義の道をとり出した発端ではないかと、そんなふうに思っています。何年体制の崩壊とかそんなことを言うとき、ひょっとして一九四九年体制と言わなければいけないんじゃないかなと、人に言っていることがよくあります。これが昭和二十三年と二十四年の変わり目です。

永井荷風の日記がございますね。荷風の文学が好きだろうと嫌いだろうと、あの日記は身の回りの現実、社会の現実の切迫を感じさせるところがあります。気長に読むと物を思わせられる。戦中の空襲に追いかけられているときの日記がとりわけ僕などにはつまされる。それから敗戦直後の昭和二十一〜二十三年。昭和二十三年一月三日に、荷風は春本を書いているんです。わざわざそのことを日記に記している。それから間もなく、浅草に出かけるようになった。それまでは、彼は東京を恐れて市川から東京に踏み込まなかったんですよね。それでも昭和二十三年の日記はなかなかおもしろいけれど、昭和二十四年、一九四九年になるとめっきり力が抜けてきます。関心を失ってくる、そんなことがあります。何か、そのあたりにも一つ境目があるんじゃないかと思っています。

切り込みの激しさ——「顔の中の赤い月」

それで今回野間さんのもので特に読み返したのは、いま終戦直後を二つに分けましたけれども、その前半に書かれた『顔の中の赤い月』と、それから後半に書かれた『真空地帯』です。野間さんと気安く言っていますけれども、何度もお会いしていません。一度だけでしたか、バーでお会いして、「そこにいる黒井君と、ここの古井君は、なかなか重厚な新人で」と。あの重厚な野間さんに言われては、形なしですよね。

野間さんの『顔の中の赤い月』は、発表が一九四六年の四月ですよね――ごめんなさい、それは『暗い絵』だ――一九四七年の八月です。戦後二年目ですね。『真空地帯』は一九五二年の二月、昭和二十七年。『顔の中の赤い月』というのは若いときに読んだときもそうだし、いま読み返してもそうなんだけれど、あそこに現れる戦争帰りの男、それから夫を戦死させた女たち、それから丸ノ内あたりのビル街の感じ、そして電車の中の雰囲気……。私はあのときまだ本当に小学生ですよ。けれどね、目に浮かぶようなんです。その歩き方とか声とか、手つきなんかも見えるような。私はそんな、あの辺のオフィス街なんか知りませんでしたよ。大学のころになって、ようやくあの辺で宛名書きのアルバイトをやったぐらいのもので。これは野間さんの筆力がありますし、それから子供の目というのがあるんですよね。子供の目というのは内側までわからない、見えない。見えないとわかっている。だけれどもじっと見ると外側から、おのずから入ってくるものがあるようですね。そのどこかのオフィス街のどこかあたりでいろいろな品物が並べられて、そこに勤め人たちが集まって、何かいいものがないかと物色している光景なんか、私は見たことないんですよ。だけど何か、そこに差し込む西日まで見えるような気がする。

さてこの野間さんというのは牛のような歩みなんだけれど、そのくせに切り込みが激しくて。往々にして切り込みが激し過ぎて、小説として苦しいというようなことがある。この『顔の中の赤い月』も、大変な踏み込みようをしているんですね。『顔の中の赤い月』、これは冒頭にもう、その構えは出ているんです。主人公が、夫を戦死させた戦争未亡人ですね。堀川倉子といいますね。小説の冒頭です。「未亡人堀川倉子の顔の中には、一種苦しげな表情があった」。これがまた、「顔の中の苦しげなもの」という言葉で繰り返される。これが既に顔の中の赤い月なんです。主人公の男は、ほとんど無縁同然のこの戦争未亡人の中にある種の苦の色を感じる。この苦がまた美につながっている。それで引き寄せられる。美に引き寄せられるのですけれど、むしろ苦に引き寄せられる。その未亡人の顔を見たいんだけれども、見たくもない。見れば、苦しみを誘い出される。しかしまた一方では、苦しみを誘い出されたがっている。これなんです。

「顔の中の赤い月」とはこの主人公の男がフィリピンあたりの戦地で、かつがつの状態で眺めた月ですね。砲兵隊で砲を引きずっている。日本はあんな身のほど知らずの戦争をしたくせに、大砲を引っ張る機械すらろくになかったんですよね。自走砲といって、自動的に動く大砲があったけれども数が少ないし、大概ぶっ壊れているか、あるいは燃料がない。それで馬に引かせる。ところが日本人は馬の使い方が上手じゃない。私は競馬をやっているからよくわかります。それで、すぐ馬がだめになる。すると、人間が引くんですよね。あの大砲を人間が引く。

それがアメリカ軍の側面からの速攻が予想されるところで、夜に、ある安全な地帯まで何とか大砲を引きずっていかなければならない。兵隊に引かせる。交代で引かせる。兵隊の方はもちろん栄養も不良だし、過労だから、もう今にも倒れそう。ほとんど朦朧状態で引いている。倒れたら二度と起き上がれない。起き上がれない者は、置いていくよりほかにないという切迫した事情なんです。そうすると人はもう自分の保存、自分の生存のことしか考えられない。上官もそうだし、兵隊同士もそう。そばで倒れたのに手を伸べて、もししがみつかれたら自分も倒れ込む、立ち上がれない。その、言ってみれば絶体絶命のかつがつの窮地から、海の上に浮かんだ赤い月、これが目に焼きついた。それが、この女性の顔の中に見える。見えたとは書いていませんけれども。見えるわけですね。あるいは女性の中のこの苦が、自分の中の赤い月を誘い出す、そういうことなんです。

苦のつながり——愛の問題

さて、そこで愛の問題が出てくるんです。愛の問題というと、これは大げさに言うようだけれども、なかなか深刻な問題なんです。この主人公は一方ではこういうことを願う、あるいは夢想すると言ってもいいのかな。男と女の苦が一筋につながり合う。要するに主人公は、その相手の苦の中に入っていきたい。人間の心と心が面と向かってお互いの苦を渡し合う。つまり、一旦そういう絶対的な苦を抱え込んだからには、そういう苦の交換によってしか人は愛し得ないと。これが主人公の思いなんです。これができるならば、人生は新しい意味を持つだろうと。そこまで来ているんです。では逆にこれができなければ、人を愛することはできない。そういう苦を体験したことがなければ。それである日かなりその男女は接近するんだけれども、とうとうすれ違うことになります。というのは、やはり主人公の意識なんですよね。自分が戦地の窮地の中で自分のことしか考えなかった。自分の保存のことしか考えなかった。これは仕方のないことだけれど、しかしそうした自分が、果たして人を愛せるか。今でも自分を保存する、自己保存の外に出られるか。つまり自己保存以外の生き方、人間にはそれ以外の生き方はないのではないか。そう思うよりほかないけれど、それでは人を愛することができるのか。そういう問題なんです。ついには、この人の生存の中に入ることはできないということで、それぞれの軌道がちょっと交差するだけで離れていくという結末になるんですけれども。

このテーマが、どれだけその後この社会で持続されたかどうか。自己保存にだけ走らざるを得ない窮地に一度陥った、その苦を見た人間が、どうしたら人の苦とつながるか。考えてみたら矛盾ですよね、本当に。あのときのことを思い出したら、人の苦を引き受けられるわけがない。これは戦後二年目の、相当切羽詰った心情を書いているものと思います。特に私にとって『顔の中の赤い月』というのは、それだけでもう強い印象というか、刻印に近いようなものをおされます。

窮地に陥った人間というのは何かを、全然あさってのものを目に見る。それが残ることがあるんですよ。大砲を引っ張っている人間には、海の上に上った月なんてどうでもいいでしょう。それどころじゃない。それと同じように、私も敵の焼夷弾が頭上から落ちてくる刻々の恐怖の中で、防空壕に入る前に庭の隅に昼間咲いていた花のことなんかを思い浮かべていました。それが、苦の印となって残るわけですね。

人間の実相――『真空地帯』

さてそれから五年ほどたって、『真空地帯』という小説が書かれます。これは戦後の文学の大傑作です。ただ野間さんのスタンスがちょっと違っていますね。戦後二年目の、まだ過去の苦にがんじがらめに縛りつけられた時代から、やや距離が出てそれを客観視して俯瞰しようとする。その違いがありますね。文体も少し違います。呼吸がね。

ところで「真空地帯」という言葉は、最初真空管という言葉が出てくるんですよね。兵隊が外出許可を得て、いわゆる娑婆《しゃば》、当時は娑婆のことを地方と言ったそうですね、そこへ行って帰ってきて、驚くのは、軍隊には何もない。あるいは何年か内務班を離れて戻ってきた兵隊が驚くのは、この二年のうちに軍隊の中は何もなくなった。ある意味では軍隊の方が物があったはずなんですよね、一般に比べて。だけれども一般の生活というのは、どんなに物資が不足しても何だかんだ細かいものがあるわけです。梅干だとか、タクアンだとかあめ玉とか、ちょこちょこと。そういうものが一切ない、規格されたものしかない。だから物質的に真空管だと感じた。そういう会話が初めなんです。

それからもう後半の方になってから、軍隊という人間を現実から隔離してしまう場所。それを真空地帯と呼んでいます。特に印象的なのは、曾田という一等兵がこれを感じるのが軍隊の中にいるときじゃなくて、連絡のために外出許可を得て町の中を歩いている、大阪城のそばをかすめてどこかに行くときに感じる。こうやって歩いていても、自分が細い紐で軍隊の方につなぎとめられていると。例えば公園の、そこに座っている男がいると、何年前かの自分ならああやっていたかもしれないけれども、その男と自分はもう全く違う。この間に、ガラス張りの隔てがあるようなものだと。そんなふうに言っています。

これが当時間もなく映画化されまして、まだ内務班の戦争体験者が若かったころなので、いろいろ考証とかそういうものがうまくて、なかなかの迫力の映画になりました。だから余計に、いま言ったような意味での軍隊の非人間的な真空性、真空地帯という観念を我々は受けたんです。けれども野間さんが表そうとしているのは、それだけではないんです。つまりこの真空地帯の中で、ある意味では人間の実相が表れてしまう。それを野間さんが指差しているのが、やはり年をとって読むとよくわかります。その真空地帯の中で、人間がロボットみたいになるわけじゃなくて、ある意味ではいよいよ人間の本性を剥き出しにしてくる。

軍隊というのはなかなか難しいところで、確かに階級制度に縛られているけれども、不思議なことに星の数よりメンコの数と言って。星の数は階級を表す星ですね。メンコというのは、飯を食うときのおわんです。つまり、何年軍隊で飯を食ったかの方が上なんですよ。多少の階級の隔たりよりはね。こういう妙な超合理主義があるわけですよ。年限が何年かといって、ほかの差別が吹っ飛んでしまうようなところがあります。

ところでこの『真空地帯』というものをいま読み返すと、問題のさまざまの鋭さはもちろんのこと、人間のしょうもない本性、あるいはその現れた行為の野間さんの描写力。これはすごいものですよ。不謹慎ながら、笑って読んでしまうようなところがあります。

特にその内務班の制裁ですか、少年兵や補充兵を古年兵がいじめると。これはもう大変なもので、まさに非人間的だと言えるものだけれども。ただ、その古年兵をただの悪人として書いているわけじゃないんですよね。ちょっとその裏に入ると、共感できないでもないようなところがあるんです。長年の地方——というのは世間のことですけれども、軍隊は世間のことを地方と言ったそうですが——地方で受けたさまざまな差別の憤懣が、そこで爆発しているというのも見える。それから大学を出て、兵隊にとられて、いずれ幹部候補生の試験を受けるつもりだけれども、今までやってきたことが通用しませんから、これは大変ですわね。何事に関してもうかつでしょう。そこをつかれて、散々殴られる。教練もきつい、腹も減る。これはもう、惨めなものであったろうなとわかるんだが、そういう大学出の兵隊たちの中にある横着さね。自己中心性というか、これを野間さんが実にうまく描いているんですよ。同情を込めながらね。

例えば学生だったから世間も知らず、奉公で鍛えられているわけじゃないから何事ものろまなわけです。鈍重で、気がきかない。けれどもその鈍重さの中に、どこか横着さが混じる。どこか自分のことしか考えないところが混じる。そういう姿を実によく描いていて、うっかりするといじめられているほうをひっぱたきたくなることがある。それほどに、うまく描いています。

保身に迫られたときの人間

それからもう一つ、この当時どうしてここまで見えたのか、士官たちの内部の権勢争いですか。軍隊というところも、役所であるわけですね。しかも多くの物、物資を民間から調達する。その中で経理を扱う場所で利権というものが生じ得る。この利権は、後世の利権と比べると額としては……いや、物ですからね、つましいものだったんだけれども、物資不足のときには、やはりかなりの利権ではある。その利権を共有する者の中で内部争いが起こる。ここでこの主人公の木谷一等兵の悲劇が起こるわけです。

この人は、実は四年兵なんですね。刑務所帰りです。内務班に戻ってきても、ベッドの上に座って考え込んでばかりいる。星の多い者にもろくにあいさつしない。何でこれで放っておかれるんだろうと、読んでいるうちにいぶかるでしょうけれども、それは凄惨な目に遭ってきた人間のおのずから醸し出すものすごい雰囲気はあるけれど、これはどう見ても三年兵以下じゃないという感触が周りの兵にある。だから、当然上に立つべき兵隊も手を出さずにいる。

この人が上等兵にまで行ったときに、上官が落とした財布を拾って、その中のものを取ってしまうわけです。これは若い者が隔離されて、外出のときに遊郭に通う。兵隊にも多少の給料は出るけれども、こんなものじゃ間に合うわけがない。目の前に現金を突きつけられて、ポケットに入れたくなります。それが露見して、つかまった。大体この程度なら内部の処罰で済ませるわけです、重営倉とかそれぐらいでね。お金も戻っていることだし。ところが、経理部の将校たちの内部争いに巻き込まれてしまった。自分から巻き込まれていったわけじゃないですよ。かつて経理部にいたというだけで、その不正をさまざま目撃したということだけで巻き込まれた。自分が厳しく追及されるが、実は派閥抗争のとばっちりだったということも知らない。厳しく追及されたので、自分がかつて見た経理部の悪事を軍事裁判上の取調べで口にしたばかりに、自分の味方をしてくれると思っていた勢力によって、懲役二年余りの軍事陸軍刑務所での厳しい苦しみの中に突っ込まれる。しかも内務班に復帰して間もなく、やはりその存在に不安を覚えた内部勢力が野戦に追い出してしまう。大体そういう話なんですけれども。

この場合にも、そこに関係する大尉とか中尉たちとか、伍長たち。いずれも人間が最も冷酷になるのはその凶暴性のせいか、それもあるけれども、意外に保身から来ることが多い。保身に迫られたときの人間というのは、人を平気で犠牲にするようなところがあります。その綾をよく書いているんです。これにかかわった将校たち、下士官たちも、野間さんは別に悪人に書いていないんですよね。その姿が浮かぶような、小心な、大きな目で見れば実直というような士官たち、下士官たちで、決して陸軍内部で出世コースに乗っていない。陸軍内部で出世コースに乗るには、陸軍大学に行って銀時計でもとった組だと言われますね。官僚組織なんです。これも話すともうきりがないことなので、いいかげんに切り上げるとします。

戦争そのものからの隔離

『真空地帯』ということで今から読んで興味深いのは、世間の生活、あるいは常識、あるいは良心、それから切り離されるばかりではなくて、これは逆説的に聞こえるかもしれませんが、戦争そのものからも隔離されている。もちろん戦争のための存在ですね、兵隊だから。内務班も戦争のための施設ですよね。だから戦争に関係ないということはないんだけれども、それでいながら、戦争からも隔離されている。

この『真空地帯』の年代を作品の中から見ますと、イタリアでムッソリーニ政権が揺らぎ始めたころといいますから昭和十八年、一九四三年の冬に当たるんです。これはどういうときかというと、太平洋戦争の始まったのが昭和十六年ですが、最初は優勢だったけれども昭和十七年にはもうミッドウェー海戦で海軍の主要な戦力を失っています。さらにその一九四二年にはソロモン沖海戦、これも敗戦に終わっています。それからガダルカナル島に敵が上陸している。この小説の舞台である一九四三年、昭和十八年には既にアッツ島玉砕。これは大々的に伝えられました。英雄扱いにしてね。子供も知っています。ガダルカナル島からは、もちろんもう退いている。そういうことも知らされているから、かなり敗戦の色が濃いはずなんです。

ところが作品をずっと読んでいると、内務班の兵隊のみならず下士官も、士官も、戦争の動向に余り関心ないんですよ。専ら内部の争い、士官たちはね。それから兵隊たちは自分の保身にかまけて、そんなものを見るゆとりがないみたいです。野戦行きの割り当てが来たというところで、今度はだれがその選に入るか。それだけの関心になってしまう。戦争のための存在でありながら、戦争そのものから隔離されているというこの真空性。これだけ距離を持って読むと、よくわかります。一年たって昭和十九年、一九四四年になると、もう大変なものでした。東京の空襲も間もなく始まっていますから。

自己保存の鬼

それと、真空地帯であるからこそ、ある面で人間の実相が露《あらわ》れてしまうということ。それは、自己保存の鬼みたいなところがある。そこで『顔の中の赤い月』とつながるわけですね。こういう状況に追い込められた人間たちは、深い傷を残すだろうと。深い傷——受けた傷だけじゃない、自分が保身に走って人を見殺しにしたという傷まで受ける。しかし俗世に帰還して安泰だとなれば、それに苦しみながらだんだん忘れていく。男女が結びつく、結婚するのも決して愛のことばかりじゃないでしょう。そんなふうにして、大勢の男女が結びついていったわけです。昭和二十三年生まれとか、二十四年生まれというのが多いんですよね。お父さんが兵隊帰りってね。ところが本当に愛情の関係となったらどうか。それが絶たれたまま時間が経ってきて、そこで妙な剥離現象を起こしているのかもしれない。男女ともにね。それからもう一つ。これはもう、社会というものは非常に難しいものだけれども、軍隊の中のさまざまな残酷さ、これは軍隊の階級、それから上下の関係とも言えるけれども、もう少しつぶさに見ると人の立場、強い立場と弱い立場というものがあります。その強い立場と弱い立場が絶対化したとき、ここで人間の取る態度は、なかなかあさましいものなんですよ。だから社会の立場というのは、常に相対化される可能性を持っていなければいけない。ところが立場の持続というものがないと、また一種のアナーキーの中で、また別な実相が表れます。

こういうふうに考えていくと本当に社会の強弱の立場、これは大きな局面から小さな局面まであって難しい。真空地帯というのは、平和な時代の世の中のどんな部分にも潜むものです。私だって、かつてどこかの大会社の若い社員が、自分の父親ぐらいの年の出入りの中小企業の社長か何かを怒鳴りつけているのを見たことがあります。この立場は、絶対逆転不可能というところに立っているわけですね。これは大きな局面での立場の相対化を図ると、逆に小さな局面、局面でそういう真空地帯が残ってしまう。そういう世の中なんじゃないかと思います。だから野間さんがまだ生きておられて、この行き詰った経済主義の社会のあちらこちらの局面にある小さな真空地帯を覗いて歩いたら、どんなことを書かれるか。厳しく指摘するだろうが、ただ一つ言えることは、その中の人物をもやはり人間として、必ず活写するだろう。その点、人間に対する愛情みたいなものは失わないだろうと。それは言えるんじゃないかと思います。

少し早めになりましたけれども、この辺で。

（二〇〇三年五月　第一一回）

執拗と拘泥

作家
島田雅彦

毛沢東が大躍進政策を遂行しているころに私は生まれまして、野間宏氏とは、さきほど数えましたら、五十六ほどの年齢差があります。このぐらい年齢差がありますと、その作家はほぼ文学史上の人物になりますが、たまたま私は野間宏氏にお会いしたことがあります。最初はまさか文学史上の人物が新宿で飲んでるとは思いもよらないので、あれは野間宏に似ているどこかのおっさんだろうと思っていました。そしてそのことを隣でいっしょに飲んでいた編集者に告げますと、いや、あれは野間宏先生ですというので、こういう機会はめったにないと思ったので、ごあいさつ申し上げました。

私は当時、『やさしいサヨクのための嬉遊曲』という作品を発表しておりまして、文字通り、共産党にも入られて活動されていた旧左翼にお目通りがかなうことになったわけですが、やや腰が引けておりまして、何か批判されるのではないかとおそれつつ、一応、この場合には礼儀正しさだけが身を助くということでごあいさつしたわけです（笑）。そうしましたところ、「きみ、ぼくの本読んだことある？」と野間先生がおっしゃるものですから、幸運にも少し読んだことがありまして（笑）、それで「少し読んだことがあります」といったら、『暗い絵』と『崩解感覚』を読んだ？」というので、「はい、読みました」といいましたら、野間先生が「ああよかった」（笑）とおっしゃいまして、私は、なんでよかったのだろうか、その時はよくわからなかったのですが、何しろ文学史上の人物ですから、その作品は読まれてしかるべきだと文学青年などは思うわけです。

後から思い出しますに、野間宏氏は必ずしも今日の作家が想定しているような読者を想定していなかったかもしれないということはあります。つまり、もっぱら今日の物書き、ある程度、執筆によって生活の糧も得ている作家たちというのは、おおむね資本主義の原則に忠実であります。また、その自分の読者の開拓という件に関しましても、むろん出版社の方針なり市場の流行なりということに年々敏感になっているものと考えます。いわばよい作品を書けば、それが自動的に読者の拡大につながるという時代は、もうとっくに終わっているという認識が、だれの意識にもあるだろうと思うわけです。いわば小説はここにおいて商品化が完成しているわけです。

小説が商品になっているというのは、もうごくごく昔からの約束事でありまして、むしろその資本主義化について二、三語るならば、それは衣食住はもとより、恋も死も、あるいは事件もすべて商品化されているものだと。いわばそれはすべては買収されているのだという認識がより現状に近いかと思います。むろん、衣食住も恋も死も事件も、ある意味では生産されるものでありますし、消費されるものであります。ただ、この間、どうも生産の部分が欠落しているように思えるわけです。食に限っていうならば、肉を食べようと思えば、本来ならば動物を捕獲する、そして屠殺する、解体する、精肉する、料理する、食べる、非常に複雑なプロセスを経なければいけないのですが、とくにそういうことはなしに、マクドナルドを食べればよいわけであります。

いわば物を食べるという一つの動作を行うにしても、本来ならば非常に複雑な、場合によっては手間のかかる、あるいはそのプロセスのあいだにさまざまなことを考えることができる、そういうプロセスがすべて排除された世の中に生きているものといっていいかと思います。同じように死というものも、そのようにとらえられているかと思います。こうした、ともすれば気味が悪いとか、あれこれいろいろなことを考えなければいけない、考えないまでも、あれこれいろいろな想念がわき起こってくるような、そういうプロセスから一切離されているので、それは表向き快適なことのように思えるのですが、しかしそのプロセスを失って、そのプロセスから切り離されていることの不幸を特定の文学者は気づくべきだと、自分のこととして考えております。

そうした、現代的なあらゆるプロセスから乖離された場所、そこを私はとりあえず抽象的に郊外と呼んでみたりするわけですが、その対極にあるものを、仮に戦場とか刑務所とかと考えてみると、野間宏は、いわばアメニティ中心に、権力によって快適な刑務所として用意された郊外とは対極の、絶えず国家に抑圧される場において、いわばある感覚を磨かれてきたと考えます。別の言葉を使えば、国家に抵抗したり、国家に自由を奪われたことのある人、あるいは死体がころがる光景を間近で見てすごしたことのある人、友人を自殺や戦死といった状態で幾人も失った経験のある人、そして刑務所での生活を経験している人々というものの想像力というのは、やはりいま一度、そのプロセスから見ていく意味はおおいにあろうかと思われます。

いわば一つの制度とかシステムに対して、それをどのようにリアルに認識するかという問題につながってくるのですが、いま述べたような経験をした方々というのは、肉体の感覚をもって、権力とは何かというものを知っている。普通、権力というものは、その存在を明らかにしない。むしろ目立たなくし、正体を隠すことによってより巧妙に支配のプログラムを浸透させていきますので、それを苦痛として、あるいは不自由として認識しているものの強みというのがあって、今日のわれわれのように喜々として、国家による支配なり、あるいは国家による経済の再分配なりの恩恵に浴して、ある程度、快適と感じている者には、むしろそちらの、野間宏等の世代の感覚にいま一度接近する必要があろうかと思います。

いま一度、野間宏氏の作品を読みなおしてみますと、確かに刑務所にいる間、あるいは戦場においては徹底した不愉快と戦っております。それが独特の肉体を貫く不快感として描かれてもいるのですが、しかしよくよく考えてみると、そうした不快を体験し、またその不快に耐えぬくこと自体が理性の獲得のプロセスと呼応しているように思えます。友人の死、それはけっして自分の死ではないのですが、あるいは自分の肉体に生物学的な変化をもたらす事態ではないはずなのに、友人の死という事態を、ただ自分ではない者、他人の死としてはとらえられずに、いわば他者の死であるにもかかわらず、それを自分の肉体の不快感という形で感じるディテールが随所に見受けられます。

最初に作品を読んだときも、私もずいぶん読みにくいものだと思いましたが、しかし随所に現れてくる肉体の不愉快というものをつぶさに見ていきますと、その小説の構造と身体というのがどうも対応しているように見えてくることがあります。いわば身体はさまざまな感覚器官や内臓等の集合体であります。それらが有機的に結びついて一つの全体をなしている。それらはばらばらにしたら何の機能も果たしません。ただの物体になるわけですが、それらが神経や血管や筋肉によって結ばれているので、一つの全体をつくりだすわけです。そして人体という構造のなかで、だれもが苦痛を感じたり不愉快を感じたりするわけです。まさにそうした身体というものを小説の構造にそのままスライドさせていく。身体と小説というのは、ある意味ではきわめて密接な対応関係にあるという、そういう構造が野間宏の作品にはあるように思えます。これはすべては野間宏氏の作品における特異な身体感覚をめぐる描写から受ける印象でもあるし、また、野間宏氏の身体感覚は、ひょっとすると、日本人が長い歴史のプロセスのあいだに培ってきた、その身体感覚とは、ひょっとするとずいぶん違うものかもしれないということを考えることができたわけです。

ここで私が日本人の歴史的、あるいは歴史的につくられてきた身体といったときに、それがどういうものを意味するのかということを説明しなければいけません。いわば心と体というものが仮に二つに分かれていたり、あるいは体を重んじる、心を重んじるという、それぞれの二つの立場を異なるものとしてとらえた場合には、どうしても心の方に傾くきらいがあるように思えます。また小説も心の表現にかなり偏っているということもできるように思います。まさに近代文学においては一本の主流をなしていた私小説は、その己が悩みをさらけだすということに情熱を傾けるのですが、いわば心理というもののなかにすべての本質があるととらえたがる傾向がでてきたのではないか。これは自分の自意識を精密に分析して、それを表明すれば、その意識のなかに社会が反映しているのだから、それは自分の意識さえ書いていれば社会も書いたことになるという、いわば社会の内面化というような事態をそのまま踏襲している手法なのかもしれません。ただ、そういうものを私小説の特徴だととらえた場合、野間宏氏の場合は、内面化に対して内臓化とでもいうような、いわば心理の代わりに臓器感覚というか、心の代わりに体というか、そういうものがつねに対置されているように思えます。

江戸時代などは、とくに一つの権力によって、その身体というものは形式化されておりましたから、その流れをじつは今日に至るまでの日本人は引きずっているのかもしれません。つまり武道というようなものは、放っておけば暴力に走り、殺戮にも至るであろう、その本能を危険なものとしてとらえていたがゆえに、それを武道という形式によって、とりあえずは押しこめておこうとするわけです。そしてむやみに暴力を振るうべきでないということを、肉体のディシプリン、肉体のトレーニングとセットにして、一つの道徳に構築していったわけです。

だとするならば、江戸期の、ある種の独自のプライドをもっていると今日の格闘家も思っているところの「サムライ・スピリッツ」とかいうものも、じつのところ、江戸の権力によって完全に支配されていた身体なのかもしれないと思えるわけです。体を規則と法でしばるというのか、そうしたものをサムライはだれもが受けいれていましたので、仮に権力による裁きが不当であると思ったとしても、彼らは切腹という、その自尊心を最期に守ってやる、見せかけで守ってやるという儀式に甘んじて、死刑になっていったようにも思えます。本当だったらもっと抵抗する身体をもっていても不思議ではないのに、江戸の長い歴史のなかで、身体が本来の自然の欲求に忠実な状態で暴力に訴えるというような事態がきわめて少なかったのは、やはり権力による身体の形式化、儀式化というものをだれもが受けいれてしまったからではないのか。

さて、それをもう少し抽象的に簡単に述べてしまうと、身体というのは一つの意味体系にまとめられていたということになるかもしれません。そうすると、体ごとある種の意味体系の中に押しこめられてしまったものは、どうすればよいのか。もう一度身体の自由を獲得するためには、どうしたらいいのか。そしてもしそれができるとするならば、それは一つの権力に対する身体の抵抗という事態に至るであろうと思われます。いわば野間氏が「崩解感覚」といったときに、それはひょっとしたら、無意識のうちに支配され、自由を奪われてきた、この日本人の身体の抵抗としての現象だったのではなかろうか、このようにも考えてみたわけであります。己が身体についての認識を非常に明確にもつということ、ボディ・コンシャスとでもいいますか、そういう姿勢は、ある意味ではすべてのものを形式化し、場合によってはスノビズムの形式にまで高めてゆくようなものに対して、ある種、きわめて唯物的な抵抗を行うということを意味していると思います。

彼はお父さまの影響もあったそうですけれども、鎌倉仏教の研究をしていましたが、たとえば彼が手がけた仕事の一つである、鎌倉仏教研究というものをとってみても、それまで寺院とか権力ににぎられていた信仰のシステムを、一度解体して、それで別の言語体系を発明することで、路上の個々の人々の理性や感情にダイレクトに訴える方法をとった運動だった、と簡単に言えると思います。つまり寺よりも路上の方がリアルに仏法を学びうるフィールドになりえた時代だったとも言えるかもしれません。

当時の絵巻物などを見ると、死体が道路にころがっているのはざらにある光景であったろうし、そのころがっている死体も、死にたてから、腐りかけから、完全に腐ったものから、白骨まで、プロセスが全部あったと思います。ぼくは見たことはありません。インドあたりへ行けばまだ見られますけれども。あるいは絵巻物に描かれているような中世の世界というのは、ある種、権力構造というものが恒常的に安泰というわけではもちろんなく、それらはそれこそ路上の一介の下級武士が権力の場に登りつめるというようなことも、ある程度は期待をもって考えることができた時代でもあったでしょう。いまはだれもそんなことは思わないので、もし今日において革命を唱える人がいたら、その動機は絶望だと思います。

逆にあらゆる可能性というものが、死体も生きている人も、支配者も非支配者も同一画面上、同一の路上にとくに未整理のまま並んでいるというような状況のなかでこそ、より論理的に精密に、そしてリアルな肉体感覚をともないつつ、新たな言語体系、新たな権力システムをつくることを夢想しうるわけですし、その夢想が現実化する、実現すると信じることは、いまよりも百倍ぐらい、百倍というのは根拠はありませんが、確実なことのように思えたかもしれません。

権力にどのように抵抗するかというようなテーマについて、私はたんに理論的な問題、あるいは国家が犯している、権力が犯しているその国家的規模の犯罪の告発ということも、もちろん重要なことだと思いつつも、しかしいま一度、その国家権力にある程度の支持を与えている個々の市民なりの感覚なり、あるいは理性なりというもののあり方を、もう一度最初から考えなおすということには、より強い根拠があると思います。たとえば、人はいずれ死にます。人間の死亡率は百パーセントだそうです。それ自体、とても不愉快なことではあるのですが、しかしその不愉快に耐える方法を編み出す、それが理性だと定義するならば、むろん宗教というのは、その理性が構築するものの一つであります。

あるいは子育てというような作業、これもあるいは人はいずれ死ぬ、有限である、老いていくものだということの不愉快を、何らかの形で補おうとした理性的な営みだったかもしれないと言えるわけです。純粋に経済学的に考えたら、子供を育てるということは損ですから、見返りは得られませんし、グレでもしようものなら損害は増えます（笑）。それにもかかわらず、なぜ人は喜々として子供を育てるのか。それはおそらく自分はいずれ老いていくし、死んでいく。しかし子供は自分よりももう少し長く生きるし、そして自分が味わってきた苦痛とか不愉快というものを、彼なりに克服するかもしれない。そうするとこれは賭に近いが、子供をちゃんと育てておけば、自分の時代には果たし得なかったことの希望を委ねることができるかもしれない。こう考えるならば、損を承知でも未来に投資しようという気にもなろうというものであります。たとえば、理性というのはそのようなところから生まれてくるものだろうと私は思います。そしてそうした理性の誕生の、これはほとんど人類の起源に遡って、人はなぜ子育てをしっかりするようになったかみたいなことを憶測的に語ることにしかならないのですけれども、あるいは資料がないので憶測するしかないとも言えるのですが、そこまで一度遡ってしまって、そこから考えだすと、少し気が楽になるような気がいたします。

むろん野間氏の小説以外の仕事として、もちろん小説というのは、一つの啓蒙の装置としてもおおいに活躍したわけですけれども、環境保護運動であるとか、「狭山裁判」における人権問題のコミットメントを見ても、これらはやはり根本的には、人はなぜ性懲りもなく子供を育てるのかといった、その動機にあたる倫理の問題とリンクしてくる問題だろうと思います。非常に煩雑な手続きを必要とするものであることは庭山さんの講演でも、一応認識したつもりで、もちろん頭でしか認識しておりませんが、ともあれこの理性を発揮するということはじつに不愉快なことですが、その不愉快に執拗に耐えること。そして理性そのものに拘泥しつづけることというのは、野間宏氏によって示された一つの文学者の責任なのかもしれないし、またそうした超人的な理性の怪物的活動をした方も、いずれは死にます。そして野間さんの場合はすでに亡くなっておられるわけですけれども、そうした個々の理性

は死にますが、それを活用する自由はわれわれももっているわけで、それを活用しつづける側も死んだ理性的個人の執拗と拘泥を受け継がなければならないと思います。ですから、この「野間宏の会」というのは、もう八回目をお迎えになるそうですけれども、この会もまた野間宏氏の執拗と拘泥を受け継ぐ会であることをお祈りしております。どうもありがとうございました。

（二〇〇〇年五月　第八回）

〈対談〉
現在における野間文学

作家 町田 康＋文芸評論家 富岡幸一郎

野間宏作品の印象

富岡　きょうは町田さんとの対談ということですが、むしろ町田さんのお話をいろいろ伺いたいというか、野間さんの小説について、あるいは少し野間さんから離れて、町田さんの小説観とか文章観とか、そのあたりまでお話を伺えればと思っています。

　町田さんが一九六二年の生まれで、私が五七年でありまして、いわゆる野間文学といっても『暗い絵』で描かれているようなああいう戦前の、先ほど針生さんがお話しになった、あるいは戦中の時代の感触というのはほとんどわかりません。コミュニズム、人民戦線という問題も、なんとなく知識的にはわかるんですが、実感としてはなかなか難しい。

　個人的なことで恐縮なんですが、一五年ぐらい前に、野間さんについて短い評論を書きまして、『戦後文学のアルケオロジー』というタイトルで、福武書店から本を出してもらった。第一次戦後派の作家を中心に、九人の作家を一人三〇枚ぐらいで論じたんです。アルケオロジーというのは、考古学という意味です。私にとっては、野間さんも含めた戦後派作家というのはもう考古学だと。要するに、遺跡をほじって、そこから何が出てくるだろうかと、そういう逆の意味での新鮮さというか、そんなふうな感触で書きました。ですから、ある意味で政治と文学というか、戦後的な思想の枠から離れて、野間さんのおもしろさはどこにあるんだろうという感じで書いたんです。本を出して少したちましたら、私は野間さんと直接面識はなかったんですけれども、夜一二時ごろだったと思うんですが、突然お電話をいただきました。「野間です」ということで、大変驚きまして、その本について約一時間ぐらい電話口でお話しいただきました。非常にゆったりとした口調でお話しになっていて、「九人の作家論の中で、僕の場合が一番おもしろかった」ということを野間さんがおっしゃって、大変恐縮したんですが、君のやり方というのは、磁石の棒をぐっと持ってくると。そこにいろいろな作品やエッセーなんかでくっつくものを磁石がくっつけている、そういうやり方だとおっしゃって、大変印象に残っています。

ある意味では、町田さんもそうだと思うんですが、戦後の世代というのは、自分の磁石の棒をぐっと入れて、そこに何がくっついてくるか、そのあたりから戦後派の作品を読むというか、論ずるほかはないいんじゃないかと、また少し新しい読みがその辺に出てくるのではないかと思っているんです。町田さんの作品も私は若干拝見しているんですが、野間さんとある種の共通点もあるかなとも思っております。野間さんも神戸の御出身で、三高、京大から大阪市役所に勤め、町田さんも大阪の生まれで、その作品の中で一種の関西弁というか、そういう語りというか、話法があると思うんです。そのあたりもちょっとお話を伺えればと思うんですが、先ほどちょっと雑談をさせていただいたときに、昔、お友達の家で、『真空地帯』を偶然お読みになったということを伺ったんですが、野間さんの作品の印象などから……。

町田 最初一八とか一九のころだったと思うんですけど、何をやってもうまくいかない状態が続いていて、自分が思っていることとほかの外の世界というのがうまく調和がとれないというか、うまくいかないような、うまく合致しないようなときに無理な生活を送っていて、毎日やることがなくて、友達の家にいたんですけれども、友達の家にいたのも別に居場所がほかに全然なくて、学校も行かないし、仕事もしないし、音楽をずっとやっていたんですが、そのころ音楽もあまりうまくいかない。本当にやることがなくて、時計を見てもう一時間ぐらいたったかなと思うとまだ五分ぐらいしかたっていないような、それぐらいやることがないときに、本棚に『真空地帯』という文庫がありまして、それだけやることがないから当然ぱっと手にとって、読むかなと。二～三ページ読んでだめだと思って、やめて戻っていったという、それぐらいに何だかよくわかっていなかったと思うんですけど、そのころから、とても読みにくいというか、入っていけない。普通っていうのはあまりないかもしれませんけど、僕もちょっとあまり上手じゃないんですけど、小説を書くんですが、ちょっとぐらいは工夫というか、何も人を笑わすために小説を書いているわけじゃないんですが、ちょっとぐらい笑わせたろうかなというような部分も少しはあると思うんですけど、そういうのが全くないような気がして、ちょっと入って行けなかったというのが最初です。

富岡 『真空地帯』というのがよくなかったというのも……。

町田 『真空地帯』はよくなかったですね。

富岡 今度短編をお読みになって……。

町田 それで、この会に呼んでいただくというので、その『真空地帯』の話だと一〇分ぐらいしないうちに終わってしまうんで、多少何か読まないといけないだろうと思って読んだんですけど、もちろん初期の短編です。『暗い絵』とか、今持ってきていますけど、『顔の中の赤い月』など読みました。最初はやはりだめかなと思ったんですけど、だんだん入っていくと、どういう印象かというよりも自分の体験から語りますと、そのころ自分で別の小説を書いていて、最初は調子よく短いものを書いていたんですけど、だんだん読むとうつる癖があって、だんだんうつってきて、半分ぐらいが何も話が進展しなくなっていって、ずっと延々と人の説明とかその人の中のこととか、ずっとそこばかりに入っていって、全然前に進まなくなって、とうとうそのまま終わってしまったという苦い経験があるんですけど、とにかく進捗しない感じというのがだんだん気持ちよくなってきて、進捗しない感じって多分自分の中にもあるんだなというのはそのときに思ったんです。

富岡　町田さんの作品で、たんすが倒れてくるのがありましたね。たんすが倒れるのに、すごく長い時間がかかる。それは時間なのか、描いていること自体が長いのか、あの感覚は僕は読んだときに、野間さんの、初期だけじゃないと思うんですけど、進捗しない文体というかスタイルというか、ちょっとそれと重なるのかなという印象を持ったんです。その辺はどうですか。なかなか倒れないたんすというか、倒れつつあるたんすというか。

町田　事を起こすこと自体は簡単だと思うんですけど、例えばたんすもそうですけど、最近タクシーに乗って変な感じが、運転している人に多いんです。この間も下北沢からタクシーに乗って、六本木方面に行ってくれといって、六本木方面に行くのがわからないというんです。わからなくても結構です、いいますからといって、道順をいって、麻布の山を越えて行くルートと、ちょっと遠回りですが西麻布を左に行って右というルートと二つぐらいあるんですけど、西麻布を左に行って右に行ってというルートをいったんです。そうしたら、全然違う方に入っていくんです。だから、この人は多分道を知っているんだろうと思ったんです。自分のような素人じゃなくて、ドライバーだから専門知識があるんだと思って何もいわなかったんですけど、そうしたら全然わけのわからない人けのない、とんでもない暗がりに止まって、すみません、地図を見ていいですかというんです。僕はもともと非常に温厚な方なんですが、そのときは多少アルコールが入っていたので、すごく腹が立って、わからないならわからないと正直にいおうよ、話し合おうよという話をしたんですけれども、途中でそれを追及することをやめたのは、ずっと一人でいっているんです、自分の心情をずっと吐露しているんです。なぜあそこを右に曲がったかというときに至る綿密な心理描写をずっといっているんです。これは危ないなと思って、その綿密な心理描写も野間宏的ではあったんですけれども、それもさることながら、彼の顔です。そのときはほかにも人数がいて、僕は助手席に座ったんですけど、耳の感じとか鼻の感じとか、見ていると別に見慣れている人間の顔なはずなんですけど、とても気持ちが悪いというか変な感覚になってきて、そのときに野間宏がわかったような気がしたんです、これか、これだったのかというのがわかって。そのときに短編集を半分ぐらい読んでいたんですけど、それ以降はこの感覚かと、割とストレートに自分の中にいろいろなものが真っ直ぐ入ってくるようにわかったんです。間違っているかもしれませんが。

富岡　さっきの針生一郎さんの話で、あっと思ったんですけど、トラウマを長い時間かけて解決するというのは、非常に野間宏の本質かなと思う。トラウマと時間の関係というか、その辺の描き方がとてもおもしろいと思うんです。今、児玉朗さんに朗読していただいた『崩解感覚』の文体も、多分そういうところから出てくると思うし、町田さんがエッセーでお書きになっていることですが、駅のアナウンスで、三番線に列車が入ってまいりますという、まいりますという言葉に引っかかって、非常に不思議な気がする。来るんじゃなくてまいるという丁寧語というか謙譲語を使って、実際に電車が丁寧に入ってくるかとか謙譲に入ってくるかというとそうではなくて……。ああいうトーンもちょっと野間的時空間というか、読んでいてあっという感じがして、今タクシーの話で思い出しておもしろかったんです。

町田　そこにとても深刻なというか、思想的な問題とかシリアスな問題とか、あるいは人間の肉体が本当に目の前で滅びていく問題とかというのは、完全に僕らの世代には抜けちゃっているんで、どうしても電車がまいるとかどうでもいいくだらないことばかり言っちゃうということはあるんですけど。崩壊してもせいぜいたんすだし、みたいな部分はあります。

富岡　町田さんの小説で織田作之助との比較を指摘する人がいますが、織田が純文学というのは不純なものをいっぱい入れているんだというい方をしている。野間さんには全体小説というい方がありますけれども、とにかくあらゆるものを取り込もうという志向があったと思うんです。生理と肉体と社会と思想とがあって、それが非常に長いスパンというか、時間をかけて煮詰まっていく、そういうところがある。そのあたりの小説に取り込む材料というんでしょうか、我々の世代にはそういう深刻な、戦争とかイデオロギー対立は一見ないわけですけれども、日常の中でもある意味で取り込むべきものというのがあると思う。実際にお書きになっていてどうでしょうか、野間さんとの感じというか、何でも取り込むというのと、いや、ちょっと違うというか、自分はどこかで制限するんだみたいな……。

町田　文化的なあり方として、例えば感覚的なことというのがあったとして、自分の場合に強くあるのは、音楽の体験というのですが、野間さんの文学は多分感覚的な部分と言葉の部分というのがぎりぎりのところで一致していると思うんです。一致するのって一点しかないと思うんです。自分がだめだなと思うのは、例えば言葉で何かいわれると、まず最初に反発を感じるんです。そういう意味で、思想というものが言葉で語られるとしたら、あまり思想的なことというのは取り込む余地がないんです。あるのは感覚しかないような部分があるんです。自分が信じられるのも感覚しかないというのがあって、例えば音楽を聞いていて、ここのところは自然だなとかいちいち思わないんです。普通に音楽の理論の中で音楽を聞いているんですけど、それは音楽の理論があって、音楽の理論にのっとって音楽は演奏されているんだけど、ほとんどあまり何も気にしていないんです。何も最初は疑わないで納得しちゃってる部分があると思うんです。

それは具体的にどういうことかといったら、例えば楽器を普通に弾いていて、それはビートルズでも何でもそうですけど、これはこういう解決をしたんだなということをいちいち考えていないんです。ただし、それを言葉で、例えばドミナートの後はトニックに解決しますといわれたときに、じゃあG7の後はCに行かなければなりませんといわれたら、だれが行くかと思うんです。言われた場合はそう思うんであって、でも言われないとそんなもんだと思っているると思うんです。これは一見ばかなことのようですけど、僕なんかが自分が何かをやったりするときに、取り込んでいく感覚って、そこで一回、ドミナートの後はトニックに解決しましょうということを、腹が立つから最初からいわないようにすると。普通に感覚だけでG7のあとにCに行こうかというふうなことだと思うんです。だから、自分が何を取り込んでいるかというと、そういう意味では何も取り込んでいないということになるのかもしれないです、そういう言葉として説明できる形では。だから、わかりにくいというか、説明ができない。ではだめじゃんという話になるんですけど、そこのところが先ほどからずっとお話しになっているところも問題のところも、結局ぎりぎりのところで我慢しちゃうというか、感覚のところに僕は踏みとどまっているような気がするんですけど、理屈でいうことも頑張って踏みとどまっているというか、ぎりぎり一カ所のポイントだけで接点があるんじゃないかなと思って話を聞いていたんですけど。

野間宏の文体について

富岡　野間さんの思想と文体を分けて考えていいのかどうかわからないんですけれども、スタイルのおもしろさというのは非常に微分された感覚だと思うんです。音楽的なのか……。文章が長くて、簡潔性はないんだけれども、うねったような文体のリズムみたいなものが音楽的なのか……。

町田　僕はあまりいえないんですけど、思ったことだけちょっとたわ言だと思って聞いていただければいいんですが、初期の日記（『作家の戦中日記』第一部）のところに俳句や短歌が出てきます。それってすごくリズムが悪いなという気がしたんです。僕はあまり俳句や短歌はわからないんですけど、ただとてもリズムがよくないという感じがしたんです。直したりした跡とかもあるんですけど、悪い方に直したりする場合があったりして、それは多分さっきの思想か肉体かということでいったら、韻というかリズムという肉体の方に行かないように、行かないようにしようとする分、逆にもしかしたらリズムということに淫してはならないというような気持ちがあったんじゃないか、なぜあったかというと、その日記のところで思ったのは、普通に頭で考えていることは非常によくわかるんです。分裂的であっても——分裂的だというのがさっきのジイドの言葉が紹介されましたけど——、普通に頭の中で考えていることっていうのは、読んでいくと意味がとれるんですが、友人たちが出てきて会話になると、ほとんど何をいっているのかわからないんです。それは多分大阪弁というか、大阪語のわかりにくさでもあるのかなと思うんです。大阪語というのは、永遠につながっていくようなところがあって、結局口説とか口説きとかいいますけど、全然話が終わらないんです。何かあるのかなと思って聞いていたら、結局あまり結論に到達しないまま、いわゆるハーモニー的じゃなくて、メロディー的な部分がとてもあって、そもそも音楽的だと思うんです。例えば義太夫なんかでも、メロディーはあるけれども、そのまま大阪語のイントネーションのまま流れていっているような部分も僕は感じるんですけど、そういう部分で、あえて大阪の言葉というのがもしあったとしたら、あるいは関西でもいいんですけど、割とそこは意図的にリズムを部分的に悪くしていかないとだめなんだろうけど、やっぱり根本のところはそういう大阪のリズムというよりむしろメロディー的なものじゃないかなと思うんです。

富岡　この『作家の戦中日記』はまだ刊行されていないんですが、私も読んでみて、とにかく日記といっていいのか、どうなのかよくわからない。詩もあるし、評論、論文もあるし、それから今、町田さんが御指摘になった会話ですね、いきなりおばさんが出てきて、そういう大阪弁で会話をしたりする。唯物論の話があったら、いきなり女の後を追っかけたりみたいな、一種のストーカーですね、今風でいうと。そういう意味ではいろいろなものが入って、それが渦巻きというか、韻は踏んでいないんだけれども、一つのメロディー、ある種の流れを形成している。この日記自体が野間さんの小説の母体、マグマというか、そんな感じがしたんです。若い、それこそ一七〜一八歳ぐらいですか、さっきもお話がありましたけど、もうちょっとロマンチックな年ごろなのに、いきなり性欲という感じで出てくるあたりの異化効果みたいなものが入っている。非常におもしろかったんです。

町田　刺激的なことがたくさん書いてあって、最初の学生のときの部分を中心に読んだんですけど、京都の吉田山という、今でもあまり人気のないような本当の山で、女性がいたんで抱きつこうと思ってついて行ったんだけれども、人が来てやめたとか、その後もまた別の女性が来たからまた抱きつこうと思ったらまた人が来たとか、今の感じでいうと人が来てよかったと（笑）。そのころはそれがオーケーだったのかというと、そうでもないような気がするんです。何がおもしろいかというと、日記なんで多分余計な文飾というか、飾りというのは一切廃して、内面の言葉だけで書いているんで、普通はそういうものを書く場合に、多少おもしろくしようと思ったりとか、もうちょっと脚色というか、何か適当なエクスキューズを入れておく。でも本当に「女に」と書いてあって、普通で書くときは例えば具体的にいうと、「女性に」とか「御婦人に」とか、今は御婦人にとはいわないですけど、そういう書き方をすると思うんですが、「女に抱きつこうと思ったら、人が来たからやめた」という文章を普通は書かないですけど（笑）、そういう部分がおもしろいというのは、それが別に当然笑わせようと思って書いているわけではないし、それは僕が言うとっていうことですから、同じだというわけじゃないですけど、例えば前の人と座っていて、御飯を食べていたんだけど、鳥の唐揚げが三本あって、あいつは二本食いやがっておれは一本しか食えなかったみたいな、そんなことは普通は言わないです。

でもそんなようなことを普通に、冷静に言っている感じなんです。そのポイントは、冷静にというところだと思うんです。普通はあそこまで冷静になれないというか、割と何か違うことをやっちゃうと思うんです。それをすごく解剖するように、見つめているというか、例えば最初の『暗い絵』という作品にしても、それを冷静に見つめている部分は本当に解剖しているという感じがしたんですけど、さっきのタクシーの顔の話でいうと、割と初期の短編でも、それが他に向かう場合があります。冷静な感じが、他人に向かうときも同じように容赦がなくて、普通はそういうことをやると、あまりよろしくないというか、本当はあまりそういうことをやらない方がよくて、他人をそんなに赤裸々に書いたりしない方がいいんだけど、その方がおもしろいから書いてしまう場合がほとんどなんですけど、例えばそこは何が違うのかというと、社会運動とか労働運動とかっていう根本の動機というのは、人間の物性というか、指針みたいなものがとりあえずはないことにしておこうということだと思うんです。とりあえずないことにしておいているけど、実はめちゃくちゃある左翼の人たちはたくさんいると思うんです。それをないことに最初からしようとしているということが、逆にこの日記のおもしろさの大事なところだと思ったんですが。

富岡　今の小説でいう他者ですか、他人の見つめ方というか書き方の冷静さ、それはちょっと珍しいという感じがしますか。

町田　人のことって割と悪意で書くことが一番リアリティーを生むというか、悪い感情というのは小説の中ではとても表現しやすいというか、そういう部分があると思うんですけど、それは自分と同じだというのがあまりないと思うんです。例えば他人に向かったというのは……、先ほどのすばらしい朗読の後であまり朗読はしませんけど、「第三六号」という作品の中で、皆さん当然御存じだと思いますけど、同囚というか、同じときに未決に入った人がその顔のことを延々と書いている。その顔のことを書くのは別にいいと思うんです。顔のことを書いて、顎が小さくて平板な顔だとか、滑稽な鼻と自由に虚言を吐き得る厚い唇というぐらいだったらまだ……。自由に虚言を吐き得るかどうか、なぜわかるんだよというのはあるんですけど（笑）、自由に虚言を吐き得ると言っていて、そこまでだったらいいんですけど、そこから後はその人の人生みたいなことを顔で全部言ってしまっているんです。なんで顔見ただけで、そこまでぼろくそにわかんねんみたいな……（笑）。それは小説を書くに当たって取材をしたのかもしれないし、身の上話を聞いてたから書いたのかもしれないし、それはわかりませんけど、少なくとも僕にはわかりませんけど、まず両親がない、身寄りもない、肉食動物が肉に対するような女性観を持っていると。それは顔を見ていっているだけなんです。大体簡易宿泊所とか公設保護所の救済機関にあいつは泊まっているんだと。それもまだましで、大体あいつは怠惰だから、仕事に行っても四時ごろには帰っちゃうんだみたいな、顔だけでそれがわかるというのは、かなり珍しいと思うんです。

富岡　町田さんはどちらかというと物

を書きますね、茶わんにしてもたんすにしても。人間というものの描き方の感触の違いみたいなものはありますか。野間さんなんかどっちかというと、物もあるけれどもまさに顔とか体とか、女の顔の中に月があらわれるとかっていう、まさに肉体の感触とか。

町田 でも、ほとんど顔から入ってきますね。全部顔から出発してきますね。

富岡 ブリューゲルの絵画にしても、人間、そこに描かれている農民たちの姿というか、肉体というところがあって、さっきの日記で僕も感じたんですけれども、とにかく性欲を書いているんだけれども、宇宙とすぐにつながっちゃうんですよ。何でも宇宙とつながっちゃって、彼があるところで、一つは自分は詩的宇宙だと、一つは女性を求める性的な宇宙だと、もう一つは経済、お金を求める社会宇宙だという三つの宇宙を分けて、非常に肉体的なあるいは即物的な感覚もあるけれども、それがぐんと宇宙的なものにつながっていく。大げさにいうとそういう下に下りる感覚と、形而上学的、上に上る感覚、その辺の揺れの大きさというのか、振幅の大きさというのか、それを今度の日記にも感じる。野間さんの作品を読んでいても、それが文体のうねりをつくっているような、これはあまりないんじゃないかという感じがする。

町田 宇宙は難しいですね。宇宙っていうと、本当にちゃんとしたことでなされていると思うんです。僕らは普通宇宙というと、あまりわかんないようなところがないですか。どうですか。

富岡 使わないですね。

町田 使ってもインチキという感じがしますよね。僕の知っている映画監督でコダックの人とかフィルム会社なんかにお金を払わないというと、必ず宇宙の話を始めて、その宇宙に比べてここにある三〇〇万って、何とちっぽけなんだ、みたいな人がいますけど、そういうインチキじゃないですからね。

富岡 日記の中で、お読みになったのは全部ですか。

町田 最初の第一部「学生時代の日記」を中心に読んだんですけど、かなり膨大な量だったので。

富岡 さっきいったジイドとかヴァレリーとかドストエフスキーが出てくるんですけど、少し後にいって、僕はあれっと思ったんですけど、なぜか吉田松陰が出てくるんです。ドストエフスキーとトルストイの話をしていて、急にそういう人間の心情に無限の回想をドストエフスキーなんかは書いていると。その後に松陰のことが出てきて、吉田松陰の涙はぷっつりヨーロッパの涙をぶち抜くほどのものだと私は言い難いんですみたいな、これはちょっと意外なようなところも出てきて、今回は非常におもしろかった。野間さんの思想的なものから見ると、吉田松陰とかって違うんじゃないかなという気がしていたんですけども。

町田 それは国学的……。

富岡 そういうのがいきなり横から入ってきて、ドストエフスキーを横断するみたいな……。これは多分あまり思想的な次元で考えると見えてこないんだけれども、素直に読むと、その辺はとてもおもしろいという感じがしたんです。

町田さんはさっき大阪語という話をされましたが、野間さんの中にやっぱりそういうのを感じますか。

町田 日記で例えば思想的な話とか、もちろん詩の話とかとても観念的なこと、単なる地に足のついていない観念的なことじゃないでしょうけど、それとの距離がすごくあるんです。普通に大阪弁で何かを説明しようとすると、わけがわからないというか、論理的な感じがしないでしょう。説得力を欠くというか、大阪弁で言うてると、うそとちゃうかというようなものもありますし（笑）……。脚色じゃなくて、普通に人間がものを論理的に考えるときは、あまり関西弁というのは……。小説を読むとそんなにカギカッコの中で、そんなにレアな関西弁って、突然生の形で、出てこないですね、作品にもよりますけど。日記の場合だと、すごくレアな関西弁なんです。関西弁というのも、音に表記すると結構悩むところではあるんですけれども、本当に耳のとおりに……。一つだけやっていないことは、音便を音便にしないというだけで、ほとんど生で書いていて、急に近所の人が出てきたみたいな感じがあって、急にがつんと来る関西弁というのは、その落差が衝撃的です。だから、活字でしか知らない、富士正晴とかが普通に関西弁をしゃべっているというのは、生々しいです、リアルです。

富岡 『青年の環』という八〇〇〇枚だかの中で、ずっと印象に残っているのは、大道出泉という非常に奇妙な男が出てきて、一種の主人公みたいな男なんですけど、梅毒に侵されている。それで自分の中にある、野間さんの中では虫というのかな、虫っていうイメージがすごくあって、いろいろなところで虫っていうのが出てくるんですけど、それが自分の意識を食い破っていく。肉体を食い破っていくところがあって、地の部分だとそういうある硬さと、その後突然大阪漫才が出てきて、大道出泉の思想を語るというところがあるんです。僕も読んでいて、そういうのがすごいな、これは並の作家じゃとても怖くてできないんじゃないかという感じがあるんです。実際にぜひお読みになったらおもしろいんじゃないかなと思ってるんです。

会話はどうですか。地の文と会話の関係みたいなものは、町田さん自身は。

町田 関西弁というのもあまりやると意味的になってしまうんで……。大阪の人って、なかなか難しいです。本当に大阪が舞台でということならいいんですけど、あまり意味がないんです、大阪弁は。むしろ地の文の方でリズムとか、純粋に言葉というか文体として関西弁的な表現を使うとおもろいかなというときはありますけど。

富岡 地の文でおっしゃった方がおもしろい。

町田 ええ。会話でやってしまうと、本当に漫才みたいになってしまいますから。

富岡 野間さんはよくあれを会話で……。長文だっていうこともあると思うんです。八〇〇〇枚だから、そこを読むまでの時間というか、作品をくぐり抜けてくる長い長い読者の時間があって、それでそこがぽこっと出てくるんで、かなり鮮烈だし、そこだけクローズアップされるというよりは、全体の中に埋め込まれているというか、まさにそういう感じはするんです。

町田 これは僕がお伺いしたいんですけど、例えば大阪弁というのと、ほかの方言というのは違うんですか、そういう意味でいうと。

富岡　どうでしょうね。僕は東京出身で、その辺はわからないんですけれども。

町田　例えば、井伏鱒二なんかで、岡山弁だか何弁だかわからない中国地方の言葉が割と出てくるでしょう。

富岡　でもやっぱり大阪語っていうか、関西弁の独特さがあるんじゃないかなっていう気がするんです。

町田　感覚としては、ちょっとテーマから離れますけど、岡山弁で何とかじゃとか、何とかせんとだめじゃといわれると、非常に誠実な感じがするんです。大阪弁でいうと、ふざけているというか、真剣にやっていないようなのも少し感じるんですけど。

作家と社会参加

富岡　野間さんというのは、小説だけじゃなくていろいろ狭山裁判とか、今でいう環境問題とか、もちろん政治的なものとか、アジア・アフリカ作家会議とかやられていて、作家の社会的なコミットメントは今はないわけじゃないと思うし、そういう問題が逆に出てきていると思うんですけれども、町田さん自身のことでも一般論でもいいんですが、そういう物書きというか、小説家と社会とのかかわりみたいな面で何かお感じになっていることなどは……。

町田　僕にはあまり語る資格がないかという思うんです。なぜ語る資格がないと思うんですけど、今から一五年ぐらい前だと思うんですけど、コンサートをやったんです。どういうコンサートだったかというと、ある劇団がいわゆる天皇劇を原作にとったような、改竄したような、反天皇劇というのかわかりませんけど、それをやって非常に問題になった。それが中止になったと。それをあるいろいろな勢力が支援するためのコンサートを開くんで君も出ないかという話があって、何ら知らなかったんだけれども、じゃあ、出ましょうかということになったのですが、出るに当たってこういうことは非常に危険だと言われました。反対する人たちもいるし、そのために機動隊もたくさん来るし、君は命はないかもしれないといわれて、それでもいいかというから、まだ年も若かったですから、まあ命ぐらいはいいだろうと思って行ったら、だれもいなかったんです。客さえいなかったんです。機動隊も何もいなくて、ただでき合いの舞台で寂しく演奏して帰ってきたと。それが唯一の政治的体験で。

富岡　反天皇みたいな……。

町田　あまりそういうことを語る資格がないので、すみません。

富岡　よく音楽でもメッセージソングっていうんですか、政治的とは限らないけれども、そういうのはありますね。あれなんかはちょっと違うぞというか、関係ないよっていう感じですか。

町田　そうですね。ああいうのはそんなに多分本人の中にもないし、ちょっと音楽の動機とは違うのかなという気はしますけど。

富岡　多分ある世代以降だと、その辺の野間さんの活動がちょっと見えにくいのかなという気もするんです。『青年の環』にはそういうものも全部ぶち込んじゃっているし、最後の『生々死々』という奇妙な大作があるんですけれども、ああいうところにも非常にいろいろ入っているという感じがあって、それこそ社会も飲み込んじゃうような言葉のうねりみたいな……。だから、文学と社会、政治と文学という、僕の感じではそういう分け方じゃなくて、全体が言葉の中に溶かし込まれているような、そのおもしろさというのが結構ある。その辺はもうちょっと若い読者が読んだらいけるんじゃないかと思うんですが、なかなか機会がないというか……。

町田 読もうと思っても、そんなに手に入らないというのもありますね。

富岡 野間さんの文庫なども もっと復刊してほしいですね。『青年の環』は岩波文庫で出ていましたが、やはり今は読めない。残念です。

野間さん以外の戦後派などの先行作家で町田さんが意識されてきたというのは、そのあたりでは……。

町田 僕自身はあまり意識というのはなくて、むしろ今おっしゃったようなそういう感覚って最初にいいましたし、磁石がということもあるんですけど、本当にそういう試みがなされたということは自分にとってとても勇気づけられるというか、ある入れ物の中に何でも入れられるというのはとても果敢なことだと思うし、勇気づけられると思うんです。だから、あまり個別の意識というよりは、そういうことも含めて何でもオーケーな状態にしていけばいいと思うし、自分を含めてですけど、これからもう一回読み直さないとだめだと思うんです。もっと読まないとだめだと思いますけれども。

富岡 ぜひ読んでください。町田さんはこれまであまり長編は発表されていませんが……。

町田 そうです。今やっているんですけど。

富岡 ぜひ野間さんの大作などもお読みいただいたらおもしろいと思いますし、多分共鳴するところがあるんじゃないかと思います。ということで、ちょっとまとまりのない質問で恐縮ですが、こんなところで終わらせていただきます。どうもありがとうございました。

（二〇〇一年五月　第九回）

〈対談〉

野間宏から現代文学へ

作家　中村文則＋富岡幸一郎

現在の作家に出てきた戦後文学的なもの

富岡　富岡です。本日は、作家の中村文則さんにおいでいただきまして、「野間宏から現代文学へ」というテーマでお話をしたいと思います。対談となっておりますが、作家である中村さんに、私がいろいろとお話を伺うという形で進めさせていただきます。

　ご存じのように、中村文則さんは新潮新人賞を受賞されたあと、『土の中の子供』で二〇〇五年、第一三三回芥川賞を受賞されています。一九七七年のお生まれで、いま現在、二十九歳です。実は私が中村さんとお会いしたのは昨年（二〇〇六年）十二月、北京での日中の若い作家のシンポジウムにおいてでした。私は評論側として参加したんですが、中国と日本の、二十代後半から三十代前半ぐらいの作家の方々のシンポジウムでした。私も、大変面白く話をうかがいました。そのように、中村さんは、いま本当に若い作家の代表として活躍なさっているわけです。

　今回、中村さんには野間文学をお読みいただきました。また同時に、中村さん自身の作品について、これは私自身の印象ですが、少しお話ししたいと思います。一九八〇年代から九〇年代、村上春樹などのいわゆるポストモダンと言われる文学が非常に主流になっていったんですけれども、そういう状況の中で、野間宏、埴谷雄高といった戦後文学がもっていたような、文学の全体性、また社会性、そういう重いテーマの文学から、一九八〇年代以降、かなり流れが変わったという議論が、前回の「野間宏の会」ではありました。しかし二十一世紀に入って、とくに九・一一テロ以降、いろいろな問題が今、非常に噴出している。そういう中でもう一度、戦後文学が持っていたような小説の力、文学の力が問われている、というのが、前回のシンポジウムの結論だったと思います。中村さんはそういう中で、戦後文学的なものをずいぶんご自分の中に持っていらして、そういうテーマも含めて、新しい世代としてお書きになっている。

昨年、『毎日新聞』紙上で、戦後文学についてどういうふうに思いますかというアンケートがありました。そこで中村文則さんと、金原ひとみさんというもっと若い芥川賞作家がコメントされていました。金原さんのコメントは、特に戦後文学というのはあまり考えたことがないと。村上龍に影響を受けたということでした。中村さんのコメントは、うろ覚えですが、ドストエフスキーなどに関心がおありだったということと、やはり戦争ということをいずれテーマとしてお書きになりたいということをコメントされていて、大変印象的でした。

中村さんの、芥川賞を受賞された『土の中の子供』をお読みになった方もおられると思いますが、暴力とか、欲動とか、死の感覚とか、人間の根源的な衝動をテーマとして書かれていると思います。そこにはまた、本日の全体のテーマである「生命」という問題が浮かび上がってくるような気がします。ちょうど『群像』二〇〇七年二月号にも、中村さんは「最後の命」という長編小説を発表されています。この作品も、人間の生の衝動、生命への燃焼、そういう問題を犯罪という現実と絡めながらお書きになっています。そういう若い世代の新しい文学は、戦後文学のある部分を継承しながら、さらに展開されているのではないかと思っています。

今回、中村さんには講談社文芸文庫から出ています野間さんの『暗い絵』などの短編集、それから後期の短編『泥海』『タガメ男』『青粉秘書』と三つほど読んでいただきました。そのあたりから、まず野間文学の印象をうかがえればと思います。

『泥海』を読んで考えさせられたこと

中村　中村文則です。よろしくお願いします。実は僕は、野間宏さんの作品を今まで読んだことがなかったんです。もちろんお名前は存じていましたし、どういう小説を書かれたかということも知っていましたけど、実際に手に取ったことがありませんでした。でも今回、『泥海』『タガメ男』『青粉秘書』という短編を三つ読ませていただいて、すごく面白かった。特に『泥海』はすごかったですね。その後で、比較的手に入りやすい『暗い絵』『顔の中の赤い月』が入っている文庫を買って読んだのですが、それも実に面白くて。この文庫は薄いのになぜか一二〇〇円もして高いんですけどね(笑)。そんな程度なので、本日はあまり専門的なことは言えないですけど、野間宏さんにすごく関心を持ち始めたので、そういう一人として、「野間宏の会」からいろいろ勉強させてもらおうという感じで来ました。

もちろん『暗い絵』なども印象に残ったんですけど、『泥海』が特に傑作だなと、本当に驚きました。もちろん、不思議な小説ではあるんです。

環境問題も絡めて書いていらっしゃるとも思うんですが、そこからさらに奥へ――人間の存在そのものというか――そういうところにまで触れている小説だと思います。しかもこれは短いんですね。短いのに、いろいろなイメージを見ることができます。

「海がなくなると、漁師の存在の根拠を失う」という意味の文章があって、それでさらにヒトデとか海の魚も、海がなくなれば存在の根拠がなくなる――そう言っていくと、例えば環境というテーマだと、人間は自分で自分の根拠を失うことを続けているという読み方もできますし、少しＳＦみたいになってしまうかもしれないんですが、適応という問題――環境が変わったときに、では人間はそれに適応するのか、自らを変えるのか、あるいはこの主人公みたいに倒れるのか――などと考えたりしました。

環境破壊を悪と考えると、その悪によって変わっていく世界の中で、自分もそれに染まるのか、染まらないのか――本当にいろいろイメージの広がる短編で、これは本当に見事ですね。

富岡　野間さんは、やはり『青年の環』とか『わが塔はそこに立つ』とか、長編型だというイメージが強いので、短編が少し忘れられがちですが、このような非常にシャープな、また問題意識をもった短編をお書きになっているんですよね。

中村　そうですね。これは相当すごい小説です。謎の部分ももちろんあるんです。この作品は冒頭でいきなり、海が突然なくなってしまって、そこで臭気が、臭いにおいがしてくるという――その中で学生たちが香水をつけてそれに適応していくのと、それに適応しない主人公という対比があるんです。最後の場面では主人公のところにエビが寄ってくるんです。これも結構、謎なんです。主人公がエビみたいになってしまったのか、それとも主人公の中にある耳石をとりに来たのか……。また最後、どうして光っているのか。いろいろ謎があります。

富岡　そうですね。私もこれを読んで思ったんですが、やはり野間さんは昔から、本当に初期から、『崩解感覚』という作品でもそうですけれども、肉体の描写がすごい。『泥海』の「におい」は、やはりそういう、体が汚染されたというか、においが体にくっついてくる、自分の存在そのものの臭気……単なるくささではないんですね。

中村　最初にはっとしたんですけど、冒頭の方に「この臭気というやつはどうもいかん。においというやつは、全く始末に負えんところがあるようだ。第一ものを考える力を薄れさせる」と書いてあるんです。実際にくさいにおいをかぐと頭の思考回路が鈍ると思うんですが、そういう事実関係の他に、さらに周りの環境や社会のあり方でだんだん考える力がなくなっていく、ということも表しているような気がしました。

富岡　終わりの部分で、光の嵐の大群がこの主人公をとり囲むんです。そうすると、その光の大群はエビ、さまざまなエビたちなんですね。イセエビ、サクラエビ、クマエビ、クルマエビ、シバエビ、サルエビ、ホッカイエビ……というふうにいろいろ出てきます。

やはりこれは野間さんの非常に面白いところで、抽象的なものと、生き物の具体性の両方が、小説の中で渾然と溶け合っている。

中村　小説以外の分野にも詳しいというか。これは、見習っていかなければいけないという思いがしています。

文章の「重さ」

富岡　私は中村さんの文章を拝読して、

ある「重さ」を感じました。例えば『土の中の子供』もそうですけれども、落下する感覚、この小説では土の中に埋められるんですけれども、そういう身体的な表現が、非常にリアルにあるんです。そういう恐怖感、肌の感覚、それが緻密に描写されている。このような「重さ」も、ある時期から日本の小説には消えてしまった。描写が消えたというか、いわゆる心理描写も含めてだと思いますが、描写があまりなくなりました。描写をしているときはストーリーが止まっている。ストーリーの展開が中心になると描写にあまり厚みが出てこない。戦後派は野間宏に特徴的だと思うんですが、『暗い絵』なんかも本当に描写の作品だった。中村さんは、そのような文章の問題はどのようにお考えですか。

中村　おそらく現代文学では、読みやすさというものを非常に意識していると思うんですね。もちろん僕も身体感覚を書きたいですが、読みやすくしなければいけないということで、その辺はなかなかジレンマではあるんです。最近は、四角い文章ではなくて三角の文章、というものを考えています。早く読めるのに重い、堅いのに読みやすい、という文章です。相当難しいですが、いろいろやっているつもりではいるんです。『暗い絵』なんかを読むと、これは最初は絵の描写から始まりますね。

富岡　そうですね、ブリューゲルの絵の。

中村　しかもこれは一日の物語で、一一一ページ、すごいですよね（笑）。野間さんが書いていらっしゃるんですけど、当時これが二八万冊出たと聞いて、なんとうらやましい話だろうと思いました（笑）。

富岡　この小説が、二八万。

中村　そうですよ。僕にとっては、希望です（笑）。サルトルにもこういうところがあると思うんですが、粘着質で、暗くてうねる、みたいな。

富岡　ブリューゲルの絵の描写がずっと続いてね。それから、どこかに、夜に屋根の上に月が昇るシーンがありましたね。これをずっと書いていくところがありましたね。

中村　月が昇るまでを、ずっと。

富岡　長いんですよね。闇の中から月が……。吉本ばななさんなんかに書かせれば、「月が昇った、悲しかった」、一行で終わるんですが（笑）、野間さんはそれが何十ページ続く。やはり、そこだと思うんです。

中村　早く読もうとするとやはり引っかかるところがあるんです。でも、もうあきらめてこの中に入っていくと、この文章がかなり快感になっていくんですね（笑）。読みづらいかと言われれば、そうでもない。才能と言ってはそれまでですけども。サルトルの『嘔吐』などで、物の感触をじっくり書く、動き出すような文章がありますが、ああいう手法から影響を受けられたのかなとは思います。

富岡　中村さんに影響を与えた作家には、ドストエフスキーの名前が出てきたと思うんですが、サルトルなんかはどうですか。

中村　最初、僕は太宰治から入ったんですけど、その後三島由紀夫とか坂口安吾などを読んで、それからドストエフスキーに行って、カミュとかサルトル、カフカ、ああいう王道的なものを読んで、またその後日本の作家に戻ってくる、というのを繰り返していました。

やはりドストエフスキーの影響が大きかったですね。でも僕は、それほど文学青年ではなかった。漫画なんかもたくさん読んで、それと同時にドストエフスキーとかも読みました。普通にみんなが読んでいる漫画よりドストエフスキーの方が面白いな、という感じで読んでいたので、あまり自分では文学青年的な意識はなかったんです。でも僕の家に来る友達なんかは、結構びっくりするんですよね。本棚にドストエフスキーやサルトルが並んでいたりすると、「何か悩みがあるの?」とか聞かれたりして（笑）。でも、僕は好きで読んでいたんです。

富岡　やはり戦後派は、徹底してドストエフスキーですね。中村さんが最近『群像』に書かれた「最後の命」も、主人公の友達が来るとサルトルの原書が置いてあるんですよね。それで友人がびっくりする。ちょっと問題がある友人なんですが。

中村　いろいろ問題がある人ばかり出てくる小説なんです（笑）。

さまざまに読める『タガメ男』

富岡　話が前後するんですが、野間さんの『泥海』にはエビが出てきますよね。私がずっと面白いなと思っているのは、例えば野間さんの『青年の環』で大道出泉《いずみ》という一方の主人公、悪のキャラクターが出てくるんですが、この男の肉体が崩壊していくんですよね。そのときに、自分という人間の崩壊していく、その肉体の、体の底から、新しい、何か胎児が生まれてくるみたいな幻想を持つんです。それは、ムカデとかゲジゲジとかイソギンチャクとか、そういうたくさん脚を持った、奇妙な、しかし何か新しい生物がいっぱい出てくるという、幻想的なシーンがあるんです。

野間宏の中には、現代文明の袋小路、生命の危機といいますか……そういう中で新しい生命を求めて、そのときに非常にプリミティブな何か、例えばムカデとかゲジゲジとかそういう生き物をポンと持ってくる。そういうヴィジョンがあって、すごく面白いなと私は思っていたんです。それが、今回の『泥海』を見ても現れている……。

あと『タガメ男』という短篇も、久しぶりに読み返してみたんですが、これは、わからない作品ですね。

中村　謎が多いですね。

富岡　ある男が過疎の村に来て、いろいろとその村を支配していくという話ですね。非常に巨大な男で、すごく力がある、一種のスーパーマン――あるいは民話で言う巨人、そういうものが君臨していくわけです。しかし、それがある日雷に打たれて死ぬ、倒れるんですね。死んだふりなのかわからないんですが。それを村人たちが埋葬する。埋葬しようとすると、生き返るわけです。それで本人は埋葬されずに棺桶だけが埋葬されていく……という、かなり不思議な作品です。

この男が「蟲屋」と書かれていて――虫ですね、昆虫の虫ですけど――「蟲屋」って何だかわからないんですけれど。虫を集めているのか、売っているのか、そういうイメージが重ね合わされている。

これは当時『海燕』という雑誌に掲載されたと記憶しているんですが、少し話題になったんです。謎めいた作品で、しかも野間さん特有の肉体感覚が、非常に生々しく書かれている。また権力の問題も含まれている。実にいろいろな印象を受けたんです。この作品は、いかがでしょうか。

中村　雷に打たれたんだけど雷よけの服があったから助かった、というふうには書いてはあるんです。でも、男を自分で埋葬するといいますよね、よみがえった男を。そのときにたしか、棺桶の中に入ったまま、「さあ、釘を打て」と言って、みんなが動かないシーンがあったと思います。でも、棺桶の中に入った状態で釘を打てば、おそらくそのまま殺せると思うんですよね。でもみんなやらないし、本人も棺桶の中に入って釘を打たれてしまったら出られないはず。そういうことを考えると、やはりこのタガメ男は雷で死んでいて、でも村人たちの意識の中には権力者として残っていて、結局死んだ後も支配されていかざるをえないのかな、と。そういう話かなとも思うし、でもすごく力の強い男ですから、棺桶で一回釘で打ちつけられた後もワッと出て来るかもしれない。それで自己埋葬というか、今恐ろしい、巨大な存在の、権力というものの自己再生産、そういう話としても読めると思うし……。

富岡　いろいろな意味づけで読める、寓意的な作品だと思う。タガメという虫なんですが、冒頭に少し説明されているんですけれども、そういうイメージもあいまって……。野間さんがこういう短編の中で、『暗い絵』のような初期の作品とは違った、現代の生物学や環境問題をも連想させる新しいものを出している。これには、背景には先ほどから言っていたような、文学を全体として見ようという意識が非常にあった。

中村　狭い共同体を描いてはいるんだけど、それが全体的な意味としてもとらえられる。でも、当時もやはり謎だったんでしょうね。

富岡　そうですね。少し調べてみたんですが、『群像』で創作合評があるんですが、『海燕』にこれは八〇年だったと思いますが出て、翌月の合評の三人の作家の意見もやはりよくわからない、ただ非常に面白い、と。

中村　そう、面白いんですよね。

富岡　何か引きつけられるという。今言ったようないろいろな読み方もできるけれども、非常に面白いという。そういう講評、合評が出ていました。

中村　少しカフカ的な感じがしないでもないです。

現在の作家として小説を書くということ

中村　次の『青粉秘書』は、これはいくぶんすっきりしています。青粉秘書という、権力者の裏にいる策士みたいな人がいて、その策士のもとに飲み込まれていく。こういう村みたいなものもそうでしょうし、国でもそうでしょうし。

富岡　野間宏は本当に環境問題や、科学を含めて、いろいろなものを取り込んでいったということですが、大ざっぱな質問ですけれども、中村さんご自身は現在の作家として、これほど複雑化した社会、そういう現実の中で小説を書いていくということに関して、どのような意識をお持ちですか。

中村　最近の『群像』の「最後の命」という小説で罪の問題を書いたんですけど、

でも罪というのは、既にドストエフスキーが『罪と罰』で書いているんですよね。あれは厳密に言うと罪の話ではないと思いますが、書いています。そういうものがある中で小説を書いていくときに、いろいろ考えます。ドストエフスキーになくて自分たちにあるものは何だろうと考えると、簡単な答えとして、日本の現代があると思うんです。つまり、自分たちが書く領域はある、と。

ドストエフスキーの時代には、やはりキリスト教というものが絶対的にありました。でも僕は無宗教ですのでそこからは自由です。当時のキリスト教的世界観では人間と他の生き物を並列に考えることはあまりなかったと思いますけど、現在では人間を生物学的に考えることに抵抗はありません。小説でも少し書いたんですが、殺人という行為について、倫理だけでなく、生物的な反応——生物は同じ種を一般的には殺さないので、拒否の身体反応が起こる——ということを考えたり。

K・ローレンツという人の『攻撃』という本を読んで思ったことですが、あれは一九七〇年代の本だったと思いますので、ドストエフスキーの時代にはない知識です。そういう新しい知識を入れつつ、専門的なことを書くわけではないですけどそこで感じたことも書きたい。もちろん文学の新しさというのはそれだけではないですが、一つの補助的な意味としてもやっていく必要はあると思います。

富岡　野間さんにもそういうところが本当に強くありましたが、それこそドストエフスキーの『罪と罰』で、最後にラスコーリニコフがシベリアに行って、謎の感染症が世界じゅうに広がって滅亡するという、そういう悪夢を見るシーンがありますよね。それは当時そういうウイルスが発見されたりしたということを耳にしたりしたのではないでしょうか。そういう医学的な発見を視野にいれていたと思います。そのあたりがやはり、文学が現実世界をとり込む力というか、小説のエネルギー……その証左になるのではないかと思います。

それから、中村さんの『土の中の子供』で非常に印象的なのは、目に見えない暗闇の中で、暴力的に人間や生き物を支配しようとする運命に対して、何か叫びを上げたいというか、小さな存在である人間がそういう運命に対して、支配しようとするものに対して本当に存在の叫びを上げたい……という一節があって、印象的でした。そのあたりもやはり、大きな意味で、野間さんの文学のテーマと重なると思います。

中村　そうおっしゃっていただけると何だか恐縮してしまいますが、とても嬉しいです。

富岡　その辺が、中村さんの作品の魅力的なところですね。現代の作家たちはいろいろなスタイルを持って書いてきていると思いますが、中村さんは本当にいい意味での独自の、また戦後派にもつながるものがあるのではないかなと思います。

時間が短くて申し訳ありません。またぜひ、野間文学をお読みいただいて、野間宏の会に来てください。

中村　野間宏に染まって（笑）。

富岡　大変だと思いますが、よろしくお願いします。どうもきょうはありがとうございました。

中村　ありがとうございました。

（二〇〇七年五月　第一五回）

〈対談〉越境者と文学

作家 リービ英雄＋富岡幸一郎

戦後文学における「外部性」

富岡　本日は、リービ英雄さんに来ていただきました。野間宏の会も随分回を重ねてまいりましたが、私も会に関わって様々な作家から話を伺う機会がありましたが、リービさんには一度来ていただきたいと思っておりました。リービさんは最近ほとんど毎月のように中国に行っておられます。また中国をテーマにした作品も出しておられます。本日は野間宏をきっかけに、リービさんご自身の文学観など、様々なお話を伺いたいと思います。

タイトルに「越境者」という言葉がありますが、野間宏の文学には「越境者」という言葉が、まことにふさわしい。これは空間的なものだけではなく、そのテーマについてもいえます。先ほど司会の方もおっしゃっていたように、環境問題という言葉がまだないころから野間さんは、環境やエコロジーの問題に非常に深くかかわられてきました。いま遺伝子工学、クローン人間とか言われている問題のずっと前から、生命科学という分野の問題に関わってきた。本当にさまざまなテーマを越境しつつそれを総合する、「全体小説」という言葉が、まさにふさわしい作家であったと思っています。

リービさんは、野間宏論というよりむしろ戦後文学全体から影響を受けられたと思いますし、戦後文学の流れをくむ安部公房なども読まれてきた。まず、野間さん、あるいは戦後派の印象をお聞かせください。

リービ　たいへん無知なもので、こんな会に呼ばれるのは、本当に恥ずかしいです。特にモブさんが、感性と知性の間に行ったり来たりしながら、非常に切実にご自分と野間宏の話をされた後に私が話すのは、とても恥ずかしい。

最近、本当のことを言うと、あまり他人の作品——同時代の作家も昔の作家も——を読んでいません。その理由は簡単で、僕にとって日本語は書くのはとても時間がかかります。体験と表現のバランスが悪くて、三年に一度ぐらいしか本が出せない状況で、ほとんど自閉的大陸性というようなものです。

　だから、最近は中国に行って日本に帰ってきて、時々アメリカに行って、何とかノンフィクションとフィクションを両方書こうとして、そしてまた大学で勤め、それから中国に行って……そういう生活をしていました。中国に行ってもあまりインテリとつき合わないで、本当に田舎の農民と――人民共和国の人民の七割が農民なので――そういう生活をしていたところで、突然、野間宏の会ということで、非常に戸惑っていました。

　結論も何もないんですが、直感的なことを申し上げると、僕は『越境の声』という本を昨年（二〇〇七年）出しました。例えば多和田葉子であるとか、在日文学でも後の世代の李良枝《イヤンジ》であるとか、もしかしたら直接の政治性よりも、言葉とアイデンティティを中心にやってきた作家たちとのかかわりがあります。「越境の声」というのは割と狭い意味で、一人の人間が自分の母語ではない言葉に入り込む。去年大江さんと話したときに「身をさらす」という言葉を使ったんですが、自己表現する、他者表現するということは、僕あるいは何人かが必然的にこの時代になってやろうとしている、一つの文学表現です。そういうこともありまして、日本の戦後文学はやはりモノリンガルで語られており、おそらく野間宏は、二十世紀後半において一つの母国語をもって、究極的な世界性の表現をつくろうとした人なのではないかと思います。

　そこで少し振り返って、どういう形で外部とつながったかということです。私は恥ずかしながら、野間宏の長い小説を読んでいないんですが、例えば『顔の中の赤い月』のような、そういう短いものは多少知っています。そこで、僕はこれは間違っているかもしれないけれども、日本兵体験です。日本人体験というよりも、日本兵として外に出て非常にどぎつい環境の中にいて、そういうところから戻ってきて、それで戦後文学が始まった。だからとても血なまぐさい外部が、外部であったということ。つまり、戦後文学の中で、今はやりの言葉でいうと「外部がそこで始まった」のではないでしょうか。それはどうでしょうか。

　戦前の文学、戦中の文学と戦後文学の一つの違いは、それは大岡昇平についても言えるけれども、みんなフィリピンであるとか中国であるとか、関東軍であるとか、そういう体験を持って戻ってきて、それで一つの新しい文学が始まったというふうに僕は思っていますが、それはどうでしょうか。

富岡　おっしゃるとおりで、僕は二十代で戦後文学を随分読んだんですが、とにかくそれまでの日本語の文学と全く違うものが戦後文学から生まれたと思うんです。それは、既存の価値観が崩壊したということもあるけれども、やはり今おっしゃった、外部の体験というんでしょうか――これは戦争であり、もう一つ、マルクス主義などの革命思想がある。思想としての外部というものが入ってきて、それとの葛藤が非常にある。そういう体験としての外部、思想、言葉ですね、それが野間さんの中にもあるし、埴谷雄高や武田泰淳の中にもある。
　中国文学者であった武田泰淳の場合は、文字どおり中国にいたわけですね。終戦のときに上海にいて、中国にあって日本語で書いた。堀田善衞もそうです。ですから、そういう外部の体験を持った言語が出てきて、戦後文学から変わっていったんだと思うんです。

先ほどモブさんが言われたように、一体何なんだろうか、この小説はというのがある。私も『青年の環』は読みましたが、とてつもないものですよね。思想の多元性の渦巻きというか……言葉の渦巻きの中にどんどん入っていく。箱庭のようにきれいにつくられた、心境小説と全く違った世界が出てきたんだと思います。

そういう意味では、リービさんは英語から日本語に入ってきて、そして日本語で書いているという、あるいは中国語に接する、そういうボーダーレスな越境性とともに、私は戦後文学という近代日本文学の内部にとどまらない外部性が非常にあるんじゃないかと思うんですよね。

大きな文学が終わったとき

リービ 僕が若いときにアメリカの大学にいて、翻訳だけではなくて自分で日本語を書きたいと思ったとき、これはこういう一九七〇年代で、やはり日本文学とはこういう文文学だと思ったんですね。つまりもし僕が、いわゆる日本文学の内部に入ることに成功すれば、これはやはりこういう思想性のある強烈な、大きな文学の中に入り込んでいくということだと思った。ところが、一九八九年〜一九九〇年代に、やっと向こうの大学をやめて、日本に来たら、もう崩壊していたんですね。

富岡 日本文学がね。

リービ いや、本当にそうなんですよ。

富岡 最初に書かれた『星条旗の聞こえない部屋』は一九八七年ですか。

リービ 一九八七年は雑誌発表で、単行本は時間がかかって一九九二年でした。その年は、中上健次さん、李良枝さんが亡くなった年です。だからそういう流れも途絶えてしまった。その後は落ち着かなくて、中国に行き出したのはやはりこういう世界がなくなったからだと思います。つまらないということで、せめて面白い世界を、いい世界ではないんだけれど……。それを日本語で書くことで、とても変な紀行文学みたいなものを書き出したんだけど、僕は僕なりに、日本文学はこういうものだなと。

しかも西洋人の日本観であるとか、中国観であるとか、そういうものと別の体験に基づいた、別の言語体系にかけられた世界性。世界性と僕が言っているのは、アジア体験をメインにいま考えていて、この会のテーマの「世界性……」にもおそらく無意識にそれが入っていると思うんですが、あるいは異言語体験みたいなものだと僕は思っているんです。

だから、終わったんですね。終わったし、僕も慌ただしく今回のために渡された資料を読んだけれども、例えば今の僕が書いているような文芸誌には、こういうものは載らない。僕はいま大学で文学を教えている、語学を教えているけれども、こんなものを学生に突きつけたら、だれも来ない。いや、本当にそうですよ。ひどい状況です。だから非常に大きなものが失われた後に、僕らが生きているということで、あなたがたは本当に、とても重要な会をやっていらっしゃると思う。

お金と文学

富岡　何年か前にこの会で、「戦後文学」というテーマでシンポジウムをやりました。『火山島』の金石範さんらに来ていただきました。いま確かに日本の文学状況はひどい。しかし、シンポジウムでも出ましたが、逆に言うと今の状況、九・一一以降の世界と言ってもいいんですけれども、あるいは世界経済の状況を見ていると、まさに戦後文学が本来チャレンジしてきた問題が、非常に生身の形で出ているような気がするんですね。

例えば、グローバルという言葉がありますが、今グローバルなのはマネー、お金ですよね。グローバルマネーが世界を席巻し崩壊させる。実は野間さんは四九年前、昭和三十四（一九五九）年に、『さいころの空』という作品を書いています。このことについては、過去の会で講演をしたことがあります（会報第七号）。これは兜町の相場師の話なんです。あの頃はちょうど、日本は高度成長でした。四大証券に収斂していく、政府の護送船団という中で、小さな証券の相場師が戦うという話なんです。同時にマモニズムといいましょうか、そういう今日でいう金融工学的な世界を、ものすごく肉体的に、肉体とお金という、全てが絡まるような全体小説を書いているんです。

そういう意味では、僕は五十年前の野間さんの作品は、今またここで、アクチュアリティが出ていると思う。ホリエモンなんかを見ていて、まさにそういう感じを受けているんです。だから、テーマとしては、今、戦後文学的課題がいっぱい出ているんじゃないかと。それに日本文学の現場が、例えば文芸誌なら文芸誌が、フォローしきれていない。ついていけないと、そういう感じがするんです。

リービ　この十五年間の、江沢民以降の中国に即して言うと、つまりお金の問題が露わに出てきたでしょう。日本ではいま格差といいますが、文学というのはそういうものを書くんじゃない、というふうに思えるというのがある……。これは野間さんも実際かなり触れているわけですよね。

よく言われていることです。例えばイプセンが二十世紀初頭、日本語にも中国語にも翻訳されたときに、例えば『人形の家』。これは原文を読むと、お金の話をよくしているわけですね。何百クローナだったかな。あれは中国語に訳されたときには、そのまま明記しているわけ。ところが日本では、何とかここをごまかしてきて、だから人間が物質的にさらされながら生きなければいけないという、そこから出てくる小説独自の、散文独自の精神性、魂と言っていいんだけれど、さらされた魂ですから、社会性というものが、この時代になって非常に出てくる。

リービはお金の話ばかり書いている、「八〇〇元とられた」とかそういうことを言われるんですけれど、別に僕が変わったんじゃなくて、そういう問題がもう、ばれちゃったというか、お金がカミングアウトしちゃったというか、そういうのが二十一世紀の特徴的なところですから。

野間宏の文学はお金の話じゃおさまらない――というのも、作品としておさまらない、もうとんでもない、発想の飛躍ができているわけですから。既に来つつある現代を、何とか、完璧な小説を書くというよりも、表現が現実についていけるかどうかという落ち着かなさの中で。こういうふうに野間宏を論じるのは、本当にとても恥ずかしい、何も知らないんだけれども。直感的に、そういう非常にわけのわからない文学をつくったんだなと思います。

富岡　そうですね。やはり野間さんの仕事というのは、わけのわからなさというか、何だろうな……言葉が何かにぶつかっていくというか……。言葉の物質性というのでしょうか、それを僕なんかも読んでいて、非常に感じる。だから決して美しい散文にならない。

しかし先ほどモブさんがおっしゃったように、集中して野間さんの作品を読んでいくと、どこかできらめくような……、つまり苦行の末に一瞬の陶酔みたいなものが出てくる。それは、言葉の深い層をずうっと歩いていったときに、初めて見えてくる何か……、まさに小説というものがもたらす思想的直観の青空というか、現実を新たに見る言語空間が出てきて。そこがクリティカルであり、かつ文学的に面白いと思うんですよね。

日本語で世界に発信するということ

富岡　リービさんの場合は、外部としての言葉の物質性の前で立ち止まるというか……。最初の『星条旗の聞こえない部屋』も、アメリカから来て、外国人学生としてW大学に行って話していると、結局日本人学生が英語で話しかけてくる。英語で話しかけることによって、ある何かをディフェンスしてしまう。そこに、安藤という若者が現れて、突然日本語で「何でおまえは日本語でしゃべんないんだ」と言う。あれはまさに、言葉がそこで突き刺さって出てくるという感じがしますね。

リービ　あれは、例えば多和田葉子が『エクソフォニー　母語の外へ出る旅』の中で繰り返し言っているわけですが、いろいろな形で言葉の表現に権威がついたんですね。オーソリティーみたいなものがついて、それをはがす、取り外すのが、今の小説家の、そこで批評性が問われる。

いま富岡さんがおっしゃったように、例えば一九六〇年代に白人が来て日本社会に入ろうとすると、これは英会話を通してしか入れない状況があった。一つのディフェンス、その盾として。それを突破して日本語の世界の中に入ろうとすると、ものすごく抵抗があるというわけです。ではそれは何なのかというと、やはりこれは明治以降の国家戦略に過ぎない。過ぎないといっても、過ぎないものの方が大きいでしょう。

実際これは、社会性を含めて、文学を書こうとすると様々な形でありまして、言うまでもなく野間宏のような作家が……、例えば保守派から一緒にされることもあるいわゆる権威的な左翼的な言説も、やはりこれは反国家的なところで国家の権威と同じようなことをやろうとしているわけだから、常に右と戦って、左と戦ってしか言葉の本当の輝きを示すことはできないでしょう。すみません、当たり前のことを言うんですが。

富岡　リービさんが『日本語を書く部屋』のエッセイで書かれていることですが、『万葉集』も英訳される。そして日本語で入ってくると。日本語を知る、話せる、書ける、そこまでは行くわけですね。ただ、最終的に所有しているかという、言葉の所有権に、必ず最後にはぶつかっていく。今おっしゃった国家戦略というのは、そのような、おまえは所有していないだろうという、そこの問題まで、リービさんは書きながら恐らくぶつかっていった。ずっと日本にいて、日本語で世界に発信するとおっしゃっているのは、その所有権の問題が非常に強くあったと思うのですが。

リービ　非常に面白いと思うのは、アジアに行って比較すると、僕の経験だと韓国人、中国人にはそれはあまりない。あるとしても、やはり日本のナショナリズムのまねか影響です。本来、なぜかこの百年間、日本では民族＝国家、あるいはGHQに私は征服されなかったということを言葉で示そうとする。

これは、僕は言霊の問題だと思います。奈良時代からずっとあって、悪く言えば言葉のフェティシズム、よく言えば言葉自体が持っている説明しがたいマジックみたいなもので、だから僕は中国語で書かないかと言われても、全然書きたいとは思わない。中国人の言うことは、日本人が言うことよりも面白い。本当にそうです。だから最近、日本人と会話したくない、面白くない。中国人と会話すると、とんでもないことを平気で言う。しかしそれを中国語で書きたいか、英語で書きたいかというと、それも面白くない。むしろその内容をどうしても日本語で記すということに、僕の関心があるんです。それが、本当に面白い。わかるでしょう? 何か、それがすごく面白い。

では、一九四〇年代、五〇年代の戦後文学を読むと、やはり日本人は面白い内容を持っていた。強烈な内容を持っていた。それはどこに行ってしまったのかなということを、準備すればするほど、思ってしまいます。

「もう一つ」としてのアジア

富岡　埴谷さんが面白い言葉で、「小説というのは思考の容器」だ、器だと言っているんですね。だからそこにいろいろなものが入るわけで、それが戦後文学の最も面白いところだったと思います。そういう考え方がなくなってしまったのが、非常に問題だと思います。埴谷さんは、場合によっては小説でなくてもいい、例えばテレパシーか何かでいければ、それでもいいんだと。言葉の芸術性の中での完成にとどまらない冒険を、埴谷雄高もやったし、野間さんもやってきた。

それがいつしか、一九八〇年代なのか何かわからないけれども、なくなってきた。でも、まさにそのときに、リービさんは日本に来て書き出したわけで、そういう意味では、その中に突っ込んでいったところがあると思うんです。

リービ　いろいろな人に言われました。日本語がだめになったころから、あなたが入った、残念とか、もったいない、と言われた。人間は本来、自分の生まれる時代を選ぶことができないから、自分の時代に合った、自分の時代に必然的に出てきた戦略を選ぶしかない。僕の場合は、やはり戦後文学と違って、ああいう日本語は書けないと思う。全体小説を日本語で書く力は、僕にはない。だけど、言葉と言葉の間に動く多少の才能があって、全体性ではなく、むしろ一つの充実した文化と、もう一つの充実した文化の間にいることによって、場合によっては二つの鏡を並べたように両方が見えるという一つの手法は、この時代において見つけられると思う。

富岡　リービさんは、最初は英語と日本語ですよね。中国語は『国民のうた』のころですか。

リービ　『天安門』です。

富岡　『天安門』のころから、中国語というもう一つの言葉がある。もちろん、日本語のルーツは漢字であるわけで、そこにリービさんが戻っていった。それこそ『万葉集』以前ですね。音声言語だった日本に漢字が降ってきて、万葉仮名のように一音一漢字という形でやっていく。そこまで日本語をずっと遡行して、そして大陸にいま行っている。

リービ　僕はこう思ったんです。若いとき、日本語の特徴を考えるときに、英語と比較するでしょう。あれは、アメリカと比較している。まさに日米です。これにはもちろん政治的な理由、歴史的な理由がもちろんあって、日米という枠の中で、みんな考えていた。あるいはより抽象的にフランスをくっつけて考えて、日米仏かな。そういう世界の中にいた。だから、おまえはアメリカ人ならわかるわけないとか、外人——白人という意味なんだけど——にわからない、と。

もう一度、戦争直後の文学ということを考えると、私は全然詳しくないんですけれども、例えば大岡昇平は、フランス文学を大学でやって、それでいきなり戦場に行って戻ってくるわけでしょう。そうすると、非常に清い形での〝日本と西洋〟を百年足らずやってきたところから、アジアの非常に肉体的な体験——本当の殺し合いの中でこれを体験して持ってかえってくると、もう一つが加えられるということではないでしょうか。

その「もう一つ」というのが、僕には非常に重要だと思う。「日米」だけでは見えないものが、日米に「中」が入るか「韓」が入るかして初めて見えることがある。だから、外部というのはフランス文学ではない。外部というのは、満州であり、南京大虐殺であり、フィリピンであり、レイテであり……、みんなそうでしょう、あの時代は。

富岡　そういう意味では、アジアですね。

リービ　アジアだし、それはやはり、もう一つの柱を見つけた、ということではないでしょうか。

富岡　近代の日本というのは、そういう意味では欧米ですよね。欧米の流れでずっと来たわけだけれども、僕は満州というのは、ある種の——それ自体がいい、悪いは別にして——一つの、そういう欧米幻想とは別のものを持ってこようというのがあったと思うんですよね。今アジア主義の問題が出ていますが、一つの観念としてはあったし、植民地支配という現実としてもあった。文学の中でそれにぶつかったというのは、やはり戦後派だと思います。戦後文学の作家たちが初めてそこでアジアとぶつかったんだと思うんです。

リービ　満州は、もちろんよく言われるように日本の一五〇〇年の歴史の中で日本が唯一持っていた大陸の大きな植民地です。武田泰淳にしても安部公房にしても、五十年前に最もよく中国を書いた二人の作家は、これは大日本帝国が崩壊した後でしょう。要するに幻想がなくなって、その中でさ迷う。安部公房が満州ではなくなった、しかしまた中華人民共和国の東北に組み込まれる前の、無政府状態の荒野の中を歩くわけでしょう。武田泰淳は上海の外灘《バンド》の前で、敗戦気分を味わう。

　その二つじゃないですか。これは文壇的にも全然関係ないと言われている二人なんだけど、僕には二人が関係があった。断片にあったんだけど、今でも不思議な力が、あの二人の作家の中国の描き方にあったと思う。だから、幻想をつくるのは国家であり、幻想を記憶しながら、幻想が崩壊したのを体験するのは、戦後文学ではないでしょうか。

富岡　安部公房と武田泰淳、全く文体も違うんですよね。ただ、中国大陸に日本人が幻視したものと、その崩壊の現実のうちにぶつかっている問題の共通性が、今おっしゃったようなところが、あるんだと思いますよね。

戦後文学をどう読み直すか

富岡　野間さんの書いた『暗い絵』の世界は、やはり一九三〇年代の時代の閉塞の中で、しかしその中に閉塞しながらそこで崩れていくものを凝視している。そういうところが『暗い絵』あるいは戦後の『崩解感覚』というものにあって、それを描く文体を戦後派は持ち得たということが、非常に大きなことだったと思う。今は、何らかの形でそれを、どういうふうに読み直すかという、そういう時期に来ている。戦後文学の問題を繰り返し野間宏の会でもやってきたのは、そういう意図がある。

　現代作家たちは、去年来てくれた中村文則さんも、初めて読んだと、そして読んでみて非常に面白い、というんですね。自分が求めていた、考えていた部分とクロスする部分があると。その前に町田康さんが来て話したときに、彼も関西出身ですが、野間さんのあのゆったりとした文体、遅い、ゆっくりしたスピードの言葉の世界を通過していく感覚は、自分にはわかるとおっしゃっている。彼の中にも、そういうところがあるんですね。そういう意味では、現代作家と戦後文学、野間文学というのは、相当重なってくる部分、あるいはヒントを得られる部分があるんじゃないかと思います。

現代中国の問題

リービ　これはどうですか。革命幻想が終わって、二十年も三十年もたった後に、富岡さんはどうですか、だからこそこれは読み直す時期が来ているのか。どうでしょうか。

富岡　宮沢賢治の『春と修羅』だったかに、「新しいマルクスが必要だ」という言葉があります。僕には別にマルクス主義云々というのはないけれども、今のこの状況、資本主義の袋小路とニヒリズム状況のグローバル時代の中で、かつて戦後派がかかわったようなマルクス主義とはまた違う、何らかの「外部」がいま必要になっていると思う。人間の実存が、資本主義のグローバルマネーの中で翻弄されている。あらゆるものが、投機の対象になっている。今や空気までもそうですよね。そういう中で、一体そこを突き破るような外部、思想、革命幻想というものが、必要なのではないだろうか。これは政治イデオロギーの問題だけではないと思う。

リービ　僕も現代中国に行って、そのことにぶつかる。二、三週間もいれば、もうお金の話しかしなくなる。僕はある中国人から、「例えば外国人がわたしたちを批判するときに、一つは『中国人はお金の話しかしないじゃないですか』というでしょう。それは、毎日不足しているから話をするんだ。朝から晩まで足りないから、そういう話をするんだ」と言われた。それは日本よりあらわに、それにぶつかる。

では、それをテーマにする僕って、左翼なんだろうか。マルクス主義なのか。自覚的には、全然そんなことはない。ないんだけれど、要するにフロイトを捨てられないのと同じように、マルクスも捨てられない。フロイトの後にユングが出る、いろいろ出てきたけれど、根源的な洞察みたいなものは、いつかよみがえってくる。ああいう形で、あるいは日中作家協会という形でしか、中国に行けなかった時代は、とても気持ちが悪い。彼の置かれた状況は。だからといって、ではマルクスを捨ててしまうかというと、それは文学のものではなくなったかというと……いや、わからなくなっちゃった。すみません、えらそうなことを言おうとして。

富岡　野間さんは、一九六〇年に中国に行っていますよね。毛沢東に会っていますね。文革のときはもちろん非常に批判的だったんです。

最近、僕も中国に行ったんですが、毛沢東が奇妙に復活していますよね。パロディやパスティシュといいますか、現代アートの中に、毛沢東が復活している。北京の現代アートなんかを見に行くと、そんな面白い現象が出ている。

リービ　僕はいま、岩波書店の『世界』でずっと連載をしています。「延安紀行」を書いているんですよ。八月のオリンピック前に、講談社の小説集と一緒にノンフィクションが出ます。

中国に行くと、「革命」とは言わない、「建国」と言うんです。毛沢東がナショナリズムのヒーローとして解釈され直しているわけですね。そうすると、共産主義ではなくて抗日になるんです。

普遍性、世界革命、それこそ全体文学、全体小説としての毛沢東の物語が終わった。それで、ナショナリズムの漫画としての毛沢東の時代になった。あるいはテレビドラマもあるし。

そういう時代になったんですが、僕らは別に毛沢東、周恩来を解釈するときに、中国人の意見に従う必要はないと思う。僕ら外部の人間は、外部でいいと思う。それは、野間宏に対しても大岡昇平に対しても、別に日本人だけが解釈する権利なんてないのと同じように、書けば翻訳できるし、書けば世界の問題になるし、世界各国の人は、みんな自分の状況に応じて解釈する権利があるし、義務もあると僕は思います。

富岡　リービさんがいま中国に行かれていて、「延安紀行」を書いていらっしゃいますけれど、特に自分の作品とのかかわりということではどうでしょうか。中国は今、特に田舎では。

リービ　今は田舎ばかり行っているんですね。「仮の水」というのを先月書いて、これはまさにお金の話なんですが、加速的な近代化の手が、いまいち届いていない場所ばかり歩いていますが、これはおそらく十年ぐらいしかもたないと思う。今のペースでは、十年後にはそういうところは消えると思います。

　この前新聞で、『星条旗の聞こえない部屋』を書いて日本語の美しさを書いたリービさんは、いま中国のことばかりやっている。どうですか」と聞かれました。『星条旗の聞こえない部屋』のベン・アイザックは、日本の戦後の最後の二、三年、コミュニティとしての土台が東京あるいは大阪にあって、この世の文学が少し歩けばわかるような時期の最後の二、三年を、奇跡的に体験することができた。いま中国の場合には、おそらく二千年も続いていた農村文化の、最後の五年間を垣間見ることができる。その間にソウル・オリンピックがあったんですが、オリンピックをきっかけにどこも消えるわけですね。

　今焦っているのは、その体験をしなければいけないということです。中国人に「あなた、もうちょっと日本文学を書かなきゃだめだ」と言われました。体験し過ぎて、「そんなに来るな、日本に戻ってもっと小説を書きなさい」と言われて、とにかく体験したものをいま一生懸命表現しようとしているわけです。

富岡　それは面白いですね。

リービ　ある種の紀行文学ですが、二十世紀の軽いトラベルリテラチャーではないようなもの。おそらく、多和田葉子のヨーロッパが、私の中国である。つまり、身を投げて言葉を聞きながら動く、大きな領域に僕がいるということです。行って戻ってきて、それを日本語で書くのが、いま面白い。

富岡　ベン・アイザックは、やはり、東京ですよね。新宿という、ある日本の空間の最後のカオスの中を、ずっと歩いていくわけですね。中上健次が、路地の流れの中から、韓国、ソウルを書きました。あれもオリンピックの前ですが、しきりに行きましたよね。それで、書いた。今まさにおっしゃるように、オリンピックの前の中国ですね。

リービ　僕は一九九〇年代に歩き出して、中国は大きいからもつかな、と思ったら、もたない。北京、上海は前近代性がほとんど消えて、だんだん田舎の方に行って、最後はもう西の砂漠になってしまうのかなという気がするんです。そういう旅の仕方によって、文学を書こうとしているんですね。

富岡　岩波書店で出された『我的中国』の中にも、胡同《フートン》（路地）の消滅が鮮烈に描かれていて、非常に面白かったです。

リービ　見方によっては、左もなく右もない。本当の東アジア人のテーマは、近代化じゃないですか。それは、永井荷風もやったし、大江健三郎さんみたいに一見関係ない作家もかかわった。それがいま、日本以外のアジアでは、非常にはっきりとした形で、テーマとして見える。

富岡　近代化で、何か大切なものが消され、覆い尽くされるわけですね。

アナクロニズムからの見直し

リービ　それと、文化との関係です。伝統主義的な意味で言っているわけでは決してない。京都を言っているわけではなくて大阪を、あるいは新宿を言っているわけですから。すみません、いろいろ無責任なことを言いますけれども。私の野間さんに対する理解の仕方を、特にこれは富岡さんだから、ちょっと感想をぶつけてみたいんですが、僕が富岡さんと初めて対談したのは、三島由紀夫についてだったと思います。随分前ですけれども。

富岡　『すばる』でしたね。

リービ　十数年前、天安門事件の直後だったでしょうか。三島由紀夫の最高の解釈者の一人として、僕はいつも富岡さんという批評家を見ているわけですが、ジョン・ネイスンさんという、かつて三島由紀夫の翻訳家だった人が、三島の伝記を書いたんですね。『三島由紀夫——ある評伝』という。実は、僕が初めて野間宏を知ったのは、その本だったんですよ。どういう文脈かといいますと、戦時中、まだ十代の三島由紀夫が日本浪漫派に発見されて、戦争が終わって二十歳でアナクロになった、という。ちょっと正式な言葉は忘れましたけれども。二十歳でもう時代遅れになった、その時代遅れであることを証明するために、野間さんの『顔の中の赤い月』が登場してくるわけです。

つまり、これが新しい文学となった。三島由紀夫みたいな、日本浪漫派なんかでもアナクロになった。僕は今日この会に出席させていただくときにいろいろ考えたんですが、この十数年、一見非常にアナクロ的なことをこの会がやろうとしているように見えなくもないんですが、意外と文学史はひっくり返るものだなと思っていたわけですよ。それで将来のある時期、もう一つの新しさをこの会が発見しようとしていたということは、評価されるときがまた来ると思ったんです。

富岡　前に「戦後文学の中の野間宏」というテーマでやったときに、強くそれを感じましたね。これはやはり世代を超える、そういうアナクロこそだ、という。私は昔アルケオロジー（考古学）という言葉を使って戦後文学論に書いたんですけれども（『戦後文学のアルケオロジー』福武書店、一九八六年）、やはりそこかなという。言葉の掘り起こしというものが、今やはり必要なんだと、つくづく思います。さきほどモブさんが『青年の環』を読まれたと言われましたけれども、大部の本にもう付箋がいっぱい入っておられて、これは本当に面白いなという感じですね。

リービ　日本の文壇の救いは、流行は不安定なんですね。大体五年刻み、十年刻みで変わるから。そうでしょう？　それがかえって救いだと思っていいんじゃないでしょうか。だから二〇一〇年代までは元気でいて、それを見てみたいですね。

富岡　どうもありがとうございました。

（二〇〇八年五月　第一六回）

〈対談〉

作家の青春
——戦争のただ中で——

作家 藤沢 周＋文芸評論家 川村 湊

野間宏の青春

藤沢　よろしくお願いします。

川村　よろしくお願いします。きょうは藤沢さんと対談をするということでここにやってきました。この前藤沢さんとお会いをして打ち合わせをやろうと思ったんですけれども、お酒を飲んでの席だったので面倒くさくなって。きょうはうまくいくかなと、ちょっと心配なんですけれども、何とかやりたいと思います。

　どんな話をするかというテーマだけ藤沢さんと話をして、正直に申しますと私も藤沢さんも、野間宏さんの小説をあまり読んでいないということがよくわかりました。藤沢さんは『暗い絵』、そういう初期のころの作品を読んでいると。私は『青年の環』を、一応あれだけは——あれだけはというとまずいんですけれども、読んでおりますし。お互いに読んでいないものを補い合って、話を進めればいいかなと思ってやって来ました。

藤沢　僕も野間宏といいますと、僕はこの近くの法政大学の出身で——川村さんもそうですけれども——ゼミが「戦後文学ゼミ」でしたので、やはり読まなければならない作品がいくつかありました。その中で印象的なのは『顔の中の赤い月』という短編があります。それを読んで——『暗い絵』も読んでいたはずなんですけれども、まさに、あまりにも暗い感じがあって遠ざけていたんです。けれども今回改めてまた読み直してみて、かなり響きましたね。

川村　私は評論家なので、藤沢さんよりは本を読んでいなければいけないという義務があるのではないかなと思いまして、野間さんの『作家の戦中日記』も大枚はたいて買いました。そしてずっと枕元に積んでいたんですけれども、なかなかはかがいかなくて。最初の一巻目の半分——といいたいところなんですけれども、もっと正直にいうと三分の一程度を読んできて、それを枕に話をしようかなということでやってきました。あれは『暗い絵』につながるような、野間さんの京都の学生時代がある程度赤裸々に書かれてある日記で、出たときにかなり評判にもなりました。ぱらぱらっと見て、こういう青春の日々を過ごしていて、それが『暗い絵』につながり、さらに軍隊体験の『真空地帯』につながっていったのだなということは大体わかったんですけれども。

この前私は、野間宏と富士正晴と竹之内静雄さんの三人がやっていた『三人』という同人誌があって、それが今度復刻されるので、推薦の言葉を書いてくれと出版社の方から頼まれたんです。けれども私は『三人』というのは読んだことがないんですね。手に入らないから当然読めないわけです。それで『作家の戦中日記』の最初の方を読んでいると、ちょうどその『三人』をやっているときに、詩ができたとか、何を書いたとか、いかにも同人誌をやっているときの若い詩人たちのやりとり、お前の詩は全然だめだとかいったような。ある意味では根本的なその人の存在を否定するような――若いときには結構そういうこともあるんだろうと思うんです――、そういったやりとりがあって、なるほどこれが野間宏という文学者の、まさに青春の時代なんだなという感慨を持ったんです。

藤沢さんの場合、そういう文学者の青春時代、同人誌をやったりとか、そういう意味での御自身の青春時代というのはどうでしたか。

藤沢 やはり『暗い絵』を読んだときに、時代は違うんですけれどもなぜか十代後半、あるいは二十代前半の熱であるとか妄想であるとか、あるいは思想であるとか。そういういろいろな部分――しかも振幅があって、それが全部ごっちゃになって自分の中に入っていて、延々悩んでいくといいますか、そういう空気とか、彼らの息のにおいであるとか、汗のにおいであるとか、すごく自分が書き始めたころと重なって。いまの若い人たちが読んでも、こういう文学を志す人間たちが読めばわかるのではないかなという気がしまして、すごくリアルに読ませてもらったんです。

野間宏の詩

川村 あのとき野間さんは詩を書いているんですね。詩を書いていて、日記の中にもそれらしいものがありましたけれども。私は野間さんの詩というのはちゃんと読んだことはないんですが、藤沢さんはどうですか。

藤沢 僕もないです。一篇か二篇、何かの資料で読んだかもしれませんけれども。サンボリスムの詩ですよね。それを研究されていて、書いていてというのは記憶にはないですね。ただ『暗い絵』の書き方なんかを見ると、かなり詩の抽象化の仕方というんですか、それは感じるところが多くありました。

川村 『暗い絵』の最初の、ブリューゲルの絵を文章化した、あれも非常に鬱屈した文章ともいえるし、散文詩風ともいえるわけで、こういう感じの詩なのかなということを思ってきたんですが。井上光晴さんなんかもそうですけれども、そういうふうに小説家でも、詩から始まったという人は結構多いと思うんです。

藤沢　そうですね、特に詩から始まるというのは、若いころの――つまり自分が抱えている言葉とか言語、すなわち世界ということだと思うんですけれども、世界と現実とが乖離していったり、齟齬をおぼえたりしていいって、野間宏さんの青年時代はやはりそういうところがあったと思うんですけれども、そこで自分が抱えている世界と現実とのギャップ、あるいは言語の限界みたいなものを考えたときに、どうしても現代詩というものが言語の発生する場所であるとか、時空間であるとか、そういうところに関心がいって、最初詩の方に行くのかなという気がするんです。

実際僕自身小説を書く前に詩がありまして、言語と世界と自己とがばらばらになっていて、どうすればいいのかわからない。それをどう結びつけていこうかと延々と考えていたときに、やはり自分がいままで考えていた、言語によって形づくっていた世界のもうちょっと向こう側に行って、何かを見てまた戻ってきて、それを書いていたわけです。そのときは詩を書いているなんて思っていなくて、何か現代詩のまねごとのような、あるいは哲学的な断章というんですか。いまはちょっと恥ずかしくて読めませんけれども、そういうものを書いて少しずつ自分の世界を表出していって、世界の中でどこに位置しているんだろうということを確認する。それから今度その詩が散文に移行していって、自分を託した主人公、あるいは登場人物たちが生まれてきたんです。それから、人間が動き出すというか、それで小説の形になっていったという感じなんです。

野間宏さんの場合は『三人』という同人誌のときに、非常にすばらしい先生がいたというのを聞いているんですけれども、サンボリスムの。

川村　竹内勝太郎ですね。

藤沢　その方の――『三人』に入っているらしいんですが、詩論が載っているらしいんですよ。その詩論の一部を読んだことがありまして、かなり高度な言語論というんですか、「意味が生まれたら、もう詩は終わりだ」みたいなことをいっているし、あるいは「表現ということを芸術家は第一に考えているけれども、その表現自体を壊したいのだ」みたいなことを書いているんですよ。この辺の新しさというか、そこに野間宏さんがまたふれて、さらにサンボリスムから離れていくといいますか、もっといい意味での俗に入っていくといいますか。その辺の移行の仕方も、切実な感じとして受けとりました。

川村　私は、竹内勝太郎の『芸術民俗学研究』でしたか、非常に厚いのがやはり一冊あって、それしか読んでいないんです。あれは確か富士正晴さんが編集した本だったと思いましたが、それで読んでみたんですけれども、やはり野間さんの小説のイメージなんかとは――別に先生と弟子だから似てなきゃいけないということはないんですけれども、イメージがかなり違っていた。やはりそういう文学者の青春時代というのは、ある意味では様々なものから影響を受けているし、ある意味ではそれと逆のものからも影響を受けて、何とか自分のものに向けていくというか、そういう気がしたんです。

いつぞや私はこの前亡くなった杉浦明平

さんのところにお邪魔をしてお話を伺ったことがあったんです。そのときに明平さんのところの書庫があって、ちょっと案内していただきました。そこに彼が立原道造とか、寺田透さんなんかと一緒にやっていた『未成年』という同人誌があるということで。「それを君に、読みたければ貸してやるよ」と言われたので、借りようかなとも思ったんですけれども、あまり立原道造とか寺田透という、その組み合わせも何かよくわからないし、別に立原道造の研究家でもないから、まあ、いいですと。貴重なものだから、逆にそういうものを借りてなくしたりしても困るなと思って。ですけれどもいま借りていて、明平さんが亡くなったから、そのまま持っていたらこれは……というような不埒なことをちょっと考えてしまいまして。

　ちゃんと年代的に調べていないんですけれども多分明平さんたちが『未成年』をやっていたころ、それから野間さんが『三人』をやっていたころは、ちょうど大体同じ時期になるのではないか。東京で戦争中、戦時下で青春時代を過ごしていた立原道造、寺田透、杉浦明平というような人たち、片一方では京都の方で富士正晴、野間宏といったような人たちが、同じように、ある意味では立原道造ふう抒情詩なんかも許容するというか、それを入れるような形で――もちろん東京と京都ということもあるし、違う場所なんだけれども、同じような時代性の中でそういう詩から始まって、杉浦明平さんのような、いわゆる記録文学というか、そちらの方に行った人、それから野間宏さんのように重厚な全体小説的なところに開かれていった人、いろいろあるけれどもやはり青春時代の、その時期の可能性みたいなもの、これはかなり似たような場所に、似たような感じであったのではないかなと思うんです。いまから見てみると、なにしろ私の方から見たら杉浦明平さんと立原道造、寺田透、富士正晴と野間宏という、全く違った人たちが一緒になって、たぶん喧嘩したりしながら、あるいはとことんまでさらけ出し合いながらやっていたんだなあという、そういう文学的青春というのは戦争中、戦後にもあったんだろうけれども。

翻って私なんかの場合、あるいは藤沢さんは私よりもちょっと下ですけれども、同じ法政大学のキャンパスの中で、そういうことはどうでしたか。

藤沢　戦争中にその『三人』と、立原さんのやっている同人誌と交換というか、読み合うということはあり得たんですかね。京都と――。

川村　それは、よくわからないです。なかったのではないかなと思いますけれどね。

「運動を演じている運動家」

藤沢　僕らのときというのは――法政大学は特殊で、政治に関してすごく関心のある学生が多かったんです。けれども僕自身は――立て看でありましたよね、ある種大文字のイデオロギーががーっと書いてあって、学生運動を一生懸命やっている人たちがいろいろスピーチというか、アジっている。その中で、何かそういう言葉が自分の上を通り過ぎていくというか、「運動を演じている運動家」にしか見えなかったというんですかね。こんなことをいうと生意気なんですけれども。それでも自分の中から出てくる言葉とか、自分がどうやって生きていけばいいのかとか、そこから出てくる言葉でないと、信用ができなかったんです。

　そこで僕はいろいろな、民青の人とか、中核の方が多かったですけれども、友達といろいろ遊んだり飲んだりしましたけれども、どうしても一歩距離をおいて、そこで小説によってどうやって自分を立てていこうかなということを考えていまして。

　『暗い絵』の、まさに主人公がそんなところにあるじゃないですか。僕は『暗い絵』の冒頭の有名なブリューゲルの絵の描写があって、そこがあまりにも有名なんですけれども、もう一つ、彼が京都の町を書くときに大体夜であったり、夕暮れであったりするのも何かすごく引っかかっていた。いい意味でひっかかっているんですけれども、おそらく彼の詩のあり方というか、自分がイメージを抱いている、思想を抱いている、表現したいものがある。それを描写するときに、単に町のストリートの風景を逐一書くのではなくて、一旦自分の中にとり入れて、抽象化させて描写していくというんですかね。そのやり方が、何か自分の――本当に僕は下手だったんですけれども、学生時代に書いた市谷の風景であるとか、あるいは下宿をしていた阿佐ヶ谷の風景であるとか、ある種夕方とか夜とかが多くて、自分の心象風景として書いていくというか、そういうところがあったので非常に共通するところがあるなと、僭越ですけれども思ったりしました。

川村　特に法政大学は――大学の話になってしまいますけれども、学生運動が盛んであったし、私は一九七〇年代の前半、一九七〇年に学生だったので、まさにそういうところで過ごした。

　ただ、やはりそういうときに藤沢さんがおっしゃったように立て看の言語というものがあるんですね。「何々せよ」、「何々すべきである」、「何々を否定する」とかという言語。それからその隣で、立て看を背景にアジるわけですね。「我々は何とかで、何とかで、何とかで――」というふうな。あれは一種リズミカルでもあるし、……まあ何ともいいようがないわけです。そして最後に盛り上がって「インターナショナル」であり、「ワルシャワ労働歌」でありということをやって、何しろパフォーマンス性が強い、儀式性があるわけです。そういう言語というか、言葉が割合と学校の中に、それはもうあの当時は学校だけではなしに、ほかの世界にもあったわけですけれども、やはりそういうものに半分飲み込まれていく自分みたいなものがありました。実は私もそのころは詩を書いていまして、「我々は、闇の、革命の空間を占拠せよ」みたいな詩を、ちょっと書いてみたことがあるんですね。書きながら、ばかばかしいなと思ってやめましたけれども。

藤沢　そんな政治色の強い詩を書かれていたんですか。

川村　いや、それはパロディとして。ところが、うまくパロディとしてなりきっていないのでだめだったんですけれども。そのころそういういわゆる全共闘的な小説、あるいは詩、短歌なんかも、福島泰樹さんなんかの短歌が――これはもうちょっと後かな――出てきた時代でしたから。そういう言語にのめり込みながらそういう表現をしていくというのも、一つの手であるな、と。

政治と文学の融合

川村　今度は逆に、そういう言語と本当に遠い世界、全く違う世界に行こうと思ったら、私の場合はほかの方向があると思うんです。例えばまさに日本浪曼派的な世界であったり、あるいは四季派の世界。それこそ立原道造とか——中原中也はちょっと違うか、そういう世界になっていって。逆に全共闘的な言語というのは、伊東静雄なんかに近いんですね。ああいう、謳い上げるというか。私も全共闘世代——自分のことを言っているのも何ですが——、やはりそのころは日本浪曼派といわゆる全共闘的なものが重なり合っていて、何か自分としても変な読書の仕方をしていた。それを改めて考えると野間さんが『暗い絵』で書いていたような、ああいう若者たちの政治と文学と何とかが完全にぶつかり合っていた世界と結構近いのかなと、そういうふうに思ったんです。

藤沢　まさに、食堂で、もっと過激に行くべきだという仲間、小泉清だったかな、その仲間と、もう一人はもっと合理的にやった方がいいという二つに分かれて、という場面。実際に一九三六〜三七年というのは、すごくそういう学生運動があったんですね。でもそこで彼は、揺れながら、何か違う、と。そのときに自分自身である実存についてずっと見つめていて、若者特有の性欲というんですか、異性に対する、つまり他者に対するスタンスというんですか、そこでずっと悩んでいる。

その悩み方が、例えば小説にするときに本来、政治と、自分が表現したくなるということと、あと女性ということと、ある種並列でエピソードの連鎖みたいになるはずなんです。けれどもそれが非常に主人公の中に全部入り込んでいて、見事に融合されてるというか、それが、いま読んでもすごくリアルなところだと思うんです。例えば全共闘のころにしろ、僕らのころにしろ、みんな——例えば就職活動一つとってもいいと思うんですよ。それと同時に、彼女とどうするのか。かつどうやって生活を営んでいくかとか。実際にあるわけですね。小説のときに何かをテーマにしたときに、それを排除するということをやると思うんですね。では政治一本でいこう、思想一本でいこう、あるいはセックスだけの小説にいこうと思うんだけれども、人間はそうではなくて全部ひっくるめて、上のものから下のものまで入っている。そこをまず一緒に書けたというんですかね。それが、ブリューゲルの絵が装置となって結びつけていることもあると思うんですけれども、あの絵がなくても、うまくいっているのではないかという気がするんです、あの作品においては。

川村　いまおっしゃったように、私は全共闘時代を代表して言うわけではないですけれども、全共闘世代の表現というものと、野間さんの時代というのはある程度重なることがあるとしても、やはり全然違っているところは多分いま藤沢さんがおっしゃったような——これはやはり全共闘世代の、我々の好きな「自己批判」になってしまうんですけれども、肉体とか、端的にいうと性欲、そういったものを割と軽く処理してしまった。

ここで引き合いに出すのはまずいというか、かわいそうなんですけれども、三田誠広さんが『僕って何』というのを書いて、それが一種の全共闘小説の象徴的というか、代表的というか、そういう作品のように思われているし、そのときにいたと思うんですね。それは運動の片隅にいながら女の子と知り合って、ではどうしようかというような、細かくは忘れてしまったけれども、そんな感じで。つまり悩みの部分というのは、それこそ政治か文学か、あるいは二人の対幻想の部分をとるか――これはまた全共闘用語ですけれども、そういうものをとるかというようなところで、結局いわゆる家庭に――ニューファミリーという言葉があのころ出てきましたけれども、ニューファミリーに戻ってしまう。

これは斎藤美奈子さんにいわせれば、妊娠小説。つまり妊娠というある種のカタストロフィーみたいなものがあって、そこから小説が起動していくという。それがつまらないということではないけれども、あの世代にとっては、ある人にとっては非常に切実な課題でもあったんだけれども、どこかでやはり野間さんの時代のいわゆる全体小説というものにつながっていくという意味では、ちょっとひ弱だったなと。もちろんひ弱だから悪いわけではないし、それはそれなりの道筋、例えば村上春樹さんの小説だって野間さんの小説よりはひ弱だし、だけど彼の小説がまた、野間さんの小説が持っていたような、世代を代表する、時代を代表する小説たり得ていると思うんですよね。評価は、いろいろあるんでしょうけれども。

そういう青春なら青春というものを描くときに、そこで何が違っていたのかなという、それが、まだちょっと見えていないんですよね。なぜ野間さんは、あそこまで肉体というようなもの――ただ日記なんかを読んでも、『暗い絵』を読んでも、ある意味では非常に観念的なんですよね――、観念性と肉体性みたいなものがマッチしてというか、ああいう形の表現になっていった。確かにそれは軽薄短小の世代である我々にとってみたら重苦しいといえなくもないんだけれども、ただやはりそういうものが傍らにないと、それを軽くするなんてことはとてもできないわけだし、そういう意味でのまさに重石なんですよね。現代文学の重石としてあると思うんです。

それがどう違っているのか、時代が違うのか、あるいは戦争ということ、もちろん全共闘世代でもそれ以後の世代でも別な戦争、朝鮮戦争であったり、ベトナム戦争であったり、湾岸戦争であったり、我々も決して戦争と全く無縁なところで生きていたわけではない。いまだってそうですよね、いまだってある意味では戦時下であるともいえると思うんですけれども。ただやっぱりそのとらえ方とか、それが違っていたのかなと思うんです。

テーマを立てた自分自身をもう一度振り返る

藤沢　いま幾つか新人賞の選考をやっていまして、若い人の小説の応募がかなり多いんですよね。読んだときに、新しいスタイルなんですけれども、何か新しいスタイルの小説を演じているような気がしていて。それは何かなと思うと、つまりあるテーマとかモチーフとかが浮かぶと、それを軸にしてやっていく、当然の書き方なんですけれども、だけど待てよ、と。そのテーマを設定したときの自分自身をもう一回見てみるという作業が、必要なのではないかなと思って。そのときに野間さんというのは、小説を書くときにもちろんテーマはあるんだけれども、そのテーマを立てた自分自身の足下であるとか、生活であるとか経済であるとか、あるいは女性であるとか子供であるとか、全部一旦自分の中に引き込むというんですか。そこから始めるところがあるのではないかなと思っていまして、それは小説の力とか、厚みとか奥行きの深さにつながると思うんです。

　どうしても僕らがいま、小説を書こうかなと思ってテーマ、主人公、登場人物、これぐらいの時代の雰囲気、どういう小道具を使うか、とバーッといくと。そうするとすごくどろどろした性欲の部分であるとか肉体であるとか、あるいは逆に大文字の、今でいえば、すごく古くさい思想であるとか、それをちょっと排除してしまうんですね。きれいにまとめてしまう小説が多いので、むしろ何というか、僕はいい意味でノイズという言葉を使うんですけれども、野間宏さんの、ときどき出てくる女性なんか、これはノイズとして処理されていてもおかしくない部分だけれども、そこを入れることによって、ものすごく主人公の深見という男の抱えているもの、それと彼が理念としている思想であるとか、それを拒否したい気持ちであるとかが輝き出す。ですから生活、自分自身の等身大の、手元にあるものから、すごく深い思想的なテーマまで手が届いている。その辺のあり方が、本当にスケールの大きな人だなと思いました。

戦後派をかえりみて

川村　私はいま大学で学生たちに創作講座というのをやっていて、小説とか批評を書かせるということをやっているんです。ある学生が、「先生、全共闘はおもしろいですね」「いや、あれは格好いいですよ」みたいなことをいいまして。どこが格好いいんだと反論しようと思ったけれども、ただ彼らにとってみれば私なんか既に父親、母親の世代ですから、父親、母親がヘルメット被って、汚いタオルを巻いて、ジーパンで表をうろつき回った、それを格好いいとか、やりたかったとかいわれると――もちろんそれはふざけていっているだけであって――ふざけてというのはただ格好いいということではなくて、いま自分たちがやれること、やっていることよりも、もうちょっと社会的なものに関われたのではないかという幻想なんですね。実はこれは、全共闘世代自身がふりまいている幻想だと思うんです。

　それに対してある程度年をとるときちんと反省が出ますから、それは何だったんだということをいまになったら言える。ただそういう下の世代から見たら、それがうらやましく見えるみたいな――うらやましくとはまたちょっと言葉が違うかもしれないんですけれども、そういうふうに見えてしまう。

　翻って私がいわゆる第一次戦後派の人たちとか戦後世代を見たときに、うらやましいと思ったのか、思っていないのかなと考えてみると、ちょっと自分でもわからないんだけれども、それほど嫌でもないような気がした。ただ強力な反発はなかったような気がするんです。多分第三の新人の人とか内向の世代の人たちは第一次戦後派、野間宏、武田泰淳という人たちに強力な共感、あるいは反発を持ったであろう。それ以降の私なんかはそれほど強力な反発でもなければ、大いなる共感でもないという形でやり過ごしてきたのかなという感じがするんです。

藤沢　僕はいま四十三歳ですけれども、僕らもやはり全共闘世代に対しては反発があるんですよ。ところがその中間の作家たちに対しては、さほどでもないんですね。もっと僕より下の人たち、先ほどの学生ですけれども、彼らは全共闘にある種共感を覚える。しかもそれが社会に接続されていく手段として、あるいは自分を表現していく手段として格好いいじゃないですかということは、何かおもしろいですね。

　僕自身は野間宏さんの一九三〇年代、あるいは一九四〇年代のころというのは、さほど――むしろあまりにも遠過ぎるんです。そういう感じがして、批判も肯定もしない、かなりの距離がある感じで。それよりも全共闘の書かれているものであるとか思想が、すごく――ファッションというとおかしいんですけれども、ある種の流行というんですか、その熱みたいなものはすごく伝わってくるんですけれども、それよりはもっと、いいんじゃないの、というような。僕らは、シラケ世代といわれたじゃないですか。そんな感じになりましたね。退いているようなところが。

川村　野間さんには『暗い絵』があるけれども、戦後に活躍したといえば、藤沢さんもお好きだと思いますけれども坂口安吾が『暗い青春』なんていうのを書いている。「私の青春は非常に暗かった」「なべて、青春は暗いものである」というようなことを書いてます。私たちは、それに共感を覚えたわけですね。『風と光と二十の私と』とか。坂口安吾は、野間さんよりはもうちょっと上になる世代だと思いますけれども。だからそういう安吾が書いた『暗い青春』、野間宏の書いた『暗い絵』――別に「暗い」という言葉だけの共通項ということですが、そういう戦時下、あるいは戦前、戦中、微妙に違うと思うんですけれども、そういう暗さ。それを安吾なんかは、「青春はなべて暗いものだ」という形でもっていって、その普遍性の方に私は共感したわけですね。

　ところが『暗い絵』の場合は共感ではなしに、ある種驚いた。こういう青春があったのかと。ある意味では全共闘的な青春と重なり合うようなところもなくはないけれども、先ほどからいっていますけれども何か違う。その違いというのは、やはり戦時下なのかなと。つまり政治的な弾圧、革命思想に対する熱烈なる希求と、それを押さえつけようとする権力・権威側の弾圧が、京都には特にあった。一部ではそこから近代の超克という形で、あるいは日本浪漫派という形で別な方面に抜け出していこうという道筋があって、まさに暗夜行路ですね、暗い道を歩んでいった。しかしそういう暗さがなければ、全体的な力強い表現ができないということでも困るなと思うんですが。

藤沢　あの時代の、『暗い絵』もそうですし『真空地帯』もそうですけれども、戦争の――日常の細部まで権力というんですか、それが仕組まれていて身動きがとれない。自由なのは自分の頭の中だけで、そこでどうやって自分の思想や表現を展開していこうかということを考えた青年たちの情熱は、すさまじいものがあったと思うんです。

ではいままさに、世界各地で戦争が行われているし、いま、二〇〇二年というのは不幸な時代でもあるんですけれども、何か虚無というんですか、飽和されたがゆえの虚無というんでしょうか。そこで自分をどう生かしていこう、生きていこうという若者の求め方も、やはりあると思うんです。インターネットでいろいろな文章が載っていたり、あるいは本当に自分も作家になりたくて、詩を書いたり小説を書いたりして応募してくる人がいるんだけれども、そういう人の話を聞くと、かなり切迫しているんですね。中には作家になりたくて作家になるという、変な子もいますけれども。先行き不安というのか、自分はどうやっていいのかわからない。常に自分の背中を見て、自分がどういうふうに歩いていくんだろうというのを見ている青年たちが、表現を求めるという意味では、文学のあり方としては一九三〇年代も全共闘も、一九八〇年代も同じなのかなという気もするんです。

自分の表現したいものが形になる

川村　藤沢さんの場合は大学でいわゆる文学を勉強して、ある意味では現代文学研究というか、近代文学研究というか、そういうものをやって、卒業した後も書評新聞の編集部にいたりして、そういう意味では小説家になりたくてなったのではないんですか。

藤沢　小説を書き始めたのは、やはり学生時代からです。ゼミで読んだ戦後文学――僕は北村透谷から始まったんですけれども、それから読んでいって、ゼミがそうでしたからどうしても戦後文学に絡んでいった。それで現代文学を読んでくると、ある種近代文学的な、マイナスイメージの――近代文学というのはすごいものだと思いますけれども、マイナスの部分での、いかにも「文学」というんですか、かぎかっこつきの「文学」という作品が多い。これではだめだろうと思って、自分も何か書けるかもしれない、こういうものを壊したいと思っていろいろなことを考えていたんです。イメージ的には頭の中にいろいろあって、でも表現するときに、なかなか筆がついてこなくて。

少しずつ書き始めて、書評の世界に入って、さらに、海外の文学ですね。アメリカ文学とか、新しいフランス文学、それこそドゥルーズとかの現代書とかも読んだりして、いい意味で自分を壊されたというんですか、文学青年を壊されました。それで書いたのが、あの変な『死亡遊戯』という小説だったんです。ですから作家になりたくてというよりも、自分の表現したいものが形になって出るというんですか、そちらの方でしたね、考えていたのは。

川村　せっかくだから聞きますけれども、ちなみにこれはだめだよと思った近代文学は何ですか。

藤沢　それはちょっと。近代文学ですから。近代文学の作品自体は、もう既に僕らが読む状態でありましたから、それはよかったんですよ。ただそれをまねている現代文学が多くて。例えば自分と同年代の人間が、地味な文章で、「つま先上がりの坂道を上がっていくとケヤキの大木があって――」みたいな。冒頭からその描写はないだろう、これは何だと、びっくりしましてね。そういうのが嫌で嫌でしょうがなくて、全く違うものを入れていきたいというんですか。名前は、なかなかいえませんけれども。

川村　やはり文学の形を変えたいという気持ちが藤沢さんの中にあったんですね。最初『死亡遊戯』は『ゾーンを左に曲がれ』という題名で、確か『文藝』に載ったのを最初に読んで、変な人が現れたものだなと思ったんですね。藤沢周平さんが書くわけないし。下に「平」がないから、ごつごつした人なんだろうなと。その前から藤沢さんを、私は知っていたんです。『図書新聞』の編集者としては知っていたんですけれども、全然思い浮かばなかった。名前は知っていたんですけれども全然結びつかない。変な、はっきりいうと持って回ったような書き方をする新人が現れたものだなと思った思い出があります。そのときはかなり意識的に、それこそいわゆる近代文学的な文章ではない文章を考えていたんだろうなと思うんですけれども。やはり、そうですね。

藤沢　そうですね。当時はストーリーが進行していて、物語というんですかね。物語のふところの深さというのはようやくいまになってわかりましたけれども、当時はやはりあまりにも予定調和的な、こうなるんだろうな、純文学というのはこういう落ち――落ちというのはないけれども、登場人物がこういうふうにいくんだろうなと。例えばそれを逆に違う方に持っていくにしても、それも読めてしまうというんですか、そればかりが主体になって、もっと感覚的なものであるとか、先ほどいいましたけれどもノイズであるとかを何で拾わないんだろう、それを拾うことによって、むしろ主人公のいま生きている空気が書けるはずなのに。ミステリーとかエンターテイメントにはあったんですけれども、ストリートを持ち込みたかったんですね。

純文学にストリートを持ち込んできて、しかも主人公がパイラーというか呼び込み、キャッチの兄ちゃんですね。彼の中からどういうふうに新宿が見えるのか、全く違う地図を出してみたいと思って。それまでは歌舞伎町なんていうと、やはりセックスとか暴力とかやくざとかだったんですけれども、そういう違う位相の歌舞伎町を書くことによって自分の中の想像というんですか、それを展開したかった。形もああいう断章ですね。別に新しくはないんですけれども。ヌーボー・ロマンみたいなことをやっていましたから新しくはないんですけれども、何かイメージの塊をたたきつけて、読者がそれを編集してくれればいいな、と、そういう小説を、まず第一弾として出したんです。

川村　あの作品を読んだときに、この人は歌舞伎町によく行っているのかなとか、いろいろ観察しているのかなというのがありましたけれど。その後『ブエノスアイレス午前零時』という作品が出て、私はそれを読んで、あれ、すごく読みやすくなっているなという気がしました。作品としてはすごく練り上げられて、非常に上手くきれいにできているんだけれども、これは最初の藤沢周のやろうとしたことの大きな展開なのか、あるいはちょっと左か右に曲がってしまったのかという感じがしたら、芥川賞を受賞してしまって――してしまってというのは、あれですけれども。

藤沢 本当にまちがってしてしまって。

川村 それは非常にいいことで、そこでまた一段広い世界というか、広い次元でやっていけるようになったということでは――いやそういう否定的なことではなくて、つまりやはり最初書き始めたときに社会と芸術との違和感とか、ノイズとか、そういうものを無理やり、力まかせでも何でも食いついて、あるいは食い入れてしまいたいみたいな、そういう衝動はだれにでもある。多分それが小説家の青春の時期という感じなのだろうなと、まあ、話をうまく持っていこうとしているんですけれども。『暗い絵』の文章なんかは、まさにその文章だったんだなというのを改めて思うんですね。

『暗い絵』の現代性

藤沢 僕はやはり最初書き始めたころは暴力であるとか、狂気であるとか、あるいは死であるとか――死なんていうと、すごく大げさですけれども。それを極端に書いていたといいますか、それも、登場人物は特異なキャラクターですね。変な彫師であるとか、キャッチの兄ちゃんであるとか、ドラッグ中毒であるとか、殺人者であるとか。そういうものに限定して書いていったんです。けれどもだんだん特殊なものではなくて、日常の自分の足下にある落とし穴みたいなものに気づき始めて、自分の中の狂気とか、何か崩れていく感じとかの方が怖いのではないかと気づき始めました。そうするといままで書いていたセックスであるとか暴力がもっと自分の中から、つまりこういうものを表現したいということと、形而下的なものとを結びつけて書いていく。そういうふうになってきた。

そのときに、今回野間宏さんの『暗い絵』を読んだときに、最初の冒頭部分はかなり前衛的な感じで尖っていて格好いい文章なんですね。それと同時に、思想というすごく形而上学的な問題を抱えていて。そしてあるいは恋人との問題、肉体の問題、あるいはセックスの問題、それがうまく融合されているじゃないですか。野間宏さんのデビュー作ではありますけれども、すごくそれ以後の作品であるとか、あるいは一人の表現者が表現者として立って、どんどん成熟していく過程といいますか、そういうものが収められているような気がして。深い作品だなと、改めて読み直してびっくりしましたね。

川村 野間宏の会ですから、野間さんをきちんと言って終わりということに。ただあまり予定調和的に終わってしまうと何なので、私も一言だけいわせてもらえれば、この前「椎名麟三の会」というものがありまして、そこで話をしてくれということをいわれました。何もしゃべることがないので、「現代文学と椎名麟三」ということで、無理やり松浦寿輝さんの『花腐し』と椎名麟三を結びつけて話をした。自分でいうのも変ですけれども、話した後で、あれは結構うまく言えているのではないかと思った。椎名麟三の書いた世界と、松浦寿輝氏が書いている陰々滅々とした汚いアパートで男二人が酒を飲むというようなところは、これはまさに椎名麟三の『深夜の酒宴』とか、あの辺の感じと重なるわけです。無理やり結びつけるわけではないですけれども、藤沢さんの最初の小説の、あるいはいまでも、ノイズをその世界の中に入れながら、そういう文章で苦闘していくというのは、野間さんの作品ともつながる。そうすると、下手をすると現代というのは第一次戦後派の人たちの幽霊のようなものが漂っていて、これはいい時代なのか悪い時代なのかわかりませんけれども、ある意味では戦時下であると。そういうのは、あるのではないかなと。

藤沢　それはありますよね。

川村　これは決して喜ばしいことでもないけれども、しかしもう一回そういう意味では、それこそ野間さんの戦中日記を読んでみて、いまと一体どう違うんだろうということを——私は学校の教師なので、学生たちにそういうのをやって、野間宏の青春と君たちの青春を比べてみなさいというようなことを、次の授業で言ってみようかなと思います。

藤沢　強引に結びつけるという気持ちは全くないんですけれども、ただやはり野間宏さんの『暗い絵』の新しさというんですか。今回控え室にいたときに、野間宏の文章は難しかったでしょうといわれたんだけれども、全然そんなことはなくてすんなり入ってきたんですよ。読みやすかった、僕自身は。どういうことかというと、やはり思想の問題とか、生活者の問題とか、表現の問題とか、あるいは身体、肉体の問題とかというのを、やはり僕は総合して考えたい。そうでないと、リアルではないというんですか。小説の——お話としての小説ではなくて、人間の現在というんですか、そういうものを書いていくという意味では野間宏という作家は、いま活躍している二十代、若い作家の方たちが読んでも相当にインスピレーションを与えるのではないかと思います。そういう意味では今回読ませていただいて、本当に個人的にはありがたかったと思います。

川村　ただ文庫本も少ないですし、『作家の戦中日記』もすごく高いですから、学生に読ませるためには何とかしたいですね。

藤沢　そうですね。

川村　こういう結論で、いいんでしょうか。

藤沢　どうもありがとうございました。

川村　ありがとうございました。

（二〇〇二年五月　第一〇回）

〈シンポジウム〉「戦後文学」を問う

作家 奥泉光＋文芸評論家 川崎賢子＋作家 宮内勝典＋作家 金石範＋評論家 針生一郎
（司会）富岡幸一郎

虚構の力と戦後文学――奥泉 光

戦争をどう捉えるか

奥泉です。私は一九五六年生まれで、全然若くないですけれども、ここに来ると非常に若いなという感じがいたします。

さて、私の問題提起は、「虚構の力と戦後文学」という題です。これは、一五分では、無理です。「虚構の力」という部分は、私が作家になる前から、また作家になって以降、そして現在も、一番考えたい問題なんですが、今日は、むしろ「戦後文学」の方について、私がどんなふうに考えているかをお話ししたいと思います。ただし、一応断っておきたいのは、小説を書いていてこういうことばかり考えているのではありません。大体九割ぐらいは、どうやったら本が売れるかなとか、そんなことを考えています。しかし一割ぐらいはそういうことも考えていますので、それをお話しします。

「戦後文学」――この「戦後」というのは何かというと、単なる時代区分ではありません。つまり、「戦後」という時代にたまたま作品が現れて、それを「戦後文学」と呼んだというのではない。では、その「戦後文学」あるいは「戦後」という言葉の意味は何か、ということを考えたいと思います。

当たり前のことを確認するようで申し訳ないですけれども、しかし当たり前のことを確認するのが私にとっては今大事だと思うので致しますが、「戦後」というのは、簡単に言うと、あの戦争、今アジア太平洋戦争と呼ぶことが提起されていますけれども、アジア太平洋戦争をどう捉えるかを課題とした時代だと、今は単純に定義づけてもいいと思います。つまり「戦後」は、あの戦争がどういう戦争であったのか、どう捉えるのかを課題とした時代であったと、そしてそれに答えようとする文学が「戦後文学」だと、とりあえず定義づけてしまおうと思うんです。

しかし実際には、かつて「戦後は終わった」というふうに、何度も何度も言われているわけですね。私が生まれた一九五六年は、ちょうど『経済白書』で「もはや戦後ではない」と言われた年であったし、その後何度もいろいろな節目で、例えば冷戦が終わった時などの節目節目で、戦後はもう終わったという言い方がされてきました。しかし私は、そういう意味で言うと、戦後はまだ終わっていないという考え方です。つまり、あの戦争をどう捉えるかという課題は、引き続き残っている。今なお同じ課題の中にいるという捉え方をしています。その意味では、かつて野間宏さんが戦後文学の旗手として現れた時と同じ課題を、私もなお背負っていると考えているわけです。

「経験」——過去と現在の生をつなぐ

ここで、この問題をもう少し深めて考えるために、「経験」という言葉を持ち出したいと思います。これは森有正が使った言葉で、今回そのために森有正の本をもう一回読もうと思ったんですけれども、どう探しても見つからない。したがいまして、私の記憶にある森有正で突っ走ってしまいますけれども、彼がこういうことを言っています。つまり、「体験」と「経験」は違うというのが、森有正の中心にある考え方です。

「体験」は、簡単に言えば、出来事に遭遇することです。しかし、「経験」はそれとは違います。経験とは、過去の出来事と現在の生の間に一つの関係をつくることです。わかりやすく言えば、現在の生を意味づけたり方向づけたり、あるいは新しい行動を促すような、そのような意味づけの根拠として過去の出来事を想起する、あるいはそれを記述する、あるいはそれに関わる、そのようなあり方を、森有正は「経験」と呼んだと思います。

そういうふうに考えますと、戦後文学が対象としたのは、まずはたくさんの方が体験したアジア太平洋戦争という出来事です。この中にも体験なさった方がいらっしゃるでしょう。その「体験」を「経験」化する。つまり、「経験とする」ということは、繰り返しますが、今の我々の「生」とあの出来事、あの体験との間に橋をかけて、その応答関係の中でものを考えるということです。そのようなものとしてアジア太平洋戦争を捉える、経験化するということが、戦後文学の最大の課題だと言ってもいいと思います。そしてその課題は、今も続いています。

この経験化は簡単にできることではありません。例えばここは市ケ谷ですけれども、この間も私は法政大学で話をして、靖国神社に近いところに来ると靖国神社の話をしたくなるという不思議な性質がありまして(笑)、またしてしまうんですが、例えば靖国神社のようなものが、この経験化を阻むものだと思うんです。つまり、死者を悼む形式として——死者といっても靖国神社は兵士として戦争に参加した方に限定されていますけれども——、戦争で亡くなった死者を靖国神社で祀ることは、経験化を阻むものだと思うんです。

つまり、一般的な個別性、歴史的な個別性を消し去って、国のために戦って亡くなった方々、ということにされてしまうんです。靖国神社には、アジア太平洋戦争だけでなく、それ以前の戦争で亡くなった方も祀られているし、おそらく今後もさまざまな形でいわゆる国のために戦った方が祀られていくんでしょう。このことは、あの戦争の個別性を失わせる。あの戦争の個別性の中で死者を位置づけるのではなく、いわば「国のために戦った人々一般」という形で死者を祀る。これはむしろ関係を遮断する装置です。過去との関係性を遮断する装置であるし、もう少し突っ込んで言えば、一種の忘却のシステムです。

　そういう意味で言うと、文学というのは反対に、個別的な生を問題にする。あの戦争で亡くなった方は個別的な方々であり、あの戦争は個別的な戦争です。ある一回的な出来事であり、ある一つの戦争である。そして亡くなった何百万人というたくさんの方々がそれぞれの生を持ち、それぞれの歴史を持ち、それぞれの考えを持っていた、そういう一人一人の人間に対する想像力を働かせる。想像力を働かせて、その一つ一つの生に対して関係を持とうとする、想像力を開いていくことが、経験化だと思うんです。

　それを成しうるのは、もし文学という言葉を使うならば、やはり文学だと思います。文学という言葉は少し恥ずかしい……あまり使いたくないですけれど、この際そんなこと言っている場合ではないので。それが、文学だと思うんです。つまり、個別的な生――といっても三百万人もの人ひとりひとりのことを考えることはできないけれども、理念においては――、一つ一つの生き方があり、一つ一つの生があったんだ、と我々は想像できる。そしてそのように想像力を促すものとして、私はなお文学は意味があるだろうと考えます。それこそが、戦後文学がずっと担ってきた課題であって、今こそ、それを経験化しなければならないと思うんです。

　私は一九五六年生まれですから、アジア太平洋戦争を直接体験していません。しかしそういうことは関係ない。「体験する」ということと「経験」とは、別の問題なんです。「経験する」ということは、まさしくあの出来事と応答関係をもつということです。

個別性への想像力

　これは、靖国神社だけの問題ではないと思います。靖国神社だけが悪いわけではない。一般化して言えば、死者たちを単一の物語に閉じ込めるようなシステムですね。単一の物語に閉じ込め、個別性を失わせる。個別への想像力を遮断してしまうような単一の物語が、必ず忘却のシステムとして作動する、と私は思う。

　少し文学的なフレーズを使えば、「死者たちは応答を求めている」と私は感じます。……だいたい、彼らは靖国神社にはいないでしょうね。ではどこにいるんだと言われても困りますけれども、あそこにはいないという感じが、ひしひしとするんですね。あそこには、誰も人がいない。

　まだ、戦場にいると思うんです。戦場をうろうろして、全くうかばれていない人たちがたくさんいて、その人たちは私たちの応答を今なお求めて、さまよっている……文学的になりすぎてしまいましたけれども――あまり文学的なフレーズで言うのはよくないですが、しかし、私は究極的には、死者たちが語りかけてくる、応答を求めて語りかけてくるという感覚にしか、経験化の根拠はないと思います。

そこでもう一度、アジア太平洋戦争を経験化することを「戦後文学」という言葉でまとめるとすれば、その課題を、私もまた担っている、あるいは担っていくべきなのではないかということを、問題提起したいんです。問題提起というか、決意表明みたいな感じになってしまいましたけれども。

十五分では興奮しただけで終わりそうで（笑）、もっといろいろと冗談なんかも言おうと思っていたんですけれども、それを言うひまがないので、一気に筋立てだけ、起承転結だけを申し上げました。後でディスカッションの時間に、いろいろお話ししたいと思います。これだとあまりにも骨組みだけなので、何を言っているんだという感じがすると思いますが、何となくわかっていただければいいと思います。言おうと思っていた冗談は、後ほど言います（笑）。

今、近代文学が終わりかけているのではないか、と言われますけれども、近代文学という枠組みがそうであるかどうかはともかくとして、私は先ほどから申し上げているような個別性への想像力、それを働かせるものはやはり文学しかないのではないかと思う。文学と偉そうに言うのは嫌なんですけれども、しかしそれしかないだろうと、やはり思うんです。その課題を担っていこうと、私は考えているわけです。

戦後はまだまだ続く

「物語」について、虚構について余事的に言いますと、先ほど、死者たちを単一の物語に閉じ込めてしまうことが出来事の経験化を阻む、と言いました。では、その物語に閉じ込められたものを打ち破っていく力は何なのか。私は、それを「虚構の力」と呼びたいと思うんです。虚構の力が、物語から出来事、経験を救い出すのだと。

特に、小説は基本的に娯楽であるという前提がありますけれども、小説という形式こそが、物語から出来事を救い出す。一回的な、個別的な出来事を救い出す、そういうジャンルであり、そういう力を持っているのだと、私は考えます。「考えたい」ではなくて、考えております。

戦後文学者と言われた人たちは、何度も言いますけれども、単なる時代区分によるレッテルではないと思います。「戦後」という課題を担った文学がまだ続いていて、当分終わらない。なぜならば、日本でアジア太平洋戦争は簡単に経験化されそうもないし、また経験化というものは一回やれば終わりというものでもありません。ずっと経験化し続けないと経験化しない、そういうものです。そういう意味では、戦後は終わったというふうには、私は全く考えていません。戦後というのはまだまだ続いていくし、私が死んでも続いていくだろうということを、申し上げたいと思います。

くどいようですけれども、こういうふうに言うと、まじめなことを考えているのだなと思われるかもしれませんが、こんなことばかり考えていませんからね（笑）。でも、こういうことも考えているんです。小説という形式は、こういうことだけ考えていたのではだめなジャンルだと思うんです。人々を楽しませ、おもしろがらせるということが基本にあって、しかしこういうこともなおかつ考えている。と言いますか、今申し上げたようなことは、私奥泉は、作家であろうが作家であるまいが、考えたいんです。だから、作家にならなくても、こういうことは考えていたと思います。

実は、小説家としての奥泉はもうこういうことはやめてしまって、ミステリーだけ書こうという気持ちもあるんですよ。あるけれどもやはりそうもいかなくて、こういうことをついつい書いてしまう。それは、伝統の力だと思います。野間宏という作家が、過去にいた。そういう作家たちの作品を、私が読んだ。私はその伝統の中にやはりいて、伝統か、やめてくれ、と思いながらも、やはり伝統を引き受けるということはどうもこういうことなのかなと、最近は感じるんですね。

私も、一九五六年生まれということは、もう五十歳なんです。五十歳というのは、昔だともう年寄りですよ。でも、とても年寄りの話し方ではないですね、これは。だから、今話していて、むしろ、これからだなと。話しながらどんどん意を強くいたしましたので、また後ほど登場したいと思います。

どうもありがとうございました。

被占領下の戦後文学――川崎賢子

占領政策の下でのメディア統制

川崎でございます。私が挙げたタイトルは「被占領下の戦後文学」です。GHQの検閲のために提出された印刷物の集成である「プランゲ文庫」というものがあるんですけれども、その研究を最近しておりまして、そのお話をしようと思いました。被占領下の、GHQ、アメリカ占領下の戦後文学というタイトルを挙げたのは、それが今の私たちから切断されているというためではなくて、むしろまさに九・一一以後、被占領下当時の文学が現在の私たちの文学と連続しているという思いを非常に強くいたしますので、そういうつもりでこのタイトルを挙げました。

戦後文学の出発期は、GHQ占領期です。その間、あらゆるメディアは占領軍によって検閲を受けていました。雑誌、新聞、図書などの印刷物はすべて、軍によって検閲のために提出させられていました。一九四五年九月一日に、CCD（民間検閲局）が横浜で活動を開始します。CIC（対敵諜報部隊）、これはCIAの前身のような組織ですが、この隊長のソープ将軍の勧告で、九月十一日にCCDの下にメディア検閲組織のPPB（プレス・映画・放送課）が設けられます。このPPBという組織が、新聞、出版、放送、映画、演劇から紙芝居に至るまでの多様なマスメディア、それから郵便、電話、電信などのパーソナルメディアに対する検閲を開始します。

ただ、一九四五年九月の段階で、占領政策の中でのメディア統制は、情報局を中心とした日本の従来の政府機構に依存する、というのがアメリカの方針でした。しかしながら、GHQの意を体してのメディア統制という方針に対する日本政府の越権が問題化するのが、九月二十六日、マッカーサーと昭和天皇の会見です。この際の報道に関して、情報局が依然として各国内メディアに掲載禁止の命令を出した、そしてメディアがそれに従っているということが確認されたわけです。

情報局は、戦時中からの検閲態勢を維持していた、機能させようとしていた。これを機に、GHQは情報局を形骸化する方向に向かい、年末には情報局が廃止されます。日本政府の戦時中からの、従来の機構を通じた間接的なメディア統制から、直接統制へとメディア政策は方針を変えるわけです。一九四五年九月二十七日に新たな新聞、言論の自由に関する追加措置が出されて、新聞紙法、国家総動員法、それから新聞紙等掲載制限令、新聞事業令、言論・出版・集会・結社等臨時取締法および施行規則……云々と、すべて戦時下の言論取締に関する諸法規ですけれども、これらがようやく撤廃されることになります。

情報局を解散して戦時中の取締法規を撤廃するという動きは、日本政府を受け皿に支配しようというマッカーサーの間接的な統治政策が、メディアに対しては適用外になったことを意味しました。情報局にかわるメディアの直接統制機関は、CCD、それからもう一つの系列としてCIE（民間情報教育局）がありました。

ところで、GHQ幹部にとって、検閲は世論調査あるいは世論操作と情報の独占的な取得に大変利するところが大きかったと言われていますけれども、負担も軽視できなかったというのが、GHQの自己分析だったようです。そこで、これは日本のメディア側の自主検閲というものに期待することとして、翌一九四六年十一月二六日以降、それまで事前検閲だったものが徐々に事後検閲へと移行することになります。出版メディア検閲は、こうして一九四九年十月三十一日にCCDが廃止され、PPBが消滅することによって一応終結するのですけれども、プレスコードは占領終了時まで有効であり、それに基づく軍事裁判も行われたと記録されています。

プランゲ文庫から占領下出版メディアの全体像を見る

さて、この占領期に占領軍、GHQに検閲のために提出され、その当局に残された雑誌、新聞、図書という史料のすべてを、占領終了後には廃棄すべきだという指令が出たようですけれども、これを当時GHQ歴史部長だったゴードン・プランゲ博士がアメリカに持ち帰って、メリーランド大学に史料として寄贈しました。これが、いわゆるプランゲ文庫です。

メリーランド大学と日本の国立国会図書館が協力してこれらをマイクロ化するという事業を行いまして、タイトル数（記事数）が一万三七八七件。マイクロフィッシュが六万三三一枚。推定六一〇万ページのマイクロフィッシュが公開されました。アメリカでは情報公開は五〇年後になされますので、占領終了から五〇年、今世紀初めから徐々に公開されてきました。

日本では、早稲田大学の山本武利教授を代表とするデータベース化プロジェクト委員会がつくられ、日本学術振興会の助成を得てプランゲ文庫コレクションの全雑誌のデータベース化が行われ、つい最近に完成し、ウェブ上で公開しています。発行年月日や発行地、巻号、発行所、記事・論文タイトル名、著者、検閲の有無、……こういうものが全て公開されております。

そのほとんどは、国会図書館など国内の

図書館には、現物としてない史料です。日本では、それをとっておかなかった。占領軍も検閲の事実についてなかったことにしようとしたんですけれども、廃棄を免れてメリーランドから日本にマイクロフィッシュで帰ってきたわけです。国会図書館に収められていますので、憲政資料室で見ることができます。

『野間宏の会会報』十三号にも、プランゲ文庫の史料の中から、既存の著作年譜や単行本などに収められていなかった野間宏のテキストを何本か復刻いたしましたので、ぜひごらんください。検閲の実態を知るだけではなく、占領期の多様な、日本では廃棄されてしまった出版メディアの全体像を知るという、大変興味深い史料だと言えます。

それを読むと、野間さんがこの占領期、非常に注意深く、慎重に書いていらっしゃることが分かります。挑発的に、簡単に検閲に引っかかるようなことを書いてはいらっしゃらないですけれども、ＧＨＱの方のいくつかの検閲文書には野間さんのことが「Leftist」と書かれています。極左知識人というカテゴリーに入っていたようです。それで、校正刷のチェックが執拗になされております。削除も何もされなくても、いちいち逐語で英文訳が付されている史料もあります。そのように、追われつつ、野間さんは書いてらしたのだなということがわかる史料です。

左翼系知識人の戦中・戦後

この占領期の検閲の問題については、江藤淳氏の先駆的な研究が知られております。しかしながら、江藤氏の議論は二つの点で、現在では批判的に乗り越えられようとしています。

一つは、江藤氏はＧＨＱの検閲態勢についてその組織系統を誤認していたこと。つまり、江藤氏はＣＩＥ（民間情報教育局）とＣＣＤ（民間検閲局）とを同一視して、戦後民主化教育、民主主義教育、その啓蒙を担当した部署であるＣＩＥと、軍の下に置かれた検閲機関であるＣＣＤを一本化し、そのため検閲は民主化教育とセットであったとお考えになってらしたようですけれども、これは事実誤認だということです。この二つは別系統、別組織であって、ＧＨＱの中で異なるイデオロギー、異なるグループの間のヘゲモニー争いがしばしばあったということは、よく知られているところです。

また、いま一つは、江藤氏はＧＨＱの検閲はナショナリズムに対して厳しく、左翼知識人に対して甘かったかのように分析していらっしゃいますけれども、これは時期的にＧＨＱの中で方針が変化しております。敗戦直後にはややそのような傾向が見られた時期もありましたけれども、すぐに冷戦に向かう国際的な緊張関係の中で、左派に対する締めつけが厳しくなります。それは、いつまでも事前検閲を受けていた出版社のリストを見ても、左翼系の出版社がほとんどだということを見ればわかることです。

むしろ興味深いのは、左翼系知識人というのは、戦前、戦中を通して検閲に慣れていた。ですから、変な言い方ですけれども、野間さんだって、簡単にヒットするようなことは書きません。検閲は異なる言語間で行われていますから、単語単位で、この単語が出てきたら削除だ、というマニュアルがあります。そういうものに引っかからないように、非常に比喩的、暗喩的に上手に書いておられます。つまり、慣れていた。それに対する対処の仕方や、自粛なり自主規制の術《すべ》を身につけていたわけです。戦前、戦時中に検閲の脅威を自覚することなく過ぎた陣営の方が、単純に検閲に引っかかるようなことを書きます。

　また、GHQの検閲に対する反応の違いも、むしろ戦前、戦時中に検閲の脅威にさらされていなかった側の人たちの方が、非常に強烈に証言を残すようです。しかし、したたかな物書きというのは、戦前であれ戦中であれ、占領期であれ、やはり表裏、二枚腰、そういったものを使いながら、しぶとく言論に対しての強圧を甘受していたのではないかと、私は思います。

「書かれなかったこと」の問題

　GHQの検閲は、機械的に、現在の占領体制に対する批判をいちいち削除させた。それから、検閲が存在しているということ、占領や接収、占領軍兵士の動向など、一切書かせませんでした。そのため、戦時下と占領下とが連続的に、そのような支配に無批判に甘んじるような人々のありようを批判しようという言説が、常に断ち切られてしまった。

　結果的に、手のひらを返した言説が多いと言われますけれども、それは検閲の圧力を計算に入れない物言いだと思います。戦中と戦後の、例えば「八紘一宇」と言っていた人たちが、今度はお題目のように「占領軍万歳」を唱える、それを批判する言説が出てくると、必ず前の「八紘一宇」は禁句として消されます。批判の対象としても言葉は必要であり、概念としての「八紘一宇」を俎上にのせる必要があるのに、です。

　戦時下のスローガンを単語単位で検閲の対象にすると、二つの時間、二つの歴史的な時空が切断された形でしか表面化しないことになります。日本人、日本語による戦争の根源的な批判が表面化しにくい状況に置かれた、その一つの圧力に検閲制度が働いたということが言えると思います。その戦争をもたらした精神性や制度といったものを温存する、そういう場合にも、検閲制度をはじめとする占領軍の姿勢が手を貸したと言ってもよいと、私は考えております。

　そこには、GHQと従来の日本政府との間の取引もあった。物書きにとっては二重支配の状況があったでしょう。それは、右、左のイデオロギーだけが問題ではありません。例えば原爆、核兵器をめぐってGHQと日本政府との間にどのような密約があって、何が書けなかったのか。また戦後文学以後、この占領期以後、アジアに対する目がどのように閉ざされていき、何が書けなくなったのか。本土よりはるかに長い占領を体験した沖縄に対して、文学はその時期何をできなかったのか。

　戦前、戦中の、例えば満州もあり、朝鮮半島もあり、中国占領地区もあり、南洋もあったという、そういう日本文学の多元的な状況を考えるならば、確かに占領期の文学というのは一国文学史観、日本の中だけに閉じこもるという意味で閉ざされていたと言ってもいいかもしれません。

　私が現在プランゲ文庫の研究をしながら念頭に置くのは、どうしても現在のアメリカ支配による世界文学という状況と、当時の日本の戦後文学との二重性です。九・一一以後の世界と言葉ということを、最近戦後文学のことを考えるたびに、いつも思い浮かべずにはいられません。

ただし、ＧＨＱによる日本占領は、その後の世界のどこにも、ベトナムでも、イラクでも、まるで通用しない。モデルケースにもならないような、アメリカ側から見ればうまくいきすぎた占領だとも言われています。そのことに対する苛立ちも含めて、私は戦後文学の出発を、ＧＨＱ占領下で書かれた文学、戦後占領期文学として、もう一度読み直そうと考えています。

何が書かれたかだけではなく、何が書かれなかったかということも問題になります。また作家たちは、その検閲支配をどのように内面化していったのか。何が作家たちの心の襞に残されたのか。アメリカ支配の中での文学を考えるならば、それは現在の私たちにとって、終わったものでもなければ、遠いものでもない。むしろそこに始まりがあり、現在があると、私は考えております。

戦後派的なものの復活――宮内勝典

『暗い絵』との出会い

こんにちは、宮内です。私は話が下手なので、こういうところは苦手なんです。巧く話せるかどうかわかりませんが、どうか勘弁してください。

最初に、野間さんとの出会いを話します。私は高校生のころまで絵描きになりたくて、絵ばかり描いていたんです。そんな時、ブリューゲルの絵にぶつかってしまったんです。例の「死の舞踏」という白骨だらけの恐ろしい絵です。図書館の一室で開いた時に、身の毛がよだって、鳥肌が立って、ゾーっとしたんですよ。あれはペストの後でしょうか……。ヨーロッパの底に潜んでいる怖ろしいものに初めて触れて、ショックを受けました。

それから何かのきっかけで、野間さんの『暗い絵』を読んだのです。同じブリューゲルの絵を素材にした小説で、皆さんもよく御存じだと思います。『暗い絵』の冒頭の部分だけ読んでみますね。

「草もなく木もなく実りもなく吹きすさぶ雪風が荒涼として吹き過ぎる。はるか高い丘の辺りは雲にかくれた黒い日に焦げ、暗く輝く地平線をつけた大地のところどころに黒い漏斗形《ろうとがた》の穴がぽつりぽつりと開いている。その穴の口の辺りは生命の過度に充ちた唇のような光沢を放ち、堆《うずたか》い土饅頭《どまんじゅう》の真中に開いているその穴が、繰り返される、鈍重で淫らな触感を待ち受けて、まるで軟体動物に属する生きもののように幾つも大地に口を開けている。そこには股のない、性器ばかりの不思議な女の体が幾重にも埋め込まれていると思える」……

これが、延々と続くわけですね、こういう文章が。これがまさに、私がブリューゲルの絵を見た時のぞっとした感覚を呼び起こしてくれまして、これが最初の野間宏さんとの出会いでした。

本の雪崩

それから十年ぐらいたちまして、たまたま私は『詩と評論』という雑誌の編集の手伝いをしていました。世界をぐるっと回って日本に帰ってきて、失業していまして、どうやって食ったらいいか困っている時に、知り合いが『詩と評論』を手伝わないかと。その時期に、小石川の野間さんのお宅に、原稿をとりに伺ったことがあるんですよ。ドアを開く時に、これがあの『暗い絵』の作家の家なんだと思って、どぎまぎしましたね。

そして、ドアを開いたんです。そうしたら、幻覚に襲われたんです。何か雪崩《なだれ》がドッときたような、……びっくりして。一瞬、それが何だか、認識できなかったんですよ。何しろ……奥さん、そうですよね（笑）。もう、玄関のたたきから、靴入れの上から、階段から、本だらけで、家が倒れそうなんです。もう数万冊の図書館の書物が一軒の家に収まっている感じで、廊下なんかこう体を横にしないと通れないような本の断崖でした。

そこで圧倒されましてね。それで、野間さんと何を話したかも、全然覚えていないんですよ。ただただどきまぎして、正直に言いますと、逃げたくてしょうがなかったですよ、書物の毒のようなものにあてられて。それで原稿をいただいて、そそくさと逃げ出しました。奥さんは覚えていらっしゃらないとおっしゃったけれども、そうなんです。

それで表に出まして、深呼吸をして、いや、これは……今あえてこじつけると、……圧倒的な「死の舞踏」の白骨が群れているような、あの戦場のすさまじさと、書物のすさまじさを、両方感じたんですね。それで私は、教訓を得ました。本は持たないことにしたんです（笑）。

今でも、野間さんのように書物に囲まれるのはやめようと思います。それ以来、本は定期的に処分するんです。だから私のところは、実にさっぱりしたものです。大体五千冊ぐらいしかありません。増えてくると野間さんの家を思い出して、必死に減らそうとするんですよ（笑）。

戦後派から逃げようとしていた

それから八年後、私は文藝賞をいただいたのですが、その時に野間さんが強烈に推薦してくださって、本当にありがたい言葉をいただいて、作家としてスタートを切ることができました。それでも、野間さんにはあの家への恐怖のせいでしょうか、野間さんとあえて距離をとっていたような気がします。

それで、戦後派的なものから逃げようという気持ちがどこかに……戦後派ではなく新日本文学会から逃げようとしたのか、……とにかく私は腰が引けていたんですよ。政治性が強烈なことに対する抵抗があったのだと思います。

ある時、野間さんが「インドに行こう」と誘ってくださったことがあります。「お前の旅費も出してやるから行こう」と言われて、どうしようか迷いました。でもその時も、「いや、私はインドに行く時はただ一人で歩きたいから」とか何だかんだ言って、逃げてしまったんです。今思うと、本当に惜しいことをした。野間さんとインドでゆっくり語りあえる時間がとれたのに、あの時も大きなチャンスを失ってしまった。

その後は、いつも編集者とバーで一緒でしたから、ゆっくりお話しする機会がなかったんです。あのインドに行く機会を失ったことは、本当に後悔しています。野間さんは逃げない方でしたが、私は逃げてしまったんですよ。

環境問題に真っ先に注目した作家、野間宏

それからもう一つ、私は野間さんをよく理解していなかったところがありました。私は日本アナーキスト連盟の連盟員でしたから、どちらかというと左翼ですが、新日本文学的な党派性に、少し抵抗がありました。

アナーキズムといっても、実践的なアナーキズムではなくて、私はクロポトキンから入ったんです。クロポトキンは、自然というものは食いつ食われつしながらも、それでもある一つのバランスを保っているんだという考え方ですね。私はその時に、クロポトキンのその思想に、何か新しいものを感じたんです。その時は説明できなかったんですが、マルクス、レーニンなどよりも、何か今日的なものを直観していたのです。

当時は、クロポトキンなんてアナクロ思想でした。バクーニンとか、とにかく古いと。私は、そのアナクロであるクロポトキンにひかれたんです。動物の世界が食いつ食われつしつつ大きなバランスを保っている、だから政府は要らないという考え方ですよね。その無政府主義という思想に、政治的な幻想は何も抱いていなかった。けれど啓示的なものがある。

それは、生態学的な思想の始まりだったんです。つまり、クロポトキンはエコロジーの始まりだったんです。そして、環境という問題を真っ先に口にした作家が、野間さんでした。私はそのことに気づいていなかったんですよ。野間さんの先駆性が見えていなかったということを後悔しています。

「意味」を担うこと

先ほど奥泉さんが、戦争の意味は何か、それを担って問い続けるのが戦後派と言われる文学者ではないかと言われました。私も、その通りだと思っています。私が尊敬する作家は、みな戦後派です。埴谷雄高、武田泰淳、それからもちろん野間さん。大岡昇平、島尾敏雄、……みな戦後派なんです。戦後派とは何かというと、意味を問い続けることだと思う。意味を担うことだと思うんです。

ところが、ポストモダンの頃からでしょうか、だんだん意味性に対する抵抗が出てきたと思います。そのことをうまく説明できないので、先ほどブリューゲルの絵のことを言いましたから、美術の文脈で話をします。そこに針生一郎さんがいらっしゃるので、美術の話をするのは気がひけるんですけれども、まあ素人だと思って聞き流してくださいね。

私たちが絵を見るというと、だいたい印象派ですね。モネとか、あの辺から見て、それからゴッホなどに入っていくわけですね。印象派というのは何かというと、世界に対する一個人の目で、一意識と世界とがぶつかるような見方をする、それが印象派の特徴だと思います。その中で意味を問い

詰める。ゴッホだって、やはり彼の生き方という意味を問い続けました。ゴーギャンもそうです。ゴーギャンを印象派と言っていいのかわからないけれども、ゴーギャンもその文脈にあると思います。かれの絵のタイトルに、「我々はどこから来たのか、我々は何者か、我々はどこへ行くのか」というのがあります。まさに、意味を問い詰める絵画です。

ところが、そのように意味を問い詰めることは、どんどん絵画の歴史において疎外され、消されていったんです。その後、例えばセザンヌが現れましたね。サン＝ヴィクトワール山という山を、単純に物質として見る。ゴツゴツとした形で見る。裸婦にしても、全然色気のない裸婦です。造形的で、全然セクシーではないんですね。ただゴツゴツした塊として、太腿が円筒形で乳房が球だとか、私にはそう見えないけれども、セザンヌはそう見てしまうんです。

それを突き詰めていったのが、ピカソのキュビズムです。リンゴの見方にしても……そこではもう完全に意味が追放されています。意味がないんです。しかも、例えばここに物がある。ピカソはこちらから物を見て、そちらから見て、あちらから見た。そういういろいろなものを合成して造形的に描く。絵画の中から意味が追放される。このことが、ピカソのやった革命だと、私は思います。

何が言いたいのかというと、意味性です。戦後文学を担った人たちが、意味を担っていたということ。美術の中で意味が消されていき、現代美術はピカソの流れをくんできました。その後、現代美術は抽象絵画になっていった。舞台はアメリカに移って、ローシェンバーグとかジャスパー・ジョーンズとか、抽象絵画になりました。例えばキャンベル・スープの缶を描くとか、アメリカの国旗をただ単に描くとか、もう意味というものを徹底に排除していく。どんどん意味を殺していくわけです。

それが最終段階に来たのが、コンセプチュアル・アート、概念美術だと思います。ここになると、もう意味は完全に殺されています。コンセプチュアル・アートというのは、例えば辞書の一頁を絵として描くんですよ。例えば、何でもいいけれども、意味、meaningという項目を、絵画として出す。あるいは、今日の日付を書く。何事かを問う――我々はなぜ生きるのかとか、戦争とは何かとか、そういうさまざまな問いかけ、意味を担う行為を追放することで成立したのが、コンセプチュアル・アートだと思います。そのことによってアートは衰弱して、徹底的にだめになりました。

これは、ポストモダンの先駆けだと思うんです。ポストモダンが現れた時に、私は既視感があったんです。それは、コンセプチュアル・アートを知っていたからだと思います。ポストモダンが生まれる時に、仲間の画家たちがコンセプチュアル・アートを切り開く現場を見ていたから、ポストモダンに既視感があったのです。いったい何が始まったのかが、直観的に。その時に、私はポストモダンをやり過ごそうと思ったんです。パスしようと。それでアメリカに行って、一九八〇年代にはほとんど何も、小説も書かずに、じっとしていました。

一回りして戦後派に出会った

意味が衰弱する。例えば、今日本では意

味を問うことさえもダサいという雰囲気です。戦後派的なものを言うとダサいとか、古クサいという風潮です。私はポストモダン的なものをパスしようと思って、黙ってニューヨークで現代先端科学のドキュメントをノンフィクションでやっていました。もう一度、我々が担うべき意味性といったものを、物理的なヤスリにかけてみようと思ったんです。意味というものを考え直そうと思ったんです。

例えば、宇宙科学をやっている人たちは、何を考えているのか。彼らは意味というものを考えるか。科学の最前線から新しい意味が発生しつつあるのか。そう思って、彼らと会ってインタビューをしたりしていました。一方で、アメリカの先住民たちとかかわって、彼らの独立運動にもかかわりました。

この先はうんと端折って言いますと、私はまさにそうやって、意味をもう一度よみがえらせようと思いました。戦後、戦争の意味を担うように。それをもう一度強く思ったのは、やはり九・一一でした。九・一一が起こった時に、意味が消滅したような錯覚に陥ったように言われますけれども、とんでもない、意味が噴き出してきたのだと思います。イスラム、キリスト教、十字軍、……むしろ、歴史の連続性が噴き出してきたわけです。彼らは、十字軍以来のメンタリティの中に生きているんです。それが、世界貿易センタービルにぶつかった。まさにあのコンクリートの固まりに意味がぶつかったのだと思います。

私はそこで意味を突きつめようと思って、ずっとベトナムで『焼身』という小説の取材をしていました。その時に、ずっと戦後派のことを考えていました。自分は一回りして、戦後派に出会ったんだな、と。

戦後文学と在日朝鮮人文学——金石範

戦後文学者たちが引き受けた戦争

えーと……。……ぼうっとしていると、時間が過ぎるんですよね。先ほど奥泉さんの話で、戦後文学というのはアジア太平洋戦争が一体どういうものであったか、それを受け止めるという文学だ、と。私もそうだと思います。

気《き》障《ざ》っぽい言い方ですけれども、二十世紀は戦争と革命の時代です。二十一世紀は戦争がないと思うと、また九・一一から今も戦争が続いている。戦争というのは、侵略する側があって、侵略戦争ですが、また侵略者同士、帝国主義同士で戦争をする場合もある。日本もそれをやったわけですけれども、そうすると、加害者と被害者が出てきて、戦後半世紀が過ぎますが、最近ポスト・コロニアルの問題も提起されていますし、ことに今この日本では戦後責任、歴史責任、……とにかく清算がまだできていません。

そして、反日とか、また日本では反韓とか反共、いろいろ変な形でナショナリズムが出てきています。基本はやはり、日本の戦後責任、いわゆる脱植民地化を日本はしていないということに、基本があると思います。日本は加害者でありながら、原爆投下などのために、被害者意識が強い。

しかしあの戦争を文学としてもろに引き受けた、それが戦後文学ではないかと思うんです。その戦後文学の中で、例えば先ほど宮内さんから「左翼」という言葉が出ましたけれども、戦後の新日本文学によった人たち、同じ戦後文学でもいわゆる党員文学者、党員作家たちは、やはり戦前、そして戦後のあの混沌期、もっとも集中的にそれを受け止めた。

そして党員としての外部に対する問題と、また野間さんは一九六〇年代に入って除名されるわけですけれども、党内の問題を引き受けた。戦後文学者の中でも特に野間さんは、左翼の実践活動に実際加わりました。党から見ればどうなんでしょうか、分かりませんが、いわゆる傷ついた文学者たち、そういったものをも引き受けた一人として、野間さんがいらっしゃいます。

それから半世紀以上過ぎて、最近になってから、ポストコロニアルの問題が出てくるんですが、日本そのものが戦後責任を引き受けず、戦前を美化するような状態ですね。私は別にポストコロニアルを勉強しているわけではないですけれども、大体の常識ぐらいはわかりますが、日本でポストコロニアルというと、一つの思想の風潮として流行になりますが、本当に「ポスト＝コロニアル」であると、文学なら文学がそれを受け止めたか。そういうことは、あまりないのではないか。

戦後において戦後文学者たちが引き受けたものは、現在、時代は違いますけれどもポストコロニアル的なものなんです。それが、ずっと今まで忘れ去られていた。戦争なら、一九五〇年代には朝鮮戦争がありますし、一九六〇年代にはベトナム戦争。日本が直接出ていったわけではないけれども、日本はアメリカに加担して、そして非常に平和で金持ちになった。そういう日本の社会環境の中で、どこまでを戦後文学と言えばいいかわからないけれども、日本の文学には、いわゆる戦後文学のような、時代に対するという、そういうものがほとんど完全に消えてしまったのではないでしょうか。

他者意識のない日本文学

後で討論の時間にまたお話ししたいと思いますけれども、最初に奥泉さんが……五十歳になって年をとっていると言うけれども、私から見たらまだこんなんですよ。ここで一番年をとってるのは、野間さんの奥さんを別にしたら、針生さんと私ぐらいですよ。五十歳なんて全然、そんな。……こんなことを言っていると、時間が過ぎてきますね。

これは討論の時間にお話ししたいんですけれども、戦後文学の話ではなくて、一般に日本の文壇とか日本一般には、朝鮮なら朝鮮という、植民地に対して、いわゆる他者意識がないんです。侵略して同化したということですからね。戦前は宗主国ですけれども、それはさておいて、戦後の日本の文壇では、在日朝鮮人文学は下位ですね。日本文学に従属するものという、そういう観念しかありません。アメリカとか中国に対しては他者意識があるでしょうけれども、朝鮮は見えないんです。

そのような戦後の文学の流れの中で、在日朝鮮人文学は金達寿、許南麒たちが、戦後文学者たちと一緒に文学活動をします。戦後文学者はそうではありませんけれども、日本では、私小説が主流です。ずっと後になっても、日本の文壇のそういう影響が、若い作家たちには非常に強くて、自分が日本人だか朝鮮人だかさっぱりわからない状態にある。そして個人の意識は、それはあるでしょうけれども、在日朝鮮人文学は無意識に見えなくなっている。すべて日本文学に従属するものになってしまっている。日本の文壇にはそういう意識がないんです。だから在日朝鮮人作家たちも、日本を他者として見られない。日本が朝鮮を他者と見ないという、その中に入ってしまっていますから、対等のものが出てこない。

「日本語文学」としての在日朝鮮人文学

私が実際に作品を書いたのは非常に遅くて、一九七〇年の初めごろです。その頃私は在日朝鮮人文学は日本文学ではない、「日本語文学」であると言いはじめた。それにはいろいろな根拠があったんです。しかし、それからずっと長い時間がたって、何年か前に『火山島』を書き上げました。そこではっきりと、これはやはり「日本文学」ではなくて「日本語文学」であるし、そして日本文学という概念自体を変えなければいけないと思った。

日本文学というのは明治以来の近代日本文学ですが、そこには日本人、日本語、日本の国がある。戦時中には朝鮮人が日本国民になっているけれども、これは何も本当は日本人ではないんです。戦時中は在日朝鮮人文学という言い方もないですけれども、日本文学と共通するのは日本語だけなんです。この二つは、全然違う。

にもかかわらず、在日朝鮮人文学は、一つの他者としてではなくて、在日朝鮮人文学者そのものがそういう見方をする目の中に入ってしまっている。それが、在日朝鮮人文学と日本文学との関係です。それは、戦後文学においても大きくは変わらない。

これはやはり、世界文学の道なんです。だから、日本文学というところに閉じ込めるのではなくて、――今は在日朝鮮人以外にいろいろな国の人が書いているわけですからね。そういう意味で、文学の普遍性の回路として、日本語文学という概念をもう一度考えるべきだし、それ自体がイコール日本文学ということになる。アメリカ文学は、何もWASPだけの文学ではありませんからね。黒人文学や、いろいろなものが集まってアメリカ文学なのであってね。そういった、日本文学は日本人のものであるというような考え方と、そして日本が戦争責任をとれないということ。先ほど靖国神社の話も出ましたが……。

この戦後六〇年、今度は新しいナショナリズムだというわけですが、私はよく、日本は歴史健忘症から歴史抹殺症になったんじゃないかという言い方をするんです。けれども、過去の記憶を消すような方向で、いま日本が大きく出てきているわけではないですか。その場合に、一体文学はどうすべきか。これは、戦後文学の残した、戦後文学の方法、姿勢に学ぶべきだと私は思うんです。

しかしあの時分は戦争直後だから、時代的な制約もあって十分にできなかった。戦後文学をただ単に今に持ってこいといってもそれは非常に難しいだろうけれども、先ほど奥泉さんは自分は五十歳だとおっしゃったけれども、私より若い人がそういう戦後文学を引き継いでやるとおっしゃる。ものすごくうれしいし、頼もしく思っているんです。これで終わります。

野間宏の位置——針生一郎

戦後文学は私小説を克服したのか

金石範さんも言われたけれども、戦後文学というのは、戦争と革命運動の下での極限状況——サルトルによれば極限状況というのは強制収容所みたいなものが原型で、つまり一切の行動の自由を奪われながら、しかし一瞬一瞬で人間の条件の回復のために決断しなければ動物か物に転落してしまうというのが極限状況ですね——そういう極限状況を真っ向からとり上げて、私小説的な伝統を一挙に打ち破ったと、戦後文学についてはだいたいこのように言われていると思います。

ただし、戦後文学が私小説を本当に克服したのかという点では、私は当時から疑問を持っていました。「私」というものを他者に重ねて乗り越えるということを、戦後文学の誰しもがやったと思いますけれども、しかしそれで私小説が克服されたかと言えば、少し疑問ですね。

それで、第一次戦後派の後に「第三の新人」と言われる、より私小説的な伝統に密着して書いた作家たちが現れました。彼らは第一次戦後派のように芸術院会員だの文化勲章だの、そういう叙勲なんかを一切拒否しません。第一次戦後派はみんな拒否しますから、政府の方もあらかじめそのことを察知してそういう話を持ち込まない。「第三の新人」と言われる人たちはみんなそれを受け入れたから、井上光晴が新日本文学会をやめてから私のところに電話をよこして、これは安岡章太郎のことですけれども、「勲章をもらって天皇と会って、にこにこ話しているような会員を擁している新日本文学会は即刻解散しろ」というようなことを言ってきた、ということがあります。

つまり「第三の新人」の方が、これは江藤淳の推輓《すいばん》もあったんだけれども、文壇の主流みたいになってしまいました。その時に、第一次戦後派というのはなるほど戦争や革命の主題をとり上げたけれども、戦地から戦後の日常性には復員しなかった、十分復員しなかったという説が現れたのも一理あるだろうと思った。

私小説そのものの形式をとりながら私小説を完全に克服したと言えるのは、島尾敏雄の『死の棘』——これは「第三の新人」に分類されたこともありますけれども、年齢から言えば第一次戦後派に近い方なので——、それと小島信夫の『抱擁家族』『別れる理由』というような作品であっただろうと思います。

野間宏にとっての自我の解放

さて、野間さんという人は、その第一次戦後派の中でも、最も自我の解放に固執する人でした。戦後文学の主流でも、雑誌『近代文学』の平野謙、荒正人などの主張によって、情勢の変化によって左右されない個人的主体性の確立、近代的自我の確立ということが語られていて、それは吉本隆明まで続きます。

しかし私自身は、戦争中右翼学生であっ

たせいもあって、この戦争中と同じような極限状況が戦後も形を変えて続く以上、西洋ヒューマニズムの残り滓《かす》みたいな「個人的主体性」とか「近代的自我」とか、そんなものは簡単に成立しないぞと思っていた。そして敗戦直後、上京と同時に、「夜の会」に下宿が近かったものだから毎回出て、花田清輝、岡本太郎などの話を聞いていたけれども、よくわからなかった。岡本太郎はよくわかるんですけれども、花田清輝のアンチヒューマニズムみたいなものが、よくわからなかったんです。そして自分がものを書くようになっても、この個人的主体性というものをあまり承認できない。

　それは、一九五〇年代後半に、私が会ったこともあり傾倒していた美学者、中井正一の『委員会の論理』で「集団的主体性」という言葉を読んで、あっ、これだと思ったということもあるのだけれども。集団的主体性というものを求めるとすれば、これはジャンルを問わずアバンギャルドなものがそういうものを軸にしているなと思って、そこに批評の足場を置いたということです。

　野間さんはその点、個我の解放、自我の解放ということと、それからそれが集団的抵抗に昇華していくまでの道筋を、だいたい小説の主題としていますね。『暗い絵』に始まって『青年の環』に至るまで、だいたいそうだと思います。その中で揺れがありまして、『真空地帯』なんかは軍隊内務班におけるこの構造を非常にはっきりと書きましたから、野間さんの作品の中では一番多く外国語にも翻訳されて、評判になりました。

　それから『地の翼』と『さいころの空』。『地の翼』は未完ですけれども地域人民闘争をやっている党員が主人公、『さいころの空』は株を買って独立の株屋みたいなものでのし上がっていこうとする男が主人公。『さいころ』は近代的自我を主張しているわけではないけれども、主人公の意識に、……例えば市場の動きだけではない、周りの人たちの、その機構のあらゆるあらゆる動静が、情報として入ってくる。つまり、主人公にすべて機構のメカニズムが集約されているようなもので、非常に主人公の像が大きくなっていきます。

　『わが塔はそこに立つ』もそうでして、これはつまり源信、法然、親鸞、そして在家仏教の正統を継ぐといって民間で民衆の救済に献身した野間さん自身の父親、そして自分と、仏教の宝塔に対してダンテ、バルザック、ドストエフスキーというような文学の塔を、自分に至る塔を、中空に建てたいという願いを抱く。しかし最後の場面は、宇治での学生の抵抗集会の決起で終わるわけですから、やはり『青年の輪』に至る一つのプロセスだと思います。

『崩解感覚』『第三十六号』『肉体は濡れて』『真空地帯』

　しかし私は、新日本文学会の中でもあまり評価しない人が多い『崩解感覚』とか『第三十六号』、『肉体は濡れて』、そういう短編を重視していました。なぜかというと、これは戦争によって完全に解体されてしまった人間と、その再生、もう一度部品を組み立てるようにして再生する以外に人間の生きる道がないという、そういう自覚が一番強く表れている作品だからです。私もそれしか道はない、と思っていたからです。

　『真空地帯』については、川崎賢子さん

が過去の「野間宏の会」で報告しましたが、野間宏のイメージには、これが男性かと思うような、むしろ女の感覚に近いようなイメージがあるということを言われて、私もかねがねそう思っていたから、その通りだと思いました。

また『真空地帯』には、関西弁の兵士たちを描くことによって、肉体の身振りとその関西弁を通して、作者が他者に成り代わる、他者の中にするっと入っていくというところが見られます。もちろん『真空地帯』の登場人物は男ばかりですが。

さて、私は千田是也さんに呼ばれて、俳優座のブレヒト研究会というのに出ていた時があって、そこに一緒に呼ばれたのが、東大美学で私の後輩だった山内登美雄君です。山内君は、イギリスのファーガソンの演劇論をそのころ訳していたんです。ファーガソンによれば、演劇にとって一番重要なのは台本ではない。historionic sensibility つまり俳優の身振り感覚、ものまね感覚だと。それを読んで、私は『真空地帯』の中にそういうものが横溢しているなと感じたことがあります。

それから、フェリックス・ガタリには、日本に来るたびに私は親しくつきあっていたんです。ガタリと、車いすの哲学者ドゥルーズと共著の本に『カフカ――マイナーの文学のために』というものがあります。邦訳は法政大学出版局から出ています。この本によると、カフカは周りの人の身振りというものを非常に観察して、その身振りのノートをいっぱいつくっていたと。小説を書く時には、それで小説を書いた。彼は父親との対立を通して強度の管理社会が到来することを予感していたけれども、彼の小説そのものは、それに対して抵抗なり変革の道を見出すことはできず、いわば争点をずらすだけで、身振りを果てしなく書いていた。

先ほどの宮内さんの話に引っかけて言えば、その理由、なぜこういうことになるかという理由や意味をあまり問わない。そのことがしかし、資本主義の矛盾がいよいよ深まって、そして変革の方向が明確に見えないという現代に、大変痛切に響いてくるんだというのが、ドゥルーズ、ガタリのカフカ論なんです。私は、通ずるものを感じましたね。

ただ、『真空地帯』については、いわゆる「俗情の結託」の問題がある。木谷一等兵が結局は暴力的に軍隊に反抗して、刑務所、そして前線に送られるのを、登場人物たちが肯定的に捉えている。これを大西巨人は「俗情への結託」と批判したんです。

そしてその延長で、大西さんは最新作『縮図・インコ道理教』を書いた。これはオウム真理教を扱った小説ですけれども、つまり天皇制の本質は暴力で、それを廃絶しなかったから暴力を本質とする新興宗教が次々に現れるんだというのが前提になっている。それはいいとして、そういう仮説を持っている主人公の作家がいろいろなところで話をすると、本当にそうなのか、それは具体的に、相似性というのはどういうことだという質問が来たりして、オウムの実態に迫らなくても、そういう遠巻きだけで一編の小説ができるということに、私はまず驚いたんですが。

もう一つは、占領下抵抗のための暴力、あるいは革命のための暴力、「暴力」というのは一切死語にすべきだ、否定すべきだという、これはおそらく作者自身の仮説でしょうね。そうすると、花田清輝だって大江健三郎だって、暴力に抗うための言説というのはずっと言い続けているけれども、そうは言わない。その暴力否定は、おそらく現行憲法以外に論拠がない。私は、現行憲法にはそういう意味で非常に不満であって、護憲か改憲かといえば改憲論だと昔から言ってきたんだけれども……。

それで、そこまでは大西さんとしても仮説で、私もいまだに疑問ですけれども、しかし大変重要な提言であると思っています。

晩年の野間宏

さて、野間さんは、自我の解放と集団的抵抗というのが分裂したまま、それをつなげるということを、小説の主題にしてきました。『青年の環』がその金字塔と言ってもいいでしょう。しかし晩年、野間さんは生命科学に非常に深入りして、DNAに対して外界のいろいろな刺激が加わり、それへの反応が積み重ねられて人間の意識が形成されるので、その中間には我々が「自我」という言葉で考えてきたようなそういう明確な段階はほとんどないんだと、そういうことを生命科学を通して知ったと、野間さんが私に語ったことがあります。

そしてそのせいか、最後の『生々死々』という作品は、精神病院に入院してだんだんアイデンティティを失っていく一人の患者と、企業利潤のために自然破壊を恐れず、自然破壊をずっと続ける開発業者、その二人を並行して捉えて、その間を結びつけようとしない。私は、これは野間宏としては非常に新しい地平であり、どうなるかと思って期待していたんですけれども、残念ながら未完に終わりました。

そして野間さんは最後にフィリピンにどうしても調査に行くと言って、もう病気がかなり悪い状態でありながら、フィリピンに編集者と一緒に行きました。これはおそらく、フィリピンの民衆の目で、日本軍を批判する小説を構想していたんだと思うんです。野間さんは戦争中にフィリピンですぐマラリアにかかって、マニラの病院に入院しているんですけれども、日本軍の残虐行為を非常に意識して、詩や何かに断片的に書きとめていた。戦後文学者の中でも、野間さんには戦争の加害の側面に対する意識がかなりあったと私は見ていますから、それがどう小説に現れるかにも注目していたんですが、フィリピンから帰ってすぐに入院されて、その翌年の正月に亡くなり、この小説は書かれることはありませんでした。

ディスカッション

戦後文学から九・一一へ

富岡　司会の富岡です。先ほど五人の方にお話を伺いました。金さん、針生さんの世代から奥泉さん、川崎さんの世代まで、それぞれの世代の野間宏、そして戦後文学の受け止め方が、非常によく理解できたと思います。

個人的なことになりますが、私は一九七九年に『群像』で「意識の暗室――埴谷雄高と三島由紀夫」で佳作になって書き始めたんですが、その一九七九年の小説部門が村上春樹の『風の歌を聴け』でした。やはり一九七九年、八〇年代というのは、戦後文学が忘れ去られていった時代だったのではないかと思います。

先ほど宮内さんが美術の世界で例を挙げて話された、意味を担う文学からポストモダンと言われるような新しい文学が、――村上春樹は代表的だと思うんですが――八〇年代、九〇年代ぐらいまで続いてきたのではないでしょうか。そういう中で、宮内さんも、自分の創作の道をまた別な意味で意識的に探られたと、先ほどお話がありました。

戦後文学の作家たちの代表作がほぼ出揃うのが、だいたい七〇年代前半です。野間さんの『青年の環』は、戦後ずっと長く書かれていて、中断もあるんですが、完結は一九七一年です。三島由紀夫の『豊饒の海』も一九七一年。それから武田泰淳の『富士』も一九七一年、福永武彦の『死の島』も一九七一年に連載が完結しています。中村真一郎さんの『四季』四部作は一九七五年です。椎名麟三の遺作『懲役人の告発』は一九六九年に出る。

いわゆる戦後派の戦争体験、それから戦後の、宮内さん曰く「意味を担った」文学が、七〇年代前半にほぼ完結して、八〇年代は村上春樹のような形でのポストモダンが来たのではないか。大ざっぱに、先ほどお話を聞きながらそんなことを感じました。

私自身は、一九八六年、福武書店から初めての評論集、戦後派作家の作家論を出しました。これは九人の戦後派について書きましたが、当時は野間さん、埴谷さんなどがお元気でいらした、そういう時代です。その評論集のタイトルは『戦後文学のアルケオロジー』ですけれども、アルケオロジーというのは考古学という意味です。つまり、私もちょうど奥泉さんなどと同世代ですが、私の世代からすれば、戦後文学を新たにもう一回掘り起こすといいますか、そんな気持ちで書いたわけです。野間さんからも直接お電話をいただいて、その感想を聞いて大変感動した記憶がございます。

しかし八〇年代、そして九〇年代という

流れの中で、戦後文学的文学といいましょうか、それがだんだん読まれなくなった、あるいはその時代から少し遠ざかっていった。ところが、今日のお話を聞いてアッと思ったのは、何人かの方から「九・一一」という言葉が出ましたが、二十一世紀に入ってからの世界や日本の状況を考えますと、再び戦後文学が読まれるべき時が来たのではないか、あるいは戦後文学を新しい形で読み直すことができるのではないかと、皆さんの問題提起を聞いて、まず強く感じました。

一つだけ具体的な野間さんの作品を挙げれば、先ほど針生さんが言及された『さいころの空』。これは大変長い作品で、一九五九年に出ました。最近これが非常におもしろいのは、例のライブドアの堀江貴文社長の事件がありましたね。あのライブドア事件が起こった時に、昭和二〇年代に書かれた三島由紀夫の『青の時代』という、例の光クラブのヤミ金融の話と比較したものがあったんです。あれは山崎晃嗣が最後自殺をするんですけれども、それをモデルにしています。ですが、私はむしろ、野間さんの『さいころの空』を思い出します。主人公の大垣元男が、株屋で相場師。兜町や蠣殻《かきがら》町で株や商品市場に打って出て儲けたりして、しかし最後には非常に不条理な力で引っ張られて破滅の道を行く。これは戦後の日本資本主義が確立する、四大証券が独占してゆく時期に、まさに株、投機というものから見た一つの人間像を書いています。

それから何十年になるでしょうか。ライブドアなんかで、今度は逆にいわゆる戦後的な、護送船団といわれた経済体制が崩れていった時に、ＩＴとか堀江貴文なる人物が出てきて株の分割をやって、新たな相場師みたいなものが始まった。私はそういうところに、本当に野間さんの、経済小説というより人間の存在――肉体、精神すべてを含んだもの――を感じる。先ほどの針生さんの言葉で言う「自我の解放」、機構の力といいますかメカニズムのぶつかり合いが今現実に起こっていると感じます。むしろ私は、堀江貴文氏よりも、大垣元男の方にリアリティを感じるんです。つまり、本来小説は虚構なんですが、むしろ虚構の方にリアリティがあって、現実のライブドアの人間たちの方が非常に虚構に感じる。よく経済は実学で文学は虚学だ、なんていいますけれども、まさにそれが逆転している、そういうところを、非常に野間さんの作品から感じます。

そういう意味で、奥泉さんが最初におっしゃった「経験」、「虚構の力」、これが戦後文学の大変大きな力としてあったし、今またそれがいま申し上げたような流れの中で、非常に強く出てきたのではないかと、皆さんの話を聞きながら思いました。

では、奥泉さん、補足でも結構ですし、特に「経験」ということをおっしゃったので、そのあたりからお願いします。

虚構のリアリティ

奥泉　戦後文学という捉え方については先ほど申し上げましたが、それとはまた別に、例えば野間宏を含めた個々の戦後文学者に対する関心が、私自身にはあります。しかしその場合、戦後文学者というように一括りにすることにはあまり意味がなく、個別的な作家それぞれ、あるいは一つ一つのテキストが関心事になります。

先ほど富岡さんから、七〇年代初頭に戦後文学、第一次戦後派の主要作品が出揃ったというお話がありましたけれども、そうすると、私が物心ついた時には既に出揃ったわけですね。そうすると、私などはある意味では、最初からポストモダン的な状況の中にいて、つまり谷崎も漱石も、さらには『源氏物語』も野間宏も、すべて横並びにある。あるいは海外の翻訳作品もだいたい出揃っていて、ドストエフスキーもカフカも、距離感、遠近感ということではまた横並びに存在している。私はそれを読んでいったことになるわけですね。その延長線上で私も小説を書くようになった。

戦後派に関しては、私は作家になってから発見したという感じがあります。つまり、私自身が小説を書き始めてみると、当然自分が読んだ作品をモデルにして小説を書かざるを得ない。読んだから、書いたわけですね。小説というのは自由に書いていいものだ、という噂があったものですから、その噂を頼りに、そうか、自由なのか、うれしいなと思って、書き始めたんですよ。そうしたら、ちっとも自由でないことに気がついたんです。一行目くらいまでは非常に自由な感じがしたんですけれども、二行目になったらもう途端に自由じゃない。この不自由さの原因は何だろうと、いろいろ考えたわけです。

当然、小説のリアリティの問題や方法の問題をいろいろ考える。そうすると、日本語で小説を書く時に、先ほど何人かの方がおっしゃっていましたけれども、いわゆる私小説を代表とするような自然主義——そう言った方がわかりやすいと思いますが——、自然主義リアリズムの持っている圧力のようなものを、私は別に意識していたわけでも何でもないのに、書いているとその圧力、風圧を受けることに気がついたわけです。つまり、普通に書くと、自然主義リアリズムに近寄っていってしまうんです。近寄るというか、そうしないと何かリアルな感じがしない。小説がリアリティを保つためには自然主義の技法に近寄ることを強制されるという感じを、非常に抱きました。

何とかそこから脱出したいという課題をもった時に、視界の中に現れてきたのが、戦後派の作家たちだったんです。戦後派作家の仕事が、あったんだと。もちろん最初から知っていたんですけれども、改めてそれらの作家の仕事を読み直しました。人が読み直すという場合、だいたい初めて読む場合が多いんですが。まあそれはどうでもいいですけれども。

戦後派の仕事を読むということを、先ほどは私は思想の問題として、あの戦争を経験化するという文脈でお話ししたんですけれども、作家としての私にとっては、戦後派のさまざまな方法、技法、技術を残してくれた功績が、私をふくめ後から来た作家にとっての財産としてあります。つくづく戦後派がいてくれてよかった、いなかったら困ったなという感じです。そのように戦後派を捉えています。ただ繰り返しますけれども、「戦後派」とまとめて捉えてもしょうがない。個々の作家の、個々のテキストが問題だということを、もう一回いっておきたいと思います。

富岡　奥泉さんの芥川賞が一九九四年の『石の来歴』という作品で、戦争の場面がありますね。あれはフィリピンの方でしたか。私はその作品を読んでおもしろかったんですが、例えば大岡昇平なんかを思い浮かべた。その戦後派をもう一回経験として書く、また当時の八〇年代に出てきたパロディという手法も使いながら書かれたという意味で、非常におもしろかった。私は当時書評か何か書いた気がしますが、こういう形で個々の戦後文学が継承されているんだなという印象を持ちました。

奥泉 そうですね。それは自然とそうなったというよりは、かなり意図的にそうしたかもしれない。だから先ほども言いましたように、「自然体」なんて言葉がありますが、普通に自然体でいると、自然主義になってしまうんですよ、どうしてか分かりませんが。私はそこから脱出しようという気持ちが非常に強くて、その時にやはり戦後派の仕事に、学ぶという言い方も少し違う感じがしますが、その仕事を参照して自分の仕事を進めてきたのは事実です。

野間宏の文体

富岡 順番が前後しますが、針生さん。私や奥泉さんの世代だと戦後派をそのような形で読む、読み直すということになるんですが、まさに同時代である針生さんや金さんの世代だと、やはり戦後派は、先ほども私小説を超えたか超えないかという問題が出ました通り、いわゆる自然主義リアリズムとは違った何かをつくろうとしたのか、どうだったのか。そういう戦後文学の評価を、個々と全体が絡みますけれども、うかがえればと思います。今日の時点から遠近法でもって、距離をとって眺めると、戦後派は、全体小説もそうだと思いますが、非常に新しい何かを生んだと言ってもいいのでしょうか。

針生 一般的にはそう言われていますけれども、私は身近に見ていただけに、非常にそのことに関して厳しい見方をしていました。自然主義を超えたという点では、そうでしょうけれども、全体小説というのには最初から疑問を持っていました。同じような方向を目指す小田実なんかが野間さんに接近するのは……。何しろ全体小説というのは、野間さんぐらい志がないと、書ける人はいない。しかもマルクス主義の立場からそれを書こうとするというのは野間さんぐらいだからというので、尊敬はしていたんですが、私はそんなの無理じゃないかという感じが、どうも最初からありました。

例えば『青年の環』でも、載せていた河出書房の『文藝』という雑誌が一時つぶれても野間さんは書き続けていて、私が編集長時代の『新日本文学』に一号だけ載せたことがあるんです。そうしたら、あるパーティーで堀田善衛さんが「三十年も前に書き始めた小説をいまだに書いているというのは、どういうことかね」と言うから、「いや、私も、発想も文体も変わってくるからかなり難しいと思いますよ」と言って、そこに野間さんがいたことを知らなくて。野間さんが「ちょっとは外れるんだけれども、針生編集長を助けるためですよ」と言ったので、私は非常に反省したんですけれども。みんなが、そんなのできるはずはないという目で見ていたというのは、あるんじゃないでしょうか。

それから『わが塔はそこに立つ』は、第三次「政治と文学」論争というものの焦点になって、奥野健男や吉本隆明がこれを批判し、私と武井昭夫が擁護しました。その時、奥野健男が「この不毛な論争で唯一の収穫と言っていいのは、針生の『わが塔はそこに立つ』論である。なぜかというと、これは必死になって『わが塔はそこに立つ』を擁護しているようだけれども、読み方によっては痛烈な批判とも読める」と言った。

私は、野間さんのあの文体についての考え方――何か重々しく書けばメタファーや何かがきいてくると思っている――これは根本的に間違っていると言った。『わが塔……』が単行本になってから、講談社の『われらの文学』に収録されるまでに、野間さんはたくさん手を入れて書き直しているんですが、やたら重々しくするだけでした。私はこれを全部書き抜いてみまして、この考え方は間違っている、文体について全く間違っていると思いましたので、奥野はそこだけはわかってくれたかと思ったんです。しかし最後の場面では宇治の学生の決起集会みたいなところで主人公の自我も解放されるんですから、そういう意味では、彼の志は貫かれているんです。そこを擁護したんです。

先ほど問題提起の時にお話しできなかったことをつけ加えます。先ほど『真空地帯』の物まねの身振り感覚について話したことについてです。前衛芸術というものは、国際的にもう終わったと言われています。私はスイスの美術批評家で、バーゼル美術館長だったハロルド・ゼーマンの企画した展覧会に注目していたんです。彼はドイツのカッセルで行われるドクメンタという展覧会の第五回に、先ほど宮内さんが触れたコンセプチュアル・アートとハプニング、この二つの極から出てくる、つまり一般に難解と言われるような前衛芸術、それが現代、大衆文化にほとんど吸収されて境目がなくなるところを、総花式に集めている。

私は、国際的に成功する秘訣は、うんと作家も作品も絞って、明確に一つの方向を出せばいいと思うけれども、そうしないで総花式に集めたものだから、大金を投じてゲテモノ、キワモノばかりを集めて大赤字を出したというので、展覧会が終わってからカッセル市とヘッセン州に告訴されたんです。ところがバーゼル美術館長をやめてその退職金を全部赤字の穴埋めにと差し出したので、原告側も感動したか何かで、とにかく告訴をとり下げた。そしてその代わり奥さんに愛想を尽かされて、ゼーマンは新しい恋人の画家と一緒にスイスの一番東の、ミラノに近いマジョーレ湖の北岸に住みついて、フリーのキュレーターになった。

このマジョーレ湖北岸は、アルプスの南で、地中海に近いから気候は温暖だけれども、アルプスの方からは冷たい風が吹き込むというところで、磁気がヨーロッパで一番強い。古くはバルザック、ツルゲーネフ、バーナード・ショウ、D・H・ロレンス、ジェームズ・ジョイスというような人たちが、みんなここに来ています。

二十世紀の初めから、資本主義の文化と言われるものは全て行きづまった。商品となった文化はだめで、自然とプリミティブな生活の中から新しい文化をつくり出さなければならない。これは、六〇年代にアメリカで、ベトナム戦争の最中に自覚された「対抗文化」というものの遠いはしりです。対抗文化を作ろうというので集まって、コロニーをつくる。そのコロニーを発掘して、ゼーマンがここで展覧会をやったら、ヨーロッパ中の評判になって、あちこちを巡回した。彼は去年亡くなったんですが、ずっとその間、商品化された文化を拒否して、生活に直結した、直接出てきたプリミティブな文化を発掘する展覧会を、生涯企画し続けました。

私はその動きに非常に注目しました。前衛が終わったという時に、むしろこれは前衛の源流であり、ファシズムの源流にもなりはしたけれども、しかしそういう危険を保ちながらも、この対抗文化は見直すべきだと思う。

例えばリルケが住みついたドイツの北海沿岸の埋立地ヴォルブスヴェーデも非常におもしろい。このマジョーレ湖北岸のアスコーナーのコロニーのことも、その『ヴォルブスヴェーデで再び』という本の中で種村季弘が初めて日本に紹介したんです。前衛と言われたものは、ジャンルを問わず、対抗文化から見直すべきだというのが、私の考えです。これは私が三十年来温めていたテーマで、いま書いているものだから、一層そのことを感じるんです。

体験しなくとも書かなければならないこと

富岡　はい。戦後派の話に戻しますが、正確な文言は忘れましたけれども、「第三の新人」が出てきた時に、言われたことがあった。戦後派は非常に重厚長大で、意味というものを追求した。ただし、いま針生さんがおっしゃった文体、文章の問題では、デコボコ道、非常に荒れた道みたいになった。それを、「第三の新人」は、ある種のリアリズムというのか、日本語の文章として、もう一度平らにした。そんな「第三の新人」のアイデンティティがあったと思います。

さて、金石範さん、金さんは御存知のように『火山島』という、一万一千枚に及ぶ大変な作品を書き上げられました。おそらく戦後、一番長い作品だと思うんです。これは、読み直すというより、まず読まなければいけない作品だと思います。私はこれはぜひ文庫で読めるようになったらいいと思います。

済州島の四・三事件というのは、私は去年韓国に行って韓国の学生と話したんですが、韓国の学生があまり知らないんですね。日本に金石範という作家がいて、こういう作品を書いたんだという話をしたら、非常に驚いていました。

金さんは先ほど、戦後文学について「日本語文学」というお話をされましたが、戦後派はその一つ手前にあったのか、やはり日本文学という流れの中にあったのか。もう少し広げて世界文学、日本語文学の方まで押し出していったのか。そのあたりのご意見を伺いたいんですが。

金　今はかなり変わっていますが、戦後、例えば金達寿さんとか、私の先輩の朝鮮人作家がいろいろおられた。昔は植民地だったし、仕方ないですが、日本にずっと在日として存在していて、文学をするには日本文学。金達寿さんなんかは志賀直哉の小説を写しながら勉強したという話もあって、だいたい皆日本の私小説の影響を受けているんです。ずっと後で出てくる金鶴泳とか李恢成、そういう人たちも、この日本の私小説の影響を受けている。

私は、あまり小説を読まないせいもあるんですけれども、私小説は否定しないけれども好きではないんです。私の最初の小説も、完全なるフィクションです。『火山島』も、一九五七年に書いた『鴉の死』を原点にした作品で、全部フィクションです。その場合の私のフィクションというのは、私の生きた在日なら在日を前提にしたものではなくて、私が全然体験していない、そういう世界なんです。例えば舞台になっている済州島だって、戦後完全に遮断されたところで、だいたい虐殺の現場にいたわけでもない。

だいたい、済州島を書こうと思ったら、私小説で書けるわけがないんです、自分が体験していないから。だから、書きたいという場合、体験していなかったら書けないか、あるいは書かないか。そういうわけにはいかない。体験しようがしまいが、やはりそれは書かないといけないというのが、フィクションだと思います。

野間さんの全体小説論というのが、まさにフィクションが前提でないと成り立たない方法論なんです。それはサルトルの影響もあるだろうけれども、実際、彼の実作は、やはり現実と拮抗する新しい空間、いわゆる文学空間であった。それは、別の人生ですからね。

そういうものを野間さんは、全体小説の方法で目指しているんですけれども、これは私にとっては、現実でない世界を、現実世界と拮抗するぐらいの、別の第二の世界をつくるということで、これはフィクションの方法でしかできないのではないかと思います。日本の私小説的な伝統からは、それはいろいろ影響はあるでしょうけれども、一面では切れています。私はそこでいろいろ勉強もしました。

ただ、その後は戦後文学否定論が多いわけです。戦後文学に代わる何かすばらしいものをつくったのかというと、それはわからないけれども。では時代は今どうなっているかというと、日本は非常に平和だけれども、世界は日本の戦後よりもっとひどいわけですよ。のんきにやっているところは、日本だけだよ。

すると、文学者というのは何だろうと思う。文学の機能とは何かということです。当時は、ヨーロッパのアンガジュマンとか、いろいろあったけれども、そこには戦後の日本の社会、あるいは世界に、やはり時代という一つのはっきりした認識を迫るものがあったわけです。だから戦後文学も、戦前のいろいろなこと、戦争とか、革命とか、それをもろに引き受けてやったわけですが、それから、日本はずっと今まで非常に平穏にやってきたんじゃないですか。そのせいで文学がこうなのかどうかは知らないけれども。

日本が表向き平和で非常にいいからといって、現実には見えなくても本当は日本にはいっぱい矛盾があって、世界の矛盾を全部アメリカの暴力が反映しているわけでしょう。目に見えないだろうけれども、日本の今、日本の現実は本質的に最悪の状態と思いますよ。歴史的に。それでもやはり書くというのが、フィクションの力ですよ。フィクションの力というものは超越的で、本質的に時代と対峙する世界認識なんだ。

そうするとやはり、戦後みたいに現実と拮抗するような状態で、しかし人間の認識とか想像力は、その拮抗する現実を自分で引っ張ってこなければいけない。それを一つの文学的対象としてつくり上げるのは、フィクション、想像力なんですね。

そういう意味では、戦後文学の方法論や、時代に対する一つの姿勢は、古くはないんです。しかしそういう姿勢は今は消えてしまってないわけで、しかも見た目にはそうじゃないけれども、時代は戦後以上のひどさになっている。それなのに、文学者の役割はやはり哲学者とか科学者と違うのに、私はあまり文学を読まないせいかもわからないけれども、日本の現実ではそういうものが考えられない、感じない。

その意味ではやはり、戦後文学の方法、姿勢は今持ってきても通るわけですよ。それが何か、戦後文学は昔過ぎ去ったみたいに言われる。今富岡さんが、もう一回戦後文学を若い人たちが読み直すと……だってあなた、百年、二百年前の小説だってみんな読むじゃないですか。別に古いことは何もないんだ、あれは。そういう意味では、私は決して古くもないし、戦後文学ぐらい、今の作家たちは小説を書いているんだから読むべきだと……それが疑問だな、私は。

九・一一――戦後派につないでいくもの

富岡　ありがとうございます。宮内さん、いかがですか。

宮内　今の話の流れを受けて言いますと、金さんがおっしゃった日本文学でなく「日本語文学」という言葉は、非常に重要だと思います。お話を聞きながら思いだしたことがあります。ル・クレジオが自分のアイデンティティについて訊かれたとき、わたしはフランスという国に帰属しているのではなく、フランス語に属していると答えています。

文学は、先進国のある段階に行くと、行きづまりが生じる場合があります。アメリカ文学も行きづまっている。フランス文学も行きづまっています。フランス文学でいうと、例えば我々はフランスの現代思想はよく知っていますけれども、フランスの現代作家をほとんど知らないでしょう。ミラン・クンデラとかアゴタ・クリストフとか別の言語圏から来た人たち、あるいはアフリカのフランス語圏の植民地の黒人たちがフランス文学をつくっている。イギリス文学だってサルマン・ラシュディ、カズオ・イシグロですね、こういう人たちがイギリス語文学をつくっている。

日本語文学も、私は今ひそかに生じつつあると思います。このことに、私は期待を持っています。固着した状況の中で、次の新しい局面を切り開いていくと思います。新しいディメンションを開く、そういうものだと思います。

それからもう一つ、日本がひどい状況、全くそのとおりです。五年連続で年間三万人以上が自殺しています。先進国では第一位です。私は大学で教えていましたけれども、リストカットがすさまじい。これほど病んだ国はめずらしい。そういう現実に対して一切目をつむっている。現状認識について、全く同感です。

それから、先ほど話が途中でぷつんと途切れてしまったのを、少し補足させてください。九・一一以降の問題です。先ほどアートの譬えで話をして、一番言いたいことをころっと忘れていました。あの時アートの話をしながら何が言いたかったかといいますと、私たちは意味がダサいものだといって、意味を突き詰める作業を怠ってきた。どこか意味に対して恥ずかしいような、そういう風潮がありますね。そして九・一一の時に、あからさまに、いやおうなく意味が噴き出してきた。そのことから私は考え始めて、ベトナムをずっと歩きました。その時に思い出したのが、ピカソだったのです。これでやっと話が戻りました。

ピカソは、キュビズムで意味というものを徹底的に破壊した張本人です。現代美術から意味を殺した人です。主犯者でした。ところがピカソの最高傑作は、「ゲルニカ」ですね。一九七三年、あの独裁者フランコを支援するためにドイツ軍が爆撃をした。スペイン北部バスク地方のゲルニカという町を。そこで無防備の住民たちを虐殺した。ピカソはそれに抗議するために「ゲルニカ」を描きました。それが、現代美術史上の最高傑作、あれは、キュビズムの傑作です。アートから意味を追放した張本人であるピカソが、ゲルニカの虐殺という巨大な意味性を抱え込んでしまったのです。

その矛盾の巨大さこそが、「ゲルニカ」だと思うんです。私が九・一一で思い出したのは、まさにピカソの「ゲルニカ」だったのです。そうなんだ、ピカソが、あの意味を殺した男が、意味を引き受けたんだと。彼は抗議として、万博にそれを提出しました。そのことが私に、戦後派につないでくれる何か大きなきっかけになりました。そのことをお伝えしたくて、今日、ここにやってきました。

戦後派の問題点、そしてそこから

富岡 川崎さんは先ほど、被占領下の検閲について話されて、私がおもしろかったのは、今の宮内さんの話とつながると思うんですが、九・一一以降の世界と言葉ということを最後におっしゃっていました。今のアメリカ支配の問題もありますし、一方戦後派で言えば、戦後文学というのはある意味一国文学史だというふうにおっしゃって、日本の一つの文学史、これが金さん、宮内さんがおっしゃった日本語文学という問題とかかわると思います。補足も含めてお話しいただければと思います。

川崎 私も、皆さまと現状認識を同じくしています。アメリカの大統領が第三次世界大戦に入っていると言っているのに、日本は何なんだろうと思います。ただ、先ほどは言いませんでしたけれども、いま現状がこれだけとことんひどいので、今こそ戦後文学が読まれるべきだと思っております。

私は七〇年代半ば、リアルタイムで『富士』を読み、『豊饒の海』を読みという高校生でしたけれども、その後長い時期、八〇年代のことですが、戦後文学、あるいは戦後文学派、それは当面の敵であると思っていました。とても強く反発していました。

二つぐらいの批判点があって、一つは戦後文学に女性はいない。戦後文学者当人はまあ、それを支えている出版界、編集者、研究者のつくり上げている制度には、全く女性がいない。

それからもう一つは、先ほど針生先生が大衆消費社会の問題と野間宏さんのことを話されてましたが、大衆消費社会というのは日本の場合、産業化の進行とともに、一九二〇年代に既に重大かつ重層的な問題になっていたわけですね。昭和モダニズムはそれを問題にしていたわけです。ところが、戦時体制下のお金もない、物資もないという中でそれがなし崩しにされて、全く歴史の中で汲み上げられてこなかった。特に戦後派は、それと対決してこなかった。だからあんなに一九八〇年代にもろかったのだと思いまして、その点について、私は強い批判を持っておりました。

例えば同時代の雑誌資料の堆積に踏み込むと、占領期の文学現象のなかで特徴的なのは、地方、職場、女性が元気なことです。素人が一斉に声を上げ、表現をはじめるので、短詩型ジャンルも隆盛をみます。だがそれを中央文芸誌中心、専門家の男性中心、小説ジャンル中心の、後づけの文学史の枠組はすべて取り落としている。それが「戦後文学」イメージを痩せたものにしてもいるし、新たな影響力をそこから汲みだすことを阻害してもいる。

プランゲ文庫で同時代資料を読んでいますと、評論家の板垣直子さんが「平野謙なんか戦争中に勉強していなかったから、とんでもない文学史をでっち上げる」と書いていて、うんうんと思うんですけれども、そういう女性の評論家の歴史も伝統化しなかったわけです。

そういうさまざまな意味で、私たちの世代にとっては、実のところ現象として戦後派は、制度としてとても抑圧的に前に立ちはだかっていて、対決し、乗り越えるべき対象だった時期があります。でも、もはやそんなことを言っていられない状況であり、まさに読み返すための読みの枠組みの再構築の時期だと思っております。

富岡 戦後派が女性に対して抑圧的であったと、あえて乱暴に言ってしまうんですが、一言だけ補足すると、私はむしろ八〇年代というのは、女性文学が非常におもしろい時期だったと思うんです。だから、戦後派の後に女性文学が実にビビッドに出てきて、高度資本主義社会、日本大衆化社会を細かく、ビビッドに、批判的にも描いた作品が、八〇年代にたくさん出たと思います。そういう意味では、戦後派の抑圧から女流文学、女性文学へと、それもかなり世代的に幅があって、それこそ大庭みな子から吉本ばななまで出てきたのではないかという感じがするんです。針生さん、戦後派の女性問題については。

針生 やはり、自己解放の方にかなり焦点があって、女性に対して優しかったけれども、抑圧的な面もあったと思う。しかし、どうですかね、女性の作家、みな励ましてましたけれどね。

例えば、野間が「長編を一つ書くのにどうしても新しい女性と一人つき合わなければならん」と言ったということですが、中村真一郎氏が「野間にはそんなに女性関係があったかね」と言うから、私は「全然そんなものないよ」と言ったけれども。野間の小説に出てくるのは、相手がしきりに尽くしてくれるけれども主人公はあまり快く思わないというのと、こちらがしきりに懇願するようにモーションをかけるけれども肘鉄を食らうというのと、二種類しかないんだから、いかに女性体験が貧しいか、わかるじゃないですか。

つまりあの人は、一編書くのに女性とのつき合いがどうしても必要だという使命感から口説くから、女性にとってはさっぱりうれしくない。そういう点では、実に不器用な人だということですね。野間さんに関してはそう言えるけれども、他の人はどうでしょうか。武田泰淳なんか、非常に優しかったと思いますけれど、どうだろうな……。

富岡　少しずれるかもしれないですが、サルトルだったかが、私が結婚すれば、すなわち一夫一婦制を選択すれば、それは全人類に対して私は一夫一婦制を選択したことだという、何だかそんな言葉があった。つまり、戦後派、野間さんの世代もそうだったと思いますけれども、個人の女性に対する接し方や選択、決断が全体、全人類につながるという。野間さんの場合は、宇宙と関わる、なんていう。

何というか、個と全体というダイナミズムがあったと思うんです。私も今大学でサルトルなんかを今の学生に教えると、そのつながりが非常になくなってきている。つまり個人と全体のつながりが希薄になっていて、その辺が、戦後派を読んでもすぐに若い世代に通じないという気もするんですが。

どうでしょう、奥泉さん、実際に書いていらして、やはりそういうことはお感じになられますか。つまり個と全体のつながり。野間さんなどは、そこをズバッと信じていけるというようなところがあると思うのですが。

奥泉　そうですね。共同体社会があって、そこから人間が外れて流浪するというのが、私は日本文学の一つの基本だと思うんです。問題は、私は野間さんのように、壮大な個と宇宙という立場ではないんですね。むしろ、共同体の外に出た人間同士が、どういうネットワークをつくっていけるのかというところに、非常に関心があります。

だから先ほど言ったように、自然主義から逃れたいという一つの根拠は、自然主義というスタイルが、そういう人間の関係性をつくっていかないという点にある。

世界は全て、基本的に風景として映る。他人は現れるけれども、それは極端に言えば行きずりの風景に過ぎなくて、再び別れていく人と、そこはかとない一時の触れ合いを持って、一時的だからこそ愛惜を深める。そこに文学的な叙情が湧き上がってくる……というところから逃れて、むしろ人と人とが関係していくような局面。

個と宇宙というのがどういう含意かわからないですけれども、例えば「偉大」という言い方をもしすれば、個が宇宙とつながることができるということの、ある種の偉大さはあるかもしれないけれども、同時にもっと具体的な人間関係の中で、非常に些細な部分で関係を変えたとか、小さいけれども組織の中で人間の関係を変革し得たということにこそ偉大さはある、と考えたいんですね。

だから文学史的に言うと——あまり文学史的に考えていないんだけれども、私はその意味では内向の世代の次なんですよ——、そういうことはたぶん内向の世代に学んでいるのだと思うんです。つまり内向の世代は、そういう一見些細な関係性の変革のようなところに、実は人間の偉大さがあるんだというのを見ようとしたムーブメントだったと思います。

内向の世代とまとめてもしょうがないけれども、先ほど言いましたように、その前にあった戦後派の人は、本当にいろいろなことをやっていて、その技法などを私は非常に参考にしているんです。ただ、個と宇宙がつながる感覚というのか、そういう一種の全体性ですね。全体性への感覚、私個人はそれに対してはある意味で否定的なんです。

人間はそういう全体性を求める、希求す

る、欲求するものがあると思うんですが、だから全体を希求することの偉大さよりは、もっと具体的な関係性の中で人が生きていくことの偉大さを追求していきたいと思う。

私は野間さんが、何もかも全部、個と宇宙というところで仕事をしたとは思わないですけれども、そういうことは言いたいと思います。

間接的な全体性——『青年の環』

富岡　先ほど宮内さんがおっしゃっていたけれども、野間さんは晩年、あるいはもう少し前から、今でいうエコロジー、そういうテーマをお書きになっている。晩年の短編なんか、『タガメ男』とか、非常におもしろい、奇妙な、しかし味わいがあって、しかも意味をはらんでいる作品がある。

奥泉　そう、だから一言補足すれば、個と全体がつながるなんていうのは、例えばどこか田舎に行って、夜表に出て星空を見たりするでしょう。そうすると、ああ、大宇宙があるんだというような感覚で、実は持てるものなんです。だとすれば、あんな『青年の環』みたいにいっぱい書く必要はないんですよ。あれほど言葉を費やしているということで、私はやはりあれは、全体というけれども、その全体というのは言ってみれば、個が直接的に類的なものや全体性が即応するような全体性では全然なくて、もっと非常に間接的なものではないかと思う。

だから、具体的な他人、そこら辺にいる人たち、オジサン、オバサンと関係を結ぶような形でつくられるのが全体性だと思うんです。そうでなかったら、何度も言うようですけれどもあんなにいっぱい書く必要はないじゃないですか。数行の詩でいいかもしれない。あの膨大さ、その全体性は、これはもう、何度も言いますけれども、間接的なものだと思うんです。間接的な全体性。私は、その間接性があの小説の本当の大きい本質だと思っていて、個が全体に即応できるというイメージではないと思います。

論理と想像力を介在させる文学

富岡　よくわかりました。金さん、お伺いします。長さということでこだわるわけじゃないんですが、いま奥泉さんがおっしゃったように、歴史全体を書く場合、個のぶつかり合い、そして関係性を書いていけば、自ずから、必然的に長編化していく。それは逆に言えば、私小説的な、箱庭的なものではない、そういう意味の長さが求められると思うんです。金さん自身、済州島のことをお書きになっていてそういうことを意識されていたのか。あるいはあの長さというのを、作者としてどういうふうにお考えになっているのでしょうか。

金　書いているうちに長くなったんです。そんな長く書くつもりではなかったんです。一言で説明をするのが難しい。

針生　金さんの文学についての注釈です。ある時、文学学校で、私は金さんが同年であり、特に金時鐘氏と同じように済州島出身の人だと知った。済州島から戦後日本を見ると、戦後日本のマイナス面が非常によく見えてくるという、これは金時鐘氏に本をもらった時に手紙に書いたことがあります。

ある時、日本文学学校で金さんの『鴉の死』をとり上げました。それが、あるクラスの、始まって最初の授業です。一人の若い女性が「文学ってすべて感覚で終始しなければいけないのに、この人は論理や意味や、想像力やいろいろなものまで介在させて、これは非常にずるい、悪い文学だ」ということを言うので、「では君がいいと思うのはどういう文学だ」と言ったら「志賀直哉だ」と言うんです。

志賀直哉というのは、それはもう好き嫌いの感覚だけだけれども、切り捨てても済むような環境に座って、他者を切り捨ててしまう。だから志賀直哉をはじめとする白樺派は、女中と関係した時、それから父親と対立した時しか小説を書けない。ことさらそういう問題を家庭の中に起こそうとはしないというので、書かないことで「小説の神様」なんて言われている。

植民地である朝鮮から日本に来て、いろいろな差別と抑圧の中で暮らしている人間が、そんな感覚だけで書くわけにはいかない。他者というものとの関係を日本人も朝鮮人も含めて追求するには、論理や想像力も介在させなければいけないので当然じゃないか、この方が文学としては豊かなんだと言ったら、その次の時間から彼女は来なくなってしまいました。

しかし私は、そう思っています。そういう点で、在日の文学、特に両金氏の文学に私たちが学ぶところは多いと思っています。

おわりに

富岡 さて、今日は大勢いらしてますので、ぜひ会場から質問を受けたいと思います。どなたでも手を挙げてください。簡潔に御質問をお願いします。またどなたか特にこの方に聞きたいということがあれば、言っていただければと思います。

A 針生先生が先ほどゼーマンという方に触れて、コロニーによる芸術の実践の話をされました。これは「共同体やコミューンと芸術の関係」という問題ではないかと思います。そこで伺いたいのは、こうした問題が日本の戦後文学においてどこまで課題とされたのかです。ひょっとしたらそこに戦後文学の限界が潜んでいたのではないか。というのも、コミューンというものは「個か集団か」を同時に超える試みではないかと思うからです。この点について針生先生のお考えを伺えないでしょうか。

針生 私はコミューンという話をそんなに真っ向からした覚えはないけれども、しかし野間さんに即して言えば、個我の解放がやがて集団的抵抗の中で実現する。そういう意味では、ずっと求め続けたかもしれない。

私が先ほど対抗文化の話をしたのは、個我の解放から集団的抵抗へという、そこで全体小説が成り立つという構図がある程度崩壊し、もう通用しない時代ですね。大衆消費社会の成立というのは、野間さんにとってもう一つの戦争体験だと思うんですけれども、そうすると既成の文化はすべてだめで、むしろ生活と直結したところから、身振りや自己表現を通して全く新しい文化、表現をつくり出すという、そういう運動しかあり得ない。

その場合、アントニオ・ネグリとマイケル・ハートの『帝国』みたいに、マルチテュードという主体、つまり組織されない群衆しかない。だから非常にプリミティブに見える対抗文化をつくり出す。しかもネグリとハートの『帝国』に続く『マルチテュード』

という本によると、移民相談所や女性センター、インターネット・カフェなどの小さなコアごとに、公私の分裂をこえ、議会制民主主義の限界もこえようとする無数の運動がおこっている。それら小コアの統一も団結も不要で、むしろ差異性と多様性を生かしてネットワークをさらに広げればいいという。

B　自然の中に入って自然を体験する、自然を学ぶということが基本原理ではないかと思うんです。そういうことから言うと、小説を書こうという人はまず大衆の中に入って大衆を体験する、感じとる、それを文章にするということが、まず基本的な形なのではないかと思います。ただ書斎にだけこもって、家の中だけで想像力、想像力と言っていても、書けないのではないかと思います。私は書いておりませんが、そう感じております。

富岡　はい。今のご質問、ご感想について、宮内さん、いかがですか。宮内さんはご存じのように、そういう意味では、外にいる時間の方が長い作家ではないかと思います。半年沖縄にお住まいになって、帰ってこられたそうですけれども。

宮内　自然主義文学には、私もちょっと抵抗があるんですよ。しかし自然ということは、やはり大きな問題だと思うんです。宇宙といっても、つまるところは物理性そのもの、それがいわゆる自然ですものね。

この間沖縄に行って、水平線から朝日が昇るのを見たんですよ。もうそれだけで身が震えるぐらい感動したんです。水平線から真っ赤な太陽が昇ってくる。ただそれだけのことに、何でこんなに感動するんだろうと不思議でしょうがなかった。それは百冊の本を読むより、元気をもらったぐらいです。自然主義文学というと狭いですけれども、物理性というのはやはりすごいと思っています。

書斎での想像力、フィクションというのではしょうがないんじゃないかというお話でしたよね。ただ、私はこう思っています。私は書く場合に、〝臍《へそ》の緒がつながったフィクション〟ということを考えています。先ほど奥泉さんがおっしゃった経験に引きつけて、何らかの自分の〝臍の緒〟、臍の緒がつながった上でのフィクションを展開する、そういうことを考えています。

宇宙飛行士が宇宙遊泳しながら地球を見ているとき、空気を送る管とか命綱とかいろいろありますよね。それが何か、地球から伸びてくる人類の神経、生き物すべての神経の先端に、たまたま自分が繋がれているような感覚があると語ってくれたことがあります。そういう臍の緒ですね、自分の実存の臍の緒と想像力をうまくつなぐ方法を、いつも考えています。

針生　野間さんはそれをたえず旅行し、行動しながら「移動する書斎」をもたねばならないと言っていた。実際には宮内さんが言ったように、本の重さで傾きそうな家の書斎を離れられなかったので、これは夢物語ですがね。

富岡　時間が来てしまいました。まだ御質問があるかと思いますが、これで終わりにしたいと思います。どうもありがとうございました。

（二〇〇六年五月　第一四回）

〈シンポジウム〉文学よ、どこへ行く？

奥泉光《作家》＋姜信子《作家》＋佐伯一麦《表象文化論、現代思想》＋塚原史（司会）冨岡幸一郎

戦後派文学と私——奥泉 光

皆さんこんにちは、奥泉です。いきなり早口になったのは、十五分しか時間がないからなんですけれども（笑）。「野間宏の会」に呼んでいただくのはこれが二回目なんですけど……なんて枕を振っている余裕はないので、いきなり本題に行きたいと思います。

今回は「文学よ、どこへ行く？」というテーマが与えられまして、つまり「文学よ、どこへ行く？」というテーマがあるということは、何か文学がどこか妙なところへ行ってしまいそうだというような、おそらくそういう含意ではないか、と思われるわけです。

では、私は文学ということについてどう考えるのか、ふだんどう考えているのかということをお話しするのが、一番いいのではないかと考えた次第です。といっても、それを十五分間で言え、というのはあまりにも無理なので、後でまたディスカッションもありますので、骨組みだけを少しお話しします。

私だけではなくていろいろな作家が、おそらく文学という言葉はちょっと使いにくい、と考えているのではないかと想像するんですね。つまり、「君は文学をやっているんだね」と言われて、「はい、文学をやっています」と、何となく言いづらい感じがある。

小説は書いています。小説は書いているし、小説について、批評したり語ったりしている。しかし「では、君は本当に文学をやっているんだね」と言われると「いや、そうでもないんですよ」というふうに（笑）、つい腰が引けるようなところは、実際にあります。しかし、逆に「では文学をやっていないのね」と言われると「いや、そういうわけでもないんですけど」と言いたくなるようなところに（笑）、文学というのは、僕の中では位置づけられている。では何な

んだ、文学とは？ということになる。

「人間を探求するもの」としての文学

僕は、文学を二つに分けて考えたらいいのではないかと思っています。広い意味での文学と、狭い意味での文学です。広い意味での文学というのは、文学という言葉が果たしてそれにふさわしいかどうかわかりませんけれども、いわば言葉の力が人を動かしていくこと、そのものですね。実際これはもう、普遍的なものだと思います。人間が言葉を持ち、その言葉が人間を動かしていく。そういう力としての「文学的なもの」は非常に普遍的で、これは宗教や経済、政治、あるいは暴力といったものが人間を動かしていくのと同じような意味で、人を動かしていく力を持つものなんだと思います。

でも今日は、それは話せば長くなるので、その話はおいておきまして、もっと狭い意味での文学についてお話しします。いま普通に文学、文学と言ったときに、もっとも直接的に指し示されているものは何かと考えますと、僕は非常にわかりやすく――あるいは基本に立ち返ってと言った方がいいかもしれません――それを一言で言えば、「文学とは人間を探求するものだ」という、素朴な定義に立ち返ってみてはどうかと思うんです。

人間の存在とはどういうものなんだ、人間とは何なんだということを探求していくものとしての文学、という定義は、非常にわかりやすい定義ではないか。同時に、その探求を通じて人間というものの可能性を押し広げていくようなものと考えるべきではないかと、今は思っているんです。

そう考えますと、おそらくヨーロッパでこの問いがはっきりした形で成立してきたのは十八～十九世紀、いわゆる近代だと思います。近代に至って、人間というものがテーマになる。もちろんそれ以前にもそういう発想はたくさんありました。しかしはっきり、例えば哲学の主題として、人間が哲学の主題になってきたのは、やはり近代に至ってからです。哲学は、いわばトータルに人間存在を問うのだ、というイメージが近代になって出てきた。それと軌を一にするようにして小説――特にこの場合は小説だと思うんですけれども――小説が、哲学とは違う仕方で、トータルに人間という存在を明らかにする、人間という存在のあり方を探求していくジャンルだというふうに生まれてきたものなのではないかと思うんです。

「人間とは何なのか」という問いが生まれるということ自体は、簡単に言うと、人間というものが何だかわからなくなったからだと思います。人間が自明なものとして存在していて、そこに謎もなければ問いもないという状態では、人間に対する問いは生まれない。むしろ人間というものが謎である、あるいは極端に言えば非常に気味の悪いものである、得体のしれないものであるという、そのような感覚において、あるいは我々が慣れ親しんでいる人間とは違うものであるかもしれないという可能性への想像力――そういう場所において、おそらく人間に対する問いは出てきたんだと思うんですね。

人間が変わる可能性に賭ける

そう考えますと、僕は日本語の小説です

ね――今は海外の小説は今はおいておいて――日本語の小説世界の中で最もこの問いを正面から追求した人たちが、戦後派だっただろうと考えます。私自身について考えてみると、戦後派の影響を一番受けています。まだ自分が作家になる以前――作家になって以降は、小説を読むと何か得になることがあるんじゃないかなと思って、ついつい読んでしまうんですけど、それ以前は作家になろうと思っていませんから――作家になろうと思っていない一人の少年――もう少年じゃなかったですね、一人の青年が面白いと思って読むという形で一番読んだのは、やはり戦後派です。で、思うに、素朴な意味で人間の存在を問うということが、僕は戦後派の一番の中心テーマだったんじゃないかと思います。

なぜ戦後派はそういう問いを持ち得たのかということには、いろいろな議論がありますす。一つはもちろん、戦争が大きいと思います。戦争の状況下で、人間が人間でいられない状況に人はときに遭遇する。自明なものであった「人間」というものが、揺らいでしまう。そういう状況の中にあって、もう一度「人間」を問わなければならないというところに彼らはおかれたのでしょう。もう一つは、変革のムーブメントが非常に決定的な意味を持っていたと思います。革命という言葉はもう今なかなか使われにくい言葉になっていますけれども、社会変革をしようといったときに、それはやはり人間が変わる可能性に賭けるということだと思います。人間が変わっていく、人間が変わり得るんだという発想に立って人間を問うというところに、人間という存在を問う姿勢が出てきたんだと思うんです。

だからもし、いま現在、小説が読まれない、あるいは文学がどこかへ行ってしまいそうだという問題――小説が読まれないというのは、一応出版全体の問題として今おいておきまして……おいとけないと思いますけど（笑）、一応おいときまして――、文学ということだけとってみますと、確かに人間が何であるかということを問う問いは、いま、以前に比べて切実さを失っているのは事実だと思います。特に決定的なのは、やはり先ほども言いましたけれども、この世界は変わっていくんだ、この世界は何らかの形で変わり得るのだという発想に立たなければ、人間にたいする問いは強烈な形では出てこないんじゃないかと思うんですね。

だとすれば、今もしかすると、いや、明らかに私たちは、この世界が変わり得るという形で想像力を発揮することが非常にできにくくなっているのは間違いないので、その中でいわゆる文学というものがどこへ行ってしまうんだとつい言いたくなるような状況なのは、確かではないかと思います。

広義の「文学」と狭義の「文学」、両方を見据える

しかし、人間とは何であるかという問いは、非常に長い目で見ると、例えば五百年とかそういうスパンで考えると、問い自体が消えていく可能性もあると思うし、いま私たちが知っている人間はもはや存在しなくなるのかもしれない。しかしそこまでのスパンでない、百年ぐらいの長さでものを考えたときには、僕はその問い自体は消えないだろうと思います。だから実際、具体的に今たくさん書かれている小説が、僕は

すべて文学だとは、別に思わないんですね。「文芸」という、手ごろな言葉がありますよね。そう、「文芸」という形で僕もやっています。これは、言葉のアートであると。……言葉のアートっていうのは照れくさいですけれども、言ってしまえば、言葉のアートとして何かやるのだということです。しかしそこで、くどいようですけれども、「文学」という言葉を使うとすれば、先ほどから何度も言っているように、僕はやはり人間とこの世界、この世界に存在する人間のあり方、ありさま、それに対して何らかの探求を行っていくようなものを文学と呼ぶべきだと思うんです。

そういう意味で、僕はその問い自体は消えないだろうと思います。自分のことを少し言えば、先ほど言いましたように、僕は「文学をやっているのね」と言われたら「いや、そんな文学なんてやっていませんよ」とつい言いたくなっちゃうんだけど、「じゃあ全然やっていないんだ」と言われると「いや、そうでもない」とも言いたくなる。というのは、やはりどこかで戦後派が明確に意識していた問題を引き継いでいるからだと思うんですね。そこをあまり正面切って言う感じはふだんないんですけれども、やはり人間の存在とは何であるのか、人間とは何であるのかということ――そんな直接的な問い方ではないですけれども、それが自分の小説世界の中にあるのはおそらく間違いないだろう、またあってほしいという願いを抱いています。

ただ、そのことだけが小説ではない、ともちろん私は思っていて、小説というのは本当に単純な娯楽でもあるだろうし、いや、人間なんか一人も登場しない小説があってもいいだろうと。そのような言葉のアートとしての小説の楽しさ、面白さ、可能性というものを、僕は一方で認めつつ、しかし文学的な、文学としての問いは消えずに今もあるだろうし、いや今後も当分それは消えていかないだろうと僕は思います。

最初に申し上げました、もっと普遍的な、大きな意味での文学の力というものと、いま言いました人間の存在のありさまを探求していく文学という狭い意味での文学が、ではどうつながって、どういう関係を持っているのかということについて、僕はいま結論があるわけではありません。でも、その両方を見据えて考えていくところに、私の中の文学というものがあるかな、と考えています。

その意味で、野間宏を初めとする戦後派の残した仕事は――いま思うと本当にあの方々はある意味で真正面から――いや、でもよく読んでみると、結構そうでもないんですね。結構娯楽作品も書いているし、こんなの書いているんだというのもあったりする。それはそれで、作家としていろんなことをやっていたんだなということも、再確認できるんですけれども。それでも中心的な課題として人間の問題を置いていた。本当に今どき文学とは人間のあり方を探求していくことなんて、なかなか言えないですよ。でも、言っちゃいましたから（笑）。言っちゃいましたんで、以後言おうと思うんですね。そういう言い方で、僕は文学というものは今もあり続ける……どこかに行きつつ、あり続けると思います。どこかに行っても、どこかにあるだろうみたいな形であり続けるだろうしということを考えるし、少なくとももう自分はその場所で、あまり正面切って言わないけれども、ひそかに踏ん張っていこうということを、文学については考えています。

　本当はもっといろんなことを考えているんです。でも今は時間があまりないので、非常に大ざっぱに申し上げましたが、何となくお分かりいただけたかなと思います。また後でディスカッションもありますので、そのときに皆さんのお話も聞きながら、いろいろとお話ししたいと思います。どうもありがとうございました。これでぴったり十五分です。

「越境」、あるいは言葉を繰り返し揺るがし開いていくということ——姜信子

　こんにちは。奥泉さんもおっしゃっていたんですけれども、本当に「文学よ、どこへ行く?」というテーマ、最初いただいたときに途方に暮れたんです。さらに副題が「世界文学と日本文学」と、さらに途方に暮れたんですけれども。文学とは何であるかという、難しいところは、奥泉さんがいま定義してくださったので、もういいやという感じ……ではいけないんですが（笑）。

　お話があったのが、一月ぐらい前だったでしょうか。その時に、実は私は野間さんの作品を読んだことが全くなかったんです。それで「読んでいなくてもよろしいんでしょうか」と申し上げたら「結構です」ということで。その後資料がどさっと送られてきて、もちろん「読まなくても結構です」と書いてあって、これは読めということですよね（笑）。それで『暗い絵』、それから文学論、評論を読んで、もう一つ、送られてはこなかったんですけれども、自分で『わが塔はそこに立つ』を読んだんです。なぜそれを読んだのかというのは、もう少し後でその理由を明かします。

命がけで歌う

　一生懸命頭を野間宏モードにしたところで、前々から予定が入っていた石垣島で六日間のバカンスというのがありまして、石垣島に行ったところが、一生懸命小難しく考えていたことが全部飛んでしまいまして……。島で何を考えていたのかというと、ちょうど今の季節、石垣島は豊年祭を前にしています。豊年祭の日取りというのは島の神司、神様と話ができる女性たちが集まって決めるわけなんですが、神司が日取りを決めて、だいたい七月か八月に豊年祭をやります。そのときに石垣島の場合——石垣島に限らず八重山、西表島でも、竹富島でも島ではみんなそうなんですが——、白い衣を着た神司の女性たちが海に向かって、東の方に向かって立って、世乞い《ゆうく》というのをやります。世乞いというのは、歌を歌いながら——翻訳をすると「東の方から舟が来る、米俵載せて舟が来る、粟俵載せて舟が来る」という歌を歌いながら、手招きして、引き寄せるんですね。それを世乞いと言うわけですけれども、東の方から舟が来る、豊穣を載せて、実りを載せて、神様が舟に乗ってやってくると、舟を引き寄せる歌を歌うわけです。

　それを毎年やるんですね。その日取りというのも、神司たちとが神様の意向を聞いて決めます。世乞い自体はまだ来月、再来月の話ですけれども、ちょうどそういう季

節に島に行った。島の浜辺でずっと東の方を見ていたんですが、何というんでしょうか、世乞いの風景というのは、実際に見たこともあるんですが、真剣そのものなんですね。世の中に流れている歌にはいろんな種類がありますが、世乞いの歌は真剣に神様を呼ぶ、命がけで神様を呼ぶ。行われることは毎年同じなんですけれども、それが形式化しない、様式化しない。実に今このとき世乞いをして神様を呼ばなかったら、その次の一年間島で生きることが成り立つのかどうかという、そういうぎりぎりの瀬戸際のところで神司たちは歌を歌い、神様を引き寄せる。それが、毎年行われる、果てしない繰り返しなんですけれども、それが毎年毎年、生きる物語となって、豊年祭のときに始まりを記すわけです。

そういう世乞いのことを海辺に座って思っていたときに、あっ、こうやって人間は生きているんだ、と。人間が生きるということは、こういうふうに歌をもって神様を引き寄せて、命がけで始まりを記して、また繰り返し、繰り返し行われる……ということを考えたときに、文学はこれでいいじゃないかとそのときに思ったんですね。これは、文学そのものじゃないかと。ここに命がけの言葉があるじゃないか。私たちは簡単に言葉のやりとりをしますけれども、本気で米俵来い、粟俵来い、神様来いと祈っている。これは人間の方からすると命がけの祈りなんですけれども、言われる神様の方からしたら、もう呪いですよね。行かなきゃいけないわけですから。そういう祈りと呪いがあって、それで人間が再生の物語を記していく。これが文学の原風景だということを思っていたわけです。命がけで歌を吐き出して、命がけで言葉を吐き出して、繰り返し、繰り返し言葉を吐き出して、果てしなく繰り返し再生の物語が続いていく。

『わが塔はそこに立つ』における違和感の表明

これでいいんじゃない、と思いながら東京に戻ってきたのが三日前です。また野間さんの世界に戻ってきて、島で考えたことを転がしてみようと思ったときに、自分の父親のことを思ったんですね。そこで『わが塔はそこに立つ』をなぜ読んだのかということとつながってくるんですが、私の文学体験、本を読む最初の出発点の原風景は、父の本棚なんです。父親は昭和十(一九三五)年生まれで文学青年、家の書斎に河出書房のグリーン版ですか、『世界文学全集』、それから筑摩の『ちくま日本文学全集』、平凡社の『世界大百科事典』を壁一面に置いている人で、いろいろな意味でどうしようもない万年文学青年なんですね。蔵書というのも、私が覚えている限りでは例えばカミュ『異邦人』、サルトル、『静かなドン』、中野重治『梨の花』、田宮虎彦『足摺岬』、それから『若き親衛隊』、『鋼鉄はいかに鍛えられたか』、『三太郎の日記』という、昭和十年生まれの父のような世代の人々が読む典型の本棚ですね。私はそれを見て本を読むようになったんですが、父親とは決定的に言葉がかみ合わなかった。なぜかみ合わなかったんだろうかというところに、思うに、私自身が文章を書くということに向かうきっかけがあったとも言えるのですが。

なぜかみ合わなかったのかを考えるときに、その背景にもう一歩踏み込んで考えなければいけないのが、私が韓国籍を持って日本で生まれているということです。平たく言うと在日ということになるんですが、「在日」という言葉は使いたくない。それもまたあとで説明します。ただ、とにかく父とは全く言葉がかみ合わなかった。それは個人的に父との相性が合わなかったということではありません。在日という社会の中にいると、自分は何者なんだろうかということを、普通に日本社会で生きているよりは強く意識させられます。自分は何者かを考える、それは人が生きていく上でまず大事なことですね。自分は何者なのかを考えたときに、必ず民族というものが出てきます。民族と結びついた自分ですね。民族というものを考えだすと、今度はその民族の後ろにある朝鮮半島、二つの国家、国というものが浮かび上がってきてしまう。どうしてもあの大きな文字が、自分の中にまとわりついてくる。

　それで、自分を考えるときに、大きなもの、大きな単語というものがどうしても出てくる状況の中に置かれていて、では父親とそういう話ができるのかというと、父は全くそういう話をしない。ある意味、どうしようもない文学青年ですから。しかもその文学青年は、実は、かつての文学の夢の中にとどまりつづけている文学青年崩れで、文学の話もあまりできない。だから全く断絶した状態の中で、父親から言葉はやってこない。父の世代から言葉はやってこない。自分の言葉を探さないと、自分の立ち位置が見つからないというところに置かれたのが、私の思春期の状況だったんです。

　その父の本棚の中に、『わが塔はそこに立つ』がありました。その本を学生時代には読まなくて、その本があったことを思い出して、つい最近読んだんです。読みながら一つ気づいたことは——自分の中の勝手な重ね合わせなんですが——野間さんが宗教との葛藤の中で最後、終盤に至るところで、一番のクライマックスになるわけですが、ずっと「違うよ、違うよ」とつぶやき続けるわけです。野間さんというより、その主人公ですね。阿弥陀如来を前にして「違うよ、違うよ」とつぶやき続ける。その違和感の表明というのが、違和感を自分の中で受け入れたときに到来する一つの始まりのしるし、おそらく青年野間宏は、その時に始まりの場所に立ったと思うんです。文学をやって、そうやって始まりの場所に繰り返し戻っていくその最初の一歩が、もしかしたら『わが塔はそこに立つ』だったのではないのかなと思う一方で、おそらく文学青年崩れの父親は、自分を始まりの場所に持っていくことができずにとうとう言葉を持てなかったのではなかろうかと、ふと思いいたった。

　しかも在日二世の父は文学青年崩れであると同時に、その当時の父の世代の青年たちというのは、民族運動をやる人たちが多かったのですが、そこにも入れなかった人なのですね。運動の言葉も持たなかった。沈黙する人だった。そういう父の沈黙を受ける一方で、運動をする父の世代——私はひっくるめて「父たち」と呼んでいるんですが——「父たち」の非常にわかりやすい、「民族」「祖国」「アイデンティティ」といった言葉も、それと結びつけて語られる「在日」という言葉も、実は私の中には下りてこなかったという状況もありました。なぜ下りてこなかったかというと、そういう「民族」「国家」あるいは「アイデンティティ」

という、上の世代から与えられた言葉というのは、私にとっては終わった言葉だった。出来上がった言葉は終わった言葉で、行き止まりの言葉だという実感が、自分の中にあるんですけれども、その言葉を壊して、開いて、乗り越えて自分の言葉をつかみとらない限り、おそらく自分が世界で生きていく足場はできないんだろう。そんなことをずっと考えてきました。

言葉の中に闇を呼び戻す

それで、先ほどのご紹介の中にあるような「越境」という言葉が出てきたんです。越境というと、一言でまとめるとすごく格好いいんですが、要は自分を壊すために、言葉を壊すために外に向かって歩いていく。外に向かって歩いていくときに、何を求めて歩いていくのかというと、闇《やみ》を求めて歩いていっているんですね。これも非常に抽象的な言い方になるんですが、与えられている、いま流通している言葉というのは、私の中ではもう出来上がった言葉、光しか残していない言葉です。

人間というのは、生きていく中で——例えば島で見る世乞いの風景、歌っているその風景はすごく美しいものですけれども、これをやらなければ死んでしまうという、命がけの、人間の闇を抱えた歌でもあるわけです。それを目のあたりにしたあとに、自分を取り巻く現実に戻ってきたときに、自分の周りにある言葉というのは、闇をこそぎ落として、非常にわかりやすい言葉、断定する言葉、仮にそれが在日だとか差別だとか、一見言葉がまとっている雰囲気は暗くても、実は光できらきら輝いていて、白くすべてを飛ばしてしまうような言葉です。

そういう言葉ばかりがある中で自分の言葉をもう一回つかみ直す、あるいはもう一回始まりの場所に立って何かを語り出す、あるいは文学をやるということを考えたときに、やはり闇を呼び戻してこないと、もう一回闇のあるところに立ってやり直さないと、言葉は生きてこないんじゃないだろうか、物語は生まれてこないんじゃないだろうかということを考えたわけなんですね。それで『わが塔はそこに立つ』をもう一回読み直して、「違うよ、違うよ」というフレーズを思い起こして、その「違うよ、違うよ」を一つの言葉、あるいは物語に昇華できなかった父親を思い出し、その父親が抱えていた闇というのもまた思い出したりしたわけなんですけれども……。

非常に雑駁な話になってしまったんですが、人間探究は文学だということに大いに同感しつつ、もう一つ私なりの文学というものをつけ加えるとすれば、光ばかりのきれいな言葉の中に闇を取り戻すことが文学なのだろうなと考えています。以上です。

野間文学をどう受容したか——佐伯一麦

どうも、佐伯です。今のいい話を聞いて、自分の話を忘れそうになりました（笑）。野間宏の文学というのは、結構高校時代あたりから読んで、少なからぬ影響は受けた作家ですので、その作家ゆかりの会に今日参加できて、感謝申し上げます。

いま言いましたように僕はこの会は最初ですので、挨拶も兼ねてという形でお話をしたいと思います。僕は――野間文学をどう受容したかをお話ししたいと思います。僕は私《わたくし》小説と言われているものを書いているというふうによくみなされている作家で、いっぽう野間さんは私小説、あるいは自然主義的な文学というものをどう乗り越えるかということを生涯かけて創作した作家ですので、ここで僕が話すということに苦笑なさっているかもしれません。しかし、そういう作家である僕も、野間文学というものは、やはり読んできました。

野間宏初期作品の衝撃

最初に読んだのは、先ほども言いましたように高校生のとき、十五〜六歳です。僕の家は、親はあまり文学的な雰囲気はないような家でしたので、大体文学書であるとか哲学書であるとかいうものを、思想書もそうでしょうか――近所で自殺してしまった青年なんかもいたものですから、そういうものを読むと自殺するよというような脅迫観念がありました。しかし、勉強するということに、教育に不熱心だったわけではありません。ですから大学の勉強をするということへの理解はあったんですが、しかし文学や哲学というものは遠ざけるような形でした。二階に自分の部屋があって、本を買い込んできて積み上げておくと、おやじなんかは本気で床が抜けると心配するような感じの嫌悪感があったようです。ですので僕は、自分で新聞配達をして、自分で本を読むということは自分で新聞配達をして、自分で本を買って読むということが多くて、そういう時期の読書は戦後文学、第一次戦後派の作品が多かったです。

ちょうどそういうとき、新聞配達をしていたときに、新聞配達というのは小学生のころからやっていて、中学、高校からは朝刊を配達するようになって、そのときに非常に印象に残っていることがあるんです。朝方の三時半ぐらいから配達を始めるんですが、僕の配達区域には宮城刑務所がありまして、宮城刑務所の周りは塀で取り囲まれていて、その塀に沿って家々に配達して回るというルートだったんです。そのときに、途中だったので明け方の四時とか四時半とかそんな時間だったと思うんですが、刑務所の塀に「狭山裁判粉砕」「石川被告送還絶対阻止」というような檄文が、暴走族の落書きみたいな形のスプレーで書かれていました。どういう党派がしたのかわかりませんが。明け方の四時か四時半、それを目撃しているのはおそらく僕ぐらいしかいないというような状況です。そのときに、ちょうど野間宏さんが狭山裁判のことを書いておられて、あの狭山裁判の被告がここに、東京拘置所だったかから送られてくるんだということに、非常に静かな興奮を持って見やったということが、非常に印象深かったわけです。一回りして配達をして、またそこのところに戻ってきますと、看守が一生懸命になってデッキブラシみたいなもので檄文を消していましたので、先ほども言ったように、それを見たのはごくわずかだったかもしれません。

そういうような形で読んで、それから高校生のときには新潮文庫で『暗い絵』を読みました。僕が野間さんの作品を読むときに一番ぶち当たるのは、やはり左翼体験なしに野間文学を本当に理解できるのかどうなのか、ということです。そこにはいつも突き当るような気がするんですが、しかしそういう時期に読んで、一方では『暗い絵』というものの中に、一つの青春小説の要素を秘めたものとして読んだような記憶があります。ラストの方の「仕方のない正しさではない」というくだり、それから「俺はいよいよ独りになった」というあたりですね。そのあたりをノートに興奮して書き写したりしたことを、非常によく覚えています。

その文庫には『暗い絵』、『顔の中の赤い月』とかそういうものがおさめられていましたけれども、やはりその中にある肉体の表現、性についての表現ですね。これに、やはり読んだ時期ということも関係して、非常に圧倒されました。戦後派の中で僕は、野間宏のそういった作品、それからやはり同じように肉体の生々しさということを描いた点で武田泰淳を読んだ記憶があります。

この肉体の表現というものは、僕の中では非常に大きな要素があって——といいますのは、やはり僕がなぜ小説を書いているかということになると、作品の中でも何度も書いていますけれども、四歳か五歳のときに近所の青年に暴行を受けたということ、それが、自分が言葉でもって自分をとらえなければ生きていけないという思いを抱いた最初だからです。そのことは例えばトラウマとかいう、そういう言葉でもない。その体験というのは一体どういうことだったのか。それから僕が暴行された後、やはり親は世間体とかがあって、そういうことが我が子に起こり、それが一体どういうことを意味するのかを親もなかなか認識できなかったんだと思います。警察沙汰にせずに隠してそのことは言わない、そういうことで自分がおびえると、男なんだからそんなことでいつまでもめそめそするなと、逆に怒られる。五歳ぐらいの体験ですが、そういうものは、一体どういうことなんだろうかという思いがずっとあった。その時に自分の性器をもてあそばれたりしまして、そういうような一つの、自分の肉体に対するある違和の感覚があったんですが、そういうものを野間宏が初期の作品の中で、自分の体験を、トラウマということではない言葉として描いているということで、非常に影響を受けたわけです。

そのことに因んで言えば、この『暗い絵』の背後にある日記(『作家の戦中日記』藤原書店)がありますけれども、それを図書館で読んだ記憶があるんですが、その中では友人たちから野獣と呼ばれ、ありていに言えば痴漢行為、卑猥行為、わいせつ行為をしているというような若き日の野間宏の姿がある。そこから作家として、表現者として立ち上がってきたという野間宏の姿が、僕の中では非常に大きな影響があった。『暗い絵』の中に「性器の言葉があるとしたら、その言葉でしゃべっているように思える」というような表現がありますが、本当にそういうことの出どころというものが日記の中で捉えられていて、それはいわゆる凡百な私小説などよりも自己摘出をしている文学がそこにある、という思いがしたわけです。

その後、『青年の環』などに至るまで読んではいたんですが、しかし、やはりその初期作品の衝撃というものが自分は強かったです。

さまざまな場面での野間文学の読み直し

今年三月に父が亡くなって、先ほど司会の藤原さんからもお話がありましたが「おくりびと」で納棺師の仕事なんかが昨年あたりから話題になっていましたが、納棺師の女性と一緒に湯灌をしました。そのときにはこの会に来るということは全然話もなかったんですが、しかし、その時に湯灌をしながら、野間宏の『わが塔はそこに立つ』の中に、主人公が郷里の町で貧しい民衆に布教を続けているお母さんに導かれて事故死した妊婦の湯灌をする場面があったのを、非常に生々しく思い出しました。それは、いわゆる「おくりびと」として今ある、そういうイメージのものとはまた違う、一つの生々しさを持った作業、死者を送る作業ですね。そのことを、またそこでも思ったわけです。その中でも野間さんは、非常に人間の――『暗い絵』でも「穴、穴」とたくさんブリューゲルの絵に即して書いていますけれども――人間の性器への偏執というものがあった。この『わが塔はそこに立つ』でも、湯灌をしながら、「かたく自分の内側へ縮まれるだけ縮んでしまい、もはやそこには自分を表出する何ものもないことを明らかにしているのだ」というふうに男性器のことを表現していますけれども、そういうことを非常に生々しく感じました。

僕は作家になる前、そして作家になってからも最初の十年ほどは電気工事の仕事と作家と二足のわらじを履いていたわけですけれども、その仕事のときにアスベストを随分吸いました。そのこともありまして、三年ぐらい前、アスベストについての取材をして、ずいぶん関西を回りました。そのときに野間文学ゆかりの地をずいぶん訪ねることができましたが、やはりアスベストの問題にも、そういった危険な作業に従事した者は、在日朝鮮人の問題もありますし、それから部落差別の問題もあります。そのときにも、野間文学を新たに読み直すということをしました。野間さんの父親は発電所の電気技師だったそうですが、反原発なんかのときにも、僕自身もそういった電気関係の仕事をしたり発電所の工事なんかも随分しましたので、そういった面からも野間文学ということを意識するということがあったわけです。そういうようなときに、ちょうどこの「野間宏の会」で話をしてくれという依頼があったということです。

私的体験と全体小説

先ほど、自分が書いているのは私小説、ということで話しましたけれども、そこと野間文学とのかかわりを、最後に短くですけれども言いたいと思います。例えば私小説というのは私的な体験、自分の身の回りのことを描くということですが、僕自身は身の回りというか、やはり、私を描く、ということですね。私の探求ということです。奥泉さんが人間の探求ということを言いましたが、僕の場合は私の探求ということで、私という人間の探求ということで結びつくのかなとも思います。

野間さんがおっしゃった全体小説というものも――これはあながち冗談ではなくて言いたいんですが――つまり「野間さんの『青年の環』という八千枚の小説を前段に全部置いたという夢を私は見た」というふうに書けば、これは私小説の一つの装置の中に入ってくる。私小説というものは、逆に言えばもしかすると全体小説をも取り囲める装置かもしれない、という気がします。ですから僕は、私小説を非常に狭いものに押しやるのではなくて、逆にそこに広がりというものがあると。野間宏の文学も、非常に私的な体験をもとにして、そして私的な体験からそれを宇宙的な規模にまで広げていくような特徴があったと思うんです。

僕の場合は逆に一人の、だれでもいい、その辺にいるありふれている人、その人自身が宇宙全体に取り囲まれていたり、その人の目には全世界が映っているということです。僕は逆に、私の方に世界を収斂させるような形で書きたいと願っているということです。つまりそういうことであれば、野間さんもそんなには苦笑いしないかもしれない……そんなふうに考えているわけです。

そこで一つだけ言いたいのは、私小説といっても、私を書くということではありますけれども、私を書くということは私の自意識を書くことだけではなくて、私というものは、自分が意識しない私もいる、ということが一番の私なんですよ。つまり私が一番感じられるというのは、「我を忘れる」という言葉がありますけれども、私がなくなっている姿があるわけですね。そういうときに、本当は私を感じているということがある。

野間さんが全体小説というものを発想したのも、その自分の私的体験をきちんと正確に書くためには、自分の無意識の部分も書かなければいけない、そうであるとするならば、他者から見られている自分、自分を二つに分け与えて、そちらからまた自分を見られる自分……というふうに、そういう形にしないと無意識の部分は書けないということがある。僕は実作者の方から考えると、そういうところから全体小説という発想があったのではないかなと考えるわけです。「意識の届かない、意識の底を割ったところから発する」というようなことを野間さんも仰っていますが、そういう発想があったのではないかと思っている次第です。時間になりましたので、以上で終わります。

野間宏と第三の道の選択——「暗い絵」とヴェルコール「海の沈黙」をめぐって

塚原史

こんにちは。塚原です。一九九六年に一度「野間宏の会」に呼んでいただきました。考えてみたらそれからもう十三年たっておりまして、今日のプロフィールを拝見しておりますと私が一番というか、断トツで年寄りなんですね（笑）。奥泉さんはＩＣＵの御出身ということですが、私はフランス留学を三年ぐらいしていまして、帰ってきて初めて教えたのがＩＣＵです。それが一九七八年でしたので、もしかしたらそのときご在学だったかもしれないなと。

（**奥泉**　在学していました。）

ああ、そうですか。やはり。それで野間宏とのかかわりについて、一言だけ述べさせていただきます。先ほどから『わが塔はそこに立つ』が出ておりますが、私は生れて育ったのは東京なんですけれども、大学院で京都大学の仏文科に行きました。そのときに下宿していたのが吉田神楽岡町というところで、京大の方から吉田山を越えて下りてきたところですね。そこから少し南に下りていくと真如堂があります。真如堂というのは『わが塔はそこに立つ』の塔なんですね。ということで、多少地縁的な関係があります。

それから、『わが塔はそこに立つ』、『暗い絵』もそうですけれども、野間さんが一九三〇年代の京都大学仏文科のことをいろいろ書かれていまして、その中にベルナール先生という人が出てくるんですね。このことは別のところに書いているので今詳しくは触れませんが、一九三〇年代の抑圧的な日本社会の中で独特の自由な雰囲気というものを持っていた、そういう存在としてフランス人の外人講師のことが書かれていて、私は非常に感動した記憶があります。

実はまだまだあるんですけれども、このへんで本題の方に移らせていただきます。

今日のタイトルが「文学よ、どこへ行く？——世界文学と日本文学」となっておりますので、藤原さんからお話があったときに、世界文学の方に少し引きつけたお話をしようということで、「野間宏と第三の道の選択——『暗い絵』とヴェルコール『海の沈黙』をめぐって」というタイトルにしました。なぜヴェルコールかということはこれからお話ししますが、私の話は大体三つぐらいに分かれております。一つは、まず村上春樹の話を少ししたいと思います。村上春樹のエルサレム・スピーチ（二〇〇九年二月「エルサレム賞」受賞講演）の問題を取り上げて、その上で『暗い絵』という作品が持っている、ある種の二項対立を超えていく発想、そのことを問題にします。それから、「暗い絵」が扱っている時代とほぼ同時代の作品であるヴェルコールの、フランス・レジスタンスの傑作と言われている『Le Silence de la mer（海の沈黙）』、これは岩波文庫にも翻訳が入っておりますが、そのお話をしたいと思っています。

村上春樹スピーチ「壁と卵」

まず最初に、村上春樹という名前を出しましたが、これはいま非常にベストセラーになっている本があるようですが（『1Q84』）、そのことではなくて、皆さん御存じのようにエルサレム・スピーチでは「壁と卵」ということを村上さんは非常に強調されたわけですね。つまり「壁がどんなに正しくて、卵がどんなに間違っていても、自分は卵の側に立つ」というふうにおっしゃっていました。そのスピーチ自体の、政治的といいますか、社会的な評価はいろいろあると思いますが、それについては例えば、あまり知られていないかもしれませんが、松葉祥一さんというフランス思想を研究されている方が——私も少し存じ上げていますが——『オルタ』という雑誌（二〇〇九年三～四月号）で「村上春樹のエルサレム・スピーチを批判する」という論文を書かれていて、参考になる見解が展開されています。

私は今、この村上春樹のスピーチそのものについてここで論じるのではなくて、このスピーチの中で、爆撃機や戦車、爆弾といった非常に強固な「壁」の側と、それから「もろい殻に包まれたかけがえのない個人」——翻訳すればそうなると思いますが——非武装の市民とを対立させていますけれども、その「壁」と「卵」という対立を越える可能性――つまり一方に「壁」の道があり、一方に「卵」の道があるとするならば、果たして第三の道はないんだろうか、ということを考えたいんです。つまり、壁と卵の二項対立だけなんだろうかという疑問を、私は感じたんですね。では野間宏について考えたときに、いま言った第三の道はどんな方向でたどれるだろうか、ということになります。

そこで問題になるのは、先ほどから何度も触れられておりましたけれども、『暗い絵』です。私は日本文学の専門ではないので、この場はご専門の方ばかりだしあまり偉そうなことは言えないんですけれども、『暗い絵』はやはりいま言った「第三の選択」ということが非常に強調されている作品だと思うんですね。これは私の独断ではなくて、平野謙が、殉教者か背教者かという二項対立を超えた、もう一つの選択という問題をこの作品は強調しているんだと言っています。

「壁」でも「卵」でもない第三の道

皆さん「野間宏の会」の方々の前で私があえて紹介するまでもないんですけれども、『暗い絵』と言えば、最初のあの例の、ブリューゲルの絵の描写です。これには、私は二つの意味があると思います。一つは、『暗い絵』で描かれているブリューゲルの世界というものは、それを野間宏が画集で見たときはまだ日本の現実ではなかったけれども、やがて日本の現実となる、ということです。つまり東京や大阪が空襲で焼かれたり、戦争で多くの人が殺されるという、そういう意味で来るべき現実の予知夢のようにして働いているのではないかということが言えると思います。もう一つは、ブリューゲルの絵の導入そのものが、「フランスから輸入された白い画集」という、ある種の記号的な装いを伴っている、そういうことがあると思います。

要するに、佐伯さんもおっしゃいましたが、『暗い絵』は一九三〇年代後半の、それこそ暗い時代の青春小説として読むことができる。つまり、深見進介の、自分自身に対する不満と、社会制度に対する憎悪ということです。これは「暗い絵の背景」という野間さんご自身の文章の中の言葉ですが、そういう、自分自身に対する不満と社会制度に対する憎悪というものを軸にした青春小説だといえますが、その点でやはり、思想小説としての面が非常に強いと思うんですね。

それは当時の、コミンテルン――といっても今ここにいらっしゃる世代の方はおわかりになると思うんですが、若い人はコミンテルンと言われてもちょっとわからないかもしれないですが――要するに、ソ連共産党の世界革命戦略を立てるところ、国際共産党、そのコミンテルンが、三二年テーゼという指令を出します。そこで、日本の革命戦略を提起するときに、日本の状況を、絶対主義天皇制下の半封建国家であるという規定をします。その少し後、一九三〇年代半ばになるとディミトロフの人民戦線戦術が出てきます。その中で、これは野間さんが書かれていることですが、一九三〇年代後半の京阪神地方には、人民戦線グループや、雑誌『世界文化』グループのような穏健派、それから京大ケルンとか日本共産主義団といった強硬派との対立があったようです。

そういう中で、当時の京都帝国大学には――「暗い花盛り」という言葉を『暗い絵』の中で野間さんは使われていますけれども――、政治運動で学校から追放された学生たちが集まってきている状況があった。それは確かに花盛りかもしれませんが、その花は数年後に太平洋戦争が始まると、無残にも蹴散らされてしまうわけです。そして戦中に入ると、深見の友人たちは刑務所や軍の監獄で獄死します。物語の中ですけれども、実際にそういうことがあったと思います。そして一方、深見は検挙されて、転向して出獄し、軍需工場に勤めて、戦後まで生き延びるということになるわけです。

そういう中で、先ほどふれた、平野謙が「暗い絵の時代的背景」という一九五五年のテキストの中で言っていることですけれども、殉教者でも背教者でもない第三のタイプという、そのことに彼は注目したわけですね。「そこで注目すべきは、つまり第三のタイプの新しさが前人未到のそれであって、その苦しみは『暗い絵』の発想、スタイル、テーマの難解にはっきり刻印づけられていることである」と。これは平野謙の引用ですけれども、そういうふうに言っているわけです。これは確かにそのとおりであって、この『暗い絵』の最後のところで、それこそ先ほど申し上げた、私の住んでいた神楽岡から吉田山に登るところが出てきますが、そこで野間さんの言葉を引くと「自己完成の追求の道をこの日本に打ち立てるということ、これ以外に彼の生きる道はない」と、彼というのは主人公の深見進介のことですけれども、言っているわけです。

そして、先ほどの「白い画集」が焼けてしまう。そして友達は死んでしまう。そうすると、深見は一人になるわけですね。これからは何ものにも頼ることなく、第三の道、自己完成という第三の道を独力で歩いていかなければならないと、そういう方向が暗示されています。最後の方に、野間さんはこう書かれています。「常に俺自身の底から俺自身を破ってくぐり出ながら昇っていく道、それを俺は世界に宣言しなければならない」。第三の道という発想は、決して殉教者であったり背教者であったりする選択から逃れる道ではなくて、むしろ自己実現のための内面的なものと外面的なものを分けないで、一つにして、そして新しい可能性を導いていこうとする。そう私は思うのです。

「壁」か「卵」かという発想はどの時代にもあるわけで、つまり権力と反権力というだけではなくて、反権力の側にも「壁」と「卵」があると私は思います。その中で、非常な強硬派が「壁」であるならば、穏健派は「卵」かもしれない。でも、それだけではない、もう一つの道という可能性を、私は『暗い絵』に読み取るわけです。

ヴェルコール「海の沈黙」に描かれた風景

ここまでは野間さんの話なんですが、もう少しだけお時間をいただいて、ヴェルコールの話に触れたいと思います。ヴェルコールの『Le Silence de la mer』は、一九四二年に出されます。ストーリーは非常に単純で、ドイツ占領時代にかかわります。一九四〇年六月にドイツ軍はフランスを占領します。北フランスにドイツ軍に接収された館があって、その館でドイツ軍の教養ある将校――この人は作曲家で、足が少し不自由だという設定になっています――そのドイツ軍の将校と共同生活を余儀なくされるフランスの老人、それからその姪の物語です。そこでは、本当に単純な会話――といってもドイツ人が一方的にしゃべるだけですが――と沈黙がずっと続くんですが、物語の展開が、あるとき変わっていく。それはなぜかというと、たまたま雨が降った日にドイツ軍の将校が軍服を脱いで、私服で部屋に入ってくる。そこで、姪がオルガンでバッハを演奏するという、非常に感動的な場面があります。その辺から、将校と、老人と姪は――姪は一言もしゃべらないんですが――少しずつ接近していく。

ところが最後にもう一回展開がある。数カ月後に事態が急変するんです。将校がパリに行く。パリに行って帰ってきて、「私がこの六カ月間に言ったこと、それは忘れてもらわなくては困ります」と言うわけです。彼はパリでナチの幹部たちに、政治は詩人の夢ではないんだと言われる、我々は――ドイツ軍ですけれども――何のために戦争しているんだ、と言われて帰ってくる。そのとき、もう希望はないと老人は思う。そして彼らドイツ人たちは――ドイツの軍人ですけれども――みんな屈伏してしまうんだ、指令に従ってしまうんだ、この男でさえそうなんだと失望するわけですね。そのとき、姪の顔が青ざめて、その額から汗が――厳密に、原文で言うと「額と髪の毛の、ちょうど境目から汗が滴り落ちてくる」と書いているんです。その翌日、将校は朝出ていってしまう。そして最後の一行が「Il me sembla qu'il faisait très froid.」という言葉で終わっています。――「私にはとても寒いように思えた」と書いていて、この寒さは、もちろん気温の寒さと同時に、いま言った内面的な寒さもあるわけです。

岩波文庫の邦訳には、加藤周一さんが解説を書かれています。これは大変立派なものなんですけれども――加藤周一さんは半年ほど前に亡くなられたので、『海の沈黙』についてお話をしたかったと残念ですが――、この本は、ファシズムや権力に対する非常に激しい怒りに貫かれた抵抗の文学だ、と書かれているんですね。しかし、このテキストが発表された直後には、必ずしもそういうふうに受け取られていなかったわけです。イリヤ・エレンブルグというソ連の作家がいましたけれど、エレンブルグがひどいことを言っていて、「これはゲシュタポによる洗脳作戦に利用するため、ドイツが書かせた挑発的な作品である」とまで書いているんです。なぜかというと、この作品にはドイツ軍の将校に対するあからさまな批判や激しい非難は一言もない。むしろ人間的な共感を求めて、結局それが得られなかったという、そういう物語なんです。当時、一九四〇年代は、まだ地下出版だったわけですけれども、ロンドンにいたレジスタンスの人たちは、ヴェルコールというのは偽名だというのはわかっていたので、これはアンドレ・ジッドかマルタン・デュ・ガールが書いたんじゃないかと思っていたという話もあります。

ところが戦後、『暗い絵』も二八万部のベストセラーになったそうですが、この『海の沈黙』は百万部を超えるベストセラーになっています。ということはやはり、人々が求めていたものは、やはりある種の二項対立ではなく、その中に何か、先ほどの奥泉さんの言葉によれば「人間的なもの」かもしれませんけれども、そういったものはどこかにあるはずだという希望ではなかったか。そういう希望はどこかにある、それをこの作品は示唆したと言えるのではないかと、私は思うわけです。

そこで「第三の道」に戻りますが、実はこの『Le Silence de la mer』には序文がついています。ただ、この序文は岩波文庫版には翻訳されていません。序文そのものは一九四二年に書かれているんですが、その辺の事情はわかりません。この序文は「絶望は死んだ」――「Désespoir est mort」というタイトルなんです。「希望は死んだ」というのは、『海の沈黙』の基調音ですね。そうではなくて、序文では「絶望は死んだ」と書いているんです。なぜかというと、戦争が始まってドイツに占領されて、「私たち」、つまり当時のフランス人は死ぬことばかり考えていた。ところがあるとき、これはヴェルコールの全く個人的な状況なんですけれども、たまたま友達と戸外で話をしていたら、小さなカモのヒナが四羽とことこ歩いていくのを見かけたというんです。そのカモを見ているときに、戦争の現実とはまったく違う現実がここにあって、この四羽のヒナを見ていることで、「私たち」の中の絶望は消えたと言っているんです。これは、非常に大事な、意味深い言葉だと思います。

ここから先は、皆さんお笑いになるかもしれませんが、最後に村上春樹のスピーチに戻ります。ここまで言うと多分おわかりになると思うんですが、「壁」と「卵」ですよね。でも、壁と卵以外の選択肢があるかということです。卵というのは一体何でしょうか。村上さんは、卵をずっと卵のままだと思っているかもしれない。でも卵は、いつかヒナになるかもしれない。別にヴェルコールに結びつけなくてもいいんですが、つまり壁という存在は非人間的なもの、というよりも生命を持たないものです。でも、卵は生命そのものなんです。しかも、その生命は一代で終わるのではなくて、世代を通じてふえていくものですね。だからこの壁と卵を超えるもう一つの力があるとすれば、それは卵が生命を持って、そして新しく生命が生まれていくという、その可能性の中に私はあると思います。

時間がないので最後にまとめますが、これは黒井さんが最初におっしゃった、現実と幻想とかという二項対立を超える発想がどこかにあるという、そこにつながっていくと私は思っています。ですから、ヴェルコールの『海の沈黙』と『暗い絵』は、今からもう六十年以上前のテキストですけれども、「第三の道」という選択肢は今でも生きているし、これから先の文学が、世界でも日本でもやはり探求しなければならない道ではないかと思っています。

ディスカッション

現代文明の袋小路

富岡幸一郎　司会の富岡でございます。さきほど、四名の方々にお話をいただきました。私はこの「野間宏の会」発会以来、何度かお休みをしましたが、だいたい来ております。今日は特に、十五分という非常に限られた時間だったんですけれども、それだけ大変濃縮したお話を伺えて、私自身も大変刺激的で、面白く拝聴しました。この時間でそれぞれのお話をまた補足していただければいいと思いますが、私の方から簡単に、お話をうかがっての印象をしゃべらせていただきたいと思います。

奥泉さんが最初におっしゃった、現在の文学のさまざまな状況を考えたときに、改めて文学とは何かということでした。少し恥ずかしい――逃げたくなるけれども、そういう問いを改めて本当に発しなければいけない、発するときに来ているという気が私もしています。奥泉さんが文学は人間の可能性を押し広げるものだとおっしゃったのは、非常に大切で本質的です。そしてその中で、やはり戦後派ですね。戦後文学の作家たちの仕事が「人間探究」のテーマとして改めていま読まれるべきだと、読むことがこの時代への大変なヒントになるのではないかという気がいたします。

塚原さんが最後にお話しになりましたけれども、村上春樹のイスラエルでの講演ですね。「壁」と「卵」ですね。壁というのはイスラエルの側ということでしょうか、いわゆる権力や軍事という力に対して、個人が卵という形です。しかし、どんなに高い壁に対しても、個人の勇気というか、卵のいわば抵抗ですね。そういう話を村上氏がしたわけです。塚原さんはまさにその二項対立ではない、そういう二項対立を越えていくもの――「第三の道」ということを、ヴェルコールの作品などを参照にされてお話しになりました。平野謙の言葉をご紹介いただきましたが、私もやはり野間さんの文学、戦後派の文学というのは、まさにそういう二項対立ではないものを、その出発点から模索したのではないかと思います。戦後派にとっては、「政治と文学」ということが、非常に大きな、いわば二項対立としてあった。もちろん、戦後派には戦前の左翼体験があったわけですけれども、しかし、いわゆる戦前の左翼文学を超えていくような、「政治と文学」という対立を超えていく新しい可能性が――それこそ文学の力、言葉の可能性を何とかやろうというのが、彼らの出発点だったのではないかと思います。

そういう意味では、佐伯さんがおっしゃっていた、私小説と、西洋の本格小説という、これまた二項対立を越えていくようなものですね。戦後派は野間さんの「全体小説」という言葉に象徴されると思いますが、全体小説というのはまさに日本的な、私小説とリアリズムとしての西洋小説を超えていく、そういう可能性を示そうとしたものであった。決して大問題だけを、思想的な問題、社会的な問題、全体主義や革命の問題だけを取り上げたのではなくて、その中にいる「私」ですね。そういうものを非常に微細な、微小なものも描いていった。そういう意味で、私小説と西洋小説の二項対立を超えていくような、そういうものがあったのではないかと思いました。

　そして今日、私は初めてお話をうかがったんですけれども、姜さんがご自分の父親の世代の言葉――つまり民族や国家という、大きな文字というんでしょうか、大きな物語といいましょうか、あるいは在日という言葉もそうだとおっしゃっていましたけれども、そういう世代の言葉への違和感――そういうものとは違った、自分にとっての新しい言葉を見出そうとされた。そういう意味では、まさに大きな文字、大きな物語とその次の世代――その後の世代の新しい言葉という葛藤の中でお書きになっているということを伺ったと思います。

　野間さんの文学、戦後派の文学を通して、さきほどいろいろな問題提起がなされましたし、それぞれの文学観もお話しになった。現代の最前線に立つ作家の皆さんの問題意識が鮮明になった。

　野間さんが一九七九年に書かれた「現代文明の危機と文学の課題」というエッセイの中で、最後にこういうことを記しています。「現代文明の危機、人類生存の危機の問題は、インフレーション化の不況、スタグフレーションの問題と重なり一層重さを増して、人類史上最大と言うことのできる危機として現われている。このような危機が深まり、世界の資本主義がついにそこに崩壊するおそれが起こっているとき、これをファシズムによって切り抜けようとする動きが当然生まれる。しかし、それが真の解決にはならないことは過去が明らかにしている」。これを読んで、何だ、これは全く今のテーマじゃないかということですね。今日の日本と世界の状況が、まさに全くそういうところにある。野間さんがずっといろいろな問題に、全体小説で取り込みながら闘ってこられたということを、改めて思いました。危機という言葉をあまり強調しても変なことになるんですけれども、しかし、やはり相当やばいぞというのが現代の文明の、袋小路になっていると思います。野間さんが一九七九年のころから環境問題なども含めてずっと展開されてきたことが、いま改めて見直されるときだと思います。

　私があまり話してもいけないので、補足も含めて、あるいは野間さんのことについて御発言いただきたいと思います。奥泉さん、よろしいでしょうか。

人を動かす言葉

奥泉　先ほどお話しになった二項対立ということで言うと、例えば僕は、先ほどは時間がなくて十分にそこは言わなかったんですけれども、文学というのは基本的に人を動かす力を持っていると思うんですね。これは、例えば芸術一般がそうだという言い方も一応できて、その中で言葉を使ったアートとしての文学が人を動かすというレベルでももちろん言えるんです。けれども、もっと広く大きく、言葉が持つイメージや言葉が人を動かしていく、僕はそれを文学的なものと呼んでいいと思っています。それは、必ずしもいいこととは限りません。非常に危険だったりするものであるし、過去の歴史を振り返ってみても、文学的なイメージによって人が大きく動いた結果悲惨なことが起こる事態はよくある。だから僕は、文学は今も力があると思うんです。でも、その文学に力があるということ自体が単純に良いこととは言えなくて、絶えずそれに対して、どのように私たちが文学とつき合っていくかが、実は大きな問題だということが、補足として言いたいことなんです。

そんなつまらない二項対立を君はやっているのかと言われちゃうとそれまでなんですけど、僕にとって文学の二項対立の最大のポイントは、「小説が商品である」ということと「文学である」ということの二項対立に尽きると言っていいと思います。つまり早い話、小説が売れたらいいなと思っているわけですね。売れるというのは、結局消費されるということですね。消費される――でもよく考えてみたら、もし文学というレベルで小説を考えたら、それは消費とは違う。消費するということは消えていくことであって、そうではない――文学というのは、僕も過去に、例えば戦後派の文学を読んで自分の中に何かを蓄積した。それが再び、僕の中で言葉となって出ていった。それが受け継がれていくという、一種の連鎖のようなものです。テキストをめぐる連鎖のようなものとして、文学をイメージできると思います。

しかし、それと同時に、いま現在小説は本という形で――小説だけではなくて批評もそうですけど――一応書物という形で流通していて、それには値段がついていて、そういう形で書物というものがまさしく商品として流通するということに、作家としては日々直面する。それに目をつぶることも割と簡単にできてしまう――つまり、もうこうなったら売れるなんてことは考えなくていいと。しかし、それは僕はできない。文学だけ考えればいいやということにはならない。逆に、いや、もう文学はいいです、とにかく何でもいいから売れるものを書きたいですという方向にもやはり行けないということを、いつも考えています。

そういう意味で言うと、多分二項対立を越えてという立場は、自分のスタンスがある意味では定まらないままに、ずっとそこの間で、中途半端な場所でやり続けていくということなんだろうと思います。

闇をはらんだ言葉

富岡 ありがとうございました。姜さん、先ほどのお話で石垣島の豊年祭とおっしゃっていましたが、そこで語られている歌、言葉というものに、本当に文学そのもの、原風景があるとおっしゃって、非常に印象的でした。生きるということと言葉がつながっているものと、そして一方で、先ほど「光だけ」とおっしゃったけれども、闇がそぎ落とされてしまった言葉みたいなものがある。これも、分化したふたつの隔たった世界、二項対立があると思うんですが。往復されて、越境されていて実感されることをお話しいただければと思います。

姜 難しいですね。二項対立というところで考えると、最近はいろんなところに行って、自分もどんどん分裂しているんですけれども。私の最初の出発点というのが、日本と韓国の狭間への投げ出されにあったという感覚はあります。その狭間から抜け出す過程での分裂もある。例えば、今日私は姜信子《きょうのぶこ》と名乗っていますが、そもそもは竹田信子という一つの名前で人生をスタートして、その名前が生きていくうちにどんどん増えるという経験をしています。今では、韓国の方は必ず私のことをカン・シンジャと呼ぶでしょうし、昔からの友人にとっては私は竹田さんで、結婚してからはイマムラで、名前が少なくとも四つあるわけです。

　まあ、キョウか、カンか、どちらかに収斂しなさいという声もよく出てくるんですが、カン・シンジャだけにもなれないし、姜信子《きょうのぶこ》だけにもなれないし、タケダの記憶もあれば、イマムラの記憶もある。名前がどんどんふえていくというのは、わかりやすい世界とは全く別の方向に行ってしまっていることですよね。ところが、自分の現実としては、名前がたくさんあるのが実は居心地がいいというか、それが本当の自分というか……。では、もっと増やしてやろう、と。ふだん私が使っている名前は、皆さんおそらくご存じないと思うんですが、フランシスと呼んでくれたら一番うれしいんですけど……（笑）。名前は人から与えられるものですが、これは唯一、自分でつけた名前なんです。国籍不明、性別不明、正体不明です。そういうようなところに、自分は行きたいなと考えているわけです。

　「越境」ということに立ち戻って考えるなら、そもそもその出発点である、父の世代の言葉がわかりませんでした、つまり、もっと広げて言うと、世の中の言葉すべてわからなかった。一つの名前だけを持って生きている人たちの言葉と、一つにはまとめきれないたくさんの名前を持って生きている人間の言葉が折り合わないというふうに言ったら、いったんは説明はつきやすいとは思うんですけれども。人間が生きていく過程で与えられる言葉とは、基本的に他者の言葉ですよね。自分の中の全く白紙のところからは言葉は出てこないですから。

　私にとっては、それが明らかに別の世界、別の星の言葉が降ってくるような感覚なんですね。別の星の言葉というのは、先ほどもわかりにくい比喩で言ったんですけれども、光だけの言葉です。その言葉を生み出した人、編み出した人というのは、いろんな闇もあれば光もある人生を生きてきたんでしょうけれど、最後に残った言葉というのはもう全部きれいに捨象されて、抽象化されて、観念化されて、きれいな光がぽんと残っている。そういう感じです。その言葉をもらっても、私の人生は照らされない、語れない。私にとっては残りかすみたいな言葉でどうしたらいいのというのが、実際に自分自身が生きるということを考えたときに、世の中の言葉に対する印象だったんです。

　先ほどの島の話で言うと、言葉と自分が、まるきり別に乖離して生きているところから、石垣島あたりの島に通い始めたときに――さすがに最近は近代化、現代化されているけれども――、台風が来ればもう農作物が全部吹き飛んでしまうような、本当にいまだに生きることが命がけのような部分がある。その中で神様来いよというふうに祈るのは、言霊の力というか、そうやって言葉を出すことでそれが現実化するという……何と言うんでしょう、自分の中にある困難も、闇も光も全部ひっくるめた上で祈りの言葉をつくり出していって、それを世の中に投げつける、世の中をこちらに引き寄せる。物語と言うとあまりに軽い言葉になるんですが、人間が生きていくその繰り返し、永遠回帰のような繰り返しを歌に乗せて、それが豊饒なものになるように語っていく。語るということが歌うこと、イコール生きていくこと……という。

そういう世界を経験した後で、また自分の島――この都会になるわけですが――石垣島、南の本当の島から、自分の島に戻ってくる。その行き来をする中で……何と言ったらいいんでしょうね、光だけしかない言葉にどうやって闇をもう一回込めていくのか、ということになるんですね。闇を取り戻すことで、振り出しではなくて、新しい始まりに立つ。永遠回帰というとぐるぐる回っていて、すぐ振り出しに戻るというシーシュポスの神話みたいな感じがあるけれども、そうではなくて何回もやってくる始まりに立つ、そのためには光だけになってしまった言葉に闇を込めなければいけない。闇を込めるというのは、島でいると体感できることだけれど、島を離れれば、その実感が薄れていく。自分は闇をとりに行かなければいけない。だから闇をとりに行くためにあちらこちら旅をしなければいけないんだという、きれいに整理するとそういう流れになります。……何かまとまりがつかなくなってきたのですが。

奥泉　質問していいですか。いいんですよね。僕としては、もう一つ突っ込んで闇というのを理解したいんですよ。それで質問なんですけど、その石垣島の世界でそういうものを体感されたと今おっしゃっていましたでしょう。その世界というのはおそらく、例えば共同体と言葉と自然が一体化したような世界であって、そういうものに出会われたと。一方で、たとえば近代文学の言葉の世界がありますよね。そういう言葉の世界で、その闇をはらんだような言葉に、今まで出会われたという感触は、おありになったんでしょうか。それとも、やはり近代文学はだめだ、ここにはないということなのか。ぜひお聞きしたいなと思ったんですが。

姜　何でこう、次から次へ難しい質問が……。

奥泉　すみません。ちょっと聞いてみたいなと、つい思っちゃったものですから。

富岡　私も少し今の問題について。今回、野間さんの作品をお読みになって、特に『わが塔はそこに立つ』という、なかなか大変な作品をお読みになった。今日期せずして佐伯さんからもその話が出て、湯灌のシーンを僕も思い出したんですが。姜さんのブログに、「主人公の描写が非常に稠密で凝縮された、高濃度な油絵のような、執念深く色を塗り重ねていくような描写だ」というんですね。執念深さがいいのか、淡泊がいいのかという単純な話ではなくて、結果的にそういう高濃度になっていくような……。そういうある種の、地域の距離じゃない、言葉の闇みたいなものが、野間さんの中に非常にある。その辺を非常に感じられたのかなと思いました。今の、奥泉さんと重なるかもしれませんが。

奥泉　なかったとは言いにくいですよ

ね。

姜 いや、ブログはね……。野間さんの作品を初めて読んで思ったのは、しつこいと言ったら語弊がありますけど、執念深さ。今どきの小説を読んでいると一行で終わるところが十ページぐらい書いてあるような、そういう印象なんです。なぜそれが必要なのかというと、やはり一行、一言で済ませられない。わかりやすい言葉で言うと――あまりわかりやすいのもよくないけれども、例えば「楽しかった」と一言で済ますようなことが、どう楽しかったかを「楽しかった」という言葉を使わないで十ページ書いてくれるような。そういう、情景として出す光もあれば闇もあると。ブログでは油絵という表現も使ったんですが、闇がなければ光が成り立たないというのが、絵画の世界でもある。そのことを忘れた文章というのを、最近非常にたくさん目にしているような気はします。だから私はほとんど最近の小説は読まないんですが……なんて、こんなことをここで言っていいのかどうかよくわからないんですが。

個人的に好きなのは、例えば内田百閒とか泉鏡花とか、結構古い人です。ただ、闇と言ったときに、野間さんの本を読んでその闇の部分も非常に自分の中にしみ入ってくるものがあったんですが、もう一つ、安部公房は同世代の作家と言っていいんですか。

富岡 そうですね。少し世代がずれますが。

姜 その安部公房が『内なる辺境』という評論の中で、一番最後の締めの文に、たしか「越境者に必要なのは、何も光だけでは限るまい」というような一言を書いているんです。闇の中でうごめくもの、言葉にならないものが絶対あるんですよね。言葉にしなかったものというのも、父の世代、上の世代にはかなりたくさんある。そんななかで、光だけではなく、いやむしろ闇を見つめて生きて、言葉をつかみとろうとした人々がいる。そうやって送り出されてきた言葉を受け取る時にそこに闇の痕跡があるのかどうか、くぐり抜けてきた闇の気配を残しているかどうか、それは言葉と文学を考えるうえで、とても大切なことに思われます。その痕跡や気配を脱色して、きれいになった言葉は、それを受けとった者にとっては何も語っていないに等しいと私は思っているんです。言葉を受けとり、言葉を吐き出していこうという者の立場から言うなら、そこで気配を消しているものを聞くということ、あるいは闇の中でうごめいているものをすくい出してくるということ――それをやらないと、きれいな言葉は、死んでいく言葉になる。死を照らす光のようなものとしての言葉。それを再生させるものとしての文学であってほしい、それがないならば、ものすごく何かが欠けた、抜け落ちた、実は何も語られていない世界に自分たちはいるんじゃないかと考えてしまうんです。

また答えになっていなくて、ごめんなさい。

欠損感覚

富岡 ありがとうございました。佐伯さん、今日のお話で、あっ、と思ったのは、やはり私小説と全体小説です。二項対立あるいはそれを超えていくものとして、私的な体験を、宇宙的というか、全体的に描いていくもの。それから私《わたくし》の世界――私というものの方に世界を収斂していくというところ――これは決して私小説と全体小説は対立しないんだと。あるいは二項対立を越えていく、塚原さんの言葉で言えば、第三の方向性。作家が実践的に言葉を紡いでいくときに、当然そういう道に入っていくんだと思うんですね。

戦後派は私小説を否定したと言われていますが、そんなに単純ではなくて、野間さんにもまさに「私」が出ている。『作家の戦中日記』なんかを読んでも、それが出てきています。この間、僕は「中村真一郎の会」に出たんですけれども、中村真一郎さんも非常に西洋的な作家で、ロマネスクというと語弊があるかもしれないけれども、私小説としても読める作家で面白い。その辺が戦後派の面白さであると同時に、もっと普遍的に現代、佐伯さんらが書いている現代の作家にも重なるという、そんな感想を持ちました。どうでしょうか。

佐伯 そうですね。二項対立を超えるというのは、確かに戦後文学の一つの特徴だったし、奥泉さんからは文学は人間を探求するもので、戦争や革命に対する一つの願望、その変革のムーブメントというものが重要だったという指摘がありました。その二項対立にも重なるんですが、僕は変わらない人間を見ているのが嫌だというか……、文学が人間の変わらないものを描くのか、それとも人間は変わり得るのだということを描くのかということで言えば、やはり言葉というのは、変わるためにあるんだと思うんです。

先ほどの光と闇ということで言っても、光で照らされたものというのは非常に一面的であって、変わらないということだね。変わらない人間を見ていると、やはり絶望を覚える。私小説というと、何か変わらない、人間はしょせんこんなものだという、変わらない普遍性の信念を語る文学だという捉え方があるけれども、僕は逆に、人間は変わるのだという普遍性の信念を語りたい。だから文体だって作品に応じていろいろ変わるべきだし、逆に言えば私小説というのは、本当は人格のように文体をつくり上げるものだということがあったんだけれど……逆に、私を書くためにはころころ文体を変えるしかないというか。三島由紀夫だって、僕たちみたいな、後から来た人間から見れば、『仮面の告白』なんかはやはり私小説と読めるところがある。そういうふうに、「変わる」ということが一つあるんじゃないかなと思います。

それで、いまは全体小説と私小説ということで言ったんですが、野間さん自身も『青年の環』の中で、梅毒に侵されている大道出水が「ちんば哲学」というものを開陳して、その欠けている部分によって欠けていない全体を超えるというようなことを言っている。こういうのはやはり、二項対立を超える一つの考え方だと思います。僕はいま、欠損感覚というものを一つ自分の中で書きたいなと思っているんです。『en-taxi』の連作でやっているんですが。最初は聴覚に障害を持っている人、その次は片足を切断した人、いま書いているのは視覚がないと……でもこれは――つまりこれも二項対立であって、健常者と障害者というふうにしてしまうと全然つまらない。実際に話を聞くと、障害者の中でもいろんな層がある。つまり、そこは全然二項対立じゃないんですよ。今「ちんば哲学」を発展させるような形で、そういう欠損感覚を通して表現するとどうなるか……。

欠損感覚みたいなことは、先ほどのわかりやすさということで言うと、結構そういうものは表現されているんだけれど、やはりあるわかりやすさの中に回収される物語になっているような気が僕はする。そこに、さっきの闇ということで言うと、闇を与えるんだとしたら、人間の存在というものが謎に包まれているんだとしたら、やはり私というもの――自分が、自分自身のことを一番よくわからない。僕は自分のこともわからない。

私を考えるということは、闇を取り入れる一つの方法だと思うんです。欠損感覚を考える、書く上でも、あくまでも私を通して、自分には障害はないかもしれないけれども、その自分を通してあくまでもそれを書く。欠損している人の中の宇宙だけでとどまってしまうと、これはわかりやすい、回収しやすい物語になってしまうので、そちらの側からすると、健常者の方が闇になる。だから、そういうふうに行き来をするような、そういうものを僕は考えています。

生きるということの思想

富岡　ありがとうございました。塚原さん、まさに問題提起という形で、二項対立ではない人間の希望というか、文学の可能性。村上春樹は受賞演説ですからああいう比喩を使ったと思うんですが、彼自身はおそらく二項対立を超えるものを作品の中で模索をしていると思いますが、非常に重要なお話だったと思います。

塚原　少し言い残したこととかあるので、そこら辺から始めたいと思います。まず私はちょうどこの席、野間さんの写真の隣に座らせていただきました。先ほど紅野謙介さんや藤原さんから野間さんの書斎に行かれたというお話をうかがいましたが、私も望めば行けなかったことはないと思うんです。でも、考えてみたらそういう機会はなかったので残念だなと思ったんです。今日、野間さんの遺影の隣に私が座るという、得難い機会がやっと回ってきたと思って感謝しています。これは本気でそう思っています。

それから、私以外の方はみなさん実作者でいられるわけですよね。私はプロフィールにも書いていただきましたが、文学といってももともと大学院の修士論文はダダイズム研究ということで、トリスタン・ツァラという詩人を研究しています。その後、表象文化、現代アートあるいは現代思想とのかかわりに関心が拡がってきていますが、実作者の方々との見方とは違うから、あるいは失礼なことを申し上げたかもしれませんが……。

その上で野間宏に戻ると、先ほど富岡さんが引用された『現代文明の危機の中の文学』という論文の中で野間さんは、一九七九年に、「文学とは何かというこれまでの文学理論の上にそのまま立つことのない、新しい理論による文学についての徹底した解明が果たされることのないうちに、この「文学」という言葉は用いられている」と書かれている。現在文学概念の変更を迫られているが、それは今できないけれども、とりあえず私は文学について語ろうというようなことを書いているんですね。この「文学についての徹底した解明」ということが、果たしてその後なされたのだろうか。あるいはこれからなされるんだろうかと考えると、やはりそこで先ほど言った二項対立に戻るんですけれども……。

それから、雑談的になりますが、一九七九年という年は、村上春樹が『風の歌を聴け』で群像の新人賞を取られた年です。群像の新人賞というと、富岡さんも評論で。

富岡　同じ年です。

塚原　なるほど。もちろん知ってはいたんですが……。

あともう一つ、野間宏について。これは私が前から野間さんはどういう意味で言っているのかなと気になっていたことです。一九四七年の九月に発表されている『物質と芸術』という短い文章です。要するに、人生と芸術という、十九世紀における文学上の問題は、現代においては物質と芸術というふうに提示されなければならない、と。モーパッサンの『女の一生』とか、フローベルの『マダム・ボヴァリー』みたいな作品は、もうあり得ないとまで言っているんです。それは二十世紀において——もう二十一世紀ですが——野間宏が「文学の物質化」というのをどういう意味で言ったんだろうかということです。富岡さんのご質問、設定と少しずれますけれども、野間さんはそこでこのように言っています。「人生を正しく写し取ることのなかった日本文学のごまかしの継承によって、人生を認識する以外に方法のなかった日本人はまことに不幸である」と。これはどういう意味なのかということを、それこそ後で、今日じゃなくてもいいですが、紅野謙介さんに論じてもらいたい。研究ではいろいろ問題になると思うんですが、要するに「文学の物質化」というのは先ほど言った、何かの手段として文学を利用するとかいうことではなくて、文学それ自体が一つのマターになる、出来事になっていくということではないかと思うんです。それはある意味で、私小説、あるいは全体小説という分類の、もっと向こう側にあるものだと思うんです。

そこから二項対立の話に戻らせていただきますが、私は結局、イデオロギーと思想の違いじゃないかと思うんです。つまり、イデオロギーというのはみずからに疑いを持たないわけですから、すべては正しいんですね。絶対的無謬性であって、先ほどの姜さんで言えば光の言葉です。ところが思想は疑いを持つことから始まる。だから「壁」の側の発想は、やはりイデオロギーです。ところが、「卵」の方は思想だから、場合によっては壊れてしまうかもしれないし、うまく孵化できなかったりするかもしれない。だけど、まさに迷いや闇があるのが思想である。イデオロギーか思想かという、イデオロギーが二項対立を我々に押しつけてきた時代があったとして、それがポストモダンという形で少し変わってきた。でも、ではその後に何があるんだろうかというときに、我々は——広い意味での世界の人々という意味ですが——思想を持っただろうか、いま持っているだろうかということです。そのことが、私は今後の文学の問題になるのではないかと思います。つまりここで言っている思想というのは、何とか主義という名前のついた思想ではなくて、まさに生きるということの思想です。

そこで私は、小林多喜二のコメントを聞いて非常に感動したんですけれども、多喜二が虐殺されたのは昭和八（一九三三）年ですね。その年に岩波文庫からジョルジュ・ソレル『暴力論』の邦訳が出ました。『暴力論』と私がなぜ結びつくかというと、個人的な話になりますが、京都時代の先輩に今村仁司という人がいまして――二年前に亡くなったんですが――今村さんは『暴力論』を自分の思想の軸にしていた。結果的に没後出版になってしまったんですが、岩波文庫のソレル新訳をどうしてもやりたいとおっしゃっていました。私も協力を依頼されて、二年前、二〇〇七年の九月に出ました。実は戦前の岩波文庫版は、検閲のせいで伏せ字だらけなんです。伏せ字は、まさに「壁」ですよね。そんな状況のもとで多喜二が殺されたということを考えると、いま我々は本当に自由なんだろうかということを考えます。たしかに伏せ字はなくなっているかもしれません、しかし、では逆に言うと戦前に伏せ字の裏を一生懸命読んだ人たちのように心に届いているだろうかと考えたときに、やはり疑問を感じざるを得ない。

それから、先ほど聴衆の方とお話ししたときに望月百合子の名前が出ましたけれども、彼女は英訳から『暴力論』を邦訳しているんですね。ですから、さまざまな人々の思想がまさに活字になり、伏せ字になり、そして人々の心に入っていった。そういう時代があったとすれば、今後それほど真剣な思想と文学の時代が来るだろうかという疑問を、私は強く感じてしまう。その意味で、文学はどこに行くのかという問いは、これはやはり永遠の課題である。私が討論をまとめる必要は別にないんですが、実作者の方にぜひ考えてほしいと思っています。

文学と世界

富岡　ありがとうございました。いま塚原さんがおっしゃったイデオロギーと思想という問題は、非常によくわかります。今、文学だけではなくいろいろな場面で、思想というものがあるのか、その有効性がどうなのか、自由な言論があるようだけれども本当に思想の力、思想の構想力、そういうものが出ているのか……という問いは、今日的に大きいと思います。小林多喜二の『蟹工船』は、ちょうど世界大恐慌の年、一九二九（昭和四）年ですね。それ以降、非常に厳しい経済、そして戦争、ファシズムの状況の中に日本の文学や思想があって、時代に抗しながら思想的な仕事をやっていったんじゃないかと思います。たとえば今、三木清らの仕事をもう一度、思想という面から――彼は「構想力」と言っているんですが、読んでみると刺激的なんです。それも含めて戦後派も、戦争と革命の時代、そして戦前の時代をくぐり抜けて、戦後思想ということを表現していったと思います。

そして一九七〇年代の後半で、戦後派の主要な仕事が終了した、それと入れかわるようにして、いわばポストモダンと言われているような思潮が出てきた。今日お越しの方々は大体その一九八〇年代から小説などをお書きになっていると思いますが、そういう意味では、戦後派の持っていたスタンスとは違うもう一つの――一九八〇年代以降のポストモダンという名の、非常にフラットになってしまった、人工的な光の中での言語空間において仕事をしなければならないという、困難といえば困難、新しいといえば新しい状況下で創作とか評論の仕事をやってこられたと思います。その辺が、いま一番問われているところだという気がします。

　奥泉さんが先ほど、小説、文学は人間を探求するものだとおっしゃって、まさにそうだと思いますが、これは、近代ということが頭に主語がついていて、おそらく野間さんたちの仕事でも近代――別な言葉で言えば近代人間主義やヒューマニズム――そういう大きな枠組みは揺らいでいなかった。けれども、今ポストモダンを通過して、もう一つそれを乗り越えていくものは、いま環境問題がいろいろ議論されていますが、人間は宇宙と地球の環境を守らなければならないという、これはある意味傲慢な近代ヒューマニズムの結実だと思います。

　野間さんの中には実はそれとは違った、本当に人間以外という、人間を相対化するような作品があります。古代カンブリア紀の何とか虫とかというのが現れて、それが体の中から出てきたり……非常に面白いアンチ・ヒューマニズムの幻が飛んで、近代自体をある意味で超克しているようなダイナミズムがあります。まさに一九八〇年代以降の書き手、表現者はこういう問題に直面しているというところがあります。……何を言いたいのか、ちょっとわからないですが。奥泉さん、いかがでしょうか。


奥泉　全くそのとおりだと思います。ただ、僕は時々、最後の戦後派だと言われることがあるんですよ。そういうつもりは全然ないんですが。確かにおっしゃったように……いや、最後の戦後派じゃないんですね。なぜないかというと、僕にとって戦後派は、それこそ泉鏡花や漱石や、逆にもっと新しい作家とも横並びなんです。つまり、ポストモダンというのはそういうことです。もうカフカもドストエフスキーも、『源氏物語』も何もかもが横並びになっているし、自分から見て等距離だというところでそれらを読んでいるという意味で、ポストモダンの中から自分が出てきたのは間違いない、そういう感覚を持っています。

　そういう意味では、僕は自分が作家になって初めて、本格的に戦後派を発見しているんですね。先ほどおっしゃったように、戦後派というのは本当に構想力の作家たちなんです。小説は想像力と言いますけれども、まず想像力の前に大きな構想力がある。それは現実に拮抗するような形で何かを打ち立てていくということです。否定の力です。でも、それはポストモダンの作家にとっては一技法なんですよね。そうとも見えるわけです。そう捉えざるを得ないという苦しさがあるのは事実です。それも一つの技法だし、あれも一つの技法だという形でしかないというのは、全くおっしゃるとおりです。そのことは、先ほどからくどくど言っていますけれども、実は小説が商品でなければならないという後期資本主義のこの状況と重なった問題なんですね。

　闇ということについて一つだけ僕の直感を言わせていただくと、僕にとっての闇は、小説が商品だということです。これが一番の闇である、そういう感じがするんです。

富岡　しかも、その商品が売れなくなって。

奥泉　売れないということも含めて、つまりポストモダンというのは、何でもかんでも明るくなって見えてしまう。全部がのっぺりした光に照らされている中の、唯一の闇が、実は資本制生産様式下で、商品であらざるを得ないというところ、そこだけが闇になっているという……僕がそういう感覚の中にいるのは事実です。

　では、もうそれで行くぜということなのか、ということですね。一九八〇年代に言われたような一種の遊戯性のようなもの——つまり戯れていくんだと。さまざまな言葉やイメージが浮遊していて、それと自分が戯れるという形で、何かよいもの、面白いものを創っていくという発想を僕は片目で睨みつつも、やはり違うと言いたいんです。

　それはやはり、歴史という概念でしょうね。歴史は、あるというよりは、つくるものだということです。僕は近代主義者だと言われるけれども、もう言われてもいい。歴史というものを今つくっていくという形で、歴史を発見していくという、そこで、やはり表現を……いや、こういうことは偉そうで嫌なんですが。そういうことも、ごくまれに考えていました。ほとんどはそうじゃないことを考えているんですけれども、少しはそれも考えている。そういう形で、僕は歴史——歴史感覚を取り戻すという中で、もう一度ポストモダンの向こう側に……何というのかな、僕もよくわかりません。

富岡　ポストモダンの脱構築という。

奥泉　極端に言えばですよ。昔に戻るなんてことはもうできないですね。その先に何があるかは、僕もはっきり見えているわけではありませんが、何となくそのあたりを手探りで進んでいる。

富岡　今のは非常に面白い話で、やはりそういう表現にぶつかっているんだなという感じがしますね。いかがでしょうか。ご自由にお願いします。

佐伯　歴史もつくるということ、常に解釈をし直すということ、これは歴史というのと関わってくる。例えば私小説の書く事実というのがありますね。私的体験です。事実というのも、これもつくるものです。事実というものは動かないわけではなくて、私小説でも例えば相対性理論みたいなものがあって、ある一つの運動を観測してそれを測定するためには、観測者の方も動いている場合には、相対的にしか測定できないわけですよね。今までの私小説なり歴史小説というものは、観測者があくまでもとどまっているということで書かれている。しかし本当は観測者も常に動いているわけだから、私小説にもそのとき一回一回の測定しかできないんですよね。だから何回も何回も、同じ事実に対してでも、測定し直さなければいけない。奥泉さんを「最後の戦後派」というより「遅れた戦後派」という人もいましたが、奥泉さんは「遅れ続ける戦後派」という……いや、これは尊称として言っているんですが。僕にはそういうイメージがある。

　今、例えば身近なことで言うと若者の非正規雇用の問題などが出てくると、世の中も経済格差といったことだけ言うけれども、僕は例えばインターネットカフェで寝泊まりしているような人たちのセクシャリティはどうなっているかとか、そういうところを知りたいんです。でも、そういうところは全然報道されないし、世の中も関心を持たない。野間宏だったら、やはりそこで非正規雇用の問題をとるのであれば、その人たちのセクシャリティまで書くと思うね。そういう意味では、戦後派に先祖返りすることは絶対できないけれども、まだやり方はあるという感じがします。

奥泉　いま多くの小説で、非正規雇用の中でしみじみ生きていく世界みたいなものが書かれている。それはさきほどおっしゃった、ある意味で今の感性を絶対化した中で書かれるような——いいじゃないか、貧乏で、みたいな、貧乏なりに豊かに生きていくような、しみじみした世界が書かれていると思うんですよね。野間さんが言った全体小説というイメージは、そうじゃない。必ず今ある感性をずらしていったり、批判したり、批評したりするようなレベルで世界を描いていくし、描こうとした。僕は野間宏という作家が百%それに成功したとは思わないんですけれども、それを絶えず目指していたなと思います。

富岡　姜さん、何かありますか。

姜　ポストモダンと言えば、ちょうど一九八〇年代の最初のころ、私は学生時代で、スキゾ・キッズがはやったころですね。わけもわからず学生たちも『逃走論』なんかを手に持って歩いていたという、そういう時期だったんですが、私もそういう空気の中にあって、例えばその言葉遣いですね——「あなたと私の考えていることは、共振しているようだ」とか「ものすごくあなたの言っていることはアクチュアルだ」とか、目にするたびに、耳にするたびに、恥ずかしくてたまらなかったんですね。今、口にしてみても恥ずかしい。そういうお約束の言葉遣いは、わかったふうで何も言ってないに等しい。何というのか、そこで回収されてしまうような——回収という言葉もあまり好きじゃないんですが、そこで何かごまかされてしまうようなものがたくさんある。何を振り落としてきたのかというのを、今あらためて、ふっと考えたりもしました。

野間さんの小説を読んでいても、多分今どきの若い子たちはこういうものをなかなか読めないだろうなと。とっつきの悪さというのは、例えばマルクス主義や戦争の体験の話だったりするわけですよね。そこで書き手の一人として思うのは、野間さんはそこでマルクス主義について書いているのではない、宗教について書いているのではない、戦争体験について書いているのではないということなんですね。

自分自身の問題に引き戻すと、私の場合、どうしても「在日」であるということから、何を書いても「何で在日のことについて書かないんだ、民族について書かないんだ」という声が聞こえてくる。それに何の意味があるのかと思うんです。「民族」という言葉のもっともっと奥にある「人間」について、書き手は書こうとしている。あるいは野間さんだったら、マルクス主義ではない、親鸞ではない——それについて書こうとしているのではなくて、それと格闘して生きている自分について書こうとしているんでしょう、人間について書こうとしているんでしょうということの読みが、だんだんできなくなっているんだなというのを感じるわけなんです。書く方もつらいけれど、読む方ももう少し頑張ってよということを思うんです。読み手の問題が先か、書き手の問題が先か、どちらが先なのか。これもある意味、一種の闇の中にほうり出されているような感覚だなとは思うんですが……。

富岡　先ほどのお話で、『わが塔はそこに立つ』の、主人公が「違うよ、違うよ」と言うところをおっしゃっていましたね。

野間さんだけではないと思うんですが、戦後派の一つの文学の風景として、マルクス主義だけど違うよというのもあるし、親鸞だけど違うよ、キリスト教だけど違うよというのがある。これは武田泰淳もそうだし、洗礼を受けましたが椎名麟三なんかもそうだし、やはり戦後派の言葉の力だという感じを、今のお話で思いました。そういうことについて、受け手も弱くなってしまったということが、今の問題だと思います。

塚原　一言だけお願いします。本当は、奥泉さんの歴史、人間ということに、いろいろお聞きしたいこともありますが、長くなりますので。野間宏が世界の問題——環境やいろいろなことを考えていたという話です。私はジャン・ボードリヤールというフランスの思想家を翻訳したり研究したりしていますが、ボードリヤールは世界と人間の関係で、人間が世界のことを考えているのではなくて——世界というのは人間以外の世界という意味ですが——「人間が世界のことを考えているのではなくて、世界が人間のことを考えているんだ」という言葉を残しているんですね。これは非常に的を射た言葉で、つまりいま環境問題だ、大変だと言っているけれども、人間以外のすべての生物にとって一番いい選択肢は何か、皆さんお分かりですよね。人間がいなくなることなんですよ。人間が全部いなくなって人間の文明がなくなってしまえば、人間以外の生命は牛や豚だって人間に食われることはないし、海でも鯨は自由に増えられるし、自然の一つのリズムに従って地球はまたハーモニーを取り戻すでしょう。それを我々は受け入れられないというんだけれども、実際はそういう方向に向かっているかもしれないんです。つまり人間がいなくなる方向に向かっているのかもしれない。それが世界の意志かもしれない。

ではそのとき、人間がいなくなったときに、文学はどうなるか。それでも言葉は残るわけですね。ボルヘス的な世界になりますけれども。ですから私は、これからの文学というのは、ある意味で一つの神話として残っていくようなものがあっていいんじゃないかと思うんです。先ほどアクチュアルと姜さんがおっしゃったのがどういう意味かちょっとわかりませんが、やはりそういう形でないと時代を超えて残らない。砂漠の中で昔の写本が見つかって、この頃こんな本が書かれていたんだということを将来の知的生命が見つけるような、そういうものがあるんだろうか。私はそういうことをいま考えたりしているんです。

富岡　今日は四名の方においでいただいて、近年にない野間宏の会になりました。本質的な話が交わされたのではないかと思っています。うまくまとめられなくて申しわけございませんが、以上でシンポジウムを終わりたく思います。どうもありがとうございました。

（二〇〇九年六月　第一七回）

II　同時代人が見た野間宏——回想と業績

野間さんのテンポ

作家 安岡章太郎

「のまーでーす」

私は話のまとまりがつねにないものですから、そして時間がこれはいつまで話していいのかよくわからないから、そこそこにお話いたします。「野間さんのテンポ」という題名なんだけど、野間さんのユックリした口調、これはやっぱり僕は野間さんの大きな存在理由だと思うんです。山田國廣さんの話では時々、時ならぬ時刻に野間さんから電話がかかってきたそうですが、私はそういう電話はいただいたことはありません。いつも常識的な時間にいただきました。それはただ、たしかに黒井千次さんが言ったように、くぐもり声で、そして「のまーでーす」というぐらい、スローなんですね。今ご紹介いただいたように野間さんとの対談というか、差別についての鼎談、これはほんとうは『朝日ジャーナル』で一回だけやるはずだったんです。そしたらば、たしかに野間さんは八〇〇枚のものが八〇〇〇枚になる人でありまして、一回だけのやつが、このつぎはだれか呼んでやりましょうと。それで結論を言うと、一九七六年から始まって七八年に終わりました。これは毎週一回やったのか、それとも隔週でやったのか、このへんの記憶がよくわからないけど、延々としてやり続けたという思いがあります。じつは私はほんとうは必要はないんで、野間さんが一人でおやりになって、いろいろな方をゲストに迎えて、水上勉とか中上健次とか、大岡昇平、杉浦明平、もっと今、僕は名前が出てきません。いろいろな学者の方、それも僕ら、ふだん接することのできないような方がいろいろ、宮本常一さんとか、高取さんとか、まだいっぱいいましたね。ただ野間さんの話はね、非常に「のまーでーす」という調子ですから、聞き取りにくいんですね、あまりにゆっくりであるために。僕は何年か続けてお会いしているうちに、だいたいのところ野間語を理解することができるようになった（笑）。そこで僕が通訳になって、話をすすめる。つまり、通訳としてどうしても必要だからというので、ずーっとおつきあいしたわけです。

映画「真空地帯」

それでだけど——なぜ差別かということなんですが——その前に、じつは私は文学をはじめるにあたって、とにかく自分にとっての戦争というものをどう考えるか、それを書かなければ小説もはじまるものではないというふうに、同じ年頃の連中と会うたびに、そういうことを話しておりました。それでじゃあ、どうしたら自分たちにとっての戦争とか、軍隊とかのことが書けるかということになると、これは自分たちのすぐ上の世代の人たちがどんな仕事をしているか、それがいちばん気になるわけです。じつは僕は大岡昇平さんの『俘虜記』というものを読んでたいへん感動した。それはしかし、やはりどうも自分が捕虜になってみないと戦争というものはわからないんじゃないかと、そういう思いが非常にいたしました。ということになると自分は捕虜になってないんだから、結局、俺は小説は書けないじゃないかなと思うんですね。だけど捕虜にならなかったといえば野間という人がどうも捕虜になってない（笑）、それでいて、ちゃんと小説を書いている。しかし、経歴をいろいろ聞くと、衛戍監獄というか、陸軍刑務所というところで勤められた。これはやっぱり捕虜よりもまた一段と過酷なる体験でありまして、それもつまり確信犯というか、そういうことでありますから、このぐらいの、鉄のような人のいるところで、いったい自分はどうやって、何というかな、どうやって文学をやっていったらいいかと思うと、じつにこれは困難をおぼえました。

それで私は、なるべく野間さんの作品は読まないようにしていました。さっき黒井千次さんが話した『真空地帯』という小説、例えばあれが出た時、僕はもう短い短編小説なんかを何編か、すでに発表してましたけれども、あのぶ厚いやつが出て、たしかあれは七〇〇枚か八〇〇枚あって、当時はこれだけの作品が書き下しで出ることは極めて異例でした。無論、大変な反響がありましたが、それでも僕は読まないんですよ。読めばこれはもう絶対に自分はものが書けなくなると思ってね、なかなか読めなかった。それであれは昭和二十七年の暮でしたけどね、僕は『真空地帯』

が映画になって、浅草へ見に行ったんです。本当は映画も見ない方がいいかと思ったんですが、やはり我慢出来なくなりましてね、浅草の映画館へ行った。当時、浅草の客というのは、何かたいへん感度がいいということになっているそうですが、僕はそれを見た時、――昭和二十七年というのは敗戦から七年たっているわけですね――、その時点において浅草の客は僕は不都合というか失礼だと思った。どうしてかと言うと、あの中に安西二等兵というう非常に要領の悪いというか、あるいはふてぶてしいというか、そういうのが出てきて、バッカン――みそ汁なんかを入れるバケツのことですよ――、それを持って飯上げというのはご飯を食事当番が炊事場から持ってくるわけですね。で、持ってきたそのバッカンを内務班の廊下でもってひっくり返っちゃって、ぶちまけるところがあるんです。これはその場面を見たら、僕はもう胸がグサッとくるんですね、恐ろしさに。つまり自分の班の全員の食べるみそ汁を全部失ってしまったらどんな目に合うかということは、もう考えるまでもなく非常に恐ろしいわけです。だけど客はみんな笑いの渦に巻かれているんですね。なぜ笑うのかと思ったら、これはチャップリンの喜劇とまちがえているんですね。チャップリンじゃなくてもアメリカの喜劇がよくパイをぶつけあうでしょう、スラップスティックとかいって。あれと同じものを、映画館の客たちは期待するんですね。それを見てて僕は非常になさけないというか、腹が立つというか、これではわれわれが軍隊へ行って、それで軍隊というものを経験したことのない人たちに何も伝えてないんじゃないかということを考えたわけです。

たしか野間さんのように大変なヴェテランの古兵でさえも、戦争を書くためには戦闘を書かなければならない、そう思って最後までそのことを気にしながら、バターンかコルヒドールか何かそういうところを見て回られたとおっしゃっているんですが、たしかにそれはそのとおりでしょう、だけど小説家でもって戦闘状況を書いた人というのは、僕はあんまり知らないんだな。武田泰淳が『汝の母を』というのを書きました。これは中支、中国戦線で中国兵を木に縛りつけておいて、銃剣で突き刺す練習というか、つまり生きた人間をそのまま標的にして突き刺すんですね、で殺す。そしてその時に殺される中国兵が日本兵に向かって、中国語で「なんじの母を」といういちばん悪い言葉ですね、憎しみの言葉を言ったという、そういう短編が一つありましたけれども、あとは『黄河のほとり』かな。でも『黄河のほとり』はやっぱり戦闘とは言えないですね。結局ないんですよ。戦後の日本の、いわゆる純文学の作家で、戦闘を書いたというものはないんですね。そして純文学であってもなくてもいいわけですけれども、僕らが知ってる近代戦というか、あれは日露戦争の時の体験を桜井忠温という人が書いてますね。この題名は『肉弾』というのね。旅順の要塞を、ロシア軍の持ってる要塞を攻撃する話。それから『此一戦』というのを水野広徳という人が書いた。これは日本海の大海戦を書いた小説がある、それだけなんですね。だけどそういうものはやっぱり私たちの考える文学とはちょっと離れていて、やっぱり戦闘を書いたということじゃないんだな。

何か時間がたいへん足りなくなってきましたので、はしょらせていただきますが、自分が軍隊なり戦争を書く直接の動機としては、浅草で『真空地帯』の映画を見た時、観客が完全に軍隊というものを誤解している、そしてこれが僕は自分の内務班体験というものを書かなきゃならないなと思った大きな理由でした。

差別の問題

それと、軍隊や戦争を描くにも差別を書く必要があるが、なぜ差別が必要かということを急いでお話しなければなりません。あの『真空地帯』という小説は、いろんなふうな問題を引き起こしました。そして必ずしもそれは肯定的な批評だけではなかったんです。そのもっとも否定的な批評は、どういうことかというと、ここには天皇制の問題がちゃんと論じられていないというようなことであったと思います。だけど、それはもっと端的に言うと、あれを読んだ人は、ある意味ではやはり物足りないというかな、何か肩すかしを喰わされたような、そんな気がしたと思う。これはじつは野間さん自身は非常に書きにくい問題にぶつかっていて、そこのところを十分に書いておられなかったからなんだな。簡単に言いますと、主人公の上等兵がいますね。監獄から帰ってきた木谷上等兵と言ったかな、あの主人公が被差別部落の出身であるということが書かれてないんです。私もそれは知らずに読みすごしておりました。そして、この小説がこのまま終ってしまったのでは大山鳴動鼠一匹ではないかと思った。そういうふうに思ったんです。実際あの主人公を被差別部落出身というふうに読まないと、そういう不満が残ってくるんです。それから、あの主人公が天皇制の抑圧の中で苦しんでいるということも、あの被差別部落という言葉が一言出てくれれば、非常によくわかるはずなんですね。だけど野間さんはそこのところを、じつに苦しい思いで削られたんですね。僕は後にずーっと後になって知りました。そして野間さんに直接会った時、なぜあれはそういうふうにお書きにならなかったかと聞いたら、それは地域の問題や何かがあるからだめだということを、ぼそぼそとゆっくりしたテンポで答えられただけでしたけど、ほんとうは野間さんは、そこのところは書きたかったと思うんですね。しかし、ついに書かなかった。ここにほんとうに差別の問題のむずかしさがあります。これは言いたくても言えないんですね、ある場合には。それを言うことでもって、現実にある人間のだれかを傷つけたり何かすることはできませんから。

そして、どうも六時回っちゃったな、すいません、たいへん中途半端ですけど、なんとも締まりがないですね。終わり。

（一九九三年五月　第一回）

野間君の憶い出

哲学　久野　収

一九四〇年前後――京都・大阪

野間君の初期の名作『暗い絵』の中に、布施杜生がそのモデルである木山省吾たち、非転向で獄死する何人かの京大の学生たちが出てきますね。人民戦線にむしろ批判的で、もっと前衛的戦闘集団の反戦運動を考えた人たちです。しかし布施君は人民戦線を軽視するのでなく、『世界文化』同人の武谷三男君やぼくのところにも何回か訪ねてきました。戦後になって中野重治氏が、「布施杜生君を知っていますか、彼が『暗い絵』の木山のモデルだそうですが」と言って、彼が中野さんのところを大学生時代に数回訪ね、新しい運動をやろうと奨められたと言っておられました。中野さんは検挙中をなんとか頑張って、やっと出獄に漕ぎつけた直後で気力も充実していないし、その方法も確信的な発言ができなかったので、そう話し、辞退したということでした。中野さんでさえ検挙中にフランスで出発した、人民戦線をくわしくご存知なかった。布施君に迷惑をかけてはまずいという気持で、ことわられたらしい。

布施君とともに、野間君も武谷君ととりわけ親しかった。自然科学的原理や哲学的思想については相互に影響があったと思います。

野間君は『暗い絵』の中の深見ないし木山に近かったから、ぼくら、人民戦線派に対し合法主義の腰ぬけ社会民主主義者だとは思っていなかった。花田清輝君はそう思っていたらしく、そんな腰ぬけ社会民主主義者たちが戦後のさばったから革命ができなかったんだと怒って書いていますね。野間君はそういう判断ではなかった。余談になりますが、花田君はぼくより歳が一つ二つ、上だけれども、大学はぼくと同期です。二回留年して京大闘争にも加わった。そこは彼の経歴でブランクになっていますが、彼が一番勉強に没入していた時代で、ひとつだけ作品を書いたらしいのですが、留年した英文の二年間、何をしていたか一番わからない時期とされています。

野間君は、当時、一九三七（昭和十二）年の段階で、富士正晴君宛の書簡に「プロレタリア運動は日本の矛盾をつかみそこねている」と書いていますが、ぼくもそれと同意見で、ぼくより四、五年若くして当時の状況をそこまで見すえていたのですから、偉いと思うのです。

戦争中、野間君ともう一度交叉するのは、一九三九（昭和十四）年にぼくが「世界文化」事件での投獄から出てきて昭和高商の事務を手伝っている時分に、黒正巌氏が校長をやっていた昭和高商の理事長であった菅野和太郎氏が、大阪商大経済研究所の所長をしていて、東京商大の学長から大阪市長に招かれた関一博士に頼まれて、行く行くは市長に推される約束で、教育疑獄事件の大掃除をするために、教育部長になった。菅野部長の下に合田久太郎さんがいて、彼と野間君とは親しくつきあっていた。合田さんは戦後、大阪東区の区長として、在日朝鮮人の地位改革のため奮闘し、大阪市大の事務局長もしたリベラルです。その合田氏が教育部の総務課だったかの課長をしていて、彼のところに不平不満の青年たちが集まっていた。その課はひそかに解放区などと呼ばれていて、戦後、名古屋大学社会学教授になりジンメルをやった阿閉吉男君とか哲学教授になった藤野渉君とかがたむろしていて、何でも自由に放言、談論していました。

そこへ野間君も、ときどき加わっていたようです。一九四〇（昭和十五）年頃、彼が兵隊にとられる直前の時期です。当時、彼は天王寺の公民会館の責任者であって、市役所へときどき報告にあらわれ、菅野氏に会いに現われたぼくとときたま、総務課のソファで話しあったことがありました。ぼくは当時、刑の執行猶予中の前科者でしたから居座っていると彼らに迷惑になりかねないので、藤野君らがよおよおと嬉しそうに声をかけてくれても、あまり話をしないようにしていました。そこに野間君がたびたびきていた。彼は京都の同志とわかれて大阪に来ていたので、矢張り淋しかったんでしょう。いま何をやっているか、身体は達者かという話以外にあまり打ち明けた話はできませんでしたが、やせていて、少年の面影が生きている、たいへんいい顔をしていました。

先輩の桑原武夫氏がどこかに書いていましたが、自分は理論家を発見するのにすぐれていると思うけれども、文学の専門理論家のくせに文学者についてはからきしだめだとぼくに語ったことがある。桑原氏がスタンダールを訳していた頃、野間君や田宮虎彦君は旧制三高の時代から桑原氏のところに現われていたらしい。桑原氏は才気煥発なのに、二人とも訥弁で多くを語らないので彼らを見込みないと思ったそうです。だから自分は文芸を専門にしていて作品の評価はできるけれども、作家を見る眼は鋭くないのは否定できないという話でした。それではぼくよりまずいと言って笑い合った。ぼくは当時から野間君を高く買っていましたから。

二つのサンボリスム

『三人』はぼくもときどき読んでいました。当時は同人雑誌ばやりで、旧制大阪高校第一回生だった藤沢桓夫、長沖一、辻部政太郎、秋田実、それに旧制三高出の武田麟太郎といった人たちが出していた『辻馬車』という同人雑誌、その前の梶井基次郎らの『青空』もそのひとつでした。野間君たちはそれらを読んでいたに違いない。保田與重郎、肥下恒夫らの『コギト』もそのあと、出ました。『コギト』はドイツのローマン派が主力で、シュレーゲル、シェリングら、ゲーテ以後のドイツ精神史を彩るシュトルム・ウント・ドラング時代の思想家たちの影響を受けていたのですが、それに対して野間君たちはフランス・サンボリスムを中心に『三人』を出していた。その立場のもつ思想的意味は大きく、そこをだれかが解明する必要がある。野間君の文学的・思想的位置をはっきりさせる視点です。もう一方にマルクス主義的唯物論がありますね。これは京都のアカデミズムには乏しかったところで、ぼくらの『世界文化』が出てきて西ヨーロッパのマルクス主義をとりつぐのですが、もうひとつ唯物論研究会は京都にも支部があって、両方の影響を野間君は一番素直に受けているのではないか。竹之内静雄や富士正晴とは資質的に違いますから。文人作家とは違って野間君はすぐれた理論家でもあります。

野間君にフランス・サンボリスムの影響があると言うとき、竹内勝太郎の影響もあるけれども、同時にしかし竹内のような美的サンボリスムとともに、ヴァレリーのような思想的立場を、『コギト』の思想に対抗するために求めていったのではないか、そこのところが重要だと思います。晩年は野間君自身が偉くなって、ぼくもなんとなしに親方みたいになってしまって、本当はそういう話を野間君としたかったのですが、遂に機会がなかったのがとても残念です。

野間君のマラルメからヴァレリーにいたる道筋、ドイツのゲオルゲやグンドルフらのサンボリスムに対してフランスのマラルメやヴァレリーを対置させていった選択の問題はたいへん興味深い。野間君はおそらくゲオルゲやグンドルフも知っていた。辰野隆や渡辺一夫の系統の非政治的なサンボリスムとは違う方向を野間君は『三人』の中でとっていったのではないか。それは政治的なものへの関心の強いドイツのゲオルゲグループからの精神的インパクトを受けていたということではないか。しかし同時にドイツのファシズム的サンボリスムにならない自戒の基礎ともなっていたのではないか。日本浪漫派に流れこんだドイツの象徴主義でないものに賭けようとしたところが、野間君の眼力のある、偉大なところだと思っています。

総合化への道のり

野間君は近代の作家、近代の思想家には稀な総合的資質の持主でした。要するにひとつのものを追いこんでいくタイプでなしに、全体小説というのですか、何もかもとり入れようとする思想家ですね。この総合的作家——哲学も宗教も科学も文学もくみ入れていく、そういう大きな小説を書く思想的バックグラウンドに何があったかを考えてくれる人は誰かいますか。折衷でもぼくのようなプラグマティックな折衷ではなくて、もっと雄大な総合——そこが梯明秀とともに西田哲学とも結びつくところでしょう。

ぼくらは近代主義で、価値の世界においてリアリスティックというかマテリアリスティックというか、科学的真偽の価値を大切にして、それを思想の主流に置くのです。ぼくはこの頃それだけではなくなってきていますが。しかし多彩なひとつの意味の世界——科学的真偽の世界の背景には広大な美的意味と、宗教的意味、社会的、歴史的意味の世界があって、それらが真理・虚偽の世界を包んでいる。そこで真理・虚偽の客観的検証可能の世界から脱出して、美のための美、聖のための聖、あるいは信仰のための信仰、歴史のための歴史へいくのではなく、大きな意味の大海のなかで真偽の価値の領域を位置づけ、拡大していく視点こそが大切だと思うのです。それから同時に真偽の価値の領域から美的意味、信仰的意味あるいは社会的=人間的意味を昇華させていく。そういう意味の世界は、客観的事実の世界だけではなしに、客観的事実なり法則がわれわれの意識、無意識に与える刺激、そしてその刺激に対してわれわれが応える全身的反応の世界を意味するわけですね。ここでは重心が意識、無意識の方にある。これに対して客観的事実の方に重心があるのが近代科学の真偽客観化の世界です。

客観的事実、真偽の世界から脱出して、意味のための意味の中にのめりこむのではなしに、その両者の架橋を思想の中で追求した作家・思想家が近代では一流なんだとぼくは思うのです。野間君は明らかにその一人に入っています。彼は作品を書きながら文学的真実とは何か、それが科学的真偽とどう関係するか、どう交錯するかという問題に最後までこだわっています。その点ではスタイルは違うけれども、ヴァレリーと似ている。ヴァレリーも意味の世界において合理主義を貫こうとしますね。ヴァレリーのサンボリスムは、全然ミスティシズムではないでしょう。

さきに述べたようにローマン主義に対して野間君がどういう態度をとったか、それからドイツ流のサンボリスムとフランス流のサンボリスムに対してどういう態度をとったか、またマルクス主義のマテリアリズムにどういう態度をとったか、そして最後にサルトルの実存主義に対してどういう態度をとったか、これらのすべてにかかわっているのですから、彼は大変な大物ですよ。ぼくのような折衷ではなしに、いい意味での総合を志していた。この総合の根にあるものは、唯物論ではなく実存的なものだったとぼくは思います。態度の面から言えば、矢張りサルトルに一番近かったのではないか。ですから逆に、「サルトル的観念論をどう思いますか。あれは矢張り批判しなければいけない」とぼくにたびたび言っていたのです。

ぼくらは相対主義で、比較的にいいものがあれば誰からも学び、悪いものを批判するというやり方ですが、梯君や野間君はそうではない。そっくりそのまま頂いて腑分けし、それを乗りこえるという、それが晩年になればなるほど自信を深めていったところがありますね。

野間君が苦しんだのは、真理や事実と、意味や意識の関係をどういうふうに扱えば思想における全体性を獲得できるかの問題にかかわっています。

野間君が書き遺しているたくさんの問題に皆がとりかからなければいけないでしょう。彼自身がそれを期待しているのですから。作品論、文学方法論も大事だけれど、野間君はそこからはみ出ていたからこそ、かの頭脳明晰な先輩、大岡昇平が晩年、野間君を高く評価していたのだということをわれわれは深く記憶しなければならないと思うのです。

（談話／一九九五年五月十二日／於・久野収氏宅　第三号）

「戦後文学」とは何だったか、そして、何か

作家
小田 実

野間宏さんのこの会の二回目に、私はまさに中村真一郎氏といっしょにしゃべっています。三國連太郎氏とか、ほかの方もいらっしゃったけれども。それは九四年のことです。野間さんはお亡くなりになっていたけれども彼と非常に親しい二人、中村さんと三國連太郎氏と三人で面白い話をしましたが、中村さんはもういなくなってしまった。

その九四年と私のいまの人生の間に大きな裂け目があります。それは九五年の一月十七日の「阪神・淡路大震災」です。私も九死に一生を得たんだけれども。その大きな裂け目を通過して、現在生きています。そういう感じが新幹線の車中でひしひしとした。今日、彼らといっしょに来たという感じがするなと、考えながら

二重の壊滅——戦争での壊滅と戦後世界の壊滅

私はいま兵庫県西宮に住んでいるんです、阪神間です。このごろはいつもそうなんですけれども、日帰りで東京に来ます。今朝も新幹線に乗ってきた。野間さんがお亡くなりになったときにも私は新幹線に乗って、日帰りで来て帰った。そのことを考えながら新幹線に乗っていました。野間さんと非常に親しかった中村真一郎氏がお亡くなりになったのは去年の十二月ですが、その時も、彼は熱海に住んでいたんですが、私は新幹線に乗って、日帰りで熱海に、行って帰った。その熱海を見ながら今日来ました。

ここまで来ました。

私にとって、その大きな裂け目というのが非常に大事だと思います。その裂け目があってから「戦後文学」を私はあらためて読みなおしてみた。そのことを、さっき藤原さんがおっしゃったように、『新潮』にかなり長い評論ですけれども書きました。(『被災地』『ロンギノス』『戦後文学』──被災地からの『私的文学論』)読んでいただければさいわいです。私はしゃべるのがそんなにうまくないので、読んでいただいた方がはっきりすると思うんだけれども。それと関連しながら話したいと思います。

さっき、白石かずこさんが野間さんの詩をおよみになりました。「歴史の蜘蛛」。その詩のなかに私の馴染みの名前が出て来ます。砲兵工廠という名前です。砲兵工廠の何とかかんとかと。砲兵工廠は一九四五年八月十四日に大爆撃を受けて壊滅した巨大な兵器工場です。いまは大阪城公園になっています。じつは当時私が両親とともに住んでいた家はその近くなんです。私自身が死ぬか生きるかの体験をそこでもしました。そして八月十五日、次の日に戦争は終わってしまった。私はそのことを小説に書いたり、いろんなところに書いていますけれども、その砲兵工廠という名前がいままでてきたので、愕然とした。前にはあまり気がつかなかったかもしれない。

それからいま、べつの方が『真空地帯』について話されました。それにもいろんな感慨がある。野間さんがお書きになった「歴史の蜘蛛」の「大都会」、あれはいっぺん壊滅した。その壊滅の現場に私はいました。大阪空襲によって、『真空地帯』もなくなりました。つまり、あの『真空地帯』の舞台の場はただの焼け野原になった。一九四五年の三月の空襲によってです。日本軍隊は全部崩壊した。真空地帯そのものが崩壊してしまった。そのあとを八月十五日まで私は生きていました。

そして、「戦後」がそこから生まれて来て、バブル経済の一時期の繁栄に至る「戦後世界」が形成されて五十年余りが終って、「阪神・淡路大震災」が起こった。またもや私は破滅に出会う。そんな意味で私には二重の壊滅が見えてくる。ひとつは戦争での壊滅、もうひとつは戦後世界における破滅です。その二つの壊滅はべつべつのものとしてではなく重なりあうものとしてある。その重なりあってある二つの壊滅に直面しているような気がしています。

洪水、手抜き工事、「都市再開発計画」
──大震災が露わにした行政の横暴──

私は今、兵庫県の西宮に住んでいます。震災に出会ったのは、そこでですが、より正確に言えば、私が住んでいるのは西宮と芦屋の境です。神戸のかげにかくれてあまり問題にされないのですが、被害が大きかった都市です。被害が大きかったから、被害のあとも大きくて依然として残っている。

私のところは海沿いで、海沿いの集合住宅に私は住んでいるんですけれども、私は毎日、その被害のあとを眺めてくらしている。ぱっと来て見るだけだったら、「ああ、きれいですね」ということになるのですが、じっとみると、いろんなものが見えて来る。私のところは八階にあるので、海も見えれば山も見えるという、ふつうだったら山紫水明の地なんです。しかし、よく見ると、山の方は六甲山の緑がきれいなんだけれど、あちこち裂けている。これは雨が降ったらえらいことになるだろうと思います。雨がたくさん降りだすとみんな心配する、えらいことになると。乱開発という言葉があるけれど、乱開発の極致が六甲山です。トンネルをいくつも掘った。私は、こんなことをしてたら地震が起こるぞ、と昔書いたことがあります。地震が起こったときに予言者は死んではならないと私は思ったんだけどね。死にかけたときにそう思ったんです。

しかし、こうしたことはわが地域だけのことではない。日本じゅう、どこへ行っても、山が裂けたりしていますね。むちゃくちゃなことが日本では起こっているとだけ申し上げたいと思う。

谷崎潤一郎の『細雪』に有名な洪水の場面がありますね。私は、今、『細雪』はただの文学作品として読めない。あの場面にはなかなか迫力があるのですが、私にとっては、これは文学の話ではない。それはこういうことがあったからです。実はあの程度の雨が降ったらどうなるかという調査を、大阪の大学に大阪のテレビ局が頼んでやってみたことがあるんです、シミュレーションで。その番組を三回放映する予定だったのですが、一回で止めてしまった。なぜ止めたかというと、それはそういうことになれば、全部アウトである、全部終わりになる、と。そういう結果が出ちゃった。それで止めてしまった。それで決めたことは、そういう雨は絶対に降らない（笑）。その前提で、調査地の政治は災害にそなえて来た。つまり、それは災害にそなえて来なかったということです。この東京でも同じことをやっていると思います。今はまだ『細雪』程度の雨は降ってないです。降ったら、その後、今度は山が裂けているからもっとすごいことになるだろうというのは予測されますね。

それがあって、私の住居から視線をずらしていくと高速道路が通っているのが見えるんだけれども、その高速道路は皆さんご存じのように、見事にひっくり返ったやつです。それが私の家のすぐそばを走っている。それだけだったらまだ驚くことはないんだけれども、これを修復した。修復したというときに、これからは手抜き工事を一切しないと言った。それからもう一つは、あれは要するに一本脚だからひっくり返った、二本脚にしますと言った。でもいまはまたも一本脚です。ここで、言われる文句は同じです。時間、金がない。それからもう一つ、日本の土木技術は優秀だ、と。そして、現場を見ていると、手抜き工事だらけです。これで高速道路は修理ができて貫通した。そういうことになった。

それから私のところのすぐそばの十一階建てのでかい集合住宅

が三棟、全壊のままでこのあいだまで建っていたんです。これは全壊だけれど、取壊するのにものすごくもめるわけです。それはそうでしょう。みんながダブルローンとかトリプルローンをして入っていますからね。日本はものすごく資本主義国だから、ローンは全部架空のローンを払わされている。みんななくなった家に払っているんです。これから三十年も払って行かなければならない。それでもめにもめて、やっとこさつぶした。いまはなくなりましたけれども、このあいだまで建ってました。新聞記者やテレビの人たちもよく来るので、「あれを撮れよ」と言うのですが、「いや、きれいですね」で終わる。「じゃあ、おまえ住んでみな」と言うんです。

私の住居の近くには区画整理でめちゃくちゃな目にあわされているところがある。まず、言っておきたいのですが、この整理というのは、変な話ですね。震災して壊れたら復旧するというのは元のとおりにすることでしょう。しかし、行政は絶対にそうはしない。都市計画をもとから全部温めているわけ。で、地表で地域が壊滅した。と、これ幸いとその計画とウワッーと強行する。一番神戸はひどかった。神戸というのは前から都市計画を作っていた。いわゆる「都市再開発計画」です。それを作っていた。地震後一週間で調査に行っています、神戸市の都市開発局は。どれだけ壊れているかを探るためです。壊れているところは計画をたやすく強行できる。一銭も払わなくてすむからね。それでやった。めちゃくちゃにやった。長田のは有名になったでしょう。長田の駅のそばにはいま二十何階建ての、いわゆる高層マンションができています。これを「防災都市計画」というんです。被災者はだれも住めないです、一戸あたり三千万円拂わないとならないから。その防災計画では、二十八階建てぐらいのやつを造ったら安全だという神話をまき散らしてやったわけです。

ところが、私の家のすぐそばは芦屋浜という埋立地です。埋立地には竹中工務店が建設した二十八階建てなどが五十棟ある。建設大臣賞をもらって、絶対日本の技術は優秀だといばったやつが、なかには全部鉄骨支柱が折れたのがあった。それを電気溶接でごまかした。日本というのはひどい国ですよ。たとえば竹中工務店が造ったものを、竹中工務店が審査して、竹中工務店が決定して、竹中工務店がつぶすと決めたら、竹中工務店がもう一回造るんです。どこへいっても企業が儲かるようになっているんだから。それといっしょに結託するのが政治です。

私のところのそばで区画整理を断行して、むちゃくちゃになったところは一番住民が死んだところです。住民が死んでれば、それだけ整理がしやすい。だから強行する。私の住居は芦屋浜と西宮浜に取り巻かれている、皆さんは六甲アイランドとか、ポートアイランドというのは知っていられるでしょう。あれはまだましなんですよ。あれは港の設備を造ったときに余ったので高層住宅を建てたからまだ強いんです。ところが私のところの芦屋浜ははじめから住宅用だから、これは弱い。たやすく液状化を起こした。液状化ってこわいですよ。液状化を起こして、地盤が一メートル沈下した、ボンと落ちた。そして面積が周囲で二メートル広がった。皆さんが海岸で遊ぶでしょう、島を作って。波が来たらバッと広がる。で、皆さんはどうするかというと、手で囲って全体を高くする。あれができない。天の神様しかできない。まだそんな技術はない。それからもう一つ、お金がないでしょう。そんなことをするにはものすごくお金がかかるからね。で、結局どうしたか、ごまかした。六百軒の家があるんですけれど、傾いたきりだ。西宮浜も同じです。私のところは、この二つに取り巻かれているわけです。

現代の科学技術への不信、政治への不信

そして科学技術に対する根本的な不信感を持っていただきたいと思います。阪神間は六本ぐらい主要な交通機関があります。一番山側が新幹線、その次が阪急電車、その次がJR、それから阪神電車、それから阪神高速、それから湾岸道路、これは一番最新式です。で、結局、一番もったのは明治時代の国鉄、JRです。新幹線は落ちたでしょう。阪急電車もつぶれた、JRもつぶれたけれど一番速く復旧したのはJRです。その次の阪神もつぶれた。その次の阪神高速はひっくり返った、テレビでごらんになったやつです。最新式の湾岸道路も落ちた。この道路も西宮大橋はうちのすぐそばなんだけれども、こういうアーチ型のやつが落ちたのをごらんになったでしょう。それからまだ開通してない最新式の橋が落ちた。科学技術の粋はみなくいつぶれた。私のところの前の汚い道路が突然、幹線道路になって、それは明治時代に造った橋で、その橋だけがちゃんとしていた。いったい今の科学技術って何だ、ということを皆さんが一番わかるのはこのことだと思う。

では、政治はどうなっているかというと、「阪神・淡路大震災」の被災地では、総与党体制というのをここ二十年ぐらい作って来た。神戸で言うと、これは共産党も入った総与党体制です。いま共産党も入って、自民党から共産党も相乗りの総与党体制です。いまの市長は三期目なんだけれども、三期目の選挙がこのあいだあった。このときはじめていろんなことでもめたんだけれども、二期目は全党相乗りです。共産党から自民党に至るまでの相乗り。だから投票率は二〇パーセント。ばかばかしくて選挙にいけないでしょう。この二〇パーセントの市長が人民に君臨する。これは労働組合の支持、革新勢力の支持が、すべてあってのことです。市職労働組合が完全に支持。市職の機関誌を見ますと、われわれの方針に反対するのは「人民の敵」だというふうに書いています。平気で書いています。それから第三セクター方式。はやっているでしょう。フラワーパークとかなんとかで、神戸は有名です。そういうところの会社には、社長は、たとえば共産党、たとえば市

職の委員長、それがなる。社会主義国家みたいなものですね。それから町づくり協議会というのを作った。それは下から上へあげますといいながら上から押しつける。その機関を作った。この政治のかたちは最先端だと思うんです。そこからこの国の姿形が見える。

私の家のすぐそばで、海を隔てて西宮浜の仮設住宅が見える。仮設住宅がいままだ一万八千ある。関連死が六千、七千、孤独死が二百十一、自殺だらけです。職がないから男ばっかりが自殺する。餓死まででる。考えられないでしょう、餓死がでるというのは。

デモクラシーと文学――「ロンギノス」の指摘

私の住居の窓からそうした全体の姿が見えてくる。そうすると、これは一体何だと思わずにいられないでしょう。全体が見えると、全体にまともに対応するということが必要だと思えて来る。もちろんそれは無視して、バーチャル・リアリティみたいな小説を書くことはできます。いまそういうのはわんさとあるでしょう、日本文学に。文芸雑誌を見ると面白いね。一つはわけのわからないバーチャル・リアリティみたいな小説が山とある、これは若い人が書く。それから老人たちは何かというと身辺雑記ですね。これを書くでしょう。二つをつないでいるのは、政治の保守化。どっちも同じです、若い人が保守的でしょう、老人も保守的でしょう。戦後文学はどっかへ行ってしまった。一方にはわけのわからない、バーチャル・リアリティそのものの小説、お伽話みたいな小説。他方に今度は身辺雑記。それをつないでいるのは保守的政治。まさに全体に直面しようとした戦後文学はみんなどこかへ行ってしまった。

この状態のなかで、私は二つのものを、もういっぺん読もうと思って読みなおした。一つは「ロンギノス」です。それはさっき藤原さんが紹介した、『被災地』『ロンギノス』『戦後文学』という三題話のなかで論じた「ロンギノス」――彼が書いたとされる『崇高について』です。それを読みなおした。「ロンギノス」というのは、たぶん紀元後一世紀の、ほんとうの名前はわからないんですが、「ロンギノス」と呼ばれている。紀元後一世紀のローマ帝国のギリシャ人の批評家です。彼が書いた『崇高について』と題した文学論。これは素晴らしい本なのですが、日本ではまったくかえりみられていない。近代文芸批評の開祖みたいな人です。古代文学批評の最後とも言われている。日本では訳がないみたいですね。それで私は訳した。私はじつは私の学生時代にそれを読んでいて、私の卒業論文はそれです。

で、「ロンギノス」は紀元一世紀のローマ帝国に、ローマ帝国の一世紀というのは暴君ネロの時代ですが、そのときにギリシャ人として生きていた。ギリシャ人はご存じのようにローマ帝国の第二級の市民です。尊敬されている、あるいは家庭教師に雇われるところの第二級の市民なんです。第一級の市民というのはもちろんローマ人です。ギリシャは植民地ですから。だけどちょっと尊敬される植民地です。だからギリシャ人を家庭教師に雇うことはする。ギリシャ語をしゃべれば学があるみたいなことになっていたんですね。しかし、政治の権力はもちろんローマ人が持っている。そのなかで生きた人です。

その人がすばらしい本を書いた。それが『崇高について』です。薄い本だけどね。それがすばらしい文学批評なんです。本当はアリストテレスの『詩学』を訳すんだったら、それも訳が出てなければいけないんだけれども、これは不思議なことにこの国では出てないです。私は青年時代に読み、大学の学生のときには卒業論文で『崇高について』についてを書いた。そのあともときどき読んでいたんだけれども、本腰を入れて読むべきだと考えたのは、震災後です。ただ、非常にむずかしい本で、私のギリシャ語の学力は低いので訳すのは大変だったんですけれども、最近訳し終えました。もうすぐ訳が出ます。(『被災地』『ロンギノス』『戦後文学』、など他の論文も加えて、「ロンギノス」と小田実の「共著」のかたちで、この訳は九九年二月に河合文化研究所から出版された。題名は『崇高について』)

なぜそれを読みなおそうかと思ったかというと、あちこち欠落がある本なんですけれども、最終章というのが非常に特異だからです。その最終章まではレトリケー(修辞学)の本として読めるわけです。ちょっと「レトリケー」について話しておきたいのですが、レトリケーは大事です。人間を説得するにはレトリケーが必要でしょう。日本では修辞学という変な訳をしちゃったから、なんかことばを飾るだけの話になってしまって、ちゃんとしたかたちで西洋からとり入れられていない。西洋から哲学は入れたが、レトリケーは入っていない。『崇高について』はそのレトリケーの本と読めるんだけれども、最終章、四十四章ですけれども、そこだけはころっと変った論になっている。なぜ文学が堕落したか、堕落してろくでもないことになっているか、ということをそこで「ロンギノス」は書いているんですね。こういうことを言っているんです。ローマ帝国には言論の自由もデモクラシーもない、市民はみんな奴隷だ、と。子供もみんな奴隷として教育されている。そういうものとして、ローマ帝国があるんだということを言って、だから文学が衰退してるんだ。そう言うんです。

この考え方は非常に大事ですが、べつに新奇なものではなかった。逆にこれが常識だった、古代のアテナイの文学では。皆さん方がご存じのアイスキュロスとか、アリストパネスとか、ソポクレスとか、そういう文学の大立者が古代アテナイで活躍した黄金時代は、紀元前五世紀、ギリシャのデモクラティア、民主主義体制が一番はなやかだった時代です。つまり、民主主義体制とともに文学は栄える、これは常識だったんです、当時の。逆に、デモクラシーが衰退すると文学はだめになる。それも常識だった。その常識を四十四章のなかで、ある哲学者の言としてロンギノスは書いています。しかし、それをなぜある哲学者の言として書くかというと、言論の自由がないからです、ローマ帝国は。ローマ帝国はすぐ死刑です。たとえばキケロ、死刑でしょう。要するに殺された。セネカも殺された。あっちこっちで殺された。殺されないやつはおべっかつかいです、全部。だから、殺されるからとにかく黙ってなければいけない。ローマ帝国というのは、疑似的な議会、元老院を持っているけれども、実質は絶対王政なんです。しかし一種の民主主義の仮面をかぶった。民主主義の仮面をかぶっているから、そこにあるのは王様じゃない。あくまでインペラトールです。これがのちの世には王様以上の支配権力のひろがりをもつ「皇帝」になるのですが、ここで思い出していただきたいのは、ヒトラーが「総統《ヒューラー》」という言葉をつくって独裁者になったことです。王様じゃない。しかし、大統領じゃなく「総統《ヒューラー》」――これは「インペラトール」によく似ている。この王様以上の王様のインペラトールがいても、元老院があるからかたちは共和制、しかし、元老院なんてものはまったく形骸化する。つまり、一応民主主義的な機構を残し共和制を存続させた形で絶対王政をする。これがローマ帝国です。手がこんでいるわけですが、紀元後一世紀ぐらいがそういう時代なんです。下手なことを言うと、あっという間に殺されてしまう。なんのかんの言って殺されてしまう。だからある哲学者の言としてロンギノスは書きとめたんです、あぶないから。

「言論の自由」ということの意味

古代ギリシャのアテナイの人たちの民主主義の観念というのは、直接民主主義ですから非常に激しいものです。たとえば私たちは言論の自由というと、防護的でしょう。言論の自由というとすぐ言論の自由を守ろうじゃないかということになる。これは今の全世界でそうですが、彼らの観念は違います。われわれのイメージでは奴隷というのは、まず苦役させられる存在です。奴隷労働をさせられることです。だけど古代ギリシャ人は違うんです。古代ギリシャ人は言論の自由がなくなることなんです、奴隷が一番つらいのは。ホメロスもそう言っています。言論の自由がなくなるということが一番つらい、奴隷労働というよりも。もちろん奴隷労働はあるけれども、第一義的に言論の自由がないということが一番悲劇なんです。だから彼らの日常会話というのは、何か面白いことはないか、何か新しいことはないか、で、ニュースの語源です。それからもう一つは、おまえは自由か、というんです。これはものすごく大事なんです。こういう世界のなかで彼らは文学をつくっていた。

さっきの話に戻します。要するに言論の自由という言葉をわれわれは防護的に使うんだけれども、当時のギリシャ語を使っていうと言論の自由はイセゴリアです。このイセゴリアの前の方にあるイソスということばは英語でいうとイコールということです。対等平等だということです。それからうしろの方のゴリアの方は、何からでてきたかというと、アゴラなんです。アゴレウオーという単語があるんですが、これはアゴラへ行って公にしゃべるということです。アゴラはご存じですね、市場であり広場ですね。そうすると、つまり平等にアゴラへ行って、公の場へ行って、公にしゃべるということなんです。自分で積極的に出て行って公開の場で自由にしゃべる。これが大事です。民主主義を言うなら、まず。古代アテナイというのは、ご存じでしょうけれども、選挙はほとんどやってないんです。一番大事なのは大衆集会で、そこが最終的にすべてを決める。プニュクスの丘の上に六千人も七千人も集まって、ワアワアやって決める。回り持ちで役人はやっていたから、それでおふれ役になったのが、だれかわれわれ共同体にいいことを言ってくれませんか、ということを言って集会は始まった。勝手に手をあげて勝手にしゃべる。だれがしゃべってもかまわない。時間制限なし。延々としゃべる。そして挙手してことを決める。で、宣戦布告するかどうかというような自分の生死にかかわる大事件には市民はものすごく集まるんです。

いま全世界で自分の国が宣戦布告するかどうか決めるのに、市民は入っていけないでしょう。政治家が勝手に決めてる。めちゃくちゃだよ、今の全世界は。自分の生死にかかわることを自分で決める。それが実際にやれる。そういうのが言論の自由でしょう。これがイセゴリアです。ローマはそのイセゴリアを持っていません。ローマには選挙はあっても、イセゴリアがない。それどころか、下手なことを言うと殺される。こういうことのなかで民主主義（デモクラティア）が衰退し、文学が駄目になる。

そしてもう一つあるんです。「ロンギノス」は、ローマはただ豊かになって繁栄して富裕になっただけだというんです。言論の自由がなくなって、民主主義が衰退し、それからお金の世界になってしまった、と。もう金、金、金の社会のローマだった。だから文学がだめになった。こう「ロンギノス」は言うんです。なんかどこかの国に似てるでしょう。金、金の社会になって、言論の自由が衰退して、みんなバーチャル・リアリティみたいな話ばっかりしてるじゃないですか、ここは。これでは文学は衰退します。

ペトロニウスの『サチュリコン』という小説があります。同じ紀元一世紀のローマの小説ですが、『サチュリコン』は中村真一郎も好きだったし、私も好きだったんだけれども、これにはトリマルキオーの饗宴という宴会の場面がある。これはネロの宴会を模したものです。ペトロニウスというのはご存じでしょうか。「アルビテル・エレガンティアエ」といって、要するに美の判定者といわれた暴君ネロに仕えた宮廷の人です。利休は秀吉に殺されるでしょう、それと同じことなんです。暴君ネロの圧制にがまんしながら、がまんしながらやっていくうちに、これがもうがまんできない、それでペトロニウスは自殺する。その彼が書いた小説が『サチュリコン』ですが、これは世界最初の小説です。すばらしい小説で、ピカレスク（悪漢小説）です。

で、このペトロニウスの『サチュリコン』のなかに、トリマルキオーの饗宴というのがある。それを見ていますと、今テレビでやっている「料理の鉄人」とか、ああいうグルメ番組がそっくりに見えて来る。紀元後十一世紀の紫式部の小説を読んでも、そもそも食い物は書いてない。書いてあっても、あんなものは食いたくない。しかし、『サチュリコン』の主人公たちとなると、今の私たちとほとんど似た物を食っている。そして、同じようにただ飽食のグルメ志向にみんなおぼれている。そこも同じです。ビフテキだとか、鳥の丸焼きとか、何とか産の魚とか、そういうものを次から次に持って来る。『サチュリコン』もグルメ番組も。で、ぶどう酒を持ってきて、これはどこそこの何年産だと自慢するわけです。コックが出てきて、ここはうまいですよ、こんな料理をしましたって、まったく同じことを言っています。今のわれわれも。片方で言論の自由がなくなって、うまい飯だけたらふく食っているうちに、文学は衰退した。

「ロンギノス」はそうした全体に向き合っていたんです。そうしたローマ帝国の全体にロンギノスは向き合って考えた。これは一体なんだ、と。怒りが彼にこの『崇高について』を書かせたと思います。その全体にむきあいながら、文学の根源は何か、やっぱり崇高なものがいるんだ。バーチャル・リアルティではなくて、崇高なものがいるんだ、と考えた。崇高なものを考える場合には倫理がでてくる。この全体を一体どう考えるのか。これは一体正しいのか、是認できるのか。「ロンギノス」はそう考えた。そこから、文学の根源にあるもの、その力としてあるものが「崇高」であると考えた。「ロンギノス」は千年にわたって、過去の崇高な、彼がそうみなす文学作品を引用して、論じているのですが、言ってみれば、そうしたすぐれた文学の力でローマの仕方がない全体に対しようとしたんですね。

全体に対決した「戦後文学」

「ロンギノス」と並んで、私が「阪神・淡路大震災」後、新しい気持、認識でもう一つ読んでみようと思ったのは、「戦後文学」です。この人たちは一体何を書いたのかということをあらためて考えてみたくなった。全部読んだわけではないけれども、かなり読んでみた。その結果として言いたいことは、やっぱり彼らは全体に対したということです。すくなくとも、対そうとした、まともに。彼らは体験を持っている。自分の上に全体がのりかかって自分を押しつぶそうとする、その体験談をもっています。その全体とは何かというと、戦争そのもの、そして、それから戦争にいたる過程。この全体から逃げることはできない。それがウワーッときちゃって、自分を押しつぶしにかかる。この全体の前で自分は一人になってしまう。自分一人に全体がウワーッと押しかかってきた。その体験を戦後文学の作家たちはいやおうなしに持った。

面白いことに「戦後文学」と言われるなかには女性の作家はいない。不思議な話だけど、作家は全部男です。プロレタリア文学にはいますよ。佐多稲子とか、平林たい子とか、いるでしょう。ところが戦後文学にはいない。どうしてか。それはやっぱり戦争という全体が関係してくることだと思います。イスラエルは女性も徴兵制です。イスラエルで戦争文学ができるかどうか。面白いと思う。これはアメリカでもたくさん女性が兵隊に行っているでしょう。あれはすすんで行くんだけれども。あの連中は戦争文学を書くべきだと思う。女性の書いた戦争文学は銃後の護りとかなんかで、みんな悩みとか悲しみ、それは山と書いてあるのですが、いっしょになって戦争している連中の話はないでしょう。女性は、戦後文学の作家たちが通過したようなかたちでは戦争という全体を通過していなかったと言えると思います。

野間宏の例をいいますと、野間宏も自分の文学は戦争を通過した文学だということを、共産党についての、臼井吉見のインタビューのなかで強調していたように記憶しているのですが、野間の小説を読んで感じとれるのは、彼には後背に敵があることです。まえにはアメリカ合州国という彼を殺しにかかって来る「敵」の全体。うしろには、日本というこれまた彼を思想的に抹殺しにかかる「味方」。いや、彼にとってのもうひとつの「敵」の全体があって、どちらもが彼というひとりの人間の存在を押しつぶしにかかる。『顔の中の赤い月』なんかはそれをまさに書いているけれども、全体が前方、後方、どっちからもくる。もし、たとえば味方の全体が勝てば、自分は左翼だから殺られる。ただ左翼だからじゃない、自分自身でありたいんだから、殺される。そしてもし、向こうの全体が勝ったら自分は殺されてるでしょう。ここで思い出すのは、プリボイの『ツシマ』という小説です。彼はバルチック艦隊に乗ってきたんです、日本海海戦で。革命派がたくさん乗っているんです、あの艦隊のなかには。革命派が、たとえば、ツァーの額があって、パッとめくるとマルクスの額なんです。そういう場面があります。しかし、その革命派の士官が、革命的敗北主義を説く。自分たちは負けなければいかん、と。負けることによって社会主義革命ができるのであるという考え方ですが、そう言いながら、しかしその時、おれは死ぬんだと言うんです。軍艦は沈みますからね。革命的敗北主義によって軍艦は沈まなければいかん。沈むんだったら自分は死ぬわけだ。その悩みを通過していることは非常に大事なんです。それは共産党の幹部にはわかってない。あるいは戦後のいまの人たちはわかってないかもしれません。あの戦争を野間氏が通過したというのはそういうことです。そして、これは野間氏だけの問題ではない。彼らの文学はそういう文学なんだな。それが共通点です。あとはみんなバラバラです、芸術の考え方もちがいますし、思想もちがう。ただ戦争という全体をそういうかたちで通過した。それが彼らの共通した根です。

彼らには実存主義の人もいたし、マルクス主義者もいたし、政治派もいたし、芸術派もいたし、あるいは自由主義派――堀田善衞は自由主義でしょうね。そういう連中がなぜいっしょに戦後文学になるかというと、後背に敵を受けて戦争という全体を通過したからです。そして、その体験の究極は何かというと、自分は一体何だ、ということです。

武田泰淳が『司馬遷』というすばらしい本を書いています。昭和十七年です。まだ戦争中です。『史記』にかかわって武田泰淳は、歴史というものは動かす人がいる。それは政治になると言う。『史記』にはその動かす人のことが山と書いてある。しかし、動かす人が一人で暴れてもことはできない。動かす人に動かされる人が山といて動かす人がやりたいことができる。『史記』は動かす人だけを書いてないです。動かされる人をも山と書いています。ここで大事なことは、動かされる人というのはすぐ動かす人になりたいことです。兵隊は下士官になりたい。下士官は将校になりたい。みんなそうですね。いまでもそうじゃないですか。みんな上へあがりたいでしょう。そうすると自分が動かされながら動かす人になっちゃう。動かされる人は動かす人になる。なることによって夢を見たい、と。こうしたかたちで、動かす人になりたい人。なりたいからこそ動かす人に動かされる。わんさといるでしょう。

大事なことは、動かす人でない、そして動かされる人でない人間になることです。そういう人間の文学――それが戦後文学です。自分は動かす人に絶対ならない。しかし動かされる人にもならない。そういう人間こそ本当の人間である、実存的人間である。そういう人間の基本にある、文《ロゴス》、――それに賭けようというのが戦後文学でした。こういう認識が、私は戦後文学の一番最大の理解に必要なことだと思う。誰それのマルクス主義がどうしたこうしたというような話はそのあとのことです。私が今述べてきたような根本的な理解をしないと、戦後文学の重要性はわからないと思う。

もう一つ大事なことがある。動かすことで支配者が一番やることは殺すことでしょう。そして動かされる人は殺しに参加する。そう考えると、非暴力は、動かす人でない、動かされる人でない人間にとってものすごく大事です。この非暴力は、戦後文学の根幹にある。私はそれをほとんどの人が論じてないのは不思議でしようがない。私は埴谷雄高とよく論じたことがあるのですが、彼はエジプトの王様の話をいつもしてました。非暴力を徹しようとして失敗した王様の話です。私はベトナム反戦運動のなかで、アメリカの脱走兵を支援した。それを激賞したのが武田泰淳と埴谷雄高です。私たちのベ平連という運動をただ一つ彼らは認めたのはそれだけかも知れません。要するに、これで殺さなくてすむ、殺されなくてすむ。これはすばらしいことだ、おまえはよくやった、ということをくり返して言っていた。この彼の思想の根元にある非暴力思想をだれも論じない。彼の哲学、形而上学の話ばっかりしてる。

現代の全体に対決する野間宏

　戦後はどうなったか。彼らはこれまで私がしゃべってきたようなかたちで戦争を体験したあと、まともな全体を作ろうとして来た。しかし、できあがった戦後の全体は、私が今眼前にしているような被災地のめちゃくちゃなものをふくみこんだ全体です。この全体にどうむきあうか。晩年の野間さんは、そう記憶して生き、書いていたように思います。私は野間氏をあらためて評価したいのは、まさに彼が戦後もこの現代の全体に対しようとしていたからです。私は彼と幸いなことに晩年につきあった。若いときはちょっとつきあっただけでよく知らない。私と深くつきあうようになったとき、野間氏はもう日本共産党も離れて、それからおそらくマルクスも捨てていた。私としゃべっていて、よくそう言っていた。その現在の全体に対することのなかで否応なしに環境問題に彼は直面した。必死になって直面していた。私は著作集の解説を書いたことがあって、もう四苦八苦したんですけどね。だからわかる。彼はそうした現代の全体に対決しようとしたんです。それにどう対応するかということで四苦八苦していたんです。だからこそ『生々死々』を書いた。未完に終わったんですが、あえて言えば、私は彼の一番すばらしい小説は『生々死々』だと考えています。それは現在の全体を書いているからです。環境問題をふくめて、めちゃくちゃな全体を書こうとした。

　野間氏は晩年『生々死々』を書きながら苦闘していた。その苦闘は私は非常に大事だと思うんです。というのは、彼が苦闘してぶつかった現代の全体はまさにわれわれの問題だからです。われわれの問題としてあるからです。野間氏も他の戦後文学の作家も、ほとんどすべての人が死んでしまいましたが、現代の全体は私たちのまえに残っている。だからわれわれの問題として残る。これをどうするかというのが、これからの「そして、何か」、になります。

　これで終わります。

（一九九八年七月　第六回）

野間宏と小田実のあいだ

針生一郎

べ平連と小田実

一九六四年秋か六五年はじめ、『中井正一全集』の打ち合わせのため、版元の美術出版社に招かれて十人ほどの関係者が四谷の旅館に集まった。最初に中井の京大後輩で全集の編者、全巻に解題も書く久野収から、各巻の解説担当者が発表された。

第一巻『哲学と美学と接点』には、やはり京大後輩で中井とともに第一次と第二次の『美・批評』誌同人だった辻部政太郎。第二巻『転換期の美学的課題』には、「東大美学の教授コースにいながら、評論と学問は両立しないと主任教授に美学からしめだされた針生君は、京大美学講師をつとめながら、治安維持法違反で逮捕された中井と似た道をたどった人だから」と久野の注釈つきで、わたし。第三巻『現代芸術の空間』には、中井の芸術論への傾倒で知られる映画理論家今村太平（あとで京大教授多田道太郎も加わった）。第四巻「文化と集団の論理」は、桑原武夫の依頼で戦後の一時京大で教えたが、幅のひろいことでは無類の哲学者鶴見俊輔（この巻の解題には久野のほか図書館学専攻の中井の子息浩も加わった）。

一通り打ち合わせを終えると、久野収がまったく別の問題をもちだした。――「アメリカのベトナム戦争でのエスカレーションを黙ってみているわけにはいかない。反戦の市民運動をおこそうや。その代表には明確な市民意識を体現する小田実君がいいと思うよ。」

わたし自身はすでに『何でも見てやろう』は読んでいたが、小田実を個人的には知らず、一方それぞれ職業や仕事をもつ個人が、運動には部分参加ながら全力投球するという、久野流市民意識が日本では意外に困難なこともわきまえていた。鶴見俊輔はすでに小田と一度対談したそうで、翌日さっそく電話すると「やりましょう」と小田の即答が返ってきたらしい。

そんないきさつから、べ平連最初の集会やデモにわたしも参加した。清水谷公園に一五〇〇人も集まった集会で、あるいはその第二回で「代表」に推された小田実が表明してみんなに承認されたべ平連の三原則について、わたしは『環』誌の「一九六八年問題」特集（三三号「世界史のなかの68年」二〇〇八年四月）に少し違うことを書いたが、小田が鶴見俊輔との近年の対談『手放せない記憶』（編集グループＳＵＲＥ発行）で語った方が正確だから、ここで訂正しておく。それは「言い出しっぺが責任をもって最後までやり通せ」「他人のやることに文句をつけるな」「いやなら自分で別のことをやれ」というより単純なものだ。その背景として小田の説明によれば、べ平連には「声なき声の会」のような六〇年安保闘争以来の「まじめ市民」、いいだももらの「左翼」、日本人の意見を外国に伝えるため『ジャパン・スピークス』という雑誌を出そうとして、小田に協力していた開高健ら「インチキ市民」の三種類が集まった。

小田は最後のグループから、日活の現役プロデューサー久保圭之介に事務局長を頼み、久保は短い期間その役をりっぱにはたしたことをわたしも思い出した。小中陽太郎もＮＨＫの番組に出演したフランス女性を追いかけて行ったため、ＮＨＫをクビになったが信頼できる、と小田が紹介したのは久保の後釜のつもりだったかもしれないが、その後釜が必要なころ吉川勇一が現れた。やはり『環』誌三一号の小田実特集（「われわれの小田実」二〇〇七年十一月）に掲載された弔辞で、吉川は「私の代わりとなるような人は、周囲にいくらでもいたが、あなたに代われるような人はついに現れなかった」と述べたが、わたし自身は吉川もまた幅ひろい人脈と開放性、公明性でかけがえのない人物だと思う。

小田がそのとき強調したのは、市民運動は一期一会だということだ。だから月一回の定例デモが決まると、デモの前に会議をひらいてその日の出席者だけで何でも決めてしまう。この会議を「閣議」と名づけたのはややあとのことだが、べ平連は一期一会だからだれでも出入自由、代表と事務局長以外役職はなくみんな平等、「閣議」が唯一最高の議決機関だから、言い出しっぺがそこで承認されたらやりたいようにやれ、それに反対なら次の「閣議」で別のことを言い出してやり通せ、となる。この一期一会と何でも自分でやれ、が、わたしにはいかにも市民運動らしく新鮮と思われた。

鶴見俊輔は『手放せない記憶』で、その時期の小田実を回想して言う。――彼は書くことよりもしゃべることからはじめ、しゃべることが考えることや行動と切り離されず、千人以上相手がいても演説風に切替えたりしない。さらに一九四五年八月十五日前日の大阪空襲で、小田自身家を焼かれて難民となった原点を手放さず、何十年たってもその古い井戸から手製の釣瓶で水を汲み続ける。その原点は小田が東大で古典学を専攻して、ホメロスの叙事詩、あるいは加藤周一が『朝日新聞』の「夕陽妄語」で小田の死の直後ふれたように、ロンギノスの『崇高について』を卒論にとりあげたことにまでつながるから、見失われるはずがない。鶴見俊輔は東大出と聞くと、ついバカと言いたくなるが、小田は東大新人会から日本共産党へという、知識人コースとはまったく違うところから出てきたから、「まあ、よくこんな人が東大に入れたなあ。びっくりしたなあ」と、この対談でも嘆息する。

実は小田が言い出したベ平連三原則でも、「他人に文句ばかりつける旧左翼はいけない」という項目があったような気がして、先日、吉川勇一の喜寿と新生活をはげます会で彼にたしかめたら、「そこまで露骨な表現はなかったよ」と言われた。そこで当時『現代の眼』だかの雑誌にのった思想の見取図に、わたしの属する新日本文学会が「何でもあとから批判する、旧左翼の典型」と形容されていたのとの混同とわかった。

わたし自身は六〇年安保闘争での日共中央のひとりよがりを批判する「意見書」のため、六二年一月新日文党員文学者十八名で一括除名され、六四年大会にはその新日文を日共があくまで私物化すべく、全力干渉してきたのを何とか克服したのち、『新日本文学』誌編集長に選ばれたばかりだった。だから旧左翼の自戒のためよりもっぱら忙しさから、わたしはベ平連の「閣議」には一度も出たことがないが、三原則には大賛成で、重要なデモや国際ティーチ・インには欠かさず参加し、イントレピット脱走兵支援結成講演会や大阪城公園での「反博」にはよびかけ人や講師をつとめた。

「反博」のこと

ここでは「反博」のことを書いておこう。わたしは七〇年大阪万博のはじまる半年前、『朝日ジャーナル』に万博批判を書いたため、万博協会から招待状がきて開会後の会場をつぶさに見てまわり、『世界』誌に万博批判を連載したり、政府館・企業館に協力した美術家・建築家・デザイナーらを含めて『われわれにとって万博とは何か』（田畑書店）という本を編著で出したりした。そんないきさつからベ平連主催の「反博」には、最初からよびかけ人に加わっていたが、事前によびかけ人会議などひらかれなかった。だから現地に着いてすぐ吉川勇一に「反博」の理念をたずねると、彼はこともなげに「反戦反体制の万博」と答えたので、「それじゃ資本でもスペースや規模でも万博に対抗できないよ」とわたしはつぶやいた。

当時小田も吉川も体調悪く、夜は近くのホテルにひきあげたので、鶴見俊輔がわたしに苦笑して「あのホテルから通う連中が〝市民〟、この土の上の筵で寝泊りするのが〝土民〟だな」といった。

そのあと、反博のなかに中国物産即売展なども入っていることについて、全共闘系の学生参加者から抗議や疑問の声がおこり、彼らのよびかけで反博はどうあるべきかをめぐる、徹夜のティーチ・インが中央テントではじまった。わたしは事前によびかけ人会議でもあれば、そこで主張するつもりでいたが、その機会がなかったのでこのティーチ・インで自分の考えを全面展開した。

——反博は一九六〇年代後半、アメリカでベトナム戦争反対の機運のなかでおこった、カウンター・カルチャー（対抗文化）運動の日本での起点とならなければならない。フィリップ・ロスが『資本主義の文化的矛盾』（平凡社ライブラリー）で書いたように、この運動は「売れるものがいいものだ」という商品価値と創造的価値の混同をこえて、商品化されず、文化ともよばれていない自然のいとなみと生活のたたかいと直結した、別の文化をつくりだす。だからここでも、ポスターの印刷に金をかけずに、どんな宣伝法で人を集めたらいいか、この討論も多数決だけでなく、少数意見にも時間をかけてどうまとめるか、会場に何をどう展示すべきか、「シュプレッヒ・コール」でひとりがスローガンを唱えて、参加者全員がそれをリフレインする方式は日本になじまないから、古代の歌垣のように歌でかけあい問答するか、自由なメッセージの語りかけあいによるか、ともかくデモのなかの言葉の生かし方を考え直すこと、それらじたいを討論のテーマとするべきだ。

わたしのこういう提案は多くの賛同を得たが、突然だからティーチ・イン全体がその方向に集中するには至らなかった。ただその経過を含めて「反博」の実情をわたしは『現代の眼』誌に書いたので、あとで鶴見俊輔と吉川勇一から「反博については針生さんの指摘が一番正しかった」という感想を聞いた。もっとおどろいたのは、——今旅先でこの稿を書いているため自宅にある本で著者名と英語書名を確認できないが——、ある米国ジャーナリストが『海の向うの出来ごと』という題のベ平連史の終章で、「ベ平連は反博で針生が言ったように対抗文化運動に転換すべきだったのに、そうしなかったから米軍のベトナム撤退とともに解散する羽目になった」という趣旨を書いたことだ。

AA作家会議での小田と野間

ベ平連時代の小田実は、初期以来小説原稿を送って指導を受けた「中村真一郎の弟子」とつねに公言し、一九七三年〈日本アジア・アフリカ作家会議〉の結成に参加するまで、野間宏の小説は初期短篇しか読んでいなかったと思う。そこで日本でのAA作家会議の歴史を、短くふり返っておく必要がある。

一九六一年、〈AA作家会議東京緊急大会〉は、中国の多大な援助のもとに大成功を収めたが、その後中国はソ連と対立を深めるとともに日共批判をつよめ、またプロ文革に集中してAA作家会議からの離脱を表明した。その段階で日共党員文学者某が勝手に〈AA作家会議日本協議会〉の表札を新橋の事務所からはずしてもち去ったため、事務局長堀田善衞の依頼で新日本文学会内に連絡窓口をおくことにした。そして一九六七年、ソ連をスポンサーに再建されたAA作家会議ベイルート大会に、堀田善衞と長谷川四郎団長以下栗原幸夫、竹内泰宏、わたしなど新日文会員十人ほど参加する。だが、AA作家会議副議長に選ばれた堀田は、ソ連に行くたびにその作家同盟が、新日文を軽視して松本清張から川端康成までよびたがるのを知り、みずから推薦して野間宏の『青年の環』が〈ロータス賞〉を受賞したのを機に、新日文から独立した〈日本AA作家会議〉を、野間議長、堀田事務局長で結成したのである。

小田実が『青年の環』八千枚を読み通したのは、おそらくこの作家会議に加わったあとだろう。彼は「浄土真宗の信仰も、サンボリスムの詩も、部落差別の問題も、何ひとつ捨てずに全部かかえこんだまま、マルクス主義の立場からにしろ、その全体を正しく位置づけ関連させて描こうとするのは、あのおっさんぐらいしかおらへんで」とわたしによく語ったから、何よりも「全体小説」の理念と実践に共感したのだ。

わたし自身は敗戦直後以来野間とは長く身近につきあってきたが、その全体小説に関しては疑問をいだき、井上光晴が野間の有名な深夜の電話について書いたように、「そんなに何もかもひとりで引受けなくてもいいでしょう」と、時折り茶化したい気分(『朝日新聞』一九九一年一月四日)になったり、問題をかかえこみすぎて収拾がつかなくなるおそれを感じた。

しかも、一九四七年『近代文学』初出の『青年の環』は、一九五〇年第二部まで単行本として刊行されたのち、十二年の長い中断を経て一九六二年から『文藝』誌に連載再開中、六五年河出書房が倒産し債権者代表が入って河出書房新社が再建されたが、『文藝』誌が切替えのため数カ月休刊した時期に、『新日本文学』に六六年一月号だけ掲載されたことがある。そのころ岩波書店のあるパーティで堀田善衞がわたしに、「戦前戦中の題材を敗戦直後に書きはじめ、何度も中断を経て二十年後なお書き続ける心境はどんなもんだろうね」と話しかけたから、「発想も文体も変ってくるから、困難だとぼくも思う」と答えたが、思いがけなく野間宏もそばにいて「(新日文掲載は)針生編集長を扶《たす》けるためだ」と口をはさんだ。あとで通読するとたしかにこの辺から、部落出身で逆差別に徹する作中人物田口の悪のイメージが大写しになり、小説全体がダイナミックな飛躍と下降にみちた奥深い構造に一変しているから、わたしは浅薄な感想を大いに反省した。

一九八二年には、堀田善衞夫人からわが家に電話がきて、「六十歳すぎたら〝長〟と名のつく役職はやめるべきだ。野間さんも堀田も議長と事務局長を退く方がいい」といわれ、小田実、栗原幸夫、わたしが代表世話人集団を形づくり、事務局長には堀田夫人に「オッチョコチョイとみえても事務的には確かだから」と言われた小中陽太郎が、「北政所の御指名で決まるんじゃどうもね」などと不満をもらしつつ就任した。

だが、小田の野間文学読みと全体小説論はその後も一段と深まったことが、野間の死亡直後小田が新聞に書いたつぎの一節から窺われる。

「彼は社会の〝全体〟を書こうとして〝全体〟を書いたのではない。彼が書こうとしたのは、まず、そしてあくまで〝人間〟だった。〝人間〟はぬきさしならぬ〝全体〟をもっている。そのぬきさしならぬ〝全体〟をぬきさしならぬかたちで書かないかぎり、〝人間〟を書いたことにならない。彼はそういう〝人間〟と〝文学〟の双方をとらえた。それが彼の〝全体小説〟だった。」

（『毎日新聞』一九九一年一月七日夕刊）

あるいはその小田の追悼記事（共同通信配信、二〇〇七年七月三一日）のなかで、吉岡がソ連・中国への旅に同行する前夜、新潟のホテルで聞いた小田自身の言葉を伝えた方が、もっと分かりやすいかもしれない。「人間にはな、絶句する瞬間があるやろ。そこに社会の矛盾や歴史の重みがのしかかってきて、言葉を失うような瞬間が。そこでつぶされそうになっている人間を書くのが小説や」。

全体小説を通してつながる二人

ところで、野間の全体小説じたい年齢とともに大きく重いものになったのは、小田が同じ文章のなかで「早い話、彼が〝全体小説〟と書きだしたときには、遺伝子組み換え実験はこの世界に存在していなかったし、その実験の基本をかたちづくる知識も認識も〝人間〟はもたなかった」と指摘する通りだろう。だから、野間が心理、生理、社会を総合してとらえると言いながら、生理の面を深くえぐるのは、晩年に生化学に深入りして以後だと、小田は別のところに書いている。

それにしても、野間が晩年に直面したのは遺伝子問題だけでなく、①核戦争と核産業に象徴される世界の大工業のもたらす環境破壊、②資源、エネルギー資源の問題、③人口問題、農業問題、新しい南北問題、栄養問題、気候問題を含む食糧問題という、人類の全的滅亡の危機だという。小田は『野間宏作品集14』（岩波書店）の解説で、苦心惨憺しながらそれを書いた。

わたしの見かたは少し違って、すでにこの会報に書いたように、戦後文学のなかでも野間宏は自我の問題に長く固執してきた作家で、とりわけ『青年の環』と平行して書かれた『地の翼』（未完）

『わが塔はそこに立つ』『さいころの空』などでは、世界のあらゆる矛盾の兆候を鋭敏にとらえて、主人公の自意識だけ無限に肥大する傾向がみられた。

その野間が生化学を十分咀嚼した上で、「遺伝子に対する外界のさまざまな刺激と、それに対する複雑微妙な抵抗のなかで人間は成長するので、そこには近代個人主義が想定する〝自我〟といった、明確な段階はほとんどないらしい」とわたしに語ってから、『生々死々』の連載にとりくんだので、わたしは野間文学に新しい地平をひらくことを大いに期待した。だからこの長篇が未完に終ったのは、地団駄ふみたいほどのくやしさだが、構想の基本はすでに展開されている。そして編集者から「同病あいあわれむ」とも「たがいにはげましあう関係」とも言われながら、この作品を含む野間の全体小説の本質をもっともみきわめ、もっとも多く学んだのが小田実であることも疑いない。

（二〇〇八年五月　第一五号）

野間宏の詩的周辺

詩人
長谷川龍生

野間さんの詩にシビレました

長谷川龍生であります。ちょっと漫談みたいになっちゃうと思うんですけれども……。岩波書店から出た全集『野間宏作品集』8巻「ポエジーの光源」の後ろの方のところに、作品の掲載の後記みたいなのが出ておりますけれどもそれを読んでいただければ判ります。私が野間さんの作品にお目にかかったのは、昭和十八年かな。昭和十八年、私が旧制中学の三年頃、たぶん河出書房の『知性』という雑誌に野間さんが詩を発表していた。どういうテーマの詩を書いてたかというのは、いまもう忘れてしまいました。ただし、いまも私の押入れの隅の方にその一冊はあるだろうと思います。それは探しだして、近いうちにこの会にお渡ししたいと思っております。

その時分、河出書房の『知性』という雑誌は、戦後出た『知性』じゃなくて戦前の『知性』でありまして、総合雑誌でずいぶん戦争を謳歌するエッセイとか、いろんな皇国史観をふくめたジンゴイズム、つまり軍国主義を支える評論、小説だとかがいっぱい掲載されておりました。しかしそのなかに、野間さんの作品はまったくそういうものとは関係なく、象徴詩といいますか、竹内勝太郎さんの影響を受けたすばらしい象徴詩が私の眼を射抜いたのです。私はその作品を読んで、じつはシビレたわけでありました。

シビレましたけれども、私がこつこつと習作の詩を書いていたその手法とはまったく違っておりました。私はその時分、昭和十八年には小野十三郎という大阪の詩人の『風景詩抄』という、そういう詩集に惚れこみまして、その自然主義リアリズムから技術革新をして、そしてある即物性の上に抽象性をもったもの。そういう詩の方向を私自身はめざしておったわけです。ところが野間さんの詩は、いきなり象徴的なイメージで描かれてありまして、それを黙読するためには、その作品をもう一回、じっくりと読み直し、それをなんとかして具象的なイメージに変換して、そしてそれを少しでも理解しながら、今度は読者ではなくて作者としてその具象的なイメージをこういうふうに象徴的な手法で書いたのだろうかとか、そういうことをいろいろ考えたことがあります。

それからざっと五十数年経ちまして、野間さんの初期の作品からずっと最後の作品まで読み通して、やっぱりいいなあ、やっぱりこれはちょっと違う。プロレタリア文学の糞リアリズムの、丸太ん棒のコトバを操作していた私なんぞは足もとにも寄らないと思わざるをえないんです。私の詩の先生である小野十三郎も傑出した詩人でありましたけれども、野間さんもなかなかの詩人であった。それから野間さんが、少し影響を受けたのか、多く影響を受けたのかよく知りませんが、竹内勝太郎の『黒豹』という詩集、これはまたすごい詩集でね。これをどうして評価しなかったのか。もちろん評価した人もいたでしょうけれども、時間を超えた時代を超えた詩集であります。

さっきもちょっとお話にでましたけれども、まじめな詩人というのは、これはじつは大変なんです。去年の暮れぐらいに、詩を一篇発注を受けますと、その前からイメージというか、そういうモメントというか、そういうものが存在するわけです。その素材を本格的に作っていかなければならない。しかし作っていかなければならんけれど、作るためには少し現場を押さえなければいかんということで、やっぱり一篇の詩にだいたい原稿用紙五枚から六枚、百行から百二十行ぐらいの詩を書くならば、だいたい二十日ぐらい、びっしり朝から晩までそのことばっかり考えてなければいかん。そしてその詩を発表しますと、だいたい原稿料が一万円ぐらいかしら、いま。すると、二十日間で一万円ですからね、首をくくらなければいかんわけです。それであとの十日間で、何かごちゃごちゃ雑用とかそういうものを片づけながら、二十日間の一万円の原稿料を支えるという生活をする。これは大変なことなんですよ。よくも五十数年やってきたなと思います、私は。しかし、一生懸命やってきて、いま野間さんの詩をふり返って、またさらに読むと、本当にかなわないね。一体何だろうこの名作ぞろいは、というように思うわけであります。野間さんが生きているなら、いろいろとお話ししたり、いろいろ討論することがあるんですけれども……。

野間さんの詩はいきなり象徴的なものがある

十年ぐらい前でしたっけ、みすず書房の松井さん――お亡くなりになりましたが――と「広場の会」というものを作って、新宿のあるマンション、3LDKのマンションを借りて、そこでノーベル賞を獲得した朝永振一郎と、慶応大学の分子生物学をやっていた渡辺格、いろいろ各界のオーソリティが集まる会がありました。そして文学の畑から野間さんがそこへ出席していたわけです。ところが、あるときから野間さんと私が交替になったわけです、どういうわけか知らないけれど。それは野間さんの推薦もあったのかも知れません。そこへ出席するようになりまして、いろいろと朝永さんを中心にするような話を聞いて非常に勉強になりましたが、どうして野間さんは来られないんですか、と聞いたら、野間さんという文芸小説家の話は回りくどくてわからないというわけです。さもありなんかなと思っていたんですけれども……。

じつはいまになって、たとえば私の詩のイメージのなかで、DNAならDNAというものがあって、そしていろいろなえらい科学者だとか物理学者だとかが、DNAと人間の生命というものをわりあい接近させていた。DNAをやってる科学者のところには予算がどさっといって、ほかにはあまりいかないというのが現状でしょうけれども。つまり、何か極端にDNAと人間の生命というものが、ぎゅっと重なってくるというようなことになってきた。これは私の妄想かも知れませんけれども。「塩基配列」と「コトバ」が重なってくるのです。「情報コード」と構造の分析、分析力ですか、野間さんが生きているならば、いろいろ詳細なお話をして、私なりのイメージをつかみたいと思うのですが……。

つまり詩人というのは、たとえば具体的に、具象的に、そういうDNAという二重らせんの問題がありますが、その二重らせんのところにもうひとつ、二つのらせんがあるのではないだろうか。つまり、反遺伝子ですね。反DNAというやつがあるんじゃないか。そのDNAと反DNAとの闘いが生命である、命である。闘いの、戦場、闘いの場、それが生命である。そういう環境全体が生命である、というふうなイメージを描きます。しかしそれは一見、そのイメージ、空想というのは、具体的なように見えて、非常に抽象的なイメージなんです。そいつを今度、詩にするときに、そのまま持ちこむとちょっとわからなくなりますから、それをもう一回具象的なイメージに置き換えて、そしてそれを表現して展開していく。

つまり、私は野間さんよりは若いけれども、詩を書くある方法としては、やっぱり中野重治とか、それから小野十三郎とか、そういう具象的なイメージから入って、具象的なイメージを抽象的に転換させる。抽象的なイメージをもうひとつ、シュールレアリズムのようなものに転換せしめていく。そしてそういうシュールレアリズムというようなものを、さらにシュールドキュメンタリーという、つまり事実を超えていく、そういうイメージに変えていく。そういう手続きをとりながら詩を書くんですけれども。

野間さんの作品は、いきなりバンッと象徴的なものがありまして、そしてそのなかに少し、一行あるいは二行ぐらい、自然主義的なイメージもあるし、それ以外のイメージもある。それはさっき、辻井喬さんがおっしゃった仏教的なイメージ、これは浄土真宗だと思うんだけれども、浄土真宗のお経というのかな、お経を詠う背景にある何か宇宙的なそういうイメージですね。これはさっき辻井さんが指摘したんだけれども、これは非常に重要な問題だと思います。果たしてそれが、浄土真宗のお経の背後にあるような、あるいは浄土真宗という宗教団体、あるいは親鸞や蓮如を中心にしたそういうものに対するその背後にあるイメージですね。それはもう少し勉強しなければわかってこないだろうと思います。これは非常に重要な問題なんです。今後、二十一世紀になりますと、いろんなこまかい新興宗教が出てくるし、宗教的な問題が惹起してきますから、大江健三郎さんみたいに宗教なしで人間を救済しようという、こういう大胆不敵な作家もいますけれども、注目しますし、私をふくめての「人間の救済」が非常に重要な問題です。それが方法論もろともに突き刺さってくるわけであります。

野間さんは現代詩をあまく見てなかった

野間さんの詩的周辺にはマラルメという詩人がいたんだね。このマラルメというのがかなりむずかしいんです。マラルメという詩人は「己れを、その好むままに抑揚づけるための真の条件、あるいは可能性」を自我そのものとして、最初から持っていたんですね。野間さんにも、そのヘンリンはありました。それからいろいろなエッセイなんかを読みますと、フローベールが出てくるし、それからヘルダーリンが出てきますね。ヘルダーリンに対しては、偏向性の気質のところを野間さんは押さえているわけです。偏向性の勁さ、それがコトバの勁さになる。私は野間さんに感動したのは、戦後の『暗い絵』の小説です。この小説の登場は、私の文学に対する眼をさらに大きくひらきました。なぜ、『暗い絵』を書いたのか、深層の部分で私は野間さんにただ頭が下がるばかりなのです。京都の雑誌だったかな、伊吹武彦が編集していた雑誌に、『法王庁の抜け穴』というアンドレ・ジイド論があったんです。これはぼくはシビレましたね。それまでは早稲田の新庄嘉章のアンドレ・ジイド論をわりあいに丹念にメモしながら勉強してたんだけれど、野間さんの『法王庁の抜け穴』を読んで、ウーンというふうに何か胸をつかれたような気がしたわけです。それをいま思い出しました。

それから、さっきちらっと出ましたけれども、『顔の中の赤い月』ですね。あれはもう何回読みましたか。電車のなかで読み、道を歩きながら読み、あれは『綜合文化』だったかな、どこかそういう簡単な、まるめて読める雑誌だったと思いますが、赤い月が私の顔面に反射するように大きくなって私の詩的なものを刺激したのです。

そういうふうにふり返ってみますと、戦後文学のなかでやっぱり野間さんの『暗い絵』と『顔の中の赤い月』、その後で『青年の環』、それから『真空地帯』だとか、そういうものが出てきますけれども、最初やっぱりグッときたのが『暗い絵』と『顔の中の赤い月』。それから『二つの肉体』というのがありました。この三つの作品は、文学青年の時代、新日本文学会大阪支部の読書会でどれだけ論議をかさねましたか、なつかしい思い出です。あとは武田泰淳の『風媒花』、三島由紀夫の『金閣寺』、深沢七郎の『笛吹川』、大岡昇平の『野火』と、この五つぐらいが、いまでも重々しく私の頭脳に残っているわけです。しかし、そのなかで、そういう小説を書く人のなかで、いい詩を書いたのは、また近代詩、現代詩がわかる人は野間さんしかいなかったんです。言っちゃわるいけど、あとは埴谷雄高ぐらいかな。花田清輝はわかっているようでわからなかったね、現代詩は。佐々木基一にいたっては全然わからなかったんじゃないかと思う。それは、そのへんの短歌的なものを詠う叙情詩はわかったでしょうけれども、私たちが書くシュールドキュメンタリーのような、そういう作品はほとんどわからなかったんじゃないか。それだけ現代詩をあまく見ていたんだね。私はそれを非常に悔しいと思うよ。しかし、野間さんはあまく見てなかった。非常に深く考えていたと思う。

それで、その詩的周辺のなかで、竹内勝太郎から影響を受けたということですけれども、影響をまるまる受けたわけではなくて、私は解説に書いてありますように、つねに一線を画しながら影響を受けているんですね。これはやっぱり散文精神の気持ちがまだあったんでしょうね。竹内勝太郎は評論と詩だけですけれども。で、その後、おそらくいろいろ第一次欧州大戦後のフランスの文芸思潮のなかのいろんな詩人たち、あるいは小説家たちの言葉のなかから、詩的なものを十分にくみ取っていたように思います。とにかくこつこつどこかで何かをやっているという人のようで、お会いしてお話をしたときには、つねに新しい問題が出てきました。

冬の時代に強い文学者が活躍しなきゃならん

いま、自由の問題は、さっきも私がイメージでいいましたけれども、そういう分子生物学の問題、あるいは素粒子の問題、それともうひとつ非常に現実的な差別・被差別の問題、これも日本の問題であると同時に韓国の問題でもあるだろうし、中国の問題でもあるだろうし、これはアシュケナジム・ユダヤと、イスラエルの本格的なユダヤの問題なんです。そこまで広がっていると思います。私としては、つまり二十一世紀はテロの時代だろう、と予知するわけですが。いますでに起こっている局地のもめごとです。個人的なテロから、テロの百花繚乱というべきテロが世界各地に起こって、貧富の差ははげしくなるし、いろんな民族問題、国家の問題、ふくざつな問題があって、それが一挙に火を吹いて、もう予想もつかないようなテロの時代がやってくるという予感がするわけです。

しかし、詩人としてはどうしてもそれに真正面から取り組んで、そして対象をえらび詩を書いていかなければいけない。そういうときに野間さんがいないというのは、もう相談相手がいないと同じで、しゃらくさいわけです。こっちも感性がだんだん鈍ってきたし、何とか一篇の詩で生き抜いていかなければならんわけですけれども、どうも日本という国が冬の時代に入ってきてる。しかし、冬の時代に入ってきてるということは、冬の時代に強い文学者が活躍しなきゃならん。それは冬の時代に強い文学者の、つまりこの日本で言えば野間さんなんですよ。だからこつこつとこれから、歳取ったけれども野間さんの作品を勉強しながら、一つ一つ、一行一行、一字一句、冬の時代を生き抜いていかなければならないというように思います。

しかし、野間さんの文学はここしばらく深く潜行すると思います。いまの若い人はあんまり読まないと思う。しかし、それはサブマリンのように深く潜行するというよりも、ある日ある時、ぼくは爆発すると思う。これはもうすばらしい文学としてバシャッと地上、宇宙に花開く、というわけじゃないでしょうけれども、飛び出すというふうに予感がしております。

では、これで終わりたいと思います。

（一九九七年一月　第五回）

野間宏の詩と生涯

作家、詩人
辻井 喬

　私は少し時間も短めにして、感想めいた話で、野間さんの思い出なんかを話すことで義務を果たしたいと思います。

　野間さんはあるところで、「同人誌時代――この同人誌時代は『三人』のことかと思いますが――に私が全力を注いでいたのは詩であった。私はフランスの象徴詩の影響を受けて、これを日本に実現しようと考えていたのである」というふうに述べています。この文章を私は河出書房の『新文学全集』の「あとがき」で、野間さん自身が書かれたもので読んだわけです。昭和二十七年に出された本です。

　私はなぜそれをよく覚えているかといいますと、そのころ私は学生でして、野間さんは、共産党の地区委員、それも委員長か何か大変えらい人だったと思います。私は野間さんに会ったのは、そのえらい共産党の指導者に会いに行く、面接試験を受けるのか、そういうようなシチュエーションでお目にかかった記憶がございます。と同時に、入党するかしないかみたいなことを決める立場に野間さんのような人がいる、ということが私にとっては大変大きな支えでありまして、それならぼくが入ってもいいのかなというふうな感じもあったんですけれども、それからずっと、大変長いこと存じ上げていたけれど、めったにはお目にかからないというふうな関係で、亡くなるまでご縁がありました。

　今度、ここで報告をするということで、本を取り出してみましたら、『忍耐づよい鳥』というのを野間さんが署名して私にくださった。そのときの彼の表情などを思い出しました。おれは本当は詩人なんだよ、というふうな感じで、自信作というふうなことだったのかという感じがします。

内発的サンボリストとしての野間宏

象徴主義《サンボリスム》について、われわれのなかには大変大きな誤解があったと思います。私は野間さんが表現技法としてサンボリスムを使ったのではなかったという感じがしているわけでありまして、野間さんには、最初に神秘的な仏教のコスモス、それがつくりだすイメージというふうなものがあって、そこからどうやって脱出するか、脱出するためには表現を与えてあげなければならない。で、脱出する過程でサンボリスムというものを野間さんは見つけたんだと思います。ですからその点では、えらい外国文学の先生が勉強のなかから見つけたサンボリスムとは、スタートのところで違っている。野間さんのなかに独自のサンボリスムというものがあって、その表現を見つけて苦闘した結果、いわゆるサンボリスムというものに行き当たったんだろう、と。それには、さきほどお話に出ておりましたように、竹内勝太郎さんとか富士正晴さんとか、いろいろな方の影響があったんだろうと思いますけれども、しかし内発的なサンボリストだった。野間さんはそういう人だったという気がいたします。言い換えれば、輸入モダニストとしてのサンボリストではなかった。ですからそういう意味では、上田秋成とか泉鏡花とか、あるいは武田泰淳とか、そしてずっとその後では中上健次というふうな人、そういった流れのなかに文学者としては野間さんはいた人だな、と。ですから、そういう点ではなかなか苦しい闘い、努力を強いられるポジションに、最初から野間さんはいらしたんじゃないかなという感じがいたします。漠然とそういうふうなことを考えておりました。

日本におけるサンボリスムの歴史みたいなことを、きょう野間さんについてお話しすることの必要性からふり返ってみたわけですけれども、山村暮鳥とか三木露風とかいう日本のサンボリスムの詩人といわれた人のことを思い出しました。で、あの時代に、たとえば山村暮鳥という人がどうして生まれ得たのだろうということは、非常に私にとってはあらためての驚きだったわけですけれども、三木露風になりますと、やはりサンボリスムというものが、「わび」「さび」ということと同じにとらえられている。芭蕉も蕪村もサンボリスム詩人だ、と。それはある意味でまちがいではないんだけれども、やはりまちがいだという感じが私にはするわけです。というのは、近代というものを通過してないサンボリスムと、近代を通過したサンボリスムというのは決定的に違うんだ。そこのところを三木露風はとばして見落としているという点でまちがいではないかと思います。なぜかといいますと、象徴主義というのを文化の総体とか、世界観というものを捨象して、俳諧と同じように理解してしまいますと、表現様式としてのサンボリスムということに現代ではなってしまう。俳諧はもっと非常に深いものを本質的に持っておりますけれども、現代人が差異を見ないでサンボリスム一般に還元してしまった場合には、それは表現技法の一つ、さまざまな意匠の一つにしかすぎなくなってしまうのではないか、という気がいたします。

野間宏の生涯を貫いているもの

野間さんの最初の詩集『星座の痛み』のなかに「鉱炉の河」という作品があります。

春の落ち日は暗い街の広さに己が身を置き忘れ、
日暮の幅ある色の炉を建てる、そのとき、
其処に都会は熔鉱炉の黒い口を開いて、此処に河は形を変える、姿を変える、
空となり海となるこのところ、ここに河は鉄となり、
重い鉄の塊を底に沈めて街の河は流れ出て来る。

いま比較的わかりやすい詩からの引用をしたわけですけれども、これを読んでいますと、工場のある街、近くの街、しかもその街にはすぐ海に流れこんでいる河が流れている、というふうなイメージがあって、都会というのは、広場がある路地のような感じ。そこで男たちのざわめきとか、生活のいろいろな物音、におい、そういったものが見えてくるような気がするわけです。で、野間さんはこれを書いたときに、すでにそういった街の状態、その光景を自分のこととして引き受けながら、その街を支配している目に見えないもの、これは「歴史の蜘蛛」なのかも知れませんが、そういったものをやはり予感していた。同時にそのなかで生きている人の切実さみたいなものをも感じとっていたのではないか、という気が私にはしてくるわけです。

野間さんの詩集『星座の痛み』、これは昭和二十四（一九四九）年に出されまして、いま申し上げました「歴史の蜘蛛」を通過して、「忍耐づよい鳥」、これが最初の詩集から二十六年たって出されているわけです。ところが二十六年たっていますけれども、本質的なところは変わってない。つまり、野間さんの詩だという点ではまったく変わっていない。おそらく最晩年に書かれたものも変わってないはずです。ということは、野間さんにとってのサンボリスムというものが技法にとどまっているものではなかった。それは現代詩人が、若いうちはサンボリスムだとか、シュールレアリスムだとか、いろいろな技法を紹介したり、自分でもそれに沿った作品を書いたりしながら、だんだん大家などになりますと、いわゆる短歌とか俳諧の東洋的な美意識の世界へ入っていかれまして、そのうちに勲章をもらったり何かして、いよいよ宗匠にな

るというふうな、なれの果て（笑）のプロセスを歩く方がほとんどです。残念ながらほとんどです。野間さんはそういう危険性のまったくない生涯を貫いた人だと、私はそういう点では希有な人だったなと思いますし、野間さんのような生涯を貫くと、気のきかない嫌なやつだなという感じを、宗匠たちには持たれます。これは無理のないことでございまして、宗匠たちの堕落ぶりを映しだす鏡のような存在になるわけですから、うっとうしい人だなと思われるのはしょうがない。しかし、それを野間さんはあんまり苦痛にした様子はありませんでした。最晩年のころ、中国の現代美術を集めた美術館を造ろうというふうなことでみえたときも、やはりそのころは最初の手術後だったのか、大変やつれておられましたけれども、目は生き生きとしてたというふうな記憶が私にはございます。

野間宏にとっては思想性そのものが文学である

それで野間さんが、そういうふうに、たとえスタートのときにサンボリスムを体内からの内発的な要求として持たれていたにしろ、どうして永遠の若人のような生き方ができたのかというと、もう一つは、これも日本の文学にない、近代文学の欠落している部分だと思いますけれども、思想性ということがあった。政治的な主張などとは違う奥の深い思想性というものに野間さんが支えられていた、あるいは支えられていたというのも正確でないかも知れません。思想性そのものが野間さんにとっては文学だった、というふうなところがあったからではないだろうかという気がいたします。

さきほど、ブレット・ド・バリー・ニーさんが、シニフィアンとシニフィエという概念を用いて、野間さんはシニフィエ（これは所記などというふうに訳されていますけれども）の感覚的側面に強い関心を持っていたというお話をなさいました。まことに私もそれは我が意を得たりという感じでうかがったんですけれども、それこそサンボリストとしての野間さんの面目だったのではないだろうか。ですから、そういう意味でみますと、野間さんにとっては、ある意味で思想的な深さみたいなものが能記、所記、シニフィアン、シニフィエと分けられるものを一体化して体内にしまいこんだ。そこから野間さんの永遠の若さみたいなものが出てきているのではないか。この点は、これもまた大変残念なことですけれども、若いころ、感性だけを頼りにしてみずみずしい作品を書いた人、それはたくさんいます。しかし、思想性というふうなものがそのなかにないと、年とともに感性は老化するし、あるいは成熟するといってもいいかも知れませんが、だいたいは老化する（笑）。老化しない詩人が一人、長谷川龍生という人がいますけれども（笑）、そうでない人はほとんど老化しますから、やはりそこでは思想的な深さが問われる。それは野間さんの場合は、仏教思想というものだったと私は思います。ところがそういうものを持っていたということは、本当は大変つらいことだったろうな、という気がします。というのは、私は、もしかすると共産党に入ってみたりしたことは、それをなんとかして乗り越えてやろうというような、自己をどんなに痛めつけてでも、明るい地平に出なければいけないんだというふうなことを深く決心をしていたからではないだろうか。野間さんにとってそれが不幸だったと思うのは、政治的なイデオロギーとしての共産主義と、野間さんがイメージしていた共産主義の世界とのあいだにはズレがあった。そのズレは、社会主義リアリズムというような偽の理論で埋められるようなものではありません。しかし多くの同志たちの目はその社会主義リアリズムで覆われていた。であるから、そこで野間さんの作品はそういった仲間、同志たちからは十分に理解されることがなかった。理解されることが不可能なような場所に野間さんは自らをおいていたような気がいたします。

『新日本文学』の編集部におりましたときに、野間さんというのは大変あこがれる、仰ぎみるような存在でありまして、そこで宮本百合子という人の作品には労働者が描かれていない、というふうな批評がありまして、それに対して「何を」っていって、いや、「四月の第三日曜日」という短編は、明らかに労働者の家庭のことを書いているなどと反発したりした。これは文学論争でもなんでもないですね（笑）。しかし、あの時代は大真面目でそういう論争が行なわれていたわけです。それは日本全体が若かった時代というふうにいってもいいのかも知れませんけれども、そういうなかに野間さんのような作品がどしっと座って、まともに評価されるという状況ではなかったような気がいたします。

そういうなかで共産党が分裂して『新日本文学』から非常におおぜいの人が『人民文学』に移ったときに、野間さんは『人民文学』の方へ移っちゃっているわけです。私は『新日本文学』の方へ残っていましたからすごく寂しい思いがしたことを、いま思い出しました。

こういうふうな具合で次つぎに思い出すと、これまた切りがございませんので（笑）、もう二五分になりましたから、ここいらでやめますが、やはり野間さんにとっては、小説も詩も一つのものだった。一つのコスモスを作っていく。そしてわれわれ日本人があるべき場所、地帯に脱出するための水先案内のような役割を果たそうとなさった方ではないか。そういう点では、私たちは野間さんの文学をさらに読み返すことで、現代文学を豊かにしていかなければいけないのではないかというふうに思っております。

以上でございます。

（一九九七年一月　第五回）

戦後・廃墟の文学としての野間宏

作家　三枝和子

実は風邪を引きまして、こんな変な声になっておりますが、二十分間と申しますけれども、二十分のあと五分ぐらいは、女性の立場から野間さんを叩こうかと思って現れましたんですけれども、そこまで喉が続くかどうかがたいへんな問題でございます。ここへまいります三日くらい前にこんな喉になりました。野間さんが察知されて、どこからか、あの方は天国とは言いません、どこか変なところにいらっしゃると思いますけれども、その変なところから三枝の喉を打たれたんだと思いますので、ここで負けてはいけませんので、私もがんばって二十分間、なんとか持ちこたえて、最後には野間さんをちょっとぐらいはコツンとやって、壇を下りたいと思っております。

生身の野間宏

実はこんなえらそうなことを最初に申しましたけれども、私が野間さんにお会いしましたのは、もう三十何年前くらいです。私が河出書房の長編小説の佳作入選をしました時に、埴谷さんと野間さんのお二人がとてもほめてくださって、それで一応ご挨拶に行った。それが一番初めだったんです。でも私は、関西に住んでおりましたし、そんなに東京に出て来る機会がございませんでしたので、あまりお会いすることはありませんでした。

それから三、四年経って、私の夫は森川達也という評論家ですけれども、森川が中央公論社から、野間さんの年譜を作らないかというお話を受けまして、それは私どもが関西に住んでおりますので、これまであまり調べられていない野間さんの青春というものを調べてほしいということがありまして、別に私にそのお話が来たわけではありませんのですが、私は興味津々で夫にくっついて行きました。そのときに、関西で野間さんのことを調べるのなら、まず富士正晴さんのところへ行くべきだということになりまして、ご存じのように、富士正晴さんは野間夫人光子さんのお兄さんでいらっしゃいますが、私どもはそんなに富士さんを存じ上げておりませんでしたので紹介が必要でございました。私たちは東京の縁で林富士馬という詩人を知っていました。その方と富士さんは古いお友だちのようなので、そこで紹介をしていただきまして、関西の人間であるにもかかわらず、東京経由で茨木に富士さんをお訪ねしました。ちょうどその前に、森川が『島尾敏雄論』という本を書いておりまして、それを差し上げたばかりでしたので、富士さんはとてもご機嫌で、ご機嫌というのは、これは猫にネズミみたいなもので、ネズミが現れたというのでだいぶいたぶってやろうと待ち構えていらっしゃいました。開口一番、「森川君、こんなたいそうなこと言うて、島尾を持ち上げてもしょうがない。島尾の本当を知りたかったら、島尾の通っていた学校の女子学生ぐらいにちょっとインタビューせんとアカン」と、こう言われました。それは結局、野間さんを調べることのサジェッションだったと思うんですけれども、どなたに紹介していただこうかと、いろいろお話しましたら、いっぱい教えてくださいました。私は全部つきあったわけではありませんのですが、野間さんのお母さんと、それから野間さんのお従兄弟さんと思いますが、大阪でレストランをやっていらっしゃる方を教えてくださいました。私は他の、市役所のえらい方のところとか、宇治電だったと思いますけれども、そこのえらい方のところへは、私もいいかげんな人間ですので、そこはちょっと失礼して、お母さんにお会いするときと、それから従兄弟さんにお会いするときは、しっかり付いていきました。

そのとき私は異様な印象を受けました。私は野間さんのこれまでお書きになったものの中から、たいへん失礼なことだけれども、お母さんはもっと、いわゆる関西のそこらにいらっしゃるおばあさんだと思っていたんです、たいへんに失礼ですが……。そうすると、今でも覚えておりますけれども、黒い薄いレースの肩掛けをしていらっしゃいまして、きれいにお化粧をしていらっしゃいました。その頃としてはとても珍しい、薄い色の金縁のサングラスをかけていらっしゃいました。開口一番、「私のやっております宗教の話は宏に禁じられておりますから、これは一切いたしません」とおっしゃいました。それで、そうかと思って、それも私としては印象的だったんです。お母さんがひどく若々しいハイカラな方で、それで野間さんはこういうお母さんから生まれられた方なのかと感慨深いものがありました。私のそれまでの印象ですと、何となく、野間さんの文体から推察してもっともたもたとしていると、こういういいかげんなことをすぐ考えるのが私なんで恥しいのですが、とにかく全然違った印象でした。それから今度は、難波の従兄弟さんのレストランに行きました。これは全く庶民的なレストランでして、私が一口で描写しますと、おかずがショーケースに並んでいますけれども、たとえばトンカツですと、その真ん中をパカッと二つに割って、そしてちゃんと中身がこれぐらいで、衣がこれぐらいでというのを見せて売る、そういうレストランでした。たいへんに感動しまして、そこでトンカツを食べて帰ってきました。お従兄弟さんは野間さんにとてもよく似ていらっしゃいましたけれども、あまり話をされませんでした。そのときは何のために私たちは行ったんだろうと思いましたけれども、それもあとから考えると、ひどく意味があることに思えました。

作品の原風景

そういう印象があって、それからまた、小学校の同級生の方とか、紹介していただきまして、西宮の町をうろうろと野間さんが住んでいらっしゃった辺を歩きました。歩いておりますと、私は不思議にそのときに、今、奥泉さんがおっしゃいましたけれども、『暗い絵』の文章がパッと浮かんだんです。そのときは浮かんだんですが、今はパッと暗誦できそうにもないので、ちょっと書いてきました。「草もなく木もなく実りもなく吹きすさぶ雪風が荒涼として吹き過ぎる」というのでした。ちょうど浜甲子園近くの道を歩いておりますと、昭和四十一年だったと思いますけれども、そこはまだそんなにちゃんと戦後復興をしておりませんで、荒涼としておりまして、それで何か急に野間さんの世界のような感じがしたのです。それで家へ帰って、『暗い絵』を読みなおしたんです。『暗い絵』が出た当時は、私も文学少女ですから、一生懸命読んだわけですけれども、そのときの印象はもっとぎとぎとしたような印象でしたが、歩いたときはひどく荒涼とした気分になったのが不思議でした。読みなおしていると、ブリューゲルの絵の描写がずっとありまして、突然、B29が出てまいります。それもはっきりと出てまいります。B29の爆撃のあったことがずっと書いてありまして、そしてそれとブリューゲルの絵とが重なり合うんです。それで私は、ああ、ここに野間さんの原点があるんだなと思ったんです。そう思いながら自分がそこを歩いたことを重ねて、夜ずっと考えて、そしてたいへんに感動したことを今思い出します。

そのことを思い出しますと、ちょうど今、サラエボだとか、それからチェチェンだとか、すごい戦争がありますよね。爆撃された跡なんかあって。ああいうのもみんなブリューゲルの絵みたいな感じがしてきまして、それで野間さんがあのときに訴えられたあの世界は今もちっとも変わってないんだ、またも人間はそれを繰り返していると、そういう感じを強く持ちました。私は、自分も空襲の経験がありますから、ブリューゲルの絵が単に視覚的に入ってこないで、奥泉さんは、見るんだ、見つめるんだとおっしゃいましたけれども、私は何か肉体的な痛みとして感じられてきたんです。とても身体的に苦痛を感ずる作品、苦痛というのは読むのが嫌とかそういうことではなしに、自分の肉体が苛まれていくような感じがしまして、野間さんの文学の秘密はひょっとしたら、この肉体の苛まれるところにあるのではないかと、そのときは思ったくらいなんです。

持続する力

初期の作品はみんな何かそんな感じで、あと、野間さんは長い大きな作品をお書きになっていくんですけれども、でもそれはずっと初期の作品の中にあったものが大きく長く展開されて行ったんだと思うんです。初期の作品の中にあったと言いますと、話はまた戻りますが、富士さんのお宅にお伺いしましたときに、これは門外不出だから借りていっては困る、この場で見なさいとおっしゃって、本当にお弁当でも持って行かないといけないような長い時間をかけまして、『三人』をずっと読ませていただきました。そうすると、『三人』の何号だったか、私は忘れていますけれども、その中に「青年の環」というのがあるんです。それでエッと思って、そこを見ますと、いま思いますと、原稿用紙にして一枚か一枚半、二枚はなかったかなと思われる部分なんですが、でも登場人物は正行ですか、ちょっと苗字が、この頃、老耄で浮かんでこないんですが、その苗字も名前も同じなんです。アレッと思って、もう『三人』の時に、すでに「青年の環」をやっていらしたんだとそれが驚きだったんです。これは大発見というわけで、年譜の最初にそれを森川が書き込んだんです。けれどもそれを野間さんはカットしてしまわれたんです。どういう理由でカットされたんですかと、野間さんのところへ行っておうかがいしますと、そんなに長いあいだ昔からひとつのことをやっていると、よっぽどこいつはドンくさいと思われるとおっしゃったんです。それは、大作家の証拠だからいいではありませんかと私たちは言ったんですけれども、そこの大発見は容赦なくカットされたんです。ちょっと戻りましたけれども、野間さんのそういう壮大な長編に発展していく前の力というのが、三年ぐらいほどのあいだに立てつづけに発表されました初期の短編にはあると思います。

その初期の短編にあるなんとも言えない粘着力というんですか、肉体的な感覚というのは、この受けとめ方は、男の方が受けとめるのと、女性である私が受けとめるのとは、かなり違うようなところがあるのではないかと思いまして、そのことを少し述べて終わりたいと思います。

女が読む野間文学

私がここへ上がったからには、上がったからにはと言うのは、さきほど皆さんからひやかされまして、三枝さんはフェミニズムの立場で野間さんを叩くんでしょうとか言われて、叩かなければいけないのかしらという使命感にもちょっと押されていますけれども、それはそう言われれば、最初から野間さんの頭の中にはフェミニズムのフェの字もなかったと思います（笑）。それはそういうふうに言いますと、キリストだってヘーゲルだって、頭にフェミニズムのフェの字もなかったと私は思いますから、そういうふうなのと同じなので、こういう立場で、そういうことを言うむだなことは私はやりません。

ただ、自分が野間さんの作品を読んだ印象、それを女性として感じたその感覚を確かめてみたいと思います。野間さんは思想はフェミニズムのフェの字もなかったかもわからないけれども、その感覚の中に、女性がどういう形で捉えられていたんだろうかというふうに、それを感じとることは、これはできると思うんです。野間さんの書いていらっしゃる野間さんの男性と野間さんの書いていらっしゃる野間さんに対する女性とは、女の感覚でよくわかる。まず、男はいやらしいですね、本当にいやらしい。こういういやらしい男の欲望とか、そういうのをなかなかこれまでの男性の方は直接的な形ではお書きにならないんです。いやらしい男というのを書いても、男の作家はたいてい、これは愛欲小説と名付けられてもいいとか、いやらしい男の欲望というのは男の本質であるとか、女もけっこういやらしいとか、そういうことに考え方の基準をおいて、外側から描写していくいやらしさなんです。けれども、野間さんはほとんど自己嫌悪とひとつになって、自分の性欲のいやらしさを書いていらっしゃるんです。十五、六歳ぐらいの男の子の、すごく性欲がさかんで、性欲のために右も左もわからなくなるような、ちょっと突つくと暴走しそうな、そういう男の子の性欲そのものといった文体を方法にして、というか、これを自覚的に文体にしてというか、たいへん矛盾した言い方ですけれども、そういうところに野間さんの文学の性欲があって、とてもそれは興味のあることでした。

それで、私から見て、女もなかなか汚く書かれているんです。野間さんはもう汚く書かないと真実は出ないと信じていらしていたようで、汚くてと言うより、自虐的にと言った方がいいかもしれませんが、あまり美しく書かない。恋愛小説なんかでも、とても美しく甘っちょろく書く方はたくさんいますけど、野間さんのを読みますと、これが恋愛小説かというふうなことで、でも展開されているのは恋愛なんでしょうけれども、人間のお為ごかしとか、きれいごととか、偽善とか、そういうのを全部除けちゃって書く。私は、野間さんは男女関係を書く以外では偽善的なところがあったと思うんです。いろんな運動なんかを起こされる方は、そういうところが大なり小なりあると思います。そういう立派な運動のときは、避けがたく偽善的でいらっしゃったことがあるかもしれない、けれども、野間さんはご自分の性欲に関してだけは、そういうのが一切なくて、汚いところをしっかり見据えてお書きになったと思います。それが私はとても面白くて、これから女性の目で文学を見ていくときの一つの大きなターゲットというと変ですけれども、そういうものになると思うんです。

でも、だいたい野間さんにしろ、これはこの会でこういうことを申し上げるとたぶん袋叩きにあうかもわかりませんけれども、差別の問題を一生懸命にやっていらっしゃる方とか、左翼と言われて、反権力の立場にお立ちになっている方などは、ご自分が反権力で、差別を否定するという大義名分に生きていらっしゃいますから、隣にいる女房のこととか、そういうのは忘れちゃっているんです。隣にいる女房にはすごく横暴で、それですごい権威主義者でありながら、自分は反権威と、こういう方は多いのです。ですから、野間さんもけっしてその矛盾から逃れられてはいらっしゃらないと思うんです。けれどもそれとは別に、野間さんの文学には、ご自分の性欲を見据えたときの、男と女の対等の交わり合いというんですか、そういうものがあぶりだされるように出てくる、そういういくつかの作品をお書きになっています。それはこれから私たちが、女性の立場でおおいに研究していくべきだと思いますし、これは戦後五十年を経て、そして世界の人たちにも、どうも男女の問題では、日本の男というのはあんまり世界においていい印象を持たれておりませんから（笑）、将来、おおいに世界のフェミニズムの場にも提出して、野間さんの文学を研究していただきたいと思います。どうもなんとか声がもちました。ありがとうございました。

（一九九五年一月　第三回）

野、宏、野、間、間、野、宏、…

芸術家　荒川修作

新年明けましておめでとうございます。

私がお話ししようとしていることはおそらく支離滅裂で途中でやめるかもわかりません（笑）……。今日、野間さんをこの部屋に呼び出そうと思ったんですが……、言葉と言語でどこまでできるか……（笑）。

私が知ってる野間さんは晩年の思想家としての野間さんだったんです。本居宣長の共同性の言葉からフローベール、ジャン＝ポール・サルトル、そして実存の共同性、美空ひばりさんのなつかしさを感じさせる、あの日本人の共同性を生みだす言語までふくめて、野間さんはおそらく、それがこんがらがってあったんでは……。ジグザグのしかたで体系を立てていたようですね。それでいながら彼の不思議な、思想が、意外に生活空間というものをもっている。言葉のもっている行動性というところを物語ではやるまいとしたようなところがあります（笑）。

「荒川さん、五、六万年たったら一緒に会いましょう」と最初に会って別れるときに彼が言われまして、「そのときにはこんな言葉は使いませんよ」と私が……。「考えておきます」というようなことを言われました（笑）。

今日、雪が降ってます。私はフェアモントホテルという、あの九段下の近くのところからここへ来たんですけれど、さきほどのタイトルに、一番上に「空」、一番最後に「丘」と入れてもらい、「間」

と「間」のあいだに「土」を……。

「荒川さん、あなたはハイゼンベルクにベルリンで会ったそうですね」。「はい」。「あの人のセオリーというのはどんなもんでしょうかね」と言うから、「あなたのほうが詳しいですよ」と私は笑ったんです。それから、あのマラルメの話を延々と……、それで「無」とか「空」の話になりまして、「そういう言葉には行為というものが上か下についてないかぎり意味がない」と私が……、「なるほど」とか言って、それで終わったような気がします。

都市化（文明）が進まなかった、わが列島は、けっきょく、まともな都市を建設することが、できませんでした。だから市民権など何がなんだかわからないようです（笑）。「日本文明」がないところにどうして日本の文化が生まれるだろうか。建国以来すべて植民地化され、日常生活の行為や知恵まで輸入されたものでまにあわせていますね。そんな所から彼は「全体小説」などという不思議なことを言いだしたのです。西田幾多郎さんの「絶対矛盾の自己同一」というあの言葉は、野間宏さんのためにあるようです（笑）。

さてこの部屋は、東京のアルカディア市ヶ谷の六階です。外はそうとう寒いですけれど、この部屋は私たちの体温にほとんどちかいですね。

今日の野間さんの名前は一週間まえと違い「空、野、宏、野、間、土、間、野、宏、丘」と変わってしまっているんですけれど……（笑）。

どうも呼び出すことは時間がかかりそうですから（笑）、瞬間的に構築しましょう（笑）。野間さんはもはや完全に共同性を帯びた場のようになってしまったから遍在の環境として、いろんなところに振動しておられると思いますが、この地球上には、何兆人もの人が野間さんと同じように消えていったようです。私たちもそのうち消えていくようです。どうも出てきたことも、消えていくことも、それほど変わりがないようで本当に明確な場がわれわれに定められていませんね。そうすると、人間が悲しんだり、楽しんだりすることは、一体どんな意味がかくされているのでしょう。こんなことを考えはじめると「自然」という言葉もあまり信用できません。この言葉の意味ももう一度人間のサイズにできないだろうか……。

このようなことを少し知った人間は、野間さんのように、まず意識的に支離滅裂になるよりしょうがないです。そして、意識的に抽象的になるんです。いわゆる不連続の連続というものをつくりだそうとしたんだろうか、それとも連続の不連続、そういうことです。

それで、この部屋に戻りますけれど、ここにいる方がたは、私もふくめて、少しは何かで野間さんの「住所」や振動している環境に近いものをもっているから、ここにいるわけです（笑）。いわゆる小さな家族のようなものです。このような家族は、いま外へ行けば、あらゆる「風景」の内にも景相としてあちこちに振動しているようですね。ただ、それらは無名であり、指でさししめしたりはできません。あまりにもゴチャゴチャし、あまりにも与えられたものと、人間がつくりあげたものがむちゃくちゃになってるからです。かと言って、その無名性の出来事や現象こそがわれわれに希望をもたせているんです。

そうすると、呼び出すとか、構築するって、一体何でしょう。私たち人間がつくりだした常識、道徳、倫理というのは精神性とか身体のうえでは、あまり役に立たなかったということなんです。地球の上に生命をもっていることは本当に不思議な現象です。

こんなことを考えていると、永遠とか、文明、都市、町、家、道……風景などと呼ばれているところが、何もわからなくなってきませんか……。

すると、こんなことが言えるんですね。美空ひばりさんの声が、あのトーンが、われわれに郷愁を呼ぶということは一体何だろうか。マダム・ボヴァリーという女性を主人公にしながら、書いた本人は男性なのに、あれは私だと言わせた、あの共同性をもった「場」や現象は一体どこから来たんだろうか。それから本居宣長や岡倉天心、小林秀雄のような方が、もののあわれという共同性の現象を知ること、知れること、それがために私はこの世をそれほどの恐怖もなく消えていくことができるんだ、ということを明かそうとしたこと。そのような「場」をこえた現象はどのようにして存在し、一体どこにあるんだろうか。

それこそが、おそらく野間さんがいろいろ、さきほどからマンガのように取り扱われてきた、あの支離滅裂さの「場」のような現象なんです。私はそれを「遍在の場」と呼ぶんですけれど、この部屋にもうじゃうじゃしているんです（笑）。ただ、無名なんです。ちょうど「見返り美人」といわれる言葉のように、あの気配の発見。あの気配と呼ばれている「現象としての場」を人間が感知できなければ、詩人が詩をつくるという行為も生まれてはいないでしょうね。野間さんは感覚的にそれを知っていたんです。この世界には、体系が立てられないということも知っておられた。外国では、この間、亡くなられたグレゴリー・ベイトソンという方が彼と同じような情熱をもっていたように思いますが……。

さて、あれだけたくさんの場をもってしまい、「ヘンチクリン」な名前をもってしまった野間さんを、呼び出すためには、不思議なことをしなくちゃいけないです。

ここで、嫌でも私がインスタントにつくりあげる倫理を信じていただかなくちゃいけない（笑）。今日のこの部屋がどれぐらい野間さんにそっくりかを、少し説明してみましょう。まず、ここには野間さんを知ろうとしている方と、それからそれを知っている物質や現象が、そうとう充満しているんです。しかも、ばらばらでここにあるわけです。だけど、この部屋は、一つの器のようになってここにあるわけですね。人間という現象が器のようになっているのですね。このチャンスを逃さないで、あとは言葉と私等の身体の行為と声で「言語」をつくり上げる、あの気配のように「声の家族」をインスタントに生みだすことです（笑）。

一体、この世から消えていく物質とか人間は、どのような場や環境をもつことができるんだろうか。そしてその現象は、永久に消え去ることができるのか。「永遠回帰」、この言葉には、どのような行為がかくされているのでしょう。

この部屋を、一つの太い道だと思ってください。そのなかに何千、何百というパッセージがある。火事が起きたら、あの後ろのドアーから出るんだろうけど、向こうから火がでてきたら、こちらへ来るよりしょうがないですね。そうすると、ここいらの窓は、すべてパッセージのように使われ、道になるんです。

少し簡単に言えば、あらゆる物も、行動も、言葉も、幾万という振動する現象によって形成されている。それと同等に何億という意味を生みだしては消しているのですね。振動しながら消えていくのです。

それなのに、この人間の世界では、われわれの先祖もふくめて、いかにも定まってしまった「真実」があるような、歴史をつくってきてしまった。だからこんなにもカナシイ悲劇的な人生を信じるようになってしまったのです。

さて、私の後ろの壁ぐらいからはじめていきましょう。この部屋はどこの壁の近くも気温は違いますね。われわれの腕と首と頭と足とお腹の体温が違うように、この部屋も違うんですね。この真ん中は、ここよりは、温かいと思うんです。この部屋は内側、外側をもってます、この部屋は上と下がありますね。左と右もある。やわらかいところ、かたいところ、しめったところ、かわいたところ、数えあげていったら、もうわれわれとほとんど変わってないんです。しかもこの部屋と呼ばれているなかに、何百という野間さんの気配の現象をもった人びとが存在しているのです。この部屋に意識がないのが不思議なぐらいです。これこそ意識が形成されつつある所なんです。まだ非人称なのです。アルカディア市ヶ谷の六階の部屋と言われるだけです。

私たちはほとんどそれに近い遍在としての視線をもっているのです。それだのに、人間の歴史はいかにも違うようにしてきてしまったところに、人間のつまらない悩みがはじまったんです。もともと人間の悩みじゃないものを、人間の悩みにしたところがある。そのために、私等は物語や芸術というフィクションとしての世界が必要になってしまったのです。悲しいことですね。いままでの芸術の形式はすべてペシミズムから生まれでてきたものです。いま、どれだけ説明しても、説明できない部分がありますね。ここで、野間さんの名前も場も変えたんですけれど、その現象を現前させるためにはどうも少し歌わなくちゃいけないんですね。歌うということは、言葉や言語を反復させながら、まったく違った意味をつくり、生みだすことです。

少し「コンガラガッテキマシタガ。」いま私が話した出来事は、ある時間と空間をつくってしまいました。だから、それは少ししまってください。いまから私がテープレコーダーのように、最初からもう一度これと同じことをしゃべっていると思ってください。

言葉というものが言語を形成するためには、言葉のために何かが反復をその周囲でどんどん行なってくれないとできないんです（笑）。そのために人間の世界は倫理という言葉をつくりました。あなたたちがいなかったら、私はここで話をしません（笑）。

言葉で作られた身体というのは、肉体が欠けているんです。だけど身体という言葉の意味はあります。そうすると、いかなる身体だろう。おそらく「スケール」の違った世界のスケールです（笑）。まだ「生命」と呼ばれる前の状態……。

さて、こんなに小さな世界を、インスタントに私たちのサイズにするには、この会場におられる方がたの身体の動きや、声、視覚、感覚を、すべて使用して、この部屋にあるいろいろな物質と共に、たくさんの、方向性のない、支離滅裂でアブストラクトな、ディメンションをもたない環境のなかへ、野、丘、宏、間、土、間、空、野、宏……この言葉を皆さんで投げこんでほしいのです（笑）……。少しずつ訓練をしていただいて……この行為を国家、国の家のようにしたり、都市、のなかの市民のような意味ができ始めることを願っているのですが……。建築的身体……。

やっと日本民族の無思想で無体系で感覚的なところを生活の知恵から生みだした行為によって、なにかとてつもない共同性の現象を一つの言語として作り上げようとする方向が生まれてきたのです。しかもその方向に遍在の場をもたせ、いろいろな使用法も考え出しているのです（笑）。どうも今日は野間さんを呼びだすことも、構築することもできませんでしたが……オユルシクダサイ（笑）。

地球の上で、あの山が山らしいということ、川が川らしい、空が空のようだ、というように、どうして人間は人間らしくならないんだろう。それは私たちがあまりにも未熟だからです。

（一九九六年一月　第四回）

日本における聖と賎

——野間宏の足跡をたどって——

近代文化論、アジア思想史
沖浦和光

一九四八年、最初の出会い

沖浦でございます。

私と野間さんとの最初の出会いは一九四八年の初春で、『暗い絵』が出まして、野間さんが新進作家として評判になっていた頃でした。私はまだ大学の一年生だった。当時の学生は、文学作品を非常によく読んでおりました。小説、評論、毎月の雑誌をほとんどむさぼるように読む。だから大学の図書室は新刊が出ますと満員でして、それを読んでなければ非常に肩身が狭い。今の時代とまったく違いまして、あの時代なら奥泉さんの『石の来歴』なんかもよく売れたんじゃないかと思うんですけれども、今の学生は文学作品や文芸評論はほとんど読まないわけです。残念なことです。

われわれの頃は、その作品を読んでなければ話にならない。だから、まだ野間さんは名前があんまり知られてなかったけれども、さきほどから出てきております『近代文学』系の一連の新進作家として評判になっていました。そのうち、誰かが野間宏は大学のすぐ門の前に住んでいるということをききつけてきまして、それで押しかけたのが最初でした。昼休みになりますと、歩いて二、三分ですので、よくぞろぞろ行きまして、運が良ければ昼飯を食べさせてもらおうかなということでした。ここにおられる光子夫人にも、非常にご迷惑をそのときからかけておるわけです。

そういう形で野間家に出入りしておりましたが、野間さんはさきほどもちょっと紹介されましたように、当時、評論もいろいろ書かれておりました。そして、「生理」と「心理」と「社会」とこの三つを総合して新しい人間を全体的に把握するんだ、と新しいリアリズムを声高に主唱されていた。今ならばなんということはない言葉なんです。だけど当時は、「生理」という言葉自身がエロスそのものと重なって聞こえるわけですね。つまり戦争中の言論の自由を封鎖した大弾圧の時代では、「生理」という言葉そのものがはばかられていました。それを大胆に出して、「心理」と「社会」と三つを総合するんだ、と。

今、三枝さんがおっしゃったいやらしい女と男の関係、そういうドロドロしたものを含めて人間性の真実をまともに描こう——そういうメッセージだと私たち戦後派は読み取りました。読めば文体も確かに新しい。今、奥泉さんが分析されたように、「ような」が七つあったかどうかということは忘れましたけれども、ともかく当時は非常にフレッシュな存在感がありました。確かに古いリアリズムではない。あの「私小説」に代表される自然主義ではない。戦時中のプロレタリア文学のような硬直した写実主義ではない。非常に新しい要素がある。

私は戦後すぐ学生運動をやっておりまして、当時の、ここにおられるご年配の方々はほとんどそうだと思うんですが、当時流行った言葉が「左手にマルクス、右手にサルトル」でした。「昼は唯物論、夜は実存主義」という言葉も非常に流行りまして、これを流行らせたのが、今の読売の渡辺恒雄社長です。彼も学生運動をやっておりました仲間でいっぱしの哲学青年でした（笑）。

ともかくも、非常に波瀾万丈の時代でして、まったく今の学生諸君、若い世代からはとても想像がつかない時代じゃなかったと思います。そういう時代の新しい波に乗って野間さんがスタートしてきた。同時に、たくさんの第一次戦後派が群がるように出てまいりました。学生運動をやりながら、あれを読まねばならん、これを読まねばならんと、当時は本当に忙しい毎日でした。そういうなかで、われわれも曲りなりに自己形成をしてきたわけです。

政治的な会合でも野間さんとはよく出会いまして、集会の帰途、よく食堂へ一緒に行って、侃々諤々の大激論をやっておりました。その頃、野間さんがいつも持ち出したのはバルザックの『人間喜劇』を頂点とした全体小説です。それから十九世紀のサンボリスム、これが二つの柱でした。それをめぐっていろいろな討議をしたのを今でもよく覚えております。それからやがていわゆる五〇年代の暗い政治の季節になりまして、日本の革命運動をめぐって大分裂が起こりました。それはいろいろご存じのとおりだと思います。そういう中で、結局、一時は野間さんとは意見を異にするようになりました。私は当時の主流の立場には反対で、野間さんらの人民文学とは違う立場を選びました。いくばくかの断絶があったわけですが、その後、一九六〇年に入ってからまたひっつきました。ひっついたというのはおかしいんですけれども、これはだんだん社会評価をめぐっても、見解が一致してきたということでして、これは時代の旋回がそうさせたと思うんです。そのきっかけのひとつは一九五六年のいわゆる「スターリン批判」ですね。この問題をもって、われわれが抱いていた社会主義像というものがひとつの締めくくりの転換点に達しまして、そういう中で、もういっぺん根本から問題を見つめなおそうという大きな転機が出てきたわけです。その過程でも野間さんは『真空地帯』を発表され、それから『青年の環』をずっと書き継がれておりまして、一九六二年には、さきほど報告された『わが塔はそこに立つ』が出てきたわけです。

野間宏における〈人生の磁場〉

私なりに解釈いたしますと、野間さんはよく「人生の磁場」という言葉を使われております、あるいは「炎の場所」という言葉です。これはどういうことかというと、「磁場」というのは万物を引きつける磁場です。これはやはり、どの人間にも原体験みたいなものがございまして、とくに青春形成期に受けた大きな原体験は終生消えるものではない。作家というものは、その原体験をバネとして、それを発条といたしまして、さまざまの想像力や、作品の創造力としての言葉がつむぎ出されてくるわけでして、野間さんの場合は、それが五つあったのではないか。

一つは、さっきもちらっと三枝さんがおっしゃいました、お父さんがはじめられた土俗宗教ですね。これは親鸞系、南無阿弥陀仏系だけれども、実は土着的な非常にドロドロした要素をもった新宗教の、その教祖であった。『わが塔はそこに立つ』でも出てまいりますが、いろいろな秘儀を経験されておるわけです。たとえば湯灌ですが、野間さんはここまでやらされていた。当時、野間さんは京大で『資本論』を読みはじめ左翼運動を開始していた。ところが、家に帰るとたまたまそれをやらされる。この矛盾のなかで立ちすくむというところが、実は『わが塔はそこに立つ』の非常に重要な問題点であろう、と私は考えています。

だから野間さんは徹底してこの矛盾に向きあうわけです。この親父の土俗的な邪教みたいなもの——これは一体何だ、と。大きな阿弥陀如来の前で、信者がみなバタンキューと五体投地の真似をやる。まことにわけのわからん宗教で、だから徹底的に反宗教的立場に自分を追いやっていくわけですね。それでどんどん左翼へ接近する。こういうひとつの原体験が野間さんにある。あの作品に出てくる「中之町」という町が何であるのか。これはまた非常に大きな問題です。この「中之町」は被差別部落、あるいはそれに類した宿《しゅく》という被差別民の町ではなかったか。そこに信者が非常に多かったわけです。こういう問題がひとつやっぱり非常に大きな原体験の中にひそんでおるのではないのかと思います。

第二は、さきほどから出ております『暗い絵』を頂点とした暗い青春時代の学生運動です。戦前における崩壊期学生運動の危機状況を描いております。この場合も三つの生きる道がありました。ひとつは非合法、もうひとつは徹底的社民的合法型、もうひとつはその真ん中の「あるかなきかの細き道」という非常にむずかしい回路です。これは専門的に、当時の後退期にあります運動を実に精密に分析しないと、この複雑な取り合わせはなかなかわからないわけです。そのあるかなきかの細き道というものを歩いたグループ、野間さんもこのコースの一メンバーだったんだけど、しかしそれも壊滅するわけです。その姿を描いているわけでして、この崩壊期の学生運動が、野間作品の第二のモメントであった。

第三点は、大阪の被差別部落の西浜である。これは大阪の木津川の河口に近い川の町でして、西浜というと江戸時代は渡辺村といいまして、江戸時代からの日本一の大部落でした。人口は今でも三万ぐらいで非常に大きな「皮の町」です。野間さんは大学を出て市役所勤めをして、西浜での融和係を務められていた。そのなかでいろいろ後退期の水平社運動に出会うわけです。その過程でインテリ学生には無縁であった、底辺社会のいろいろな群像に出会います。ここで野間さんのあとの五十年を規定する大きな出会いがあったわけです。それが実は『青年の環』の主舞台だったわけですね。

だから第一の主題が、お父さんの土俗宗教と共に生きた青少年時代の自分で、これは『わが塔はそこに立つ』の大作で、一九六二年に出てまいります。なぜ後に出てきたか。これはおそらく野間さんとしてはこの主題は最初に書けなかったんじゃないか。私はそう思います。だから後になっている。マルクスとの距離、あるいはそれとの葛藤というものを経ながらそのテーマがしだいに成熟してくるわけです。第二が学生運動。これは『暗い絵』で、一番最初に出ました。第三のテーマが『青年の環』で、これは『暗い絵』に引き続いて発表されたわけです。それでは第四は何であったか。第四は軍隊生活です。この軍隊生活を剔抉《てっけつ》したものとして『真空地帯』があるわけです。これは外に開かれた小説で書きやすかったんじゃないか。だから早くからこれは完成しております。

そして、『わが塔はそこに立つ』がやっと登場する。

フィリピン戦線と戦争責任

第五として、もうひとつ野間さんの中に磁場があった。これはフィリピン戦線です。フィリピン戦線における後退戦です。現地の人たちとの交流、日本軍の残虐な行為、つまり戦争責任問題、そして軍隊の中でのむちゃくちゃな上下関係、こういうものが剔抉されなければならぬ第五の問題としてあった。それは実際は若干は書かれておるんですが、たとえば『南十字星下の戦い』というのがありますが、これをはじめとして一連のフィリピン戦線を描いたものはほとんど失敗作である。だから野間さんもあんまり外へ出すことを表立ってはおっしゃってないけれども、自分では意識されていました。私も岩波版の作品集が出るときに編集会議に出たことがありますが、そのとき、私は野間さんに言ったわけです。「野間さん、フィリピンに行くべきだ。もういっぺん戦争体験を見直すべきではないか。一連の作品群には軍隊の中のいろいろな問題が書かれているけど、日本軍隊と現地のフィリピンの人民との交流がまったく書かれてないじゃないか。日本の軍隊は、一体何をし何を残したのか。どういう傷を与えたのか。この問題を抜きにして、野間さん、まだ死ぬわけにはいきませんぞ」と、まあ大要そのように私は言ったわけです。ここにその当時の編集者だった加藤さんもおられますから私の発言を覚えておられると思うんだけど。だからなんとしてでもフィリピンにもう一度行って、それで野間さんが追記としてなんらかの新しい作品を書くべきであるということを私は主張いたしました。

そのときは、実現できなかったんだけれども、死ぬ直前の五月に行かれて、五日で帰って来られた。行かれるということを聞いて、私は電話をいたしまして、からだが弱っている今の時期に無理ですよ、と。しかしなんとしてでも行くとおっしゃる。なんとしてでも行くということは、おそらく死期をさとられていたのではないか。その半年後に亡くなられるわけですが、最後のチャンスだと思われたんでしょうね。だからやっぱり自分の戦争体験とアジアという問題——これが第五の大きい問題として最後まで野間さんの胸中にあった。

日本の軍隊、最初に木下先生がおっしゃいましたけれど、日本軍は一体何を残したのか。われわれ自体の戦争責任という問題を抜きにして、自分の文学はありえないと、そう決意されたのではないか。だから後でご夫人にうかがったら、もうほとんど這うようにして帰って来た。何もできなかったんじゃないかとおっしゃっていました。それでも行かれたわけです。

だからそういう点では、総計すれば「人生の磁場」が五つ、野間さんにあったのではないかと思います。しかも『暗い絵』、これは一九三〇年そこそこですね。それから『青年の環』、『わが塔はそこに立つ』、これは一九三〇年から四〇年までのわずか十年間の凝縮を総計一万枚にわたって書かれているわけです。だからこの十年間の苦悩の青春時代を一万枚で書いた、しかもこれはドイツ流に言うならば、「ビルドゥングスロマン」です。

「ビルドゥングスロマン」というのはよく「教養小説」と訳されるけど、「教養」というようなことではございません。自分の青春期、自己形成期そのものを剔抉する、自分の精神形成の深部をえぐった小説ですね。こういった大作が自分の作品群になければ、作家というのはあまり大きなものは言えないわけでして、今の作家にわれわれはどうしてももの足りないのは、そういう本当の「ビルドゥングスロマン」が書けていないからです。書くべき材料を持ち合わせていないのか、そもそも書くべき動機づけがないのか。今日の小説を私はべつに否定しているわけではありませんが、非常に薄っぺらに見えるのは、そういう歴史と時代と、それをともに呼吸したという重みを感じさせるような小説になかなか出会わない、残念ながら。これは何も今の作家だけの責任じゃございませんで、時代そのものがそうさせているのかもわかりません。それが文体にも表れております。

部落差別とインド訪問

だからそういう具合に考えますと、野間さんはいろんなことをされましたけど、私は野間さんと一緒に一九八二年にインドへまいりました。私自身も最初から部落差別の問題に突き当たったわけじゃございませんで、一九七〇年代に私自身がインドへ旅行して、カースト制というものに目をみはって帰って来ました。それから高橋貞樹の『特殊部落一千年史』という本、これはすぐ発売禁止になった稀覯《きこう》本でございます。これを戦後、読む機会がありまして、驚きました。

野間さんといろいろ話したなかで、戦後すぐの時代では、賤民であった被差別民がつくり出した能であるとか歌舞伎であるとか人形浄瑠璃、こういう話は一切出てないんです。世阿弥の話はまったくしたことがございません。戦後直後はやはり〈脱亜入欧〉時代でございまして、明治維新後の第二の脱亜入欧で、やはり「土俗と近代」、あるいは「天皇制と民主主義」、あるいは「遅れたアジアと進んだ西洋」、そして「宗教と科学」、こういう図式の討論が多かった。すべてそういう二項対立的な図式で切っておりましたから、戦後すぐのわれわれ青年は、日本の伝統文化や民衆の古俗にほとんど目を向けていない。全的否定の対象なんです。天皇制ナンセンス、宗教ナンセンス、全部ナンセンスなんです。伝統的なものナンセンスと、こういう時代でしたから、したがって野間さん自身もそういう葛藤を経ておられますから、そういう切り結んだ対話は実はあまりできなかった。

それができだしたのは、野間さんが『わが塔はそこに立つ』を書かれたからですね。私もあれを読みまして、はじめて親鸞像の全面的見直しという問題にぶつかりました。しかも『わが塔はそこに立つ』のクライマックスは、さきほどちょっと紹介されましたように、法然の問題が出まして、天皇の責任を追及するところです。「主上臣下、法にそむき義に違し、いかりをなしうらみをむすぶ」天皇自身が法を犯しているんじゃないかという大問題が『教行信証』に書かれているわけで、だから野間さんの親鸞論はそこで大きく転換するわけです。

そういう問題が出ましてから、おおいに話がだんだんと古代・中世へと遡っていきました。どうも二十一世紀は西洋じゃなくて、アジアじゃないかという具合に転換していったわけです。今はアジアが大流行りで、今ならば当たり前です。だが一九六〇年代当初では、そういう話はなかなかまだ表向きになっておりませんでした。それで部落問題、日本の伝統を支えた芸能、宗教、この多くが被差別民から出てきている、この問題をやっぱりやらんといかんということにあいなりまして、私はインドにだいぶ前に行っておりましたので、野間さんを誘いまして、インドへ行きましょうと、それで行ったわけです。それで「アジアの聖と賤」という対談を『朝日ジャーナル』でやりました。それから『日本の聖と賤』の三部作。対談だけで千二百頁でして、十年ぐらいかかっています。

その間、野間さんとあちこちよく部落を訪れましたが、瀬戸内海の部落を一週間ほどずっと歩いたこともありました。古老の聞き取りをずっとやりました。部落では史料があまり残っておりませんので、お年寄りの話が非常に貴重です。そういうときも野間さんは非常に誠実でして、非常に熱心かつ丹念、朝も早い。そういうときは酒なんかもあまり飲まれませんで、非常にまじめな学究の徒で、付いて行った編集者がみなびっくりしておりました。インドへ行ったときもそうでして、野間さんが一番まじめでした。一番熱心で、ベナレスでヒンドゥー教の大学の教授とやりあった時も、野間さん一流のあれで熱心に質問される。とうとう向こうがへこたれてきました。ヒンドゥー教の教義の中にカースト制という差別の思想が内包されているだろうと追及されるわけです。そういう点、いろんなエピソードもございますけれども、そういう学究的な一面も非常にもっておられたと思います。

もう時間がないので、言いたいこともたくさんメモはしておるんですけれども、ともかく私は野間宏という存在は、やはりさきほど出ました公害問題、環境問題、あるいは遺伝子の問題、地球環境の破壊の問題からずっとやってこられた。そういえば確かにフェミニズムだけが抜けておりましたですね。確かに二十一世紀はフェミニズムの時代である。法然は一度男に生まれ変わってからという迂回路を通ってではあるが、女人正機を唱えられた。悪人正機だけではなくて女人正機を唱えた最初の宗教家であった。私はやっぱりフェミニズム問題もそういう点から改めて見直すべきだと思います。これは私たちの世代の自省の念をこめて申しているんです。野間さんが生きておられたら、きっと『日本の聖と賤』の対談の第五巻ができたんじゃないかと、実は思っているわけです。そういうことで、野間さんはいろいろ未完成のまま亡くなられましたけれども、やはり二十一世紀へつなぐ大きい問題を提出された。戦後五十年の中ではもっとも時代と一緒に生きられた作家ではなかったかと心からそう思っております。

（一九九五年一月　第三回）

AA作家会議の野間宏の思い出

――伴走者の目を通して――

作家 中薗英助

野間さんの大きな文学的生涯を私なりに振り返って見ますと、節目節目の或る期間に行を共にした伴走者がいたように思われます。もっとも、ときによっては伴走ではなくてこちらが代走しなければならず、野間さんはむしろ座ってどこかから見ているというケースもないではありませんけれども。私は一九六〇年代の半ばから七〇年代の前半にかけての約十年間、野間さんといっしょにAA作家会議という運動に従事してやってきたという、そういう意味での伴走者としてお話ししたいと思います。しかし、伴走者にはやはり最後にすぐれたアンカーという者がいるのですが、私の考えでは、藤原書店の藤原良雄さんはそのアンカーではないかと申しあげておきます。

そこへ話を進めます前に、私がどのようにして野間さんと知り合ったかということをちょっとお話ししておきたいと思います。私は戦後、中国から帰ってきまして、北京で知り合った土方定一という美術評論家であり、また文芸評論家であったこの人の手から、『近代文学』の埴谷さんに原稿が渡りました。それが発表されたのが一九五〇年の二月号の『近代文学』でした。次の第二作「黒い自由」を六月号に書いたと思いますけれども、その作品を野間さんが『群像』の合評会に取りあげたということがございました。合評者は北原武夫と平林たい子、野間さんの三人でした。そして同時に、埴谷さんを通して野間さんが私に会いたいと言っているという話がきました。

すぐに私が会いに行ったかどうかは覚えておりませんけれども、非常に印象深いのは、その年、一九五〇年の暮れに、野間さんから すきやきパーティに招待されまして、本郷真砂町の野間さん自身が貧の斜塔と呼ばれている、やや傾きかけた日本家屋ですけれども、そこですきやきをご馳走になったことを覚えております。その時に招かれたのは、埴谷雄高さん、それから安部公房君と私の三人でした。ちょうど野間さんは『真空地帯』を執筆中でありまして、非常に疲れておられたようでしたけれども、二階で渡辺一夫さんに教わったというストーブの炊き方を説明しながら、石炭ストーブを炊きまして、そこでぐつぐつとすきやきを煮ながら、食べて話をするんですけれども、『真空地帯』を書いているために非常に疲れておられまして、話しながら居眠りされているんです。それで話が佳境に入ると、盃を持って肯きながら眠っている。これは非常に作家としてはうらやましい状態で、私もいつの日か、よき友を三人ぐらい呼んで、そしていっしょに一杯やりながら、自分はぐうぐう寝て、みんなの話を子守歌のように聞く。これは作家として至高の状態であるなと思いました。しかし、こちらがそういう境遇になることもなく、三人の方は次つぎと亡くなってしまわれました。で、なんだか私だけ残っている者のようですけれども、しかしその日、私は家に帰りまして、家内に言ったことを思い起こします。「友がみなわれよりえらく見ゆる日よ　花を買い来て妻としたしむ」。そういう心境でありましたけれども、しかしこの三人と最早会えないということを、非常にいま悲しんでおります。

これから、私がどうしてこのＡＡ作家会議にコミットするようになったかということについて話を移しますと、私は新日本文学会という文学団体に、たぶん五〇年代のどこかで所属しまして、そしてやがて六〇年代の初めに、この会の国際部というのを担当するようになります。

どうしてそういうことを自らすすんでやるようになったかといいますと、長く中国におりまして、いわゆる大東亜文学者会議というものの最後の姿を見てきているんです。この会議には日本の作家たちがたくさん北京や南京にやってきて組織活動をするのです。私は現地の邦字新聞学芸部の若い記者だったものですから、やって来る先生方を連れて、たとえば久米正雄さんを連れて周作人のところへ案内するということもしまして、この会議がどういうふうにして動いていたかということをまぢかに見ていました。同時に、私は当時、現地の『燕京文学』という同人雑誌に参加しておりました。この同人雑誌には、竹内好さんや武田泰淳さんとともに、中国文学研究会の同人だった飯塚朗と岡崎俊夫という二人が先輩でおりまして、日本文学報国会の主催するこの大東亜文学者大会に反対しておりまして、私もまたそうした東京の文学者に現地から批判を強めてゆくわけです。植民地文学の研究に先鞭をつけた尾崎秀樹くんが、戦時中に大東亜文学者会議にコミットした作家で、しかも戦後のAA作家会議にもコミットした人がいる、ということを言っています。これは文学者の戦争責任だけではなくて戦後責任の問題を言ったんだろうと思います。私自身もまた、実際に戦時下のそういう会議を見てきた人間として一つの責任を感じるという気持ちはずっとありました。そして新日本文学会の国際部を担当するようになりました時期に、AA作家会議における一つの大きな変化が起こりました。

五〇年代の後半から、日本におけるAA作家会議の運動というのは起こったと思いますけれども、このファウンダーは木下順二さんと堀田善衞さん。一九六一年に東京緊急大会というのがありまして、これは日本の安保闘争と絡んだ運動となりまして、アジア・アフリカの諸国から文学者を呼んで非常に大きな盛り上がりをみせました。私はそういった運動に顔を出してはいましたけれども、なぜか積極的にはなれなかったんです。それは戦時中の問題がずっと尾をひいていたからです。私は北京で小説を書きはじめて、現地の文学賞を一つもらっています。その選者は林房雄さんのほか、『囚われた大地』の平田小六さん、旧ナップ系詩人・作家の坂井徳三さんとか、そういう人たちが選者でした。そういう賞をもらっていますから、どうするかというようなためらいもありました。すでに私は戦後、現地側の立場から東京の文学者に対する批判を書いて、広津和郎さんと一種の論争を交えたことがあります。そのなかで、大東亜文学者大会の組織者としての林房雄さんを批判したことがあります。

ところで、この日本におけるAA作家会議は、六〇年代に入りまして大きな変化がやってきます。いわゆる中ソ分裂の影響です。六〇年代の半ばにこの中ソ分裂は決定的になりますけれども、ちょうどそのころ、新日本文学会は、私は現在もうその会員でありませんけれども、非常に活発に国際的な運動を開始しようということをいっておりまして、その条件の一つは、たとえばソ連のスターリン批判によりまして、六〇年代の初めに雪解け時代がきます。それでソルジェニーツィンなどもどんどん書きはじめます。で、旧ソ連の作家同盟と交渉がありましたので、そういう交流を大いにやるようになりました。

その交流のなかで、私と長谷川四郎の二人が日ソルポルタージュ作家交換という行事に参加しまして、シベリアに行きます。六〇年代の半ばですけれども、ちょうどベトナム戦争の最中ですから、AA作家会議のベトナム反戦支援集会というのをバクーでやろうという計画があったのを、後に知ります。シベリアの旅を終えて、そこへ私と長谷川四郎が行ったんですけれども、そこで行われた集会は、AA作家会議の一方の根拠地、エジプトのカイロに事務局を持つ担当者が実行委員会を招集して、カスピ海の船上で、ベトナム反戦集会をやるということでした。で、後でわかったことですけれども、ちょうどその時に北京でも同じような集会があったんです。北京とバクーとで、ほぼ同じ内容であってまったく違った集会が二つ行われたんです。

日本はこの集会を契機にしてＡＡ作家会議の新しい発展のために参加してくれということを求められました。で、私は長谷川四郎と相談したんですけれども、これは皆様ご承知のように、牧逸馬、谷譲次、林不忘と、そういう三つのペンネームを持って活躍しました作家の弟さんで、戦争中はシベリアに長く抑留された経験を持つ方ですけれども、非常にのんびりしたところがありまして、どっちでもいいじゃないかと。参加してもいいし、しなくてもいいと。つまり否定からも肯定からも行動を開始し得るという、非常に面白い性格の自由人で、じゃあ、やりますかとなりまして、そして参加を決めたんです。これは本当に『さいころの空』という、さっき、野間さんの小説の話がありましたけれども、さいころをふるようなものだったと思います。

しかしそこで私たちがもっとも重要視したのは、これは分裂集会であること。だから常に中国はそこに参加しろということをわれわれは言いつづけなければならない、そういうことをアラブ側に約束させようとしたんです。ところが中国はもうすでに文革に入っていまして、国際的にも孤立している。そして文革そのものには、われわれは反対である。その反対である中国を参加させつづけようと言うという、何か非常に二律背反的な参加の仕方ではじまったわけです。けれど根本にありましたのは、われわれはアジア・アフリカの、いわゆる第三世界、あるいは非同盟諸国といいましたけれども、そういう国ぐにの人々の連帯、文学者の友情を失ってはならないというのが、私たちの一貫した思いでした。

あらゆる機会をとらえて、これを持続させるためには多少変なことがあってもいいじゃないかというのが、長谷川四郎と私の一致した意見で、そしてそれを東京へ持って帰ったわけですけれども、野間さんはもちろん、それは平気なんです。野間さんは非常にナイーブなところもある人ですけれども、「炎を生き氷河に住む」という言葉が好きだったように、絶対矛盾の自己同一というか非常に複雑怪奇なところもある人で、どういう事態になっても驚かない。やはり全体小説というものはそういうものだろうと。どういう事態になっても、それはゴーといえばゴーになり、ノウといえばノウになる。非常に実行者としてやりやすい。信頼して見てくれているわけですから。私は伴走者でなくて、実際、代行者としての実行者になりつつあったわけです。

どういうことがそこから起こったかといいますと、これはもっとも私のなかに深く沈んでいる問題ですけれども、カイロとかインドのニューデリー、こういうところが大会や事務局会議の行われる場所でしたが、年に一度はモスクワでも会議がありました。そういったときに、ロシア（旧ソ連）のある重要な人物に会え、ということを野間さんから言われたんです。会ってどうするんですかと。私はその時はどういう人物であるかはよく知らなかったんです。しかしだんだんわかってみますと、旧ソ連の共産党の中央部にいて、そして対日政策の根幹をにぎっている人間なんです。いわゆる大物（共産党中央委員会国際部副部長コワレンコ氏＝追記）なんです。その大物にぼくを会わせてどうするのかということは初めは疑問でしたけれども、新日本文学会という会を代表していく人間として、それだけでなくてAA作家会議の日本の代表者として会うということになります。

で、私はモスクワでリボーワさんという有名な日本文学者で、少し前に亡くなられましたけれども、『平家物語』の翻訳をして、非常に親日派の日本文学者としてはもっとも有名な方ですけれども、彼女にその人物の名前を言いまして、会いたいということを言いましたところが、あなたは日本共産党とはどういう関係でありますかと、それをまず聞かれますよというんです。それで私も正直に答えました。そんなことは調べればすぐわかるでしょうから、共産党の先鋭なる闘士ですとは言いませんでした。入党して間もない五〇年問題で離党していると。そして六全協の時に復党を求められたけれども、自己批判書を書いたら、それは相手を批判していたので認められなくて、それ以来党とは全く関係ありませんと。わかりましたとリボーワさんが言いまして、それを対日政策の根幹にいるその重要人物に伝えたんでしょう。で、とにかく向こうから電話がかかってきますし。日本語もできるということです。それで私は有名なウクライナホテルというホテルですけれども、そこで待っていました。いつか電話がかかってきて、会見の返事が来るだろうと。それが私に課せられた、密使みたいな役割です。だれにも言わないで出てきているわけですから、密使みたいな役割です。ところが何日待っても来ないんです。一週間ぐらいウクライナホテルでぶらぶらして、野菜は胡瓜くらいしかない食事とまずいビールばかり飲んで待っていたんです。むなしく待つドン・キホーテです。それでリボーワ女史が、まだ言ってきませんかと。おかしいな、夜にかかってくることがあるかもわかりませんと。しかしそれは言ってくるわけがないんです。対日政策の一番重要な企画者であり、実行者であり、そういう人物が共産党とまずくなっているような人間に会うということはありえないわけです。しかも私についてそれを知っただけではなくて、野間さんについては当然、もっともっと知っているわけですから。それで野間さんの使いとして来てる中薗英助という者が、もし共産党といい関係にあれば、ひょっとしたらゴーサインが出て、会ったかもしれません。しかしそうではないわけですから、日ソ両党の関係修復をふくめた彼の対日政策をつくる上において、大変なダメージになるということではなかったかと思います。

この問題が象徴しますように、私のAA作家会議においての日本の代表者として通った月日、常にこの問題がつきまとって、これは旧ソ連の共産党との闘いをいま私はしているんだなと思わされたわけです。六〇年代初めに「文学は政治に従属しない」という大会宣言をかかげたことを、当時の新日本文学会大会議長団の中にいた私はおぼえていましたが、いままさに文学を掲げて闘っているということで、納得できたわけです。このAA作家会議にチュグノフという英語のうまい文学者がおりまして、常に彼とやりあうわけですけれども、彼らの考え方はどういうものかといいますと、私がなぜ中国の代表者を呼ばないのかと言いますと、中ソ間には社会主義国同士として非常に大きな深刻な政治的問題をかかえているという。ああそうですか、しかし日本は中国を侵略して、たくさんの人間を殺した国であり、殺された国としての中国側とは社会主義国間の深刻さよりもっと深刻な問題をかかえていると、ぼくは思うということを言うんですけれども、中国の文学者を呼ぶことはしない。社会主義国家間の闘いというのも、確かに中ソが原爆を投げあうかもしれないというところまで、追いつめられていたようでしたが。

　六〇年代の暮れになりまして、ロータス賞というものがAA作家会議に設立されまして、これは後に第三世界のノーベル賞と言われるような評価を受けるようになるんですが、これに対する候補作品の推挙を日本側も求められました。そのときに私どもとしては、木下順二さんの『夕鶴』以下ほかの劇作、それから中野重治さんの『中野重治詩集』の詩作品をふくめた文学的業績と、野間さんの全業績。これは『青年の環』はもちろんまだ翻訳されてないのですけれども、『真空地帯』などは英・仏語に翻訳されていましたし、新しい『サルトル論』のフランス語の原稿などもありましたので、そういうのを候補作品として持っていったんです。

　それら演劇・詩・小説三分野のコピーを、全部スーツケースに入れて持っていくんですけれども、それがいっぱいになりまして、私は自分の荷物は何も持っていけなかったということもありました。AA作家の文学運動をひろめるためにも、なんとかしてロータス賞を取りたいというのが、正直なところ日本側の考えでした。実際には選考委員にはいろいろ偉い人はいるんですけれども、そういう運動のなかから推挙していくということも期待されていました。ところが、この野間宏のロータス賞というのはなかなかモスクワがうんと言わないんです。これは六〇年代の暮れの会議でしたけれども、旧ソ連の作家でチンギス・アイトマートフという作家がおります。日本にも何度かやって来て、かなり有名な作家ですが、私がさかんに力説しますと、これが反対をしまして、ついにその会議は流れたということがありました。結局、あの時、最初に感じたあの文学と政治との闘いは続いているんだな、ということを痛感させられたわけです。

　で、それにもかかわらず、私は行くたびに主張しまして、七三年一月のカイロ会議でついに決めることができました。それはもちろん、私が選者として決めたというのではなく、そういう材料を全部出したということです。すでに野間さんの文学的業績というのは大変広がっておりまして、とくにフランス語圏の審査員作家たちが最初から肯定的でした。アルジェリアの代表的作家ムールー・マンメルという大学の先生や、レバノンのドクター・イドリスというフランス語圏の文学者たち、これは非常に積極的に野間宏の作品を読んでいる。これまでの受賞者に勝るとも劣らない、当然ここでロータス賞を出すべきだということを力説しまして、旧ソ連の代表が異議をいうのに対して反対してくれたんです。それでこちらも更に侃々諤々とやったわけです。そうしたら、ユーゼフ・L・セバイというのが事務局長ですけれども、その下にいるサデクという、日本にも来た実務担当者が、これは当然だと、野間宏はもう遅いぐらいだというふうに言いまして、決めたんです。ですから、ソ連に対する反ソ的な空気がそこでだいぶ盛り上がりまして、彼は私をサムライだなどといいました。

この会議では面白いことがたくさんありました。『ロータス』という雑誌をフランス語と英語で出していたんですけれども、これを日本でも売るということがありまして、それで私どもじつはその本を持って、本屋さんを回ったことがあります。ところが、これは場所もはっきりしている大きな本屋ですけれども、持って行きましたら、『プレイボーイ』みたいな雑誌だったら売れるんだけれども、こんなむずかしい雑誌は絶対に売れないと断わられた。第三世界では、日本には英語の読めるインテリが百万人以上はいる、だからこの雑誌も百万売れたらこの運動は本当に世界的な運動になるし、ノーベル賞クラスの賞金が出せるといって、私ははっぱをかけられていたわけです。それで本屋さんを回ったことを話しまして、これが『プレイボーイ』みたいな内容になっていけば売れると言っているけれども、これじゃ全然だめだと断わられたといって、大笑いになったんです。私は大変恥ずかしかったけれども、いっしょになって笑いました。

そういうふうな運動でありまして、にもかかわらず野間さんのロータス賞以来、にわかに日本におけるこの運動の価値というのが高くなりました。それまでは、ここにも出版社の方も見えておられますけれども、出版社にほとんど協力してもらうということはできなかったんです。それが、基金を作るための協力を得られるようになりました。また、この運動は会社の出張などと違いますから、自分で金を払っていくわけです。向こうへ行ってしまえば、ホテルを用意してくれるということはありますけれども、私はこの際だから思い切って言っておきますけれども、カイロの往復旅費の四十万円を払うために一年ぐらいかかって借金を払ったりしまして、いまだにある種の恨みをいだいているんです（笑）。これは私にとっては正直言いまして、四十代の後半から、堀田さんに言わせるとドサまわり、アジア・アフリカのドサまわりの十年でした。しかしその中間にはヨーロッパがありますので、ヨーロッパへ回って、いろいろなものを書いたりしてしのいで生活費を稼いだり、旅費の足しにしたりということを約十年ほどやりました。私にとっては中国放浪時代からいえば、第二の青春みたいなものだったわけで、こういうものを野間さんが与えてくれたんだというふうに思って、感謝こそすれ恨んではおりません。

野間さんは谷崎賞をもらったんです。ところが野間さんはどうもあまり喜ばなかったようです。谷崎潤一郎という人の作品と、野間さんの作品とはあまりにもかけ離れていたせいでしょうか。しかしこのロータス賞は第三世界の民族民衆からもらったと。それはスポンサーにカイロやニューデリーやアフリカ諸国がいて、背後でモスクワと北京が争っているというふうな問題はありますけれども、そこでふれあった作家たち、詩人たち、いまでも一人一人覚えていますが、その文学者たちの尊敬と友情というものは大変なものだったと思います。そういうものに支えられた賞であるということを非常に喜ばれたのです。

野間さんの作品について一つ語らせてもらいますと、たとえば「顔の中の赤い月」という、これはだれでも読んでいるわりと初期の作品で、しかも非常に国際的に評判がよくて、一番先に中国とかロシアで翻訳されました。ご承知のように、戦場で戦友を見殺しにした主人公の話です。それでそういうことがあったために、戦後の出発ができないという、そういう人間の一つの根源的な、今日の言葉でいうトラウマの意識でしょうか。取り返しができないといいますか、立ち上がれないといいますか、そういうものを戦争と結びつけて書いた作品ですけれども、非常に私も共感したのは、私自身も戦時下の現地での中国人とのつきあいで経験したからです。

中国の友人に親しい人が二人ほどおりましたけれども、その一人は戦争中に上海の憲兵隊に捕まった演劇活動家、そして戦争が終わる直前に獄死したということでした。私としては指一本彼を支えてやることはできなかった、そういう思いがあります。もう一人は袁犀という作家ですけれども、これも抗日の地下活動などをしていながら、大東亜文学賞をもらったりしたため、右派および漢奸として文革でひどい目にあい、実質上の名誉回復もされないまま死んでしまいます。中国の友人たちは戦争でやられ、また文革でやられる二重苦といいますか、そういうもののなかに閉じ込められて終わっている。私はそういうことを書いて戦後は暮らしているといいますか、そこに何かすまないというだけではすまされない思いがずっとありました。野間さんが「顔の中の赤い月」で書いた戦友は私の中国人の友人ですし、そこからなかなか立ち上がれないでいるのは私だった、しかし立ち上がらなければならないのだと、野間さんに教えられたように思い当っております。野間さんのことをこうして延々としゃべりましたけれども、「人を升で測ると測り返される」ということばのように、どうも私は野間さんを測って、測り返されているのではないかという気がして、忸怩たるものがあります。

最後にもう一つだけ、野間さんで記憶に残っていることをお話ししますと、七四年だったと思いますが、アラブとの文化連帯会議というのをやります。前年の七三年、カイロからロータス賞を持って、事務局次長のサデクがやって来て、焼けてしまった東京の赤坂見附のホテルで授賞式をやるんですけれども、これは本当に面白い授賞式で、たくさんの日本にいるアジア・アフリカのさまざまな国の人、大使館の人たちも来まして、盛大だったんです。野間さんとしては答礼の意味もあったと思いますけれども、新発足した組織を母体にしてアラブとの文化連帯会議というのを企画して、会場は九段会館だったと思いますが行います。

ところがこの時に、たまたまエジプトにサダト路線というものが出まして、これはアラブ・イスラエルとの融和路線ということで、これに反対する若い人たちがおりまして、会場にやって来まして、反対の声明書をつきつけたんです。この時、印象に残っているのは、会場の下から演壇に向かって走り寄り、声明書を捧げ持って駆け上ろうとした若い人がいたんですが、そこにちょうど大江健三郎君がおりまして、大江君はカットしまして、自分が受けとったんです。そして上の方に声明書を持っていくことを妨げたんです。何か私は浅沼事件を思い出しまして、大江君というのは非常に行動的な人だなと感銘したことを覚えております。

いずれにしましても、これでこの会は中断されてしまったわけです。お客さんを呼んで、奥座敷に上げておいて、乱暴されたというふうに解釈されたんだと思います。事務局長のユーゼフ・エル・セバイは政府の文化大臣になっていましたから、体面上も、帰ると言いだしたんです。じつは関西方面への集会スケジュールをずっと組んでいたんですけれども、それももうやめて帰ると。文化大臣ですから、一国を代表する、単なる作家ではなくて、そういう意識が非常に強かったんだと思います。ところがこれはやはり帰られたら困ります。それでその日、帝国ホテルの一室で、帰ってくれるなというひきとめの交渉をします。これは野間さんがどうしてもやらなければならないと。私も、じゃあ、いっしょにやりましょうと。私はずっとアラブとの関係で通訳もしてきたんですけれども、これは非常に重大な問題ですので、会議の同時通訳にきてもらっていた、たしか木幡瑞枝さんにもいっしょに行ってもらって、ずいぶん長く、何時間かかりましたか、三時間か四時間、アラブ側と交渉したんです。

その時の一問一答を私はメモしていて、それを持ってこようと思ったんですけれども、どこかにしまい忘れて、今日持ってくることはできませんでした。けれども、どういうことを野間さんは一生懸命に言ってなだめたかといいますと、要するに若い運動家の連中は、本当に自分の身を粉にしてやっているんだと。そしてこの会議を成立させていると。というのは、それは今日のことばでいえばボランティアというのでしょうか、社会主義国にはそういうのはないんです。どういう運動でもぜんぶみんな給料をもらってやっていますから。それからまた、アラブもやはりそれに近いような国ですから、そういう運動をやるとすれば、ちゃんとお金をもらってやる。しかし、ＡＡ作家会議の日本のスタッフというのは、みんな自分がやりたくてやっているので、食うや食わずでやっているという人たちが多いわけです。いかに彼らがこの運動を成功させるためにやったかということを綿々と訴えるんです。じつに訴えるんです。これこそ、あなた方と共にいるもう一つの日本の日本人で、どのように苦労しているかということをさかんに話される。しまいには、その話を聞いているうちに文化大臣もだんだんくたびれてきまして、そしてもうどうでもいいやというような気持ちにたぶんなったんでしょうか。じゃあ、帰るのは止めましょうということになったんです。

私自身は間もなくこの運動を去ることになるのですが、もし、野間さんでなかったらどうなったかなということを考えますと、本当に野間さんという人はとことんまでやはりつきあう人だなという恐れに似た尊敬の念をもちます。さきほども申しましたように、これは片々たるその場限りの政治としてやるのではない。文学としてやるというと語弊がありますけれども、やはり人間としてといいますか、全人間として、全体小説として、常に小さなことも全力を尽して生きていくという野間さんの文学者としての真の姿だったのではないかと思います。

どうもご静聴ありがとうございました。

（一九九九年五月　第七回）

「全体と共生」

――野間宏は世界でどう読まれているか――

ロシア文学、演劇評論　中本信幸

ただいまご紹介を受けました中本です。時間がありませんし、お話したいこと、私でなければお話できないことにしぼって話したいと思います。

私は、野間宏さんをいつの間にか野間先生と呼ぶようになりました。野間先生とは、たいへん昔からの知り合いです。まだ、十八歳ぐらいの時に、文芸評論家の山岸外史さんの家に出入りし、作家のお宅や飲み屋に連れていってもらいました。山岸外史さんの家で『人民文学』の編集会議があり、その席で野間先生にお目にかかりました。それ以来、野間先生も私を覚えていらして、ずっと何かと目をかけていただいてきた次第です。アジア・アフリカ作家会議やいろんな席で、もちろん、野間先生にお会いしていました。野間先生のお宅に最初にうかがった時もたいへん印象的でした。先生は長編作家らしく、事細かにお宅に行く道筋を説明してくださるのです。延々とくどいくらいに説明してくださったことが、とても印象的でした。

さて、今、世界でどのように野間宏は読まれ、あるいは受け入れられているのか。何か新しいインフォーメーション、あるいは誰か今まで知られていない研究者、あるいは新しい翻訳が出たということをここで報告できれば一番いいと思いました。私自身、少し時間がありましたし、この間、海外に行く機会もありました。去る十一月、私の大学で、だいぶ前から準備しまして、「日本文化を読み直す、外国人の視点から」という国際シンポジウムを催しました。広く海外に目を配って、まだあまり日本にも知られていない、だけれども日本をたいへんよく知っている日本文化の研究者の方々について、どういうことをおやりになっているかということを調べました。そういう方々をお招きして、そして率直にものを言っていただこうというのが、シンポジウム開催の趣旨でした。結果としまして、幸いうまくいきました。アメリカからはヴァン・C・ゲッセルさん。遠藤周作さんの翻訳をなさっている方です。イギリスからは、日本の芸能・演劇を研究しているアンドリュー・ガーストルさん。フランスからは、日本の宗教の問題を研究しているジャン＝ピエール・ベルトンさん。『平家物語』などを翻訳し、日本語、日本文化にくわしいチェコのカレル・フィアラさん。サンクトペテルブルグ大学でやはり日本語と日本文化を研究しているヴィクトル・ルイビンさん、それから中国の張競さん。以上の方々をお呼びしました。もちろん予算の制限とかもありますから、あまりたいしたことはできなかったのですけれども。そんなことを通じまして、この間、実際にはドイツの研究者の方々はじめ多くの方々にもアプローチをしました。野間先生の作品がどう読まれているのか、あるいは私たちの知らないところで、野間先生を研究なさっている方がいたら教えてほしい、と問い合わせました。

今ですと簡単に、インターネットなどで調べられるのです。今日の「野間宏の会」にもお見えになっているギブソン松井さんや、いろいろな方々が野間宏を研究していらっしゃることもわかりました。ですけれども、まことに残念ながら、野間先生のお仕事の研究を公にやっていらっしゃる方は、まだ少ない、多くないのです。これは何も野間先生にかぎりません。今日の芸術のなかでの文学の比重、海外の日本研究のなかでの文学の比重の問題と関わりがあるのであろうと思います。

それでその間、海外の日本文学の研究者とお話をしました。最初に申し上げたいことは、今まで海外でどういう翻訳が出ているかという問題、諸外国における翻訳の状況です。これまでどういう方がどの作品を翻訳してきたかを調べたリストを検討してみました。今まで広く知られている『真空地帯』は数ヵ国に翻訳されて出ています。『真空地帯』の翻訳に関しても、たとえば、はじめにフランス語に訳されて、その後、仏訳本から英語に訳されるとか、いわゆる重訳の問題があります。今日では、海外の日本文学研究者は、今日も私の前にお二人の方が報告なさいましたけれども、日本人以上に日本語がよく読めて、私たちも読めないようなことまでも、あるいは、古い日本語の文章まで読めるようになっています。そういう点から、日本文学研究者たちが、これまでの野間宏の翻訳があまりよくないと指摘するのです。これから野間先生のお仕事が、正しく広く伝わるような翻訳がなされるように、私たちの「野間宏の会」で何かできないか、また、協力すべきではないか、と考えます。

一例を申し上げます。昨年の十一月に国際シンポジウムをやりましたけれども、円高のおかげで、経費をそれほどかけないでも開催できます。往復料金から、滞在費、講演料までお渡ししても総額として、私たちが協力しあって集められる金額ですみます。円高の中でそういう状況が、今、生まれつつあります。海外の日本文学研究者、とくに野間宏に関心のある研究者、これから野間文学を本格的に紹介してくださる方々を、「野間宏の会」として日本に招くことをここで提案したいと思います。

バイカル運動で

この間、大江健三郎さんがノーベル賞を受賞されたとき、多くの方々がそれに関していろいろ文章を発表しました。埴谷雄高さんがたいへんまっとうな、すばらしいご意見を雑誌『群像』に発表してくださいました。要点は、「世界文学」という問題からでした。「世界文学」という問題についてゲーテを引用し、それから戦後になって、野間宏が、諄々と、得々と、しつこいくらいにいつも「世界文学」ということを言っていた、と。野間宏が言う「世界文学」というのは、いわゆる商品流通という意味でのものではない、世界文学性という内容の点においての世界文学だ。そして野間宏に連なる戦後文学、それから世界文学性というものを、これから期待したい、というのが埴谷さんの文章の主旨でした。

ここで引用するといいんですけれども、時間がないのでやめます。さきほどご紹介がありましたけれども、私は専門としてはロシア文学を研究しています。それで縁がありまして、バイカル運動という環境問題に取り組むようになりました。私自身が銅山で知られる足尾の生まれなので、小さいときから鉱毒問題、環境問題に関心を寄せてきて、一貫してそれをテーマにしてきました。バイカル運動は、直接的にはバイカル湖の水を問題にしていますが、これは何もバイカル湖の水を守れという単純な運動ではありません。われわれの生命を支える飲料水の問題であって、人類の生存を問題にしているのです。バイカル湖の水の一滴を通じて、世界の、あるいはわれわれ人類の運命、自然との共生の問題を見るというきわめて大きな視野に立っている問題です。

バイカル運動の最初から野間先生は指導的な役割を果しておられました。皆さんのお手元にある年譜を見るとおわかりと思いますが、野間先生と一九八七年にバイカル湖にご一緒しました。それから翌八八年に、アルメニアのセヴァン湖に行く予定で、野間先生は、たいへん張り切っていらっしゃいました。あいにくナゴルノ・カラバフをめぐって民族紛争が起こり、八八年の九月の会議は延期されました。その代わり、その翌年の八九年の五月には、野間先生とご一緒しまして、アルメニアのセヴァン湖に行きました。それから八九年には、これも年譜に載っているので省略しますけれども、琵琶湖でやはり大きな国際シンポジウムを行ないました。その翌年には、モンゴルで国際シンポジウムが催され、先生も意欲を燃やされ、参加される予定でした。その前にフィリピンにいらして、容体を悪くなされ、「参加できなくなって残念だ」とおっしゃいました。野間先生は、シンポジウムの準備のためにいつもひんぴんと電話をくださり、手紙をくださるのですが、私がモンゴルに出発する寸前に、当時出たばかりの『朝日ジャーナル』の記事を読めと、電話で教えてくださいました。それは、フランスのジャック・アタリの記事でした。私は、雑誌をすぐに手に入れて、コピーしてモンゴルに持参しました。ジャック・アタリのこれからの世界の動向に対する見通しに対して野間先生は、「これは少し希望が持てるんではないか」とおっしゃいました。

環境問題と文学

バイカル運動の第一回の会合がイルクーツクとバイカル湖で開かれることになり、その際、基本テーゼになるようなものをまず作っていく必要があるだろうということになりました。それを野間先生にお願いすると、野間先生は例によってたいへんな意気ごみで、立派なテーゼ、報告を書いてくださいました。これは私がその当時、編集委員長をつとめていた『神奈川大学評論』一九八七年第二号に載せました。「日ソ作家シンポジウム『環境問題と文学』への報告」というものです。これを早めに印刷しました。この長大な基本テーゼと、それをそっくりロシア語に翻訳をしたものをイルクーツクに持って行きました。このテーゼには、野間先生がかねがね主張されていることが、圧縮されて述べられており、その時点での新しいお考えを加えています。たいへんすばらしい内容です。

野間先生はオプティミストですから、この報告のなかに書いておられます。「ここまで書いてきて、私はごく最近、ソ連の原子力発電所政策が、かなり大きく変わったことを知った。原子力発電所の安全性について従来の意見を変えず、原発を依然、これまでの計画通り建設するとの政策を変更し、『一九八四年より八九年までの長期エネルギー工業発展計画の見直し作業を現在行っており、秋にまとまる』という報道があった。」一九八七年七月三日付『社会新報』に載った記事がここに引用されております。この時の最新ニュースでした。それによれば「①五ヵ年計画中の新設原発を二五〜三〇%縮小する。②シベリアでは天然ガス、ウラルでは石炭を重視し、とくに石炭産業の可能性を評価する。③今後省エネルギーを徹底、基本投資の二二%は省エネ技術にふりむける。」

この理論的根拠は、チェルノブイリ原発事故で原発事故が起こる確率が急上昇したところにある。「現在世界に約四〇〇基の原発があるところから、二・五年に一回、世界のどこかに大事故が起こるという理論的計算になる。」そして、「チェルノブイリ原発事故を媒介として日本の世論は、原発推進に反対四一%、賛成三四%と逆転している。」原子力発電所の危険性を指摘する声も強まっている。にもかかわらず、「原子力安全委員会・ソ連原発事故調査特別委員会は日本の原発は安全であるといい切っている。しかし日本では文学者、婦人が科学者とともに原発を一刻も早く停止することを広くうったえつづけている。住民運動・市民運動も、北海道幌延《ほろのぶ》原発廃棄物埋没地設立反対運動を根強くつづけている。」つづけて、野間先生は明るい見通しを述べています。

「ソ連が原発事故の転換、見直しを行っているいま、この日・ソ作家の環境問題を中心に据えたシンポジウムの意義深い結実のうちから、汲み上げるところ多くして、さらに大きく一歩すすめて、一刻もはやく、停止、廃止するところへ行き着き、その立場に立ち、サンシャイン計画をたて、太陽熱、風力、波力、潮の干満によるエネルギー実現にすすみ出て、世界に一条の光をもたらすことになるよう切にのぞむものである。すでに、スウェーデン政府ははやくも原発廃止を決定し、その実現をすすめ、すぐれた模範を提出している。」

これがきっかけとなりまして、私が野間先生のお勧めで、『朝日新聞』にレポートを書きました。これをアラスカ大学で日本文学を教えているカレン・コリガン女史が目にとめ、すぐに連絡してきました。カレン・コリガン助教授は、スタンフォード大学で環境問題という新しい側面から日本文学を研究してきた方です。カレンさんもバイカル運動に加わることになり、カレンさんのレポートも、『神奈川大学評論』第四号にのり、その後、『東京新聞』その他に紹介されるようになりました。カレンさんもこれがきっかけで、野間先生のお仕事に注目するようになり、野間文学をひろく紹介し、学生たちに伝えています。ついでに言いますと、私はこの三月に、アラスカ大学に少しPRをかねて行ってくるつもりです。

サスティナブル・ディベロップメント?

野間先生はいつでも、国際的な会合の場でも、実にしつこいぐらいに自説を誰が聞いていようとかまわず、聞かれなくてもお述べになります。通訳もおおいに困ります。そこで野間先生の話し方に慣れている(慣れていても、わからないことがありますが)私たちがそばにいると、野間先生の言うことを解読して、わかりやすい言葉でそれを伝えることになります。あるとき、私自身が、と言いますか、私たちとしてたいへん啓発されたのは、野間先生はその当時いち早く「サスティナブル・ディベロップメント」なる言葉を言うんです。よくわからないんです。それで、「サスティナブル・ディベロップメント」って何だということになりました。そうしたらテレビ朝日の『ニュースステーション』の放送記者が、「いや大丈夫だ、わかるよ」、テレ朝に連絡すればわかるだろうと言う。でもわからないんです。それでいろんな方に聞いてみました。英語のよくわかる人、ネイティブ・スピーカーの方に聞いてもわからない。そうしましたら、神奈川大学のアメリカ人教員がこの件に詳しくて、これはケニアの開発に関連してはじまった言葉である、と教えてくれました。今は『知恵蔵』や『現代用語の基礎知識』など新語辞典に載っている流行語です。「持続可能な発展」という定訳で知られています。それがさっぱりわからない。それで琵琶湖フォーラムのときも、野間先生はさかんに「サスティナブル・ディベロップメント」を連発なさり、「それはよくない、よくない」とおっしゃいました。私たちはその頃それを「持続的発展」というふうに翻訳しました。確かにこれが今日にいたるまで問題です。このスローガンを免罪符にして自然破壊がすすめられているのではないか、という問題です。われわれは文学者の立場から、いわゆる素人としての立場から、環境問題を取り上げてきました。今や、環境問題がプロの仕事になってきて、むしろ体制側に都合のいいものになってきている状況のなかで、「サスティナブル・ディベロップメント」という合言葉のもとに、開発がおこなわれ、またまた世界の環境破壊が進められています。

「共生」の道へ

それで時間がなくなりましたからちょっとはしょります。岩波書店から出ている『野間宏作品集』の栞のなかに、すでに私自身は紹介しているのですが、ここでちょっとかいつまんで申し上げます。ロシアの日本文学研究者のキム・レーホさんが、かつて日本にやって来たとき、こう言いました。「野間宏を先頭とする、その中に大江さんの名前も入っていますけれども、新しい戦後文学、それと戦後派、それから全体小説、これがこれから先、希望が持てるんだ」と力説しました。キムさんの労作『現代日本の小説』では野間先生のお仕事がたいへん詳しく分析されて、『青年の環』にいたる創造過程が論及されています。すでに紹介しましたけれども、チョゴダーリさんらロシアの日本文学研究者の著作、あるいは最近ロシアで出ました百科事典も日本文学の中でとくに戦後派の問題をとり上げております。先日キムさんと電話で話してみました。「野間文学のこれからの研究においては、やはり野間先生がとくにエコロジーの問題をずっと取り上げられた、その問題がたいへん重要になるのではないか」ということでした。

これもまた残念なことですけれども、かつてのソ連圏、とくに東欧圏では経済事情が悪化しています。何も旧社会主義圏だけではない問題です。私はドイツなどに行ってみてわかりました。こういう文学研究をすすめるのがやはりたいへん困難になっています。これからは諸外国の方々と連絡を密にして、お互いに助け合ってやっていかなければなりません。

またひとつ蛇足を加えます。野間先生は生化学に強い関心をもたれ、シュレーディンガーをたびたび引用なさっています。最近のご著書の中でも引用なさったりしております。私もそれに啓発されました。野間先生は、たいへんご親切で気配りのいい方でして、私は『親鸞』(岩波新書)という著書を先生から二冊もいただいています。今日も念のためその二冊を持って来ましたが。親鸞の今日性について話してくださり、その後、電話で議論のつづきです。『親鸞』の新版を送ってくださり、「ここを読め」というようにその七四ページのところに「親鸞の自然論」と万年筆で記された栞が入っているではありませんか。ここに「全体と共生」の論理が述べられています。

野間先生は親鸞の自然論に示唆を受けて、「浄土に生まれるというのは、すべての者が自然——自ずから然らしめる自然《じねん》——の働きによって、有にあらず無にあらずの虚無の体を受け、時間のはて、空間のはてを越え、しかもそれらを内につつむ体(からだ)を受けるということなのである」という観点から、人類は生き方を変えて「共生」の道へと歩みでる必要があると書いておられます。

岩波書店から出た単行本『新しい時代の文学』も送られてきました。本を見ますと、あちこちに線が引っぱってあり、加筆訂正されています。ここがまちがっている、今だったらこう改めなければならないと自筆で、少しふるえる手でお書きになっています。野間先生はそういう方でした。

去年の十月にドイツのバーデンワイラーで第二回「国際チェーホフ・シンポジウム」がありました。チェーホフはスイス国境に近いドイツの保養地バーデンワイラーで一九〇四年七月に亡くなりました。ここでは「チェーホフ　その哲学と宗教」がシンポジウムのテーマでした。これはきわめて学術的な国際シンポジウムで、諸外国の方々があらかじめペーパーを用意して報告しました。私は「チェーホフのコスモグラフィー」という題で報告しました。私はそこで野間先生に啓発されて、シュレーディンガー哲学の視点から「チェーホフに見られる東洋哲学のコレスポンダンス」という問題を提起して、論議を呼び、一応人気を得ました。というのは、総括の時に、「とうとうチェーホフ学会にも、インドのカルマの問題まで出てきた」と強調されました。その時も世界各国のチェーホフ研究者、文学研究者が集まっている場で、野間先生のお名前もだして、「全体と共生」の問題について話をした次第です。

まとまった話になりませんでしたが、このへんで切り上げます。たいへんうれしいことがあります。日本でまた新しい野間宏研究の大著が出たということを、アメリカの研究者から知らされたのです。私、今日、持ってきました。山下実さんの『野間宏論』です。それをアメリカの日本研究者たちがよく知っていて、山下実さんのプロフィールを英語で書いてきて、「著者は群馬県の予備校の先生をしていらして、充実した研究である」ということでした。私も、岩波書店版『野間宏作品集』の編集者で今日もここにいらしている加藤亮三さんに勧められて読んでみました。すばらしい労作で、新しい視点から野間宏を論じているものです。野間宏の紹介・研究における内外の新しい仕事を、これからお互いに知らせ合うという、そういうふうなことを私たちの会としてできればいいと思います。

以上です。ご静聴ありがとうございました。

（一九九五年一月　第三回）

野間さんと狭山裁判

作家 佐木隆三

佐木隆三です。野間さんの岩波新書による『狭山裁判』の上巻の初版が出たのが、一九七六年の六月でして、それからまもなく下巻が出て、当時、多くの読者に読まれたわけでありますけれども、いま、司会の藤原さんがおっしゃいましたように、その前から雑誌『世界』に連載されていて、それを新書にまとめられて、なおかつその後も亡くなられたとき、一月に発売された雑誌にも、最終回になってしまったものが載っていたということです。

一九七六年の二月に、これは私事なんですけれども、私が『復讐するは我にあり』という小説を書いて、直木賞を受賞して、その授賞式というのが二月にございました。そのパーティーのときに、当時の『文藝春秋』の編集長の田中健五さんから「狭山事件を書いてみないか」と言われまして、「野間さんが書いてるじゃないですか」と言ったら、「野間さんには野間さんの裁判批判があるだろうから、あなたはあなたで『復讐するは我にあり』というふうに犯罪小説を書いた立場で書けるんじゃないか」というふうにおっしゃるので、七六年の二月中旬であったか下旬であったか、野間さんのお宅に伺いました。『文藝春秋』の編集長の田中さん、今は社長（のちに会長）になっていますけれども、彼と行って、そのときに田中さんが「実は狭山裁判を連載でやりたいと思いまして」と、もちろん前もって、お訪ねするときに話はあったんでしょうけれども、そうすると野間さんは待ちかまえていたように、「どれぐらいの連載ですか」とおっしゃるので、田中さんが「一回、七十枚か八十枚で半年やります」とおっしゃったんです。これはやっぱり七十枚か八十枚で半年六回の連載というと、四百五十枚ぐらいで、ちょうど単行本一冊で具合がよろしいということにもなるわけですけれども、そうすると野間さんが憮然として、「それは短い」とおっしゃったわけです。田中さんも私もやや気負い立って行ったものですから、「短い」と野間さんがブスッとなさったとき、言葉の接ぎ穂がなくて困りました。しかし、そういう野間さんの狭山裁判の話を私も本日は二十分でしなければならないわけですから、こんなものだろうと先生は思っておられるでしょうけれども……。

初動捜査における大失態

この狭山事件のことをやっぱりかいつまんで申し上げておきたいんです。いま申し上げたのは一九七六年六月の新書なんですけれども、事件は六三年の五月で、ちょうど十三年前ということになります。狭山市で中田善枝さんという高校一年生の女性が五月一日、ちょうど十六歳の誕生日でしたけれども、下校の途中に行方不明になった。そして脅迫状が暗くなったころ中田家の玄関先にはさんであったという形で、「子供の命が欲しかったら五月二日の夜十二時に金二十万円、女の人が持って、佐野屋の門のところにいろ。友達が車で行くから、その人に渡せ。警察に話したら子供は死ぬ」という意味のことが横書きの一枚に書いてあったわけです。佐野屋というのは中田さんのお宅から近いところの雑貨屋さんというか、お酒も売ったりする店なんですけれども、前が桑畑になっておりまして、そこを中心に埼玉県警が張込みをする、そして被害者のお姉さんが身代金に見せかけたものを持って待機していたら、桑畑の中から犯人が「おいおい」というように声をかけたという流れがあります。結果として、ずいぶん捜査員が張込んでいたんですが、犯人を取り逃がしてしまう。いわば初動捜査において大失態があったわけです。

その佐野屋から五百メートル離れたところに養豚場があって、百二十頭ぐらい豚の飼育をしているところがございまして、すぐ側を不老川という川が流れて、権現橋という橋がかかっているんですけれども、交通の要で車で取りに行くというふうに脅迫状に書いてあったので、そこを張込みの拠点にしていたわけです。しかしもちろん犯人の影はまったく現れないわけでありますけれども、佐野屋から言うと、前の桑畑、その桑畑の裏手に養豚場があるものですから、ここに目星をつけるわけです。それでさきほどお話のあった昨年の暮に仮釈放で出てきた石川一雄さんは、当時、二十四歳でありましたけれども、かつてそこで働いたことがあったということ、そしてまた、そこは狭山市に二つの被差別部落がある、そこの人たちがよく働きにくるところということで、いわゆる見込み捜査がそこに集中していって、そして今申し上げた五月一日に事件が起きるんですけれども、五月二十一日に、アリバイ上申書というのを軒並み書かせる。およそ百二十人の人が書かされたそうでありますけれども、これはほとんど被差別部落の男性なんです。それは紙に横書きに、五月一日、私は何をしていましたというようなことをアリバイ上申書という形で書かせるわけです。そしてその筆跡が石川一雄さんに似ていたということなども、後になってだんだんそうなっていくわけでありますけれども、当時の彼はけんかをしたり、いろんなことがあった。そういうことで五月二十二日、事件から二十日たって別件逮捕するわけです。それから可能なかぎり、二十日間、拘留をつけて取調べをして、窃盗、横領などで浦和地検が起訴する。そしてこちらの方は、取調べも終わった。起訴したということは裁判を請求することでありますから、その事件についてはもう調べてはいけないわけでありますから、そうすると、保釈ということで、石川一雄さんが六月十七日に釈放された。警察の玄関を出たところでいわゆる本件、「中田善枝さん殺し」で逮捕されるわけです。

そういう流れがあって、再逮捕されて一週間たったころ、石川さんが女高校生殺しを自白して、そして浦和地検が七月に起訴して、半年後の六四年の三月に浦和地裁で死刑判決が出ます。そしてその死刑判決が出て彼は控訴する。彼は「控訴しないやつはバカだ」と拘置所で人に言われて、「おれはバカじゃないよ」と言って控訴したということで、弁護人はそういう事情は知らないままだったんですが、東京高裁で六四年九月十日、事件から一年数ヵ月たっておりますけれども、第一回公判が開かれて、このときに石川一雄さんが、「お手数をかけて申しわけないが、私は善枝さんを殺していない。このことは弁護士にも話していない」ということを言って、弁護人もびっくりする、みんなびっくりするということがあるわけです。それが六四年の九月の話です。

野間さんによる「裁判とは何か」

そして控訴審になった。控訴審で十年やり、死刑判決を破棄して、無期懲役を言いわたす。で、野間さんの『狭山裁判』の書き出しが、「この第二審の無期懲役判決、恐ろしい判決を聞いた」というところからはじまるんです。普通、常識で考えれば、死刑判決を受けた人が控訴審で無期懲役に減刑されたんだから、よかったなということになるのが普通で、その事情は昔も今も変わらないわけでありますけれども、しかし、さきほど申し上げたように、石川さんは突然、自白を維持していたものを変更して、「私はやってない」と言った。一審で死刑判決を出したというのは、それほどひどい事件を起こしたんだということです。ところが第二審においては、その被告人が、今度は「やってない」と言いはるわけです。まったく自分は無実であると。別件で逮捕された窃盗であるとかなんとかというのは、事件と言われれば事件かもしれないから、それは仕方がないけれども、いわゆる誘拐殺人なんて絶対やってないという。真犯人であるなら、こういう悪質な情状はないわけです。だからこれを減刑にする理由はまったくない。当然、二審においても死刑判決を言いわたすべきを、なぜか無期懲役にいろんな理屈をつけて減刑しました。

野間さんはこのことをふくめて、野間さんの言葉を借りるまでもなく、裁判官の鉄面皮というか、ロジックのみにくさというか、そういうことで「恐ろしい判決」ということをおっしゃったんだと思うんです。ちょっとその件りを読むと、「そのようなことを戦後三十年も経た今になって言うなどとはあまりにも遅すぎはしないか、という言葉が方々から私に向かって投げ返されてくるに違いない。確かに遅すぎる。それを私は認めなければならない。しかし私は今、裁判とは何なのかという問に正面から挑まれているのを感じる。そしてこの問は、これまでも何度か私の前にやってきたのだが、私はそれに対する答えを十全と言えるところまで出すことはしなかった、またできなかったと思う。しかし今度はそうはいかないのである。裁判とは何かという問は、私に正面から襲いかかっているだけではなくて、後方からもまた左右からも、あらゆる方向から私に打ってかかっているのである。」「裁判とは何か」というのは、もちろん、狭山裁判に関しておっしゃっているわけでありますから、「裁判とは法に照らし、法による手続きをつくして、犯罪事実に精密にせまり、それが有罪であるか無罪であるかを明らかにし、犯罪行為とその刑を判定する作業である、と私は今考えている。もちろんこの考えは、今後、この狭山裁判についていろいろと調べつくし、私の見るところ、考えるところ、判断するところを書き進めていくことによって、さらに深められることになるであろう」ということで、ずっと狭山裁判をお書きになっているわけです。

「全然寄り道ではない」

私は七六年二月に、このことでお訪ねして、私も書きたいんですと。結果的に野間さんは、もちろん私にできることは何でも手伝いをするからがんばりなさいと励ましてくださり、私は仕事をして、そして九月に集英社の雑誌の『すばる』で対談をいたしまして、「狭山裁判と文学衝動」というタイトルがついたわけでありますけれども、このときに私が質問をしたんです。「全体小説ということをずいぶん前からとなえて、自らそういう創造をなさっていらっしゃいますが、そういうことと狭山裁判に関わるということは、野間さんの中ではごく自然な事柄になるんでしょうか、それとも語弊がありますけれども、ちょっと寄り道、別なことをしているということになるんでしょうか」。これに対する野間さんの答えなんですが、「今の中心は狭山裁判にあって、全然寄り道ではないんですが、本当に小説を書く力が僕に残っているのかなと思って（笑）。いや、本当にですよ（笑）。僕にはもう小説を書く力が抜けているんじゃないかなと、そういう不安がありました。この間、ちょっと短編のようなものを雑誌『群像』に発表しましたが、やはり小説を書く力が残っているのがわかりました。もちろん、今は僕の仕事は狭山裁判を中心に置いています。岩波新書の仕事は終わりましたが、公判調書をよく見ていくと、どういうふうに対応しているのか、裁判官調書と検察側と、それから証人として出てくる警察官側ですね、公判調書をもっと引用できると、そういう面がよく出せるんです。これまでのような枚数は書けませんが、『世界』の連載は続けます」というふうになっていくんです。

私は去年の六月一日に、井上光晴さんの一周忌にお宅におじゃまして、その二日前に原一男監督の「全身小説家」という映画の試写会を見て、その生々しい感想を持って、井上さんのお宅に行って、郁子夫人に「しかし井上さんもいろんなことをやっているけど、『文学伝習所』というのは、あれはやめておいた方がよかったんじゃないですかね。ずいぶんむだをなさっていると思いますよ」というようなことを言ったら、郁子夫人から、ずいぶんご不満な様子でお叱りを受けて、よけいなことを言わなければよかったなと思ったんですが、やはり野間さんに、狭山裁判についての問を発した時も、ややそれに似たような気持ちが私にはあったんです。それはもちろん私の思い込みでありまして、野間さんが非常に大事なことをなさっているということがわかっているわけでありますし、しかし問題提起のために、岩波新書で二冊お出しになったんだ。だったら後は、「私もそうですけれども、いろんな人がいろんなことをやっていくでしょうから、野間さんはもういいんじゃないですか」、というニュアンスが込められていて、それに対して野間さんは「違うんだ」というふうにおっしゃったと思うんです。狭山裁判はずっとやるよと、これが中心だよと。けれども、小説も書けるんじゃないかということがよくわかったというようにおっしゃっているんです。

野間さんのエネルギーの源

狭山裁判を語る時に、いくつかのポイントになるべき物証であるとか、いろんなものがあるんですが、被害者を殺害して穴を掘って埋めたという供述がありまして、実際に穴の中から発見されていたんですけれども、このスコップが死体を遺棄した現場近くに置いてあったんです。そのスコップが、さきほど申し上げた石田養豚場で使われていたスコップによく似ているという。これは物証としてまったく断定はできないんですが、いろんなこじつけを重ねて、石田養豚場のものであるということになって、このスコップで掘ったんだということになるわけです。ところが、このスコップに付着していた土質の鑑定というのが行なわれるわけです。そうすると、その死体を埋めていたところと合わないということになってくるんです。これはさきほど申し上げた対談の中で、野間さんがおっしゃっていることなんですけれども、「僕は今も外に出て散歩しないと眠れないんですね。しかし、当時は外へも出られない」。「当時は」というのは『青年の環』が完成するまでのことですね。「睡眠薬を使ったりしてましたけど、本を読むのが唯一の疲労の手段です。それで次々と書物を読み続けましたよ。そして環境問題を中心にとらえた文学理論を出せそうなところに入りかかって、今最後に地質学の本を読んでいるところです。地質学は最近は地球科学の中に入れられていて、地質学そのものの対象領域も一挙に拡大している。狭山裁判も死体を埋めたスコップに付いていた土質の問題があるので狭山に行って聞きましたら、川崎市の出すスモッグが一番まっすぐに届いているのがここですと言われて、うなりましたよ」と、こうおっしゃるわけです。

ですから、野間さんが、さきほどからお話が出ておりましたけれども、いろんなことに関心をもたれて、いろんなことを現実に確かめられるというのは、これはやっぱり狭山裁判のあの膨大な調書を読んで、裁判の記録を読んで、その中で裁判というものが持っている問題、そういう面白さに取りつかれたから、いろんなことをなさったんではないかと思うんです。そしてそのことにおいて、やはり私の言葉で言うならば、最後まで狭山裁判をお続けになったというのは、やっぱり野間さんにとってのエネルギーの源であったということに気がつくわけです。

「煩瑣な裁判用語には耐えがたい」

それで私の最後の言葉にしたいんですが、この狭山裁判の上巻のはしがきに野間さんが書いておられるんです。これは野間さんの文章だからなんともいえず面白いんですけれども、「公判調書からの引用はかな遣いを改めたり、句読点を加えたりして、わかりやすくした。私は公判調書をあくまでも尊重している。ここに裁判そのものが消すことができない形をもって刻み込まれているからである。しかし、あまりにも煩瑣な裁判用語には耐えがたい思いがしている」と、こういうわけです(笑)。

あの野間さんがうんざりしながら、しかし本当に、とてもじゃないけどゆるしておけないぞという思いで取り組まれた。省略いたしましたけれども、さきほど申しました見込み捜査、被差別部落の男の人たちを中心に、百二十人もの人にアリバイ上申書なるものを、まったく法的な根拠がないものです。しかもこんなことを、こういう言葉自体使うのがよくないのかもしれませんが、東京のど真ん中で、たとえば文京区あたりでできるかどうかという問題です。とうてい警視庁はなしえないであろう。しかしそれを三十年前の埼玉県警はやっていて、そしてその筆跡が似ているだの、いろんなことを言って、石川さんの逮捕にいたって、こういうことになったわけですけれども、今は石川さんが仮釈放になって、再審請求が続くわけで、おそらく後の懇親会で、弁護団の方からもそういうお話が出るのではないかと思います。ともあれ「狭山裁判」は、終わっていないわけでありますから、関心を持ち続けていただきたいと思いますし、やはり野間さんが亡くなられるまで、狭山裁判に関わってこられたことのすごさというものを、あらためて噛みしめるようなわけです。どうもご静聴ありがとうございました。

（一九九五年一月　第三回）

野間宏と『狭山裁判』

弁護士　庭山英雄

風邪気味で声が通らなくてごめんなさい。私に与えられました時間は約二十五分。私はテイコク主義者ですので時間は守ります。先刻もご紹介がありましたが、本日、私は一冊の本を持ってまいりました。『完本「狭山裁判」』がそれです。これは（上）でありまして、あと（中）（下）がございます。全部で約二千頁。すごい量です。野間さんは一九七五年の二月号から一九九一年の四月号まで、「狭山裁判批判」を雑誌『世界』に連載されました。十六年間、四百字詰め原稿用紙で六千六百枚。死の間際まで病床で書いていた、と聞いております。

皆さんの中には判決理由をごらんになった方がいると思いますが、およそ法律家の書いた文章というのは面白くありません。なぜ面白くないかというと、たくさんの約束事にしばられているからです。論理的だけれど味がない。野間さんは判決書《ガキ》を読んでずいぶん手こずられたのではないでしょうか。にもかかわらず十六年間書き続けられた。それはなぜかについてお話したいと思います。

第一の理由は、若いときの体験だと思います。野間さんは京都大学を卒業されて、大阪市役所に勤めました。そこで同和問題の担当となり、たくさんの同和関係者と接触しました。自ら差別をなくす方向でも活動されたようです。その頃の体験が戦後生かされました。

現行憲法を持つようになったときに、野間さんは、日本の社会においては差別をなくすことが最大の社会問題の一つだと意識されたのではないか。そうでなかったら十六年間も書き続けられるはずがありません。当時「原稿料稼ぎだ」というかげ口《ぐち》をきいた人もいるようですが、そういう人たちは、野間さんの思想家としての一面を知らないのではないかと思います。

二番目の理由に移ります。野間さんは太平洋戦争中に兵隊にとられました。フィリピン戦線で一兵士として大変苛酷な体験をされたようです。幸か不幸か病気になって日本に送り返され、病院に入れられました。そこで野間さんらしい言動をしたのでしょう。治安維持法に引っかかって陸軍刑務所に入れられてしまいました。

そういう体験をしたせいか、野間さんは現行憲法を喜んで迎えたと思います。全体と個という対立関係では、憲法は個を優先させています。個人の尊厳を最高の価値としております。ところが戦後社会の中でこの理念が生かされていないことに、野間さんは強い怒りをおぼえていたのではないか。したがって野間さんは「狭山裁判批判」を通じて日本国民に日本国憲法の理念を伝えようとしたのだ、と私は考えています。

第三の理由は、狭山事件にかかわる人たちの野間さんに対する強い尊敬と信頼の念です。西岡さんという同盟の中央執行委員と部落出身の中山弁護士（狭山事件弁護団）とが野間さんのお宅を訪ねて執筆を依頼しました。「松川事件の広津和郎になって欲しい」とお願いしたようです。当時病身だった野間さんに対して「これを書けば病気がなおる」と西岡さんは言ったそうです。

次に岩波書店の緑川編集部長と『世界』の安江編集長とがお願いに上がりました。すると野間さんは「おれは広津和郎のような明快な考え方の持主ではない」と断ったそうです。二人の編集者は、それでもということで狭山事件の資料を置いて帰りました。

ここからが野間さんらしいところです。忙しい執筆の合間に資料に目を通し、俄然、東京高裁判決に興味を抱き始めました。「これは本来無罪とされるべき事件だ、こんな事件が死刑から無期に変えられただけでは、裁判官としての責任を果したことにはならない」と考えたようです。

ここで狭山事件について少しコメントします。昭和三十八（一九六三）年に、私が今住んでおります狭山市の一角で女子高生が強姦殺人されるという痛ましい事件が起きました。今もって真犯人はわかりません。当時の警察は懸命に探しましたが目星がつかない。そこで狭山市の一角にあった部落に目をつけ、部落民を含む四人を選び出してアリバイ調査から始めました。その中に一人だけアリバイを明確にできない青年がおりました。それが石川一雄さんでした。彼は小さな別件で逮捕されて本件の強姦殺人について自白追及を受けました。「おまえが否認を続けるなら家族を調べる」などとおどされて遂に自白してしまいました。しかし公判の過程で「十年で出してやる」という約束が守られないとわかって二審で自白を撤回し今日に至っております。

さて野間さんは東京高裁判決批判を書き続けていて最高裁の判断に大きな期待を抱いていました。しかし最高裁で敗れて再審請求の段階に入り、さすがの野間さんも少し弱音をはいたようです。夜遅く中山弁護士のところへ電話をかけてきて「私の支援は運動の発展にマイナスではないか」と問いかけました。むろん中山弁護士は言下に否定したそうです。こうして執筆は死の間際まで続けられました。

野間さんは日本の司法の厚い壁にぶつかったのです。それではその「司法の壁」とは一体なんでしょうか。それは私の考えでは、世界にも稀な日本独特の中央集権的官僚裁判官制度であります。イギリスやアメリカには陪審制度があり、ドイツやフランスには参審制度があります。しかし日本にはそのいずれもありません。国家の役人が重大否認事件をも独占しています。

このような官僚司法制度のもとでは裁判官に市民的自由はほとんどありません。中央の特権司法官僚に支配されて、転勤も昇給も彼らの意のままです。したがって多くの裁判官は上を向いて裁判し国民の方に目を向けません。「ひらめ裁判官」といわれる所以です。

刑事弁護制度にも欠陥があります。日本の弁護士は基本的に民事事件で食うようになっており、刑事事件では食えません。刑事弁護は実質ボランティアなのです。そこで世界各国は刑事法律扶助制度や保険制度を発達させています。それがなければ弁護士は検察官に対抗できないからです。今、司法改革が強く叫ばれている理由の一つです。

このような官僚司法制度のもとでの警察の特徴は、代用監獄制度を決して手離さないという点であります。代用監獄制度とは被疑者が勾留審査のために裁判所に出頭したのちにも身柄を警察にとどめおく制度です。西欧諸国では被疑者の人権保障の見地からこれを廃止しましたが、日本はやめようとしません。自白追及に便利だからです。われわれの求めに応じて日本に調査にきたある有名なヨーロッパの弁護士は「日本にはヨーロッパの中世が残っている」とびっくりしていました。大分前のことですが、NHKスペシャル（「冤罪――誤判はなくせるか・英米司法からの報告」一九八九年）で放映されましたのでこの中には観た人がいるかもしれません。

野間さんはこういった事実を国民に伝えるために十六年間も書き続けたのだと思います。野間さんはこういったことは現行憲法の下では許されないことを市民に知らせるために死の病床でも筆を折らなかったのだと私は考えます。

結びに入ります。野間さんはいつだったか「自分が死ぬか狭山が勝つか」といったことを「狭山裁判批判」の中に記しました。残念ながらその言葉は悲しい方向で結着してしまいました。私は野間さんがどんな気持で死んでいったかを時々考えます。私が学者を志し、刑事訴訟法を専攻したのは日本の刑事裁判から冤罪・

誤判をなくすためでした。ですから狭山裁判は私のライフワークの一つであります。私も大分年齢《トシ》をとってきたので家内が今自宅の近くにもう一つお墓を作ることを計画しています。郷里の墓は遠いというのがその理由です（笑）。問題はその墓碑銘です。私が望んでいるのは「冤罪・誤判に生涯を捧げた男ここに眠る」（笑）であります。ご静聴ありがとうございました。

（二〇〇〇年五月　第八回）

野間宏と転向

中国現代美術
藤山純一

一

昨年六月二十一日のこと、私は『朝日新聞』の文化欄に、「昭18、12、16野間宏『転向』の日?」「陸軍時代の手帳で判明」という、大きな見出しをみつけ、そのセンセーショナルな紙面のつくりに、おどろきを感じた。

私は野間さんの遺稿、ノート、日記など七万点におよぶ資料が、光子夫人のもとより、神奈川近代文学館に寄贈されたこと、そしてその中から日記を中心に紅野謙介さん、尾末奎司さん、加藤亮三さん、寺田博さんらが研究、整理し『作家の戦中日記』として、近く藤原書店から刊行予定であることも知っていた。

だから、この記事の見出しを見て、その編集委員の方たちが、本の刊行を前にして宣伝のため、『朝日新聞』に記事を書いてもらったのだと早合点したのだが、事実は違っていた。

その記事に登場する文芸評論家の川西政明さんが、光子夫人の了解を得て藤原書店から、一部の資料をコピーさせてもらい、その資料から野間宏の「転向」の日が特定できたとして、それを朝日が取材し、新事実の発見ということで、前記の記事にしたらしい。

川西さんは、『群像』(二〇〇〇年九月号)に「戦後派の軍歴」という文章を書き、昭和十八年十二月十六日が野間さんの「転向」

の日と確定してよいと思うとも、書いている。

川西さんのそのやり方は、研究者として、一種のルール違反ではないかと私は思う。

他の研究者達が、彼に先んじて厖大な資料を整理し、検討を重ね、一冊の本にまとめつつあるところへ、横から来てその資料の一部を拝借し、本の刊行を待たずして、自分の新発見のように発表したのだから失礼だともいえる。

ところで、その川西さんが書いた『わが幻の国』（講談社）は中国と日本の複雑で底深くしかもダイナミックな関係を、文学の力で大胆に本質に迫った名著だ。私は感動とともに読了した。

また川西さんは『朝日新聞』の記事によれば『昭和の文学史』（全三巻、講談社）を執筆中で、野間さんの新資料もそのなかで詳述するという。私は若干の不安と大きな期待をもってその完成を待っている。どうか、そういう意味で私の苦言の言いすぎを許してもらいたい。

ともあれ、なぜその日が野間さんの「転向」した日と確定できるのだろうか。

野間さんは、昭和十六年に大阪の歩兵三十七連隊に召集され、その後、フィリピン作戦に従軍し、病気になって大阪の連隊に帰ってきたところを、学生時代の左翼運動（人民戦線）を問題にされて、逮捕され陸軍刑務所に拘禁された。

そして軍法会議にかけられ、治安維持法違反として懲役四年執行猶予五年の判決を受け、昭和十八年の年末、再び連隊に戻っていた。

そしてその翌年の十九年の日記の五月二十三日のところに、野間さんはこう記しているのだ。

「わが身を忘れること勿れ。昭18・12・16日を忘れる勿れ。この日を忘れることは、お前が、自己の全身を忘れることであり、自己の中の隠された力を忘れ去ることである。」

この「昭・18・12・16日」が、野間さんの「転向」の日だと確定できると、川西さんは言っているのだ。私は、それはそうかも知れないと思いつつ、まず先に、日にちを急いで確定する事に疑問を感じ、そのためにもっと大事なことが軽視されてしまうおそれがあるような気がしてならなかった。しかも、「転向」の日にちについては、別の資料もあって、まだ研究の余地がある、と『作家の戦中日記』の編集委員の加藤亮三さんも言っている。

私は記事を読んだ時、大学の文学部の学生でも野間宏の作品を読んでいる者は希少価値といえると大学教授たちから聞いていたので、『朝日新聞』の並々ならぬとりあげ方を意外に感じた。

日頃、「戦後文学」の風化を嘆き、憂いてきた身としては、「戦後文学」を、再評価する気運がでてきたかと、どんな形でとりあげられることも単純に喜ぶ気分もないわけでもなかった。

そしてそのとき、私は野間さんの晩年の日のあるでき事を、思いだしていたのである。

私は野間さんとは、かれこれ五十年ぐらいのおつきあいになるが、亡くなる二十年前くらいからは特に親しくしていただくようになった。これはその頃の話である。

昨年亡くなったが、中国社会科学院に、李芒《ぼう》教授という誠実な野間宏の研究者がおられた。その李芒さんから、野間さんの青春時代を研究するのに何かいい本がないかと聞かれたので、私は、創樹社刊の『鏡に挟まれて――青春自伝』を貸した。そしてそのことを、野間さんに話したところ、なぜか野間さんの顔色が、さっと変った。そしてその時から野間さんは私に一言も口をきかなくなった。そのくせ、夫人を通じて私を呼びつけるのだ。そして私達二人で散歩に行くのだ。無言のまま、ある時は小石川から、お茶の水へ、さらに神保町へ、又ある時は本郷から駒込へと、一時間でも二時間でも野間さんは無言である。仕方なく、こちらも黙っている。そんな散歩が三日に一度くらい、一ヶ月だったか二ヶ月だったか続いた。

私も、なにかただならぬものを感じて、ひたすら野間さんの無言の散歩に、おつきあいしたのだが、そんなある日の散歩中、あれはお茶の水の順天堂病院の前あたりだったと記憶しているが、野間さんが唐突に「わからないの？『転向』だよ。『転向』」と低い声で、しかし強い調子で、言った。

私はその時はじめて、すべてを理解した。『鏡に挟まれて』の中には、「軍法会議とその後」という文章があり、「私は調書の中で兵隊として忠実に自分のつとめをはたすことをちかった。私は転向手記というものを書かなかったが、転向を表明したのである。そして軍法会議の結果は私の刑は懲役四年執行猶予五年だった。」という記述がある。そして私の知るかぎり、野間さんが著書の中で、自らの「転向」について直接触れているのは、この文章の、ほんの数行しかないはずだ。

それから私達は急にセキを切ったように興奮して話し合った。私は、一兵士であった野間さんが、帝国陸軍という途方もなく巨大な力と組織の中で、さらに陸軍刑務所という、当時の最も凶暴なところに捕えられ、しかも、軍法会議で裁かれていたのだから、抵抗のしようがないではないか、その場においては、「兵隊として忠実に自分のつとめをはたす。」とでも言う以外に道はないではないかというようなことを、野間さんに言ったように思う。そして、転向手記を書かないですんだのは、せめてもの抵抗だったからではないか、その抵抗精神をたたえこそすれ、批難することなど誰にもできはしないと、一所懸命に野間さんを、なぐさめたような記憶もある。

すると、野間さんは、君は軍隊の飯も喰ってきているし、第一、日本人だから、そのときの、ぼくの気持がある程度わかるのだ。李芒さんは外国人、しかも、中国人だ。『鏡に挟まれて』を、どこまでわかるか、どう誤解されるか気になるのだと、非常にこだわった。

私は、野間さんが軍法会議にかけられたにもかかわらず、除隊時には、結局、いわゆる衛門兵長に昇級していたことを野間さんから聞いていたし、その本を読んで、野間さんが「転向」していたことは知ってはいたが、微妙な問題であり、それまでも、その話題は避けていたし、その時も、根掘り葉掘り、それを聞くということは、ためらわれた。

野間さんも「転向」と「天皇制」という二つの問題については、非常に慎重、かつ敏感で、直接的な発言は意外なほど少ない。

野間さんは、あの私との無言の散歩をする中で、いったい何を考え、何を悩んでいたのだろうか。私は野間さんの隠された傷口に、うっかり触れてしまった気がして、うろたえてしまい、その時、充分に聞いておけなかったことが、今になって悔まれてならない。

その野間さんとのやりとりの後、私は、東京滞在中の李芒さんを訪ね、事情を説明し、『鏡に挟まれて』を返してもらった。

李芒さんは、私の話をききながら、「わかる、わかる。」と言って涙ぐみながら、戦争中、李芒さんが満映にいた時のことを話してくれた。

それは、屈辱と暴力に耐えながら、日本人たちに対して抵抗したつらい思い出だった。

その時、日本の憲兵に激しく打たれた左の耳は全く聞こえなくなってしまったとも言っていた。

私はその時の李芒さんの涙を、いまだに忘れられない。それは迫害を受ける中で、抵抗の魂を守ろうとしたもののみに通じ合い響きあえる感受性だといえるかもしれない。

そしてその感受性こそが、「転向」というような微妙な問題を解いていく、闇夜の懐中電灯のようなものだと思う。その光を先に立てて、照らしてこそ、兵営の中で「わが身を忘れること勿れ……」と書き記した野間さんの決意、そして終生、消える事のなかった野間さんの心の痛みが理解できるのではないだろうか。

自らの「転向」については直接的にはあまり語らなかったとはいえ、野間さんは、生涯を通じての著作の中で、その問題を様々なかたちで語っているのかもしれない。しかし、野間さんが充分に言い尽くすことなく、亡くなってしまったような感じはぬぐえない。

私は、戦争を経験した世代の人間として、自らの体験をもとに、その時代の「転向」の持つ意味、そして野間さんにとっての「転向」の意味を、少し考えてみたいと思う。

二

私が「転向」の問題を語ろうとするからには、私の獄中体験も語らぬわけにはいかないだろう。

私は、一九五一年頃、ある労働争議に関係し、未決囚として小管刑務所にいたことがある。当時の私は共産党員だったから、完全黙秘を続けていた。そんな私に取調べの検事が「おい、大森署〇〇号、早く『転向』しろよ。」と言うのだ。「本件は、たいしたことないから、せいぜい二、三年の刑だろうが、今度できる、昔の予防拘禁法と同じような法律が施行されたら、釈放は無理だな。一生ムショ暮らしになるぞ。思い切って今、『転向』しないと大変だぞ。」と、さらに追いうちをかける。シャバで聞けば、鼻で笑うようなセリフでも、拘禁中の人間には、けっこうこたえるものである。当時は朝鮮戦争中の異様な雰囲気であったから、言下にウソとは否定できぬ状況だった。検事は、その頃、とりざたされていた破防法を、誇大に言いたてて、それをおどしに使ったのだということは、あとになって知った。もちろん、私は「転向」しなかった。

「転向」という言葉は敗戦と共に死語になってしまったと思っていたが、戦後も、そして全共闘世代の挫折の時代にも、その表面的な姿を変えてもそれぞれの時代の実感で、認識でき得る言葉として生き続けてきたのであろう。

むしろ、日本の昭和の歴史を、その裏面から動かしていたのは、この「転向」というエンジンではなかったかという気さえする。

しかし「転向」という言葉を人が考えを変換させていくという意味で軽く使うこともできる現在とあの時代とは、あきらかに違っていた。

一九六〇年代の終りごろだったと思う。私はある事で、当時の日本共産党書記長宮本顕治さんと一対一で一日中、論争したことがあった。その詳しい内容は別として、宮本さんが、本来なら「転向」「転向者」というべきところを、あえてその言葉を使わず、「その時、彼は、変節したんだ。」とか「君は知らないんだよ。彼は『変節者』にすぎないよ。」といった具合に、表現したことが、私の心に強く刻まれた。

彼の語彙には「転向」という言葉が存在しないかのごとくであった。そして、彼は日本における数少ない非転向者の一人である。

ここでいわゆる「転向」という言葉が、一般的になった事件のあらましを書いておこう。一九三三年（昭和八年）、日本共産党の指導者、佐野学と鍋山貞親は、獄中から、「共同被告に告ぐる書」を発表して、「転向」を表明した。これが、大きな社会的事件として、その後の歴史にも影響をあたえた「転向」問題のはじまりであったと考えられている。

これによって、たった一ヶ月のうち、共産主義者の未決囚、既決囚のほぼ三分の一が「転向」を上申し、その傾向は戦時中も続き、戦争が終った時には、獄内の非転向者はほんのわずかに数えられるのみだった。中国侵略が始まった当時の日本で天皇制を批判し、戦争に反対していたのは日本共産党と、その影響下の勢力だけだったから、その壊滅は同時に天皇制批判と戦争反対の勢力の実質上の消滅でもあった。

その結果、日本の支配者は、国内における人民の直接的な抵抗をほとんど受けることなく、中国侵略から、アジア全体の侵略へ手を伸ばすことが可能となったのである。佐野、鍋山の「転向」はそのような重大な意味を持っていた。

もちろん、これは司法当局というか、支配者の拷問をともなう強引な圧力と、巧妙さの勝利ともいえたが、日本共産党の方にも三二年テーゼにみられるように、その思想の観念的な硬直性や、機械的な運動の進めかたや、それがコミンターンという外国からの指令にもとづいている点に、決定的な弱点があった。

天皇制についても、それに対する大衆の感情や歴史的考察が不十分で、単に過激なスローガンを英雄主義的に大衆の中に持ちこむだけだったから、大衆の中では全く孤立してしまう有様だった。

佐野や鍋山はこれに対して、革命の形態は各国の特殊性によって違い、日本では「天皇制打倒」のスローガンは反人民的であり、国民大衆が抱く皇室尊崇の念をあるがままに把握して、国民的立場に立つべきだとする一方、日本人を優秀民族として、アジアを支配するのは当然だといわんばかりの論旨をくりひろげ、とくにコミンターンの支配に反抗する「民族的」態度をとった。今流に言えば、自主独立だ。これはかなりの説得力を持っていたらしい。

ここで、まず第一に注意しなければならないのは、佐野、鍋山の「転向」が少なくとも、形の上で屈服による「変節」ではなく、自らの意志にもとづく自発的なものとして発表されたということだ。そしてコミンターンへの批判と、「国民的」自覚を呼びかけている点にある。

だが、歴史に見るごとく、この「転向」は、最終的には、天皇と天皇制に対する徹底した礼讃と従属であり、それにもとづく侵略への参加にいきついたことで、その正体をバクロしている。当の佐野、鍋山が、もし単純な屈服による、「変節」にすぎないとしたならば、彼らの「転向」は、これほど大きな影響を後に残さなかったであろう。そして、ともかく多くの「転向者」に、「転向」の理論的根拠をあたえ、その道をつけてやったといえるだろう。

当の佐野、鍋山自身も、当局の圧力や「獄中の苦痛」を逃れたいという一心で「転向」したとは簡単には言えないにしても、その影響下に「転向」したであろうことは、本多秋五さんの『転向文学論』を読むと、その一端がうかがえる。吉本隆明さんは、それを認めつつも、コミンターンや日本共産党の硬直で観念的な指導への批判の方にやや重点をおいて書いている。

こうして、「転向」はその良心のありかをめぐって複雑をきわめ、ここに「転向文学」なるものが成立してくるのだが、本多さんや吉本さんもとりあげている、「節操」という問題が中野重治の「村の家」という小説をめぐって登場してくる。

この小説の主人公勉治は、ともかくも消極的な形で自らの良心を守って「転向」をして、出獄してくるが、それを迎えた父が、人の先頭にたって、革命だ、なんだかんだといって騒いでいた勉治が、ひとたび捕えられるや、すぐに屈服して出獄してきたので、その節操のなさと軽薄さを、なじるのである。つまり、革命的良心云々というよりは、人間としての性根、さらに節操を問いただすのだ。ここで宮本顕治さんの「変節者」と言う言葉を思い出してほしい。宮本さんは数少ない「非転向者」として、確かに自らの節操を守り通したと言える。だが、宮本さんが獄中にいた十二年間に動き続けた激動の歴史の中で、ただ、節操を貫きとおした事が、一番正しい責任のとり方だったのだろうか。人間としての意志の強さは賞賛されても、それが一番よい方法だったかはまた別問題である。まして、凶暴な軍国主義ファシズムの中で闘い、傷ついたであろう旧同志を「変節者」の一言で切り捨てていいものだろうか。「やはり書いていきます。」と父に答えた「村の家」の勉治の、歯を喰いしばる抵抗の精神を評価すべきなのではないだろうか。宮本顕治さんの言うところの「変節」とは共産党に対する忠誠心のみを問うているのであり、「転向者」を裏切り者として断罪し、それを侮蔑して、「変節者」という言葉を、使っているのだ。しかし、「党」に対する忠誠心や、その思想に対する節操の面からしか論じないのは、天皇制に対する忠誠心を権力が押しつけることと似てはいないだろうか、さらに中野重治の小説「村の家」の勉治の父親が持っている、日本全体をおおっていた封建的なゆるぎなき信念のようなものとも共通するだろう。その偏狭さは冷酷さをともない「転向者」への憎悪をつのらせていくという日本特有の陰湿さを感じさせる。

そして「変節」と言われようが「転向」と呼ばれようが、「転向者」は罪悪感と敗北感の二重の苦悶から逃れられず、一生それと闘う宿命をになう結果となった。しかし、その苦悩の中から、それをバネとして出発したのが「戦後文学」である。

三

戦後文学の代表作であり、野間さんの処女作でもある「暗い絵」では、日本の中国侵略が公然と始まった昭和十二年に、左翼運動にかかわっていた学生深見が、参加すれば自殺行為だとわかっている運動に、それでも尚参加しようとする友人がいる一方で、参加しない自分は、自己保身のエゴイズムにとらわれているのではないかと苦悩する姿を描いている。本多秋五さんの言葉で言えば、背教者にも殉教者にもならぬ新しい道、あるかなきかのその新しい道を探求していこうとする生き方を選んだ主人公深見は、当時の再建共産党と人民戦線の対立をくぐった野間さん自身の姿にも重なる。再建共産党に日和見主義程度にしか評価されていなかった人民戦線の、広く大衆と共にファシズムと闘う姿勢を、野間さんは自らの道として選んだ。そしてその人民戦線の闘いが果たして正しかったか、成果を生んだかということに野間さんは、こだわり続け、ついには肯定的な確信に達した。

野間さんは『鏡に挟まれて』の『暗い絵』の背景」の中で、「私のようなものの文学が成立したということは、この人民戦線の闘いの中において、はじめて可能になったことだ。」と言っている。それは、転向によって道をとざされても尚一層、心の中でその闘いの意味を問い続けてきたことへの肯定でもある。

その肯定的確信は、本多秋五さんの『転向文学論』に寄せた野間さんの書評に反映しているように思うので引用しておく。

私は今日転向の問題がさらに具体的にとりあげられ追及されなければならないと考えている。転向によって見出した自己をさぐるだけでなく、戦争中の日本におけるレジスタンスの内容をさぐり、そのレジスタンス全体のなかにおける転向の内容をさぐる必要があると考えるのである。そしてこの二つが結合されなければならないと思う。

この「転向文学論」のなかには、そのレジスタンスの姿を明らかにする側面が不足しているが、今後これがなされなければならないと思う。

（岩波書店版『野間宏作品集10』「本多秋五『転向文学論』」）

野間さんの指摘する本多さんの『転向文学論』に不足する「そのレジスタンスの姿を明らかにする側面」を明らかにしていくことは、軍国主義一色にぬりつぶされた社会の中で孤立している個々の心の問題に立ち入ることに、その難かしさがある。しかもそれを現在直面する問題として捉えなおさなければならない。しかしだからこそ文学の重要な主題たり得るのである。

李芒さんとの一件でみせた野間さんの動揺は、その時になっても尚、「転向」の傷が癒えていないことのあかしであると同時に、ずっとその問題を自己の主題として持ち続け、「転向」の持つネガティブな面を克服し、積極的な何かに転換させようとしながらも、もどかしさを感じていたことを物語っていたのだと思う。

そして、野間さんはそれを強く自覚していたに違いない。

そこでこの一文を終えるにあたって、野間さんの一言を引用し、鎮魂の言葉としたい。

まだ癒えぬその
傷は柔らかい
沈黙の肉を
噴いた

（野間宏『鏡に挟まれて——青春自伝』より）

追記　「天皇制」に対しての野間さんの言及は非常に少ない。しかし、野間さんの思想の中心部に重要事としていつもそれがあったことは確実である。それが、あまりにも重要であることを認識していたが故に、慎重にすぎたきらいがある。そこで野間さんが問題点として提出しようとしていて、果しえなかったことを、ここに拾い出して、野間さんの一種の遺言として書いておきたいが、紙数と時間の問題もあるので、ほんのその入口だけにして、くわしくは他日にゆずる。

つぎに、野間さんが参加し、その生涯をかけた人民戦線の闘いが果してどの程度の客観性があるのか、そしてそれは、日本の戦前の抵抗運動の中で、どのように評価すべきかということも、野間さん自身の言葉にあるように重要である。

この問題もまだ全体としては研究不十分だが、後述するごとく新資料も出てきたので、今後の研究のために少しでも役立てたいと、報告しておく。以下に「天皇制」「人民戦線」の二つを「転向」に関連する問題として追記しておきたい。

その第一は「天皇制」だが列記すれば、まず、『日本の聖と賤』(人文書院)がある。これは中世篇、近世篇とわかれ『アジアの聖と賤』に至るのだが、全部、沖浦和光さんとの対談で構成され、沖浦さんのわざとのような率直な話しかけにつられて野間さんも、ついうっかりというか、少し楽な形でこの問題に応じている。ただ体系的ではなく、見過しそうな鋭い見方がちりばめられていると言えるので、今後の重要な研究対象だと思う。

例えば、「中世篇」一〇頁では、野間さんは「守旧的な唯物史観では、なにもかにも土台還元論といいますか、経済関係に押しこんで、そこから判断しようとする姿勢が強かった」、「天皇の存在と被差別部落の存在を、日本史を貫徹している身分制の対極として把握する視点なんかも、講座派の天皇制論ではほとんど欠けている」、「一九七〇年代に入ってからは、柳田国男や折口信夫の提出した民俗学的な視座がにわかに注目されるようになってきた」、二二頁では「身分差別についての天皇制の原罪的責任がまったく除外され」、日本史のなかを「国家の祭祀を主管するその宗教的な聖なる権威は、そのまま持続し」「武士階級は自分たちの民衆支配に都合よいようにかついで巧妙に利用した」等々、律令制や仏教との関係にまで立ちいっている。つぎに『親鸞』(岩波新書)では、天皇制と合体し護国鎮護の宗教となり、残酷な世情のなかで民衆支配の道具となった仏教に対して、民衆の立場にたつ宗教として一種の宗教改革運動とも言える親鸞の研究がある。

つぎに、めずらしくも「天皇問題をめぐって」という対談を野間さんは平井啓之さんと行っている。これは一九七四年十一月(№59)の『わだつみのこえ』に掲載されたものを、一九九一年秋号の『新日本文学』に再録され、『新日本文学』ではあらためて平井啓之さんの前文がつけられている。前文のなかで平井さんは「天皇および天皇制問題が野間さんにとって実に重い課題であって、それだけに元来口の重い野間さんは、直接天皇についての発言に禁欲的にならざるを得なかったらしい」とし、「文学におけるシンボルの問題を考えつめて、象徴天皇のからくりを解きあかす道は、当然、文学を人間の全体性にかかわる特権的ディスクールと考えられていた野間さんの本質にかかわるもの」と書いている。

野間さんは「天皇制というのは、どういうふうなものかということ、これは今もなお科学的に、あるところまではいっているけれども、どこまで精密にとらえられているのかという問題はまだある」といい、注目すべきは野間さんの『真空地帯』のなかでの、「一言も天皇という言葉を意識的に使わなかった」という発言である。こうしていくつかの問題にふれつつ、まだ「簡単に言いきらないようにすべきだ」と、天皇および天皇制に対する憎悪や嫌悪が、あまりに強いため逆に慎重で科学的な厳密さを求めている。

本多秋五さんが『物語戦後文学史』のあとがきで、戦後の日本人が「天皇制」のタブーから一応解放され、史学の面では急速な進歩をとげたのに、「戦後派」からは「天皇制」を主題にした目立った作品がないと指摘し、戦後派以外では中野重治の「五勺の酒」、西野辰吉の「廃帝トキヒト記」、坂口安吾の「道鏡」ぐらいだと言っているが、実は史学の面でもタブーではなくなったからと言って期待したほどの進歩をとげたとは言えないのではないか、と私は思う。毎年のようにおこる教科書問題、君が代、日の丸の法制化問題への批判等々、「天皇制」への批判のタブーがまだ見えない形で権力と結びついて存在していると言えないか。天皇制批判が文学として感動や説得力を持って出現してくるようにならなければ、史学や文学の上でも、それは成立したとは言えない。それは「戦後文学」の残した問題のひとつであり、野間さんが「転向」をのりこえつつ、ついにその遺産として残していった問題だと思わざるをえない。

続いて第二は「人民戦線」の問題だ。元来、日本の抵抗運動史が、日本共産党史と同義語に近い傾向にあり、その日本共産党史も、吟味した研究の結果とは到底言いにくく、闘争と弾圧の年表的な面が多く、内容の評価は不十分どころかその研究はこれからといっていいくらいだと思う。その中にあって、特に人民戦線は傍系の抵抗として過小評価され、その研究や資料の収集は不十分だと思う。ましてや系統化されているなどとはとても言いにくい。そうしたなかで、野間さんの参加した運動についても、野間さん自身の思い出（前述『鏡に挟まれて』の中のⅢ「暗い谷間の時代」の部分）等や、発刊予定の『作家の戦中日記』その他を参照する以外に方法がないように思われていたが、最近、『作家の戦中日記』の編集委員である加藤亮三さんが、驚くべき発見をしたので、加藤さんの賛成を戴いてここに報告しておく。

『特高月報』昭和十八年六月号に『鏡に挟まれて』の中の「孤立の抵抗」その他に出てくる羽山善治さんと矢部笹雄さんの特高の取調状況が野間さんの名前も出て来て記録されているのだ。これは加藤亮三さんが、自分の元の勤務先、岩波書店の図書室からついに苦心のすえ探し出したものだ。おそらく、これは特高が当時、このお二人を逮捕して、その自白によって作った調書にもとづく報告であろう。それを思うとき、やはり何か胸にせまるものがあって、加藤さんとも、いろいろ相談したが、例え特高のものであろうと、そういうものであるという条件つきで貴重な資料でもあるので、つぎにその主要部分を転記しておく。

（1）昭和十年頃京大文学部学生野間宏、小野義彦等は左翼文化グループを組織し、学内活動を展開しつつありたり。

（2）本グループは昭和十一年頃に至り「労働者の文化水準を向上せしむることこそ共産主義実現闘争の為の不可欠なる要素なりと認識し」当時全協に在りし、矢野笹雄に働き掛け之を獲得し、其の後更に全協メンバーたりし菊地弘を獲得せり。此の頃被疑者羽山善治も本グループに参加せり。

（3）斯くて右グループは京大付近喫茶店等に於て会合を持ち、人民戦線戦術其他に関する相互啓蒙を図りたり。

（4）昭和十三年に至り、学生側メンバーは卒業し、矢野笹雄は検挙せられたり。

（5）学生側メンバーは卒業後もグループを解体せず野間、小野、羽山、菊地等にて緊密なる連絡の下に人民戦線運動に於ける文化運動の理論的研究を行ひ、

（6）昭和十三年十一月頃京大出身の左翼分子たる越川正啓をもグループメンバーとして獲得せり。

（7）昭和十五年十月初旬野間宏の紹介にて日建に加盟し、其の内部に於ける左翼分子山本鶴雄等のグループに合流し、日建内左翼グループの拡大に努力せり。

（8）昭和十五年十一月矢野笹雄も出所して右グループに参加せり。出所当時矢野が尖鋭なる党的活動の展開を主張せるに対し、グループ員は其の危険性を指摘し、「戦時社会政策の推進」「合法場面に於ける活動」「巧妙に擬装せる文化運動」の範囲に止むべき事を説得せり。

（9）斯くて本グループは昭和十七年九月検挙せられる迄自宅其他に於て屢々会合し、風早八十二、窪川鶴次郎、岩上順一、相川春喜等の著書をテキストとして相互啓蒙に努めたり。

（10）昭和十六年四月日建解散後も、日建左翼グループは其の儘継続せり。

（11）昭和十六年五月下旬、野間、矢野、羽野《ママ》〔山の誤りか〕藤山」等会合し、従来の左翼文化運動を批判すると共に当面の情勢下に於ては弾圧の危険に鑑み、外部組織との連絡を避け各自職場を利用し個別的分散的活動に依る活動を展開すべき旨の運動方針に付討議を為す等の活動を展開せり。

加藤さんの話によると、加藤さんが岩波書店在職中、『野間宏作品集』を担当し、当時西宮市に在住中の羽山さんと連絡し、作品集に挿入する投げ込みの原稿を依頼に行き面会した時、羽山さんは異常に緊張していた印象を受けたと私に語ってくれた。特高独得のマニュアルでまとめられたこの報告は、羽山さん等の悲痛

な自白にもとづいたものであり、おそらくこれによって軍隊にいた野間さんの逮捕にもいたったものだろう。

私たちは、これがいかに特高の文書であろうと、いまや闘いの記録であることを重視する。野間さん、羽山さん、矢野さんの闘いがなければ、この記録も残らなかったろう。そしてこの調書は羽山さん、矢野さん、野間さんたちの血涙のしみた記録として、『野間宏作品集』の編集者、加藤亮三さんに数十年の時間の後、ついに届けられたのだ。

そして、このように、けなげに人民戦線は闘われていたことを証明している。人民戦線不存在論や、過小評価論に対して、注目すべき資料だと信ずる。

（二〇〇一年五月　第八号）

戦後文学再考
――九月十一日のあとに――

比較史比較文化論
西川長夫

戦後イメージの完結

御紹介いただいた西川です。よろしくお願いいたします。実は今日の「野間宏の会」では、『作家の戦中日記』についてしゃべらないかというお誘いを受けたのですが、僕は学生時代にフランス文学をやっていて、二〇年遅れぐらいの野間さんの後輩になります。『作家の戦中日記』を読んでいて身につまされることが多くて、まだ僕にとっては生々しすぎるといいますか、うまく対象化できない。『日記』には野間さんが読まれたいろいろな本が出てきますが、同じ仏文科ということもあって、その半分ぐらいは僕も学生時代に読んだのではないか。それから性欲とか恋愛のこと等々が出てきます。僕自身は小学校のころから日記を書き続けていたんですが、大学に入ってしばらくして、耐えがたくなって、いままで書いた日記を全部焼いてしまいました。そういうこともあって、この日記を話題にされたら野間さんはどう思うだろう、とつい考えてしまう。そういうこともあって、『日記』についてはまだしゃべれないなという気がしています。それで少し角度を変えて、昨年（二〇〇一年）の九月十一日の事件に絡めて、「戦後文学再考」というテーマで話をさせてもらうことにしました。

昨年の九月十一日のいわゆる同時多発テロ事件とその後アフガン空爆にまでいたる事態は、世界中の人たちに大きな衝撃を与えて、多くの人はまだその衝撃をどういうふうに受け止めていいのか、心の整理がつかない状態だろうと思います。今回の「野間宏の会」のテーマが「戦争と野間宏」となっているのもそういう衝撃の余波ですし、私がこういうタイトルで話そうという気になったのもその一つの表れだろうと思います。

私は話が下手で、最後の結論までうまくたどりつけるかどうかわからないので、始めに結論めいたことをいっておきたいと思います。九月十一日にニューヨークの世界貿易センタービルにハイジャックされた飛行機が突入して、その後にすぐ二つの高層ビルが崩れ落ちていく。その映像を見ていて、自分がこれまで抱いていた戦後のイメージ、これがなかなか完結しないというか、うまく結ばなかったんですけれども、ようやく戦後のイメージが完結したなというか、何かある種の決着がついた、と、そういう印象を受けました。戦後文学の——当然そこに野間宏も含まれるわけですが——いままでとはかなり違った読み方ができるのではないか。ひょっとしたら、根本から違うような読み方を必要とするのではないか。そういうことを考えるようになりました。できたら、最後にそのことをお話ししたいと思います。

既視感と恐怖

まず始めに、九月十一日の映像を僕自身がどういうふうに見たか、どう受け止めたかという話をさせていただきます。いろいろな方がそのことを書かれたり話されたりしているわけですけれども、その中で一つおもしろいなと思ったのは「既視感」といいますか、フランス語でいうデジャ・ビュ、既にこういうことがあったのではないか、どこかで見たことがあるのではないかという心理学的な用語ですが、既に見たような感じ、既視感という言葉を非常に多くの人が使っていて、おもしろいと思いました。つまりこれは直接の体験ではなくて、ヴァーチャル・リアリティというか、そういう映像を見ての我々の体験になっているわけです。見たと思うことは、同時に未来の予感みたいなものを含んでいて、それは映画であるとか、テレビの映像であるとか、いろいろあるわけですけれども、しかし、それを見ている人の無意識に蓄えられたものが、そこに出てくるというようなことではないかと思います。特に今度の事件は映像が先にあって、その意味、これが何であるかという説明が大分後になって遅れて出てくる。そのずれが重要で、その間にいろいろな人がいろいろなことを考え、いろいろなことを予感した。そういうことがあったのではないかと思います。

僕自身がどう感じたかということですが、大体同じように、最初これはどこかであったことみたいだ、映画にこんな場面があったなというような、曖昧なものでした。ただそのうちに、二つのビルがずるずると崩れ落ちていく。その瞬間に、大変恐怖心を覚えたんです。それはどういうことかというと、僕自身がずっと高層ビルが——東京や大阪や、ニューヨークあるいはシンガポールやクアラルンプールでもいいのですが、世界中に建っている高層ビルがやがて崩れ落ちて、そして廃墟と化すであろうという恐怖感、強迫観念にずっと悩まされていたことがあります。

すでに、いろいろなところでそのことを書いたりしゃべったりもしていました。大分前、一〇数年前（一九八八年）に岩波書店から出していただいた『日本の戦後小説』という本がありますが、その副題は「廃墟の光」となっています。そのときお世話になっていた編集者の加藤亮三さんに——加藤さんは野間宏の会の幹事でいまここにも来ておられますが——廃墟についてのこだわりをお話しして、副題にぜひ廃墟という文字を入れてほしいということをお願いしたことを思いだします。

その後——これは今からまだ三年ぐらい前かな、事件の起こる少し前に立命館で、早稲田大学と共催で「プランゲ文庫展」というものがありました。プランゲ文庫というのは戦後文学に大変関わりが深いわけです。米軍の、占領軍の検閲が一九四五年の九月から四年間、一九四九年の十月までありました。そのときに検閲にあった雑誌とか新聞、本とか、非常に多くのものが、そのときの検閲官の一人であったプランゲ博士が属するメリーランド大学の図書館に収められています。それがマイクロフィルムになったりして、使えるようになりました。その「プランゲ文庫展」を機に「占領と出版・文化」というテーマのシンポジウムが行われ、僕は「廃墟と検閲」と題していろいろなことをしゃべったんですが、そのときにもこの強迫観念のことに少しふれています。これは後で報告書が出て、活字になっているので、そこの文章を読ませていただきます。

「その破壊をもたらすものは核兵器や細菌兵器のような科学技術であるかもしれないし、あるいは予測のつかないもっと不気味なものであるかもしれません。バブルの崩壊なども、そういう廃墟をもたらす一つの予告であるかもしれない。ということで、私自身はいまだにその幻想、幻影から解放されていません」。

僕にとって、二つの貿易センタービルが崩壊していくというのは、自分の強迫観念がいま目の前で実現している、そういう恐怖でした。これはたぶん僕一人のものではなくて、戦後ずっと、もし再び原爆が落とされるとしたらそれは再び日本ではないかというような、そういうことをずっと感じていた人たちが非常に多かったと思います。そして、ちょうどそういう気持ちが薄れてきたときに、こういう事件が起こった。

そういう既視感といいますか強迫観念があって、そこで何を連想したかといいますと、僕はやはり太平洋戦争の最後の時期、もう全然望みがなくなったときにアメリカの大きな軍艦に突っ込んでいく特攻機とか、沖縄戦であるとか、あるいは原爆、広島や長崎でした。

第二の真珠湾攻撃

その後の経過を見ていくうちに、いくつか気がついたことがあります。一つはアメリカでこれが第二の真珠湾攻撃というふうに受け止められたことです。そしてそれは、僕自身の受け止め方ともつながっている。

あのときの状況を少し思い出したいのですが、事件の直後しばらくブッシュ大統領は身を隠していました。それから執務室に帰ってくると、テロの国際組織と、その背後にある「ならず者」国家に対する報復戦争を宣言し、そしてそれは「野蛮」に対する「文明」の戦い、無限の「正義」を実現すべき「十字軍」であるという呼びかけをしました。

ならず者国家というひどい言葉が大統領の口から出てくるのは、別に驚かなかった――というか、ウォーターゲートのときにどんなにひどい言葉がアメリカの大統領の執務室で交わされたかは、皆さんも御存じです。しかし、十字軍という言葉には驚きました。もっと驚いたのは文明と野蛮、野蛮と文明の戦いであるというい方です。ならず者という言葉も、それから十字軍という言葉もさすがに後でとり消されたようですが、しかしそれが本音であったことは明らかで、ならず者に対する報復戦争が「悪の枢軸」に対する戦いになる。「悪の枢軸」とは言うまでもなく、第二次世界大戦の枢軸国（日独伊）を念頭に置いた言い方です。

それ以後、ブッシュの演説に限りませんけれども、ずっと基調になっているのはリメンバー・パールハーバーであると、いま振り返ってみてそう思います。

そのときのアメリカの状況を思い起こして――それはまだ続いていると思いますが――、大分前にメモをしたものを読んでみます。

「犠牲者を悼む声が愛国歌の唱和に変わり、町には星条旗があふれ、市民が腕をとり、肩を抱き合って報復を誓い、愛国心を確かめ合う。教会で牧師が国旗と国歌に対する献身的な愛を説き、戦勝祈願が行われ、幼い子供たちが報復を願って愛国的な絵を描き、中には自分の父を国家に捧げることを誓うけなげな少女が現れる。高層ビルには大勢の、不法労働者も含めて八〇近い国籍の人が働いていたはずなのに、唯一の星条旗が強制され、敵と異質なものに対する感受性と、想像力の回路が遮断される。こうしてたちまちのうちに出現した愛国的共同体の中で、反戦の声は圧殺され、知識人はいまや運命共同体と化した満場一致の世論の迎合的代弁者となるか、非国民呼ばわりされて口をつぐむ。報復戦争に異議を唱えたボクサーがライセンスを奪われ、平和主義の女子生徒が放校される。この愛国的圧力はすさまじい。安全の名の下に自由が拘束され、正義の名の下に全体主義が支配する。敵と見なされる外国人と異教徒は迫害を恐れて息を潜め、そして実際に暴力事件が起こる」。

なぜこういうことを書いたかというと、日本の一九四一年十二月八日にも同じようなことが起こったからです。日本に限らず、第二次大戦開戦のときには、世界中のどこの国でも同じようなことが起こっていたと思います。そしてそれがいま繰り返されている。アメリカで再現されている。もっともアメリカがちょっと日本と違うのは、議員の中に正面から反対する人が出てきたり、チョムスキーのように根強く批判を続ける人がいて、いまも発言を続けている、ということはあるわけですが。

ここで僕自身の最初の歴史的記憶は何かと考えてみると、実は真珠湾の十二月八日です。小学校二年生ぐらいですか。学校に——多分、校長先生の家に呼ばれて、ラジオをみんなで聴いていた記憶が残っています。

十二月八日については、これも三年ほど前にちょっとしゃべったことがありました。日本の文学者たちが十二月八日をいかに迎えたか。ほとんど例外なく十二月八日は、太宰治や坂口安吾のような人までが大変感動して、多くの人——というかほとんど全員が、東条の談話を聞いて感動して涙を流して、そして世界が全く新しく見えるようになった、などと書く。「もう言葉の時代は終わったんだ」というようなことを、坂口安吾までが書くわけですね。九月十一日後のアメリカはそういう状況を連想させました。世界のほとんどあらゆる国民国家が戦争をやるときには、そういう状態になる、あるいはそういう状態を引き起こす。それが国民国家のシステムですが、それをブッシュは非常に意識的に演出したと思います。

同時に、なぜ真珠湾かということですが、これは日本の戦後の歴史に直接関わってくる。第二次大戦以後にアメリカがベトナムや湾岸戦争からアフガンまで、いろいろなところに軍事介入していくわけですけれども、その中でアメリカの栄光となるような、名誉となるような戦争が何かあったかというと、それはなかったと思います。ただ真珠湾だけが、そしてその後の占領と日米関係だけがアメリカの栄光を保障するものであったのではないでしょうか。そこにアメリカの戦後史と日本の戦後史の関わり、それからさらにいえば日本の戦後文学の置かれた位置があるのではないかと思います。

グローバル化の環の完結とテロリズム

それからもう一つ、九月十一日を見ての僕の感想は、ああ、これでグローバル化の環《わ》が完結したな、ということでした。それはどういうことか。グローバル化というのは結局、中核となる豊かな国が周辺の貧しい国を搾取していく、したがって貧富の格差がますます拡大していく、そういう形態の一つ、新しい形の植民地主義だと思います。したがってグローバル化は、それに対する抵抗としての反グローバル化の動きを常に伴っている。今度の九月十一日によって、ついにその反グローバル化の動きがグローバル化の中枢に及んで、そこで一つの環が完結した。それは恐ろしいことですが、そこに一つの時代の終わりと一つの時代の始まりが示されている。

いままで我々が考えていた戦争とかテロリズムの意味は、非常に異なった様相を見せ始めました。テロリズムが批判されています。罪もない民間人を巻き添えにしたといって。けれどもずっといままでの戦争を見てきたら、日本の空襲だって、爆撃だって、ベトナム戦争だって、湾岸戦争だって、軍人よりは民間人の方が圧倒的に大勢殺されている。つまり戦争というのは、本来民間人を巻き込むものであるわけです。言うまでもないことですが、テロリズムよりも戦争の方が、ずっと多くの人を殺している。

それから国家がテロリズムを批判できるか。僕は、全く批判できないだろうと思います。つまりオウムの事件がそうですけれども、オウムは非常に典型的に国家のいろいろな組織をまねて——建設省とか自治省とか科学技術省とか防衛庁とか、いろいろな省を自分たちの組織の中につくって、そしてサリンをまく。テロリズムがいろいろやってきたことの中で、国家が戦争を通じてやらなかったことが何かあるのかといったら、それはもう全然ないわけです。つまり国家がやったことを、テロリズムが後追いするような形でやっている。それは今度の炭疽菌も——途中で報道から消えてしまいましたけれども——これは結局軍が開発したものであった。それから天然痘のワクチンが問題になっていて、あれは天然痘が地球から絶滅されたということが一度宣言されて、米ソとその他少数国の研究者の間にだけ、そういう種が残っているわけですね。それを今度テロリズムに備えて、改めて再生産しようということになって。それに、日本が大きな役割を果たすことが求められているというような記事が出ていました。

時間がないので、テロリズムと戦争についてどう考えるか。戦争とテロリズムの関係を、より真実に近い形で定義し直したとしたら、僕はテロと戦争という安易な区別はもうできなくなっている、と思います。戦争と呼ばれているものは強者の、つまり国家のテロリズムである。そしてテロリズムと呼ばれているものは、弱者の戦争であるといった方が正確ではないかと思います。これは、決してテロリズムを認めるとか賛美するとかということではなくて、グローバル化の環が完結したということは、戦争、テロリズムの意味がそういうふうに変わってきたということではないか。さらに言えば、グローバル化の環が完結したということは、もはや外部は存在しないということですから、戦争はすべて内戦となり、軍隊と警察の区別もつかなくなる。そして戦争はいっそう深刻な人類の破滅をもたらす、ということになると思います。

戦後の廃墟に戻って

そういう時点に立って、戦後の日本の歴史、あるいは戦後文学をどう見るかという問題が本題になるわけですが、ニューヨークの中心部に突然現れた廃墟を見て、僕は改めて廃墟からの出発を余儀なくされた日本の戦後、それから戦後から今日にいたる日本の歴史を考え直さなければならないと思いました。私たちは廃墟から出発した、――先ほど少し触れた『日本の戦後小説』の第一章は「廃墟からの出発」と題されていたのですが、実は何もわかっていなかったんだということをいま反省しています。再び廃墟に戻って考え直さなければならないと思います。そもそも廃墟とは何であったのか。それから廃墟をもたらした戦争とは何であったか。何が破壊されて、何が残ったのか。廃墟から何が生み出され、何が忘れ去られたか。そういうことは戦後の歴史、世界の歴史の中で、あるいは私自身の中で、何を意味しているのかといったようなことです。

そのことに最近、一番まっとうに答えているのは、このニューヨークの事件の少し前に翻訳が出版された、ジョン・ダワーの『敗北を抱きしめて』ではないでしょうか。もっともこの本に関しては、僕の中のナショナリスト的心情が複雑に反応して、アメリカの日本史研究者がこういうものを書きえたことに対する感嘆の念と、アメリカの研究者だから書けたのであるが、アメリカの研究者には書いてほしくなかったという気持ちがあります。いずれにせよ、日本の歴史家によってこういうものが書かれなかったのは残念です。

ジョン・ダワーは戦後を非常に長くとっていて、それは僕もそういう見方をしているのですが、一九八九年までが戦後であると考える。つまりベルリンの壁が崩れる、社会主義体制が崩壊し、したがって冷戦体制が崩壊する、その時期までを戦後としてとっていて、それまでの日本の戦後の歴史は、『敗北を抱きしめて』というタイトルが示しているとおり日米の合作であったということですね。

先にプランゲ文庫のことをいいましたが、地方の全く無名な同人雑誌まで――後に有名になった『近代文学』とか『思想の科学』とかも含まれていますが――驚くほど全国的な規模で細かな網目のような検閲が実施されていて、その結果として貴重な資料が残されているという皮肉な話になっています。しかしそういう検閲が実現したということは、それはアメリカ側が非常に周到な準備をしていることは勿論ですが、それに対して日本の側が積極的に協力しないとできないわけですね。その積極的に協力するということの中には、日本の封建制を賛美するようなものを検閲するとか、軍国主義の再発を防ぐとか、もちろん占領軍に都合の悪いことは書かないとか、いろいろあるが、必ずしも迎合だけではない。

そういうある種の、新しい国を建てていくための希望とか善意がその中に含まれていて、そういう検閲の協力体制が引かれて、日米合作のああいうすごい検閲ができた。

ジョン・ダワーはこの本でプランゲ文庫については触れていませんが、検閲にかんしては一章を設けて、「検閲民主主義」という巧みな表現を用いています。「まもなく日本人は、なにが新たなタブーに触れるかをすばやく察知して、適切な自己規制をすることを学んだ。究極の権力に挑んで勝とうなどとは考えなかった」――こういう文章を読むと、特にそれがアメリカの学者によって書かれている場合、本を閉じたくなってしまいます。ジョン・ダワーは日米合作の結果残ったものを列挙しています。例えば、日本の官僚主義が残った。GHQの植民地主義的な支配体制、マッカーサーの独裁との関係で、つまり日米合作の結果として官僚主義が残った。統制経済と独自な資本の体制が残る。日米合作の結果として天皇制が残る。やがて再軍備ということが起こるのも日米合作ですね。それからアジアの忘却というのも日米共通の利益の上に立った合作で、その結果、日本は植民地支配の記憶とその犠牲者たちを忘れた。そういうことが書いてあって、いずれも正しい指摘だと思います。

しかし日米合作といっているけれども、それはいいかえれば、そしてジョン・ダワー自身もいっているように、一つの植民地主義、日本が植民地であったということですね。そしていま沖縄の本土復帰三〇周年が非常に変な形で祝われましたけれども、日米はそういう関係の中にいまもある。それを、今度のニューヨークの事件に対する日本政府の反応が（あたかも植民地の政府が宗主国の政府に対するような反応が）証明してしまったなと思います。

戦後小説について僕が自己反省的に考えているのは、戦後小説もやはりそういう歴史と切り離して考えることはできないし、それから高度成長期とバブルの問題も含めて、戦後小説、例えば国民文学論とか全体小説論が――野間宏の場合ちょっと違うということを後でいいたいんですが――求めたのは、結局、廃墟の跡に高層ビルを築き上げることではなかったか、ということ。これは比喩的にいっているわけですけれども、それが崩壊する。そして再び廃墟に立ったときに戦後文学が改めてどう評価され、どう見えてくるかを問題にしたいということです。

戦後歴史学

戦後小説と戦後歴史学の比較はいくつかおもしろい問題を提起していると思います。いま戦後歴史学批判が行われていて、僕も戦後歴史学批判の急先鋒みたいにみなされているらしいのですが、しかし戦後歴史学というのは、ずっといままで残っているわけです。これは比喩的にいえば、まさに世界史的な法則とか何とかといって高層ビルを建てる企てだったと思いますけれども。それはかなり批判されつくしていると思います。

一方に戦後文学があって、これは戦後歴史学と非常に密接な関係にありながら、見方によってはもっと早くつぶれてしまった。どうしてそういうことが起きてしまったかというと、戦後歴史学には大学とか研究所とかそういうシステムがあって、そこにまだ古い権威というか、先生方が残っていたりして、そういうアカデミズムの中で、理論的には崩壊したはずの戦後歴史学がまだ生き長らえている。文学の場合は、そういう制度的な支えがなくて、もっと早くジャーナリズムから大部分が排除されてしまった。

戦後文学と戦後歴史学の接点を考えていたときに、ちょうど網野善彦さんが立命館に来て講演をされたことがありました。戦後歴史学の反省といいますか、自己批判みたいなことをいわれて、それが非常に示唆的でした。網野さんは、三つの論点を挙げられました。一つは、戦後歴史学は進歩史観であったということ。これはヨーロッパの啓蒙主義以来の進歩思想に則っていた。発展段階説や歴史法則に対する反省ですね。それから生産力主義であった。この生産力主義というのは、環境問題その他で既に限界が指摘されている。それから国民、民族について十分に考えてなかった。国民国家と国民史に対する反省です。

国民文学論というのは、この網野さんがいった進歩、生産力、国民、民族といった概念を支えにして議論されたと思います。サンフランシスコ対日講和条約・日米安全保障条約が調印される一九五一年前後ですが、民族の危機ということがいわれて、民族の独立が叫ばれた。そのとき、国民文学ということがいわれ、国民文化ということがいわれました。それは竹内好とか石母田正とか、上原専禄とか、僕自身にとってのかつてのヒーローですけれども。今回、野間さんの国民文学にかんするいくつかの文章を読みかえしてみて、とても面白かったのですが、野間さんは竹内好などの国民文学論に対してかなり微妙な立場をとっています。民族独立や文学の自律性の問題を論じて、「私たちのめざすこの国民文学とは、現在の植民地下の日本民族の生活の苦しみや喜び、それをはっきりと表現し、それを徹底的に解放する文学である」と書くのだけれど、何か違和感があって、それがうまく表現されていない。結局、野間さんは全体小説を選んで、国民文学の方向には行かなかった。全体小説と国民文学はどういうふうな接点を持って、しかし違うかということは、野間宏の文学と全体小説論を考えるときに、たいへん重要なポイントだと思います。

国民文学、国民文化、あるいは民族独立で代表されるような戦後歴史学が、結局どういう結末を迎えたか。一つは、憲法第九条を支持しながらも結局反戦、平和の論理を構築することができなかったと思います。その結果として何が起こってくるかというと、いまになって国旗・国歌の法案がたいした抵抗もなく成立するとか、自由主義史観というか、新しい歴史教科書の問題が出てきてもそれを批判する論理を構築できない。しかも竹内好や石母田正、上原専禄の書いたものをいま読み返してみると、新しい教科書をつくる側の人たちとほとんど同じような国民主義的な文言がその中に出てくるという、実に奇妙な回帰が起こっています。それから革新政党が革命という文字を、共産党も社会党も綱領から消していった。その結果何が起こったかというと、小泉革命とか、構造改革といったものが現れる。あれは元は左翼の用語であって、共産党の一分派とされるものが構造改革ということを主張した時代がありました。けれどもそのことはすっかり忘れ去られ、いま戦後日本の歴代の政権の中でも最も保守的で、右翼的な政府のスローガンになっている。しかも日本の小泉政権の右旋回は、九月十一日後に鮮明になるアメリカのブッシュ政権の、戦後世界のさまざまな歴史的政治的経験を無視して、一挙に植民地主義、帝国主義の昔に帰ろうとするような右旋回と軌を一にしている。アメリカに呼応してというよりはアメリカの跡をなぞっている。

野間文学に描かれた廃墟

九・一一後の時点に立ってもう一度、戦後文学、野間文学を読み返してみると、野間さんというのは、ある意味では非常にその時代のイデオロギーに捕らわれていたということがある。随分そういう時代の、僕からいわせると高層ビルを打ち建てるようなイデオロギーと関わり、結びついている面と、いま読み返してみると非常に違う面がある。時代のイデオローグというよりは、むしろ時代との違和感が作品の原動力になっていることを強く感じました。もう時間がなくなったので詳しいことはいいませんが、日本の戦後文学における廃墟というものが何であったかを考えながら、今度改めて野間さんの作品をいろいろ読み返してみると、例えば『崩解感覚』を読み返して、僕はすごく感動しました。これこそまさに廃墟というものが、単なる風景でなく、身体と人間の内奥にまで突き詰めて描かれている。『暗い絵』はいい方向を向いているけれども、それ以後の『崩解感覚』にいたる作品は野間の退行を示している、というような批評がその当時行われていました。けれどもいま読み返してみるとそこには、いまの時点になって非常に新鮮で納得されるものが描かれている。

時間がなくなってしまったので途中は省略しますが、その『崩解感覚』から最後の未完に終わった『生々死々』――ここでは管理社会における人間破壊と環境破壊の問題が面に表れてきますけれども――までのつながりをたどっていったときに、僕の考えようとしていた廃墟の意味というもの、戦後文学の意味というものが非常にはっきりと現れてくるのではないか、というのが感想です。そういう観点から全体小説というものをもう一度検討し直すと、高層ビルを打ち建てるのではなくて――何といいますか、建築家の中でも高層ビル派と、安藤忠雄みたいに高層ビルを否定して、むしろ横にひろがる、地球との調和を第一義に考える建築家がいると思いますが――、そういう高層ビルを打ち建てるのではない、そしてずっと廃墟を抱きながら長い戦後を書き続けていた作家の姿が現れてくるのを感じました。

現代における全体小説

最後に肝心なところで時間がなくなってしまいました。『生々死々』と全体小説については第八回の「野間宏の会」で高橋源一郎さんがたいへん見事な分析をされているので、ここでは少し異なった観点から、全体小説の今日的な意味についてまとめを述べさせていただきます。

第一は、九・一一でいっそう切実な形で明らかにされたグローバリゼーションと呼ばれる現象が、いま全体小説という概念に新たな照明を当てているのではないかということです。時空が圧縮されると同時に、国境をはじめさまざまな境界が失われてゆくグローバル化の中で、小説は自ずと全体小説でなければならない、あるいはミクロな世界が広大な世界とつながり広大な世界を映す、ある意味では象徴詩的構造が現実のものになるという状況に私たちは置かれていると思います。国民文学やプロレタリア文学でなく、大河小説でもなく、野間宏が全体小説にこだわり続けたことの意味が、いまいっそう明らかになっているのではないか。

第二に、これもグローバル化に深くかかわっていることですが、野間宏の全体小説の概念には、一貫して総合性（「生理、心理、社会の三つの人間の要素を統一してとらえるという方法」）と同時に政治性が強調されていました。だが野間の政治概念は戦後の左翼にも右翼にもうまく接合せず、つねに摩擦を生じていたと思います。しかしいま生-政治《ビオ・ポリチック》、あるいは生-権力という言葉で考えられている政治、フーコーから始まってアガンベンやネグリなどヨーロッパのラジカルな政治哲学者が展開させている生-政治という概念は、野間宏の生と性を重視する政治概念に非常に近いものではないでしょうか。（因みにフーコーは『性の歴史』の第一巻で次のように書いています――「生に固有の運動と歴史の様々なプロセスが互いに干渉し合う際の圧力現象を「生-歴史《ビオ・イストワール》」と呼ぶことができるならば、生とそのメカニズムをあからさまな計算の領域に登場させ、〈知である権力〉を人間の生の変形の担い手に仕立てるものを表わすためには「生-政治学《ビオ・ポリチック》」を語らねばなるまい。」）野間宏は『真空地帯』で軍隊という国民国家の中心的で典型的な国家装置を描いたとすれば、『生々死々』においては病院という管理社会と生-政治が典型的に現れる場を描いた。野間宏が追究してきた全体小説的な政治は、生-政治の概念によって初めて正当な地位をえられた、あるいは逆に言えば野間宏は生-政治の概念の先駆者であったと言えるのではないでしょうか。

第三は全体小説と言語の問題です。『生々死々』ではたいへん興味深い言語的な実験が行われており、その実験は菅沢素人という入院患者を元俳優と設定することによって見事に実現されています。もっとも正直なところ、様々な文章が入り混じるこの小説の混成的な文体の意味をどう考えどう評価してよいのか、僕にはまだよく分かりません。それでこの小説を読みながら、「ハイブリッドな文体」とは何だろうということをずっと考えていた、ということだけを言わせていただきます。グローバル化した世界の住民の典型は、国民や市民ではなく、広い意味での移民になるのだと思います。では移民の言語や文化はどうなるのか、そういうことを一方で考えていたので、「ハイブリッドな文体」という言葉を思いついたのだと思います。ただし小説家の特権は、単に地理的空間的な移民になりうるだけでなく、時間的な移民でもありうる。さまざまな土地、さまざまな時代の言語が入り混じり、さらには意識の世界と意識下の世界の交流もありうるだろう。そういう開かれた異種混淆の場としての小説。全体小説の概念は、そういうハイブリッドな世界への方向性をも秘めているのではないか。ただしこれは作品分析というよりは僕の夢想に近いものです。

長くなってしまって申し訳ありません。ご清聴ありがとうございました。

（二〇〇二年五月　第一〇回）

『人民文学』と野間宏

日本近現代文学
紅野謙介

五〇年問題をどう考えるか

先ほど針生一郎さんが私のもとにいらっしゃいまして、「『人民文学』というテーマで今日は聞きに来たので」というふうに、プレッシャーを最初からかけられてしまいました。

『人民文学』は、もちろん私が生まれる前のお話でして、考えてみれば半世紀以上前の五〇年問題ということになりますので、その直後ぐらいに生まれている私にとりましては、経験的には何もわかりません。そういう、ちょっと無謀なチャレンジをあえてしたいなと思いましたのは、一つにはこの時期の問題がまだ不透明なまま残って、歴史的にも、また文学においてもよくわからないまま現在にいたっている。それがもう半世紀以上続いていることに関して、やはりもうちょっと何とかしなければいけないのではないかと考えておりました。野間文学について考えていく際にもこの問題はなかなか素通りにできないんですが、にもかかわらずこれについての言及や論及はそれほど多くなされてきておりません。

ちょうど昨日、「日本の作家100人」のうちの一冊の、黒古一夫さんの『野間宏　人と文学』という本を拝見しておりました。この本は伝記的な野間さんの紹介と野間文学の一部の紹介を兼ねていて、いま最もハンディにまとまった形の野間入門書といってもいいわけです。

その中でもこの五〇年問題にかかわる野間さんの時期について言及されておられるのは数ページでして、野間さんの『人民文学』への関与に関して、推測の域は出ないけれども日本共産党へのコミンフォルムの批判は間違っていて、日本革命に関しては日本の特色を生かすべきであると考えていたのではないか、と。

それからもう一つ、野間さんの性格から考えて、野間さんが入党して以後、すぐ党員の文化活動者会議で野間文学が近代主義と批判をされた。このときに批判をした対象、相手が中野重治や宮本顕治、窪川鶴次郎といった、新日本文学会中央グループに属する人々のいたことの記憶が、野間さんをして逆に彼らとは違う『人民文学』に走らせたのではないか。そういうふうな推定をされています。

こういう部分もそれは考えられるし、ある意味において今日私がお話をすることは、これについてもうちょっと調べて考えてみようという話になるわけですが、これまでの研究史ではそれぐらいの言及で、やはりなかなか十二分に探求ができないで現在にいたっている次第です。

では、なぜこの問題が改めていま大事なのか。わざわざそんな半世紀前の共産党の分裂問題を扱う必要があるのかということですけれども、やはりこの時期の五〇年問題が、日本の戦後においては占領下で初めてようやく認識された冷戦の政治的現実につながってくるのではないだろうかと考えています。戦後も、もちろん日本はアメリカ占領下にあるわけですから国際的な政治の中に置かれていることは事実であるわけですけれども、しかしそこに繰り広げられるさまざまな雑誌や新聞等の記事を見ていきましても、いわゆる国際性、あるいは国際的な政治の中で物事を考えていこうとする認識は、まだ十分に見られないところがあるように思います。この辺は検閲の問題もあるかもしれませんけれども、とりあえず資料的に見ていくとそういう部分がある。

ところが五〇年問題になって、コミンフォルムから日本共産党の批判が出る。これは御存じだと思いますが、一九五〇年一月六日、コミンフォルムから「日本の情勢について」という声明が出されて、日本共産党の政治運動方針が誤りであると厳しく批判をされて、それから始まっていくわけです。つまり日本の国内のある政党の政治方針に関して、遠く離れたモスクワから指示が出るという、それがしかも公に出てくるという形になった。

それで結局、日本共産党の「所感」が一週間後に表明されて、さらにその一週間後に「所感」を撤回して批判をいったん受け入れる。平和革命論は誤りだったと受け入れるという形で、そこから右往左往する指導部のあり方をめぐって議論対立が起きていくのがいわゆる五〇年問題の発端でして、それに応じまして共産党のいわゆる徳田球一を中心とする指導部が、一気に民族解放と、それから武装闘争方針などを採択していくことになる。これが一九五一年ですね。この一九五一年の第四回全国協議会あたりが一つのピークになっていて、新日本文学会も含めた当時の党にかかわっていた文学者の多くいたグループは、さまざまな内紛を抱えていくことになるわけです。

この問題が、一つはいま申し上げたように組織内部で起きた対立、分裂ですけれども、それは単に「国際派」、「所感派」と呼ばれている人たちの対立だけではなく、当時のもちろん日本共産党と日本政府の問題でもありますし、それから朝鮮戦争および中国革命の問題がありますので、朝鮮、中国と日本の問題というふうにかかわらざるを得ない。

それはなぜかといいますと、もちろん言うまでもなく当時の会員の中にも多くの、つまり在日の人たちがいた。当然その会員相互の問題が国際的な問題にもなり得るということになるわけでしょう。そしてソビエトとアメリカの冷戦の対立はここまで激しくなっていることを改めて認識させられていくことになる。その代理戦争のような様相すら呈することにもなるわけですから、つまり非常に小さな一政党の中の、あるいは狭い人間関係の中の対立であったかもしれないものが、その時期の国際政治が幾重にもいろいろ折りたたまれた形で集約されて出てきていたのではないか。その中で一体何を考え、何を模索していたのかをしっかり考えていかなければならないというのが、私なりのモチーフです。

しかし先ほども申し上げたように体験的にもわかりませんし、実は表立って出ている資料以外のものの方に非常に重要な部分があることは十分承知していますが、それ以外はなかなか見ることができなかったり、多くの回想は出てきておりますけれども、それもやはりそれぞれの個人的な視点に伴うバイアスを考えなければいけませんので、そのそれぞれを、一つ一つ外していかなければなりません。

ですから、やや私一人の手には余る部分がありますので、今日のお話は『人民文学』や『新日本文学』などの、いわゆる表立った資料を見た範囲の中での報告に限らせていただきたいと思います。

『人民文学』について

『人民文学』は、一九五〇年の十一月に創刊をされまして、一九五三年の十二月にいったん終刊されております。創刊時の編集員は江馬修、藤森成吉、島田政雄、豊田正子、栗栖継ということになるわけで、その後、徳永直や野間さん、安部公房、あるいは杉浦明平などが参加をすることになっています。

一九五三年の十二月に終刊後、巻号数を継続して『文学の友』という雑誌を出しておりまして、さらに関連誌として『生活と文学』のようなものも、後になると出てくることになるわけですね。考えてみれば『人民文学』から『文学の友』というのは、雑誌のタイトルからしてちょっと日和《ひよ》ってきたような感じがしなくもないですけれども、こういうある継続性を持って一九五〇年代の半ばまで続いていた雑誌ということに、実はなるわけです。

『人民文学』が出る前年、五〇年問題が起こる前の年になりますから一九四九年の新日本文学会の大会報告などを見ていますと、当時新日文が何を問題にしていたかが、ちょっとわかります。この報告の分析は中野重治が行っていますけれども、その中で中野さんはこういうことを言っておりました。

一つは、圧倒的に、『リーダーズダイジェスト』をはじめとするアメリカ製の雑誌が大量に出回っている。それから通俗的な娯楽のカストリ雑誌などがいまだに猛威をふるっている。これに対して、『新日本文学』をはじめとする文学が、まだ本質的に大衆化できていないということを言っております。

さらにその具体的な原因として考えられるものとして、発行部数が伸び悩んできていること、さらに一九四九年に起きてくる郵便料金や運賃の値上げというものがあって、雑誌を発行する者としてきわめて大きなダメージが起きている、と報告しておりました。そしてそれに対して文学サークルとか、また一般の労働者たちが『新日本文学』を読むような形の組織づくりをしていかなければならないと報告しております。

この中野報告は、ある意味でやはり非常におもしろい問題を含んでいます。当時『新日本文学』が抱えていた雑誌の一つに『勤労者文学』というものがあります。つまり労働者の中から文学を育てるということを考えて出していた雑誌ですね。ところがこの『勤労者文学』、例えば徳永直のような人たちが中心になってやっているわけですが、このグループと『新日本文学』の間で必ずしもうまくいっていない側面があった。

つまり、一つは『新日本文学』を一般に広めていこうとして始めていった『勤労者文学』だけれども、そのいわば親子関係のようなものがうまくいかなくなってくる、ぎくしゃくする側面が出てきます。それは何かといいますと、一つはやはり労働者の文学の中から優れた文学が出てこないということに、『新日本文学』

『人民文学』

創刊　1950年11月
終刊　1953年12月
発行　人民文学社
創刊時の編集委員　江馬修、藤森成吉、島田政雄、豊田正子、栗栖継
（その後、徳永直、野間宏、安部公房らが参加）
※終刊後、『文学の友』と改題し、巻号数も継続（1954年1月～55年2月）別冊1～3集も刊行。さらに『生活と文学』(百合出版、1955年11月～57年3月）など。

の当時の編集委員の人たちがいらだっていくわけですね。そのいらだっていく部分に対して、今度『勤労者文学』の人たちがまたいらだっていく。つまりそこで、これは後の『人民文学』の人たちの発言を借りれば、職業的な文学者たちと、それからそれぞれ仕事を持ち労働している人間たちがものを書き、読むという作業の間に、やはり線が引かれていることに対しての不満ということを言っております。

この辺をつなぎ合わせて考えてみますと、『新日本文学』の中でも、つまり文学の大衆化は考えなければいけないといっているその理念の部分と、それから実際に具体的に雑誌を発行したり、発行者たちやその書き手たちをくみ上げていく実践のレベルにおいてやはりある矛盾といいますか、必ずしもうまくスムーズにいっていない側面があって、ここにある確執がくりひろげられていた可能性があります。

文学市場の再編成

文学を大衆化すると叫んでいく背景に、先ほど言ったように『新日本文学』自体の発行部数の伸び悩みもあるわけですが、それは当時のやはり文学のマーケットの問題においても大きな問題として存在していました。

戦後は、御存じのようにある種の出版バブルが起きている時期だと言ってもいいかと思います。単純な出版統計のデータだけ挙げましたけれども、一九四六年、つまり昭和二十一年の段階では、図書は三四六六種類、雑誌が二九〇四誌であるわけですが、その翌年になりますと図書は一万四六六四種類になり、雑誌は七二四九誌に膨れ上がっています。つまり図書だけでも四倍近い、雑誌でも二倍以上の膨れ上がりを示すわけですね。

一九四八年には図書が二万六〇〇〇種を超えます。雑誌は六七〇〇誌と若干下がりますけれども、図書はごらんのようにふえている。一九四九年になってようやく二万五二三種類と図書が少し下がってきて、雑誌が五二四三誌となるわけです。

もちろん一九四五年はもっと少ない数字です。一九四六年にふえて、一九四七年に大きくふえて、一九四八年に図書はピークという形でいって、そして一九四九年あたりからぐっと減少していく傾向を示すわけです。

これは『日本出版年鑑』のようなデータを見ていきましても、明らかに一九四八年の段階で大きな展開があって、本が売れない、雑誌が残るという事態を迎えたことがデータとして残っています。

例えば一九四八年の段階では『日本出版年鑑』ではこのように書かれています。「出版物の売れ行きは八月に入って完全に頭打ちになって、返品率は日に日に増大し、夏枯れのころは日本出版配給株式会社の倉庫に三百万冊の返品が山と成す現象を呈していた」ということです。つまり短期のバブルが膨れ上がって、そしてがくんと落ちていく現象を示しております。

それらの影響を含めて一九四九年の三月には日本出版配給株式会社、いわゆる日配と呼ばれていた組織が閉鎖するわけです。ここら辺で、つまり日本の出版をめぐる配給機構が、戦中から継続していたものがいったん壊れて再編させられていく形になるわけです。

これも御存じの方が多いかと思いますが、戦中からの統制経済によって、出版物は日配によって独占的に配給がコントロールされていたわけですけれども、それは戦後もここまでは継続していたわけですが、この段階で壊れてしまって、現在見られるようないわゆる日販、トーハンと言われているものがこの後出てくることになるわけです。

しかしいったん統制経済の中心であった日配が壊れることによって、出版物の流通は大きな影響を受けていくわけです。それに郵便料金が上がってしまう、それから荷物を運ぶのにも電車賃が上がってしまうとなってくれば、当然これは雑誌経営においても大きなダメージになってくる。

つまりこういうことは一様に、大手の出版社も厳しい状況だったと思いますけれども、学会組織のようなものにとっては大きなダメージになってきていたはずです。それがああいう中野の報告などにも表れていたんでしょう。

戦後の出版バブル期の出版統計

1946年	図書 3,466種、	雑誌2,904誌
1947年	図書14,664種、	雑誌7,249誌
1948年	図書26,063種、	雑誌6,778誌
1949年	図書20,523種、	雑誌5,243誌
1950年	図書13,009種、	雑誌1,537誌

※出版統計資料による。
※1949年3月、日本出版配給株式会社（日配）閉鎖。

文学運動と大衆化

問題は、しかしそれではそれで、新日本文学会で新たな大衆化路線をとればいいではないかということになるわけですが、そうならなかったところにこのコミンフォルム批判が入ってくることで、より事態は錯綜したところへ向かわざるを得なくなっていくわけです。

そのときに――党内の分裂問題に関しては、とりあえずここでお話をしていけばまた話が長くなりますので、あくまでも新日文内部の問題だけに限らせていただくと――、やはり新日本文学会の初期の会組織の中において一つのヒエラルキーが存在していて、ある閉鎖性が見られたというところに、『人民文学』が登場してくる経緯があったように思います。それは、一つはもちろん、戦前のプロレタリア文学との継続性が強調された点ですね。

新日本文学会は、一九四六年一月にスタートした段階においては、創刊メンバーの中には志賀直哉であるとか、あるいは広津和郎であったり正宗白鳥であったりというような、戦前プロレタリア文学とかかわりのない、いわゆる大家といわれている人たちをも創立メンバーに加えておりました。しかしそれがこの数年以内にほとんどの人たちが実質的に関与しなくなっていく、あるいは会から離れていくという事態をも迎えていき、その結果として出てきたものは、旧プロレタリア文学にかかわる人たちが中心になっていく組織となってしまっていた。

なぜ志賀や広津らが出ていったかの経緯に関しては、もともとが名前だけだったこともあるでしょう。単純に追い出されたということだけではない、もう少し共産党との関係において彼らの個別の判断があり得たでしょうし、その後分裂していく人民文学派の人たちも、中野重治や宮本百合子らと一緒になって結局彼らが出ていくのを座視してしまった部分を持ってはいると思いますけれども、結果的にそうやってある旧世代が出ていったことによって、中野重治や宮本百合子を中心とした新日本文学会が本人たちの意図にかかわらず出来上がってしまうことになります。

そしてそこで、一つの権威化が起きているということですね。私の話していることは、本人たちの意図とは一切また別の問題です。絶えず運動体の中では自分が考えているセルフイメージとその組織の中で与えられてしまうイメージがありますから、これらが相互に絡み合っていることは前提にした上でお聞きいただきたいと思いますが、中野重治や宮本百合子の発言が重みを持ってしまうということがある。これは『新日本文学』の当時の座談会等での発言を見ていっても、発言の回数と分量が圧倒的にふえていくのがこの二人であって、他の発言者はやはり相対的に少なくなっていったり、あるいは発言ができなくなっていく部分を、いくつかの座談会の中で見ていくことができます。

新日本文学内のヒエラルキー

そこである種の権威化が起きてしまったときに、他の書き手たちの中で、彼らと見解の異なる人たちの位置づけが難しくなってくることになろうかと思います。『人民文学』に加わったメンバーは、創刊時の編集員は江馬修、藤森成吉のように旧プロ文系の人ももちろん入っています。そういう人も入っていますし、豊田正子のように小学校の学歴だけの人もいます。初期の段階では栗栖継のように東欧系のチェコ文学を紹介していた人も入っていますけれども、やがてこの方は『新日本文学』との関係の問題から離脱していくことになります。そのあとから徳永直や、野間さんや安部公房が入ってくるわけですけれども。

グルーピングをしていけばもちろんここに戦前からのプロ文系の人たちで中野、宮本のような形にならなかった人たちももちろん入ってきていますけれども、野間、安部、杉浦といったような人たちが入ってくる、つまり戦後の新しい文学を始めようとした人たちが入ってくる。

この辺が『人民文学』の、いつもの奇妙な光景と呼ばれているもので、古い世代の文学者と、それから新しい世代の文学者が混在していることが強調されるわけです。しかし『人民文学』を見ていきますと、彼らだけではなく、さらに例えば多くの国鉄労働者出身の作家たちですね。先ほど『勤労者文学』という雑誌名を挙げましたけれども、それらにかかわっていた人たちや、あるいはさまざまな労働組合の中で小説を書くことを選んでいった人たちも、この中に多く参加をしております。

それからもう一つ、在日の人たち。在日韓国・朝鮮人の人たちの書き手、金達寿《キムタルス》のような人は『新日本文学』に継続して書いていますけれど、許南麒《ホナムギ》のような人たちは『人民文学』に現れてまいりますし、『人民文学』誌上において在日朝鮮人名の書き手が多く登用されていることは実際事実であります。

つまり、そこで旧プロ文と、それから野間さん、安部さんのような新しい文学というだけではなく、労働者の作家たちが多く入ってくること。それから在日系の人たちも部分的に入ってきていることですね。これらが、ちょっと見過ごせない現象としてあるのだろうと思います。

そこで一つ考えられる点としては、野間さんのように、あるいは安部さんのようにもちろん高学歴の人たちもいるわけですけれども、学歴、教養などの文化資本の格差――「文化資本」はちょうど先ほどの石井洋二郎さんのお話にも出てきたブルデューの重要な概念ですけれども――、階級という問題を、知的な、あるいは振舞い方も含めての問題として考えていくと、つまり中野重治や宮本百合子が持っていた圧倒的な文学の蓄積と、そしてその中で培われた人間関係と積み上げてきた教養に比べて、どちらかといえばそれが相対的に少ない書き手たち。それから多くの、地域、ローカリティに根ざしながらものを書く書き手たちですね。

江馬修はもちろん飛騨高山に、『山の民』を書いていますし、それから上田でもずっと長く運動を展開していました。杉浦明平さんは渥美半島を中心にして、ローカルな運動を展開している。野間さんは、だからそこで大阪の問題がどうしても出てくるわけですね。こういう地域に根ざしながら運動を展開していた人たちが、どうもその『人民文学』の中である共通要素として浮かんでくるのではないか。それが『新日本文学』の中でうまく掬い上げられていなかったという問題ですね。

さらに文学への確信という言い方をしましたけれども、つまり

『新日本文学』の中野重治や宮本百合子の中にあった文学というものが、ある確固たる形で信念として存在していて、その文学が一つの重要な基準になっていた。『人民文学』も文学と掲げているわけですが、そのときその文学の形や輪郭はまだいろいろなものに変わり得るし、さまざまな玉石混淆を含めて文学自体は絶えず変化していかなければならないと考えている人たちとの温度差があったのではないかと考えられるわけです。

政治的対立から文学の政治化へ

『人民文学』も初期の段階では『新日本文学』批判を激しく行っておりまして、宮本百合子追悼記念祭の問題であるとか、本当にやや政治性のかかった目次立てになっておりますが、しかし野間さんたちが加わっていく時期あたりから『人民文学』の誌面は変容していくことになるわけです。

これはやはり『新日本文学』と違う『人民文学』のいくつかの特徴だろうと思います。それは、一つは「ジャンルとしての『詩』の運動の前景化」、つまり小説よりもむしろ詩を強調していくという方針がこの内にあったのではないかと。野間さんも「詩人集団について」であるとかエッセイをお書きになっていますし、もちろん小説も『夜の脱柵』のような重要な短編を書いてはいますが、詩を強調されていきます。詩のサークルを出していく。

これはいろいろな意味で、いま改めて考えるべきことがあるような気がします。一つは、やはり日本の戦後詩史を考える際に、やはりこうした時期の詩は十二分に評価されないまま放置されてきているということですね。やや政治に従属した形の詩ととらえられたまま、捨て置かれている。しかしそれが果たしてよかったかどうかという問題です。

詩だけではなく、短詩型文学に関して『人民文学』はページを割いておりますけれども、これはいま現在にいたるまで文学のなかで——いま小説は売れないと言われていますけれども、しかし現在大手の、いわば五大新聞にもほとんど毎月載るのは俳句や短歌であるわけで——、つまり短詩型文学は少なくともより多くの読者、つくり手を一般の人たちの中に根を広げています。

なぜかというと、もちろん生活の中で文学とかかわっていこうとしたときに長時間かかるもの、読むのにもかかるし、書くのにももちろんかかるものが難しくなってきているという生活の現実との問題があろうかと思います。これは一九五〇年代の労働者にとってみても同じことはあったはずで、つまり短詩型文学に対して新たにやはり注目を当てていこうということは、小説だけでは覆い切れないそういう読者の獲得であり、そしてまた生活の中からの視線をくみ上げていこうという眼差しの表れでして、正岡子規以来の日本の近代詩歌に現れた短詩型文学の問題は、ある種の総称性の中のみに預けられてきたわけですけれども、それを少なくとも『人民文学』は、もう一回何らかの形でとり返さなければならないという意図を持っていたことは事実であるように思います。

こういう詩の運動の問題は、その後も結局十二分に育つことなくいってしまいますけれども、しかしここで試みられたようなことがいろいろな形で飛び火していって、やがてもちろん茨木のり子や、やや離れてはいますけれども谷川俊太郎の詩の中に出てくるような問題とも通底していたことは確かだろうと思います。

そして『労働者文学』、これは先ほども申し上げましたけれども、これを強調していったことで、足柄定之さんとか春山鉄夫さんだとかといったような書き手の作品が登場してくるということがなされたと。これらももちろん十二分に現在まで育っていないのではないかという問題点はありますけれども、その後長く野間さんが国労などの組合系の雑誌の中で文学を育てていくことに対して、ある意味では作家としての時間を割いて、そういうところにエネルギーを注いだわけですね。それらの仕事の淵源は、やはりこういうところにあったと思います。

やはりある種の芸術に対する強い執着を持っていると同時に、その芸術が普通の生活の中で何とか結びつけられないのかという模索をした。これは単に野間さんだけの問題ではありませんけれども、少なくとも一九五〇年代において日本の文学史はそういうシーンを持っていたことは忘れてはならないのではないかと思います。

そして積極的な海外文学の紹介や輸入がなされました。この時期の中国文学や朝鮮文学、東ヨーロッパの文学、もちろんそれらは社会主義のイデオロギーとやはり切っても切れない関係にはあるわけですけれども、少なくとも戦後欧米の文学が紹介されていく率が高まっていくのに対して、こうした中国や朝鮮文学の紹介が重要な意味をなしたことは言うまでもありません。

『真空地帯』の探偵小説的構成の意味

そしてもう一つが大衆化の問題につながってくるわけですが、大衆文学への関心ということになるわけで、『人民文学』の中ではかなり大衆芸能や大衆文学について発言した評論がふえていくことになるわけです。

これは、もう別のところにも書いてしまっていますけれども、野間さんの『真空地帯』が『人民文学』時代に出されていくわけですけれども、この『真空地帯』がなぜ探偵小説的構成をとるのか。つまり野間宏は先ほどの石井さんのお話にもあったように『暗い絵』からスタートして、ある意味では非常に微細な、断片的なイメージを積み重ねながらものを書いていくところがあって、小説のストーリーは動き出さないというのがそれまでの野間文学の特徴でした。『崩解感覚』をピークとしても、それは一つの場面を限りなくむしろ微分化して言葉を尽くしていく。動く、一つの一瞬の場面が、逆に言うと数ページにわたるという、そういう要素を持っていたのが野間さんの文学の特徴で、そうするとつまりストーリーが流れていかない問題があったわけですね。

これは『青年の環』においても同じで、長編小説を書かなければならないと野間さんがあれほど宣言しているにもかかわらず長編小説が書けないという問題を抱えていたわけで、一九五〇年前後の段階では、野間さんは筑摩書房の雑誌『展望』などに「犯罪の影」とか「金融」とか、当時の庶民の悪党を中心にした小説を書こうとしていますけれども、これもうまくいかない。戦後文学は常に未完の作品が多いと言われていますけれども、野間文学も初期においては大変未完が多かった。

つまり、どうやってストーリーをつくっていったらいいのかという問題になっていったときに、野間さんが『真空地帯』において一つつくり上げたのは、視点、人物の問題とストーリーの問題でした。しかも探偵小説的構成をとり入れる形でサスペンスをつくり上げるという、こういう手法をとっています。これが、ある意味で言えば、戦後の探偵小説ブームというものと重なっていることは確かで、探偵小説をとり入れることによって小説のおもしろさをうまく構成し直していこうということをやられたのではないかと思います。

こうした問題、ある意味で言うと五〇年問題という非常に政治的対立の厳しいときに探偵小説的構成をとり入れるということは、それはたまたま野間さん個人のある判断によってなされたのでしょうけれども、非常にシンボリックな意味を持つだろうと思います。なぜならば、いわゆる近代の市民社会成立時において生まれてきた科学への関心と論理的思考、それから一般市民のエンターテインメントとして成立した探偵小説が、政治的対立がものすごく激しい中でそのジャンルをとり込むことによって、今度は政治的なサスペンスを生み出す小説へと変化する可能性をもたらしたからです。

実は、『真空地帯』がそういう小説として出てくることによって、その後多くの書き手たちはある種の謎とサスペンスを基にした社会的なスケールを持った作品を書くことができるようになっていくわけで、その意味では野間宏『真空地帯』に現れた探偵小説という構成は単なる小説手法上の問題だけではなく、やがて中薗英助さんなどのようにスパイ小説へ継続する可能性を持ったのではないかというのが、私の見通しです。

こうした大衆文学への関心は、それこそ『新日本文学』系の人たちの中にもなかったわけではないでしょうけれども、しかし強調されて前に出てくることによって、それまでとは配置を変えていくようにもなりましたし、新たなジャンル、現在の社会派推理小説にいたるまでのある流れをつくり上げていく一つの礎石になったのではないかと思います。

そしてもう一つは記録、ルポルタージュの発見でした。ルポルタージュ文学というものも出てくるのはこの時期の問題です。こういうルポルタージュ、複雑な現実というものをとらえながら、その中にある真相を見ようとする眼差しが、先ほど申し上げたような探偵小説的な問題関心ともつながっていたことは確かで、それらのジャンルを組み合わせるということを『人民文学』はやっていったのだろうと。

『人民文学』という雑誌自体は、結果的に政治的なものに巻き込まれてしまった雑誌という形で片づけられていますが、必ずしもそれだけではない。そこからくみ上げていくべき問題点もありますし、国民文学論や近代文学史という、私などには非常に身近な問題も、実はこの『人民文学』の中で日本文学協会という学会とが一緒になることによってつくり出されたものであったことも見えてまいりました。

そういう意味でも『人民文学』を見直していく必要がありますし、野間さんを一つの入り口にしながら、戦後の一九五〇年前後の日本の内部の矛盾、それを大きな世界的な政治の流れの中でもう一回読み直す必要があるのではないか。それが、私なりの「野間宏の現代性」になるのではないかと思います。

時間が参りましたので、この辺で終わりにさせていただきます。どうも御清聴ありがとうございました。

（二〇〇四年五月　第一二回）

「戦後文学」を問う

——「野間宏の会」の出発点——

劇作家 木下順二

一九九三年五月二十九日、「野間宏の会」の第一回を開いた。集った人数、おおよそ二五〇人。文学関係者は当然として、経済学、哲学、歴史学、自然科学、運動家その他、実に広い範囲の参加者があったことは、野間宏という存在がいかに巨きかったかを示していたが、そこで発言を求められて私はこういうことをいった。いや実は、いおうと思ってうまくいえなかったのだが、そのことばの一部をくり返すと——

「野間宏の会」は、これから毎年、彼の死んだ一月に開かれる予定ですが、どうかこの会を、会の継続を実りあるものにしたい。というのは、単に偲ぶ会式のものではなく、野間が全力をあげて挑もうとした問題を、われわれがそれぞれの立場においてどう受けとめるか——そのことをうまくいえないのですが、いま頭に浮ぶのは creation ということばです。われわれがそれぞれの立場、分野で、野間の問題をどう受けとめて、どう create し、またそれらをどう綜合するか。……

いま原稿紙を前にして少々唐突に私が思い浮べるのは、野間宏という名と切り放ち難く結びついている〝戦後文学〟ということばである。戦後文学ということば、あるいは問題が、今日の文壇の中でどういうことになっているか私は不案内だが、そんなことはどうでもいい。私が考えるのは、単に〝文学〟のことというより、あのことばが実は内に持っていた本質、すなわち人間と社会に対する〝根源的な問い〟ということである。先にも挙げたような、野間宏に強い関心を持つ幅広い人々が、それぞれの分野でみずからの問題に対する〝根源的な問い〟を執拗に発し続けること、それは、〝戦後文学の旗手〟であった野間宏の名を冠するこの会にとって根本的な課題だと私は思うのだが、どうだろう。少なくともこの会の出発点の一つとして、そのことはあるべきだと私は考える。

（一九九三年一二月　第一号）

野間文学の本質追求を

作家、評論家　埴谷雄高

ごらんのとおり、足が悪くなって、腰掛けて話させていただきます。今、寺田君が話したのでだいたいのことははっきりいたしました。私自身、きょうは武田百合子さんの葬式とかけもちで、告別式で僕は弔辞を読んできました。時代が今どんどん変わっているとともに、われわれの世代は、僕ら八十代もそうですけれども、後の六十代にいたるまで亡くなるというふうになりまして、われわれ自身存在しているより、本だけで存在してるという時代になってきました。ところで、寺田君が言いましたように、野間君の本人を偲ぶ会ばかりでなくて、野間君の文学の本質を追究して後に残し、さらに後の人にわれわれが追究したものをなお深め拡大してもらうことになりました。これは椎名麟三君の会でもそういうことをやっておりますが、野間君の場合でも文学深化に努力することになり、ここにまいりましたら、非常に多くの方が集まってきて、非常に心強く思いました。

戦後文学について、われわれは戦後文学の一員ですから、その各作品を印象深く覚えていますし、仲間のこともお互いに知り合っていますけれども、最近、大学の先生に聞きますと、戦後文学の作家の名前をあげてみると知らない学生が多い。この間、僕がびっくりいたしましたのは、武田泰淳の名前をあげたら、武田をもう知らない。これは弱ったことになりました。今世界的な動乱期であって、あらゆる政治体制が変革されつつありますし、民族、宗教というものが二十一世紀にどうなるか、ちょうど盥の中の水を揺すっているみたいに、いつ果てるとも知れないふうに揺れておりますけれども、文学における内面の真実というものは、文学が始まって以来、基本は絶えず続いてきています。そして、表面の形はその時代時代によってそれぞれ違います。違いますけれども、われわれが追究してる文学の内面は、ホメロス以来ずっと続いているわけであって、さらに続く義務を文学自体がもっている。勿論、その時代時代に即した表現のしかたをしなきゃならないということはあたりまえであって、戦後派は第二次大戦という日本の侵略戦争の体験を経たうえで、われわれはいろいろ追求致しました。今は大戦という形でなくとも、日夜、人が無惨に死んでおります。戦争というふうに表現されていないにもかかわらず、どんどん死んでいます。これはわれわれが新聞で見るユーゴやヘルツェゴビナばかりじゃなしに、アフリカや中南米でもどんどん死んでいる、という時代ですので、人間とは何であり、何を追求し、何を理想として、どういう現状をさらに変革しなくちゃならないかというようなことは、さらになお追求されなければならない。

僕は今、百合子さんの告別式へ行ってきたと言いましたけれども、われわれもいつ亡くなるかわからない。肉体的に話しあうということには限界があるわけであって、昔からの文学がすべて書物で伝えてきたごとく、いまは戦後文学も書物によって伝えなければならない。これは今寺田君が言いましたように、来年からは研究会などを開くということですけれども、野間君の文学の本質を伝えて、それをさらに拡大し、深化する新しい作家が出ることをうながす研究会がおこなわれれば、非常に幸いだと思います。椎名君の会はすでに二十年、今年二十周年をおこないましたので、戦後派も亡くなりはじめてからずいぶん時間がたっているわけです。で、後数年足らず、僕と中村、堀田という、「あさって会」で野間君や梅崎や椎名や武田のあと残っているものもおそらくいないでしょう。とすると、本の中でしかいないということができてくる。しかも、さっき言いましたように、武田すら知らないというのでは困る。知らせるなんらかのきっかけがないと困るわけです。だから野間君の会が、単に野間君を偲ぶばかりでなくて、野間君の文学の本質を追究する会、戦後文学の志向を発展させる会として存続させる、という寺田君の話に僕も賛成ですし、僕が生きているかぎりここへ出て、そういうこともやりたいと思っています。

ずいぶん長いおしゃべりになりましたけれども、老人は話しはじめたらなかなか止まらない（笑）、しかも献杯と言ったけれども、すでにビールは飲んでいるわけで（笑）、新しく献杯と言います。立ち上がらないで、座ったままで失礼。野間君、献杯。（会場唱和）ありがとう。

（一九九三年五月　第一回）

野間宏の臨終

藤山純一

九一年の正月の二日、港区の慈恵医大附属病院へ、野間さんを見舞いに行こうと支度をしていた午後二時ごろ、奥さんから病状が急変したと電話があった。夢中で急行し病室に入ると野間さんはすでに、臨終の人特有の苦しそうな息をして、黒眼が上の方に行き意識もないように見えた。九〇年の暮の二八日にこの病室で別れた時はまだ数ヶ月はもつだろうと思ったのに、こんなに早く、と説明しがたい思いがつき上げてきた。やがて針生一郎さんもかけつけてこられた。当直の若い女医が丁寧に聴診器で診察しながら今夜ぐらいが山でしょうと言った。大阪から野間さんの兄さんが来られたので、私は遠慮して別室にいた。針生さんがしばらくして出てきて「野間さんの意識はまだあるよ、お兄さんの言葉にうなずいている」と言うので、針生さんと一緒に病室に入り野間さんの手を握った。そして「野間さん、力が足りなくて申しわけありません。野間さんが考えぬかれていた、日本と中国のこと、一所懸命やります」と叫ぶように言うと、これが臨終に近い人かと思うほど強く握り返してきた。針生さんも「野間さん、現代中国美術館、現代中国文学選のことを力いっぱいやりますから安心して下さい」と言うので、私が「針生さん、野間さんは貴方には日本文学全体や、その他たくさんのことも期待されているんですよ」と言った。針生さんがどう答えたか覚えていないが、野間さんの黒眼はその時正常でいつもの顔にもどり、はっきりうなずいたと思う。やがて徹夜になりそうなので針生さんが身のまわりのものをとりにいったん帰られてから、一時間ほどして病状はさらに急変した。野間さんはもう苦しそうでなく、それでも最後の力をふりしぼって、生命を維持しようとしているのが眉のあたりの表情にありありと見えた。室外にあった血圧、脈拍、呼吸のわかる装置も室内に持ち込まれ、三本のグラフが野間さんの生命を表現していた。奥さんと二人のお子さんが枕頭に立ち、私は足元の方から見守っていた。医師が聴診器を胸にあてながら「もう誰も呼ぶ人はありませんか」とたずねた。奥さんは「ありません」ときっぱり答えた。その時三本のグラフは直線の平行線になった。あっと思って見ていると、野間さんの最後の闘いを伝えて、また二回動き出し、三回目ついに平行線のまま動かなくなった。女医は聴診器をはずし、懐中電灯で瞳孔を調べ、口から酸素吸入器をとり、時計を見て「午後一〇時三八分です」と遺体となった野間さんに深々と一礼した。私は思わず野間さんの死顔をみた。まだまだやる事があるんだと言わんばかりのひきしまった死顔だった。それを私は私の主観にすぎないとは今でも思っていない。これが野間宏の臨終である。すぐ解剖され、その主要所見は癌淋巴管症、胸水貯留、直接の死因は食道癌の広範転移、但し食道癌は放射線によってかなり治っていたとのことである。

（一九九三年一二月　第一号）

無償性こそ創造《クリエイション》を支える力

木下順二

木下でございます。今年も去年の第一回と同じように、こんなたくさんの方々が集まってくださって、たいへんうれしいと思います。

私、去年、ちょっと短いことを突然しゃべらされまして、その時に「野間宏の会」を毎年一月にやるんだけれども、ただ、野間宏の思い出を語るとか、ただ、作品の再評価をするとかいうことではなくて、野間君の領域は広いですから、いろいろな専門の方がいらっしゃいますけれども、そのそれぞれの方がそれぞれの場所でクリエイション（創造）ということをやってくださるのがいちばん望ましいということを申しました。

そのことに引っかけて、今司会をやって

おられる藤原さんから、今日、何をここでお話しようかと言っていましたらば、そのことにつながる野間君のいい文章があるのを教えてもらいました。その数行を読むことで、ご挨拶にかえたいと思います。

これは一九八〇年代初めの、「創造する力とは何か」という文章からですけれども、彼は、「現在、創造はその火と炎を消し去られている」と言っているんです。

「創造者そのものの、創造はその火と炎を備えることがない。このような創造者の前にあるのは、意味を取り去られた、ただ何者かの、つづくこともない物質音を発するばかりの、裂かれた跡形もすでに奪われている物質の大塊である。またこのエネルギーを、ただただ人間を死海や死大陸のなかに突き入れるためにエネルギーを、放散させることに熱中している人間の形をした集りである。真の相互作用と相互関係を失い、したがって、創造の条件の一切を欠いている人間の集まりである。〔中略〕書くという行為の場である原稿紙の上に、原稿料の字数としてのマス目、宣伝による栄光と刊行部数とが書き込まれ、無限数冊の書物の深い層の下から、誘いつづける。文学創造は、この二重の囲いもののなかに、とじこめられている。しかしこのような資本による文学の商品化の道を歩きつづけて行きついた文学創造の顛覆をくつがえすには、文学の無償性を見出す、むなしいというべき、エクリチュールがその半歩、僅か半歩をまず、歩かなければならない。全価値体系の崩壊のなかにあって、立つことの出来るものは、この無償性の境界に足を入れた者のみである。そしてこの無償性を文学がその創造によって生きる時、それは批評に、研究に、また読みに、その無償性を放ち、真の創造、批評、研究、読みの文学そのものの応答が、創造宇宙として成立する。」

表現はたいへん野間的表現ですけれども、要するに、このクリエイションということの無償性、そして無償性の上に立ってやるクリエイションが本当である、ということを彼はここで主張しているのだと思います。

そういう意味で、去年も申し上げたことですけれども、それぞれの分野、いろいろな専門の違った方がいらっしゃいますけれども、それぞれの分野でそういうクリエイションをやっていただきたいということを考えます。同じことになりますけれども、そういうことをくり返してお話して、最初のご挨拶にかえます。

（一九九四年一月　第二回）

「詩人」竹内勝太郎と「三人」

元筑摩書房社長　竹之内静雄

一九三二年の四月に、私は、京都の三高へ入ったのですが、静岡県の田舎で育ちましたから、寮へ入りました。寮へ入って間もなく知りあったのが、野間宏です。三十数年後に、野間は、こんなふうに書いています。

「三高へはいったのは昭和七年の四月である。家が神戸市の近くにあったもので、僕は三高の寮にはいることにしたのだが、この寮で最初に友達になったのが竹之内静雄である。竹之内静雄は文甲で、外国語は英語を中心としてすすめられているクラスだったが、僕は文丙、外国語がフランス語中心となっているクラスだった。しかも寮では竹之内と僕とは部屋が同じではなく、二人の部屋はかなり離れていたのだが、僕達は、寮にはいって一ヶ月もたたないうちに互いに互いを見出すようにして何時の間にか友達になったのである。」(「同人雑誌『三人』の頃」)

五月の十七日か十八日、野間宏のところへ富士正晴が訪ねてきました。二人は別の所で知りあっていたのです。富士は、竹内勝太郎という詩人のところへ行こうと、野間を誘いにきたのでした。

すると、その時、野間は、ちょっと待ってくれと富士に言っておいて、中寮十番の部屋へ私を誘いにきてくれました。その一瞬の野間の友情が、私の一生を変えるほどの事になりました。その時の私には思いもよらないことでしたが。

富士につれられて、野間と私は、疏水べり法然院下、浄土寺南田町の竹内勝太郎宅へうかがいました。

富士正晴は、私や野間より一年さきに三高理科甲類に入っており、二度目の一年生でした。

前年、奈良に住んでいた志賀直哉を訪ねた富士が、問われて、詩を書きたいと言うと、志賀さんは「私は詩は分らない」と言い「武者は東京だしな」としばらく考えて、「京都に竹内勝太郎という詩人がいる、紹介しよう」と言って、名刺に紹介の言葉を書いてくれた、とのことでした。

大きめの名刺に、立派な筆跡で書かれた志賀直哉の紹介状を、富士は、あるとき、野間と私に見せて、(竹内さんから)「取りもどしてきたんや」と言い、大事そうにしまいこんださまが、私には印象的でした。

野間宏のことは皆さんよくご存知でいらっしゃいましょうけれども、『三人』の同人が決定的な影響をうけた竹内勝太郎という詩人、この人の果した役割を、私は一言申し上げたいと思います。

五十一歳のとき、野間宏は、こう言っています。

「もし竹内勝太郎に出会うことがなかったならば、もちろん今日の私はないと私は考えている。私は詩人竹内勝太郎によって、藝術の何であるか、そして生

きるということが何であるかをはじめて、自分の手に摑みとることが出来たのである。」(『詩人』竹内勝太郎)

その年、一九三二年の十月から、『三人』という同人雑誌を季刊で、私たちは出しはじめ、同人の数も次第にふえながら、十年ほど続ける事になりました。竹内さんは、生前、毎号「詩論」を書いて下さり、私たちはそれを巻頭にのせました。

また『三人』が出るたびに、先生はお宅で、すき焼きをごちそうして下さり、食事がすむと、書斎で、先生を中心に合評会を開きました。

その合評会における真剣な、徹底的な討論討議こそ、同人それぞれをきたえあげたものの重要な一つと、私はいまでも思っています。

そのころのことですが、富士正晴が、こういうことを言いました。われわれは、竹内勝太郎によって、生れなおしされたんや、と。生んでくれたのは、親だけれども、竹内勝太郎によって、われわれは生れ変った、と、富士は言ったのです。野間も私も、その通りだと思いました。

その竹内勝太郎という人は、さきほどこの会で「無償」という言葉が出ましたけれども、どんなに親身になって、私たちを本気で鍛え、深く愛してくれたことか、まったく無償で。

しかも、自分の枠にはめるという事の無い人でした。

作品を持って行きますと、すぐその場で読み、よい所を取上げて評価し、しばしば本人の気付いていないような長所をもほめ、わるい所は適確に指摘して、「やり直してきなさい」と言うのでした。

ある晩、帰りの夜道を歩きながら、富士がこう言いました、私たちに。

「あいつ」というのが、最も尊敬している竹内先生のことなのです。「あいつ、どう書いたらええか分っとるのやぜ。分っとって、教えよらへん」と。

本人が自分で努力し、からを破り、創り出すことを、竹内さんは、いつも求めていたのです。げんにご自分が、実行しているように。

私たちは、先生が、京都市役所に勤務している不在中でもなんでも、毎日のように、お宅へ入りびたっていました。

どんな時でも、いやな顔をされた記憶がまったくありません。奥さんもそうでした。

そのようにして三年あまりすぎたとき、一九三五年六月二十五日、同僚と二人で旅行中、竹内勝太郎先生は、黒部の渓谷で足をふみすべらし、激流へ墜落して、突然亡くなってしまいました。死体もあがりませんでした。まだ四十歳と九ヶ月。きわめて頑健でしたのに。

そのとき、野間宏は、満二十歳。富士正晴と私は、満二十一歳でした。

私たちは、非常な衝撃を受けました。師の、死をもってする、三十棒をくらった、のでした。それぞれに、こう思ったのです。先生は、死んだ。もう、これからは、俺たちが、自分でやるほかはない、と。

のちに、富士正晴が書いています。竹内勝太郎の死によって、『三人』の内容が一変した、と。

竹内勝太郎の作品は、富士が長年かかって編纂し、思潮社からA5判三冊の全集として刊行されました。

もし野間宏の全体に関心がおありならば、

またその若き日、「文学青年」的なものから、いかに脱出して、ほんものの詩人、作家になり得たかに、お気持が向かいましたならば、竹内勝太郎の作品をも何かお読み下さって、野間がその師から摑み取ったものを知って頂きたいと思います。

（一九九四年一月　第二回／九四・四・一加筆）

若い頃は、野間にそっぽを向いておりました

野間宏夫人
野間光子

今日はお寒い時ですし、お忙しい中を皆さんおいでくださいまして、とてもいいお話をうかがわせていただきました。たいへんうれしく思っております。野間も何か後ろで聞いてて、苦笑したり、ありがたいと感謝したり、いろいろあったと思いますが、この写真はちょっとこわい顔をしてにらんでますのであれですが……。本当にいい会をもっていただきまして感謝いたしております。

私は自分の中で文学に余り興味なくくらしてきましたので、むつかしい事はわかりませんが、今日皆様方のいろいろなお話をうかがい、もう一度野間を見直してみようと思います。若い頃、文学はわからないものですから、野間に対し、わりとそっぽを向いておりましたので、これから少し向きを変えまして（笑）、おそすぎましたが、考え勉強していきたいと思います。皆さんもどうかお身体にお気をつけになって、またいいお仕事をたくさんなさってください。お願いいたします。今日はどうもありがとうございました。

（一九九四年一月　第二回）

野間宏さんの思い出

生物物理学　大沢文夫

野間宏夫人光子さんは私の妻安子の姉で、この姉妹の長兄が富士正晴さんである。大阪の富士家でのにぎやかな集まりで初めて野間さんに会った。もう五十年以上前のことになる。当時、野間さんの小説を読みはじめたが、こちらの気力・体力が充実していないとても読み切れないという感じがした。その後たびたび東京のお宅におじゃました。野間さんは私には仕事の話はあまりされなかった。

二十年の時がすぎて、野間さんはそれまで特殊な地域の特殊なできごととされがちであった環境問題を、人間のあるいは人間の住むこの世界の基底にある問題としてとらえ、それに本格的に取り組まれるようになった。そのころから野間さんが私にいろいろ質問され、私が何とかできるだけの答えをするという関係がはじまった。次第に夜の電話が頻繁になり、その時間が長くなった。それは野間さんの亡くなる前の年末までつづいた。

そのはじまりのころ、『生命の物理』という本に書いてある生きものについての私の考え方、問題のたて方が野間さんの考えとどこかでマッチしたようである。この本の中の文章を引用しながら議論をされた。私の文章をこんなに深く読まれるのかと感心しながら、ときに大沢理論といういい方をされるので少し面はゆい思いがした。

研究の現場を見たいとのことで、野間さんは私たちの研究室へ来られた。生物の運動・行動の分子論が主題の研究室である。早速実験室へ案内した。ゾウリムシの行動を顕微鏡で観察していた部屋では、ささいな実験装置にまで興味を示された。その後研究室のみんなと討論となった。

野間さんが研究のすじ道だけを性急に追って結論を知ろうというタイプではなく、研究はこまかいことの積み重ねによって全体が成り立つことを理解しておられる、若い大学院生にもそれがわかるので、討論は盛り上がった。話題は生物学そのものから、遺伝子操作、環境問題、科学論まで、みんながいいたいことをいって時間切れとなった。（この訪問記は「人類は生物の掟を破るか」（『朝日ジャーナル』一九七六）に書かれている。）

ちょうどそのころ、私は生物の「状態」を問題にしはじめていた。生物学では分子論の急速な進展とともに、構造と機能の直接的関係が主題とされてきた。私には状態概念が忘れられているように思われる。生物の主体性のみなもとを理解するには、分子、分子集合体、細胞、細胞集合体、個体、その集合の各レベルでシステムとしての状態を研究する必要がある。

野間さんはヒトにはいろいろの面、物理的、生理的、心理的、社会的、歴史的など、があることを強調された。無限面体という言葉も使われた。それらの面を総合してヒトをとらえねばならないとされた。私が最近こだわっている状態論は野間さんの考えといくらか関係があるような気がする。もし野間さんが元気であれば、そんな話をきいてもらえたかもしれない。

何しろ野間さんの目指されるものは大きくて重かった。


（二〇〇一年五月　第八号）

危機の世紀

作家・俳人　**土方鐵**

二十一世紀に突入した。新世紀という語感によって、なにか新しいものを招来するかのような、錯覚をもたされている。

だが、「二十一世紀になると人類は生存の危機の真只中に置かれる」という予告を、私は野間さんの「急進する公害、砂漠化」という文章から既に受けている（『野間宏作品集14』所収、岩波書店）。

これは、カーター米大統領（当時）が、自国の科学者たちに諮問した、人類の未来についての回答だという。

すでにその、二十一世紀にはいったのだ。

わたしが、公害や環境問題に、眼を開かされたのは、いつも野間さんからだった。

だが、野間さんが逝って十年、事態を少しも良くすることは、できなかった。

新聞記事によると、氷河が後退を始めたという。地球温暖化によって、氷が融けはじめたのだ。

ゴミ問題、とくに産業廃棄物が、各地にあふれはじめ、山に不法投棄する悪徳業者が、あとを絶たない。しかも、それは単なるゴミでなく、毒物をふくんでおり、川に浸透して清流を汚し、住民に発病の不安を与えているのだ。それどころか、品名を偽って、フイリピンに、産業廃棄物を輸出（？）するという業者まででてきている。

野間さんが、一番心配されていた核の問題も、ますます、状況は悪化してきた。

電源三法という法律がある。そのうちの一つ、「発電施設周辺地域整備法」では、原発を建設する地域の島に橋をかけたり、道路をつけたり、文化施設を建てる。つまり原発建設を、地域に承諾させるために、税金をばらまく法律だ。

今回、当該市町村だけでなく、周辺市町村まで範囲を広げるという、法律改正がおこなわれたのだ。

ヨーロッパでは、原発をあらたに建設しないと定めた国がある。あるいは段階的に廃炉することを決めた国もある。そういう時代にはいっているのに、わが国では、まだまだ原発を新設するつもりらしい。

インドとパキスタンが、核実験競争をやった。アメリカも臨界実験といい、まぎれもない核実験をおこなった。

国内も、東海村の核工場の事故や、核のゴミの増えていく問題が、未解決のままに推移している。

野間さんの心配のとおり、破滅へと進んでいるというほかない。

野間さんは長篇『青年の環』を完成させたあと、病に見舞われた。その野間さんが『生々死々』を書きつづけられた。没後、小説は未完のまま、本にされたが、なんと、八百頁の膨大なものだ。野間さんが、既存の小説を突き破ろうとした、野間文学の集大成の小説が、残念ながら、未完におわってしまった。

そのあとを継ぐ、作家は現れそうにない。


（二〇〇一年五月　第八号）

真砂町のころ

作家　**大庭みな子**

野間宏に初めて会ったのは昭和二十四年。野間宏は三十三歳で大庭みな子は十八歳だった。ちょうど野間さんを訪ねたら武林無想庵が同席して、野間さんと私をかわるがわるしみじみと見て、

「ああ、野間さん、あなたは人生の真中に立っておられる」

「それからあなた、お嬢さん、あなたは人生の入り口に立っている」

「わたしは一九一X年に初めて吉原に登楼したことを覚えている」

覚えているのはその武林の言葉が強烈だったこと。

「人生はあっという間に姿を変え、後は目を見開いても何が何だか分らなくなる」

武林無想庵は野間さんの先輩で共産党の作家だった。ひどく古典的な彼らにのみ共通した思想が、私を排除して流れている感じだった。当時の妻の文子さんを男性問題で無想庵がピストルで撃った話や、混血の娘イヴォンヌさんのことで苦労している話などもした。私は悪童たちがそのまま何かに移行して行く活劇を見るようなスリリングな怯えを感じながら、その最初の訪問の何時間を持った。まだ食糧難のころで無想庵は野間氏の家で持ってきたお弁当を使いお茶だけをごちそうになっていた。十八歳の私は先輩たちのわけの分らない危険で清潔な世界観を、怯えて驚嘆して眺めていた。盲目の無想庵はこの年に共産党に入党し、妻に手を引かれて党員としては先輩格の野間氏に会いに来たのだった。

当時の野間家は本郷真砂町のごちゃごちゃした一角にあり、近くに住む東大教授の渡辺一夫氏が野間さんの借家のまわりのどぶが不潔だと言って改修を勧めていたという話だ。

その後私は時おり生原稿を野間さんのところへ持ち込んで見ていただいた。私は野間宏を尊敬していたし、野間宏はわたしに何かを伝えようとしていた。貧しかったそのころ、上野あたりのそこここでしょっちゅうご馳走になり貧しい学生の私は贅沢の味を知った。

その野間さんが亡くなってからもう十年になるが、光子夫人とはときに電話でお話

をする。あの青春の日々、立ち寄るたびに何かを食べさせて下さった方だ。野間さんと光子夫人のことは見つめていれば見つめているほど不可解な部分もはみ出してくるお二人だが、野間宏は結局光子夫人を無視することは片時もできなかっただろうし、光子夫人は夫君を神のように崇拝していた。じっといつも傍に座っているギリシャ人形のように美しい方だった。

晩年私は野間宏を怒らせたことがある。「野間さんあなたは大庭みな子とかかわりを持っていたということで残る方ですよ」。野間さんは「何を」というような顔で私を睨みつけていたが、何も返答しなかった。だが、何やかや言っても大庭みな子は文学の出発において野間宏から実に多くのものを学んだ。生命は生命を殺すが、同時に生命を育てるというような矛盾を教えてくれた。不器用といえる物言いで人間の未来を憂えに憂えておられた姿はいたましくさえも思えたが、大きな、大きな存在だった。

（二〇〇一年五月　第八号）

〈対談〉新しい時代の文学
——21世紀にとって文学とは何か——

詩人 高銀＋辻井喬
（司会）黒井千次

黒井　それでは、これから高銀さんをお迎えして、「新しい時代の文学——21世紀にとって文学とは何か」という対談を、高銀さんと辻井さんにしていただきます。

このテーマは、野間さんが書かれた『新しい時代の文学』という本がありまして、一九八二年に出た評論ですけれども、この中で例えば、環境の問題であるとか歴史の問題であるとか、それから先ほど海老坂さんの講演の、サルトルとの関係の中で出てきた言語論の問題とかが、いろいろと多面的に追究され展開されております。そういう現代の世の中の状況と、それからあるべき文学の姿を野間さんが追求された評論であるわけです。今から考えてみればもう二十年以上前に出された本です。ただ、そこで提起されている問題は今日まで、ほとんど解決されることなく続いてきております。それを一応討論といいましょうか、お話を伺う前提として踏まえた上で、その先は自由に高銀さんと辻井さんにお話し合いをしていただくという格好で進めたいと考えております。

最初に高銀さんの方から、高銀さんが野間宏という日本の作家について持っていらっしゃる印象や、考えておられることをまずお話しいただいて、それを入り口にして対談に入っていきたいと考えております。それでは、高銀さん。

象徴主義と現実主義の出会い

高　本当にお目にかかれてうれしいというほかの言葉が見つかりません。

人間がどこかを訪ねて行くということは、その人間がもう一度生まれるということかもしれません。それは、以前の人間から新しい人間を作るということだと思います。そういう点では、私はきょうはちょっと失敗してしまいました。なぜかというと、きのうまでの一週間、実は家を出て、ソウルのホテルで過ごしていました。国際文学フォーラムがあって、日本の方、それからアメリカ、フランス、中国、ドイツ、それからケニアの方、その他いろいろな国の作家の方、詩人の方が集まっていらっしゃいました。私はその行事で講演するだけではなくて、いろいろなことで、他のことも含めて関わっていかなければならない立場でした。それで、体の方は疲れきっていていてへとへとの状態です。頭の中も空っぽです。まるで処女性を失ってしまった処女のような感じでここにおります。

日本に来る飛行機は、その会議に参加された大江健三郎さんと一緒に乗ってきたのですが、大江さんは、いま自分が書いている小説がもしかしたら生涯最後の小説かもしれないということをお話しされていました。その言葉を聞いて、非常にショックを受けました。自分は何なんだろう、自分はそういうような準備は一つもできていません。今も自分が二十代なのか三十代なのか、そういうことも決めずに生きてきました。ですから、自分もこれからはいい人生を「編集」して生きていかなければいけないと思いました。

先ほど辻井喬先生にお目にかかったんですが、先生が一九二〇年代末のお生まれだというのはまったくの嘘だと思います。富士山のふもとで、たったいま生まれたばかりの人のように歩いてこられて、ちょっと慌てて声をかけて呼び止めたんですけれども、サインしてもらいたかったんです。スポーツ選手とか俳優にサインをもらうじゃないですか。ああいう気分で、サインしてほしかったんです。しかし、現実としては辻井先生は大人の方で、自分なんかは赤ん坊ですね。そういうことでは、きょう既にここで私は失敗しているわけです。

私は、野間宏先生とは直接お目にかかったことがあります。たぶん、きょうお見えの方の中でも、私よりもお年が下の方は野間さんに直接お目にかからなくて、文章を通じて野間さんという方を記憶していらっしゃると思います。一九八〇年代の後半のことですけれども、当時非常に苦労して岩波書店の招聘状をもらい、それで日本に来ようと思ったんですけれどもだめで、その後に御茶の水書房の招聘状で、何とか政府の方もやってくれて、日本に来ることができたということがありました。そのときに、野間先生にお目にかかりました。胸が張り裂けそうなくらい感激していました。この人に会ったから、もう死んでもいいと思うぐらいの気持ちだったと思います。出会いというのは本当にそういうものなのです。出会うというのは、出会うだけのことではなくて、そこから新しいものをつくるのだと思います。

それで話をして。きょう、ここに奥様がお見えですが、当時はもうちょっと……お美しくて……いや、まあ、その……お若くていらっしゃいました(笑)。部屋に本がいっぱいで、階段にも本が積んであって、人間が空中を歩くように入っていかないといけないような。家が崩れるのではないかと思って、すごく心配しました。帰るときに、こんなに大きいお酒の瓶をくださいました。「これを持って帰って、ホテルで飲んで酔ってしまえ」と言われたんです。それで、言われたとおりにしました。

先ほど、この会のプログラムを読んでいたんですけれども、ここに来て驚いたことがあります。野間宏先生がフランスの象徴主義と緊密な関係がある。これにはすごくびっくりしました。こんなことは初めて聞きました。野間さんがジイドに深い関心をもっていらっしゃったことは知っていましたけれども、象徴主義までそんなに深く関係しているとは思っていませんでした。この問題は、ぜひとも研究しなければいけないテーマだと思いますし、ドクター論文も多く書かれなければならない問題だと思います。アジアで文学をやっている人間、アジアの文学において、象徴主義をやっている人間がその一方で現実主義であるという一種の矛盾、これは非常に重要です。時間がないので多くは語れませんけれども、野間先生は、象徴主義と現実主義が出会った、その存在としての文学でもあります。

また、野間先生は親鸞上人とも出会っていらっしゃいます。これはいくつかの例を除いて、日本の近代の知識人としてはちょっと変わったことなのではないかと思います。野間先生が他力仏教を非難したとか排斥したとかは問題ではなくて、それと自分自身を結合させた文学をつくられたことが大事なのだと思います。それと、マルキシズムとの出会いもありました。日本の知識人……辻井先生もいらっしゃいますけれども、日本の知識人とマルクス主義との出会いは大事なことだと思います。きょうそのすべてを語ることはできませんけれども、野間さんは差別の問題を含めてそれらをすべて総合させました。

世界の空間ということで言いますと、西洋中心の史観によるものではなくてアジア、アフリカ、それから第三世界までも含めた文学を志向されました。一人の人間として全人性を持たれた作家は、本当に貴重な存在です。私が出会った一九八〇年代の後半、先生は一人の人間として存在していらっしゃいました。その人は、すべてのことを経験した人間として生きていました。

日本は、とても美しい美徳を持っています。なぜかというと、記念すべきことは記念します。記念というのは創造です。記念というのは過去の歌ではありません。それを記念することによって、心に残そうとするのです。そういう意味で、日本は記念の美学を持っています。

この「野間宏の会」も、本当に美しいと思います。それは何かというと、日本には死後があります。世の人々は、生きて体が動くあいだ、使うだけ使って死んでいきます。それがこういうふうに悲しく死んでいった人をこのように追慕する、死後の価値は偉大なものです。

次に、きょう本当にお目にかかれて光栄なんですけれども、辻井先生についても、お話しさせていただきたいと思います。ここに来る前になかなか忙しかったんですが、とにかく時間をとって、韓国語に翻訳された先生の最初の小説、『彷徨の季節の中で』を読ませていただきました。必ずしもこの本は自叙伝ではないのですが、先生の生きてきたところが表現されているのではないかと自分は感じました。きょうその感動をお話ししてしまうとそれで全部時間が終わってしまうので、感動は省略しますけれども、一つだけ申し上げておきます。

自分とちょっと似ているところがあるのではないかと思ったんです。先生は、高校のときに学校の校長先生を排斥したことがあります。自分も、小学校のときに同じことをやりました。それで、「わぁー」と思いました。

それから、自分は自分であるだけだと。

父親、母親と自分は違うと。そして、太陽に向かって泣いた。少し違うのですが、自分は月夜に激しく泣きました。泣いたことと、それから校長を排斥したことと、二つで私たちは同じです。これで、この方とお目にかかるにはこのままこの知識だけもっていけばいいかなと、そういうふうに思って来ました。ちょっと長すぎましたけれども。

黒井　ありがとうございました。これからお話に入っていくんですが、今お聞きになっていらっしゃっても感じられたかとも思いますが、お話の仕方が、どちらかというやはり散文的ではなくて、いささか韻文的な感じがいたします。高銀さん自身、もちろん詩人でいらっしゃるし、小説も書いていらっしゃるし、それは経歴を細かく見ていただければよろしいと思いますが、大変な経歴の方でいらっしゃいますけれども、本質的なところは、やはり詩人でいらっしゃるのだろうと感じます。

それで、詩人にせっかく来ていただいたのだから、ぜひその方の言葉で書かれた詩の朗読を一篇聞きたいと考えまして辻井さんともご相談いたしました。日本で出ている高銀さんの唯一の詩集『高銀詩集　祖国の星』という、これは新幹社というところから大分前に出た本ですが、その中に一つの詩があります。それを読んでいただきたいとお願いしましたところ「困った、それはできない」と。どうしてかというと、元の母国語で書かれた詩集をここに持ってきてはいないからと。それは言われてみれば当然ですけれども、持ってきていないから朗読できないと言われました。それでこの中の「きょうの引き潮」という詩があって、それが大変に感動的な詩なので、「それを伺いたいと思ったのだが」と言いましたら、高銀さんは「それならば、おれが今ここで日本語から翻訳する」と言われました。日本語のこの詩集を基に母国語の韓国語に重訳されまして、それを用意してくださいました。それをぜひいま読んでいただきたいと。それを耳で聞きたいと熱望いたします。

だからその中身はもちろん日本語になっている、これは金学鉉さんという方が訳された日本語になっている詩なんですが、今の時代のことを書いているわけです。ただ、韓国語でいま読んでいただいても意味が伝わらないかもしれないから、日本語訳の方を辻井さんに朗読していただこうと考えました。それで、どちらがいいですか。先に日本語で一応大意をつかんだ上で伺った方がいいのか、それとも先に伺ってから……。

辻井　それでは「きょうの引き潮」を、日本語に訳されたものを朗読いたします。おそらくこの日本語で訳されたものを朗読すると、私の朗読がうまくないということも作用すると思いますが、韓国語で朗読することがどれだけリズミカルで感動的かはっきり対照的におわかりいただけるかと思います。それでは、始めます。

きょうの引き潮

おれたちは記憶する
この世を暴風雨で打ちのめさねばならない時がある
この世を怒れる津波で襲わねばならない時がある
たとえ白い泡くわえ退こうが

きょうの引き潮で　きょうを捨てないこ
　とだ
きょうこそ、過去と未来の厳然たる実在
　だ
おれたちは記憶する
記憶して子らに伝える
おお、果てのない波濤の民族よ
しかし、この世を　真夜中に泣く子であ
　やす時がある
歴史が父ではなく　わが子である時があ
　る
きょうをわが子に
遠ざかる引き潮の波の音で眠らせるが
それだけでなく、この世を全身で懺悔す
　る時がある
懺悔とは、大地をたたいて後悔すること
　ではなく
できなかった仕事を最後までなしとげる
　ことだ
いまわたしたちに、なすべきことがある
わたしたちは波打ちながら若い満ち潮で
　もどってくるだろう
わたしたちの生存何千年がきょうになり
海全体に、全世界に
わたしたちの夜を　一つ一つ　遙かな星
　の光で記憶しよう

黒井　ありがとうございます。ただいまのが日本語訳でして、その詩を、いま作者の高銀さんに元の言葉で読んでいただきたいと思います。よろしくお願いします。

高　これは、テキストのテキストのテキストです。辻井先生が非常に落ちついた感じで読んでくださったので、自分は反対にちょっと騒々しく読んでみたいと思います。

〔韓国語での詩の朗読〕

黒井　ありがとうございました。活字で読むのとはまた全く違う姿で、詩が立ち上がってきたような感じがいたします。それで、これはずいぶん前の詩だと思いますが、そういう詩を書かれて、その後さらにずっと長年にわたってさまざまな形の活動を展開されてきた高銀さんをお迎えしたわけですから、きょうは辻井さんと存分に語っていただきたい。時間の許す限り語っていただきたいと思います。最初に辻井さんの方から。

地名のあり方の違い、叙情の質の違い

辻井　きょう高銀さんがわざわざお見えいただきましたので、いくつか詩を読んで質問いたしたいと思います。

その前に、私はかつて野間宏さんとはかなり頻繁にお会いしておりました。というのは、野間さんは当時日本共産党の文京区地区委員長でございました。私は東京大学の方の委員でしたから野間さんが私の上司というか、指導者であったんです。ですから、指導者として頻繁に会っていた。そのイメージを思い出しながら、高銀さんの詩と野間さんの文学とはどうもどこか少し違っているのではないかという気もしておりましたんですが、先ほどのお話を聞いて……。また、高銀さんの詩の中に「ぼくのリアリズム」という詩があります。それを思い出しました。それは「いうならば、リアリズムとは／この世にたいして／目を真っ直ぐに開けようということ／とくに、第三世界の人人　目を覚まそうということ

だ」というふうな詩句があります。『祖国の星』一六五ページですね。高さんの詩の基礎にあるリアリズムの方法は、こういうことなんだなと、そういうことに気がつきますと、野間宏さんという人もいろいろな難しい問題を半身に構えずに、正面から受け止めようという姿勢がありました。正面から受け止めようとして文京区の地区委員長にもなったわけですが、やはり結局野間さんの個性と組織とは合わなくて、彼はそれをやめていく。自由な作家になったわけです。そういう野間さんのたどった道を考えると、高銀さんが野間さんを非常に尊敬したということは、人間存在のあり方として尊敬したんだなということがわかってまいりました。

　質問というのは、例えば高銀さんの作品にはたくさん朝鮮半島の地名が出てきます。その地名が高銀さんの詩だと一つ一つ、こちらはよくわからないけれども生きている。日本の地名の場合は、だんだんと何かどこの地名も同じようなイメージしか与えなくなってきている。地名の違いというのは、どういうところから出てきたんだろうという質問が一つございます。

　それから、時間があまりありませんので大きな問題からどんどん質問してしまいますと、叙情の質が、日本の近代詩、現代詩と高銀さんの詩とは本質的に違うところがある。それは高銀先生の個性の違いということもあると思いますけれども、韓国文学の中での叙情の質が、やはり日本の文学の叙情の質と違うところがあるのではなかろうか。私は日本で日本語を使って小説を書いたり詩を書いたりしておりますので、どうも日本の小説や詩は何となく弱いなという感じがします。それは歴史の違いなのか、現実に立ち向かう文学者の態度の違いなのか。そういったところ、高銀先生から見て日本の今の文学についての感想なども交えて伺えると非常にありがたい。まず、最初の質問はそんなところです。

黒井　繰り返しますが、詩の中に地名がたくさん出てきまして、その中に地名の注釈がこの詩集の各作品の後についておりますけれども、そういう地名のあり方の日本との違い、あるいは地名というものの生活の中にある生き方の違いがあるのかどうかということ。それから多少それにもかかわってくるのかもしれませんけれども、叙情の質が日本と韓国とは違うようで、日本の叙情はいささか韓国に比べて弱いような感じがするけれども、そこら辺についてのご意見を伺いたいというのが質問でございます。どうぞ、お考えをお聞かせください。

高　野間宏の文学について自分が語る資格というのはまったくないですけれども……。いくつかの本を読んだからといって、ここで私が野間先生についてあれこれ語ることなどできるわけがありません。ただ、何かについて語るとき、最初は小さな隅っこの部分しか知らないところから出発するものです。それでいろいろな間違いを犯しながらも、近づいていくことになるのかと思います。きょう私が野間宏について語るというのは、「非野間」について語ることかもしれません。けれども野間の文学と野間という人間が一致しているということに関しては、自分がそれを体で感じて知っております。そこには、品位があります。ここで言う品位とは、人間が人間というものに責任を持つ行為です。品位というのはお酒で酔っ払ってべろべろになって、そういうことで品位の問題を解決するのではありません。そうやってお酒を飲んでべろべろに酔った人が、翌日の朝に後悔するその後悔自体が、品位というものなのだと思います。ある意味ではその精神、魂を守るのが品位だと思います。野間宏に関しては、見ただけで「この人は品位だ！」という感じがしました。

辻井先生が先ほど、地名について本当に意味の深いご指摘をしてくださいました。ほかの作家の方とか評論家の方で、こういう指摘をしてくださる方はいらっしゃいませんでした。私もきょう初めてこういうお話を聞いて、慌ててしまうほかはないですね。私は詩人ですので、反問することで地名の意味について、今、回想しています。『旧約聖書』にも、たくさんの地名が出てきます。その地名というのは、そこで地名をだれかが語った言説よりも、地名そのものが私たちを運命づけます。ある地域というのは、自分にとっては新しいイメージを与えつづけます。

もう一つ、地名というのは土地、大地ですね。土地というのは、多くの生と死を生みだす現場です。『華厳経』にこういう言葉があります。菩薩というのは三千世界のどこのどんな小さなところでも衆生のために自分が命を捨てない場所はない。どんな小さな土地であっても。三界に唾を吐くような場所は一つもないと。それだけ神聖なものが土地なんです。その神聖な地名について辻井先生がいまご指摘くださいました。いやぁ、参りました。

文学や詩にとって、一つの地名というのはその一篇の詩の運命を規定します。一九三〇年代に韓国の詩人の方で、林和《イムファ》という方がいらっしゃいました。品川駅をうたった詩があります。「雨の降る品川駅」という社会主義的な、ナップ、コップ系列の詩です。その当時、その詩を読んだ私たちは、品川がどういうところか知らないけれども、林和の詩によって聖なる地名、土地となりました。皆さんにも聖なる土地があるはずです。初恋の人に出会った場所はたぶん覚えているし、それは大事な土地、場所ですね。愛する人が死んだ場所の記憶もあると思います。そういう地名というのが皆さんの「生」なのです。

辻井　その詩を書いたのは、中野重治という……。私はその中野重治さんの下で編集委員をやっていましたので。

高　あー、そうでしたか！

黒井　それで、土地については高銀さんのお考えはよくわかりましたけれども、それに多少絡んでくるのだと思いますがもう一つ、辻井さんの言われた叙情の質ということについてどうでしょうか。

高　そういうふうに言われますと、聞いていらっしゃる日本の皆さんは叙情というものを何だかわかっていなくて、自分だけが叙情について知っているような形になってしまいますよね。そんなことはあるわけがないので。叙情に関しては、私は皆様の奴隷です。皆さんが叙情というものをすごくよくわかっていらっしゃって、私はそれを模倣しています。しかし、叙情というのは強くもあり、そして弱いものです。叙情をもってしては、世界は成立しません。これは同時に、世界は叙情なしには成立しないということとも同じ意味です。だから叙情の横には、叙事があります。叙情の横には必ず情緒があります。

私は例えば叙情と情緒、叙情と現実、叙情と文学、叙情と何かが出会ったところで、初めて叙情というものが成立するのだと思います。なぜかというと、叙情というのは純金のようなものだからです。純金というのは十八金、十七金となって初めて金として維持できるわけですから。これは非常に無責任な比喩をしましたけれども、叙情というのはある状況と出会ったときに初めて叙情として生きるのだと思います。

そういう意味で近代から現代文学で、内向的な叙情を志向するような傾向があることを、いろいろな国を訪れるなかで知った経験があります。ですけれども、叙情というのは必ずほとんどそれと正反対のものと出会わない限りは、叙情として成立しないと思っています。

黒井 今のお話はいかがでしょうか、辻井さん。

辻井 ああ、そういうことかと非常に思いましたが、例えば高銀さんは叙情について、これは「花園」という詩の中でこう言っておられます。「沈む陽に感じることなどなく／なにもかも、憧れなんか捨て去って／ぼく自身の中の民族に仕えます」、これは『祖国の星』七十ページ。ここで高銀さんが主張しているのは、叙情というものはその中にやはり戦闘的な要素を含むものだと。そういう点で、これまた「おまえはうたうな。とんぼの羽やアカママの花をうたうな。女の髪の毛のにおいをうたうな」とうたった、プロレタリア派の詩人、中野重治の作品に共通しているような気がします。

高 この詩を書いたのは一九八〇年代の初めです。そのときは、自分がやっとのことで死に瀕するような危機を乗り越えて監獄から出てきて、出した初めての詩集です。私はその当時、やむをえない状況で左翼の教条主義にいましたけれども。今の時代は、鳥をうたうことが詩に大きな意味を賦与しますが、その当時は人間の人間らしさとか、人間をうたうことに非常に大きな意味を賦与しているときでした。そういう意味では、この詩自体は反省の対象ですね。

黒井 先ほどの辻井さんのご質問に対するお答えで、叙情というのは何かに出会ったときに成立する、ある状況に出会ったときに成立すると言われていて、それをそのままストレートにつなげて考えると、日本の叙情が弱いと辻井さんがおっしゃったのは、日本の状況が弱いのか、状況とのぶつかり方が弱いのか、何かそういう違いがあるということになるんですか。

辻井 そうですね、そんなふうに思えてきますね。

黒井 それは例えば、これは高銀さんが対談か何かの中でおっしゃっていたのだと思いますけれども、民族の統一が実現したら、自分はもう民族なんかうたわないということを書いていらっしゃって、それは何か我々にはうたえない現実ということになると思うんですけれども。

叙情と日付

辻井 そうです。ですからその叙情とつなげて考えますと、日付についても高銀さんはたくさんメモリアルな日付を持っていらっしゃるわけです。例えば一九六〇年四月十九日、一九六四年六月三日……その一九六四年の六月三日は、韓日会談反対の闘争があった日。それから一九八〇年五月十七日、これは光州民衆蜂起のあった日。そういうふうに歴史のいくつかの時点で記憶すべき日付を高銀さんはしっかりつかまえて、叙情的な詩を書いておられる。それでは我々の中にそういう意味のある叙情がどれぐらい、例えば皆さん方の中にあるかということを考えると、何となく日本の中での時間の流れ方は、みんなけしからん、けしからんと言いながらはっきりしない流れ方をしていると。そこいらの点についても伺いたいと思います。

高　我々が西洋の詩を読むとき、例えばビクトリア朝時代の詩を読むときも、時間や日付が出てくることがあります。そういう場合は翻訳者が注をつけて、これはこういう日付であってこの詩では何を意味するのかという解説があります。たとえば、詩ではありませんけれども三島由紀夫の場合は、日付というものをすごく概念化した人です。韓国では、六・二五、朝鮮戦争の勃発した日。それから四・一九、これは独裁に対する革命の日。それから五・一八は光州の虐殺が起こった日というふうに、ほかにもたくさんありますが、歴史の中の名前として出てきます。こういう日付というのは、普遍的な読者に対しては、もう一段階説明、解説が必要になる難関が介入します。

しかし、詩の本質的な運命は、もしかしたら隅っこのほうから出発するのかもしれません。そういう隅っこのイディオムに従わなくてはならないので、それについては我々が少し許容しなければいけない部分でもあるかと思います。

またその一方でハイデッガーの哲学などを見ますと、彼は時間について非常に重要な意味を賦与しました。ところが今は、時間よりももっと空間の方に意味を賦与する時代になっています。きのうまで韓国でご一緒していたジャン・ボードレアさんは、サイバー空間についていろいろ語っています。現実を仮想現実が圧倒してしまうということについてお話をされていました。逆にそういう今だからこそ、世界、地球全体がいろいろな意味ですべての国がひとつに関係しているこういう状態の中であるからこそ、ある地域での価値、隅っこ、隅っこにある特殊な言説、特殊な事件をすべて葬り去ってはならないと思います。

ところが詩の究極のところまで行ってしまったときには、意味が破棄されなければならないときもあるでしょう。そこまで行ってしまうと、先ほど言った四・一九という日付はただの四、一、九ということにしか過ぎなくなってしまいます。その記号自体が、遠くなってしまいます。四・一九、四・一九と言えば言うほど、実際に韓国で起こった四月の革命というものは必要なくなってしまって、言葉だけが残ります。そういう創造的な背反が、詩なのではないかと思います。ちょっとめちゃくちゃな話になってしまいましたけれども。

黒井　今お話を伺っていると、日付というものが人々の暮らしの中に入っていて、それが時間の輪郭をつくるといいますか、時代の輪郭をつくるというか、そういう感じがあるのかなと思ったんですけれども。我々日本人にとって日付で一番ピンと来るのは、やはり八・一五と言えばそれは、あぁ、日本が戦争に負けた日だとピンと来ますが、その後戦後の歴史を眺めてみて、例えば二・二六とか三・一五とか昔言っていたような日付というのはあまりないのではないでしょうか。そうすると日本の戦後の歴史は、韓国に比べて非常に平坦に過ぎているということになるのでしょうか。

辻井　むしろ、家族の日付というのはあるのではないですか。例えば結婚した日だとか、長男が……。黒井さんの作品の中にも日付こそあまり出てこないけれども、ああ、これは日付が押さえられていると思うものがありますよね。

黒井　ということは、家族単位でしか日付は生きていないということになる。

辻井　日本の場合はね。ことに文学の中では。

黒井　そういうようなことは、韓国ではないですか。

高　本当に今お二方がお話しされたことは非常に大事なことだと思いますけれども、正直なところ、韓国でも三一運動の三月一日よりも自分の奥さんの誕生日の方が覚えておかなければいけない日付にはなっていいます。何でかというと、奥さんの誕生日を忘れると、すぐ翌日に家を追い出されるので。韓国では、朝鮮戦争によって最も弾圧されていた女性の報復の時代が完全に来ています。引越しするのに荷物を車に積んでいる。あれ、だんなはどこに行ったかなと思うと、だんなさんは置いていかれると困るから真っ先に荷物の中に入り込んで隅っこのほうで小さくなって乗っていたという感じです。そういう意味では個人のそういう日付、時間のある一点を記憶するのは、現代人にとっては一つの生きる条件なんだと思います。

　これは歴史とか政治とか経済とか非常に規模の大きいもの、それから英雄のことなどを叙述することを拒否して、巨視史ではなく微視史として発言するところからきているのです。現代は、その微視史なのだと思います。

　藤原書店でブローデルの全集を出しましたけれども、アナール派の巨頭ですね。彼以降、微視史が歴史学において、主導力を拡大させています。実際、今後、文学のリアリズムも、あるイデオロギーからそのリアリズムを持ってくるのではなくて、非常に小さな細胞のようなところからその存在を持ってきて、それに名前を賦与しなければならないと思います。大事なことは、リアリズムの中の非政治化と政治化との二つがうまく調和されなければならないということです。すみません、何か話がまとまりませんけれども。

黒井　そこのあたりは、辻井さん、いかがですか。

辻井　アナール派の場合は、民衆の目立たない生活の営みこそが長い時間をとってみると歴史を動かしているという意味では積極的な歴史学だと思います。

共同体と文学

辻井　今のお話に続けて、大分時間も押しておりますので最後になるのか、共同体も非常に大きな問題です。これは高銀さんの詩の中でも、例えば「村にとりこになって」という作品。これは『祖国の星』九〇ページに出ていますけれども、共同体を非常にポジティブに、前向きにとらえていらっしゃいます。これは現代の日本に生きている我々とすると、共同体というのはなかなか感覚的に抵抗感があって文学作品の中でとり込めない。この共同体の韓国と日本の文学の中における位置づけ、ここらについてぜひ高銀さんのお考えを聞きたいと思っています。

高　今お話を聞いて、これについては日本と韓国はほとんど同じなのではないかなと思いました。韓国社会でも家族の解体が深刻な問題になっています。朝鮮戦争は、国家よりも家族に優越した価値を賦与しました。さらには、近代史の中で日本軍が韓国に来たとき、民間の中で義兵運動がありました。義兵を起こした指導者の中には、儒教の学者が多かったんですね。ソウルを日本が占領したんですけれども、それを総攻撃しようと思って義兵たちが策略を立てました。ところが、義兵の指導者が、お母さんが亡くなったという知らせを聞いて、指導者を辞め、いなかに帰ってお母さんの喪に服して、三年、お墓のそばで暮らしました。韓国軍は全滅してしまいました。このことから、韓国にとって家族がどういうものであるのかを知ることができます。何百年もの間、韓国では家族というものが国家よりも優越していました。それほど大事だった家族が、いま解体してしまったのです。

我々の記憶の中では、農村での共同体は、とてもうっとりするような、すばらしいものでした。これは絶対に儒教のイデオロギーとも違うものでした。村でだれかが死ぬとすべての村人たちがその死を悲しみました。反対にうれしいことがだれかに起こったら、それは村じゅうみんなでお祝いしました。それは強制されたものではありません。自発的なものと他律的なものがうまく出会ってそうなっていく。これが韓国の共同体のモデルであるトゥレです。韓国の農耕社会は、そのような共同体として維持されてきました。そこに、法律は必要ありませんでした。村の長老たちがすべてを解決して、矛盾や葛藤を克服させてきました。今は、そういう共同体は消滅しかけています。

私は民主主義運動をやってきましたけれども、これは実は民主化とも関係があるのかと思います。農村の村落的な民主化と政治的な民主化は違うのだと思います。またここにグローバリゼーションの時代というものが来ています。集合的な表象に対する伝統的なものの忠実性がごっそりなくなってしまう。個人だけが量産される。

もう一つお話ししたいのは、近代は自我の時代だと言えます。自我をあまりにも志向してしまうと、利己主義に変わってしまいました。日本の詩も同じだと思いますが、韓国の近代詩では、金素月《キムソウォル》の「チンダルレ（つつじ）」という詩がありますが、愛する人を失ってしまった悲しみとしての自分をうたっています。韓龍雲《ハンヨンウン》は、去ってしまった人が自分のところに戻ってきてくれるのを待つ詩をうたいました。これは、切実な「私」です。今は、こういう「私」というものはなくなってしまいました。なぜなら、他者を全然考えない自分だけの世界に変わってきています。そういうときに自我というもの、「私」というものはどうなるのだろうか。これは人間にとって最大の危機が来ています。

自分は、共同体に絶対的な価値を賦与しません。そうかといって、個体にすべての価値を賦与したくもありません。人間というものはあるときには社会というものに行ったり、またあるときは自分のところに戻ってきて、その間で彷徨している存在ではないかと思います。そういう意味では、政治的に失敗した社会主義がそのまま終わるのではなく、いつかはその失敗をまた土台にして、もっとよい状態の社会主義を実現するかもしれません。

黒井　大変にいろいろ複雑であり、かつ微妙な問題がたくさん出てまいりまして、おもしろいところまで来て……。

高　自然があるんですね。

黒井　はい、自然も……。

会場の時間がありますので、辻井さん、最後に一つ何かお聞きになっていただいて、それで終わりにしたいと思います。

辻井　わかりました。これはきょうお集まりの皆さんにぜひ覚えておいていただきたいことがございまして、それは韓国の人々の中に、先ほどは日付の数字のことを申しましたが、「二九一」、「トラジの花」という言葉が広く伝わっているわけです。これはどういうことかというと、「二九一」というのは女子挺身隊一人に日本兵二九一人を扱わせたと。これは、この数字を言えば韓国の人はみんなわかるんです。これはやはり歴史的犯罪だと、私は思っています。我々日本人はこういうことを、もう忘れたみたいな振りをしては絶対いけないんだということ。これは、私は皆さんに言っておきたい。

もう一つ、きょうはありがとうございました。私はこのホテルに入ってきたときに呼び止められたんです。それで、ああ、僕も若い人に読者ができたと思ってとてもうれしかった。そうしたら、高銀先生でした。その若々しい感じが最後までお答えの中にもあふれていたのを、大変うれしく思いました。それが私の印象です。

黒井　ありがとうございました。いずれも若々しい、日本と韓国の詩人の方の対談で。出てきた問題は非常に興味深い問題がたくさんありますし、もっとその問題は突っ込んでいきたいところがありますが、残念ながら時間になりましたので、きょうのところはこれで終わりにしたいと思います。今後も高銀さんはいろいろ日本で講演される機会があるようですので、もしご都合がつけばそういうところでまたお考えを伺うことができればと思います。

大変長時間、ありがとうございました。お疲れのところ、高銀先生、ありがとうございました。

（通訳・小西明子）

（二〇〇五年五月　第一三回）

〈シンポジウム〉野間宏のコスモロジー

中村真一郎＋小田実＋三國連太郎（俳優）＋中村桂子（生命誌）＋富岡幸一郎＋夏剛（比較文学）
（司会）紅野謙介

基調講演1　前衛作家としての野間宏

作家、評論家　中村真一郎

時代全体を表現する意志

今、司会者がおっしゃったんだけれども、野間宏は現代の、戦後と言いましょうか、戦後の、日本だけでなく、世界における代表的な作家の一人、非常に数少ない代表的な作家の一人だと、野間が死んだ時に私が言ったんですが、それは死者にたいする追悼とか、そういうことではないんで、つまり、文学者というものは、生理的に命がなくなったときに、それで死ぬんじゃないわけだから、何も追悼する必要はないんで、それよりも、彼の生理的な命よりも作品のほうが大事だと僕は思っています。

僕は非常に古くからの野間の仲間で、いつから野間を知っていたかちょっと考えてみましたら、一九三八年から野間を知ってたんで、だからもう半世紀以上も野間を知っていたものですから、個人として、野間がいなくなったということは非常につらいんだけど、そういうことを抜きにして、追悼とか何とかというんじゃないんです。

どういうことかと言いますと、現代の世界の代表的作家というのは、第二次大戦以前、僕や野間が文学をはじめたばかりには、世界には、僕らの目の前でジョイスやプルーストやトマス・マンや、その他非常におおぜいの一流作家が、文学者として働いていたんです。アメリカだったら、ドスパソスでも、フォークナーでもそうだけれども。それは作家というのが、二十世紀では宗教家とか哲学者の役割を奪って、宗教家や哲学者の役割を含んだ総合的な、あるいは歴史家の役割も含んだ、そういう総合的な時代を表現する存在になっていた。本来、作家、小説家というものは、バルザックにしろ、サッカレーにしろ、トルストイにしろ、ゾラだってそうですけれども、その時代のあらゆる問題を全部引き受けて、それを全部表現するということを使命にしているんです。だから、木下さんが今、野間は単なる作家としてじゃなくてというようにおっしゃったんだけれども、作家というのは、単なる作家じゃなくて、木下さんが考えているよりも、木下さん自身も作家なんで、木下さんだって単なる作家じゃないんで、つまり、すべての問題を引き受けて、それを表現するのが文学者なんです。

そういう意味で、現代の第二次大戦後に、そういう現代のあらゆる問題を引き受けて、それを全部表現しようということに苦心した世界的な作家は数えるほどしかいないんです。それでたとえば、イリヤ・エレンブルグというロシアの作家がいますけど、あの人は早く亡命しちゃったナボコフという本当の芸術至上主義の、アメリカに行っちゃった人にどうもやきもちを焼いてたらしくて、ナボコフに引っぱられて、ひどく形式主義的になっちゃって、内容は世界全体を含むものを書くというんだけど、形式主義的な第一次大戦後の非常に曲芸的なアヴァンギャルドの手法を使って、できたものは僕は浅薄だと思う。野間なんかに比べて浅薄だと思うし、それからフランスではサルトルは欲張っちゃったわりにはやりそこなっちゃいましたし、ルイ・アラゴンはやったんだけれども、あれはやっぱりソ連の共産主義の文学理論に引きずられて、やはり文学者として自由を失ったんで、考えてみると、第二次大戦後に、歴史を全体的に引き受けるということをやった人は、南米の作家は、たとえば、カルペンチュエールとか、フエンテスとかいう人は、野間と同じようにやろうとしていたんですけど、本当に数えるほどしかいないんです。だから、野間が世界の一流作家だというのは、現在の文学状況にたいする非常に強いプロテストの意味を含めているんです。

じつはこういうことがありまして、今から数年前に、私よりも十歳から二十歳ぐらい若い日本の非常に優秀なと言われている二人の文学者に、それぞれ野間宏をどう思うかという質問をしたんです。そうしたら、二人ども同じ答えが返ってきた。それは、かつて大きな小説を書いて、今、社会問題について非常に良心的な活動をやっている知識人だ、と。かつて小説家だったという、そして今はもう、彼らは小説家なんだけど、自分らと同業者ではない、そういう人だと平然と言ったんで、非常に僕は絶望したんで、つまり、僕の考えている文学者というのは野間のほうで、その私の質問を発した流行文学者のほうが現実にたいして部分的な接近をしていて、そして部分的な接近をするから小ぎれいにしあがるんで、小ぎれいにしあがっている、何というのか、非常に日常的な、ドイツの文学史でいうとヴィーダーマイヤーという時期があるんだけど、そういうものに日本の文学も、せっかく戦後派の連中がみんな一生かかって、日本の文学を大きな川の流れにまで引っぱりだしたと思ったのに、また小さな小川のせせらぎの方へもっていこうとしているような気がして、僕はじつにもう、一体われわれの人生がむだになっちゃったのかと思うぐらいの痛憤を感じたわけです。

世界全体の表現の追究、『生々死々』

それで、野間の場合は、あらゆるものを引き受けるということで、どういうことが起こるかと言いますと、これはあらゆるものを引き受けようとすると、サルトルの場合がそうなんですが、サルトルは失敗しちゃったんだけど、失敗しないようにする時に一番問題なのは、いつの時代でも新しい問題が発生してくる。新しい問題が発生してきた時には、新しい表現手段が必要である。で、そうすると、新しい表現手段というものは、その作家が発明しなきゃならない。ところが、文学というのは無から創造するものじゃなくて、ある伝統的な技法から、それを発展させるんです。野間は、純粋に文学のほうで言いますと、フランスの象徴派の方法から出発して、ジイドもそうなんで、だからジイドの方法が非常に彼の出発点にあったわけですけれども、そういうところから出発しながら、だから非常に意識的に世界全体を表現しようとする、と。

そうすると、一番現代で問題になっている、今の日本文学が全体性の表現を放棄している最大の原因は、いろいろな問題が今われわれの前にあるんですが、いろいろな問題が提出している世界観そのものの間に関連がないというか、非常に矛盾があるんです。十九世紀の終わりには、たとえば、ゾラが考えているときは、あらゆる問題が一つの客観的真理の中に収まっていたから、純粋客観主義という方法で全部書けた。ところが今は、とくに野間の場合、一番初めぶつかったのが、プルーストとジョイスです。つまり、人間の内面性をどう表現するかということになると、人間の内面性というものは、客観的な絵のように眼の前にあるものじゃなくて、内面的に底へ沈んでいくものですから、そうすると、非常にいろいろな層があるんで、これを一つの絵として表現しようとすると、非常にむずかしいんで、そういかないんです。その場合に、プルーストは象徴派のマラルメの方法を使って、無限に比喩の連続でもってそれを表現しようとした。野間もそれをやろうとしたんですが、その場合に比喩でもってあらゆる問題の間をつなごうとしたんです。

これは、野間の最後の作品『生々死々』という未完の作品があって、あれは非常に残念なことに未完なんで、あれ、僕なんか少し野間をあんまり偉大だと思って安心して放っぱらかしてあったんで、あれをもっと僕らはそばにいて干渉して、あんまり野間が横向かないようにして、あの作品を先へ先へ書くように叱咤激励しなきゃいけなかったのに、野間は自分がちょうど表現できるところだけを認識して、そこで書いて先へ進めばいいのに、あんまり認識だけで先へ進もうとしたものだから、なかなか作品のほうが進まないで、あそこで終わってしまって、じつに痛恨に耐えないんで、もっとあの数倍だけ彼は書く義務があったのに。

芸術家としての野間を見よ

しかし、今書き残した部分だけでも、あの中から、いずれ僕は分析してみようと思うんだけど、じつに多くの現代文学の非常に重要な表現上の問題がかかっています。つまり、ここにお集まりの野間を信頼している方、野間の志を継ごうとしている方は、野間の追究している問題を追究なさろうと思っている方は多いと思うんだけれども、野間の追究してる問題だけじゃなくて、それをどうやって文学として、文学、芸術として表現するかということが、野間のもう一つの非常に重要な、つまり、彼の一生の仕事だった、芸術家として。その面も絶対に野間にとっては大事だった、命がけの問題だったんで、それで『生々死々』の中では、新しい表現をするために、おそらくジェイムス・ジョイスの『フィネガンズ・ウェイク』と同じくらいの言語的冒険をやっているんです。

そしてジェイムス・ジョイスの場合は、あの言語的冒険の結果、現実からまったく遊離した、つまり何の役にも立たない純粋芸術の純粋なたわむれにしてしまったのを、野間はもう一度、それを人生の真ん中に引きずり戻すという驚くべきことを、しかも日本語の口語という、できあがってからまだ百年にしかならない、非常にやわな言葉、それでもって表現しようという、ほとんど不可能な仕事をやって、ですから、われわれ、『生々死々』を読んで、普通の日本語にあれを翻訳することを皆さんおやりになるといいと思うんだけども、あれ、半分ぐらいは翻訳不可能な、つまり意味不明な部分もあるんで、そういう、つまり表現上の冒険というか、つまり認識、従来の客観的認識でない、新しい、非常に異なったいくつかの現代の人類の担っている問題の間を、フランスに、野間が出発したときのコレスポンダンスの方法というのがあって、それでつなごうとしている。つなぐには比喩なんです。比喩でつないで、それを生け捕りに、小説の文体でする、と。それで、そういう非常に危険なというか、綱渡りのようなもので各行ができあがっているんで、そういう不安定な小説というのを、今まで日本の近代作家はだれもやってないんです。マラルメが凝縮した散文詩でやったことを、散文でやろうとしている。

そういう意味でも、ぜひ皆さん、文学を愛する方は、つまり、野間の提出した社会的問題とか、そういうものだけじゃなくて、芸術家としての野間のやろうとしていることを、もう一度、あれをゆっくりと読みなおしてお考えいただくということ。そしてそこからもう一度、この日本の文学というか、人類の文学がもし脱出することが可能ならば、脱出口を見つける義務が生きてるわれわれにあるんじゃないか、そういうことを僕は考えているわけです。

時間がきたんで……。いずれ僕は『生々死々』について、純粋に文学的な分析をやって、その責任を果たそうと思っておりますので、その時にはゆっくり読んでいただきたいと思うんです。

基調講演2

全体小説としてのコスモロジー

小田実

「グチャグチャ」とともに全世界へ

中村さんの話を聞いて、中村さんも苦心してるなと思ったんです。私自身もそうだろうと思うけど。

私には小さな娘がいまして、今八歳なんです。私、今、アメリカ合衆国のニューヨークの州立大学で日本の問題を教えています。それでまたニューヨークへ行くんですが、私は今はニューヨーク市内で単身赴任の暮らしをしているんですけど、去年の夏までは、一年間、大学のあるロングアイランド・ストーニィブルックというところで家族とともに暮らしていました。

昨年夏までアメリカの学校に、その小さな子供は行っていました。帰国して日本のもとの学校にもどったのですが、彼女の日本の学校の級友は漢字を習っていたのに、彼女はアメリカの学校に行っていたから漢字をまるっきり習っていない。帰国したあと、漢字を勉強しなければならない。それで母親が先生になって一生懸命漢字を教えていた。あまり一生懸命に母親を先生にしてやっているものだから、私はある日、たまには父親を先生にしたらどうかと言ったんです。「母親にばっかり聞くな、私に聞け」と言った。そしたら、私の人生の同行者は朝鮮人なんで、父親のことは朝鮮語で「アッパ」というんですが、娘曰く「アッパの頭はグチャグチャやからだめや」と言うんです。「作家の頭はグチャグチャや」と言うんです。途端に思い出したのは、私自身もそうだし、野間さんもグチャグチャの頭で、グチャグチャの状況に立ち向かったと思うんです。つまり、今の世界状況はグチャグチャでしょう。だれも方針がもてないから。そういうものに立ち向かった人だというふうに思って、途端に僕は野間宏を思い出したんです。そんなことをアメリカで言い出していたら、アメリカで流行りだして、アメリカ人が「マイ　ブレーン　イズ　グチャグチャ」て言うてます。(笑)

内面的欲求からコスモロジーに

私は野間さんというのは、ずいぶん晩年につきあった。それまであんまりよく知らなかったんですけどね。私は晩年の彼と同病相憐むというところがありました。彼は『群像』に「生々死々」を連載していました。延々と。そして、私は「ベトナムから遠く離れて」というのを延々と連載していました。編集者によく言われました。お互い励ましあって、長く書いてるんですかって。早く終わったほうがいいんじゃないかという感じだったんですが、そういうこともあって、私は彼にたいへん親近感をもっていたんです。

彼はとにかく偉い人で、人間の一切の問題を問題にして、それを解決しようとする。解決できるかどうかわからないけど、問題を問いつめる。それが文学者だというふうに彼は定義してるんですね。その人間というのは、彼自身が書いてますけど、人間をとらえるやり方として、生理的、心理的、社会的、それからもう一つ最後の段階にいたって、生理的にとらえる。その最後の段階が『生々死々』です。そうやってきたと思うんです。『青年の環』では、まだ社会的、心理的の面が非常に強いと思うね。

私がつきあったのは、もう『青年の環』がすんだ後なんです。彼が、社会的だけじゃなくて、生理的な問題に取り組んでいた頃です。その頃つきあったんで、私はいろいろ考えざるをえなかったんです。私は「全体小説としてのコスモロジー」というのをつけたのは、彼の場合、全体小説をやっていけば、コスモロジーになると思うからです。コスモロジーという学問をしたんじゃなくて、彼の内面的欲求からどんどん広がっていって、そこへ到達した。何かコスモロジーが別にあったわけじゃない。悪戦苦闘しながら、グチャグチャをやりながら、ついに全世界まで広がる、というものです。最後に出した『時空』を見ていると、そこに円高とか、ドル安とか、そういう問題が、世阿弥に、また環境問題にくっついています。彼はそういうふうな頭の構造だったんです。全世界の問題はそうやってグチャグチャに存在します。そういうかたちで生理的問題まで到達したと思います。

問題の集積としての世界

彼にとって世界は、問題の集積だったんです。問題の集積として世界は存在した。問題の中にドルの問題も入れば、それから環境問題も入る。私も同じ傾向がありまして、延々としゃべったら、もう本当にドルの話から、第三世界から、環境から全部出てきまして、はてしがないんですが、野間さんもそうでした。そういうことで同病相憐んで、暮らしていた。

そうすると、あの時に、やっぱり生理的問題を最後に追究して、人間の全体像に迫った時に、いろいろな問題が出てきたと思う。たとえば、生理的存在として人間は排泄します。排泄したものは一体どうなのか、ということを彼は真剣に考えだした。ここでまた問題が出てきます。一つは、問題をどれだけ一体とらえたか、そして、彼はトータルに問題をとらえようとするのですが、それはどんな方法でとらえるのか。それからその次に、それをどうするのか。それをどうするのかと考えた時に、問題が課題になります。解決しなければならないから。普通の文学者は、それをどうするのかまではいかないと思う。課題までいかない、と。

人間という問題をトータルにとらえれば排泄の問題が出てきます。排泄されたものをどうするか。また、人間にとって一番処理に困るのは、死んだ時です、あるいは病気になる時です。そのことで彼の関心は病気にいっちゃった。『生々死々』というのは、その問題をとらえてる。それからもう一つ、『使者』という雑誌をやった時、「死体について」というのを彼は連載していました。人間が死んだら、死体が出てくる。それをどうするか。処理しきれない問題が処理しきれないものとして残る。そのことで、彼はエントロピーの問題をさかんに書いてました。処理しきれないものをわれわれの文明が生産していくということから、彼は環境問題に突っ込んでいった。環境問題が先にあるんじゃなくて、彼はやっぱりそっちのほうから、人間の生理の問題から考えてたんじゃないでしょうか、私はそういうふうに思う。

トータルにとらえるということは、究極的にはエントロピーの考え方です。トータルにとらえれば、当然、汚れたものをどうするのかの問題が出てきます。しかも解決できない汚れです。そこに彼は焦点をあてて、そのはみ出たもの、あるいははみ出されたものを正面にすえて、その全体をとらえています。『青年の環』時代までは、差別された社会構造の中のはみ出された部分、負の部分というのを彼は追究していったんだけど、今度はそれを生理的な問題としてやった時には、環境問題になる。

ものごとをトータルにとらえるのはもちろんむずかしい。彼の岩波書店で出した『著作集』の十四巻目の解説を私は担当したんですけれども、私はたいへん困ったんです。あらゆることをトータルに書こうとしてるから、もうグチャグチャで、私もグチャグチャになっちゃった。それは彼があらゆる問題をあそこで追究しようとしていたからです。第三世界の問題も、環境問題からみな入ってます。ドルの問題も書いてましたね。

全体小説という方法

それじゃあ、それをどうとらえるか、という次の問題が出てくると思うんです。人間はみんな問題のパラダイムを作って生きています。自分の思想だとか、認識とかにしたがって、勝手に順序づけて、われわれは問題のパラダイムを作る。同じ問題をもっていても、パラダイムを換えることによって、左翼だった人が右翼になる。かつて学生運動で暴れた連中が、資本主義の真ん中にいて謳歌してる人がたくさんいる。文学者の中にもいますが。それは同じ問題をとらえてても、構造を変えればいい。左翼から右翼へ転換するのは簡単だと思うんです。

彼の場合の問題のパラダイムの特色は、まず、パラダイムが全体的なものだったことです。そして、晩年、パラダイムの根にあったのが、社会的、心理的なものにつけ加えて、生理的なものとして人間をとらえるという全体小説の方法そのものだったと思います。その根に基いて、全体のパラダイムを書きながら、いや、書くことによってつくった。彼の場合、問題のパラダイムが自分の世界の外にでき上がっていて、それを書いたというより、自分の内部にパラダイムが、延々と書くなかででき上がっていくというものでした。たとえば『夜明け前』は日本現代文学のすぐれた全体小説の一つだと私は思うんだけれども、パラダイムがすでにでき上がったものとして外にある気がします。野間さんの場合は、全体小説を書くこと自体がパラダイムを形成することでした。

自分の中に人間が山といる。自分の人間の中にA、B、C、Dが棲んでいる。清い人生をおくりたいA、金儲けしたいB、いろんな人間がいる。野間さんはそういう自分のなかのいろんな人間をすべて出そうとする。ところが、AのなかにまたA′、B′、C′……とさまざまな人間がいる。そのすべてを出そうとする。A′のなかにまたA″、B″、C″……がいる、というぐあいに出していく。この作業を彼はやっていた。AはB、C……につづくと同時にA′、B′、C′……あるいはA″、B″、C″……につづく。全体がぐちゃっとくっついていく。彼のなんともいえない濃密な文体がその彼の方法をよくあらわしています。すべてが連関し、連環します。

自然法則と人間の自由

ただ、これだけだと、どうしても事物がただ横並びに並ぶだけになる。どうしてそれを立体的に立てるか。立てる根にある基底として、彼には昔はマルクス主義があった。しかし、晩年になると、彼は全体小説として小説の論理、倫理というのを考えたと思うんです。小説の論理、倫理というのは、普通の論理学とか倫理学の倫理と違うし、宗教のそれとも違う。全体小説を書くことによって、むしろ彼は論理、倫理を探っていったような気が私はします。

彼がよく私と議論していたのは、「偶然と必然」の問題です。ジャック・モノーの有名な『偶然と必然』を真っ向から取り上げて、私と議論したのです。ジャック・モノーは偶然から人間はできたというのですが、彼はそれでは困ると考えた。彼の一番好きなシュレディンガーの有名なことばがあって、そのシュレディンガーをずっと読みますと、私というものが、「私、もっとも広い意味での私、すなわち今までに私であると言い、また私であると感じたあらゆる意識的な心、その私は、とにかく原子の運動を自然法則にしたがって制御する人間である」というように彼は定義して、「これ以上の定義はない」というようにくり返して彼は書いていています。その自然法則というのが非常に大事であって、その自然法則が、結局、天から全部授けられているものであれば、人間に自由がなくなる。この自然法則というのはどうとらえるか。それを全体小説を書くことで、彼は考えていこうとした。私はそう思います。自然法則と自分の自由との関係です。それを彼の小説『生々死々』は追究していたと思います。

カナカマオリ族と全体小説的闘争

そんなことを私は彼とのつきあいで学んだし、彼の書いたものを、どうするのかということを考えながら読んでいたんです。私は去年の八月にハワイへ行きました。なんでハワイへ行ったかというと、カナカマオリ族という——ちょうど去年が、アメリカがハワイを領有して百年なんです。それでそれがはじめてカナカマオリ族という、そこの土着の先住ハワイ人です。先住ハワイ人がアメリカに植民地化されてから百年なんですが、去年、主権と民族自決権の回復を求めて、立ち上がって、それでカナカマオリ族がはじめて大きなデモをやる。そして彼らの小さな運動が集まって、国際民衆法廷をやりました。アメリカが領有したのは正しいか否か、という問題をそこで明らかにしようとしたのです。カナカマオリ族がそれを組織して、私も招かれて出かけて、一週間ほど私はハワイの全島を回った。

そのあいだ、私は野間さんのことを思い出していました。カナカマオリ族は、カナカマオリ族の固有の文化をもって生きてきたんですが、それは土地を中心にした文化なんです。そこに突然、白人社会がキリスト教を先頭にしてやって来て、それをパクッた。カナカマオリ固有の文化というのが、土地、環境と一緒に破壊される。ただ政治的に主権を失うというのではなくて、土地も文化もすべてまるごととられてしまう。全体的に彼らの世界はまるごと奪われる。同時に主権も失う。彼らの問題のなかには環境破壊の問題も、民族解放の問題も、主権の回復の問題も、文化の問題も全部入っています。そして、さらにパール・ハーバーの軍事基地の問題もあります。真珠湾という巨大な軍事根拠地を造るために、アメリカ合衆国はハワイを領有した。おそらく日本は、朝鮮の支配というのをそこから学んだと思うのですが。

パール・ハーバーの軍事基地があるかぎり、カナカマオリ族は民族解放を達成することはできない。カナカマオリ族の民族解放の問題には、もうあらゆる問題が出てくる。環境問題から、文化の問題から、軍事の問題から、経済の問題から、全部ドカッと出る。きわめて全体小説的に出てくる。

今までの法体系、たとえば、国際司法裁判所の法体系というのは西洋の法体系です。西洋の文化に根ざしています。それにたいしてカナカマオリはカナカマオリの文化は違う。カナカマオリの法体系をもっています。たとえば、「正義」という言葉はカナカマオリの言葉にはないんです。正義《ジャスティス》という言葉を英語でしゃべる時に使っているけれども、カナカマオリでは違う意味になります。土地共同体による公平な分配ということが、正義だろうと言われています。西洋の法体系とカナカマオリの法体系はちがう。ものごとの理非曲直を考えるとき、私たちは今、二つの法体系を考えてゆかなければならないのですが、そうかと言って、カナカマオリの法体系が万才だというのでもない。二つを理解に入れて、二つをのりこえるかたちで、私たちは全人類に共通するものをつくり出していかなければならない。それをどうしてつくり得るか、というのが国際民衆法廷の一つの大きな課題なんですけれども、じつは野間さんの文学はそうしたものとしてあったと思います。

パネルディスカッション

中村真一郎＋小田実＋三國連太郎（俳優）＋中村桂子（生物学）＋富岡幸一郎＋夏剛（比較文学）

（司会）紅野謙介

紅野　それでは早速引き続いて、パネルディスカッションに移らせていただきます。時間が限られておりまして、十二分に議論がつくせるかどうかわかりませんが、野間さんのコスモロジーに切り込む糸口が見つかればと思っております。

　さきほどの中村さんの話のなかでは、二十世紀では小説家が宗教家、哲学者、歴史家を総合する存在となったという指摘が出ました。これはまさに野間さんを語るにふさわしい言葉だろうと思います。そしてもはやそういう課題に応えられなくなってきている現代の文学状況へ批評的な意味があるということでした。また、文学の方法としての比喩というような問題が出されておりまして、このへんはつまり表現の問題、文学論の問題として考えてみたいと思っております。また、小田さんの話のなかでは、世界は問題の集積としてあるという。不安定で、またいろいろほころびも多いかもしれないけれども、しかし、問題の集積にぶつかっていかれた野間さんという存在が浮き上がってくるようなお話だったというふうに受けとめております。

　それでは早速、四人のパネラーの方にお話をうかがっていきたいと思いますが、最初に夏剛さんからお話をうかがいたいと思います。夏剛さん、よろしくお願いいたします。

野間宏の三極構造と混沌――夏剛

　今日のテーマは「宇宙観」ということで、サブタイトルは、「環境・宗教・文学」という三つの言葉からなっていますけれども、野間先生の文学や思想を考えてみますと、三位一体の三極構図が非常に目立ちます。

　たとえば、『東西南北　浮世絵草書』の最後に、「自分の仕事の中軸は、日本文学の聖と賤・江戸近代説・環境問題など、三枚の刃が重ねられて一枚の刃となっている」ということをおっしゃっています。それからお馴染みの、生理的・心理的・社会的な存在として、三つの角度から人間をとらえています。あるいは、『暗い絵』の最初、第一の穴から始まり、それから天、星空で終わるんです。その真ん中に挟んでいるのは人間なんです。それで天・地・人間です。あるいは、晩年にいたって、日本文学の聖と賤と俗、この三極の構図にたいへん関心をもっておられました。あるいは、早い時期のエッセイですけれども、感覚・欲望・物について、これも三つのポイントなんです。あるいは、自分の内部の衝動は、一つは精神の矛盾を追究する詩的な衝動である詩的な宇宙に向かう衝動、一つは女性を求める性的な宇宙に向かおうとする衝動、一つは経済を求める社会的な宇宙に向かおうとする衝動です。

それからもう一つは、生と死です。最後の小説は『生々死々』ですけれども、舞台は病院で、内容は病人の病気との闘いで、生と死と病なんです。

このいろいろな三極構図はいろいろな面白い形で絡んでいるように見えます。たとえば、『暗い絵』の最初の大地の穴は、「病」と考えてもいいんじゃないかというような気がいたします。あるいは、「俗・賤」と理解してもいいんじゃないかというような気もいたします。そして、どの三極構図の中にも野間的なもの、あるいは重点がおかれているものがあるような気がいたします。たとえば、生理的・心理的・社会的というのでは、「生理的」の世界に重点がおかれているんじゃないかと思います。その生理的の部分は、また、聖と俗と賤の「俗」の世界とつながっている。俗の世界は、また、天と地と人間の「地」とつながっている。大地の穴の大地でもあり、また地球環境問題と絡んでくる。あるいは地とセットになる俗というのは、最後のエッセイの『時空』の中の、円相場、為替の動きと関わっている。

そういう三極構図を整理すると、非常に野間先生の文学世界はすっきりした形として見えてくるんですが、実際はもっと混沌たる形態になっております。というのは、野間先生自体は、いろいろな葛藤を抱えておられたような気がいたします。そうしますと、一方では、観念の世界では空を飛ぶ大きな鳥のように見えますけれども、一方では、混沌たる水の中を泳いでいる魚のように見えます。魚眼レンズというのがあります。あるいは魚眼写真というのがあります。巨視的な映像を撮るレンズ、あるいは映像になっているんですが、しかし本来は水中の濁った水の中の、不透明な水の中の構図の屈折によって形成された巨視的な世界です。そこでいろいろな葛藤、あるいは歪みというようなものが出てくるんです。あるいは、全体として非常に混沌たるもの、不透明な世界になってくる。その混沌たるものはすべて野間先生のところではつながっているように思えます。

野間宏の憂患意識

そして幸田露伴との間にいろいろな接点があるんですけれども、一つは地球環境への関心、もう一つは連環体、なんでもリングのようにつながっている。そして一生懸命、なんでもいろいろな問題をつなげてみようというたいへんな努力が感じとれますけれども、時間の関係で一点だけ指摘させていただきたいと思います。

いろいろな問題が絡みあった混沌のなかで見えてくる野間先生の意識というのは、一つは現実に関与する意識です。これはどういう問題があるか、あるいはどうすべきかというような問題です。これは中国の多くの文学者、あるいは日本の一部分の文学者も、こういうような問題意識を持っているんですが、その点はパスしておきますが……。もう一つ大きな問題は、日本語には馴染みの薄い表現ですが、「憂患意識」と言いたいんです。これは心配して心を痛めるという意味なんです。要するに、いろいろなことを心配されているように見えます。その「憂患意識」は、たとえば社会的な側面があると思います。それは人類や民族、国家の運命に対する憂慮です。それも多くの文学者が持っている意識だと思います。野間らしさが感じられるようなものは、心理的な側面、あるいは肉体的な側面、つまり宗教的な呪縛、こういう杞憂、昔の中国ではもっと重い意味があったんです。つまり、天が崩れて落ちてくるんじゃないかというふうに心配してしまう、一種の強迫観念です。地球環境問題、あるいは食糧難、あるいは汚染問題など、それに対する憂慮というのは、本当に天が落ちてくるんじゃないかというような、あるいは人類は地獄に落ちていくんじゃないかというような、宗教的な要素が非常に感じられてきます。

最後に一言だけ。野間先生は何回も武田泰淳の「滅亡について」というエッセイを引用されましたが、あとで、もし滅亡の話題が出てきたら詳しく補足させていただきたいんですが、野間先生の二十世紀日本文学における位置づけ、あるいは意義を考えますと、やはり全体的な滅亡の問題意識を出して、なおかつ芸術的な表現を行った、そういうところにあるんじゃないかというような気がいたします。時間の関係でとりあえず以上です。

紅野　ありがとうございました。三極構図という話は、なるほどと思うところがあります。たとえば、『暗い絵』のなかでも、確かキーワードはいつも三度ほどくり返されるような表現になっていたり、それから会話のなかでも、ブリューゲルの絵について「嫌な穴だね」というのがやっぱり三回ぐらいくり返されています。三という数字の示すある種の数学的神秘性があるのでしょうか。

夏　さっき言い忘れましたが、三というのは仏教好みの数字なんです。

紅野　なるほど。それでは続いて、富岡幸一郎さんにお話いただきます。

言葉の攪拌運動——富岡幸一郎

十年ほど前なんですけれども、野間さんについて三十枚ほどのエッセイを書かせていただいたことがあります。私は一九五七年生まれで、もちろん、戦争も戦後の時代も直接に知らない、そういう人間が野間さんをはじめ、武田泰淳や第一次戦後派と言われる作家を九人書いてみたわけです。まさにそういう戦後文学の時代性を知らない世代が、どういうふうに作品を読めるだろうか、どういうところを読みうるだろうかというのが、自分なりの批評の方向性だったわけです。

そういう中で、野間さんの作品にぶち当たった。今日の中村さんと小田さんの基調講演を聞いていて、一つ大事な問題は、やはり戦後派が切り開いた言葉、日本語のことです。それが今の小説というか、文学は、母国語に対して非常に透明になっている。言葉の実験なり、言葉がもっと物質的な、格闘するようなものであるというところが忘れられて、一種の鎖国状態の中で文学が語られているんじゃないか。あるいは文化も語られているんじゃないか。そういう悪しき意味の文化主義の中に落ち込んでいる。私なども月々の文芸作品に接するわけですけれども、とにかく、戦後派が切り開いたそういう言葉の攪拌というか、言葉に対する格闘が受け継がれてない。

野間さんは晩年に『東西南北　浮世絵草書』というエッセイ集で、これは短いものを重ねたんですが、その中で日本の近代文学の出発点を二葉亭四迷と北村透谷のところに置くことによって、今の日本文学が狭い、細い谷間に身を置いているんじゃないかという問いかけがあるんです。そして透谷と、いわば二葉亭の一種の読みなおしというか、再構築をやっている。これは非常に興味深いと思います。要するに、それはもちろん、今の現代文学が細くなっている、つまり危機意識から出ていると思うんですが、その中で、たとえば、透谷の「徳川氏時代の平民的理想」という、透谷のいわば江戸文学批判があるんですけれども、しかしそれだけではなくて、やはり、たとえば南北の中にもっと面白いものがある。それから、歌舞伎は文学でないというふうに言ってしまうと、近代文学は非常に多くのものを失う、と。それから二葉亭の実験なんかも、いわば深川言葉であるとかという、そういうものをどんどん取り入れて、新しい文章創造がもっとあったんじゃないかという。近代文学の出発点を、近代的な問題意識だけじゃなくて、さらに江戸期のそういった言葉まで遡行していく。こういう言葉に対するいわば攪拌運動をやって、これは野間さんの作品にいろいろ出てきていると思います。『青年の環』なんかも、大阪の漫才を使ったり、それから『生々死々』でも、そういうまさに南北的なものを入れていると思います。それは非常に大事なことだと思います。

西洋思想との対話

ただ一つだけ、これを言って終わりたいんですが、こういう野間さんの江戸文芸物再発見というか、それと近代とのぶつかり合いの中で、ちょっと気になるのは、八〇年代にいわれたポスト・モダンの議論との関係です。このポスト・モダン議論が、いわば一種の江戸回帰というか、ポスト・モダンと言いながら、それがプレ・モダン、前近代にひっくり返る形で回帰するという現象が、僕はあったと思うんです。ほんとうに近代そのものがそこで再考され問題化されたのではなく、むしろ近代という難問を避けて前近代に戻ってしまう。野間さんが考えていたことは、こういうポスト・モダン議論の中での江戸回帰なり、物語回帰なりと、やはりちょっと違うんじゃないだろうか。ポスト・モダンがプレ・モダンにひっくり返るというのは、近代の超克論みたいな形での日本回帰という問題、戦前に起こった問題とも重なってくる。野間さんの場合、大事なのは、ポストモダンの議論の、大雑把に言うと、西洋からはもう何も学ぶものはないんだ、というのとは違う。そういう日本の何か固有性というものを鎖国的な心情の中でとるという、それが一種の江戸回帰みたいな、江戸再評価みたいになるのとは全く違うと思うんです。

なぜなら、野間さんの場合はやはり西洋的なものとの強いぶつかり合いがある。これは『文藝』の編集部が出した追悼号の中で、中村さんが「われわれのジェネレーションというのは、西洋はあらかじめ与えられているんだ」という言い方をしている。野間さんの場合も当然、サンボリスムとか、マルクス主義とかというものも含めて、そういうものとのぶつかり合いがある。野間さんがあるところで、「東洋あるいはアジアへの精神的な関心は、ヨーロッパ文化の根底へ下降するところから出てくる」と言っているわけです。これは大事な認識です。ですから、野間さんの江戸文芸の見方も、あるいは仏教なんかにしても、単に日本的なものから出てくるんじゃなくて、西洋思想との対話というか、ぶつかり合う中から出てきてる、と。その上で、そういう意味での近代文学をどう考えていくかということだったんです。ですから、八〇年代のポスト・モダン的、日本回帰的、江戸回帰的な意味でのものとは明らかに違うんじゃないか。

この『東西南北　浮世絵草書』というのは非常に興味深い問題意識がある。だから透谷に対しても二葉亭に対しても、野間宏は非常に両義的です。それが大事なところじゃないかという感じがします。そのへんはまた、野間さん自身の歴史意識の問題ですね。江戸回帰しちゃうと、歴史がもうなくなっちゃって、いわば円環の中ですごしているという、そういう歴史の喪失みたいなものがある。ポスト・ヒストリカルなんて言われている、そういうものではない、野間さんの強い歴史観、歴史意識の中にあっての問いかけだったんじゃないかという気がします。これはさきほど、小田さんが『夜明け前』の話をされて、そういう問題ともつながると思いますが、これはまた後ほど。

紅野　ありがとうございました。今のお話で言いますと、確かに江戸期の文学ではありませんが、六〇年代までなかなか評価されなかった泉鏡花の再評価を打ち出したのが、野間さんでした。二葉亭を中心とする近代文学史観というのに対して、泉鏡花の重要性をおっしゃっていた。その後、むしろ時代は泉鏡花を要請する形で展開し、いまや泉鏡花はむしろ圧倒的に多く受容されている存在になっているわけです。それが先見性ということだけでなく、歴史的な位相の中で再評価する、読み換えていくということが大事なんだろうと思います。

では続きまして、中村桂子さんにお願いしたいと思います。中村さんは分子生物学のことを野間さんがお考えになっている時に、お話をうかがいに行かれた科学者のお一人ということで、その時の出会いのお話などもうかがえればと思います。よろしくお願いします。

野間宏と分子生物学との出会い——中村桂子

私は文学を深く理解しておりませんし、正直に申し上げて野間文学についても、よい読者ではありません。日本の若者が通る道にある大きな存在ですから、一読者としては拝読しましたが、それ以上のものではありません。ただ、思いがけず、野間さんが真剣に考えていらした問題について直接お話し合いをする機会を何回か持つことになりましたので、そのことを申し上げようと思います。それは、分子生物学、環境などの問題です。

先ほどから、人間を全体としてとらえるというのが野間さんの基本姿勢であることは、あらゆる場面にみえています。具体的には、人間を生理的・心理的・社会的統一体としてとらえるという形で表現されており、それが創造の中心だというのは、皆さまの共通認識になっていると思います。小田さんが、生理的のところにカッコで物理的と入っている。これはよくないとおっしゃいました。確かに、当初は、物理的という言葉はありません。途中から入っている。これは直接、野間さんに確かめたわけではありませんから間違っているかもしれませんが、私は、この物理的という文字は、野間さんが、分子生物学を意識なさってお入れになったのだと思います。とくに、野間さんは、この新しい学問について、生物物理学の権威である大沢文夫先生から多くをお学びになったということもあり、生理というような、生きものに特有の言葉でなく、物理現象としての生命現象という視点をとり入れた方が、本質をつかむことができるとお考えになったのだと思います。そういう意味で、ここに物理的と入った背景には、野間さんの、生命の本質に迫りたいという願いがこめられており、とても意味を持った言葉だと思います。生命を物理的にだけ見ることは問題ですが、物理的側面を無視しては生命は考えられない。そのことを認めたうえで、人間全体を考えることの意味は大きいでしょう。文学者である野間さんがそのような視点をお持ちになったということに対して、科学の世界を立脚点にしている者としては、よくぞという気持ちです。

ところで、野間さんと直接お話をしたのは、一九七〇年代初め、組換えＤＮＡ技術という、画期的な技術が分子生物学の分野に登場した時でした。それまでは物質として扱うことが難しかったＤＮＡを分析したり、時には望みの形で機能させたりできるこの技術は、生物学を変えたと言ってもよいでしょう。しかもこれは、バイオテクノロジーとして、新しい産業技術を産みましたし、生きものの操作をするということで社会的関心を呼びました。野間さんは、この技術に関心をお持ちになり、勉強にいらしたのです。できれば、現在の生物学の動きと環境問題の両方をにらんだ形で何か書きたいとおっしゃっていました。とても真剣で、皆さまも御存知のあの眼でジーッとみつめながら聞いていらっしゃる様子は、今も眼の前に浮かびます。最初は恐かったですね。

今日、中村さん、小田さんのお話をうか

がって、それを聞きにいらした野間さんの背後にあったことを、はじめて理解いたしました。野間さんの小説は読ませていただいておりましたけれども、そういうところまでわからないでおりましたので。それは、今、生物学者が求めていることとまさに重なり合うものです。それを、今日、実感させていただきました。じつは今、芸術や文学の世界から生物学に関心を持つ方は少なくない状況になっています。何かが動いている。小説や評論にも、生物学の言葉がたくさん登場するようになりました。けれども、そこまで同じものを見ていたのだということは、わかっていなかったものですから、今日はお話をうかがわせていただいて本当によかったと思っています。

ところで、野間さんと分子生物学の話をしていて、お互いにどう感じ合ったかと申しますと、率直に申し上げて充分に納得し合えなかったと思っています。もちろん先ほど申しましたように、私の野間さんへの理解が不足だったということも一つの原因ですが、野間さんも、現代生物学の実態を充分理解して下さるところまでいかなかったように思います。じつは今私は、一九七〇年代から八〇年代初めではなく、現在お話ができたらよかったのにという気持ちがしています。

分子生物学はDNAをもとにして生物を理解していく一分野ですけれども、一九七〇年代にDNAを分析できるようになって急速に進歩し、生きものの理解のしかたは変化してまいりました。一九六〇年代。これはさきほど、小田さんがおっしゃったジャック・モノーが『偶然と必然』という、後の私たちにもたいへん影響を与えた本を書いた、そのもとになっている分子生物学の時代です。その時代はDNAは、じつは記号としてとらえられていたのです。ですから、野間さんも、言語学、それから記号学などと対比して、DNAのことを、ある部分はアナロジカルに、またある部分は異質性を読みとり、非常に深くお考えになりながら、DNAについての思考を深めていらっしゃいました。その時代は単に記号として存在したのです。

共有の可能性
——ゲノムの中に歴史を読む

そして、私が野間さんとお話をさせていただいた七〇年代になって、じつはそれまで記号としてしか扱えなかったDNAが、物質として扱える時代になったわけです。生命を物質という形で解明しようとしていた時代です。さきほどシュレディンガーの話もありましたが、物理法則によって決定論的に決まるものとして生きものを理解する考え方が強かった時代でした。ところが、七〇年代の後半から八〇年代にかけて、DNAの分析を進めていった結果、決定論的な見方は次々と崩れていきました。生きものを支えているものですから、調べていくほどに、そこから生きものらしさが見えてきた。DNAは物だけれど、その表現型としての生きものとのつながりが明確になるにつれて、日常見ている生きもの、つまり決定論などではない姿がDNAの向こうに見えてきました。たとえば環境の中でフレキシビリティをもつ姿などが見えはじめていた時、まさにその頃にお会いしたのです。
それで私は、見えはじめているものを一生懸命お伝えしようとはしたのですが、まだ本格的に見えてはいなかったので、迫力に欠けたのでしょう。やはり野間さんの中では分子生物学は決定論的なものから変化しませんでした。それでさきほど、小田さんがおっしゃった、自由意志との関係などから見て、たいへんめんどうなものに見えていたように思います。その時野間さんは、生物学は分子生物学だけではないということに関心を持っていらっしゃいました。たとえば、卵の中から生きものが生まれてくる過程を観察する分野。それを発生生物学と言います。そこでウォディントンという人が、生きものに必要なのは、時間の経過を含んだ過程であって、それが本質的に動的な事実なのだと言っているのですが、そういうものにも目をお向けになっていました。同じ生きものを見ながら違っているところに興味を持たれた。今はDNAで語られているけれども、生物学の中にはそういう見方もある。その両方に目をお向けになって、考えてらしたように思います。

ところで、今、一九八〇年代後半から九〇年代にかけて、両者は明らかに結びつき始めました。DNAを徹底的に調べていったら、分析的に、個々別々に、還元的に遺伝子という単位を調べていっただけではDNAを知ったことにはならないということが明らかになってきたのです。生きものが持つDNAのすべてを総体として見ようということになりました。総体をゲノムと言いますが、ヒトならヒトゲノム、サルはサルゲノムを持っている。発生をしてくるのは、このゲノムが全体としてはたらくことによって、ヒトやサルが生まれてくる過程なのです。DNAは単に遺伝子の集合ではなく、ヒトゲノム、サルゲノムという一つのまとまりであり、それぞれの生きものが持っているゲノムは、それぞれの生きものの歴史をそのなかに抱えこんでいるのです。短い時間でお話するのはむずかしいのですが、ゲノムのなかに生命の起源からの長い長い歴史が入っているのです。これを読み解く方法に二つある。一つは私たち人間がゲノムをDNAという物質として分析し、そこに書きこまれている情報を解明する方法です。もう一つは、卵から個体を作る時にゲノムが読み解かれますので、これを調べることです。発生を追うとゲノムのなかの歴史が読み解けます。

このように、DNA研究は、けっしてDNAによって、生きものがどれだけ決定されるかを見るのではなく、生きものがどのようにしてできてきたかを見ることだということになってきたのです。こうやって見えてきた世界を、野間さんと語り合えたらもっと生きものの本質に迫っていただけたと思います。「野間宏のコスモロジー」というのが今日のテーマですけれども、コスモロジーを共有できたのではないかと思うのです。おこがましい言い方、不遜な言い方かもしれませんけれども、そういうものがご一緒に見えたのではないかという気持ちが、今私の中にあります。

生物学の実情を細かいところまでお話できませんので、今の私の気持ちがうまくおわかりいただけたどうかわからないのですが、そんな気がしております。

紅野 領域が違うと理解がむずかしいんですが、しかし一種のアナロジーと言いますか、たいへん面白い問題にぶつかっているんだな、と思いました。また科学の進展によってものすごく世界観が変わっていくありさまを伝えていただきました。また野間さんとの出会いと、それから微妙な時差、それが残念でもあるし、しかしまた逆に、野間さんがとらえようとした射程について、今あらためて考えさせられるところがあるように思います。どうもありがとうございました。

それでは引き続きまして、三國連太郎さんにお願いいたします。三國さんは、親鸞をめぐって、野間さんとは共通のお仕事をされたということもございますので、そのへんも含めましてお話いただければと思います。お願いいたします。

私の戦争体験——三國連太郎

三國でございます。私、今、先生方の話を聞いてて、やっぱり出とちりをしてしまったような気がしておるわけでございます。舞台でも映画でもそうなんですが、いつも出とちりをして人に迷惑をかけるのが私の特徴でございまして、本日もそういうことになっちゃったのかと思って、さきほどから妙な緊張感で手が震えておりますし、おしっこにも行きたくなってしまったわけでございます。これはまあ生理的なことだと思いますけれども。

私、原稿用紙の枡目をうめて生活している人間じゃないものですから、文学ということにはあまり明るくないわけでございます。ただ、今日こうしてまいりましたのは、去年来た時には、飲み食いで終わったわけで、二、三分の挨拶をしろというふうに藤原さんから言われて、二、三分ぐらいだったら何とかなるだろうと思って来たわけですが、本格的なこういう場では一体どうしたらいいか、本当にさきほどから五里霧中というような状態でございます。

ただ、ちょっと感想を言わせていただきますと、たいへん失礼なことになると思いますけれども、中村先生や小田先生の話というのは、僕には世代がやや近いから理解できるんでしょうか。非常に納得して、さきほどから、いただいた封筒にメモッたりしておりましたんですが、ほかの私の右にいらっしゃる先生方の言うことはさっぱりわからないんです（笑）。なんでこんなにむずかしい言葉を羅列しなきゃいかんか、それでどういう形で野間先生の本質が語れるのか、僕には、さきほどからわからないわけでございます。ただ、私は、さきほど、木下先生がちょっと読んでくださいました「無償性」という一文がございますが、これが私にとって野間先生との短いおつきあいの中で、非常に大きな影響を受けた部分でございます。そのへんをちょっと二、三分、時間を借りて、お話させていただきたいと思います。

じつは、野間先生と知り合いになる前に、いろいろな仕事をしてきたわけです。言ってみますと、一銭五厘の召集令状をもらって、あんまり鉄砲も撃ちたくなかったんですけれども、撃たないと具合が悪いということで、味方に殺されるのは嫌ですから戦地へ行って、幸い私は無能な兵隊だったものですから、一発の鉄砲も撃たずに終戦になったわけです。ただ、周りに約千二百名ぐらいの同年兵がおりまして、帰りがけに数えてみたらば、三分の一ぐらいに減っているわけです。それはガダルカナルへ行ったり、いろいろあちこちで連戦して、みなさん命を失ったわけですが、最後に私が終戦を聞いたのは、ハンカオというところがございますが、そのハンカオの憲兵隊の前にスピーカーがありまして、よく聞きとれないけれども妙なことをおっしゃっているわけです。「忍び難きを忍び」というだけしか私の耳に入らなかったわけですが、司令部に帰りましたらば、戦争が終わったというわけです。

しかし、戦前の私の中に鬼畜米英という教育が染みついていたわけです。なんとなし自分は戦争で何の関係もない人を殺さなきゃならんという運命を背負わされていたわけですけれども、しかし終わってしまえば、日本へ帰ることができるという気持ちで、佐世保へ帰ってきましたらば、もう六尺豊かの、六尺なんていう古い言葉では申しわけございませんが、一メーター八十センチぐらいの（笑）アメリカの兵隊さんが、上陸するとすぐに、ＤＤＴで頭から、背中、おちんちんまで全部消毒してくれたわけでございます。まるで粉屋の倅になったような形で、そういう兵隊の収容施設に入ったんですけれども、そこで只券の切符をもらって田舎へ帰ったわけです。田舎へ帰りますと、万歳三唱で送られたはずの私が一番危険な人物だということで警察に狙われますし、これは思想的な問題ではなく、食料がなくなると僕ではないかというようなことなんですが、これは帰還兵はみんなそういう災難に会っているんではないかと思います。

野間宏との出会い、映画『親鸞 白い道』

そういう状態の中で、私はいろいろと職業を変えて、最後に役者になったわけですが、もう右も左も全くわからないところで、不特定多数の作者と不特定多数の演出家の指導を受けながら百本近く芝居をやってきたんですが、だいたい一本の撮影期間が三ヶ月ぐらいあるわけですが、百本というと三百ヶ月ですね。これはもうたいへんな影響がありまして、私自身まったく知らないうちに、私という存在自身が私自身にもわからなくなってしまったわけです。ああ、このまま死んでしまうのはちょっとつらいなというような気がいたしまして、じつは嫁さんに、もうこのへんで別れてくれないだろうかというふうに言いましたらば、今後の生活を保障してくれればということで、持っているものを全部置いて、じつはインドへ行ったわけです。なんてことはない、とにかくブラブラ歩いていれば、何か私が生きるという願いみたいなものが蘇ってくるんではないかと思って行ったわけですけれども……。何かつまらない話ばっかりしましてすみません。

そういうような形で、私は向こうに残っておる仏教というものの残滓、もうほとんど仏教というものは消えておりまして、残っておるのは、なんとなしバーミヤンの仏像とか、そういう形骸だけしかないわけですけれども、どうも違うような気がしたんです、日本の各宗派仏教のあり方みたいなものが。これは何かやっぱり違うんじゃないか。「死について」ということで自分のドキュメンタリーを撮るつもりで行ったんですけれども、なかなか都合よく死ななかったものですから、最後の場面だけ残して日本に帰ってきたわけです。

そこで私の事務所に一緒におりましたY君という、彼は製作の専門家なんですけれども、「じつは仏教についていっぺん映画を作ってみたい」と言いましたら、これは全く儲けにならないし、借りた金も返せないのが当然というぐらいの、あまり企画性がないと言うんです、商業主義の中では。それもそうだろうと思ったんですけれども、三ヶ月間インドで感じたものを、何とか日本の社会の中で投影させてみたいと思いまして、それでだれが一番相談に乗ってくれるだろうかと言いましたらば、Y君が「野間宏さんという方がいるんだ。一度飛び込みで行ってみないか」と。「どこに住んでいるの」と言ったら、「本郷に住んでる」と言うんです。かつて私も武田泰淳さんの作品も三本やりましたし、富士さんという方のものもやりましたが、幸か不幸か、野間先生のものは『真空地帯』も何もやってないんです。

それで、じゃあ行ってお願いしてみようかということで本郷へ行ったらば、そこにいらっしゃる奥さんが、「どうぞ」と言うわけでございますが、上がるところがないんです。廊下から応接間、全部本がつまっていまして、どこへ座ったらいいかわからんような状態で、だいたい作家の先生方というのは、すごい殿堂の中にお住みになって、贅沢三昧をしているのが作家だと思っていた、そうじゃないということを初めてそこで知ったわけでございます。何かお話をしてても、非常に純粋ですし、話があっちこっちいってよくわからなかったんですけれども(笑)、でも真剣に何かを僕に伝えようという気持ちがあったわけです。野間先生の目を見てると、もうじつに純粋なんですね。役者を長年やっておりますと、いろいろな人間を演じてくるものですから、何か皮膚の感じとか、目の色を見ながら、どういう人かなという多少の判断がついたわけですが……。

それじゃあ、野間先生にお願いしてみようということでいろいろして、一週間ほど赤坂の旅館をとりまして、そこで野間先生を缶詰にして原作を書いてくれないかというお願いをしたわけです。「たいへん興味ある問題なんだけれども、じつは今、『狭山裁判』を書いているんで全然時間がないんだ」、と。「まあ自分でやってごらんなさい」ということになりまして、それから本職のほうを休みまして、脚本を千二百枚ほど書きまして、——千二百枚なんてのはこれはもうちょっと多すぎるんです、映画の脚本というのは、だいたい全紙で二百枚書けば、それでだいたい一時間四十分から二時間程度のものになるわけですけれども——、それを書き上げまして、じつは病気の養生のために長野のほうに行ってらっしゃったものですから——松本の奥ですが——行きまして、「じつは書き上がりましたから読んでください」と言いましたら、「じゃあ、うかがいましょう」ということで、その民宿に訪ねて来てくださいまして、二日間徹夜で読んでくださったんです。そして最後に、「これはだめです」と言われました(笑)。だめですと言われても、困っちゃったと思いまして、それではということで、それから私はじつは親鸞に関する多少の勉強をはじめたわけでございます。約十年近くかかりまして、地方の、つまり、一つの体制の歴史家でなくて、体制からはずれた歴史学者の人をずっと全国廻っておいでいただくというようなことで、いろいろ訪ねして、親鸞観とか、それからここにもいらっしゃると思いますが、日蓮宗の丸山照雄先生とか、いろいろな先生方に中世仏教というものの親鸞のあり方、それから親鸞の数少ない著作の中の問題点を、いろいろと参考に聞かせていただいたりなんかして、『白い道』を作ったわけでございます。

これはなんとかなるんじゃないかという野間先生のご意見もありました。ただ、「君ね、これでお金を儲けようと思ってもだめなんだ。お金儲けというものを度外視して、君が作りたいものを作った時にはじめて、これは君自身を満足させるものになるんではないか」ということを言われまして、若干嘘八百を並べて金を借り集めまして、約五億の製作資金で『白い道』というのを作ったわけでございます。完成祝いの試写会の時に、野間先生からもう絶大なお褒めの言葉をいただいたわけですけれども。私、フランスのカンヌのほうから、ぜひこれを出品しろというふうに言われましたんですけれども、十五分切ってくれないとプログラムに入らないから、フィルムを切れというんです。私も野間先生の頑固さみたいなものがどこかでうつったのかもしれませんが、そんなふうに自分の作った一コマ一コマを十五分切るぐらいだったら、べつにカンヌの映画祭だろうと、だれだろうと、そんなところへ行く必要ないから断ると言いましたらば、向こうからテレックスが入りまして、それじゃあけっこうでございますから、そのままお出しくださいということになったわけでございます。いろいろ賛否両論がございまして、問題になったわけですけれども、アメリカのノーマン・メイラーという作家が、十人の審査員を通して、これこそ全体映画ではないかというふうに言ってくれたんです。それは宝来という被差別民を中心に、僕は描いたんで、親鸞がどこにいるかわからなかったんです。問題にならなかったわけです。宝来を追ったということが、審査員の方の何かに引っかかったんではないかと思いまして、初めて撮った映画が、向こうで審査員賞を受けたわけでございます。

『釣りバカ日誌』と環境問題

長くなりますけれども、私、芝居というのをやりはじめた時に、戦後、皆さんもご承知のように、西洋の文化というのがどんどん流れ込んで来ました。そしてそういうものを通しながら、芝居というのは、日本人でもワルツ、つまり三拍子みたいなもので演じられるんではないか。それが一番やはり生理的にいいんではないかと思ってやり続けたんですけれども、なかなかワルツは演じられないわけです。それが私、インドに行く一つの条件になったわけですけれども。つまり、「生理」というものを追い続けているんですけれども、追い続けることで一般の方にはなかなか通じにくい部分、スクリーンからはみ出してしまうわけです。それで何とか、これは野間先生ではないんですけれども、「生理（物理）的」ということもよくわかりますし、これはとにかく一応こっちへ置いといて、何とか少なくとも一本一本仕事をするなかに、環境問題を自分のなかで投影していくことができないだろうかと思って、つい『利休』という映画以来、それから皆さん軽蔑されるかもしれませんが、『釣りバカ日誌』という映画を六本撮ったわけですが、これは作家の先生方には怒られるかもしれませんが、いかにしてこの環境問題を僕は演じて、ハサミで編集の時に切れないような状態を作るかという非常に無謀なことをやりながら、一話から六話まで、そこはかとなく環境問題を提起してきたわけでございます。

　そういうことを通して、さきほど、中村先生、小田先生の話を聞きながら、ああやっぱり僕は非常に大きな影響を野間先生から受けているのかもしれないなというふうに思いましたし、あらためて今後も野間先生のような生き方をしていきたいというふうに感じたわけでございます。ですから、ここにいるよりもそっちでお話を聞くべきが本来なんですけれども、こんな壇上に立ってたいへん失礼なことばかり申し上げました。どうも。

ディスカッション

職人は作品で勝負する

中村（真）　僕は三國さんのお話聞いててね、そう思ったんですけど、つまり、三國さん、職人なんですよ。つまり、物を作る人ですね。それで野間も僕も、そういう意味じゃ小説家という、ものを作る職人仲間なんです。だから三國さんの話は非常によくわかるって、そのわかり方が理屈でわかるんじゃなくて、非常に素直にわかるんで、それで、ハッと気がついたんですけれども、ここにいらっしゃる皆さん、非常に野間のことを勉強なさって、野間に共感を持って尊敬してるんだけど、非常に変なことに気がついたんだけど、つまり、野間宏って人が一生の間にいろいろ考えたり、苦しんだりしてることに、皆さん非常に共感をお持ちになっていらっしゃるんじゃないか。だから、野間が自分の仕事、小説を書くという職人仕事ですけれども、その職人仕事の間に仕事の苦心をいろいろ評論でたくさん書いているんですね。それを皆さんお読みになって、とても共感したり、考えたりなさってるんだけれども、僕は、職人仲間としますと、たとえば、ピカソの絵を見る時には、ピカソが描いたということはどっちでもいいんで、絵が面白きゃいいんで、だから野間だって、小説書いて発表してる時に、つまり、書いちゃったものがいつまでも野間宏だ、俺が書いたんだってことで、野間から独立して一人歩きしないで、野間のものなんだ、というところにとどまって、野間がこういう苦心をしたんだ、こういう問題に苦しんでるんで、それがこういう作品に反映してるんだというふうに読んでもらうのは、つまり、職人としちゃあ、本当はどうなんですかね。

そういうこと言うと、野間は賛成するか反対するか。つまり、それは作品書くためにいろいろな問題を苦しむかもわからないけど、作品を作るという商売なんで、その作品を作るってことに良心を捧げていて、生命を捧げているわけで、そうすると、それができてしまえばそれは一人立ちするんで、それにどんな良心的というか、どんな苦労があったか、どんな問題を考えたか、というようなことは全部切り離して、できあがったものが勝負なんで、どんな高級なことを考えたって、できたものがだめならだめなんで（笑）、あんまり野間はああいうことを考えた、こういうことを考えたっていうことを考えるよりも、全部それを忘れて、野間宏って名前も忘れて、野間の書いたものだけを読んで、これが小説として面白いかどうか、はたしてそれが人生のある真実なり、美なりがそこに出てるかどうか、本当に面白いかどうか、どんな高級な理屈があったって、面白くなきゃ小説じゃないんですから、そういうものとして成功してるかどうかってことを、私心というか、成心を去って、どんなにむずかしいことを野間が考えてたかということをあるとき忘れて、野間のものだってことも忘れて、作品自体を、つまり、ゲーテの小説を読むつもりで、あるいはトルストイの小説を読むつもりで、昔の人の書いたようなものと比べてどうかと。それと同じようなつもりで読んでやらないと、小説家としての野間がかわいそうなんじゃないかって気がちょっと今僕はしてるんです。（拍手）そういう感想だな（笑）。

紅野　中村さん、でも同時に、書かれざる小説の可能性はあるでしょう。『生々死々』も、未完に終わってしまっているわけですね。分子生物学の問題もいろいろ関心をおもちになってて、何かいろいろなことを断片的には、あるいは草稿のようなものではお書きになっていた。それは確かに残ってないから評価というふうにはいかないんだけれども。しかし同時に、すでにある小説以外の書かれざる小説の可能性みたいなものを考えてみたいなという感じはあるんですけど、そのへんはいかがですか。

中村（真）　『生々死々』の書かれている部分について、みんな十分に考えてないと思うんだよ。書かれてない部分より、あの書かれてる部分に非常にたくさんのことが、普通の人が読んでるよりずっとたくさんのことが書かれているわけですよ。野間がもう一生懸命書いてる。それを何度もくり返して読むと、書いてないと思ってることが書いてあるわけですよね（笑）。その書いてるのを読んでやってほしいと、やっぱり仲間としちゃ、そう思うな。いや、書いてるよ、あの中で、ずいぶん（笑）。

紅野　わかりました。それでは小田さん、お願いします。

芸術としての野間作品

小田　中村さんにずいぶん同感するんですけどね。野間さんが朝日賞か何かもらった時に、彼が出て来いというから、私はわざわざ西宮から東京に来たんですね。そして中村さんもいらっしゃって、二次会かな、パーティみたいなのがあって、なんだか知らないけど私も引っぱりだされていたら、中村さんだけが孤立するのね。それで野間さんのファンというのがわんさと来た。ところが彼らは社会的な問題ばっかり考える。そうなると、中村さんは異端なんだよ、そういう人たちから見ると。なんでこんな美的作家がそんなところにおるか（笑）、という感じで見る。私はその中間なんで、私は彼と知り合いだし、中村さんと知り合いで、私は野間さんの弟子でもなんでもないですけどね。それはたいへん面白かったですよ。その席で中村さんは異端な感じでいる。たとえば、だれかが言うわけ。中村さんというのは東大のフランス語の先生の時に、何とかいうデモの時に彼は許可してくれたとか、そんな話しかしないんだもんね。だから中村さんの文学というものがどっかへ行っちゃった。話が社会的な問題だけに集積したから。野間さんは寂しそうな顔していた。野間さんというのは、何かそういう社会的な話ばっかりする人、あるいは環境問題だけ考える人、分子生物学ばっかり考える人になってしまった。それはやっぱり違うなという気がしましたね、私は。

私はやっぱりさっきの話、書かれざる文学というのは、たとえば瀬戸内海について彼は凝ってたでしょう。あらゆることがそこに出てくるわけですね。環境問題が出てくるわ、お能の話が出てくるでしょう。もうあらゆることが出てくるんだけど、これ小説に書いたらどないして書くのかと思うね。私はまずそう考えるよ。だからさっきそういう話したんですよ。全体小説ってA、B、C、Dがいる、ゴチャゴチャって出てくる。私もそうやって書いてると思うんだけど。ただ、それどないして書くのか。私は、カナカマオリの話したんですけどね、あれカナカマオリのコスモロジーが片方にあるわけですね。儀式をするんです。天に祈ったりするんです。それとキリスト教との衝突から、みなあるわけ。わんさと全部でてくる。あれは全世界の問題があそこにバババッと出てきた。だから土地返せというけど、ワイキキの浜辺にホテル乗せて返ってきたらどうするのとか、そういう問題が全部出てきて、これどないして書くのか。私やっぱり自分も同業者だから、どないして書くのかって、いつも考えるわけ。ものすごくむずかしい問題がでてくる。

阿呆な話をすると、野間さんは求道者みたいにみんな思うわけでしょう。私は中国へ行って、中国で半年暮らして、眼からウロコが落ちた体験が一つありましてね。われわれは何だか知らないけど、「書」というのは書道と考えますね。書道と考えると、身を浄めて、ワッと意気込んで引っぱるとか、硯をちゃんと姿勢を正してすれとか、そんな阿呆な話を私は聞かされて、何となくその妄念に取り憑かれていたわけです。四川省でパンダを救済するために、パンダの餌がなくなったのかな、それでお金を集めるために全中国の有名な書道家が全部集まって、それが書を書いてる場面というところに行ったんです、私は。それではじめて中国の書家ってどないして書くのかって現場を見たら、それはタバコを吸ってるし、横向きながらやってるし、それからだいたい墨なんかすっとらんですよ、みんな墨汁だよ。ボカッと入れて、それで横見ながら、ちょっとここ欠けてるなってちょこちょことやるわけよ。そうすると、考えたら、「書」って芸術でしょう。何も芸術に姿勢正して、墨すらんでもいいわけよ。横向いてしゃべりながら、一番ずぼらなやつがいて、僕は中国の記念のために買ってきたんですけどね。立って書いたほうが楽でしょう。長い筆を作って、それ売ってましたよ。こうネジで止めて、立ったままでシャッシャッシャと書く。そして時々タバコ吸いながら、横向いてチョッチョッチョッと塗ったり何かしてるわけよ。それではたと気がついて、なんで書道みたいなくだらんことを俺は考えたかと思いましたね。横向いてチョコチョコチョコと書いたかもしらん。かすれたような感じして、シュッとやったかも知れんな。それは芸術だもんね。野間さんを理解するのは、やっぱりそっちを理解しないと、何か求道者みたいに理解してはいけないんじゃないかと思います。

紅野　まだ残り二十分位ありますので、いろいろ自由に話をしたいと思いますが、どなたかもしご発言があればぜひどうぞ。全体に若干、自称職人とおっしゃった方が優勢に立っちゃったんで、ここは何か富岡さん、一言。

富岡　いや、やっぱり野間さん、求道者でも活動家でもなくて、やはり小説家であるって、まったくそうだと思うんですね。あの『青年の環』と、最後の未完になりました『生々死々』という、中村さんがおっしゃるように、あの中にほんとにいろいろなものが入っている。もちろんテーマということもある。人間の死であるとか。ただ、やっぱりそれを描く言葉の実験なりに私なんかは関心があるんです。だからテーマと、もちろん表現は切り離せないんでしょうけれども。中村さんがさっき、「この百年のやわな口語」と言ったけれども、その中であれだけ日本語をいろいろいじりながら、江戸のものとか、西洋のものも入れながらやってるという、そのエネルギーが大事だと思う。それをわれわれが本当に、そういう意味では作者の名前を取っちゃっても、作品だけに向かい合って十分に面白いというふうに、私なんか考えています。野間さんがやった言葉の実験ですね。最近の小説の細さというのは、そういうものがなくなってきちゃっているからです。いわば感性の文学、感性で何か通じちゃうというか、「小川のせせらぎ」という言葉がさきほど出ましたけど、どうもそういうほうに戻っている、と。

歴史を描く小説家

富岡　野間さんの中で、『わが塔はそこに立つ』という長篇がある。面白いのは、小説家がある時に危機に立つと、自伝的なところに戻るということがある。野間さんもやっぱり『さいころの空』とかで、かなり広く経済の問題とかやりながら、その後に『わが塔はそこに立つ』で、もう一度、原点に戻ろうとしたと思うんです、自分というものの。そこで彼自身の生いたちも含めて、あるいは仏教の問題も含めて書いた。それがいわゆるありがちな、自伝的な小説じゃなくて、歴史というか、そういう非常に大きな中で野間宏自身の自分、自伝というものが出ている、と。それが大きな意味をもっていると思うんです。最近は作家はちょっと危なくなると、すぐ自伝的作品でお茶をにごしちゃってて、そういう広がりというか、歴史をとらえたりする広がりがでてこない。

さきほども話に出た『夜明け前』という作品は、昭和十年に発表されたわけですが、あそこは藤村自身の問題、それから言うまでもなく、藤村の親父さんの、あそこに出てくる青山半蔵ですけれども、自分の血と親子の問題を通しながら、同時に幕末から明治以降の日本の歴史というのが非常にダイナミックに描かれている。そういう意味での歴史を描ける作家というか、藤村のようなスケールをさらに拡大していく小説家、それが私なんか野間さんの一つの大きな作品の面白さじゃないかというふうに思います。さきほど、中村先生のほうから、生物学でも「歴史的存在としての生きもの」という言葉で、やっぱり生きもののなかに歴史が入っているんだ、と。だから生命誌というものが今言われているということは面白いと思いました。というのは、野間さんが『青年の環』のなかで大道出泉という一人の主人公を通して語ってる問題というのは、人間を何か生命というよりは生物としてとらえる、と。あそこで、最後に大道というのが病気になって、スピロヘーターバリーダで自分が侵されていくなかで、いわばそういう非常に肉体、生理が破壊されていくなかで、何か新しい人間の存在というか、新しい人間のビジョンみたいなのを出すんですね。そこで言っているのは、いわばムカデやゲジゲジやイソギンチャクみたいだなんていう、そういう言い方がでてきて、僕はあそこに野間さんがとらえている人間というものを、ある大きな生命的な歴史のなかで見る。カンブリア期の、それこそ三葉虫まで遡るような、そういう巨視的な見方だと思うんですね。だからそういう眼線があって、人間をとらえる。歴史を描くということが、野間文学の魅力だし、そこをわれわれは読んでいける。

領域を超えて共有できる言葉

中村(桂) お偉い先生方に楯突く気はないのですが、小説家は職人なのであり、職人が作ったもの、つまり作品を素直に読めというお話でした。本当にその通りだと思います。ただ、映画をお作りになる方や小説家だけが職人なのではないんですね。科学者も職人なんです。科学者も職人として自分の作品を作っているつもりなんです。そこで、同時代を生きる者として、職人同士ができあがったものだけで接しているのではなく、お互い職人同士として悩みを語り合ったり、共通点を見つけたり、同じものを見たりすることはあってよいだろうと思うのです。いや、ありたいと思います。たとえば、野間さんという職人の作品として書いてある分子生物学、DNAという言葉の中にあるものと、私が科学的にDNAを見る世界の職人として見ているDNAを人に伝える時に、そこにこめているものとは、ずいぶん違うと感じたことがあるのです。ですから野間さんの作品の中のDNAという文字だけを読んで、そこから私が何かを受けとめるだけではなくて、私の職人としての気持ちを野間さんにぶつけたい。そして職人同士、同時代の、職人として語り合いたいという気持ちがあります。もちろん作品が一番大事なものです。ただ私は野間さんの作品をそんなに上手に読みとれているとは自分で思えないのですが、野間さんが文学を通してお作りになりたかったものと、私が科学を通して作りたいものについて、ご一緒にお話できたということは、自分にとってすばらしかったという気持ちがあるのです。そういうことって考えてもいいんじゃないかと思うのですけれど……。

中村（真） 討論会とか、あるいはもっと気楽なサロンとか、いろいろな違う職業の人が仕事の、つまり、自分の仕事についての語り合う機会がもっとうんとないといけない。違う人たち同士が仲間同士よりも非常にヒントを得るんですよ、実際。ですから、もっともっとそういう機会を科学者の方やなんかも工夫しておつくりくだすって、そういうことはとても必要だと思いますね。それはお互い同士の共通の言葉を発見しないと、どうもみんな自分の職業上の方言みたいなものだけでしゃべっていると、外の人にわからないことを知らないうちに考えちゃうんです。いつでも、だれにでもわかる場で考えるような、そういう習慣がとても必要だと思うんですよ。

中村（桂） ちょっと宣伝めくのですが、私は今度、仕事場を、研究所でなく研究館としましたのは、今お話し下さったことを実現したいと思ったからなのです。英語では hall というのですが、サロンのつもりなんです。先生もどうぞいらしてくださいね（笑）。

大阪の作家、東京の作家

中村（真） それはぜひお呼びいただければいつでも。それからあんまり人が言わないんだけど、野間の小説って、あれは大阪人の小説だよね。それはどうしてもっと強調しないんだろう。つまり、野間の日本語は、あれは大阪の言葉で、僕みたいに東京育ちの人間が読むと、あれを大阪の人が読むほど僕らには十分わからないんじゃないか。それから、よく日本の文士は女が描けるかどうかで勝負が決まるっていうんだけど、だから僕なんか読むと、野間の女性ってのは大阪の女性が描かれているんだ、と。東京の女は描けてないなという（笑）、そういう気がするんだね。それはつまり、男でも女でもそうだけど、非常に大阪って感じが、僕なんかとても強く感じますね。そういう肉感的というか、そういう読み方も、野間の作品にしないと、せっかく野間が一生懸命書いてるところが、あんまり抽象的にばっかり読んじゃうと飛んじゃうと思うんだ。うん、そういう読み方もね（笑）。

小田 私自身は野間さんについて、さかんにそれを書いたことがあるんです。大阪の作家の特色というのは、やたらに説明しますよ。たとえば、東京の作家が傲慢だといつも思うのは、たとえば、彼らは六本木よりも新宿が好きなタイプだってのを平気で言うでしょう。よく言うと思うよ。何もこっちはわからないものね。ちゃんと説明せないかんよ。たとえば皆さんわかりますか。あの人は、上六よりも今里が好きなタイプやて、わからんでしょう。そうすると、延々と説明しなきゃならない。今里は何であるか、上六は何であるかというのを、みんな説明する。宇野浩二そうです、織田作之助そうですよ、延々と書いてますよ。それから私もそうですね。それから谷崎潤一郎も。谷崎の『細雪』をお読みになったら、非常に面白いと思うのは、東京へ来たら記述が簡単ですよ。あの主人公たち、大阪、西宮、私が今住んでいるところですけど、そのとおりでてくるわけ。そのあたりのことをものすごく詳しく書いてます、関西については。その一族が東京へ来たら、ものすごく簡単になっちゃうよ。日本橋を曲がってと、それで終わり（笑）。ところが、織田作にいたっては、こう曲がって、右行って、左行ってって書いてあるでしょう。谷崎もそうですよ。大阪のことを書いてる時はものすごく詳しい。東京へ来たらまったく簡略。やっぱり東京の作家は傲慢だ。パリの作家が傲慢なのと同じように、東京の作家はみな傲慢やと思う（笑）。

それで野間さんといつもしゃべっとったわけ。あいつら、みな傲慢じゃないか、と。わしらは一生懸命書かないとわかんないもの。それからテレビもそうですね。テレビももう見てると傲慢無礼だよ、東京のテレビというのは。私は久米宏はまだ買うよ、六本木はここにありますって、ちゃんと説明しとるもの。大阪の作家は愛国心に燃えてるのかしらないけど、とにかくやたらに説明するよ。そのくせが野間さんにあって、どっかの門に入って、玄関に来るのに延々と書くことになる。大阪の作家はやたらにくどい。大阪の漫才がくどいみたいなもんだけどね。私もくどいんで有名だけど。

中村（真）　いや、あれは大阪の民間芸能、俄《にわか》の伝統ですよ。

小田　だから延々と書くよ。何か知らないけど、門入って玄関までの間にやたらに書く。それはやっぱりそれの一つのせいですね、というふうに私は思う。そういう文学論を書いたけど、そんなことだれも注目しないね、やっぱり見てると。それは大阪の作家の一つのタイプやと私は思うよ。

中村（真）　あのキッスの描写だって、大阪のキッスですよ（笑）。

小田　大阪のキスですかね（笑）。

紅野　大阪のキスってのは、ちょっと説明がいりますね（笑）。

三國　いろいろお話を聞いてて感じるんですけど、これは非常に私的なことなんですけど、僕は関西の人を演じられないんです。「生理」がどうしてもあそこへ入れないんです。それで東北の人はできるんです、僕は。

中村（真）　発声の場が違うでしょう。アクセントだけやってもだめですね。

三國　そうなんですね。言葉に「生理」がついていかないんです。

中村（真）　ええ、ええ。動きが。それから声の出る場が違うんですよ（笑）、そもそも。だから、楽譜でアクセントだけやっても、テレビで見てると、東京の人が大阪弁を楽譜通りにしゃべってるの聞いてると、ものすごくノンセンスです。

三國　はあはあ。これは遺伝子に関係ありますか（笑）。

小田　あるでしょうね。それは歴史があるんだから。ＤＮＡの歴史を言ってるんだから、それはあるよ。

中村（真）　喉の構造が違うんじゃない？　いや、それは文体に、だからでてくるわけですよ。だから声出して、野間の小説を朗読するのに、それはあると思いますよ。

三國　歯の感じも違うみたいですね（笑）。

中村（真）　そうでしょう。全部違う。

小田　全部違うのか（笑）。

三國　私、去年、東ドイツで映画を一本撮ってたんですけど、ドイツ語でしゃべるんですけどね。どうしてもうまくいかないんです、ドイツ語の発音が。そうしたら、歯からなおさなきゃ発音できないって言われました（笑）。これはもう諦めたほうがいいと思って、漢字の発音に変えちゃったんですけどね。

中村（真） 形が違うんです。

三國 はい。何かあるんですね、きっと。

紅野 何か社会的・心理的問題から、生理的問題へだいぶ話がいってますが、僕も確かに大阪を感じるところはあります。『青年の環』の中に梅毒患者の小山周太郎というわき役の人物がでてきます。その小山の家を大道出泉が訪ねていくと、もう彼は死んでいて、おキンさんという奥さんがいる。そうすると、最初、手ぬぐいが出て、ビールが出るまでの描写が五ページぐらいあるんですけれども、その間、おキンさんというのがなにくれとなくビールを注ごうとしたり、それから大阪寿司を手に入れようと、行ったり来たりする場面というのがあります。あの場面というのが、これが大阪かなというふうに思うような、寿司と相手に対するその気づかいと、それから距離の置き方など、心を許していくまでの時間的経過がもうたいへんに細かく書かれていて、ここなどはちょっと異質な文化があると感じさせますね。

中村（真） 作中人物の名前に対する感覚でも、僕らはとても使えないような名前を主人公につけますね。

小田 私もそうですな。

中村（真） あれはとてもやっぱり違うんじゃないか。

小田 『夜明け前』の話が出たけどね。『夜明け前』の描写はスカスカしてますよ。あれ野間さんが書いたら五倍ぐらいになるよ、あれ。

紅野 ええ、それはそうですね。

小田 こんなにくっつけてくるね。だからあれは、あの感覚と違うと思うね、野間さんの小説というのは。『夜明け前』は全体小説だと思いますよ、なかなかすばらしい小説だと思うけれども、まさにスカスカしてるね、読んでみると。だから、僕はアメリカで教えてるんだけど、つまり、スカスカしてる感じというのはうまく言えないんだけどね。野間さんのものはベチャッとしてるよ（笑）。五倍ぐらいになるね、あれ。このぐらいの小説なんてだれも読まないよ、おそらく。そういう感じがしますね。

紅野 もう倍以上の長さになるんじゃないですか。

小田 いや、五倍ぐらいになると思うよ。

野間宏の宇宙的な女性観

紅野 時間が、五時半になってきましたが、そろそろ皆さん一言ずつ最後に何かありましたらどうぞ。会場からも質問の時間をもうけたいと思います。

質問者 どなたでもよろしいんですが、中村先生か小田さんに質問したいと思うんですけれども、今言うフェミニズムについて、晩年、野間先生はどういうふうにお考えだったのか、お聞かせいただけばうれしいと思います。

紅野 これは中村先生でしょうか（笑）。

中村（真） いや、僕はね、野間と晩年に会ってないんですよ。だから野間のフェミニズムのことはわからないですね。晩年の野間とは全然会ってない。電話で話をしても文学のことしか話さないから。だからちょっとそれはわからないですね。ただ、ある種の男性が戦後民主主義のリーダーたちでも、酔っぱらうと、女はバカのほうがいいとか、そういうことを言う人が非常に多いんです。僕はたくさん具体的に知ってますけれども（笑）。そういうのは僕はものすごく大嫌いなんだけれども、野間にはそういう、女はバカほどいいとか、そういうことはなかったですね。野間は非常に人生にまじめだから、だからたぶん女性を口説くんでも大まじめにやるんだと思うんですよ。ところが、相手は野間ほど人類やなんかのことを考えてないからね（笑）。だから相手はびっくりしちゃって、つまり、人類のために僕は君を（笑）、とかって言われると、たいがいの女はそうじゃなくて、私のためにと。だけどそういう個人的な問題よりも人類のほうが大事だとかって野間は言うから、とても口説かれるとは思わない（笑）。そういうふうに、野間君のは気宇壮大な口説きだろうと思う。僕はだいたいそう思ってますね。酒場なんかで冗談言い合ってても、野間君が女性に言う冗談というのはたいへん宇宙的で（笑）、あんまり個別的ではなかったですね。

小田　いや、同じ意見だよ。そうね、そういうフェミニズムというような考え方で考えてなかったでしょう。僕はそう思うな。いわゆるフェミニズムって何をさしてフェミニズムっていうかって大問題が出てくるんだけど、そういうような考え方の立て方をしていたんじゃなかったと思いますね。彼はそれより全人類のほうに行っちゃったんじゃないかな。人類の中であるというふうに考えて、それと個別の欲望はまた別の話だから。それはまた別にいろいろなことあったと思うよ、私は知らないんだけどね（笑）。それからもう一つ、野間さんは美しいもの好きですよ。唯美的なところがものすごいあるね。

中村(真)　そうそう。

小田　野間文学というのは、社会問題とか、そんなことばっかり見ないで、一生懸命美しいものを書こうとしてたわけ。ただ、美しさの概念が違うんじゃないかと思うんだ（笑）、たとえば、私と。中村さんとも違うと思うけど。それぞれ違うと思うけど。それはやっぱり彼は追究したんじゃないでしょうか。非常に唯美的な人ですよ、その意味ではね。私はいつもそう思ってつきあった。

中村(真)　マラルメの弟子だね。

小田　私はいつもそうやってつきあってたんですけどね。ただ要するに美しさの概念が違うんで、たとえば、これは美しいと彼が言うのと、私のと違うでしょうね、というふうな気はしましたけれども。ただ、唯美的な人であると思うね。それは読んでたら、そういう気がしますし、そこはもうちょっと追究したほうがいいんじゃないかという気がします。

紅野　夏剛さん、最後に一言。

夏　難解な言葉づかいと批判されましたけれども、今日のシンポジウムで指定されたテクストは、『新しい時代の文学』という超難解なものですから、それにこだわりすぎて、ついつい難解なことを考えてしまって（笑）、その点は反省いたしております。

　私自身も評論家の仕事のほかに、ノンフィクションの作品の実作者でもあります。その実作者の立場で考えると、やっぱり評論家の評論というのは、ナンセンスに聞こえてしまうんですね（笑）。しかし逆に反対の立場で、評論家の立場に立っていると、どうも難解な言葉を羅列しないと商売が成り立たないというようなところもありまして、その点、ご理解いただきたいと思います（笑）。

これは自己弁解のように聞こえますけれども、じつはそうではなくて、野間先生の文学や思想にも似たような葛藤があったんじゃないかというような気がします。つまり、一方では、中村先生がおっしゃったように、小説家の、要するに、職人の作業をされた方なんです。一方では、非常に難解な理屈を常に考えておられた方ではないかと思います。ですから、たとえば『生々死々』が中断されたことは、いろいろな原因があると思いますが、おそらく小説の形でいかに処理されるかということを、最初に理屈でいろいろ苦心して考えて、それでうまくいかないうちに中断されたんじゃないかというような気もいたします。あるいは、全体小説の中身そのものは、つまり、こういう小説を書きたいというイメージは、おそらく非常に単純なものかもしれません。しかし、一つの論理体系に作り上げようという気持ちから、いろいろなエッセイの中で非常に難解な言葉を使って体系化しようとされたんじゃないかというような気がいたします。

それから最後に一言。大阪出身ということは非常に大事なポイントだと思います。大阪の作家は説明が多いというのは、まったくその通りだと思います。その説明が多いということは、理屈づけと考えていいかどうかということも、ついでに教えていただきたいと思いますが。

紅野　残念ながら時間もオーバーしておりますので、そろそろ終わりにしたいと思います。全体に、「野間宏のコスモロジー」というタイトル自体の意味が、なかなかむずかしい。いろいろな要素が多様に混じり合って、そしてそれが今日の話でも一つにまとまらないということは、よくご理解いただけたかと思います。相互に葛藤して、ぶつかりあいながら共存している、そういう感じです。これが野間さんの文学全体を広く覆っている。そしてそれが原鉱石のように輝いているんじゃないかなというふうに思います。小説をやっぱりきちんと読むべきだというご意見もたいへんよくわかります。そして同時に、小説以外のお仕事も小説に向かってのお仕事だったかもしれないけれども、同時に全体に向けての一種の純粋な認識の運動みたいな、全体を知りたいというような、そういう運動として野間さん個人が体現されておられたんじゃないかなと思っております。拙い進行役で失礼いたしました。今日はどうも皆さんありがとうございました。

〈シンポジウムを終えて〉基本を真剣に見つめる眼

中村桂子

シンポジウムのなかでも申し上げましたが、私には、野間文学、さらには文学者としての野間さんを語る能力はありません。唯一つ、分子生物学という接点を持っているだけです。それが、野間さん全体のどれだけを占めるのかは分りませんので、分子生物学から見た野間さん、さらに広げて言うなら、〝文学者という存在〟がどれだけの意味を持つかも判断できません。そこで、生物学の中にいる私が、野間さんを通して見たものについて、簡単に書かせていただきます。

二十世紀の生物学は遺伝子への還元

地球上に棲息する生きもののすべてに存在し、生命現象の基本を支配する物質として、DNAが発見されたのは二十世紀半ばになってのことでした。以来、生物学は、DNA研究を中心に進歩してきました。従来は、観察を主にしてきた生物学が、科学、しかも実験科学として急速な展開をしたのです。それは、生きものを物質に還元し、説明しようとする作業でしたので、人間を全体的存在として見ている私たちの日常感覚とは離れたものにならざるを得ませんでした。一九七〇年代になって、組換えDNA技術が開発され、DNAの操作が可能になるや、外から見た分子生物学はますます怪しげなものになっていきました。

それを鋭く感じとって、分子生物学の実態を知り、それが人間をどのようなものとして解明していくのか、また自然にどう関与していこうとしているのかを確認しようとなさったのが野間さんです。人間とは、自然とはという基本を見つめる眼を持ち、それに関わりを持つ動きに反応するアンテナを持っている文学者としては頷ける反応です。むしろ、当時分子生物学に関心を持つ文学者がそれほど多くはなかったことの方がふしぎと言ってよいかもしれません。

野間さんの不安は、具体的には二つのものに対する形で現れました。一つは、フランスの分子生物学者ジャック・モノーの著書『偶然と必然』に示された分子生物学を基本にした新しい自然哲学の呈示です。もう一つは、環境問題です。体の内と外から、自分の持っている人間観、自然観を揺さぶられる感覚は、生物学の内部にいる私にもありました。けれども、DNA研究の現場にいたために、この研究を止めるのではなく、続けることによってしかこの不安は解けないという直観があったのです。科学の世界にいながら、当時は、直観としか言いようがなかったので、野間さんにも上手にお話できませんでしたけれど。何とか説明しようとする私をジッと見つめながら、静かに聞いては下さいましたし、DNA研究への強い関心を示しては下さいました。しかし返ってくる言葉は、すべて危機感の塊でした。

還元からの脱却——「科学」から「誌」へ

一九七〇年代には、直観としか言えなかったこと。つまり、DNA研究を続けてゆけば新しい生命の姿が見えてくるだろうという予感が、八〇年代になって現実化してきました。生命現象は、遺伝子に還元して説明するものではないことが明らかになったのです。

DNAという物質は、私たちを構成する細胞の核のなかに存在しています。その核のなかにあるDNAのすべて。それが、私たちの体づくりや活動を支える物質を作り、機能しているのです。このDNAのすべてをゲノム（これは横文字を片仮名で表現しただけの言葉で、意味をとれば、「生命子」がよいと私は考えています）と呼びます。生命を支える単位となるものです。DNA研究を続けていくうちに、遺伝子よりはゲノムの方が重要である、つまりこれを生命の基本単位と考えなければならないことが明らかになりました。

しかも、ゲノムはどのようにしてできてきたかを見れば、歴史の産物という答が出ます。今ここにいる私のゲノムは両親から受け取ったもの。では両親のゲノムは……と辿っていけば、生命の起源にまで戻ります。実はDNA研究は、私たちが辿ってきた歴史を知ることだったのです。

遺伝子という単位に還元し、それで生きものとは何か、人間とは何かを説明しようとする学問として完成することを期待されていたDNA研究は、生きものたちが今の姿になってきた歴史物語を読みとる学問に衣替えしつつあります。それを私は「生命誌《バイオヒストリー》」と名づけました。

かつてあった不安は、今私のなかで消え、新しい知の体系を作りあげることへの参加の興奮に変っています。普遍・論理・客観・還元によって明快な解答を出そうとしてきた現代の知は、今、それに依拠しながらそれを超えて、多様・個別・直観・主観・総合・全体などを取り込んだ新しい知に変化しつつあります。ポストモダンと言われたものの具体的な姿が見えつつあります。その中で、DNA研究を基礎にした生物学は、重要な役割を果すに違いありません。

この重要性を、野間さんだったら適確に認識して下さるに違いありません。本来なら、もっと多くの文学者がそれに気づいてもよさそうなものなのにと、七〇年代と同じ思いを抱きながら、この新しい動きを踏まえて、野間さんがお書きになるものを読みたかったと思っています。

〈シンポジウムを終えて〉
野間宏の歴史意識

富岡幸一郎

野間宏の最晩年の仕事のひとつに『東西南北　浮世絵草書』（集英社）がある。シンポジウムではこのエッセイ集が提示していることをテーマにするという予定だったが、時間の制約等もあり、その中身についてまでは十分に議論できなかった。

補足の意味もふくめて少し書いておきたいと思う。

このエッセイは、一回が五枚という断章で、いかにも野間さんらしいゆったりとした口調で、自由自在に東西の文化、文学について語っている。後書で野間宏はこう記している。

「この百に及ばんとする数になった短文によって、私の問いつめようとした問題の領域は広く拡がっているかのように見えて、私の作業の中軸に置かれていたのは、未来を削り、過去を刻みつづけ、日本の近代を彫りすすもうとする一枚の切り出し刃であった。日本文化の聖と賤、江戸近代説、環境問題など三枚刃が重ねられて一枚となった刃は、浮世絵版画の世界に、類例のない形と色をさぐり、ヨーロッパ全土に行きつき、またその方から投げ返されるのである。」

ここにはまさに全体小説の理念の体現者、歴史を全体的に引き受ける「小説家」野間宏の問題意識のありようがよくあらわれている。とくに、現代日本文学の状況を射程にいれながら、日本の近代文学の出発点を再考するという作業は、今もなお問いつづけられねばならないものだろう。エッセイの冒頭で、野間宏は言う。

「私は北村透谷が好きだったし、いまも好きであることに変りはない。」

野間宏は「透谷なくして日本近代文学は成立しなかったことは疑いえないとし、しかし、そこから一歩踏み出して次のような設問を立てる。

「私はヨーロッパの近代についての問を重ねながら同時に日本の近代を問うて来ているのだが、日本の近代を何処におくかについて、私は何度もまどいながら、この、二、三年来、西鶴、近松、鶴屋南北に置こうという考えのところにようやく移って来ている。」

近代文学の出発点を、二葉亭、透谷に置くということが、今日の日本文学を「余りにも細い」ものにしているのではないかということの〝仮説〟は、もちろんこれまでも議論されてきたことだ。たとえば、江藤淳の『近代以前』(文藝春秋)は、「文学」を何よりも「日本語がつくりあげてきた文化の堆積」としてとらえ、そのような視点で「文学史」を見るとき、「近代」と「近代以前」との共生があきらかになることを示している。いうまでもなく、その〝共時的〟な文学論は、現代日本文学の狭さにたいする批評であった。

野間宏のエッセイも、一見すれば、いわばこの〝共時的〟な文学論であるといってよい。問題は、しかし、この共時性がそれに対立する通時的な線的《リニヤ》な歴史の意識をどれだけ持ちえているかということである。

八〇年代の日本におけるポストモダン論とは、線的《リニヤ》な歴史意識の消失であり、そこでもてはやされたのは〝構造〟であり、〝空間〟であった。戦後史もまた〝空間〟としてとらえ直され、江戸の〝空間〟が一種の文化主義のなかで再評価された。そこにはポスト近代《モダン》が、そのままプレ近代《モダン》——近代以前にそのまま反転してしまうという日本的な反復の状況があるのはあきらかである。それは文字通り、歴史の喪失であり、丸山眞男が「歴史意識の『古層』」で指摘した「なりゆき」の歴史的相対主義の土壌が露呈されたものであろう。

野間宏においては、しかしその〝共時的〟

な文学論は、つねに線的《リニヤ》な歴史意識とのディアレクテックな格闘のなかから出てきている。『東西南北　浮世絵草書』にしてもそうだが、その小説、代表作『青年の環』にしても、あるいは『わが塔はそこに立つ』といった作品にしても、そこには強い歴史意識が介在しているのはあらためて指摘するまでもない。野間宏の、そして戦後派作家にとっての歴史意識は、いうまでもなくマルキシズムである。ソ連邦の崩壊、社会主義国家の崩壊といった九〇年代の世界史的な出来事のなかで、マルクス主義とともに戦後派作家のこの歴史意識もまた過去のもの、無効になったとしてかたづけてしまうのは間違っている。なぜなら、戦後派にとっての、そして近代日本におけるマルキシズムとは、社会主義思想というよりも、むしろ日本という歴史的相対主義の土壌における稀有な「一神教的」な理念であったからである。

野間宏の〝共時的〟な文学的視点も、その意味では、決して日本におけるポストモダニズムと軌を一にしていたのではなく、「歴史」の再来のなかから生じてきたものではないだろうか。

〈シンポジウムを終えて〉

随想

夏　剛

シンポジウムで、難しい事を喋り過ぎた。「専門家の方言」と叱られても仕方が無い。特に私の場合は、中国の観念や術語も使ったので、一層、難解な言葉の羅列に聞こえたのか。中国の文学者の理念にこういうのがある。

「従三十三天上発想、得題中第一義、然後下筆、圧倒天下才人。又須下極一十八重地獄、惨淡経営一番、然後文成、為千秋不朽文章。」（清・廖燕）

思索も表現も、究極の第一義から出発しなければならない、という強迫観念に囚われ過ぎた。もっと気楽で、水割り風の話でも良かったかな、と後で思い直した。野間先生の求道者の一面が強調され過ぎた、というご指摘もごもっともだ。野間氏の泥沼のような文体から、「下極一十八重地獄、惨淡経営」の苦心を感じ取った余り、遂に一点張りになった。このように、集団的な遺伝因子は、恐ろしい。もう一つの反省点と言えば、「私小説」的な表現への抵抗を捨てて、他のパネラーの方のように、野間氏との私的な関わりに言及した方が、面白かったのかも知れない。

このシンポジウムの討議で、指定された野間氏の著書は『新しい時代の文学』と『東西南北　浮世絵草書』だが、奇妙なご縁を感じた。実は、ちょうど十年前に、私の恩師、中国の日本文学研究の第一人者・李芒先生から、『新しい時代の文学』を四千字以内に編訳するように言われた。今から見ても、それこそ専門家の方言、難解な言葉の羅列と難癖を付けられそうな、とっつきにくい書物である。大学院で野間文学の卒論に取り組んでいた私は、廻りくどい「野間節」こそ問題にならなかったが、科学の事は歯が立たなかった。何とか纏めてみたが、李先生のお墨付きがあるにも拘らず、ボツになった。私の纏め方の悪さもあろうが、環境保護の意識が欠如していた当時の中国に、相応しい結果と言えよう。

これも恥を曝け出すことだが、私はその後まもなく、山崎豊子氏の『大地の子』の取材通訳を務めた。戦争や「文革」、宝山製鉄所関連の多くの取材は、無事に乗り切ったが、例外的に詰まった言葉には、今は国家計画委員会主任になった実務官僚の話の中の、「酸性雨」があった。私の専門バカと言えばそれまでだが、中国における酸性雨の対策云々以前に、概念の普及にも時間がかかったわけだ。ちなみに、『新しい時代の文学』は文学理論の著書として、その後は概略が紹介されるようになった、と聞いている。

一九八九年、野間氏のご推薦で、岩波書店の『文学』に、日本の戦後文学と中国の「文革」後文学の比較論文を発表させてもらった。その視座の軸は、二十世紀の日本と中国の社会、文学の発展の三十年ほどの落差である。その巨大な時間差は、少しずつ縮まりながらも、相変わらず存在する。この分では、『新しい時代の文学』の思想の価値が、中国で実感をもって理解されることは、今世紀中は無理かも知れない。逆に言えば、その一冊は我々には、先駆的な意義を持つ。

ただし、野間氏はその面では、日本でも前衛的な位置を占める。昨年の冷夏と凶作で、日本の食糧安保は破綻した。振り返って、氏は『新しい時代の文学』と『浮世絵草書』の中で、逸早く食糧危機を警告した。そんな中で、野間氏を偲ぶ会合で、この二冊を取り上げた主催者の見識には、敬意を表したい。ところが、多くの日本人は依然として、能天気を改めない。『読売新聞』の読者が選んだ去年の十大ニュースでは、百年未曾有の冷夏と凶作、食糧緊急輸入、平成不況は、第六位以下になり、第四位のJリーグ元年にも及ばない。野間氏や武田泰淳氏はあの世で、どう観ておられるだろう。

もっと野間氏を職人と見做し、その小説を純粋に読むべきだというご意見には、本来は賛成するところだった。私が野間文学に魅せられた契機は、元々その小説群なのだ。ただしここでは、異議を挟むわけではないが、野間氏（特にその晩年）の思想家としての業績と意義に注目したい。『新しい時代の文学』のなかで、日本文学はだんだん細くなった、と野間氏は言ったが、その貧弱の理由は、職人が多すぎることにあろうか、と私は思う。同じ現象は残念ながら、同時代の中国文学にも見られる。

去年の会報によれば、木下順二氏はこの会合の方針について、作品の分析をやっても野間氏は喜ばない、野間氏の仕事との各自の関わりを語り合った方が、ずっと価値がある、と提言された。その点に配慮しなかった自分を恥じるが、これからは別の形で、野間氏から受けた様様な影響、特に全体的な思索・表現空間、地球・宇宙規模の視野と世紀単位の「憂患意識」、「素人」の求道者精神と全人格を賭ける真摯な姿勢を、自らの仕事に注ぎ込み、また氏の霊前に捧げたい。

（一九九四年一月　第二回）

野間宏における詩と社会性、詩の社会性

日本近現代文学／コーネル大学教授
ブレット・ド・バリー
（ギブソン松井佳子訳）

日本現代文学の歴史の中に現われた野間宏のイメージは、小説家のそれであり、事実彼の散文作品の数は膨大なものです。ではありますが、今日、この第五回「野間宏の会」におきまして、詩人としての野間宏を共に考え、野間宏と詩についての何か新たな方法が探れればと思います。

野間宏の「分析」傾向——光のイメージ

野間宏の詩の大部分は、彼がかなり若い時に、つまり京都第三高等学校、そして京都大学の学生の頃に書かれたものです。しかし、一九八八年岩波書店刊行の『野間宏作品集　八』に明らかなように、野間宏は晩年にも折につけ詩を書いておりましたし、詩の創作への深い興味を持ち続けていました。この岩波の第八巻をみますと、野間の詩の題材あるいは文体の守備範囲が如何なるものであったかが判ると共に、まったく異質の条件下で書かれた詩がある類似した特徴を示している事にしばしば驚嘆させられます。その特徴といいますのは、野間の散文の読者にとっては周知の通り馴染み深いものですが、具体的なイメージと情緒が抽象と分析に混交しているという事です。作品集第一巻三二八頁で野間自身の言及にある通り、一九三六年の詩「海の笑い」は、彼に社会意識がなかった時の作品ですが、それにもかかわらず、人間の発明を喚起させるイメージ（計量器や開閉する電気回路）が、自然の最

も力強いイメージのひとつである海を表わしています。

或は内に或は外に開き閉す、昼の海の面、
この眼、この空の計量器、光を以て空の焼き切る海よ、
（「海の笑い」『作品集 8』七〇頁）

二十年経ち、小説家として共産主義作家として地位を築いた野間宏は、人種差別と核戦争を扱った詩を詩のアンソロジー『詩の灰 詩集』に寄稿しました。以下引用します詩の数行は、ビキニ環礁での核実験で放射能を浴びた第五福竜丸のある乗り組み員の新聞写真について描いたものです。ここでも野間は光のイメージを抽象的に分析的に用いています。

この肌はどのように
弱い感光板をふるわせただろう
中央のやけただれた首筋をつらぬく
白い時間は
うしろの黒い空間とともに焦げつづける

その後書いたエッセイの中で野間は、この詩が光のイメージの周りにどのように結晶したかを述べています。その船員の背中のケロイド写真が大変ぼんやりしていた事に野間は気付いていました。写真家が野間に伝えたところでは、多分船員の背中から発する放射能がフィルムの感光紙に影響を及ぼしたのであろうという事です。

野間宏の書いた詩を検証する際に頻繁に現われる要素やパターンを指摘する事は可能であり、それはまた、野間の散文の読者にとっては見慣れた風景でもあります。批評家達は、野間宏の著作を評して、粘着性、綴密性、持続性といった用語をよく使います。が、野間はまた、徹底的に殆ど過度なまでに分析的な作家でもありました。野間の散文の読者なら知っている事ですが、彼の分析は、いわゆる「内容」のみならず、使用する媒体、材料ひいては読み書きのプロセスそのものにまで向けられたのです。この過剰なまでに分析的な傾向は、野間の作品の中に何かバランスを欠いたもの、あるいはアンバランスなものを産みだします。未完の作品という印象さえ残します。しかし他方で、テクストの中に数限りない関係性《コネクション》を取り結ぶ事にもなるのです。言い換えれば、個々の作品は各々未完の趣きを呈していますが、作品間には強い関連性が見られるという事です。

野間宏の内容、媒体、書くこと／読むことの創作過程への鋭い分析的関心は、彼の詩にも明らかに看て取れます。例えば、野間は詩人としても、光に並々ならぬ興味を抱いていたようです。詩の中で「照らし出す」といった言葉に見られるような、光の照明効果を示唆する言葉が見受けられますが、もちろん野間は、詩の

中で自明性を達成したり真実性の効果を上げたりする事に心を砕いたわけではありません。光は野間の詩に於いて「自然な」イメージではありません。というよりむしろ、彼の詩はテクストの記号として、光のさまざまな諸相を利用しているように思えます。そして野間は、これらの諸相と現代詩の複雑な時間性をダイナミックに相互作用させせます。ですから、打ち解けた雰囲気の中で朗読するというよりは、寧ろ印刷物として広く普及し、個人で静かに読むという事になります。佐藤敏直氏は野間宏の詩に音楽をつけた際に、次のように述べています。「こと音楽に関する限り時間への服従は絶対的な条件である。」

詩人そして詩の読者にとっては、書くこと／読むことのプロセスは二度と反復不可能な客観的時間つまり歴史の中で展開されますが、印刷された詩は何度でも読み返せますし部分的に読む事もできます。読者のテクストとの関わりは無限のバラエティーの可能性を持っているのです。

野間の詩が「光」を探究するに際して、次のような異なる局面のダイナミズムをテクストの記号として利用しています。ロラン・バルトが「記号学の原則」で強調しているように、シニフィアンとシニフィエの両方に物質的、非物質的側面があります。一般的に、テクストの記号は物質的なシニフィアンと非物質的なシニフィエがあると誤解されています。が野間宏はシニフィエの物質的側面を敏感に認識していました。光の場合はテクストの記号として、次の側面を取り出しています。

1 テクストのシニフィアンとしての光の物質性
2 差異の戯れによって生じる意味を有する記号論的要素としての光の非物質性
3 意味のより広範囲の社会システムの一部分としての歴史と社会への接続物
4 最後に野間は、シニフィエとしての光に関心がありました。

ロラン・バルトが語っている「メンタル」なものです。詩人としての野間宏はシニフィエの感覚的な性質に非常に興味を持っていたと思います。私たちが感覚と呼ぶものとはまったく異なる方法で、光を心の中で「観たり」「聴いたり」「感じたり」する事ができるのです。

野間の現代性と歴史性――作品の「意味」

一九五七年出版の「象徴詩と革命運動の間」の中で野間は、雑誌『三人』に掲載する詩を執筆していた頃は、まだ社会的感覚を培っていなかったと書いていますが、野間は若き詩人として芸術的効果を産み出すために詩の社会性と歴史性に少なからず依存していました。実際野間は、拘束の形式としての詩と解放の形式としての詩の間の矛盾を過激化しようと努力していたと言う事もできるでしょう。彼の詩は海などの力強い自然のイメージを手がける一方で、人間の言語への絶えざる創意性の強い意識を生みだす人工のイメージをも提示しています。

野間の詩に接すると、私たちが詩を書いたり読んだりするプロセスの中で、精神が無限の多様性を伴って衝突し、横断し、交差するのが解ります。野間の詩は、イメージを屈折させ湾曲させます。読者達は彼の詩を通して、平和で静かな風景を作りだすのではなくて、われわれ人間の知覚が安定した枠組みを持たず騒然としたものであることを認識させられるのです。これは昨年『暗い絵』について川崎賢子氏が述べておられた事と相通じます。「……進介の注ぐまなざしの角度というのがぴったりしているわけじゃなくて、どこかずれていたり、転々としていたりする。」（『会報』No.４、一二頁）

今日のこの会に私をお招き下さった方たちから野間宏文学の現代における意味について話すよう要請を受けましたが、それはもちろんこの会が過去五年間目標として行なってこられた事に違いありません。野間宏の作品の意味は、作品そのものの中に閉じこめられているものではなく、過去のものとなってしまったのでもなく、野間の作品を読み論じる人達によって創られるものです。野間氏自身、個人そして集団の記憶のプロセス並びに語りが、如何に再生産され再発明されるかという問題に強く魅せられていました。

私たちが「意味」とみなすものは一体何なのでしょうか。それは、部分が全体に、あるいはわれわれがナラティブ／メタナラティブと称する親しみ深いフレームにうまく適合する方法である事が多いものです。けれども「意味」というのは、果たして何かがフレームに適合するといった居心地の良い感覚なのでしょうか。私たちが新しいものに遭遇する時の喜びも「意味」と言えるのではないでしょうか。それとも不慣れなものは嫌悪感や不安を引き起こすでしょうか。

私たちが今日野間宏の詩を読むという事は野間の生涯、そして歴史を横切って時間に逆行する事です。今は野間の若かった時代と異なり、趣味としての詩の盛況ぶりに反して詩の役割が限定されたものになっています。ポール・ヴィリリオが指摘する通り、私たちの感受性は視覚的メディア、特に継続的に動くイメージに慣らされています。書き言葉の感覚性を評価するわれわれの能力は以前よりかなり脆弱になっています。

野間宏、富士正晴、竹之内静雄が竹内勝太郎と共に象徴詩を研究していた時に満州事変が勃発し、野間が京大二年の時に二・二六事件が起こります。ファシズムの勢力が強まり、日本はまさに総力戦に突入しようとしていました。日常生活において、恐怖感、絶望感は想像を絶するものだったに違いありません。この雰囲気と当時の政治・経済の図式は、今の私たちの時代とは異なりますが、没落しつつあるアメリカ北東部のアメリカ人の視点から申し上げれば、われわれの時代も不安や暗い感覚から免れてはいないはずです。それにもかかわらず、詩が当時の若者にとってなにを意味していたのかを把握するのは容易ではありません。私は野間の次の表現を興奮して読みました。

私たちは一つの詩をつくりあげるのに一週間から一カ月の時間を費した。その間私の頭をしめているのは、まったくその詩の主題であり、それを展開するために必要な方法の問題であった。

この時野間は思春期も終わりを迎え、性の目覚めを経験していました。野間は富士正晴との関係を念頭に置き、詩の果たす役割について次のように述べています。

私たちは愛しあい、理解しあい、そして支えあっていたが、しかしまた互いの自分の作品をみがいて相手を切りつけ、倒そうとした。私たちは出会うと構えあった。そしてすきをみて切りつけた。私たちの二十歳の頃の激しい詩作を忘れることが出来ない。

ここでは、愛、敵対心、相互模倣、競争心が、男同士の団結心をエディプス的ライバル意識に繋げています。ここで詩が立ち昇ってくる男性のセクシュアリティーの感覚と密接に関わることになります。このように、若い男性達が一週間も一ヶ月も詩のことのみ考えて暮らすということは、詩が精神的、肉体的鍛錬であったと言えるのではないでしょうか。彼等の詩は肉体と共に成長したのです。満たされない性的欲望と肉体的親密さへの憧憬は、夥しい数の痛みを伴う燃え上がる身体イメージから察知できますが、野間の詩は具象的であると同時に抽象的でありますから、これらのイメージは個人の経験を超えて、激化する社会的抑圧と戦争目前という歴史状況へと突き抜けていきます。

一九三九年に書かれた「火刑」という詩のイメージが『暗い絵』の風景の首吊台に再び登場します。

星々の「我」を伴れて歩むこの刑場《しおきば》の造営の美しさ、
年々の木理のごとき年の輪深き至《じ》を燃し、
遙か牡牛、羊、何の形の犠牲招く、
死を飾る焙りの台に火は移されて。

サンボリスムと革命運動

文芸批評に於いて馴染み深いナラティブは、個人の成長や成熟を扱う線上のそれです。日本の主要な現代小説家の多くは詩も手がけましたが、詩よりも小説の方がずっとよく知られています。

短歌、俳句という近代以前の詩型は一八九〇年頃に危機を迎えました。面白いことに、個人と国家の歴史の間にパラレルがしばしばみられます。つまり、作家または現代日本の発展と小説台頭との間に相互関係があるということです。野間批評は圧倒的に彼の散文に焦点を合わせていますし、野間自身も戦後サンボリスムの詩の限界について分析を行いました。

　サンボリスムはあくまでもマラルメのように外部の世界から逃亡したところで生まれてきたものである。

一九六〇年に書かれた野間宏小論のなかで埴谷雄高氏は野間の詩を過小評価したリニアー・ナラティブを修正しようと試みました。埴谷雄高氏は先程言及しました「火刑」という詩について、エッセイの中で、「言い得ざるものをなお言わんとする殆ど徒労に近い努力」と述べていますが、また一方で初期の野間の詩について、次のように非常に高い評価を与えてもいます。

　野間宏のすべての作品の文体の隅々を支えているものであって、注意深い読者は、しかもその新しい語法と思考法が野間宏の素質をまったく新しい形で支えていることにも気づくのである。

埴谷雄高氏によると、一九三〇年代の社会状況に於いて野間は求めていた詩の革新性を得ることはできませんでした。しかしながら戦後野間は「広大な散文的空間」に自分自身を発見するのです。それは再び埴谷雄高氏の言葉を借りると、「謂はば一つの落下する雨滴のエネルギーが異なれる領域における一つの花の開花のエネルギーとなった。」という事です。野間の詩に於ける「無駄な」努力が散文として開花しました。けれどもこれは、今なおヘーゲルのアウフヘーベンの物語の一種です。

野間宏は何千ページもの著作の中で、常に変化する視点から、自己の生活、人生を書き直し再解釈しました。『三人』時代の野間の詩と戦後の作品を分かつ顕著なものとして、戦後革命運動に参加した後、野間が意識して社会的、歴史的意味を作品の中に常に注ぎ込もうとするようになった事が挙げられます。野間が晩年どの位、マルクス主義あるいは社会主義を「信じていた」かは分かりませんが、戦後の彼の共産党信奉は、もっとも基本的な意味で、個人とコミュニティーあるいは共同体との結び付きへの自己投入を意味していたと思います。野間は国民国家がそういうコミュニティーを提供できるとは夢にも想像しませんでした。

野間のコミュニティーの概念は何度も変遷を重ねましたし、彼の著作は矛盾に満ちています。しかし、彼は自己矛盾を通して肉体と精神の探求を押し進めようとしたのです。たとえ野間がサンボリスムの詩に批判的であったとしても、ある学者達が野間の初期の詩を時代錯誤の叙情的内面世界だと評したとしても、野間は自己の内部にある混乱を決して見失うことはありませんでした。野間は「象徴詩と革命運動の間に」のなかで、こう書いています。

学生運動の指導者たちは私の詩を社会性をもっていないといったが、どうしてそれが社会性をもっていないという批判だけで捨て去ることが出来ようか？　その批判が私の生命の根底をついてはいないので、私は承認することができなかった。

そしてまた一九五七年の同じエッセイの中で、

今日私はまだこの問題を解き切ってはいない。私はまだ自分の社会的な判断が十分でなく、また自分の文学的な展開が開けきっているとは言えない。もちろん私の文学上の問題はすでに象徴詩の問題ではない。しかしそれをふくんだ問題であるということはできるのである。私はまだこの二つの統一をはたすことができないでいる。

しかし野間は人生のこの時点で、

革命運動の中でその二つの統一をはたすことができるでしょう。

と、希望を表わしています。果たして野間は革命運動の中で、この統一を果たしたのでしょうか。それをどの視点から捉えるかによって、答えはＹＥＳともＮＯとも言えます。けれども今引用しました未来への表出法は、実に野間宏の典型的な表現です。

私たちが経験する文化の形、その中に居住する媒体環境は、若き野間の世界とは決定的に違っています。われわれが今住む世界は、国民国家が非常に不安定でありナショナリズムが激烈さを増し、グローバルな資本主義が柔軟性をもって機能し、権力に依存することなく目的を達成しているかに見える一方で、その暴力的波及性はいろいろな所で明確に認識できます。初期の資本主義の様式に立ち向かった戦略が、現在効を奏さなくなっています。私たちは新しいものを創るために、危険を冒し未来に立ち向かっていきました。

これが彼の作品としばしば関連づけて語られる「暗い素質」です。だからこそ私は野間宏の詩の意味は過去に閉じこめられるべきではないし、日本の発展を近代国民国家として是認する物語にも似通った線的図式から裁断すべきでもないと申し上げたのです。他の誰でもない私たちこそが、野間宏の詩の意味を今、創り出しているのです。

（一九九七年一月　第五回）

「暗い絵」から"Dark Pictures"へ

比較文学／慶應義塾大学教授
ジェームズ・レイサイド

今お聴きになった通り、お陰さまで愚訳野間先生の「暗い絵」、「崩解感覚」、「顔の中の赤い月」の英訳は来年、ミシガン大学出版のOrion Pressから刊行されることになりました。

私が初めて野間先生の作品を知ったきっかけは、今日もいらっしゃったギブソン松井先生のおかげでした。ギブソン先生は日本比較文学会の学会で、野間先生の小説とジェームズ・ジョイスを比べるなど、非常に面白い発表をなさいました。私は以前仏教のこと、特に日蓮宗と法華経に興味がありました。そして、例えば『わが塔はそこに立つ』の序章にある、主人公の地獄に対する恐怖の心情に関するギブソン先生のすばらしい解釈を聴くと、私の興味はますます大きくなりました。

その小説を苦労しながら読むと、さらに一層の魅惑を感じました。主人公の頭のなかの映像と実際に目の前に現れるイメージの重ね方。肉体的な悩みと政治的な疑問と文学的な野心を全部重ね会わせたり、混合したりする効果は大変強い印象をあたえました。

野間先生の作品が今まで殆ど英語に翻訳されていないことは、英語使用者にとってはまことに残念だと思いました。最初に『わが塔はそこに立つ』の「序章」を翻訳してみました。しかし、私の訳は下手すぎたのかも知れません、出版社はあまり興味を示しませんでした。しかし翻訳すること自体は私にとって貴重な経験でした。日本語がまだまだ苦手の私は、翻訳することによって野間先生の文体をよりよく知ることができました。

翻訳自体について述べると、私が苦労したことの一つは会話でした。例えば、四人の学生の間の会話のニュアンス、からかう言葉や自分の感情を半ば表し、半ば隠すことば使いは慎重な翻訳語の選択を要求しました。昭和十二年に設定されたこの小説のなかに出る学生の会話を、出来るだけ同時代の英語の言葉使いを用いて翻訳しようと思いました。例えば三〇年代のロンドン大学またはバークリー大学の学生の話し方を使いました。しかしここにもう一つの問題が現れます。野間先生の小説に出る人物は、少なくとも「暗い絵」の場合、ときどき関西弁で話します。その地方の表現などをどう伝えることが出来るでしょうか。私自身はイギリス人ですが、結局この本を刊行する出版社はアメリカの会社になりました。そうしますと半分以上の読者はアメリカ人になると想像できます。大阪弁を表すのに、イギリスのある方言を用いれば、例えばカリフォルニアの読者はそのニュアンスが分からないだけではなく、言葉の意味さえ分からないでしょう。最近スコットランドで作られた映画「トレイン・スポッティング」は、アメリカで上映されたときに、すべて字幕スーパーが付けられました。アメリカ人はそのスコットランドの訛が分からないだろうと配給業者が思ったようです。もちろん「暗い絵」では大阪弁の発言はそれほど多くはありませんが、作品全体の雰囲気をつくるために重要な要素だと思ってその点について悩みました。結局北イギリスの地方、ランカシアー郡の方言を使いました。イギリスの北部と南部の関係は大ざっぱに言えば関西と関東の関係と似ているし、歴史的にも自分の伝統と文化を誇りに思うマンチェスターは大阪と類似点があると思いました。しかしアメリカの場合では、それと似たような地方間の関係、例えば、ニューヨーク対ロス・アンジェルスであれ、それとはちょっと違っています。

以上のことは細かい問題だと思われるかもしれません。より大きな問題に目を移して、次に文法の構造を取り上げましょう。源氏物語などを英語に翻訳した有名なアメリカ人の学者エドアード・サイデンスティッカーがつぎの逸話を書きました。ある日サイデンスティッカー氏は日本人の読者から手紙をもらいました。その人はサイデンスティッカー氏の翻訳（多分谷崎の作品だともいます）と仏訳を細かく比較したようです。何と文の数までちゃんと数えたようで、結論としてサイデンスティッカーの訳では文（センテンス）の数は仏訳より原文に近いので、やはりサイデンスティッカー先生の訳のほうがよいと書いてありました。サイデンスティッカー自身はやはりその人の翻訳の評価のしかたが風変わりだと思ったようです。しかし、とても長い、入り組んだ文章を書いた野間宏先生の場合ではそれが重要な問題になります。翻訳文が長くなった場合、それを分けて、二つの文に分ければ、意味はもっと分かりやすくなるかもしれません。しかし分かりやすいと言っても勝手に言語的な構造をこわせば文体の味わいが失われます。野間先生が好んだマルセル・プルーストが書いたように「作家にとってのスタイルは画家にとっての色彩と同様にテクニック（技術）の問題ではなくて、ヴィジョン（視象）の問題なのである」。勿論プルーストの作品にも一ページ以上の長い文が沢山あります。プルーストの日本語訳を調べていませんが、翻訳者は多分それを大きく変更していないでしょう。野間宏の英訳も、彼の文体を生かせば英語はすこし読みにくくなります。しかし、それでも文体そのものがやはり主人公の心理的苦しみを表現しているのです。思考行為自体複雑で、多層的であるし、あることについて考えようとするときに思いが沸き上がってくるような心理的状態を表現したかった野間先生は、勿論簡単な文章を書きたくなかったというよりは書き得ませんでした。

私見ですが、そのような文章と格闘することによって、またプルーストが書いたように、「芸術によってわれわれは自分自身から出ることができる、そして他人がこの宇宙をどう見ているかを知ることができる」と思いました。そのような理由で野間先生の作品を翻訳しようと思いました。

翻訳におけるもう一つの問題は言葉の意味の広がりです。ある具体的な例を出しますと「こころ」です。もちろん英語の"heart"もはば広い含蓄があり、比喩的な意味でも具体的な意味でも使われます。しかし野間先生の作品では「こころ」という言葉がしばしば出ています。これを何時も同じ言葉で翻訳することは不可能です。次の箇所は「崩解感覚」にあります。

「そして彼は彼女のその姿が、自分の苦しい心の中に突き進んでくるのを感じた。彼は彼女のその品のない歩きぶりを、心の中で再現しながら、彼は暑さと疲労で弱りはてた自分の心臓を烈しくゆすぶられるように思うのだった。というのは、彼は彼女の生前彼女と一緒に歩きながら、彼女のその左足の歩みを、心の中で見下げののしり、そのために彼女につらく当たったのである。「すまない、すまない。」とかれは敵を前にして心の中で言った。」

He felt her appearance penetrate into his suffering heart. Recalling her awkward gait,he felt a trembling in his heart' now brought to the point of exhaustion by heat and fatigue. That is,he had wounded his former lover while she was alive,when he used to look down as he was walking with her and inwardly sneer at the way she twisted her left foot . "I'm sorry, I'm sorry," he said in his heart as he faced out at the enemy.

この引用でよく見られる野間先生の文章の特徴は、肉体的なものと精神的なものの複雑な相互関係、あるいは肉体的な出来事は、同時に精神的な出来事として経験されるということです。この場合では肉体的な「心臓」の動揺は、その疲労の極みにおいて精神的な苦しみと一つになります。英語のほうでは「心臓」は“heart”と訳す意外に選択の余地はないと思いましたが、「心の中で」という表現は場合によってはちょっと異なった言葉や表現によって翻訳しました。

前に野間先生が好んだマルセル・プルーストの傑作『失われし時をもとめて』の最終編、「見出された時間」からちょっと引用しましたが、ここでは同じ箇所からもっと長い引用をさせていただきたいと思います。このところでは主人公のマルセルが作者になれない、文学作品を書き得ないと思うようになって、作家としての夢をあきらめたところに、突然思い出したある瞬間的な場面から、文学は要するに自分の過去から作られるものとようやく分かって来ます。

「それこそ真の生活、ついに発見され、ついにあかるみに出された生活、したがって、現実に体験された唯一の生活であり、それこそが文学なのである。そのような生活は、ある意味では、どの瞬間でも、芸術家のなかにも普通のすべての人たちのなかにも、おなじように宿っているのだ。しかし、普通の人たちにはそれが見えない、彼らはそれをあかるみに出そうとしないからである。そのようにして、彼らの過去は、役に立たないままにのこされた無数のネガ写真の原板でいっぱいになっている、なぜなら、理智はそれらを「現像」しなかったからだ。われわれ自身の生活もそのようなものだし、その他の人々の生活も同様である、それが役に立たないというものも、現像されないからで、現像力、すなわち作家にとってのスタイルは画家にとっての色彩と同様にテクニック（技術）の問題ではなくて、ヴィジョン（視象）の問題なのである。文体とは、この世界がわれわれ各人にいかに見えるかというその見え方の質的相違を啓示すること、芸術が存在しなければ各人の永遠の秘密におわってしまうであろうその相違を啓示することなのである、しかし直接的、意識的方法をもってすれば、その啓示は不可能となるであろう。芸術によってわれわれは自分自身から出ることができる、そして他人がこの宇宙をどう見ているかをしることができる、その宇宙は、われわれの宇宙とはおなじものではなく、その風景も月世界にありそうな風景のように、われわれに未知のままであるだろう。

（井上究一郎訳、全集第十編三〇二頁）

勿論野間先生の文体も難解である、場合によって堅苦しいと言われることがありました。翻訳者にとっても先生の文章は難解です。しかし、やはり一番大切なのは野間先生の作品の全体的な価値ということでしょう。プルーストの言葉はこのことを明らかにしていると思います。作家にとってのスタイルはテクニック（技術）の問題ではなくて、ヴィジョンの問題なのです。芸術が存在しなければ、各人の秘密は永遠に秘密のままに残ります。外国人として、しかも若い世代として野間先生の作品を読む際、正にその通りだと感じていました。先生の文体、芸術によって『暗い絵』の時代、戦争の恐ろしさ、当時の政治的状況や生活上の苦しみを知ることが可能になります。野間先生が書かれた作品が、ただの日記か歴史的な記述だと考えたら、本当の意味で野間文学を理解することは出来ません。プルーストが言うように、他人の見る世界は多分自分にとって月世界のような風景になります。拙い訳ではありますが、私の翻訳によって日本語を読めない人に野間先生の文体とヴィジョンを知る機会をあたえることは、価値ある試みではないかと思ったのです。

（一九九九年五月　第七回）

野間宏からうけつぐべきもの

——アメリカでの体験より——

比較文学、批評理論　ギブソン松井佳子

今日このような形で野間文学について話す機会を得ました事を大変嬉しく思っております。国文学としての野間宏文学の研究は、ここにお越しの沢山の皆様が、様々な観点から研究成果を挙げておられますので、今日は、外側から見た野間文学、とりわけアメリカでの野間評価に中心をおきながら、私の論文への言及も含め、少し肩の力を抜いて、二十一世紀に向けて、時流に媚びない野間文学の何が受けつがれていくだろうかという問題についていくつか話をしてみたいと思います。

野間文学との出会い——『暗い絵』

まず、私と野間文学との出会いです。七、八年前に私はアメリカ中西部のインディアナ大学比較文学部博士課程のコースワークを終え、学位論文のトピックを考え始めようとしていました。当時は今とちがい、日本文学の英訳も数が限られ、川端、谷崎、三島、という翻訳日本文学御三家の圧勢の元、日本特有の〝もののあわれ〟的リリシズム、常軌を逸したセクシュアリティ、ファナティックなイデオロギー、あるいは異質性と峻別して語られるべきナイーブなエグゾティシズムといったものが、日本文学解釈の重要な概念として安易に呼び寄せられ、繰り返されるという状況で、その予定調和的論旨の証拠としてシンボル・ハンティングや印象批評がクラスで行われていました。当時すでに現実不信、言語の現実把握力への疑惑を色濃く訴えていたポストモダニスム批評もアカデミアに届いてはいましたが、一九五〇、六〇年代にアメリカ批評界を支配したニュークリティシズムの洗礼を受けた教師陣が多く、私の受けた文学の授業は概して、思想性を抜きとった形式批評が主でした。そんな中で特記すべき学際的（インターディシプリナリーな）クラスがありました。文学・哲学・自然科学の分野から一人ずつの教授メンバーで構成され、現代思想の重要な問題についてその三人のディスカッションで授業が進められます。二時間の授業中、後半の一時間は学部生、院生の交じった学生陣から活発な質問が発せられ、おびただしい意見の流通が、時に横すべり、上すべり、ずれこみなどを起こしながらも発熱する中心を消してしまうことなく続けられるのです。私はこのクラスを通して、思想史の面白さに目ざめ、精神分析のフロイドやラカン、ノースロップ・フライに代表される神話・原型批評、フッサール、ハイデガー、サルトル、メルロ＝ポンティなどの現象学を始め現代の構造主義、記号論、フェミニズム批評、マルクス主義批評、脱構築（ディコンストラクション）といった思想風土の代表作に触れ、思想を単に流行ファッションとして把えるのではなく、自己の生に引きつけて考えるという痛覚を引きうけながら、いかに文学解釈に援用できうるかについて模索しはじめました。この頃感じた大きな誘惑は、文学作品を読まずに、思想の世界に浸り切る事でした。事実、この数年間で、比較文学のディシプリンの在り方も大きく変化し、実証的厚みを目ざす文学解釈よりも、もっと〝社会科学的に説得力のあると信じ込まれている〟文学理論に主導権が移りつつあります。比較という非本質的な足かせが命とりとなり読みの戦略方法の閉塞状態を引き起こしているのでしょう。西欧の理性中心主義科学重視の考え方が、政治経済などの社会科学の分野のみならず、人文分野にも奥深く入り込んできている証だと思います。

ステレオタイプとして概括される日本文学つまり日本文学の代表として早期に英語訳の流布していたテクストとは肌触りのちがう、私自身のサイキに訴えて来る別の文学を求めていました。その頃、インディアナ大学図書館で偶然に出会ったのが、『暗い絵』でした。御存知の通り、あの冒頭の粘着力の強い、従来の文体からかなり逸脱したテクスチャーを持つ不思議な魅力に、とりわけ外国にいたということもあって、言語感覚の鋭敏さも手伝って、少なからぬ興奮を覚えました。しかしそれ以上に全体として興味をそそられたのは、この作品が小説というジャンルをおおらかにも拒絶しているという事でした。整合性のある形式、決まり事をとことん無視してまでも、書かなければならなかった書く主体としての野間さんの誠実な苦悩のあらわれに打たれたのです。野間さんの内部の息づまる闘争が、小説を通して、その異様なまでに観念的な文体から、のたうちまわる姿そのまま表出されていると感じました。左翼思想と自己実現のはざまで苦しむ主人公深見進介の底深いジレンマ。意識と行動、個人と社会の問題を核とした人間の存在の根源的矛盾に向きあう孤独な魂の営為。世界と自己の同時進行的な崩壊と創造の凄絶な自覚。この小説のエッセンスを強いて煎じつめるならば、個々の人間の命の生きられる磁場、かけがえのないオリジナル性をもつ固有実存の立ち現われを現実社会に如何につなげ得るか、という問題ではないでしょうか。自我に内在するゆずれない部分部分を、社会とどう折り合わせるか。これは個人主義の発達したアメリカでも非常にむずかしい問題です。この小説の概略を説明したあとでの学生とのディスカッションの中で、深見進介が自己を形容する際に、「エゴイズムに基づく自己保存」そして「我執の臭い」といった表現をしている事について、こういう心理が私達には理解しがたいとの指摘があり、急進派学生の抱える問題についての日米比較を行いました。深見が、非合法運動に突進し、いずれは獄死するであろう運命の木山省吾をはじめとする仲間グループに限りないSympathy（共感、同情心）を抱きながらも究極的には、グループ参加を拒み、思想運動家を哀れむ道を選ぶわけですが、この深見にヒーロー的資質を大いに認め、自己理解、自己実現に向かって孤独を引き受ける強さは称賛される事はあっても、決してエゴイズムや利己心として否定的に語られるべきものではない、というのが、アメリカ人学生の大多数の意見でした。Selfish-selflessの対立概念の浸透性は儒教的影響のためなのかという質問も出ました。アメリカのラディカルな思想家、学生たちはキリスト教の自己犠牲的・盲目的・自己欺瞞的な神や隣人への愛に背を向け、自己愛、自己認識、自己実現の大切さを強調します。そして社会変革目的の為に、組織や既存の政治団体に入るか否かのジレンマに悩む人々は実に多いのです。この観点から、深見の差し出す疑義、苦悩、孤独の選択といった契機は、アメリカ人急進派にとって非常に身近に感じる事の出来る共通の土俵でもあるわけです。自己の内面凝視を押し詰めていって、ついに終わりもまとまりもないといった印象を与える、意識のひだを検証することで、あるかなきかの自己に出会おうとするぬきさしならぬ観念的行為を具現する深見に個人主義的真摯さの本質をかぎとっていたのだろうと思います。昨今、思想の解体状況が痛感されていますが、同じような問題を抱えている、同時代性の中にいるという共通意識に思わぬ精神類同性の安らぎを覚える事もあるのだと改めて感じた事でした。

直観的宇宙認識としての〝全体性〟をめざして

次に野間さんの有名な「全体小説」という概念に触れたいと思います。戦後、日本人の近代の受容の問題と雁行する形で、西欧の長編小説という理念の輸入が行われ、野間宏さん、中村真一郎さん、埴谷雄高さんら戦後派の方達が、言葉の構築物としての世界像追求にのり出されました。従来の私小説や自然主義文学の弱さ、限界を克服超越しようとするある種の使命観に支えられながら、文学のスタグネーション打破を目ざして西欧長編小説の枠組がターゲットとなったのでしょう。これは最近の後期資本主義、ポスト・モダニズム的状況からすると、気が遠くなる程の壮大な構想です。ポスト・モダニズムの代表的思想家、フーコーやドゥルーズ、ガタリたちは脱権力的な理性を模索し、西欧形而上学の根本理念に疑問を投げかけています。主体・実体の喪失が宣言され体系化・全体化のシステムの無根拠性が暴露されて久しいのですから、今、全体性に言及する事自体、時代錯誤の観がしないでもありません。しかし野間さんの時代の歴史的コンテクストに照らし合わせ、西欧の形而上学の信念に立脚した近代合理性の定着欲求として、人間理性の真理到達能力を明示せねばならないという彼の野望を真剣に考えるべきでしょう。人間の意識を総動員してある理路で考え進めていくと世界の全体性（totality）が把め、それによって理想と現実に脈絡をつけ、世界をよりよくする事が出来るはずだという確信を持ち得たわけです。野間さんは、この全体小説をサルトルの“le roman total”から引いてこられたと理解していますが、これは私の独断的推論ですが、“total”というよりも、もっと“whole”に近いコノテーションだったのではないでしょうか。晩年の野間さんの環境問題への少なからぬ関心とコミットメントに思いをはせる時、biosphere（生物圏）という今まで人間知で把えられなかったものとしての全体性を念頭に置いておられたのではないかと考えられるのです。野間さんは数多くのエッセイの中で、非体系的に御自分の「全体小説」の定義づけ、性格説明をされていますが、その断片をいかにつなげ整理しても、生理的心理的社会的要素の統合としての総合小説の延長上に見えてくるのは言語化・体系化を拒む直観的宇宙認識です。人間社会の全体、地球規模の全体性を通過し宇宙的総体としてのダイナミック・コスモロジーへと突きぬけるベクトルがきらめきます。世界の全体を把握しなければすまないようなひとつの強迫観念があったにも拘らず、野間さんは描く領域を日本に制限しています。生死という縦の切り目はあっても、空間的守備範囲が日本に限られていた事は興味深い事です。第二次世界大戦の劫火という時代の運命に面し、国の差を超えて刻印された非人間的かつ普遍的現実に地理的差異がなしくずし的に無効化されたのでしょうか。「1＋1＝2の世界」的に全体小説を構想されていたわけでは勿論ないはずですが、この全体性という理念への志向に理性・西洋形而上学・男性原理中心主義の硬直した要素のにおいを嗅ぎとってしまうのは、私が女性だからでしょうか。全体を把握する欲求と権力掌握欲は表裏一体とはいえないにしても背中あわせに近い関係だと思います。total ということばには最終的な、そしてスタティックな、という意味のニュアンスがあり、ダイナミックなプロセスとしての常に再創造される全体性というイメージがありません。近代の人間中心的西洋理性、近代合理主義の産物としての全体性ではなく、野間さんの意図されてきた全体性の観念は、親鸞が意識と自意識の往復全てを包摂した結果に訪れる「信」と共に現われる全体、つまり理論としてのそれではなく神秘的、サンボリックな、きわめてダイナミックで直観的なものだったのではないでしょうか。こちらから意志をもってつかみ取る性格のものではなく、比類なき自己譲渡の結果向こうから与えられるものであったはずです。宇宙が秩序ではなく混沌であること、人間が理性的のみではいられず、実に複雑な不合理性を有していること。この認識の深まりと共に、晩年の親鸞信仰が透徹化していきます。世界内存在としての、〝とりとめのなさ〟、この不合理をしめ出すべきではありません。『青年の環』は野間さんの全作品の中で、質的にも量的にも最も、全体小説の資格にふさわしいものです。アメリカにおいてこの長編小説の紹介を何度か行いましたが、やはり作品の英訳がないという事実は大きいハンディキャップです。一部の日本研究者を除いての向こうの日本語のレベルはまだまだ低いので、実質的には日本文学はかなり翻訳に頼っています。黒人、ユダヤ人、メキシコ人などのマイノリティ問題を抱え、貧困、失業、ドラッグ常用など多くの社会問題に苦しむアメリカ人は、日常生活の意識レベルで、抑圧された人間に対して強い関心と同情心を持っています。『青年の環』に登場する田口や大道出泉、矢花よし江などの、生きんがために、あるいは生をまっとうするためにぎりぎりの場で切実な問題と日々葛藤を続ける人物たちは国境を超えてユニバーサルアピールをもっています。

『青年の環』と『ユリシーズ』

長編小説作家は、ことばによる宇宙創造を行う存在であり、形こそ違っても各々のヴィジョン実現の為、ある全体性を深い洞察力と共に差し出すものです。野間さんのこの超長編小説のいくつかの特徴を検討するために、ジェイムズ・ジョイスの『ユリシーズ』と比較してみる事にします。野間さんはエッセイを通じて、御自分の地獄に対する恐怖感の強さに何度も言及しておられます。ジョイスの『若き芸術家の肖像』の地獄描写の場面と、『我が塔はそこに立つ』の海塚草一がダンテの地獄篇と『往生要集』の地獄の説明を対比させる場面を比照してみると、現実存在を超えてあるもの、理性では説明不可能なもの、直観によってのみ骨肉化されるイメージの生起を大切にすくい取る契機が相方に認められます。又この二つの小説を主人公の成長過程物語あるいは、ビルダングスロマンとして、芸術の取り換えのきかない価値の再確認の物語として自己言及的衝動の指摘も可能です。

『青年の環』と『ユリシーズ』の場合、先ず作品の歴史観のちがいが明らかです。『ユリシーズ』はその根幹的全体性の装置として、オデュセウスという神話を使い、歴史は円環を描いて永遠にくり返されます。ここに歴史の発展はないのです。というわけでジョイスは歴史的ではなく神話的にものを考えますが、これは決定論ではなくて、彼のえがく世界はcontingency（偶然性）のそれで、人物たちは実に自由闊達に偶然性にもてあそばれて行動します。そこでは行動に因果関係や有機的連動性を認める姿勢は非常に希薄で、読者はしばしば予想を裏切られる事になります。一方、『青年の環』の歴史観はリニアーないしは弁証法的唯物論のそれで、このイデオロギーが主軸となって物語は進行します。歴史は前に進んでいくのです。その歴史という絵巻物の上を百人近くの登場人物が各々の持ち場の中で機能を果たしていきます。野間さんの理念・社会正義観・倫理観という抽象的モチーフに従って小説の骨組みが立てられ、人物たちはその青写真に沿って行動が決められるといった感があります。勿論、執筆実働期間十一年余りの間に人物の肉付けの構想は変化しましたが、ジョイスの様に人物たちに不確実な宙づりの感覚を付与してはいません。人物たちは理念の具象化に役立つわけです。『ユリシーズ』も『青年の環』も実に数多くの二項対立要素を布置させています。例えばジョイスは、昼と夜、男性原理と女性原理、父と子供、表面と深層という風にです。そして野間さんは、資産家と部落民、抑圧者と犠牲者、肉体と精神、男と女、生と死、昼と夜などをクモの巣的に投げ出しています。ジョイスはこれらの対立要素をその矛盾のまま差し出しますが、野間さんはプロットのクライマックスに向けて、ある歴史的必然性と見えるものに収斂させていきます。ジョイスの人物たちは全身の感覚を用いて自己を取り巻く環境を貪欲に知覚します。そしてその知覚作用が心に作用を及ぼし、意識的・無意識的な考えを誘導します。これに比べ野間さんの人物たちは知覚がかなり制約を受けて、開放的ではないように感じます。社会的・経済的条件に支配され決定された役割遂行のエイジェントという趣きが強いからです。制限でも可能性でもある世界で、不条理な偶然性、不合理な複雑性、意識と身体の相互関連性といった、はみ出る《マージナルな》部分の形象化そして田口と大道出泉の間に交される土着的情緒的会話の中などに、どきっとするほど人生の機微に気づかせてくれるものがあるように思います。観念操作をせずに、人物が生きる、毎日押しよせる想いに駆り立てられる存在の根拠地への温かい野間さんの眼差に「ほんとう」を感じ勇気づけられます。

アメリカ人と野間宏の接点

マルクス主義者であり仏教徒でもあった野間さんという表現にアメリカの学生たちや同僚たちはとても強い関心を示し沢山の意見や質問を受けました。この二つの一見相反する世界観が野間さんの内部で如何に調和され得たのか、あるいはその努力がどんな形で続けられたのでしょうか。勿論ここにあるのは野間さんの根源的ジレンマ、宇宙を知りつくしたい、把みとりたい欲求と宇宙とひとつになって生きたい、宇宙にのみこまれたい欲求のはざまで生きられた姿です。野間さん固有の歴史的・実存的還元不可能な個人的な具体性が関与しています。これをアメリカの文脈からみると、一九六〇年代にカウンターカルチャー運動（対抗文化）が起こり、マルクス主義、アナキズムの強い影響力の発現がありました。そして時期に多少のばらつきはありますが、昔のラディカルな急進派たちの多くが政治運動の限界を認め、その幻滅感から仏教へと興味を移行させたのです。ビート・ジェネレーションの周辺にいたケネス・レクスロス、ゲリー・スナイダー、アレン・ギンズバーグたちが、チベットや日本の仏教に傾倒し始めます。そして必ずしも仏教に関心を抱かなかった人々の多くが個人的な求道生活に入っていきました。アメリカの仏教は政治色が濃く、トマス・マートンやギンズバーグに代表されるように反戦、反人種差別などの信念を公言する事が多く、他にもフェミニズム、エコロジー、アナキズムといった観点が仏教の世界観と溶けあっています。このような背景があって、反権威主義を守り通し、貧しい人々の中に入って生活し社会改革者としての親鸞の再解釈をも行った野間さんへの強い関心は又新たな必然的共感をも動員することになるのです。このような訳でアメリカの知識階級、特にリベラル派、ラディカル派の人々にとっては、急進思想と仏教という組合わせは自分たちの思想的形態と切っても切れぬ本質的類似性を持つものとして存在するのです。

　現今のポスト・モダニズムのニヒリズム、懐疑主義的言説の横行の中で、思想そのものの根拠さえ危機に面しています。野間さんが、戦後激しい喪失感の中で文学理念の方向が見失われ、にも拘らず懸命に御自分の全実存をかけて、全体小説という理想、理念に向けてしたたかににじり寄る意志力を示された事に私は元気づけられます。でもそれ以上に私が価値を置きたいもの、それは**compassion**（共感）非理性的・直観的宇宙認識です。

　〝自然《じねん》直観〟と呼んでもいいものです。西欧近代の権力志向の理性、形而上学的超越思想重視による具体的生の軽視、体系化、全体化の代わりに、個物の独自性、対象化を拒む全てを包みこむ、いつくしみ（compassion）の世界——野間さんの『万有群萌《ばんゆうぐんもう》』なのです。

（一九九三年五月　第一回）

スペイン語版『暗い絵』

在メキシコ／フロンテーラ・ノルテ大学院大学教授
田辺厚子

『暗い絵』のスペイン語版が、メキシコ国立自治大学（以下UNAM）の出版局から出たのは、一九九一年五月であった。翻訳原稿を編集者に渡したのが九〇年春で、このことをご報告すると、野間先生から「とても嬉しい、心待ちにしている」とお便りがあり、間もなくお加減がすぐれないと知った。

年が改まり、訃報に接したのは、進出企業の人から何週間か遅れてまわしてもらう日本の新聞紙上であった。出来上がり次第、本を脇にかかえて飛行機にとび乗ろう、と待ちかまえていた時だっただけに、その悲しみはたとえようもなかった。

そして四ヶ月後の五月、やっと完成本を手にした私は、英訳さえ出ていなかった『暗い絵』のスペイン語訳が出た喜びと、間に合わなかった無念さとがないまぜになった気持だった。

ところで、『真空地帯』は多くの言語に訳され、スペイン語訳も五〇年代に出ているが、それ以後現在まで、野間作品がラテンアメリカで紹介されることは久しくなかった。

一九八〇年頃から私は、UNAMの日本文学のクラスで、野間宏を、戦後文学の大きな流れを三島と二分する作家として紹介し、冒頭の部分を訳してテキストに使い出した。学生たちの反応はさまざまで、仏文科の学生は「これはボードレールの世界だ」と云い、英文科の学生は「いや、ポーの詩みたいだ」と云った。事前にブリューゲルの語を抜いて読ませたのだが、「これはブリューゲルの絵の描写でしょう」と即座に云い当てた女子学生もいた。

　学部レベルの日本研究がないメキシコの学生は、日本をもっぱら資本主義経済に支えられた封建的な君主国と見ていたから、野間文学によってこれまでとは全くちがう日本人の姿《イメージ》に接したと驚いた。「ぼくは日本人を誤解していたように思う。みんなファナティックな国粋主義者だと思っていたから」といった感想もあった。

　一九八九年にはメキシコ市立大学の大学誌『時の家《カサンデル・ティエンポ》』が日本文学特集を組んだので、『暗い絵』の一部と野間宏の写真を添えた紹介記事を出した。すると若い作家たちからさまざまなコメントが聞こえてきた。「ノマは小説家だろう？　でもこれは散文詩だね。」「この物語の全訳を早く読みたいわ。」

　さて、全訳をめざして共訳者のマヌエルさんと集中的に働き出したのは、八九年の夏だった。それより三年前、帰国した折、野間先生にお目にかかって、『暗い絵』のスペイン語訳に挑戦してみたいと申し上げていたので、翻訳作業に入る前にくり返し読み、テキストのある部分はほとんどそらんじてしまった所もある。だが、スペイン語は私の母国語ではない。私が原文に忠実に移しかえたものを、本物のスペイン語にしてくれる人がほしい。

　そんな時、かつての教え子フアン・マヌエルさんが現れた。日本文学の講義が終った後、もっと日本のことが知りたくて、日本語を習い始め、国際交流基金が毎年メキシコシティで催す日本語コンクールで優勝して、日本へ行って来たところだという。彼は在学中から詩やエッセーをメキシコの一流誌に発表していたので、この仕事にぴったりの共訳者だった。翻訳に際して、私はフアン・マヌエルさんに、「フレーズを短く切るな」とくり返し云わねばならなかった。原文の執拗な息の長さをスペイン語でも表したかったからだった。

　『暗い絵』(EL CUADRO SOMBRIO) が発売になると、ただちにメキシコの最大紙エクセルシオール紙が大きく書評にとり上げてくれた。これまで日本文学といえば、三島由紀夫のナショナリスティックな作品とか、太宰の私小説しか知らなかったメキシコの読者にとって、社会的なテーマ、特に学生運動というテーマを真正面からとり上げた『暗い絵』は、大きな衝撃だとの内容だった。

　メキシコはロシア革命より七年も早く今世紀初の社会革命が起こった国である。それから八十年後の現在、相変わらず革命途上国であるメキシコの政治体制への評価はともかく、メキシコ革命の志士サパタや、パンチョ・ビーヤの考え方がロシア革命に影響を与えたことは、一部の学者が指摘していることである。

　そんな国の学生は、常に国際的な政治の動きや時代の流れに大変敏感である。事実、その歴史を通じてしばしば自国の社会的変革の主役となって来た。一九二九年にはすでに大学の自治権を議会で通過させている。

　一九六八年十月、第十九回メキシコオリンピックの直前に起ったトラテロルコ事件は、当時世界中の国々を震撼させたが、あの折の犠牲者の多くもやはりＵＮＡＭの学生だった。〔この事件につき詳しくは拙著『ビバ！　メキシコ』（講談社）をご参照いただきたい。〕

さて、エクセルシオール紙やその他の書評が、『暗い絵』の無名学生戦士たちの姿に、トラテロルコ事件で政府の専横に抗議して立ち上り、闘い、そして白色テロのヴァンダリズムの前に斃れていった、何百人（一説には千人以上）というメキシコの若者をダブらせて論じていたのは当然すぎることである。

トラテロルコ事件当時学生だった人たちは、今四十半ばから五十代にさしかかっている。国の指導的立場にある人も多い。あの時の深い精神的創傷から立ちなおることが出来ないで、年齢を重ねてしまった人もいる。あの事件でかけがえのない息子や、兄弟や、友人を失った人たちもいる。これらすべての人々が、『暗い絵』の青年たちの中に愛する者の面かげを見、過ぎ去った青春の痛みに想いをはせるのであろう。

一方、とり分け詩を好む民族として知られているメキシコの作家は、「小説におけるポエジー」というものに特別の関心を持つ。だから『暗い絵』のポエジーに言及してコメントした人が少なくなかった。

「これまで読んだ日本文学作品は少ししかないが、そこに描かれている人たちの生活や景色は、自分たちの現実とは関係のないエキゾチックなものばかりだった。勿論、それらは私たちのイメージをかき立て、なぐさめてくれた。でも、ノマの作品に描かれている若者たちは、私たちと同じように親や友人との考え方の違いに悩み、貧しく、そして恋の苦しみももっている。この本を読んでから、急に日本人に親しみを覚えるようになった。」

私の学生の感想文で最も多かったのが、こういう内容のものだった。

メキシコの若者は、自分の考えを社会の制約や国家の力にどう対処させて行くか、真剣に悩んでいる。

「これはとても苦しい小説だ。テーマも文体も難しい。ゆっくり読もうと思う」と云った詩人もいた。短編小説家の友人はこう述べた。「詩でも散文詩でもない。革命文学でも大衆小説でもない。この不思議な日本の文学ジャンルの手法をとり入れて、メキシコ革命や、トラテロルコ事件を書いてくれる若い作家が、メキシコから出るかも知れない。現在低調気味のメキシコ小説に、必ず何らかの影響を与えると思う。」

現在、地球上のスペイン語人口はざっと、三億人と云われている。スペイン語版『暗い絵』には、『顔の中の赤い月』も加えて、詳しい解説と作家紹介を入れたので、いろんな国で多くの若者たちが野間作品を愛読してくれるだろう、と希望を抱いている。

（一九九四年一二月　第二号）

野間氏を偲んで

——遥か北京から——

ジャーナリスト／元文化部次官　劉　徳有

野間宏の小説『残像』を、氏がまだ健在のころ、非力をかえりみず翻訳して中国の読者に紹介したことがある。

この小説を通して氏が訴えたかったのは、日本軍部のおこしたあのいまわしい侵略戦争によって人々のうけた心の痛手は、戦後長く尾をひき、人間関係のみならず、日本人の生活全体にもひろく影をおとしているということであろう。

いまから九年前の一九八五年の七月に日本を訪問したさい、野間氏をご自宅にたずねたことがあるが、幸いにも氏から直接『残像』についていろいろとお話を伺うことができた。

「『残像』を書いた動機は平和と戦争をだぶらせて表現しようと考えたのです。いま、わたしたちの生活は平和なものですが、私にはどうも戦争の影がつきまとっているように思えるのです」と語られ、さらに「小説の題にはいろいろ苦心をしました。はじめ『虚像』にしようかと考えたこともありますが、最後にやはり『残像』に決めました。私は『残像』が一番この小説の思想をあらわすのに適切だと考えたからです。中国語の翻訳にも『残像』という題をそのまま使っていますが、私は大変結構だと思います」と言って激励して下さった。

氏はその時書棚からわざわざ岩波文庫版の氏の大作『青年の環』を取り出して、第一巻の扉に

劉徳有先生恵存

『残像』の翻訳に深い感謝の気持をこめて

一九八五年七月二十五日　東京にて

野間　宏

とサインして贈って下さったが、これは単に私個人に対する激励だけでなく、中国人民に対する氏のあつい友情のあらわれでもあると思った。

会見のなかで、話がたまたま『真空地帯』に及んだ。

氏の一貫した反戦思想がこの小説に集中的に表現されていることは言うまでもないが、『真空地帯』が第二次大戦のなかで、氏自らの体験を素材にして書かれた点などについて、興味深いお話を数多くきかせて下さった。これは、私にとっていま一つの大きな収穫であった。

「昭和十六年、私はフィリピンに召集され、のちにマラリアにかかって陸軍病院に入院したことがあります。その頃、私はある英字新聞にヒトラーとムソリーニを諷刺した漫画を見つけ、それを切り抜いて大事にしまっていました。ところが、帰国の船の中で憲兵の捜索にあい、見つかってしまいました。そのときは処罰されませんでしたが、後に大学時代のクラスメイトに売り渡されて思想犯として逮捕されました。軍事裁判で禁固五年、執行猶予四年の判決を言い渡されました。身柄を拘留されてはじめて知ったのですが、拘留所のなかで、風呂に入るのにもたった一分間しか許されませんでした。」その時、黒縁の眼鏡の奥で目が光った。

「もちろん、『真空地帯』の内容の一部は私の前者の体験にもとづき、牢獄のなかでの生活は後者にもとづいて書いたのです。そして戦争が終るまで、私はずっと関西のある軍需工場で働かされていましたが、それはあくまでも監視つきの労働でした。」

お話をうかがいながら、人間性を無視した日本軍国主義告発の名著『真空地帯』は、氏にしてはじめて完成することができたのだと痛感した。そして、この小説のなかで、反戦思想をもったインテリ出身の曽田一等兵が描かれているが、氏の経歴がこのモデルの一部になっているのではないかとひそかに思ってみたりした。

私が若い頃から日本文学をいくらかかじっているのを知っておられたためだろうか、野間氏は私をさそって、光子夫人、造形センター社長の藤山純一氏と一緒に、『太陽のない町』の舞台になった共同印刷の前で記念写真を撮って下さった。氏のこまかいお心づかいにいたく感激した。奥さんは所用のため一行と別れたあと、私たちはその足で池袋の「三春駒」へ行き、そこでご馳走になった。野間氏の提案で愛媛県の清酒、〝梅錦〟が出された。大変おいしいお酒であった。お酒をすすめるあの飾り気のない風貌がとても印象的で、いまもなつかしい。

私が最初に野間氏にお目にかかったのは、たしか一九六一年——安保の年の五月であった。

氏は日本文学者代表団の団長として北京を訪問され、団員は亀井勝一郎、松岡洋子、開高健、大江健三郎、竹内実氏といった錚々たるメンバーであった。私は、代表団と陳毅副総理との会見のときの通訳をおおせつかった。野間氏は陳毅氏に、「日本人民として、日本の軍国主義者が中国人民にあたえた苦難の歴史をけっして忘れてはならないと思います」と語った。それを受けて陳毅氏は、「大変いいことを言って下さった。中国人民は過去のことには触れまいといいい、皆さんは忘れてはならないと言って下さる。こうしてはじめて中日両国人民はいつまでも仲良くつきあっていけるのです。」通訳をしながら、これこそ中日友好の原点であると思った。

そしてその翌年の一九六一年三月、東京でアジア・アフリカ作家会議の緊急会議がひらかれたが、会議の合間を縫って、私は日中文化交流協会事務局長(当時)の白土吾夫氏のご案内で、中国代表団副団長の劉白羽氏にお供して野間氏のお宅をおとずれたことがある。その時通されたのも、例の足の踏み場もないほど本の積まれた小さなお部屋だった。野間氏はしきりに「こんな窮屈なところで……」と謙遜しておられたが、そばから白土氏が「狭いけどここは日本の『解放区』です」と言ってみんなを笑わせた。

実は、アジア・アフリカ作家会議緊急会議を東京でひらくために、野間氏は早くから東奔西走され、多くの困難を克服して開催にまでこぎつけたのであった。当時、一部の勢力は、アジア・アフリカの頭文字「AA」をとって、「あゝあゝ」と言って、この会議をからかったりしたほどである。しかし、この会議は大きな成果をおさめて閉幕した。野間氏が心底から喜んだのはいうまでもない。

残念ながら、その後中国でおきた「文化大革命」によって、野間氏と中国との関係は一時とだえざるを得なかった。当時私は新華社の特派員として東京文京区春日のマンションに住んでいた。野間氏のお宅のすぐ近くにいたにもかかわらず、あのアブノーマルな時代に氏との交際をもためらわざるを得ない状態におかれた。心から氏に相済まないと今でも思っている。

しかし、野間氏の中国に対する友好の気持ちは、どんな紆余曲折にあっても終始変わることはなかった。

例の九年前の訪日から帰国して間もなく、野間氏から長文のお手紙をいただいた。

「世の中にどんなことがおきても、私の中国に対する気持ちと考えは変わることはありません。」「私は、日中友好を、中国文化のすべてを吸収するところまで一歩深めるよう望んでいます」としたためてあった。そして、この信念にもとづいて、氏はその後三つのことを着実に実行に移されたのである。

すなわち、一、魯迅逝去五十周年を記念して、一九八六年の八―九月に東京と仙台の両地において、中国画家裘沙、王偉君夫妻の魯迅作品挿画展『魯迅の世界』を成功裏に開催された。二、専門に中国美術品を紹介するための「現代中国美術館」の建設を、加山又造、針生一郎の諸氏と手がけられた。三、中国現代文学をあらたに翻訳して選集として出版された。野間氏はとくに、中国の現代文学を日本語に翻訳するさい、質の向上に注意を払われ、文学として恥ない訳文にすることに重きを置き、さもなければ、読者に誤解をあたえるおそれがあると強調されたのが、強い印象としていまだに脳裏に焼きついている。

野間氏ご逝去の知らせをうけたのは、藤山氏からであった。まったく思いがけなかった。氏の臨終のご様子を伝えた訃報を読みながら、目が涙でかすんだ。

野間氏は一人のすぐれた文学者として戦後日本文学の発展に大きな足跡を残されたことは誰もが認めるところである。しかしそれのみならず、氏は中日友好と中日文化交流・文学交流にも大きく貢献され、中国の人々に心から愛された。野間氏は、中日両国人民の相互理解と友好こそ中日両国関係の未来およびアジア・世界の平和にとって有効であるという固い信念をつねに持っておられたと信ずる。

野間宏氏は中国人民にとって良き友であり、私にとって良き師でもあった。野間氏から贈られたあの記念碑とも言うべき大著『青年の環』を書斎に置いて、ときどき眺めながら、遙か北京から氏を偲んでいる……。

（一九九四年一二月　第二号）

執拗な探究者

——野間宏の印象——

中国作家協会外聯部　陳　喜儒
（張偉訳）

芸術は一種の発見であり、芸術創造は探求であるといわれるが、まさに、野間宏先生は、文学の分野を耕すことに努め、たえず探求し、新しい発見をつづけて来た作家である。

初めて『真空地帯』の中国語訳を読んだときの衝撃的な感動を忘れることはできない。そのとき、私はまだ高校生で、日本文学に対してあまり興味を持っていなかった。偶然、図書館でこの本を見つけ、宇宙探険を描いたSF小説の一つだと思った。開けてみると、血がしたたるような一つの悲惨な世界に引き込まれることになるとは、まさか思っていなかった。軍国主義日本の、軍隊内部の残酷な階級差別による圧迫、将校たちの相互軋轢の発生、権力と利益の奪いあい。そして、一人の運の悪い兵士が遭遇する悲哀……が描かれていた。中国と世界に巨大な災難をもたらしたこの怪獣は、他人を殺すばかりでなく、その内部でも互いに虐殺しあっていて、その腹の中は、地獄よりも暗黒と恐怖に満ちているということを、私にわからせた。

このときから、日本には、野間宏という作家がいることを私は知り、その作品は、私の心を震憾させた。野間宏は私が尊敬する作家になった。

その後、大学に進み、日本語を学びながら、日本文学作品も読むようになり、野間宏先生は私にますます近づいてくると感じたが、心の中では、先生はやはり遙かに巨大な存在なのであった。

私が初めて野間先生に会ったのは、中国作家代表団に参加し、訪日したときで、東京ニューオータニホテルの酒宴の席だった。一人の深い色の背広を着た老人が近づいて来て、握手して言った。

「私は野間宏です。よくいらっしゃいました。」

その声は低く沈んで、はっきりとはききとれないほどだった。話し方はたいへんゆっくりしていて、一つ一つのことばを推敲しているようだった。動作は緩慢で、足取りが重く、手もややふるえていた。まだ七十歳になっていなかったが、たいへん年を取っているように見えた。

宴会場は熱烈な雰囲気にあふれていて、人々の声がわきたっていた。ところが、そのときの野間宏先生は、特別に静かで、無限の思索の中にふけっているようだった。

一九八二年冬、中国作家協会の招待に応じて、野間宏先生は、日本文学者代表団を率いて、中国を訪問された。その機会に、私は野間宏先生と親しくつきあい、文学のことを話しあうことができた。先生は軽々しくはしゃべらなかったが、他人を威圧するような大作家の尊大さはなく、寛厚で、温和な年長者のようだった。同行の中年の日本の作家たちは、思考が活発で、夜はいつもいっしょに集まり、酒を飲みながら論争し、時には、顔も耳も赤くなるほど、激しく論争することもあった。そんなとき、野間先生は、いつも黙ってそばに坐って、彼らの論争を聞き、めったに発言しなかった。他人の論争を聞くのを楽しんでいる様子が見うけられた。そのような鋭い舌戦の中で、先生は、あたかも春風にふかれながら香のよいお茶を味わうように、顔に微笑をうかべ、目を輝かせていた。ときに、先生も口をさしはさんできたが、いったん口を開けば、その思考の流れは誰にも遮られることなく、自分の考えを、他人にはっきりと理解させなければやまないようだった。

その訪問中、私は先生に、一人の作家にとって最も重要なものは何か、とたずねたことがあった。先生は目をかるくつぶって、最も重要なことは、強烈な社会的責任感をもち、勇敢に社会の暗黒を暴くことだ。そして、社会問題に対して、ひろい関心を持って、生活とともに進むべきだと話された。

一九八五年春、私は張光年先生とともに、野間宏先生の家を訪ねた。先生の書斎は、本の世界である。入口のところまで本が積まれていて、ドアは、三分の二しかあけられないから、入るときは、体を横にしなければならなかった。書斎の中には、一つの小さいベッドと小さいテーブルと、二人掛けのソファーが置かれていた。しかも、この小さいベッドとテーブルの上までも、半ば本に占拠されていて、ちょっとうっかりしたら、本にぶつかって落してしまいそうだった。

書斎のまわりにもともと書架があったのだが、それがいっぱいになったために、本を床に積むようになり、その結果、積めば積むほど、本は多くなって山となり、ついにはテーブルも入口の隅までおしやられてきたのだった。気をつけて見ると、書架には、文学と歴史の本のほかに、マルクスの著作や自然科学の本もたくさんあった。たとえば、「現代物理学基礎」、「古典物理学」、「量子力学」、「原子核論」、「宇宙物理学」、「原子炉災害」などもあった。これらの本は、すべて手の届くところにおいてあった。いつもめくって、目を通すに違いない。なるほど、野間宏先生がいつも、海の汚染が深刻だとか、地球の温度の上昇とか、オーストラリアの地下水位が下降しているとか、東南アジアの熱帯雨林が破壊された……などと語っているのも、不思議ではない。先生は、人類は大自然の息子であり、大自然を破壊することは、最終的には人間自身の破滅をもたらすのだ、と言う。先生はエンゲルスの『自然弁証法』の中の、「大自然は報復するのだ」ということばを引用した。普通の作家の書斎には見られない、これらの自然科学の本は、本の持主が人類の運命に対して抱いている憂慮を私に語っていた。

野間宏先生は、ノートを持って私たちと向いあったベッドに坐り、「日本の新聞で中国作家協会第四回代表大会がひらかれたというニュースを見て、『人民日報』をさがしてきました。しかし私は中国語がわからないから、他人に翻訳してもらいました。後で、その中に翻訳の間違ったところがあるのを発見しました。たとえば、『文学芸術生産力』という言葉を『文学芸術生産力量』と翻訳しています。私がマルクスの『経済学批判』という本の中をさがしてみると、そこでは、『文学芸術生産力』と述べられています」と話された。

野間宏先生は、また、「中国文学の成果と価値は、いずれは世界各国の人々に認められます。私は北京を訪問したとき、中国文学の発展にびっくりしました。こんなにたくさんの、新しい作家や、内容のある作品が出ているとは思っていなかったのです。ところが残念なことに、日本に紹介されたものは少ないのです。普通の読者、いや、作家でも、現代中国文学作品のことが、なかなかわからないのです。先の訪中から帰って、私は小田実や井上光晴と、系統的に中国現代文学作品を翻訳し、紹介することを相談しました。日本の作家、翻訳家の連合の委員会をつくって、できるだけはやく、翻訳のレベルの高い中国文学作品を出版するつもりです。そうしたら、両国の作家が互いに作品を読んで、創作方法や芸術の技巧などを、いっしょになって討論することがはじめて可能になり、ほんとうの文学の交流の目的も達成されるだろう」と話された。

その日は、夕方まで、かなり長く話しあった。私は立ちあがり、本が堆く積み重なっているこの部屋、危機に満ちているこの書斎を眺め、ここを離れたくなくなってきた。というのは、この部屋は、明るく、広く、珍品や骨董がならべられている高雅な書斎よりも、ずっと私の心を魅きつけていたのだから。本たちがつめ込まれているこの書斎の中には、あんなにもたくさんの、お互いに共通の話題、共通の感情、共通の憂慮と喜びがあったのだから。この部屋には、中国の作家の一人の誠実な友人がいる。それは、誰が日本戦後文学史を書こうとも、必ず触れなくてはならない、「第一次戦後派」の代表作家、野間宏先生なのだ。

文壇では、過去においてももちろん、未来においてもまた巨大な存在なのである。

（一九九四年一二月　第二号）

野間宏の最後の手紙

——親鸞とのつながりをめぐって——

親鸞研究／同朋大学准教授
張　偉

死の知らせと最後の手紙

野間宏先生の死の知らせを受けた日のことは、今でもよくおぼえております。

それは、一九九一年一月九日のことでした。その日は、私の故郷長春では、めったにない零下三十一度の寒い天気でした。大雪が降り積もり、車も通れなくなりました。わたしは、やっと大学から家に歩いて帰りました。郵便箱を覗きますと、日本の友人から厚い手紙が何通かきていました。その一通を開きましたら、一月四日の『朝日新聞』の見出し——「野間宏氏が死去」という記事が目につきました。それを立ったまま見て、動けなくなりました。どういう気持ちだったか、今でもはっきり言えません。ただ、さまざまな感情が、一時にこみあげてきて、心の中で渦をまき、最後に外の寒さにふれて凍ったように、一つの大きな塊に凝結して、胸を塞いでしまいました。

その塊をのぞきこみますと、野間宏先生の最後の手紙から、怒りの炎が顔に吹きつけてくるように感じられました。

一九九〇年十一月にいただいたその最後の手紙には、私が大急ぎで書いて送った「野間宏・親鸞・現代文明」という論文に対する厳しい詰問と批判の言葉とが書き連ねられていたのです。

「張偉氏に問を発します。この張偉氏の文章、論文のうちに一行の『青年の環』という私の長編作品の名が見えないのですが、それは何故でしょうか。」「親鸞と作家・小説家野間宏は、どこでつながっていると見ておられますか。」「この私の問にお答えください。」

『暗い絵』のもつ力

その詰問に促されて、最近あらためて、わたしは野間宏先生からいただいた書簡を全部読み返してみました。読めば読むほど、先生が丁寧に教えてくださったことを本当に理解していなかったのではないかと残念に思えてきます。今度、読み返してみまして、幾つかのことにあらためて気付きました。

その一つは、文学の仕事において、作品そのもののなかに、深く入ることが何より大切なことであるということです。

私の『暗い絵』についての論文を読んで、次のようなお手紙をくださいました。

「……何より作品『暗い絵』そのもののうちに深く入ること、このことを徹底的にやり切ることが必要ではないかと私は思います。……何よりもまずあなたの感性のうちから生まれでてきた言葉で、『暗い絵』に触れるということをしてほしい。」

もうひとつは、野間宏の文学が、その最も深いところにおいて、東洋文化の深層につながっているということです。

私は、『暗い絵』の翻訳をきっかけとして、野間宏の文学と出会いました。

九年前、『暗い絵』の翻訳にとりかかったとき、すぐにその作品の大変さに気付きました。あの冒頭のブリューゲルの絵の印象を描く苦渋に満ちた重厚な文章にまといつかれ、なかなか先へ進めませんでした。そのときの私の体験を、例えていいますと、ちょうど底無し沼に入るようなものでした。入りますと、たちまち足を取られそうになって、退き下ります。また入りますと、またそうなります。同じ事を何度繰り返しても、やはりその困難な状況からは、なかなか脱け出すことはできませんでした。しかし何度も繰り返しているうちに、ある言葉を超えるイメージが、次第に心の奥に定着してきました。そのイメージは、ちょうど深見進介がブリューゲルの絵に直面するときのように、「心から何かを呼び出そうとする」ような感覚をともなっていました。「彼はただ自分の心の中に塊のようにしてある苦しみが、ブリューゲルの絵のもつ、暗い痛みや呻きや嘆きに衝き上げられるのを感じたのである。そして、そのブリューゲルの絵の痛みや呻きや嘆きが正に自分の痛みや呻きや嘆きであると思い……その絵は存在、社会の欠陥をむき出しにし、突き出し訴えるような肉体の嘆きのような腐敗した大きな腫れ物のような表情で、痛い傷の痛みのような調子で……心に一斉に迫ってきた」というように感じられました。そして、文化大革命の惨苦を経験して、少女時代から青春時代にかけて、心に刻みつけられたいろいろな自分の傷が、一つずつ露出されるようで、私は夢から覚めたように、心の傷の痛みを感じ始めました。『暗い絵』の翻訳を続けていた間、その原稿用紙と本を置いた机は、不思議な魅力をもっていつも私をそこに吸い寄せました。そのころから、はじめてわたしは心の傷を味わう魅力が分かるようになったといえます。

さて、今度書簡を読み返してみて、今お話ししましたような、その『暗い絵』の翻訳体験の意味に光を当ててくれるような野間宏先生の言葉を見付けて、驚きました。それはこういう言葉です。

「文学作品は、決して定まった一つの読み方ができるというようなものではなく、それでこそ、作品創造といえるのです。時代によって異なって、読者から批評されるという深い底無し沼のような、限りない深みにとどいていなければまことの作品ではない。」

ここに、文学作品とはなにか、文学作品を読むということはどういうことかということについての独自で基本的な考え方が示されています。深い底無し沼のような「限りない深みにとどいていなければまことの作品ではない」という強い言葉に、野間宏の厳しい文学創作態度がうかがわれると思います。

この考え方に照らしますと、『暗い絵』の翻訳に当たって、底無し沼に足を取られるような体験をしたのも、当然なことだったということになりましょう。『暗い絵』という作品の本質が「深い底無し沼」のようなものですから。

ところで、このように感じたのは私一人だけではないようです。最近、本多秋五氏の『物語戦後文学史』を読んでおりましたら、『暗い絵』の特質として、「どろどろして泥沼のそこにひきずり込むような、あるところでは、まどろっこしく、あるところで、カチリと手応え足ごたえの感じられる」ような文体で書かれていることがあげられています。

このように、作者の創作に込めた思いが、言葉を通して、さらに、言葉を超えて、読者の感覚にひびきつたわり、民族、時代、性別、人生体験など、まったく違っている人間心理に、共通の感覚を呼び出すのは、不思議な文学の力だといえます。

『暗い絵』という作品は、日本の戦争という社会状況のもとでの青年の苦悩を描いたものですが、その個別性を超えて、人類社会のいろんな異常状況の下での人間の苦悩に共通する深層にとどいているからこそ、読者は時代によって、国によって、あるいは個人によって、様々な読みを創造しながら、「深い底無し沼」のような作品の「限りない深みにとど」くようにと、もぐりこんでいくことになるのでしょう。そうすることで、日本の一九三〇年代の戦争下の青年たちの心の傷と、中国の一九六〇年代の文化大革命下の私の受けた心の傷とが翻訳体験を通じて一つになったのです。

ブリューゲルの意味

書簡の中では、『暗い絵』のブリューゲルの絵の意味にもたびたび触れられています。

一九八六年八月の手紙には、「ブリューゲルの絵の奇怪さは、丁度、日本の青年にとって、内的に外的に、戦争下の日本及日本人に相応しており」とあります。そのブリューゲルの絵の奇怪さは、冒頭の「穴」のイメージに集中しています。大地の悩みや痛み、疼きを伴う性的なイメージを通して自己主張しているような生命感に満ちた土饅頭の中に開いている「穴」について、「土饅頭（墓を意味し、性器を意味している。）死と性（生命のはらまれる性、胎児のやどる性、そして、男女の性のいとなみの性）である」と「穴」のイメージに込められた象徴的な多義性について説かれていました。

このようなイメージは、人々を、始原の混沌状態に通っている無意識の混沌の中に引き込んでいきます。そこは性欲と生命の本能とがいまだ未分化のところです。つまり、そこにおいて、個体生命が大自然の生命と一体化している自然状態がとらえられるのです。

そこまで遡りながら、ブリューゲルの絵の画面に、戦中の日本の風景と日本人の心の風景をも織り込んでいます。それで、自然に、人間の自身の生命存在に対する反省を呼び出します。

これは、野間宏の文学に一貫している一つの深い課題に迫ることになるのではないでしょうか。すなわち、人間と自然――内在的な自然（人間の生物体としての自然存在、生理心理的な動き、欲望など）と外的な自然（大自然）とが、どのように歴史の流れの中に調和統一するかという課題です。

その課題についての追究は、野間宏の文学では、次第に東洋文化の方向に導いていくと思います。

そのことにかかわるところを書簡のなかにひろいますと、例えば、

「ブリューゲルの絵をもっとよく見届けて、その日本人の把え方というところに重点を置いて、見直してほしいものです。ブリューゲルは、イタリアに行き、ルネサンスの絵画の画法を学んでいますが、ルネサンス絵画の画法を大きくはみでています。それはなぜでしょうか。ブリューゲルの住んでいたブリュッセルの港アントワープは、ハンザ同盟に属していて、当時、その船貿易を通して、マレーシアあたりまで東洋文化に接していることが考えられます。ブリューゲルはネーデルラント土俗のイメージを掘り起こし、それを絵画に（宗教戦争のはげしい圧迫、影響を逆手にとって）生かしていますが、ベニスと同じように東洋の影響がそこに見られると私は考えています」というところです。

すなわち、ブリューゲルがネーデルラントの土俗のイメージを

掘り起こしたように、野間宏は、ブリューゲルの絵を生かして、戦争の激しい圧迫、影響を逆手にとって、日本人の生をとらえました。その際に、ブリューゲルの絵の東洋文化の影響を受けた一面も見逃さず、それを深化しました。その深化は、一口でいえませんが、人間存在と大自然どの深い結び付きにおける宇宙意識の覚醒というところにあるのではないかとおもいます。例えば、『暗い絵』の次のような所にうかがわれるものです。

深見進介は、「その大きな地と山と空に充ち渡る夜の明るい空気の振動の中で次第に、若者の心を取り返す。」「俺はいよいよ独りになった。そう、俺はもう一度俺のところへ帰ってきたのだ。正に俺のいるところへ。あの空の星々の運行のみが、あの高みから、宇宙の全力をもって俺の背骨を支えてくれるところに帰ってきたのである。俺はもう一度、俺自身の底からくぐって出なければならないと深見進介は考えた。」

自然は、それ特有な生命形式で人間の意識の活動に参与してくると同時に、人間は自然の動きから啓示を受けて、あらためて自我と客観現実を見つめ、全心身を大きな自然に投入することになります。それで、個体生命と同時に存在している宇宙生命を自然の中に知覚することによって超越の境界に到達します。

これは、冒頭のブリューゲルの絵のイメージとつなげてみると、天穹までに超越する宇宙意識と、始元的な混沌とが自己の実存において遙かに呼応してきます。このように見ると、『暗い絵』の主人公深見進介の「自己完成」は、無意識深層からの呼びかけのように感じられます。それは、すべての外的、内的な圧力をつき抜けて、人間の本当の自然生命に復帰するという完璧な自己完成に対する渇望ではないでしょうか。

書簡の中では、その自己完成について、つぎのように述べられています。

「『自己完成』という自己は、仏教或はまたウパニシャッドの自己です。自我ではありません。」「親鸞、道元に自己という言葉が出てきますが、この自己が自然（大自然）のうちに在り、生きる自己、宇宙のうちの自己を言います。」

ここで、二つのことが注目されます。一つは、「自己」と「自我」とがはっきり区別されていることです。その「自己」とは、インド古代の宗教哲学書「ウパニシャッド」の説によると、梵（大宇宙）と我（小宇宙）とが、窮極において一致するものです。もう一つは、「自己」という言葉のよりどころを親鸞、道元にもとめ、「自然《じねん》にあり、生きる自己、宇宙のうちの自己」としてとらえているところです。このことを、作品につなげてみますと、「科学的な操作による自己完成の追究の努力の堆積」という深見進介の道は、西洋近代の産物である「科学的なもの」をとり込みながら、東洋文化の深層に通じていたのだということがわかります。

「親鸞」と「作家野間宏」

一九九〇年三月、野間宏先生は、「私の友人から日本の鎌倉仏教の親鸞の著作集が、送られていくことになりましたから、これを徹底してお読みください」というお手紙をくださいました。私は本をいただくと、すぐ『教行信証』など難解な漢文との格闘を始めました。一九九〇年十月、野間宏先生から、自分が病気になったこと、したがって私の日本留学を進める力がなくなったことを知らせる手紙をいただきました。

私は驚き、なにかに急き立てられる思いで、それまでの親鸞の勉強を、「野間宏・親鸞・現代文明」という論文にまとめて、お送りしました。その論文では、現代文明の発展が、自然環境と人類にもたらした災害をあげて、親鸞の「末法の世」、「他力」、「信」、「絶対平等」、「悪人正機」、「自然法爾」、「性」の問題に対する探究などについて私見を述べながら、野間宏と親鸞とのつながりを探り、その現代的な意味を論述しました。その論文は私のこれからの野間宏の文学研究の基礎になるものですが、まったく文学論文ではありませんでした。それで、前に申しましたような怒りの手紙をいただくことになった次第でありました。そして、野間宏先生は、このような激しい怒りの火を燃やしている詰問を、私に投げ掛けたまま、答えを待たずにいってしまわれました。私に残されたのは、無限の無念と悔恨です。

今私ができるのは、その最後の手紙で突き付けられた詰問に直面して、再出発の道を歩き出すことしかありません。まず、『野間宏・親鸞・現代文明』を、再読、三読……張偉氏に問を発します。この論文のうちには、一行の『青年の環』という私の長編作品の名が見えないのですが、それは何故でしょうか。」『青年の環』を何度読まれましたか。」と厳しい問いを突き付けられて、私はたじろぎました。そして、先生が一貫して教えてくださったように、「何よりまず作品そのもののうちに深く入る」ということの大切さを、怒りの形で主張されていることが分かりました。このことは、後でもう一度『青年の環』の人物一人も出て来ないし、一行も触れられないのはなぜでしょうか」とたたみかけられています。それは、『青年の環』の人物像の形象を、具体的に追及することによって始めて作家野間宏と親鸞との真のつながりが見えてくるのだということを指摘されたのでしょうか。それから、「親鸞と野間宏との最も深いつながりは『青年の環』を読まなければ明らかになりません」ということを、この手紙で初めて教えてくださいました。

そして「この小説は、私のライフ・ワークとして生まれましたが、大阪・関西地域の、被差別部落民の問題を日本、アジアの最深の所まで、追及して、これを書きました」というところを作品と対応させて、作品の重厚さもあらためて実感しました。

それから、「親鸞と作家・小説家野間宏は、どこでつながっていると見ておられますか。張偉氏は、野間宏と親鸞とが一体、どこで、どのように深くつながり、その深まりははてしないものとなるが、……それが作品『青年の環』のいろいろな人物に反映しているかをわずかなりと論じたことは一行もありません。この私の問にお答えください。」という厳しい詰問を突き付けられました。

ここで、「親鸞と作家・小説家野間宏」と、わざわざ「作家・小説家」という肩書きを重ねて書き付けられているところに、野間宏が一般的な思想家、社会運動家としてとりあつかわれることを峻烈に拒否し、あくまで「作家・小説家」として正当に取り扱われることを強く要求しておられるのだということが分かります。また親鸞と野間宏との深い繋がりは、どのように「作品『青年の環』のいろいろな人物に反映しているか」を論じなければ、論じることにならないことを詰問の形で突き付けられているのです。

ところで、このようなお手紙をいただいて、恥ずかしい思いと同時に、くやしい気持ちもこみあげてきました。実は、八六年来日した際に、野間宏先生からいただいたたくさんの作品を読むのには、たいへんな時間がかかりました。とくに『青年の環』を、ノートにとりながら一度読み終えるのに、一年半以上の時間をかけていたのです。ちょうど読み終わったばかりのときに、今度は、親鸞の著作を送られ、その勉強が始まりました。これだけで、すでに、私の大学の授業と必要な家庭生活以外のほとんど全部の時間を占めました。これは、私のぎりぎりの限度でした。

これらのことは、普通なら、野間宏先生にも理解していただけるはずのところだと思います。それにも拘らず、このように激しい怒りを込められた手紙をぶっつけられたのはなぜでしょうか。

今にして思えば、先生は自分の病気の重くなっていくことを自覚して、自分が最も強く言い残しておきたいことを、性急に激しい口調でこの最後の手紙に吐き出されたのだということが分かります。

二つの論文を通して

その最後の手紙に答えるため、私は二つの論文を書きました。

一つは「親鸞と野間宏の文学」です。この論文は、針生一郎さんに直していただいたうえ、『新日本文学』の特集「野間宏のまなざしの向こうへ」に加えていただきました。主な内容は次のとおりです。

まず、『わが塔はそこに立つ』の創作前後における野間宏の親鸞への回帰に注目いたしました。二十世紀後半の激動は、野間宏の深層意識に焼き付いていた仏教思想、とくに親鸞の思想を、新しい次元で蘇らせ、それを手掛りにして、日本人の集合無意識の再追究へと向かわせました。

そのことが、『わが塔はそこに立つ』の主人公海塚草一と中之町の民衆との、中之町の民衆と親鸞との、切っても切れないつながりとして、追究されています。

中之町の人々は、歴史の渦によって、日本社会の底辺に投げ出され、宿命的に無知無力の状態に置かれ、親鸞の思想だけが彼等を軽蔑も差別もせず、心に灯をともしてくれるので、彼等にとって、命の支えとなっています。

次に、『青年の環』での、部落民田口吉喜と親鸞の「悪人正機」説とのつながりに注目いたしました。

作品は、田口の極端なまでの「悪行」を描きながら、その内在する自由への強烈な渇望を明らかにしています。そのようにして、内在する渇望と巨大な外圧との矛盾に引き裂かれた彼の「悪」は、救済の要求と、ちょうど表裏一体になっています。これは親鸞の「悪人正機」説の一つの具象化と考えられます。「悪人正機」説によれば、ご存じのように、「悪人」の救済を求める渇望は「善人」よりもっと強烈なのです。それに自力に絶望して、人間の善悪を超えた仏陀の無量光に包みこまれ、一番救われるべきものなのです。「自然法爾」の光は、このような者に向かっているのです。

さらに、田口と大道出泉との関わりの展開には、興味深いものがあります。大道が田口の秘密を深く追究するように設定されていますが、それは田口を倒すためではなく、泥の中に咲く蓮のように、アジアと日本の泥土に花花を咲かせる可能性を探るためのものです。

親鸞によって生を支えている矢花正行の母親よし江を思うと、大道出泉は、自分を含めて差別者も被差別者も、すべての者の生の根本的な欠落が照らし出されるのを感じます。彼の思考は、時代は個人の有限性を超えてうねりつつ流れるが、個人の存在が宇宙の法（ダルマ）と合一する存在になることを体得するところへと進みます。最後に、大道は、田口を殺して、自分も自殺します。それは、大道が「腐敗哲学」によって、「死の超越」を実現した後、また自分と部落民とをともに類的な存在として、絶対平等のものとする立場に立ってから実行したのですから、田口を殺すことは、すでに「悪」をする部落民に対する懲罰ではなく、一種の救済の象徴だといえます。煩悩の虜になって、救済すべき本当の自己に無自覚になっている田口を、疎外された肉体の束縛からときはなち、自分と共に宇宙自然の法に帰一することを実現するといえるのではないでしょうか。

もう一つの論文は、雑誌『文学』に掲載予定の「『青年の環』の『性』と『自然』——親鸞の『自然法爾』に照らして」です。野間宏は、『青年の環』のそこに埋めなければならないのは巨大な自然である」といっていますが、その「巨大な自然」と親鸞の「自然法爾」とは、どこでどうつながっているでしょうか。この論文は、そのつながりについて、主人公たちをとらえ、苦悩させる「性」の問題に沿って追究してみたものです。

『青年の環』において、二人の主人公——矢花正行と大道出泉の「性」の煩悩が「生」の実存の姿として、追究されています。そして、それぞれの煩悩の根源をつきとめ、超越を求めていく方向に向けられています。

『青年の環』における「性」の問題の追及は、作品の深層において、親鸞の「性」の問題と「自然法爾」の思想とに通じていると、私は考えます。

野間宏は、親鸞の「性」の問題の解決について、聖徳太子の夢のお告げのことを取り上げて、煩悩の苦海でもがいている性欲を無意識の深層で仏と通わせて、仏の本願(救い)に任せる「自然法爾」の救済を示しています。

自然法爾の救済というのは、野間宏によれば「生成する自然の働き、そのものの法(ダルマ)にしたがい、その法(ダルマ)の直中にあって、実体的な有でもなく、無でもなく、自ずからしからしめる自然の働きそのものと同一の本体の身となる」という意味です。このことについて、高史明さんが、『新日本文学』の追悼・野間宏特集の「親鸞と野間宏・深淵に立つ目差し」という文章で詳しく論じておられます。

そして、二人の主人公は、「性」の煩悩をかいくぐって超越への軌跡をたどりながら、ひたむきに時代の闇の奥へと突き進んでいきます。「性」の問題を、個体無意識の暗闇の底まで追究しながら、それを二千年の差別の歴史をもっている社会の暗部と結び付けて追究しています。それに、社会罪悪とからみあっている部落民田口吉喜の「性」の問題と資本家大道敬一の「性」の問題とを深いからみ合いにおいて、描いています。それで、人間の「生」の根源まで追究された「性」の問題は、社会の暗部とつながってきます。矢花正行は、その身に個体に内在する暗さと社会、類の暗さを背負いながら部落解放運動に身をささげていくのです。

このように見ると、『暗い絵』が追究している課題ともつながり、親鸞の「自然法爾」の思想をも溶かし込んだ、作品のそこに埋められた巨大な自然は、東洋文化の深層に通底している人類文化の深層からの呼び掛けであるように思われてきます。それは、どんな差別もない、人間の内と外の矛盾が本当に解決する、同時に過渡的な社会制度の限界を止揚する窮極的な人類解放の理想なのです。

この二つの論文を新しい出発点として、今後とも、野間宏先生の最後の手紙に応えつづけていきたいと考えております。

(一九九三年五月　第一回)

個と全体の相剋

――関連と対立の中で――

比較文学、文化
張　石

一九八三年の冬のころ、私は姉張偉といっしょに野間宏先生の『暗い絵』を翻訳しました。翻訳の作業を続けているあいだ中、私はこの作品の深層の暗い魔力のようなものに深く魅了されて、いつまでも忘れられないショックを受けたのでした。一体、どのような力がわれわれ翻訳する者の目に涙をあふれさせ続けたのか、その当時、私がよく理解していたとは言えません。この作品についての多くの研究家の文章は「戦争反対」と「自我確立」の二つの説に集約されます。私は自分が日本文学のほかの作品を読んだときの感想を思い出してみると、『暗い絵』を読んだときに抱いたきわめて特別な感想とはちがったものだったことに気付きます。たとえば、島崎藤村の『破戒』を読んだときの感想は、リアリズムという観点でのショックであり、川端康成の作品を読んだときに受けたものは文化の見方についての形而上的なショックだったと言える、というようにです。この野間宏先生の『暗い絵』を読んだとき、私が受けたショックはリアリズムと形而上的色合いでの二面からのものであったと言えましょう。すなわち、「戦争反対」と「個人の確立」などという現実的、歴史的な層に止まっていては、『暗い絵』が読解できないと思うのです。私は『暗い絵』を何度も読むごとに作品の奥にひそむ思想的な構造のみごとさに驚嘆し、さらに読み進むにつれて、作品の奥底にある思想の内容を少しずつ解読できるようになったと思います。独断とされる誹りをおそれずに言えば、『暗い絵』は人類精神史の中での永遠に解きがたい難問にふれています。それは人類の集団と個人のあいだの分かちがたい関連と永遠の対立という難問です。

一　象徴の二重構造

『暗い絵』は象徴的な方法で書きあげられた小説です。小説の構造から言えば、ちょっと散漫であると言えますが、象徴の中心に位置するブリューゲルの絵は、この作品の中に奥深く進み入るためのエネルギーと求心力の源泉だと思います。『暗い絵』で描写されたブリューゲルの絵は、「物乞いたち」、「市場での足なえたち」、「怠け者の天国」、「キリスト磔刑」、「十字架を担うキリスト」などで、そして作品の冒頭の部分では、「死の勝利」、「十字架を担うキリスト」、「キリスト磔刑」などにふれています。そして、作者が作品の中で扱おうとする重要なポイントは、「個」としての人間が「集団」の中に包含されつつ対立する関係にあるということに置かれています。冒頭の部分の背景となっているものは、黒い死、黒い大地、「取りかこむ人々の群が黒々と画面を取りまいている」というものです。このような背景の中で、「磔刑にされたキリストの体が、半ば膝をつくように十字架の下に横たわっている。このキリストは、何の苦しみの表情もなく、むしろ無表情の薄っぺらい顔貌を持ち」、と描かれます。ブリューゲルの「十字架を担うキリスト」を見れば、彼は民衆のために死んでいくけれども、多くの民衆と聖母はわれ関せず、自分たちのことにかまけています。これはキリストの殉教者としての精神と民衆の無関心という対立をあらわしていると思います。しかし、その一方では彼の「無表情の薄っぺらい顔」も民衆の表情と同じであり、民衆との関連と民衆の中に没入する契機をもあらわしていると思います。

「群」への反駁

そうして、このような背景のなかで目立つキーワードとも言うべき形象は性器のような穴です。「これらの人間はまるで性器以外には何等の営みの機関をもちえないかのようである。」「性器の言葉があるとすれば、その言葉でしゃべっているように思える。」

言語は人間を人間たらしめているものとして存在します。言語は人間同士の交流をはかる道具であると同時に、人間が自分の心の動きを表白するための重要な手段です。言語こそ、己れの個性をきわだたせるものです。しかし、究極的集団での活動、たとえば軍隊の一員として、戦争の場で行動する場合には、個性の言語は抹殺され、そこへ、個人を超越し、個性を抑圧する唯一の言語――「命令」が置きかわります。命令こそは集団としてのまとまりを維持させ、集団としての機能を遂行させるための唯一の言語です。『暗い絵』の中の性器のような穴がしゃべる言語は、個を超えた集団の言語を象徴していると思われます。性器が象徴している意味は関連です。性器からうみだされたものは人間であると同時に人間関係です。たとえば、親族、家庭、配偶関係などです。しかし、当然ながら性器だけで、人間の個性をあらわすわけにはいきません。「性器の言語」は個性の言語が抹殺された後の集団、あるいは全体の言語を象徴していると思います。そして、ここに示されたものは究極的集団活動――戦争は個性を全面的に抹殺するということへの抗議ではないかと思います。『暗い絵』の中で、野間宏先生は直接にこのような抗議を語っています。

――「この醜い大地にぽっかり開いている穴は、ようやく人類のルネサンスを迎えようとする歴史の中で、ズタズタに切り刻まれたアミーバーがなおも生き続けるようにようやく生れ始め発生しつつあった個人、個体の跡形だというのであろうか。」

野間宏先生は人生は生理・心理・社会の三つの層から考察すべきであると主張されました。私の理解から言えば、生理は人間の動物性をさし示し、心理は人間の個性を包含しており、社会は人間の集団性をさし示しています。時間という点では、生理はもっとも早く発生したもので、非歴史的な存在と言えます。つぎに人間の集団性が来ます。三者の中では、もっともおくれて発達してきたものが個人の個性です。これはとくにルネサンスのころから、きわだってきたものだと言えると思います。戦争は歴史を消滅しようとして、人間を個性の歴史の中からルネサンス以前の集団主義の世界に墜落させようとします。はなはだしきにいたっては、非歴史的な未分化の混沌の性の穴に墜落させようとして、しかも、同時にこのような動物的本能むき出しの人間から戦争のエネルギーを汲み取ります――これは『暗い絵』の隠喩の中にひそむ野間宏先生の深刻な戦争観ではないかと思います。野間宏先生は「青春喪失――はらぼう生物のように」という文章の中でも、この問題に直接にふれています。

ところで、野間宏先生はこれとは相反しているかのような思想を同じ場面の描写であらわしています。

「群」への未練

――「ここには群衆への、集団への、民衆への強い執着がある。人々は集団以外としては現われない。祭の夜の、風景の中の点描としての、むれた蛙のような人間の集りとしての、髑髏をつけた人間共の群としての、犬をつれた猟人がかえって行く農村の営みの中の人々の群としての、集団以外としてはあらわれない。」

実際、ブリューゲルの絵にはこのような個人と集団のあいだの問題、すなわち、集団が個を包み、個と対立するという関係が秘められています。そのことを野間宏先生は鋭敏な洞察力によってブリューゲルの絵からこのような人類の難問を引き出して、それに自身の体験を結びつけて、『暗い絵』のようなすぐれた文学を創造するに至ったと思います。そして、このようにブリューゲルの絵画を全体からとらえることによって、この中に全体と個のあいだの「関連」と「対立」を認めることができます。ブリューゲルの研究家、森洋子氏は彼女の『ブリューゲル全版画』という著作の中でつぎのように指摘しています。

「ブリューゲルはH・ゼーデルマイヤの指摘した『マッキア』(色斑)の手法をここでも見事に用いている。……例えば同じ濃さの赤がズボン、スカート、上衣、帽子、チョッキと使われ、しかも遠近によって濃度がそれほど変化することなく、色の染みのように点々と各個所で使用されていることに気がつくであろう。同じことは他の色についてもいえ、この『マッキア』によって全体は色彩的に散漫になることからのがれ、統一感が与えられるのである。この『マッキア』の特色はブリューゲルのほとんどの群衆作品に見られるが……」

一方で、「ブリューゲルは初期の版画のための下絵素描《信仰》(一五六〇)を制作した頃や、中期の《十字架を担うキリスト》(一五六四)など、生涯を通じ、群衆を表現するにあたっては、その事件ないしは状況に没入する集団、無関心を装って、全く別の行為をしている数人の人物、彼らから孤立して事件を傍観する第三者といった構成を取っていた。それがブリューゲルの群衆表現の得意とする手法でもあった。」

これらのことを合わせ考えれば、ブリューゲルの絵の群衆表現の特色は、「関連の矛盾性」および一種の「マッキア」の表現方法によって獲得した集団の統一性と、この統一性の中から遊離した性格によって獲得した個別性の矛盾、あるいは対立するものの共存というものであると言えます。このような特色は『暗い絵』のテーマに合致しています。

二　心の中の二律背反

小説『暗い絵』の中の大筋は、日中戦争がはじまったあの歴史を背景として、主人公深見進介と二つの学生グループの関係、すなわち、「合法主義」の小泉清のグループと、左翼の人民戦線派の永杉英作のグループの関係をめぐって展開されたものであると思います。

深見進介——集団への反抗と帰属する心と

もちろん、小説の中に登場する人々は三者三様に、程度こそちがいますが、みな、帝国主義の侵略戦争に反対します。そうでありながら、小泉清たちの「合法主義」者は合法的な範囲での闘争による侵略戦争に反対する道を選択しようとし、一方、「人民戦線」派は非合法的な、生命をかけた左翼陣営による革命によって侵略戦争に反対し、新しい日本を造る道を選択しています。深見進介は「個人の確立」という道を選択しようとしています。

ところで、個性に執着している深見進介自身はいつも、「群」の中にはとけこめない焦慮を抱いて自分の個性を疑い、ひいては、嫌悪しかねないときがあります。彼は永杉や羽山の行く道とどこかの部分で交叉しながら、そして交叉するほどもっとも近づき合いないがら、遂に一つに重なり合わぬというような、もどかしい痛みを感じるのです。

深見と北住由起の恋愛は失敗してしまいました。彼は自分の個性が相手の個性の中には入れないためにもどかしいのです。彼は「厭な奴、厭な奴」と自分と小泉清を同時に嘲るのです。

象徴という観点で見ると、このような「融合」と「独立」という矛盾がしばしば表現されています。たとえば第三章では、深見進介は宇宙星雲に対面して独立性を叫ぶ、自我に執着しています。

――「深見進介は、いつも、こうした考えの最後に到達する死の問題の所まで来て、自己の消滅を承認することは出来ないと考えるのである。自分以外の存在がそこにありしかも自分の姿はそこにないということ、これは堪え難いことではないか。俺の体が、あの宇宙のものを殺し、またものを生み出すという創造の窯の中に入って行くのだとしても俺は消える、俺というこの存在は消える、なくなる。この俺の足はなくなる。この手はなくなる。安物の七輪、宇宙カンテキの中でねえ。宇宙焜炉の火の中でねえ。」というようにです。

しかし、彼には宇宙星雲に体面するとき、自我の個性をつぶして宇宙星雲の中に没入したいという欲望もある。

――「そう、俺はもう一度俺のところへ帰ってきたのだ。正に俺のいるところへ。あの空の星々の運行のみが、あの高みから、宇宙の全力をもって俺の背骨を支えてくれるところに帰ってきたのである。俺はもう一度、俺自身の底からくぐり出なければならない。と深見進介は考えた。そう、常に俺自身の底から俺自身を破ってくぐり出ながら昇って行く道、それを俺は世界に宣言しなければならない。」

引用した前の段落は、個人と宇宙とが対立しあう関係をあらわしていて、東洋精神と相反する思想だと思います。後の段落は、個人が宇宙から力を汲み取って、個人と宇宙が融合しあう関係をあらわしています。ですから対立面の世界を超越する東洋精神だけによっては、野間宏先生の創作が把握できないのではないかと思います。この創作の中にひそむ東洋と反東洋とも言うべきものの苦闘をみとめなければならないと思います。

木山省吾――自立への執着と集団への没入

『暗い絵』の中には深見進介と二つのグループのほかには、さらにもう一人の重要な人物がいます。これは木山省吾です。彼の性格は深見の性格に似ているところがあります。まず、「あの偉大な自己、偉大な仕事、偉大な学問の確立の野心に充ちた、そして苦しみに貫かれながら将来をめざして一歩一歩進んでいた」木山省吾です。一方でその独特な心の動きと生理の体質が彼を悩ませています。――「俺はちょっと変ってるからね。俺の性欲はひとは違うんだよ。その点で俺の女は、特別な女でなきゃあ、駄目なんだがね」というようにです。そして、彼も集団に没入したい衝動を深見よりさらに強く持っています。彼は永杉の集団中には個性と自我がなくて、彼の革命も盲人が盲人の道案内するということとほとんど同じだということがちゃんとわかっていながら、結局はやはりその群の中に身を投じて、己れの生命を犠牲にしてしまいます。深見進介はその木山の死を知ったとき、すべてを失ったように慟哭したのです。

集団と個人——人類にとっての永遠のパズル

『暗い絵』における人間関係と主人公深見進介のあり方が指し示すものは、まず人間は個人として、自我の確立のために、集団の圧迫から脱出したいという欲望を抱いているという点です。さらにその一方で、独りで生きられない人間は強い集団に所属していたいという欲望の中で、人間は「群」から離れることができないということです。人間は大地にいるとき、空にあこがれ、空を飛ぶとき、大地にあこがれます。集団に入れば集団は個人にとっての地獄であり、独りになれば個としての自分は自分にとっての地獄でもあります。人間はこのような永遠の二律背反の中に身を置き、生存の全的な意義を獲得し、あるいはこの意義を失ってしまうのです。

ルネサンスから今日へと続く人類の歩みの中で、思想家、文学家たちは一生懸命に個人主義を高唱して、個人、そして個性に対立する集団に対する圧迫を批判します。ところで、二度にわたる世界大戦を通じて、人々は個人主義に疑いの心を抱くようになります。アメリカの哲学家エーリッヒ・フロムは、人間心理の深層に存在している、自由から、そして個人としてあることから逃走しようとする欲望を発見しました。彼の『自由からの逃走』という著作の中には、つぎのような段落があります。

——「個人的自我を絶滅させ、たえがたい孤独感にうちかとうとする試みはマゾヒズム的努力の一面にすぎない。もう一つの面は自己の部分の、いっそう大きな、いっそう力強い全体の部分となり、それに没入し、参加しようとする試みである。」

以上述べてきたことを総括しますと、野間宏先生の『暗い絵』は単純に「戦争反対」、「個人の確立」ということだけの底浅い文学ではなくて、これは個人と集団、現実と理想の解明にとり組もうとしたすぐれた文学だと言えます。もちろん、野間宏先生の『暗い絵』以後の作品は究極的集団——軍隊に対する批判によりいっそうの比重が置かれることになってきますけれども、それらの作品の中には一つの注目すべき共通点があると思います。これは先輩の兵士は後輩の兵士をいじめ、後輩の兵士はまたその後輩をいじめるという構図です。このように考えてくると、野間宏先生は集団が内にはらむ歪みを批判すると同時に、フロムの言う、個人が集団に没入しようとする心理をも追究していると言えます。フロムはこのような現象を「共棲」(Symbiosis)と呼びます。

――「他人に対して完全な支配者となろうとするこの傾向はマゾヒズム的傾向とはまったく反対のように思われる。それでこの二つの傾向が密接にくみあわされたものであるといえば、ひとは当惑するかもわからない。もちろんその実際の結果について考えれば、依存し苦しもうとする願望と他人を支配し苦しめようとする願望とが、正反対のものであることは疑いない。しかし、心理学的にはこの二つの傾向は一つの根本的な要求のあらわれである。すなわち孤独にたえられないことと自己自身の弱点とから逃れでることである。」

三 野間宏と現代日本

ひょっとすると、日本にとっての異国の中国青年は『暗い絵』がふれた人類精神史の上の難問をかえってよく理解し、深見進介の矛盾にみちた「憤りと熱と悲しみに生きる二つの美しい生物のような涙」をさらによく理解し、深見進介の木山省吾の死に対しての慟哭をもっともよく理解するかもしれません。中国の青年は民主主義、自由主義への憧憬を抱いて四方の国々へとたどりつきます。そのように私も日本にやってきました。

私が日本に来たばかりのとき、まず現代の日本の状態に驚嘆させられたことがあります。私を深く感服させたのは日本人の仕事における精神です。日本人は自分のいる「場」――会社、工場、役所などの巨大な求心力に吸引されて、「群」と集団への限りない忠誠心でその社会に奉仕し、世界一流の町を築き、一流の商品、そして一流のサービスを創造しています。日本は巨大で精密な機械のように迅速に、精確に運行しています。

そして、次第に日本社会の深層が私の前に開かれてくるにつれて、私をさらに驚嘆させたのです。

はじめに私にはげしいショックをあたえたこととは、私がアルバイトをやったときのことでした。私がアルバイトをやっていた小会社の中に老人がいました。彼もアルバイトの身分です。その七十九歳という高齢の彼は、毎日、地面から一〇メートル以上もの高いところで仕事をやっていました。彼の仕事の上での先輩は四十歳前後の若者です。その若者はほとんど毎日、老人を叱りつけたり、どなったりします。ある日、老人はいつものように若者からものすごく叱られました。ところで、私をびっくりさせたのは、老人のつぎのような行動だったのです。その当時、私は老人とは全く関係のない仕事をやっていたのですが、老人は突然、私の前に来て、なんの理由もないのに、彼の先輩のように私を叱りつけたのです。そのとき、私は老人がなぜそのような行動をとるのか、全く理解できませんでした。しかし、しばらく考えているうちに、私はその理由《わけ》がわかるようになったのです。私はほかの日本人にこのことを話し、これは日本の腹いせの下請だろうと言ったものでした。そのとき、私は突然野間宏先生の小説の中のシーンを思い出しました。小説『夜の脱柵』の中には、つぎのような段落があります。

――「飯上げがおくれると空腹が班の四年兵たちの不満を内からかきたてる。壁の両側にならんだ寝台の上にすわりこんで、ただ顔を使うだけで班内を動かす力をもった四年兵の心は、班内の天候を決める。すると三年兵が二年兵と初年兵を整列させ、どなりちらす。怒声はふえ、バッチは調子をあげる。二年兵は初年兵の近くにそっとよってくる、彼等はそこで初年兵をこづく。」

私は日本に滞在する日数が多くなるにつれて、日本の集団中には野間宏先生が描写されたような、日本の兵隊の中の先輩は後輩をいじめるという図式が、いまなお、存在し続けていることを発見したのです。はなはだしきにいたっては、その残酷さの程度は日本の兵隊に劣らないと言わざるをえないほどです。ひとつの例ですが、一九九三年一月のテレビニュースによれば、ある中学校のできごととして、上級生が下級生をいじめ、下級生を体育用のマットに頭から逆さまに押し込めて、窒息させて、死にいたらしめた。去年だけでも日本の学校でのいじめによる自殺は一〇件以上にのぼっている、といいます。

いまの日本は社会全体という面で見れば、民主主義の政治が全社会を支配しており、個人は民主政治に参加でき、政治家と政府閣僚を頂点とする行政官の行為を監視することによって、個人は十分にその政治の権利を行使し、かつ政治的自由を享受していると思います。

しかし、その一方で、日本人の集団、とくに産業にかかわる集団では、集団間の競争がはげしくなるにつれて、集団はその内部の個人に精密機械の一部分になることを強く要求します。そのあげく、集団に属する個人の個性は、結果としてますます空虚化へ向かっているように見えます。

日本集団はその内部への強い求心力を持ち、個人は自分が属している集団をほこりとしています。人々は集団以外での独立した個人としてはあらわれず、結局、自分で集団から離れることができません。古い集団のあり方はいまなお日本の集団内部に依然として存在しています。集団の上と下の関係の中で上は下の人間に対して自分の無意識の中の「悪」の捌口をさがし出し、「仕事のために」という口実のもとに、下の人間をいじめ、もてあそぶことによって、自分の心理の一面を満足させます。これはフロムが「権威主義」に言及した――「他人を苦しめ、または苦しむのをみようとする願望である。この苦しみは肉体的なものもあるが、精神的な苦しみであることがいっそう多い。その目的は実際にひとをきずつけ、ほろぼし、困惑させること、あるいはそのような状態にある人間をみることである。」というような現象であり、それは日本集団の中にはいたるところに見出すことができます。

日本の現実と結びつけて野間宏先生の『暗い絵』を読めば、この作品は「戦争」と「個人」というテーマにとどまらず、日本および人類の永遠の宿命と関係するテーマを扱っているとの結論に達することができるでしょう。

私は一九八八年の冬の中国社会科学院で主催された日本の作家と中国の作家や学者の座談会で、一回、野間宏先生にお目にかかったことがあります。その機会に私は野間宏先生に『暗い絵』の中には深い哀しみがありますけれども、怨みは見あたらないようです。それはなぜですか」と聞くと、野間宏先生は『暗い絵』の中には怨みがある」と答えられました。当時、私はそのことがなかなか理解できませんでした。『暗い絵』を読んだとき、私は一種の宿命的悲哀をあじわったのですが、怨みの対象があまり見つからなかったのでした。いま考えてみれば、『暗い絵』の中にはたしかに怨みがあります。とはいえ、これはある個人、ある集団、あることを対象としている怨みではなくて、人類の宿命に対する「大怨」とでも言うべきものです。これは中国の老子が言ったように、「大音希声、大象希形」（大きな音に響きがなし、大きな形象に形がなし）、これは無怨の怨みです。無弦の琴です。野間宏先生の詩的な言葉で言えば「すさまじい響きをたててひびわれる宇宙」ということです。

私はアルバイトの折り、その休憩の時間にイギリス詩人Dante Gabriel Rossettiの詩「Three Shadows」を読んだことがあります。詩の中にはつぎのような詩句があります。

「Ah me! what art
Should win the immortal prize
Whose want must make life cold
And Heaven a hollow dream.」

（あゝ、どのような傑作がこのような永遠の褒美をもらえるのか。
これがなければ生活はつめたくなり、
天国も永遠のうつろな夢になる。）

この詩の中のwantという単語が「不足」、「なし」の意味であり、また「ほしい」、「希望」、「のぞみ」の意味もあります。われわれはこのwantという単語を、「希望」、「ほしい」という意味として、改竄すれば、この詩はすこぶる「モダニズム」流の詩と読みとれます。すると、翻訳文はつぎのようになります。

（あゝ、どのような傑作がこのような永遠の褒美をもらえるのか。
この希望はかならず生活をつめたくさせて、
天国も永遠のうつろな夢になる。）

日本よ、あなたはほんとうの永遠の褒美をもらえる傑作です。一流の町、一流の人間、一流の生活、一流の商品……。しかし、この一流の傑作を生み出した希望はつめたい生活をもたらして、天国も永遠にうつろな夢に変わります。

中国の青年は民主と自由への憧憬を抱いて自由世界にたどりつ

き、この世での天国を求めようとするのです。そのように私も日本に来ました。私も深見進介がブリューゲルの画集を持って、京都の町をさまよったように、野間宏先生からいただいた『暗い絵』が収載された先生の自選集『顔の中の赤い月』を持ち、東京の町をさまよったことがあります。そのように私は今後も先生の思想のルートに沿って私の探索をつづけようと思うのです。そして、今、東京の町の中で私は以前よりも深く『暗い絵』が理解できるようになったと思うのです。私は天国をさがすということをしなくなりました。

天国はかならず地獄と共存します。

（一九九五年一月　第三回）

野間宏先生の顔

高 銀
（訳・三枝壽勝）

これに対する反抗もまた熾烈だった。

こうした環境において私は、国内移動は密着監視状態で制限されており、国外旅行は七〇年代以来不可能だった。だいたい旅券を持てなかった。

たった一度、米国務省の努力によるのか、私のバークレー大学招待講演のために、一回用の旅券を発給されたことがあるだけだった。

その後、民主化運動の古くからの同志である白楽晴氏（英文学者、文学評論家）と一緒に日本の岩波書店の招請を受けた。しかし私には依然として旅券が出なかった。白教授だけ日本に旅行するため渡っていった（その時私の発表原稿だけ同行した）。

よく分からぬことだが、おそらく現代日本文学史を通して、野間宏先生ほど平等という命題から離れたことがない作家はないらしく思う。

かれの平等とは、たとえば米国独立宣言に現われた平等とは違うようだ。「神のない平等」がそれだ。

封建時代の遺産である賤民階級に対する先生の熱い意識は、人間の自由と平等という両大価値を問題とみなすべき作家意識と、分離されるものではないようだ。私はこんな野間先生の道の後をついて行きたかった。

一九八〇年代後期の韓国は、いわば新軍部独裁の絶頂であって、日本の側からはその次に岩波書店の代わりに御茶の水書房の招請状が送られてきた。

友人たちが韓国政府に猛烈に抗議した結果、私は期待もしていなかった羽田空港に降りる喜びを味わうことができた。

日本の知識人百名以上の名士たちが、七〇年代以来続く韓国への深い関心のすえに私を歓迎してくれた。滞在日程何日かの後、私はついに野間宏先生を訪ねることができた。すでに日本の作家大江健三郎、李恢成たちと日本ペンクラブ文学者たちに会ってからだった。

野間先生は、本の山の中の一冊の本のように、本の中に埋もれて暮らしていた。絶壁の断固さと麦飯の薫風が一緒にただよう第一印象の顔だった。こうした雲母質の光沢が年輪の皺を満たしているようだった。眼鏡の奥の目からは、すべての偽りから遠い眼光がほとばしり出ていた。

先生は笑いをやめなかった。笑い自体からなる顔であった。韓国人と韓国の文学に対する真摯な心配をのぞかせた。

私は話のおしまい頃に、韓国の独裁政権が崩れれば、かならず韓国に来てもらえるよう招請すると言った（私はこんな事前招請を、野間先生だけでなく、岩波書店の安江良介氏と社会党の土井たか子女史にもした）。

その書斎で酒が何杯か取り交わされた。それでも物足りなかったのか、先生は私に大きな酒瓶を一本取り出して抱えさせた。

「私が韓国に行く日があることを望む。この酒を飲んで、力を出して独裁と闘ってくれ」と言った。胸がいっぱいになる思いだった。

私はその酒を胸に抱いて、家を出るとき、鄭敬謨氏、伊藤成彦氏と四人で写真を撮った。

日本滞在の日程を終えて戻ってきて、我々は韓国の民族文学作家会と韓国民族芸術家総連合を結成するのに統合する一方で、野間先生のいくつかの作品に接することができた。この方の文学には社会の呼吸があった。そして人間の自己反映があちこちに現われていた。

この方の墓碑の前に立っていたい。（二〇〇一年五月　第八号）

「生きものらしさ」とは何か

——野間さんとの出会いと——

大沢文夫

野間さんと親戚になった

大沢です。よろしくお願いいたします。野間さんが亡くなって、満十六年。野間さんがえらい人だったということもありますけれども、その会をずっと続けておられるというのは、非常な御尽力、皆さんのサポート、主宰される方々の御努力だと思います。大変ありがたいことだと思います。

私は初めてここに出てこさせていただいたんですが、実は私は野間さんとは親戚なんです。野間さんの奥さんの野間光子さんが、私の家内の安子のお姉さんでありまして、ですから野間さんは私の義理の兄さんということになります。ちょっとつき合いにくい義兄でありましたけれども。

何でそうなったかといいますと、余分な話をしてすみませんが、私は東大の物理を出て名古屋大学に行くことを希望いたしまして、名古屋大学理学部の物理に就職いたしまして、助手になったんです。その同じ研究室に、高林武彦さんという三歳年上の物理学者がおられました。その高林さんが、詩を書く方でした。皆さんはご存じと思いますが、昭和十年代、富士正晴さんが野間さんと一緒につくられた同人雑誌『三人』の同人として、三高時代に詩をつくっておられたんです。『三人』は、発行されたとき正晴さんは十九歳で、野間さんは十八歳だったと思います。そのとき、いわば完璧な詩を書いた。天才であったと思います。そこへ、三高時代の高林さんがさかんに投稿しておられた。東大の物理に行かれてからも、彼は詩と物理をかけもっておられたんです。

『三人』は戦時中にストップしまして、戦後になりまして富士正晴さんが戦争から帰ってこられた。それで高林さんが正晴さん宛てに、「自分の研究室に大沢というのがいるが、富士さんの妹さんにどうですか」という手紙を出された。それと同時に私に「富士正晴さんの妹さん、どうかね」という話もされたんです。今はそれほどでもないですが、当時物理をやる、物理の専門家になるというのはよほど変わった人でありまして、普通の人はちょっとなれない。能力の関係、頭の出来の関係ではなくて、行動の関係で、よほど変わった人であったんです。私の時代まではね。今は、普通の人でもできるんですけど。私の先生か、私までがぎりぎりのところです。

かたや詩を書いているというので、これもよほど変わっている。それも十九歳で既に詩の雑誌を自分で出す。立派な詩を書いているらしい。両方ともそんなに変わっているんだから、お互いに相手の日常生活がどんなに変かというのがわかる。想像できるわけですね。想像の範囲内にあるので、私はそれは大変いい話だなと。つまり、相手方にこちらが変だということを別に言わなくても大丈夫、向こうが最初から変だと思っていてくれるから。おまけに、正晴さんは物理が好きだったんです。物理系の人たちをなぜか好いておられたんです。高林さんもそのお一人でした。それで、物理の人だということもプラスしまして、富士さんのお家もそれはいい話だということになりまして……。こんな話をしていると時間がなくなるけれど。それで、実は両方が、もう会う前から大体決めておりました。

それで一九四七年三月に、私が見合いに名古屋から大阪に出かけました。そのころは切符を買うのが大変だから、研究室の連中が名古屋駅にかわりばんこに並びに行くんです。大沢の見合いのために買ってくる。今では考えられないことです。それで切符を買って、高林さんと二人で、富士さんの家は大阪の茨木にありましたからそこに出かけました。

それで、やはり変わっていると思った。正晴さんも変わっているが、本人の安子もかなり変わっている。もう見ればわかるぐらい変わっている。光子さんはどうだったか、ちょっとそのときはおられなかったか何かで忘れましたけれど。一九四七年三月、たまたま東京へちょっと行っておられたのかな。野間さんは一九四四年に結婚されて、一九四五年、終戦の年に子供さんが生まれています。その子供さんは富士さんのお家に置いておられて、野間さんは既に東京に出て、『暗い絵』は既に出版されておりました。一九四六年の出版でしたか。

それで一九四七年三月に大阪に出かけまして、着いたら高林さんが、はい、さよならと帰ってしまわれて、私が一人残されました。正晴さんは次の戦後の同人雑誌『VIKING』をその秋から出版しようというので、どうしようかと仲間と相談して、がやがやディスカッションしてみえる、ちょうどそんなときです。それで、まあいいやというので、私はその晩富士さんのところに泊まり込みまして、明くる朝帰ってきたんです。それから後は、二カ月か三カ月に一回、こちらから茨木に出かけるという生活になりまして、結婚は一九四八年です。

野間さん『青年の環』完成のころ

野間さんにお会いしたのは、はっきり覚えていないですが、一九四七年の夏だったと思います。野間さんは東京で一人住まいしてみえて、たまたま奥さんの実家、私にとっては義姉さんのお家に帰ってこられたんだと思います。一同が会しまして、富士さんのご兄弟四人と、野間さんと私も入りまして、お義父さん、お義母さんとわいわい騒いだことを覚えております。

そのときに、私が物理の教室にいるということを野間さんは知っているから、何となく難しい話をされるんです。自然弁証法が何とかかんとかと。私はたいへん閉口いたしまして、「そんなことはわからんけれども、まあそれは物理の量子力学を勉強したら一番早いですよ」と言ったんです。そしたら正晴さんがえらい喜んで、「大沢が野間にあんなこと言いよった」と。後年まで話の種になっておりました。

私は野間さんと一九四七年に初めてお会いしたんですが、高林さんはもちろん御存じでしたし、高林さんと東大物理の友達が野間さんの東京の下宿に訪ねていって話をされていた。そういう記録が高林さんの日記に出てきます。一九四七年四月、高林さんと岩田義一さんという物理の天才、あまりにも頭がよくてちょっと物理の研究には向かなかったんですが、そういう方と一緒にディスカッションされていましたから、物理を全然知らないのではなくて、ひそかに勉強しておられたと思います。とにかくそういうことで、私は野間さんと義理の兄弟ということになりました。

野間さんの『暗い絵』、『顔の中の赤い月』という小説がありまして、親戚になったんだから読まねばなるまいと思って蓋を開けてみると、これはもう体力と気力がとてもついていかない。私はちょうどそのとき、一九四七年、研究論文を書き始めたころです。最初の論文を書いたとき、まだ二十四歳ですから、私も結構若かったですね。

私たちが、あるいは私が特に書く論文のスタイルとは、野間さんの小説のスタイルとは対照的なスタイルなんですよね。それは理科と文科の違いがありますけれども、それ以上にかけ離れている。私には物理の中でもある書き方、スタイルがあるんですが、野間さんは野間さんで一方の、何ともこう……。それで、気力と体力がない。戦後のことだから栄養も悪いのであきらめまして、野間さんとは文学の話はほとんどせずじまいでした。

私が時々東京の学会に行くと、ほとんど必ず二回に一回は野間さんの家を訪ねまして、大変世話になりました。特に義姉さんには大変世話になりました。野間さんの家を訪ねても、野間さんとは難しい話、お互いの専門の話は、ほとんどしませんでした。

ところが、一九七〇年にたまたま野間さんの家に行ったとき、『青年の環』が完成して、原稿が出来上がった直後だったんです。それまではそんな話をしたこともないのに、野間さんが、私が行ったときに突然、『青年の環』というのが完成しましてね、終わり方にえらい苦労しました。最後の部分をどういうふうに終わるかというので初め書いて、これが気に入らなくてだめでして、その次にまたこうやったけれどもそれもうまいことといかんかったですけれども、ついにうまいことといったんですよ」と私に話された。それが私には大変印象に残りまして、当たり前かもしれませんが、そうか、小説を書くのにも、うまいことといった、うまいことといかないということがあるんだなと思いました。

我々の論文だと、実証の伴うはずのものですから、うまいこといくもいかんも、実証できなければペケです。それは、理科の世界では客観的に当たり前のことですけれども、文学の世界では主観的にやはりそういうことがあるのだなということが、非常に私の印象に残りました。よほど野間さんは、完成したということがうれしかったんだなと。

私はよう読みませんから読んだ人に聞きましたら、『青年の環』の最後の部分で野間さんが苦労されたということが、読んでいるとわかるんだそうですね。どうやって終結に持っていこうということに苦労されたというのは、ちゃんとした読者にはわかるんだそうです。私の上の息子がそう言っておりました。ほうと思いました。それでとにかく一九七〇年に原稿が完成して、たしか出版は一九七一年に『青年の環』が完成いたしました。

ちょうどそのとき、野間さんは生命の問題、公害問題——化学的公害もあれば原子力的公害もあれば——そういうことに興味があった。そしてそろそろ遺伝子の問題、遺伝子操作の問題が出てきそうなときです。本格的に出たのは一九七〇年代に入ってからです。それで生物のことを本格的に勉強しようと思われていたんですね。それとちょうどタイミングが合ったんです。私が生物に関係する研究に入ったのは一九五四年です。一九五三年が、ワトソン、クリックのＤＮＡモデルの発見です。

物理学教室に生きたウサギが来る

ついでだから思い出した話をしますと、ワトソン、クリックがあのモデルを出したときに、名古屋大学の生物学教室は発生学のメッカでして、動物学、植物学を通じて日本の発生学のトップでした。私は結構ほかの教室のだれとでも気安くつき合っていまして、そのトップの、一番年をとったえらい先生が僕のところへやってきました。佐藤忠雄先生といいますけれども、「遺伝のような高級なことに分子で何とかかんとか、そんなことはあるはずがない」と、えらい腹を立てておられました。遺伝子の中の原子の並び方でそんなことができるはずがないと。「遺伝のような高級なことが」と言われたことを思い出した。

それはともかく、その次の年に本格的に私は生物を研究対象の重要な部分にいたしまして、筋肉、運動の研究を始めました。一九五四年に、物理学教室に生きたウサギがやってきたというので、日本じゅうでえらい評判になりました。本当にウサギがやってきて、殺されるんですから。物理学教室で動物が殺されるなんていうことは動物にとっても大事件でして。……だんだん余談がひどくなりますが。

坂田昌一先生という素粒子論のえらい先生——湯川秀樹先生のお弟子さんで、湯川、朝永振一郎、坂田と、三人が日本の物理学のえらい先生だった——その坂田先生が物理学教室におられまして、「これからの物理は生物をやることが大事である」と言って大いに激励してくださるわけです。それで私たちは、では本気になってやるよと。

まさか坂田さんは、自分の部屋の下でウサギが殺されるとは——坂田さんの部屋は二階にありまして、一階に僕の研究室があるから、自分の真下でウサギが殺されるとは、思いもよらない。ウサギの皮をむくと湯気が出てくる。その湯気が廊下を伝わって、階段をつたって坂田さんの部屋まで行く。坂田さんが階段を駆け上がっていく風景が忘れられませんが。……そんなことは余談です。すみませんね。

それでとにかく一九五四年に研究を始めまして、一九七二年に『生命の物理』という本を出しました。これは「現代物理学の基礎」講座シリーズの中の一冊でして、「現代物理学の基礎」の編集長は湯川秀樹さんでした。その本がちょうど出まして、野間さんが欲しいと言われるから贈ったわけです。するとその本を、野間さんは本気で読まれたんですね。

この本はまさに研究そのものの本でして、私自身の考え方と私たちの研究の結果、実験、理論、そういうものが主な中身でした。生物物理はまだ若いですから、ほかにそんなに研究があるわけではないから、いわば全部大沢流の書き方で、研究のトップのことが入っているわけです。それをいきなり読まれたんです。

野間さんは、勉強するときには、評論や解説、ましてや教科書、そういうものは横においておいて、まず本格的な学問の中身を研究しようという方でした。正面からそうされたというのは相当のえらさでした。普通なら評論でも読んでというところなんですが。

もっとも、野間さんは、モノーの『偶然と必然』を読まれましたが、あれは評論というか結構あいまいな本ですが、あまりだれにも評判がよくなくて、野間さん自身にも納得がいかなかった。

それは横においておいて、私の本を本格的に読まれたんです。

それは、野間さん流の非常な特徴です。まず本格的なものを勉強する。勉強するなら解説書なんか読まない、研究そのものを読む。そういう、たとえ難しくても自分で正面からやるというエネルギー、その精神は大したものだと思います。

階層論で考える「生物物理」

さて、いよいよ生物物理とはどういうものかお話しします。

先ほど言いました坂田昌一さんが物理教室におられまして、物質階層論を唱えておられたんです。小さいほうに向かって原子、素粒子、素粒子の素粒子、素粒子の素粒子の素粒子……というふうに無限の階段がある。大きいほうに向かっても分子、大分子、分子集合、集合の集合……そして最後には銀河となり宇宙となり、宇宙の外にもまた大宇宙があると。上にも下にも無限の階層がある、そういう哲学の方でした。自然弁証法を正面から振りかざして、そういう哲学で素粒子の素粒子を初めて理論的に予見した人です。陽子、電子、中性子とかいう名前は御存じでしょうけれども、陽子はさらにそのもとになっている量子が幾つか集まってできている。中性子はそのもとになっている量子が幾つか集まってできている。その組み合わせが違ったり、素材が違ったりして、上の階層の量子になっている。そういうことを初めて唱えられた人で、それは基本的に正しかったわけです。

クォークという名前を御存じかどうか、物理でクォークというのは、素粒子の素粒子の一番下の素粒子です。そのクォークを一番最初に唱えたのはゲルマンという人で、ゲルマンはノーベル賞をもらったんですけれども、高林武彦さんの表現によると、坂田さんはゲルマンに、ちょうど「トンビに油揚げをさらわれる」ようにノーベル賞をさらわれたという表現をしております。まさにそのとおりで、ゲルマンは何でもまず一言言っておくという主義なものだから、どれかが当たるわけで……私のような門外漢がそんな話をしたのではいかんですが。

私はその階層論が大好きでしたので、生物についても同じような階層論という立場でやろうというのが、私の生物物理でした。この階段の、どの階層で生物の基本的な形は成り立つか、生物的機能はどの階層で発生したか、生きものらしさはどこで発生したかという、階層論的な見方です。階層論的発生学で考える。

「生きものらしさ」といっても、いろいろな生きものらしさがあります。「生きものらしさ」を一つずつとり上げると、複製や増殖、あるいは運動や感覚、一つずつとり上げて、それだけでこれさえあれば生きものであると言ってしまいますと、無生物でもそれを持っているものをつくることができますので、一つだけ言ったのではだめです。

いろいろな「生きものらしさ」を総合して初めて、生命が成り立つ。そういう階層という概念と、そして「生きものらしさ」を総合して生命をとらえようという考え方が、私の基本でした。この基本的な考え方を、野間さんが非常に評価してくださったんです。

野間さんは一九七〇年代半ばに『講座 文学』編集に参加されました。これは何巻もある講座です。その中の何巻かに野間さんの文章があります。『講座 文学』に書かれた野間さんの文章は、それから数年を経て野間さんが幾らか改訂されまして、補足されて『新しい時代の文学』というタイトルで別の本として出版されております。その中に「現代社会の重層性」、「文学の全体性」という章があります。重層性、全体性というのが、先ほど私が言いました階層的な考え方、「生きものらしさ」を総合して成立させるという考え方に重なっているわけです。

「重層性」の文章の中に、私が『生命の物理』に書いた文章がそのまま引用されています。「階層という考えはこの著者」――私のことですが――「この著者の根本的な理論である。その階層性の理論は坂田昌一が最初に提唱したものである」。

そこのところに「大沢理論がある」と書いてありますが、野間さんは私のこの本が出る前から、既に物理学の勉強もしておられまして、物質の階層性の理論も既に把握しておられたんです。そのほか、武谷・坂田の「現象論・実体論・本質論という三段階説」なんかもきちんと理解しておられたわけです。だから私の文章には坂田昌一という名前は出てこないんですが、野間さんの『講座文学』の文章には出てきますし、そこに大沢理論の中心があるということを理解してもらえたんです。

生物にとっては個人個人がちがうことが大切

さて大沢理論という理論は我々物理学の領域で言う理論とは少しニュアンスが違いまして、物理で「理論」と言うときにはもっと具体的な話をするわけですけれども、ここでいう理論というのは、「大沢流考え方」という程度の意味です。それを、野間さんは気に入ったんですね。

そして、「全体性」の文章でもやはり引用してくださいました。『生命の物理』はだいたい一五〇ページぐらいあるんですけれども、大方の人は専門家でも半分ぐらい読んでやめますから最後まで読む人はほとんどいないのですが、野間さんはどうも本当に最後まで読んだらしい。なぜかというと、その引用部分は最後の二ページぐらい前の文章です。「もちろん生きていないものの世界でも行動はあり、個性はある。ただ、生物のときはこの選択、個性が重要なのである。我々が右へ行くか、左へ行くかが重要である」。なぜ重要であるかはあまりはっきり言えないけれども、あんたと私が違う、ということは、生物にとっては重要である。あるいは個々の人が重要である、そのことを画一論で片づけてはいかんと。

例えば、白血病を発病した人に、その人は原爆地へ後から調査で行ったのが白血病の原因であると、そう思われる場合が実際ありました。名古屋大学の分子生物学研究室に岡崎令治さんという方がおられまして、DNA複製の、DNAの一本が端から端まで複製されるのではなくて、まず断片として切れ切れに複製された後でつながるという二段階説「岡崎フラグメント」を発見した世界的に有名な人で、私より若くて四十歳少しで亡くなりました。岡崎さんは広島の原爆のときに郊外の中学から原爆の一週間か二週間後に片付けに動員されて行った。それで白血病を発病して一九七四年ごろ亡くなられました。

亡くなったとき、アメリカのある新聞に「岡崎令治、原爆の犠牲となる」と英語の記事が出たんです。そうしたらたちまちその道の一番えらいアメリカ人、日本でも評判のいい大学者がわざわざ手紙をよこして、その証拠がどこにあるかと。今のところ、原爆のときそこでさまよった人とそうでない人との間に、白血病発病の確率の差は科学的データとして出ていない、それなのになぜこういうことを言うのかという、抗議の手紙が来ました。私はびっくり仰天、あきれ果てました。それはそうかもしれないけれども、それは平均値で扱ってはいけない問題ですね。個人個人の問題ですから。だから、個は生物にとっては大事なんです。

もっと簡単な例で言いますと、ダイヤモンドがあります。純物理学としては炭素の結晶、炭素原子が規則的に並んで結晶をつくるとダイヤモンドになる。そうすると物理学としては、その結晶のでき方、結晶の構造を明らかにして、なぜこういう高い屈折率を持つか、なぜこの結晶はこんなに硬いかというのを、理論的、実験的に明らかにしなければならないんです。

だけどダイヤモンドを宝石にするときには、角をどう削ってどういう多面体にして、どう光らせるかということが、宝石商にとっては、あるいはそれを持つ人にとってはその個性が大事なんですね。でもその個性は、一般の物理学としては問題にしないわけです。だけど、別の人間から見るとその輝きが大事なんですね。

そういうふうに、学問によって大事さが違うわけです。純物理学の大事さと、生物学の大事さとは別なんです。なぜ別になったのかというのは、私自身が人間ですので、よくわからないんです。その「わからないけれども」、「はっきりと言えないけれども」というのがまた野間さんの気に入りまして……その後は省略いたします。

研究の現場をたずねた野間さん

『生命の物理』の最後のチャプターが、行動の話でした。その行動の話の続きを私が論文にしまして、一九七四年に「生物の行動の揺らぎ」という題で、雑誌『自然』に出ております。英語の論文はまた別にあります。

ちょうどそのときに野間さんが、大阪大学の私の研究室を見に来られました。野間さんは公害問題やいろいろな問題では必ず現地に行かれて、現地の人たちと話をするというのを欠かさずやっておられたと思います。生命科学を勉強して、生命科学を自分の体の中にしみ込ませて、だけどそれだけではだめで、やはり研究者のいる現場に行かなければ、もう一つ理解が深いところまで行き届かないと考えられたわけなんですね。私も勧めましたけれども、野間さんも喜んで研究室を見に来られました。

そのころ、私の研究室ではゾウリムシの行動が一つの中心的なテーマでした。その他に筋肉とか植物とかいろいろなことをやっていたんですけれども、ゾウリムシなら素人でもわかる。それで野間さんには、ゾウリムシでも見せようかというわけだったんです。

野間さんが来られて実験室を見られまして、実験室のどこに感心されるかというのが、また面白いんですね。私がこういうところに感心してほしいなというところには全然関心がなくて、何でもないところにいやに感心されまして弱ってしまいました。

それはともかく、実験室を一回りされて、後で私の部屋で四年生の学生、卒業研究の卒研生と大学院の学生、院生と、スタッフやみんなが集まって雑談をいたしました。かなり長い間雑談をいたしました。雑談の半分は研究の話でありまして、行動と揺らぎの話ですが、あと半分は、これからの生物学は一体どうなるのかということでした。

ちょうど一九七四年というのは遺伝子操作の問題があからさまになったころで、いろいろな公害、化学的公害や原子力的公害が続々と出てきたころでした。それで、あんた方は生物学の研究者としてどういうつもりだ、遺伝子操作をやるつもりか、アイソトープを使うつもりかというような議論がありました。

最後には、人間はほかの動物と違うのか、どれだけの違いがあるのかという議論にまで移りました。野間さんは、大変楽しかったと思います。そういうことは、このチャンスが初めてだったんです。その前に京都大学に行って実験室を見せてくれと言ったら、断られたらしい。大学の先生もなかなか結構難しいものでして……。

私の部屋は、だれがえらいか、だれがえらくないかというのは全く区別のない部屋でして、スタッフも学生も、上級生も下級生も、その上一遍会社に行って戻ってきた人というのもいますし、それから助教授だった葛西道生さんは、先ほど話しましたフランスのモノーのところへ留学していて帰ってきた人でしたし、いろいろな人材には事欠かなかったんです。

野間さんも、結構楽しんで帰られたと思います。出版社の人が全部テープにとりまして、それを文章に起こして、それをもとにして野間さんが文章を書きました。その訪問記が二年後に出ました。タイトルはちょっとすごいんですが、『人類は生物の掟を破るか』と。私らはそんな対談をしたつもりはないんですが。それは『朝日ジャーナル』に出ました。この訪問記には、野間さん自身かなり愛着を持っておられたようです。

『日本の名随筆』シリーズ（作品社）の一冊『命』（一九九一年）を編集された責任者が、野間さんでした。野間さんが亡くなる前の年にそれがほぼでき上がりまして、野間さんの大沢研究室訪問記を含む随筆がその最後にあります。自分が編集してその最後の文章として書かれたというのは、かなり愛着があったのではないかというのが私の感想です。

その愛着があったということの一つの原因を私が想像するに、野間さんはやはり現場をもっと見たかった。あちらの実験室、こちらの実験室と見たかったたし、そこで現実に実験しているいろいろな学生たちと直接話し合いたかった。それなのにそのチャンスがそれ以後一度もなかったのが、私自身も大変残念です。

「生きものらしさ」は自発性

残りの時間で、「生きものらしさの一つとして」という話をさせていただきます。生物の自主、自発、自発性というのは、「生きものらしさ」の一つでしょう。人工の機械はスイッチを入れなければ動かないし、入れたら言うとおりに動くし、それは人間が設計しているからそういうふうになるのは当たり前ですけれども、だけど生物は自分で動きたいように動く。それは「生きものらしさ」の一つではないかなというわけです。これは、先ほどのゾウリムシの研究からだんだん話が発展いたしまして、私の研究主題の一つになりました。

面白いことに、最もえらい物理学者三人のうちの一人、湯川秀樹さんは、私のこの一九七二年の本を読まれまして、ただし、どうも半分までしか読んでいない。それで私をつかまえて、いきなりその年の暮れに感想を言われました。「生物は、積み木細工ですね。量子力学みたいな難しいことは、直感を超えることは何もありませんね。脳のことも、そのうちわかってしまいますね」といきなり言われたんです。

単に機械的とは言わず「積み木細工」と言われたのがさすが湯川さんで、それは生物は部品主義であるということを意味していると私は思います。加算的で、かつ機械的であると。昔はそうではなかったですけれども、今は病気になるとその人間のどの部品が悪いか、悪い部品を探し出します。何となく全体に元気がないな、ということはめったにない。どこか特定の部品が悪い。自動車が悪いのと同じことですね。自動車の調子が何となく悪いといって、自動車全体を調べる人はほとんどいなくて、どこかの部品が悪いというので、部品を入れかえる。これが部品主義で、医学においてはずっとこれで成功しているわけです。部品主義に徹している。漢方薬はそうでもなさそうですが。

逆に湯川さんは、私に対して「もっと生物に期待していたのに、生物の不思議さに期待していたのにな」と、そんな思いがありました。私に宿題を出したわけです。生物はどこで積み木細工を超えるか。それが私の後半生の長い間の、いまだに解けない宿題になっております。

もう一人、南部陽一郎さんという人がおられます。素粒子論のえらい人で、今はアメリカのシカゴ大学におられますけれども、恐らく素粒子論だけでなくて基礎物理学全体で、世界で最も尊敬されている人であると思います。尊敬されているということと、ノーベル賞が取れるか取れないかということは、ちょっと別問題。南部さんは、どう見てもえらい。私は二回会っただけですが。アメリカであんなのでよくやっていけるなというほど決して自分の話を言われない。自分の自慢話を絶対に言わない。こちらから聞かない限り言わない。だれかが弟子につこうとすると「私のような者でもいいですか」と言われる。まさに日本流。それで、ちゃんと世界じゅうから尊敬されているというほどできる人です。

湯川・朝永生誕百年祭というのを去年（二〇〇六年）やりました。その前の年の暮れに、先駆けとして「日本における現代物理学の系譜」というタイトルの研究会が開かれまして、私はそこで「生物物理の日本における事始」という講演をいたしました。事始から現在までの話をしたんですが、話が終わった後で南部さんがトコトコと私のところにやってこられまして、「今の話は面白かったですね」と。その後で、「今の生物学はハードの学問ですね。生物物理学も含めて、ハードな学問ですね。生物のソフトはどうなっていますか」と聞かれたんです。

ハードといえば、部品を集めて回路に組み立てて機械に組み立てるわけですから、部品主義でもあるわけです。普通の機械の部分。ソフトというのは、字引を引くと計算機でいうプログラムと書いてあります。ですが、生物学者に「プログラムは？」なんて聞くと「DNAに書いてあるワ」という答えが返ってきますから、南部さんの聞かれる意味はそこから少しずれていると私は思っています。

自分が自分でこうしたいと思うことをできるという仕掛けはどうなっているんですか、という意味だと思います。ですから、やはり自主、自発という意味を含んでいる。私がとっさに南部さんに対してした答えは、「それは私が一番興味を持っている、自主、自発と関係があります。それは、答えはまだこれからなんですよ」と、そういう答えをしたんです。

「自発」とは何か

これは野間さんもよく御存じですが、はるか昔、シュレジンガーは一九四四年に『生命とは何か（What is Life?）』という本を書きまして、日本ではかなり評価されました。そのエッセンスは、「生物は機械である」。したがって、人も機械である。人の中の一人である私も機械である。そう言い切ってしまうと、私の浮かぶ瀬はない。そこでもう一言、「機械であると同時に、私は私という機械を制御する主人でもある」と言っている。この文章をつけ加えて、まさかそこに神様を持ってくるわけにもいかんし、それで終わっているんです。相当悩まれたと思いますが、これもまた考えようによっては、自発の問題です。

　だからこの三人の大物理学者は、期せずして生物について、現代生物学について一番やってほしいことはソフトの問題、自発の問題ではないかという、そういうことです。

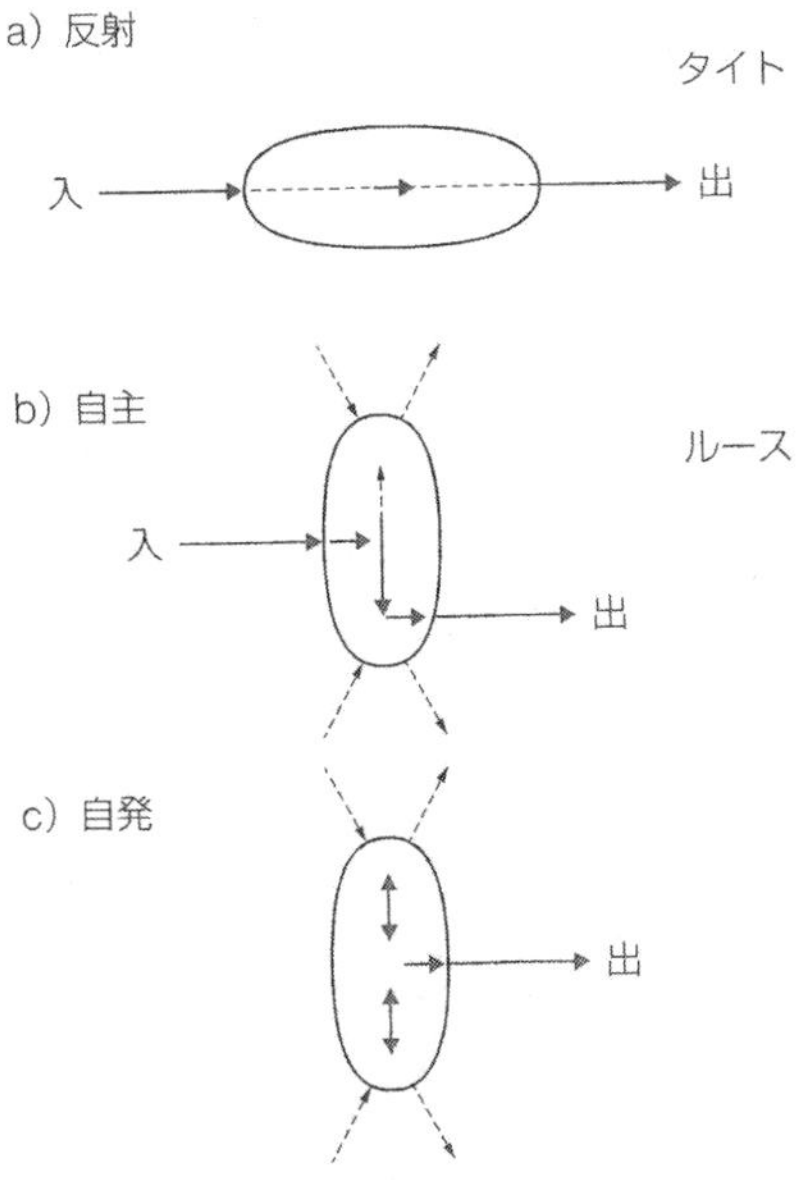

図１　細胞の入出力関係

　自発とは何であるかということを図にかきますと（図１）、真ん中の丸が生物、あるいは細胞です。そこに何かの刺激が入ると、反応する。熱いものに触ると、ぱっと手を引っ込める、それは機械的ですね。入力一つに対して出力一つ。必ず、直ちにやる。それを、生理学の言葉で反射といいます。

　ぬるいお湯に手をつけると、自主的反応をいたします。そのときの気分によって、きょうはこの温度のおふろに入ろうか、もう少し温かくしようか、もっと冷まして入ろうかというので、自分の状態、自分に合っていると思う温度に入りたくなりますね。

　ですから外からの温かさ、温度というものと、風呂に入るかは入らないかという出力、反応との間は、「自分の状態」でつながれています。入るかは入らないかは自分が決めているのでありまして、温度が決めているのではない。温度と、入るかは入らないかの間に、自分がいるわけです。それを「自主」といいます。

　自発というのは、そういう入力が何もなくても勝手に何かやる。散歩に出かけようと思って散歩に出かける。入力は特別なさそうなのに、そういうのが自発です。本当はあるのかもしれないんですよ、目に見えない何かが来ているかもしれない。だけど見たところは何もない。そういうのを「自発」といいます。

　野間さんの先ほどの文章の中に、面白い文章が出てきました。夏目漱石が、人間の行動には二種類あると書いている。一つは義務、義務的行動である。何か命令が来たから、しょうがないからやろうという義務的行動である。もう一つは、道楽である。少し似ていますね。道楽は自発的にやります。自発的でない道楽は、道楽ではない。私もなかなか感心して、野間さんがそれをぱっと拾い上げたところもえらいと思いますが。でも、この辺に興味をもつ理由がようわからんという生物学者が結構いるんです。想像もつきませんよね、何でわからんのかと。何かの学問に凝るとだめなんです。凝り過ぎると。

ゾウリムシとヒトの自発性

私たちのところでは、ゾウリムシがメインの材料です（図2―1）。大腸菌、あれはまっすぐ泳いで時々キュッキュッと曲がるんです。ゾウリムシ、長さ〇・二～〇・三ミリですから目でかろうじて見えまして、虫眼鏡でよく見えます。あれはスッとまっすぐ泳いで、時々何も刺激がないのにヒュッと方向を変化します。二つとも単細胞生物です。これがなかなか、見ていても全然あきない。

図2―2の右側は、水の中で木の上を歩いているところです。別の単細胞生物ですよ。足で、チョチョッと歩いている。時々ふと止まる。何を思っているのかわからない。またふと歩き出して、ふと止まる。向こうからだれかやってくると――だれかといっても自分の仲間ですけれども――ふと後ろを向いてまたチョチョッと。木の上を歩くのにあきると、ヒョッと飛び出して水の中を泳いでいる。それが左側の例です。本当はビデオをお見せするといいんですが、いくら見てもあきない。私は初めて見てから四十年です。いくら見ても面白い。なぜゾウリムシをやるかというと、その辺にいっぱいおるからでして、大阪大学の池の中におったから材料になったんですが。

自発というのは、あちらこちら泳ぐ。あちらこちらというのが、自発です。まっすぐスッと行くのではなくて、あちらに行ったりこちらに行ったり方向変化しながらです。あちらこちらが、自発の中身です。何であちらこちら泳ぐかといいますと、……それはゾウリムシ本人に聞けないからわからない。

だけど我々の解釈は、一様でなく常に変動する自然環境で、すみよい場所を探すのに必須の行動であると。どこがすみよいかを、探索しているわけですね。スッと泳いでいるだけではいかんし、くるくる回っているだけでもいかん。

そういうわけで、例えば二五度Cで住み慣れたゾウリムシは、二五度Cのところに集まってきます。温度勾配をつけて、二～三分たちますと、二五度Cのところに大勢やってきます。そのときにあちらこちらしながらやってきて、二五度Cでだんだん大勢になってくるんですが、ちゃんと生きものらしく、出遅れがおるんです。二〇度Cにいたままで、こちらの方に二五度Cがあることに気がつかないというのがちゃんとおるんです。それが

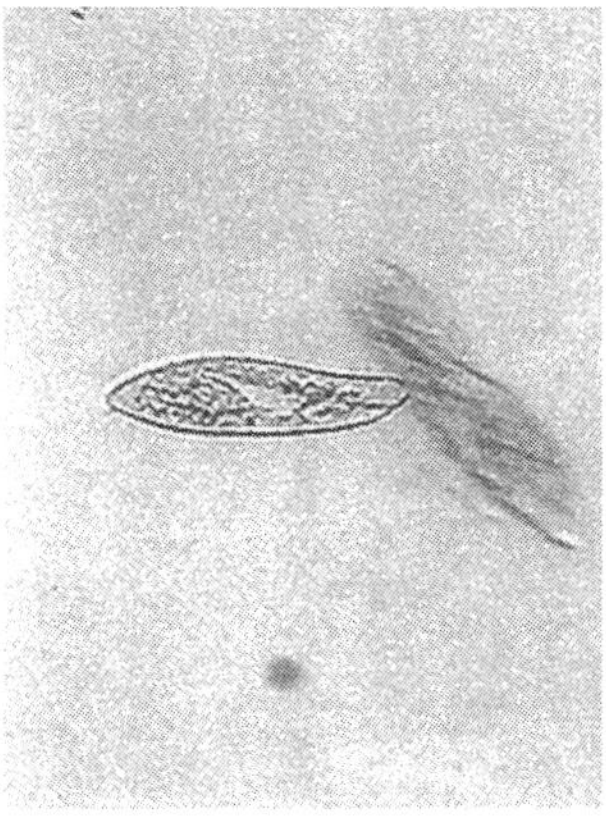

図 2-1　ゾウリムシ

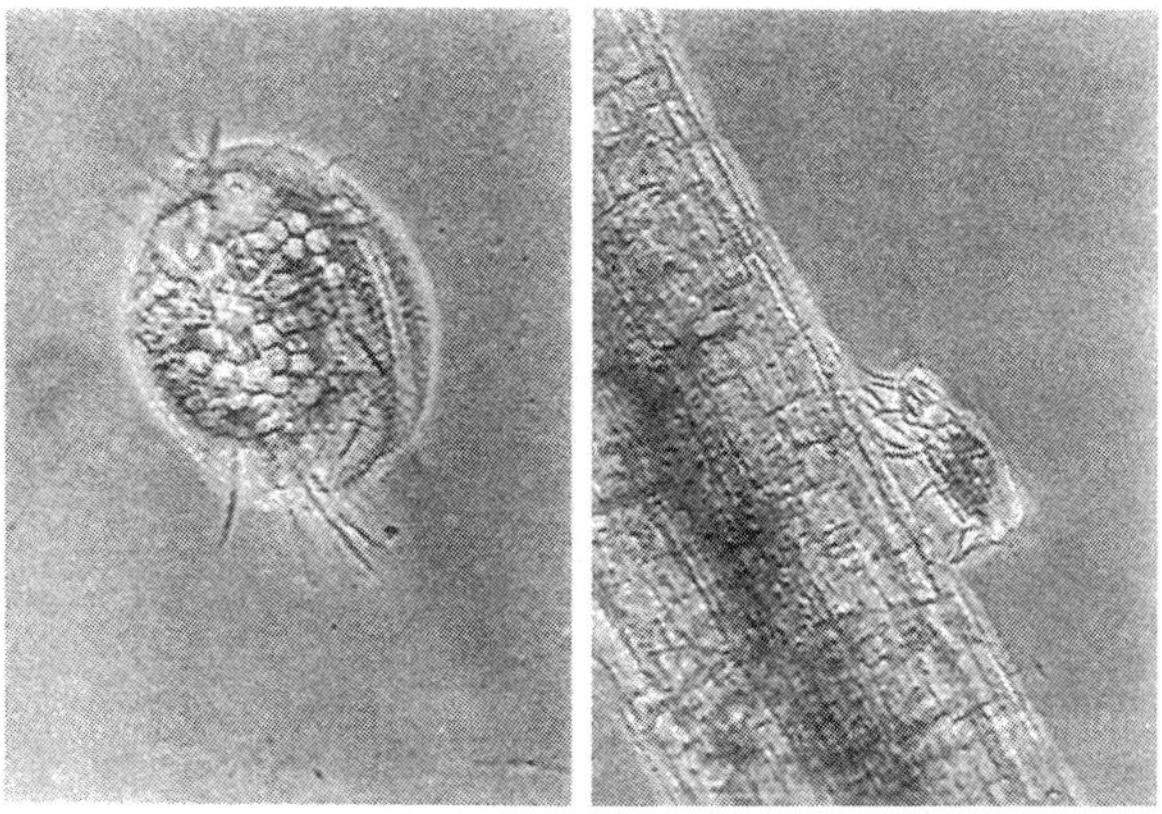

図 2-2　ユープロテス
右＝歩いているところ、左＝泳いでいるところ

おるところがまた大事でありまして、突然二〇度Cにえさが飛び込んでくるかもしれないから、そのときは得するわけですね。だから、もっとギュッと集まらなければだめだなどと、生きものに向かって言ってはいけない。

集まった後も、常に広いめに周りを探索しております。二五度Cのところを行き過ぎては戻り、行き過ぎては戻りをやっております。ローカルベストに落ち込まない。これは学生さんに講義するのに重要なポイントでして、ここがいいからといってじっとしておってはだめだと。いいところがあっても積極的に飛び出して、もっといいところはないかと行かなければいかん、そういう教育的な話です。……また調子に乗りましてどうも。

もう一つ教育的に面白い話、これは実験事実です。単にそう言っているだけではなくて、実験したらこうなったという話です。二つありまして、一番目はゾウリムシなんかの単細胞生物の自発性です。自発性に個体差が大きいというのは、一般的な事実ですが、これはバクテリアでもそうなっておりまして、バクテリア（図2—3）ではDNAが全く同じ集団をつくることができますので、その集団でやっても——遺伝子が全く同じ集団でも、自発性に関しては非常に個体差が大きい。個体差が大きいというのは、激しい、せかせかしているゾウリムシと、ゆったりしているゾウリムシと、その性格の差があるということです。

二番目、大勢いると自発性が大きい、少ししかいないと自発性

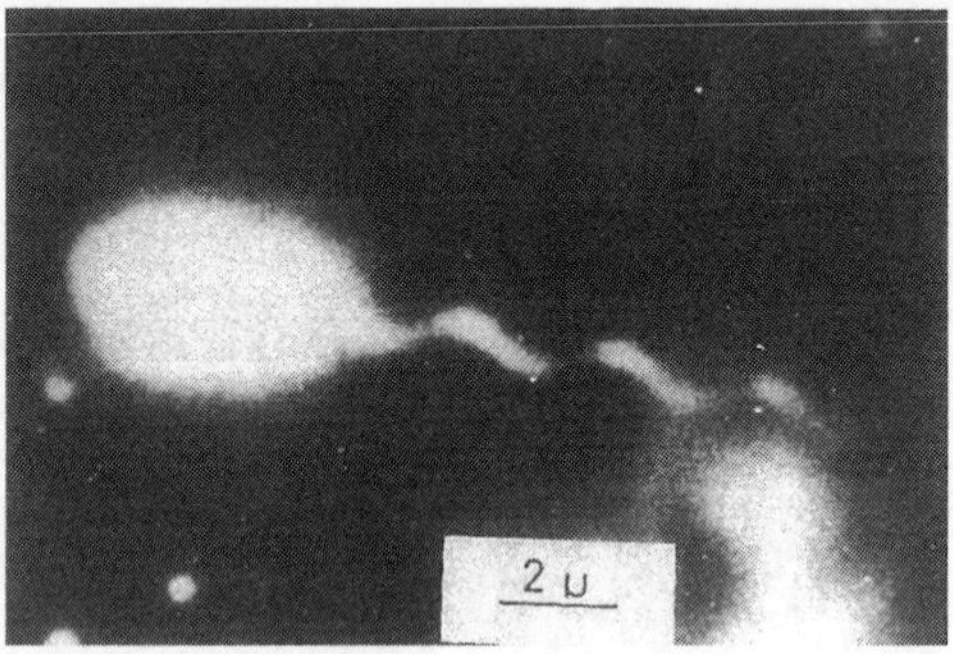

図 2-3　バクテリア

が小さい。お互いにぶつかったりなんかはしていないんです。それほど大勢はいない。距離はかなりあるんですが、大勢いるときと、一ccに十匹のときと百匹のときとを比べると、百匹のときの方があちこち忙しげに泳ぎます。大勢いる方が自発性が大きいというのは教育的な話でして、この話を聞いてぱっと反応する先生はなかなかえらい。そうか、一人っ子はだめだと、そういう先生がいました。少ししかいないと自発性が少ない。思い当たるでしょう。仲間が大勢いる方が、自発性がふえる。お互い似てくるのではないんですよ。お互いにむしろ似なくなるんです。自発性は、個体差を成長させると言われますから……どうもだんだん先生風になってきた。いいかげんにやめます。

それから、少し悪い環境に入ると、自発性は大きくなる。これももっともらしい。だから自発性というのは、ゾウリムシで研究しているんですけれども何となく人間、ヒトとして納得するでしょう。似ているなと。ゾウリムシとヒトとは似ていますね。

分子の熱揺らぎ

ゾウリムシの自発性のもとについては、研究が進んでおりまして、一番のもとは体内の細胞の中に発生する電気ノイズ。電気ノイズを自分でつくっている。中の電気を揺らせている。それで電気がぱっと大きく揺れたときに方向変化するという、そういうことになっております。この辺は専門になりますから、なるべく省略いたします。

キーワードを言いますと、スタートは分子の熱揺らぎ。分子が熱運動で揺らいでいる。水分子一個一個を見ると衝突したり衝突されたり、あちらに走っていったり、こちらに走っていったりというふうに、これは熱で揺れる。また分子と分子が熱でくっついたり離れたり、揺れている。そういう熱揺らぎが一番もとである。分子の熱揺らぎは完全にランダムな、不規則な動きです。それがもとになって、幾つかの確率過程を重ねてエネルギーを使いながら……となると物理の言葉ですので、少し難しいからその辺はそうかそうかということにしていただきましょう。自発信号が電気パルスとして発生いたしまして、それが自発行動、あちらこちらの方向変化のもとになる。だから、もともとは熱揺らぎであります。

自発の大本は熱揺らぎである。そうか、ゾウリムシの自発のもとは単なる揺らぎであって、でたらめな、確率的なものであると。そういう説明をしますと、ヒトの場合はそうじゃない、ヒトの自発性は自由意思でやっているという気分が大いにある。私は自分の意思で、自発的にこうやっておるゾと自己を主張したくなりますね。単に自分の体の中の熱揺らぎでこうなるなんて、元も子もないじゃないですか。

「自発性」を英語で言うと、英語の論文を書くときには spontaneous という語を使います。spontaneous activity とか spontaneous signal というふうに、自発を spontaneous といいます。

ところが、私はここが一番面白いと思うんですが、英英辞典を引きますと解釈が二つ書いてあります。第一、not planed but done because you suddenly wanted to do it と。なかなかすごいでしょう。計画的か計画的でないか、何か犯罪の話みたいですね。not planed、別に計画していたわけじゃないけれども、だけどやったのは you wanted、あなたがそうしたいと思ってやった。それが第一の解釈です。

第二の意味は happening natural と、自然に起こってしまったということです。これは、意思が何も入っていません。第一は not planed だけど、意思が入っている。第二は全く意思が入っていません。純物理で使う spontaneous は、第二の意味です。spontaneous symmetry break down といいまして、「対称性の自発的破れ」という言葉がありますが、これは第二の意味でして、意思などどこにもありません。この二つが並んで書いてある。

英和辞典を見ますと、spontaneous の日本語訳は、第一「外的な強制でなく自発的なふるまい」、第二「衝動など自然に起こる、思わず知らず生じる」ですから、先の二つと対応しております。この中の第一の自発的の方だけに制限しようと思ったら、voluntary という英語を使います。

そういうわけで、これが一つの言葉 spontaneous で表されているということを見ると、昔は spontaneous と一言言っただけで両方の意味が入っていたので、両方のどちらであるか、これはあなたの意思か意思でないかということを、あまり重要視しなかったんですね。それは、どうでもよかったというのが、私の解釈です。なぜこういうふうになったか、昔は意思はそんなに重要視されなかった。これはあんたの意思ですかと、個人が自分を主張するようになったのはかなり後世——近代、現代の話ではないかというのが、私の解釈です。だからこの下等生物の自発性もヒトの自由意思も、決してかけ離れたものではない。

生物の「無限面体」

さて、バクテリア、ゾウリムシ、粘菌、車軸藻《シャジクモ》、カニ、ウサギ、ウニ……と、これは私たちの研究室に現れた生物一覧表です。ネコ、サル、ヒトは、脳の研究者の研究室に現れる動物です。私は、ウサギから下は殺せるんですけれども、ネコから上は殺せませんので、脳の研究はできないわけです。それで、下等生物の「自発」と高等生物の「自由意思」というのは、段階はあるが断絶はないというのが、私のまとめです。

自由意思の中には、自意識というものが存在している。ゾウリムシの方にも意識に相当する、それは恐らく自分の状態、自分の機能の全体を把握して評価する、そういうシステムが体の中にあるだろうと私は想像しています。

そういうわけで、私が言いたかったのは、ゾウリムシのような下等な生物のほとんど確率に基づく自発性から、ヒトが一生懸命自分がえらい、えらいと言いたいがためにこれは自由意思でやっているんだと強調している自由意思との間は、段階はあるが断絶はない、と、そういうことを言いたかったのであります。もう時間が十分にたってしまいましたので、この辺で終わりたいと思います。

ここまでは実は野間さんには言うことができなくて、野間さんはそれより先に亡くなってしまわれました。私としては、本当はもう少し生きていていただいてこの話をして……野間さんがしょっちゅう使われていた、私の好きな言葉に、「無限面体」があります。生物それぞれに面が無限にある。人一人は無限面体である。いろいろな面から見るといろいろに見える。人の社会も無限面体である。ヒトという種も無限面体である。その無限面体という言葉が大変好きなんですが、私の自発性についての話をもって、一遍ディスカッションしたかったなと思っております。どうもありがとうございました。

（二〇〇七年五月　第一五回）

生命科学から生命誌へ

――野間さんに伝えたいこと――

中村桂子

生命科学の始まり

最初にお断りしておかなければいけないのは、私は野間宏のよい読者ではありません。あまりたくさん読んだこともありませんし、今回いくつか送っていただいた文章も、ここは私の思いと少し違うなどと思いながら読みましたので、直接野間さんのことを申し上げる力はございません。いまご紹介いただいたように、「生命」については考えておりますので、それをお話しさせていただきます。

先ほど、『青年の環』は一九七一年に完結したとおっしゃいました。実は一九七一年という年は、私にとってとても思い出深い年です。その年に、私の恩師であります江上不二夫先生（分野の違う方はご存じないと思いますが、私どもの分野のパイオニアであるすばらしい先生で、騎馬民族の研究をされた江上波夫先生の弟さんです）が、「生命科学を始めようと思う」とおっしゃいました。具体的には三菱化成生命科学研究所を創られたのです。それを聞いた弟子たちが、「生命科学って何ですか」と言ったのを覚えています。

「生物科学」ならわかりますが、「生命」をどうやって科学で扱うんだろう、ということが、私たちにはわからなかった。実際に生命科学研究所ができまして、私も入れていただき、「三菱化成生命科学研究所」という名刺を出しますと、ほとんどの方が、「三菱」とついておりますものですから「生命保険のことを科学的に研究なさるんですか」とおっしゃった（笑）。私たちだけではなく世間的にも、「生命」と「科学」とは、一九七一年という時点では一緒にできるものではなかったのです。

ところが、先生が生命科学をどうしても始めるとおっしゃったのには、大きな理由がありました。一つに、それまで生物学は、微生物は微生物、動物は動物、植物は植物と別々に研究していたのですが、DNAが発見されて、すべてつながった。そこで、別々に考えるのではなくて、生命として考えなければいけないということです。

ここで非常に大事なことがあります。それまでの生物学は、微生物もみんな入っておりますが、人間だけは入っていませんでした。生物学の対象に、人間は入っていません。人間は人類学や医学の対象です。生物学の実験では、人間を材料として操作したら大変なことになります。

ところが、生命科学となると人間まで入ってしまうのです。これは、とても大きなことです。バクテリアから人間まで一緒に考えるのですから。それは、ネズミと同じように人間を実験室での材料にするという意味ではございません。DNAを使えば、人間も研究できるということで、生きものすべてを普遍的に考える学問をやらなければいけない、というのが一つでした。

“人間”を意識した生物学を

それからもう一つは、野間さんの『泥海』につながる話です。これには本当に深い意味があると思います。先ほど中村文則さんが指摘なさったように、この小説では海がなくなり、人間は漁民としての存在の根拠を失うことになる。そこに、「イソギンチャクが海を失うことによって、イソギンチャクの存在の根拠を失っていくように」とあります。この野間さんの気持ちはとてもよくわかるのです。

江上先生が生命科学を始められるきっかけの一つが、水俣病でした。それまでも核兵器という問題はあったのですが、それは明らかに悪の技術です。水俣病は、必要なものを作ろうという気持ちが、物をつくるということだけに向き、そこに海があり生き物がいるということに向かなかったために起きたのです。海に流せば薄まると思ったのですが、そこに生き物がいたから水銀が濃縮されて、生態系のピラミッドの一番上にいる私たちのところに来たのが水俣病です。

私たち人間が生き物であることを忘れて科学を進めたから、とんでもないことが起きたということが、江上先生は科学者としてとてもおつらかった。悪いことをしようとは全然思わない、始めから悪いとわかっていることをやろうとは思わないけれども、一生懸命やったことがそういう結果になる。それは私たちが、人間が生きものということを意識していなかったからだ、それはとても大変なことだとお思いになって、どうしても生命科学を始めなければならないとおっしゃったのです。それがまさに『青年の環』が完結して、野間さんがまた新しく生命というものをお考えになったときだったというのは、決して偶然ではなく、時代ではないかと思います。

遺伝子の研究で野間さんと

実は、野間さんと三回お目にかかっています。というのも、二度、生命科学研究所にいらしてくださいました。私も、その後野間さんのお宅に伺わせていただいていろいろお話をしました。

私どもの研究所に野間さんがいらしたのは、組換えDNA技術について勉強なさるためです。一九七一年に生命科学を始めたのですが、人間も含めた生き物の研究をDNAから始めようと思っても、正直に申し上げるとその頃は方法論がなかったのです。ところが、すぐにアメリカで組換えDNA技術が開発されます。この技術についてはここで細かいことは申しませんが、それを使うと、人間自身を材料にしなくても人間のDNAを研究するというやり方で人間が研究できるわけです。これで研究が非常に進むわけですから、研究者としては大事な技術です。

けれども当時の遺伝子の知識では、遺伝子は決定論的にとらえられていた。遺伝子はすべてを決めるものだと受け止められていましたから、そんなものを操作するなんてとんでもないということでもあります。これは普通の方だけではなくて研究者の中にもまだよくわかっていないためのとまどいがありました。

一九七〇年代はまだDNAのことがほとんどわかっていませんでしたから。そういう問いがあったので、この技術は研究には大事だけれども、どうしたらいいかわからない、という雰囲気でした。アメリカでは、社会的な対応を考え、技術的に安全性を保つやり方を工夫する動きがあり、結局研究を始めたのですが、日本は、そういうときに自分たちでものを考えて事を始めるのがとても苦手です。

ところが江上先生は、アメリカが考えているような方法できちんとやれば、研究室の中で研究の技術として使うことはとても大事だという考えでした。国がまだ何の対応もとらない時に、三菱の研究所はプライベートですから「国が何を考えるかというより、まず自分たちで本当に大事だと思ったらやる必要があるのではないか」とおっしゃいました。研究所の中だけで、きちんと安全性を守りながらやろうと。

それで私は先生に言われて、いかに安全を守りながら研究を進めるかというガイドラインを作りました。これはおそらく日本で初めてのガイドラインだと思います。初めてなんて偉そうですけれども、もちろんアメリカにお手本がありますから、それを翻訳して日本風にすればいいのです。つまり、当時、遺伝子組換えということをきちんと考えている場所は、私どもの研究所だけだったのです。

野間さんは、遺伝子操作に関心をお持ちになって、どう考えるかということを議論するために見にいらっしゃいました。とても早い反応でした。生命という問題を深く考えていらしたからこそだと思います。

それから三十年以上経ちました。その間に、DNAについてはたくさんのことを勉強しました。やればやるほど、わからないことが増えるのですが。でも、私は、DNAの研究を生命誌という形に持っていけば、野間さんもわかってくださる、生命を本当に考える研究ができるのではないかと思い、二十年ほど前からそれを始めました。一九七〇年代半ばに野間さんとお話し合いをしたことも踏まえながら、いま野間さんに「こんなふうに研究して、本当に生命のことを考えることができると思っているのですが」と申し上げて話し合ってみたいというのが、私の個人的な気持ちです。

分子生物学の誕生のとき

それから、もう一つ。野間さんが分子生物学に関心をお持ちになったということを思い出すときに、渡辺格先生、もう一人の私の恩師です。偶然なんですが、私はこの分野の二人のパイオニアの弟子になってかわいがっていただいたという、とても運のいい人間なのです。

渡辺先生はこの（二〇〇七年）三月に九十一歳で亡くなられました。『蛋白質核酸酵素』という雑誌が先生の追悼号を出しました。この雑誌は、渡辺先生と江上先生が一九五六年に創刊されたものです。私は一九五九年に大学を卒業していますので、大学生のころです。核酸というのはDNAのことです。

実はお二人とも化学者で生物学者ではありません。渡辺格先生は物理化学者でした。戦後何もない、学問もできなかった、そこから新しい学問をやろうとしたときに、いろいろ調べた結果、いま一番大事なのはどうもDNAらしいということに、物理化学者なのに気がつかれたのです。それは一九四〇年代、戦争が終わってすぐです。そして調べたら、ドイツの人たちがみんなアメリカに移り、アメリカでDNA研究が始まっている。ドイツの物理学者デルブリュックがアメリカで始めたのが分子生物学の始まりなのですが、一九四〇年代です。それは大腸菌というバクテリアを使って、それにかかるウイルスを使うのですが、それがないと研究ができない。

そこで渡辺先生は、何のつてもなしに直接「私はこれが大事だと思う、日本でぜひ研究がしたい」と手紙を書いたのです。デルブリュックは親切に自分の研究材料を渡辺先生に送ってくださると同時に、「ただ送っただけでは研究はすぐにはできないだろう。僕のところに来なさい」と言ってくれて、渡辺先生は戦後すぐにカリフォルニアにいらっしゃいました。

アメリカで渡辺先生が勉強していらっしゃった一九五三年、ワトソンとクリックが二重らせんを発見します。そのとき、日本じゅうでそのことの大切さをわかった人はほとんどいなかったのですが、渡辺先生はアメリカで二重らせんを知った。渡辺先生がいらっしゃらなかったら、日本に分子生物学が入るのは、かなり遅れていただろうと思います。

立松和平さんが一九九一年に編集された『天の穴、地の穴――野間宏生命対話』に、野間さんと渡辺格さんとの対談「人間の精神と諸科学について語り合う」があります。野間さん、じっくり渡辺先生と語り合っていらっしゃる。既存の学問を学ぶのではなく、自分で本当に大切だ、いま生命のことを考えるならばこれをやらなければいけないと思ったことを始められた方と野間さんとが語り合っていらっしゃる。この対談は、とても貴重なものです。

この対談は一九七八年ですから、学問が進んだ今この時点でお二人が対話なさったらどうなるかとつい思ってしまいます。でも一九七八年時点での渡辺・野間対談には、非常にたくさんの、いま考えても示唆的なことがあります。特に体のことだけではなく、精神を語っているのが興味深い。人間を考えたときに、生物学的にはまず体ですけれども、渡辺先生は体だけではなくて精神というところまで考えていらした方でした。

そういう形で、たまたま私はそういうお二人に直接教えていただき、新しいことを――既存の学問の中である成果を上げることだけではなくて、生命について自分で考えるという姿勢が身につきました。例えば水俣の問題を考え、いま一番大事なことは生命の科学であり、それをやるにはＤＮＡだと考える。自分の中で本当に大事なことを考え、それまでのことを踏まえながら新しいものをつくり上げていくということ。たまたま二人の先生がそういう方だったので、自分も少しでもそういうことをしようと思っています。

科学の中で人間を考える

こうやって先生方が考えてくださったことが、生命を基盤にした社会につながっていく学問へと展開していったらすばらしかったのですが――この間の学問の流れを全部お話しすると何時間もかかってしまいますのでお話ししませんけれども――一言で言えば、いま生命科学は、残念ながら大きな意味での生命の科学にはなっていません。

実は、ちょうど江上不二夫先生が「生命科学」という言葉をお作りになった一九七一年、アメリカで「ライフサイエンス」という言葉が生まれます。訳せば生命科学ですね。でも全く違う形で生まれます。アメリカの一九六〇年代はアポロ計画が華々しく進められました。それは非常に成功したけれども、では成果が人間の生活にすばらしい影響をもたらしたかというと、テフロンのフライパンくらい。それだけではどうもということになりました。

もう一つは、ベトナム戦争です。アポロは華やか、ベトナム戦争は裏ですね。でも両方とも科学技術の戦いで、アポロはある意味では成功したけれども、だから何だったの?という問いがあり、ベトナム戦争は私たちは何をやったのだろうという話になった。それが一九六〇年代です。

そこで、一九七〇年に、アメリカでの科学はより人間に近づこうとガンに向かいました。ガンとの戦いがアメリカの選択でした。そこで、生物学と医学、DNA研究と医学とを結びつけて、バイオメディシンという分野を考え、それをライフサイエンスと呼んだのです。ここでも、生物学の中にはっきり人間が浮かび上がりました。アメリカの場合は、医学を科学技術化していこうということですから、生命倫理と組み合わせて進めました。

ヒトゲノム解析、それを基にしたオーダーメイド医療はこの流れです。江上先生が生き物としての人間を知って、例えば水俣のことをよく考えて生き物を基本にした社会をつくるために生命科学をやろうとおっしゃってくださいましたが、これはとても難しい。やはり医療の技術化の方がやりやすいので、日本を含めて生命科学の主流はそこにあります。

科学も社会の中の一つの活動ですから、社会の価値観、社会の動きに左右されます。今のような競争社会、お金を持った人が勝ちという金融資本主義社会、科学技術もお金儲けにつながるものが勝ちという価値観の中では、お金儲けにつながった医療技術の方が勝ちとなる。これは、つらいですけれども仕方のない位置づけです。社会の価値観を変えるところから始めなければなりません。

江上先生、渡辺先生、それからこの分野に非常に関心をお持ちくださって文学から入って積極的に議論してくださった野間さん。そういう方たちの顔を思い浮かべると、私は小さいながらも自分のやるべきことをやらなければいけないと思って、生命誌研究館をつくり、活動しています。

遺伝子組換えは研究技術としてきちんと使えばとても重要な技術です。けれども、今の資本主義、競争社会の中でのバイオテクノロジーブームは——これは一九八〇年代に始まったのですが、今これで何ができているのかというと、はっきり申し上げて、既に三十年近く経っていますが、人間についてはあまり大したことはできていないとしか言えないと思います——むしろ産業経済の問題になってしまいました。

一九九〇年代になってのゲノムプロジェクトは、国家戦略、政治になっています。政治がいけないとは申しませんけれども、その中で生命を考えるのはとても難しいことです。経済と政治の中に放り込まれた生命は、野間さんが最も心配なさった状態だと思います。そこで私は、自分なりに考えて、「生命誌」という形で本当に生命を考えたいと思い、三人のお顔を思い浮かべながら自分ができることを進めています。

「全体」的な存在としての生命

分子生物学は分析、還元、論理、再現性を基本にする科学です。ではこれで生命が解けるかというと、解けないと私は思っていています。生命を持つ存在は歴史的な存在です。野間さんに全体小説という構想がありましたが、まさに生命体は全体的な存在であり、関係の中にある。そういう見方で新しい知をつくり上げなければ、生命を解く知にはならないのではないかと思っています。科学にこだわりますと、論理性、還元性、再現性が基本です。それはそれである部分は使わなければいけないのですが、それだけで扱うと生き物を機械のように見ざるを得ない。そうではなく、歴史や関係をとりこみ全体を考えたいと思っています。

もう一つ、ずっと気になっていたのは、日常性です。科学で生き物を見ていくと、日常性がどんどん失われていく。日常、チョウを見たとき、アリを見たとき、バラの花を見たときに感じることと、それを科学の対象にしたときとがあまりにもかけ離れている。それはやはりおかしいのではないか。DNAを研究するときも、アリはアリ全体を見なくてはいけないのではないか。そのうえ、日常もあまりにも科学技術に偏りすぎてはいないだろうか。そんなことを考えて、「生命誌」を始めました。

でも、方法論がないと学問はできません。理念だけで学問ができたら楽ですが、それだけではできない。幸い、ゲノムという切り口が生まれました。細かいことはお話しできませんけれども、ヒトが持っているのはヒトゲノム、アリが持っているのはアリゲノム。あらゆる生き物をゲノムで調べる。これはDNAですけれども、遺伝子として分析していくのではなくて、一つ一つの生き物が持っているゲノム「全体」、DNA「全体」を見ることができるようになりました。分子生物学は、ゲノムを全て分解して遺伝子として見ていたのですが、実はそれでは大したことがわからないということがわかってきたのです。

科学の細かいことは申しませんけれども、DNAを構成する四種の塩基、ヒトの場合それが三二億並んでいるのですが、それを全部分析しました。その結果、私たちが持っているゲノムの一・二％しか遺伝子という形でたんぱく質をつくっていない。他はどのような意味を持っているか、これから調べなければなりません。例えばレトロウイルスは大昔感染したウイルスの残骸です。ですから、自分が持っているDNAは私と思っていますけれども、その中には過去にかかったウイルスなどが入っているのです。私

生命誌絵巻——多様な生きものが長い時間の中で誕生した様子を表す
（協力：団まりな　イラスト：橋本律子　提供：JT 生命誌研究館）

を構成するものは固定しているわけでもなければ、法則にのっとって、出来上がってきたわけでもありません。

そう考えると、ただ分析してわかるものではないことは明らかです。でも、今やゲノム全体の構造を知っているのですから、この中にある歴史をとことん見ていったら、生き物とはどういうものか分かるだろうと思って考えたのが、生命誌です。

人間は、この中にいる

この扇は、生命誌を表現しています。縁が現在。人間もバクテリアもイルカもヒマワリも。五千万種類もの生き物たちが、お互い関わり合って生きています。しかもみんなDNAをもつ細胞からできていますから、それは偶然ではなく祖先を一つにする仲間と考えられます。三八億年前に海の中で生まれた祖先から、さまざまな生き物たちが物語を描きながら、三八億年かけて今を作ってきた。壮大な物語です。

ここで申し上げたいことは、人間はこの中にいるということです。科学技術文明、資本主義社会では、どうも人間がこの外に置かれる。この扇の外に人間を置いて、しかも上の方に置いて自然を利用するものと見ていますが、実は人間はこの中にいる。この中にいながら、人間という特徴を生かしてどうやって生きていくかを考える。これが本当の生命の学問です。

生命のことを考えることが大事だと思って生命誌を研究しているのですが、それを支えてくれているのは渡辺先生であり江上先生であり、また野間さんです。根本からものを考えて、自分が大事と思うことをやらなければいけないというメッセージをくださった。そういう方たちにめぐり会えて、本当に幸せだったと思います。野間さんとは生命科学の始まりの時にお目にかかり、当時の研究は、遺伝子への還元ですべてを語り尽くそうとしていたので、それを心配なさっていたのを思い出します。研究全体は、必ずしも全体の方向へ行っているとは言えませんが、少なくとも私はそれをめざしているので、生命誌について野間さんにお話ししたい、それができないのが残念と思っています。どうもありがとうございました。

（二〇〇七年五月　第一五回）

環境問題にとりくんだ野間さんの思い
――野間宏の感度――

環境学
山田國廣

ご紹介いただきました山田です。きょうは「明日の地球を考える――野間さんの言い遺したこと」ということが全体のタイトルですけれども、私のタイトルは「環境問題にとりくんだ野間さんの思い」ということです。じつはこの後で黒井千次さんの「野間宏の時空」、安岡章太郎さんのほうから「野間さんのテンポ」というお話があるかと思いますけれども、私のタイトルにもう一つ副題をつけるとすれば、「野間さんの感度」ということになるかと思います。

野間さんからの電話

さきほど藤原さんのほうから紹介がありましたように、私は一九六九年頃から環境問題にとりくみました。最初は瀬戸内海の汚染調査、浜名湖の汚染調査、そういうことをやっていたんですけれども、七九年になりまして、水道水の中にトリハロメタンという発癌性物質が入っているということを知りまして、岩波書店の『科学』という雑誌に「飲み水の危機」という論文を発表しました。どうも野間さんはその論文を読んでおられたみたいで、八一年頃に電話がかかってきまして、対談をしたいんだということだったのです。その時、私は驚きました。野間宏は大作家であると認識していましたから、『真空地帯』、『暗い絵』、そういうものを読んでいました。そういう人から電話をいただいた。そして作家がトリハロメタンというようなものについて対談をしたいということがどういうことなのか理解できなかったのです。何はともあれ、会ってみましょうということになりました。これは当時、小学館から出ていた『使者』という雑誌の対談だったんですけれども、話をしてみますと、トリハロメタン問題もさることながら、水の安全性、ダム、それから下水処理場も含めて水問題全般にわたっていろいろ意識をおもちでした。そういう面ではトリハロメタンという感度のいい問題にとりつかれたということであります。そこを入口としてダムから下水から水問題全般に話がおよんでいったというふうに記憶をしています。

この対談をきっかけに時々電話をいただくようになりました。その電話がかかってくる時間というのがだいたい夜中、時には朝方の四時頃というようなことがありました。私ども普通の常識人からしますと、夜中に電話をいただくというのは親が死んだ時とか、そういうことですから、これはもう重大なことというふうに思います。後で奥様等にうかがいますと、たまたま夜は寝にくいので、朝方から寝られるということでした。以後は夜中に電話がかかってくるということがあれば、ああ野間さんかなと――そう思わないとドキドキとしまして、これはたいへんだというふうに思うので、ずいぶん慣れました。ただ、夜中に電話をかけてこられるというのは、それなりに野間さんの一つの感度なんですね。これは重大だと思ったことについては、とにかく確かめたい。そして自分の考え方を整理したい。そういう思いというのが野間さんの一つの感度だと思います。私はいわゆる自然科学をやってきまして、フロンガスの問題というのは非常に重大だとそれなりに認識をしているつもりなんですけれども、どうも野間さんの感度と比べたら、オーダーが二桁ほど違っているのではないか――私のほうが鈍いということですけれども――、というふうな思いをもったのがフロンガスの問題で電話をいただいたときでした。

フロンガス問題

八八年の二月頃だったんですけれども朝方に電話が入りました。「たいへんだ」というわけです。「とにかくなんとかしなければいけない」。「それで署名をしよう」。「文学者、芸術家、研究者を含めて署名をしようじゃないか、それについては署名の文章を考えていただきたい」というような、そういう申し入れがありました。私は寝ぼけ顔で聞いていました。私なりに少しは勉強していましたけれども、署名をして、しかもそれを当時の総理大臣、竹下登さんでした、そして環境庁長官にも出そうということで、主な文学者の人にそれを呼びかけて署名を集めるんだというような話でした。そこまでやる必要があるのかな、そういうことができるのかなというような、私はそういう印象で聞いていましたけれども、「とりあえず文章は書いてみましょう」ということで、署名文章づくりがはじまったわけです。いろいろ書いているうちに、私も問題が整理されてきました。数百名の署名を集めるため、野間さん自身もそうとうあちこちに電話をかけられたと思います。きょうご参加の皆さん方の中にも野間さんに呼びかけられて署名された方もあるかと思います。署名を持って行った先は、総理官邸でして、受けとっていただいたのは、当時の官房副長官、元自民党幹事長、小沢一郎さんでした。

八八年ですから、もう五年ほどたちます。当時、「やらなければいけない」という野間さんの感度で署名が実現して、その中で要求したこと、あるいは訴えたことは、五年後の現在、野間さんの感度として正しかったのかどうかという検証をやってみようというふうに思うのです。四つほどこの署名では要求をしています。

八八年当時ですから、フロンガス問題というのはそんなに認識されてないし、それほど世間的に重大だと思っていないわけですけれども、当時、まず第一番目に、オゾン層を破壊するフロンガスをとにかく禁止しなさいという要求をしたわけです。これはそうとう思い切った要求になりますね。即時ということを言いたかったんですけれども、少しずつ減らしていこうと、こういうことを一番目に言いました。

オゾン層を破壊する物質というのはフロンガスだけじゃなくて、ほかにもいろいろありまして、むずかしい名前で申しわけないんですけれとも、たとえば１・１・１トリクロロエタンというように、今まだＩＣ洗浄なんかに使われているような、そういう物質もじつはオゾン層を破壊します。あるいは四塩化炭素というようなものも破壊します。そういうように、フロンガス以外のオゾン層破壊物質についても禁止しなさいと、二番目に言いました。それから三番目には、このフロンガス問題については通産省が所轄官庁ですけれども、環境庁がやはりきちんと管理しなさいというふうに言いました。四番目は、できるだけ調査をして、情報は公開しなさいという、そういう要求を出したんです。

この四つの要求ですけれども、八八年当時、非常にこれは原則的できつい要求を出したつもりでした。その後のオゾン層の破壊の展開を見ると、じつはほとんど今現在では国際的にそういう対応がとられるようになってきたんです。フロンガスについては、今世紀中に半分に減らそうということが国際条約である「モントリオール議定書」で決定されましたけれども、それでは間に合わないとなりまして、今世紀中に全廃してしまおうと、変わってきたわけです。今現在はもっと前倒しで、今世紀中に全廃だけでは間に合わないということになってきまして、一九九五年ぐらいに全廃しようじゃないかということです。

野間さんが八八年の二月当時に、行動しなくてはいけないと思いついた時は、まだおそらく直観的なものだったと思います。しかしながらその後の経過を見ると、フロンガスについての野間さんの感度は正しかったんじゃないかというふうに今は思っています。それからフロンガス以外のものも世界的に禁止が今始まりましたし、環境庁が所轄官庁になるということについては、残念ながら今まだ通産省と環境庁が半々ということで実現はしておりませんけれども、四つの項目のうちの三つは世界的に対応をとらざるをえなくなったということからしますと、地球汚染の現状というものが野間さんの感度にむしろ合ってるぐらいのスピードで進んでしまった、とくにオゾン層の問題がそうだったというふうに思います。

自然科学をやり、二十五年間ぐらい環境問題をやってきて、そしてどちらかと言えば、いろいろ先がけて世に警告してきました。ただし、オオカミ少年になってはいけないといつも戒めているのですが、できるだけ効果のあるような警告を発しようという形で、タイミングを狙って、先に文献を調べ、そういうことを自分の仕事と思ってやってきたわけです。そうやってきた私でありながら、その感度の鈍さというか、そういうものについて、少し思い知らされたというのが、私が野間さんから受けた一番大きな教訓です。それ以後も、野間さんとハイテク、エイズ、あるいは地下水汚染の問題というふうなことで、いろいろ対談を続けてきました。

「地球環境のおおいなる全的危機」

八九年ですけれども、法政大学でちょうどアース・デイと言いまして、だいたい四月には「アース・デイ月間」というのがありますけれども、その中で地球環境市民会議という国際会議が開催され、二〇〇〇人ぐらい集まりました。私がお願いして、議長になっていただいて、その時、野間さんが挨拶をされました。この挨拶の中で、野間さんの認識というのが出てきました。これは「地球環境のおおいなる全的危機」という、そういう認識なんです。これは、小説のほうでいくと「全体小説」ということに通じるのだと思いますけれども、「おおいなる全的危機である」、と。危機が迫っている、迫っているけれども、多くの人は理屈では気がついているけれども、しかし、行動に表われるというところまでいかない、どうにかなるだろうと思っている、そういう危機なんだと。それこそが危機なんだ、というような挨拶をされました。これも一つ、野間さんの危機に対するある種の感度だったと思います。

そういう感度に関して、初期の段階では少しいきすぎているなというように思うところもずいぶんあったのです。野間さんの場合、もう一つは、それを全体的にもう一度見直してみるというか、いわば安全装置をどうももっておられたみたいです。これはたいへんだと、いわば自分の感性によって感じとるということ、これが第一段階ですね。その次に、それをだれかに確認するというのがどうも第二段階にあったみたいで、私以外にもずいぶんいろいろな方に電話をされていたみたいです。いろいろな方に対談を申し込まれて、自分がこうだなと思ったことについては、あの人はよく知っていそうだという人を見つけて、そして対談をする。そこで自分の感度、自分のいわば問題意識というのがどれぐらい正しいかを確認する、そういう第二段階がどうもあったと思います。私なんかもそういう形で、野間さんのある種の感度を全体的に確認する一つの安全装置で、私がたまたま呼び出されたというふうに思っていますけれども。普通の場合ですと、次に小説に書かれるという第三段階があったと思うのです。そうしないとなかなか小説という作品ができない。野間さんは作家ということが本職ですから、最終的に作品として完成させるということが目的であったと思います。しかしながら、環境問題というのは簡単に作品までいかせてくれないというところがあるんです。新しくどんどん問題が移り変わっていくし、新しい問題がどんどん出てくる。野間さんが環境問題に取り組まれたのがもっと若ければよかったんですけれども、かなり晩年のほうで取り組まれましたから、私らが横で見ててもとても時間が足りないんじゃないかと思いました。いつもはらはら見ていて、そして野間さんに小説は書かれないんですかと何回も聞きました。そうしたら野間さんはちょっとはにかんで、「いや今準備しているんですよ」、というふうに答えられておりましたけれども、なかなか書いておられる様子がないんですね。にもかかわらず、新しい問題でまた電話がかかってきて、延々といわばすごい感度で新しい問題に次から次へとりくんでいかれるということに、私はつきあってきたんですね。

野間さんは小説を書かれなくても、じつはすごいなと思ったのは、そういう感度のよさと、もう一つは、具体的にそういう調査の現場に行って、調査をして、そしてそのことに基づいて次の行動を考えられるということでした。環境問題というのは現場に行って、それを踏まえて積み上げていくということがないと、なかなか実態把握ができないということがあるんです。当時、もう足もご不自由でした。現場に行かれる時は、ほんとうに必要がどうかはべつにして、車のついたバッグに本をウァーッと持って来られて、対談をするだけで、べつにそんなに本はいらないんじゃないかと思うのですけれども、持たないとどうも気がすまないらしくて、それも一つの野間さんの安全装置、精神安定剤かなというふうに思いますけれども、そういう形でずっと現場に来られました。私はそういう姿勢に、やはりこれは文学者なんだというふうに思いました。自然科学者のほうで言うと、論文を書くというのが一つの業績ですから、小説を書く代わりにこぎれいに論文にしたいと思うのですけれども。そういうことではなくて、とにかく感度をもって現場に行く。そのことがやはり作家としての一つの姿、あり方というふうに私は感じましたから、ある時からあまり作品を書かれないことにこだわらなくなりました。自然科学をやってきた目とまた違った意味の環境問題の取り組み方を野間さんと一緒に現場に行ったり、対談する中からずいぶん学ぶことができました。

ほんとうのインテリ

私はこの世の中、インテリというのがどうも少なくなったというふうに思っております。ほんとうのインテリというのはいかなる状況においても、時の権力に対して、「正しいことは正しい」と言う、「おかしなことはおかしい」と言う、そういう人がインテリの一つの条件だと思います。そういう人はどうも数えるほどしかいない。野間さんの役割というのは大状況を考えて、その中でやっぱりこれはおかしい、このことについて行動しなければならないと、そういうことを言い続けたことだと思います。ある人から見たらドン・キホーテのように見えたかもしれないと思います。ある人から見たらあまりにも感度がよすぎて、少しぼけてるんじゃないかというふうに思った方もあるかもしれません。私は長いことつきあっている中で、一時期そういう時があっても、それをもう一つ全体的に検証して、そして次に粘り強く署名をしたり、何か行動に移していく様子を見て、これはやはりインテリじゃないかというふうに感じました。

野間さんとあちこち一緒に歩いて印象的なのは、笑い顔がいいんですね。笑い顔に非常に少年の面影があるというか、私にはいまだに印象的なんです。野間さんが言い遺されたものはいっぱいあったのではないかというふうに思います。そういう野間さんの感度からすると、確かに今の地球環境というのは、「おおいなる全的滅亡」に向かっている。昨年六月「地球サミット」というのがありました。そして今は「ポスト・地球サミット」ということで、たしかに昨年がピークで、ずっと地球環境問題は今、関心は低下してきています。その中で、野間さんの感度で追いつづけると、やはり今、その危機は前進しているというふうに思わざるをえないというふうに思っています。そのことをどういうふうに、説得力があるような形で訴えることができるかということについて、私は自然科学の立場でそれを訴えますけれども、じつはほんとうの役割と言いますか、これは何かやはり感性に訴えないと、単なるデータだけでは広がらないのです。そうした時に、小説、作品がもっている役割の大きさというのがあるはずだ、あるいは宗教がもっている役割の大きさというのがあるはずだと思います。自然科学のほうで、データで勝負しようと思っても広がらないところがありますから、もっともっと小説のジャンルで、宗教のジャンルで、なんとか感性に訴えて、地球環境問題にもっと広げていきたいと、そういう人が出てきてほしいと思っています。野間さんはやはり早く死にすぎたと思っています。もう少しがんばっていただいて、野間さんの感性で、あるいはもっと野間さんがあの感性で後継者を育てていただいて、野間さん流の全体的な小説、環境問題を最後に一つは、晩年もう十何年も取り組んできた環境問題を一つは全体小説としてトータルに訴えるような作品がほしかったなというふうに思っております。これで私の話は終わります。

（一九九三年五月　第一回）

自然法爾のこと

——自然を創り得るのは自然だけ——

生態学
川那部浩哉

「私は野間さんとは面識がない。手紙を頂いたこともない。差し上げたこともない。筑摩書房版の『全集』も岩波書店版の『作品集』も持っていない。そういう点では、正にないない尽しである。手元にあるのは、『現代日本文学全集　椎名麟三・野間宏・梅崎春生集』・『新選現代日本文学全集　野間宏集』・沖浦和光さんとの共著になる『アジアの聖と賤』・『日本の聖と賤』の計三冊、新書が三冊、文庫が六冊、それに亡くなる二日前の日付で藤原書店から出た三國連太郎さんとの『親鸞から親鸞へ』、以上に過ぎない。いや、実はもう一つあって、それは集英社の『すばる』の一九八五年三月号と四月号からの各一ページ、「読書・生活」なる連載中の「エルトン＝川那部浩哉」「続エルトン＝川那部浩哉」だ。尤もこれも、ある小説を読むため定期購読中に見付け、取り外して保存しているもの。野間さんは、訳したエルトンさんの『侵略の生態学』と拙著『生物と環境』を少なくとも読んで下さっていたのだ」。

およそこのように書いてから、何ともう十年経つ。

「追悼・野間宏」にお招きを頂きながら何も書かず、毎年の「野間宏の会」にもまだ一度も出席させて貰っていない身ながら、野間さんの「親鸞の自然理論というのは自然法爾ですね。自然そのものが自ら然らしめている、運動しているという、そういう自然観・自然理論ですね」などとの多くの発言が、近年また改めて気にかかっている。それは自然科学が従来、できるだけ時間の流れを無視しあるいは瞬間瞬間の積分値で考えようとして、それはそれなりにある種の成功を収めたものの、その限界もまた判然として来たことと関係する。言葉を換えれば、生物はもちろんのこと、あらゆる自然現象は歴史的な産物であることが、地球環境問題の深刻化によって誰の目にも明らかになってきたことだ。すなわち、自然界における「もの」は、地質学的な年代における過去から現在までのそれらのあいだの相互関係、すなわち「こと」が作り上げてきたものなのである。

そして、「それと同時に」と言うべきか「したがって」と言うべきか、自然を創り上げ得るのは自然だけであることが、科学的にも痛切に感じられる状態になってきている。振り返ってみれば二十世紀においては、科学技術を駆使すれば人間が自然を創り上げられるように考え、いやむしろ「自然以上に巧く」創り上げられるかのようにさえ考えて来たのではなかったか。「多自然的川づくり」などの用語は、その典型例の一つだろう。

その全面的な反省の上に科学・技術を構築し直す方向をいま模索するとき、環境問題に関するものに限らず、野間さんの全仕事が大きな示唆になるのではないか。今度こそゆっくり、しかも繰り返しながら読み通す時間が欲しいと願っている。

（二〇〇一年五月　第八号）

III　野間宏主要作品論

アヴァンギャルド野間宏

塚原　史

塚原と申します。私自身の専門は日本文学とかそういった方面ではなくて、二十世紀の文化、それも最初の頃の光景と最後の頃に関心がありまして、最初と申しますのは、「アヴァンギャルド野間宏」と言いましたけれども、むしろヨーロッパのアヴァンギャルド、つまり二十世紀の初めのダダイズムとか、シュルレアリスムとか、未来派とか、そのへんに関心があります。それから、さきほど言いましたけれども、今度はぐっとワープしまして、七〇年代、八〇年代のポスト・モダンとか、構造主義以後とか言われるようなフランスの思想家たちです。たとえば、私が翻訳を比較的よくやっているのは、ジャン・ボードリヤールという社会学者と言いますか哲学者のような人で、去年日本に来て吉本隆明さんと対談をやって、私も司会などやらされたんですが、そのボードリヤールとか、リオタールであるとか、もうちょっと前の時代になりますが、ベンヤミンの再発見とか、そういったことに関心があるんです。

野間作品との出会い

そこで、じゃあなぜ野間宏かということになると、これはたいへん個人的なことですけれども、このなかにも同世代の方もいらっしゃるんじゃないかと思うんですが、私は大学闘争と言いますか、紛争と言いますか、立場によって異なりますが、あの時代に学生でした。東京のある私立大学の政治学科の学生だったんですが、そこでわりと反抗的な学生だったもので、卒業した時に東京に何となくいたくないというような感じで、京都に行きたかったんです。それで京都の大学の仏文科の大学院に入れていただいて、そこでダダイズムの研究、というと大げさなんですけれども、トリスタン・ツァラというルーマニアで生まれて、チューリッヒ・ダダをはじめてパリに移ってきた詩人なんですが、もうずいぶん前に亡くなりましたけれども、その人の修士論文を書きました。後で聞いたら、修士論文で、トリスタン・ツァラを取り上げたのは京都で私が初めてだったということで、その後もたぶんいないかもしれないので、そういう点でちょっとつむじ曲がりのところもあります。

京都ということで、私は野間宏の『わが塔はそこに立つ』、これは初版本でここに持って来ましたけれども、この作品に非常にひかれる経験をしたんです。というのは、非常にトポロジックと言うか、個人的なことなんですけれども、この「わが塔」の「塔」というのはご承知のとおり、京都の真如堂というお寺さんです。私が下宿していましたのが、吉田山を越えた神楽岡というところでして、そこをちょっと南に下がると真如堂があるんです。最初、下宿した時は野間宏とは直接結びつかなかったんですが、この本を読んでみたらちょうどそのへんのことが書いてある、海塚草一の話ですね。それで、あぁ、そうかと思って、それから野間宏を

——「野間宏」と言わせていただきますが——読みだしていったことがあるんです。

ただしかし、私はここで、川崎さんのように博学の読者でもございませんので、作家論とか作品論というのをここで論じるつもりはございません。むしろ私は野間宏的なものと言いますか、野間宏の世界と言いますか、そういったものが、現代、つまりいま二十世紀の終わりに生きるわれわれ、必ずしも日本だけではなく世界に生きるわれわれにとって、一体どんな意味をもっているんだろうかということを、ちょっとだけお話してみたいと私なりに考えています。そのなかで、なぜ「アヴァンギャルド野間宏」という題にしたかということも、あるいはご理解いただけるんじゃないかなと思っております。

野間宏はいま読まれているか

私は数日前にアンケートをしたんです。「早稲田大学の学生一〇〇人に聞きました」というのをやったんですが、「あなたは野間宏を知っていますか」という質問をしたんです。この会場にもアンケートに協力してくれた人がいるようですね。そうしまして、まず選択肢を三つ、三択にしまして、Aは「野間宏を知っているし、作品も読んだことがある」。ただ、それだけだと本当に読んだかわからないので、作品の名前も書かせるようにしたんです。

Bは「名前は知っているが、作品は読んだことがない」。Cは「名前も知らないし、作品も読んだこともない」。野間宏ってだあれ、というそういう人たちです。そして、同じ質問をそれぞれ、法学部の一年生だから、まだ大学に入ってまもない十八、九歳の人五〇人と、文学部の三、四年生、仏文科の学生が多いんですが、その五〇人、だからその人たちのほうがちょっと人生経験はあるという感じなんですけれども、とにかく一〇〇名にしてみました。

べつにクイズ番組ではないんですが、皆さん、その一〇〇人のうちでA「作品を読んだことがある」と答えた回答者が、何人ぐらいあったとお考えでしょうか。これは多いと思うか少ないと思うか、人によって違うんですが、六名です。つまり、一〇〇人のうち六人が野間宏を読んだことがあると答えたんです。じつはほかにもいたんですけれども、まちがっている人がいまして、読んだことがあると言って、作品名は『野火』と書いたのがいるんです（笑）。これはちょっとオミットしました。内訳も一年生と三、四年生ではずいぶん違いまして、法学部の一年生のほうは五〇人のうち、読んだことがあるというのはなんと一人なんです。それは『真空地帯』――これから映画の上映があるんですが――と答えていました。あと、作品の名前で出たのが、『真空地帯』が二名で、『わが塔はそこに立つ』が二名、『暗い絵』が一名、『顔の中の赤い月』、『崩解感覚』、あるいは詩とかいろいろ出てくるんですが、これを全部足すと六人より多くなるんです。なぜかと言うと、一人で全部読んでる学生がいるんです。つまり、非常に少ないんだけれども、一〇〇人のうち一人ぐらいは野間宏を一生懸命読んでいるやつがいるわけです。これが多いと思うか少ないと思うか、さきほど言いましたように、人によって考え方は違うと思うんですが、日本の総理大臣の支持率なんていうものも、八〇〇万ぐらいの有権者のうちの一〇〇〇人ぐらいに聞いて、支持率五〇パーセントとか言うわけですから、そう考えると、一〇〇人のうちの六人が読んでいるというのは、しかもこれはちゃんと作品の名前を書くというのは、私はある意味では、そんなに捨てたものではないというふうに思ったんです。

ただやはり圧倒的な多数者、野間宏の名前も知らないし作品を読んだこともないのが、一年生の場合には五四パーセントもいるんです。つまり、見方を逆にすれば、名前は知っていても読んだことがないという学生も含めると一〇〇人のうちの九四人が野間のテクストを知らないという事実があるということなんです。そのあたりから私の話を展開させていただきたいと思います。要するに、私もすごく年をとっているとは思いませんけれども、やはりそんなに若くはないので、ある種の「世代論」でみますと、紛争世代と言いますか、全共闘世代と言ってもいいんですけれども、そのあたりから下、若い人たちとのあいだに、何か文化のギャップのようなものがあるような気がするんです。

「対立物のたたかい」としての世界

じゃあ、このギャップは何なんだろうと考えた場合に、やはりさきほど申し上げた野間宏的なものという発想につながっていく。野間宏に『たたかいの詩』という詩論があるんですが、そのなかで野間宏は、宇宙の事物を対立物のたたかいにおいて運動しているままにとらえるんだという意味のことを言っているんです。つまり、宇宙、世界は対立を中心軸として運動しているんだという認識です。この思想が野間宏的なものの根底にあると思うんです。

さきほども『暗い絵』が出ましたけれども、『暗い絵』のあのブリューゲルの絵の描写のなかに、こういうよく知られた個所があります。化けものたちのことを言って、人間の矮小な姿のなかに閉じ込められて燃えている深い愛、貧困に対する痛烈な憤怒、無知と蒙昧と冷酷に対する反抗、そういうものを彼はそこにみてとっている。ブリューゲルの作品に対して言ったこの言葉がそのまま野間宏的なものなんじゃないかと思うんです。つまり、人間に対する深い愛と、そして貧困や不正に対する怒りと、そして無知と冷酷さに対する反抗、そういったものが野間的なもののベースになっているんじゃないかと思うんです。ですから、野間宏は言葉というものを武器にして、現実を批判し、そして世界を変革していく、明らかにそういう立場にあったと思います。

対立物の消失と「歴史の終わり」

ところが、そういった世界認識は、私をふくめたある種の世代までは共有できたものだと思うんですけれども、それが現在どんなふうになっているかと考えた場合に、ここで「歴史の終わり」というフランシス・フクヤマなんかが唱えて、近ごろ話題になっている発想がありますが、そのことにちょっとふれたいと思います。と言うのは、ちょうど野間宏が亡くなった九一年を前後して、ベルリンの壁の崩壊であるとか、それからソ連の解体であるとか、湾岸戦争であるとか、そういった出来事が次つぎと起こってきたんです。そうすると、さきほどの野間宏の言った宇宙の事物を対立物のたたかいにおいてとらえるという、その対立物というものがどっかに行ってしまった。それがいまの世界じゃないかと私は思います。

ですから、その対立物の闘争と発展としての歴史というヘーゲル的な歴史観、それが止まってしまった。だから歴史が終わったかどうかは別にしても、少なくとも歴史は止まってしまったんだという感情が生まれたと思うんです。これはすごく大きな変化で、野間宏はたしか一九六六年に、宇宙崩壊とか宇宙の創造というようなことを言っているんです。第三次世界大戦がこれから起こるかもしれない。そうしたら宇宙は崩壊してしまうだろう。その時にこそ作家は宇宙を再創造するという行為をはじめなければいけないんだというふうなことを言っていたんですが、じつは皮肉なことに、第三次大戦はもう起こってしまったんです。というと何か、何とか真理教みたいに思う方もいらっしゃるかもしれませんが、要するに、あの当時言っていた第三次大戦というのは、アメリカとソ連という二つの超大国のあいだに起こる核戦争ですね。ところが実際には核戦争も起こらないで、アメリカは一滴の血も流さずにソ連という存在を抹殺してしまった、地球上から消し去ってしまったんです。これは明らかに、第三次世界大戦が戦わずして終わってしまったということです。

いまわれわれは「戦争」の後の、つまり起こらなかった戦争の後、起こらなかったと言うより、むしろ起こったということが認識されないで終わってしまった潜在的な戦争の後の時代にいるんだと思うんです。そこでは、さきほど申し上げたように、世界というものは対立しながら発展していくとは言えない。だから世界を変えていくのはもう革命じゃないんです。そうじゃなくて、むしろカタストロフです。つまり偶然の事故であるとか、地震であるとか、あるいは何か大きな突発的な狂気のような犯罪であるとか、そういうことがあるかもしれません。そういったカタストロフへのシフトが完了してしまったんだ、と。ですから、もはや世のなか、世界、生活のなかには事件というものは、本当の意味での事件というのは起こらなくなってしまったんじゃないかと思える現実が存在していると思います。

野間は、事件のなかで人間の全内容が明らかになるんだということを、松川事件であるとか、あるいは狭山裁判、そういった出来事を通じて言っていたと思いますけれども、野間宏が言っていた「事件のなかで人間の全内容が明らかになる」という、そういう性質の事件をわれわれはもはや失ってしまったというふうなことが言えるんじゃないでしょうか。

野間宏的なものの希薄化する現在

それは私のやっていることに引きつけて言うならば、ボードリヤールが言っていた消費社会の極限化がもたらした状況です。つまり消費社会においては、人間一人ひとりの実在は何によって表示されるかと言うと、差異の記号によって表示されているわけです。だから喉が渇いたから水を飲んだり、腹がへったから飯を食うといったレベルの欲求の充足としての消費じゃないんです。そうじゃなくて、バカラのコップで水を飲むのか、それともマキシムに行くのかとか、そういう記号化された行為で差をつけることによって、あたかも人間というものが存在しているかのようになってしまったようなところがあります。これは「歴史の終わり」のもう一つの内容だと私は思っているんです。

この点に関しては、ちょっと野間宏から離れますけれども、アレクサンドル・コジェーヴというヘーゲル学者が一九三〇年代のフランスにおりまして、もともとこの人が「歴史の終わり」ということを言ったんですが、そのコジェーヴが一九五〇年代にOECDの顧問になって世界中を歩くんです。中国とかソ連とかアメリカとか、いろんなところへ行くわけです。そこで彼は、歴史は終わったということを実感したんですが、なぜかと言うと、その当時のロシア人も中国人もみんな貧しいアメリカ人だと言うんです。つまり彼らはみな豊かなアメリカ人になりたいと思っているロシア人であり中国人である。ということは、みんなが豊かなアメリカ人になってしまえば、もうそれ以上先に行くことはないんです。それを「歴史の終わり」というふうにアレクサンドル・コジェーヴが言った。

考えてみますと、われわれはみんな貧しい日本人だったわけです。物質的な意味だけじゃなくて、貧しさの感覚のなかに生きていたと思うんです。それが知らないあいだに、自分たちは豊かになったと思っている。気がついたら、もしかしたらアメリカ人より豊かな日本人になっちゃったのかもしれないというふうな、それが現実かどうかは別として、幻想のなかにわれわれはいる。そうなると、さきほど言った野間宏的なもの、人間の深い愛であるとか、貧困に対する憤りであるとか、それから無知と冷酷さと蒙昧に対する反抗であるとか、そういったものが根拠を失ってしまっていると私は思うんです。ですから、そこで野間宏的なものの希薄化、意識の希薄化ということが、さきほどのアンケートに出た、九四パーセントが読んだことがないという現象に結びつくのかもしれないと私は思っています。

「反時代」としてのアヴァンギャルド野間宏

ところが、それじゃあ、野間宏的なものというのは、もう図書館のなかにしかないのかと言うと、けっしてそうではない。私はそこにむしろいまの状況をなんとか変えていくきっかけを見いだすことができるんじゃないかと思っています。それが「アヴァンギャルド野間宏」という、私のスピーチのネーミングになっているんですけれども、まず、アヴァンギャルドという言葉を何回か使いましたが、ここで私にとって「アヴァンギャルド」とはどういうことかと言いますと、それはけっして様式とかスタイルではないんです。そうではなくて、ある時代とか社会とかいうものに対するラディカルな反抗者の意識というものが基本的なアヴァンギャルドの立場です。つまり、われわれはみんな時間と空間のなかで生きているわけですけれども、いま自分がいる時間とか空間というものがずっと維持してきた関係性を、いったんそこで断ち切って、そしてそこから新しいものを始めるんです。ですから、アヴァンギャルドの発想はある意味で反時代的なものだと私は思うんです。その「反時代的」というのは時代遅れではなくて、むしろ逆ですね。時代のなかに起こっている目に見えない変化というものを、彼らはどっかで敏感に感じているんです。まだだれも気がついていないことを人に先駆けて宣言していく、そういうスタイルを二十世紀の初めのアヴァンギャルドはとっていたと思うんです。とくに二十世紀初めのアヴァンギャルドというのは、さきほど申しました私の研究しているダダイズムの場合でも、「ダダは何も意味しない」ということを言って、結局、意味を伝える言語を破壊することによって、言葉によって成り立っている関係性そのものを解体しちゃうわけです。そしてまた、イタリアにマリネッティの未来派がありましたけれども、未来派の場合には、「時間と空間は昨日死んだ」と言って、われわれの現実世界に対する意識というものを解体していく。さらに、アンドレ・ブルトンたちのシュルレアリスムというものは、「理性に管理されない思考」という言葉を使って、無意識の世界を強調することによって、「私」という意識を解体していくというようなことがあったと思うんです。

ここで野間宏のことに戻るんですけれども、野間宏は竹内勝太郎について書いた文章のなかで、竹内を引用しながら、「存在は一つの運動である。言葉は一つの運動である。」存在を根元の世界に還元することによって、存在そのものを言葉に変形するということを言っているんです。ここに私は野間宏のアヴァンギャルド性があると思います。つまり、野間宏はさきほど申し上げたように、反抗者としての意識をもちつづけていました。その反抗者としての意識が、存在としての言説、つまり記号としての言語ではなくて、意味を伝える道具としての言語ではなくて、存在としての、運動としての言語と結びつくところに野間宏のアヴァンギャルド性というのがあったんじゃないかということです。「存在派のアヴァンギャルド」と言ってもいいんじゃないでしょうか。ですから、これは二十世紀の初めのいわゆる芸術的なアヴァンギャルドがモダニズムという用語のなかで彼らの意思に反して、ある種のスタイルとして受け取られていく、そういった傾向の記号派的なアヴァンギャルドではなくて、まさに存在派としての前衛であったというふうに私は考えるんです。

その場合、野間宏にとっての創造とは何かと言うと、これは「狂乱への志向」ということが野間宏自身の言葉で言われています。野間宏はかなり強烈なことを書いていますけれども、要するに「創造の桶のなかには、毒の酒が入っている。その酒を飲んで狂乱する。そしてその桶のなかには炎の塊と氷の塊があるんだ」と言うんです。そして「その炎の塊と氷の塊によって、存在するあらゆるものは形と内容を変える。そのことによって、真の創造が可能になる」と。これはまさにダダを超えるダダ的な発想じゃないかと私は考えているわけです。

ところが、歴史的な意味でのアヴァンギャルドが引き受けた運命は花田清輝が『アヴァンギャルド芸術』で指摘したとおりであって、二〇年代のアヴァンギャルドは反商業主義の代名詞だったのに、ところがそれから四半世紀たって、その反対物に転化してしまったんだということを花田はもう四〇年ぐらい前に言っているわけです。けれども、そんな記号派たちとはちがって存在派としてのアヴァンギャルド野間宏は、自分の言語のなかで、いま言った反抗者としての意識と存在の言語、その二つをずっと鍛え続けたんだろうと思います。そのことを私は野間宏のアヴァンギャルドとして非常に評価したいんです。

野間宏的なものの有効性

そのうえで、いまでは世紀末という言葉も何となく古びてきた感もありますけれども、二十世紀の世紀末の文学的な場面と言いますか、そこにおいて野間宏的なものにわれわれはどんな希望を託すことができるのかということについて、最後に簡単にふれてみたいと思います。この世紀末の特徴は現実というもののイメージが大きく変わってきたことです。これはボードリヤールが去年日本に来た時に言ったことなんですけれども、かつて現実というもののなかには欠如がありました。つまり、現実にはつねに何かが足りなかったんです。だからその現実に足りないものを満たすために想像力というものが働いた。かつては貧しかったし、みんなが痛みを共有していたし、醜いものとか、酷たらしいものとか、グロテスクなものとか、そういったものが現実には満ち満ちていたんです。否定的なものと言ってもいいと思いますし、あるいはジョルジュ・バタイユというフランスの作家の言葉を使うならば、「呪われた部分」と言ってもいいと思うんですが、欠如とか、否定的なものとか、呪われた部分とか、そういったものがすべていまの現実からきれいに消し去られてしまっている。高橋和巳の言葉を借りるなら、まさに白く塗り込められている墓のなかにわれわれは入ろうとしているのではないかと、私は考えてしまうんです。

そういう現実のなかで、いまわれわれはあたかも実現されたユートピアのなかに生きているような不思議な感覚を体験しています。現実を変革しようとか破壊しようという意識がわれわれの頭のなかから消えてしまって、もし現実というものに何か、それこそ穴が開いたり傷がついたら、その現実を修復すればいいんだという意識に変わってしまっているというふうに私は思うわけです。現在以上の豊かさを思い描けない時代、これはやはりまさに最後の段階に達してしまったんだ、と。ですから、最近のＳＦ映画では、かつてのように未来は輝かしい時代ではなくて、エイリアンとか、ああいったものに象徴されるように、不安の記号に満ちているんです。これから先にはどんな恐ろしいものが待ち受けているかもしれない。いま私たちのいるこの場所が一番いいんだという意識、そこからは現実を変えようという発想は全然起こってこないでしょう。少し昔の言葉で言うならば、かつて全共闘のスローガンに「連帯を求めて孤立を恐れず」というのがありましたが、いまはむしろ逆で、「孤立を恐れて連帯を求めない」、そういう時代になってきているんじゃないかと思うんです。

そこで逆説的になりますが、野間宏が息を吹き返すのではないかと、野間的なものというのが再び有効性をもつのではないか。つまり、現実というものはどれほど白く塗り込められていても、しかし何かカタストロフが起こる、地震でもいいですし、あるいはボスニアの戦争でもいいですが、そういうことが起こると、そこにはふたたび貧しさであるとか、無知であるとか、酷たらしさであるとか、そういった化けものたちが姿を現してくるんです。われわれの世界から化けものたちはけっしていなくなったわけではないんです。ただそれをあたかも見えないもののように扱っているんです。その現実の薄い膜を引きはがして、そしてひりひりする現実をもう一度見つめなおすことがこれからの文学の課題だろうと思うし、野間宏という人に対する私の思い入れかもしれませんけれども、野間宏の作品こそが、われわれにそういう力を与えてくれるんじゃないかと思うわけです。

最後に、野間宏には「白、黒、黄色」という詩があるんですが、その詩は、第五福竜丸事件と言いますから、一九五四年のアメリカの水爆実験の時の被害者についての詩なんですけれども、そのなかに「死のほかには取り去ることのできない　黄色の自分の膚の色を奪われ　崩れた繊維を剥き出しにして　私の前に広がる人の皮膚は白と黒と黄色の心を知っている」という一節があるんです。この白と黒と黄色というのは、もちろん人間の色です。つまり白人であり、黒人であり、日本人なんです。それじゃあ、野間宏にとって人間の色というのは何だったんだろうか。白だったんだろうか、黒だったんだろうか、黄色だったんだろうかと考えたときに、私はアンドレ・ブルトンというシュルレアリスムの詩人の言葉を条件反射のように思い出してしまいました。というのも、ブルトンは、彼の詩で「人間の色、それは自由である」と書いたんです。この二つの詩において、フランスのアヴァンギャルドと私の言う意味でのアヴァンギャルド野間宏は一つになっているだろうと思います。ですから、人間が自由の色をした生きものであるということをわれわれが思い出して、そして自由の色を取り戻す、そのための場面として野間宏を有効に活用しなければならないということを最後に申しあげて、私の話を終わりたいと思います。どうもありがとうございました。

（一九九六年一月　第四回）

暗い想像力
――野間宏とドストエフスキー――

ロシア文学
亀山郁夫

私にとっての野間宏

みなさん、こんにちは。ただいま、ご紹介いただきました亀山郁夫です。今日は、「野間宏の会」に講師としてお招きいただきましたことをたいへんに光栄に思います。

私は、この一年、昨年夏に翻訳を完成しましたドストエフスキーの『カラマーゾフの兄弟』をめぐって、さまざまな会場で講演してきました。人前で話すさい私がこれまでとってきた方法は、まず念入りにレジュメを作り、それを会場に配布したあと、本番ではレジュメから自由に逸脱して、即興的に話を進めていく、というものです。レジュメを作ると妙に安心し、インスピレーションも消えてしまう。私は、どこか無意識の部分の言語化というところに大きな関心があるらしくて、一定程度の興奮が得られないと、ほとんど言葉がまったく出てこない状態に陥ることがたびたびです。ですから、その日その日の気分やボルテージに合わせて自由に話をするスタイルというのが、これまでとってきた方法でした。エンジンのかかりが著しく遅いことも確かであり、カルチャーセンターなどでは、予定時間の九十分を軽く超えて、二時間半近くも話しつづけることがまれではありません。しかし、今日は、あえて、作成した原稿をそのまま読むことにしました。即興やアドリブはできるだけ入れないことにします。

さて、今日、この会場にやってくるときに私が経験した思いというのは、とても複雑で、一言では説明できません。今日は、モブ・ノリオさんのお話や、リービ英雄さんと富岡幸一郎さんの対談と、盛りだくさんのメニューが揃えられています。いずれも、日本文学の世界に輝ける方々です。他方、私は、これまで公の席で日本文学について、ないし日本文学との関わりについて何か発言したことは皆無に近く、また、野間宏さんの文学を徹底して読み込んできた読者というわけでもありません。しかし、昨年一一月、赤坂プリンスホテルで行われた毎日出版文化賞のパーティの席で、藤原書店の藤原さんから、「野間宏の会」で話してほしい、という依頼を受け、その不意打ちにたじろぐ暇もないうちに、少し上気していたせいもあって、引き受けることにしました。では、なぜ、その不意打ちに対して、思わずオーケーの返事を出してしまったか。それには、理由が二つあります。

第一に、野間宏さんの小説に挑戦してみるのも悪くない、という気持ちが、これまでつねに心のどこかにあったということです。そんな楽観的な気持ちになれた理由は、何か、ドストエフスキーとの関連で話題は生まれてくれるだろうという予測です。では、なぜ、ドストエフスキーなのか、と、皆さんはお思いになるでしょう。そのとき私の脳裏に浮かんだ答えは一つです。それは、私が大学時代に読んだ野間さんの著作で、岩波新書から出た『狭山裁判』上下二巻にことのほか愛着をもち、この事件の持っている、恐ろしくも小説的な構造が、『カラマーゾフの兄弟』に著しく似ている、という印象があったのを思いだしたからです。野間さんについては、実は、その直感の記憶だけが残っていて、なぜ、そうなのか、という肝心の理由については、じつは、授賞式でお声をかけられるまで、まったく念頭にありませんでした。不思議なものです。

次の、第二の理由は、単純です。私はとても偶然の出会いというのが好きで、こうして思いもかけない提案に心が動くのです。これまで、ほとんど正面から向かい合ったことのない野間さんの文学に、一度、虚心に返って挑戦してみるのもよいかもしれない。ロシア文学者で、日本文学にはずぶの素人である人間の話すことを、ちょっとだけ聞いてやろうという人はいるだろう、という楽観です。野間さんのこの会は、二十人ぐらいの内輪の勉強会のようなもの、という先入観があったのです。ところが、『朝日』その他、ウェブ上にもアナウンスが出て、正直、困りはてました。私は、日本文学について何かが語れると思ったことは一度もありません。私と日本文学の関わりは、ほんとうに薄っぺらで、長年、私が非常勤講師をつとめた文化学院の文芸ゼミナールで、およそ六年間、週一回、学生たちとひたすら芥川賞作品を読む、ということを行ったことがあるだけです。百作近く読んだような気がいたします。もちろん、モブ・ノリオさんの芥川賞受賞作『介護入門』も即座にゼミで取り上げました。しかしそれにしても、私が今ここにこうして立っていることが場違いそのものであることを、どうかご理解いただき、お目こぼしを願えると私としてはうれしく思います。

そればかりか、私は、いま、『罪と罰』の翻訳の第一巻刊行をめざし、ラストスパートにかかっているときです。公務について述べるならば、いわゆる文科省への概算要求であるとか、競争的資金獲得のための書類作りとか、およそ非文学的環境にあります。今日は、朝から、アラブ・イスラム学院での国際シンポジウムの基調講演者として、「日本における外国語教育の現状と将来」という講演をしてきたばかりです。

しかし、それでも、そんな環境にあっても、相手が、ドストエフスキーとくに『カラマーゾフの兄弟』であれば、一瞬のうちに、思考の回路やシステムを転換させ、作家に憑依して、それこそ熱に浮かされたように何時間でも話すことができるという自信があります。

簡単に自己紹介しておきますと、私は一九四九年生まれで、大学時代はちょうど学園闘争の嵐のさなかでした。この時期にロシア語学科に入学した六十名の学生のうち、半数近い学生が、機動隊導入に反対し、逮捕された経験を持っています。私は、非常に内向的な人間でしたし、キャンパス内での争いを見るだけでも震えがきてしまうような臆病な神経の持ち主でしたから、全共闘運動には三日間ほど関わり、バリケードストライキの際には、一晩ピケを張っただけで、翌日には逃げ出してしまったほどです。結局、私は、大学時代の残り二年間をロシア語でドストエフスキーを読むということにのみ集中して生活していました。『罪と罰』を夏休みの二ヶ月で読み通したことが最大の思い出です。

大学院に入ってからは、二十世紀初頭のロシア・アヴァンギャルド運動を研究し、ロシア未来派のなかでももっとも難解な詩人とされたヴェリミール・フレーブニコフの研究に十七年間を費やし、四〇代に入ってからは徐々にスターリン時代の文学と文化論に触手を伸ばし、何冊かの本を書いたあとに、五〇代に入ってからドストエフスキーの世界に戻りました。現在は、『カラマーゾフの兄弟』につづいて『罪と罰』を翻訳中です。

さて、こうして自己弁解やら自己紹介を長々と重ねたのは、私にとって野間宏がどういう作家であるか、ということの前置きとしたかったからです。

『暗い絵』の文体

先週の末から、野間さんのデビュー作といってもよい『暗い絵』から読み始めました。過去二年近く、『カラマーゾフの兄弟』の翻訳に関わりながら、ドストエフスキーの、時として乱調をきたしはじめる、重く、難しい文体を相手に、ほとんど整形手術をするに近い作業がつづいたため、『暗い絵』の、とりわけ冒頭の異様な重さに触れたときは、片っ端から現代語訳に翻訳したい誘惑にかられました。しかし、徐々に慣れが生じるプロセスのなかで、私は自分が『カラマーゾフの兄弟』の翻訳において、いかに大胆きわまりない行為に走っていたか、ということを痛感せざるを得なくなりました。野間さんのこの『暗い絵』をなんらかの外国語に翻訳することは、ほとんど不可能なような気がしました。『暗い絵』には力と熱がみなぎり、野間さんならではのリズムが脈打っているのです。

ひるがえって、私が『カラマーゾフの兄弟』の翻訳でめざしたのは、どこまでも受身に、映像か、音楽的体験として読み通すことのできるドストエフスキーでした。音楽的体験に似たものを読者に求めるのであれば、当然のことながら、流れと推進力が要求されることになります。そしてそれを実現するための方法が訳し下げです。流れが重視されるぶん、接続があいまいになります。しかし、『暗い絵』の冒頭は、基本的に接続詞が問題になることはありません。流れが逆にせき止められる必要があるのです。ロシアのフォルマリズムにおいて使用された「ファクトゥーラ」、表面の手ざわり（カンバスのことです）こそが生命であり、どこまでもアクティブな読者の理解力を要求するのです。受け身で、流れで読むことが許されないテキスト、それが『暗い絵』であり、ロマン・ヤコブソンが規定した詩的言語に限りなく近いということができるでしょう。

私は、初めに『暗い絵』の停滞感に絶望的な気分になりました。それには、この『暗い絵』を、角川書房から出ている「鑑賞日本現代文学」のシリーズで読んだことが影響しているかもしれません。二段組で、しかもぎっしりつまった活字を読みながら、そこに渦をまく濃密なカオスに巻き込まれ、野間文学の出発点とはこのようなものであったのか、と感慨を新たにしたのです。ボードレールの散文詩とも、アヴァンギャルド詩人たちの言語実験をも彷彿とさせるもので、果たしてここからどのような種類の物語が展開しうるのか、と、不安になりました。

一翻訳者として、野間さんの文章を翻訳してあげたい、という思いにかられたほどでした。率直に申し上げて、彼が使用する現在形が私は気に入りませんでした。どこか妙に講義調とでもいいましょうか、そこで野間さんの持ち前のリズムが壊れるのです。しかし同時に、恐ろしく濃密で、リズミカルな文章がときどき出てきて、すごいな、と思うこともしばしばでした。そのあまりのすごさに、あと十分間、このスタイルにつきあわなくてはならないとしたら、私の神経は持たないだろう、というほどの息苦しい感覚に追い立てられたほどでした。そして、まもなく主人公の深見進介の名前が語りだされるにいたって、ようやく息をつくことができたのです。これほどにも主人公の登場が待望される短篇小説というのも、まれかもしれない、と思ったほどでした。

「これはフランドルの画家、百姓ブリューゲルの絵画集から深見進介の得た印象――奇妙な、正当さを欠いた、絶望的な快楽に伴うごとき印象……」

これが深見進介の登場の場面です。しかし、最初の場面は、この物語全体の構造を決定しています。たとえ主人公が登場するにしても、物語全体は、この主人公の意識に重ねられることになるでしょう。だとしたら、少なくとも、物語としてのドラマティックな展開はのぞめないということです。ともあれ、一枚のカンバスの言語化を通して、ここまで身体的なものの感覚の表現を徹底させるという手法を、ここまで図像学的な解釈によって押し広げる想像力というのは、やはり恐るべき才能です。

また、ドストエフスキーとの比較で、いくつか発見がありました。意外と思われるかもしれませんが、ドストエフスキーが表現そのものへの拘りというものをここまで剥きだしの形で見せたことはない、ということです。ドストエフスキーは暗い、じめじめしている、としばしば言われますが、さすがにこの『暗い絵』にみなぎる雰囲気ほどの停滞感はありません。違いは、もしかすると、作家の意識が病んでいるかどうか、という点にかかっているのかもしれない、と感じました。

描写への印象的な拘りの例としていくつかあげます。例えば『カラマーゾフの兄弟』では、少年イリョーシャの家、スネギリョフ一家の描写などが好例としてあげられるでしょう。しかしドストエフスキーが内面の描写、外部の描写にこだわるときには、必ずといってよいほど病的な停滞感が生まれる。惰性的に言葉を連ねてゆくという感じがあるのです。それはおそらく彼の宿病であった、てんかんの発作からくる文体とも思えるものです。

『暗い絵』が志向した描写

しかし一読して、同じ暗い想像力の結実ともいうべき作品ながら、『暗い絵』の文体が志向したのは描写です。そしてその特徴は、自己目的化された表現への耽溺であり、これは決してドストエフスキーにはない美意識です。野間さんには、これを絵画の文学的な投下物として築きあげるという明確な意識がありました。その意味で、最初の冒頭部数ページにわたる文章は、まさに実験小説です。戦後まもない時期にこの小説があらわれたときの衝撃が目に浮かぶようです。ここで試みられている実験性の意味するところとは、「絵画」を言語化するという方法です。これは、ロシア未来派が新しい詩的言語の創造のために実験的に行った試みに類似しています。ロシア未来派の詩人のなかには、その方法において、ぎりぎりまで、所与の言語に甘んじた作家もおりますし、逆に、絵画的な表現のために、新しい言語の創造(ネオロギズム)にまで走った詩人もいます。しかし問題なのは、この時代のアヴァンギャルド詩人たちが言語化を試みようとした絵画が、じつはキュビスムの絵画であったということです。キュビスムの絵画の文字通りの言語化が要求したのは、言語的な外形の解体ということでした。

しかし、野間宏の文学的出発点において、絵画を言語に置き換えるという画期的な試みに媒介者として登場したのは、ブリューゲルでした。ブリューゲルを選んだということは、彼が目指したものが散文詩としての自律的な美の追求ではなく、あくまでもイデオロギー、つまりあくまでも意味づけだったということを意味しています。同じ、絵画を言語化するという方法の発見にも、じつは根本的な開きがあり、野間さんは、けっして言語解体という、大正時代に登場する、神原泰やマヴォのグループによって試みられた、日本の未来派やダダイストたちがやろうとした実験にまではいたりませんでした。そこには、初期の野間さんの文学がその唯美主義的な装いの下に、純粋にイデオロギー的なものを取り込んでいるという戦略があったことを意味しています。

野間さんは、やはり、一種の「原始霧」のような混沌からの物語の立ち上げと、時間ないしは物語の回復という大きな目標を抱えもっていたにちがいないと考えられるからです。しかし、物語が回復するには、まず、人間が、あるいは登場人物が一個の人間として一つの形を整えなくてはならない、という思いがあったと考えます。野間さんが将来こころざす大小説のレベルから比較するなら、『暗い絵』の主人公、深見進介はまだ、主人公ないし登場人物とはいえません。混沌から立ち上がったばかりの、あるいは、黄金時代の楽園をみずからの意思で後にしようというアダムです。そしてそのアダムは、いっしょに連れそうべきエヴァを求めている、というような気配さえ感じられます。

ではなぜブリューゲルなのか。私はこのブリューゲルという選択には、野間さんの根源的なニヒリズムが隠されていると感じるのです。しかしこのニヒリズムは世界の無根拠性、ないしは世界の無目的性と同義語としてのニヒリズムではありません。それは世界の無根拠性、無目的性と同義語としてのエロスです。

『暗い絵』を読みながら、私は絶えず、このテクストがドストエフスキーとはどうちがうのだろうか、ということを考え続けていました。いま、『罪と罰』を翻訳している関係上、どうしても、この小説との関連性が気にかかっていました。

この小説が、ドストエフスキーの影響を残しているか、という点について、ここでは述べません。野間さんが、どの時代に、ドストエフスキーのどの小説を読んだか、ということは、とうとう私には調べがつきませんでした。しかし、この小説が、あたかも時代の宿命のように、『罪と罰』や『悪霊』とどこか通じ合う雰囲気を濃厚に漂わせていることは疑うべくもありません。まず、金貸し業を陰で営む定食屋の「親父」の問題や、貧乏学生たちの会話がそうです。日本社会にプロレタリア革命をめざしながら、その方法論において対立しあう二つのグループがあります。では、深見進介は、その両者の力関係のなかでジレンマに陥っているのか、というとけっしてそうとは思えません。思想と関わるな、という両親の戒めのつよい支配を受けていることがよく理解できますし、そうして、思想の犠牲者となる友人たちへの、いわば申し開きのようなものとして存在するのが、ブリューゲルの一枚の絵なのです。

その絵は、世界の無意味性、世界の無目的性を教えるキャンバスであると同時に、その世界を無意味性として切り捨てることのできない、少なくとも現在の深見進介にはけっして見通すことのできない混沌、別の言葉でいうならば、あたかもニヒリズムの仮面をかぶったかのような生命力そのもの、世界の盲目的な力なのです。その盲目的な力は、思えば、ドストエフスキーが、『白痴』のなかで、イッポリートに語らしめたもの言わぬ機械のような自然の力、運命と、世界の無慈悲なメカニズム――端的にいえば死です。

深見進介にとって、もはや思想は問題たりえません。ブリューゲルの描きだした圧倒的な、世界と運命の力のまえで、思想という、あるいはイデオロギーという、硬直した器にみずからの卑小な生命を盛ること自体に意味は見出せず、意味を見出せないというところがきわめて大切なのであり、そこにこそ、深見の原罪意識が宿っているからです。では、深見を、躊躇させ、永杉、羽山、木山の三者についには同化させず、どこまでもブレーキをかけている正体とは何でしょうか。

無目的な魂の高揚

『暗い絵』を読みはじめてから、私がすぐに感じたことがあります。それは、主人公たちの正体不明な「臆病さ」の背後に横たわる一種の勝利者としてのしたたかさであり、その自覚のようなものです。そしてそれを自覚できるということの喜びです。では、その正体とは何か?

『暗い絵』の主人公が最後につぶやく独白が印象的です。

「俺はもう一度俺のところへ帰ってきたのだ。正に俺のいるところへ。あの空の星々の運行のみが、あの高みから、宇宙の全力をもって俺の背骨を支えてくれるところに帰ってきたのである。……彼は、いま彼の中に帰ってきた若者の若々しい大きな呼吸をもった荒々しい力に、頭の真上から鷲摑みにされながら、歩いて行った。」

「同じ道だ、同じ道だ、それだのに別れねばならない。」

深見が学んでいる京都大学を中心に展開された二つの運動のちょうどはざまにあって、そのいずれにも深くコミットすることなく、自立を保つことのできたという喜び。裏切りと罪の意識を抱えながら、なおかつ自分に帰ることができるという喜びの二律背反。まずここに、「勝利者」としての第一の主人公像を垣間見ることができるように思うのです。

余談になりますが、私は、いま朗読した場面を読みながら、『カラマーゾフの兄弟』のなかの「ガリラヤのカナ」の章を思い浮かべていました。主人公のアレクセイ・カラマーゾフが、ゾシマ長老の死と長老の死体がすみやかに発した腐臭に衝撃を受け、さきほどの言葉でいえば、世界の無意味性、死の絶対性という圧倒的な力によって、まるで大鎌になぎ倒されるかのようにして絶望に暮れながら、なおかつこの「ガリラヤのカナ」の夢によって、精神的な再生をとげるきわめて重要な場面です。と、同時に、私は、チェーホフが一八九八年に書いた短篇「大学生」のラストシーンも思い浮かべました。復活祭を前に、家では何の煮炊きも行われず、空腹のまま狩場から家に帰る途中、大学生は、ステップの真ん中で焚き火をかこむ母と娘に出会い、ペテロの三度の否みの話を聞くうちに、突如として、永劫回帰的な、得体の知れない喜びに全身を包まれる、という物語です。チェーホフのなかでももっともキリスト教的とされる小品です。

私自身、いや、ここにおられる皆さんの多くが、そうした、どこか無目的な生命の高揚といった瞬間を経験したことがおありだろうと思います。ドストエフスキーにしろ、チェーホフにしろ、私なりのつたない言葉を用いるなら、それこそは、永遠な時空間との融合の瞬間であり、『罪と罰』のラスコーリニコフもまた、最後のエピローグで、ごく束の間ながらも、それらしい経験を経ることになります。要求するものではなく、訪れてくるもの、まさに啓示です。

先ほども申しましたように、『暗い絵』は、思想の帰趨を描いた小説ではありません。端的に、深見進介の自立の物語と定義づけるのがいちばん無難であるように思われます。

では、この永遠の感覚の正体とは、そしてその感覚を支配しているものとは、何か、といえば、『暗い絵』のなかで、きわめて無愛想なかたちで暗示的に語られるにすぎない性ないしはエロスです。根源的な生命感覚としてのエロス、究極的には性というかたちをとるエロスなのです。

さて、今回、私が、この講演のために読むことのできた作品は、講談社文芸文庫に収められている『暗い絵』『顔の中の赤い月』『残像』『崩解感覚』など六篇の短篇小説と、岩波書店の全集に収められている『肉体は濡れて』のみでした。『真空地帯』は、五分の一もたどりつかないうちに時間切れとなり、藤原書店から出ている『日記』も、研究書の引用でその一端に目を通すことができただけでした。そう、研究書も一冊ぐらいは、との思いで、これもアマゾンで買い求めました。しかし、これは曲者でした。研究書を読んだことで、私は、自分が、自分なりにつたない言葉で、みなさんの失笑を買うつもりで語ろうとした、一つの大切なイメージが吹き消されてしまったからです。

トルストイアンとしての野間宏

もう一つあります。「講演のタイトルを」と促され、ごく自然に「暗い想像力——野間宏とドストエフスキー」という表題が浮かんできたので、そうお答えしたのですが、さっそく野間さんが一九五五年に『知性』という雑誌に書いた「トルストイとドストエフスキー」を読んだのです。野間さんは、むしろ、ドストエフスキーアンであるよりも、むしろ、どこかトルストイアンであることに気づかされたからです。

では、その両者のどこがどう違うか、ということです。もはや、完全に読まれなくなったロシアの作家にドミトリー・メレシコフスキーという象徴派の作家がいるのですが、彼は、トルストイを「肉の預言者」と呼び、ドストエフスキーを「霊の預言者」と呼んでいます。これはじつに明快な二分法です。しかし、肉のない霊もなければ、霊のない肉も存在しません。問題はその比重、ドミナントです。結局は、トルストイにおいて、「肉」は前提としてあり、そのカムフラージュによって彼の文学が大きく成熟を遂げていったのに対し、ドストエフスキーにおいては、「霊」こそが前提としてありました。

もっとも彼が「肉」を一種の統合的ともいうべき人間的な経験としてもつことができたのは、『罪と罰』の執筆以降でした。そして『罪と罰』の直前に彼が『地下室の手記』を書いていることも否定できません。なぜならば、これはマゾヒズム宣言だったからです。マゾヒズムは、おそらくドストエフスキーが「統合的」という言葉で表すことのできなかった何かです。それに対してトルストイは、早い「肉」の目覚めの段階で、そうした統合的体験をもつことができた、と私は想像するのです。この意味で、まさしく、野間宏はトルストイアンなのです。統合的な体験をもちえないドストエフスキーが書いた小説が、性の問題を引き寄せざるをえなかった理由はいくつかあります。たとえば鞭身派とか、あるいは去勢派といった十八世紀、十九世紀のロシアの宗教セクト、過剰なまでに性を意識したこれらのセクトに異常なほど示した関心は、彼のマゾヒズムという、もって生まれた性癖のためばかりではありませんでした。一個の人間としての完成された人物像を、どうしても造形できなかったのはそのためです。そして最後まで彼は、その人物像の造形を完成できなかったのです。ドストエフスキーという一個の身体は確実に、したたかに経験できてはいても、それを登場人物の一種の全体的な統合性をもった人物として描くことが、最後までできなかったのです。おそらく『悪霊』までそうであったと思うのです。ちなみに、野間宏さんが好きであったドストエフスキーの小説とは、『未成年』、すなわち『悪霊』の後に書かれた小説であったという事実が暗示的に示している意味を無視することはできません。

面白いことに、野間さんの文学は、「肉」を前提としつつ、その隠蔽を志向しているように思えます。ドストエフスキーは逆に、「霊」を前提としつつ、徹底した「肉」の暗示を心がけた作家だったといってよいのです。

野間宏の「性」

さて、一昨日、私はかなり深刻に悩んでいました。この講演会で、何を語ることができるのか、と。そこで、たまたま『崩解感覚』のなかで描写される荒井幸夫の自殺の場面と、それに続く主人公及川隆一の手榴弾事件を回顧するくだりを読んでいるうちに、ある奇妙な連想が起こり、話の糸口をつかめたような気がしたのでした。

それは、数日前にテレビや新聞で話題になった江東区のバラバラ殺人事件です。『崩解感覚』における自殺の場面は、ドストエフスキーが『罪と罰』で描いた老婆殺害のシーンにも匹敵するすさまじいリアリティに満ちています。荒井幸夫の大きな耳をみて、「何という耳なんだろう、こいつはこんな耳だったら、中国の冬じゃあ、きっとひどい凍傷を起こすことだろうな」とか、一瞬の不条理の感慨を覚えるところなどは、まさにドストエフスキーが得意とした手法でした。しかし、それにしても、現実に生起した、人間の死にまつわる事件の描写に対する野間さんの想像力というのは、おそろしく即物的であり、その即物主義をどこまでも徹底しようとするある種のサドマゾヒスティックな想像力の突っ走りを感じさせるのです。

一昨日、ある編集者と話をしているときに、バラバラ事件の話が出てきて、私はふとこんな感想をもらしたのです。バラバラ事件の犯人とみなされる男は、殺した女性が一人暮らしだったと思っていた、と供述しているらしい、それは、二人のマンションの間に一室空きがあったからですが、もし、彼らが隣室同士だったら、相手がお姉さんと一緒に住んでいることがわかったはずだから、この事件は起こらなかっただろう、と。『カラマーゾフの兄弟』を書いたドストエフスキーなら、この事件の真犯人は、空き部屋、という答えを出すのかもしれません。

たしかに、物語のレベルにおける犯人は、まぎれもなくこの男かもしれないが、象徴のレベルでの犯人は、きっとこの空き部屋にちがいない。そう話したところ、相手の編集者は、野間さんの会で、話すネタがどうしても見つからなかったら、この話をすればいい、それだけでも、きっと満足してくれる、と冗談交じりに言ってくれたのでした。では、なぜ、この「空き部屋」が犯人だ、という結論が出てくるのか、と尋ねられ、自分には、この男の妄想を共有することはできないが、その妄想が「この空き部屋」によって増幅された、ということは直感でわかる、と答えたのでした。ここで、この犯人の「統合的な肉の体験」については問いません。野間さんの「性」の問題について語りたいので、この問題を出しただけのことです。

そして私は、先ほどふれた研究書の中で、野間さんの若い頃の「日記」を知るところとなったのです。今の私に、この「日記」に書き込まれている内容と、小説のテクストを総合的に取り込みながら、何かを語るということはできません。正直のところ、「日記」はショックでした。野間さんの肉に対する若々しい関心のありようではもちろんありません。ショックを受けたのは、むしろそれを日記に書き記すという行為です。しかし、この日記を読むことで、野間さんが非常に私にとって身近な存在として迫ってきました。まさにそこに、生き、のたうち、やがては親鸞を求めるに至る、出発点としての根源的ともいうべき生命の形を見ることができたからです。しかし、部分的ながらも、野間さんの日記の存在にふれたことは、私にとっては痛手でした。なぜなら、この日記に書き記されている内容と、私がそれまでに既に読んでいる小説のテキストとを総合的にとりこみながら、文字通り統合的に何かを語るということはできない、と感じたからです。しかし、日記に具体的に書き記されている、という問題以上にショックだったことがあります。それは、野間さんがここまで、性という問題に露悪的といえるほどに敏感だったことに気づかなかったからです。また、性という問題をここまで原罪意識としてとらえているということも知らなかったのです。

そうなると、作品の読みそのものも変わってきます。「日記」に記されている「事実」との総合的な視点から考えなければ、より包括的な視点で、野間さんの文学を語ることはできないでしょう。結局、「日記」の記述を小説テクストの分析に用いるには非常に危険がともなうと直感的に感じました。日記は、小説の読みが誤った方向に行かないようにとの一種の方向指示器的な役割を果たし得るかもしれないが、それ以上のものではありません。もしそのような方法論で迫ろうとするなら、日記を残すことなく他界した作家との関係が問題となるからです。結局、作家は、書き残した、あるいは残ったいっさいのテクストの総体として存在するということができるのかもしれません。

しかし、ともあれ、性が野間さんの作家としての出発点における非常に大きなテーマであったことはまちがいありません。そして性や、性による快楽を知るというところからもたらされる原罪の意識を出発点とする限り、野間さんの文学の解釈は根本から変わることになるのです。では、どのような意味で変化するのか。

野間さんの場合、少年時におけるはげしい性欲が意味したものが、何であったか、ということです。それが、たんに一方的に無反省的な解放の享楽であったか、あるいは、自己懲罰の願望すら意味する暗い体験であったのか、ということです。もちろん、私は後者であったと思います。しかし、その暗い体験のなかに彼がどこまでもこだわり続けたと私は思いません。どこかでそれを別の方向性へと転化させた瞬間があったにちがいない、と考えるのです。

そして、私はいま、その転化は、先程、トルストイとドストエフスキーの関連の中であげた、性の統合的な体験のうちにもたらされたのではないかと考えるのです。そしてここで気にかかるのは、その転化が、『暗い絵』の前で起こったのか、それとも『暗い絵』の後で起こったのか、という問題です。もしも、『暗い絵』の以前に起こったとするならば、初期の作品に登場する若い主人公たちの一種の「気後れ」は、おそらく別のレベルから解釈しなくてはならなくなるでしょう。そうではなく、『顔の中の赤い月』の主人公北山年夫にしろ、沢木茂明にしろ、彼らの女性に対するニヒリスティックな態度は、けっして自閉ではなく、自閉という擬態のなかに戯れているのだ、ということになるのではないか、と思うのです。

『未成年』と『崩解感覚』

さて、先程私は、ドストエフスキーは、少なくとも『悪霊』までは統合的な形で登場人物が描けなかったと申しました。いささか牽強付会に見えるかもしれませんが、野間さんがドストエフスキーの中で一番共鳴を示した作品が『未成年』だったというのは、うなずけるような気がするのです。『未成年』は、すべての登場人物が、例えば主人公の青年アルカージー・ドルゴルーキーから、父ヴェルシーロフ、そして義理の父、母のソフィア、そしてヴェルシーロフの恋人アフマーコワに至るまで、実はドストエフスキーの中で登場人物たちそれぞれがきわめてバランスのよい個性を保った人物たちだということです。私は『ドストエフスキー父殺しの文学』(上下、NHKブックス、二〇〇四年)の中で、この『未成年』こそはドストエフスキーの煉獄であり、ドストエフスキーはここで終わったのだ、『カラマーゾフの兄弟』は、ドストエフスキー文学の総決算である以上、そこに到達点はない、と書きました。

では、野間宏にあったのは、何でしょうか。それは、深見進介が自己完成型の知識人であったということです。だからこそ、彼は『未成年』に登場するアルカージーという青年の強さに惹かれるものを感じたのかもしれません。野間さんの性は、その日記に書かれている内容とは裏腹に、きわめて健康であったのだと私は思いました。だからこそ野間さんは、そうして統合された人間としての登場人物というところに、最終的に帰着することができたのだと思います。そして、その帰着点をめざす野間さんの最初の帰着点が『崩解感覚』に訪れたということです。

その問題は、たとえば、『崩解感覚』における荒井幸夫の自殺を、作者いや及川隆一は、直感でどのように意味づけていたかということからも、わかるのです。とはいえ、野間さん自身は、原罪意識としてある性の問題を、十分に意識化できなかったのではないか、と思われるふしもなくはありません。あるいは、それを避けようとしたとも考えられます。野間さんが、ある時期から、親鸞の世界観の深い影響下にあったこと、しかし、その世界観が徐々に変容していくプロセスが、じつは『崩解感覚』にいたるまでの物語として読めるのではないか、と思うのです。

この『崩解感覚』の基本構造は、他者の死（荒井）、自分に約束されている性の束の間の快楽（志津子）、それがどう結びついているか、という関係性の問題です。そして、どちらが、つまり他者の死が強いか、あるいは自分に約束されている性の束の間の快楽が強いか、ということの問題としても読めるのです。確かに及川は、荒井の自殺を前に、志津子とのあいびきの場所に行こうとしてためらいを見せました。しかしそれは、及川の罪の自覚を促すほどの力を帯びてはおりませんでした。では、その媒介となる及川の二本の指が失われた手は何を意味するかということです。

野間さんは、繰り返して言いますが、トルストイアンでした。生に関する勝利者としての自覚は、トルストイのように、人間と社会の全体的なテーマ性へと向かうことになるでしょう。なぜなら、個人が破壊されていないからです。それに対してドストエフスキーの場合は、マゾヒズムによって壊れ、それが回復するまでにきわめて長い年月を要することになったという事実があるということです。自分を守りたいという思い、それは、自立と未来への志向がもたらすもの、そのプラスのものをエロスが突き崩すのではないかという怖れにつながっています。野間さんは、まだ自己という甘美な全体性の幻想に酔っています。

ではなぜ、初期の小説において性が隠されなくてはならなかったのでしょうか。自らのエロス的な力を発動させようとする願いが、絶えず防御壁となって、彼の主人公たちの心にブレーキをかけていたように思います。反面、「同じ道だ、同じ道だ」とつぶやきながら、「それだのに、別れねばならない」主人公の決意する戦友たちや、革命青年たちは、そうした内的ブレーキをかける必要性もなく、外圧の圧倒的な暴力によってそれらを踏み越えてゆくのです。その外圧とは国家であり、戦争という全体的な力ですが、では、野間さんの主人公を苦しめているのは何か、といえば、それこそは、自己を守るという意志、何かしら恩寵の力によってかろうじて生きながらえている生命に他なりません。求められているのは一線を越えることなのですが、それが出来ないのです。出来ない、というところに野間さんのアイデンティティがあり、そのアイデンティティは野間さん自身の遠い想像力と、ある種の根源的な計算力と、そして判断力を意味するのではないかと私は考えます。

「崩解」は「崩壊」ではないということが重要なのです。「崩解」は自立のためのセレモニーであり、それは生と死の再生といったようなものではありません。むしろ、生命そのものの中に入りこんでいく、カオス的な生命の感覚なのです。『崩解感覚』のラストシーンはきわめて描写的であると同時にシンボリックであり、かつ告白的です。そこには、確実に勝利する、卑劣者の快感があるのです。死んだ荒井幸夫は、及川の分身であり、そして及川のもう一つの自我を形成しているのです。それは、野間さんのもう一つの自我なのです。そして指をもがれた手とは、まさにその欠損において、きわめてセクシュアルであるということ、それは及川を愛する女性たちが発見する現実であり、それを及川は確実に意識しているのです。

では、誰が、誰に対して勝利するのか、といえば、肉の霊に対する勝利の自覚であり、肉のイデオロギーに対する勝利です。行動は、思想とは異なり、肉的なものです。それがトルストイが後年、献身的な社会奉仕に向かっていく一つの象徴なのです。そこに、野間さんの政治に通じるものがあるとすれば、まさに野間さんはトルストイアンだったのです。

親鸞思想への回帰

野間さんは、少年時代、「毎夜のように地獄に堕ちる夢をみておびやかされる状態」を経験していたとされます。

だれもがご存知のように、野間さんが後年、回帰する親鸞思想には、悪人正機説というのがあります。『歎異抄』の「善人なおもて往生をとぐ、いわんや悪人をや（善人が極楽往生できるのなら、悪人ができないはずが無い）」という内容ですが、その意味するところとは、人（凡夫）は自力で善（往生の手段となる行為）を成しとげることは不可能である。人（凡夫）はすべて悪（往生の手段とならない行為）しか成せない。であるなら、悪人と自覚している人の方が、自分は善人だと思っている人より、本願により救われる道を自覚していることになる、ということです。これを逆説的にとらえるか、あるいは一つの自然的な摂理とみなすかで、野間さんの文学の解釈も大きく変化してくるでしょう。

私が、野間さんの親鸞回帰に着目したのは、以前、加賀乙彦さんと対談した際に、彼の語った一言が非常に記憶に残ったからでした。加賀さんは、ドストエフスキーと親鸞が非常によく似ているといいました。「悪人ほど救われる」という思想について語っていたのです。おそらくアンドレ・ジッドも同じ立場に立っていたと考えます。私の知る限りでは、ドストエフスキー流の悪人正機説は、『カラマーゾフの兄弟』第二部の後半に出てくる、ゾシマ長老の説教にきわめて端的に示されています。

ゾシマ長老の成熟の道のりは、きわめて象徴的です。彼は、兄マルケルのつよい影響のもとに育ちます。若くして結核で死ぬマルケルは、自分は、世界のすべてに対して、一木一草に対して罪がある、という根源的な罪の感覚に貫かれた人でした。それに対して、ゾシマ長老は、大人になるにつれて怪物的な傲慢さを身につけていくのです。そしてある決闘事件をきっかけにして、自分の根源的な罪深さの自覚に立ち、修道院に入ることになるのですが、その彼が最終的にたどりつく結論とは、一言でいうなら、傲慢さを捨てよ、という哲学です。しかし、ゾシマ長老の哲学のもっとも驚くべき道は、結局のところ、人間は、まさにその傲慢さをもち、悪を嘗《な》めることによってしか大成し得ないという考えなのです。ゾシマ長老の哲学は、ことによると、悪の勧めとも読める一面があるわけです。彼が、愛する兄の似姿ともいうべきアレクセイ・カラマーゾフに修道院を出るように勧めるとき、ゾシマは、ほかでもありません、あたかも、人間的な苦しみを、人間としての矛盾を、すべて経験せよ、と語りかけているようにさえ思われるのです。

話を出発点に戻しましょう。黒井千次さんが講談社文芸文庫の「解説」で書いています。

「一般に、処女作を含む初期の短篇小説は、その作家にとって重要な意味を持つ。それらが注目を集め、評価を受けて当の作家の出発点を築く、という理由のみからではなく、そこには彼の将来生み出すであろう文学の世界の本質が、萌芽的に、それだけに一層初々しい姿で孕まれているからに他ならない。」

私は、軽く胸が痛くなる思いでこの言葉を読みました。私がこの一週間に読むことのできた本は、わずか三冊に過ぎないからです。そのうちの一冊は、講談社文芸文庫の一冊です。

私は、この一枚の絵画へ、みずからの想像力を同一化する試みに、野間さんの、作家としての出発点があったのだろうと思います。そして彼が現実に選びえた道は一つしかなかったのです。そしてその道がどのようなものであったかは、それこそ野間宏の愛読者であるみなさんのほうがはるかに理解されている、ということができるでしょう。

そして、最後に一言でいうなら、野間さんが志向し、ある意味では取りつかれたといってもよい、一種の全体的なパースペクティブの把握という視点は、まさに、ドストエフスキーの永遠に一つに交わり得ない二つの世界観の反映というより、むしろトルストイ的といってよい統合的な力への牽引に、彼がより強く惹かれるものがあったからにちがいない。野間さんにおいて、性の力は、まさに生命のもつ全体性の信仰へとゆたかに進化しつづけていたにちがいない、というのが、私がいま、ごく初期の作品をとおして「予感」している野間さんの遠い、最後の境地なのです。

（二〇〇八年五月　第一六回）

『暗い絵』

リアリズムの方法

奥泉 光

ご紹介にあずかりました奥泉です。二十分という短い時間ですので、素早く話をしていきたいと思います。

私は野間宏さんとは、生前にはまったく面識がないんです。私自身のキャリアがそれほど長くないものですから、当然ながら野間宏という作家は、私にとってはテキストの中にしか存在しない作家です。今回、ここで話をしろと言われまして、最初はお断りしようかと思ったんですけれども、いい機会であるし、勉強をさせていただくということで、年末からずっと野間宏を読み続けるという、そういう一種のなんとも言えない暗い正月をすごしていたわけです（笑）。そして読み返してみた。といっても膨大に作品はありますから、読み返したといっても、読んでない作品もいくつかあるんですが、とにかく初期の作品から順を追って読んで行った。最初に当然、『暗い絵』を読んだわけです。それでこの『暗い絵』を読んだ途端に、ここでもう止まってしまった。昔、高校生の時に読んだときはほとんど何のことかわからなかったんですけれども、自分自身が小説家となって、はじめて小説の迫力にふれたんです。それを今日は披露して、発表に代えさせていただきたいと思っております。

直喩の多用

では、一体どこに私は感心したか。感動がどういう現れ方をしたかと申しますと、要するに書く欲望が喚起されたということにつきます。私は年末までに、千枚という長い小説を書いたんです。昨年はそればっかりやっておりました。千枚も書くと、もう書くのがいやになってしまう。当分、小説は書きたくないなと思っていた矢先、この『暗い絵』を読んだ途端に、またぞろ書きたくなった。これはまさしく小説と呼ぶ他ない何かだと、こう思ったわけです。そういう感動の現れ方をしたんです。

じゃあ一体この『暗い絵』という小説のどこにそのような力があったのか。それをちょっとお話してみたい。

誰でも気がつくことなんですけれども、『暗い絵』を読むと、最初の一頁、新潮文庫の一頁目を読みますと、そこには「……のような」という直喩、これが七個もあるんです。一頁というのは六百字しかないんです。六百字は原稿用紙一枚半、この中に直喩の「……のような……」が七ヵ所もある。これはおそるべき事態だと私は思ったわけです。さらに、「同じような」という表現もあって、「のような」だけで九個もあるわけです、六百字の中に。これは一体どういうことなんだろう。しかもその直喩がたいへん力強いんですが、普通、作家をちょっとやっていますと、どうも直喩は使いにくいものがあるわけです。「……のような」というのはへたくそなんじゃないかと思ってしまう面があって使いにくい。もっと言えば、斬新な比喩は腐りやすい傾向があります。よく文章読本等でも、形容詞から腐るんだという言い方がされます。斬新な比喩であればあるほど腐敗が早い、古くなるのが早い。だからどんどん使いにくくなっていくわけです。しかし一方で、やはり直喩というのは文章表現のなかでもっとも創造性の高い表現の形だと思うわけです。つまり、「A のような B」というかたちで、強引に二つのイメージを結びつけてくる。このやり方はやはり文章を書く者としては、非常にクリエイティブなスタイルだというふうに考えざるをえない。『暗い絵』はその表現を正面きって多用して書かれているわけです。

比喩の力

そうすると、一体野間宏の『暗い絵』における直喩の強さはどこにあるんだろう、秘密はどこにあるんだろうというふうに私は考えてみたわけです。私は文芸理論を専門に勉強しておりませんから、ほとんど直観的なんですけれども、どうも直喩には二種類あるようだということに気がつきました。ひとつは形容詞的な直喩と言っていい。つまりひとつのイメージがあったときに、そのイメージに何かをつけ加えることで陰影を与えたり、色彩を与えたり、精彩を与えるような、そういうやり方の比喩があると思います。たとえば、美しい可憐な女性がいたときに、それを「野菊のような女」だと言う。こういう場合がそうだと思います。この場合、「野菊」と「女」が結びつけられたわけですけれども、これは最初に作家がイメージしている、可憐な美しいかわいい女の子、このイメージをゆるがすような比喩ではない。むしろそのイメージに彩りを添えるような形で言葉を使っていく比喩表現であると思います。

ところが、野間氏の小説中の比喩はどうもそういうものではない。もっと強引な比喩が使われている。言ってみれば、「AのようなB」のAとBとがぎしぎしと音を立ててぶつかりあうような、そういう比喩を使っていると思うわけです。それはいわば、あらかじめ与えられたイメージを固定化しない、そういう方法だと思うわけです。つまり、ひとつのイメージが浮かんだとして、そのイメージをむしろ破壊し、変形し、壊してしまう、そういう比喩の用法を使っているのではないかということに気がついたわけです。

じゃあ、この方法は簡単にできるのかというと、そうはいかない。つまり、「AのようなB」というこのやり方は、実は恣意的にもいくらでもできてしまうわけです。たとえば、さっきの女性の例で言えば、「野菊のような女」じゃ面白くないからと考えて、「二階建て新幹線のような女」とか、「前方後円墳のような女」とか、なんでもかまわないわけです。「AのようなB」の形にかなっているなら、「イソギンチャクのような絶望」とか、「フジツボのような快楽」とか、なんでもかまわないわけです。しかし、こういう恣意的な比喩表現はやはり力が弱いわけです。一瞬びっくりして面白いとは思うんですが、しばらくして慣れてしまえば非常に陳腐になってしまう。そうではなくて、二つの強いイメージとイメージがぶつかりあう比喩を作り上げながら、なおかつ強度を持たせる、力を保持できるような比喩を、どのようにして野間さんは書いたんだろうかという点に注目するわけです。

見ること・認識すること

そこで私は、作家野間宏は見ることによって、その比喩を呼び寄せたんではないかというふうに仮説をたててみたわけです。これはどういうことかと申しますと、ひとつのイメージというものがある、あるいは具体的な対象でもいいんですが、これを見る、見つめる。見るなんて言い方ではちょっと寂しい、見抜くと言いますか、徹底的に見て見て見抜くというか、そういうやり方でもってイメージを壊していく作業を通じて、文章が作られているのではないかと想像をしたわけです。これは絵画を例にとればわかりやすいかもしれません。たとえば、リンゴを描くとします。私は絵が下手ですけど、リンゴを描けと言われれば、一応描けます。しかしその時、私が描いたリンゴの絵とは、言ってみればリンゴのイメージを描いたにすぎない。流通しているリンゴというイメージを私はそこに再現したにすぎない。これは技術のある画家がリンゴを写生するときに行われていることとは全然違うのだと想像されます。画家はリンゴを「見る」んだと思うんです。徹底的に見る。しかも画家は目で見るだけではない。画布の上に絵筆でもって、形をいわば手で見るようなかたちで、形を再現していく仕方で対象を見つめる。その時、流通しているリンゴのイメージは破壊されてしまう。つまり、見ることによって、対象のイメージが破壊されていってしまう。これが絵画というものの創造性のひとつの根拠だというふうに考えられます。そしてこの場合の「見る」とは、「認識する」こととほとんど等しいわけです。つまり、画家は画布と絵筆を使って対象を見る、認識する、そういう行為をしている。同じように文学も言えるのではないか。つまり、小説家がリンゴを書くといった時には、流通しているリンゴなるイメージを再現するのでは当然ない。徹底的にリンゴを見る。この場合、「見る」という言葉には「調べる」ことも含むでしょう。あるいは「考える」、「思考する」ことも含む。そういう全知的能力、感性的能力を発揮して、リンゴというものを見つめる。たとえば、リンゴの組成を調べる。水が八〇パーセントとか、そういう見方をすることも可能でしょう。青森でできたんだとか、そういうふうな調べ方もできる。そういう多様なかたちで、ここにあるひとつのリンゴというものを見抜くというかたちで、作家はリンゴを描くだろう。そのときに、比喩がおのずと呼び寄せられると思うわけです。

リアリズムの方法

つまり、野間氏の『暗い絵』の中の比喩は、美的な陰影を与えようとか、ある対象のイメージに精彩を与えようというかたちで作られたのではない、徹底的に野間宏という作家が対象を見つめる、あるいはイメージを見つめるときに、見て見て見抜くときに、おのずとそのイメージがゆらいでくる、破壊されてくる。そのときに呼び寄せられた比喩なのではないか、というふうに私は感じるわけです。これはリアリズムの方法だと、私は名付けてもいいと思います。つまり、徹底的に対象を見るというやり方、これこそをリアリズムと呼ぶべきではないか。その意味では、僕は野間宏という作家は、日本の近代文学の中で非常に数少ないと言わざるをえないと思うんですけれども、リアリズムの作家の一人だというふうに位置付けます。これは自然主義とは違います。日本の近代文学史で言うところのいわゆる自然主義と、私がいま定義したリアリズムはまったく別ものだと思います。つまり、「自然主義」とは、目に自然と映る世界を描くわけです。目に映るというのと、見るというのはえらく違います。目に映るイメージを再現するのと、目前にある対象を見抜くというのは、まったく違う。つまり、リアリズムの方法では、時として、目に映るものを否定することもあるわけです。実感されたもの、目に映っているものを否定するような行為さえ含む、そういうかたちで世界を認識しようとする、創造しようとする、変革しようとする、そういうやり方を僕は「リアリズム」と呼ぶべきなのではないかというふうに考えるわけです。その意味で、私は反省を込めてと言いますか、小説の世界に力がないとすれば、やはり一番の問題は、この見る力、リアリズムの力、この欠如にあるのではないか。そしてくどいようですが、それは自然主義とは全然関係ないと思うんです。いわゆる自然主義の、目に映る世界を書くのとはまったく違う。まったくベクトルを逆にするような、対象を徹底的に見る態度といいますか、粘りですね。これが野間氏の文章を作り上げている。根底に私の言うリアリズムの態度があって、あの一頁に七個もある比喩を呼び寄せているのではないかというふうに、私は今回考え、この点が一番勉強した点です。

ユーモアの発生

もうちょっと言いますと、このリアリズムの面白いところは、ユーモアを引き寄せるという点にあると思います。なぜそうなるか、よくわからないんです、私も。そこまで考え抜いておりません。しかしよくよく読んでみると、この『暗い絵』にしても、とくに『崩解感覚』では、実にユーモラスな表現が出てきます。これはいわゆるユーモア小説とは全然関係ないと思います。徹底的に対象を見る、見抜いた時に、自然と生まれてくると言いますか、おのずと生じてくるユーモアというものが、どうもあるのではないか。具体例で言えば、『崩解感覚』の中に非常に面白いところがあります。下宿のおばさんが出てきて、そのおばさんが正座している。それを描写するのに、こういうのがあります。「……彼女は高くもり上った、しかし猫さえ昇りえないような短い膝を」というのがあるんです。「猫さえ昇りえないような短い膝」って非常に面白いですね。あの実に深刻な、自殺をした隣人の描写が長々と続く暗いとしか言いようがない小説の中で、ふと、「猫さえ昇りえないような短い膝」という、こういうユーモアが出てくる。これは私は意図して、つまりユーモア小説を作り上げようという発想から出てきたユーモアではないと思います。やはり徹底的に世界を見ようとするリアリズムの態度が生み出している。だから私は、なるほどと思いました。やはりユーモアを目指すならば、こういう境地でなければパワーはない、と。私はトーマス・マンがたいへん好きなんですが、トーマス・マンでも同じようなところがたくさんあります。もっとも深刻な場面でもっとも笑える、ということを私は小説家になった時から、ずっと座右の銘にしてきたわけです。もっとも悲惨な瞬間にこそもっとも笑えてしまうようなものを、なんとか書けないだろうかということをずっと考えてきて、工夫をしたわけですけれども、うまくいかない。それは今回勉強したところでは、やはり徹底したリアリズム、見る、イメージを見抜く、そこにどうもユーモアの源泉があるのではないかということを、勉強をさせていただいたというふうに思います。

と言って、じゃあ、奥泉はリアリズムの作家になるのかと言われても、なかなかそうもいかない。これはたいへん困難な課題だというふうに思いますし、今なお、現代文学の中では、リアリズムという方法は、まだまだ徹底して探究されるべき——くどいようですけど、自然主義とは違うんです——ひとつの方法、主力をなすべき方法なのではないか。そしてさきほどいいました、最近書いた千枚はリアリズムとは何の関係もありません。ここが非常に残念なところなんですけれども、何しろ小説を書いたあとに、野間宏を読んだものですから、結果的にそういうことになってしまったわけです。じゃあ、リアリズムでなければ面白くないかというと、そういうことはないんです。私の千枚もけっこう面白いんです(笑)。それはそれとして、千枚を書き終えた疲労感のなかで、ふたたびこの『暗い絵』を読むことによって書くことへの欲望を喚起されたのはたしかです。あらためてリアリズムの方法に関心をよせていく端緒になったというところで、お話を終わらせていただきます。どうもご静聴ありがとうございました。

(一九九五年一月　第三回)

『暗い絵』

地図と迷路

——野間宏の風景——

文学研究

山下 実

山下でございます。過日、藤原さんから「野間宏の会」でなにか話をせよというお話がございましたときに、「いま、考えていることで良い」ということだったのですが、あいにくとそのとき、頭のなかは空っぽでして、それでもとりあえず話のタイトルを決めよ、とおっしゃいますから、苦しまぎれにお返事いたしましたのが、本日ここにお示しした、このタイトルでございます。

「地図と迷路」などと、清張の推理小説めいたタイトルですが、もちろんそんな面白い話ができるわけもございません。ただ、野間さんの文学をながめましたときに、このような捉え方もできるのではないかと思い、考えましたことをお話して、タイトルの意味が理解していただけるようなつくり話ができれば、と思っております。

話を見えやすくするために、初めに話の道筋を述べておきます。まず、これからの話は、野間さんが描かれた作中人物の生き方が、野間さんの生き方のある断片を示すものであることを前提としております。そうではないとする立場ももちろんあるわけですが、いまはそのことは割愛させて頂きます。

〈地図〉と〈迷路〉ということばには、それぞれ秩序性とカオス性という意味を含ませております。そのような前提の下でながめるとき、『暗い絵』には〈地図〉が読みとれます。この〈地図〉は、主人公深見進介の生き方・考え方を示すと同時に、野間さんの敗戦直後のあり方の、ある断片をも示すものと見なすことが可能ではないか、ということが最初にお話したいことです。

〈地図〉概念をこのように扱うことができるとして、それでは野間さんは以後、どのように地図的素材をとり入れているのか。それを『崩解感覚』・『真空地帯』・『青年の環』といった作品のなかに探り、それを踏まえ、『青年の環』に〈迷路〉を読みとっていきます。

〈迷路〉とは、〈地図〉紛失状況であり、ひとつのカオス状況を示すものです。『青年の環』にみる大道出泉・田口吉喜の位置づけからすれば、作者によるこの〈迷路〉設定は大きな意味をもつのではないか、この〈迷路〉も、〈野間宏〉のあり方・考え方の記号として理解できないか、それがここでのテーマとなります。

しかし、『青年の環』にみられる〈迷路〉状況をその全篇からみれば、それはまだ部分的現象と言わざるを得ません。その全般化は『生々死々』に出現するのです。そのとき、『生々死々』と並行して書かれた『狭山裁判』の、野間さんの思想のなかに占める位置も明らかになるはずです。——だいたいこのような方向で、以下に具体的に話を進めてまいります。

『暗い絵』の場合（パターンⅠ）

『暗い絵』にみる〈地図〉とは、深見進介の行動をいくつかの過程に分節してながめることから抽出される、その行程の秩序性です。『暗い絵』のストーリーは、深見が夕方下宿を出てから、夜下宿への帰途をたどるまでの行程に沿って展開されます。それは次のような四過程に分けてみることができます。

その四つの過程とは、第一は、深見が途中で食堂に立ち寄ったりしながら、友人の永杉英作たちのいるアパートへと向かう過程。第二は、アパートに着いた深見が、内へ迎え入れられる過程。第三は、永杉たちとブリューゲルの絵を見たり語り合ったりする過程。そして第四は、仲間たちと別れ、一人思索をめぐらしながら、帰途をたどる過程、という具合になるわけです。

物語（小説）をながめる場合、いろいろな見方があるはずです。たとえば、ロラン・バルト風のやり方を借りるならば、〈行動のコード〉・〈解釈学的コード〉・〈文化的コード〉などというふうな視点の設定が可能です。物語（小説）を読むとは、このようなコードの束を使いこなすことをいうのかもしれません。

ところで、この〈行動シークェンス〉ともいえる、四つの過程は、ある意味において、物語（小説）構成における基本単位といってよいものです。ストーリー性をかたちづくるものは、この四つの過程の継起的な組み合せなのです。それは〈物語〉行為の基本枠です。物語はこの枠組みに沿って進行するのです。この枠組みは、いってみればひとつの〈地図〉です。物語の展開性、いいかえるならば、ストーリーの展開性を保証するものは、物語現実としての行為・行動であり、その行為・行動の所在を示すもの、それが〈四つの過程〉です。すなわち、〈地図〉なのです。そして、この〈地図〉は基本単位の一部を失うことでカオス化していきます。これから検証しようとするのは、その〈地図〉分断・隠蔽の過程であり、そこに現れる〈迷路〉の存在なのです。

いうまでもなく、この〈基本単位〉は、行為・行動による、ひとつの世界構成を含意するものです。それは構成秩序の骨組みといってよいのです。この原基的な骨組みの変異は、世界整序性に歪みを与えるものとなります。そのとき、〈地図〉とは、ひとつの〈世界整序〉性の指標となるのではないでしょうか。この整序性を〈規範〉性といいかえても、その意味はほとんど変わらないはずです。

すると、〈地図〉分断とは〈物語〉崩壊（ノン・ロマン）の過程であるだけでなく、世界〈秩序〉分断の過程ともなるのです。世界秩序の歪みのなかに、というよりも、その歪みを背負って登場するもの、それは、ひとつの解体的な個我存在です。その存在のあり方は、いってみれば、〈実存〉と名付けられるひとつの姿です。たとえば、『崩解感覚』の及川隆一や、『真空地帯』の木谷一等兵や、『青年の環』の大道出泉たちの姿です。

そこで話を『暗い絵』にもどしますと、そこに読みとれる〈地図〉とは、敗戦直後の野間さんの実存的な〈倫理地図〉ではなかったか、と考えられるのです。待ちにまった敗戦の到来、熱望していた日本共産党への入党、これから新しい文学を開始しようとしていた野間さんの、地図のある生き方、地図のある世界を、それは示していたのではないでしょうか。〈地図〉とは、〈野間〉状況の指標性だったのではないでしょうか。

先ほど、〈地図〉分断とは、四つの過程の一部が欠けることだと申しました。その欠落項が、主人公と、会うべき相手との〈出会い〉の項であるとき、〈地図〉分断の深度は決定的となります。〈出会い〉こそが、物語を湧き出させる源泉に他ならないからです。後にお話しますように、『崩解感覚』以後の野間さんの作品のなかには、この〈出会い〉の成立しないシークェンスが現れてきます。それらと比べてみますと、『暗い絵』の深見と永杉たちとの〈出会い〉は、几帳面に描写される地理の上を確かな足取りでたどり、予定どおりそれが成就するという、もっとも範例的な〈出会い〉の姿を示すものです。その場面の一文を読んでみます。

「銀閣寺の市電の線路を越え、石橋を渡り、公設市場の既に戸が降りて暗い入口の前を抜け、屋並を縫い、再びゆるい勾配の人通りの少ない北白川の下り坂の坂道を通って行くと、もう古ぼけた安普請の白い塗料の処々剥がれた、コの字型の長い洛東アパートの建物が、上り始めた明るい月の光に、黒い線のはっきりした影をつけて、附近の平屋続きの小さい家並の中に、二階建の長い建物全体が、浮き出るように見えている。」

歩速と風景とは照応し合い、家並の展望は心理の展望を暗示し、地理は心理となっています。深見はこのあとで永杉の在宅を確認すると、「軽い安堵の気持ち」を抱き、その類に「生命を取りかえしたとでも言い得るような張りのある色艶」を浮かべるのです。〈出会い〉は、深見の〈個〉在を支え立て直す場でもあるわけです。

『二つの肉体』〜『崩解感覚』の場合（パターンⅡ）

そのような〈出会い〉を中心とした〈四つの過程〉パッケージを基本単位に据えて、『二つの肉体』・『肉体は濡れて』・『地獄篇第二十八歌』をながめてみますと、次のようなことがわかってきます。これらの初期短編小説は、基本構造としては『暗い絵』の型を踏襲しているわけですが、それぞれの作品はそれぞれに、ある過程を欠いているのです。たとえば『二つの肉体』の書き出し部分を見ますと、「三月半ば過ぎの日曜日のことである。昼過ぎ由木修が難波の駅に着いた時、すでに光恵は先に来ていた。」と書かれます。主人公が、出会うべき相手のもとへ至り着くまでの第一の過程項が消え、いきなり二人が対面する場面から始まっています。そして、主人公が一人帰途をたどる第四の過程も描かれていません。作者はここで、〈四つの過程〉のうちのある過程項をカットすることにより、一気に小説の主題の下に駆け寄ろうとし、そしてそこに集中しようとしているように見えます。その主題とは、〈思想〉の問題に阻まれて次第に崩壊の度を深めていく〈恋愛〉の姿です。二人の〈出会い〉は、〈恋愛〉のピンチ脱出のチャンスとなることができません。いってみれば、それは主人公と恋人との〈出会い〉がはらむ齟齬、確執なのです。

続く『肉体は濡れて』では、主人公と恋人との「接吻」の場面から始まりますから、第一の過程項だけでなく、二人が対面する第二の過程項もカットされることになります。さらに『地獄篇第二十八歌』をながめますと、これにも〈出会い〉に至るまでの第一の過程項がありません。こうしたカットにより、ここでも〈肉体〉や〈エゴイズム〉の問題でピンチにたつ〈恋愛〉が描かれます。つまり、『二つの肉体』同様に、〈出会い〉のなかのすれ違いが描かれているのです。

もちろん、この時期の作品の全てがこうだと言っているわけではありません。『顔の中の赤い月』のように、『暗い絵』の型とは構造を異にすると見なすべき作品もあるのです。けれども、それらを含めて考えても、『暗い絵』に見る〈地図〉が分断され、ゆさぶりをかけられている徴候は見てとれるわけです。

これはどのような〈野間〉状況を象徴するのでしょうか。それをお話する前に、いまひとつ、『崩解感覚』をながめておく必要があります。『暗い絵』と『崩解感覚』とは、ポジとネガの関係にあります。深見進介の成れの果てが及川隆一だということです。このことは、〈地図〉と〈迷路〉という視座からも明らかにすることができます。『崩解感覚』の陰画的世界は、『暗い絵』と同様に、主人公が家を出てから帰途に着くまでを描くという形態を踏まえています。及川は型どおりに下宿を出て、恋人に会いに飯田橋に向かおうとするわけです。つまり、〈第一の過程〉を歩み始めようとするのです。ところが、自分の部屋を出て梯子段を下りようとすると、下宿屋の主婦につかまってしまい、及川は下宿の外へ出ることができません。ご存知のように、自殺した下宿人の死体の見張り役を仰せつかるわけです。第一の過程の思わぬ事件によって、〈地図〉はほころび始めます。つまり、約束の時間に遅れたために及川は恋人に会うことができず、独り街中をさまよう憂き目に会わされるのです。これ以前の作品には、このように出会うべき相手に出会えなかった例はないのですから、この点で『崩解感覚』は新しいパターンを提示していると言えるでしょう。それは、〈地図〉のなかで最も不可欠な部分である〈出会い〉を含んだ、第二と第三の過程項が消滅したことを意味します。『暗い絵』で深見が、永杉たちと出会い語り合って充実した時を過ごす場面が、『崩解感覚』では空白・空虚へと反転するのです。

失われた恋人との出会いの場面の代償として、及川は自殺死体と向き合っているのです。恋人と交わされるはずの会話は、死者相手の独白となり、舞台は一人芝居化していきます。ブラック・ユーモアめく光景です。

こうして、『崩解感覚』は『暗い絵』の〈地図〉の分断によって、そのネガ的世界をつくり出しているのです。そのような〈地図〉の分断された世界、〈迷路〉はそこに拓かれます。

〈地図〉はなぜ、〈迷路〉化されるのか

野間さんは、いったい何を考えて、及川に対し、恋人の代わりに死体をおしつけたりするようなことをしたのでしょうか。ひとつのシリアスな実存の姿をさらす及川を描きながら、作者は及川と一緒に深刻ぶることがなく、逆に及川を揶揄するかのような余裕さえ感じさせるのは、なぜでしょうか。

たとえば、及川が死体の見張りを頼まれ、それを引き受けておきながら、次第にそんな自分の役目に腹を立て、それを引き受けた自分にも腹を立てていくあり様は、及川の、どこか間抜けなお人好しぶりを示していないでしょうか。そこに野間さんの、対象を抱擁するような揶揄を感じずにはいられません。相対化の目配りを感じずにはいられません。

これまでながめてきた初期短編作品が書かれたのは、一九四〇年代の後半です。その時期の政治および文学の状況と、その状況の渦中でもまれながら党員活動に邁進する野間さんの姿をたどり直してみると、『暗い絵』から『崩解感覚』に至り着く、ひとつの理由らしきものが見えてきます。

野間さんが日本共産党に入党するのは四六年末です。そのときの感想を、後に臼井吉見さんに尋ねられて、こんなふうに答えます。

「希望が実現して、これから一つの集団の中の一員となって学んでいこう、これが戦争中からずっと待っていた時期である、というふうな感じだった」(『日本共産党の中の二十年』)

このことばは、心おどらせた野間さんの、晴れやかな笑顔を彷彿とさせます。入党はこのように、待ち望んだ〈戦後〉という時代への、まるでどこかからファンファーレでも聞こえてきそうなほど快活な、スタートの号砲でした。『暗い絵』が、そのような気分のなかで書かれただろうことは、先にお話したとおりです。

ところが、『暗い絵』が高い評価を受けたあと、二作目の『二つの肉体』から、党文化部による批判が始まります。これは第五回党大会(四六年二月)で文化政策として採用された、〈近代主義〉批判の一環であった、と野間さんは書いています。党外での『近代文学』と『新日本文学』との対立が、党内部にもちこまれ、野間宏批判として現れたというわけです。それ以後、『崩解感覚』批判に至るまで、つまり、四七~四八年の間に、徳田球一・宮本顕治・宮本百合子・徳永直といった面々から、激しい批判を繰り返し受けることになります。

このことは次のように言い換えられないでしょうか。野間宏批判に加わった党指導部の人間たちは、野間さんが〈出会う〉ことを待ち望んでいた人たちだった。けれども、実際に出会ってみれば、彼らは野間さんが思い描いていた人間とは異質な人たちだった。したがって、その意味で野間さんは、求めた相手と〈出会う〉ことができなかったのだ、と。

党を、自己の拠って立つべき決定的な場所と見定め、党員としての活動を通して〈戦後〉を生きようとしていたとすれば、〈野間宏〉の〈倫理地図〉はこのとき截断されるのです。党に対する見込みちがいは、〈戦後〉という新しい時代への錯覚でもあります。一九四七年二・一ゼネストの敗北(中止)はその象徴的な事例です。そうしたつらい認識の下で、『崩解感覚』は書かれたと考えられるのです。だから、及川への揶揄は、他ならぬ自分自身へ向けられたアイロニカルなからかいなのであり、また自分を含めた〈戦後〉の人間たちへの苦笑・憫笑でもあるのです。もちろん、最初に述べましたように、このような話が成り立つ条件は、〈作品〉と〈書き手〉状況とは、それなりの対応関係をもつのではないかという前提が充たされることです。

『真空地帯』の場合(パターンⅢ)

『真空地帯』(五二年)という小説には、いわゆる五〇年問題により分裂抗争を続ける党のなかで、ますます自分の生き方の〈地図〉が〈迷路〉化していく、そんな野間さんの姿を見出すことができます。主人公の木谷一等兵が、最初から最後まで、すなわち陸軍刑務所から中隊に帰されて来て以後、野戦行きの船に乗せられてしまうまで、ついに一度も兵営の外へ出ることができない、ということがそれを物語ります。これまでは、たとえ会いたい相手に出会えないにしても、〈出会い〉の場に赴くことを主人公に許してきた作者が、ここに初めて、外出それ自体を禁じます。木谷から、復讐すべき中堀中尉に出会うチャンスを奪い、馴染みの娼婦花枝に会いに行く自由も取り上げるのです。

物語の〈基本単位〉はここにはありません。物語は崩壊の様相を呈しているのです。〈地図〉喪失という事態が生まれているのです。〈地図〉＝コードは剥奪され、〈迷路〉こそが、木谷の世界になるのです。

とはいえ、『真空地帯』には〈迷路〉だけが描かれているのではありません。副主人公とも言うべきインテリの曾田一等兵には、もちろん厳しい制限つきながら、作者は外出を許しています。曾田は兵営から自分の家へ向かい、そこで家族や恋人と出会った後に、再び兵営へと戻って来ます。曾田には〈地図〉があり、行為の充全なシークェンスがあるのです。

リアリスティックな立場に立てば、木谷も曾田も、作者の一部分を分け与えられた分身という見方も可能です。それゆえ、『真空地帯』の、〈地図〉と〈迷路〉とが並存し、やがては両者がよじり合わされるように接近していくことのなかに、この時期における作者野間宏の、世界を〈整序〉的に把握しようという姿勢と、〈解体〉化に晒されつづける自分存在との拮抗関係を見ることができるのではないでしょうか。整序的な把握の準拠すべき位標となるものは、コミュニズムであり、あるべき党指導部です。それは、ひとつの〈規範〉性です。歩みゆくべき〈地図〉です。野間さんは、このとき、〈規範〉と〈実存〉との拮抗する狭間に、身をよじるようにして置いているのではないでしょうか。『暗い絵』と『崩解感覚』とに代表されるその両者を、一作品のなかに取り込むことで、野間さんは初めての長編小説である『真空地帯』の成功を、手にすることができたとも言えるかもしれません。

『青年の環』の場合

『青年の環』は、主人公の一人大道出泉によって、最もよく〈迷路〉が体現されています。大道が〈出会う〉べき相手を被差別部落の人たちと特定するならば、大道は最終巻の最後の場面に至るまでは〈部落〉に行き着くことが出来ないからです。〈部落〉へ至る道が無いのではありません。作者は周到に、そのための伏線を仕掛けているのです。部落出身の悪党、田口吉喜を友人として配置していますし、大道出泉の父親、大道敬一は、田口が部落出身であることに呪縛され弱みを持っていることを利用して、自分の愛人を田口の妻にと押しつけるような、部落差別の上にあぐらをかいている男なのです。けれども、彼らの悪事は見事に隠匿されているために、大道が部落問題を自身の問題として考える契機になり得ないわけです。つまり、〈部落〉への道が截断されているのです。

　ここに見る〈迷路〉は、もちろん八千余枚の長編のなかでは部分的なものであることを免れ得ません。しかし、それは『青年の環』の最も重要なテーマである、部落問題に関わる部分なのです。

　いま一人の主人公である矢花正行は、市役所の吏員という立場から、毎日のように部落を訪れています。矢花を通して〈地図〉を読みとることは容易でしょう。市役所を出て部落へ向かい、そこで人々に迎えられ、部落の抱える様ざまな問題を話し合って対策を考え、そして帰途に着く、それが、いわば矢花の日課だからです。それに比べると、大道の〈部落〉へ至る経路は困難を極めます。部落の〈悪〉の体現者である田口は、大道にとって〈出会う〉べき〈部落〉のひとつの象徴でもありますが、彼は会おうとする大道の前から、幾度も巧妙に姿を掻き消してしまいます。

　たとえば、悪事が露見しそうになって行方をくらませた田口を、大道がとある四辻で偶然見つけて後を追う、そういう場面が、第五部第一章「逆転地が」に出てきます。この場面は、展開次第では小説世界全体が大きく揺れ動き変化するほどの、わくわくするような緊張感の漲ったところです。大道はそこで、四辻を向うへと通り抜けた田口の姿を見失ってしまいます。しかも、そのとき田口は、摩訶不思議な消え方をするのです。それはこんなふうに書かれます。

　「田口は何処へ消えたのか？——中略——大道出泉は辻の真中のところに突ったって、じっと前方を見渡してみたが、通りは向うにずっと長くどこまでものびていて、しかも通りに交叉する横通りらしいものは近くには一向に見当らないのである。」

　目くらましにあったように大道は茫然と立ち尽くすだけです。そしてこの直後に、突然、どこからともなく田口が姿を現します。しかも、田口を探すのを断念しかけていた大道の前に、自分から歩み寄ってきて、持ち前の饒舌で大道を翻弄し、大道に田口を追及する余裕すら与えずに、再びいずこへともなく去って行方をくらませてしまうのです。

　四辻に茫然と立ち尽くす大道の姿は、自殺死体の前にたたずんでいた及川とどこか表情が似ています。出会うべき相手を目の前にしながら手を届かせることができない、その点でこの二人は、ともにオアズケを食った犬かなにかのようにジレています。作者はこのとき、大道をやはりからかっているのではないでしょうか。大道を〈地図〉を失った世界の住人に仕立てる方便に、ここでは具体的な、文字どおりの迷路をしつらえて、いってみれば二重の〈迷路〉の網に大道をからめとろうとしているように見えるのです。

　大道の前に立ち現れる迷路は、実はこれだけではありません。これより以前、既に第四部第一章「開始」のなかで、大道は迷路のなかに踏み込んでいたのです。いま引用した「通り」が、隠れる横道のない不思議な迷路だとすれば、次に見る太融寺の近辺の地理は、逆に横道が混み合っていることで田口の家を隠そうとする、やはりひとつの迷路といえましょう。これを書いている野間さんの、いたずらっぽく口元をゆがめ胸踊らせている姿が見えるような文です。

「曾根崎署の前を東に真直ぐ行った太融寺の辺りは表通りはまったくアスファルトの大通りで別なのであるが、一歩そこから横通りにはいれば、そこは古い構えの年齢と垢とが同じように付着していると言える家がぎっしりつまっているところであって、通りも狭く、さらに一層細い横町にはいる道が何本も重なるようにして通じていて、同じ番地の地域がかなりの範囲にひろがっており、番地をたどって歩くだけでは、そこに目ざす家があるかないかを明らかにするのに、じつに長い時間を必要とする。」

この折れ曲がり、重なり合う地理は何を意味するのでしょうか。この風景の喪失は、何を意味するのでしょうか。これは大道が、矢花正行とは対照的な位置から、つまり〈部落〉の〈悪〉という入口から、部落問題の核心へと迫っていく、その錯綜する道の奥行の深さを暗示してはいないでしょうか。

第四部第二章「表と裏と表」では、この後さらに大道は、「ほとんど区別のつかない全く同じ構えの二階屋」が並んでいたりする「文の里」の近くにまで足をのばし、結局、田口の家を見つけ出すまでに二日がかりで合計四回も、迷路と化した町中をさまよ うことになります。

〈迷路〉状況とフモール

ところで、野間さんは〈からかい〉をどう考えていたのでしょうか。これは今日までの野間宏研究では、大江健三郎さんが「野間宏・救済にいたる全体性」という文章のなかで、野間さんの持つ「ゆったりとしたユーモラスな余裕の感覚」を指摘しているくらいで、これまで正面から取り上げられることがほとんど無かったテーマです。しかし、『暗い絵』で深見進介に、ブリューゲルの画集のなかから「民衆の最後の武器である笑いと諷刺」を読みとらせていたように、野間さんは〈からかい〉に対して当初から、かなり意識的な作家であったと考えられます。それが、たとえば『崩解感覚』がそうでしたが、作品内の所どころにさりげなく散りばめられているのです。そのことに、これからもっと注意が向けられ、野間さんの持つ新たな魅力として取り上げられていくことの必要性を感じます。これまで私たちは、野間さんの文学をあまりにもシリアスに捉えすぎていたのではないでしょうか。

次に引用するのは、野間さん自身が珍らしく〈からかい〉について語っている、「全体小説への志向」のなかの一節です。

「〔略〕この大道というのが、これはジフィリスの病気をもっているということで、これまでずうっと進行してきたんだけど、これではあまりにもコミックなんでね、一回こいつをからかってやらなくちゃならないという考えがでてきて〔略〕」

ここで語られているのは、大道を〈からかう〉ために、大道とは全く対照的にジフィリスのもたらす肉体的な快感を楽しんでいる、小山周太郎を登場させたという話です。そこで野間さんは、小山によって、梅毒の治療を放棄し病気を進行するにまかせる、いわば、あるがままの現実をそのまま肯定する生き方を対置させて、大道を相対化したのです。大道と田口の間に設置される迷路も、これと同様にからかうことを意図した作者の姿勢から派生してくるのではないでしょうか。

同じ〈からかい〉でも、漱石流の、〈写生〉から生まれる、つまり対象を突き放して非人情なまなざしでとらえるところにかもし出される、俳諧的な滑稽化とは、これはいささか質を異にします。野間さんの〈からかい〉のなかには、滑稽味に加えて、あるがままを認めようとする、懐の深い豊かな寛容性が含まれているのです。したがって、それは〈からかい〉や〈揶揄〉というよりも、〈フモール〉とでも呼ぶべきものでしょう。ちなみに、シャミッソーはある文章のなかで、〈フモール〉を次のように言っています。

「フモールとは、民族の生涯においても個人の生涯においても、晩年の現象形態なのである。この形態が表面に現れるには、経験、洞察、成熟、それにまた、おそらく高められた意識が、その前提となる。ここでは矛盾をなすものを把握し、それを冷静沈着に克服することが眼目なのだ。」

革命運動・戦争体験・党員活動等々の、昭和史に記録されるべき様ざまな体験が、野間さんの大きな身体のなかに蓄えられ、それが芳醇な香りを発するまでに発酵し、活性化作用を持つ要素として湧き立って現れるのが、野間さんの〈フモール〉と言えましょうか。それでは、〈迷路状況〉がなぜ〈フモール〉性の指標となるのでしょうか。

〈フモール〉と〈からくりの神〉

野間さんが〈地図〉を分断しカット部分をつくるのは、いったいなぜでしょうか。その理由づけとしては、一般的には三つほどあげることができます。ひとつは野間さんに構成能力が不足していた、という解釈ですが、これは作品の完成度から見てもまず問題外といたします。ふたつ目は、作意的にカットすることにより、カットされない部分を強調・強勢するということです。先に見た『二つの肉体』や『肉体は濡れて』といった作品は、この強調・強勢がうまく効果を発揮していると言えましょう。

そして三つ目の理由づけとしては、作意的にカットすることで、カット部分そのものに謎性をもたせること、つまり、カット部分の強調・強勢ということです。これも容易に否定できないのです。たとえば『崩解感覚』では、及川隆一の恋人に会う場面をカットしたことによって、恋人の肌の弾力によってしか満たされることのない、及川の乾燥して大きく奇妙な穴があいている、解体的個我の在り様が逆照射されている、とも言えるからです。あるいはまた『青年の環』において、大道が部落へ至る道が、田口や父親の敬一によって截断されるからこそ、大道の前に被差別部落のはらむ底深い問題がむき出しにされる、ということは先ほどお話したとおりです。

そのような書き手の作意が証明できるとすると、このとき書き手は、あたかもいわゆる〈からくりの神《デウス・イクス・マキーナ》〉のように、諧謔にみちたまなざしで、〈迷路〉を仕掛け、謎性をもたせていたとも言えるのです。といっても、もちろん野間さんが作中人物を自在に操る〈神〉として、小説の全体を、あるいは登場人物の人間の全体をつくり出している、と言っているわけではありません。野間さんは〈迷路〉によって生じる謎性の注釈者というような位置に立っている、というほうが、適切なのかもしれません。

野間さんの全体小説論構想における作家の位置は、たとえば『サルトル論』の次のような一節からうかがうことができます。

「とはいえ、作家がその人物の一定時間、一定空間に於ける歩みを見、同時にその人物の人間の全体を見るということは、神の眼をもってしなければ出来ないわけであって、しかも作家が神の眼を持つことは、絶対にしりぞけなければならないのです。」

『サルトル論』全体のテーマは、神の眼を持つことなく人物の人間全体像を見る可能性の探究にあります。野間さんのなかに、いま言ったような〈注釈〉者風な要素が認められるとすれば、そこでは当然、超越的視点としての〈神〉は退けられます。

謎を仕掛けそれを解くということも、フモールを醸成するということも、超越的な〈神〉的視点とは無関係な作業です。なぜならば、それは中間者としての人間がとる、注釈的な身振りだからです。〈書き手＝神〉という特権的ロゴス性において、そんな身振りのはいり込む余地はありません。

いうまでもなく、〈迷路〉とは非〈地図〉・反〈地図〉の形態です。そのあり方を人間の存在レベルに移行して考えるならば、〈倫理〉・〈規範〉というような価値の枠組み、価値の図形の分断化・混迷化によって、それは導き出されるものです。〈倫理〉・〈規範〉という単線的な一義的な価値主張の特権性に対して、ゆさぶりをかけ、異議申し立ての告訴を仕掛けるもの、それが〈迷路〉の機能なのです。一言でいうならば、〈地図〉の相対化です。

相対化とは、たとえるならば〈価値〉権力の傘の下から身を遠ざけ、距離をおくことです。その遠ざかりの距離をもつことによって、〈価値〉のもつ特権性・独善性、あるいは画一性に征矢を放ち、憫笑して罠を仕掛けることができるのです。つまり、その〈距離〉として表示される〈空間〉こそ、精神活動・エクリチュール活動にアクチュアリティーを与える場となります。〈フモール〉という、ひとつの心理特性が生まれる、その原生地は、いってみればこの

〈空間〉にあるのです。〈迷路〉の存在が、〈フモール〉心理の基因です。

『生々死々』の場合

〈迷路〉とフモールの関係を踏まえながら、次に『生々死々』をながめます。この小説の主人公の菅沢素人は、糖尿病と診断されて入院している男です。それゆえ菅沢は、病院の外へと出ることが出来ない状況にあります。こうした状況設定は『真空地帯』の木谷を思い出させます。つまり、〈地図〉喪失という事態に陥っている状況なのです。〈地図〉の無用化、脱価値化といっても同じです。

けれども、この二人の決定的な設定の相違もまた見逃すことはできません。富井と樋口という二人の患者仲間と祝宴をあげながら、菅沢の意識は幾度もこの二人の存在を亡失し、その〈自己紛失〉の間に彼の意識は病院を抜け出して、過去の時空のなかを自由に彷徨するのです。菅沢の意識は、言ってみれば、時空的秩序を解体するのです。

〈地図〉という特殊の視点からながめたとき、『暗い絵』の〈倫理地図〉は、『崩解感覚』・『青年の環』をとおって、この『生々死々』において截断・溶解されるのです。そこに提示されるのは〈地図〉のない世界です。全的な〈迷路〉世界であり、ひとつのカオスです。それはたとえば小説の最後に現れる、菅沢の自己意識のメタファーである次のような〈風呂敷〉の在りようからも、読みとれるものです。

「風呂敷はどこへ行きやがったんだね。風呂敷は？この俺のすべてがはいっている風呂敷は？そんなものは、とっくの昔に、切れ切れになってものをつつむことなど、出来なくなってしまってるよ……。」

「風呂敷」とは記憶の総量であり、人生の輪郭・筋道そのものです。この〈カオス〉をどのように理解すればよいのでしょうか。仏教語辞典で〈遊戯《ゆげ》〉ということばを引きますと、「菩薩の自由自在な活動。とくに仏国土から仏国土への移動。」とあり、また「心のままに無礙自在であること。」と書かれています。菅沢が、時空的秩序の解体した全的な〈迷路〉世界を自由に往還する姿は、まさに遊戯三昧の境地を示していないでしょうか。『生々死々』に見る〈カオス〉とは、アポロ的なコスモスの対概念としてのディオニュソス的カオスではなく、生々流転の実相を説く仏教的なカオスとしてよいのではないでしょうか。そのカオスとは融通無礙な、超〈倫理〉・脱〈規範〉の世界です。悉皆存在は諸法実相の光に包まれ、流転真如のモードのうちに愉悦しているのです。真諦・世諦の障壁は取り除かれ、二世界の照応・溶解する大世界です。〈大迷路〉といっても同じです。

このような菅沢素人の姿を透かしてその奥に、〈虚実〉の間に遊戯する野間さんの姿が見えるのです。フモールは野間さんのその境地からも生まれます。なぜならば人間存在とは、常に〈虚実〉の中有に漂っている中間者なのであり、この中間者性がフモールを派生させるいまひとつの原生地だからです。一般的に諧謔とかおかしみとかは、あるべきかたちと実際に目に見えるかたちとのズレから生まれます。この場合、〈虚〉とはあるべきかたち、あるであろうかたちのことであり、〈実〉とは、目に見えるかたち、日常的挙動をとおして認められるかたちのことです。この〈虚〉と〈実〉とのギャップがおかしみを生み、フモールを生むのです。

〈野間〉思想の帰着点としての『生々死々』と『狭山裁判』

さて、〈虚実〉の間に遊ぶ遊戯三昧の境地とは、生々流転の実相を肯定し受け入れる境地ですから、それは〈運命〉を受け入れ、超モラル的・超論理的にあるがままを肯定するものです。いわば、いっさいの〈いのち〉は許されてある、とする考え方です。それを法華経風にいえば諸法実相となりますし、親鸞風にいえば自然法爾のあり方を示すものとなりましょう。『生々死々』で提示された〈地図〉のない生き方が、〈思想迷路〉として野間さんの状況を理解する手がかりの断片たり得るならば、野間さんはそれによって〈地図〉そのものに疑問を投げかけているように見えます。たとえば『青年の環』の小山周太郎が、梅毒の治療をやめて自然の成りゆきにまかせてゆく姿のなかに、その片鱗がうかがわれたように、盲動ともいえるそれぞれの〈いのち〉は、それぞれのあり方においてそれぞれの〈いのち〉のかたちを証示しているのではないでしょうか。そのような〈いのち〉の揺れ動きに、はたして〈地図〉はあるのか。野間さんはそのことを問うていたのではないでしょうか。

いっさいの〈いのち〉は許されてある、と述べました。けれども、たとえばそのとき、〈弱者のいのち〉にどう向き合えばよいのでしょうか。目の前に、すべての暴力の最高形態である国家権力によって、〈いのち〉を奪われようとしている人間がいるとき、その〈いのち〉にどのような始末を与えればよいのでしょうか。

岩波書店の『世界』から、狭山裁判について書くよう依頼を受けた野間さんが、寺尾裁判長の厚く重い判決文を初めて読んだときのことを、『狭山裁判』のなかで次のように書くのです。

「この判決文を手にとる、普通の読者、またかなりの読書力をそなえた人にしろ、三分の一のところで投げ出すならば、石川一雄被告は犯人であると、この判決文によって信じ込まされて、そして、そのままに終ることになるのである。これを放置することは出来ないという考えが私のうちに動きはじめる。」

弱者の〈いのち〉を見殺しにするわけにはいかない、と野間さんは言っているのです。『狭山裁判』は、こうして弱者の生き方、〈いのち〉のあり方の見取り図・軌跡となるのです。

〈野間〉思想の帰着点としての『生々死々』と『狭山裁判』、この二つは切り離すことはできません。『生々死々』が〈迷路〉の提示であるとすれば、『狭山裁判』とは〈弱者のいのち〉の描くあるべき〈地図〉の一葉であるからです。〈迷路〉と〈地図〉とを双極軸とする時空間を、〈野間〉思想は疾走するはずなのです。しかし、野間さんの死はそれを中断します。野間宏の風景は構図つくりの段階で中絶することになります。

聞きづらい話を最後までお聞きいただき、ありがとうございました。これで終わらせていただきます。


（一九九八年七月　第六回）

『暗い絵』

集団的主体性をめざして

針生一郎

『暗い絵』から再考

『思想運動』紙連載中の湯地朝雄の長篇評論「戦後文学の出発」は、野間宏の『暗い絵』を否定的、大西巨人の『精神の氷点』を肯定的にとらえて両者を対比しつつあるが、何より作品の背景に関する資料調査が綿密で無視するわけにいかない。――今年年頭の「野間宏の会」幹事会でわたしはそう指摘し、五月の総会でだれかに湯地論文を検討してほしいと要望したが、結局わたし自身にその役がまわってきた。ただそのときわたしは、購読勧誘のため女房あてに送られた『思想運動』紙で、断片的にしか湯地論文を読んでいなかった。その後同編集部を訪れてバックナンバーをコピーさせてもらい、あらためて通読すると前の印象とはかなり違う論旨とわかった。

湯地はまず「エゴイズムに基く自己保存と我執の臭いのする道」を、「科学的操作による自己完成の追究の努力の堆積」に昇華させるという、『暗い絵』の有名な一節に、「知識階級と民主精神の発展の相互関係のテーマ」をみた宮本百合子と、エゴイズムも集団化、論理化を経て労働者階級の連帯と革命運動の基礎となりうる道をみた武井昭夫が、それにつづく『二つの肉体』『崩解感覚』などの諸作を、ともに、「堂々めぐり」、戦争の傷痕にのみ固執する「袋小路」などと批判したことを紹介する。彼はこの「後退、停滞」の原因を『暗い絵』とその背景のうちにさぐり、作中の永杉英作のモデル永島孝雄らは人民戦線を受容して、『学生評論』で京大生文化運動の統一と学外運動との提携を進め、日中戦争開始後、「人民戦線」諸勢力に検挙と弾圧がおよんだため、「京大ケルン」は非合法活動に乗りだして逮捕されるが、野間宏は傍観者に終始したという。さらに野間が大阪市役所吏員として積極的に支援した松田喜一らの「部落経済更生会」は、戦争協力、生産増強、統制管理を進めて大政翼賛会の一翼となるのに、野間は戦後もそれを「人民戦線の新しい展開」と言いはる。だから湯地は『暗い絵』全体を、作者の京大時代の日和見と吏員時代の情勢追随の自己合理化、弁明と結論するのだ。したがって、戦争中避けがたくおちいったニヒリズムを、全面克服して再出発しようとする、『精神の氷点』の方に優越性をみとめるというのだが、この論はまだ連載継続中である上に、わたしは野間と大西の比較論にあまり興味がないので、ここではたちいらない。

湯地がもちだした宮本百合子についていえば、わたしは敗戦後コミュニズムの思想を感覚の隅々まで体現した作家として感嘆したが、やがて社会認識と個我を特権的な位置で統合した、啓蒙的なコミュニストとみるようになった。武井昭夫とは彼が東大生時代、湯地や沖浦和光と結成した「現代文学研究会」に、野間宏を招いたときわたしは研究室から聞きに行って知りあい、数年後新日本文学会事務局にいて、花田清輝と自分が推薦するとわたしに入会をすすめたのも彼である。しかも、武井の野間宏論は、共産党の分裂抗争を終息させた「六全協」のあと、野間、安部公房とともに「人民文学」派の俗流大衆路線に荷担して、政治的にも芸術的にも前衛性を失ったとするわたしへの批判の延長上に書かれたもので、わたしにとっても他人事《ごと》ではない。だが、わたしは想像力の飛躍をうながす花田清輝のエッセイから、定式だけとりだして金科玉条とする武井の運動論的批評に反撥し、シュルレアリスムからドキュメンタリーへの展開を歴史的、芸術的に検証して論争したので、彼の野間論にも大いに異論がある。

むろん、わたしも人民戦線戦術の日本への導入が、広汎で柔軟な抵抗線の再編につながりえた可能性という、「みはてぬ夢」を『暗い絵』に投影した、平野謙らの評論にひかれてこの作品を読んだ。だが、だれでもすぐ気づくのは、ブリューゲル画集をともにみつめ、論じあった仲間は大半獄死し、画集は大阪空襲で焼失したことが出てくる以上、作品全体が戦後の回想として書かれた時間的構造の特異さである。そのなかで「エゴイズム」や「自己完成」を含む例の一節は、「仕方のない正しさ」にひきずられ逮捕覚悟で反戦ビラまきを決意した仲間たちを前に、主人公の違和感にもとづく手さぐりのヴィジョンとして語られたもので、そこにはたしかに戦争の生き残りのアポロジーやアリバイの要素が入りこむ余地がある。

ただ一方、わたしは人民戦線＝反ファシズム統一戦線の実態が、自己と共産党以外のすべてを敵視するスターリン主義の上に、ファシズム以外のすべてと提携するかのような便宜的な衣裳をまとったものにすぎず、スペイン内戦で各国から参加した国際義勇軍の人びとを失望させたあと、独ソ不可侵条約の締結でその偽装もすて去られたことを知った。それが日本に浸透したのは、共産党壊滅後、日中戦争開始までのさらに短い期間で、とうてい抵抗運動を柔軟に再編する条件などなかった。「京大ケルン」が非合法活動にふみきるまで、野間宏が傍観者に終始したのは事実としても、そこから『暗い絵』を「日和見」の自己合理化とみるのは短絡にすぎる。

おそらく湯地のうちには、戦争中強固な抵抗の主体を保ちえたものだけが、戦後文学の主体となりうるという考えがあるのだろう。だが、吉本隆明が戦後派文学者の主要部分は転向後派だといったなかでも、野間宏ほど「京大ケルン」への傍観にはじまり、部落経済更生会への支援を通しての戦争協力、軍隊とフィリピン戦場の体験、陸軍刑務所での転向声明、そして戦争で生き残ったことまで、すべてトラウマとしてかかえこみ、そのねばりづよい解明を文学の一貫した課題とした作家はいない。とりわけ、松田喜一を指導者とする経済更生会は、部落解放運動のなかでも右翼的、大政翼賛会的一面をもつとはいえ、そこに「人民戦線の新しい展開」をみたのは、野間にとっての真実だったと信ずる。だからこそそのトラウマを追求して三十年、『青年の環』の結末に戦時下の部落民コンミューンを描きえたのだ。

わたしは近年、文学学校や市民講座でカフカの小説をとりあげるため、一時交際したフェリックス・ガタリと哲学者ジル・ドゥルーズの共著の一つ『カフカ——マイナーの文学』を読み直した。それによると、プラハの同化ユダヤ人の家に生まれたカフカは、家父長制や管理社会のなかでアイデンティティと変革の主体をどこにもみいだせず、たえず争点をずらして脱出路をさがす悪戦苦闘を小説に書いたが、脱出は動物・機械・妖怪に変身して、つまり死を通過してもあるかどうかという結末で、それが今日まで無限の示唆をあたえるという。そういえば、わたしも敗戦直後、人間の回復や主体性の確立が叫ばれた時期に、戦争下の極限状況は形を変えてなお存続するから、形骸化したヒューマニズムでは乗りきれないと思い、ルネサンス（転形期）は主体の死と再生、解体した断片の合成なくしてありえない、という花田清輝らの思想にひかれて前衛芸術の方にむかったのである。

そういう眼で『暗い絵』に戻ると、冒頭のブリューゲルの絵の描写が散文詩的で圧倒的な迫力をもち、それらの絵は何度も主人公や学生たちの意識にうかび、また議論の的となるから、作品の空間的構造としてはルネサンス＝フランドルと日中戦争下の日本がつねに対比され、そこに家族・金銭・国家の重圧、主人公の二つの学生群に対する親近と反撥、宇宙との交感などの問題がはめこまれる。したがって、運動のなかの個我についての問い直しという主題も、ブリューゲルの画面の水かきや尾をもち、股に穴をあけた農民たちの集団的抵抗と、自己完成にむかうブルジョア・デモクラシーの道の、両極にひき裂かれたままとみるべきだろう。それでも、有効な社会活動がほとんど禁圧された戦争下に、いまあげた諸条件をふまえて、主人公が重い扉を押しあけるように戦後につながるヴィジョンを模索し切望する過程は、十分な文学的リアリティをもって迫ってくる。

わたしは『暗い絵』につづく『二つの肉体』『肉体は濡れて』『崩解感覚』などの短篇を、宮本や武井のように「堂々めぐり」とか「後退・停滞」とか考えず、むしろ戦争によって実質上崩壊した人間の解体作業を極限まで進めて、そこから再生の条件をさぐろうとした貴重な作品群とみる。また前に「野間宏の会」総会で、戦後の名作にしばしば数えられる『顔の中の赤い月』を、わたしはエゴイズムとヒューマニズムという観念の図式にしばられて、主人公が戦争未亡人との恋愛にふみだせない点で、あまり買わないと述べた。だが、最近新自由主義史観に反対して、日本軍の占領地民衆への加害、殺戮の事実が復員後家族にも語られず、文学芸術にも表現されることの少ない原因をたずねて、戦場のどたん場で露出するのは、自分ひとり生き残るためには、敵味方、兵士と民衆を問わず、すべての他者をみすて、みな殺しにしてかまわない、「動物的」エゴイズムで、それは復員後も眼をそむけたい地獄ではなかったか、と思い至った。『顔の中の赤い月』では、フィリピンで行軍中力つきて脱落する戦友を見殺しにしたことが、エゴイズムとよばれるのだが、そこに野間が直接手を下さなかった現地民衆の殺戮も暗示されるとすれば、その重いトラウマが復員後の女性関係を断念させるのもうなずける。

戦後史のなかでエゴイズムの行方をたどれば、敗戦で「滅私奉公」の格律から解放された私利私欲は、資本主義の復興過程でいっそう増幅されながら、そこから民衆の自己規律としての新しい「公」を形成できないまま、大量生産、大量消費、大量伝達の機構に大半吸収されてしまったが、吸収されない欲求不満は他者をかえりみない「動物的」エゴイズムに還元されて、汚職官僚、汚職社員、殺人少年、おやじ狩り少女らを輩出している現状である。精神病医野田正彰は、「敗戦後日本人が戦争の罪に苦悩する能力を養わなかったから」、こんな事態にゆきついたと書いた。野間宏はこれらの事情を早くから洞察していたからこそ、晩年の未完に終った長編『生々死々』では、病院に入院中アイデンティティを見失ってゆく男と、企業利潤だけのために自然破壊を進める開発業者たちを平行して描き、ガンに冒されながら編集者とともに強行したフィリピン取材旅行は、帰国直後、入院となって小説執筆に至らなかったが、自己の原点としてのフィリピン戦を現地民衆の眼から検証するつもりだったろうと推測される。

（二〇〇一年五月　第八号）

集団的主体性をめざして

湯地朝雄の『暗い絵』論

昨年（二〇〇一年）のはじめ、「野間宏の会」の幹事会のとき、わたしは『思想運動』紙に昨年から連載中の湯地朝雄さんの「戦後文学の出発」という評論をあげました。この評論は野間宏の『暗い絵』を否定的、大西巨人の『精神の氷点』を肯定的にとらえて対比するもので、当時すでに『暗い絵』の考察は一応終って、『精神の氷点』論に集中している段階でした。むろん、わたしはその論旨に異論がありますが、湯地論は何しろ作品背景の調査が詳細綿密で、無視するわけにはいかない。だから昨年五月の第九回「野間宏の会」で、だれかこの論をとりあげて反論する必要がある、とわたしは提案したのですが、若干の論議の末、結局言いだしっぺのわたしがそれをやれということになりました。

もともと湯地朝雄さんは、一九六一年野間宏団長のもと開高健、大江健三郎、中国文学者の竹内実さんが、日本文学代表団として中国を訪れて毛沢東に会ったりしたあと、大江さん以外はみな新日本文学会員だったせいか、大江さんも入会するといってはじめて会館にきたとき、近代日本でも有数の本読み、雑誌読みである大江さんが、『新日本文学』ではとくに湯地朝雄さんの評論を注意深く読んできたと語ったほど、左翼正統派の代表的論客とみられる存在でした。しかし、わたしなどは野間宏、花田清輝、大西巨人らとともに、日本共産党が思想の自己点検なしに、共産主義の正統を占有しうる理由はないと批判して、党員を除名されたものたちであり、ましてソ連社会主義の崩壊以後は、どこにも無条件で正統派を僭称しうる立場などありえないはずです。わたしがこんなことをもちだしたのは、湯地さんは今も新日本文学会員で、数年前『新日本文学』に右傾化とか戦前回帰とかいわれる近年、多くの知識人におこっているなしくずしの転向をなで斬りにするような評論を発表した。わたし自身、当初これは重要な問題提起かなと思って読んでゆくと、佐多稲子の戦争協力をめぐる戦後の自己批判は不十分とか、小田切秀雄が戦前の転向よりも現在の転向を重視するという立場も、それじたいすでに一般的転向に流された意見だなどの所論から、固定不変の正統派的基準がうかがえ、それが「獄中非転向」を唯一絶対の基準とする日本共産党の立場に似通っていることに疑問をいだいたものです。

プロレタリア文化運動の末期、すでに非合法化されて地下にもぐった共産党を代表する宮本顕治や小林多喜二は、戦争前夜の情勢を「革命前夜」ととらえ、労働者サークルに反戦ストをよびかけるビラを配れといった無謀な指令を文化団体に送りつづけました。そういう現実性のない硬直した教条を、獄中十数年一度も戦中の現実とつきあわせずに守りぬいた非転向を、わたしは思想的にも倫理的にも評価しません。むしろ、逮捕前からこういう政治的ひきまわしの傾向を批判する小説を書いていた中野重治が、官憲に強制された転向をバネにして「日本の革命運動の伝統の革命的批判」にむかうべきだ、と提起した課題がそのまま戦後にひきつがれていると書いたことがあります。［さらに旧制四高以来中野さんの親友である石堂清倫さんが、九十七歳でなくなる直前の二〇〇一年七月に刊行した『二十世紀の意味』（平凡社）のなかの『転向』再論――中野重治の場合」によれば、一九三六年ごろ抗日運動で投獄された中国共産党員に対し、蒋介石政権が政治運動を悔悟して放棄する旨の「反共啓事」に署名捺印すれば、釈放してもいいと日本の「転向」に当る取引条件ないしワナを設定したとき、華北地区の共産党指導者だった劉少奇は、速やかに「反共啓事」に署名して出獄し、党の戦列に復帰せよ、党は諸君を裏切者視したり、差別したりしないことを保障する、という手紙を獄中同志に届けたという。「補註」によれば、この一文は宮本顕治が転向を裏切視し、党内でことごとにそれを言いたてて中野をひきまわす不当さを論じてほしいと佐多稲子にたのまれ、やっと佐多の告別式に届けたとあるのをみても、日中共産党の転向問題の扱い方の差異は歴然としているだろう。――後補］

そこで湯地さんの「戦後文学の出発」にたちいると、わたしは大西巨人も重要な作家と考えていますが、ここでは野間と大西の比較論には興味がないので、もっぱら『暗い絵』を論じた部分だけとりあげます。その『暗い絵』には「エゴイズムに基づく自己保存と我執の臭いのする道」を通って、「科学的操作による自己完成の追究の努力の堆積」に至るという有名な一節があって、宮本百合子はそこにプロレタリア文学でも正当には扱われなかったブルジョア・デモクラシー、つまり知識階級と民主精神の発展の相互関係のテーマを見、武井昭夫はそこにエゴイズムの論理化、集団化が労働者階級の連帯と革命運動の基盤にもなりうるという思想を読みとって、ともに肯定的に評価したという紹介から湯地さんは出発します。ところが、『暗い絵』につづく『肉体は濡れて』『地獄編第二八』『崩解感覚』、あるいは『顔の中の赤い月』などの短編になると、戦争の傷痕ばかりやたらに強調されて、堂々めぐりの袋小路に陥って後退し、停滞したと宮本百合子も武井昭夫も否定的に評価する。そういう後退・停滞の原因はすべて、もともと『暗い絵』の成立背景にあった、というのが湯地論の骨子です。

戦中期の野間宏をめぐる傍証

一九三五年、コミンテルン大会で採択された反ファシズム統一戦線、通称「人民戦線」の戦術は、日本では共産党壊滅後『世界文化』誌や週刊誌『土曜日』を通して主に関西地方に急速に浸透します。まず『暗い絵』の永杉英作、木山省吾のモデルとなった永島孝雄、布施杜生ら京大学生グループは、『学生評論』を発刊して京大内文化運動の統一と学外運動との連携を進め、また神戸には合法的な社会大衆党、ついで労農党を支持しながら、労働運動の再編統一をはかる「全評」の拠点が生まれました。しかし、日中戦争開始後は官憲の弾圧が「人民戦線」勢力に集中し、三七年末には全評も一斉検挙後結社禁止になったので、京大生グループも『学生評論』を休刊して「京大ケルン」を結成し、春日庄次郎らの党再建をめざす「日本共産主義者団」の指導のもとに、非合法活動に乗り出さざるをえませんでした。ところで湯地さんは、野間さんの小学校同級生で京大で野間さんを永島孝雄らに紹介した小野義彦さんの回想から、当時の野間は文学グループに属してシュルレアリスム（?）に熱中し、永島らのたまり場にも時々たち寄ったが、「学生評論」から「京大ケルン」までの運動には終始傍観的であった、との証言を引きだします。もっとも、野間さん自身も戦後になって、人民戦線の思想は当時の京大生には正しくうけとめられず、むしろ神戸の労働運動などにそれを生かす芽があったことを指摘しています。だが、その点でも湯地さんは野間さんの兄上と小学校同級の旋盤工羽山善治が、野間は文学の方から人民戦線に興味をもって時々労働運動の実情を聞きにきたので、全評神戸地方協議会の秘密書記局員矢野笹雄を紹介しただけ、という証言をもちだします。

さらに京大卒業後、大阪市役所社会部福利課につとめた野間さんは、水平社（部落解放）運動のなかで松田喜一が提唱し推進した「部落経済更生会」に、人民戦線の新しい展開をみて積極的に協力します。しかし、湯地さんは主として日共系らしい中村福治の『戦時下抵抗運動と「青年の環」』（一九八六）という本にもとづいて、この部落経済更生会が「生産力理論」の影響下に、生産増強、統制管理、戦争協力を進めた部落の革新右翼的再編にほかならず、やがて大政翼賛会の下部組織に組みこまれたことを指摘します。それらの背景資料を拠り所にして、湯地論文は『暗い絵』全体が戦時下抵抗運動への日和見的傍観と総力戦体制への追随の自己合理化、弁明となっていると断定するのです。

私が出会った文学者像

このように湯地論文は多くの傍証の引用で成りたっているので、彼が最初に『暗い絵』論の先蹤としてあげた宮本百合子と武井昭夫にまずふれておきたい。わたしは敗戦二年目の大学生時代、宮本百合子の『風知草』という小説を読んで、共産主義の思想が感覚の隅々まで血肉化されていることに感動し、たまたま同月の雑誌にのった平林たい子の『こういう女』と対比して、大学新聞の文芸時評で絶讃したことがあります。ところがその後何度も『風知草』を読み直してみると、革命運動の同志として結婚直後に、夫が逮捕されて獄中十八年非転向のまま、GHQの政治犯釈放指令で出てきたばかりだから、何よりも十八年のブランクを埋めて夫婦関係をつくり直すことが必要なのに、二人とも大義名分ばかり言いあって感情のすき間に眼もくれない。百合子の他の作品をみても、社会認識と個我意識が特権的な位置で結合していることを十分自覚しないから、自分から遠い他人は明晰にみえるが、自分と身近な人間にはつねにみえない部分と切りすてる部分がある、つまり志賀直哉直系の私小説家で、啓蒙的コミュニストとわたしは規定しています。ちなみに、野間さんが亡くなったとき、わたしは昨年亡くなった杉浦明平さんに追悼文をたのんだら、胃を手術で切りとったので体力がなく、一日二時間四、五枚しか書けないというので、渥美半島の杉浦家まで行って聞き書きしたものを『新日本文学』にのせました。そのなかに明平さんが晩年の宮本百合子を訪問したら、共産党の近代主義批判でやり玉にあげられる『暗い絵』なんか、ほめるんじゃなかったと語ったことがでてくる。もっとも、それを小田切秀雄さんに伝えると、「百合子さんは聰明な人だよ、そんなこと言うかな、少くとも明平さん流のおもしろおかしい話にしてしまっていいのかな」と首をかしげました。

一方、わたしは一九四八年上京とともに、花田清輝、岡本太郎、植谷雄高、椎名麟三、佐々木基一らではじめた「夜の会」に常連として参加し、そこで同人の一人野間さんとも知りあいました。その翌年、わたしは東大の研究室にいたのですが、全学連初代委員長として有名だった武井昭夫と湯地朝雄、沖浦和光が東大文学部学生としてやっていた「現代文学研究会」に、野間宏をよぶというポスターを見て、聞きに行ったものです。そして、わたしがまだ研究室にいながら少しずつ評論を発表しはじめた一九五三年、何かの会合で新宿にあった新日本文学会館に行くと、花田清輝が編集長、武井昭夫が編集部員でいて、二人が推薦するから入会しろと武井君がわたしにいうので、新日本文学会員となったのです。ところが同じころ、「夜の会」の常連として知りあって手製の家にまでたずねたことのある安部公房に誘われて、関根弘、眞鍋呉夫、島尾敏雄らもいた文学グループ「現在の会」に加わりました。そして翌年わたしが東大の研究室をやめたがマルクス主義芸術論の翻訳を出したせいか大学の教職がなく、今でいうフリーライターの生活をはじめたばかりのころ、「現在の会」の帰りに安部公房から、日本文学学校が教務主任格の人材を求めているが、君がそれをやってくれないか、ついてはこの学校は共産党がつくったもので、週三日出勤分の給料も払うから、入党してもらうことが条件だ、という話をもちかけられたのです。変な条件だなと思ったけれど、漠然と入党も考えていた時期だし、若干の給料も魅力だったので、わたしはその場で承諾しました。ただ安部公房もすでに新日本文学会員だったので、わたしの入党が分裂抗争中の共産党所感派への所属となり、文学学校の事務所は新日本文学会に対立する人民文学社におかれていることなど、入党後にはじめて知る迂闊さでした。その分裂抗争を一応終らせた日共の「六全協」後に、反共暴露雑誌『全貌』で、安部公房は「現在の会」を通して多くの文学者を党員に獲得した功績で、所感派文化部のかなり上位に抜擢された、という記事を読んでわたしはああ、そうだったのかと納得した始末です。

ところで、「六全協」のあいまいで妥協的な統一、その余波としての新日本文学会での花田編集長更迭を不満とした武井昭夫は、一九五七年に「芸術の前衛が内部の世界にむけていた鋭い眼を外部の世界に転ずれば、たちどころに政治の前衛になるだろう、その逆もまた真だ」という花田清輝の一節を拠りどころとして、これまで芸術の前衛とみえた野間宏、安部公房、針生一郎は、「人民文学」の俗流大衆路線に荷担したため、政治の前衛でも芸術の前衛でもなくなったと、とりわけわたしに批判を集中する評論を発表しました。それに対してわたしは、花田の二項対立を駆使するエッセイは、その対立の弁証法的止揚へと想像力の飛躍を促すもので、図式としてうけとめてはならない、現にそこにふくまれた「シュルレアリスムからドキュメンタリーへ」の方法論にしても、みごとに成功したのは映画監督ルイス・ブニュエルぐらいで、多くのシュルレアリストは挫折ないし逸脱したなど、具体的に検証しながら反論して論争をつづけました。だが、武井さんはそれらにはもう答えず、「敵は本能寺」とばかりに湯地さんが引用した野間宏批判にむかったので、この野間論はわたしにとって他人ごとではなく、また大いに異論があります。その武井さんは一九六二年、花田、安部、わたしなどとともに共産党を除名されたのちも、新日本文学会の代表的な論客でしたが、七一年ごろ突然数人とともに退会し、『思想運動』紙と『社会評論』誌を発刊して別個の運動をはじめた。その『思想運動』紙に湯地さんが長篇評論を連載したわけですが、わたしは今にして武井、湯地両君とも結局政治路線の正否を問う路線批評ではないかと感じています。

トラウマから戦争と歴史の真実をさぐる

いよいよ『暗い絵』のわたしなりの再検討ですが、わたしも平野謙さんなど『近代文学』の批評家たちの推奨によって、人民戦線思想の日本への導入の記録として、この作品を最初には読んだものです。けれども、だれでも気づくように、この小説で圧倒的な迫力があるのは、象徴主義の詩法をそのまま生かしたような、冒頭数ページにわたるブリューゲルの絵の濃密な散文詩的表現で、そこにはスペイン圧政下にフランドル農民が股に穴をあけ、背中にしっぽをつけ、指の間に水かきをおびたような畸形・不具、あるいは動物のような状態におかれながら、しぶとく集団的抵抗力を失わない姿が描かれています。一冊のブリューゲル画集をたえず眺めかわしては、どうしたらこのような不屈の抵抗が可能かを語りあう京大生たちには、主人公についてやや具体的に叙述されたと同様、家族、金銭、国家の重圧や「合法主義」をめざす別の学生グループとの対立感情がのしかかるので、作品の空間的構造としてはルネサンス期フランドルと日中戦争下京都との断絶をかかえています。一方、時間的構造としては、ブリューゲル画集をみつめあった仲間がみな獄死ないし戦死し、画集そのものも大阪空襲で焼失したと語られる以上、作品全体が戦後からの回想という形をとっている。多くの評者がそこにだけ注目する、例のエゴイズムから「科学的操作による自己完成の追究」に至るという一節は、その回想のなかで主人公が逮捕覚悟で非合法活動を決意した永杉英作らに共感しつつも、そこには「自己の絶対性の動きがない」として別れを告げ、山路をこえて下宿へと帰る途中にいだく願望ないし決意として語られるものです。したがって小説のなかで行動の裏づけがなく、たしかに友人たちを見殺しにして生き残ったものの弁明ないしアリバイの入りこむ余地があります。だからといって湯地さんのように、この作品全体を戦争中の抵抗運動に対して日和見的傍観に終始したものの自己合理化とみるのは、あまりにも短絡にすぎると思います。

もし湯地さんに、戦争中勇敢に抵抗運動をつらぬいたものだけが、戦後文学の創作主体となりうるという考えがあるとしたら、偽装転向もせずまた逮捕投獄もされずに、そんな抵抗をつらぬきえた人は戦争中ありえなかったと言いたい。そういう観念論は必然的に、「獄中非転向」を唯一至上の規範とすることになるが、くり返せば日本の「獄中非転向」は、グラムシのように獄中でたえず獄外の現実をみつめながら、共産主義の原理を拡充し深化することなく、戦争下の現実を無視して原理信仰だけを固守していたのだから、わたしは尊敬も重視もしません。それに、かつて吉本隆明が戦後派文学の大部分はむしろ転向後派だと規定したなかでも、野間さんほど戦争中の自己のあらゆる行為と無行為・傍観をトラウマとしてかかえこみ、戦後にそのトラウマをねばりづよく切開してきた作家はなく、その点でトラウマを手がかりに戦争と歴史のかくされた真実をさぐりだす、欧米近年の文学芸術の動向の先駆ともいえるんです。

湯地さんがあげた松田喜一らの「部落経済更生会」の右翼的・大政翼賛会的側面については、前に在日の金静美《キムチョンミ》著『水平運動史研究』(現代企画室、一九九四)も、植民地支配と民族差別のもとにおかれてきた朝鮮人・中国人との連帯を、部落解放運動が決定的にきりすてた転回点として批判したことがあります。しかし、戦争中の大衆運動は多かれ少なかれ国策順応、大政翼賛的側面をもたざるをえなかったので、野間さんは戦後のエッセイですが「大阪の思い出」(『部落問題研究』一九四九・一〇—五〇・三)で、松田喜一が部落の最貧困層たる靴修繕業者の組合など職業別組合をつくる一方、高利貸支配、親分子分制、冠婚葬祭に多大の出費を強要する因襲などを一掃し、部落の経済生活を建て直して感謝されたことをつたえています。だから、そこに「人民戦線の新しい展開」をみたのは、野間さんにとってまぎれもない真実だったのです。むろん、このエッセイの末尾には、松田、朝田善之助、北原泰作ら当時の指導者たちの業績を正当に認識すると同時に、「これらの人たちに対する厳しい批判なしには、部落解放運動は一歩も前進することはないだろう」とあるので、野間さんは戦争中の運動が二重性の相剋のうちにあったことをけっして見失ってはいません。『青年の環』の結末をなす戦時下大阪部落民のコンミューン的蜂起のフィクションは、まさにこの両面の把握から三十年かかってみちびきだされたといえるでしょう。

もうひとつ、フィイリピンのバターン半島攻略戦で、住民殺戮、掠奪、強姦に直接荷担しなかったにしろ、多少とも目撃したことが、野間さんの最大のトラウマになっているとわたしは考えます。「戦場でのノートを開いて」（『次元』一九四八・八）には、バターン戦中マラリアにかかって入院したマニラ野戦病院で、紙片に書いたという詩が引用され、そこに「このくにのさかしまの文明の悲しみの／ひとを殺したわが心の内にふれてくる」「ひからびた裸足をして街角に踊りをおどる／父を失った娘達の姿が浮かんでくる」といった詩句があって、その註釈のようにつぎの一節がつづきます。「家にあっては柔和な兵隊達は全くそれまでの様式とは別個のところに置かれ、その生命は動物への方向にばくはつし、強姦、暴行、惨虐を行った。そしてしかも、そのような戦場の思い出は、今日戦後の内地において、犯罪となって甦っている。それらの犯罪は、戦争が終わった今日、しかも内地であるがゆえに、犯罪であり、法がこれを追跡する。……一方、戦争責任そのものは、全く放置の状態である。」

おそらく、ここに野間さんの戦争体験の核心があります。つまり、戦場の追いつめられたどたん場で日本兵に露出したのは、自分が生き残るためには戦友もみすて、敵国の民衆も強姦、掠奪、みな殺しでも仕方がないという動物的エゴイズムで、それが敗戦で「滅私奉公」のたて前の掟が崩壊すると、戦争責任を不問にしたまま野放しになり、アダム・スミスが「万人狼同士」、弱肉強食の野獣的争いとよんだ資本主義復興期にいっそう増殖されることを、野間さんははっきりみすえています。

［それにくらべれば、彼が原隊復帰後治安維持法違反で陸軍刑務所に入れられ、転向声明を書かずに転向を声明して執行猶予つきで保釈になったのも、最後のトラウマにはちがいないが、『朝日新聞』が「野間宏の転向の日判明」と記事にし、川西政明が武田泰淳とならべて野間の転向を論証するエッセイを『群像』に書くほどのことではありません。転向を誓わなければ、執行猶予つき判決も保釈もありえなかったからそうしたまでで、出所半年後にわざわざその日を忘れまいと『戦中日記』に書いたのは、その屈辱を中野重治のいう「日本の革命運動の伝統の革命的批判」の起点にしたいからにほかなりません。――後補］

ブリューゲルの絵の比重

それら野間さんのいだいていたトラウマを考察した上で、もう一度『暗い絵』に戻ると、主人公が永杉らのグループに共感しながらも、非合法活動にふみだそうと決意した彼らには、「自己の絶対性が動いていない」と思って別れを告げるところは、作者の実感がこめられています。つまり、非合法活動といっても労働者に反戦ストをよびかけるビラを渡すだけで、渡しても日中戦争下にそんなストライキがおこせるはずはなく、むしろ渡した方が即時逮捕され長期投獄されるだけなのに、そんなことにかけがえのない自己を投げすてていいのかという疑問は、単なる日和見ではなく十分根拠があります。その先に例の「エゴイズムに基づく自己保存と我執の臭いのする道」を通って、「科学的操作による自己完成の追究の努力の集積」に至るという一節が出てくるのですが、これは湯地さんのいうような日和見的傍観の単純な自己肯定と合理化ではありません。野間さんが人民戦線に啓示された、各個人が自己とその思想的立場を生かしながら統一戦線を組む可能性を発展させせれば、ブルジョア・デモクラシーというべきこんなことになる、と願望の目標を語っているので、しかしフランスやスペインでは曲りなりにも人民戦線内閣が成立したのに、日本では共産党壊滅後わずか二、三年一部に浸透した人民戦線が、日中戦争下に集中的に弾圧された状況の落差を当然ふまえています。まして、戦争中日本軍のほしいままな残虐行為に露呈された動物的エゴイズムが、戦後無批判のまま野放しにされていると作家が認識する以上、そのエゴイズムから科学的自己完成への向日的な道など、絵に描いた餅にすぎないと半ば自覚していたはずです。だから小説ではブリューゲルの絵に出てくる、動物のように畸形化した農民たちのスペイン圧政に対する集団的抵抗と、両極にひき裂かれたまま提出されています。そして両方を組みあわせてはじめて、戦争中あらゆる有効な社会活動が禁圧された状況のなかで、重い扉を押しひらくように戦後につながるヴィジョンを模索した形跡として、十分な文学的リアリティをもっています。

わたし自身は敗戦直後、戦争で抑圧された人間の回復、状況の変化に揺るがぬ近代的主体性の確立が叫ばれた時期に、戦争は終っても極限状況は形を変えてつづくから、そんな西欧ヒューマニズムのつけ焼刃で、主体性なんて確立されるかなと思っていました。「夜の会」に出入りして、花田清輝のヒューマニズムを否定する発言に、最初ははげしい抵抗感をいだいたが、転形期には主体自身が死を経て変身再生しなければならない、という思想にふれてしだいに深く影響されたのです。だから『暗い絵』でも早くから自己完成の夢より、ブリューゲルの絵にみられる畸形化された人びとから合成される集団的主体性を重視しました。

したがって、『暗い絵』につづく『二つの肉体』『地獄篇第二八歌』『崩解感覚』などの野間の短篇を、わたしは宮本百合子や武井昭夫のように「堂々めぐり」「袋小路」などとは考えません。それらは戦争中実質上解体した人間と人間関係を、あらためて意識的解体作業を進めて、その極限から再生の方向をさぐった重要な作品群とみています。また『顔の中の赤い月』は戦後の名作短篇のほまれ高いが、エゴイズムとヒューマニズムの観念的図式にしばられている点が疑問だ、とわたしはこの会で前に述べたことがあります。しかし、そのエゴイズムにフィリピンで行軍中力つきて脱落した戦友をみすてたことだけでなく、住民を殺戮暴行した日本兵の責任も加えれば、その重いトラウマが復員後の女性関係を断念させるのもうなずけるでしょう。

個人的主体性と集団的主体性の相剋

むろん、野間さんの戦後の全作品には、自我の民衆像にむかっての解体とそこからの集団的主体性の確立という両極がつねに共存し、その成をめざす個人的主体性の合成、また向日的な自己完両面の相剋がやがて心理・生理・社会を総合するという「全体小説」の方法論をよびおこしたと思われます。向日的な個人的主体性の確立という方向がもっとも顕著なのは、源空—法然—親鸞から在家仏教の正統をうけつぐという父親に対抗して、主人公がダンテ、シェイクスピアから自分までの文学的系譜を明記した塔をたてようとする、『わが塔はそこに立つ』でしょう。だが、そこには主人公が大阪に住む母親をさがすと、小店主のかたわら亡父の在家仏教をうけついで下層民衆の解放と救済に奔走する母親が、信者の家で病人の身体に手をあてて念仏を唱えながら、息子にも手伝えというので、主人公がこういう母の姿は否定しきれないと感じ、手をあてると不覚にも念仏が口を衝いて出てくる場面があります。野間さんが戦争中に部落経済更生会、戦後に「人民文学」に荷担したのも、この自伝的長篇に描かれた親ゆずりの「民衆の中へ」の原点から理解されるべきで、政治路線のあやまりを言いたてても片づきません。そしてこの小説は、主人公が京大生の文学・政治運動仲間たちとともに、警官隊包囲下の宇治平等院前庭に結集したとき、文学的系譜の塔を中空に幻視するところで終るのです。だからわたしはこの作品が講談社版『われらの文学』シリーズに再録されたとき、その解説に「自己の絶対性と歴史の相対性」という題をつけました。

じつはその数年前、武井昭夫との論争の翌年だから一九五八年ごろ、わたしは橋川文三、江藤淳とともに文壇外から起用されて、『文学界』に評論を書く機会をあたえられました。すでに『日本浪漫派批判序説』という単行本を出していた最年長の橋川さんは、それを敷衍するように戦後文学と民族問題を論じました。最年少の江藤さんは小林秀雄にまで尾をひく神話の要素を克服しなければ、日本の近代文学は発展しないという趣旨の、「神話の克服」五十枚を書いてあざやかに文壇にデビューしました。その代り二、三年後の単行本『小林秀雄』ではこの批評家の全面礼讃に転じ、さらに変り身の速い転換をかさねて、たちまち文壇最保守派の支柱となりました。わたし自身は『近代文学』系の平野謙、荒正人、本多秋五らの批評家が戦後文学に求めた近代的自我や個人的主体性に対して、集団的主体性を軸に戦後文学をとらえ直そうとしながら、その思想が自分でもまだ十分熟さないまま、漠然と女と民衆の問題が手がかりになると考えていました。そこでプロレタリア演劇の理論的指導者でもあった杉本良吉が、樺太からソ連領に亡命するときかわいさだけが取柄の岡田嘉子をカムフラージュのため同行したのは、目的のためには手段を選ばない政治の非人間性の一例だという平野謙説は、その杉本がスターリン体制下に粛清され、ついで岡田が結婚した飯沢某も病死し、岡田ひとりしぶとく生き残って放送・演劇活動をつづけた事実によってうち砕かれたと、十七枚だけ書いて時間切れになり、わたしの商業文壇へのデビューははたせなかったのです。

近年、わたしは文学学校や市民講座でカフカの小説をとりあげるため、わたしが一時期かなり交際したフランスの精神分析家あがりの思想家フェリックス・ガタリと、車椅子の哲学者ジル・ドゥルーズの多くの共著のうち、『カフカ――マイナーの文学』（法政大学出版局）を読み直しました。それによるとカフカはプラハの同化ユダヤ人の子に生まれ、家父長制や資本主義的管理社会に反発しながら、それを変革する主体としてのアイデンティティをどこにもみいだせず、ひたすら争点をずらして脱出路をさがす悪戦苦闘を小説に書いた。しかも、その脱出は主人公が機械か動物かお化けに変身してようやく可能か、あるいは変身＝死となるかという結末で、それが今日まで無限の示唆をあたえてきたというのです。わたしは一九五〇年ごろ、花田清輝が国会図書館でみつけたカフカの英訳書から重訳して、『カフカ短篇集』を「世紀の会叢書」としてガリ版印刷し、安部公房が当時とぼしかったカフカの訳書をしきりに読みふけったのも、わたしが集団的主体性として予感したものの実態も、こういうところにあったんだなと納得しました。

さらに野間さんは晩年、「分子生物学によれば、胎児の段階から遺伝子に母体や環境からさまざまの刺激が加わるなかで反応の基本形ができてゆくので、そういう外界と内面の相関関係を離れて自我などありえない」とわたしに語り、多年自我意識とエゴイズムの克服と昇華のため苦闘してきた野間さんの文学に、新しい地平がひらけつつあることを感じさせたものです。その言葉を前述のカフカ像と結びつけて、わたしは野間さんの全小説を読み直したい気がしています。

（二〇〇一年五月　第九回）

『暗い絵』
野間宏と「顔」

フランス文学
石井洋二郎

はじめに——「顔」のモチーフ

本日の全体的なテーマは「野間宏の現代性」ということですが、私は基本的にフランス文学・文化の研究者であって、日本文学の研究者ではありませんし、ましてや野間宏の研究者ではございません。野間文学に関しては、若い頃に一時期いくつかの作品に読み耽った経験がありますが、その後は時々思い出したように読み返す機会はあったものの、じっくり読み込むことはしないままこの年にまで至ってしまったというのが正直なところです。ですから私には正面からその「現代性」を論じるだけの資格はないのですが、しかし野間宏は文学者として出発するにあたってフランス・サンボリスムの影響を強く受けておりますし、思想面で言えば言うまでもなくサルトルなどの影響を大きく受けていますから、私にとっても前から気になる存在ではありました。

また私はこの数年、フランスの社会学者、ピエール・ブルデューの概念を応用しながら、「身体」や「速度」というキーワードを中心に日本文学の作品を読み直す試みをささやかながら進めて参りました。そこで考えてみれば、野間宏の初期の短編小説は、まさに「身体」の問題を凝縮したような作品群ではなかったか。たとえば『暗い絵』を最初に読んだとき、最も強烈に脳裡に焼き付いたのは、やはり書き出しの一節、つまり例のブリューゲルの絵の描写でしたけれども、ここにはまさに「身体性」のテーマが集約されております。となれば、これを機会に彼の作品を再読してみることで、何か以前とは違った新たな知見なり発想なりを得ることができるのではないか、そしてもしそうならば、それが同時に野間宏の現代性の一端を示すことにもつながるのではないか、こう考えて、あえて今回の役回りをお引き受けしたような次第です。

とは申しましても、論じる対象を「身体」全体に広げてしまうと、とても一時間以内で納まりそうにありません。そこで今日は、身体の中でも私たちが最も日常的に眼にしている「顔」という部分に焦点を当てて、『暗い絵』という作品を私なりに読み直してみたいと思います。

この小説が革命への関わり方をめぐる「自己完成」のありようを主題としているというのはいわば定説になっておりますし、確かに今読み直してみてもこの読み方がきわめて正統的な解釈であることは疑いがないように思われます。しかし誰の作品を読む場合でもそうですけれども、いわゆる「作者の意図」なるものを模索してそこに到達することを目指すようなスタンスを、私はとりません。そうではなく、その作品が発信している時代的メッセージやそれが置かれている政治的文脈からは一旦切り離して、テクストそれ自体の細部に注目してみる、そうすることで何らかの新たな風景を浮かび上がらせることを目指すというのが、私の基本的な方法論であります。

「父親」と「親父」

この作品で「顔」が最初に焦点化されるのは、主人公である深見進介の父親のケースです。この父親は大阪府庁勤めで、「いつまでも小官吏の地位にいる」と説明されている通り、いわゆる小市民の典型のような人物として描かれています。彼は息子に手紙を寄越して、「この月は母親が病気のため思わぬ費用が要り、節約第一にして欲しい」と要望した後、いつもお決まりの結びとして、「思想問題に注意して日頃の賢明をもっていたずらに徒党に与《くみ》せぬ方針を堅持されたし」と忠告するのですが、これを読んで深見進介は腹を立て、「その怒りの中から金銭の圧力が、彼の身をしめつけて来るのを感じた」と書かれています。そのとき浮かんでくるのが父親の「顔」なのです。

①それは金に圧し潰された種族の顔である。優しい心の働きを金に奪い取られたもののもつ顔である。金の中の老衰の表情である。左にゆがんだ長い鼻隆《びりゅう》、瞼の肉の薄い眼、短い眉。この眼は遠くを見ない。人々の顔の中で何を読み取ろうとするのか、しばしば小さく動く。しかも哀れに小さく動く。茶色に近い痩せた頬、それは卑屈に属し、硬化した咽喉の辺りの皮膚、これは労苦に属している。そしてこれら父の表情を

縛っているものは金銭である。

この描写が単なる顔かたちの描写でないことは、最初に「金に圧し潰された種族の顔」とか「優しい心の働きを金に奪い取られたもののもつ顔」、あるいは「金の中の老衰の表情」といった表現が見られることからも明らかです。要するに深見進介の父親の顔は「金銭」の論理に呪縛され、ブルデュー的な言い方をするならば経済資本の支配に全面的に屈服した顔として描かれているのです。逆に言えば、そこからは文化資本的要素が徹底的に排除されている。だから彼は現在の自分の社会的位置を保持することにしか関心がなく、おのが身を危うくするような政治的選択を本能的に回避し、息子にたいしても「思想問題に注意」しろとか「徒党に与」するなとか、いかにも小市民らしい紋切型の忠告を与えるわけです。

このことは、彼の顔の細部がいずれも卑小さとか、衰弱、圧縮のイメージで描写されていることに現れています。文章を細かく見てみると、瞼の肉は「薄」く、眉は「短」く、眼は「遠くを見ずに、「小さく」動く。頬は「痩せて」いて、咽喉の皮膚は「硬化して」いる――といった具合に、父親の顔の部位がすべてマイナスの形容で記述されていて、おのずから彼の社会的位置の卑小さを反映する形になっていることがわかるでしょう。

ただし「鼻」だけは例外で、それは「左にゆがんだ長い鼻隆」と書かれています。これはおそらく、後で出てくる食堂の親父との対応関係の伏線になっていると思われますので、次にその部分の描写を見てみたいと思います。

②台所口に続いた中の三畳の間の仕切りの暖簾の間から大きな鼻と大きな耳をつけた大柄の親父の顔が、客の姿をじっと見定めるように覗いている。それはまるでその親父の大きな鼻だけが、そこから覗いているというように思える。《鼻奴《はなめ》、鼻奴、》深見進介は何故ということもなく心の奥でこう思った。するとこの言葉と共に、その時まで彼の心の深みに沈んでいた一つの押しつけるような圧力が、あらわな、眼に見える力となって現われ、彼の行手を遮るかのように思えた。それは新たに姿をもって現われた金の圧力であった。

これは深見進介が馴染みの食堂を訪れる場面ですが、ここで登場する親父の顔の描写を追ってみると、「鼻」という部位がことさらに強調されていることは一目瞭然でしょう。「親父の大きな鼻だけが、そこから覗いているというように思える」という言い方からもうかがえる通り、食堂の親父の存在そのものがほとんどこの部位に集約されていると言っても過言ではありません。実際、彼に関してはここでも《鼻奴、鼻奴》という言い方がされていますが、その後も単に「鼻」と呼ばれたり、「鼻の親父」「鼻親父」

などと呼ばれたりといった具合に、しきりに同様の呼び名が繰り返されます。これは修辞学用語で言う典型的な「換喩」という比喩の一形式、すなわち部分をもって全体を表すレトリックの一種ですが、それはそれとして、引用②の最後の箇所を見ると、ここではそれが、食堂経営のかたわら金貸しも営む親父を支配している「金の圧力」を表象していることがわかります。大きな鼻というのは、西欧的文脈においてはユダヤ人を連想させ、やや差別的なニュアンスを伴って金銭のイメージに結びつく一種の記号論的な符牒ですから、もしかすると作者の頭の中にもそうした観念連合が働いていたのかもしれませんが、いずれにせよこれが深見進介の父親を呪縛していた「金銭の圧力」と同じものであることは言うまでもないでしょう。つまり深見進介の父親と食堂の親父という二人の人物は、ともに経済原則への隷属を表象する「鼻」という部位によって繋ぎ合わされた、表裏一体の存在として描かれているわけです。

事実、食堂の親父の顔は深見進介に父親の顔を自然に連想させます。引用②のすぐ後には「彼は彼の心の片隅に自分の父親の顔を思い浮かべた。あの短い半白の眉の中の弱い、伏せがちの父の視線が浮かんで来た」とあって、両者の顔が主人公の頭の中でだぶっていることが示されています。ここで「弱い、伏せがちの父の視線」といった表現が見られることも、「眼」という部位の卑小さ、視線の収縮という徴候を裏打ちするものとして見逃せないディテールのひとつでしょう。食堂の親父も暖簾の間から客の顔を窺っているはずなのに、「まるでその親父の大きな鼻だけが、そこから覗いているというように思える」わけですから、やはり「眼」という部位の存在感は限りなく後退させられています。いわば二人の顔は、「眼」の萎縮と「鼻」の膨張という点で、ほとんど共通の構図のうちに重なり合っているわけです。

両者の類似についてさらに付け加えるならば、「父親」と「親父」という二つの言葉は、実際に書いてみればわかりますがまったく同じ漢字を前後入れ替えただけで、鏡に映した像のように左右対称になっています。ですから視覚的に見ても、両者はちょうど背中合わせになっているわけです。しかも「父」と「親」という二つの文字は、いずれも典型的に経済原則を象徴する記号である。もちろんそこまで野間宏が意識してこれらの言葉を用いていたとは思えませんが、しかし「作者が語ろうとしたこと」ではなく、少なくとも「テクストが語っていること」のレベルにおいては、二人の登場人物がいわば一組の双子、双生児として機能していることは否定できないように思われます。

以上の仮説を裏付ける細部としてさらにもう一点、引用②で食堂の親父が「大きな鼻と大きな耳」の持主として現れていたことにも注意しておきたいと思います。つまり彼の場合は「鼻」だけでなく「耳」という部位も拡大されているわけですが、では深見進介の父親はどうでしょうか。話が少し先にとびますが、深見進介が食堂で自分とは政治的立場や主張を異にする五人の学生たちにたまたま出くわし、あまり愉快とはいえないやりとりを交わした後、食堂を出て友人のアパートに向かって街を歩きながら、さまざまな想念に耽る場面があります。そこで彼は、自分の自我の卑小さに思いを馳せながら下級官吏の父親のことを思い出すのですが、このときふと、「ああ、あれは、兎の耳だ。風に動く年とった大きな耳じゃないか。おどおどした耳じゃあないか」と、いささか唐突に父親の耳のことを想起するのです。つまりここでもまた、今度は「耳」という別の部位をめぐって、深見進介の父親と食堂の親父の間に明白なアナロジーの糸が張り渡されている。言うまでもないことですが、ここで実際に彼らの鼻や耳が大きいかどうかは問題ではありません。主人公である深見進介の眼にはそのように見える、ということが重要なわけです。

眼・鼻・耳

ここで顔の部位について若干考えてみますと、一般に最も特権化されやすいのはやはり「眼」でしょう。比喩的にも「将来を展望する」とか「未来を見通す」といった言い方がしばしばされることからわかる通り、「眼」というのは空間的に視野に入ってくるものを認知するだけでなく、時間的にまだ到来していないものを見抜く器官であり、その意味ではすぐれて想像力に結びついた部位であるからです。

これにたいして、「鼻」や「耳」はどちらかというと自分の身辺的な現象に結びつきやすい部位であると言えるのではないでしょうか。言うまでもなく前者は匂いを嗅ぐための器官、後者は音を聞くための器官であって、いずれも感覚的刺激にたいして即物的・直接的に反応するところにその本質があります。それらは異常や危険を察知して自分の保身を可能にするための器官であり、その限りにおいて「眼」よりも本質的に受動性の強い部位であると言っても差し支えないでしょう。少なくとも「鼻」や「耳」には、「眼」のように時間を超えて想像力を活性化する機能は基本的に備わっておりません。つまりそれらは一般的に言って、「今、ここ」に繋がれた器官であるということになります。

深見進介の父親と食堂の親父の顔の描写において特徴的なのは、いずれも「眼」が顕著に縮小されているのにたいして、「鼻」と「耳」がことさらに肥大して描かれているという点でした。それは彼らが想像力というものを徹底的に欠いていて、社会の将来を自ら展望することもなく、一介の下級官吏として、あるいは小さな食堂の経営者として金銭の論理に屈服し、ひたすら周囲の反応をうかがいながら自らの保身に汲々としてきたという、日和見主義的な生き方そのものを表すレトリックにほかなりません。つまりここでは登場人物の顔を構成する「眼」や「鼻」や「耳」といった部分が、地位、職業、経済関係といったさまざまな社会的力学の作用を受けて変形され、それぞれの担う象徴的機能に応じて自在に拡大されたり縮小されたりしているのであって、その誇張や歪曲のされ方がそのまま作品の主題と密接に連関させられているわけです。

このように身体の細部を、それが担っている意味論的な負荷に応じて伸縮させたり変容させたりする描写技法は、まさにブリューゲルがその絵画作品において用いていた手法と対応するものであるように思います。彼の絵には、野間宏の言葉をそのまま借りれば「顎の短い乞食」や「足の曲った気狂い」、「背中のまがった農夫」など、しばしば身体の一部が極端に歪曲された異形の人物像が描きこまれていますが、そうした怪物的身体の表象するものも、当時の社会においてさまざまな政治的・経済的圧力によって毀損され、デフォルメされ、奇形化された人間たちの姿にほかならないからです。実際、このフランドル画家の描く民衆の群像について、小説の中では「当時の支配者フェリペ二世の専制政治に対する嘲笑なのである」と書かれているくらいですから、作者が絵画における身体の社会的象徴学とでもいうべきものに自覚的であったことは疑う余地がありません。彼がこの作品をブリューゲルの絵の描写で始めているのも、こうしてみればきわめて必然的な選択であったと言えるでしょう。

父親と親父に話を戻せば、両者の類似は二人だけのことにとどまらず、日本のある種の階層に属する人間一般へと、さらに普遍化されていきます。深見進介は食堂の親父に食費を借りていて、今月分を半分にしてくれと切り出そうと考えているのですが、この場面で親父の表情はまたしても自分の父親の顔と重なり、さらには日本の男一般の「顔」へと広がっていきます。

③こういう一銭銅貨の色にも似た顔色をもった男は日本の社会にはしばしば見られる。これは日本の社会の奥底にある造幣局で製造される多くの人間の一人に過ぎない。そして先刻深見進介がこの親父の鼻を見ながら彼の父の顔を思い出したというのも、彼の父とこの親父とが一方は金貸しであり、一方は借り手に廻る方でありながら、社会の同じ場所で製造された人間であることに変りはなく、彼等の顔には同じ銅貨の模様が打ち出されているからであるとも言えるのである。

ここで顔色を形容するのにわざわざ「一銭銅貨」という金銭の比喩が用いられていることは、二人の男たちがその使用価値においてではなく、交換価値においてはじめて機能することを示唆しているように思われます。実際、父親と親父は、たまたま前者が「借り手」、後者が「貸し手」と、一見対照的な立場に立ってはいるものの、じつはこれまた鏡の像のように左右対称の図式を描いているにすぎず、結局のところ金銭の授受・貸借・交換のシステムに従属しているという意味では「社会の同じ場所で製造された人間」であり、「同じ銅貨の模様」を刻印された顔をもつ存在にほかなりません。つまり彼らは単なる双子にとどまらず、三つ子、四つ子とどんどん拡大していく契機を孕んでいるわけです。この引用に見られる「日本の社会の奥底にある造幣局」というのは、もちろん経済資本の論理が存在を一定の型にはめて大量生産する資本主義システムを指しているのでしょう。このシステムによって次々と打ち出される同じ「一銭銅貨」に似た顔色をした日本の男たちは、いわゆる「人格」や「個性」といった属性を剥奪された、他の誰とでも交換可能な貨幣のような存在、非人間化され疎外された画一的な「民衆」として描かれるわけです。

こうして日本社会の構造をそのまま映し出すかのような二人の「父親＝親父」の顔は、三節の最後でもふたたび現れます。

④厭な奴、厭な奴と彼は自分自身と小泉清を同時に嘲り始めた。厭な奴、厭な奴と言った。するとその胸の中に食堂の鼻親父の大きな鼻の形が現われて来た。彼はそれをじっと見ていた。するとそれが静かに後退した。そして、それが、彼の父の顔に徐々に変って行った。「いたずらに徒党に与せざる方針を堅持されたし。」金と彼は思った。金、金と思った。哀れな人々と思った。

もはやこの文章に細かいコメントをつける必要はないと思いますが、『暗い絵』という作品においてはこの通り、登場人物の「顔」がそれぞれの人物の担っている主題論的な機能に応じて巧みに造型されている結果、描写は単なるリアリズム小説のそれではなく、言葉本来の意味においてきわめて象徴主義的《サンボリック》な性格を帯びているということを、ここで再確認しておきたいと思います。

学生たちの「顔」

では、学生たちの「顔」はどう描かれているのでしょうか。深見進介が食堂に入っていく場面に話を戻しますと、そこには彼と立場を異にする一派が陣取っています。

⑤赤松三男と谷口順次とが足つきの将棋盤を囲んでいる。その横に美沢多一郎が足を組んで本を拡げている。美沢の後に床の間を背にして足を投げ出し、両手で斜め後にそらせた体を支え、眼を瞑った小泉清の顔が鈍く輝いて見える。江後保は一番奥の縁側寄りに身体を横たえている。暗い光の中でこれらの人々の顔の部分だけが煙草の煙に動く暗い光を反射して輝き揺れているように見える。《鼻奴、鼻奴。》深見進介はなおも彼の中に呻いている言葉を嘲りのように自分の心に言い聞かせながら、人々の輝いている顔を次々と見渡していった。

ここで最初に描かれている身体の部位は、美沢多一郎と小泉清の「足」であって、「顔」ではありません。その後、視線は一同の顔へと移動していきますが、しかし全体としては「これらの人々の顔の部分」とか「人々の輝いている顔」といった言い方からもうかがえるように、漠然とした集合的な「顔」が描かれているだけであって、各人の特徴や表情は個性化されておりません。つまりここでは学生たちがまとめてひとつの「顔」をもっているかのように描かれているわけです。

その中でただひとり、集団の中心的存在である小泉清の顔だけが個別的に言及されていますが、それも「眼をつぶった小泉清の顔」とあることに注意すべきでしょう。つまり彼の場合、最終的に革命を志す点においては深見進介の父親や食堂の親父とは本質的に異なる種族に属するわけですから、彼らのように「鼻」や「耳」が強調されることはありませんが、その代わりに「眼」が閉じられているというところに、彼の社会的位置取りが象徴的に投影されているような気がするのです。遠くを見ることのできない小市民の眼とは違って、小泉清の眼は確かに前方に革命を透視しているのだけれども、しかし今はさしあたり閉じられている。実際、合法主義者とみなされている彼は、日本のブルジョワジーはまだまだ強固なので「我々が立つべき時機はもっともっと先だと思うね」という主張を開陳しており、当面は革命に目覚めることをあえて先送りするというスタンスをとっています。こうした視線のありようは、後で出てくる深見進介の友人たち——永杉英作、羽山純一、木山省吾の三人——の眼が切迫した革命への意志に覚醒してはっきり見開かれているのと鮮明なコントラストを示しています。

その意味で、これはすでに指摘されてきたことだと思いますが、深見進介の名前が「深く見て進む」ことを示唆しているのはきわめて象徴的と言えるでしょう。彼は「日本の学生達はあまりにも生命を粗末にする、あまりにも自己を保持しない」と考えているので、自らの信条をいささか性急に行動に移して結局は若くして獄死してしまう三人の友人たちのように急ぐことはしないけれども、しかし一方小泉一派とは明確に一線を画して眼を見開きながら、「何者かに成る」ことを目指して「その時まで自分を保持しなければならない」と考えているからです。

ではその深見進介自身の顔はどう描かれているのでしょうか。店に入ってきた彼にたいして、一同が揶揄するように言葉を投げ掛ける場面を見てみましょう。

⑥「おでんの定食。」寝転んでいる江後保が、料理屋の仲居の口調を真似て言った。

「おでんの定食。」将棋を見るでもなく膝の上に岩波文庫を載せ、唇を円めて煙草の煙の輪を造っては時々将棋盤に吹きかけていた美沢多一郎が江後保の口調を引き取って言った。

「おでんの定食。顎の用心。滅法うまい蒟蒻《こんにゃく》おでん。」そして、深見進介の方を向くと、何か笑いを堪えているような細い頬が、奇妙に窪み、卑しい嘲笑するような表情がそこに見られた。

「顎の用心。」谷口順次が調子をつけて繰り返した。

「顎の用心。」赤松三男がそれに和した。そして皆の顔の上を何か光の波のように、薄ら笑いが次々と伝わってゆくように思えた。

「顎の用心か。ふふ……。」小泉清の眼が開いた。


「顎の用心。」と何度も繰り返されていることからわかる通り、深見進介の顔については特に「顎」という部位が強調されています。少し後に「深見進介は顎という渾名を持っていたのである」という一文がありますから、おそらく彼は多少顎がしゃくれているといった特徴の持主なのでしょう。他愛のないからかいにすぎないと言ってしまえばそれまでの話です。しかし小説に張り巡らされた「顔の象徴体系」の中に置いてみると、これもまったく無意味なディテールとは思われません。眼や鼻や耳と違って、顎はいわゆる「五感」とは無関係な、むしろ「骨格」に関わる部分であって、一般的にいえば意志の強さを表す身体部位です。つまり、周囲の動きや雰囲気に左右されたり迎合したりすることを断固として拒否しながら自己完成を志向する彼の姿勢を表象しているという点で、これはもっぱら受動的保身機能を果たしていた「鼻」や「耳」と根本的に対立する記号として機能していると言えるのではないでしょうか。

友人たちの「顔」

それでは次に、深見進介の友人である永杉英作、木山省吾、羽山純一の三人の「顔」の描かれ方を見てみたいと思います。食堂を出た深見進介は、さまざまな思いを抱きながら永杉英作のアパートにたどり着くのですが、最初に彼を迎えたのは木山省吾の顔でした。

⑦「ふん？　まあ、はいれよ、そんなところできょとんとした顔で立ってんと。はいって来いよ。今日はこの辺りが終点なんだろう。」入口から真向いの海老茶色の部厚い大きいカーテンを背に膝をくずして坐っている木山省吾の顔が、電燈の周りに白く漂うている煙草の煙の向う側で微笑んでいる。彼は特色のある眼と眼の間の幅の広い、一見四角く見える奇妙な感じを与える大きな眼に、この男が深見進介にのみ特別に示すいつもの人なつっこいうるみを付けて眼で招きながら、終点という言葉に或る特定の意味を持たせようとするかのように、この言葉だけをゆっくり発音しながら言った。

ここで強調されているのが「眼」であることは一目瞭然です。「眼と眼の間の幅の広い」とか、「一見四角く見える奇妙な感じを与える大きな眼」とか、「眼で招きながら」といった具合に、文章の中でしきりにこの部位が反復されていることを確認しておきましょう。

次いで羽山純一の顔の描写を見てみます。

⑧入口に近く木山省吾の真向いに同じように膝を組んで坐っている学生服の幅の広い頑丈な肩の上で後頭部の膨れ上ったように大きい頭が深見進介の方を振り返った。そして彼の顎の張った線の頬の緊った角形の顔の中で、眦《まなじり》の鮮かに切れた視線の強いはっきりした眼が笑っている。

この描写で強調されているのが「顎」と「眼」であることも、容易に見て取れるでしょう。「顎の張った線の頬の緊った角形の顔」とか、「眦《まなじり》の鮮かに切れた視線の強いはっきりした眼」といった記述は、「鼻」や「耳」が強調されていた深見進介の父親や食堂の親父と明白な対比をなしているだけでなく、澱んだ空気の中で個性を喪失した学生たち、あの眼を閉じていた小泉清の一派ともはっきりと一線を画しています。また、ここでは動作の主体が人間そのものではなく、身体の部位になっていることにも注目したいと思います。深見進介の方を「振り返った」のは、羽山純一というよりも彼の「後頭部の膨れ上ったように大きい頭」であり、「笑っている」のもその「視線の強いはっきりした眼」であって、羽山純一その人とは書かれておりません。あたかも重要なのは人間全体の「人格」ではなく、あくまでも顔の中の「部位」であるというかのような描き方です。これは心理小説のようにメンタルな描写ではなく、フィジカルな描写こそがこの作品では登場人物たちの社会的位置を反映する機能を担っていることを示していると言えるでしょう。その意味ではまさに、『暗い絵』も一編の「身体小説」であると思います。

三人目の永杉英作については、この場面ではごく簡単に「卵形の輪郭の正しい顔」としか書かれていませんが、しばらくの会話の後で一座に沈黙が訪れたとき、少し細かい描写が現れます。

⑨永杉英作は輪郭の正しい少し冷たい卵形の顔をそらせるようにし、立てた右足を両手で組み後の食卓にぐっともたれかかって、彼の前、深見進介の後の壁にはりつけてあるコローの「ポプラのある風景」の色刷り版に眼をやっている。形のいい、しかし鼻先の開いた獅子鼻、少し白すぎるが光沢のある頬、長い、付け根になるほど太くなっている眉、この上品な感じの漂うている顔の表情の中には憂いの影が閃いている。少し出張った顎は意志力を表わし、それが高等学校時代の適度の運動に充ちた均斉のとれた肩、胸、腹、腰、上半身の軽快な感覚を保持しているようである。

ここには「形のいい、しかし鼻先の開いた獅子鼻」というふうに「鼻」への言及が見られますが、それは深見進介の父親の「左にゆがんだ」それとは違ってあくまでも「形のいい」鼻であり、顔全体は「白さ」「光沢」「上品さ」に彩られています。つまり同じ「鼻」でも、それはけっして金銭の圧力によって卑しく歪められてはいないという含意をそこに読み取ることができるでしょう。そして何といっても注目されるのは、ここでもまた「顎」への言及が見られることです。引用の最後の方に「出張った顎は意志力を表し」と書かれているように、まさに意志の強さを証明するこの部位への言及は、彼が明らかに深見進介や羽山純一と同じ側の人間であることを示しています。

社会的出自

ところでこの描写が、永杉英作の社会的出自と密接に結びついていることをここで確認しておきたいと思います。実在の人物である永島孝雄が彼のモデルであることはよく知られていますが、今は小説の中に話を限ってお話しするとすれば、彼は「広島の資産家の長男」であり、父親はもと「農林省の技師」でした。しかしこの父親は早くに退職して「関西地方の綿業」に関係し、今では現役を退いているものの、「各会社の株主としてかなりの発言権を持っている」。そして技師をやめる頃から「傲慢な性格」が露わになり、周囲に君臨していたのだけれども、やがて疑獄事件に関係し、部下に裏切られて第一線を退く羽目になった。その後は広島県の県会で活動しているが、深い挫折感を抱えていて、子供に関しては放任主義であった、といったいきさつが説明されています。

この経緯を踏まえてみると、永杉英作がけっして金銭に無縁な環境で育ったわけではないこと、しかし放任主義の父親のもとでみずからの道を自ら選択する強靭な意志力をもたざるをえなかったことなどが推測されますから、引用⑨の描写において「鼻」と「顎」への言及が目立ったこととの対応関係は明快です。

さて社会的出自といえば、羽山純一に関してもやがてその家庭的背景が明かされます。彼についてはもう一度細かい顔の描写が出てくるので、まずそちらを見てみましょう。彼が「憎しみの坩堝」という歌をロシア語で歌いだす場面です。

⑩永杉英作が「天然パーマネント」と呼ぶ、少しちぢれて段の着いた髪が広い額の上で波打っている。黒いセルロイドの眼鏡の中の強い視線、少しふくれて小さい瘤のように盛り上っている鼻隆、角張った横顎、しゃくり上げるように突き出た下顎、この日焼《ひや》けした頬にえくぼが出て人のいい柔らかい笑いが、笑うと極めて細くなる両眼から右頬にかけてまるで暖い液体のよう

に流れ出て、人をひきつける。

先の羽山純一の描写（引用⑧）でも「眼」と「顎」が強調されていましたが、ここでもあらためて「黒いセルロイドの眼鏡の中の強い視線」への言及がありますし、顎については「角張った横顎、しゃくり上げるように突き出た下顎」と二度にわたって繰返されることで、さらに念を押すように深見進介との類縁性が強調されています。「鼻」への言及もありますが、それは「少しふくれて小さい瘤のように盛上っている鼻隆」という言い方ですから、「鼻親父」のそれとは違って、むしろ「日焦けした頬」とか「人のいい柔らかい優しい笑い」といった表現とともに、彼の出自を裏付けるための細部といった印象が強いように思います。

じっさいこのすぐ後で、羽山純一が「静岡県の或る漁師の小さい網元の家」に生まれたことが明かされます。網元というのは漁師に対しては資本家ですが、彼の父親はあくまでも「小さい網元」とされていますから、階級的にはいわば中間的な存在であったのでしょう。しかしそれでも基本的には、労働者である漁師たちから搾取する側であることに変りはありません。だから羽山純一は「父親達の属する網元達の表面親分面をし、腹芸を見せびらかしながら、細かい計算を忘れず、高利貸の性格をたたみこんでいる？卑しい根性を罵った」とされています。つまり彼の父親もまた、職業環境こそまったく異なるものの、深見進介の父親や食堂の親父と同じく「金銭」の圧力に屈した卑小な存在として描かれているわけです。羽山純一が大学生になってから、酔っ払った時に漁師の姿を真似して見せたことがあるというエピソードも、また、彼の歌声には「直截な、烈しい階級的憎悪感」が滲み出てくるという一節も、こうした出自を踏まえてみればその必然性がごく自然に納得できるでしょう。

では、木山省吾についてはどうでしょうか。彼の場合は他の三人とは若干趣を異にします。彼が羽山純一の歌にじっと聞き入っている場面での顔の描写を見てみましょう。

⑪暗い影のある顔、四角く見える眼は斜眼の故か、時に白眼勝ちになって不気味な感じを見る人に与えることがある。短い高くない小さい鼻、そして鼻の下の部厚い唇は腐敗した肉のように黒く紅い。陰影の少ない平らな顔を救う頬の深いくぼみ、この男の顔には未だ表情がないのである。何故か見る度毎に顔の輪郭さえが形を変えるように思える。彼はむしろ顔で表情するというよりは、その病んでいるような身体で表情するという方が当っているのである。張りのないゆるい女のような肩の線、それにもかかわらず、ごつごつした骨張った四肢、それを蔽う薄い夏の学生服をとおして彼の暗い心がにじみ出ているようである。むしろそれは彼の暗い性欲に基づく影である。

この文章では「暗い」という形容詞が三回繰り返されていて、全体が陰惨な影のイメージにつきまとわれている不吉な顔というのが第一印象です。「眼」についての言及はありますが、それは斜視で「白眼勝ちになって不気味な感じを見る人に与える」とあって、革命を志す青年のそれとしては遠く将来を見通す透明さや純粋な迫力に欠けています。また「鼻」はどうかというと、「短い高くない小さい鼻」とありますから、「鼻親父」のやたらに目立つそれとは対照的で、確かに金銭の論理へのアンチテーゼとなっていますが、同時に彼の表情の暗さを増幅する特徴にもなっています。さらに唇は「腐敗した肉のように黒く紅い」と描写されており、やはり不健康な印象を裏打ちする形になっています。つまり木山省吾の顔は全体として生命の躍動がうかがえない、いわば死の影につきまとわれたネガティヴな顔として描かれているわけです。

ところで彼の出自についてはほとんど作品の最後近くになって、永杉英作のアパートを出た深見進介と彼が語り合いながら街を歩いていく場面でようやく明かされるのですが、それによれば木山省吾は「東京の人間」で、父親は「著名な著述家であり、啓蒙的な左翼思想家」であるとされています。彼の場合も実在の人物である布施杜生というモデルが存在しますが、今はそのことは措いておくとして、作品に沿って読んでいけば、彼は父親の思想を認めず、たびたび論争していた。しかも最近父親が軍部と交渉をもつようになってからは絶縁状態になっていた。そこには父親が母親以外に愛人をもっていることを恥じる気持ちも絡んでいたらしい。要するに彼は「左翼思想家」でありながら軍部と交渉をもち、妻がありながら愛人を作るような父親にたいして、かなり屈折した思いを抱えていたのであろうと想像されます。引用⑪で「この男の顔には未だ表情がない」とか、「何故か見る度毎に顔の輪郭さえが形を変えるように思える」といった言い方がされていることからすれば、彼に限っては「顔」が他の青年たちのように一定の「表情」や「輪郭」をもっておらず、その結果、社会的出自や思想的立場を表象する記号としては十全に機能していないように思われるのですが、そうした機能不全は以上のような出自の複雑さ・曖昧さに由来するものと考えていいでしょう。いずれにせよ木山省吾の顔は、もっぱら表情や輪郭の不在によって描かれるという逆説的なありようを呈している点で、他の学生たちとは根本的に異質であるように思われます。

その代わり、彼の場合むしろ表情は顔よりもその「病んでいるような身体」に宿っているとされていて、その原因は「暗い性欲」とされています。これについては後で彼自身の口から「俺はちょっと変ってるからね。俺の性欲はひととは違うんだよ。その点で俺の女は、特別な女でなきゃあ、駄目なんだがね」と語られることになりますが、詳しい事情は結局明らかにされておりません。先に描写の中に「張りのないゆるい女のような肩の線」という表現があるところからすると、同性愛的傾向を想像することも不可能ではありませんが、根拠の確かでない推測をもてあそぶのはやめておきましょう。いずれにせよ自分の性欲の異常さを彼が恥じていて、それが深見進介とも、また永杉英作や羽山純一とも異なる陰影をその存在に投影していることは確かであると思います。

「顔」の主題系

こうして永杉英作のアパートに集った四人の学生たちは革命を論じ、それからブリューゲルの画集を一緒に見ながら感想を語り合うことになるのですが、少し細かくテクストを読んでいけば、この場面にも「顔」にまつわるディテールが随所に散りばめられていることがわかります。たとえば大きい魚が順に小さい魚を呑み込んでいく絵ですが、この絵を前にして、木山省吾は一番大きい魚の顔から例の「鼻親父」を思い出し、永杉英作は広島の資産家である自分の父親を思い出す。また、羽山純一は「今の政府の奴等」に鏡を見せればこの顔が映るだろうと指摘しますが、そこで深見進介だけが「そう言うなよ、俺達の顔もどこかにあるかも知れんよ、こいつの絵の中に」と、若干醒めたコメントをつけたりしています。

また『十字架』――正確には『十字架を担うキリスト』――という絵を見て、木山省吾はキリストの顔を「百姓の顔」であると言い、永杉英作は「如何に歪んだへしゃげた顔をしていても、これは後光をつけた上からのキリストではなくて下からのキリストなんだ」とコメントしています。ブリューゲルの描くキリストの顔に、天上から降り立ってきた超越的存在ではなく、地上から這い上がって民衆と一体化するに至った救世主の顔を見るというこのくだりも、「顔」の主題系をめぐる興味深い場面のひとつであると言えるでしょう。

結局、深見進介は永杉英作からこの画集を借りて帰路につくのですが、これがじつは四人が一堂に会する最後の機会で、深見進介を除く三人はそれぞれの選択の結果、戦争の只中で獄死という運命をたどることになります。したがってこの画集はついに持主の永杉英作には返却されないままで、やがて深見進介が住んでいた工場の寄宿舎の部屋で空襲のさなかに焼けてしまうわけですが、そのいきさつがこの小説の冒頭で語られていたことも周知の通りです。

このように、ブリューゲルの画集をひとつの重要な縦糸に配したこの作品は、登場人物の「顔」の描き方に見られるさまざまな誇張や変形、歪曲や修正を通して、作品全体がいわば一枚のブリューゲル的な絵画になっているとも言えるように思います。そしてその手法は、まさに人物の顔を自在に変形して社会的風刺の武器とした「カリカチュア」にも通じるものです。私はここで、たとえば十九世紀フランスのカリカチュア作家であるドーミエのことなどを思い出しているのですが、野間宏が彼の作品を実際にこの時点で目にする機会があったのかどうかはわかりません。あるいは文学で言えば、いわゆる近代小説における人物描写、とりわけバルザックなどの人物描写との共通性も指摘できるかもしれませんが、これもきちんと立証するにはもう少し綿密な実証的手続きが必要でしょう。今はとりあえず、『暗い絵』と十九世紀フランスの風刺画や小説との類縁関係を見る可能性を示唆しておくにとどめたいと思います。

おわりに――女の「顔」

ここまではもっぱら男の顔ばかりを問題にしてきましたが、もちろん『暗い絵』において女の顔が重要でないわけではありません。最後にこの点について簡単に触れておきたいと思います。

この小説で最初に現れる女性は食堂の女主人です。彼女は例の親父の娘で、子持ちの未亡人なのですが、彼女については「湯上りの化粧のない浅黒い顔」という言葉は見られるものの、細かい描写を拾っていくと、むしろ「恰好のよい足」とか「右腰の柔かい線」、「肉づきのいい体」というように、体全体への言及のほうが圧倒的に目立ちます。

次に登場する女性は深見進介の恋人である北住由起ですが、彼女のアパートで二人が別れ話をする場面には次のような描写が見られます。

⑫深見進介と由起とは、彼女の住む二階の六畳の部屋で睨み合っていた。そんな対立の時でさえ、彼女の二重瞼の堆い眼はいささか媚を含んで彼を魅了し、頑固に頸筋に引いた小さい円味の顎は蒼味を帯び、小柄の彼女の弾力のある身体を包んだ薄緑のワンピースの上の紅い細いバンドの上の胸のふくらみ、横に崩した絹靴下を蔽う服にはっきり線をつけている膝頭の滑かな動き、そして無雑作に垂らしたように装われている髪、――再び来まいと決心するとこれらのものに対する執着は根強く、彼は去り難い痛みに揺すられた。

顔についていえば、ここでは「二重瞼の堆い眼」と「頑固に頸筋に引いた小さい円味の顎」だけが言及されていますから、深見進介と同じく「眼」と「顎」という部位が強調されていることがわかりますが、全体としてみれば「弾力のある身体」「胸のふくらみ」「膝頭の滑かな動き」等々、描写の力点はやはり食堂の女主人と同じく体全体に置かれているように思われます。あたかも女の場合は顔だけでは小説的記号たりえないとでもいうかのような具合ですが、これはあくまでも視線の主体が深見進介という青年であることに由来するものでしょう。つまり若い男にとって何らかの意味で性的欲望の対象となりうる女性についてはどうしても「顔」よりは「体」のほうが有意な記号として作用するのは当然であって、その点、男たちがもっぱらその「顔」によって地位や経済力や思想的立場といった社会的記号を発信していたのとは根本的に事情が異なるわけです。

したがって女であっても彼にとって直接的には性的対象になりえない女性、たとえば母親のケースでは、描写もごく自然に「顔」へと焦点化されていきます。小説のラスト近くで、深見進介が木山省吾と別れて一人で街を歩き出す時、彼の脳裡には「母親の小さい顔」が浮かんでくるのですが、そこに見られるのは次のような描写です。

⑬それは温和な、柔和な形の顔ではない。しかしながらまた尖った、角のある、乾燥してひからびた顔でもない。いつも何か小さい家計の予算を計画し、とりきめようと考えながら、心にそうした計算を常に持っているため、時に上の空で人の言葉を聞き流し、しかもその小さい計画を一つ一つ実現することによって、自分を支え、五十年の苦境に堪えている、生活的な女の顔である。高くはないが形のいい鼻、派手な可愛さはないがゆるやかな一家の愛を湛えた眼、その眼の下の雀斑《そばかす》の多い皮膚はこの地味な顔をむしろ飾っている。

ここでは「五十年の苦境に堪えている、生活的な女の顔」が描かれていますが、中でも最後の方に見られる「高くはないが形のいい鼻」という部分が彼女の夫、すなわち深見進介の父親の「左にゆがんだ長い鼻隆」と明確なコントラストをなしていること、また「派手な可愛さはないがゆるやかな一家の愛を湛えた眼」が、やはり夫の卑小な眼、「人々の顔の中で何を読み取ろうとするのか、しばしば小さく動く。しかも哀れに小さく動く」というあの眼と鮮やかな対照をなしていることを確認しておくにとどめたいと思います。

以上、「顔」というテーマをめぐって私なりに野間宏の『暗い絵』を読み直してみました。果たして野間宏の現代性の一側面をうまく浮かび上がらせることができたかどうかはわかりませんが、彼の小説は少し注意深く読んでみると実に豊かな細部に溢れていますし、展開されるイメージもきわめて多面的で、読みようによってはまだまだいくらでも新しい照明を当てることができるというのが、今回の私の偽らざる実感です。たとえば身体の問題から当然派生する「穴」や「深さ」のイメージなどについてもまだまだ語るべきことは多いと思いますし、この作品を手掛りとして「速度」の問題についても論じてみたかったのですが、今日はそこまで話を広げることができませんでした。その点をお詫びして、私の話を終えたいと思います。

（二〇〇四年五月　第一二回）

『顔の中の赤い月』

『顔の中の赤い月』を読む

作家
中沢けい

皆さん、こんにちは。私は代役みたいで、一週間ほど前にこのお話をいただきました。さっき、お生まれ年のお話で、富岡さんが五七年、町田さんが六二年とおっしゃってました。私はちょうど中間で五九年の生まれなんですけれど、アクチュアルな読み方ということを求められてるのかなという印象でお話を伺ったんですが、今日の場合、アクチュアルというのは、実際的、現代的な読み方というよりはむしろ、場当たり的な読み方に近いような話しかできないという感じでここにまいりました。

今、町田さんのお話を聞いていてすごく気が楽になって、野間宏を広く若い人に読ませたいと思ったら、書店の棚から『真空地帯』を抜いて、もっと別のものにした方がいいだろうと思ったんです。というのは、私も中学三年のときに『真空地帯』を三ページ読んで、だめだ、いかんと思ってやめたんです。自分でいうのも何なんですけれど、面倒くさいものとか複雑なものが読めないということはなくて、割と読めてましたから、よっぽどまずかったんじゃないのかという気がするんです。

絶対に一生言うまいと思っていたことを、今言う決心を一つしたんですが、実はこのお話をいただいて、前に富岡さんと電話でお話をしました。というのは、一週間前にお話をいただいて、準備できるとしたら何があるかと考えたときに、野間さんは経済的な問題に関して非常に興味を深くお持ちで、『さいころの空』という短編もあって、どうしてある時期から作家は経済的な問題を真剣に自分の作品のテーマに据えなくなったのかということを、ちょうど『さいころの空』あたりを基準に考えてみようというんだったら、何とかしゃべれるかなと思ったら、去年僕がそれをしゃべったというので、何、それっていうんで、急遽『顔の中の赤い月』に変えたんです。

そのときに富岡さんがおっしゃるには、野間さんの文体についてしゃべれないかというお話だったんです。それはちょっとできない。野間氏のあの『真空地帯』の驚愕がいまだに残っていると。なぜしゃべれなかったかっていうと、文体というにはすごく問題がある文章なんです。そのことは実は私も共有している問題なんで、一生口外すまい、口から出すまいと思ったんだけれど、今日ちょっと町田さんに保証してもらったんで、言う気になったんです。というのは、めちゃめちゃリズムが悪いんです、全然リズムが悪い。実は私も音痴でリズムがとれなくて、その音痴の私が野間宏の文章やリズムが悪いといってもだれも信用しないだろうけど、音楽家の町田康がいうんだったら、信用するだろうな、これは言ってもいいやというので、リズムが悪いと。このリズムの悪さを含めた文体論をやるとなると大変なことになるというので、ちょっとその辺もできない。文体というからには、そこに整えられたリズムが備えられている必要もあるから、むずかしいと言うわけです。

実はあることを考えていたんです。リズムが悪い人というのは、歩き方が醜いんだと、音楽大学に行っているうちの息子がいっております。ともかくパーカッションはみんな歩き方が格好いいよと。お母さんは絶対に歩き方から直せば、音痴の五〇％は直るっていわれてるんです。『顔の中の赤い月』の中におもしろいくだりがあるんです。ちょっとすばらしい朗読の後で、私も気が引けるんで要約しますけど、最初の恋人が死んでしまって、次の代役の恋人を持ったときに、その恋人の欠陥の中でどこをののしっているかというと、歩き方なんです。長い左足を外側に向ける歩きぶりのまま近づいてきたって。その歩み方を見るとののしり、そのためにその彼女につらく当たったというんです。彼女のその左足の歩みを心の中で見下げ、ののしり、そのために彼女につらく当たった。女性にいろいろ気に入らないことがあって、男から文句がつくことはあるんですけど、歩き方で文句をつけられた女っていうのも珍しいだろうと思うんですけれど、このくだりを読んだときに、お元気なころの野間さんとは私は言葉を交わしたことはないので、ちょっとしゃべりづらいんですけど、下田のプリンスホテルで廊下の向こうから野間さんが歩いてくるのに出くわして、えらくびっくりした。なんでびっくりしたかは言わせないでくれって気がするんですけど、びっくりしたことがあるんです。そのときの歩き方は、やっぱり左足をちょっと外へ出る形の、びっことということではなくて、たんたたん、たんたたんと妙な歩き方で、『顔の中の赤い月』の短編を読んでいますと、その御自身の歩き方が投影された描写かなと私はずっと思ってたんです。さっきリズムが悪いっていう話を聞いていて、やっぱり歩き方に問題がある人だったんだというのを改めて思い出したわけです。

きょうは『さいころの空』がだめになって、二番目の候補でまさに『顔の中の赤い月』の歩き方のまずい女の短編の選び方をしちゃったんですけど、なぜこの話をしようかと思ったかと申しますと、先ほど針生さんの話の中に、この短編は後退ばかりで、戦争の傷跡にこだわっていて、発展性がないじゃないかという宮本百合子の御批評があったというお話がございましたけど、実はこの短編は読み方を変えますと、非常に完成度が高くて、でき上がりが行きどまりの作品なんです。ですから、だれかがこの作品を見て、まねようと思えば構造はまねられるというところまで完成されてしまっているんです。その中で私がこの作品をぱっと思い浮かべたのは、最後の段落なんです。彼女が電車に乗って、電車の扉が閉まってしまって、彼はその電車からおりてしまうと。そうすると、彼の生存が彼女の生存をこするのを見たと。これは電車の扉に、ちょっと今では考えられないんですが、破れ目があったんですが、ただ二人の生存の間を透明な一枚のガラスが無限の速度を持って通り過ぎるのを彼は感じた。こういうお互いに一つになれずに、自己疎外、疎外していく人間関係というのは現在でも自閉の関係として、若い大学生なんかに小説を制作してもらうと、みんな書くんです。戦争という重要な問題を、トラウマというふうに置きかえてしまいますと、トラウマがあって、そのトラウマのために人と人が人間関係を共感を持って結べないという小説は、本当に今、山のように書かれているんです。自閉のままどんどん自閉していっちゃって、固まっていくというようなパターンの作品がものすごく多いんです。そういう作品は読まれているのではなくて、作者の満足のために大量に書かれています。書かれるだけで、活字になって公の場にでることは少ないのです。そうした傾向の最初の典拠になるような、典型的な美しい形の小説を探してずっとたどっていくと、『顔の中の赤い月』、このあたりの短編にたどり着くんです。

ちなみに調べてみましたら、私の本はいいかげんな年表しか載っておりませんで、昭和二六年、『顔の中の赤い月』、目黒書店刊行って書いてあるんだけれど、これは短編集の刊行年ですから、それ以前の制作だろうと思うんですが、二四年とか二五年に書かれた短編だと、その辺がアクチュアルな場当たり的で調べがついていないというところなんですけど、大体朝鮮戦争が始まったころ。そうしますと、普通の人間の感覚で、普通の傷跡の癒え方でいうと、敗戦から五年ぐらいで、人格を維持していくのに困難になるような傷というのはおおよそ直ったと。表面的な傷は癒えたからこれからいろいろやっていこうというぐらいのころにこれが書かれていて、これが日本のその後の小説の一つの典拠になっていくような……。これを読んでそれを典拠にまねした人はいないかもしれませんけれども、あるスピリッツの方が非常に似ていて、これに非常に似たものが偶然書けちゃったというようなことが次々に起こっていくのかなというふうに私は感じていたんで、この作品を取り上げる気になったんです。

この作品というのは、先ほども休憩時間にちょっと寺田さんともお話をして、晩年になっても野間さんがこの作品について気になさってたと。気になさった部分は、戦争中の行軍の描写、あるいはフィリピンでも戦いの様子、その他のことを気になさっていたんだろうと思うんですが、私自身がこの作品を読んで非常に気になる問題があります。この問題は私自身が何か答えを持っているというのではなくて、首をひねっている問題です。ですから、ここから先はぐちゃぐちゃになりまんねんという感じなんですけど、まとまったお話はできません。なぜ首をひねっているかということだけをお話し申し上げます。と申しますのは、この短編が成り立つためには、作家はあるところにたった一行の文言だけを入れておかなければいけないんです。この文言を抜いちゃうと、この短編がまるっきり成り立たなくなるんです。それはどこかと申しますと、フィリピンでフィリピン兵が焼き払った甘藷畑がはるか下方に暗く続いていたというところがあるんです。そこを馬を引いて逃げていくわけですが、熱帯の大きな赤い月が兵隊たちが上げる砂埃で煙った海岸線の向こうに昇っていた。この一行をもし作家がパーで、書かずにいたら、結末のところで女性の顔の中に赤い月がありありとあらわれてくるというところが出てこないんです。つまり、この一行は、非常に作家が意図的に、構築的に入れていたという一行だと思ってよろしいんです。さっきからパーでと申していますけど、この作品の場合、『顔の中の赤い月』というタイトルですから、タイトルが決まった段階から恐らくこの一行がどの位置に入るかみたいなことは、作家は考えていたと思います。

書く前に結末まではっきり頭の中に浮かんでしまう短編というのがあるのです。ただ時々、中盤に入れるはずの一行を書き忘れるというようなバカをやることがあります。そういう時は、首をひねりながら、どこかに無理に突っ込めないかなァと四苦八苦します。おまえと比べるな、ばかといわれそうな気がしているんですけど、そういう作品ってものすごく段取りよくつくられていて、つくり方がわかってしまっている作品なんです。ですから、宮本さんの批評は外れてはいません。ただし、それが一つの典拠になって、同じような作品が、今五〇近く書かれるということにこの作品の問題提起というか、意味があるんだろうと思うんです。

私がここで問題にしたかったのは、なぜ赤い月なんだということです。多分政治上の問題を考えてこの作品をお読みになる方は、この戦闘の風景が描写されたとおりであったかどうか、ここにおける人間性の表現がどのようであったか、そういうことをお考えになると思うんですが、私の目から見ますと、熱帯の大きな赤い月が兵隊たちが上げる砂煙で煙った海岸線の向こうに昇っていた、この一行が非常に気になるんです。なぜ、赤い月なんだと。と申しますのは、これは昔から私が悩まされてきた問題が一つそこへ絡んでおります。赤い月っていうことが、一番読者に訴えやすくて、読者の感覚が共有できて、共感できる、そういう細部なんです。

例えば、この間もねじめ正一さんとある会で雑談しておりましたて、ねじめさんは私よりも一〇歳上、もう少し上かもしれませんけれども、東京の高円寺の商店街で育っていらっしゃって、小説もたくさん書いていらっしゃって、もちろん出発は詩人で、ただ僕は花鳥風月に興味を持てないんだということをおっしゃっていたんです。その言い方は決して嫌ないい方ではなくて、ねじめさんは東京のそういう場所で育って、街の様子とか人の様子には興味は持てるけど、やれ月だの花だの風などそういうものには興味を持てないんだということでおっしゃっていたんだろうと思うんです。ただ、私がそれに対してもう少し嫌ないい方を人からされた記憶があります。つまり、花鳥風月なんぞに興味を持つなというような否定的ないい方です。あるいはもう少し踏み込んでいくと、花鳥風月なんかに興味を持つやつはだめなやつなんだというい方です。正直に言って、私が中学、高校のころはぼんやりながら、田舎だったせいだと思うんですが、全学連の生き残りが若干学校の中にいまして、花鳥風月なんかに興味を持つやつはだめだということをがんがん言った。

それから、もっとはっきりいうと、ほとんど個人的なうらみという話になってきましたが、最初のデビュー作を書いたときに、川西政明さんに、いいところでカモメが飛ぶような描写をするなっていう批評をされたんです。だめなのか、やっちゃいけないのかと思って、それ以来その問題が心にずっと重くのしかかるようになって、批評家は自分が書く一行が、作家の運命をいかに変えるかをよく考えてから書いてくれって思いたいんですけれども、書いた方は多分それは忘れているんです。

ただ、そのときになぜ赤い月なんだって言ったのは、やっぱりここに赤い月が昇るということは、日本の文学が育ててきた伝統的な叙情性のあり方を、ここで作家が使っているわけです。使ったことが悪いという気持ちも私は全然ありませんし、なぜ花鳥風月なんだってことを無神経にがんがん作家になんかいうような、川西さんの名前を出しましたけど、川西さんがそうだというのではなくて、花鳥風月、叙情じゃだめなんだというような批判に対する耐え得る仕掛けも、実は野間宏はこの中でつくっているんです。それがどこかというと、最後なんです。例の顔の中から赤い月が出てくる場面なんですが、ずっとこれは一段落、大きな段落で書いています。その中で、彼女のこの辺だと思うんですけど、斑点があって、しみかそばかすかわからないけど、それが赤い月にだんだんなっていく。この次に、「しかし」という接続詞が出てきて、その後が仕掛けというか、物を書くときに作家は何か仕掛けているということを考えて書いているかという問題があって、自然にそうなったということなのかもしれません。そこはちょっと保留なんですが、結果としてこれが日本的な叙情の中に収斂されずにすむための大事な一行がここへ出てくるんです。

「しかし、彼の心を乱すのは彼女の顔の上の斑点ではなかった。そして、彼は自分の心の中のどこかの片隅に一つの小さな点のようなものがあるのを感じた。そして、その心の中にある斑点のようなものが何を意味するか、彼には既にわかっていた。彼はじっとその心の中の斑点のあたりを見つめた。と彼は自分の心の中の斑点が不意に大きくなり、膨らんでくるのを見つめた。」

これが大きな赤い熱帯の月になるんです。ここで「しかし」で結んであって、わざわざ女の顔の上に発見したものを、自分の心の中のものに置きかえているんです。作家がその手前で書いている、これはほとんど作家のつぶやきだっていうふうに私なんかは読んでしまうから、すれからしの読者でけしからんのですけれど、「戦争で愛する夫を失った女と、戦争で死んだ恋人の愛の価値を知らされた男が結ばれる。ちょっと小説だな」という、こういう独白の一行を入れているんです。

このまま素直に進んでくれれば大衆小説として非常に読みやすい、すてきな小説ができ上がるんですけど、それを裏切るのはさっきの「しかし」の一語なんです。せっかく女の顔の上に発見したものであって、女の顔から赤い大きな月が出てくると。そういう赤い大きな月を命の中に持っている女性と結ばれましたというんだったら、話は丸くおさまるんです。それをわざわざ「しかし」とふって、その点はおれの心の中にあるという自閉の方向へ話を引っくり返してしまうんです、たった一語の「しかし」で。多分自閉の方に引っくり返したところで、何か我々が共通に持っていた叙情性とは違うものの方向へ歩み出した。歩み出しながら一旦は退却しているというのが、この短編じゃないのかなというふうに私は考えています。

戦争に行った兵士の心の傷跡の問題というのは、第一次世界大戦後から精神医学の方でも大きく問題になっておりまして、最近では特にアメリカが中心になって、戦争に行った兵士の心のケアというのを医療チームを組んでするようになっています。湾岸戦争、最近ですとコソボの空爆なんかでも、空爆したことによって精神に変調をきたす軍人がいるということでケアしているんだそうです。単に戦争の傷跡の問題としてとらえてしまうと、そういう問題はよいケアができるというところまで事態が進んできています。

ところが、さっきのなぜ昇ってくるのが赤い月じゃなきゃいけないんだ、なぜ我々は土壇場で見る叙情性の回復の一つの手がかりに、古典的な叙情をつかむんだという問題は、医療問題や政治問題が解決しても、文学上の問題としては少しどころか、大きく残っている問題なんではないかと思います。政治問題というのが解決したのかどうか私はよくわかりませんけれども、時間がたって具体的な問題が積み重ねられておりますし、それから医療上の問題は非常によく研究されています。そういう心的外傷を防ぐ予防策まで最近は研究されています、本当にそれでいいのかという気はするんですけど。人間は傷つくことによって新しい世界を開くんですから、心的外傷の予防策まで研究したらどうなるんだという不安も感じております。それやこれやも含めて、ここで昇る月が熱帯の赤い月だったという、我々の持っている文学の叙情性の一つの典型が、このままでいいのかどうかという問題は残されているというふうに私は受けとめているんであります。

先ほど富岡さんと町田さんのお話の中に、若い日記の中に自分は三つの宇宙を持っているんだと。詩的な宇宙と、性的な宇宙と、経済的な金銭に関する宇宙とを持っているというお話があって、町田さんのお答が、宇宙っていうとうさん臭い感じ、インチキの形でしか使わないんだっていうお話があったんですけど、結局一番失われているポイントがどこかと申しますと、形而上学的な部分なんです。だから、詩的な要素は、今でも物を書く人間は詩的なものを求めて書いておりますし、性的な要素は、これは先ほど文末の自閉だけは今でもいろいろな人が書くんだっていうんですが、自閉すると性的な要素ってものすごく激烈に衰弱しちゃうらしくて、性的な要素を取り戻す方向と、性的な要素を切っていく方向で書いている若い人の短編なんかを見かけます。経済的な要素っていうのは、先ほど申しましたように、どうして作家はそこへ興味を薄くしてしまったのかという問題は、私もこのごろ興味を持って考えているんですが、いずれ三つの要素はあるんですが、宇宙だけないと。形而上学だけここ一〇年か二〇年の間、非常に形而上学をまだ勉強している人もいるし、まじめに考えている人もいるんだろうと思うんですが、社会一般に形而上学的な感覚が陥没していると、欠落しているといったらいいんでしょうか、衰弱しているといったらいいんでしょうか、そういうことは感じております。形而上学なんかもう要らないんだという問題ではなく、どこから形而上学的な感覚が取り戻されてくるのかなということを考えておりますと、私自身の考えでは、恐らく経済的な問題、金にまつわるあれやこれやの感覚、そういうものが一番トップで何か形而上学的な感覚をよみがえらせる引き金になってくるのではないのかなという予測を持っているものですから、じゃあ『さいころの空』というふうに思ったんですが、全部前に持っていかれちゃって困っていて、その次に叙情の問題っていうのは、形而上学的感覚を開く入り口になるんじゃないのかと。大きな熱帯の赤い月っていうのをこういう小説の効果的なディテールとして使えるのは、ひょっとして私たちの世代ぐらいまでなんじゃないのかという不安を感じています。というのは、そんなところでカモメを飛ばすなというような批評をいただいたと申しましたけど、私よりもうちょっと若い、一〇歳、二〇歳下の世代と話すと、なぜカモメが飛ぶんですかって聞くんですよね。やめてくれと思うんですけど、どうしたらいいのっていうところがそこにあるんです。大きな赤い月が上がってきたことによって、人間的な気持ちが、そこを私の頬をかすめるように過ぎていったという共通の理解がないと読めない小説なのに、私は大学で教えているからまずいんで、だんだんおかしくなってきたんですが、はい、先生、どうして大きな赤い月でなきゃいけないんですかって、戦車じゃいけないのって。戦車はまずいでしょうみたいな、そういうけったいな学生の感覚につき合っております。戦車で絶対にだめだっていうだけの自信がなくて、戦車だったら、君、何か感じるのっていうようなことをちょっと聞くと、これは別のケースの小説なんですが、実は一人変なことをいったやつがいて、目の前に鉄板が通り過ぎていくと我に返りますって、そういう感じだっていわれて、彼は自分の書いた小説の話を私に説明してくれたんです。目の前に壁があると我に返る、この感覚が私にはどうしてもわからなかったんです。ただ、そこで本人がものすごく一生懸命書いているっていうのはちょっと感じられて、じゃあ、そのまま書けって学校でいっていたんですけど、叙情の共通感覚みたいなものが、やはりもう一度我々の言葉の中に形而上学的な感覚を開いていく一つのヒントになりはしないかと。先ほどのお話でいうと、そういうところに磁石を垂らしたら、何かぼこぼこっとついてきて、結構なものもついているんじゃないのかというようなことを感じています。ただし、それが本当に生命を失ってしまった叙情を季語的に使うのであれば、何の意味もないわけでして、そういう意味では感覚的な部分で、いいねって思えるものをどの程度拾うかっていうのは、実際的な、実務上の問題になるんですが、野間宏の方にお話を戻しますと、やはりフィリピンで上がってきたのはなぜ赤い月であらねばならなかったのか、なぜ赤い月を女の顔の中に発見しているにもかかわらず、「しかし」という一語で自分の心の中の幻影という形に後退させる形を作家はとったのか、その辺のところをどなたかにうまく分析していただけると大変おもしろいというふうに思っております。

これは非常にいい、典型的な典拠性のある短編なんだということを申し上げましたが、ここで「しかし」を入れてくれたおかげで、後から小説を書く人はみんな堂々めぐりの小説を書いちゃって、うまくめでたしめでたしになりましたっていう人がものすごく減ったのも事実であります。私はなるべく「しかし」とか「けれども」とか「だけども」というのはやめよう、行くところまで行ってみようというような、個人的にはそういう心境でおります。

アクチュアルといいながら、ほとんど場当たり的な話で恐縮ですが、どうもありがとうございます。

(二〇〇一年五月　第九回)

『顔の中の赤い月』

戦後文学で加害責任を初めて問うた

ドイツ文学、現代文明論
池田浩士

二重の加害責任を問う

私がいまいる京都精華大学の基礎科目で、前期が「世界の文学」、後期が「日本の文学」という授業を担当しています。若い世代に、日本人の戦争体験はどういうものであったかを伝えたいという狙いが一つあって、野間宏『顔の中の赤い月』も取り上げました。

野間宏の全作品のなかで、私は『顔の中の赤い月』がいちばん好きで、なんど読んでもその度に涙が出てくるほどです。私がどうしてこの作品に愛着を持っているか、それをお伝えすることも、今日の話のテーマのひとつです。

『顔の中の赤い月』の北山年夫という主人公は、南方の戦場で初めて、自分をいちばん愛してくれた女性を、自分がいわば使い捨てにしたということに気付くわけですね。戦場の苦しみの中で自分が彼女に対して加害者として生きていることに気付いて、「自分のその女に対する偽りの愛の罪をみとめた」と書かれています。ところが、その彼は、その次に、同じ隊にいた「戦友」である二等兵を、苦しい行軍の中で、自分もいつ倒れるかわからぬ状況に直面して、何ひとつ助けの手を差しのべぬまま、見殺しにしてしまった。――『顔の中の赤い月』という作品は、ストーリーからすれば、まずこのように二重の加害責任を自覚しながら敗戦を迎えた人物を描いているわけです。もちろんそれは、アジアに対する加害責任の自覚までは到底いかないんですけれども。
日本人がアジアに対する加害というところに目が向くには、戦後ずいぶん長い時間がかかったんだなという思いがするのですが、文学においてその加害の自覚の出発点は、少なくともこの『顔の中の赤い月』に萌芽的にあったんだと思います。そのことを作品細部に即して見てゆきたいというのが、自分なりに今日の課題です。

「一種苦しげな表情」から始まる

この作品が発表されたのは一九四七年八月号の『総合文化』誌第二号でした。同じ年十月にアプレゲール・クレアトリス叢書として真善美社から、野間宏の第一短篇集である『暗い絵』が出されたのですが、このなかに「顔の中の赤い月」も入れられています。それから五年後の一九五一年四月に目黒書店から「自選作品集」と銘打って『顔の中の赤い月』という表題の単行本が出されるのですが、その後書きに野間宏はこんなふうに書いています。

「暗い絵」をかいたときには、まだ自分の小説がすすんで行くコースの展望というものを私はもっていない。私は意識的に自分の作品がどのように展開して行くか考えていなかったといってよい。「暗い絵」という作品も意識的につくられたのではあるが、それはまだ、磁針はどこもさしていない、いわば、自分自身、作品自身をさしているのである。ところが、次の作品として「二つの肉体」や「顔の中の赤い月」などという作品を書いて、「暗い絵」のなかに既に出されているものを、それぞれ別個に取り出して拡大して行くにつれて、これらの問題を自分が作家として、どう解いて行くかということが、自分の課題として出されているということをはっきりと自覚しはじめたのである。

作者が自分の作品について語っていることを、作品評価の手がかりにしてはいけない――というのは、私が勝手に自分の先生だと決めているハンガリーの思想家、ジェルジ・ルカーチの基本姿勢ですが、野間宏のこの一文も、作者は自作の正しい理解者ではないことを示す典型的な一例だと、私は思います。
なぜなら、『顔の中の赤い月』のテーマは、『暗い絵』のなかに既に出されているものを拡大した、などという次元のものではなく、まったく新しい固有の主題を描いてしまっているからです。『暗い絵』で、ほんの少しだけ登場した恋人、主人公・深見進介の恋人である北住由起という女性は、煮え切らない深見を見限って、去っていく。なるほど、『顔の中の赤い月』の主人公は、恋人に去られたあと別の女性と出会うことになっていますから、形式的には『暗い絵』の続きといえるのですが、しかしここでは、もはや全く新しいテーマが、初めて、描かれるのです。

『顔の中の赤い月』の冒頭は、

> 未亡人堀川倉子の顔のなかには、一種苦しげな表情があった。

という、きわめて効果的で、巧みな一節です。『暗い絵』の冒頭、あまりにも有名な「草もなく木もなく実りもなく吹きすさぶ雪風が荒涼として吹き過ぎる」という、あの象徴的表現とは違って、こちらの方は、きわめて即事的な始まりです。そして実はこの冒頭が、作品の全体を先取りしていると思うのです。その「一種苦しげな表情」ということの中身が、だんだん分かってくるというのが、この作品の構造であるわけです。

北山年夫という主人公は、一年ばかり前、南方の戦場から帰って、いま東京駅近くのビルディングの五階にある知人の会社に籍を置いているのですが、その同じビルの廊下やエレベーターの内や便所の入口で、堀川倉子という一人の女性と出遇うわけです。その堀川倉子に、なぜ北山年夫は惹かれたのか。それは「彼は彼女の顔の中に、その一種不可思議な苦しみの表情を見出だした。彼は彼女の顔が、彼の心の内にある苦しみに、或る精神的な甘味と同時に痛みの伴う作用をするのを認めた」からでした。

二つの罪の意識と堀川倉子との出遇い

堀川倉子の表情から、北山年夫の内に何が蘇ってきたのか。それは、堀川倉子の姿に照応するような、一人の「苦しげな女の姿」が、彼の心の中にあったからでした。しかもその彼女は、北山年夫に様々な理由で別離を申し出た初めの恋人に（つまり『暗い絵』に、ほんの少し描かれていた北住由起のように）去られたあと、彼がその「失った恋人の代理」として扱った女性なのです。彼女について作者は北山年夫の目で、こう書いています。

> ……そのとき彼の次の恋人が彼の前に現われたのである。彼の務め先の或る軍需会社の女事務員をしていたその女は彼を愛した。彼女は彼の以前の恋人とは反対に、彼にただちにすべてを渡した。それは細面の、勁と腰の細い病弱なしかし聡明な、彼の心理と彼の教養とによりそうものをもった女であった。（略）そして彼を信じきり、彼にすべてをあたえた彼女の愛を、それがあまりにもたやすく彼にもたらされたが故に、かえって彼がその後の生涯のうちに二度と得ることの出来ぬほどの値打のあるものだとは見分けることが出来なかったのである。彼は彼女を恋人の代理として取扱い、そういうふうに彼女を愛した。確に彼女を見る彼の眼は冷酷で

あった。弱い弾力のたりない彼女の胸の肌にふれながら、かれは自分の心が冷々とするのを感じるのだった。

この女性の名前は一度も出てきません。一貫して「その女」とだけ書かれています。「あたし、あなたを愛する以外に生きる道がないの、あなたにどう思われようと」と、北山年夫に本当は愛されていないことを知っている彼女は、彼にそう言います。その彼女の愛情の重さと深さが、北山年夫には、ついに分からないのです。そんなことを彼は思ってもみないのです。

しかし召集によって、北山年夫は出征してゆきます。出征していった北山年夫は、やがて戦地で「その女」の死を知るのです。敗色が明らかな戦場の日々に、自分の半生をふりかえって、その時、ほんとうに自分を愛してくれた者は誰であるかに初めて気付くわけです。自分の母親と、そして死んだ恋人以外にいないことを、彼は初めて心の底から感じとるのです。

真に自分を愛してくれたその二人の人間の姿だけが、ひらひらと舞上り、自分の身元にはせ寄ってくるのを感じた。彼の死んだ恋人は、眼鏡の中に展けた風景の中から、彼女がどうしても直すことのできなかった、長い左脚を外輪に向ける歩きぶりのまま、近づいてきた。そしてかれは彼女のその姿が、自分の苦しい心の中につき進んでくるのを感じた。彼は彼女のその品のない歩きぶりを、心の中で再現しながら、彼は暑さと疲労で弱りはてた自分の心臓を烈しくゆさぶられるように思うのだった。というのは、彼は彼女の生前彼女と一緒に歩きながら、彼女のその左足の歩みを、心の中で見下げののしり、そのために彼女につらく当ったのである。「すまない、すまない」と彼は敵を前にして心の中で言った。

北山年夫は、「すまない、すまない」という、偽りの愛についての罪の意識とともに、ようやくその失ったものの大きさに気付くわけです。

そのあと、しかしフィリピンの戦場で同僚の兵隊を見殺しにするという体験を北山年夫は重ねます。どういうことかというと、サマット山にさしかかったとき、同じ隊の落ちこぼれの中川二等兵は「俺は、もう駄目や。どういうたって、俺はもう歩けん」と、馬の手綱をはなすわけです。その中川をすぐ傍らにしていながら、北山年夫は自分を支えることが、もはや精一杯で、ほんのちょっと手を貸すことさえ出来ぬまま、中川を置きざりにして歩き続けます。

のろまで、記憶力がわるく古年次兵になぐられてばかりいた中川二等兵の生涯はサマットの坂道で終った。そして北山年夫はただ自分の生命を救うために戦友を見殺しにしたのであった。

極限の戦場で中川二等兵を見捨てたことによって、北山年夫は、もうひとつ、取り返しのつかない罪の意識をもつことになるわけです。堀川倉子の「苦しげな表情」によって北山年夫に呼び覚まされたのは、このような二つの罪の意識でした。そして、

……彼は死んだ恋人のことを思うた。彼は彼女の存在がもはやないことを思うた。そして彼にはただ彼女の愛のみが必要なのであった。俺が彼女の愛の価値を知るためには、このような何千万人の人々の生命を奪った戦争が必要であったのか。

と。このような二つの罪の意識を反芻することから、北山年夫の戦後は始まったのでした。そして戦後で生きていく日々が始まったその入口で、彼は堀川倉子と遇《あ》うわけです。――堀川倉子の夫は南方で戦病死しました。堀川倉子の愛はどのようなものであったか。北山年夫と堀川倉子の会話に次のようなものがあります。

彼女の心が死んだ夫の上に厳然とあることがわかっていた。

「あなたは非常に幸福だったそうですね」或る日彼はきいてみた。

「ええ、ほんとうに幸福でしたの」と彼女は答えた。そしてはっきりした口調でこうつけ加えた「あたし、主人をほんとに幸福にしてあげたとはっきり言い切ることが出来ますの。その点、主人が死にましても、あたしには何の思いのこすこともないのよ。すっかりすべてのことをしてあげたんですもの。勿論あたしも、その間は、じつに幸福だったんですの」

ここに、北山年夫の偽りの愛とは違う、堀川倉子の愛の姿が対照的に描かれます。北山年夫はこうして新たな決断の前に立たされます。しかも二つの罪、つまり二人の相手と自分がきちんと関わろうとしなかった罪を、いやというほど自覚し反芻してきたあとでのことなのです。親しくなった堀川倉子は、自分が一人で生きていくのは、もう限界であるという痛切な思いを、北山年夫に漏らしてしまいます。それを一緒に帰る電車の中で聞いた北山年夫は、その堀川倉子とどう向き合うのか。――そして倉子が降りる四谷に着いて、電車が止まる。

ドアが開いた。彼は堀川倉子の顔が彼を眺めるのを見た。彼女の小さな右肩が、彼の心を誘うのを見た。

しかし北山年夫は、ここで別れるのです。北山年夫はここでも、

戦後の生活を彼女と共に担うということをしないわけです。

このように一つには、「その女」の愛を知るのに「何千万の人々の生命を奪った戦争が必要であった」こと。二つに、その戦争の中で、「その女」と自分との関係を自分で自分に責めながら、しかし中川二等兵を見放したこと。そして三つめに、堀川倉子と戦後を共に担ってゆくこと、言い換えれば彼女とともに生きることによって過去の自分とは別の自分、真の意味で戦争体験を肉体化する人間として生きるという、そのことが出来ない。――こうして『顔の中の赤い月』の三つのモチーフが、北山年夫の「戦後」が何であったかという中心テーマへと凝縮されてゆくわけです。

北山年夫に戦後日本が重なる

このような作品の展開から、私たちは何を読み取るのか。いま何が私たちに問われているのか。

野間宏『暗い絵』のあと『顔の中の赤い月』と続いて、戦後文学と呼ばれる幕が開きました。ここから、戦後文学は始まったわけです。この時期、戦争体験を描いた文学の諸作品では、その体験を〝受苦〟として、ひどい戦争に加担させられた兵士や庶民の受難の歴史として戦争体験を描く視点がほとんどなのです。もちろん、そうした視点が、あのような戦争に二度と若者を追いやってはならないという、反戦運動の原点にもなったと思うんですが、基本的にはやはり、戦争に対する被害者意識が中心であったということです。

アジアの人々に対しての加害責任を抜きにしては、あの十五年戦争は語れないという認識が、日本人のかなりの部分に意識されるようになったのは一九七〇年代後半ぐらいからと思います。六〇年反安保闘争には、そういう視点はほとんど皆無でしたし、六〇年代末の全共闘運動時代にようやく、わずかながら芽生え、七〇年代を通じて徐々に共有されはじめました。

けれども『顔の中の赤い月』はあの時点（一九四七年）で、すでに一人の人間としての加害責任を問おうとしていて、戦争体験を描いている他の文学作品と比べて、その違いは著しいのです。戦争被害のさらに向こうにあるもの、加害責任を負わざるをえない北山年夫の姿が描かれたということは、決定的な意味をもっています。あの侵略戦争を許し、それに加担したのは、人間と人間との関係の中で、一人の自分という存在の責任を決して自覚しない、意識しない人間の生き方だったからです。つまり野間宏は、戦争を可能にし、戦争を支えた構造というものを問おうとしたわけです。

もちろん、ここに描かれているのは一人の個人としての加害責任の問題でしかない。しかも、そのひとつは、いわば恋愛にまつわる男女間の問題です。けれども、人間と人間との、人間と自然との、関係のありかたの本質は男と女との関係の中に凝縮的にあらわれる…というマルクスの指摘を俟つまでもなく、北山年夫の、二人の女性との関係のありかたの中にこそ、戦後の出発点においても問われなければならなかった人間的責任の、いわば原点があったはずなのです。――そして、自分の担うべき責任を回避したその北山年夫に、私たちの戦後の姿が重なってくるのです。

まず北山年夫は、自分の偽りの愛、また戦場で同僚の兵隊を見捨てたという、その二つの罪の意識を戦争体験によって発見しながら、それにもかかわらず戦後、それを生かすことが現実には出来ていないわけです。堀川倉子に対しては、前の二つよりもさらに重い問題だろうと思うのです。

資本主義・帝国主義がもたらす必然的な戦争とか、天皇制や軍国主義の問題とかは、ことに戦後の社会科学が発見し、提起しました。しかし『顔の中の赤い月』では、そのような社会科学の視点よりも、まず北山年夫という一人の人間のところから描いたということが、この作品の優れた意味だろうと思います。戦争が悪いとか、この戦争はこのように酷いとかを視点の最初に出さないで、一人の人間の内部をきちんと描いてゆくわけです。人間の内部を描く、しかもすごくきめ細かく描くということでしか、文学の意味は生きてこないのです。

さらに北山年夫という主人公の物語を、しかし野間宏はなぜメロドラマ的な終わり方にしなかったか。一般的なメロドラマ映画だったら、おそらく幾らでも違う結末がありうるわけです。裏切った元の恋人の愛情が、最後に北山年夫の「回心」によって、初めて生きてくるとか何とか……。しかし『顔の中の赤い月』では、あえて最後に堀川倉子と別れさせてしまいます。問題は、そのことの意味です。

戦争体験によって、本当に自分が生まれ変わるような体験をして、あるいは発見をして、それをなお戦後に生かすことが、現実に出来なかったということ。生かせなかったのはけしからんということでなくて、また生かすことはそもそも出来ないんだと言うことでなくて、つまり、日本の戦後というのは、そういうふうにして始まったし、そういうふうにして、その戦争のあとの戦後が展開されてきたということの問題です。それを私たちは、どのように考えるべきかというところに、今この作品の意味があると思うのです。

北山年夫たちには、戦争体験をも、その戦争のそもそもの基盤である自己の生き方に対する意識を戦争の中で始めて発見したという体験をも、さらには、そういう発見のために数千万人の死が、アジアの人々の死が必要だったのかという痛切な思いをも、ついに戦後の再生のために生かすことは出来なかった。それが、日本の「戦後」だった。しかし私たちには、少なくともこの作品と向き合う私たちには、そのことがいま見えています。では、私たちはどうするのか？

戦争体験の風化が言われますけれども、『顔の中の赤い月』は、戦後の出発点は何かを問う、そしてそれだけではなく、戦後のさらにあとに来た「いま」を問う、いまこそ新しい生命力をもつ作品だと思うのです。

（二〇〇八年四月　関西・第一三回　第一五号）

野間宏における官能性
――『崩解感覚』を中心に――

『崩解感覚』

川崎賢子

はじめに

川崎でございます。野間宏さんについてお話しするようにとのお話を、藤原書店の藤原さんからいただきまして、はじめはちゅうちょいたしました。私は昭和期のモダニズム文芸が戦争をはさんでどのような展開をみせたかということを専門に勉強しておりまして、野間宏さん、あるいは埴谷雄高さん、武田泰淳さん、戦後派と言われる作家の皆さんですけれども、それぞれにその時代と重なりあって文学的な出発を遂げられた方で、大切な方ですし、勉強しなおさなければいけないとかねて思ってはおりましたが、こんなところでお話しするほどの深い野間宏観というものをもっているわけではなくて、本当に気後れしております。でも、こういうお天気ですので、一番最初だと遅刻していらっしゃる方も多いし、前座としてはよいキャラクターかなと思いまして、最初にお話しさせていただきます。

十代のころに野間宏さんの作品を読みましたけれども、リアルタイムで読んだというわけではございません。野間さんのテキストそのものは一、二度しか読まずにその後のさまざまな評論や、研究を読んで、なんとなくこういうのが野間宏さんの像ではないかなと思っていたものが、この日のために読み返してあらためて訂正された部分もありました。そういうところについて主にお話ししようかなと思うんですけれども、なにしろ野間宏さんと私とはまったく何の接点も共通体験もありえない世代のギャップがあります。ところが、この機会にさまざまな研究誌、その他をひっくり返してみましたら、たった一つだけありました。同じ体験をしておりました。皆様ご存じかと思いますけれども、文芸批評家の向井敏さんが大江健三郎さんと野間宏さんを並べて、悪文の見本であるとおっしゃったそうですけれども、私もじつは名指しで向井先生に悪文であると指摘をされたことがございました。おそれ多いことですけれども、その点だけはまったく同じ体験をいたしておりまして、なんとなくうれしいようなおそれ多いような、そういう思いをしながらふたたび読み返したりいたしました。

ここにお集まりの皆様は、おそらく野間宏さんの熱心な読者であられましょうし、また野間さんおよび戦後派の作家たちのお仕事を、共感を持っていまも記憶のなかに刻んでいらっしゃる方たちでしょうし、また同時代をともに生きたという共同性をいだいていらっしゃるのではないかと思います。しかしながら、野間さんのお仕事を次の世代に語り伝えていきたいという志向をもつ場合、皆様にとっては野間さんの生きた時代がかかえていた課題の重さというものが、文字どおり肉体の底に響くようなリアリティがあるのでしょう、そしてまた、野間さんのお仕事の価値は自明のものと考えられるのでしょうが、それゆえに新たな、来たるべき読者に対してなんらかの盲点が構成されてしまうこともありうる、そういう感じをもっています。ですから本日は、私は初心者としてストレンジャーに徹しまして、皆様にとっては自明のことかもしれないんですけれども、私にとってはたいへん大きな謎に思われたということを、いくつか指摘させていただきたいと考えております。

そこで、野間宏さんの官能性ということをテーマにあげさせていただきました。野間さんが「意識を規定する肉体」であるとか、「生理の底にもぐりこんで、そこをくぐりぬけて浮上する精神」といった、そういう運動のなかに歴史や社会といった文化、それからさらに自然や宇宙といったものを総体的にとらえる可能性を主張して、いわゆる「全体小説」ということを提唱なさったということは皆さんご承知のことだと思います。

そういう全体小説の理念に連なる要素を、初期の短編小説のうちに見いだすという読み方をする場合、『暗い絵』から『崩解感覚』にいたる作品群のモチーフについては、「官能性」というふうな言い方をするよりは、従来「肉体」というキーワードが選ばれてまいりました。その場合、肉体というキーワードは、実存という概念に接するものであったり、あるいは民衆への回路であったり、あるいは肉体に執着するエゴイズムの根拠である、そういうふうに論が展開されてきたようです。これに対して私があえて「官能性」というふうな言葉を使いましたのは、それでもあまりぴったりしてるというわけではないんですけれども、何か後の全体小説という理念を支えることになるような肉体観念とか、しばしば「精神」と二項対立的に扱われる身体性、そういうものに収束していくことのない、こぼれていったそういう何かの要素、それを拾いあげてみたかったからだ、とりあえずそういうふうにご解釈いただきたいと思います。

『暗い絵』におけるイメージの変容とまなざしの転移

具体的な作品で言いますと、たとえば『暗い絵』の冒頭から初心者の読者に謎はいっぱいあるわけです。

まずは、ブリューゲルの画集から深見進介の得た印象としてつづられる部分です。「奇妙な、正当さを欠いた」という印象の記述と、ブリューゲルの画集の実際とのずれというのがあります。これは多くの方がおっしゃることかと思います。

さらに「性器だけの女の肉体が埋め込まれたような大地」という印象であるとか、穴を穿たれた、あるいは尻尾のある奇怪な生き物たちが次々に列挙されるわけですけれども、それらのイメージは、そのテキストに即して読むかぎりは、人間が性的存在に還元されたとか、肉体のある部分に還元されたというよりは、生き物がすべて穴を穿たれることによって、他者あるいは異物としての女性の体に還元されたとか、去勢されたとか、むしろ男性器が奇怪な尻尾に変換されたとか、そういう種類の性的なイメージです。ひとくちに官能的というと、女性にとって官能的な男性、男性にとって官能的な女性、というふうに、性的な牽引力のある異性についてのイメージと誤解されやすいのですが、ここでは、その変容自体が官能的であるような、イメージの変容である、と言い換えてもいいでしょう。

つまり、そこにあるのは、穴と尻尾の対であって、女性器／男性器の対でさえない。男性／女性という対を分節化するというのでもなくて、性の分割線が決定的にずれているというふうに言ったらいいのかもしれない。あるいは、男女がまだ未分化なある種の官能性に染めあげられている。それはよろこびといったことがらから疎外された官能性かもしれませんけれども。

それがどうして従来、性への還元などと批評されてきたのか、そこも何か謎のような気がします。それ以前ではないか、そういう気がします。

たとえば、「ズタズタに切り刻まれたアミーバー」というような比喩がでてきますけれども、アミーバーというのは男性も女性もあったものではないわけで、有性生殖以前、性別の発生以前なわけです。そのあたりが一つ、比喩、イメージとしてとても謎めいて見えてきます。ここで謎めいてみえる、というのは、現在批評の分野で、セックス／ジェンダーの二元対立を超えて、とか、男性／女性の二項対立図式の編みかえ、とかいった試みがなされていますが、まだ私たちは、そうした対立の図式を越え、生きて動く生と性を記述するにふさわしい概念を手に入れているわけではありません。そのために、うまく分析できなくて謎めいてみえるのですが、もしかしたら、野間さんの文芸のなかには、私たちの世代、そうして次の世代の知見をまってはじめて分析可能になるような謎が、たくさん埋め込まれているのだということかも知れません。

それからまた延々と「大地の穴」であるとか、大地の穴と同様の穴を股の間に穿たれた生き物たちに関する記述が『暗い絵』にはくり返されていきます。それが回想の語りのなかで、空襲に焼かれる群衆の呻きへ横すべりしていく。そこにもどうも謎めいたところがあります。

冒頭のところで、語り手はブリューゲルの画集に注がれる深見進介のまなざしにぴったりと重なりあうかのように語りはじめます。民衆画家のブリューゲル、それからそこに描かれている民衆たち、それともぴったり重なりあっているかのように語りはじめます。ところが、それがうねうねと語っているうちに横すべりして、そのまま空爆によって焼け死んでいく人びとについての長い描写へと視点を移していく。それからそのまま、進介の風貌を対象化する、そういうまなざしへと転ずるわけです。

進介はそこで、空襲のなかでブリューゲルの画集が焼けていくのを見つめています。

この部分をちょっと引用して読んでみたいと思います。

「奇怪な穴を持った人間共の呻きが、何処かその炎の中から聞えたかも知れないのである。このとき、この画集の置かれていた工場の寄宿舎の居室が焼けてゆくのを見ながら、深見進介の心はいよいよ暗く、防空頭巾と鉄帽の下の彼の顔は、大きな戦争が彼の生命から呼び出した生き生きとした生命の緊張のために輝いてはいたが、さらに一層暗かった。」

こういうふうに書かれています。そして、その画集の置かれた部屋に炎が移っていくのをながめる進介の表情は、ちょうどその絵のなかの人間たち、民衆たちの画像の焼け爛れていくときの苦しげな表情を示していたというふうな趣旨の記述に続いていくわけです。

今回、読みなおすまで、私は冒頭からこのあたりまでは、はじめてここを読んだときの衝撃を忘れられなかった、そう思っていましたし、だいたいの道筋を記憶していたつもりだったんですけれども、読み返してみたら謎だらけでした。これまでぼんやりと、『暗い絵』では、ブリューゲルの画集に描かれた奇怪な生き物たちの苦渋というものと、戦時下の民衆の苦渋というものと、それから政治的に弾圧された進介たち、若者たちの苦渋というものが重ね合わされている、そういうふうに記憶していたんです。そしてそういう記憶というのは、これまでの『暗い絵』の評価を何度か切れ切れに読んでくるなかで積み重ねられてきたのではないかと思うんですけれども、それがテキストに即してみると、画集に注がれている進介のまなざしとか、それから燃える画集に注がれている進介のまなざし、その進介を描きだす語りのまなざし、その視点が転々としています。

ところが、一読してそのことが記憶に残らないように、視点の転移が目立たないものにされるように、語りがうねうねとくりひろげられています。それで空襲の炎のなかから奇怪な穴を持った人間の呻きが聞こえたかも知れないと記されていますが、それはだれが聞いたのか、あるいはだれに聞こえてきたのか、進介もともに耳を傾けたというのか、そのへんもあいまいになっています。どうもそのへんの主体、客体がとてもあいまいなところで、そのあいまいさによっていろんなものが巻き込まれていく、そういう語り、そういうまなざしの転移になっています。ブリューゲルの画集の穴の穿たれた風景ですとか、穴の穿たれた奇怪な生き物たちに向けて、進介の注ぐまなざしの角度というのがぴったりしているわけじゃなくて、どこかずれていたり、転々としていたりする。そういう位相が謎なわけです。それから目の距離と言うんでしょうか、見るということによって対象に没入するというふうなまなざしのありようも考えられますが、また、まなざしは見るものと見られるものとの隔たりを示すというふうな言い方もできますし、絵画と進介の距離というものも揺れ動いております。

このあたりを読んでいると、自己と他者とか、男と女とか、そういう分節化以前の混沌があって、その混沌は、性別が分化していく、発生していく、その手前にあるのか、背後にあるのか、よくわからない。欲望は一体どこに位置するのかがよくわからない。その欲望が浮遊している。こういう『暗い絵』の表現の質については、やっぱりどうもいままで言われてきた、自己の肉体への執着であるとか、エゴイズムであるとか、性欲であるとか、そういう言葉では言い当てることができないんじゃないかという感触をもちます。

『崩解感覚』——官能による世界認識

さて、前節に述べた『暗い絵』の段階では、ブリューゲルの絵画のなかに記されている性器とも言えないような性器、穴と尻尾、そういうものによってのみ生きる奇怪な生き物たちと、それに注がれる進介のまなざし、そのゆらぎ、そういうもののなかに混沌とした身体感覚が生成している、そういうふうに考えられます。一方『崩解感覚』、ここではそういったさまざまな性的なゆらぎ、肉体のゆらぎ、あるいはまなざしのゆらぎ、そういういろいろな事態、あるいは穴が穿たれるといった事態、あるいは男性性が何かほかのものに変わっていくという事態、それが全部、及川隆一という人物の身体像のうえに刻みこまれる、そういう形をとっています。

いまやもう流行りではなくて、次のようなところを指摘するとジョークか、俗流フロイト派のパロディみたいなんですけれども、たとえば、及川隆一の奪われた指。彼は軍隊で自ら手榴弾で自殺を図って、指を失うわけですけれども、その奪われた指というのが肉体的な去勢の比喩であるとか、あるいはその原因となった盗みは倫理的な欠損であるとか、盗みに対して加えられた軍隊のなかでの私刑《リンチ》、そういう暴力というのは共同体による去勢であるとか、その苦痛に耐えきれずに手榴弾を用いる及川隆一の像、それがさらに自殺した学生、荒井という学生の像に重なっていくとか、そういえば大学生の荒井の映像が、「カントやヘーゲルやヤスパースの名前が幾度か動かしたその若い女のような唇」、そういうふうに記されていたんだとか、そういうふうに次々に『崩解感覚』における去勢イメージというものをあげていくことができそうです。どうしてこんなイメージがあからさまに投げだされているのか。この穴を穿たれた、あるいは女性性を帯びたそういう肉体のイメージは一体何なのだろう。このあたりを入り口に、『崩解感覚』を読んでみましょう。

　この及川隆一という登場人物に即して言うと、彼は人間というものは自分自身のことを知ることができるだけで、他人のことを知ることなどできないとか、それから恋人である西原志津子という登場人物が出てくるんですけれども、この女性とは肉体でつながっているだけだ、性的につながっているだけだ、心はつながっていないんだ、そういう考えをくり返しています。ただ、登場人物はたしかにそういうことを述べるんですけれども、ここもどうもそれを真に受けるとちょっと違うんじゃないか。及川隆一が性的な存在に還元されている、あるいは対象の女性を、ただ女性であるというところだけに還元して、人間性を踏みにじっているとか、及川隆一のせりふを真に受けた読み方をすると、ちょっと違うんじゃないかなと思う部分があります。

　ある評論で、及川にとっての性欲というものについて考察されているのを読んだら、及川隆一という人物が女性に対してくり出していく性欲のあり方というのが、いつでも、女の肌のなかに没入するとか、沈むとか、自分の体を相手の体のなかに埋め込んでいく、そうして対象から解放される、もぐり込んでいく。それで外の世界から守られて、くるみこまれていく、そういう道筋をとることは、男と女の性交のイメージというよりは、母胎回帰の願望に似ている。そう批評されていました。ここでまた、及川隆一というのがマザコンの一つの典型的なキャラクターだとか、女を人間として見ていないとか、そういう言い方もできそうなんですけれども、ちょっとそれはさておき、はたして『崩解感覚』に描かれているのが、性的につながっているだけで心はつながっていない、そういう男女の関係なのか。ここにあるのは肉体と精神、観念、あるいは魂の乖離なのであるかと考えてみると、どうもそうとばかりは言えないと思うんです。

　及川という人物の性欲の発動の仕方として、次のような記述がありますｏ 私はとっても変なところに引っかかってしまうようですけれども、ちょっと引用してみます。

「及川隆一は牛込電話局の角のところまで来ていた。彼は青い雑草が壁の破れからつき出ている共同便所の前で立ち止まった。彼は右手の焼跡の中のやけのこった土蔵家にちらと眼をなげた。そしてその眼をその前の草の中の横に長い赤煉瓦の土台石に移した。と彼はこのとき自分の体の内に一つの大きな奇妙な穴のようなものがあいているのを認めた。そしてその大きな空洞には、細い奥深い肉の襞膜が無数にあって、それがいまはまったく乾ききって湿気の当るのを待っている。」

こういう記述があって、「及川隆一は」とか、「彼は」とかいう主語をはずしてみたら、何か女性の身体感覚だと言っても全然違和感がない。むしろそのほうがスッと入って来るようなイメージで書かれているわけです。女性の身体感覚を模倣しているというのではありません。そこに生じているのはイメージのレベルの変形であって、「及川隆一」の身体像と感覚とを、あたかも女性のそれのように変形したところではじめて、この視点人物と接点をもちうるような風景が、そこに広がっている、ということでしょう。

この引用につづいて、その次に、女性、志津子という体だけで結びついているという女性の、肌の弾力とか、接触とか、その愛撫とかによって、粘着性のある液体のように、彼のひからびた内部がそれによって満たされていく――そういう志津子に対する欲望が記述されます。ここもどうもいわゆるありきたりの男性性のイメージ対女性性のイメージ、そういう形での性的存在に還元された一人の男と一人の女の身体イメージの記述であるというふうに言ってしまうと、やっぱり違うでしょう。

こういう性欲のあり方について、このテキストに即して読むと、及川と志津子、このカップルが肉体の結びつきを優先するために、心の結びつきがないということをごまかしている、と批判してしまうとちょっと違うんじゃないか。むしろそういう、心の結びつきはないんだ、肉体だけなんだという、そういう語り自体、そういう及川のせりふ自体が、何かをごまかしているんじゃないか。ごまかしているとしたら、何をごまかしているんだろう、何を隠しているんだろうということなんですけれども、及川と志津子、この二人の性のありようというか、自他に対する、さらには環界に対する官能のありようというものが、女性対男性とか、あるいは男性器対女性器とそこまで言ってもいいんですけれども、そういった対立に還元できないような形をとって結びついているということが、むしろここで隠されているんじゃないか、そういうふうに言いたくなります。及川のせりふのなかには、腸詰めというのが人間の存在なんだ。腸詰めの内をめぐっていく液体のような内部知覚というものが人間だ、そういうふうに思念する場面があるんですけれども、もちろん腸詰めなんていうものに男も女もありはしないわけです。

もちろん、隠している、あるいはゆがめている、ゆがめざるをえないということにかんしていえば、そういう及川という人物の関係の取り方、ありよう、自己欺瞞のありよう、性的にのみ生きているんだ、いまや女によってのみ生かされているんだ、そういう言い方をして、そういうふうに意識しているにもかかわらず、性的にすらゆがめられている、そういうありようというのが、及川の戦争体験と連動して書かれているということは言うまでもないことです。

つけ加えておくならば、そしてもう一度、注意を喚起しておくならば、連動しているんだ、連続しているんだ、つまり、戦争の悪とか、軍隊機構、そのシステムの悪とか、そういう何もかもがすべて肉体のレベルのなかで循環しているんだ。そういうふうに肉体に組み込まれているんだというところが、なんと言っても『崩解感覚』のすごいところなのですから、その肉体に組み込まれた要素の、多元性、多様性、運動性を損なうことがないよう、読みには細心の注意をはらわなければならないでしょう。

『崩解感覚』の結末では、軍隊の回想をしています。次に手榴弾を手にしたときの崩解感覚が述べられます。それから、自殺した荒井の映像が浮かんでくる。それから背中を向けた志津子の映像が浮かんでくる。次に、性的快感についての記述がある。その性的快感がそのままずるずると崩解感覚へと横すべりしていく。すべてが循環して、反復して、終わることのない物語だ、そういうふうに宙づりにされています。

背骨のあたりが疼くとか、痛みが走るとか、そういうふうに記述されている性的な欲望、それと手榴弾が爆発したときの記憶、ぐにゃりとした、体液も意識もともに吹き上げるような感覚だった、体が溶けてくずおれるような感覚だった、そういう崩解感覚、これが連続して結びつけられている。そういう書き方は、無意識のうちに、男性的というふうに呼ばれるような官能のありようから、女性的な――崩解感覚とは、まさに下世話な女性の肉体下層のイメージと通底するものでもあります――そういう官能のありようへとイメージのレベルで循環が生じていることを示しています。男性性から女性性へ、また女性性から男性性へ。一人の、しかし求心的に、これが私だというふうに表立っていくことのできない一人の、及川隆一の肉体のなかで多様な、また多元的な生と性のイメージがいっしょくたにかきまぜられている、反復されている、そういう書き方はたいへんに貴重なのではないかと思います。

さきほどは、及川という人物の視点、この人のせりふに即して、彼のせりふはちょっと何かごまかしているんじゃないか、と指摘しました。肉体の結びつきだけがあって心の結びつきはないという言説は、彼の性のありよう、その性のありようというのは、あたかも去勢されたような、あたかも女の肉体を持っているかのような、そういう官能性のゆがみを持っている、それを隠しているんじゃないかと、そう指摘したんですけれども、小説の構造に即して言えば、つまり、及川という人物の外に視座を置いて読めば、及川の欺瞞にも、意味はあります。及川が軍隊で犯した盗み、それからそこで受けた私刑、それに耐えきれずに自ら手榴弾で指を吹き飛ばしてしまった記憶、その記憶とともに甦る崩解感覚、そのためにまたある種、性的な存在として損なわれていったそのありよう、それらをめぐって語りつつも、戦争が原因であって、性的なありようは結果であるというふうな、原因／結果だけで終わることなく、またぐるっと回っている。こういう循環した語りのあり方というのが、そのために、読んでいて、本当にグルグルと堂々めぐりになって謎は深まるんですけれども、小説のありようとしては、そのほうがずっと優れたものをもたらしたと評価できます。

たとえば、男性性が損なわれていくありようとか、そういう穴を穿たれた存在であるとか、損なわれた存在としての戦後的な実在のイメージを指摘するのは、わりといろんな作家にあることです。一人の男性の悲劇としてではなく、男であれ女であれその性的存在としての変容に、民族の運命をアレゴリカルにみてとるということもあわせて。たとえば、武田泰淳さんが日中戦争について、日本は敗戦によってはじめて処女性を失ったけれども、中国はこの数千年、戦乱のたびにそんなところを乗り越えて、いわばすれっからしの女であるというふうな比喩で語っていらした。それから、江藤淳さんが『成熟と喪失』で指摘していらっしゃるように、小島信夫さんの『アメリカン・スクール』、敗戦によって進駐軍のために女たちが奪われていく、母たちが壊されていく、そんな社会的な歴史的なさまざまな傷というものを、性的なメタファーで示すこと。しかも敗れた側、植民地化された側、あるいはアジア・アフリカ、そういう諸地域を女性性のメタファーで表すことは、これはむしろありふれているし、それだけであるならば、植民地主義的であるとか、オリエンタリズムであるとか、批判の対象になりそうなところです。それが野間さんの場合は、もっと男性、女性という分節化が無効になるようなところに立っておお書きになっていらっしゃる。そこはとてもすごいところじゃないかなというふうに思います。

こういう言い方をしたからと言って、今後、野間宏さんのさまざまなテキストをコンテクストを無視して、エセ記号学的に切り刻んで、恣意的に読解してみようとか、それが新しい読みであるとか、あるいは女性性がつねに男性性によって抑圧されたイメージになっているとか、そういうイデオロギー的なフェミニズム批評のマナ板にのせようといいたいのではありません。その逆です。下手に、野間宏さんの官能性というのは、非常にマッチョであるとか、男性中心主義であるとか、すべてを肉体に還元することというのは、男性的な暴力であるとか、現在の新奇な読みにかかるとそういうふうにいわれそうな気配もありますので、それを先取りして、いや、そうではないんだ。野間さんはおそらく無意識でいらっしゃったでしょうけれども、そのイメージの論理というか、イメージの生理というか、そういうものが『崩解感覚』などの初期短編のなかでは、ずぶずぶと女性性のなかに浸されていったり、あるいは男女といった性別が未分化な性の発生以前のところに立ち戻らされていたり、あるいはその向こう側に突き抜けてしまっていたり、そういう、まったく男性中心主義的なイメージではない、二項対立を超えて動く概念によらなければとらえられない官能性をはらんでいる。それは野間さんの描く女性像、男性像から野間さんの女性観、男性観を抽出してうんぬんするようなレベルの問題ではない。むしろ、生み出されたイメージがいかに変形され、いかに他者を、世界をとらえ、そこに溶解していくかというそのプロセスにかかわる官能性であり、そうした言葉の生成と運動を読むことにかかわる官能性である、ということを先取りしていってみたかったわけです。

さらに、そういう意味での官能性とは、肉体のエゴイズムとか、アイデンティティとかいう方向に中心化されるものではなく、むしろ性的なアイデンティティを解体し、編みかえる方向性と力を持ったものというべきでしょう。とりわけイデオロギー的なフェミニストは、男性作家が描く女性性の解体ばかりに注目し、この種のテキストから反女性性を抽出しがちですが、野間さんのテキストにおいては、女性性の変容と並行して男性性の変容が生じていること、その変容の水準において、自他の性が問題として浮上し、環界への官能がしるされていることを、見逃すべきではありません。これを、自立した男女の異性愛としてゆがんでいる、などと批判するようでは、それこそ近代的な異性愛あるいはロマンティック・ラブの暴力的な強制となってしまいます。

時間がオーバーしているそうですので、あちこち行ってしまって申しわけなくて、まとめなんですけれども、いずれにしましても、次の世代に向かって、野間さんの文芸の価値というものを語り伝えるということがいまとても大切なことであって、そのためにはもう一度テキストに立ち帰って、それからすでに既成の事実とされているような、今日、性的なイメージをめぐることについての指摘をいたしましたけれども、とりわけ短編小説の評価に関して、後期の全体小説の代表作に連なっていかないモチーフは、しばしば見逃されているんですけれども、そのなかにも幾多の可能性の芽、それはまぎれもなく野間さんが私たちに残してくれた可能性の芽だと思います——そういうものをふくらませていく、育てあげていく、そういうアプローチでの読みが必要なんじゃないかと思っています。

また野間宏さんの作家論、生涯を通じての野間文芸の軌跡を追う場合、ポスト『青年の環』の時代と申しますか、晩年の、野間さんの生命観、自然観を検討するうえでは、長篇大作の人物造型に吸収されにくかった初期短編の官能性の諸相、個的な身体の輪郭や性的アイデンティティといったものに収束しにくい性質の、運動し変容する官能性のイメージが、ふたたび問題になろうかとも考えます。

とりとめないことを申し上げたようですけれども、私もまた読み返し、勉強させていただきたいと思いますので、どうか今日はこれにてお許しをいただきたいと思います。どうもありがとうございました。

（一九九六年一月　第四回）

『第三十六号』

野間文学における悪人性

――国家の悪・個人の悪――

西川長夫

知れませんが、そういうものであるという偏見をずっと抱いてきた。あるいは、いっそう強く作りあげてきたような気がします。

そういう偏見は、学校の国語の授業では受け入れられないわけですけれども、私自身が子供の頃に、隠れて小説や詩を読んだ、その思い出には合致すると思います。そして、もしこの偏見が正しければ、文学者つまり作家や詩人というのは悪人である、と。つまり詐欺師のような悪人であるか、あるいは文学というのは、かつての役者や娼婦のような賤業に近いものであろうということになろうと思います。その文学が、善きもの・聖なるものとして学校の教室で教えられ、あるいは大学で研究され、文学者が文化勲章やノーベル賞を与えられて社会的栄誉に浴するというところ

文学に対する私の偏見

この集まりで「野間文学における悪人性」というテーマを立てていただいたことは、私にとって大変嬉しく、私を力づけてくれるような出来事です。そのように感じるのは、私が文学に対して、ある種の偏見をもっていることと関わっていると思うんです。まず初めに、文学に対する私の偏見ということから話します。

要するに私は、文学の本質は「悪」である、と。つまり文学が描き、表現する究極のものは「悪」であって、そして読者が文学に求めているものも「悪」の密かな楽しみ、あるいは苦しみかも

から、文学の衰退というか、文学の変質が始まるというか、そういうところに起因しているのではないか——ということが、私の第一の偏見として抱いているものです。

ついでに言いますと、文学が「悪」に通じていることの傍証として、二つほど興味深い事実を付け加えておきます。

まず、私たちの文学的な想像力は、悪に対しては非常に強く働くけれども、善に対しては、あまり働かない。地獄は無限の想像力を誘うけれども、天国の描写はだいたい退屈で平板のようです。これは昔、高橋和巳がよくそのことを言っていて、桑原武夫先生の所で文学研究、共同研究がありましたけれども、そこでも、よくその問題を出していました。彼が野間文学を「現代の地獄」と名付けたということとも関わっています。

次に、文学史、ことにフランス文学史をやる者のなかでは常識なのですが、恋愛は文学の最大の主題で、しかしそれは、ほとんど九十パーセントは不倫や姦通の物語で占められているわけで、純愛が描かれるのは極めてまれなことです。それは何を意味しているかと言えば、文学が「悪」を目指していることの一つの例証として、また家族制度などに対して文学が反抗する位置にもなっているだろうと思います。文学は良俗を乱すものとして、しばしば裁判の対象になりました。『悪の華』や『ボヴァリー夫人』の裁判は有名ですが、私たちの記憶に残っているものとしては、『チャタレイ夫人の恋人』の裁判がありました。

文学の本質は「悪」であるという偏見を、私は長い間もち続けているのですけれども、しかしその偏見は、だんだん通用しない世の中になってきているな、という印象があります。

そして、もう一つの私の偏見は、文学の本質は「悪」であり、文学者は悪人であるという私の思い込みに、最もふさわしい日本の作家が野間宏であり、野間の作品ではないだろうか、というものです。たぶん皆さん、異論がおありだと思いますが、この偏見が正しくないものとして退けられてしまうと、これからの私の話が出来なくなるので（笑）、そこで野間宏自身の証言を借りて、野間さんはこういうことを言ってるんだ、ということを初めに伝えておきたいと思います。

野間宏は物心ついて以来、両親家族の宗教からもたらされたからと思いますが地獄の恐怖に怯え続けていた。これは本当にそうであったみたいですね。野間が高等学校や大学に入ってマルクス主義に接して、唯物弁証法を学んで、それによって地獄の恐怖から逃れようとするんだけれども、そこから逃れられない。毎夜のように地獄墜ちの悪夢にうなされていたことを、野間は幾つかの文章に書いております。そうした中で、おそらく野間宏が「悪」との関係で、自分の文学を最も明確に位置づけて語っているのは、日本共産党を除名された直後に行われた、臼井吉見との対談「日本共産党の中の二十年」（『展望』一九六五年四月号）においてであろうと思います。

野間はその中で、自分をくりかえし「極悪者にして愚者」と言い、そういう呼び方で、その自分の前に現れてくる「地獄」を描く、それも自分の「悪行」のすべてと同時に、日本の「悪行」のすべてを見届ける、と。――「戦争から戦後にかけての、日本人の悪行すべてを見とどけ、それを分類しそれを集大成する」ことによって描くという意図を述べています。それは最終的に、どういうことになるか。「新たな『往生要集』、現代の『往生要集』、そして「社会主義の、コミュニズムの『往生要集』あるいは『神曲』」となるべきもの、それが自分の目指す文学になると。――『往生要集』は源信（九四二～一〇一七）の著作で、地獄・浄土が描かれ、『神曲』はダンテ（一二六五～一三二一）の著作で、地獄・煉獄・天国が描かれていますね。

このときの発言は、日本共産党を追われて、多分その時、極悪人という言葉が野間宏に投げつけられ、そういう状況の中で「極悪者にして愚者」と改めて自分を建て直し、そこから自分が文学者として、これから何をやるかを悪とか地獄のイメージを使いながら言っている。これは野間にとって一つの転機であると同時に、われわれが今、野間文学の全体を捉えなおして考えるときに、この発言はとても重要なものではないかと思います。

以上、野間さんの言葉を借りて、野間宏―悪人ということを、敢えて強弁させていただきました。

隠された「転向」小説

『第三十六号』の読解に入ります。これは、野間の短篇の中で、かなり変った、そして論じられることの少ない作品だろうと思います。幸い作者の書いた短いコメントがあるので、二つ引用します。

一つは『戦後　その光と闇』（福武書店、一九八二）に収められた、執筆三十五年後に書かれた回想的な文。

私は短篇『第三十六号』を書こうと考えていたが、それは私が大阪城内にあった中部軍軍法会議の拘置室のなかで、一夜同居し話し合った、逃亡の常習者である兵隊を媒介として、軍の刑務所というのは、軍隊を否定する考えの持ち主の、育ち方、その考えの出所、その親族、友人たちとのつながりなどの違いに従ってさまざまの手段をあみ出し、最後には軍隊否定者を死に至らせるのを、目標としていることを明らかにしようとする作品だった。

これは『暗い絵』で用いた方法とはまったく別の方法によって書かなければならない作品だった。それは〈監禁〉のなかにおかれた人間がどのように自然と人間的なものを奪われて行くかを、明らかにすることになる筈の作品だった。私はその主人公のモデルに、その時、一度会っただけだったが、作品では書き手である〈私〉が何度か取り調べを受けるため軍法会議に出廷して、何度かこの人物に出会う場合を創りあげなければならず、作品はなかなかすすまなかった。

（「戦後　その光と闇」）

「〈監禁〉のなかにおかれた人間がどのように自然と人間的なものを奪われて行くかを、明らかにする」、これは野間宏の「悪」の定義の一つにも通じると思います。この文章で、短篇『第三十六号』の粗筋や時代的背景、主人公のモデル、作品のモチーフや方法などについて、短いけれども、ほぼ過不足なく書かれていると思います。ここに記されている〈監禁〉のテーマは、この作品の主人公だけの問題ではなく、作者にとっての深刻な問題であったはずです。

もう一つ引用する「軍法会議とその後」（初出不詳、一九五六年九月）には、次のように記されています。

私が軍隊で逮捕されたのは一九四三年の初夏のことである。〔…〕私はその八ヶ月ほど前にフィリッピンの戦闘中病気になり、日本に送りかえされてきたばかりだった。〔…〕

陸軍刑務所に送られてからも、私ははじめは割合平気でいた。私は検察官がしらべているとき口にした少数の人間の名前しか、口に出さなかった。しかし二、三ヶ月後には私は陸軍刑務所のきびしい未決の房内規定のためにたちまちやせほそって行った。私はフィリッピンの戦闘では十一貫以下になってひょろひょろ歩いていたが、それよりもまだずっと細くなっていた。そして私はたたかう力を失ったのだ。

この文章の後半は、尾末奎司さんが『作家の戦中日記』（藤原書店、二〇〇一）の解説で引用されていて、とりわけ「そして私はたたかう力を失ったのだ」という最後の一句に、強い衝撃を受けたことを覚えています。言うまでもなくこれは、野間宏の「転向」にかかわる文章ですけれども、野間は続く文章の後段で、次のように述べています。

〔…〕しかし私は調書のなかで兵隊として忠実に自分のつとめをはたすことをちかった。私は転向手記というものを書かなかったが、転向を表明したのである。そして軍法会議の結果は私の刑は懲役四年、執行猶予五年だった。

「そして私はたたかう力を失ったのだ」という野間の悲痛な、そしておそらく憤怒を抑えた言葉――これを、『第三十六号』における、最下層の、靴修繕を職とする脱走常習者、そして軍刑務所における長い「監禁」生活、最後には懲役五年の判決を受けて、気力と体力、人間的なものをすべて奪われた（「無表情」「無感動」……）、主人公である第三十六号のイメージに重ね合わせることが出来たとき、私たちの『第三十六号』の読み方は、今までとは、かなり違ったものになるのではないかと思います。

その意味で、『第三十六号』という短篇は、隠された「転向」小説であるし、そして野間にとって一つの転機を秘めた小説ではないか、というのが私の仮説です。

作者の意図を越えた魅力

もう少し具体的に、作品に入ってゆきます。

『第三十六号』を読み返してみて、これは野間の短篇のなかでも細部に注意のゆきとどいた、優れた作品であるという印象はいっそう強まってくると同時に、野間の作品としては、どこか他のものと違う、風変りな作品であるという印象も拭えません。

その特異な印象というのはどこから来るのか。おそらくその原因の一つは、作者を示す、つまり語り手の「私」が主語になっているということにあると思います。野間作品のなかに語り手の「私」が出てくるのは他にあったでしょうか。もちろん私小説的な「私」ではありません。が、明らかに作者の野間をイメージさせますし、「私」が出現するのは、この小説の方法に従っています。『第三十六号』が、『暗い絵』とは全く異なった方法で書かれているという作者自身の言葉は、すでに引用しました。どの点が異なっているのか、それについて触れた野間のもう一つの文章を引用します。

『第三十六号』『哀れな歓楽』は、これまでの作品が主として人間の内面の側に視点を置いて書かれているために、その形がはっきり打ち出されていないという反省から、外側から固く、その顔形や動作や性格などを浮き上げる技術を身につけることを中心にして書いたものである。

（「自分の作品について」、『文学前衛』一九四八年十一月）

これも「外側から固く」と、野間さん独特な言い方ですけれども、そのために語り手の「私」という、しっかりした視点が必要であるというのは分かります。そのために野間は、どういう勉強をしたか。――ゴーリキーやジョイス、モーパッサンを「勉強」し、バルザックやフロベール、ゾラを読み直した。自分がこれまで書いた作品（短篇）は、すべて実験的な作品であって、いまだに多くの技術的な問題や、解決できない疑問を残しており、そういう習作的なものである、と。一つの構成ある長篇小説を書くことによって、そのような段階から脱けだしたいといったことが綴られてあって、このとき野間宏、三十三歳の若さですが、修業中の若い職人か、くそ真面目な大学院生の文章といったふうです。

しかし今この作品を読み直すと、「練習」や、習作といったレベルをはるかに越えた、優れた作品です。この時の野間が目指した「外側から固く」描く技術の習得にかかわる部分を、容易に指摘することは出来るとしても、私の印象としては、野間がお手本にした十九世紀ヨーロッパのリアリズム小説というより、むしろ時代は少し後の表現派の絵画を見るような印象を受けるのです。そして、そのことが非常に魅力的だと思います。

例えば「第三十六号」や「第百一号」の描写。


第三十六号は横幅の広い、額の狭い、顎の小さい平板な顔をしていた。そしてひしゃげたような眼と先のつき上って赤紫に変色した低いこつけいな鼻と自由に虚言をはきうる厚い唇を持っていた。彼の背丈は低く頑丈な広い肩と外に向いた短い脚がついていた。もっともこの肩は右肩が左肩よりはるかに高くつき出ていたが、これは長い間の靴工生活が原因したのであろう。彼が身体を動かすと皮革のしめっぽい刺戟のある匂いがし、何か怠惰な精神が行き渡っている筋肉の存在を感じさせた。（『野間宏作品集』第一巻、岩波書店、三三〇頁）

被服廠《ひふくしょう》の徴用工員で官品横領の罪名をもつ長身の第百一号は、すでにかなりの年輩で醜いしなびたような坊主頭を他の者の頭よりも一段高くにょきんと突き出し、獄内の囚徒作法を守って、じっと前の壁に顔を向けていた。彼は高い段のある鼻と深くまなじりの切れ込んだ大きな眼をもっていて、頭を刈り取っているのでやつれていたにかかわらず幾分若く見えていたが、彼の人生は刑務所に来る前も決して幸福なものではなく、第三十六号の生活の営みとはその方法や形態に於いては異なるが、やはり生れた時からすでに僅かしか手元に残されなかった自分の中の人間を、漸次ひとに売り渡しながらようやく生計を立てるという風な仕方で送られてきたものであるということは、長年にわたる栄養と自分の生命の消費に対する無関心によってもたらされた、頬の肉のたるんだ、肌の色のくすんだ、受動的な（しかもすでに磨滅した）神経によって表情する彼の顔からははっきり見て取られた。

（同、三四三―四頁）


また、刑務所という、会話を奪われた世界の中での、音の描き方の見事さ。作品冒頭の「あーあ」とか「ほー」といった嘆息（「嘆息がつむぐ交響曲」）から始まって、房内の囚人たちの密かな身動きとか、看守の足音、看守の罵声とか、囚人が棍棒で殴られる音だとか。そういうものが実に効果的に描かれています。そして静寂の支配、等々。そういう魅力がいっぱいある。

また、拘置所からの出廷自動車を待つ、ほんのわずかな時間にかいま見る、朝の大和連山の山頂の輝き。囚人たちの解放感。さらに第三十六号が、植え込みの槙の葉に顔を寄せ、「手錠のはまっている手の代りにその頬と唇とで槙の葉に触れた」場面、そして看守に叱られる。――これらも忘れられない情景です。

小説『第三十六号』には、作者自身の解説には触れられていない、あるいは作者の意図を越えた、様々な魅力と謎が幾つも秘められていると思います。

作品が抱える謎

最後に、私自身がまだ十分に理解していない幾つかの疑問点を出しますから、皆様方の御意見がうかがえれば幸いです。

(1)この短篇に「私」が登場するのは何故か?(あるいは逆に、他の野間作品に「私」が登場しないのは何故か)。この作品の「私」は「治安維持法によって原隊で逮捕され」て、陸軍刑務所に入れられているのですが、必ずしも「私」という表記にする必要はないのではないか。これに続く『哀れな歓楽』『真空地帯』が示すように、語り手「私」の必要は必ずしもない。「私」は、どういう役割を担わされているのでしょうか?

(2)第三十六号のモデルについて。この人物は被差別部落民であるという指摘があります。野間のエッセイ「大阪の思い出」には、「私がもっとも親しくしていたのは、浪速区の靴修繕業者の人たちである」と記されていまして、第三十六号とは繋がると言っていいのですが、そのあたりを詳しく知っておられる方がいたら教えて下さい。またここで、なぜ靴工でないといけないのでしょうか?

(3)第三十六号は、「悪」の形象として描かれているといってよいと思います。しかし、この「悪」はやや特殊なものであり、この描き方も、私には十分に納得がいかないところがあります。野間の被差別部落認識とは少し違うようにも思われます。例えば、

> 私は彼の中に鈍感と同じ程度の狡猾と同じ程度に単純な虚栄心とを認めた。彼は不潔で、陰鬱で、すべての努力は全く人間にとって無益であるという教育を生活によってつぎ込む、あの日本の最下層社会がつくり上げた人間であった。そしてその彼を軍隊がさらに完全に仕上げたのであった。
>
> (同、三三一頁)

これに類する文章は他にも、無為と怠惰、生命の消滅……とか出てきます。野間が拾い上げている「悪」のイメージを形象する様々な言葉があるわけですけれども、皆さんはどのように感じておられますか?

(4)この小説の重要な鍵の一つとなるのは、やはり「私(第十八号)」と第三十六号の関係であるように思われます。「私」の背後には「転向」を強いられた野間宏の陸軍刑務所における屈折

があって、それが第三十六号に重ね合わされているという、それが非常に重要なところですが、この「私」と第三十六号との関係をどのように整理したらよいか、どう考えればいいのか？　私は悩んでいます。――作品のいちばん最後に気になる場面がありますね。懲役五年の判決を受けた第三十六号が憔悴して出てきて、彼の視野のなかに「私（第十八号）」がとらえられる。その時、

私の存在が彼の心に与えた打撃は大きいもののようであった。彼が最初ぼーっと私を眺めながら、次第に彼の視線の中で私の姿の映像がはっきり結ばれて行くらしく私を見据えて来て、私を未だ刑の決定していない私としてしかと認め、私を厭うもののように私から眼をそらせたとき、私は彼の顔の後に、白い炎を発するような暗い生命の衝撃を認めたのだった。

（同、三五五頁）

「白い炎を発するような暗い生命の衝撃」とは何を意味するのでしょうか。たいへん衝撃的な文章で、これによってこの作品は見事な終わり方をするのですが、二人の関係の取り方と関わって、どう解釈したらよいのでしょうか。

野間さんはやはり『第三十六号』で、「悪」は何かを問うていると思います。三十六号の様子を描くとき「鈍感」「狡猾」「虚栄心」とか、「不潔」「陰鬱」といった言葉を使っていますが、しかし、そのもう一つ奥に、これらを生み出してくる社会制度なり、歴史性がある。――そして「私」の後ろに、「そして私はたたかう力を失った」という野間宏自身の「転向」が隠されていて、単に暴力によって強制的に、政治的生き方を変えさせられたというだけでなくて、身体的・精神的に抵抗できないような状態を作りだしてゆく国家というもの、「国家の悪」がもたらす姿です。身体的、肉体的なところまで掘り下げていって、そういう意味で表面に出てこないけれども、この小説は隠された「転向」小説だと、私は思うのです。

（二〇一〇年三月　関西・第一五回　第一七号）

『真空地帯』

戦争を伝える

――野間宏『真空地帯』再読――

歌人

道浦母都子

道浦でございます。今日、野間宏の会にお招きいただきましてありがとうございます。藤原さんからお電話いただきましたとき、びっくりいたしましたのと、おそれをなしまして、そんな会に私が行かせていただくことができるものかどうか迷ったわけでございます。

正直な話をいたしますと、野間宏さんは存在としてはよく存じておりましたが、文学者として私がきちんと向き合った対象ではございませんで、むしろ遠く、縁遠い方と思っておりました。ただし、まったく知らないというわけではなくて、かつて読んだ記憶がございます。

もう一つ、これはプライベートなことですが、野間さんと聞きましたときに心が動いたのは、野間宏さんは大正四年のお生まれですから、私の父が大正三年、まったく父と同じ世代にあたる方で、神戸市の長田区でお生まれになっていらっしゃいますが、野間さんは私の母校である大阪府立北野高校の先輩であることがわかりました。

私の高校は受験校で科学者ですとか政治学者とか、いろんな方を輩出している高校ですが、文学者の先輩を在学中にあまり耳にしたことはございませんで、卒業しましてから、野間さんが高校の先輩であるということをお聞きしましたとき、とてもうれしい感情をもった記憶があります。

そういうことがありましたので、今回のことは、一度は野間宏さんをきちんと読んでみたい、読んでみなさいという啓示であろうと思い、お引き受けしました。ただし、長く短歌をやっていますので、小説の世界には疎く、とんちんかんなことをいうかもしれませんが、一人の読者がこういうふうに野間宏を読んだ、『真空地帯』を読んでいる、そういう感想としてお聞きいただければと思います。

かつて読んだということを申しましたが、さきほどお話ししましたように、私は戦後世代、昭和二十二（一九四七）年の生まれで、戦後のいわゆるベビーブーム、たくさん子供が生まれたそういう世代の一人です。父は大正三年の生まれで、野間さんの『真空地帯』を再読するにあたりまして、さまざまなこと、軍隊経験などを聞いてみました。たとえば、私は不勉強ですので、一等兵と上等兵はどちらが上なのかわかりません。准尉というのがあって、その次に将校の位があって、少尉、中尉と上がっていくそうなのですが、そういう知識がまったくないものですから、父に話を聞きました。いわゆる従軍の記憶なども聞いたわけですが、私の父は実際に戦場に出たことはないということで、戦場の話は聞けませんでした。

高校時代に野間さんの作品、『真空地帯』を読んだのですが、そのとき、あまり印象に残らなかった。印象に残らなかったというのは大変失礼な言い方で、私の方が読者として成熟していなかったということが一つの原因であったと思います。ですが、高校時代になぜそうした作品を読んだかというと、戦争を知りたいという気持ちがとても強かったわけです。

昭和二十二年に生まれたと申しましたが、私たちはまったくの戦後世代で、戦争を体験しておりません。ただし、戦場で命生き長らえ、死ぬつもりでいた戦場から帰ってきた、そういう世代の父を持ち、そういう男性を恋人、または妻とする、戦場から命からがら帰ってきた男性と、それを待っていた女性の間に生まれた世代であります。

ですから、とても戦争のことを知りたいと思ったのです。高校時代に、戦争を知りたいという思いで、かなりたくさんの本を読んだと思いますが、くり返しくり返し読むというものの中には、野間さんの『真空地帯』は入らなかったわけです。それはなぜか、いまとてもよくわかるのですが、読んでいて正直言って疲れる。今回こういう機会をいただきまして読みなおし、その当時の私は読者としての成熟度が低いということ、それからまったく違う読み方をしていたんだなということも思いました。ここ最近、中原中也や太宰治、高橋和巳などを三十年ぶりぐらいに読み直す機会があり、青春期に読んだのと、現在読むのとはとらえ方がずい分違うなという印象を持ちました。野間さんもそんなお一人です。

戦争を知りたいと思いくり返して読み、そらんじるまでに読んだ作品の一つに、『きけわだつみのこえ』があります。これは戦没学生の遺稿とか手記とか遺書とか日記とか、そういうもので構成されている作品で、『文藝春秋』が企画中の「二十一世紀に伝えたい百冊の本」のアンケートに私もそう答えた一人で、かなり高い順位で『きけわだつみのこえ』が入っていましたが、私と同じような思いでこの作品を読んだ方が多いんだなということを感じました。

もう一冊は、五味川純平さんの『人間の條件』です。なぜ同じ小説でありながら、野間さんの『真空地帯』は読むには少しくたびれ、五味川純平さんの『人間の條件』をくり返して読んだかというと、ストーリー性がある。とてもわかりやすいんです。梶と美千子という若い夫婦がいまして、梶が戦場へ行く。私はその本を読んだ当時、十七、八歳ですから、将来自分がそういうことに遭遇するかもしれない。そのとき私は、どういうふうに対処したらいいのか。自分の未来像と重ね合わせながら読んだ記憶がございます。

つまり、『人間の條件』の場合は、戦争の中で翻弄されていく個人の生き方とか出来事、戦場でのさまざまな場面とかが出てきますので、戦争をイメージするための想像力を喚起する。戦争はけっしてしてはいけないな、そう思わせる材料がたくさん登場する。そんな小説であったから追体験するようなつもりで、読んだのだと思います。

もう一つ、『きけわだつみのこえ』の方は、遺書とか手記というものですので、生の声です。この中に、木村久夫さんという方がいらっしゃいまして、その方は野間さんと同じ京都大学に学ばれ、経済学部在学中、学徒兵として出兵され、シンガポールのチャンギー刑務所で、戦後、戦犯として処刑されています。木村久夫さんに関するさまざまなものを読んでみますと、上官がとるべき責任を彼がとり、弁解の余地なく処刑されたように書かれているものを多く見うけます。

たまたま木村久夫さんの原籍地となっている地が、大阪府吹田市佐井寺という、万国博の会場跡になっているところなんですが、私も高校生当時は、吹田市佐井寺というところに住んでおりましたので、せめてお墓参りでもしたいと、木村さんの御実家ならびに木村さんのお墓を捜しあて、お参りしたことがございます。

また、彼の日記に書かれていた風景が、その当時、私が住んでいた家から眺められる吹田の操車場の風景ですとか、それから竹藪、いまは千里ニュータウン周辺は近代的な都市となっておりますが、当時の千里というのは竹藪ばかりでございました。竹がずっと続いている、そういう風景の描写がございまして、彼のお墓も竹藪の中にあり、涙を流しながら彼が処刑直前に残した歌、歌が何首か残されているんですが、たとえば、「音もなく我より去りしものなれど書きて偲びぬ明日という字を」という歌、そういう歌を私はそらんじるまで読んでおりましたので、お墓の前でよみまして、祈りを捧げるということもございました。

つまり、そういうものが私が戦争を知るための対象だったわけですが、今度、『真空地帯』を読み返してみまして、はっと気がついたことがいくつかございました。私がその後何十年間か生き、人間としてさまざまな体験をしたこと。読者として少し成長したということで、読み方もまったく違ってしまったわけです。『真空地帯』の文章というのは、粘着力があるというのでしょうか、非常に緻密な描写が続いている文章なので、たぶんこれがまず、高校生である私にとっては読みづらかった。彼の詩はさきほど白石さんがよんでくださいましたが、とても伸び伸びとしていて、風がさあーっと伸びていくような、風が通っているような文体なんですが、散文の方は非常に緻密で、言葉と言葉の間の緊密度が高い。ディテールが細かく書き込まれている。そのへんが私には息苦しく、しかも物語的な展開というものが、ダイナミックにはない。そのへんが、他の座右の書のように『真空地帯』を読めなかった、そういう原因ではなかったかなと思います。

ただ、今回読み直しまして、すごいなと思ったところがいくつかあります。一つは、この間、私は短歌の作者として歌をずっと作りつづけてきておりますので、どうしても他ジャンルの文学を読んだり、文芸作品を読むときに、私が作るときはこう作る、これなら短歌にできる、ここは歌にはできないな、こういう表現は私もやってみたらいいな、というふうな読み方をどうしてもしてしまうわけです。これは実作者の非常に悲しい性でございまして、そこから逃れることができないわけですが、『真空地帯』、この世界は短歌では書けないと思ったのです。これは小説でしか書けない世界なんだということをとても強く思いました。

それはどういうことであるかということは、人間の心の内面というんでしょうか、心の動き、そういうものを非常にていねいに追いかけた小説である。私は今日、戦争を伝えるということでお話ししているわけですが、『真空地帯』は戦争の時代において、軍隊を背景としながら、普遍的な人間の心、どういう状況のなかで人間がどう生きるか、そういう普遍的なテーマを追究した。そういうものだということに遅まきながら気がついたわけです。

ですから、私が戦争を知りたい、戦争の悲惨を心に刻みつけたいと思ったときには、この作品が浮上してはこなかった。けれど、今度、『真空地帯』を読みなおしたとき、人間はいかなるときでも人間としての志や精神の高さを保ちながらどう生きればよいのか、そうした普遍的なテーマが書かれているということを知り、衝撃を受けたように思います。

つまり文学として想像力を喚起させる作品だということ。風景とか、映像的なシーンとか、そういうものでなくて、人間の内面のふくらみ、心の動きとか、そういう人間の深い心というものに入っていくための想像力を喚起させる作品である。こういう作品をしばらく読んだことがなかったのではないかという気がしました。

私の読み方は非常に勝手な読み方なので、『真空地帯』などもう何十回とお読みになっていらっしゃる研究者の方たちの前でお話しするのは本当にお恥ずかしいのですが、一つは木谷上等兵という人が主人公で、物語の一つのテーマとして木谷上等兵の物語というのが展開していきます。もう一つ、曾田一等兵の物語がありまして、その二つがコントラストを際立たせながら動いていくのが『真空地帯』の作品のドラマティックな展開というか、読ませるところだと思うんです。さきほど、控室で寺田さんとお話しする機会がありまして、私は不勉強で知りませんでしたが、寺田さんのお話では野間さんが大阪の漫才の技法のなかからたくさん学ばれたところがあるということをおっしゃいました。

関西の漫才に頭取りという言葉がございます。頭取りといいますのは、パッと漫才師の方が舞台に出て、三十秒以内にワッと一度会場をわらわせないと、なかなかあとがつづけられないそうです。私、その話を漫才師の方からお聞きしましたときに、短詩系をやっておりますので、パッと初句で頭取りをしないと、最後まで読んでもらえない。五・七・五・七・七があるから最後の七まで読んでもらえるかというと、そうではないわけで、初句というのがとても大事なわけです。『真空地帯』を読んだときも最初の出方がとてもうまい。木谷上等兵が石切にあります陸軍刑務所から出所してくるところから始まるのですが、その登場の仕方に読む者を引きつけるようなものがあり、あ、これは頭取りの手法だなと感じ、また、展開されていくドラマのなかでいくつか同じようなことを感じたわけでございます。

私、大阪に住んでおりますので石切という地は想像ができます。生駒山の麓にございまして、石切神社という願掛けで有名な神社がありまして、いまでこそ門前町のようなにぎわった町になっていますが、たぶん戦中、戦前はうら寂しい、市内より少し高いところにございますので、寒く、自然がきびしいところだっただろうと想像できます。この物語は木谷上等兵が石切にあります陸軍刑務所を出所してきまして、大阪城というのは大阪の中心にあるんですが、そこにあります原隊に復帰していく。二年間の刑を終えて木谷上等兵が帰っていくところからはじまり、これから何が起こるんだろうと引き込まれるように読みました。

この木谷上等兵が『真空地帯』、皆さんもうご存じだと思いますが、こういうストーリーの物語であるということを再確認のために申し上げますが、木谷上等兵は二年間の刑を陸軍刑務所で終えてきたわけですが、本当はそんなに重い刑ではない。単に上官のお財布を拾ったということでありますが、それが盗んだということになり、軍に対して反軍思想を持っているということになり、たまたまお財布を拾ったということが、二年もの陸軍刑務所行きという刑を受けねばならなくなるという、そういう事情から物語が展開します。

ここで面白いのは、木谷上等兵が勤めていたところは軍隊の経理室というところです。これも読んでいまして、現代の世相と重なるものがあり、野間さんは予想もしてなかったと思いますが、この二、三年間におこった、日本の大蔵省に関わります不祥事と重なっている。つまり、軍隊の経理室というのは甘い汁が吸える。兵隊でいながら利潤を得たり、自分を太らせたりできる、そういう場所であった。たまたま木谷上等兵というのは、学校を出ている、出てないというのが軍隊ではかなり大きな比重を占めるようですが、木谷上等兵はあまり豊かな家には生まれずに、さまざまの店で勤めたり、肉親とも早く死に別れ、いまは身内としてはお兄さん夫婦だけ。でも彼が軍隊に戻ってきてもなかなか面会に来てくれない疎遠な仲になっている。お兄さんに言わせれば、軍隊に入って少々は真人間になってくれたと思ったけれど、なってくれないで、またあんな騒ぎを起こしてしまった、とんでもないやつであるというふうな人間像として描かれています。

ですが、木谷上等兵は珠算ができるということと筆が立つということで経理室勤務ということで取り立てられたわけです。読んでいくうちにわかったのですが、兵隊のなかでも要領のいい人と要領の悪い人がいる。幹部候補生となっても要領のいい人と要領の悪い人がいる。人間の社会というものは現在も同じで、経理室勤務になって実戦に行かないでもいい将校とか、実戦に行って自ら死ぬことを選ぶ将校とか、さまざまな人間が登場してきて、それを知らせるためにも野間さんは非常に複雑な人間関係を書き分けたんだろうと思います。

木谷上等兵をめぐる物語にはどんでん返しというのがあります。これは、私の乱暴な読み方ですが、『真空地帯』のなかのある種の推理小説めいた味付けだと思いますが、木谷上等兵は上官であります林中尉の財布をたまたま拾ったのですが、その林中尉は盗られたと主張し、それがだんだんふくらんで陸軍刑務所に行くことになった。林中尉というのは、経理室の二つの派閥、中堀中尉派と林中尉派と二つあったわけですが、林中尉は木谷氏は中堀中尉に近い筋の者であろうと思って、あまり好感を持っていなかった。むしろ憎らしい対象と思っていた。そういう伏線があり、財布を拾ったと主張する木谷さんを追いやってしまう、罪を深くしてしまう供述をしてしまうわけです。

ここにはとても面白い仕掛けがございまして、最後のどんでん返しというのは、たとえば木谷上等兵には刑務所服役中に考えていた三つの願いがありました。一つは林中尉に復讐すること。自分をこういうふうに貶めた彼に絶対に復讐をする。もう一つは林中尉に対抗する中堀中尉と、その下におります金子軍曹というのが、二人で彼を刑務所行きにならないように奔走したということを聞き、その二人には感謝したい。出所してから必ず感謝したいということを思っています。それからもう一つは恋人、恋人といっても飛田の新地で働く娼妓ですが、花枝さんに会いたい、この三つが心の支えとなって陸軍刑務所を耐えるわけですが、これには伏線がありまして、中堀中尉と金子軍曹が木谷上等兵を刑務所に行かせたくなかったのは、自分たちがさまざまな利潤をかすめ取っている、軍隊の経理室を媒介にして自分たちの私腹を肥やしていることを検察官に取り調べられたり、軍法会議にかけられ彼がしゃべってしまう、そのことを恐れての画策だったわけです。

そういうことを知らないまま刑務所から帰ってくる木谷上等兵なのですが、それが最後にわかる場面があります。憎んでいたはずの林中尉、彼も中堀、金子軍曹たちの策略で戦線にやられ、転々とした末、病を得て帰ってくる。木谷上等兵が林中尉と会ったときには、とてもみすぼらしい身体となってしまっている。そういうどんでん返しがある。ですから、木谷上等兵はまったく思いちがいをしていた。策略にはめられ、ずっとそのことに気づかず刑務所生活をすごしたわけです。

ストーリーとしてはそういうことで、まだ他にさまざまな伏線もあるわけですが、印象的だったのは、陸軍刑務所の生活というのは、彼が回想する形でときどき出てきますが、想像を絶するきびしいものだっただろうと思います。私もじつは、学生運動をしていまして捕まったことがございますので、拘禁されている状態のなかでの生活とか、自由のない苦しさ、自分の声とか自分の真実が届かないということはどういうことであるかということの大変さを、うっすらと知ることができるわけですが、この刑務所のつらさ、肉体的な、たぶん拷問とかもあると思いますし、重営倉なんかに入れられると食べ物ももらえないとか、棒で打たれるとか、命からがらのことをたくさん体験するんですが、刑務所のつらさは越えられる。だけれども、木谷上等兵は、いわゆるインテリではないように描かれています。どちらかといえば単細胞肉体派のような人間なんですが。その人間がだまされたとか、人間として図られて、それによって罪に貶められたということに対し、肉体的な危害や刑務所のつらさを何とか乗り越えて外に出て行き、感謝する人には感謝したい、復讐する者には復讐したい、愛する者には会いたいという、そういう人間の精神というか、そのことによって刑務所の生活を耐えしのぶ。ひどい肉体的な拷問とかに耐えられなくなって、口を割ってしまうとか、そういうふうなことをさまざまな文学でも読みますし、そういうこともたぶんあると思いますけれども、でも人間というのはやはり精神的な動物なんだ。すごいと思わせられるものを木谷上等兵にも感じました。

そういうものを非常に静かに見つめ、そういうものを自分のなかに蓄えている存在として、もう一人の主人公である曾田一等兵という人物が登場しているというふうに私はこの小説を読んだわけです。

この小説における曾田さんの存在は、考える兵隊という役割です。ちょっと読んでみます。ここの描写がすばらしいですから。曾田さんというのは元中学校の先生、精神性の高い、いわゆるインテリとして描かれています。かつて社会主義の洗礼も受けているであろうし、反軍思想も持っている人である。ですからあえて、大学を卒業している人は早く出世できるんですね。ですが、一兵士として入隊している、そういう存在ですが、その人が自分が軍隊にいるということを納得するために、

「曾田は自分の軍服と軍帽と巻脚絆の下に、自分をもっている。それが彼の自分だ。大学を卒業して教員になり経済学と歴史学を勉強して生きてきた自分だ。この服の下、襦袢の下にその自分がいるのだ。しかし自分のなかへ行くことはいま彼にはできはしない。……曾田と軍服の下の自分とをへだているものがある。そしてその向うに彼はいるのだ。その向こうに……。」

一枚の軍服を着ることによって、それは形の問題ですけれども、そこに押しこめられてしまう精神とか生き方とかいうものがたくさんあるわけで、それをあくまでその軍服の下にいるものこそが本当の自分である。たまたまいま自分はこういう時代のなかで、こういう状況下にあって軍服をまとってはいるけれども、これは仮の姿だ。そういうふうなことを強く考え、そしてそれを考えることによって、現在というものを克服しようとしている。そういう強靭な魂、またある意味で木谷上等兵という方も非常に強靭な、形を変えて軍隊という、そういう制約された過酷な条件のなかで自分を越えようとしている、そういう魂と魂が、原隊復帰してきた刑務所帰りの一兵士とそこにいた兵士の形で出会う。そこがこの物語のライト・モティーフではないかという気がしました。

ですから私は、戦争を知りたいと思って高校生のときに読んだときには、戦争で起こった出来事とか、そういう悲劇とか、人が殺されたとか、そういうことを読みたい、まずそれを読みたかった。しかし、いま何十年かたって考えてみますと、それはひょっとして小説でなくても知ることができるわけです。資料や戦争当時の映像が公開されたりしますと。でもそこに表現できないものが、そういうなかで人間がどういうふうにして生きたか、人間はどういうふうに自分を守ったか、志を捨てなかったか、そういうことは資料とか映像からは伝わりません。私がこれは小説でしか書けないものが提示されているものだということを、何十年か経て読んでわかったというのは、その点のように思います。

私は短歌を作っておりまして、どうしてもそのジャンルと比べて話をしてしまうわけですが、たとえば、湾岸戦争が起こりました。新聞にアメリカの爆撃は止めてほしいとか、そういう作品がすぐ載りました。ですが、そういう作品を時事詠とか社会詠とかいう呼び方でしますが、私たちは、そのときはいいなと思って読むのですが、そういう作品は風化が早いんです。それはいま私たちが共通認識としてイラクにアメリカが爆弾を落としている、そういうなかでの文学、短歌としてよみますから、あの小さい詩形のなかで訴えられていることは、ああ、アメリカがやっていることはいけないことなんだ、そうだそうだというふうに読者に訴える力を持っているわけです。が、それが何十年かたって、同じよ

うな感覚でよめるかというと、とても疑問があります。社会詠、時事詠のむずかしさ、そういうものの風化のしやすさ。だけど、そのもとで人間がどういうふうに思ったか、そこで人間がどういうふうに涙を流したか、爆弾を落とした兵士はどういう気持ちだったか、落とされたものを見て、自分はどう思ったとか、人間のそういう心に関わるものを表現したときには、かなり普遍的なものが見えてきますし、時代を越えて訴える力を持つものだと思います。

私たちの文学でありますす『万葉集』の心のなかを語った挽歌ですとか相聞歌が、千三百年以上たちましても、ストレートに心に響いてくる、人間の心情は、どういう歴史にあっても、どういう状況下にあっても、きっと普遍的なものを持っている。その高さとかその悲しみとかその苦しみというのは時代を経て共通に訴えるものがある。

そういう観点から読みまして、私は野間さんの『真空地帯』は未熟な高校生の私を打たなかったけれど、今回読みなおしてみまして、さまざまな形で訴えてくるものがあった。そう思い直しました。

それともう一つ、野間さんの訴えたいものの一つに、人間への信頼、人間への希望、そういうものをお書きになりたかったのではないかと思った箇所がいくつかありました。克明にディテールが書かれていると申しましたが、人間の心とか、軍隊のなかでの行動とか、そういうものに関わることに大変スペースが割かれているわけですが、二ヵ所、とてもすてきな表現のところがあって、その二つともが自然を描いたシーンです。

彼が木谷上等兵のために、その兄の家を訪ねるため外へ出て行ったときの光景を書いているわけですが、その前に彼は、軍隊というものは真空の場所である、空気がないところだ、真空地帯だ、空気がこないところだ、空気が通っているんだけれども、空気のないところだと書いているんです。そういう彼が空気に触れたときに、こういう描写をしています。

「街を人々はあるいていた。人々はのんびりとあるいていた。番場町の公園前は電車を待つ人々がいつまでたっても電車がこないためだろう、次第に多くなり、歩道の方にもあふれていた。大阪城の天守閣がそのうしろにくらくかがやいていた。公園の灌木のなかに人影が動く。そして彼らはみんなのそりのそりと歩いているように思えた。」

軍隊という空気のない空間からぱっと移ってきて、日常という空気の流れているところで見た光景を、非常にゆったりとした視線で書いているわけです。普段、私たちはそういうことの喜び、空気があることの喜びとか、自然に光が流れていたり、風が吹いていることを喜びと感じませんが、それを喜びとしてうけとめている。そしてそういうことと出会えるということが生きているということじゃないか、それを野間さんは言っているのではないかと思います。
もう一つ、曾田物語ともう一つ木谷物語がありますが、木谷上等兵の物語のなかで、やはりとても好きな描写があります。これは花枝という女性と昔語りを交わす、回想のなかで出てくる話なのですが、

「村には一面に苺の花がさいた。するとやがて真赤な苺と青い麦の穂。そして木谷の下痢するときだ。彼の尻からは毎日おそろしいような真赤ないちごがでる。」

あまりきれいなテーマではないですが、とてもきれいな表現です。感動しました。後のち、野間さんはご自分の生涯のテーマとして広げていったなかに環境問題とか、自然とかに向かわれていくわけですが、自然と人間との交歓、そういう喜びをかみしめることが生きていることだ。そして軍隊というのは、反対にいうと、そういう喜びを空気のない真空地帯に人間を引き入れて、さまざま変えてしまう。人間としての喜びを奪ってしまう場所なんだということを、詩も書かれた野間さんですから、簡潔な表現としてすばらしい色彩やにおいや動きがある詩的な言葉で書いていらっしゃる。野間さんが人間への信頼とか、自然への信頼とか、生きること、小説全体においては空気穴のようなものですが、それを入れていた。その点、拝見しまして、とてもうれしいと思いました。

たくさん言いたいことがありますが、時間がありませんので、もう一つ、最後に女性観なんです。軍隊というのは男社会でありますので女性がほとんど登場してこない。恋人として会えないまま死んでしまいますが、木谷上等兵は花枝さんのことをずっと思っている。曽田一等兵には時子さんという許嫁のような女性がいる。私はこの二人の女性がとてもうらやましいと思ったわけです。というのは、花枝さんはずっと木谷上等兵にとっての永遠のマドンナというふうに描かれております。どちらかというと、時子さんに対する曽田の態度というのは男らしくない、男らしくないは、言ってはいけない用語なんですが、煮え切らないものである。たぶん私の考えでは時子さんは曾田と結婚したかったのではないかと思いますが、彼はそういうことを口に出さなかったようです。

ただし、とてもうらやましいと思ったのは、男女の愛がまだ純粋性を持っていた。そういう世代の女性の描かれ方であるし、また女性への思いである。それは戦争という切羽詰まった条件下ですので、純粋化せざるをえなかった部分もあるかと思いますが、いま読みますと、こういう女性観はフェミニズム批評ではとんでもないという批評も受けるかもしれませんが、私は永遠のマドンナとして女性が描かれている、そういう世代の女性の描き方だなと思って、とてもうらやましく、うれしく思いました。

『人間の條件』を読んだときもそうなんですが、『人間の條件』の全体のあらすじを、いま思い出すことはできません。何十年前

かにくり返し読んだわけですが、ただ一ヵ所忘れられないシーンがあります。それは梶と美千子の愛の場面で、梶が戦場に出ていくときに、奥さんである美千子さんが軍へ訪ねて行きます。そして特別の計らいで、一夜を共にできる機会を与えてもらう。そのときに梶が美千子さんに、お願いだから明かりがもれている窓のところに立ってくれないかと言って、美千子さんが裸で窓のところに立つというシーンがあります。このシーンだけは忘れられなくて、『人間の條件』といいますと、思い出す一節です。

これからまた時間が過ぎていって、『真空地帯』のなかでどこを思い出すんだろうなと思ったときに、私は女性が理想像として描かれたという記憶、それから人間がどんな状況であっても、精神性というものを失わない、木谷と曾田の生き方はまったく違いますし、資質も違いますが、軍隊のなかで制服を着ている。けれどもそのなかにある自分こそが本当の自分である。それをいかに守りつづけようかと格闘した曾田の精神、それからもう一つ、真空地帯から出てきたときに空気が、風が流れていく、光がある、草木がある。そういうことを見るということが生きている喜びなんだ。それなのに、それを奪ってしまうものは何であろう、そういうふうなことを教えてくれた。そんなふうに印象深いいくつかのシーンとともに、『真空地帯』を思い出すときがあるかと思います。

とても拙い話で、脱線しながら用を果たせないままにいまの時間となってしまいました。野間文学にピンホールの穴を一つ開けた、そのぐらいの野間体験ではありますが、こういう場を与えてくださいまして、野間さんを再び読む機会を与えてくださいました会の方がたにお礼を申し上げたいと思います。どうもありがとうございました。

（一九九八年七月　第六回）

『さいころの空』

経済と肉体

――『さいころの空』の今日性《アクチュアリティ》――

富岡幸一郎

私はある大学の非常勤講師で一コマだけ持っておりまして、現代思想という課目を教えています。ここ数年ですが、前期は西洋の哲学者、近現代の思想家などを紹介しているのですが、ジャン・ポール・サルトルをちょっとやってみようと思いまして、『実存主義とは何か』という、ご存じのように一九四五年十月のサルトルの講演ですけれども、それを少しテキストにして読んでいます。五、六十人聴講しているんですけれども、「サルトルを知ってるか」というと、手が挙がるのは一、二名です。ですからほとんどサルトルという人を知らないのです。そんなこともあって、『実存主義とは何か』というもっともサルトルの、いわゆるエグジスタンティスムス、この言葉が有名になった、そのきっかけとなった講演を少し読んでみようということをやっています。

サルトルはあの中で、実存主義はけっして個人主義ではない、ということを強調しています。つまり、自分がある選択をし、責任を持ち、主体的に、例の参加《アンガジュマン》ですが、アンガジェするということは、自分個人の問題にとどまらないで、じつはそれは全体と関わっていくのだ、と。サルトルは例を挙げていまして、結婚して子供をつくるということは、人類全体を一夫一婦制の方向に導くんだ、という言い方をしています。さすがにここにくると、学生もちょっと首をかしげざるをえないところがある。私も説明しながら、この距離をどういうふうに説明しようか、と思う。自分の結婚の決断が全人類の一夫一婦制にアンガジェするということは一体どういうことなのか、という説明がなかなかむずかしい。逆にいうと、つまりある時代まではそこに通路というか、個と全体というか、最近流行っている言葉では、私的なものと公共性という問題がでておりますけれども、そこをつなぐ回路です。つまり自分の決断、自分の選択が全体、人類でも社会でも世界でもいいのですが、それとどういう形でつながるのか、と。この通路がよくわからない。しかしサルトルは、もちろん戦後の状況のなかで、そういうことを強く言いました。

そして言うまでもなく、野間宏の出発点もそういうところにあったと私は思います。野間さんの書簡で、恋愛を語るということ。あなたが好きであるということは、全人類を愛しているんだと、そういう手紙があったと思いますが、まさにそういう個と全体の関係がある。野間さんの全体小説の理念に重なってくると思います。生理と心理と社会、この三つを明らかにして、それを綜合していくのだという、この全体小説の理念、これが今日、はたしてどういう、われわれを取り巻いている現実、状況と関わっていくのだろうか、を考えざるをえないのではないかと思います。

さて、そこで今日の状況ですが、十年前ぐらいは確かに東西の冷戦構造が崩れて、フランシス・フクヤマという人が『歴史の終わり』というのを書きまして、この世界は資本主義的なものによって覆われる、自由主義の勝利である、そういう意味のグローバリズムの原則があったと思うんですが、十年足らずしてまたあらたな問題が出てきた。今日、われわれの周りで起こっている出来事というのは何かというと、つまり、地球全体が一つの市場になった、地球全体がいわば大きなカジノと化して、カジノ・キャピタリズムというような現象がでてきたということがあります。最近、世界不況だとかいろいろなことが言われておりますけれども、例えばアジアの通貨の暴落、それからロシア、そして中南米というところからはじまった経済危機というのがアメリカにまでいって、バブルのアメリカをまず直撃して、アメリカのウォールストリートの銀行や、例のヘッジファンドが巨額な損失を出すといったような、グローバルな経済問題、経済危機というのがいまでてきている。こういう問題に関して具体的な政策としては、IMFが市場の法則に従ってテコ入れをしていく。IMFの基本的思想は新経済主義、ニュークラシカルな考え方である。つまり、その国の経済構造を変えていけばよろしいという形での考え方です。こういう新古典主義の経済学というのが、とくにエコノミストを中心にしたIMF体制というか、思想というか、イデオロギーですけれども、これは一つの数理的なモデルです。それによって経済を必ず活性化できるんだと、そういう市場主義だと思います。

今日、逆にしかし、そういうIMF的な経済体制に対する批判というのもかなり内外からでている。実際にIMFにいた人物が、あの内部では実際の市場経済というのを強力に推進しているにもかかわらず、市場経済のシステムというものがどういうものであるか、ということをまじめに考えていない、あるいはそういう学問がない。すべて数理的な一種の抽象性によって現実の経済というもの、あるいは経済危機という問題に対処しようとしている。そういう批判が内部からも起こっていると言われています。日本のいろいろなエコノミストの批判もありますが、その一人としてアジア経済の専門家で原洋之介という人がおりますが、この人は藤原書店で出していますす例の歴史家のフェルナン・ブローデルの『地中海』、この考え方を援用しながら東アジアの経済危機を分析しています。つまり、原さんのやり方は、いわば歴史時間論で、これを使って、やはり今日の現象的ないまの経済の現実の危機を分析しなければいけないんだ、ということだと思います。つまり、その歴史の出来事とか、その地域の時間を多層的に見るんだ、と。つまり現在だけではなくて、過去とか伝統とか、例えばアジアにおける伝統的なものの蓄積とか、そういった部分を見ていかなければいけないのではないか、ということを言っております。

こういったいわば時間の多層性、経済という非常にアクチュアルな現実をいわば歴史的な時間論、あるいは歴史の多層性からとらえ直すという、そういう試み、別の言い方をすれば、これは一つの全体といいますか、野間さんの言葉でいえば、まさに全体からみるというか、そういうことだと思います。野間さんの論文で、一九八二年のものですけれども「現代文明の危機の中の文学」という文章があります。これは岩波から出た『新しい時代の文学』に収められていますが、その中で経済現象に対して次のようなことを野間さんが書いておられます。

「インフレーション下の不況というのは、経済学に於ける一つのいまだ定着されることのない概念であって、全体的なものではない、それは単なる経済現象の一つにすぎないではないかという言葉に対して、この日本全体に捲きつき、その頭と胴と手足をしめあげ、その背骨を折り、脳漿をしぼり取り尽そうとしているものは、高度成長の呼び寄せた、これまでの資本主義の歴史のなかで、かつて見ることのなかった、複雑な要素によって構成されており、したがってそこから生れている身でありながら、その母胎そのものにたたかいを挑んでいる世界資本主義の命運全体にかかわるものであると反論しなければならない。

いま、私は『……の命運全体にかかわる』というように、全体という言葉を使ったが、それは世界資本主義の政治的、経済的諸側面に於ける命運というところにとどまらず、人間の意識活動の構造に徐々に進行し、しかもやがて一挙に出現する崩壊、またさらに人間の欲望の源泉の溶解にまでかかわりを持つものなのである。」

これはインフレーションの下の不況、スタグフレーションですが、こういうものも経済現象の一つとしてみるべきではなくて、いわば日本国内の経済状況も常に世界資本主義全体の運命というか、命運全体と常に関わっている。そしてさらにいえば、そういう資本主義的経済状況というのが、常に政治的、経済的のみならず、人間の意識活動の構造、これに関わるし、人間の欲望の源泉の溶解にまで関わっていく。こういうことを書かれています。今日の経済状況的にいえば、それが単なる経済の問題、マネーゲームの問題ではなくて、そこに先ほどのブローデル的な思考を持ち込んだ、例えば経済学者の原さんの考えでいえば、いわば時間の多層性、あるいは歴史の幅というか、そういうものをやはり考えざるをえない。人間の意識や欲望、そこにまで深く関わってくるという、そういう野間さんの現代文学の現代文明に対する危機の意識が非常に一貫してあった。そしてそれが今日、明瞭にでているのではないか。

そういうなかで、今日出しました作品が『さいころの空』、一九五八(昭和三十三)年で、野間宏四十三歳の時になりますが、三十三年の二月から『文学界』に連載しました。翌三十四年の十一月まで連載しております。そして三十四年の十二月に文藝春秋より刊行された作品です。たいへん大部な長編小説でありますけれども、この作品は、ご存じのように、大垣元男という株と商品取引をやる主人公がでております。その大垣を中心にして、さまざまな人物、相場師や、あるいは大手証券の人物とか、あるいは女性たちがドラマを織りなしていくという構想になっています。

この大垣の最初の場面ですが、次のように書き出されています。

「一時少し前、大垣元男は兜町の証券取引所の前に出、鎧橋を渡った。朝から曇りつづきの空の下で何時になく今日は雨雲にまといつかれるのではないかという思いに見舞われたが、彼は取引所の前で一挙にそれにふり払った。すでに彼は自分の心を動かないところに置いてあった。商品取引所のある蠣殻町を前にして心を動かせるようでは、陣地を敵に開け渡したのと変るところはないのだ。大垣は先月から持ち続けて来た方針の上に立って、今日もそれを向うに伸ばすだけでよいと考えていた。

すでに骰子は投げられたのである。」

(『野間宏作品集4』岩波書店)

作品の中の時間は昭和三十二年の八月のなかごろから十月の初めまでの二ヵ月という、大変短い期間です。一種の景気後退のなかにあって、株の取引から商品取引に乗り出していく。そういうところから主人公の姿が描かれています。この景気後退のなかで大垣が、最初は生糸をどんどん売りつづける、売りと買いというのがでてまいりますけれども、売りつづける。そしてある瞬間、ある日、いわゆる底に達した時に、今度はそれを反転させて買いにでる、そういう転換、そういう形で大金を大垣がものにする。商品取引、金融のドラマですけれども、前半は主にそういうところが展開されています。同時に、これは単に経済的なやりとりというか、株や商品取引というものの現実を野間さんが描いたというだけではなく、むしろその売りと買いという商行為のなかの原理が一体どこにあるのか、そういう問いかけがこの作品の一番大きなものとしてあると思います。

買いに転ずる時の理由なんですけれども、彼の知り合いの相場師は宇宙の原理だということをいう。それからこの大垣も、ある衝動が自分の中に起こって、そして売りから買いに転じる、もちろん景気の状況とか数値を彼は眺めているのですが、それ以上にそういった彼の肉体的、身体的な、そういうところから来る衝動や、あるいは宇宙原理というような言葉がしきりにこの小説の中にでてきます。その描写というか場面が大変印象的なんですけれども、野間宏独特の肉体表現といいますか、身体感覚を持って書いている。第四章の一節ですが、読んでみたいと思います。取引の場面のところです。

「自分のまわりのすべてのものが動顛しつづけているのを大垣は見ていた。ほんのいま五分前までは、いかなる力をもって押そうとも崩れることのない固さをもってつみ上げられていた商品世界が、いまはただその自分の重さでもってくずれ去ろうとしているのだ。

すさまじい音をたててくずれ去っているのは、彼の持っている力ではなく、いまのいままで彼と同じ力をもって彼の方におしつづけてきた力なのだ。大垣は自分の体のなかにあるものが上と下とまったくさかしまに逆転するように思ったが、上と下とがさかしまに逆転しているのは相手の方だった。

すさまじい響きをたててひびわれる宇宙。彼はマンモンの神がそのひびわれた裂け目から炎の付いた顔を出しているのを見た。」（同右）

こんなふうな描き方です。こういうところに野間さんの非常に特徴があると思いますし、この売りと買いのやりが、単に数字的な問題ではなくて、こういう肉体感覚、自分の体の中にあるもの、上と下がひっくり返っていく、そういうものです。そしてそのすさまじい響きを立てている宇宙、マモンの神がまさにその中から姿を現す。今日よくマモン、あるいはマモニズムという言葉がありますが、これはもともと聖書などにも出ていると思いますけれども、財産とか、一種の財としての偶像といってもいい。そういう意味でのマモニズムの運動というのを、数理モデルの抽象性としてではなくて、まさに具体的な、具象的な、いわば肉体感覚として書いている。そういうところにこの小説の一つの見どころというか、読みどころ、特徴があるのではないか。

野間さんのこの小説、そういう意味で今日的な状況に一つのパースペクティブを提供しているのではないか。同じように女の存在がずいぶんここにも重要な問題としてでてまいります。何人かでてきて、細かいところは時間がないので省きますが、船原老人という不思議な相場師がでてきます。これが大垣といろいろつるんでやるんですが、相場というのは女と切り離すことができないんだなどという話をします。で、もともと相場は売りと買い、陰と陽との二つの立会いで成り立っているんだ、と。男女の道を解することなくして、相場を御するということはできないものだよ、などということをこの船原老人が大垣に言う場面があります。そういうところで女というか、女性、それと売りと買いというか、この肉体感覚的な一種の衝動しての商品のやりとり、金融のやりとりというか、経済的な動きというのがとらえられているのではないか、と思います。

野間さんが「無限を求めて」というエッセイで、自分が三高、京大時代に自分の中にあった衝動ということを書いています。一つは精神の無限を求める衝動だ、と。そしてそれは私的な宇宙に向かおうとする衝動である。それからもう一つは女性を求める、性的宇宙、なんでも宇宙がつくんですけれども（笑）、性的宇宙に向かおうとする衝動。それからもう一つは経済、金銭を求める社会的宇宙に向かおうとする衝動。ですから経済、金銭の問題というのは、野間宏の中で当然大きなテーマとして、つまり社会的宇宙というか、このテーマとして考えられていた、と。それがこの時期にこういう形をとって書かれたのではないかと思います。

今日の経済状況、IMF体制のような、一つの特徴は、さきほど言ったような形での構造調整、コンデンショナリティといいますか、そういう形で一国の経済を変えていくという考えです。競争的な部分は変えることができるんだ、と。しかしそれがうまくいかないのはなぜかというと、例えばアジアに特徴的な非常に歴史的な多層性があるし、地域のいろいろな条件や、深い層がある。そのへんがやはり今日の経済の混乱と関わる。そういうところを見落としている。そういう意味では、『さいころの空』が問題にしているのは、むしろ深層部分である。それは人間の、さきほど言った意識とか欲望とか、そういう部分にまで重なる観点を見いだしている。

この小説の後半ですけれども、前半から流れとしては続いていますが、当然でてくるのは四大証券です。これが確立されていく時期です。この四大証券と、いわゆる中小の証券会社の戦いで、兜町の独立派、この船原老人というのはまさにそういう相場師なんですが、戦後の日本資本主義がシステム化されているなかで、そういうものが敗北していくというプロセスがこの小説の一つのテーマになっていると思います。投機から管理、そして政治の関与ということがでてくる。大企業主義といいますか。四大証券とはいうまでもなく、日興、山一、大和、野村で、これは違う名前で作中ではでてきますけれども、こういう四大証券の独占的な投資信託経営が確立していく。それに対しての戦いみたいなものが一つのテーマとしてあります。今日ではむしろ証券会社そのものが崩壊しつつあるというか、そういう状況である。つまり巨大組織の問題がすべて出てきた。これは金融ビッグバンとか、いろいろな要素があると思いますが、つまり戦後の日本資本主義が確立していく時に、その矛盾とか、それと相対する立場の個人、組織に対する個人、そういうものの観点からこれを描いたものが、いまこの現実、ここ数年来の現実がまさにそういう巨大組織のいきづまり、崩壊現象といってもいいと思いますが、そういう現実があると、ちょうどフィルムを逆に回すような形で、この『さいころの空』という小説を読みえるのではないだろうか。そんなところにこの作品の一つのアクチュアリティ、今日性を見ることもできるように、私は思います。

　この作品の最後の方ですが、あるいは全体を通底していると言ってもいいと思いますが、一つの死のイメージがあります。船原老人は最後に死んで、まさに敗れて、大手のそういう統合のなかで死ぬのですけれども、大垣もある死というものを非常に意識しています。その空に広がっているのは死ばかりである、というふうなイメージ、そんな思いを最後にいだくところがでてきます。

「かつて死は真上の空にかかっていた。戦争中死は真上の空にあって、いつも彼の上に垂れさがっていた。死は真上の空にあって彼の身体の上を渡り、彼の身体をおさえつづけた。死は自分の上方にあるものであり、彼は上方にある死のなかに、ただかけ上らなければならなかった。死はすき間なくそこに拡げられていた。死は彼の手のとどかぬはるか高いところにあり、彼はそれをとらえることはできなかった。死はその空の高みから次第に低く低く彼の身体のところまで降りて来て、彼の身体に触れるように見えたが、彼の身体は死に触れることはできなかった。死は日本の島をとりかこんでいたが、自分をとりかこんでいる死に、彼はついに身体を触れることができなかった。

　しかしいま死は彼の身体の傍にある。死は死んだ父親のように、死んだ綱子のように、またひろみのように彼の身体の傍にある。戦争中死んだ父親は、彼の真上の空にかかっていた死とは、まるで縁のないもののように見えた。しかしいま死は彼の身体の傍にもどって来たのだ。死んだ父親のように、死んだ綱子のように、また死んだひろみのように。

　ああ、出て来やがると大垣は言いつづけた。かつて、戦争中空の上に横たわって少年の身体の上を渡って行った死は、地の上に降りてきて、彼の身体の傍にある。彼の身体の傍にある。しかし彼の身体の傍にあるものは何なのだ。いま彼の身体の傍にあるものは。」

（同5・二十二章）

こういう最後の方ですが、大垣が破滅していくというところもありますが、同時に死というもの、これは戦争の死、さきほどの朗読の、まさに『顔の中の赤い月』、あの死の姿、生存の孤独というものがあったと思いますが、ここではその死がいま自分の体のそばに下りてきているイメージとして描かれています。これはやはり野間さん自身が、『さいころの空』の経済、金銭、マモン、これのまさに売りと買い、商品、こういう世界のなかにあって、そこにうごめいているその力、それがもたらす破滅と死のイメージとしてリアルにとらえていたのではないか。権力が死のイメージとしてとらえられていたのではないかと思われます。今日の、そういう意味ではまさに社会というのは、文明化した社会でありながら、同時に死の支配といいますか、そういうものにとらわれているといってもいいかもしれません。

　現在の一つの特徴として非常に高度化された文明社会、グローバルなまさに世界の特徴としては、やはり空間が征服される。つまり高度の情報化によって空間というものが征服されるけれども、そこにおいて起こるのは時間の喪失という現実です。例の湾岸戦争の時に、フランスのボードリアールという社会科学者が、まさにリアルタイムで戦争がテレビスクリーンに出ると言った。つまりリアルタイムで報道されるということは、歴史を殺す。つまり出来事が出来事として生起する、起こる、そういう時間を奪うんだということを言って、いろいろ議論になりました。おそらく高度情報化社会、高度文明社会の一つの特徴としては、そういう意味での空間のまさに征服が人類の時間の感覚、あるいは歴史は感覚、さきほどでいえば、歴史の多層性の意識を争奪していくというところにあるのではないかと思います。

　この時間が消費される世界。今世紀のユダヤ教の神学者にヘッシェルという人がおりまして、これはマルチン・ブーバーと並ぶ有名なユダヤ教の人ですけれども、彼が時間のない世界というのは、まさに創造主を失っている世界だと言う。この世界を創った創造主というものを失っている世界だ、と。したがって、そこでは新しく生まれ変わることのない世界、それが創造主なき世界である、ということをいっています。空間の支配によって時間が消失した世界。それは今日の現実であるけれども、そこで何が起こるかといえば、まさに人間が自らの力において創りだした諸々の力によって、人間が支配される。これはマネー、お金でもそうですし、情報でもそうですし、例えば交通機関でもそうだ、と。さまざまな形で人間がつくり出したものが、文明の産物であるものが、それを自在にコントロールできると思っている、そういうものが、じつは現実には人間を支配し、人間がそれに仕えるという、そういう逆転の現象がまさに起こる。マルクスはそれを疎外という言葉で呼んだのですが、社会主義そのものが一つのイデオロギーとして、ある意味、そういう意味ではそういう逆転現象を起こしたという歴史的な皮肉もあると思いますけれども、私はやはりここに一つの今日の人間というか、人類のおかれている問題があると思います。

　最近、私が本に書いたカール・バルトというプロテスタントの神学者がおりますけれども、彼が書いた『教会教義学』の中の倫理学なんですけれども、そこでいっているのは、いわば創造主なき世界の諸々の権力ということです。諸々の力《ゲバルト》、これが人間をしばりつけている、と。おそらく今日、このグローバル・キャピタリズムなるものは、そのもっとも象徴的な、まさにマモンの神、偶像が人間をしばりつける状態にあるのではないかと思います。

そういうなかで、あらためてこの『さいころの空』というのは、単に経済状況とか、戦後の日本の資本主義批判のみならず、今日的な状況に関わる問題提起がある。それはおそらく野間さんの生涯を貫いて、文明といかに対峙するか、という人間の意識と肉体の課題がそこにあるのではないかと思います。

さきほどの、まさに世界経済的な部分でいえば、今日の発想というのは徹底したマーケティングといいますか、そういうものがあると思います。つまり市場原理というのは交換原理である、と。共同体と共同体の間で交換が行われるんだ、と。そういう一種、水平的な、そういう意味でグローバルという言葉があると思いますが、水平的なものだということがあります。しかし同時に共同体も、その中の市場も、一方では立体的な多層性を持っている。そういう意味では垂直的な構造があるんだ、と。つまり空間だけではなく、まさに時間の体積が市場というものの中にも当然あるのではないか、と。ですから市場主義、マーケティズムとか、グローバル・キャピタリズムと呼ばれているものが、一種の水平思考といいますか、空間思考ばかりを見ているところに、おそらく今日の問題や危機が生じているのであって、この立体的、多層的、あるいは垂直的な構造、これをどういうふうにとらえ直すか、さきほど挙げたような、日本の経済学者も、いろいろ考えている。しかし一般のエコノミストはあまりそういう意識がない。

野間宏の小説のキーワードは、一つはやはり深層です。そして全体という、この二つが大変大きなものとして考えられる。空間ではなく時間的な問題。水平的ではなく垂直的な問題、そういう観点から、兜町や蠣殻町の売りと買いの世界、あるいはそこに翻弄され、またそこに生きるこの人物像を描いたんだと、今日から読みなおすこともできるのではないかと思います。そういう意味では経済、社会思想の問題を今日、いろいろ社会の問題や状況の問題をあまりに経済から今日は考えすぎるということがあると思います。とくに日本というのは、すべてが経済の問題に還元されてしまう。『さいころの空』の評価は、むしろ日本の社会全体がすべて経済になってしまっている、そういうところへの批判的、クリティカルなポイントを提示しているのではないか。そういう意味では経済を描いたというよりは、むしろ今日の日本の社会がすべて社会問題、思想問題もすべて経済に、マーケティズムに還元されてしまうようなことへの批判、つまり、経済批判といってもいいと思いますが、それがあると思います。『さいころの空』はいわゆる経済小説、金融商品世界の小説というよりは、社会における経済の位置というか、その問題をえぐっているのではないか。そういう視点で読みなおしてみると、面白いのではないかと思っています。

私も今回読みながら、しかし昭和三十年代の古い話かなという感じで最初は思ったんですが、じつにアクチュアルなことがいっぱいでてくる。おそらくこれは『青年の環』の大道出泉などに、やがて大垣という人物が発展していく。野間文学の中では『さいころの空』と、『青年の環』というのは、一つの続きというか、関連を持ってでてくるのではないかという感じがいたします。

（一九九九年五月　第七回）

『わが塔はそこに立つ』

野間宏と文学変革

フランス文学、文芸評論家
菅野昭正

文学の変革者、野間宏

ご紹介いただきました菅野です。いま、現実の変革が可能ではない時代になったというお話がありましたが、私の話の題は「文学の変革」ということなので、変革ということについて一言述べさせていただくことにいたします。

野間さんが亡くなりましてから、野間さんの小説がこれからも読みつがれるとしたら、そして後世に残るとしたら、私は必ずや残るに違いないと確信しておりますが、どういう形で残るだろうというようなことをときどき考えてみたことがあります。その時に、まず私の頭に浮かぶのは、文学の変革者、あるいは文学の変革を試み、実践し、そして文学の変革ということが完遂されるというようなことは、これは一種の幻想みたいなことですから、完遂されるということではないにせよ、文学を変革する志を第二次世界大戦の後の日本において、さらには世界全体において、その志を最後までつらぬいた作家――そういう形で残るのではないか、そんなふうに考えてみたことが何度もあります。

文学の変革ということは野間さんご自身が何度も言っておられますし、それからいろいろな形で研究家、批評家、あるいは読者の方が言ってこられたと思います。しかしその内実は一つでなく、いろいろある。内実がいろいろあるということは、野間さんが非常に多面的な作家だったということに結びつくわけですが、そういうことを考えたうえで、今日、私なりに日頃考えていることの一端をお話しして、とくにこれから野間さんの小説を読まれる若い読者の方に、野間宏を考える一つの手がかりにでもしていただければと思って、こういう題名を掲げてお話をさせていただくことにいたしました。

それで本題に入りますが、最初にちょっと引用をさせていただきたいと思います。これも野間さんの悠揚とした、ゆったりとした、波長の長い読み方で読めばよろしいのですが、残念ながらそういう声帯模写の能力はありませんので、無味乾燥な朗読ですが、お聞きいただければと思います。

「月形の母親の横に広い身体は、まるで安原の八畳の部屋いっぱいにひろがっているように思えた。部屋の真中にたらした一〇〇ワットの裸電球は、いつもはここを訪ねるものの眼を一挙につぶすほどの力を発揮し、これを思いついた安原のために絶対の力ともいえるものを貸すのだが、いまは彼に何の力も貸しはしなかった。」

もうおわかりのように、これは『わが塔はそこに立つ』の冒頭に近い部分です。なぜこれを引用したかと申しますと、『わが塔』が刊行されたのは一九六二年、六〇年安保の闘争のころから発表されはじめて、六二年に単行本が出たわけですが、その刊行された直後に、ある批評家が評論を書いて、いま読み上げた一節をもとにして、さっきも悪文という言葉が出ましたが、悪文であると決めつけ、恣意的なイメージの拡大というふうな言い方で、否定的な評価をしたことがありました。それを読んで私はたいへんびっくりしたんです。唖然としたと言いますか、びっくりした程度が大きかったために、三十何年かたったいまでもはっきり覚えているのだろうと思います。その時にびっくりした理由の一番大きなことは、野間さんが変革の志をもって小説を書きつづけてこられたことは明瞭であったからです。戦後二十年近く、そんなふうに小説を書きつづけてこられたにもかかわらず、こういう無理解にさらされるという状況を見まして、小説家というのもたいへんだなというふうにつくづく感じたことをいまでも覚えていますので、今日もまずこんなことからお話をはじめることになった次第であります。

闇を抱えた小説、『わが塔はそこに立つ』

『わが塔はそこに立つ』というのはどういう小説かということを、ここでもうお話しする必要はまったくないかと思いますが、やはり話を進めるうえで必要と思われますので、かいつまんで申し上げます。それからまた、『わが塔はそこに立つ』については、針生一郎さんのたいへんゆきとどいた論考がありますので、もう立ち入ったことを申し上げる必要はないわけですが、いまも申しましたように、話の進行上、かいつまんで申し上げます。

私の考えでは、『わが塔はそこに立つ』は、野間さんの変革の試みのうえで非常に大きな意味をもった作品であると思います。そういう観点に立って、いまこの一節を手がかりにすることにしたわけですが、皆さんよくご記憶のように、小説の書き出しは、主人公の学生が自分の家庭の在家仏教の宗門、彼の両親が在家仏教の宗門の信者で組織をもっているわけですが、その専修念仏宗の教えに疑いをもって、そして今夜こそそれと絶縁しようと決意を固めるところからはじまります。そして、ただ、そういう仏教的なものに対する疑いに悩まされるだけでなくて、海塚草一という主人公ですが、彼は政治的、社会的意識に目覚めて、『資本論』の研究のグループに加わったりもしていますけれども、しかしまだ、唯物論、マルクス主義をすっかり受けいれるところまでいっていない。それからまた、同人雑誌に加わって文学活動をはじめていますけれども、その文学活動を一緒にやってきた仲間が、主観的な破壊意識、さきほどダダイズムの話が出ましたが、主観的な破壊意識のほうに向きすぎているというようなことから、自分がマルクス主義に惹かれているということで、だんだんその仲間とも疎遠になってくる。対立状態になってくる。それからまた、友人の妹との恋愛関係において、思うように進行しない、とくに性の問題をめぐって一種の屈辱的な状態に陥っている。そういうふうに、個人的に閉塞状態と言うんでしょうか、出口のない状態のなかに置かれているのに加えて、主人公のうえには、社会的な閉塞状態とでもいうものが重くのしかかり、二重の閉塞状態になっています。

これも申しあげるまでもないことですが、昭和八(一九三三)年の、学問の自由——思想の自由に対する露骨な弾圧の最悪の例とされている京都大学の「滝川事件」のあと何年かたっているわけですが、その「滝川事件」を記念する集会、それは同時に自由の抑圧に対する抗議の意味をもつわけですが、そういう学生集会を開こうという運動にもこの主人公が接近する、そういう状況にあるわけです。そういうふうに個人的な悩みのうえに社会的状況、政治的状況というものを視野に入れようとしている、そういう青年がまず登場する小説であることを、念のために申しあげておきたいと思います。

わかりきったことを言うような形になりましたけれども、この主人公が、自分の内部に「闇」、これは小説のなかに出てくる言葉ですが、闇を抱えこんでいる。その闇はまた混沌とも言い換えられるでしょうし、それからまた、さきほどのお話につなげて言えば、一種の崩解感覚のなかにさまよっているとも言えるでしょうし、そういうある種の青春独特の混乱のなかにいるのだと思います。それをさらにもう少し誇張して言えば、これも小説のなかの言葉ですけれども、「主人公は地獄のなかにいる」とも言えるのではないかと思います。

ここでさきほどの引用に戻りますが、さきほどの引用は、そういう闇、地獄、混沌のなかにさまよっている主人公の意識のあり方、意識の動きに添って書かれている。友人の母親は非常に太った女性なんでしょうけれども、その友人の母親が、しかし八畳間いっぱいに広がっている、八畳部屋の幅は約七メートルぐらいあるわけですから、そういうふうに見えるということは、そのまま、この場合、主人公の海塚草一という人物の意識がいかに混乱した状態のなかに置かれているか、ということを作者がしっかりつかんだうえで書いているということだと思うのです。それが野間さんの実践した小説の変革の一つの大きな現れなのであって、けっして悪文だから女性の姿が八畳いっぱいに広がっているというふうな文章になっているわけではない。意識の混乱したありようの表現であるということを、まず把握することから、『わが塔』というこの小説の読解、解読ということははじまるのではないか、そんなふうに思ったものですから、さきほどびっくりしたということを言いましたが、私はそういう批評にたいへん疑いをもったわけです。

二つのリアリズムの統合

いま思い出しましたが、フランスのある詩人、これは野間さんもたいへん傾倒されたはずの詩人ですが、その詩人がちょうどいまから百年ぐらい前に、こういう意味のことを書いています。それは、人間が、たとえば遠くのほうに白い立方体、そしてところどころに黒い四角い穴のあいた立方体を見たとする。その場合に、多くの人間は視覚的な働きのままに、素直に白い立方体と見るのではなくて、概念にしたがって、あるいは習慣的な悟性というものの、こういうふうに理解すべきだという通例の悟性にしたがって、そこに家を見てしまうということを言っている。これは直接的な意識のあり方のあるがままの働きと、それをもう一度、概念的に整理する間接的な意識の作用との差異というものを指摘した、なかなか含蓄のある先駆的な言葉だと思います。そう考えてみると、「友人の母親が八畳間いっぱいに見える」と書かれているのは、混乱した意識がそのまま反映したものであり、何度もくり返すようですが、それを悪文と決めつけるのは、いま申し上げた後者の、概念的に整理した、慣習的な意識の作用に束縛された批評、あるいはそういう意識の働きのさまざまな面を考慮しない批評ということが、いっそうはっきりしてくるように思います。

そして、現実の世界を客観的にありのままに描くという、それが十九世紀以来受け継がれてきた、文学におけるリアリズムの原理的な性格だと思いますけれども、そういういわゆるリアリズムは、いま申し上げた後者の、概念にしたがって現実を把握していく、そういう原理のうえに立っていることは明らかだし、確かだろうと思うのです。そして『わが塔』の小説の書き方は、いま申し上げたような批評が加えられたという事実からして、一九六二年というその時期に、日本の文学が、少なくとも全体として見ると、まだそういうリアリズムに固定された考えが広くゆき渡っていたということを間接的に証明することにもなると思うのです。そういうなかで野間さんは変革の試みをされるという非常に重い課題を背負っておられたということを、いまさらながら感じます。

いま、そういうふうにリアリズムに対立するものと申し上げましたけれども、しかし『わが塔はそこに立つ』を読んでみますと、すぐわかることですが、すぐこういうことをつけ加えなければいけないということに気がつきます。というのは、『わが塔』は、家ではなく、白い立方体と認識するような意識の直接的な動きだけにしたがって書いているのではないということです。それと同時に、現実を客観的にとらえる、つまり、さきほど申し上げたように、現実を分節する、そして整序する、そういうリアリズムの書き方というものも、そこにはかなり大きな役割をもって取りこまれているというふうに思います。言いかえると、『わが塔』という小説の書き方は、従来の客観的なリアリズムの活用できる部分と、それから新しい内的な意識の動きにしたがう、これもまたリアリズムと言えると思いますが、その内的な意識をリアリティとして、現実としてとらえて、そしてそれを描いていく内的なリアリズムとの、いわばあいだにあると言えるように思うのです。それが野間さんが実現しようとした小説の書き方における変革ということなのではないかと私は考えたい。

その場合に、統合とか総合、二つの客観的なリアリズム、あるいは内的なリアリズムの統合とか総合と言えるのかどうか、まだよくわかりませんし、これはこれからも考えてみたい、私にとっての課題でもあるんですが、いずれにせよ、その両方の、二つのリアリズムの有効性を強力に、それからまた、時にはいささか強引に活用しようとする、そういう書き方が野間さんの実現しようとした小説の書き方であったと思います。それは言うまでもありませんが、従来の日本の小説の支配的な書き方を転換する力がそこに潜在されていた、ということをもう一度強調したいと思います。それが野間さん独自のものとして、むろんある達成を遂げたわけですけれども、近頃の若い小説家の作品のなかに、そういう書き方の遺産というか、それを継承するような部分が見られるということも、ご報告しておきたいと思います。

何を、どう書くべきかという問い

それではなぜ、そんなふうに書き方の変革を試みなければならなかったか。それがもう一つのより深い、根本的な問題であるわけですけれども、そして乱暴なことを言うようですが、その答はもう、『わが塔』のなかにすべて書かれていると思います。それはさきほども申し上げた性の問題、あるいは自分の思想的な問題をはじめとする、個人的な地獄、悩み、混乱、闇、そういうものをすべて、全体を隅々まで掘り起こすこと。それと同時にまた一方では、その個人を取り巻く社会的な状況をすべて見渡すこと。国際情勢に関して、『わが塔』のなかには、主人公をはじめとして学生たちがしばしばフランス人の先生とヒトラーの話をするような場面が出てきますけれども、そういう人物が恋人との性の悩みを抱えこんでいるだけではなくて、同時にそれを越えて、国際的な問題にも非常に意識を研ぎ澄ませている、混乱しながら意識を研ぎ澄ませている。そして、そういうふうに大きな視野を開きながら小説は進んでいく、そういうふうに書かれていると思います。それを見れば、なぜ野間さんが、さきほども申し上げたような、新しい書き方を開発しなければならなかったか、ということがよく理解できるのではないかと思います。少なくとも作者が何を書くべきかということと、それをどう書くべきかということを、二つながらダイナミックに結びつけようとしたことは疑う余地がない。そこに、『わが塔はそこに立つ』が、野間さんの小説家としての経歴のうえでも、また、戦後の日本の小説にとっても大きな意味をもった作品になった最大の理由があるように思います。

それからまた、『わが塔はそこに立つ』が実践した文学の変革とは何かという問いに、もう一つつけ加えることがあるとすれば、人間のとらえ方ということも見ておかなければならない。人間を社会のなか、あるいは歴史のなかに位置づけて、そしてその人間のなかで動いているものすべてを掘り起こそうとする、それが野間さんの小説における、人間のとらえ方の基本ですが、しかもそれをたんに静的に動かないものとして捉えるのではなく、時間の進行とともに、時間の持続とともにそれが動いていく。主人公の内部の闇が時間とともに動き、変わっていく。そして主人公がその内部の闇、地獄という言葉で表されるような危機をしだいに乗り越えていこうとする方向で小説は進んでゆく。そこにも野間さんの小説の変革の意味があると思います。

そういうふうに、青春の危機を乗り越えようとする小説はいくらでもあるわけですけれども、主人公の悩みを全面的に、全体としてとらえる。それからまたさらにその向こう側に、社会全体、あるいは歴史全体、それからまたさらには形而上的な宇宙全体を見通す。そういう広い見通しのもとで、そういう危機を乗り越えていく過程を描いていくというところに、野間さんの小説が変革をめざした跡がはっきり現れているように思います。言ってみれば、人間の生、われわれが生きている生の姿の極大な部分、それから極小な部分の両極を包みこむものとして、『わが塔はそこに立つ』は描かれ、そしてそのことによって日本の小説に新しい領域を開くということになったことを、ここでもう一度思い出しておきたいと思います。

野間自身の理論をも越える小説

ここで一つ、つけ加えのようなことになりますけれども、野間さんはそういう変革を志す文学者であるという一種の使命感もおもちだったと思いますが、そういうご自分の立場から、これは当然の帰結とも言えますが、ご自分の小説のあり方を理論的に説得するために、いろいろなことを言われました。それは小説を実際に書かれる、実践にともなう必須のお仕事でもあったわけですけれども、そのなかで、たとえば、これは有名な言葉で、いまさら申し上げるまでもないようなことですが、「人間を心理・生理・社会の総合としてとらえる」ということを何度か言われました。

それからまた、「全体小説」。それももちろん今の話につながることですけれども、今度、『わが塔』を読み返してみまして、こういう簡略化されたモットーが、ただそれだけ引き出されてくると、じつに危険なことになるんだなということもつくづく感じました。というのは、それは野間さんの理論の弱点とかそういうことではなくて、こういうモットーに還元して考える、むしろ読者なり、あるいは批評し、研究する人間の側の問題ですけれども、「生理・心理・社会」という三題噺のようなものに還元できるものではないと思うのです。野間さんの小説に描かれた内実は、そういうものではけっしてないと思います。ただ、その「生理」なら「生理」という用語を軸にして立てる、そうすると、その周りに広がるものがいろいろあるわけですが、それはけっして「生理」という用語では言いつくせないような不透明な、さきほど、女性性とか男性性のような問題のお話がありましたが、そういうことにも通じると思いますけれども、そういう「生理」という用語の軸の周りに広がる不透明なものが、なかなかそこではとらえきれないということになるように思います。

ですから、私が申し上げたいことは、小説家の理論にあまり誘導されないように、われわれは小説を読む必要がある。その理論を越えるところに、その小説の大きな意味合いがあるのだろうと思いますので、そのことをつけ加えさせていただきたいと思います。

野間が一貫して向かい合ってきた問題

ともあれ、『わが塔』は、いまお話ししてきたような変革を実現した、少なくとも実現しようと試みた小説ですけれども、それは野間さんの小説の歴史のなかで、最初に申し上げたことですが、ある特別な位置を占めていたこともつけ加えておきたいと思います。野間さんの小説の重要な部分は、いまさら申し上げるまでもなく、一九三〇年代に、若い精神の闇、地獄に落ちこんだ、あるいは精神の闇のうえには肉体の問題もむろん大きな作用をしているわけですけれども、そういう闇、地獄に落ちこんだ青年が、その危機を乗り越えていく、そういう問題とずっと向かい合ってこられたところにあります。

野間さんはそういう問題と一貫して向かい合ってこられたわけですが、まず最初に『暗い絵』をはじめとする初期の作品では、その闇、地獄、迷い、危機、いろいろな言い方ができますけれども、その地獄、闇はまだ個人の狭い枠のなかに閉じこめられていて、そこから必ずしも脱出と言いますか、そこから開かれていなかったと思うのです。『暗い絵』の深見進介という人物は、ハムレットが言葉、言葉というように、自我、自我、自我と悩んだりしますし、それからまた、『暗い絵』の最終の場面には、「星々の運行が宇宙の全力をもって俺の背骨を支えてくれる」と深見進介が力んだりする場面がありますけれども、そういうふうに、宇宙的なものへの志向というものも書かれてはいますけれども、しかし、『わが塔はそこに立つ』のように、一人の人間の性のなかの極大的なものと極小的なものとが、必ずしもうまく接着していない憾《うら》みがある。野間さんご自身もそのことは、もちろんよく気がつかれて、さらにそこから先へ進まれたのだと思いますが、そういう極大の部分、つまり外へ開かれていく部分と、内へ深く入っていく部分との接合の問題が、初期の野間さんの小説家としての大きな問題だったので、戦後まもなく『青年の環』を書きはじめて、それが中断されたということも、たぶんそのことに原因があったのではないか、と私なりに考えます。

『青年の環』の先駆としての『わが塔』

さきほど、「生理・心理・社会」という標語のことをくさしながら、もう一度それをもちだすようで恐縮ですが、『わが塔はそこに立つ』は、いわば「生理・心理・社会」を癒着させたと言うか、融合させたと言うか、溶接したと言うか、そういうところで『暗い絵』をはじめとする初期の作品と同じテーマにつながりながら、それを大きく乗り越えて、べつの文学の変革の次元に飛躍、いや、飛躍というよりゆっくりと昇って行かれたと思います。ただ、そこでもしかし、海塚草一という主人公個人に、標的がしぼられすぎているのではないか。『わが塔はそこに立つ』の世界には、本当の意味で、他者というものが存在していないのではないか、ということを読みなおしても感じますし、当時もそういうことを感じました。それはむろん、作者として野間さんもおそらく『わが塔』を書かれるときに意識されていたことであって、いわばその自覚の上で、『わが塔』を書いてみようとされたのだと私は考えます。

その範囲を越えて、他者と向かい合い、それも一人の他者ではなく、複数の他者と向かい合って、そして社会全体に広がっていく大きな通路を取りこんだ小説というのは、言うまでもありませんけれども、『青年の環』です。『青年の環』では、たくさんの人物が出てきますが、中心人物は矢花正行、それから大道出泉、その二人のタイプの違う人物の、それぞれの危機の乗り越え方というものをぶつけて、反発させたり、あるいは相互理解させたりしながら、それからほかの人物の危機の乗り越え方などもそこに交錯させて、非常に大きな世界に広げていく、そういうふうにさらに次元が拡大していると思います。そういう野間さんの文学の変革の試みのうえで、やはり『わが塔はそこに立つ』は非常に重要な意味をもつものであって、『わが塔はそこに立つ』が書かれなければ、おそらく『青年の環』は書かれなかったのではないか。『青年の環』に野間さんは行き着くことができなかったのではないか。そんなことを仮定してもむろん答えようはありませんけれども、いま申し上げたいことは、野間さんはそのテーマを着実に、小説の論理に合わせて、いわば論理的な階梯を一つ一つ昇りながら、重厚、長大な『青年の環』にたどりついたのだと、私はそんなふうに思います。

それからさらに、その場合に、人物が自分の精神と肉体のかかえこんだ危機を乗り越えるというときに、いつも社会、世界に開かれた、そういう位置において自分の問題を考えていく、そういう小説を書かれたわけで、それが一番大きな変革の特徴であると思います。

「現在」との対話としての野間作品

いままで申し上げてきたことは、野間さんの小説理論に引き戻したような形の、抽象的な話になりすぎたかもしれませんが、それだけを突きつめていると、野間さんの小説の大事な魅力を見落としてしまうことになることも忘れてはならない。というのは、『わが塔』でも『青年の環』でも、小説の舞台になっている土地にしっかり結びついているということ、つまりトポスの魅力、場所の力が大きく働いていることです。『わが塔』の場合は、京都の町のなかを人物が生き生きと動いていく。あるいは『青年の環』では、大阪の町のなかでいろいろな人物が多角的に交錯しながら、悩んだり、苦しんだり、闘ったりしている。そういう都会、場所に結びつけられながら人間が動いている、それが野間さんの小説の一つの大きな魅力だと思うのです。その点をつけ加えておきたいと思います。

それからもう一つは、とくに『青年の環』では、最後のほうで、いわば活劇的な場面があって、血湧き肉踊るようなところがあります。『わが塔はそこに立つ』でも、最後の場面は、ときにうまくいってないと批評もされたりしますけれども、たいへんドラマティックに書かれている。そういう小説のもっている原初的な物語的な面白さとでもいうもの、それはおそらくバルザックとか、ドストエフスキーをお読みになって、小説というのはこういう側面をもつものだと感じられたところから来ていると思いますけれども、そういうことが少し、野間さんを論ずるときに語られなさすぎるという感じが私はしております。そういうこともつけ加えさせていただきたいと思います。

で、最後の結論的な部分になりますが、野間さんの主要な小説は一九三〇年代という時代に時間の枠組を定めていますけれども、しかし、それぞれ小説が書かれた時点、それぞれの小説が書かれた戦後の時間と結びついていることを見逃してはならないはずです。『暗い絵』をはじめとする小説は一九三〇年代の学生の人民戦線運動、あるいはその周辺のことを題材としながら、しかし敗戦直後の時期の人間が、あるいは若い世代が、閉鎖的な状況をどういうふうに越えようと苦闘しているかという、そういう書かれた時点での現在の問題と重なり合っていると思います。それからまた、『わが塔はそこに立つ』は、六〇年の安保闘争の後に書かれたわけですが、最後の集会の場面に現れているような、自由を獲得する運動にどういうふうに加わり、そしてそこにどういう障害があるか、それをどう越えるかという問題の背後には、安保闘争の経験が働いている。『青年の環』については、最後の被差別部落の反抗などの背景には、もちろんそんなことがはっきり書かれているわけではありませんが、一九六〇年代の終わり、あるいは七〇年前後の全共闘の闘いから汲み取ったものが小説に生かされていると思うのです。

そういうふうに、野間さんは、いつも作家として現在の問題に働きかけながら、そこからエネルギーを汲み取ってこられたというふうに思います。ですから野間さんの小説はいつでも現在との対話、非常にゆったりとした大きな幅での対話からエネルギーを汲み取り、それが小説にある大きな脈動を与えているということを、野間さんの小説の変革の問題に一つのまた大きな特徴としてあげさせていただきたいと思います。

そして、そういうふうに戦後の時間のなかで書いてきた小説家ですから、いわば冷戦構造のなかで、小説を書かれてきたということも言えるかと思うのです。さきほど、冷戦構造が終わったあと、それはたんに冷戦構造が終わったということを意味するだけではなくて、いまやもう差異だけの世界、エントロピーの世界、解体された世界、そういう世界に入りこんでいるというお話がありましたが、私もそれには同感はしますが、それでは冷戦構造のなかで時代と対話しながら書かれた野間さんの小説が、その冷戦構造が終わって生命を失ったかと言うと、そんなことはありえない。それではこういう新しい歴史のなかに踏みこんだ時代で、どこに文学の変革の意味が残されているかということですが、それはいまさら申し上げるまでもなく、いままでお話ししてきたことにつきるわけですけれども、とにかくどういう時代にあっても、歴史がどういうふうに変わっても、人間はいつも内部に地獄とか闇とか混沌とかを抱えながら生きているのだと思うのです。

これはさきほどの塚原さんのお話にあったように、しかし、現在では、人間の内部を包みこむ皮膜が非常に厚くなっていて、その皮膜のなかに包みこまれているほうが快適だというようなことも、残念ながらあります。しかし、それがいったんはがれてしまえば、たとえば去年のあの震災のときのように、われわれの社会がいかに危ない土台の上でゆれ動いているかがたちまち露呈されてしまう。そういうことを考えますと、野間さんの小説のように、時代のさまざまな圧力を受けながら、悩み、苦しみ、そしてその時代に問いかけ、さらに宇宙的なものにまで問いかけていく。そういう問いかけによって危機を乗り越えていく、そういう意味の小説、そういう文学というものは、もし文学が消滅しなければ、やはりいつまでも意味をもって後世の読者に訴えかけるのではないかというふうに思います。そういう観点から、これからも野間さんの小説を読みなおして、そして自分なりの考えをもっと深めていければと思っております。

ここでは、そういう野間さんの、変革の志というものを、なんとか後から来る読者に伝えられればということを、皆さんとともに確認して、お話を終わらせていただきたいと思います。どうもご静聴ありがとうございました。


（一九九六年一月　第四回）

『わが塔はそこに立つ』

野間宏と仏教

――『わが塔はそこに立つ』を今読む――

日本近現代文学
尾末奎司

三年ほど前に、元は関西学院のチャーチの建物に神戸文学館が開館した。阪神・淡路大震災から十年を機に「文化創生都市」をめざす一環として、と栞に書かれている。姫路にはお城の傍に早くから広壮で充実した姫路文学館があるが、六大都市の一つである神戸にはその名を冠した文学館がなかった。今にして漸く――との思いがする。しかし震災と金融破綻の二重の不況の時節、その姫路にくらべて予算規模もまだ大きな差がある、とは蔵書庫もまだない館の運営をほとんど独りで担う山本幹夫館長の苦渋の弁だ。館の企画「文学と神戸」シリーズの一環として、一昨年（二〇〇八年）の夏は『野間宏　作家の戦中日記』『顔の中の赤い月』に拠り「野間宏と戦争」、昨年秋は『わが塔はそこに立つ』を中心に「野間宏と仏教」のテーマで拙話を講じた。本稿は後者を基にまとめたものである。

特殊な生い立ち

昨年の夏は、神戸が誕生の地である野間宏の文学と戦争体験についてお話をしましたが、敗戦記念日の八月一五日、本館では「空襲と文学」の展示会が開かれていたので見に参りました。私事になりますが、敗戦直後に、私は在籍していた広島陸軍幼年学校が廃校、家族はまだ「満洲」で消息も知れず、帰るところがなく、

（A）1941年12月、第37連隊歩兵砲中隊に補充兵として入隊（前列右から2人目が野間）

神戸の叔父の家に「厄介」になることになったものです。空襲の写真を見ながら、神戸の街に初めて降り立った時の光景がまざまざと浮かび上がりました。三宮駅の南側はただ「そごう」のビルだけがぽつんと突っ立ち、周囲は一面の焼野が原――。今日は十月末ですが、まもなく日米開戦の日、十二月八日がめぐってきます。六八年前の十月には東条内閣が発足し、日本はもはや引き返すすべもなく第二次世界大戦へ突入、同年十月に野間宏は召集を受け軍隊へ、そして戦場へ投入されます。写真（A）は入隊時のものですが、野間の配属された第四師団第三十七連隊は、日露戦争の時に最初に奉天（現・瀋陽）入城を果たした部隊でした。大阪市役所吏員時代から特高警察に、隠れキリシタンならぬ隠れマルキストと目されていた野間には、バターン・コレヒドール攻略戦を経てマラリアで帰還後、検挙、陸軍刑務所収監という過酷な体験が待ちかまえていました。それを逆に糧として、やがて『暗い絵』『真空地帯』を書きつぎ、戦後文学の旗手ともいわれる出発を果たしますが、この作家の重要テーマ〈文学と戦争〉については前回その一端をお話しした次第です。

今回は時期的にもその後に続く野間宏のもう一つの重要なテーマ、仏教の問題を、『わが塔はそこに立つ』をとりあげてお話しします。

ここ何年か、書店には仏教書が並び、阿修羅展も盛況、最近は若い女性の間にも寺院や仏像巡りのサークルなどもできて、いわゆる仏教ブームがひろがっているようです。一般に仏教には「救い」や「癒し」を求めるもので、息つく余裕のない現代社会でのこのブーム現象は、理解できなくはありません。また近代作家の中にも、政治や文学活動の後に、宗教に安定の境地を求めたものも少なくありません。

しかし野間さんと仏教の関係はどうか――それは仏教とのたたかいという形で始まり、やがて親鸞の生涯・思想の再発見に至り、以後の文学と社会的実践に深い影響を与えることになりました。なぜ仏教が初めに救いの対象でなくたたかいの相手となったのか。それは野間さんに在家仏教の教祖を父にもつ特殊な生い立ちの背景があったからです。そのために、思春期から青年期にかけての頃、悩みに悩み、姜尚中流にいえば「悩む力」に徹して、自己と環境の問題に立ちむかうことになりました。

一九五八年、第二回アジア・アフリカ作家会議の帰路、パリのホテルでその時期をふりかえり次のように記しています。

> 少年時代から青年にいたる時代、ドストエフスキーが「未成年」という特別な言葉をもって呼んだ時代、私をとらえていたのは宗教と貧困であった。宗教は私に現世のものを見ず、現世の向こうにある蓮の花をみるようにわたしを導いていた。私は父の開いた宗門、実源派の最もすぐれた観想者の一人であり、父の後継者は私をおいて他にはないとされていた。
>
> （『鏡に挟まれて』）

その二年後の「六〇年安保闘争」の年の十一月から連載を始めた『わが塔はそこに立つ』は、野間が戦後十五年のいわば政治の季節からの大転換点に立たされて、あらためて自身の特異な「未成年」期に立ち返り、その闇の中に封印されていたものを凝視し、濾過して、中世にさかのぼる歴史眼と生命観の、より広い時空のひろがりの中に光をあてようとした作品です。そこに甦ったのは、ルネッサンスへの礎石となったダンテであり、また中世への転換期に中世をこえる思想の普遍に到達した親鸞だったのです。

講談社文芸文庫版で八三〇ページほどのこの大作の中には、中世初頭からの部厚い時間が流れており、また作品としての仕組みも一口では言いがたい重層性を帯びていますが、設定された現実の時代は昭和十年、主人公・海塚草一は京大一年生で、作者の履歴に照らせば、文字通り分身そのものであり、また主人公の少年期も、（拙文による要約ですが）次のように設定されています。――大正から昭和の初めにかけて、あまり裕福ではない下級電気技師の開いた在家仏門の家に生いたった、動作ののろい寡黙な少年がいた。少年の父は源空・親鸞ゆかりの地、黒谷・真如堂で百日行と称される「秘儀」を修め、得度して実鸞と称し、主として路地裏の貧困庶民層を中心に信者をひろげていった。少年は「源信、源空、親鸞、蓮如の文章」を父親と宗門の信者たちの前で暗唱して「拍手を浴びる」。やがて中学生となった彼は、一門の期待を担い、竜樹・天親から源空・親鸞を経て十一代目の父実鸞に至る宗門秘儀の系譜の後継者として「実流」の名を与えられた――。

作者の母校北野中学（現・北野高校）校友会誌には、野間実僧のペンネームで俳句が掲載されていますが、先のエッセイと合わせて、この作品がいかに自伝的要素の濃い作品であるかが了解されると思います。

野間の「未成年」時代

ここで（いささか邪道の趣がありますが）作者自身の「未成年」期の肖像を眺めて見ましょう。次頁の北野中学時代（B）のそれは純真さそのものの表情ですが、そこには何かに驚いたような（内にある動揺を意識しているふうな）内向きの感情がのぞいているように感じとれます。次の三高時代の集合写真（C）の野間は、全員がエリート意識をかもす制帽姿の中に独りだけ目立つ無帽で（私が見た限りのこの時期のどの写真もそうですが）、しかも周囲を拒むかのように姿勢をゆがめ、明らかに屈折し鬱屈する内面を全身に放散させています。それから作品の現実時間と重なる京大入学の頃の写真（D）へ目を移すと、同じ無帽ながらそこにはなにかをふりきったかのような自負をみなぎらせ、すっくと自立する青年像が見てとれます。

作品と作者の現実との間には、前提として一線が画され、細部に異同があることは云うまでもありませんが、今回何度目かの『わが塔』の再読を終えてこれらのポートレイトに目を転じた時、私は作中の主人公の、（逆説的ですが）まさに視覚化された姿をそこに見出す思いがしました。

しかし、この三葉の写真の間の変貌は何を意味するのか。「未成年」の時代にはいったい何が起こるのか。起こったのか。『わが塔はそこに立つ』と前後して、作者はその「未成年」期と自作を語るエッセイを書き重ねていますが、「不可解なものの訪れ」は、そのデキゴトをジイドと比較して、実に真率に告白し伝えてくれます。

> アンドレ・ジイドの『一粒の麦もし死なずば』という自伝に、ジイドは六、七歳の頃すでに自分の手をもって自分の性の欲望を解決するくせがついていたことをはっきり隠すことなくかいているが、私はそのような早熟な少年ではなかった。私は日本の一般の少年とほとんどかわるところはなく、中学二年か三年の時だったと思うが、その性の欲望を自分で解決する方法を知ったのである。――私は誰におしえられるということもなかった。私は自分ひとりでその方法に近づき、それを自分のものにした。私は私の体から出てきた奇妙な、そして匂いを放つ液体にがく然とし、とまどった。私はしかし

（B）北野中学時代（1931 年）

（B）北野中学時代（1931 年）

（D）1935 年、京都帝国大学入学の頃

それがこれまでに自分の身が体験したことのなかった快楽と結びついていることを知って、それがひとに語るべきではないことをさとった。

〈性のめざめ〉――一般的に云えば、思春期に誰しもが突然体験するデキゴト――。しかし野間にとっては、在家仏門育ちで〈しかもその中での優等生〉の境遇が強い抗体となって、自然な回路を阻み、特殊な屈折をもたらします。（十九世紀末の清教徒の家庭に育ったジイドの場合もさらに極端な形で、そうでしたが）。

私は性の動きによって、私自身がなにものなのかをしらされたのである。／私はこの時、自分の性をこの上なく恐怖し、それを気味のわるい、始末におえないものと考えていたが、始末におえなかったのは、神秘宗教によってしばられて、内から出ようとする自然の液体を、細い細い細孔をくぐり出させようとしていた私自身だったのだ。（「鏡に挟まれて」）

性のめざめは「奇怪な神秘宗教にとりおさえられていた人間」と「私自身」との乖離に気づかせ、自我の覚醒を、（同時にジイドやドストエフスキーの文学・思想へのめざめを）もたらしますが、その覚醒の度がすすむほどに、また宗教的抑圧もむしろ深まり、葛藤を内面化させます。

当時、僕の中には、まだ宗教意識が、たちきられることなく残っていた。（もっともこの宗教意識こそ、僕をドストエフスキーに近づけ、彼のとりことならせたものであったが、それはまた、逆に、最後には、僕をドストエフスキーからひき離したといえるのである。）／僕はしばしば、神などはないということを、自分に言いきかせながら、自分の足下が、にわかにさけて、そこに地獄の火がちらちらするのを見たものである。しばしば地獄は僕のうちにやってきて、僕をひっつかみ、おびえ上らせ、汗でひたした。（「小ムイシュキン・小スタヴローギン」）

『野間宏作品集』（岩波書店）の編集会議の雑談で、実際に中年の頃まで地獄落ちの夢を見たと作家自身から聞いた記憶がありますが、その内面の葛藤から抜け出すために、野間は格好の作品・方法を見出します。

私が学生時代『神曲』に近づいた動機は、私の幼年時代から自分の心のうちに沁み込み、私の魂のほとんど全体をしめていたともいってよい、仏教から脱けだそうとするところにあったのである。／私の心をとらえていた仏教の地獄なるものを破壊しようとして『神曲』の「地獄篇」の力を借りようとしたのである。（「わが〈心〉の日記」）

「仏教の地獄」とは「日本では源信の『往生要集』に描かれた地獄のこと」であると、野間はつづけていますが、『往生要集』とは題名のとおり極楽往生のための道を説く仏典のアンソロジーです。地獄はその第一章「厭離穢土」の冒頭に記述され、わが国の地獄イメージの原型として地獄草紙や餓鬼草紙、寺の天井画、壁画などに広く視覚化され、仏教的世界観（そしてまた「恐怖感」）の最もリアルな核となったものでした。

他方『神曲』の「地獄篇」は、フィレンツェの詩人ダンテが中世ヨーロッパのキリスト教とギリシャ文化、宗教と文学の合流地点に結実させた「彼岸の世界遍歴」三部作の、これまた冒頭第一巻として、西洋の地獄イメージを決定づけた作品です。

『わが塔はそこに立つ』の序章は、まさに、その『神曲』の「地獄篇」をもって『往生要集』の地獄を制する対決のドラマとして、東西両文化圏の地獄くらべの趣きを呈しつつ展開されるのです。

わが国へのダンテの導入は、森鷗外の『即興詩人』、上田敏の『詩聖ダンテ』に始まり、『神曲』は、大正期に山川丙三郎、中山昌樹の全訳本が出、戦後にも竹友藻風訳から寿岳文章訳に至るまで数種の新訳が出されました。その訳者の一人平川祐弘氏は、近年『ダンテの地獄を読む』[1]の一章で、『往生要集』の地獄との詳細な比較を試みています。野間以降の現代作家にも大江健三郎『懐かしい年への手紙』、島田雅彦『天国が降ってくる』などに『神曲』の導入の例はみられます。しかし主人公の自立のためのドラマの主要な一章として、東と西の文化に培養された地獄を対比する設定は、小説作品として他に類を見ぬユニークで斬新な趣向といえるでしょう。(私自身、実はそれに触発されて初めて『往生要集』をひもとき、『神曲』の門をくぐり、『わが塔はそこに立つ』にハマリこむことになりました)。

〈地獄〉の対決――『往生要集』と『神曲』

さて、序章の対決の舞台は、宗門開祖の父が「百日行の秘儀」を修めた源空・親鸞ゆかりの京都黒谷別所の北門から真如堂へかけての夜闇の中に、比叡山の僧兵の騎馬隊が風のように走りすぎる幻想的雰囲気で幕が開きます。「今夜という今夜は宗門と別れねばならない夜なんや」。訣別の決意を固める主人公海塚草一を迎え撃つのは、宗門の闇の世界から現われ出た幻の男(それは主人公の内面にひそむ分身でもあるのですが)。互いに『往生要集』と『神曲』のここぞと思うシーンを選び出し唱えあって、地獄界の規模や時間、その構想力や描写表現力の優劣を競います。

> 『往生要集』の地獄は『神曲』の地獄よりもはるかに数も多く、種類も多く、地獄におちた亡者のしいおきもずっと冷酷である。しかしその表現は単調で仏教経典の文章法にならっていて、繰り返しが多く、たいくつで、それ故に『神曲』の強烈な描写力によって描かれた地獄に駆逐されて行くように思えた。（「わが〈心〉の日記」）

東洋の島国の仏典の中の地獄「八獄四門一二八別所」は、六道輪廻の最下底の地下に八階建てで別棟も数多く、地球をはるかにはみ出す広大さでひろがり、罪人も階が下がるごとに十倍に増す責苦と天文学的数字の刑期を課せられていますが、各獄が並列的に記述され、情景描写も重複が多く、読みくらべると、西洋文化の集約点に三四歌の韻文で創出した「九圏七円一〇濠」[2]の地獄には、その構想や表現の近代性において遠く及びません。
――『神曲』の扉をひらいて急ぎ足に確かめてみましょう。

――ひとの世の旅路のなかば……私はまっすぐな道を見失い、暗い森に迷いこんでいた。――この第一歌冒頭の一節は、昭和前期の「未成年」の作者（主人公）の心をとらえただけではなく、「平成」に入っての、まだ記憶から消えぬ、十四歳の少年のあの痛ましい事件の犯行過程で記された自己との対話(3)の結びにとりこまれたことで、その現代性を保証されました。次いで、第三歌の地獄の門に刻まれた銘文――我を過ぐれば憂ひの都あり、我を過ぐれば永遠の苦患あり、我を過ぐれば、滅亡の民あり、――その後にはマルクス（『経済学批判』序）に引用されることでこの銘文よりも著名になった言葉が続きます。――ここに一切の恐怖は捨てられねばならぬ。ここに一切の卑怯は死なねばならぬ。――地獄の入口で先導者のヴィルジリオがダンテにさとしたこの言葉は、マルクスが「科学の入口」（『資本論』へ至る）に立った時の決意の言葉に生かされたのです。しかも見逃せぬのは、その門の前にせき止められて天国からも地獄からも見放され拒まれ、永遠に右往左往するみじめな群衆の姿です。政争に敗れ、追放流刑の半生を妥協せず生きた義憤の詩人ダンテは、「自負」なき怯懦・傍観者の亡者たちを「卑しき宗族《うから》」として地獄門の外に置き去りにしました。ダンテとマルクスはこの一点で結合し、やがて登場する親鸞を含め、野間のめざす〈わが塔〉の三本柱を形成することになります。

さて、アケロンテの河（「三途の川」）をわたると、さらに意表をつく展開に驚かされます。地獄の第一圏（獄）はなんと「緑と美しき流れ」につつまれた、「呵責の苦」のない「辺獄《リンボ》」――そこは、罪無き稚児やキリスト教の誕生以前に生きたギリシャ・ローマの聖賢たちの暮らす所で、ホメロスを始めダンテの敬愛する詩人たち、また地獄への先導者ヴィルジリオもこの辺獄を終《つい》の住み処《か》としているのです。ダンテはそれら「天翔る歌聖」の系譜の六番目に自身を位置づけますが、海塚もまたそれに倣って宗門の系譜（「実流」の名）から抜け出すべく、ひそかにダンテにつぐ七番目に、「カイヅカソウイチ」の名を付け加えるのです。キリスト教文学の集大成者ダンテは、後のミケランジェロらの熱い視線を受けて、ルネッサンスの先駆けともいわれますが、辺獄に始まる地獄界の構想はまさにそれを証しています。

しかし、第一の獄から第二の獄に下ると、場面は暗転し「一切の光黙《もだ》し」嘆声と苦患にみちた本格的な地獄の様相がくりひろげられます。愛欲者の堕ちる地獄――そうして宗門の男との地獄くらべのヤマ場は、海塚の内面のはらむ抑圧からの解放という主題から、おのずと愛欲地獄の比較に行きつくのです。宗門の闇の男はまず『神曲』の方のそれを責苦の度において「優しい地獄」と揶揄し、『往生要集』（第三の「衆合地獄」）の中の白眉ともいわれる刀葉林の責苦のシーンをもち出し、反撃を試みます。

(E) ウィリアム・ブレイクによる「神曲」挿絵

「又獄卒地獄の人をとらえ来りて、刀葉林の中におきける。此林の梢をはるかに見上ぐれば、容顔美麗にしてよそおいかざりたる女房あり。げにもいにしえ恋しかりし人なり。うれしやとて、そのまま木にのぼれば、枝も木の葉もみな剣にて身をきりさき、骨をとおし、筋をたつ。」女はたちまち木の下から、ありったけの媚を目もとにふくませて「汝今なにとてわれに近づかざるや。いかにちぎりをこめざるや」と誘いかけ、男は「いよいよ愛念さかんにして」木から降りようとすると、木の葉は上向きの剣となって全身を切り破り、女はまたもや梢の上。――「かくの如くする事無量千億歳なり。みずから心にたぶらかされて、かの地獄のなかにして、かく苦しみを受くる事邪淫を因とするなり。」

海塚は弱みをつかれてたじろぎます。というのは、この時まさしく刀葉林の男女に似た不毛の恋に陥っていたからです。（そして作家自身もほとんど同年代に同様の愛欲を体験したことは、日記・書簡により明らかです。）しかし刀葉林地獄のリアリティを認めつつも、すでにダンテの詩人系譜に自身の名を書き加えた海塚は、『神曲』の「優しい」愛欲地獄の魅力を手放すことはありません。第五歌（第二獄）にくりひろげられるそれは「地獄篇」の中でも最も有名で且つ白眉とされるフランチェスカの悲恋の物語です。

上のウィリアム・ブレイクの挿絵をご覧になりつつ想像して下

さい。「逆巻く業風」に翻弄され歎きと苦患の声をあげながら登場するのは、「理想を捨て肉欲の罪人」となった者たちの群、「椋鳥の大群」のように下へ上へと、また「鶴の群」のように「一条の長き隊形をなして」、ダンテの視線を釘づけにします。しかし、――この愛欲者の地獄はまたなんと絢爛たる舞台であることか――(「地獄篇」のすべてに伝説や実在した人物の固有名詞が氾濫しているのですが、第二獄は、特に)それら亡者の大群の中に「淫乱のクレオパトラ」そしてヘレナ、アキレウス、パリス、トリスタンらギリシャ・ローマ神話の主役たちが入り交じって、いわばエキストラの役割を演じているのです。かくも豪華な舞台に、しかも、主役に選ばれた不倫の恋人フランチェスカとパオロは「相伴い」、「いとも軽やかに風に乗って」登場します。

フランチェスカはラヴェンナ城主(ダンテ晩年の寄寓先)の娘で、伝説によれば隣国の城主の息子と政略結婚させられますが、醜男の息子が、見合いのとき美貌の弟パオロを身代わりにたてたことを結婚後に気づきます。彼女はパオロと相思相愛の仲になり、やがて密会を重ねるうちに、露見し、夫の手打ちにかかります。

作者ダンテは、地獄の禁忌を取り去って作中人物のダンテと悲恋の罪人との、親しい問答の場をしつらえます。愛されて愛さないことはあり得ぬ恋の定めにとりつかれて、死を招きよせたが、今も愛着は私たちを引き離さないと語るフランチェスカに、ダンテはさらに問いつめます。「何によりて、未だ潜める胸の思ひを恋ぞと知れる」と。――不倫へ踏み切るほどの激しい恋の根づきの瞬間について、フランチェスカは告白します。

「我ら一日こころやりとて恋にとらわれしランチャロットの物語を読みぬ――書《ふみ》はしばしわれらの目を唆《そそのか》し色を顔よりとりされり、されど我等を従へしはその一節にすぎざりき。かの憧るる微笑がかかる恋人の接吻をうけしを読むにいたれる時、いつにいたるも我と離るることなきこの者うちふるひつつわが口にくちづけしぬ、――かの日我等またその先を読まざりき。」

ダンテが愛欲地獄のクライマックス・シーンに置いたのは、罪の意識でも罰の責苦でもなく、物語の恋がある日彼女と彼にのりうつり根づいて永劫不動のものとなった至福の一瞬でした。――これを宗門の闇の男のように甘い「やさしい地獄」と揶揄するのは当を得ません。『神曲』には、いま一つ、愛児とともに餓死に追いやられ、餓鬼と化して仇敵を貪るウゴリーノ伯の凄惨さで著名な物語がありますが、対照的な二つの物語の主役はいずれも相手を疑うことを知らぬ本性ゆえに詐欺や裏切りにあい、悲運におとしいれられます。ウゴリーノの惨劇もフランチェスカの物語も、ともに彼等の不条理な悲運に対するダンテの崇高で激しい憤怒が生み出したものでした。その憤怒に裏打ちされた「やさしい地獄」が、「刀葉林」の苛酷なそれに拮抗するリアリティをもって海塚を(また未成年野間を)魅了し、在家宗門仏教の抑圧から自由な近代の方へ、感性を解放し、自立を鼓舞する切札となったことは想像に難くありません。

昭和十年の現実から――過去の闇へ

「海塚草一は真如堂の三重塔の尖塔が――空間に浮び出て真直ぐに自分に呼びかけているのを見た。」

宗門の幻の男に訣別し黒谷の闇の中世的な幻想の舞台（序章）から歩み出た主人公は、文学同人仲間たちと出会い、現実にひきもどされます。〝〈塔〉の呼びかけ〟から始まる第一章から終わりの九章までの作品の現実時間は昭和十年、主人公（また作者）の京大入学の四月から「五月二六日」までの二ヶ月に満たぬ期間です。終りの日が明確なのは、終章が、昭和の弾圧・抵抗運動史のなかの「滝川事件」の記念日に合わせた、京大生の非合法抗議集会の日に設定されているからです。京都帝大滝川教授の『刑法読本』発禁、免職事件の起こった昭和八年は、最近『蟹工船』で復活の気運がみられる小林多喜二の獄死、共産党幹部の獄中転向声明、などの事件とともに弾圧が、共産党をこえリベラリストにまで及びはじめた年でした。ドイツではヒトラーの政権誕生、日本は、国際連盟を脱退し、国際的孤立と右傾化をふかめ、昭和十年には、美濃部達吉の天皇機関説排撃運動・国体明徴運動によって、国家統治の根幹に及ぶ天皇制絶対化が進行していきます。

海塚は、一方で亡友の妹高江との一種「刀葉林」的な恋、所属する同人「芸術ノート」の文学仲間たちとの確執に悩みながら、現実と取り組む左翼学生運動のグループに刺激されて、資本論読書会に参加し、次第にマルキシズムの方向をめざして、終章の宇治の非合法の滝川事件抗議集会に赴きます。それは一見、その時代の青年の一つの類型としての、いわばビルドゥングスロマンと見えなくもありません。刊行の当初特に〈政治と文学〉の視点から、賛否両論が少なからず出されました。

しかし主人公の歩みは、宗門との訣別宣言の後も、低次の過去の克服から高次の未来への〈近代的〉自己形成へ、という教養小説の常道を行きはしません。資本論を読む彼の傍らに、また散策の道には、過去に断ち切ったはずの宗門少年や、否定したはずの教祖の父の姿がしばしばたちあらわれて過去の闇の方へ引き戻すのです。――『往生要集』の地獄は『神曲』の「地獄篇」によって駆逐され、また父の宗門の遺産の中から児戯に類する百日行の秘儀、教祖の十二代系図は確かに否定されましたが、そこには残りつづけたものがありました。それは、父がその「路地」にこそ布教（救済）の思いをこめた「中之町」（第五章）の貧困層の信者たちの世界。母里野が受けついで、今も「死者」が出るとすぐに駆けつけ、「新しい手拭い一つと古ぎれと油紙」をもって、葬式も出せぬ死者の体を隅々まで拭い清める――その「湯灌」を待つ人々の生きる路地。――湯灌のシーンは最近アカデミー賞受賞の映画「おくりびと」（原作『納棺夫日記』）で評判になりましたが、野間はるかに先行してそれを作品にとり入れました。——たまたま帰宅した海塚が、母の要請で、気に染まぬまま立ち会うその湯灌の描写は二〇ページに及び、作中の最も感動的な場面となっています。

その中之町の路地裏を形成するのは、海塚が今参加しつつあるマルキスト学生運動家たちが、革命の主体として期待する典型的な民衆であるよりも、日雇いや臨時工、また身体や家族その他生の基盤に欠如をかかえこむ庶民たちです。「思想」としては貧弱なものながら、父実鸞が彼らに熱い共感を持って注ぎ入れた〈救済〉の願望の一貫性を海塚は打ち消すことができません。そこによみがえってくるのが、ほかならぬ親鸞なのです。

ここで序章にたちもどると——地獄問答の勝利を自認して立ち去ろうとする海塚へ、黒谷の闇の奥から幻の男が呼びかける、たいへん象徴的な言葉があります。

「生きているものだけとは限らない、生命を持たぬものもまた声をあげてそれが来ることを恐れている。この黒谷別所を埋める砂の一粒一粒のあげている声が君の耳にははっきり聞こえている。いまそれはこの黒い土のなかから君の耳をめざして一斉に、天空をならすもののように、とび入って来る。君の耳はその悲しみなげく砂礫の言葉を聴いている。砂礫は己が身体をくだくほどにも全身の力をあつめて叫びつづけるが、その苦しみを知るものは辺りに一人もいず、自分のところに馳けつけてくるもののないのを知ってさらに声をあげなければならない。（中略）それはまるでこの黒谷別所のなかに置かれている磬《けい》を、君の耳のなかに入れてうちつづけるかのように、君の魂を打ちつづける。君は砂礫の泣く声を聞いているね。」

「白く飛魚のように」「しぶきをあげて」と形容を付された、この詩性に富む一節の、「砂礫《されき》」とは何を意味するのか——。私は以前、その同義語を探り、野間のエッセイ「親鸞の根元へ」に導かれて、「唯信鈔文意」の中の「屠沽の下類」にふれた親鸞の解釈に見られる「瓦礫」（＝「いし・かわら・つぶて」）に行き着き、次のように書きました。

「屠はよろづのいきたるものをころしはふるものなり。これはれうしといふものなり。沽はよろづのものをうりかふものなり。これはあき人なり。これらを下類といふなり」。

「能令瓦礫変成金」といふは——瓦はかわらといふ、礫はつぶてといふ。——れうし・あき人さまざまのものは、みないし・かわら・つぶてのごとくわれらなり。」

（専修寺本より。一部中略、傍点引用者）

親鸞像の分岐点をなす問題をはらんで、これまでしばしば論争を呼んだ箇所であるが（それはここではおくとして）、親鸞が、ここで原典の「能令瓦礫変成金」という一節に対する注釈の枠をはみ出し、自己と屠沽の下類とを、比喩に転じたその一句において結合させることで、一挙に自己の立つ思想の基盤を語り明かすことになった、右のシンタックス中の「いし・かわら・つぶて」こそ「砂礫」が表象するものの核心を指し示しているであろう。(4)

『往生要集』の章句が耳朶から消えた後に、親鸞に淵源をもつ〈砂礫〉の声のみが、海塚の視界に「白く飛魚のように」「しぶきをあげ」鮮烈な刻印を残したこと。「序章」のそれは、父の宗門の町の人々とも反響《こだま》しあい、最終章にたち現われてくる親鸞像と呼応して、作品の主要な主題が、親鸞の生涯と思想の再発見（作者における仏教の再生）にあることを指し示しています。

親鸞の思想

さて、先を急がなければなりません。読書会の前日、『資本論』のページをひらいたが、入りきれず、『地獄篇』のページの上をさまよいながら、先の地獄問答の延長線上に海塚はつぶやきます。

――ダンテの「地獄篇」は源信の『往生要集』を打ち破ることは出来ても、親鸞の地獄を打ち破ることは出来んように思えるな。

――海塚のこの独白《モノローグ》は、『歎異抄』の中の「たとひ法然上人にすかされまひらせて、念仏して地獄におちたりとも、さらに後悔すべからずさふらふ。」「いづれの行もおよびがたき身なれば、とても地獄は一定すみかぞかし」という親鸞の地獄をものともせぬ言葉に拠っています。しかし、そもそも親鸞の到達点に著された主著『教行信証』には、『地獄篇』が無いのです。この世の地獄は認めても、仏教本来の来世に地獄は否定されているのです。さらに、「天国篇」に相当するものを比べてみると、ダンテのそれは、現世における種々の階層差、特に教義に基づく修行の階梯に応じて、天国（十天）の席も上下に厳密に分けられています。親鸞の「浄土」は、ただ「自力」に依存するか「他力」の信に徹するかによって「真佛土、化身土」に二分されるだけで、最終的には〈信〉の一念による絶対平等の救済（＝本願）の世界が呈示されているのです。

しかし、親鸞が、仏教の教義の中の地獄（戒律）を否定し、平安仏教の中の階級（や男女）格差をのりこえて、救済思想を普遍的な平等の理念へと解き放つのは、現世の地獄を経験したからこそでありました。『教行信証』には、それをあらわす、二つの体験の告白があります。

「誠に知んぬ、悲しきかな愚禿鸞、愛欲の広海に沈没し、名利の太山に迷惑して、定衆の数に入ることを喜ばず、真証の証に近づくことを快《たの》しまざることを、恥づべし傷《いた》むべしと。」（『教行信証』信巻より）

この比叡山の堂僧時代の「愛欲地獄」の苦しみは、まさに未成年期の野間に通じるものであり、海塚と親鸞を結ぶ縦糸になります。山を降りた親鸞は、その地獄を、「百日行」中の救世観音の「たとい女犯すとも我は玉女の身となりて犯せられむ」と言う有名な夢告[5]にささえられ、公然たる妻恵信尼との結婚生活の実践によってのりこえました。三五歳になった親鸞には、いま一つ比叡山興福寺の奏状によって、時代の政・教結託の権力が、師の法然とともに彼にもたらした流刑という地獄がありました。

「主上臣下、法にそむき義に違い、いかりをなし、うらみをむすぶ。これによりて真宗興隆の大祖、源空法師、ならびに門徒数輩、罪科をかんがえず、みだりがわしく死罪につみす。あるいは僧儀をあらため、姓名をたもうて遠流に処す。予はそのひとつなり。しかればすでに僧にあらず、俗にあらず、この故に禿の字をもって姓とす。――」

(『教行信証』後序より)

流刑赦免の後も、都には帰らず妻の恵信尼と常陸に留まりますが、その越後・常陸での二〇年に及ぶ、辺境の民の苛酷な生活・風土とのふれあいが、親鸞に真の開眼の契機をあたえ、『教行信証』の思想を成立させることになりました。

『わが塔はそこに立つ』の終章は昭和十年の社会的現実の、それ自身が重要でもある、非合法滝川事件抗議集会と警察による弾圧のシーンが描かれますが、作品の主題は、そこで終りはしません。より重い主題は、主人公と学生運動のリーダーの一人、由畑とが、追われて逃げ込んだ、宇治平等院の境内と鳳凰堂が終局の舞台に選ばれ、そこで二人が、この『教行信証』の「後序」を中心に交わす対話、その中にくっきりと姿を現す親鸞の思想像なのです。(この「後序」は戦時中は「王法」国家に反する仏法として禁句とされたものです。)

おわりに

野間の長篇作品の中で唯一つ「序章」という章を掲げる『わが塔はそこに立つ』は、戦後史の転換期における作家自身の新たな「序章」を意味するものでした。その後彼は現代語訳と独自の解説を試みた『歎異抄』を書き、さらに『教行信証』の思想をインド原始仏教から現代に及ぶ歴史の全体的視野のもとに掘りさげた『親鸞』を、辞書を片手に時間をかけて書きついでいきます。「後序」が示す「僧にあらず俗にあらず」の位置に身を定め、〈愚禿〉を名のった親鸞の思想を、野間宏がいかにわがものとしたかは、その頃から色紙に「愚禿宏」と署名し、また創作理論にまでその痕跡が見られることで証し立てられます。

のみならず、野間における親鸞(仏教)の復活は、七〇年代に入って、折から進歩著しい分子生物学への関心とも結びつき、新たな自然観、生命論の究明や現代文明、環境問題の実践的批判へ進み出る契機ともなりました。また、今日にも残る人権侵犯の最たるものとして(最近の足利事件再審無罪判決に、思いを新たにしますが)、亡くなる直前まで「狭山裁判」批判のペンを執りつづけるに至ったのも、決して親鸞（仏教）と無縁のことではありません。
多くのことを言い残したまま、時間のみ超過しました。最後に、前述の「序章」の〈砂礫の声〉と対《つい》の形で、しかも作品の総体を象徴する〈塔〉のイメージを引用して、結びとします。

　中央に宙づりの心柱を持ち水平に拡がる屋根を重ね、さらにその上に相輪をつらねて、人間の心を上へ上へと興奮させて、引き上げつづけるこの建物とは一体、何物なのだ。それは幾重にもかさねた水平の屋根をただちにその場において破り裂いている。いや破り裂いているのではなく、水平の屋根を垂直に突き抜きそれを天空のなかに水平に置きつづけているのである。（第八章）

　この〈問いかけ〉の形で詩人野間宏が呈示した幻視の塔は、二一世紀の冒頭に現代文明の中枢の地点で現実に起きた、あの人間の欲望を「上へ上へと興奮させて、引き上げつづける」高層ビルの瞬時の崩壊を眼にとどめた今、作品に設定された枠組をこえて、新たな問いをわたしたちに投げかけてきます。

付記　『神曲　地獄篇』の引用については山川丙三郎訳（警醒社書店刊初版本と岩波文庫版）、野上素一訳（筑摩書房『世界古典文学全集　三五　ダンテ』）、寿岳文章訳（集英社版『神曲』）を併用し、掲載の野間宏写真は岩波書店版『野間宏作品集』から、またウィリアム・ブレイクの挿絵は寿岳文章氏訳本からお借りした。併せてお礼申し上げます。

注

（1）二〇〇〇年二月、河出書房新社刊。同書に引用された正宗白鳥の「内村鑑三」には、彼らの世代が地獄草紙などから「幼年時代に受けた仏教的恐怖感」の深刻さが語られている。

（2）『神曲』の構成は『地獄篇』『煉獄篇』（浄罪篇）『天国篇』（天堂篇）の三部で、各篇は三三歌から成るが、『地獄篇』のみに序歌が加わり全百歌。

（3）「懲役十三年」と題されたもの。高山文彦著『地獄の季節――酒鬼薔薇聖斗がいた場所』（新潮文庫）巻末資料篇に拠る。

（4）『野間宏作品集』（岩波書店）第七巻「解説」より。

（5）この「夢告」に関しては、三國連太郎が野間宏とも因縁深い長篇『白い道――法然・親鸞とその時代』下巻で、独自の解釈に立ち、娼婦ちよとの最初の女性体験というリアルで独創的なシーンを設定している。一九八七年「親鸞　白い道」として映画化。カンヌ映画祭審査員特別賞受賞。

（二〇一〇年九月　第一七号）

『サルトル論』

日本におけるサルトル論争

哲学、フランス語圏文学
澤田　直

よろしくお願いいたします。澤田直です。先ほどお話がありましたように、今年はフランスの作家ジャン゠ポール・サルトルの生誕百年、そして野間宏の生誕九十年という節目の年に当たります。そういう中でサルトル研究者の端くれとしてこの会でお話をする機会をいただいて、非常にうれしく思っております。ただ、私自身はフランス文学、思想を中心として研究している者であって、決して日本文学が専門でも、ましてや野間宏の専門家でもないので、きょうの話はサルトルの話が七〇％ぐらい、野間宏の話が三〇％ぐらいという形になるかと思いますが、どうかお許しください。

きょうの話の概要を先に申し上げますと、サルトルのもたらした日本への影響ということ、その過程で生じた論争などを紹介し、戦後の日本にサルトルが与えた影響を概観すると同時に、サルトルの現在的な意義が一体どういうものなのかをお話ししたいと思います。そうはいってもこの後に大先輩の海老坂先生がお話しされるわけですし、会場には実際にサルトルの日本への受容に関わった方々もいらっしゃるかと思いますので、私としてはリアルタイムではそこにいなかった者として、少し距離をとった形でサルトルと日本、あるいはサルトルと日本の戦後文学について、お話をしたいと思っております。

日本におけるサルトル受容

サルトルは一九〇五年、パリに生まれていますが、小説家としてのデビューは比較的遅くて一九三八年のことです。本国のフランスで第一小説の『嘔吐』が発表されたときに一躍注目を浴びたわけですが、それは新進作家として注目されたというぐらいであって、サルトルが世界を席巻するような状況になったのは戦後のことです。一九四五年にパリで行われた「実存主義はヒューマニズムであるか」というタイトルの講演をきっかけに、サルトルの提唱する実存主義が世界的に注目されて、次第に広まっていくことになります。

では実存主義はなぜ世界的に受け入れられたのかというと、幾つかの理由があるかと思いますが、一つは戦争によって疲弊していた人々にとって新しい世界観を明確な形で定義したこと。あるいはそれまでの価値観が瓦解していったときに、一つの違う方向性をそこでサルトルが提示したということが一つの大きな理由として挙げられるのではないでしょうか。いずれにしましても戦後フランスにおいて、そして世界じゅうにおいてサルトルは、よくも悪くも知識人の一つのモデルとしてみんなに注目されていったと言えると思います。

日本では実は既に一九三七年の時点で短編小説「壁」が雑誌で紹介されて以来、『嘔吐』、そして「部屋」といった短編小説などが戦前に紹介されていたんですけれども、しかし本格的な翻訳紹介はもちろん戦後のことになります。お配りしましたハンドアウトの中に幾つかそういったことも書きましたので、それをごらんになっていただいてお話を聞いていただきたいと思います。実存ということで言いますと、戦前から既にハイデッガーは日本ではかなり紹介されていましたから、「実存」という考え自体がものめずらしかったわけではありません。例えば『「いき」の構造』という本でよく知られている九鬼周造をはじめ、多くの哲学者がハイデッガーのもとに留学していました。ちなみにその九鬼周造はドイツに行った後フランスにも滞在していて、フランスの哲学を勉強するような状況だったんですが、その当時のフランス思想の家庭教師をしたのがたまたまサルトルであったという、非常に不思議な縁があります。

戦後になって、加藤周一さん、それからフランス文学者の方々が中心になってサルトルの翻訳紹介が非常に活発に進められていきます。戦後の日本に強烈なインパクトを与えたわけですけれども、しかしインパクトが強烈だったということは必ずしも直接的な影響があったかどうかということとは別のことですから、日本にいわゆる実存主義作家なるものが生まれたわけでは必ずしもありません。

ではどういうインパクトを与えたのかというと、これもサルトル研究の大先輩である鈴木道彦さんが平凡社の『百科事典』のサルトルの項目のところで日本に与えた影響を簡単に書いていらっしゃるので、その部分を紹介したいと思います。こんなふうに書いていらっしゃいます。

「サルトルが第二次大戦後の日本に与えた影響はきわめて広く、また深い。哲学では竹内芳郎、文学では野間宏や大江健三郎などが、サルトルの思想を自分の仕事に生かした顕著な例として挙げられる。しかし、そうした著作家の場合よりもさらにいっそう注目されるのは、一九六〇年代の終りごろまで多くの若者が、サルトルの作品や生き方に導かれながら物を考えたり、政治にコミットしたりするのを学んだことである。同時代の外国人が、このように長期間にわたって、日本の若者の熱い注目を浴びる〈指導的知識人〉として機能したのは、ほとんど稀有のことと言わねばならない。」

こんなふうに鈴木さんは言っているんですけれども、まさにここに簡潔に言われているとおりの影響があったと言えると思います。

野間宏については後ほど詳しくお話をすることにしたいと思いますけれども、大江健三郎がサルトルの熱心な読者であったことは、彼自身の証言からも非常によく知られていることです。大江は一九三五年の生まれですから、サルトルよりは三十歳、野間宏よりは二十歳年下になりますけれども、卒業論文に「サルトルの小説におけるイメージについて」というような題目を選んでいて、特に初期のころの作品にはサルトルの大きな影響がありました。

他の分野に目を向けると、日本のいわゆる松竹ヌーヴェル・ヴァーグと言われる映画界の新しい流れを担った大島渚と吉田喜重という、この二人の監督がやはり非常に強い影響を受けています。吉田喜重監督は一九三三年生まれですが、やはり東大の仏文でサルトルに関する卒論を書いています。これはみんな渡辺一夫さんというサルトルとは関係のないフランス・ルネサンス、同じユマニスムでももう少し古いところをやっている先生が指導していて、多分先生は困ったのではないかと思うんですが。そういう形で、必ずしも文学に関係ない分野でも多くの人がサルトルの影響を受けています。大島渚自身はサルトルの死後、自分が若いときに『自由への道』という小説にいかに感銘を受けたかを回顧したエッセイなどを残しています。

その後になりますが、演劇の方では例えば唐十郎の例が挙げられると思います。唐十郎はもう少し若くて一九四〇年生まれですけれども、明治大学の卒論にやはりサルトルを選んでいて、そして一九六三年からは「シチュエーションの会」という劇団をつくり、この会はサルトルの「状況《シチュアシオン》」という考えに直接影響を受けてつけた名前でして、実際に旗揚げ講演もサルトルの戯曲『恭しき娼婦』を選んでいます。

こんなふうに、一九五〇年代から一九六〇年代の日本は非常にサルトルに対する関心が高かった、そしてそれが狭い意味での文学ではなくてさまざまな芸術家に影響を与えていたし、それだけではなく一般の人々にも非常に強い影響を与えたと言えます。

ほかにもいろいろな例を挙げようと思えば挙げられますけれども、今度はそういう影響を与えるにいたった翻訳はどういう形で出されたのかをお話ししたいと思います。そういった人たちがみんなフランス語で読んでいたわけではありませんので、当然サルトルが日本語に訳されなければ、一般の人々は読むことができないんですね。先ほども述べましたが、戦前には堀口大學が『中央公論』に「壁」という短編小説を翻訳掲載したりしていますけれども、本格的な翻訳紹介が始まったのは戦後、特に一九四六年に入ってからです。単行本として伊吹武彦、吉村道男訳により短編集『水入らず、壁』が一九四六年に出版されたのを皮切りに、翌一九四七年には白井浩司訳の『嘔吐』が出ています。

そして一九五〇年には早くも人文書院から『サルトル全集』という形で、サルトルの全作品を刊行するという非常に大がかりな試みがされるわけです。この資料にも書いておきましたけれども、その『サルトル全集』の第一巻が、野間宏も何度も言及している長編小説『自由への道』の第一部に当たる「分別ざかり」という作品です。そしてその第二部に当たる「猶予」という作品が翌一九五一年、そして第三部の「魂の中の詩」が一九五二年というふうに、順調に刊行が進んでいきます。実際、一九五一年、一九五二年はそのサルトル関係の出版ラッシュに当たっていまして、全集版の『嘔吐』それから戯曲では『汚れた手』、『出口なし』、『悪魔と神』など、この時点で発表されていた主要なすべての戯曲、そして評論集である『文学とは何か』などが単行本として刊行されていきます。それだけではなくて、雑誌にもさまざまな評論が次第にリアルタイムで、サルトルが評論を出すとすぐに翻訳が追いかけるという形で進んでいきます。

そして一九五〇年代後半に入ってきますと、今度は哲学的な作品『実存主義とは何か』をはじめとして『存在と無』、『想像力の問題』、また『哲学論文集』といったタイトルで主要な哲学論文などが翻訳され、そういった形で翻訳が出そろってきます。そしてその後は単行本の方もかなりリアルタイムで翻訳が追いかけていくという、そういう状況になっていきます。特に評論集『シチュアシオン』……これはサルトルのさまざまな評論、文学評論だけではなくて事象とか政治評論とかさまざまなものがありますけれども、そういったものを集めた『シチュアシオン』も随時出されるといったぐあいになってきます。

一九六〇年代の重要な翻訳としては『弁証法的理性批判』という非常に大部の本ですけれども、それが翻訳されるという形で、その当時、あるいはもう少し後になって私が学生のころまでも本屋に行くとサルトルのコーナーは非常に大きな場所をとっていて、サルトル全集がずっと並んでいるという状況でした。

そういったサルトル熱がピークに達するのが、サルトルとボーヴォワールが来日した一九六六年前後です。サルトルとボーヴォワールは、一九六六年の九月十八日から十月三十一日まで、日本に長期滞在しています。その際、野間宏もサルトルと話をしたというのが野間宏の回想にも出ていますけれども、そのあたり、どんな滞在状況だったのかというのは、通訳を務めた朝吹登水子さんのすばらしい本があるのでそちらに譲りますが、サルトルという作家の存在感は非常なものでありました。

それは客観的な数字、例えば人文書院版『サルトル全集』というのがどれぐらい刷られたのかを見るとよくわかると思います。出版関係の方が見ると、なんといい時代があったのだろうと思われるかもしれません。小説『嘔吐』、それからある意味で実存主義というものを非常に簡略に解説したとも言える『実存主義とは何か』という二つの本に関しては一九六五年には一万六〇〇〇部刷っている、一九六六年には二万八〇〇〇部刷っているという、これは年間の増刷数とは思えないようなすさまじい数字です。今から見ると本当に驚くべき数字だと思いますが、そういう形で一九九三年までにどちらも合計で三〇万部以上刷られている。ということはそれだけ買う方がいたということで、読んだ方がどのくらいいたかはまた別問題ですが、少なくともみんなサルトルを手にとるという、あるいは持っていないと格好がつかないというぐらい、ある意味で非常にミーハー的な部分まで含んだ形でのサルトルに対する関心が日本にあった。そういう状況があったわけです。

当然のこととして、サルトルへの言及は当時の雑誌のさまざまなところにあります。これを拾っていくのは非常に難しいことですけれども、見ていくと本当にさまざまなものがあります。研究に関しても非常に多くの研究がありまして、一九四七年以来、大体毎年四十本ぐらいの批評やエッセイが雑誌や紀要などに出ています。そして、早くからサルトルに関する単行本としての評論も出ています。その主なものは、このハンドアウトに載せておきました。この中で非常に重要なものとしては、竹内芳郎さんの『サルトル哲学入門』、それから鈴木道彦さんの簡潔にして要点を得た『サルトルの文学』などですけれども、こういったものが既に一九五〇年代、一九六〇年代に出そろっていたわけです。

しかし現時点から回顧的にその当時のサルトルの受容が一体どういうものだったのかを眺めてみると、一つの大きな特徴として、全体的に何か混乱した形で入ってきているのではないかと思われます。つまりサルトルという作家、思想家は、その長い生涯の間いろいろと変わっていく、非常に大きな発展をしていくわけですけれども、日本の場合はそれが一挙に全部入ってきた。すごく短いスパンの間に入ってきたことがあって、サルトルを論じる人た

資料1　人文書院版『サルトル全集』主な作品の発行部数

	出版年	1965	1966	1967	1968	1969	1970	93まで計
『嘔吐』	1951	16,000	28,000	10,000	30,000	25,000	30,000	305,000
『実存主義とは何か』	1955	16,000	28,000	20,000	15,000	25,000	35,000	311,200
『存在と無』1	1956	5,000	5,000	10,000	5,000	10,000	5,000	105,000
『存在と無』2	1958	3,000	6,000	3,000	3,000	3,000	3,000	54,600
『存在と無』3	1960	3,000	3,000	3,000	3,000	3,000	6,000	47,800
『シチュアシオンII』	1952	3,500	3,500	4,000	4,000	4,000	3,000	39,500

資料2　サルトル関連の主な出版物

1950年　伊吹武彦『サルトル論』世界文学社
1950年　『自由への道』の第一部「分別ざかり」人文書院、『サルトル全集』第1巻
1956年　竹内芳郎『サルトル哲学入門』河出書房
1957年　フランシス・ジャンソン『サルトル』人文書院
　　　　小島輝正『サルトルの文学論』青木書店
1962年　『弁証法的理性批判I』『弁証法的理性批判II』（IIIは73年）
1963年　鈴木道彦『サルトルの文学』紀伊國屋書店
1965年　竹内芳郎『サルトルとマルクス主義』紀伊國屋書店
1966年　竹内芳郎・鈴木道彦編『サルトルの全体像——日本におけるサルトル論の展開』ぺりかん社
1968年　野間宏『サルトル論』河出書房
1971年　海老坂武・浦野衣子・鈴木道彦編『サルトルとその時代　綜合著作年譜』人文書院

ちが戦前の『嘔吐』のサルトルから最後の方のサルトルまでを一緒くたに論じようとしている傾向があった。そうすると、やや無理があるわけですね。そのあたりのことが、一つの特徴なのではないかなという気がします。つまり『嘔吐』のサルトルと『弁証法的理性批判』でマルクス主義と非常に近いところに行ったサルトルとは簡単につなげるようなものではないと思いますが、そのあたりが非常に皆さん苦労しながら、しかし辻褄を合わせて書いていたり理解しようとしていたりするというのが、今から見ると感じられます。

野間宏の『サルトル論』は、実はこういう状況の中で一九六八年に単行本として出版されるわけですけれども、先ほど述べたように、もうかなり重要なサルトル論は出されていますし、『サルトル全集』という形で多くのサルトルの作品も既に翻訳紹介が済んでいたわけです。

野間宏とサルトル

それではその野間宏にとってサルトルがどんな存在であったのかを見ていきたいと思います。結論から言えば、サルトルは野間宏にとっては何よりも小説家、作家であったと言えるのではないでしょうか。もちろん左翼の

思想家、進歩的な知識人サルトルという側面が皆無なわけではないけれども、野間宏の『サルトル論』というのは、小説という枠組みの中でまずとらえられる必要があると思います。そして、野間にとってサルトルというのはまず長編小説『自由への道』という全体小説の作者として、自らの創作にとって重要な対話の相手となるということが言えると思います。

野間宏自身、サルトルに対する関心をごく早い時期から述べています。一九四六年にサルトルの短編を読んだ後にすぐに「サルトル否定」という小論を発表して以来、一九四八年の「世界文学の課題」の中でもサルトルの作品に触れていますし、一九五二年には「状況について」という文の中で『自由への道』に言及しています。そして一九七八年に書かれた「サルトルと私」というエッセイの中では、野間自身の回想によると作品を読んだのは戦後のことで、特に翻訳を通して読んだと言っていますが、いずれにしても戦後一貫してサルトルに対して強い関心を持っていたことは間違いないようです。

しかしそうした通り一遍の関心から『サルトル論』という一つの本を書くというところまでは、かなりの距離があると思われます。そのあたりの事実関係を見ておきたいと思います。野間宏はまず新日本文学会の研究会で「サルトルの小説論と想像論」という演題で報告した後、これをたたき台にして雑誌『新日本文学』に一九六七年の一月から毎月、翌年の二月号まで全十四回にわたって連載発表し、それが一九六八年の二月に単行本として刊行されます。

その内容ですけれども、これもハンドアウトに目次を写しておきました。全部で一三章から成り立っています。こういった内容でサルトルを全体的に扱おうとしているわけですが、「あとがき」によれば、この中でサルトルの演劇作品や聖ジュネ論には触れないということから、ここでは「小説論と想像力論というサブタイトルをつけた」というふうに述べています。そして「演劇作品やジュネ論については他日論じたい」と記しています。そこからもわかるように、サルトルに関する野間の関心は小説、特にその全体小説に尽きるわけです。実際にこの目次を見てわかりますように『フランソワ・モーリヤック氏と自由』をめぐって」という——これはサルトルが書いた非常に重要な評論ですけれども——「小説家というのは神の視点をとるべきではない」というサルトルがモーリヤックに対して行った批判を糸口にして、その後サルトルにおける想像力の問題を扱い、そして一九三〇年代後半から一九五〇年代までのサルトルの文学作品を検証した上で、『存在と無』、『弁証法的理性批判』という哲学的作品も参照しながら、最終的にはその全体小説の構想を語る。そういう形で、この本は出来上がっています。ですからこの本は、野間にとって何よりも自分自身が確立したいと思っていた創作論、小説の方法論を書く、そのための実験場だったと言うことができるのではないでしょうか。

この野間宏の『サルトル論』が発表されるとすぐに多数の書評が出まして、四月に海老坂さんが『朝日ジャーナル』に書かれたのをはじめとして、渡辺広士、大江健三郎、そして井上光晴、黒井千次さんなど、次々と書評が出ました。その中に竹内芳郎が『文学』の六月号に発表した長文の書評がありまして、これが大論争のきっかけになります。

資料3　野間宏『サルトル論』目次

小説論
――『フランソワ・モーリアック氏と自由』をめぐって
想像力をめぐって――想像力と知覚のたたかい
イマージュ、テーマ、結構、構想＝構成、構図
自由と全体
『壁』『部屋』『嘔吐』から『自由への道』へ
行為と自由
全体の問題
慾望の問題
労働の問題
慾望と労働の問題
慾望と労働と全体の問題
小説の全体
全体の小説
後　記

竹内芳郎は一九二四年生まれですから野間宏よりもさらに十歳ほど若い哲学者ですけれども、先ほども少し紹介しました『サルトル哲学入門』などによってサルトル研究者として既に一家を成していましたから、その関係で竹内のところに書評の話が『文学』から行ったのだと思います。この竹内氏の書評というのは長大なもので、三段組一四ページにわたる本格的なものです。そして、フランス語の原文なども引用されています。

これに対して野間宏はすぐに『文学』の誌上で七―十月の四回にわたって「『サルトル論』批判をめぐって」という題目で、同じ『文学』の誌上で七―十月の四回にわたって反論を試み、それに対して今度はまた竹内が反論の反論という形で「『サルトル論』批判の批判をめぐって野間宏氏に問う」という形で、二回ほど反論の筆をふるいます。そしてそれに対して再度野間が翌二月号に「知覚意識と創造意識」と題する論稿を書き、それによってこの一年近くにわたる大論争は収束するわけですけれども、ただ、最後の方はどうも少し感情的な論争になってきて、お互いの翻訳の間違いみたいなものを見つけるという、泥仕合的な様相を呈していて残念です。いずれにしても非常に生真面目な論争が行われたことは確かです。

この竹内の書評ですけれども、一番最初のところで、「もう既に幾つかの書評が出ているのでその総論的な批評はせずに、専ら自分はサルトル研究者の立場から野間宏のサルトル解釈に対して幾つか疑問点を持ったところを書いてみたい」と述べ、「そういっ

たことをすることによって日本におけるサルトル研究を多少でも推し進め、かつは我が国の代表的作家……」、つまり、野間宏ですね、「……の、今後の創作に幾らかでも寄与することができればと念じつつ、筆をとったまでである」と述べています。既に最初に書いたときに、竹内氏は野間宏からの反論を予想しつつ書いています。

竹内の批判というのは非常に精緻なものですけれども、論点としては大きく分けると五つありまして、全体にわたるものです。まず第一はモーリヤック論に関して。このモーリヤック論というものは、神の視点を排除するというサルトルの重要な指摘に関して、野間宏の解釈というのはそれを単純に内部と外部という二元的な二項対立にしてしまっているのではないかという批判になっています。第二は想像力論をめぐってということで、非常に大きな問題ですけれども、単純に細部を切って要約しますと、野間宏はサルトルの想像力論を全く誤解しているということを長々と言うわけです。第三は『自由への道』ですが、これは大体に関しては野間宏に賛成だけれども、一部こういうところは疑問に思うという指摘です。そして第四は『弁証法的理性批判』の解釈をめぐってで、これも野間宏は『弁証法的理性批判』をよくわかっていないという批判になります。そして第五、これがもっとも重要だと思いますが、全体小説についてということで、全体小説に関する野間の最後の二章「小説の全体」、「全体の小説」という部分を非常に評価しつつも、もう少し精緻に話を進めればいいのではないかといった指摘を竹内はしております。

これはどちらが正しいかというような、そういったたぐいの論争ではもちろんないわけであって、カミュ・サルトル論争などを見てもそうですけれども、論争というのはえてしてお互いの論点が全くかみ合わないことが多いですね。ですからこれも最初から二人の論点が微妙にずれていることによって、あまり発展的な形で論争が進まなかったという印象を現在では持ちます。

野間宏の『サルトル論』に関して私なりの考えを少しだけ述べておくと、手元に持ってきたんですが、これは一九七七年に出た再版ですけれども、たしか卒論を書くときに買った本の中の一つです。一読して、これは卒論の種本には役立たないなと思いました（笑）。つまりどういうことかというと、これは野間宏にとってのサルトルの理解であるかもしれないけれども、サルトルについての論文を書こうという人間がこれを読んでもサルトル理解のためにすぐに役に立つような本ではないということです。

竹内は先ほど紹介した批判、そして再批判に対する反論の中で、野間宏の『サルトル論』を評価はするけれども、評価というのはサルトルに関する理解がこれによって進むということではなくて、野間宏自身にとっての作品論あるいは小説論として評価するんだということを言っています。少し引用しましょう。「私は本書をサルトル論としては評価しないけれども、作家野間宏の実作的小説論としては大いに評価するものだ。とりわけ『小説の全体』と『全体の小説』に関する所論は、私にはきわめて興味深いものに思えた」と、こんなふうに述べています。ですから野間宏の『サルトル論』に関して話をしようとすれば、当然その小説との関係とか全体小説との関係に焦点を絞ってお話をすべきだと思います。そういうことで、そのあたりに話を進めていきたいと思います。

実は野間宏はこの『サルトル論』を書くに当たって、自らの小説『青年の環』を中断させる形で執筆にとりかかりました。ですから、そこに非常に大きな意味があるわけです。野間宏は『自由への道』というサルトルの長編を見て——サルトルは実はこの『自由への道』を完成させることができなかったんです——、未完に終わった長編小説ですから、未完に終わってしまったことの意味をサルトルの小説論あるいは文学論と絡めて考えていこうとした。そういうことが言えると思います。野間の言葉をここで引用します。

「この『サルトル論』は、私が『青年の環』を完結するためにどうしても必要な仕事だったのであって、私はこの仕事を果たすことなくしては、私の長編を完結させることはむしろ不可能だったに違いないのである。私はこのエッセイで、もちろん虚構の世界をつくり出すと考えられる想像力の中にサルトルの想像力と、想像力の問題に触れることによって入っていったのである。私の中に最後まで残されることになったのは、小説の全体とは何かという問題だったのだ。」

それではどうしてほかの作家ではなくてサルトルなのかということになると思いますけれども、サルトルはある時期から全体ということに非常に関心を持つわけです。これは特に戦争体験を通じてということが言えると思いますけれども、細かい話にはここでは立ち入りません。そういう意味で既に先ほど言及しました、野間宏が一九四八年に書いた「世界文学の課題」というところでも野間宏はサルトルに触れながらこんなふうに言っています。「サルトルは、人間はローム・トタル (l'homme total) だと言う。つまり人間は全的な存在であって、人間は単に外部からとらえることもできなければ、また単に内部からとらえるということもできない。人間は外部と内部から同時にトータルに、内的に規定されるものとして人間をそのまま丸ぐちとらえなければならないのである」と、こんなふうに述べています。サルトルが人間をすっかり全体的にとらえようという立場で文学にとり組んでいることを踏まえて、野間はサルトルとの関連で自分自身もそういうことを考えていこうということです。

しかし、それは野間がサルトルに出会って初めてその全体というものに目を開かれたということではもちろんありません。既に野間宏は「全体小説」という言葉を使う前に「総合小説」という言葉で同じ問題にとり組んでいました。「小説論」の三のところで、その総合小説を模索している野間宏はこんなふうに言っています。「一人の人間をとらえるためにはその社会的条件、生理的条件、心理的条件を明らかにし、心理的、生理的、社会的存在としての像をつくり上げなければならない」と言っているわけです。こういう野間の関心は、サルトルが晩年に書きました『フローベール論』、これは非常に大部の評伝ですけれども、そこで言ったように、一人の人間を歴史と社会全体の中でトータルにとらえようという関心と非常に近いものが見られると思います。

そういうふうに考えていきますと、野間宏にとって全体の問題というのは彼が小説を書き上げるための本当に喫緊の問題であって、非常に重要な問題だったわけですけれども、先ほどとり上げました竹内氏の野間宏に対する批判はそのあたりのことをあまり考慮に入れずに、野間宏のサルトル理解は特にその全体性などを理解していないという一刀両断の批判なんですね。そして竹内が言うには「全体小説の真の問題は野間が言うような小説の全体や作中人物の全体にあるのではなく、歴史の全体性、歴史的必然性と、歴史を生きる諸個人の自由との間の矛盾、相克の問題である」と。そういうふうに言うだけではなくて、「野間が『弁証法的理性批判』における歴史の全体性の真の重みを自覚的に受け止めることに失敗しているのではないか」ということを言って、「野間は歴史の全体性と人間の全体性との間にある悲劇的関係について、あまり鋭敏な感受性を持たないのではないか」という、神経を逆なでするような書き方をするんです。こういういわれなき批判をされた野間宏としてはやはり心中穏やかではないというか、猛烈に批判して、その批判に対して再批判を行うという形で論争が行われたわけです。

ただ、今から見てみるとこの竹内の批判というのはあまり的を射ていないのではないか。つまり野間との関係だけでもあまり的を射ていないのではないかと、私は考えます。この論争に関して言うと、想像力問題に関しては竹内の批判はかなり正しいというか、適切な批判をしているのではないかと思いますが、「全体」の問題は少し論点が違うだろうという気がします。

全体性の魅惑と呪縛

そういったことを踏まえて、サルトルにとって全体の問題とはどういうことなのかを、最後にお話ししたいと思います。現在の読者としてサルトルの全体を考えてみると、論点はまた動いてくるのではないかという気がします。私としては、サルトルがなぜ『自由への道』を完成させることができなかったのかということがさしたる大問題とは思えないわけですが、サルトルは『自由への道』だけではなくて『存在と無』の続編も放棄しましたし、『弁証法的理性批判』の第二巻も書かれなかったし、『フローベール』

論も完成されなかったし、未完のものはたくさんあります。しかしこの未完ということは、果たしてそんな欠点であろうかという気もするわけです。逆に、廃墟のようなサルトルのテキストというものが非常に好ましいもの、あるいはそれが一つの何か魅惑を持っているのではないかという気がします。

サルトルにおけるその全体性の問題とは一体どういうことなのか、私が個人的に思うところを述べますと、それは全体化への意欲、あるいは全体化しようとする試みであって、それは全体性そのものではない、あるいは出来上がった全体化ではないという気がします。サルトルは、例えばさまざまな分野でジャンルの融合、攪拌をするんですね。サルトル自身は詩以外のさまざまな文学的ジャンルをすべて行った人であって、小説、短編、長編、そして評論、戯曲、そういったものを書いています。それだけではなくて、それを一つの作品の中にどんどん織り交ぜて書いていくようなこともしているわけです。これは多分『嘔吐』というサルトルの第一小説に一番その辺がはっきりと見てとれるわけですけれども、この作品はまさにさまざまなジャンルの混合、攪拌の一つの実験場みたいなイメージがあります。そこの中には対話があり、そして哲学的なスケッチがあり、エッセイがあり、演劇があり、そして現象学的還元という非常に哲学的な一つの考えがあり、そして日記という全体の枠組みとしてはそういうものを使いながらも、さまざまなものが浮かんでは消えるようなそういう一つの全体。そういう意味で、全体小説になっているのではないだろうかという気がするわけです。ですから全体というものが一つの完結したものではなく、もう少し違う形でとらえることもできるのではないかと思います。

いずれにしても、その全体という一つのテーマ、問題構成がサルトルにとって重要だったことは明らかですが、『シチュアシオンIX』の「作家の声」というものの中でサルトルは次のように述べています。

「もしも文学が全体でないならば、それに一時間とて時間を割くには値しないだろう。私がアンガージュマン(engagement)という言葉で言いたいのは、このことなのだ。もし文学が無邪気な営み、他愛のないお話に過ぎないならそれはなすすべもなく立ち枯れるだろう。文字に記された一つ一つの言葉が人間と社会とのあらゆる地平に鳴り響かないならば、文学は何も意味しないことになる。一つの時代と文学とは、その時代の文学によって消化された時代そのものなのだ。」

こういう全体、あるいは文学は全体でなければいけないという考えは、たぶん野間宏にも通じるものであろうと思います。つまり全体をとらえようとする意欲、全体であろうとする意欲、それがこの二人の作家に通じるパッション、情熱であり受難なのだと思います。

野間宏は「長編の時代」と題する一文の中で現代を一つの移行期としてとらえて、これまで予期されなかった現象が多く出現する状況において、表面には現れていない底の方へと下りていき、そこから時代と社会の秘密とも言うべきものを含めて全体をとらえるところに小説家の位置があると記しています。そこを引用したいと思います。

「私は時代と社会の全体をとらえ、その全体のただ中に人物、人間の全体を置くことを作家として何よりも重要と考えているわけである。そしてそれが、私が全体小説を言い、長編小説を進めている中心に置かれている理由と言ってよい。」

こんなふうに言っていますが、この全体小説というものがある意味でその社会と歴史の中で全体的に人間をとらえる、そういう営みなんだと野間が考えていることがよくわかると思います。

こういった野間の見解には、ある意味でヘーゲル的な「真理とは全体である」という考えに通底するような何かがあると思いますし、またその根底にはヘーゲルが「世界の散文」という言葉で表現した現象、つまりギリシャ的な人倫の世界では人は独立自存しながら自由であり、詩的な関係を保っていたのだけれども、ローマ以降個々人は自立性を失い、全体性を失われた断片に堕落してしまった。そういう考えがヘーゲルの中ではあるわけですけれども、そしてそれが真理というのは全体であるということと関連してくると思います。

しかし、もう一方で、サルトルが全体を問題にしたときにそこで問題にしていたのは、こういうヘーゲル的な全体像を乗り越えようとする全体性だったのではないかと思います。時間もありませんので簡単に説明しますと、『弁証法的理性批判』の中でサルトルは、必ず個々人は歴史を、あるいは社会を、自分の活動を通じて全体化しようとしていくんだけれども、しかし他人がいることによってそれは常に脱臼させられる、何かまた違う全体化によって打ち壊されるということを言っているんですね。人間のあらゆる局面がそういう全体化と脱全体化のせめぎ合いであるということを述べています。つまり、個々の実践は世界を全体化しようとするけれども、しかしそれは他人によって、他者によって必ず違う全体化によって脱全体化させられる。そういうようなことを言っています。しかし脱全体化されたとしても、あらゆる実践は全体化を続けようとしていく。それが、その全体化の試みなのではないか。そういう試みを我々は永遠に続けていくほかないのではないかと思われます。

『文学とは何か』をはじめとするサルトルの作品というのは現在の日本では過去の遺物とみなされている部分もありますけれど

も、しかしそれはある意味で古い読解の格子を通して読んでいるからであって、いま自由に、もう少し自分なりの考えでサルトルの作品に立ち向かってみると、そこからはまた違う問題がかなり見えてくるのではないかと思います。例えば、贈与の問題とか双方的なコミュニケーションの問題、読者の問題といった現在非常にアクチュアルな問題がそこからたくさん浮上してくるように思います。そしてサルトル自身は、読者の自由ということを『文学とは何か』という文学論の中で大いに強調していました。つまり作者に対抗して、我々は読むという自由があるということ。それが、サルトルの強調していたことの中で、いまの我々にとって非常に重要なことではないかと私は思います。

　戦後に青年期を生きた多くの日本人にとって、サルトルというのは同時代人として重要な存在であった。しかし現在我々はそのサルトルを同時代人としてではなく、テキストとして見ているわけです。そして先ほども述べたような、ある意味で廃墟にも似た膨大なサルトルのテキストを丹念に読み解くことによって、新たなサルトル像とともに新たな世界像、あるいは新たな指標が発見される、いや、発見しなければならないのではないかと思います。そして読書とはそういう限りない再読解の試みであり、このような新たな読解がある限り、作家は不死鳥のように必ずよみがえってくる。それこそが先ほど少し述べた、脱全体化された全体化の意味なのではないかと思います。

　同じことは、野間宏に関しても言えると思います。野間宏を直接知らない世代があの膨大な『野間宏全集』というテキストにとり組み、そこに全く新たな鉱脈を発見する。新たな読解によって新たな野間宏を浮上させていく。恐らくそれは、野間宏が自覚的に意図していたものとは違うかもしれない。しかし野間宏のテキストが我々に語りかけてくる何かであると。「野間宏の会」が今後もそのような壮大な実験場であり続けることを祈念して、私の話のまとめにしたいと思います。どうもありがとうございました。

（二〇〇五年五月　第一三回）

野間宏とサルトル
——『サルトル論』芸術論をめぐって——

フランス文学
海老坂　武

どこで比較するか

海老坂です。まずテーマについてですが、「野間宏とサルトル」とした場合に、いくつかの比較が可能です。例えば、『青年の環』と『自由への道』という二つの作品を比較することが可能です。また、政治的な参加という面で二人を比較することもできると思います。野間さんは一九四六年に共産党に入党して、一九六四年に除名になっている。その間一八年間、党員活動家として発言をしている。ただ、サルトルの場合には、独自の政治組織に入ったことはない。ただ、一時期、二、三年ほど革命民主連合という一種の組織をつくって、そこの旗振りをやっていた時期があります。しかしその他の時期は、どこの組織からも制約を受けない独立した知識人として発言をしています。それから野間さんは『人民文学』、『新日本文学』と両方の編集長をやっている。サルトルの場合には『レ・タン・モデルヌ（現代）』誌の編集長をやっている。そこを発言の場にしているということがあります。それから第三世界とのかかわり、あるいは差別の問題。野間さんはずっと狭山裁判にとり組んでおられた。サルトルの場合にはアルジェリア戦争の時期にその植民地戦争を告発するだけではなくて、人種差別がどういうところから出てくるかということをイデオロギー的に分析している。野間さんはまた、A・A作家会議の議長として第三世界のいろいろな国の作家と交流もしていますね。そういうさまざまな角度から比較することも可能かもしれません。

しかし何といっても野間さんは『サルトル論』を書いているわけで、そこの接点がどうしても一番強い。ですからきょうはこの『サルトル論』を中心に考えてみたいと思います。実は僕は四十年ぐらい前に、この野間さんの本が出たときに書評を書いたんです。書評を書いて、しかし考えてみたら何を書いたかすっかり忘れていた。しかも書いた文章が『朝日ジャーナル』ということを覚えていたけれども、それが見つからない。そこで、こういうふうに考えました。もしもこれで新しく本を読んで考えたことが昔と同じだったら、やはり昔も正しかったんだと。もし違っていたなら、その間自分は進歩していたんだと。いずれにしてもプラス思考で行こうと思って、新しく考えました。そしてきょうお話しすることを考えて、ほんの三、四日前に雑誌の記事が見つかったので調べてみたら、やはりかなり違ったことを考えているので、それでお手元に配ったのは以前の書評で、きょうはその点にはあまり触れないことになります。

「芸術論をめぐって」という副題をつけたのですけれども、正確には「文学・芸術論をめぐって」ということになります。ただ、そこにもいくつかのポイントがあります。つまり野間さんのサルトル批判の中には、文学・芸術論をはみ出す部分がある。野間さんの頭の中でははみ出ていないけれども、読んでいる人間から見るとはみ出ていると思われる部分があるんですね。

そのポイントは……野間さんの文章はウナギの寝床みたいな文章で、長く長く並んでいる感じですね。しかも繰り返しがあって、重層的なウナギの寝床と言ったらいいかもしれない。そういう文章ですから読む方としてはどこかで切って読んでいかないと読めないということになります。

いくつかのポイントを分けて考えますと、第一は、サルトルの小説論と実際に書いた作品は違っているじゃないか。実際に書いた作品は、小説論の部分をはみ出しているじゃないか、矛盾しているじゃないかというのが第一のポイントです。第二のポイントは想像力に関係しますが、絵を見る場合に私たちは想像力で見るのか、知覚で見るのか、どちらなんだということ。もう少し後で、詳しいことを言います。それから第三のポイントは、サルトルのそういう芸術作品に対する見方だけではなくて、想像力論自体がおかしいのではないか。サルトルは想像力と知覚とはっきり分けているけれども、そんなにはっきり分けられるものだろうかという批判があります。それからその次には、欲望論の批判がありますね。サルトルは、欲望と労働とを結合したものとしてとらえていないと。また、両者の関係を見る場合に常に欲望の側から見ていて両者が対立している面を見ていないと、そういう批判があります。それからまた疎外論に対する批判があって、マルクスの言ったいくつかの疎外論のうち、人間の類的生活からの疎外について彼は触れていないという批判があります。これらすべては野間さんの頭の中ではつながっているのですが、きょうはその初めの二つに焦点を絞ってお話をしたいと思います。

作家はどこに照明をあてるか

先ほど澤田さんも出された問題の小説論は『フランソワ・モーリヤック氏と自由』という文章です。これはどういうことかというと、作家がどこに視点を求めるか。小説を書いていく場合に、どこに視点を置くかという、照明の問題ですね。どういうところから光を、作中人物に当てるかという照明の問題なんです。作家は一人称で書くか二人称で書くか、三人称か、その三つしかない。大多数の小説は一人称か三人称です。二人称で書いているフランス文学の作品、一番最初に書いたのは多分ミシェル・ビュトールという人の『心変わり』という小説で、最後まで二人称の小説です。その次に、これは僕自身が訳したものですが、ジョルジュ・ペレックの『眠る男』という作品があります。これも、ずっと二人称で書かれています。ただ、ジョルジュ・ペレックの場合の二人称というのは自分のことですね。自分のことを「おまえ」と呼んでいる。二人称で書かれた小説は、非常に少ない。もう一つ僕が知っているのはアンドレ・ピュイグ『未完の書』というのがあって、一人称、二人称、三人称という三つの人称が全部使われている小説があります。

一人称で書く場合は、あまり問題がない。一人称で書く場合は、〈私〉で書いているわけだから読者は〈私〉についていく。したがって、〈私〉が知っていること以上に読者が何かを知ることはないわけです。〈私〉という主人公の知識がそのまま読者の知識になっていく。そういう意味では、一人称で書く小説はどうしても視野が狭くなる、広い世界を書けなくなることがあるかもしれません。

それではプルーストはどうなんだということになりますね。プルーストは一人称で書いている。一人称で書いた膨大な、要するに回想です。自分の人生の回想をしている。実は、主人公が生きている前のことも書いている。どうしてそういうことが可能かというと、これは一応祖父から話を聞いたということになっている。しかし必ずしも聞いた話におさめられない、例えばサロンの描写なんかの場面ですね。これは単に人から聞いただけでは書けなくて、一人称をはみ出して作者がそこで見ているという感じをどうしても持ってしまいますね。ですから一人称の小説でも、広い視野で書こうとすると多分そうなっていくのだろうと思います。

それに対して三人称の場合には、非常に微妙な点が出てきます。つまり三人称で書く作家は、三人称のだれか主人公の中に入りながら、しかもそばにずっとつき添いながら書いていく。黒井千次さんがここにおられるので、例えば黒井さんの『五月巡歴』という本もそういう作品だと思いますね。主人公が三人称につき添ってものをずっと見ていくという作品だと思います。十九世紀のフランス文学を見てみると三人称で書いた作品が多いですけれども、その三人称の主人公に対して作者の意識は、かなりいろいろ自在に出入りしているんですね。

有名な作品だけ挙げますと、例えばスタンダールの『赤と黒』。あの小説は「一八三〇年代の年代記」という副題がついているように、語り手がちゃんといる。しかしその語り手が、大体はジュリアン・ソレルの目でもって見ている。ところがときどき、レナール夫人の中にちょっと入ったりする。しかし大事なときには、レナール夫人の中に入っていかないんですね。例えばジュリアン・ソレルが「今夜、夜の十時にあなたの部屋に伺います」と言う。そうすると、レナール夫人は動揺するわけですよ。動揺しているに違いない。しかしそのときの動揺を、レナール夫人の中に入って連綿と書いたらこれは小説としておもしろくないのですね。それから実際に、ジュリアン・ソレルが夜中の二時に部屋に忍び込む。そのときレナール夫人がどういうふうに感じたかなんてことは書かない。作者はさっとレナール夫人から引いて、ジュリアン・ソレルの側から見ているという、そういう作者の自由な位置がありますね。

それから最後にジュリアン・ソレルは首を切られて死ぬわけですけれども、そのときにレナール夫人が何を感じたかということは、全く何も書いていない。もう一人の、これは結婚することになったマチルドという女性がやってきて首を持っていってお墓をちゃんとつくるという話があるけれども、レナール夫人がどうなったかはわからない。最後に三行だけ出てくるんです。「レナール夫人はジュリアンとの約束を守った。進んで自分の命を縮めようとはしなかった。しかしジュリアンの死後三日目、夫人は子供たちを抱きながらこの世を去った」という三行ですね。この三行は強烈でしょう。もしもレナール夫人の中に入っていってどうのこうのと書いたら、多分つまらないものになったでしょうね。

次にフローベールの『ボヴァリー夫人』を考えてみます。『ボヴァリー夫人』は、これも大体作者はボヴァリー夫人に添って、語り手は話を進める。ところが一番冒頭に、実はボヴァリー夫人と結婚するシャルルという男が中学校で転校してきて、クラスで笑い者になる場面があるんですね。それが一番最初に出てくる。そのとき〈私たち〉という語り手がいて、シャルルが物笑いになる場面を三人称の位置から語っている。いかにシャルルが凡庸な男であり、不器用な男であることが、冒頭にぱっと出てくるんです。彼は確かに医者になるけれども手術に失敗したりする。シャルルという人間はずっとつまらない人間として描かれていく。ところが最後にボヴァリー夫人が毒を飲んで自殺をするわけだけれども、最後に語り手は話を続けていく。そしてその後、娘がどうなったかということを語っていく。最後にシャルルが死ぬ。その死に方が、あれは確か生垣か何かにぼんやり座っていて、ころっと死んでしまう。そういう死に方。これも、ある意味では感動的なんですね。つまりボヴァリー夫人の死に対して何も感じなかったかのように見える男が、そこでそういうふうに死んでしまう。そういうふうに書けるのはやはり作者が三人称の主人公の中に入りながら急に距離を置いてみたりするからできるのでしょう。

『ボヴァリー夫人』にはもう一カ所有名な箇所がありまして、これはボヴァリー夫人が、レオンという青年と逢引をして馬車に乗る場面ですね。馬車に乗るや否や作者はぐっと引いてしまって、まるで空の上から馬車を眺めているようになる。そしてルーアンの町を馬車が四時間か五時間走りまくる。御者が疲れてしまって休もうとすると、馬車の中から声がかかって「走れ、走れ、早く走れ」と言う。それで、御者は走りまくる。へとへとになって走りまくって、気違いみたいになって馬車が走っている場面を、作者は空から見るかのように書いている。中で何が起こっているのかわからない。何が起こっているかわからないけれども、そういう馬車を描くことによって、多分作者は中で起こっていることを語ろうとしたんでしょうね。それもやはり、作者が距離を置くからできるということの例だと思います。

もう一つ、モーパッサン『女の一生』。作者はジャンヌという主人公に大体添っている。ところがある箇所、これはジャンヌの亭主、ジュリアンが浮気をする。知り合いの、ある公爵夫人とつき合っている。ある日夫の公爵がジャンヌのところへ血相を変えてやってきて「うちの女房はどこにいる」と。ジャンヌは知っているんだけれども言わないんですね。すると公爵は血相を変えてどこか海の方へ飛んでいく。これは何か起こるなと思ってジャンヌは追いかけるんです。追いかけるけれども彼の方が足が早くて、どんどん先に行ってしまう。そのときに語り手はどうするかというと、ジャンヌを置いていってしまう。そして先の方に行った公爵にくっついていって、現場を見ようとする。公爵は何をするかというと、小屋の中に隠れていた二人、小屋にかんぬきをかけてその小屋を動かすんですね。その小屋は不思議なことに動くんですけれども、動いて、それを坂のてっぺんまで持っていって坂の上からでんと突き落とす。モーパッサンは、語り手をそこの位置まで連れていってしまうんです。これもやはり三人称で書いたときに、語り手が自由になれるということ。だから自由になれるということは、ある意味で視点がゆれるということですね。

サルトルのモーリヤック批判

サルトルのこの『フランソワ・モーリヤック氏と自由』は、もう少しきちんと作者の照明の問題を考えようということだと思います。作者が初めのうちは主人公と一体化しているのに、あるとき突然そっと外に出てきてその主人公を裁くような、そういうことをするのはおかしいじゃないかと。こんな文章があります。これは『夜の終わり』という作品で、テレーズという人物が「九時が鳴るのを聞いた。睡眠剤を飲むのは早過ぎた」、これはテレーズの意識の中にある言葉ですね。ところがその次の文章「それが、この用心深い絶望の女の習慣だったのではなく」と書いてある。これは、もう明らかに説明ですね。いきなり主人公の中から出てきてしまって、この人物を説明してしまっている。この「用心深い絶望の女」というのは、その女を既にある形で規定してしまうことだ、その人間の自由を奪うことだ、一種の本性を与えてしまうことだ、これはおかしいじゃないかというのが、サルサルのモーリヤック論批判の第一点です。こういうふうに作中人物に宿命のようなものを与えてはいけない。作中人物は、いつも自由でなければいけないというのがサルトルの意見です。

そのほかにサルトルは、モーリヤックがいろいろな人物の中にぐるぐる入っていく、すべての人物に同じような光を当てて入っていく。これもやはりおかしい、これは神の視点だという批判をしている。ただしこの点については、サルトルは彼自身その後考えを変えます。

それから小説の時間が死んでしまっているという批判がある。モーリヤックの作品では読者があらかじめ先に何かありそうなことを既に知ってしまうというんですね。読者は小説の中で、何が起こるかと期待して待っているのに、待っている事柄が起こる前に説明してしまう言葉が入ってくると小説の時間が死んでしまう。これはミステリーを考えるとよくわかると思います。だめなミステリーはもう初めの方でだれが犯人かというようなことがわかってしまうわけですね。ミステリーというのは、作者が絶対に犯人の中に入らないでしょう。犯人の中に入って犯人がモノローグを言ったらもう終わりですから、ミステリーを書く作者は。いつも犯人に対しては外にいなければいけない。それから何も鍵を与えないようにしなければいけない。それが秘訣です。これは、刑事物のドラマでも全く同じです。

それから会話が、モーリヤックの場合、演劇的だという批判をする。演劇の言葉というのは省略だと。ところが小説の会話は省略ではなくて、あるときは舌足らずだったりあるときはしゃべり過ぎたり、実に不器用なものが小説の会話なんだと。ところがモーリヤックの会話は全く演劇的に決まってしまっている。それはおかしいというんですね。

こう言って彼は、要するに神様が芸術家でないようにモーリヤックも芸術家ではないと言って、彼の小説を切り捨てる。

こういうサルトルの批判は彼自身の小説観から来ているわけで、第一に登場人物が自由でなければいけないということ。登場人物が何かによって規定されてしまってはいけないと、それが一つです。それからその次に、今度は時間の持続をいつも感じるようにならなければいけないと。つまり、読者はいつも次に何が起こるかを期待して待っている。その期待して待っている時間、これが持続の時間であって、これをいかに抵抗のある、厚みのあるものとして差し出すかが小説家の技術だというんですね。サルトルは、小説と物語を区別します。物語というのは、常に過去に起こった事柄を物語る。それが物語なので、過去に起こった事件を物語るときには、これこれこういうことがあったからこうなり、それからこうなる、こうなるというふうに、要するに原因、結果の世界です。ところが小説はそうではなくて、未来がいつも開いているというのがサルトルの小説に対する考え方です。

そうなると、小説というのは三人称で書いてもそれが一つの観点である必要はない。いくつかの三人称、何人かの人物の中に入って語る。そうすると、世界はいくつかの観点から語られることになるわけです。先ほどモーリヤック批判の中でもってモーリヤックはいろいろな作中人物の中を移って歩いていると言って批判した。サルトルは、この考え方を変えたんですね。三人称で書く場合、一人の人物である必要はなくて、何人かの主要な人物の意識の中に入って……ただし、その人物の中に入ったときにはその人物を外からは見ないということです。彼が言っていることは、作者は一人の作中人物の意識の中に入る。しかしそのときに、今度はその人物を外から見るということはしない。それをいろいろな人物についてやっていく。そうすることによって、一種の……「意識のオーケストラ」という言葉を使っていますが、そういう小説を書こうということです。

野間宏のサルトル「三人称」問題への批判

これに対して野間さんはどういう批判をしたかというと、まず第一点は先ほど言いましたように小説論と実作が違うじゃないかと、『自由への道』の第二部を挙げます。『自由への道』というのはお読みになった方も少なくないと思いますが、第一部は一九三八年の三日間の物語です。何人かの人物の視点からその三日間に起こったことが語られている。第二部は一九三八年の九月です。一九三八年の九月というのはドイツがチェコに侵入したときです。そしてドイツとイギリス、フランス、イタリアの四カ国の首相がミュンヘンに集まって、ミュンヘン会談をやった時期ですね。ミュンヘン協定がそこで結ばれる。つまりこの一週間は、ヨーロッパで戦争が起こるか起こらないかという非常に重大な危機の、戦争前夜の一週間です。この一週間を描くときにサルトルはどうやったかというと、正確に数えたことはないですけれども、なんと百人以上の人物を登場させるんです。そしてその人物の中に全部入って、その人物がその戦争前夜をどうやって生きているかを物語ろうとした。

野間さんはこれを、サルトルは中に入ったり出たりしているじゃないかと批判している。それはそうなんだけれど、そういうふうに細切れになった人物の中にすぐ入ってはまた出て別の人物の中に入っていくという、そういう手法なんですね。これは竹内芳郎さんが書いている反論の中でもあるんですけれども。巨大な暗雲が垂れこめている戦争の全体というのをどうやって描くかということがありますね。しかし戦争の全体は描けないいんだということをむしろ描いたということだと思うんです。そこには百人ほどの人物が現れている。それを千人にすれば戦争前夜のヨーロッパを描くことができたか、一万人にすればできたかというと、決してそういうものではない。戦争という何か非常に巨大なものがあるけれども、それを各人が非常にばらばらになって断片的に生きているんだという、そういう姿を多分示したかったんだと思います。

それから野間さんのもう一つの批判は、今度は小説論と実作との矛盾ではなくて小説論そのものの批判に移ります。それは、サルトルは、先ほど言いましたが小説家は作中人物の中に入って共犯者となるか、それとも外に出て証人あるいは目撃者となるかどちらかでないといけないと言ったけれども、そういう二者択一は自分は認められないと。共犯者になるか外に出て証人になるか、あるいは内部か外部か……この内部か外部かということを野間さんは少しずつずらしていくんですけれども、要するに内部に入って物語るか、それとも外から物語るかどちらかだというのに対して、その二者択一が認められないという。しかし三人称小説というのは、常にそういう面があるんですね。つまり共犯者といっても証人のようなところもあるし、証人といっても中に入って共犯者になるところもある。

そしてサルトルがこういうふうに共犯者か証人かという二者択一を迫るのは、これは読者の視点からだけ小説を考えているからだと。確かにサルトルはいつも読者の視点から、読者の視点を、どうやって自分が書くときに使えるかということを考えている。サルトルの『文学とは何か』という文学論の最大の特色は読者、作品をつくるのは読者であるという視点です。ですから読んでいくときに、読者が自由の感じられない小説はだめなんだと。読者が自由を感じられる小説は、作中人物が自由であるということだ。作中人物が自由であるということは、作者がそこに何らかの規定を外からしてしまわないことなんだということになっていく。野間さんはむしろ作者の視点がちゃんとあるんだということを言いたいんですね。そうすると作者の視点と読者の視点、あるいは作中人物の視点は、矛盾してくる可能性がある。それを、ここのところで野間さんはそんなに突っ込んで書いてはいない。ただ、この点に野間さんが敏感に反応した理由はあると思います。それは、野間さん自身の小説です。

例えば、最初の作品の『暗い絵』。『暗い絵』はやはりある主人公に即して書いているんですけれども、話の途中で仲間たちがみんな死んでしまうことがわかってしまう。話がまだ終わっていないのに。作中人物がその時点で知っていること以上に読者が何かを知ってしまうということです。読者が既に作中人物が知っている以上のことを知らされてしまう。これはやはりおかしいので、野間さんは、サルトルの基準からすれば余計なことをしているということになります。だから多分野間さんは、サルトルの文学論を読みながら「違う」と感じたのでしょう。

『暗い絵』は一九四七年ですけれども、一九五一年に『顔の中の赤い月』という作品があって、これも北山という人物に添って書いていますけれども、ときどきちょっと外に出て客観的に見ているところがあります。一つだけ例を挙げますと、冒頭に「未亡人堀川倉子は」と書いてあるんですよ。未亡人堀川倉子、未亡人であることを知るのは、話のもっと後になってからです。ところが冒頭にそう書いてあるというのは、実におかしなものですね。そこで未亡人というレッテルを張られることによって、読者の自由が侵されることになる。これは恐らくサルトルのモーリヤック論を読む以前に書いたものだと思います。

それ以後『真空地帯』とか『わが塔はそこに立つ』になると、野間さんはそういうことをしなくなるんですね。きちんと三人称で書いたその人物の視点で書いていくようになっている。こういう面に関して、非常に敏感になった。

サルトル「想像力論」への批判

野間さんのサルトルに対する批判の大きな第二点はサルトルの『想像力の問題』に対する批判です。これは私の考えでは明らかに誤解に基づく批判という部分と、これは当たっているのではないかという部分があるように思います。

まず簡単に、サルトルの想像力の理論というのを大ざっぱに紹介しないと話になりません。サルトルは「想像する意識」と「知覚する意識」を二つ、はっきりと分けるんですね。知覚というのは、触覚であったり聴覚であったり視覚であったりする。それらはすべて、現に存在するものを対象にしている。知覚というのは現にそこにあるから触れられる、見られる、聞ける。それに対して想像力は、存在しないものに向けられている。存在しないものの中には、そこに不在のものももちろん含まれるわけですけれども。この存在しないものを対象とすることを、サルトルは「非現実的な定立作用」という言い方をします。現実世界を否定して、そこにはないもう一つの世界をつくり出す、意識の対象にする。それを想像力と考える。

それにはいろいろな段階があります。野間さんの写真がそこにありますね。そこから野間さんという人を想像する。この場合には、そこにある写真を素材にして野間さんという人を想像するわけです。そういう形がある。それから今度は芝居でもって、例えばハムレットをだれかが演じているとする。我々が見ているのは役者ですね。義経でもいいです。テレビでだれかが義経をやっている。我々がそこで見ているのはその役者です。あの役者は何というのか僕は名前を知らないですけれども。サルトルはそうではない、役者ではない、義経を見ているのだ、と。それは、想像力の対象だと考えるんですね。そういうふうに物、写真を介して野間さんの姿を想像する想像の仕方もあるし、役者の動きを通して彼が演じている人間、ハムレットなりあるいは義経なりをイメージする、そういう想像力の働きがある。つまり素材が物である場合と、素材が動作とか演技である場合。

もう一つ、一番難しいのは素材が精神の世界の場合ですね。これがやっかいです。例えば野間さんの写真がなくても、会ったことがおありの方は野間さんのことをぱっとイメージできるでしょう。そのときは、素材がないわけです。そう考えられる。しかし、サルトルはそこにも素材があるというんです。それを心的イメージ、要するに素材がないイメージと考える。その説明の仕方は非常に苦しいんですけれども、例えばこういうことです。グレコという歌手を思い浮かべるときに、一番最初に見た白い手のイメージがすごく印象に残るんですね。そういうときに、白い手が持っているある種の官能性、サルトルはこれを感情性というんだけれども、グレコを思い浮かべるときにそういうものが一つの素材になっているんだと考える。

こういうふうに何かものを想像するときに材料となるもの、それをサルトルは「アナロゴン（analogon）」と名付けています。翻訳では「類同代理物」というんですが、それよりもアナロゴンと言いましょう。つまり想像するときにアナロゴンが必要なので、これは知覚の世界にあるんですね。その知覚の世界を通して何かを想像する。知覚意識を超えてイメージを描く、想像界をつくり出す、そういう段階がある。アナロゴンは三種類、アナロゴンが事物である場合と動作や演技である場合、それから完全に精神の世界で心的イメージの場合。この場合サルトルは苦労して書いているんですけれども、例えばある美しい女性を見る場合に、その美しいという知識を元にしてその人を想像するとか、あるいはブランコを想像するときに、自分の目の動きを材料にしてブランコを想像するとか。この心的イメージの場合には説明が非常に苦しいんだけれども、そういう説明をする。いずれにしても、アナロゴンがあって初めて、想像界をつくり出せると考える。

この想像力というのはサルトルにとって非常に大事なテーマで、もしも人間が想像力を持っていないとすると、もしも人間が知覚する意識しか持っていないとすると、人間は事物と同じような存在になるだろうと考える。想像力というのは、意識が自由であることの一種の証明のようなものなんです。というのは知覚というのは必ずその対象として物がある、だからこれはマルクス主義的に言えば存在が意識に先行し意識を規定するわけです。存在があって、それによって初めて意識がある。ところが意識がそういう存在による規定を免れ得るのは、想像力によってであると考えられる。ないものを意識し、ないものを対象としてつくり出す力、それがあるからこそ人間の意識が自由なんだと。そういう意識論が根本にある。

こうした想像力の理論を立てながら、サルトルは『想像力の問題』の最後でもって「芸術作品とはアナロゴンを介して成立する非現実的な存在である」と書いている。芸術作品というのは現実存在ではないんだと、非現実的な存在なんだと。芸術作品に接したときに、意識は根本的に転換が強いられると。そこに絵がある、セザンヌのリンゴならリンゴがある。しかしそのときにそこに描かれた、絵の具でもって塗り固められたリンゴをリンゴとして見るのでは、それは芸術作品として見たことにはならない。そうではなくて、知覚でもって、目でとらえるリンゴ、目でとらえる絵の具の赤なり青なり、そういうものを超えて別の世界、別のリンゴを想像しなければいけない。それが芸術作品なんだというふうに、サルトルは言います。芸術作品はこういうふうに、知覚の世界に現れるものではなくて想像界の世界に現れるものだと。画家は一体何をするのかというと、アナロゴンをつくる人間ということになりますね。つまり画家は現実界の何かをまねしてつくるのではなくて、自分の想像界の中にあるイメージと絶えずつき合わせながら絵の具を重ねていく、デッサンをして絵の具を重ねていく。常に非現実的な世界と交渉しながら、画家は制作をしていくと考えられる。つまり画家がやることは、絵を見る者がそこから出発して別の何か、別のイメージを把握できるようなアナロゴンをつくること、それが画家の仕事だというわけです。

この理論には、すぐにいくつかの疑点が出てきます。例えばマチスの描いた赤でもいい、あるいはバラ色でもいい、あれを見ているときにある種の官能的な喜びみたいなものが感じられる。あの赤から感じる、バラ色から感じる官能的な喜びみたいなもの、あれは想像界のものなのか。サルトルは、あれも想像界のものだと言うんです。あれは自然の赤がもたらすもの、自然のバラ色がもたらすものとは違うんだと。あれは想像的な世界の中のバラ色、その中の赤に対して覚える喜びなんだという答え方をしていますね。

もう一つの異論は、例えば立体派、キュビスムの絵ですね。それまでの絵は、大体は何か自然界の再現であったり何かを写して描いている。それに対してキュビスムの場合には実際の物とは関係のないようなものをボンと出してくる。何かを再現したものではないもの、これがオブジェですよと、これが芸術作品ですよと出してくる。その場合にもやはりそこにあるものは芸術作品ではなくて、そこから何かをイメージしないと芸術作品にならないのかというと、サルトルはそうですよと言うでしょう。その場合にも、新しいある種の非現実的な全体が、それを通してイメージされるはずだとサルトルは答えるでしょう。

音楽についてはどうか。音楽には、さらに時間が入ってくるから厄介になってきます。例えばベートーヴェンの、第七でも第五でもいいですけれども交響曲を聞いている。そのときのあの音楽の時間は、現実の時間の中には存在しない時間だという。そして、現実には存在しない時間が全体としてある。音楽を聞いている人は想像界の中で聞いているんだと。現実界の音として聞いているのではない、想像界の中で聞いているんだと。

では彫刻はどうなるんだ、ミロのヴィーナスはどうなるんだと。そこにあるのは、芸術作品ではないのか。あるいは建築物もそうですね。サルトルは彫刻と建築物について書いていないんです。書きにくかったんだと思いますね、きっと。

こういうサルトルの想像力の理論に対して、野間さんはどういう批判をしているかというと、サルトルはあたかも想像力だけによって芸術創造ができるように話をしている、という批判をしています。これはちょっと誤解のような気がします。サルトルは、芸術家はアナロゴンを制作するんだということを言っているわけで、そこに触れていかないと、なかなか批判にはならない。

ただ、非常に当たっていると思われる部分があります。それは、サルトルは簡単に画家は物質的なアナロゴンをつくるんだと言っているけれども、そのアナロゴンをつくるとはどういうことかということを、野間さんは実に詳しく、ねちっこく説明をしているんです。これはものすごく重要なところだと、僕は思います。そのところだけを、ちょっと読んでみます。

「画家が手と身体を動かし画筆を振って画布の上に、頭の中にある心的イマージュを、視覚によって知覚を通して触れることの出来る対象物として描き出した時に、その描き出された事物は物質である線と色とによって固定されてしまうともいえるわけであって、それ故にそれまで想像力によって自由に働きつづけるように放たれていた心的イマージュの自由さは奪いとられ、また画家の想像力そのものも同時にそれによって動きをとどめられ凍らせられてしまうというような状態がひき起されるということにもなります。そして想像力はそこに描かれた、知覚を通って触れることの出来るその対象物に出会ってたちまち、なえ、ちぢみ、或はその心的イマージュをば発展させ、展開させる予定していた筋道を変えなければならないようにされて、しかもその筋道を変える方法が見つからず、ついには行きどころのない、どんづまりのところに立たされて、自身もはや働く余地がないというようなことにもなってしまうのです。(中略)しかし画家は画筆を投げることなくこの画布の上に描かれた固定化されてしまった対象物と、その想像力をもってたたかわなければならないわけです。そして画家はそれとたたかい、その画布のなかの対象物よりもさらに深い位置にあるともいうべき、いわばその対象物をずっと向うに越えた向う側のところに、その描き出されて固定化されてしまった対象物をはるかにのり越えているといえる心的イマージュをば見つけだして来なければならないのです。もちろんそのような心的イマージュを想像力をもってたたかい自分のものにした画家は、次にはその心的イマージュによって、その描かれ固定化された対象物の上にさらに画筆を加え、それを変化させて、その対象物をばいままでよりもずっと深い位置にあるものとして、描き出します。描かれた対象物は、このようにしてようやく画家の心的イマージュに近づきしかも事物の法則を一層深くそのうちにそなえているものとしてそこに置かれてつよい現実性を得ることとなるわけです」。

ちょっと一度聞いただけではわからないかもしれませんけれども。一つの文章が、野間さんは長いんです。

こういう、つまり「知覚と想像力とのたたかい」という言葉に野間さんは制作を位置づけているんですね。ということは、逆に、見る人間も、いきなり、見ているものからポンとイメージの想像の世界に飛んでいくということは、多分ないんですね。知覚の段階にとどまっているかもしれない。

野間さんが引用しているアンリ・ルフェーヴルという人は、芸術作品というのはすべて知覚の次元で起きることだと。想像力の関与を認めていないんですね。大体一般にマルクス主義者は、想像力という言葉を警戒します。想像力というのは、非常に観念的なものであると考えられるからですね。だから知覚という言葉でいつものを考えがちで、ルフェーヴルの場合にも芸術作品というのは描かれたものであり、描かれたものから表現されたものへ移り、両方とも知覚なんだというふうに考えるんですね。そこに何が描かれているか。しかし、何かを描いたということは何かを表現したということで、しかしどちらも知覚意識に現れるんだとルフェーヴルは考える。野間さんはこれを否定して、やはり想像力があるんだと考える。

それから野間さんはメルロ＝ポンティを引き合いに出します。メルロ＝ポンティの場合は、知覚と想像力を連続的に考えているところがあるんですね。おもしろいことに、サルトルとメルロ＝ポンティはほぼ同時期、一年違いぐらいで哲学を勉強している。サルトルは想像力を研究して、メルロ＝ポンティは知覚を研究している。二つの道が完全に分かれている。にもかかわらず戦後一緒に仕事をしている。これは偶然の一致だけれども、ある意味で非常におもしろいことです。そして知覚を研究対象にしたメルロ＝ポンティは、マルクス主義に近いところから出発している。サルトルは、マルクス主義から非常に離れているところにいた。そのうちだんだん交差してきて、逆にメルロ＝ポンティはマルクス主義から離れていってサルトルは近づいていくんですが、出発点においてサルトルの方がはるかに非マルクス主義的です。

このメルロ＝ポンティも、野間さんは気に食わない。メルロ＝ポンティは想像力をわかっていないという言い方をしています。そしてこの知覚と想像力の戦いという言い方、「絵画は、この二つの戦いを生きたままその画布の中に封じ込めている」という言い方をしています。この部分がサルトル論の中で一番鋭い部分で、説得力がある部分ではないかと思います。理論的にどちらが正しいと言うのは非常に難しいんですよ。ご自分の体験を考えてみてほしいんですね。絵を見たときに、その絵を知覚で鑑賞しているのか、想像力が鑑賞しているのかということを、僕は絵の前に行くたびにそれをやっているんですけれども、どちらと言えないですね。だって「モナリザ」の前に立ってイメージとしてのモナリザを想像するというのは、ちょっと難しい。しかしそこにあるモナリザ、そこにある絵の具の固まりたいなものが絵かというと、そうもやはり言えないだろう。ですから本当にこれは難しい部分で、理論的にはちょっとお手上げというところです。

知覚と想像力の戦い

問題は、このサルトルの想像力論を批判した後、今度は小説論へ野間さんは戻ってくるんだけれども、その戻り方です。どうやって小説論に戻っていくのか。そのつなぎ目が実はあまりはっきりしないというか、納得できない。絵画についてそれが想像力と知覚との戦いで、画布はそれを閉じ込めているというのなら、小説についても同じことが言えるだろうと。小説の場合には、ただし素材は絵の具ではなくて言語ですね。言語というレベル、言語というのは読んでいくときには知覚が働いている。ですから小説の場合にも知覚と想像力との戦いという方向に行くはずだと思うんだけれども、野間さんのペンはそういう方向には行かないんです。

これは、僕は理由があると思うんです。つまり小説家の場合には、理屈としてはアナロゴンは小説をつくっている言葉の全体です。ただ野間さんはこの当時、言語論について十分な準備がなかったのではないか。理屈から言えば、言語全体をアナロゴンとしてとらえながら、そこから知覚と想像力の総合としての小説というところに話をもっていっていい。ところがそこに行かないで、野間さんは全体という方向に話を進めていく。全体論の方に向かっていく。要するに、作中人物の内部に目をやりながら小説の全体を見ることができるのかということ、それが野間さんの最大の問いなんですね。そうすると、先ほど言いましたように、作中人物の作者の目というのは作中人物の目よりもう少し大きくなければ全体が描けないと考える。登場人物の目よりも大きい目。そうすると、どうしても登場人物の外に出てくるのではないかという感じがする。そういう方向に持っていって、今度は全体をどうやってつくるかという方向に議論が進展します。

ただ、この全体についての野間さんの文章は長い、長いモノローグと言っていいものでありまして、自分で自分を納得させるような文章が続きます。僕は四十年近く前に書いた書評の中で「この部分は二読、三読に値する」と書いたんです。でもそれは「二読、三読しなければいけない」と、そういう意味で書いたんだと思います。二読、三読しなければわからないんです。実は二読、三読してもわからないところがあって、要するに全体ということ……とにかく自分がこの作品をどうやってつくるかということだけを念頭におきながら、どうも全体論を書いているんですね。ですから、そこのところは簡単な言葉ではまとめられないということになります。

竹内芳郎さんの野間批判にもふれたかったのですが、そろそろ時間ですから結論のところに行きます。野間さんの『サルトル論』というのは竹内芳郎さんが指摘しているような、誤訳に基づいた解釈もあるし、誤解もあるしすれ違いもある。そのすれ違いの一番大きな理由は、やはり野間さんがあくまでいつも制作者、書く側の立場から考えていることに多分あると思います。サルトルの場合は、いつも読者の側から見ている。読む側から考えている。絵の場合には、鑑賞する側から考えている。そういうずれが、一番大きいと思います。

野間さんが『サルトル論』を書いたことの意味、これは野間さん自身が『青年の環』を書くとき、先ほど澤田さんが言っておられたみたいに、どこかで言っているんですね。『サルトル論』を書いたことによって、初めて『青年の環』を書くことができたと。確かに『サルトル論』を書いたのが一九六八年で『青年の環』の第五部、第六部は一九七〇年に出ている。野間さんの『青年の環』は八千枚あるんですね。「レーニンの何十巻かの本は大衆に対する抑圧である」と言った人がだれかいるけれども、野間さんの八千枚は、読者に対する抑圧であると僕は思いますけれども。ただ、今回あらかじめ第五部と第六部を読んできたんです。しかし第五部、第六部を、『サルトル論』を書かなければ本当に書けなかったのか。僕には、実のところわからない。『サルトル論』を書いて初めて第五部、第六部が書けたという言い方をしているけれども、どこの部分がそうなのかはわからない。これはやはり、野間宏を専門に研究している方に考えていただきたい。

ただ、第五部、第六部は全体の八割ぐらいが会話です。地の文章はものすごく少ない。ほとんど会話で成り立っている。だからもしかすると、小説の会話はだらだらしてもいいんだと、とにかくしゃべり過ぎてもいいんだという、その部分からもしかしたら影響を受けたのかなと考えたくなるぐらい猛烈なおしゃべりの、そういう文章です。

それからもう一つ、今度は野間さんとは離れて僕らが考えてみる必要があるのは、知覚と想像力の区別。サルトルは想像力と知覚とを区別したのはいい、想像力の理論はいい、しかしそれを芸術に当てはめたのはどうなんだろうという、これは野間さんの『サルトル論』を読んで気づいた疑問ですね。大体サルトルの研究者というのは、サルトルの言っていることが一番正しいといつも思っている種族ですから。しかしこの本を読むと、確かに想像力と知覚の区別を芸術論に持ってくるのは果たして正しいのかどうかと大変に疑問に思われてくる。そこからさらに想像と記憶とか、想像と記号的な意味とか、そういうものの区別もやはり考え直してみる必要があるだろうということを、今回お話しする内容を考えながら僕が考えたことです。

質疑応答

Q　今の海老坂さんのお話の中で『サルトル論』についてのポイントをいくつか挙げられて、後の方に疎外論が挙げられて、そして本日これは語られなかったんですが、私の考えでは疎外論というのが、これからの文学あるいは芸術を考える場合、一つのポイントになるのではないかと。なぜならば社会主義国家が崩壊し、そしてこういう社会主義国家後というものの全体的な存在といったものに対して、個人は、サルトルの言葉を借りれば……。そしてそういった中で……たとえるならば暗い海に向かって投げかけるというのがアンガージュマンだとサルトルも言っておりますけれども。そういう営みというか試み、それが疎外論の中から出てくるのではないか。そしてまた、アナロゴンの次に出てくるのは疎外論でないかと考えられるんですが、いかがでしょうか。

海老坂　前半の方は全く賛成です。というのは、疎外論はある時期からマルクス主義者の言語から消えてしまったんですね。ある時期から疎外論ということを言わなくなってしまった。これはアルチュセールの影響が大きい。アルチュセールは一八四八年あたりでマルクスをすぱっと切ってしまって、それ以前の疎外を論じていたマルクスはだめなんだと。それ以後のマルクスが本当のマルクスなんだということにして、いわばマルクス主義の中から消してしまった。疎外論というのは一種の人間主義に通じるところがありますね。人間の回復という。そういうものはだめなので、マルクス主義というのは科学だ、と。そういうことで、マルクス主義から疎外論を消してしまった。それはマルクス殺しで、マルクス主義が理論的にだめになった最大の理由はそれだと思います。僕はだから、疎外論の復活というのは全く賛成です。

ただ、最後に言われたアナロゴンが疎外論とうんぬんと、そこのところは僕にはわからないですね。

Q　しゃべり出すと言葉の定義だとか概念の規定が面倒くさくなりますから簡略的に申し上げましたけれども。今のお話の先にそれは、疎外論が出てきてよろしいわけですね。

海老坂　はい。

（二〇〇五年五月　第一三回）

『青年の環』

野間宏と大阪（関西）

作家　モブ・ノリオ

大西巨人による野間批判

初めまして、モブ・ノリオと申します。よろしくお願いいたします。実はこの会に今回お招きいただいたことをきっかけに――「野間宏の会」の皆さんの前で言うのはお恥ずかしいんですが――初めて野間宏の小説を読みました。御依頼をいただいてお引き受けした理由のひとつは、これまで十五回、この会が開かれている中で、昨年中村文則さんが対談された以外では、私と同世代、もしくは近い世代の書き手がほとんどいなかった、その事実がやけに気になってしまったからであります。

私は一九七〇年生まれで、ちょうど野間宏が『青年の環』を書き上げた年に生まれたわけですが、その前後、一九六五年から一九七五年ぐらいまでの世代で、文芸誌をめくればたくさんの書き手がいるのに、そういう方々が参加されていない。これは、みんな読みたくないんだろうなと、そんなふうに考えていました。私も実のところ、野間宏という作家について――これは我々の世代に共通することかもしれませんが――ある特定のバイアスのかかった視点でしか判断しておりませんでした。

まずはその特定のバイアスについて、少し言いにくいことですが、申しあげます。野間さんの小説『真空地帯』をめぐって、文学史の中で非常に有名な論争と言われている、大西巨人の「俗情との結託」という批評の言葉があります。『真空地帯』という表題で書かれているが、俗世間とは全く違う軍隊空間、特殊な空間と言われているが、しかしそれは真空ではない、という大西さんからの批判がありました。その大西巨人の批判も読まずに、なおかつ野間さんの『真空地帯』そのものも読まずに、何となくその批判されている内容の正当性だけを、イメージで正しいと思い込んで、どちらも知らずに私は来てしまっていたんですが、ちょうどこれを機会に、両方とも読みました。

いわゆるここ近年の文芸ジャーナリズムで言われるようなやり方――安易に「俗情との結託」という言葉によって、だれかが言う論であるとか、だれかの作品であるとかを否定するような、そういうやり方――とは違ったところでなされた、その「俗情」というものを考えてみたときに、そこに野間文学の特性といいますか、書き手としての野間さんの、美徳とも言えるような個性が、大西さんの批判の中にも含まれていると私は感じたので、まずそこから引用して読ませていただきます。

「最も有産者的保守性の露骨な一人の作家の作品（『三木清に於ける人間の研究』）と明らかに革命的・民主的な立場を標榜《ひょうぼう》する一人の作家の作品（『真空地帯』）とを「俗情との結託」という忌まわしい表題で一括《ひとくく》りに論ずることは、一見奇妙にして無理なようである。所詮《しょせん》前者の文学が、世俗的な物との結託の上に成立していても、あるいはむしろ「俗情との結託」そのものでしかあり得なくても、後者のそれ［野間さんの『真空地帯』ですね］は、まさにほかならぬ俗情の拒否、世俗的な物との格闘に立っているはずではないか。しかしわれわれの文学は、非常に複雑な現象である。『真空地帯』の作者が神田共立講堂の演壇で「私は、いかなる怒濤のなかにも絶対に後退せずに乗り切って生きて行きたいと考えております。」（『葦』初夏号）と語ることと、彼の実作が多かれ少なかれ俗情との結託することによって革命的・民主的な領域から「後退」することとは、遺憾ながら矛盾しないのである。」

（［　］内は引用者による。『俗情との結託　大西巨人文藝論叢　上』立風書房）

最初に挙げられたのが、三木清の『人間の研究』という本ですが――私は読んだことがないので、申しわけないですが、こういうことは正直に言うしかないので、三木清と野間宏の比較は私にはできません。私が、『真空地帯』の中の「俗情との結託」と大西さんが批判する点に関して、先程も言いましたように、野間宏という作家の美徳であるような個性に関しても大西さんは読んでいられるなと感じたのは、次のような箇所です――

「『真空地帯』に存在するのは、作者の主観に必ずしもよらざる・無意識的な、しかし客観的な「俗情との結託」でなければならない。言い換えれば、作者の不明、誤解［ここはあまり美徳ではないんですけれども、次］、糞真面目が、結果として俗情に荷担しているのであり、またそれによって「俗流大衆路線」の骨絡みを食らっているのである。［と、ここは少し辛辣に書き過ぎている気もするんですが］すでに『真空地帯』という題名の選択・決定の由来が、この間の消息を雄辨に物語っているであろう。」（前掲書）

この、いま読みましたところの「くそまじめ」という部分ですね。ここを、私は『真空地帯』と『青年の環』しか読んでいないですが、野間宏という作家の姿勢といいますか、有りようといいますか、そこを核心的にとらえた言葉だと感じました。

『真空地帯』における空間の具体性

私が『真空地帯』を読んだ感想を、少しお話ししたいと思います。実のところ私も、軍隊の営倉を「真空」として書かれているこの小説を読んで——読んだときは大西さんの批判をまだ読んでいなかったんですが——真空というよりは何かを充填する、「填空」というのでしょうか、〈軍隊〉、〈戦時下〉という空気を入れている、加えているというような、むしろ「真空地帯」というよりは「填空地帯」と感じて読みました。『真空地帯』の作品そのものに対する私の意見は、上官の財布を盗んで陸軍刑務所に収監された男を少しヒロイックに描き過ぎじゃないだろうかというものでした。むしろ実際の野間さんのように、思想犯というようなことで反抗した人をもっと、それこそ『青年の環』に出てくる矢花正行、ああいう感じで描いたものを読みたかった。

『真空地帯』は、特定の、大阪の一地方における軍隊の生活、空間を描いているわけですが、これは大西巨人の「俗情との結託」の中に出てくる言葉を引きますと、兵営ないし軍隊は、中央としての特殊な空間であるという意識を新入隊兵に植えつけるために、「軍隊は地方とは訳が違うぞ、貴様は地方人のような気でおるんじゃろう。地方でならともかく、軍隊では」というふうな脅しをかけられたと大西さんはおっしゃっている。

そして、〈特殊な中央の空間としての軍隊〉、つまり、兵営を「特殊ノ境涯」とする支配権力側からの、上からの規定を受け容れているかのような『真空地帯』という題名の選択、採用がすでに「軍国主義的絶対主義にたいするたたかいの放棄・屈服」である、そのような意味で「俗情と結託」しているじゃないか、と批判するわけです。ところが、一方で、ここに描かれている舞台は、確かに人々を中央の中におさめるような空間であるとはいえ、やはり兵隊がそれぞれ休暇をもらって遊びに行くところは飛田の遊郭でして、特定の地方なわけですね。『真空地帯』のいいところは、その営舎の一地方としての空間の生々しい具体性というものがあるところで、私はそこが非常に貴重だと感じました。

大西さんは「俗情との結託」という、もともと大西さんが『真空地帯』批判をされた文脈では非常に精妙であった言葉でもって批判しているわけですが、小説というのはやはり読み手の情に訴えかける力を持っているという特質もあるわけでして、これは書き手の野間さんが意図されたことではないかもしれませんが、あそこで描かれている軍隊生活をしている男たちが、飛田の遊郭に行くときだけ浮き浮きしている、あの盛り上がりようを読めば、これは歴史的な事実であって——記録文学として書かれたものではないかもしれませんが、いま歴史修正主義者たちが言っているような「従軍慰安婦はなかった」とかそういう発言のことですが——、もしなかったら、軍隊は維持してなかっただろう、『真空地帯』が証明しているじゃないかと、私はこう感じるわけです。大西巨人の言う「俗情」からは意味はずれるんですが、割と、卑近な情の部分で、腑に落ちるという感じがするのです。

政府公認の売春制度というものが戦争や軍隊の一部として、完全に守られている、組み込まれている。その中で、飛田の遊郭の名前が何度か出てくるんです。私も学生時代、天王寺の阿倍野というところに住んでいましたので、飛田はもう歩いてすぐ、散歩コースでした。そこに古道具屋が今もありまして、LPレコードを一枚三百円ぐらいで買っていたんですけれども。『真空地帯』に登場する遊郭と、同じ屋号のお茶屋さんに私も行ったことがあるかもしれないな、なんて思いながら読んだりもしていました。

『真空地帯』を読めば、本当に従軍慰安婦の制度を歴史的になかったという、それがいかに嘘かということが、読者の腑に落ちる形で、ないわけないやろう、という形で読ませてくれる。そういう性格、特徴を私は感じました。

最初に言っておかなければ、後になるにつれて言えなくなると思ったので、まず私は『真空地帯』から野間さんを読み始めたんですが、いわゆる批評、最近の批評で使い回されているような「俗情との結託」という言葉だけで切り捨てられない、非常に無骨な、ごつごつして大変馬力のある、それでいて妙に粘って情に迫るというか、訴えかける力を持った、そういう作家として読みました。

魂の行為——『青年の環』

私は『真空地帯』だけを読んで今日はお話しさせてもらおうと考えていたんですが、四月の半ばごろ、ぜひ『青年の環』を読んで「野間宏と大阪（関西）」というテーマで語ってくれと言われて慌てて読んだんですが、全巻合わせると本当にすごい量で。これは読んでいると不思議な感じなんですが、これを読むと、『真空地帯』の野間宏とまた全然違う次元の野間宏が出てきます。

私が学生のころに初めて自分で小説を書いたときに感じたことですが、「文学」というもの、「言葉を書く」ということは、「芸術としての文学」とかそういうものではなくて、「ものを書く」ということは、政治や宗教、詩というのが一つの場所で重なっている……というか、それらを分けられないものとして感じた——

初めて小説を書いたときにそういう体験をしました。

野間さんの『青年の環』を読んでみて思うのは、そういうところで言葉を書きつけている感覚でして、決して傑作を書こうとか芸術作品を書こうとか、そういう感じで書かれたのではない。何というか、魂の行為というんでしょうか、必要に迫られている感じです。しかも、これは芸術的な観点とか文学的な評価云々で言いましたら、すごく不器用に書いてはるんじゃないか、と。また読みにくいんですよね。読みにくいところは、すごく読みにくい。

アラブ文学にみる文学と存在

そういうことを感じながら読んでいるときに、別の方面から、私は興味があって、エドワード・サイードの評論なんかが好きなものですから、アラブ文学を調べておりましたところ、一九七〇年代に野間さんがなさった大きな仕事の一つとも言える、日本にアラブ文学を紹介するという仕事に行き当たりました。河出書房から『現代アラブ小説全集』（全十巻）が一九七〇年代に出ていますけれども、その責任編集が野間さんで、パレスチナの作家ガッサン・カナファーニーの巻末には大江健三郎の解説が載っているんですが、冒頭からいきなり「A・A作家会議日本議長の野間宏氏から、この後記を書くことをもとめられ、会議員として僕はそれを辞退できなかった」と大江さんが書いていらっしゃる。それを読みながら爆笑してしまうんですが、ぱらぱらとしか知らない、野間宏に入門したての私にも、どこに行かれても現場監督をなさっているような、そういう感じの引き受け方をする物書き、という印象が植えつけられました。

とにかく、それでもってアラブの文学者、しかも重要な文学者の作品が原典から日本語に訳されている。そういうお仕事の中で、野間宏、堀田善衞編『第三世界と現代文明——日本アラブ文化連帯会議の記録』（潮出版）という、アラブの作家たちを日本に呼んできて、日本の作家とアラブの作家と共同でシンポジウムをしたという貴重な記録があります。中身も、ものすごいんですね。東京、関西、福岡と三か所でシンポジウムをしていまして、福岡の講演だけが入っていないんですが、パレスチナの世界的に有名な詩人マフムード・ダルウィーシュの講演が入っております。

先ほど野間さんの『青年の環』について「魂の作業」と便宜的に言いましたけれども、そういう運動として書いているという、そこと関連がありますので、マフムード・ダルウィーシュの象徴的な言葉を、少し引用したいと思います。

「（前略）私は現実を変えるために詩を創るのではない。私に書くことを迫ったもの、それが現実であった。耐えがたい恥辱があったから、私は目の前の現実の要求に従う奴隷になったのだ。現実の強烈さが私をとらえて離さなかった。」そして、その現実の要求に従う奴隷になったことで、詩を書くことで自分は同時に「自由を得た」ということを書いています。「書く」という行為については、もう一つありまして、「私は生きるために書くのでも、書くために生きるのでもない。存在するために書くのだ」という言葉もあります。これは非常に個人的な行為であると。なおかつその個人的な行為が、普遍性につながるような行為だと思うんですが……。

我々はいま文学部とか何とかいって、文学が教えられるものとしてある世の中に生きているわけですが、存在するために書くということは――実は私もそういう立場で書くことを始めた、小説を書く行為を再開した、始め直した人間の一人であります。そのときに意識せざるを得ないことなんですが――お勉強としての「文学」、制度というか、枠組みとしての「文学」をなるべく意識しないように、もしくは関係ないところで書く。それが小説であろうがなかろうが、あると言われようがないと言われようが、書くのだという状況で書くということに関しては、いま引用したマフムード・ダルウィーシュや野間宏と、自分はさほど違わない場所で書いているつもりではあります。

もう少し言葉を補いますと、その端的な例として、これもマフムード・ダルウィーシュの言葉ですが、パレスチナ、土地を追われた人の立場からの言葉です。

「民族を一つの極にまとめるこの夢なくしては、現代アラブ文学の現実は理解できない。この夢なくしては、「芸術のための芸術か、それとも何かのための芸術か」といった西欧の容認された文化がわれわれに押しつけてくる謀略的な文学論争から、アラブ文学がいかに自由であるかも理解できない。「私には夢がある。だから私は挺身する。書くことが夢の一表現であるとするなら、次のようにいうこともできよう。私は書く。だから私は挺身する、と」

ダルウィーシュのこの言葉に呼応するように、同じシンポジウムに招かれている在日朝鮮人の詩人、金時鐘の言葉があります。言うまでもなく在日韓国・朝鮮人は母国語のかわりに日本語で書かざるを得ない立場の方が多いわけです。

「在日同胞との語らいのために、一億総日本人の衆目にさらさねばならない言語を私は自分の言語だといいきっていいのでしょうか? 日本人文学者の一部には、在日朝鮮人文学の存在性すら無視する識者たちがいます。いうのには、『作品の出来不出来だけが問題』だなどと、「日本文学」の豊饒さを誇ります。在日朝鮮人の日本語を、かくも扁平に日本語の領分で広げて見せてくれる公平さも、あわせて糾されねばならない無知の一つです。」

存在するために書くという行為を、その書かれた言葉の文学性や芸術性といった物差し、尺度の上に乗せて、あるいははかりの上にかけられて、はかられて、これはよくできている、これはまあまあだといったように言う。

た。「なるほど、介護とマリファナというのは面白い組み合わせだね」と。「でも、あざとさが見え隠れして」云々と。もちろん、そうじゃないんですよね。『万葉集』が詠まれたような土地（奈良）で、昼間から働きもせずマリファナを吸いながら、年寄りの、自分の祖母のおむつを替えているちょっと頭のおかしいやつがいて、そいつがセルフリプレゼンテーション――自己を表象するために――、どう言葉を、どう生きていったらいいかということを独白するという、そういう固有の必然からしか生まれないものまでも、そのようなはかりにかけられると、その固有性や必然を無視してばらばらのファクターとして並べられるわけです。

そういう、存在するために書くという場所から書いている人、その人のことを考えるときに、この表題――今日の大きな演題「世界性と地域性」という――そういうカテゴリーが通用するのかと、私は少し疑問に感じております。まず、「世界」というのは何なのか。地域というのはわかりますけれども、世界……ここも世界ですし、あそこも世界という、よそいきの格好をしなければ行けないところが世界であって、地域というのはふだん着でいいのかと、そんなふうにも思えたりします。むしろ、地域性、限定された状況の中で思考すること、行動すること、それが、世界性につながるような世界性。ある種の、地域を超えた普遍性につながるというような演題なのかもしれません。

野間宏から引き継いだもの

私に与えられたテーマ「野間宏と大阪（関西）」――私が関西から来たということもあるんですが――を通して、野間さんの『青年の環』を語ろうとすると、実際関西しか舞台になっていないんですが、あまりにも関西のイメージを限定しすぎる、この野間さんのテキストが関西のイメージを限定しすぎるきらいがあるように思います。関西の人は全員ややこしいという、話し出したらずっと話が終わらない、どうにもめんどうくさい人ばかりであるというようなイメージですね。

大道出泉という準主人公のような人物と、その継母であるシゲ子との延々と終わらない嫌がらせと、それから欺瞞的な距離の置き方の応酬が何十ページも続いて、それを読んでいますと、これを読んでいる最中に死にたくはないなと強く思うんです。もう少しさわやかな本を読んで死にたいなと思いますね。

でも、それをあえて意図してでしょうけれども延々と反復されて、その反復が途切れるころにまた全然違うイメージが、それはまるで詩のようにきらっきらっと入ってくるんです。その運動といいますか……。おそらく野間さんは、関西に生まれていなくても、もちろん関西という土地が野間さんをつくったという言い方もできると思うんですが、どこで生まれていても、こういう、エネルギーを全部注ぎ込むような、そして言葉を選ばなくても、一口に言ってしまえば不可解な表現、不可解といいますか、どこにもおさまらないような表現をされた方だと感じます。

その中で必然として、そこに存在があるから、関西というものをとり上げられたと、私はそんなふうに感じています。関西人という言い方ではなくて、関西に生まれたからこういうものを書かれたというのでしたら、他にもこういう作品を書く人がいっぱい出てきてしかるべきだと思うんですが、むしろ土地であるとか環境であるとか、周りのものに対して過敏すぎるという、そういう感受性ゆえに野間宏はこのような書き手になったのではないでしょうか。もちろんそれには生まれや育ちが関係していると思うんですが。

それと、時代ですね。一九三九年という、このテキストの中の言葉に従えば「準戦時下から戦時下」へと、もう移ってしまった時期ですね。その中での人間の存在……。祈りであり思想であるような、そういう言葉によって自分が過ごした時間や土地の記憶、それを不器用に一つ一つぶつかりながら、その体裁を整えるという行為と葛藤しながら書いたと、そんなふうに、私は感じます。

最も特徴的なのは主人公の矢花正行の仕事である被差別部落の人々との融和事業ですね。その中で、部落の活動家が自慢するわけです、「日本の軍隊に逆らって勝ったのは水平社しかない」と。それを書かれているときの筆の具合というのは、一種の凱歌のようなものです。当時野間さんと同世代で被差別部落出身の作家が何人おられるか、私は不勉強で知りませんが、その人たちのかわりにというのではなくて、何か自分のことのようにそれを書かれているというのでしょうか。

私は奈良県出身なので、被差別部落の解放運動は、水平社ができた土地ですから、多分全国でも何番目かぐらいに進んでいる、活発な土地で、私らも小学生のときに、石川青年解放の集団登校の日には、あれは何月でしたか、あくまで任意で参加するんですが、もちろん参加するに決まっているというつもりでゼッケンをつけて参加していました。

野間さんは狭山裁判のことも書かれていますし、同和教育を奈良でやっていた私の小中学校の先生方や教育委員会の方々は、当時きっと野間さんを読んでいたと思うんですね。今思いついたんですけれども、実はこの私も、野間さんのエッセンスを間接的に、昭和四十年代に奈良で生まれて奈良の小学校、中学校に通っていたお蔭で、受けていたのかもしれません。

それゆえに自分の倫理観の一部分が形成されているのだとしたら――変なまとめ方ですが――私が自分で書いた小説も野間さんの影響下にあるのかもしれないと思うのです。直接には野間宏を読んではいないまま、しかし小学校や中学校の同和教育で、野間さんのそういうくそまじめな倫理観というか、不器用なこだわり方のようなものを、間接的な影響として受けていたのかもしれない。
時間が来ましたので、唐突ですがこれで終わります。ありがとうございました。

（二〇〇八年五月　第一六回）

『青年の環』

『青年の環』と大阪(西浜)

――第二部第三章「皮の街」「歴史の臭気」――

真宗大谷派僧侶
日野範之

野間さんのまなざし

きょう取り上げたい野間宏『青年の環』第二部第三章の「皮の街」「歴史の臭気」は、大阪の旧西浜が舞台です。西日本最大(当時)の被差別部落で、戦前の昭和十年代の約三年半、野間さんが大阪市役所の社会部吏員として、足しげく通ったところです。

ぼくは一九七三年から二十年足らず、部落解放研究所(のち解放出版社)に籍がありました。これら研究や運動、教育など団体の事務所が入っていたのが部落解放センターで、旧西浜の北のはずれにあったんですね。担当の『部落解放』誌で各地へ取材に回ることが多かったのですが、そうでないとき『青年の環』の舞台を訪ねてみたいと自転車でこの地一帯を回ったものでした。

*

ぼくが野間さんに初めて会ったのは一九七一年六月、大阪・中之島公会堂で持たれた『青年の環』出版講演会のときです。部落解放同盟と大阪文学学校などによる共催の形で講演会を持ったのですが、その時ぼくは文学学校事務局員として参加、当日は控室で接待など手伝いました。二十代始めから憧れていた進歩的作家と、ようやく会えたので、とても感銘したものです。

二年後、ぼくは小さな社会主義運動グループの友人と先輩の縁から、部落解放研究所に入りました。仕事を始めてすぐ、「字をおぼえてから夕やけがうつくしい」（高知県・北代色さんの手紙）という識字文章と出会って感動。そのころ各地の部落で識字学級の活動が盛んになり始めており、この学級で「私の生いたち」などの文章が多く書かれ始めていました。また大阪の青年達のあいだに、音楽活動など文化表現が盛んになりつつありました。

これら各地の文化胎動に応え、深まりのために、研究所の仕事として新しく出来ることはないか。そこで部落解放文学賞というのを発案し、解放新聞社にいた土方鐵さんと相談しつつ、まず部落解放研究所の主催で打ち出す方向を提案できました。が、これを推進してゆくには、戦前から解放運動と関わりの深い、野間さんという文学者の後押しを必要としました。そこで初めて野間さん宅に行きました。

野間さんはそのとき「ぼくが戦前にやりたかった文学賞です」と。そして部門と選者候補、呼びかけ文と選者の言葉を、熟考してくれました。忘れられないのが「呼びかけ文」作り。――野間さんはそのころ書痙を患っておられたので、口で言われるのを、ぼくが書き取ってゆくのですが、あの、ゆっくりした口ぶりの言葉を一字一字、原稿用紙に写すと、さらに修正が加えられてゆくのですね。ああ、こうやって思考して文章を書いてゆくんだなあと、その息遣いに接して、とても勉強になったんですよ。「選者の言葉」というのも息の長い文章でして、野間さんは長時間かけて練りあげられた。――こうして一九七四年から部落解放文学賞がスタートしますが、これは文学・文化運動ですから、今ここにいる山口（公博）さん、荒川（洋子）さんらと一緒に進めてゆきました。

この年、一九七四年六月、野間さんの呼びかけで、アラブ諸国から作家・詩人たちを招いて「日本アラブ文化連帯会議」が東京、大阪、福岡で持たれるのですが、大阪では部落解放同盟が主催者でした。

また翌七五年一月には、差別と向き合う文学者・研究者の会として「差別とたたかう文化会議」が発足するのですが、野間さんは議長を引き受けられた。『差別とたたかう文化』という機関誌を出し問題提起や創作も載せ、また調査活動やシンポジウム、毎年の総会など、わりと活発だったと思います。毎年春の大阪部落解放センターでの総会には、野間さんは前日から来て、世話人たちの討議を小さなノートに丁寧にメモしておられたんですね。それらを自身の言葉と重ねて、翌日の総会で提起されていた、そんな姿も思い出します。――野間さんにとっては、戦前の西浜での松田喜一さんとの出会いや、水平社の人たちと繋がった、その延長線上にこれらの文化運動があったろうことは言うまでもないです。

これら集会や会進行の事務局にあたる役割のところにぼくはいたので、野間さんとよく接するようになり、この作家が今、何を見つめているか、何をテーマとして行動するかということは、指針となってゆきました。

　さて、先ほど吉田永宏さんが『青年の環』の主要人物である島崎、そのモデルとなった松田喜一さんや、戦時下における部落解放運動の一形態であった経済更生会のことについて発題しました。それを受けて、ぼくはきょう、『青年の環』の西浜についての描写リアリティや、島崎という人物（松田喜一）の怒りの奥にあるもの——作品舞台である西浜、古くは渡辺村と言いましたが、その歴史について伝えたいです。

皮の街

『青年の環』第二部第三章の「歴史の臭気（一）」には次のような細部があります。矢花正行が地下鉄大国町駅を降り、つきまとう鈴木憲兵をふりはらって、ようやく浪速区経済更生会の事務所に向かう道のところ。

> ……彼等はこうして朝はやくから顔をあわせ、やがて露店市場、問屋街、皮革倉庫、統制機関、さらには一軒一軒の小売業者のところまでかけ廻るために出掛けて行くのにちがいなかった。この辺りに集まる商人達、問屋の店員、街の世話役、ひとの懐《ふところ》をねらう徒食者たちは、昨年の夏の最初の物資統制のときには、彼等のこれまでの経験には全くない総動員法によって突然の打撃をくらったために、何のなすところもしらず、しばらくの間は大嵐のために渚にうちよせられた魚のように、いたずらに傷ついた眼を大きくひらき、こわれた尻尾を砂にこすりつけて、ひらひらさせ、ただあわてふためいているという有様だったのだ。

　野間さん特有の、長い文体の細部です。地下鉄大黒町駅から国鉄今宮駅方面に向かう道の左右——そのドヤドヤとした活気ある様子、商人達の息遣いは、波がうねるようなこの文体によってこそ、活写できただろうと思うのです。声をあげて読んでみると、波打つ文体のリズムの中に商人達、店員、世話役、徒食者たちの、ざわざわした感じや、慌てふためいている様子が生き生きと浮かびあがって来ます。

　この辺りは昭和二十年（一九四五）三月、アメリカ軍による大阪空襲によって焼け野原となった所でして、今はレザーを扱う問屋などが軒をつらねて、まずまずの活況です。空襲を受けて街が焦土と化したのは、これから触れます旧西浜も同じでした。——ここの細部に「大嵐」という比喩で語られ、「物資統制」「総動員法」とありますが、その時代の空気については、あとで青木（敬介）さん、尾末（奎司）さんから教えてくれませんか。

　そして「歴史の臭気（二）」となって、矢花正行は今宮駅の踏切を越えて、西浜部落に入ってゆく。

> 今宮駅横の大きな踏切りを南に渡ると街の空気は鼻をつく

皮革の匂いでみたされる。この獣の皮の匂いは皮革をなめす薬品、染料の化学的な臭気と混り合って強烈に人間の鼻を刺激する。どんよりとくすぶった匂い、はきだめの塵埃を焼きはらう匂い、腐敗した臓物の匂い、傷口の匂い、膠《にかわ》の匂い、煙の匂い……いろいろな臭気は街なかの大きな皮革工場から、製靴工場から、皮革倉庫から、皮革問屋から発散し、この日本最大の皮の街を蔽うている。

ここに「日本最大の皮の街」と書かれてあるように、西浜は江戸期から皮革の仕事によって栄えた街でした。『青年の環』は一九三九年時点の小説ですが、一九一七年の大阪府救済課による調査「西浜地区皮革産業の就業構成」によって、当時の主なものをピックアップすると（男女ふくめ）、皮革製造業・業者 31人、皮革織工 778人、その他皮革関連織工 114人、皮革商・業者 292人、皮革商・家族従業者 215人、牛骨職 80人／太鼓商 5人、太鼓職 33人／屠畜業・業者 5人、屠夫 77人／靴製造業・業者 23人、靴織工 679人……というように、皮革に関わる仕事がほとんどです（調査した救済課という名称自体、当時の融和政策の考えが濃厚）。

『青年の環』の主な舞台の一つ西浜、その「日本最大の皮の街」という一語には、右のような内容が踏まえられてありました。——そして、この地で作られる靴は、この国の人の足にフィットして、その生活を足下から支えていました。ここで作られる太鼓は、それぞれの地の神社に祀られ、あるいは祭りの太鼓で多くの人々を喜ばせました。にもかかわらずこの時代、これら靴や太鼓を作る人々が差別の対象とされる社会でした（現在この地の太鼓屋さんは、太鼓正や坂東太鼓店など四軒あり、今も日本の太鼓生産のうち最大のシェアを占める）。

じつは今回の話をするため、旧西浜、いまの浪速部落の一角に建つ大阪人権博物館を訪ねて、旧知である朝治武さんから指南を受けてきました。少し前『渡辺・西浜・浪速——浪速部落の歴史』（浪速部落の歴史編纂委員会編、解放出版社、一九九七年刊）という本が出されて、これから話そうとする資料も載っています。

江戸期の資料によると、ここ西浜を流れていた十三間《げん》堀川にある船着き場と、西日本の各地にある港が結ばれ、頻繁な流通があったようです。なめし皮の仕入れ先は、遠く九州の若松、松原会所、赤間、木月など、瀬戸内海の下関、西の浦、中の関、室津、鼻操島、三味線島、大多麻、明石。四国の多度津、高松。この資料によって西浜が、実に広範囲にわたる流通網を持っていたことが分かります。——かつて十三間堀川の船着き場があった辺りには今、昔の賑わいを感じさせる、誇らしそうな帆掛け船の絵銅版の碑が建っています。

歴史の臭気

「歴史の臭気（二）」は、『青年の環』の中でいちばん短い章節で、岩波文庫版で二十六行――原稿用紙三枚足らずですが、この（二）の一節に野間さんは第三章の主題を凝縮して表現しています。ここで矢花正行は街をおおう皮革の臭気について考えるわけです。

……正行はしばしば、この部落の臭気を消しとる薬品のことを考えた。この自然の皮革から生まれてくるいやな匂いを消しとる自然科学の発明品のことを考えた。彼はそれを部落問題を解決するための一つの方法と考えたのである。たとえば、この部落から選出されたある市会議員は、この街にある皮革工場、皮革企業を大阪湾の海中に埋立地をつくってそこへ移転させ、それによってこの西浜の街から皮革の臭気をとりのぞこうという持論を抱いているが、これも一つの方法である。しかし部落をひとが差別するのは鼻によってではないのだ。部落の臭気は皮革の臭気ではないのだ。それは、日本の歴史の臭気に過ぎないのだ。

先にお伝えしたように、皮革の永い歴史をもつ街、その優れた技術を蓄えてきた街での、野間さんの人間としての出会いのところから「部落の臭気は皮革の臭気ではないのだ。それは、日本の歴史の臭気に過ぎないのだ」と言い切る。この凝縮された短い言葉――八千枚を越す『青年の環』の、その中心的メッセージの一つが、野間さんの全体重をかけて発されていると思うのです。

こうして矢花正行は、島崎のいる経済更生会事務所の方へ向かいます。そして「歴史の臭気（三）」になって最初の行には「有隣勤労学校」とある。この学校は手元に配布した資料地図（次頁、一九三五年頃の西浜）の右下にあるように、国鉄今宮駅からすぐ近くにありました。矢花正行はこの学校の前を通って、経済更生会事務所へ向かうのですが、地図そのものを写し取るように、正確に記述がすすんでゆきます。かつて野間さんが足しげく通って、身にしみこんでいる距離感覚なのでしょう。

「歴史の臭気」に続き、あとに「市民館」という章節が置かれるのですが、これも地図の左下の方にあるでしょ？――このように、大国町～西浜の地理がまこと正確に写し取られているのが「皮の街」「歴史の臭気」「市民館」という連なりです。ぼくがかつて自転車でよく回ったのもこの辺りです。

そして、地図の右下方に「全水本部」とありますが、「全国水平社本部」の略記です。一九三〇年代の一時期ここに全水本部が置かれていました。ここが、矢花正行（野間宏）が訪ねた、浪速区経済更生会の事務所のあった所と言っていいようです。

「全水本部」という文字を見て思い出すのは、私が研究所にいた頃、福岡の井元麟之さん（一九〇五～八四）という、かつて全国水平社の書記局長をしておられた方から聞いたエピソードです。

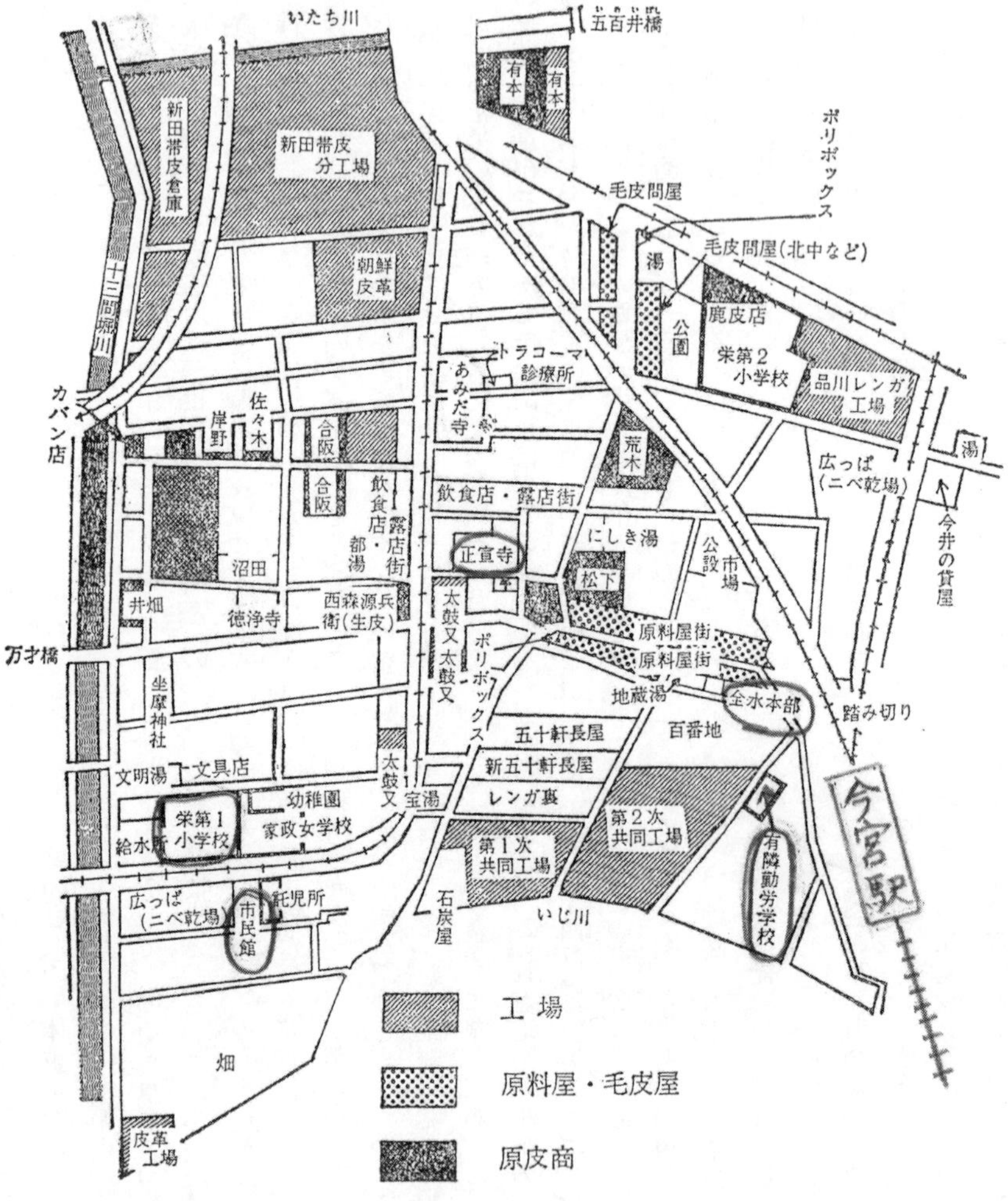

1935年頃の西浜部落

出典：『部落解放浪速地区総合実態調査報告書』
『渡辺・西浜・浪速』(解放出版社) 86頁より

注：駅名と丸印は、日野記入

――水平社本部は、全水委員長の松本治一郎の私費だけで持っていた事務所でしたから、書記局にいる者は活動を続けるために、お金にとても苦労したわけです。夕方になると、晩ご飯のお金が無い日もあった。井元さんらは事務所にある『水平新聞』の残ったバックナンバーを持ち出して西浜、ことに栄町一帯で配り、交換するようにカンパをもらったそうです。貧しい地域でしたが、差別と闘う水平社運動を支持している街の人たちですから、老若男女が「がんばってやー」と支援してくれ、糊口をしのいだものだった、と。水平社の運動が経済的にも如何に厳しかったかを伝えると共に、当時の街の、夕方の温もりある情景を伝えてくれるエピソードでもあります。

地図ついでに伝えたいのは、地図の真ん中あたりに正宣寺がありますね。この周辺に、創刊準備中の『東雲《しののめ》新聞』発行所があって一八八七年末、その主筆として中江兆民（一八四七～一九〇一）が迎えられて住む。中江は部落解放を含めた民権運動の再構築を主張したわけです（中江「新民世界」は早い時期における部落解放論）。

島崎（松田喜一）の怒り

『青年の環』の設定年代である昭和十四年（一九三九）――このころ戦時における皮革統制によって皮は軍隊に取られ、地元の靴修繕業者などには段々回らなくなった。業者にとっては死活問題ですから、松田さんら経済更生会の闘いがすすめられる。これに対して鈴木憲兵が探りを入れようとする。そこで「歴史の臭気（三）」では、またまた鈴木憲兵が矢花正行に近付き、経済更生会事務所の中へ一緒に入ろうとするんですね。その途端、事務所の中から島崎の声が飛んで、鈴木憲兵をやり込めます。この場面が実に面白いのです。

「ああ、あ。」憲兵は呼びとめようとしたが、中途でやめてしまった。彼はそのまま立ち去るよりほかないときめたのだ。彼は道の真中でしばらく上体をかがめて頭の毛を前にたらしたまま考えていたが、やがて再び事務所の方に近づいてきた。

「島崎さん……あのー、ねえ、どうでしょうかね……」彼はおずおずとした言い方で事務所のなかの板囲いの向うにいる島崎のところに近づいて行った。しかし彼は再びはげしい怒声に出会った。

「なに！　島崎さん？　何しにきやがったんや……帰《い》ね、帰《い》ね。まだ、そんなとこにいつまでも、ぐずぐずしてやがる。」島崎は顔を振った。彼のいつもの鈍重な動作はその顔の一振りのなかに消しとんでしまった。彼の顔ははげしい力で空気を切ったようだった。（略）

「そんなこと言わんと、なあ、島崎さんよ。」鈴木憲兵は先ほど正行に対したときとは全くちがった、卑しげな姿勢を

浪速東 3 公園内

とっていた。

「知らん、知らん。お前みたいなもんに、こっちは用事ない、かえれ、かえれ。そんなとこにそんな風して立ってられたら、こっちの商売の邪魔になるわ。」

島崎のその声は、いよいよ正行の心を打った。

声と表情とがありありと伝わってきます。この場面は野間さんが若き日に実際に出会った光景そのものだったでしょう。このとき松田喜一さん四十歳、野間さん二十四歳。――松田さんはこの地図にある「有隣勤労学校」の出身でした。勤労学校といっても尋常小学校です。子供であっても昼は親の手伝いをして家計を支えなければならない子供がほとんどで、その子供たちが夜間に学んだ。勤労学校の名前自体、西浜部落が置かれていた状況をよく反映しています。

松田さんといえば、一九二八年の三・一五事件（共産党弾圧）で下獄。獄中でも、刑務所側の部落出身受刑者に対する差別言動に抗議してハンストを敢行、全受刑者の処遇を改善させた話もあります。

松田さんがいた浪速区経済更生会の事務所のあった辺りは、いまは浪速東 3 公園で、公園の隅に写真のような大きな石碑が建てられて「西濱水平社発祥之地」と彫られてあります。――西浜水平社は大阪各地の水平社をまとめる中心的存在であったし、また先ほどお伝えしたように一時、全水本部の事務所も置かれ、全国水平社の大会は、この地図にもある栄第一小学校において一九三五年と三八年とに開催されました。この地はまさに部落解放運動の全国的拠点でもあったわけです。

　若き日に、松田喜一さんばかりでなく水平社運動の、幾人もの活動家と親しくしていた野間さんは——

　……部落解放運動の人々の憤り、いかりのはげしさ、その深さ、その持続性を私はよく知っている。この激烈ないかりにふれて、ふきとばされないものはない。日本の歴史の最低部からそれはぶち上がってくる。日本の社会がこの最低部から変革されないかぎり、日本はほんとうに民主化されたとはいえないのだという内容をその怒りはもっている。

（「大阪の思い出」一九四九～五〇年に執筆）

『青年の環』に出てくる島崎（松田喜一）の怒りは、どこから出てくるのか？

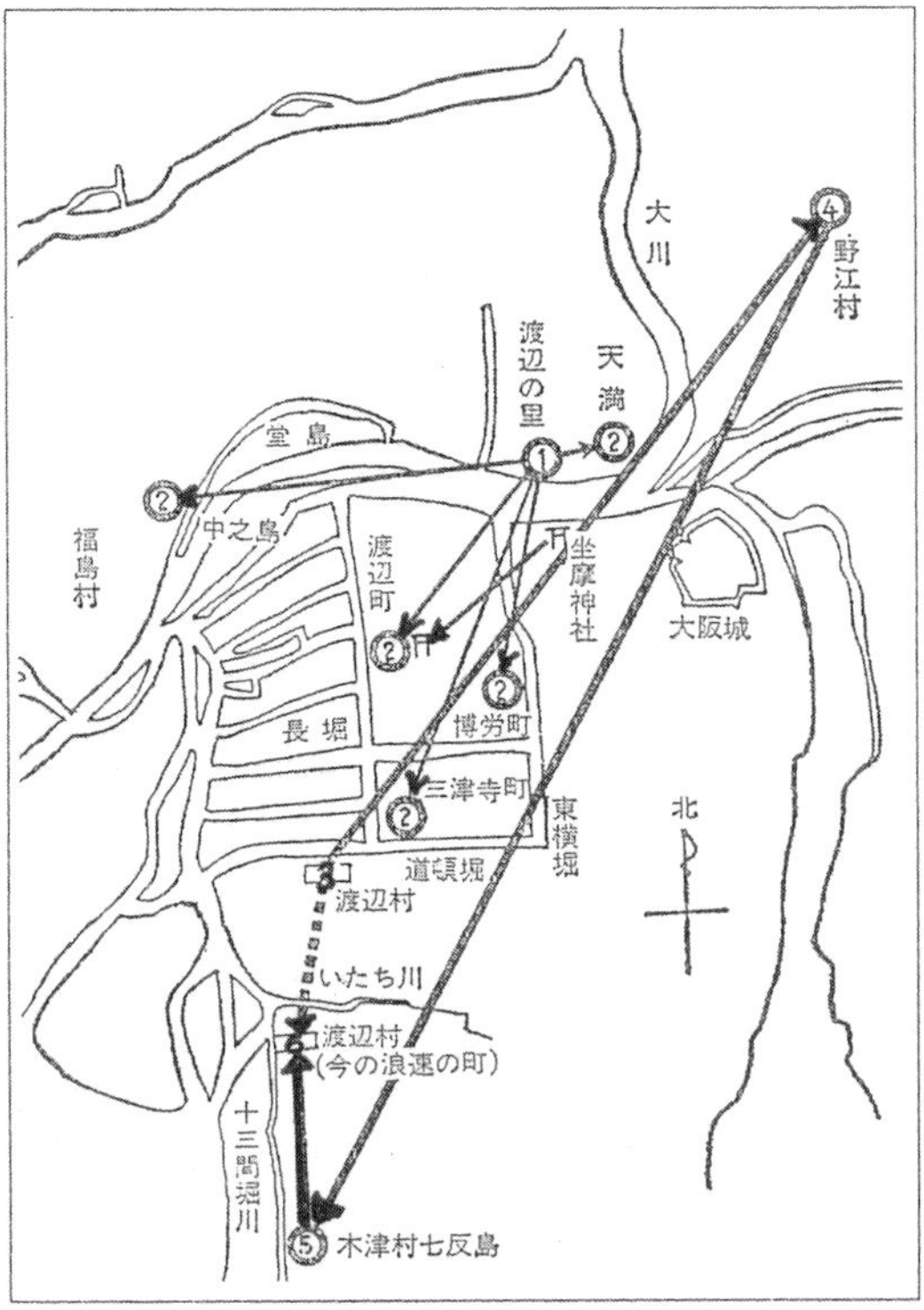

渡辺村の強制移転

出典：浪速同和教育推進協議会『浪速の教育のあゆみ』『渡辺・西浜・浪速』5頁より

怒りの奥に——西浜の歴史

島崎のいるこの西浜（江戸期は渡辺村）は歴史的に、四度を超す強制移転をうけてきた部落でした。——ここに示した「渡辺村の強制移転」ルート地図にあるように、いちばん初めは、大坂の町の北部にあたる中之島の対岸、いま大阪裁判所のある辺りにあった「渡辺の里」がルーツです。もともと坐摩《ざま》神社の神官であった渡辺氏に仕えるキヨメ集団であったことが分かっています。キヨメ集団というのは、清掃や斃牛馬《へいぎゅうば》の処理、武具などの皮革加工などにたずさわる職人たちのことでした。

　そこから強制移転として近くの天満に。さらに、いま大阪の本通りである御堂筋に面する難波別院の、その裏手にあたる渡辺町へ移転。さらに北部の野江村に移され、次は南部の木津村七反島へと。そして最終的に、西浜（渡辺村）に落ち着くのは、一七〇六年（宝永三）の頃だったようです。――つまり一二〇年ほどのあいだに前後四度を超すような強制移転だったわけで、居住条件の悪い湿地帯へ、大坂の町の外へ外へと追いやられていったことが分かります。大元のルーツを語るように坐摩神社（浪速神社）は、今もこの地に祀られていて、お祭りが盛んなところです。

こうした強制移転の歴史とともに、もう一つ江戸期に、〝摂津役人村〟という形で、渡辺村は断罪御用を担わされた歴史がありました。――断罪御用というのは、罪人を処刑する際のさまざまな雑用を指し、現在の言い方で「要するにガードマンと土木工事に駆り出されたというふうに、本『渡辺・西浜・浪速』は教えてくれます。実際の斬罪は、下級武士である同心が執行していたわけですが、にもかかわらず町人たちの悪口は、渡辺村から駆り出された人足に向かいました。差別偏見が助長されていったわけです。「しかし、この屈辱を振りはらうかのように、渡辺村は、皮革産業を中心とする商工業を発展させ、他の町々を凌駕する経済力を身につけていきます」（中尾健次）と、この本は伝えてくれます。

幕末の慶応三年（一八六七）二月、渡辺村は「賤称取り除きの嘆願書」を幕府に提出します。その内容は、外国との通商がはじまれば、異国人たちがわが国にやってくる。彼らは獣肉を食べると聞いている。それならば自分達と同じだから、もう自分達を「エタ」と呼ぶ根拠が無くなる――というものです。当時、このような表現によって部落解放への希求を表したわけです。

実際に賤称廃止命（いわゆる「解放令」）が出されたのは明治四年（一八七一）八月のことで、今から一四〇年ほど前のことでした。が、一片の賤称廃止令が出されたぐらいで、やっかいなことに、この国の人々の部落差別の意識は変わるものではありませんでした。

『青年の環』における島崎の怒り、それは、後の章の「炎の場所」（第六部第三章）でダイナミックに描かれます。その怒りは先ほどその一端を見てきたような歴史の奥から湧き上がって来るものに他ならないこと――野間さんは先ほどの「日本の歴史の最低部からそれはぶち上がってくる」という言葉で表現したわけです。

「炎の場所」

『青年の環』で、部落が舞台となるのは、このあと
第三部第三章　中淀・小淀
第四部第四章　荊冠旗
第六部第三章　炎の場所
――と続いてゆきます。中でも読み落としてはならないのが「荊

全国水平社総本部の荊冠旗

冠旗」の章です。この章で島崎が、

「……矢花はん、荊冠旗、知ってはるやろか。黒い地のなかに赤い血の色の荊の冠が染め出されてる旗や。これを押したてて、われわれは軍隊やろうと裁判所やろうと、どこやろうと、恐れるところはない、差別あるところに必ず出かけて行って糾弾してきた。日本軍隊と正面きって堂々と闘うて勝ったというのはわれわれの水平社のほかにはどこにもお目にかかれんのや。……」

と言います。そして、その場にいる山森という旭区経済更生会の活動家が、水平社の綱領である「吾等は人間性の原理に覚醒し人類最高の完成に向かって突進す」を暗唱し、そうして「全國に散在する吾が特殊部落民よ團結せよ」にはじまり、「人の世に熱あれ、人間に光あれ。大正十一年三月三日　全國水平社創立大会」と結ぶ、水平社宣言を暗唱して、矢花に伝えます。――矢花はじっと耳を傾け、心臓の鼓動を聞くように聞くわけですが、ぼくはこの水平社宣言が、近代日本の文章の中でいちばん好きです。格調が高く、日本最初の人権宣言と呼ばれています。

このあと矢花正行は、荊冠旗をじっと見つづけ、島崎の妻、あき子が語る言葉に心うたれます。

「……うちら、それまではほんまに肩身がせもうて、道を歩こうにも歩けへなんだもん。水平社ができて、それからうちら、はじめて大手をふって、学校へもいけるようになったんやもん。……」。

この「荊冠旗」の章が、あとの第六章第三章「炎の場所」に、まっすぐ繋がってゆくわけです。

「炎の場所」の章では、中淀部落で、経済更生会をつぶそうとする部落ボスと、その争いに乗じて踏み込んで弾圧しようとする警察部隊に対して、島崎たちはカンテキによる炎を焚いて団を組み、対峙するわけです。この炎の場所には、その場を和やかにし、力づける、お色姉さんという肝っ玉おっかあが登場。この人物像は、ぼくがよく会った大阪・住吉の大川恵美子さんとか、尼崎・上ノ島の池田栄子さんとか、部落の肝っ玉おっかあを思い起こさせます。『青年の環』に、このような人物が登場してくると面白く、とてもリアリティを感じるんですね。

『青年の環』で最も印象深いのは、この「炎の場所」のダイナミックな展開ですが、そこに、

……爆発力を最低部にひそませている男たちは、一人一人、彼の両側に無言で突っ立って並んでいる。それは炎の場所である。

という細部が置かれます。「彼」というのは矢花正行のことです。

――野間さんがこの「炎の場所」を書くころ、『朝日ジャーナル』(一九六九年五~六月)に「被差別部落は変わったか」を連載、大阪の部落を再訪された。そこで出会うことの出来た、戦後の部落解放運動の新たな高揚を実感し、その勢いを受けながら「炎の場所」という章を書ききられただろうと思うのです。

野間さんは一九七七年、第一回松本治一郎賞を受賞されます。その部落解放同盟の第三十二回全国大会(京都会館)で、野間さんが受賞のとき語られた言葉が、ぼくの耳の底に残っています。

……松本治一郎賞の第一回の受賞を、私の『青年の環』にいただいたことを、心から嬉しく思います。/しかし、この『青年の環』というものは、私が書きましたけれども、私が書いたものではないのです。これは、全国の部落解放の闘いに進んでこられた皆さま方の、あるいは皆さま方のお父さん、あるいはおじいさん、さらにその前々の方々が私のなかに宿り、その力をもって書いたものであります。……

(『解放の文学　その根元』一九八八)

＊

ところで先だって、ぼくなどの居た部落解放センターに行ってみました。強震に耐えられない建物だったので諸団体は弁天町に移り、解放センターの建物は取り壊されて更地に。ちょっと寂しかった。旧西浜も、かつて街の人の交流の場として賑わった公衆浴場が三軒とも無くなり、高層改良住宅がぽつんぽつんと建つ。その脇には空き地が広がり、ぼくが自転車で回っていた頃の面影はなく、もちろん『青年の環』の時代のけしきはありません。太鼓の街らしくバス停留所にその案内プレート、人権博物館前に太鼓打つ姿の小銅像が幾つか立っていました。

――この地の解放運動で、青年達が一九八七年、太鼓集団「怒」を結成して、内外で公演をするようになったんですね。「奪われてきた芸能・文化を自らの手で取り戻して、『太鼓の音が聞こえ

る町に』」という願いから。公演を観たことがあるんですが、凄い迫力でした。

今年（二〇一二年）は、全国水平社創立から九十周年です。この三月三日の創立記念日に京都で記念集会が持たれました。

思い出す言葉があります。一九七四年のこと、上田卓三《たくみ》さん（当時、部落解放同盟大阪府連委員長）が、参議院選挙に打って出た時。当時、三十四歳の若い上田さんは、まず足下の部落から選挙活動をしたいと、大阪府内の四十七支部から回り始めた。取材でついて回ったのですが、各支部の集会で上田さんは必ず訴えかけました。

「先輩たちの血と涙の闘いの中から、荊冠旗を受け継いできました。しかし皆さん、この荊冠旗を早く、博物館に納めようじゃないですか。『あのころは厳しい差別があったなあ』と、早く言えるようにしようじゃないですか」

「解放令」から一四〇年あまり、水平社創立から九十年が経つ――が、今だに知友から差別事象を聞いて、何で？　と、カッとしたりする度に、情けないです。恥ずかしいです。紛れもなく差別する側にいる人間の変革がない限り、真の部落解放はありえないからです。

（二〇一二年三月　関西・第一七回　第一九号）

野間宏の後期短篇について

『死体について』

山下　実

野間文学の魅力

山下実と申します。よろしくお願いいたします。本来ならばこんな壇上に立てる立場にはないんですが、縁あって、時間だけは長いこと野間さんにかかわらせていただいております。拙い話ですが、時間が来るまでおしゃべりをさせていただきたいと思います。何せこういうテーマを与えられておしゃべりをすることに慣れておりません。おまけに気が小さいものですから時計ばかり気になると思うんですが……。今朝、出がけにかみさんが「あんたは緊張すると口が早くなる、落ち着いてしゃべれ」というわけで、そのことを肝に銘じてきたつもりなんですが、……それでもやっぱり口が早くなるかもしれません。お聞き苦しいところがあるかと思いますが、どうぞ御勘弁ください。

メモはいろいろと、二時間分ぐらい用意したんです。その中で僕が言いたいことは何だろうと考えてみたときに、二つあります。その二つが言えれば今日はいいと、もしお分かりいただければとても嬉しいと思っております。

最初に申し上げたいことは、いま黒井さんから、この会が始まって初めて単行本が出たというお話がありましたが、とても僕はそれが不満なんです。なぜ出ないのか？　一つの理由は、どうも我々は野間宏をまだ理解していないのではないかということです。先ほど司会の藤原さんもおっしゃいましたが、理解できていないところがありながら、なおかつそれをわかったようなポーズでやり過ごしているのではないかと思っております。野間さんというのはこういう作家であると、もし今日この場で新しいことが一つでも言えれば、とても満足です。

結論めいたことを申し上げますと、僕にとっては野間さんの文学の魅力は、やはり初期短篇、および『青年の環』なんです。晩年、といいますか、後期短篇に扱われている環境問題、それはとても重要な問題であるということは重々承知しております。でも、野間さんがそれだけをテーマに果たして小説を書いたんだろうか。多分違うんじゃないだろうか。にもかかわらず残念ながら、これまで後期短篇について、実は野間さんはこういうことを言いたかったんだという話を耳にすることはあまりありません。にもかかわらず、あるいは、だからこそ僕はやはりそこにこだわるわけです。野間さんならば、何かやるのではないか。もっとしたたかであろう、と。そして、我々はそれに気がついていないのではないか。だとすれば、野間さんはとても残念なのではないかと思うんです。浮かばれないのではないかと思います。ですから今日この場を借りて、野間さんが一体どこに〈着地〉したのか、その着地点が少しでも明らかにできればいいと思っております。

したがいまして僕の話は、まずこの後期短篇集の大まかな話の内容を紹介するということが一つです。でも、それをメインに据えたくはないわけで、「実はそれはどういう話であったか」ということに時間を割きたいと思っています。

後期三部作とは

そこで最初は、一見この話はどういう話であるか、というところからおしゃべりしたいと思います。当たり前に、さらっと読むとどういう話なのか。一言で言ってしまったら、環境三部作と、あとは別系統の話である「死体について」。最初に三部作のお話をします。お読みの方はおわかりでしょうけれども、最初の「泥海」は、ある内海の町で干天が続き、海が干上がってしまいます。海が消えてしまいます。そこに悪臭が漂います。恐らく公害問題、例えばヘドロであるとか、あるいは今で言えば沖縄の辺野古の埋め立ての問題を先取りしているのではないか。海が消えていく——そういう野間さんの先見性の一つの表れではないかと思います。この後にも、幾つかそういった野間さんの先見性の話が出てまいります。恐らく「泥海」は、そこまで含んでいるのではないかと思います。それは環境問題と一括りにされる問題でもあるんですが、ではそれだけでしょうか、ということなんです。

「タガメ男」、これは二つ目の短篇です。これは蟲屋と言われている岩見東太郎——岩見重太郎をもじった主人公が出てまいります。くさいと言われて嫌われる蟲屋です。その男が町に出て、庶民金融業者になって成功します。故郷で土地の売買、土地の開発で利権が生じる、そういう問題が出てきたときに舞い戻ってきて、利権を目当てに悪事を働いて土地を巻き上げ、他人の女を奪い、悪事の数々を尽くします。その男があるとき、村の人間七人を連れて山に登って、雷に打たれて倒れます。村人たちは、こんな悪いやつは殺してしまおう、息の根を止めてしまおうと言っているうちに生き返って、逆にそのことをネタにゆすられてしまったりします。舞台は変わって、墓場の場面。村人たちは、岩見に命令されて墓穴を掘ります。何のためか？　岩見は、自分は死んだから自分を埋めろというんです。自己埋葬です。一体野間さんは何を考えているのか。岩見はなぜ自分を埋めろと言っているのか。村人たちはもうすくんでしまって、とても棺桶の蓋を閉めることができません。そうすると岩見は棺桶を飛び出て「じゃあおれがやる」と言って、着ていた白い衣を脱ぎ棺桶に入れて蓋をし、埋めてしまう。そんな話です。一体これは何なのか。恐らく野間さんは何かを考えている、何か文学的な企てをしている。それを解かないとやはりまずいのではないか。それを解いたときに、初めて野間さんがどこに着地したのかということがわかってくるのではないか。

三つ目の『青粉秘書』。これは多分諏訪湖と見られる湖なんですが、そこに青粉――水面を緑に染めてしまう藻の類らしいですが、それが発生します。科学的な調査によると、どうもこれは毒らしい。これを注射でネズミに打つと、五匹打ったら五匹とも死んだというデータがある、恐ろしい毒なんです。それが飲料水に使われたりする。そのことが原因で、その湖のある村は寂れて、土地の値段が下がります。そこにつけ込んだ男たちが、三人出てまいります。彼らを操るのが、「青粉秘書」と言われている男なんですね。どうもその男は青粉に〈感染〉しているらしい。その話は、後でもう一度いたします。そこにフリーターらしい若者が加わり、その三人の仲間及び青粉秘書に感染させられていく。この物語は一体何なんだ、と思うわけです。

以上が、表面的にさっと読むとわかってくるあらすじです。それはもちろんそれなりに、環境問題をちゃんと告発しているではないか、意味があるではないかと言うなら、それはそれでいいと思います。でも、野間さんはそれだけでしょうか、多分違うと、僕は思いたいわけです。野間さんの一ファンとして、違うと思いたい。

じゃあ何なんだと言ったときに、今日のテーマ――「戦後文学と現在」です。野間さんは戦後文学を代表する作家として、『暗い絵』から戦後を歩み始めた、というイメージで多くの人にとらえられています。僕の中でもそうです。その『暗い絵』とこの後期短篇集というのはどうつながっているのか。『暗い絵』のあの深見進介が仲間と別れて、仲間の死を見つめながら、一人あるかなきかの新しい道を探していく、あの道はどこにつながったんだろうか。もしつながっていなかったならば、「後期短篇集」なんてある意味でインチキじゃないかとも思うんです。野間さんがいたら怒るかもしれませんが。でも僕はそうは思わない。つながっているのではないか。ただ、我々はそれを読めていないだけなんじゃないか。だとすると、もしそれが読めたら、この「後期短篇集」というのは、さっきの藤原さんの言葉で言うと「度肝を抜く」作品集になる、というふうに思っています。

三部作にある文学的企み

では、どう読むか。僕は何回も繰り返して読んだのですが、最初は見えなかったんです。何を言っているのかわからない。一つは環境問題レベルで読んだ場合、それでも野間さんはちゃんと文学的企みをしていると思いますし、それはそれで面白いんです。では、どういうことかというと、この『死体について』では一番最初に「泥海」が出てまいりまして、最初の一文はこんなふうになっています――「昼の風呂で、顔を洗ったのがやはりよくなかったなと、粉川講師は、左の耳に小指を押し入れて考えていた」。それが登場人物の登場です。深見進介の、あの『暗い絵』の冒頭の部分をちょっと思い出していただきたい。なんと雰囲気の違うことか。一体野間さんは、この冒頭の一文で何を書こうとしているのかと思ってしまいます。別に意味はないのか。単にお風呂に入って、水が耳に入って指を突っ込んでいるだけなのか、そんなことは、野間さんならばないだろうと思うわけです。

作品を読んでいくと、最後の場面でエビが出てきます。主人公粉川講師がその悪臭漂う、消えてしまった海――泥海に出ていくと、沖のほうから赤く輝いたエビの大群が押し寄せてくるんです。光りながらどんどん集まってきて、粉川講師をとり囲むんです。それは何なのか？ エビたちは何をしているのか？ 耳石を探しているというんです。エビの頭には耳石というのがあって、それがないとバランスが崩れてしまう、生存できない。エビたちはそういう状況に、環境的に追い込まれている――それは鋭い環境問題の告発になり得ます。でも、野間さんが書きたかったのはそれだけじゃないはずです。粉川講師は耳の異常を訴えているんです。エビも耳石を探しているんです。これははたして無関係なのでしょうか。

よく読むと、今日は細かい話はできませんので結論的に言うと、どうやらエビが粉川講師に憑依している、乗り移っている。だから耳が異常になってくるんです。時々、どうも粉川講師は、学生たちの目から見るとエビに変身していくんじゃないかと思われるふしがあります。はっきり書いてはありませんが、そういう話かなと思える描写があります。

そういう目で見ていくと、「タガメ男」というのはどう読めるか。この作品では、バッタがしゃべります。バッタが、滝代という主人公の若者にささやきかけるんです。何と言うかというと、「おまえのかわいがっていたタガメも死んでしまったな」。何でバッタがそんなことを言うんでしょうか。バッタとは何なんでしょうか。そこでバッタのセリフを単語ごとに、文節ごとに分析してみました。どういう言葉を使っているのか、どういう方言がまざっているのか。そうするとそれは、タガメ男と呼ばれている岩見東太郎のセリフとそっくりなんです。だとすると、バッタの口をかりて岩見が、雷に打たれて死んだことになっている岩見が滝代に語っているということになります。つまりバッタの口をかりて、多分岩見は環境問題を訴えているんでしょう。タガメが死んでしまうような、こんなに汚れた川にしてしまった。恐らく岩見東太郎という男も、先ほど蟲屋といいましたが、人々から差別され、虐待されという生い立ちを経てきているんだと思うんです。タガメも、何の悪いこともしていないのに、人に嫌われている。そういう共感めいたものが、そこにあるのではないかと思われます。

それから「青粉秘書」というのは、先ほど言いましたように青粉がフィクサー的な男に憑依しています。周りじゅうが青粉だらけになっていきます。そして最終的には主人公の若者の頭の中に、何億、何十億入り込むんです。

そうすると環境三部作と言いましたが、これは言い方を変えると、憑依三部作とも言えます。そんなふうな企みがあるんです。それでも、それだけでしょうか？　多分違うと思っています。それが今日のテーマです。

天皇制批判という〝読み〟

では次に、僕はどういう読みをしたいのかという話をしたいと思います。多分にこれは主観的な読み方です。先ほどもご紹介がありましたけれども、僕は『死体について』に解説を書いているんですが、解説としてはその任を十分に果たしていないと思っています。そんなことは書いていないじゃないかと。でもその一方で、僕の読みは多分それほどまちがってはいないのではないかとも思う。そうでないと、野間さんは浮かばれない。だから、解説の域をはみ出してはいますが、でも野間さんは許してくれるのではないかと、ひそかに思っています。

できればこの三つの作品を丁寧にお話したいんですが、時間がありませんので、ここでは一つだけ取り上げます。「タガメ男」です。もう少し先ほどの話を詳しく繰り返しますと、墓穴を掘らせるために、墓地で岩見東太郎が村人の七人あるいは六人に指図をしています。そのときに、寝棺、棺桶ですね、それを穴の中に入れて、岩見が一度入ります。そして村人たちが釘を打てないのを見て出てきます。それが何を意味するのか、ずっと疑問でした。もう少し細かく見ると、実はその寝棺を埋める場面には、板囲いをした、死衣というんでしょうか、白い装束に着がえる場所がつくられています。岩見はそこに入って、着がえて出てきて、それで寝棺に入って、また出てくるんです。多分これは、岩見の生まれ変わりの儀式ではないか。つまり嫌われ者の、差別の対象であるくさい蟲屋、あるいは高利貸しである岩見が一回死ぬことによって、死んだことにすることによって、生まれ変わって出てくるのではないか、そういう儀式なのではないかということに思い至りました。

ここからが本題ですが、それでは、国の最大の生まれ変わりの儀式は何か、それは大嘗祭なんです。天皇が即位するときの儀式です。大嘗祭というのはどんなものなのか、調べてみましたが、あまり詳しくわかりません。秘密なんです。伏せられているんです。でも幾つかの本を見ると、あるところまではわかってきました。大まかなことを言いますと、天皇になる人間は一回、回立殿というところに入って着がえます。また別な建物に行って、そこでどうやら皇祖天照と食事、共食をする。さらにその建物の中には、枕があるというんです。枕でどうも寝るらしい。寝て、出てくる、そういう儀式なんです。幾つかの点を照らし合わせますと、何やら岩見がやっていることはそれのカリカチュア化、パロディ化ではないかと思われます。だとすると、これはおもしろいことになるかもしれないということに気がつきました。天皇を戯画化している、あるいは天皇制を暗に批判している。もちろん確証はありませんが、野間さんならば、これくらいのことをやるんじゃないか。それまで野間さんは、それをやっていないと思っていて、そのことに僕は少し不満でした。でも、それは気がつかなかっただけなのではないか。そして、野間さんの読者の多くは、まだ気がついていないのではないか。野間さんはこの物語で単に環境問題だけやっているのか、そんなことはないだろうというのが、僕の読みなんです。

では、それは僕の恣意的な読みだろうか、もう一回検証してみました。例えば「青粉秘書」に三人の男が出てきます。一人は土地成金、大地主です。一人はヨガの行者です。何やら怪しい、どこかに行って修行を積んできた、ヨガの聖者とか言っています。もう一人は信用金庫の責任者、この三人が出てきます。

問題なのは、ヨガの行者です。どうも怪しい。まず、建物からしておかしい。広大な面積に建物が幾つもあって、しかも地下まであってという、とんでもない規模の施設です。またやっていることも怪しい。私が診れば即座に治るとか言いながら、患者がやってきて「歩けなくなったので治してください」と言うと、主人公の前で一応やってみるんですが、治らない。インチキっぽいんです。その男の名前は、初めは気がつかなかったんですが、日津木《ひつぎ》好胤《こういん》というんです。お読みの方は漢字がお分かりだと思います。よく考えてみると、日津木というのは〈日嗣ぎ〉で天皇を意味しています。好胤というのは、よい跡継ぎです。つまり、天皇のよい跡継ぎです。どうもこれはやはり先ほどの「タガメ男」と同じように、野間さんは天皇を揶揄していると思ってもまちがいないんじゃないでしょうか。野間さんは、知らん顔してずいぶん思いきったことをしているけれど、これまでそのことについて誰も何も言っていない。だとすると、くり返しになりますが、だれかがそれをちゃんと読まないと、野間さんは浮かばれない、これはまずいと思っています。

僕は、発表された順とは順番が逆なんですが、最初に「タガメ男」を読んだんです。それで逆に今度、そういう目で「泥海」を眺めてみます。そうすると見えてくるものがあるんです。あの粉川講師という人物は、海辺の町に学生を連れてやってきて、調査をするんです。住民調査ということになっていますが、海辺で調査をする研究者なんです。そうすると、たしか昭和天皇は研究者ではなかったか。しかも『相模湾産 蟹類』とかいう本を書いていなかったか。そう思って粉川講師の立ち居振る舞いを見る。僕はもちろん昭和天皇を詳しく知っているわけではありません、何となくテレビで、映像で見ているぐらいのものです。でもあの歩き方、あの表情を見ていると、こういう、耳に小指を入れるポーズが、何か似合いそうな気がしてくるんです。まあもちろんこれは読み過ぎですね、勝手な読み方です。野間さんがそう考えていたかどうかはわからないけれど、でも、そう読むほうが面白い。

そんなふうに環境三部作と言われているものをもう一度読み返してみたら、それまで気がつかないことがまだまだ出てくるのではないかと思っています。僕はまだそこまでしか読めませんが、奥が深いんです。それを掘り起こしていく作業を、これからも続けていくべきだと思っています。それが、今ここで申し上げることのできる、三部作についてのお話です。

「死体について」と仏教

では、次に「死体について」。これもまた、わからない、未完の物語です。お読みになった方はあまりいらっしゃらないでしょう。この本でお読みになるぐらいしか今は読めないんです。雑誌に載った後、どの単行本にも収録されていません。だからこの本を買ってくださいというつもりではないんですが……。とにかく、おかしな話なんです。僕がこれから申し上げることは、ほんの一部で、それも僕自身よくわかっていません。まだまだこれから読み込まないといけません。

まずこの「死体について」という小説の世界は、不条理空間です。わけがわからないと先ほど申し上げたのは、このことと関わっています。主人公はエンバーマー、死体装飾人です。ここに新聞のコピーを持ってきました。これは今月（二〇一〇年五月）二十六日、『朝日新聞』の夕刊です。ここに滝田洋二郎監督の映画「おくりびと」に関する記事があります。タイトルは「人脈記――シナリオなき旅」。「おくりびと」の脚本を書いた小山薫堂、それから青木新門さんという原作者、それからその映画についての記事が載っています。野間さんは青木新門さんが「おくりびと」の原作を書く十数年前に、もう「死体について」を書いているんです。

死体とは何か、生とは何か、死とは何か。「死体について」は、おそらく青木新門さんは読んではおられないと思いますが、青木さんは『納棺夫日記』という本に彼の体験を書いたんですね。それを脚本化して映画になったのが、この間アメリカでアカデミー賞を受賞した映画「おくりびと」です。皆さん、ごらんになったかもしれません。

野間さんの「死体について」が描いている世界はもっと深いと、僕は思っています。しかし、何を言っているのかよくわからない。……あと時間が五分ですか。五十分ぐらいほしいんですが（笑）。五分で何が言えるんだろう、困りました。

不条理空間と言いましたね。主人公の死体装飾人が車で、死人が出たという家に出かけていく物語です。車に乗って、場所を聞いて、運転手の若者と二人で出かける。ところが、道がわからなくなる。運転手が、どっちに走っているかわからない、と。かと思うと、今度はサイレンが鳴る。何を知らせるのかわからない、聞いたことのないサイレンです。しかも今度は検問に引っかかり、今そこで爆弾が爆発したという。交番に爆弾が仕掛けられて爆発して、警官が一人吹っ飛んだという。そんなふうにして、主人公が死人のところに行こうと思ってもなかなか行けないんですよ。

障害がどんどん出てきます。主人公はエンバーマー、死体装飾人ですから、早く死体を水で清めてあげたい、水で洗ってあげたいと思うんですが、清められない。車の中に閉じ込められてじりじりしていると、その死体が、死人が、自分を呼ぶ声が聞こえたりします。早く洗ってくれ、と死体が泣いたり、水が泣いたりするんです。そういう、一人のエンバーマーの物語なんですね。

そういうふうにしてさらに進んでいくと、今度は地盤沈下です。建物が、ビルが傾いています。また道がふさがれて……。地盤沈下というのは、地下水を汲み上げた弊害ですね。そこに環境問題が出てきます。そういう、不条理空間の物語です。

まだ幾つもあるんですよ。一つのキーワードは、水です。水が、主人公の体の中に入ってくるんです。その水は、死体を清める水なんです。死体は清めてくれ、清めてくれと言っているんです。もう一つは、火です。火というのは、例えば時限爆弾があって、爆発し火が出ます。それから主人公が家を出ようとした瞬間に電話が鳴る。その電話が、鳴った瞬間に、赤く輝く、火を発するんです。そんなふうにして、至るところに火が出てきます。

さて、そのように現れる水と火とは何か。法然や親鸞が言った、あの二河白道ではないか。二河白道というのは、一方が水で、一方が火で、どちらにも行けない。落ちたら死ぬ、そういう細い道です。そこを主人公は行くのではないか。早く死体のところに行って清めてあげたい、でも行けない。そんなふうに、僕はいま読んでいるところです。

そうすると、最後のまとめですが、野間さんが文学およびさまざまな活動をするときの原動力になったのは、一つは、例えば「死体について」の中に書かれているような、政治的な状況です。時限爆弾のモデルは、恐らく三菱重工のビル爆破事件でしょうか。それから、おかしな赤い車がサイレンを鳴らして走っていったりするんですが、それは生物菌、生物兵器に関係すると言われているんですけれども、あれはオウム真理教のサリンを先取りしているのではないか、あの前兆です。実際のサリン事件のずっと前に書かれているのですが、符合するんです。そんなふうにして、一方では政治的な状況にかかわっている。

でも、その政治的な状況の中でひとつの意志を持続するというのは、精神的に、いろんな面で大変なことだと思うんです。どこかで野間さんは平安、憩いを求めていたのではないか。憩いを求め、自分をどこかで癒したい――そんな気持ちが、一つは仏教に結びついていったのではないか。これは最近知った言葉ですが、浄土真宗の中に「平生業成《へいぜいぎょうじょう》」という言葉があります。これは、成仏するときにあの世に行ける条件が幾つかあるんですが、真宗では「一念発起平生業成」と言うらしいんです。一回発起する、一回その気になって仏を信じれば、あとは普通の生活をしていても往生できるという考え方です。宗派によっていろいろ違います。死ぬ前に「南無阿弥陀仏」を唱えなければ往生できない、これは法然ですが、親鸞は違います。やはり野間さんは、親鸞の方だと思います。

ということは、最初に戻りますが、『暗い絵』の深見進介があるかなきかの新しい道を求めていく。でも野間さんは、あの死んでいった仲間たちのように、あんな過酷な政治活動を続けることは、実際、できない。では、そのできない自分をどうやって正当化するのか、どうやって理論化するのか、どうやって自分を支えるのか。そのときに仏教というのは、野間さんの一つの支えになっているのではないか。それがあの悪人正機です。野間さんは、自分は悪人であると言っていますね。でも、救われたいと。同時に、いま言った平生業成という言葉も野間さんの中にあったかもしれない。そう考えると、仏教と野間さんの政治がクロスするんじゃないか。それがクロスしているからこそ、野間さんはあそこまで頑張れたのではないかと思っております。

お粗末なお話を最後まで聞いていただき、ありがとうございました。

（二〇一〇年五月　第一八回）

最後の小説の可能性
――『死体について』刊行にあたって――

『死体について』

富岡幸一郎

壮大な文学的冒険

『死体について』は、野間宏の後期の短篇を収めた作品集である。

ライフワークの『青年の環』が一九七〇年に完結し、その後長篇小説としては『生々死々』が七八年から八四年にかけて雑誌『群像』に連載される。そして『死体について』に収められる後期短篇が発表され、それぞれ不可思議で不条理な感触をのこす特異な世界の味わいを伝えた。

ここには後期の野間宏の、というより戦後文学のといってもよい広大なスケールを示す文体《スタイル》の新たな変革がある。それは人間の全体をとらえるために、《生理、心理、社会の三つの要素を明らかにし、それを総合する》（「私の小説作法」）という、いわゆる「全体小説」の理念を、人間存在のみならず自然環境とこの地球に宿るあらゆる生物、生命体へまで拡張するとともに、その歴史的スパンを現代文明からはるかな昔、カンブリア紀古生物の三葉虫にまで遡って捉え直そうという文学的冒険でもあった。

近代の口語散文の限界を破る

『青年の環』では、大阪漫才風の会話を用いて、そこに人間の生存につきまとう汚濁とそれを超える肉体的超越性ともいうべき光（作中人物・大道出泉の破壊されつつある肉体の底を通して）がダイナミックに描き出されていたが、『生々死々』では病院のベッドに横たわる主人公の菅沢素人の意識と妄想が、自由自在な「語り」の言葉によって次々に変転するイメージとして展開される。

《この見つめる眼、見とどける眼、他者を見る眼……視線を放つ眼、動きつづけている眼。……眼球、眼界、眼語《がんご》（めじらせ）……そして眼波《がんぱ》（女性の媚の姿）、眼波……この女性の媚の姿が出来ないようでは、俳優、役者、芝居者になろうなどとは夢思うなよというのが、まず、もって第一の関所、呑みねえ飲み屋での、兄弟子の弟分に対するわるさの第一陣のところにならべられているものだけど、すぐにも出来そうでいてそう簡単に出来るもんでもない。なに、一ぱい飲んだ勢で簡単にやれると考えてやってみせた、そのとたん、よう、高島屋大出来《おおでき》と、こう、声をかけておいて、そんなことで、や、な、その、おそばにすーっとそのお色気にいざないよせられるかのように、にじり寄って来て下さるは、せいぜい、ほーほーほーと、夜になく、みみずく。》

『生々死々』は、近代日本文学が二葉亭四迷や北村透谷から出発したことによって、それ以前の、西鶴、近松、鶴屋南北らの日本語の表現の豊かさと広がりを閉ざしてしまったのではなかったかという、野間宏の近代の口語散文への限界の自覚を突き破る、いくつもの文体《スタイル》への試みが行われた。評論集『東西南北 浮世絵草書』（一九八七年）では、南北の『東海道四谷怪談』への作家の関心とその表現的可能性の地平が詳しく語られているが、『生々死々』では歌舞伎のバリエーションが垣間見られるのである。

情念をとりこむ文体

『泥海』『タガメ男』『青粉秘書』などの短篇は、今日、環境問題として世界的課題となっているテーマを、作家が先駆的に取りあげて作品化したものであるが、これらの小説に底流しているのは、鶴屋南北などの歌舞伎のなかにうごめく人間の情念や怨念のドロドロとしたエネルギーであろう。

『タガメ男』は、タガメが長野県で絶滅したという新聞報道に接したことが、この作品執筆のひとつのきっかけになったというが、岩見東太郎（タガメ男）の不気味な死と再生というこの生と死をめぐる寓話では、近代小説のリアリズムでは決して描けない「生命」の不可解な根源的な力が、ひとりの人間の肉体の底でうごめく。

それは野間宏が晩年になって摑んだ手法ではなく、『暗い絵』の作家的出発以来、その作品に内在していたものであろう。

「肉体」にみる本源的な力

中期の代表作『わが塔はそこに立つ』では、黒谷別所に立つ塔、あるいは真如堂境内にそびえる塔が、「人間の心を上へ上へと興奮させて、引上げつづける」宗教（仏教）の超越性をあらわしているが、主人公の海塚草一は、その超越性に対立し逆行する、肉体という下部（形而下）にむしろ人間の本源的な力の源を見るのである。野間宏は『往生要集』に記されている「八万種族の虫」、すなわち髪に寄生する「舐髪」、眼を食う「繞眼」、耳を食う「稲葉」、そして生蔵、小大便道、脚に寄生し、人が死に瀕するときに闘い、いさかい苦痛を与える「虫」の内なる蠢動によって「肉体」と「生命」の真相を表現しているのである。

マルクス主義という近代思想と父親の宗門との間に引き裂かれる主人公は、思想や宗教という上部にたいして、「肉体」の根源をむしろ注視する。

《そこをつつんでいるのは虫達だ。何万という虫達、熱と血と匂いを好む何万という虫達だ。じくじくと十万孔のなかに侵入して来る虫達だ。（中略）何万という羽虫達はいまそのなかの隠れ場所から、一斉にはい出て来てそのとがった口をその堅い硬直した肉のなかにつきたて、喜びに羽をふるわせているのだ。海塚には自分のそこのところに群がり、うじゃうじゃ動きながら食い荒す羽虫の群がはっきり見える。》

『青年の環』では、大道出泉が、自らの崩壊する肉体の底で、人間という存在を超えた、未出現の「生命」といったヴィジョンで語るが、そこに揺曳《ようえい》しているのは異形の「虫」のイメージである。

《……俺は、腐り、敗れる体をもって、人間というものが、その体の底から生れでてくるのを感じ始めているらしいのや。もっともその胎児が頭のない子供として生れてくるか、手足をむかでやげじげじやいそぎんちゃくのように五十本も百本ももって生れてくるか、ということになると保証の限りやないけれどもな。そう、そいつは一体どういう形をしてどうやって生れてくるのかさえ、まだ、可愛そうに明らかではないのや。》

文学によって危機に立ち向う

二十世紀は、人間という生物が、この地球の環境を驚異的なスピードで変化させ、それは今日も加速している。それは地球規模の環境破壊としていわれているが、別な言葉でいえば生態論的な危機である。人間の実験室のなかでつくり出された新しい化学物質は、何億年という長い時間によって形成されてきた、この地球の生命と環境のバランスを一変させる。

『青粉秘書』の植物プランクトンであるアオコは、その繁茂によって美しい湖を汚染させていくが、それは環境を破壊していくばかりではなく、人間の生命へも感染していくのである。

野間宏が捉えていたのは、まさに今日の生態論的な危機であるが、エコロジーという言葉が、もともとギリシャ語の「家《オイコス》」に由来するのであれば、人間存在にとっての「家」である「肉体」――そして「死体」こそが問われなければならない。葬儀屋を職業とする登場人物が出てくる『死体について』は、現代社会における人間の「死」が、生命の操作が可能になったテクノロジズム（技術万能主義）の時代における、根源的危機に向かい合った作品ということができるだろう。

『わが塔はそこに立つ』では、主人公が自らが承認しない宗教の「湯灌」の儀式を行う場面があるが、人間の「ひそかな秘密」は精神・心よりも、むしろ隠されていた「肉体」に深く潜んでいるという作家の眼差しがそこで光る。それは「死」を「死」として認め見つめることをやめてしまった、そしてそのことによって年間三万人をはるかに超える自殺者を出しているこの〝文明国〟の惨状を浮きぼりにせずにはおかない。

《現代文明による人類滅亡の危機の問題を、この地球、生命、人類の生誕のところにすえることによって見直し、その滅亡を生誕へと転換するための、手がかりと手つづきと展望とさえすることが可能になる》（「文学の全体性」）

と明言した野間宏は、最後まで文学によって、小説の言葉によって、その可能性を探り続けた。この短篇集はそのことを改めて確認させてくれるのである。

（『機』藤原書店、二〇一〇年五月号）

『時空』

『時空』の時空

文芸編集者

大槻慎二

さしたる因果もないと思うが、振り返ってみれば野間さんがお亡くなりになったちょうどそのあとぐらいから身辺に落ち着きを失い、引越しばかりを繰返してきた。いま指折ってみると七回にもおよぶ。我ながら呆れ果てるほかない。

望む引越しもあったし、望まぬ引越しもあった。が、その十余年の間、余儀なく売ったり紛失したりで、確実に失ったのは本だった。わが愚行を恥じるのは、決まって手許を離れた本を思う時だ。

つい先立って、その貧しい本棚の前に立ってみた。深夜に訪れた、久方ぶりの落ち着いた時間である。そうしてふと、一番手前に置いてある、これだけは手放せなかった本の一群のなかから『時空』を取り出してみた。仕事として野間さんと繋がる、唯一の単行本である。

「江戸小染め」のエンボスが施された紙に、墨箔で著者名とタイトルが押された司修氏の装幀。その本を矯めつ眇めつ眺めているうちに、この一冊がまとまるまでの膨大な時間が一挙に胸中にやってきた。

文芸雑誌『海燕』の編集部に入って間もなく編集長の寺田博さんに連れられ、野間氏宅へ向いつつ歩いた小石川のゆるい坂道。この道は「時空」の担当者として、毎月最低三往復はした。原稿をいただきに一回、組み上げたゲラをお届けに一回、著者校が入ったゲラをいただきに一回。ファックス、ワープロ、パソコン、Eメール……そんなものたちが仕事に介在する以前の話だ。

そうして過ごした晩年の野間さんとの四年余りが、この『時空』一冊のなかに凝縮されている。

拾い読みしているうちにハタと思うことがあり、頁をめくる手を止めた。

これはまったく「詩」ではないか。

無論、詩集『星座の痛み』を持ち、なによりサンボリスムの手法をわがものとするところから出発した作家にとってみれば当然のことかもしれないが、このエッセイの連載の文章ひとつひとつに、これほど濃厚に「詩」が息づいていたことに、当時は思い至らなかった。

試みに本文中のある箇所を、任意に改行を施して引用してみる。

少しばかり
遠くを巡ってくることにしよう。
余りにも　せわしく過ぎ去る
時のなかに
立たされどおしになっている
自身の哀れさが　よく見えていながら
そこに立つのを止めることが
出来ないのである。
つま先立つ爪の類は
ただ時の流れの速く走り去るのを
水に濡れるかのように　そのままにして
拭うこともならず　これでは
自身の身のうちに
流れては停まり
停まっては　流れるリズムを
聴きとって
自身の歩みを
その上にのせて歩むというところへ
出て行くことは
ならないのである。

これは「詩」だ。

そう思ってさらに頁をめくりつつ末尾の章に至ったとき、さらに驚きがやってきた。

刮目したのは「爆破されようとする現代文学創造理論――首塚の上のアドバルーン」「現代と病気の概念」と題された最後の二章である。初出は『海燕』の九一年新年号と二月号。没したのは同年正月の二日だから、この二章は実質上の絶筆と言っていい。

『時空』という作品は、播磨灘に立って一大工業地帯を臨み、エネルギーと環境汚染の問題を憂慮するところを端とする。そして振り返って播磨灘・太子町から聖徳太子に思いを馳せ、さらに大避《おおさき》神社に祀られる秦河勝《はたのかわかつ》を祖とする世阿弥の世界を巡って、ゆっくり大きな弧を描くように展開する。世阿弥から金春大夫へと至り、「用明天王職人鑑」の近松を経て鶴屋南北に届くあたりまでの構想は、生前お伺いしていた。しかも各章末尾には円とドルの相場についての短い観察を付し、環境問題から日本の起源に由来する聖と賤、政と芸をめぐりつつ、世界経済をも視野に置こうとする、まさに金春大夫が「六輪一露」に説くような、現代における「円相」を成す作品として野間さんの頭の中にはあったに違いない。

それが末尾から三章目の最後、加賀乙彦氏の『現代文学の方法』という著作を挙げ、「眼を失った作家と私はこの人を呼ぶが、彼の作品は、一切を見ているかのようで何物も見ていない」と厳しい表現で批判するあたりから、俄然現代の日本における文学状況に意識が向う。そして前述の「爆破されようとする現代文学創造理論」という過激なタイトルの章へと移り、憤懣にあふれた批判の言葉を連ねてゆく。

いまとなっては一種有り難さと懐しみをもって回想できるが、実際、あの頃の野間さんは怖かった。常に憤っていた。原稿をいただきに行くにあたって、約束の時間に電話を入れるのが五分遅れると、激しく怒られた。

応接間の野間さんには鬼気迫るものがあった。肉がすっかり削げた肩に背広の上着をふわりと羽織り、椅子からストンと落ちた感じで床に降ろして、眼光鋭くこちらを見ていた。そして古い世界文学全集の一巻の頁を指し、そこを、声を出して読んでみなさい、と言われた。

私は響き逃げ去りし世界で
独りで住んでいた。
私の霊は澱み腐れた潮であった。

エドガア・ポオの詩句である。冬の夕刻の薄暗い光のなか、野間さんの前で、緊張のため多少震えていた自分の声を、ありありと思い出せる。

その詩句をエピグラフに置いたのが、件の「爆破されようとする現代文学創造理論」である。

そこには蓮實重彥氏が文芸時評のなかで後藤明生氏の『スケープゴート』について言及した、「……世の中には殊のほか『批評』を勇気づける『小説』というものが存在しており……」という文章に触れて、これまた激しい批判の言葉が刻まれている。その一文を、再び任意の改行を施して引用してみる。

まことに不思議な
呼吸困難な
肯定的リズムをもって
批評を身近に呼び寄せる

後藤氏が『首塚の上のアドバルーン』の連載中とほぼ同時に冒されたガンとの闘いを描いた『メメント・モリ』から、野間さんは引用する。

「現代は長寿の時代です。と同時に、病気の時代です。奇妙な時代ですが、実際、私たちの周囲には病気と病人が氾濫しています」

この一文を、野間さんは肯定する。その上で、

「これは蓮實重彦氏から出されるとは考えられない。長寿の時代と病気の時代とが同時という考えは、蓮實重彦氏の中心にはとどいてはないだろう。私はかりに蓮實重彦氏が病気にかかり、手術をしても、病気の時代を生きる気があるなどとは少しも考えないのである。」

なぜならば、(と、ここでまた引用に詩型を模すことを許されたい)

蓮實重彦氏の文体は、
少々健康に曲折し、
いたって極度に
読者を強制し、
しかも快いといったものだ。
しかし後藤明生氏のものは
工夫少なめに
この批評家の一文の
奇怪な語尾に
あやつられはするのだが、
私はこの批評家のめざすところへ
誘い込まれるわけはなく、
私はこの批評家が
批評のペンを折るほどにも、
その一文曲折が、
天と地のもとへ
もどされんことを望んでいる。

正直を言うと、この原稿をいただいた時、野間さんがこの文章で何をいおうとしたか、ほんとうには分かりかねた。しかしいまこれを「詩」と捉えると、その一行一行から立ちのぼる、鉈のような怒りの感情が、繊細な刃さばきによって、複雑微妙な陰影を刻んでいることが分かる。

では野間さんは、一体何に向ってそれほど怒っていたのだろうか。

それはおそらく、蓮實氏や後藤氏個人だけに向けられたものではない。たまたまこの二人の、その当時発表した文章が体現していた「何か」なのだ。

病んでいる。
対象に向かうことを
決してしないが
病気を発している。

乱暴を承知で約まった言い方をしてしまえば、果たして「健康な曲折」をもって「病気の時代」を描けるだろうか、ということだ。

この野間さんの問いかけは、いまとなっては様々な想念を呼び寄せる。特に八〇年代からこちら側、「ポストモダン」という呼称で括られていた言説は、総じて一定の中心を持たないことで対象をズラしながら、軽やかに迂回する運動そのものに価値を見い出していたもののように思える。いまはその功罪を論ずる場ではないが、しかし一つだけ、その「健康に」迂回する運動が、「現代の病い」を回避する言い訳として作用してはいなかったか。

さらに最終章「現代と病気の概念」のなかで野間さんはこう言う。

「……作家は自身が奇妙な病気であることを、書き、むしろそれを誇りにして書いているが、それは近代の作家を証明するところだったのである。……しかし最近は、そうではなくなってきているというべきだろう。……ひとは、これを近代からの脱出などとも、呼びはじめようとしているが、はたして、このようなやり方でうまく行くだろうか。」

そして問題の『首塚の上のアドバルーン』である。この連作小説は、たまたま転居した幕張のマンションの十四階から見える「首塚」を巡っての作者の作品内現実の行動と、『瀧口入道』『太平記』『平家物語』などのテキストの間を、まさに「アミダクジ的」につなげることで成り立っている。途中一年間ほど中断するが、その間、『メメント・モリ』に描かれたような「入院」「手術」という出来事が作者に起っている。それは食道ガンの手術で、傷跡は「まず首のつけ根に、ちょうどネックレス状に半楕円を描いています。次はミゾオチから臍の真上あたりまで縦一文字。そして右脇腹から背中にかけて、やや上向きに彎曲した線。その三個所です」と小説に描かれているごとく、大手術である。そして、首のつけ根の傷痕から「首塚」への連想を感じさせもするが、作者はその「病気」を「偶然」として、作品に反映させることを意図して避けている。

この『首塚の上のアドバルーン』と『メメント・モリ』、今回十余年ぶりに読み返してみたのだが、いま合わせ読むと、実に面白い。後藤流散文の面目躍如というところだ。けれども同時に、同じように入退院を経験する中で、後藤氏の「アミダクジ式」に対してこちらは「円環式」であるが、やはり古典を読み解く作品を連載していた野間さんの、この二冊に向ける眼差しの深さ、鋭さは察して余りある。

野間さんは『首塚の上のアドバルーン』をこう批判する。

「多くの首穴、大地より生じている首塚、古いものであって、しかも近代のものでもあるこの首穴のナゾを、いまにも解こうと思いながら、解くことのないのは、この作品の病気の概念の把握の根底からの変化、現代の変化の提出のないことによると、言わなければならない」

ここで「首塚」と並列に「首穴」という言葉を用いていることに注目したい。ここには明らかに『暗い絵』の冒頭の描写が念頭に置かれている。この「首穴」は「オゾンホール」にも、「近代の病い」と範疇を異にする「現代の病い」にも通ずる穴であると野間さんは見ている。それだけに、後藤氏が「病気を発する文体」を持っていながら、「病気そのもの」を描き得ないことに憤懣を覚えるのだ。

後藤氏は、概して病人は、自己の病気に対して「勉強型」のタイプと「不勉強型」のタイプに二分でき、自分は後者であると記す。では明らかに前者のタイプである野間さんは、ご自身の病気をどう見ていたのだろう。それについて治療中に一度だけ聞いたことがある。「実に奇妙な、現代の『奇病』ですよ」と野間さんは言った。それは「ガン」を指していたのかもしれないが、当時の印象としては、それをも含むもっと広い「病気」の範疇のことを意味していたように思う。

「近代の病気」が病巣を腑分けできる、これまでの病理学的療法が可能なものとすれば、「現代の病気」は、生体内の細胞一つ一つが異変を来す、人間をめぐる全環境に因を発するものであると野間さんは考えていたのではなかったか。そしてそれは、「免疫不全症候群」という言葉が生まれ、極めて急速に定着した現在を考えてみれば、実に予言的なものであったとも言えるし、野間さんが自らの病気を通して、「現代の向うより近づいてくる恐るべき現代の病気の影」、「近代」を超える「現代」の実相を直視しながら、自らの文学の問題として把握しつつあったとも言える。

もし仮に、野間さんが病を抱えつつ命を保って新しい小説を書いていたら……というような月並みな嘆きはもはやすまい。なぜなら野間さんの文学の射程距離は、到底人の一生分で処理しきれる範囲にないからだ。

ただ現在の文学が、ますます「病気そのもの」を迂回することで「いたって健康に」そして曲折もなく繁栄しているのを現場で見るにつけ、ただ黙々と野間さんの「意志」を、遺された作品を通じて読み継ぐことの大事さを痛感するのである。

（二〇〇四年五月　第一一号）

『生々死々』

野間宏と全体小説

——その現代性について——

高橋源一郎

ご紹介にあずかりました高橋です。じつは、手違いがありまして、去年、「野間宏の会」でしゃべるようにと言われて、その時、時間を聞いてなかったので、少なくとも三時間はしゃべるんだろうと、野間宏だから長いに決まってると思っていたのですが（笑）、一週間か二週間ぐらい前に二十五分ですよと言われて、そんなら『生々死々』を選ぶんじゃなかったと後悔しているところです。見てください、この本に挿まれた夥しい付箋。こんなに予習してきたのにわずか二十五分でどうしろっていうんでしょうかね。だからって何か書いてくれと言われても、それももっときついので、とりあえず読んだということだけで、もうこれで許してもらえないだろうかと思ったのですが……。

ぼくは三時間の講演でもだいたいレジュメも書かないし、五行ぐらいのメモなんです。今回は、ノートもとったし、付箋も大量で、はっきりいって八時間半ぐらいできるのではないかと思うのですが（笑）、まあなんとかなるでしょう。

さて、野間宏について自由に語っていいということが許されるという快感が、それもここに来ていらっしゃる方はだいたい野間宏のことを聞こうと思って、そういう人がここに集まってしまうということが、この二〇〇〇年に可能だということがたいへん不思議で、なんか非合法集会に参加してるっていう気分になりますね（笑）。だからなんとなくしゃべり方を変えたくなってきちゃいましてね。「本日の集会に決起されたプロレタリア労働者、学生、市民の皆さん」とか（笑）、なんかお里が知れますけれども、言いたくなっちゃうなという気がします。こういうことをいってると、二十五分しかないのに……、先へ進みます。

ぼくも一応『生々死々』の前の野間宏も読んでいます。ぼくは一九五一年生まれなので、なんとおそろしいことに、高校一年から大学二年ぐらいにかけて『青年の環』を全部読んでいます。ぼくらよりもう少し前の世代ですと、「君は『死霊』を読んだか」とひそやかに呟き合うという習慣もありました。ぼくらの場合ですと、「『青年の環』を読んだか」となりますが、その答えは、「読んだ。感想は、長い」です（笑）。その長さがざっと八千枚。この『生々死々』が三千枚ぐらいかと思うんですけれども、だいたいこの二つを足して二で割ると『資本論』の長さになるんじゃないかという気がしますね（笑）。

じつは今回のテーマは、『青年の環』との比較なんです。もう二十分しかない（笑）。足早に、とにかくやってみましょう。じつはこの『生々死々』について、しゃべれなくなると困るので、最初にいいたいことをちょっといっておきます。みなさんがこれを読んだかどうかは聞きませんけれども、半分ぐらいの方は全部読まれたという前提でですが。四四八頁から六三六頁まではやや冗長ということだけはいっておきたいと思います。野間さんが生きていらしたら、この部分は書き直されたでしょうねと。百点満点で何点かなと思わず思ってしまいました。最近、嫌なくせがついちゃって……。

野間宏というと、「全体小説」という言葉がつきものになってしまいますが、野間さんには、名高い「全体小説論」もありますが、前提としての「近代小説論」という評論があります。まずそれを一応、文学史のおさらいを五分で……。その「近代小説論」の中で、野間宏は自分の『青年の環』をふくめて、モデルになる近代小説の代表として、二葉亭四迷の『浮雲』、漱石の『明暗』、有島武郎の『或る女』、そして島崎藤村の『夜明け前』を出して、『夜明け前』は前三つとは異なった手法で書かれていると言っています。じつはそれ以上詳しいことは書いてらっしゃらないので、この後の分析は篠田一士がやったものを採用してみましょう。ぜひとも『日本の近代小説』の最後の章をお読みいただくと、ぼくは説明しなくていいんですけれども。『夜明け前』というのは不思議な小説でして、主人公の青山半蔵の部分と、もう一つの歴史的事実の部分が乖離していると言われています。要するにどうもしっくりこないんですね。これが欠陥だと言われています。篠田一士説もそうです。つまり近代小説になりきっていないと。

近代小説とは何かといいますと、これも定義は大変煩雑になってしまうのですが、一つの文体、文体というとちょっと狭い意味になってしまうのですが、最近というか、ここしばらくの流行りでいいますと、単一のエクリチュールで書かれているということです。では近代小説的エクリチュールは何かというのも、説明していくとこれも大変なんですが、スタンダールの『赤と黒』みたいに、一つのロマンが全篇、同じトーンで書かれているもののことです。じゃあ、トルストイはどうなんだというと、あれも歴史的叙述はちょっと違うじゃないかということになるんですが、読んでみますと、確かに『夜明け前』ほど乖離はしてないですね。ほぼ同じエクリチュールで書かれているのではないでしょうか。野間さんが例に出された『明暗』『浮雲』『或る女』というのは、これは全部未完で、もしかしたら未完こそが近代小説の条件かと思っていると（笑）、ちゃんと最後に『生々死々』をねらったかのごとく未完で終えているというところも、さすが野間宏と思います。

じつはそういう前提があって、『青年の環』を読んでみますと、これは典型的な近代小説のエクリチュールかというと、どうもそうでもないらしいということがわかってきます。つまり、単一のエクリチュールじゃないわけです。今回さすがに『青年の環』を全部読み返すということまでやってしまうと、五月は全部そのために使わなければいけないので、生活のこともありまして、『生々死々』だけにさせてもらいました。『青年の環』はぱらぱらとめくって、なんかなつかしかったんですけれどね。あそこには一つ、大阪弁のエクリチュールというのが出てきます。それでもう一つ、一種のイマジネール、幻のというか、主人公たちのイメージの中でいくつもの幻想が渦巻くというエクリチュール。他にもあるんですけれども、だいたい、大きく分けると口語と散文詩とにきっちりというか、おおむね分かれています。しかし、これがじつは最後までばらばらになっている。主人公も矢花正行と大道出泉という二人がいるんですが、エクリチュール自体も二つの散文詩的なエクリチュールと関西弁的エクリチュールに分かれて、絡みあわないまま進んでいく。

ということは、これはちょっと近代小説ではないんじゃないですか、野間さん、ということになってきます。篠田一士は『青年の環』については精密な論考を残していますが、いや、それでいいんだと書いています。『青年の環』というのは二つの中心をもった小説です。八千枚を一分ぐらいで説明するというのは失礼なことなんですけれども、そういう小説だと思ってください。

そしてこの『生々死々』。予想どおりというか、これにも中心が二つあります。この主人公の菅沢素人、読み方が書いてないんですが、それともう一人、木場一春という、二つの中心です。その二人というか二つというか、じつはこの片方の中心は、これは読んだ感じで言いますと、未完ですけれども、予想ではだいたいこの二・五倍ぐらいにはなったんじゃないか。そして、もう一人の木場一春は、ほとんど出てきてないんです。つまり、もう一つの話はほとんどはじまってないので、それがあと二巻ぐらいはあって、『青年の環』を超えて「老年の環」ぐらいの長さになっていたんじゃないかなと思います。もちろん文章も、構想も変わってきていますが、根本的なところでは『青年の環』の頃と変わっていないと思います。菅沢という役者がメインの主人公で、彼が病院に入院して、ある種の妄想に駆られていく話。八百頁を二行でまとめると、そういう話になってしまいますね。基本的な形は『青年の環』と変わっていません。この小説が野間宏の中でどういうふうに構想されていたのか。それは全体小説というものの構想に関わることです。

さきほどから、近代小説だの全体小説だのといってますが、じつはそれぞれについて、ある種の漠然としたイメージは共有されていますが、どういうものかと言われて、なかなか即答できないようです。端的にいいまして、この『生々死々』は近代小説なのか、全体小説なのか。もう一ついいますと現代小説なのか。近代小説と現代小説はどう違うのか。そもそもそんな区分けに意味があるのか。いろいろ疑問が湧いてきます。先取りして答えをいいますと、近代小説と全体小説と現代小説は、それぞれ違っているというふうにぼくは思っています。おそらく野間宏もそのように考えていたのではないでしょうか。つまり、少し図式的にいいますと、近代小説と現在小説の間に橋をつなぐようなものとして、ちょうど全体小説という概念があるのではないかとぼくは思っています。

それではどういうふうに違うのか。近代小説はさっきもいいましたように、基本的には単一のエクリチュールで書かれているロマンです。じゃあ、物語が近代小説かというと、またちょっと違うので、そこはちょっと厳密にはできないんですけれども。現代小説とは何か。これは具体的にものを思い浮かべればいいわけです。近代小説はスタンダールの『赤と黒』。現代小説というのは、ジェームス・ジョイスの『ユリシーズ』、トマス・ピンチョンの『重力の虹』、あれが現代小説です。で、この『赤と黒』と『ユリシーズ』とどこが違うんだということになってきます。じつはこの真ん中に全体小説を入れると、非常にわかりやすくなってくるんです。

さきほどもいいましたけれども、近代小説というものはもっと古典的な、あるいは中世的な一種のジャンルの混交から生まれた小説がだんだん純化してきたものです。歴史的にも、論理的にも。ですから近代小説発生以前の小説というものは、もっといいかげんで、雑多で、いくつもの声を持っていたものです。それが近代社会の成立とともに、その社会に姿を似せて、三人称で高みから俯瞰するように全体を見渡せるという形で、近代小説が成立してきました。高みから全体を俯瞰すれば三人称の、社会全体を描写できるような小説が書けます。たとえばバルザックがそうです。あるいはもっと下から書こうとすれば、心理から接近してくるようになります。そこに心理小説という近代小説にとってミクロの分野があります。マクロとミクロのそれぞれで単一のエクリチュールで書かれたものが近代小説です。

ところが、それは不可能になったという認識に二十世紀にはなります。つまり、そういう単一の声では世界はとらえられない。つまり世界の全体性をとらえるためには、そんな一つのエクリチュールではだめだということになる。全体小説という概念自体はサルトルが提示し、野間宏も基本的にはそれを受ける形で書いています。世界全体を書くためには、もっと別なものが導入されなければいけない。それは要するに、複数の声です。複数の声の中にどういう声を入れるかは著者にまかされているわけです。それはサルトルの場合ですと、マルクス主義を中心とした哲学。これがもう一つのサルトルの声で、それに近代小説的なエクリチュールがまじって、全体をかもしだす。野間宏も基本的にはそのように書いています。

それでは現代小説はどうなのか。じつは現代小説も複数の声という点では全体小説と同じです。単一のエクリチュールは採用しない。やっぱり現代という時代を描くためには、もう一つ別なとらえ方があるのではないか。ところが、じゃあ、サルトルの考えた全体小説と、ジョイスやピンチョンに至る、いわば現代文学というのとは、どこが違うのか。じつはこれが最大の問題でして、これについては残念ながら、全体小説という試み自体が挫折してしまいました。つまりサルトルが提起して、野間宏が考えたような形での全体小説は、ある種の時代遅れと見なされるようになったのです。

つまりその根本に、マルクス主義というある種のイデオロギーをバックにもって世界全体を解釈するということが前提にあったために、マルクス主義自体の凋落という事態を前にして、非常に不利なハンディがあったということもあって、全体小説という概念は現在ほとんど使わなくなりました。しかし複数の声、世界全体を再構成するために複数の声を使わなければならないということで、じつは現代小説の条件とほとんど変わってはいないのです。だからぼくは、サルトルが提起した全体小説は、ジョイスからピンチョンへ向かう現代小説のオーソドキシーを、ある種、論理的に説明したものではないか。じつは全体小説というのは、現代小説の哲学的バックボーンではないかというふうに思っています。

その複数の声ということですけれども、これ自身がある種、大変煩雑な手続きがいる場合があると思います。これは最近ちょっと、この『生々死々』と、他にもう一つ長い小説を読んでいた時期がありまして、最近、日本でも翻訳が出て、たぶんこれからブレイクすることになると思いますが、リチャード・パワーズというアメリカの作家がいます。これはアメリカのトマス・ピンチョンの唯一正当な後継者であるであろう、才能あふれる作家です。彼は影響を受けた作家はと訊ねられて、ピンチョンと言わず、一世代飛び越して、祖父の時代のジョイスと答えました。で、ジョイスのどこにと言われたときに、彼が答えたのは、パララックスであると。

なんで英語がでてくるかといいますと、この話をちょっと別のところの座談会でしてきたばかりなんですが、パララックスというのは視差のことです。要するに、これはぼくは天文少年だったので、天文学で使うんですが、星を観測する場合、どうやって星の距離を測るかといいますと、望遠鏡である星を見ます。それから半年たつと地球は太陽の周りを半周します。その時にもう一度測りますと、見かけ上の誤差ができるわけです。それを宇宙視差といいます。この宇宙視差を素にして距離をはかることができる。つまり二つの視点から見ることによって正確な距離をだす。別にこんなややこしいことを言わなくても、人間の眼がだいたいそうなっています。立体視するためには、二つの眼が必要です。これはまったく当たり前のことです。

これは逆にいいますと、ぼくたちは現実の世界では二つの眼で見ることにあまりにも慣れているので、その不自然さにふだん気づいていないのです。片方の眼で見るのは実像なんですけれども、実際にぼくたちが見ていると想像している像は、頭の中のパララックスによって構成された第三の像、すなわち虚像なわけです。これはもともとそういう科学用語なんですけれども。たとえば、このジョイスの『ユリシーズ』の中の第六挿話かなんかに、パララックスという言葉が出てくるんだそうです。若島正教授から教わったんですけれども。彼は二十世紀のダブリンという町を一つの視点にして、もう一つの視点をヨーロッパ史、神話において、その二つの視線の誤差から、その間に浮かび上がってくるものを一つの小説として成立させたわけです。

トマス・ピンチョンの場合には、代表作の『重力の虹』とか、『V.』もそうですけれども、一つは歴史的事件、それから社会科学的あるいは物理学的科学的真理、それにもう一つあやしい人間たちがかもしだす物語。その交わらないエクリチュールを並行して書くことによって、やはりファントム・イメージといいますか、虚像のように浮かび上がってくるのが、ピンチョンの場合ですと、謎の秘密結社というようなものです。では、どこにその秘密結社があるかというと、交わらない二つの描写というか、エクリチュールの果てに産み出される虚像の中なのです。最近では、さっきもいいました、パワーズという作家では、やはり同じように、現代物理学的科学の真実、それから主人公らしい人間のある種、エモーショナルな一人称のメッセージ。その視差の間にある種、この世界の混乱が浮かび上がってくる。

さて、時間がなくなってきました。そこでふり返って『生々死々』を見てみますと、確かに全体小説や現代小説が条件としている複数の視点、正確にいいますと、複数のエクリチュールがここでも採用されています。『青年の環』だと関西弁のエクリチュールだったんですが、ここで採用されているのは、一つは近代小説的なオーソドックスな描写、それを支えているエクリチュール。もう一つは、ここでとくに多いのは、せっかく付箋を張ってきたのに、言うひまがなくなってしまいましたが、日本の古典的文学のさまざまな引用です。これは落語もあるし、謡曲、古文もありますが、とにかく日本語の古典的な音が一つ存在しています。もちろん、それにさまざまな社会科学的真理、あるいは事実。この向こう側に一つの全体像を映し出そうということは、『青年の環』とほぼ同じように、つまり全体小説というバックボーンをもっている、現代小説ということでは、じつは野間宏がもっとも早くそれに手をつけ、終始一貫変わらなかったのではないかと思います。

もっと驚くべきことは、野間宏の現代小説には、ある意味ではヨーロッパ、アメリカの現代小説のキャノン、正統の歴史があって、ジョイス、ピンチョン、たぶんパワーズへと至る太い道ですが、それらと非常に違ったところもあるということです。もしかしたら、彼らよりも深い可能性をさえもっていたのではないか。これは別に「野間宏の会」だから、お世辞をいってるわけではないんです。ぼくが不思議なのは、パワーズという作家は、ピンチョンたちと同じように、ヨーロッパのある時代の歴史を事実と共に書いています。それに物理学とか化学、数学、論理学のさまざまな知識を導入して、その向こう側にある種、現代社会の混乱や疲弊をだそうとしている。

次々と彼はもう七作書いていますけれども、最近は人工知能もでてくれば、バーチャル・リアリティもでてくる。ぼくの予想なんですけれども、彼の次の次の作品のテーマは、絶対インターネットだろうと。これはダービーより当たる予想なんですけれどもね。で、その当たってしまう予想が悲しいのはなぜかといいますと、これは確かに現代小説であり、全体小説の現代小説化ではあるんですが、ここで書かれている全体というのが、じつは非常に小さいんじゃないかということです。つまりジョイスは神話もふくめて世界全体を再構成しようとした。ピンチョンもそうした。たぶんいまジョイスやピンチョンが書けば、パワーズのように書いたでしょう。ところが、インターネットやバーチャル・リアリティというものを見ていると、作家たちが想像力によって世界を全体化しようとしているより先に世界の方が科学によって全体化を実現してしまったという感じがするのです。確かにこのインターネットに典型的に現れるような全体化というのは、確かに全体化ではあります。世界中がほとんどタイムラグがなく結びつけられ、しかも膨大な情報が任意に取り出せる。かつてこんなことはなかったわけです。

しかし、この全体化というのは、本当に全体なんだろうか。じつはこの疑問はパワーズでも解消されていません。あるいはそういう問題意識さえないのかもしれないですね。ところが、野間宏、つまりゴリゴリの現代小説に比べれば一種の近代小説的素朴さをただよわせている、この『生々死々』という全体小説、これにももちろんさまざまな、さきほどいいました、日本語の音の他にも、さまざまな医学的知見、さまざまな社会的、科学的知見もでてきますが、その向こうに単純に世界の全体性が現れるということはないんです。全体性はいつもここに描かれているものの背後、さらに向こうにある。野間さんが生きていらしたら、当然のことながら、インターネットについて書き、バーチャル・リアリティについても書かれたと思いますが、けっしてそれは世界の全体性のシンボルであり、比喩であるとは思わなかったのではないか。それはおそらく、ぼくは日本語の特殊性の故ではないかと思うのです。この話をするとまた長くなるんですけれども、さきほどいった、英語、フランス語で書かれている現代小説の複数の視点と、日本語で書かれている全体小説の複数の視点を読み合わせた場合に、日本語の特性によってかもしれませんが、こちらの方がはるかに混じり合わないという印象があります。

最初に戻りますが、『夜明け前』が日本の近代小説の始原の一つとしていわれ、じつはそれは徹底化しない近代小説だと言われています。つまり混じり合わない。もしかしたら、混じり合わない、あるいは本来混じり合わないものを強制的に混じり合わせてしまう日本語という特性のなかに、全体小説というものの可能性がもっとも見いだせるのではないか。ぼくは現代小説の古典と言われるジョイスもピンチョンも好きですけれども、サルトルはちょっときついなと思うんですが、『青年の環』や、『生々死々』、つまり日本語の可能性を考えつつ書かれた全体小説の方に、もしかしたらヨーロッパ、アメリカで書かれている現代小説以上の可能性があるんじゃないかと思う時があります。それは全体を安易に全体と考えない。あるいは全体というものについて、言葉が別の感覚を呼んでしまう日本語の特性によって書かれているからではないか。残念ながらというか、予定どおりというか、『生々死々』は未完に終わってしまいましたが、全体が小さくなって、こちらに近づいたように見えるいまこそ、もう一度読まれるべき小説ではないかと思います。読んでしまった者の強みでこういうことが言ってるのはしあわせだと思います。

これ以上やると、早くと言われると思いますので、一つだけ最後に言わせていただきますと、じつは『生々死々』は読んで面白い小説です。ただ、さきほどもいいましたけれども、四六〇頁から六三〇頁までとばして読めば、ほぼ完璧に面白いと思いますので、夏休み、時間をとって、ただしこれは時間をかけて読むよりも、三日ぐらいで読んでいただくと、その面白みがわかるのではないかと思います。ということで、終わりにしたいと思います。

(二〇〇〇年五月　第八回)

『完本　狭山裁判』

日本の裁判を知る大事な記録

国語学　**大野　晋**

有罪か無罪かという断定は、有罪とする確実な証拠があるか否かによってだけ下されなくてはならない。狭山事件の場合、物証の第一とされる脅迫状が被告人に書けないものであったことは明白である。それが逆に有罪の証拠とされている。そうしたことは何故生じたか。

野間宏氏の長年にわたる論述は、その間の事情を詳しく語る大事な記録である。これが広く読まれて、日本の裁判のある一面をよく知ることは極めて重要だと思う。

（『完本　狭山裁判』パンフレット、一九九七年）

『完本　狭山裁判』

現代の魔女裁判弾劾の書

法医学　**木村　康**

『完本　狭山裁判』は野間宏氏の畢生の大作であり、現代の魔女裁判弾劾の書である。紙面の到るところに冤罪にかける氏の情熱と正義感があふれている。各界識者の支援のもとに、多くの専門家が提出した新証拠によって、訴因を証明する筈の数々の証拠物の証拠力が崩壊していったにも拘らず、何故再審の道が開かれないのか、疑問の一語に尽きる。被告人が被差別部落出身だからなのか、裁判所までが事大主義なのか、読後怒りを覚える。

（『完本　狭山裁判』パンフレット、一九九七年）

『完本　狭山裁判』

「ドレフュス事件」と類似する「狭山事件」

マスコミ学　稲葉三千男

私は、ここ二〇年間ドレフュス事件に強い関心をもっている。ドレフュス事件とは、前世紀末のフランスで起こった冤罪事件である。この事件と狭山事件はとても似ている。社会的偏見に起因し、証拠は価値薄弱で、裁判の過程が不透明だし、罪を着せられた人が意思強固で逆境に屈しなかったこと等である。

野間さんの『狭山裁判』を、今度の刊行を機に精読させて頂こうと、心に期している。あらゆる差別が克服される日の、一日も早く到来することを願って。

（『完本　狭山裁判』パンフレット、一九九七年）

『完本　狭山裁判』

「狭山裁判」と野間宏

社会学　日高六郎

野間宏さんは、「狭山裁判」批判を、雑誌『世界』に、一九七五年二月号から一九九一年四月号までのほぼ十六年間にわたって、何度か休載した月もあったとはいえ、前後一九一回連載しつづけた。その分量は四〇〇字原稿用紙でほぼ六六〇〇枚に達する。今回藤原書店が、それらのすべてを一本にまとめて刊行するという。彼の友人として、私はほんとうにうれしい。

野間宏――以下私は、時代に大きな足跡を残した彼を呼ぶのに、「さん」の言葉は省きたい――はもちろん作家であって、刑法や刑事訴訟法や犯罪学などの専門家ではない。しかし彼には作家的洞察力に加えて、真実を明らかにしようとする無類の根気と倫理感があった。彼は粘着力のある文章によって、狭山事件についての理解はもとより、日本の裁判についての批判的視点を、一般市民に提供しつづけた。それは石川一雄氏の無罪を信じて、冤罪糾弾の運動に参加する人々にたいする強いはげましとなった。外からの「雑音」に耳をかさないと言っていた司法内部にも、ひそかな影響をあたえていたにちがいないと思う。

『世界』連載は延々とつづいた。野間宏の持続力にはおどろくほかなかった。その力のみなもとはどこにあったのだろうか。

第一に、野間宏の部落問題にたいするなみなみでない強い関心にあった、と私は思う。戦中、大阪市役所で働いていたとき、部落についての調査を行なっていた。そのとき彼は市役所吏員である以前に、一人の人間として仕事に打ちこんだ。戦後、衝撃をあたえた『真空地帯』では、部落出身者が重要な主役として登場している。そして彼の最大長篇『青年の環』も部落問題を抜きには語れない。彼には――そのことを私は彼からじかに何度か聞いているが――日本社会の最重要問題のひとつとして、部落解放があるという強い認識があった。

狭山事件を一般的な冤罪事件としてではなく、まさしく部落に生まれた青年が不当な目標になっていると考えたとき、彼はこの事件の究明から逃れることはできないと考えたのだと思う。

もちろん第二に、野間宏は、警察による「容疑者」の設定の仕方、取り調べ、自白の取りかた、起訴、そして裁判の過程において、ほとんど信じられないことが進行していることに気がついた。それは、反人権的というほかない手法であった。彼は、日本の裁判について、徹底的な分析と批判が必要だと考えたにちがいない。それは、彼が全調書を熟読して痛感したことであった。

この二つは、別のことであり、同時に結びつくことでもあった。そしてこの裁判が民主国家日本のなかの司法の実態であることを彼は見抜いたと思う。

私自身は、彼によって直接に狭山問題に導かれた。ある夜、それも真夜中と言ってよい時間だったが、彼から電話をもらった。そうしたことはたびたびあったけれども、その夜の長い電話はいまでも思い出す。用件はただひとつ、狭山問題について助けてほしい、ということであった。

知識人や芸術関係者に石川一雄さん支援を依頼すること、あつまった支援の署名簿を、東京高裁、最高裁、最高検にとどけること――野間宏が同行することもあり、しないこともあった――、さまざまの集会に出ること、話すこと、雑誌・新聞に書くこと、狭山現地に行くこと、映画に出ること……私は、本心、野間宏の手伝いをするつもりで動いた。

そのおかげで、私は野間の『狭山裁判』をいっそうよく味読できるようになった。自白中心主義がまかりとおっていること、自白に誘導の疑いがたいへんに強いこと、証拠の解釈がまちまちで、地裁、高裁、最高裁でくいちがっていること、すべての証拠が開示されていないこと（なんという不公正！）、証拠と本人の行動との関係を、「そのような可能性も排除できない」といったたぐいの表現――つまりは推測！――で合理化していること、などの信じがたい判断や判決文に、私は出会った。それらは野間がことごとく指摘していることであった。

一九九〇年に野間の身体には重い病気が進行していた。しかしこの年、連載は一回も休んでいない。なぜこうしたことができるのだろうか。私には信じられない精神力である。一九九一年一月二日、野間は死去した。そして九一年の『世界』一月号、二月号、三月号、そして四月号で終止符を打つまで、連載はつづく。口述原稿やメモが残っていたのだ。

そのとき、野間が要求していた全証拠の開示、再審請求、事実調べはなお実現していなかった。一九九四年の石川一雄さんの「仮出獄」も、彼は見ることができなかった。

しかし狭山裁判はまだ続いている。そうした状況のなかで、野間宏の著作として、岩波書店刊の『狭山裁判』（上下、岩波新書、一九七六、七七年）、集英社刊の『狭山裁判』

（上下、一九七七、七九年）につづいて、『世界』連載のすべてを収めた決定版が、藤原書店から公刊される。それは野間宏の巨大な遺産の全部であり、藤原書店主、藤原良雄氏の志のたまものである。

なお私たち刊行委員会は、藤原書店からの出版を快く受けいれて下さった岩波書店と社長大塚信一氏、とくに『世界』連載をつらぬいた当時の編集部長の緑川亨氏、『世界』編集長の安江良介氏に心からの謝意を表したいと思う。

石川一雄さんの冤罪を明らかにする運動は、真相が明らかになるまで終るはずはない。しかも、ふしぎなことに——と私は、松川事件を支援した広津和郎氏や宇野浩二氏の口ぶりのまねをさせていただくけれども——裁判のがわの結論は予断を許さないのである。

しかし私はきびしい状況のなかで、真実は必ず明らかになると信じている。もしその日が来たならば、野間宏は、天上のどこかで、例のようにゆったりした口調で、少し唇をゆがめながら、「当然のことです」と声を発するにちがいない。それは石川一雄さんや「狭山裁判」批判の運動に参加してきたすべての人々に向けられている。と同時に、私は思うのだが、その声は、いうまでもなくこの長い年月のあいだ、野間宏につきあい、彼を支えきった光子夫人にも捧げられていると信じている。野間さんは何度か夫人に、「私が死ぬのが先か、無実の判決が出るのが先か、どちらかだね」と語っていたと、私は聞いているのである。

（『完本　狭山裁判　上』一九九七年）

『完本　狭山裁判』

「奈落を考える会」と野間宏

ジャーナリスト　**梅沢利彦**

『現代の王国と奈落』（転轍社）が出版されたのが一九七七年十二月、一年半後の七九年四月に「奈落を考える会」が発足した。野間さんが副題としてつけた「現代文明についての文学者の考察」を深刻に受け止め、それを深め、広めようとするものであった。

会の発起人は野間宏、高杉晋吾、梅沢利彦、松岡信夫、津村喬の五人。環境破壊、水資源・食糧・人口、科学技術（分子生物学が提起した新しい生命観）、経済の高度成長がもたらした社会の歪みという現代文明が遭遇している緊急の課題をテーマとし、毎月一回、自由に発表し論議するものとした。

会は八三年十二月に解散したが、遺伝子操作の問題をはじめ、イデオロギーではなく「管理社会か自主管理が問題である」など刺激にあふれた議論がされた。野間さんは都合がつくかぎりテーマに関連した資料を風呂敷いっぱいにかかえて姿をあらわし、会合後の居酒屋での談論会では、酒は程々に、しかし最後までよく語られた。

前著巻頭の「何故に作家が環境（公害）問題にかかわるか」で、高度成長過程で作り出された人間の欲望の変遷、その欲望と深くかかわる意識を変えていくことが大きな問題であると規定し、「変容され、管理されつづけている感性を変える方法をそなえている文学芸術が担当する領域ではないか」と野間文学の新しい方向を示唆しているのだが、会では未消化に終わった。未完で最後の長編小説になった『生々死々』によって、野間さんの新文学理論をたどってみるつもりである。

（『完本　狭山裁判　上』一九九七年）

『完本　狭山裁判』

差別と人間

沖浦和光

二十年近くにわたって書き継がれてきた「狭山裁判」は、今回ようやく二千頁に及ぶ完本として通読できるようになったが、日本の裁判史上のみならず文学史上においても忘れることができない業績になるだろう。

　連載が始まってから野間宅を訪れると、所狭しと積み上げられた資料を前にして執筆に集中されていた。一九九〇年の夏と記憶しているが、今後この連載をどう続けていくか、率直に話し合ったことがあった。その際に野間さんは次のようにおっしゃっていた。

　一区切りつけたらどうかという声もあるが、自分としては体力の続く限りこの事件の本質を追求していきたい。石川さんの〈被差別体験〉にしても、おもに公判調書によって明らかにしてきたのだが、まだまだ不十分で、狭山の部落の起源と成立史を含めて、歴史的にも厚味のあるものに仕上げたい。

　部落差別が人間形成史の上で、どのような歪みと深い傷跡を刻印してきたのか——そこのところこそ〈差別と人間〉を考える上で文学者が最も留意せねばならぬ問題なのだが、まだまだやり切れていない。そのことはまた、石川さんが自白に追い込まれていく心理過程にも深く投影されているのだが、「自白分析」をもっと突込んだものにするためにも、関東全域の部落史を踏まえながら、近代に入ってからの苛酷な部落差別の実相をさらに詳細に追求していかねばならない。ざっとそのような見解であった。

　そのための資料集めを相談されたのだが、その志を果たすことなくこの世を去られた。まことに残念である。

　作家としてその晩年のエネルギーの多くを費やされた「狭山裁判」は、近代文学史の上でも特筆されるべき労作である。本書が多くの人びとに読まれることを心から念願している。

（『完本　狭山裁判　上』一九九七年）

『完本　狭山裁判』

野間宏と狭山裁判の思想的意味

久野　収

野間宏君が執筆した「狭山裁判」の報道的批判は、広津和郎さんの「松川裁判」と並んで、戦後文学におけるノンフィクション・ジャンルの二大記念碑である。

ジャーナリストや報道記者のルポルタージュではなく、この二つの裁判の作家による散文的表現行動である点に大きな特色が認められるだろう。

日本におけるノンフィクションは、ジャンルとしては第二次大戦の敗北とともに始まる戦後（アプレゲール）が始めて生み出した文章ジャンルである。

広津、野間の両作家は、散文をひっさげて、この部門に作家として参加し、二つの記念碑的作品を読者におくってくれた。

そこには、人間的正義の権利や裁判批判の権利を戦後日本の社会と人間の中に確立し、後代に手渡そうとする強固な意志が凝結している。

散文そのものの動機と目的は、哲学者、クリストファ・コードウェルが指摘したとおり、人間相互間の説得力の相互行使の実行にある。

説得力は、学問的証明による説得と芸術的感動による説得の両脚によって立ち、相手は納得した上で、動かされる。

だから、広津、野間の両作家が松川、狭山両事件に没頭したのは、作家の正義感やモラリズムに動かされただけではなく、散文精神の表現としての作家的参加であり、実行であった。ぼくは、両報告を文学的散文のモデルとして味読し、評価する意味をとりわけ強調したい。その意味では、文学者、エミール・ゾラが「ドレフュス冤罪事件」に参加し、現場から執筆した「われ、弾劾す」にならぶ散文表現である。そう視るのが、正しいと思う。

（『完本　狭山裁判　上』一九九七年）

『完本　狭山裁判』

全体小説と『狭山裁判』

佐木隆三

野間宏さんの『狭山裁判』は、岩波新書の上下二冊と、集英社のハードカバー上下二冊に続いて、これが三回目になる。しかし、今回は『世界』連載の完全復刻版で、まさに完本といえる。裁判は再審を請求中で、雑誌連載も未完とはいえ、野間さんのお仕事としては、完全なものだからである。

わが国の冤罪事件は、わずかな例外を除

いて、捜査段階の〝自白調書〟から、ボタンの掛け違いが生じる。もともと捜査手法は、なるべく広く網を広げて、多くの容疑者のなかから、消去法で絞り込んでいく。そうして最後に、強制捜査（逮捕）に入り、自白に追い詰める。石川一雄さんのケースでは、別件逮捕の便法を用いた。

　狭山事件においては、広く網を広げる捜査手法ではなく、かなり早い段階から、見込み捜査がおこなわれている。これが部落差別にほかならず、強制的に〝アリバイ上申書〟を書かせ、被害者宅への脅迫状の筆跡と照合するなどし、字が似ているとして別件逮捕に踏み切り、自白へと追い詰めた。

　野間さんの『狭山裁判』は、このような見込み捜査を、きびしく批判することから始まる。石川さんの悲劇の根っこは、別件の罪名を並べ立てた捜査官から、「やったと言えば十年で出してやる」と言われ、〝男の約束〟として信じたところにあるからだ。さらに野間さんは、有力な物的証拠とされるものに、科学の光を当てることにより、それを無力化してゆく。全体小説を書く作家だからこそ、成し遂げることができたのである。

（『完本　狭山裁判　上』一九九七年）

『完本　狭山裁判』

野間さんの遺志

弁護士　中山武敏

七四年十月の東京高等裁判所の第二審判決後、部落解放同盟の狭山事件の担当であった西岡智さんから、野間さんが、『世界』で狭山裁判を執筆されるので、協力して欲しいと言われ、西岡さんと二人で野間さんとお会いしたのが最初でした。

　以後、野間さんと、身近に接してきましたが、野間さんは、裁判記録を読まれ、関係者に会われ、弁護団の現地での実験にも立会われ、石川さんの無実を確信されていた。野間さんが、『世界』に狭山裁判の執筆を始められてから、死去されるまでの十数年間、常に、野間さんの心の中心にあったのは、狭山裁判の事であったと思います。野間さんは、狭山事件再審弁護団編『自白崩壊』（日本評論社）の中で、「私としては真実を明らかにしていって、それを全国民のものにしていきたい。これはむだだと思われても、裁判が終ったとしても、全部書き上げる、そういうふうに考えています。」と述べられています。

　野間さんの死後、石川さんの仮出獄が実現し、石川さん自らが、全国の人々に、直接に、自分の無実を訴えています。

　九七年三月現在、狭山再審事件を審理している東京高等裁判所には、事実調べを求める国民各界の一一七万名の方々の署名が提出され、全国の法学者八一名の署名簿も提出されています。

　弁護団は、再審段階で、これまで裁判所が、石川さんの有罪の証拠の主軸としてきた脅迫状は石川さんが作成したものではないこと、万年筆に関する元狭山署巡査の新証言等の重要な新証拠を裁判所に提出しています。
　このような状況の中で、『完本　狭山裁判』が刊行されることは、意義のあることであるし、野間さんの遺志にむくいることであるとも思います。

（『完本　狭山裁判　上』一九九七年）

　わたしは著者の執筆を身近にみつめ、著者にみちびかれて狭山裁判批判にかかわった一人として、完本の刊行をよろこび、関心ある多くの人びととともにこの仕事をうけつぎたい。

（『完本　狭山裁判　上』一九九七年）

『完本　狭山裁判』

巨人のライフワークの全貌を知る必要

針生一郎

　野間宏「狭山裁判」は、『世界』に一九七五年二月号から一九九一年一月号まで連載された。その間七六年に岩波新書『狭山裁判』上下、七七年に集英社版『狭山裁判』上下が出たが、いずれも連載の一部を再構成したものだ。それらの刊行後も著者はこの裁判の問題点究明をやめず、九〇年入退院療養中も本書編集委員の梅沢利彦に口述して連載をつづけ、ついに死によって未完に終った。だが、執筆期間と原稿量からみても野間のライフワークで、その全貌が、この完本にはじめて、まとめられる。
　もともとの執筆動機は、警察の差別意識に根ざす部落民への見込捜査、石川被告の別件逮捕と自白強制が、無批判に肯定された二審の寺尾判決への怒りだろう。だが、著者はあらゆる信条も体系も離れて、細部の執拗綿密な考察から新たな変革の展望をさぐりだす全体小説家だ。現地調査もふまえて判決の論拠を詳細に論証し、さらに裁判所が無視する新証拠群を吟味するあたりでは、読者は泥沼を這いまわる気がするかもしれない。だが、全体を読み通すと最高裁の二度の再審請求棄却、特別抗告棄却などの根幹をなす、現在の司法制度の欠陥に徒手空拳たちむかう著者の姿がみえてくる。

『完本　狭山裁判』

野間さんの執筆動機

作家、俳人　**土方鐵**

『青年の環』という、大長編小説を書きあげた野間さんは、みるからに疲れ果てた様子だった。その疲労ぶりに、果して再び文章を書けるようになるのだろうかと、わたしはひそかに危惧をおぼえた。

中山武敏弁護士が、西岡智さん（当時、解放同盟中執委）と、「狭山裁判」執筆をお願いしたことが、座談会にでている。

西岡さんは、「狭山事件をやれば、先生の病気はよくなる」と、口説きおとしたと、やや自慢げに、わたしに話してくれたが、そんなことばに、野間さんが動かされたとは考えられない。執筆の動機は、野間さんが、大阪市役所に勤め、同和担当になったところにあろう。職務柄、被差別部落の人びととの、人間的交流をもったこと、とくに、『青年の環』に、「島崎」として登場する松田喜一さんと、出会ったことが、野間さんの人生において、決定的な意味を持った故であろう。

野間さんの「狭山裁判」連載に、わたしは圧倒された。法廷資料などを、徹底的に読み、現地調査などして書きすすめていかれた。

「無罪判決を得るまで書く」と、おっしゃっていたが、十六年間、連載一九一回で絶筆となった。また、いくつかの未完小説の完成も期しておられた。野間さんは、心残りで残念でならなかっただろう。わたしたちも、共に残念でならない。

全連載を完全収録される『完本　狭山裁判』を、心して読みなおそうと思っている。

（『完本　狭山裁判　上』一九九七年）

『完本　狭山裁判』

野間宏さんを憶う

作家　**真継伸彦**

私の友人に、多年兵庫県西宮市のさる大きな被差別部落の中に、聞法道場を開いている真宗僧侶の夫妻がいる。夫は九六年度の部落解放文学賞小説部門を受賞した望月廣三氏である。妻は真宗大谷派で、女性を住職に登用させるために尽力した慶子氏である。

道場はもと、まことにじめじめした二階建の安アパート群の一階にあった。それは九五年一月の大震災で灰燼に帰し、今は跡地の一隅に、六坪の小さな平屋の道場が再建されている。再建のためには、大勢の部落の同朋が無償奉仕した。

私はヒマを見ては毎月一度の聞法会に出席し、『歎異抄』を主題とする廣三氏の法話を聞き、あとは焼肉をつつきながら酒を汲みかわし、談論風発している。講師には時に部落の同朋が代って、自分たちの痛切な被差別体験を淡々と、しかもユーモラスに語る。時には在日韓国人二世の若者が招かれて、アイデンティティーの喪失と回復という、切実な問題について語ることもある。

望月廣三氏はかつて、野間さんを団長とする研修団、「インド・カースト研修の旅」に参加して、被差別部落の故郷というべきインドを訪れ、親鸞思想と部落解放という、二人が共有する大問題について、深く話し合ったことがある。そういう僧侶が主催する聞法道場で、私はつねに野間さんを憶っている。

このたびの野間さんの大記録の出版は、望月夫妻のような僧侶をも、さらに大勢生み出す契機になるだろう。

（『完本　狭山裁判　上』一九九七年）

『完本　狭山裁判』

野間さんの言ったこと

安岡章太郎

私が、狭山事件の現場とされる狭山へ行ったのは、第二審の判定の下りる少し前のことだ。当時、狭山は駅前にクリーニング屋その他の店がポツポツと立っているものの、いかにもひなびた農村のたたずまいを残した静かなところだった。

犯人とされる石川さんが、被害者を呼び止めたといわれる道端の材木が置かれたような場所や、そこから田畑にかこまれた野良道を、被害者が自転車を押しながら石川さんと一緒に歩いて行ったという犯行現場とされる森なども、事件の当時と殆ど変りない状態で残されていた。つまり、石川さんが被害者の少女に声をかけたとされる地点から、犯行現場の森までの距離は相当に長く、昼日中にそんなところを、石川さんが無理矢理、少女を脅迫して引き摺りながら森の方へ行ったとしたら、野良で働いていた農民や、付近の人たちの目にとまらないはずはない。そういうことが一と眼でハッキリと見て取れる情況だった。

もちろん、その他にも石川さんの自白証言には、数多くの矛盾や難点のあったことは、改めて言うまでもない。それほど現場と石川証言とのズレは瞭然としており、一審のくつがえされるのは当然だと、この裁判に多少の関心を持つ者なら誰もが思ったものだ。

そんな中で、野間宏さん一人は、「いや、そうは言えんですよ」と、ゆっくりと粘つくような声で言った。誰しも、それには一瞬、耳を疑り、それは一体、どういうことか、と訊きかえした。

「とにかく石川さんが、あのように沢山

の言葉を述べていたのではね……」と、野間さんは、またしても舌のもつれるような口調で、極めて陰鬱にそう答えた。

いま私は、その時の野間さんの言葉を正確に覚えてはおらず、これ以上のことは明確には言えない。唯、言えるのは、調書をとられるとき、何やかや、いろいろの圧迫感で苦しめられ、つい誘導訊問などに引っ掛かって問われるままのことを肯定するように答えると、その言葉はあとあとまで残って、それがどれほど現実にそわぬ言葉であろうと、被疑者を罪に陥し入れる有力な手がかりになり得るということだ。こうした野間さんの指摘が、いかに厳しく事態を見抜いていたかは、その後の狭山裁判の展開を見れば分るとおりである。

（『完本　狭山裁判　上』一九九七年）

『作家の戦中日記』全体小説作家生成のドラマ

尾末奎司

肉体探求の姿

最初におわびしなければいけないんですが、先ほど藤原さんが言われたように、本来なら今日この会で野間さんの『戦中日記』を、軍隊時代の手帳も含めて、皆さんの前に差し出せるはずでした。が、この日記自体が六十年余りも前に、しかも〝十五年戦争〟下で、発表を全く予期せず走り書きされたものなので、校訂の方も非常に苦労をされたということがあり、その上に実は私が編集の最終段階で一時ダウンしまして、こういう結果になったことをおわび申し上げます。私を含め四人の編集者でやってきましたが、私の後もう一人ダウンした編集者がいまして、野間日記から発する磁場、強烈な電磁波みたいなものに打たれたんじゃないか、私のような脆弱な肉体で果たして受けとめきれるか、という思いを一面に抱きながらやっていたわけです。そういうことがありまして本当に申し訳ないんですが、今日は、お渡しできなかった『日記』そのものの内容に即して、とりあえずその片鱗でもお伝えしながら話したいと思います。

非常に壮大なタイトルがつけられていますが、先ほどの針生さんのお話にもあったように、野間さんは『暗い絵』で戦後派作家の旗手として、先端をきって出発された。そして時代との密接な関連において〈政治と文学〉、あるいはそれを主体の側に置きかえた形で〈思想と肉体〉という発想、パラダイムで、ずっと論じられてきました。針生さんも、最初に、野間さんの転向の問題、それから戦時中の自己合理化というふうな、批判者が出している問題からお話になって、それに対して新しい見方を出されようとしています。

しかし今回日記を読みまして、野間宏の出発は政治青年とか革命思想（運動）家とか、そこからではなくて、その前にあるということが、あらためて根源にある主体の相であり、特質であるということを思い知らされました。すなわち、この日記の書かれた昭和十年前後の数年間（野間さん自身がエッセイで、自分の文学の自覚的出発期と明記しています）が、単に胎動期というようなものではなく、もっと強烈な志向性に衝き動かされて、創造主体を身体の内につかみ取るための、混乱を恐れぬ大胆な探求と試行の期間だったことに、あらためて新鮮な驚きを感じたわけです。

もっと具体的に言いますと、「戦後の終焉」がいい出される頃から八十年代に至るまで、前記の政治と文学、思想と肉体というパラダイムのもとで（そのいわば脱構築的批判も含めて）、いわゆる戦後文学論争が三回ぐらい繰り返されてきましたが、その中で絶えず野間文学は問題の中心にとりあげられてきました。その課程で、私自身は〈肉体〉の方に力点を置いて野間文学を考えてきたつもりですが、日記を読んで（肉体派という言い方は誤解を招きますが）、ぼくの中にできあがっていた〝肉体を放さない野間〟像をもっとはるかに破る、破天荒な肉体の探求の姿がそこに記録されているのに、新鮮な驚きを感じたわけです。

今回刊行される『作家の戦中日記』上巻には、野間光子夫人から提供されました、昭和八年から十二年九月までの、三高・京大生時代の四年九ヶ月にわたって書かれた十冊の大学ノートの日記のすべて、そして下巻には、第二部として、学生時代の創作ノート、思索・読書感想メモ七冊の大半と、新たに神奈川近代文学館野間文庫から発見し選び出された、「軍隊手牒」を始めとする、市役所勤務、軍隊、除隊後敗戦時迄、の各時期の手帳、ノート、メモ類、第三部として、学生時代から戦後『暗い絵』刊行の頃迄の書簡（富士正晴記念館所蔵、および野間光子氏提供のもの）が収録されます。今日は、『日記』と軍隊時代の記録を中心にお話したいと思いますが、その日記の半ばは、先ほどちょっとふれたように性的な自己の体験と意識で埋められている。

第一冊目をひらきますと、昭和八年一月一日を期して書き出されていますが、その元日の冒頭が「春枝へ手紙を書いている中に、除夜の鐘がきこえてきた」、こういう書出しで、以下ピックアップしてみると、二日目は「性慾起る。春枝さんにすまない。」「夜、女を見に大阪へ行く。」三日目、「私の性慾は、ふつうの人のとは、ちがっているのだろうか。」四日目、「春枝さんにすまないと思いながら、又〔約八字分抹消〕を行う。」「夜、夜はいつもつらい。」という言葉が連ねられて、鷗外の作品の題名を比喩的に使わせてもらうと、実に赤裸々なキタ・セクスアリスの趣を呈している。——これがこの日記の大きな特色の一つです。

性と文学の並述

もう一つは、平行しておびただしい読書の感想が綴られていることです。読書感想というと、通常は、特定の作家の作品を読んで得た感動を（どちらかといえば）受動的にメモする、そういうことが考えられますが、そうではなくて、作家の一人一人について、対等に（ある場合は奔放に、別の場合は心底うちのめされ）、終始思想的格闘、文学的格闘を延々と続け、それをストレイトに記している。

つまりこの日記は、おびただしい読書と赤裸々な性の記録、この二つが中心に大きく抱き合わせになっているんですが、そこで大へん興味深いのは、ふつう我々が読書をしたときはその記録で終わり、また性的な体験や意識にとらわれたときはそれで一日の記述を終わる。ところが、この日記ではほとんど毎日の記述が、赤裸々な性の記録と読書（思索）記録の並存で書き続けられている。読んでいて、これにはちょっとすさまじいエネルギーが感じられます。書き手自身としても、ときには、自分は発狂するのではないかという不穏な意識状態を書きつけていますが、野間宏に批判的な読者が読めば、この日記の中の野間は四分五裂、これは全く統制のとれてない悪文の典型ではないかというふうに受け取るのではないかと思います。

ここで、ある一日の記述を例に挙げますと、初めにジョイスの『ユリシーズ』をとりあげて、その「意識の流れの表現法」をめぐって強い疑問を提出していきますが、それがたちまち自由と必然の問題に関連づけて展開され、さらに「神」（キリスト教）「絶対無」（西田哲学）「仏性悉皆」（仏教）という言葉が並置され、衝突し、飛びかう次元に飛躍していく。飛躍に大きな隙間はあっても、そこに一すじ論理の糸もひそみ、またその時期すでに〈全体〉と〈綜合〉への道に執するさがも瞥見されて、興味深いのですが、最後に竹内勝太郎の影響で当時関心を注ぎはじめたヴァレリーの「テスト氏」の言葉で、とにかくこの一日の読書-思索の系は一たん落ち着きます。

ところが（特色はここにあるのですが）、一行の空白を挟んで、次は眠れなかった昨夜の性の意識の記録に移り、それが延々と原本にして三、四ページも続いていきます。どういうことが書いてあるかというと——道を歩いていて行きずりに犬をつれた奥さんに出会った。その「白粉の匂いがハナを打ち、きつい成熟した女の香」に、ふいに衝動的に突き動かされ、声をかけたくなったが、声をかけようとしたら震えてくる。——ここで、野間さんの生い立ちについて少しふれる必要がありますが、御承知のように、幼少期は、親鸞の流れをくみ、実源派を名のる父が開いた在家仏教の環境で育ちました。そのままいけば、その宗門の教祖を継ぐかもしれぬ立場に置かれ、少年時代に、お経の文句を暗唱し、また浜辺で半眼に眼を開いて（これは往生要集に記されてあるわけですが）、観相という修行の方法を実際に日常的に行っていた。その時期に、後年見る夢の中にまであらわれたというあの「女犯」の罪、「邪淫」の罰を描く『往生要集』の地獄のイメージが深層に深く刻まれていった。そういう中で、男女（性）の問題が意識の中でタブー化されていくという生い立ちが、背景にあるわけです。さらに中学二、三年の頃、これは「不可解なものの訪れ」というエッセイに詳しく告白されていますが、突然襲ってきた〝性の目覚め〟による混乱、内攻の時期を経て、そのタブー化された性が、逆に脱タブーを求めて奔流しはじめる。それが、この行きずりの奥さんに話しかけようとして震えるワン・シーンとなってあらわれ出ている、と思います。当時野間さんは甲子園に住んでいるのですが、その奥さんにアタックするつもりが、結局は甲子園へ行く道を聞くだけで終る、とっさにそういう言葉しか出ない。その後、何もできずに、ただ海岸に行き、公衆便所をのぞき見し、そこに書かれてある落書きを見る——その先は略しますが、子供を含め、ぶつかる女性のすべてに欲望を感じてしまう。

私は犬と女との性交を考えた。（中略）

その女、道で会う、女、すべてと、性交を空想す。〔四字不明〕

性慾がひどい。反天、反天、反天。

こういうことを延々と書きとめていくわけです。そこには当然のことながら、恋愛の次元の感情や体験も挿入されてくるのですが、その場合も必ず肉体、性に直接からまる記述が伴なわれています。

野間さんは、なぜこんなに赤裸々な、全身を、というより意識の裏側までさらけ出すような記録を、昭和八年の元旦を期して書こうとしたのか、その動機に私は非常に関心をもったのです。このような日記は、通常の十七、八歳の者が抱く単純な自然発生的な動機などでは、しかも四年半にもわたって、とても書きつづけられるものではありません。

野間宏とジイド

実はこの日記を書き出す直前に、「緑集」というタイトルをつけた一冊のノートが書かれているのです。前年の昭和七年十一月に、こちらの方は一定のスタイル意識を示す整った文章で書き出されていますが、そこには、次のような言葉が見出されます。

——これから美しいことは書かない。全裸の自分を追究していく。自分にとって肉体とは何か、自分にまだわかってない。——それをもっと端的に問い直して、人間にとって性欲とは何か、そこをまずとことん突き詰めてみたい、という言葉があるんです。さらに恋愛観が続いて書かれてあって、恋愛は魂の融合といわれているが、魂の融合の前提に、当然のこととして肉体の存在がある。その上につけ加わるものが魂なんだ。その土台のところをつかまないと、本当の恋愛も成立しない、そういう意味のことを書いている。つまり、「緑集」は日記を書く直接の動機を明確な意識で語っているわけです。

このときはまだ十七歳です。十七歳というと、大体星菫派といいますか、星やスミレを歌う、詩人を志望する青年としても大体そういうところから入るんじゃないか。ところが、野間さんは一番根っこの肉体のところから問題を追究していこうとしている。しかしこういう形の日記を、しかも四年半にわたって赤裸々に真摯に書きつづけていくには、その動機の基層にさらに何か強靭な支えが必要なはずです。

日記には、オスカー・ワイルドの名から始まりおびただしいヨーロッパ、特にフランスの作家や哲学者が登場しますが、最も多くページがさかれ中心を占めているのはジイドとヴァレリーであり、それにドストエフスキーが続きます。日本の作家では横光利一や谷崎潤一郎、志賀直哉、芥川龍之介、梶井基次郎などが挙げられますが、外国作家にくらべて少なく、特に当時のプロレタリア作家はほとんど出てきません。ただ中野重治に対してだけは、強い肯定と敬意が示され、小林秀雄に対しては、終始一貫して批判の言葉を連ねています。(この小林批判については、後でその意味についてふれたいと思います。)

多くの登場作家たちのなかで、この日記が書かれる動機の背景には、やはり何よりもジイドの存在が強い支えとして浮かびあがってくるように、ぼくには思われます。両者には、いわば生育史の面で、ある共通点があるのです。ジイドはフランスの古いプロテスタントの家系のブルジョア家庭に生まれ、少年時代、特に肉欲の問題に厳格な清教徒のモラルが強く保持された母親のもとで育った。先にふれたように、野間少年の方は父の開いた在家宗門の仏教の罪悪感に滲透されて生い立ったわけで(しかも、ともに少年時代に父を亡くしていますが)、両者いずれも、宗教を背景にもつ厳しいモラルの下に、性意識が強い抑圧を受ける少年期を過ごしたのです。

ジイドはかなり性的には早熟だったようで、著名な自伝的作品『一粒の麦もし死なずば』は、実は七~八歳の小学生のころ、教室で「悪い習慣」(自慰)に耽る自分の姿から描き出されています。それを教師に見つかって、とんでもないことだということで停学になるわけですが、十七~十八歳ごろまでは学校になじまぬ落伍者的コースを歩み、青年期に達して、文学的自我の形成とともに、ピュウリタン的モラルへの反抗・逸脱を試み、コンゴへの最初の旅で男色を経験します。そして、後年に自伝や、特に『コリドン』という作品で、ペデラストである自分を告白するわけです。忠告する友人と訣別してまでそれを告白して、しかも肯定していく。

野間さんの日記にもしばしば自分は異常ではないか、あるいは変態性欲というような言葉が出てきます。これは現実にというよりも、先ほどの意識の抑圧とそれへの反抗から性意識の問題として出てきていると思うんですが、そういう肉体に関する意識の面でも、野間さんはジイドに共感し非常に深く入っていった。周知のように、ジイドには『狭き門』と『背徳者』があります。『狭き門』が表の作品としますと、『背徳者』は陰画に当たる。野間は先の「緑集」の中で、『狭き門』を読んだ感想として、ヒロインのアリサを、これは頭の中にこしらえた自己犠牲という規制観念、それに自分を当てはめようとしている人物を描いているに過ぎないとしています。アリサは「純潔」な清教徒的モラルに固執して生きるんですが、それを批判しているわけです。僕なんかの同年代の読書経験からしますと（ぼくのちょうど同じ年頃にもジイドが流行した時期があって『狭き門』をかなりの者が読んでいる（注1）ということがあったわけですが）、みな単純に感動してしまうわけです。

ところが、十七歳の野間はその裏側の『背徳者』の方に深く参入していく。そういう点で、最近出た山内昶氏の『ジッドの秘められた性と愛』は、ジイドがコミュニズムに転向していく、その背景に性的非順応者、つまり性の面での自由を主張する、そういうジイドというものを取り上げて、単にジイドの転向（さらには再転向）が、ある客観的な思想の面だけではなくて、もっと肉体を含めた存在性、そこに結びついて展開されたのだと、当時のソヴィエトの法律に基づいて指摘しています。この点はジイド自身が「ソヴィエト旅行記」に記していることですが、どうも野間さんの場合もそういうジイドに導かれて、コミュニズムの方に進んでいくということが、日記を通して窺われるんです。

コミュニズムへ

野間さんのマルキシズムへの自覚的移行は、エッセイで語られているように、確かに昭和十年から十二年にかけて進行していることが、日記でも読みとれますが、この点も決して単純ではありません。歴史と照合すると、日記が書き始められた昭和八年には、小林多喜二の獄死、特に六月には、共産党幹部佐野学、鍋山貞親のセンセーショナルな大転向がありました。この佐野、鍋山の転向は、その後の革命運動を決定的に崩壊させていくきっかけになりますが、新聞でその転向声明を読んでの感想は、佐野という人物は馬鹿な奴だと。自分には芸術（文学）がある。だから共産主義の運動の実践はできないと書いている。つまり、昭和八年の時点では、関心はあるが、芸術至上意識のもとにその関心を排除する、一種傍観的な、そういう思想的位置にある。

それが昭和十年九月の日記では、同年京都で創刊された『世界文化』を読んで、ジイドの「文化の擁護」の声明にたいへん共鳴したことが書かれている。『世界文化』は、当時すでに国際連盟を脱退し鎖国状態になっていた日本の中で、わずかに世界へ向って文化的に開かれた情報の窓だったわけですが、ジイドの文章は、反ファシズムの気運のもとにフランスの作家が中心になって、パリで初めて世界中の作家が集まった「文化擁護国際作家会議」の、同誌における特報に載ったものでした。さらに昭和十二年の十一月には、もう「日記」は九月に中断されているわけですが、富士正晴に宛てた書簡（『作家の戦中日記』下巻収録）で、「京都に少し事件が」あったこと、「私に何か起れば、後のことは頼む」という言葉が記されています。この「京都の事件」とは、年譜に照らすと、明らかに同月にあった、京都人民戦線運動に関わる中井正一、久野収ら『世界文化』グループの検挙をさしている。したがって昭和十二年の時点では、どの程度かは別にして、思想的、実践的な移行を遂げていることが明らかです。

しかし先ほど述べたように、この日記の中で中心を占める作家は、ジイドと双璧をなすヴァレリーですが、両者をめぐって、ジイド自身の『日記』にちょっと興味深い記述があるのです。ジイドのコミュニズムへの転向の証とされている一九三二（昭和七）年二月の日記に――。

「もしコンミュニズムが成功するものだとしたら、ぼくには生きる楽しみがなくなるだろう」とVが私に言った。だが反対にもしそれが失敗するものなら、私には生きる甲斐がないのだ。

Vとはヴァレリーをさしますが、つまり野間の日記を通じて思想的、文学的な吸収と格闘の中心に据えられている二人の作家が、コミュニズムに対してはまさに相反する対立の立場をとっているということ。この二人をともに抱えこみ、しかもドストエフスキーを始め他の作家、哲学者たちもとりこんで、矛盾葛藤の坩堝《るつぼ》の中で創造的主体をつくり上げようとしている。だからこの思想的移行というのは、決して一筋縄ではいってないわけです。テンポとしては非常に緩やかな行きつ戻りつをくり返しつつ、しかし「思想」をめざし、肉体を確かめ、その往環の過程で、文学の領海としての〈意識〉の世界をぐんぐん広げ、深めていく、そういう形でこの日記は成り立っています。

日本の知識人の自己形成

また、これは一見奇妙というか、不思議な印象を与える部分ですが、読書や深刻な思想的葛藤と切実な性の記述の間に、突然、それらとは無関係な祖母や母（時には野間自身を交えての）、家族の大阪弁のとりとめもない会話が、延々と写しとられ挿入される場面があります。引用の余地がありませんが、おそらく壁で仕切られた個室を持たぬ下町の庶民の住まいにあって、確保しようとする読書、思索の空間にじかに侵入してくる貧しくトリビアルな日常性に、「大志」を抱く知識青年がしばしばいら立っている。同時に、家計の支え手として奮闘する未亡人のしかもアカにだけはなるなという母に対して、つのるアンビバレントな感情を抑えきれない。そういう姿がそこからは浮かびあがってきます。それが創作のためのメモの一片としての意味をもつものであるとしても、すべてを書きとめる日記のこういう場面からは、この作家の置かれた環境の断面とからまって、日本の知識人の自己形成の問題が引き出されてくるように思われます。

丸山真男は、『真空地帯』刊行後の時点で、野間宏を、日本文学者の中でそのパーソナルヒストリーと思想形成史が一体化している「例外的な存在」だと語っています。（三一書房版『野間宏作品集』第三巻月報）これに関連する問題ですが、丸山は著名な『現代政治の思想と行動』の中で、昭和十年代のファシズム進行の社会的基盤として、中間階層をとりあげ、二種類に分類しています。第一種は、町工場や土建請負業の親方、小地主、小売店主、下級官吏、僧侶などで、彼らが、その「支配下」（店員、番頭、職人、土方、小作人など）の民と国家を結ぶ媒介の役を果たし、世論、〝国民の声〟を形づくり、ファシズムの中心的担い手となった。それに対して第二種の都市サラリーマン階級、文化人ジャーナリスト、教授、弁護士などのインテリ層は、その「ヨーロッパ育ち」の教養によって、ファシズムに対しては消極的な姿勢にとどまったが、また一部の反ファシズムの立場に立った者も、肝心の教養が「肉体」や「生活感情」にまで根を下していなかったために、結局は「内面的個性」を守る「知性の勇気」を保持し得なかったと批判をこめて分析しています。

この分析に立てば、丸山自身を含め戦前の知識青年のほとんどが、第二種（中間上層）の出自であるのに対し、新興宗教の小教祖の父、小店主の母をもつ第一種の出自に属する野間さんの場合、ヨーロッパ的教養による知識人形成をわがものとするには、一つの断層を突き抜ける、より大きなエネルギーが必要であったといえるわけです。

しかも、後の作品『わが塔はそこに立つ』の「中之町」の下積みの庶民の世界、『青年の環』の構造や母よし江の形象が証し立てているように（この点を今詳述する余裕はありませんが）、一方を切り捨てることなく、二つの階層にまたがる困難な課題をその身体に抱えこみ、丸山のいう「肉体」「生活感情」にまで根づかせるべく、戦中戦後を歩み通した野間宏の在るべき知識人作家としての道は、その終焉の時点からふり返って見ても、やはり日本文学の中で「例外的」に独自なありようと言う以外にはありません。

野間宏の日記のもつ意味

学生時代の同時期に野間さんはこの日記と平行して、同人誌『三人』に欠かさず発表した詩（と小説）、それにもう一つ、同人の中心でライバルでもあり親友でもある富士正晴に宛てての書簡をめんめんと書きつづけています。表現として異なる三つの次元のエクリチュールを残しているわけです。詩はいうまでもなく結晶作用の次元のもの。書簡は相手があって、ある程度自己統制的に書かれたもの。それに対して、全く自由に、刻々の生を生きつつある意識を、既成の観念や表現意識の制約から逸脱することも恐れず、大胆に真摯に言葉に写しとめたもの、それが、この日記なのです。破格の表現と特異な相貌をもつこの日記は、それではいかなる存在理由をもつのか。ここではとりあえずヴァレリーの言葉を借りて締めくくることにします。

> しかし、ここに実に意外な事情があります。すなわち、この常にさし迫った自己分裂状態が、作品の生産に当っては、自己集中そのものにほとんど匹敵するような重要性を帯び、生産に協力しているということです。働いている精神、すなわち自分自身の浮動性、生来の不安定性やそれ固有の多様性、特殊化されたあらゆる態度につきものの放心や意力低下と闘っている精神は、他面において、今のべたような条件そのもののうちに、比類のない資源を見出すのです。前述しました不安定性、不統一性、矛盾は、精神が首尾一貫した構造とか構成を意図している場合、確かに束縛となり、制限となるものですが、それとまったく同様に、可能性の宝庫ともなるので、精神は自己に沈潜し熟考しようとする瞬間、すでにもう、この宝庫の富を予感するのです。

欲求の烈しさによって逸脱し、四分五裂していく、徹底した自己分裂、矛盾の中を生きる。それは「時代」の抑圧の最も著しかった中で、その時代をこえる「大きな小説」の夢に憑《つ》かれた青年の、過剰な肉体と精神が本来辿るべき全体的なあり方ではないか——。野間宏という存在は、やはり「全体小説」作家というふうに言うしかないと、ぼくは考えるわけですが、その混乱と矛盾の幅が大きければ大きいほど、後に結果される作品、あるいは創造主体というものは大きなものになる、そういうことを示す格好の資料が、この日記に当ると思います。

「資料篇」にみる戦中期の内面

つづいて下巻の資料篇に移りますが、——野間さんが大阪市役所社会部福利課に就職した昭和十三年は、身近に永島孝雄、布施杜生（『暗い絵』の人物のモデル）ら京大ケルンの検挙があり、反ファシズム勢力をほぼ完全に制圧した「大日本帝国」が、国家総動員法を公布、「大東亜新秩序建設」へ向けて、「国民全体の思想の国策的転向」を企てた年にあたります。創作メモ類の激減に反比例して、市役所時代の手帳や書簡（富士正晴宛）には、「産業報国隊」「隣保組織」「国民精神作興週間」などの字句が並ぶようになり、『三人』の合評会について再三の延期を要望する言葉が見られます。それまでの「国」というものの法的理念・機構の在るべき限界を破って無限に膨張する天皇制国家が、個人の精神領域にまで無制限に侵入を企て、しかも「国民精神総動員」の役割を、官僚組織の末端の一人の隠れマルキスト吏員に有無を言わさず強いていくさまを、如実に読みとることができます。

やがてその国策の帰結として第二次大戦が勃発しますが、野間さんの「軍隊時代」は、まさにその開戦に合わせた昭和十六年十月の補充兵召集に始まり、敗戦の顕著となる昭和十九年末迄つづきます。『戦中日記』下巻の圧巻は、戦後派作家の中でも初めてといってよい、文字通りの実態を書きとめた、この軍隊における一兵士の臨場記録にあるといえます。が、すでに与えられた時間の超過が告げられました。

ただ一言だけ付け加えさせてもらいますと、他の戦後派作家が、暗号兵（梅崎春生、大岡昇平）、輜重兵（武田泰淳）、あるいは入隊直後結核等で召集解除（堀田善衞、三島由紀夫）のコースを辿ったのにくらべ、野間さんは軍歌に謳い上げられている「軍の骨幹誇りも高き」砲兵として、連隊砲中隊に配属されました。手帳には不寝番や厩当番、特に数頭の馬と十数人の兵隊で行う旧式山砲の組立て運搬や射撃訓練の苛酷な日課が実態そのものとして記録されています。

その三ヶ月間の教育召集を終えて、野間二等兵は大戦の初期における最初の蹉跌となったバターン・コレヒドール作戦の第二次攻略戦に投入され、激戦の終り近くにマラリヤで倒れるのですが、今回発見された、その戦場そのものを素材にした未完の詩の草稿二篇が、今お配りした資料のそれ（次々頁参照）です。「戦友」への呼びかけで始まる詩稿の右下の「サマット、マリベレス」はバターン攻略戦中最も激戦の行われた山嶽の地名です。「戦場にありし我に先立ちて死せし乙女を詠ふ」のその乙女は、今回発掘されたどの資料にもその実像はふれられていませんが、『日記』に登場する「春枝」「光子」と対照的な位置において、『暗い絵』を始めとする初期短篇中の〝精神性〟の強い女性像、特に『青年の環』の二人のヒロインの一方（芙美子）に強い関連性をもつ人物と推定され、作家の伝記上にも興味深い謎をつけ加えます。この二篇は幾枚もの草稿がありながらともに未完未発表のまま遺されました。

軍隊時代の資料の中でいま一つ最も関心を引く焦点に、陸軍刑務所（六ヶ月間）出所後のきびしい保護観察期間に書かれた「日誌」

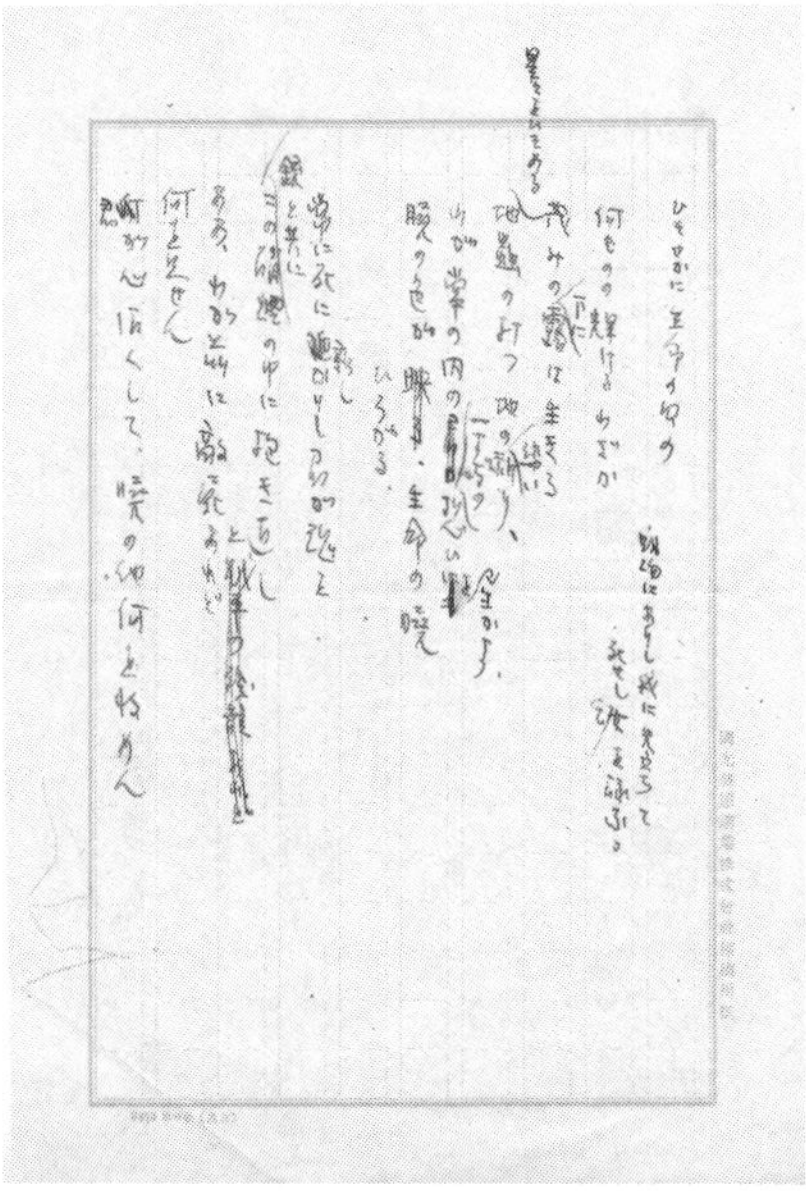

詩草稿「戦場にありし我に先立ちて死せし乙女を詠ふ」
（『作家の戦中日記』下巻　写真版 103 頁）

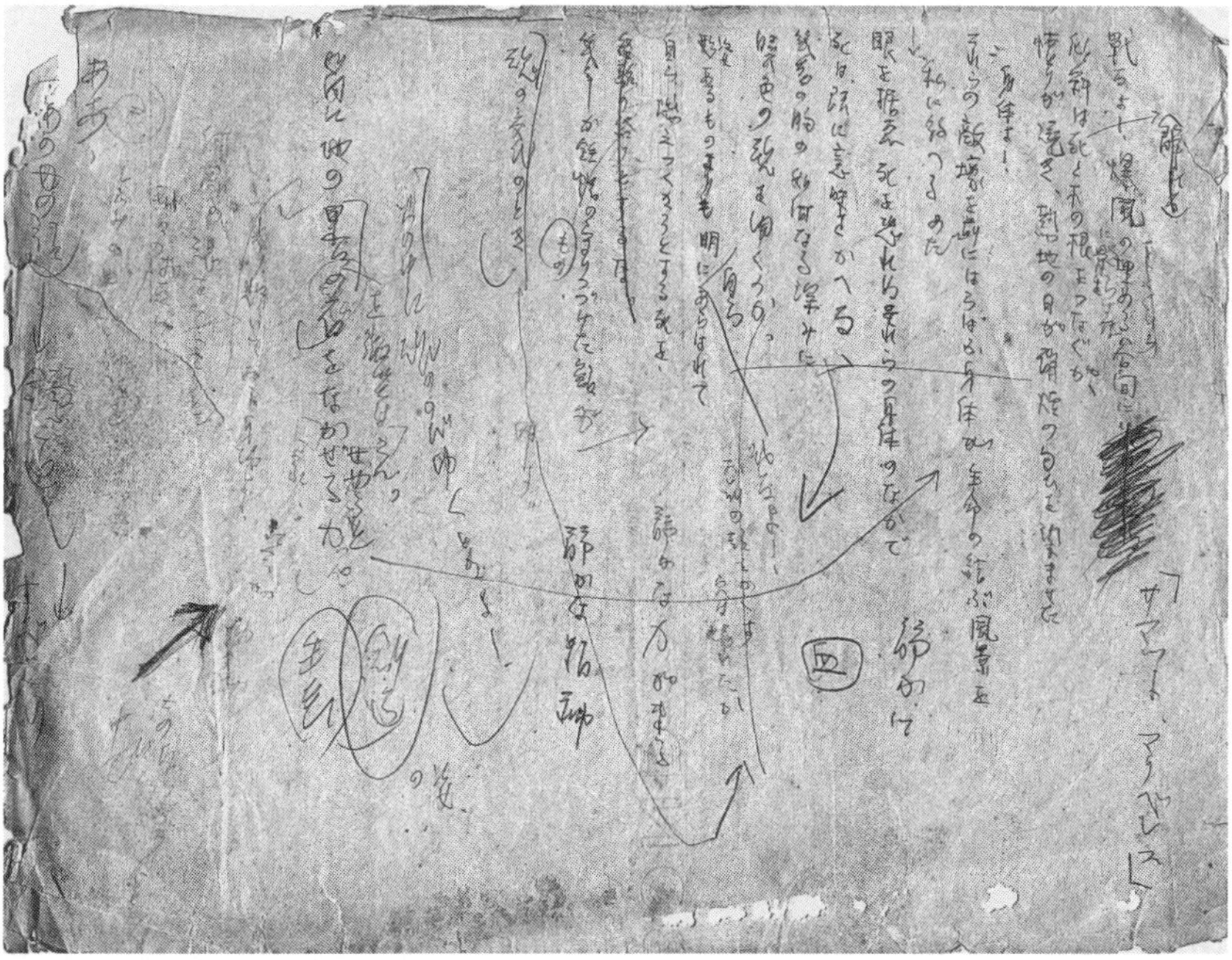

「サマット、マリベレス」と記されている詩草稿
（『作家の戦中日記』下巻、写真版 108 頁）

があります。国家の権力が極点まで集中した監視（検閲）の下で、一見唐突にも「吉田松陰」にこと寄せて「わが底を貫く一筋のこの力、このやむにやまれぬ心、吉田松陰のこの生き方」と記し、「自己の中の、隠された力を、忘れ去る」な、と書きつけています。内部から噴き出るものを抑えて、自らに語った、この一節の中に、どんな言葉も記しようもなかった、沈黙の入所半年間の体内の深層に刻まれたものが読みとれる思いがします。

学生時代、国家による絶対的精神主義が進行し膨張する中で、『日記』に見られるように、あくまで性を切り捨てることのない身体的実存としての自己を追求した野間さんは、兵営というがんじがらめの抑圧機構の内側に置かれても、

> 「身分というものはあるやろか、ないやろか」と考えているものは誰やろか。(cogito ergo sum.)「考えてるものは自分」
> 身体：自分のもの　一挙手一投足。五尺の身体

と、実にとぼけた味のある言葉で、「五尺の身体」を保持して生きる人間のしぶとい存在表示をしたのです。

学生時代にこの肉体の確認に徹底して執着した青年は、「思想」が求める社会の方角へ、その肉体を保持したまま進み出て、さらに戦場、刑務所を経過することによって、逆説的な形で、真に国家との出会いを経験し、緩衝地帯ぬきの国家と自己との関係の切実な認識に達したのです。『暗い絵』に始まる戦後の作家としての活動は、この地点からすでに一筋太く烈しく鼓動していたといえるでしょう。残念ですが、時間です。小林秀雄に対する一貫した批判や吉田松陰への共感の意味するもの、その他なお多くの言い残した点がありますが、それは巻末の解説に委ねることにします。この『作家の戦中日記』の全体像は、本書そのものによって確かめられるよう、希います。

（注1）須賀敦子氏の『ユルスナールの靴』（「一九二九年」の章）に、その証言に類することが述べられている。

（二〇〇一年五月　第九回）

『作家の戦中日記』

野間宏の戦場記録をよむ

——短歌・俳句を中心に——

歌人、作家
辺見じゅん

昭和三十七年でしたが、私が、駆け出しの編集者のときに、初めて野間さんにお目にかかり、第二次『昭和文学全集』が角川書店から出版され、そのとき『さいころの空』を入れさせて頂きました。兜町にも一緒に行っていただいて、取材をしている写真を撮ったり。三、四回はお目にかかっていました。野間先生はまだ五十代でしたかしら……私は安保世代で、樺さんが亡くなったのにショックを受けて、大学三年の初めに辞め、編集者になったのです。二十歳前後でしたから、五十代というととても落ち着いたおじさんに見えますよね。ことに野間さんは重量感があって。なにか、熊のような人に思えた（笑）。

初めて会った時にスミレの花束を持っていったんですよ。そしたら、女性からそんな、お花をもらったことはなかったんですって。そういうことがとても照れくさかったのか、はにかんだ顔がとてもかわいい人だなあと。

井上靖さんからよくお話をうかがっていたんです、詩人だ、といって。井上さんは野間さんのことを評価し、好きでしたからね。今回改めて作品を色々と読み直してみて、やはりすごい作家だったなあと思いました。

写生の眼、観察する人

私に課せられたのは、野間さんの短歌を中心にして、その軌跡を辿るということだと思うのですが、野間さんは、俳句のほうが面白い。というのは写生の目があるんです。俳句は五七五で終わりますが、短歌はそれに七七がついて、その七七が勝負なんです、俳句の季語に匹敵するだけの。つまり、どう自己にひきよせ、自己に対峙するか。

『真空地帯』は今でも大岡昇平さんの『レイテ戦記』と同様によく読み返しますが、『青年の環』は長くて、若かったから、非常に苦労して読んだのを覚えています。文体にも、非常に粘りが感じられた。そういう方は、逆に俳句の方に向いてるんです。なぜかというと、俳句は、「断定しつつ余韻」がなくては駄目なんです。短歌の方は、どちらかというと、ぐるぐる廻るわけです。だから、俳句の方に、野間さんは向いていたのではないかと思う。

軍隊に入ると、誰しも軍律のもとで機械にならなくてはならない。それに対して、軍隊において自己を堅持しつつ世相や政治にも対峙する目を、野間さんの中に感じた。自分の中に、こつんとした核があって、むだな戦争なんだという気持ちが分かっていながら、軍律の建前を守る。手帳の中に、猫をかぶらなくちゃいけない、ということも書いているのが印象的です。

野間さんは京大出身ですから、幹部候補生の道は開けていたのに、それをあえて選ばなかった、そこに、私は、一貫した、野間宏という作家の誠実さと強靭さを見る。といいながら、軍律や軍務に対しても、兵隊としてきちっと仕事をしています。

私は野間さんに対しては、一貫して誠実な人柄を感じました。『日記』には、エロスのことや、別に書かなくていいことも記している。そういうところは、ふつうは書いても捨ててしまうところも、私は人間として好きだなと思いました。

彼は補充兵として軍隊に入って、マニラの、コレヒドールに行かされて、それで病気になる。あのころのコレヒドールの戦いというのは、無残な戦いですよ。戦略も戦術もない、いかに軍部が欺瞞であり、怯懦であったかということを示すような戦いでした。無駄な死をいっぱいした。それを見た、ということ。だから大岡昇平さんと、タイプは違うんですが、共感を覚えます。

もう一つは、小林秀雄に対しての野間さんの思いです。つまり、戦争に行った者と行かない者との違い。小林秀雄は、記者として従軍はした。しかし、腸をとりだすようにしたり、頭が割れて転がった死体は、見ていない。南の島のニューギニアとか、コレヒドールに行って、ちょっと密林に入ったら、私は数年前に行きましたが、何万というサレコウベがあります。サレコウベの眼や口から草が生えている。ニューギニアにも、まだ八万体の遺体が残っている。コレヒドールに行った、バターンにいた、そこにわずかの期間だけでもいたということは大切ですね。

野間さんは、もっと不器用な人だと思ったけれど、「観察者」だった。観察者として見ているところがある。それを、残された手帳から感じました。会話体で、大阪弁が出てきたりして、そういう意味でも、独特のユーモアのある方ですね。

「世界が哀切であるというふるえ」

彼が、マニラの病院に入院していた時、下村正夫にあてた手紙の中で、「自分がこれまで生きてきた生活、生き方が、この大東亜に根をとどかせていないということを考えたとき、ようやく、自分は新しい生き方を考える緒を得たのである」という一文があります。これは、やはり「生活者であるということ」ということですね。大東亜に目をとどかせていない、ということは、反戦意識以上の自分のこれまでの生き方が、いわゆる市井の人としてはどうなんだろうかという、そういう面で考えたんじゃないかという気がしました。そして、彼がこの中でローレンスの『虹』を思って、「肉体と魂」を考えたり、「美しき言葉を塗れる肉体」と言いながら、「わび」ということを言ったりしている。

それから「哀切なふるえる心」、『わび』でもなく、『もののあわれ』でもなく、哀切なふるえる心である。にじみ通る心と肉体である。世界が哀切であり、人間が哀切であるというふるえである」。この文章に、私は非常に感動しました。自分自身は何者なのかと考えたときに、自分を打ち戒める、そういう哀切な心のかぎりなさを通してこれを、「世界が哀切であり、人間が哀切であるというふるえ」と言ったのではないかと思う。「世界が哀切である」ということは大変に大きな視点ですよ。私が哀切であるとか、個人が哀切であるということではなく「世界が哀切であり、人間が哀切であるというふるえ」。ここに、私は感動したのです。

ですから、どちらかというと、詩歌の世界というよりも、やはり彼は「散文の人」だと思うんです。詩の中にはとても柔らかな精神があるし、「世界は詩としてある」と言っているけれど、正直に言うと、短歌に関してはちょっと物足りなかった。

俳句を読む

たとえば俳句の方が私はいいと言うのは、こういうところに感心したんです。

爆音のはるけき里や水温む

と書いて、『ハルケキ』ガ、バク然トシテイル。バク音の真下カドウカ」って書いてますよね。確かにそうなんです。「はるけき里」とすることによって、茫漠としてしまう。俳句は、ものごとの事柄の具体を通して、表現していかなくてはいけませんが、野間さん自らが「はるけき」という表現に疑問をもっているところに俳句を知っているなと思いました。それから、

いささかのものがなしきものあり春近し

これは、「いささかのものがなしさや」とかいうふうにしないと、字余りになって、「春近し」のせっかくの和語が効果的でなくなる。

悲しめる鹿の瞳や春近し

鹿は交尾するのが春でしょう、だから、「悲しめる鹿の瞳」という視点がおもしろかった。それから、

一筋のつららとなりて不動滝

これはスケールが大きいですね。この辺の、一連の句はいいですよ――

葉牡丹の赤はぬれて落日哉

雪のせて「貨車」放れてあり駅しづか

「雪のせて」――雪をのせた貨車に、物の「事柄」が出てきています。この句は、「雪のせて貨車放れゆき駅しづか」としてもよいと思います。事物が、はっきり出てきて拡がっていくのが、たぶん、飯田蛇笏とか、俳人の作品も読んでいたんじゃないかな、と思いました。

それから自分で「俳句というものは説明句は避けなければいけない」と書いている。もので表現するわけで、きちっとわかっている。「句のしらべを考えなければならない」とか、非常に俳句に関しては語っていますね。

古里の春のせ行かん輸送船

という句を書いて、「句全般、漠トシ、ユルミアリ」。自分の句にちゃんと自分で批評しているんです。見たものをそのまま読むことというよりも、写生の目をはたらかせるということを知っていたんじゃないかという気がします。でも「春のせ行かん」はいいと思いました。

短歌がよくなってくるとき

短歌がよくなってくる時期があるんです。それは、結婚後。それまでの短歌は、字余りだし、あまりよく思えない。だけど、結婚してからは、今度は逆に短歌がよくなってくる。一九四四年、つまり、昭和十九年二月に、確か結婚していますね。妻のことを歌ったのもあります。例えば、兵隊としての注意とかがあった後

に、

子を欲るはあがためならず子をもちて強くなるてふこの妻のため

つまり、子供をもって女性は強くなることができる、という、そういう妻の心というものを歌った。家庭というものがあって、そしてそのなかで母を思い、そして男は家庭を飛び出してゆくかもしれないけれど、女は子供があれば我慢していけるんだ、というようなことを妻が言ったと思うんですよ。でも、あまり妻の歌はないですね。ないだけに、これがおもしろかった。それから、

眼とぢ罪の有様眺むる今宵、心明るきは月美しきならん

野間さんには、「罪」という歌がとても多い。「原罪」というものを私は感じました。つまり、父親は仏教徒でしたから、普通の人では考えない、宗教家としての「罪」というものでしょうか。

ははそはの母はいぶかりとひ給はん、わが顔のいづこにつみ跡はあるかと

短歌は、自己内対話です。どう自分と対峙するか、ということだと思うんです。例えば、風景を見ても、その風景だけを歌っているのは、アララギ的な写生なんだろうけれども、まず彼が仲人をしてもらった高安国世さんは、アララギ風の方じゃないですからね。高安主宰の「塔」はどちらかというと前衛的ですから、難しい歌が多い。ですから、歌は多面的で面白いわけです。

私が好きだったのは、

マニラなるカルマタの車輪《わだち》ひびき来るかへりし故郷《くに》にわれ目覚めゐつ

日本の故郷に帰ってきて、マニラのカルマタの車輪の音が聞こえてくる……。

わが罪の有様みんと眼とづるひとひ静に秋立ちにけり

冷々と秋立ちにけり静かに眼とづれば罪浮びくも

ずっと罪なんです。

激したる心抱きて出でたれど菜の花ぬれて日は輝けり

これはうまいと思う。激している心を抱いて、外に出た。そう

すると、自分の心の中は冬のようなのに、世界は春が来て菜の花がかがやいて陽にぬれている、という状態ですね。それから、

激したる歩みの前に遮断機は下り心しづむる車輪の前に

目の前に遮断機が下りてくる。何か、激している心を閉じさせるような感じが伝わってくる。私が、一九四四年くらいからいいというのは、このあたりの歌なんです。

それから、自分は内地に帰ってきて、刑を受け、その後に保釈される。保釈といっても完全な保釈でなくて、常に監視されている、保護監察ですね。そういう中にあって歌っているからとくによい。歌はかなしいものなんです。不幸なときにできた歌の方がいいと思える器なんですよ。

三島由紀夫は、特に歌をつくってきたわけでないのに、死ぬ前に辞世の歌をつくりました。それから兵士たちの遺書を私は千人以上集めたりしましたが、必ず辞世の歌を作っている。それは「ますらをの」とか、「醜の御盾となりて我行かん」とか、本音でなくタテマエの歌の中に小さな星のようにきらめくものがある。三島由紀夫の歌も、辞世の歌はよくないけれど、作家ではなく武人となってしまったんです。

歌うというのは「訴える」ということなんですよ、語源は。呼びかけなんですよ、挨拶なんですよ、歌垣というものが古代にあったように。戦場とか死を目前にしたときに、人間というのはそういうときに歌ができるんじゃないか。戦争が終わる前、物質的にも精神的にも追い詰められている時期ですね。だから、散文ではなく、逆に歌うことで訴えたんじゃないか。ここにくると、俳句は逆にうまくなくなっている。

最初俳句の方がよくて、だんだん短歌の方に情感がうつっていく。俳句は、一言で言うと「物」なんです。短歌は「情」です。「景」と「情」が一如になっているところで、五七五七七の文学は確立している。俳句の場合は「景」です。最初は俳句だったのが、だんだん後になってくると短歌の方に移ってくるという、その心の推移が、とても私には面白かった。私がもっともっと野間先生に会っていたときに、勉強していたならば、聞きたいこともあったのに、なんとまあ幼かったのだろうとしみじみ思いました。

吉田松陰への思い

それから、おもしろかったのは、彼が吉田松陰に非常に仮託しているところでした、軍隊時代の最後のほうで。吉田松陰自身も囚われの身だった。それで処刑される。志士というか、志のあるものに対して、自分は罪深い者として、それは仏教徒として――お父様からの影響だろうと思うんですけれども――、何か、純粋な、志士的なものに対してのあこがれがあったんじゃないかと思

いました。「烈士」というか「もののふ」というか、囚われの身となった松陰に。野間さんが松陰のことを言っているのはこの時期だけだと思います。戦後、あふれるように散文を書いていくなかでも、松陰について書くことはないですね。三島も、死ぬ前に松陰について書いているんです。けれど、三島とぜんぜん違うところは、三島は、大君に対する思い、ですから。野間さんには大君なんて思いはないですから。

軍隊時代の「手帳」の文章を見ていても、純粋さとか、自己形成をもう一度したいとか、そういう心がものすごく湧き出てくる。それと同時になぜ吉田松陰か、というのは、やっぱり松陰が、新しい時代のために飛び出して行こうとするが、船に乗ろうとして下田でとらわれ、牢獄に入れられる。そういう松陰に、なにか託すものがあるんだなあと思いました。

松陰に向かいつつ、「何かに向かっての怒り」というものもあるんです。「何のための、誰に向つての憤り」「如何なるためにでもない、如何なる風にもちらぬ怒り」と言っていますね。「戦友よ」という詩の中に出てきます。これは、その前に遮断機の歌がありますが、自分の心が前に出ようとするのも遮断されていくような、そういうものにも重なっていく。

ですからこの「手帳」というのは、実はこれをつきつめていくことで、この時期の野間宏というものを探る貴重なものじゃないかと思う。戦後、歌はうたっていないでしょう？　詩集はあるけれども。

井上靖さんは、野間さんのことを、「彼は詩の心の分かる人だったから」という言い方をしています。あの頃は井上さんも詩を書いたり、ずっと生涯散文詩を書き続けてますけれども、やはり若い頃のふれあいというのを感じました。

戦後文学を読みつぐ

数年前から国語の教科書に鴎外、漱石が消えましたね。明治を消してゆく。なさけない世の中です。例えば野間さんの『さいころの空』の兜町のああいう世界——今ですとインターネットで株が買えるわけです。でも、あの熱気、活力は伝わってこない。

私は東西線の竹橋の会社まで地下鉄で来るんですけれども、携帯をもってない人は、一列のうちで二人くらい。本を読んでいる人も、ほとんど漫画か、週刊誌。ほとんどがメールですよ。人間がデジタルを使うのでなく、使われている。便利なものは便利なものとして、整理するために使うのはいいことですよ。だけど、機械に使われているのを見ると、これからの日本はどうなるのだろうと思います。

そういう政治も文化も不毛な時に、改めて、戦争とは、戦後文学とは何だったのか、私たちの一人一人が問うことが大切だと思うのです。

日本だけですよ、もう半世紀過ぎたとか六十年過ぎたとか。ところが、韓国にしても、中国にしても、そんな小さなものさしじゃない。韓国ですと、秀吉の侵略から入っていきますし、中国での排日運動を見ると、日本の教育、政治のひどさ、外交のあり方など目をおおいたくなります。つまり、為政者にとって、都合のよい世の中になっている。それに対してマスコミは連帯しなくちゃならない。一緒に戦わなくちゃならない。そういう意味で、例えばホリエモンに対してだったら、『さいころの空』を読みなさいあなた、と言いたいわけ。若さなんてあっという間、もっと人間としての生が大切ですよと、その意味でも、戦争文学の代表作の『真空地帯』など、ホリエモンは読むべきだと思います。

今年は戦後六十年と言われますが、きなくさくて、来た道に帰りつつある。イギリスの歴史家が言っているように「平和を欲するなら、戦争をもっと知らなくてはならない」というのは、その通りだと思います。(談)

(二〇〇五年四月　第一一二号)

『作家の戦中日記』

野間さんの俳句

土方　鐵

一

藤原書店から、野間さんの『作家の戦中日記』という本がでた。貴重な資料というべきもので、野間さんの青春時代から、敗戦直後までの、日記、ノート、手帳、書簡が、収められている。

とくに日記は、三高時代と京大時代のものが、完全に収録されていて、野間さんの文学精神の形成が、その呼吸音とともに記録されていて、圧巻というほかない。

しかし、わたしが驚いたのは、短歌や俳句がそのところどころに記されていることだった。しかも、学生時代の日記以後、とだえていた短歌・俳句が、四二年から四四年の軍隊時代に、復活してくる。学生時代は日記のなかだったが、軍隊時代は手帳類のなかであった。（大学卒業後、大阪市役所に就職する）

明日実施ノ兵器検査ノ際

各中隊ハ小銃（九九式）手入材料手入具各一〇、洗浄台、机、擲弾筒、各一ヲ携行スルモノトス。

といった心覚えのような、文言とならんで書かれているのだ。もちろん読まれて危険な思想的なことは、一切書かれていない。しかし、このようなやりかたも、四四年七月で途絶える。

もっとも野間は四三年七月、治安維持法違反容疑で、憲兵に逮捕され、大阪陸軍刑務所に収監される。年末、懲役四年執行猶予五年で出所、原隊復帰、四四年十一月召集解除。つまり召集解除以前で短歌・俳句は途絶えているのだ。野間さんはこれ以後、召集以前に勤めていた大阪市役所への、復職はかなわず、徴用令をうけて軍需会社で働き、敗戦と同時に、『暗い絵』の執筆にとりかかったのは、有名な話である。

二

わたしは野間さんから、一枚の色紙をもらっている。それは「ものみなは／炎の縛解いて／馳けて行く／野間宏」と四行に書かれているものである。これは調べてみると、詩集『星座の痛み』に収められている、「火の縛め」という作品の、一行であった。わたしは、この一行は俳句に近いと思えるのだ。もっとも中七が、字余りであるが、許容範囲だろう。もっとも偶然に似ているだけだろうが。しかし今回、野間さんの実作の俳句そのものを、百句あまりも読むことができて、嬉しかった。

野間さんの俳句は、学生時代のものは、十八〜十九歳、軍隊時代のものは、二十七〜二十九歳である。しかも、野間俳句を読んでいくと、交友者のなかに、俳句で野間さんを、刺激する方はいなかったもようである。師として指導をうけていた竹内勝太郎に、象徴詩について教えられた。

「私はこの詩人竹内勝太郎に出会い、以後、ボードレールはもちろん、ヴァレリー、プルーストに近づき、さらにアンドレ・ジイドに接近して行」ったと「竹内勝太郎について」で書いている。

小説についても、竹内のほか『三人』の同人たちと、相互批判をおこなっていることが、日記に繰り返しでてくる。

ところが、短歌・俳句については、まったく自己流に書きつづけていたといって、よかろう。ことばを選んで五七五にならべ、季節をあらわすことば季語をおくという、いわば常識的な知識で作句しているのだ。

三ヶ月の松にかかりし［かかりし松や］年の暮

この句、［　］のなかのことばの方が、すっきりとする。

山鳩の声する寺や菊枯るる
山茶花の散り残りをり山の寺
くろぐろと外は竹鳴る南禅寺
炭籠の炭残りをり［光をり］山の寺

第四句も［　］の内のことばの方がいい。寺での句が多いが、真如堂のあたりを、よく散歩されたようだから、そのおりの印象を句にしたのだろう。

わたしは、さきに常識的ということばをつかって、俳句の感想をのべたが、それは、野間さんの詩とくらべると、ということである。

軍隊時代は、野間さんは二十六〜二十九歳である。

われはただ黙してありぬ冬の山
一筋のつららとなりて不動滝
大晦日の街しづもりて友らとゐる
この雪の滴す深き竹の色
古都涼し驟雨既に去らんとす

十年以上の時間がながれている。俳句も成熟がうかがえる。ただし、いわゆる軍隊俳句も、戦場俳句もない。

古里の春のせ行かん輸送船

この一句が、わずかに戦時をうかがわせるものだ。野間さんとしては、冬の山の句のように、戦中は黙していたのだろう。これはまさに自画像の句といえる。

ところでもう一句、紹介したい句がある。

病む松の間抜け出来てあをじ鳴く

「間」には「ま」、「出来」には「いでき」とルビがうってあり、「あをじ」は、「ホオジロ科の小鳥」という注がついている。

この句は、八五年四月一日発行の、『アサヒグラフ』増刊「俳句の時代」号にのっていた。「私の近詠・山僧独吟」と題した、三百字ほどの文章と共に掲載されていた。その文中に驚くことが書かれているので、以下、それを書き写しておこう。

中学生の頃、西鶴が一日一夜千六百句独吟、さらに四千句独吟、ついに一日一夜二万三千五百句独吟という、かつてない記録をたてたことを読み、大きな刺激を受け、またひそかに誘われた。私は最も厚いノートを買って来て、何よりもまず一万句を作ることを自分に言いきかせ、毎日、かかすことなくノートに句を書きつづけた。

一万句越えることなければ俳人の門にはいり得ぬという思いを、心中深くひめ、誰にもそれを言わず、この句帳もまた誰にも見せなかった。山僧と自分で称していた。一万句にはもちろん達したが、それほど、よい句があったとは思えない。その句帳はいまはない。近作、一句を添える。

それが「病む松の」の句である。野間さん七十歳の句である。それにしても、ここでいわれている「句帳」は、ほんとうに「いまはない」のだろうか。「山のような資料」のなかに、まぎれこんではいないか。わたしは、その句帳がでてくることを祈らざるを得ない。

（二〇〇二年四月　第九号）

『作家の戦中日記』

体験の捉え方

黒井千次

野間宏『作家の戦中日記』の持つ魅力は、それが既に成った「作家」の日記ではなく、作品の創造に向けて営々と力を傾ける、作家前史に属するいわば可能性の記録である点にひそんでいる。したがって、作品研究や作家論のために貴重な資料を提供すると思われる創作ノートや手帳、断章よりなる下巻より、二十歳を挟む五年間の日々に刻々記された日記を収めた上巻により強く惹かれる。下巻の資料篇は、それを対象化して客観的に接しようとする姿勢が強くなるのに対し、上巻の日記はあたかも小説を読む時に似た、内部に潜り込んでひたすら書き手の歩みを追う気分に誘われるからである。

それが起るのは、野間宏の日記が描写力に溢れているからに他ならない。たとえ若き日の自己形成の足跡が辿られるとしても、単に思弁的、情緒的に綴られた日記であったなら、読む者は容易にその内部世界にまで入り込めない。描写は外界を足場にして内部への扉を開く営みである。そして細部は全体を構成する上での不可欠の要素である。

たとえば一九三三年四月三日の日記——

朝十時半に起きる。腹いたみ朝の夜《〔ママ〕》、何回も便所へ行く。そのとき二階の奥さんも便所へきた。私は出てきて、「どうぞ」といった。「すみません」と奥さんがいう。
岡本から葉書。

この後、富士正晴との会話が続く。腹痛を起して度々便所に通うことを日記に記すのは自然であろう。しかしその入口で「二階の奥さん」に出会い、「どうぞ」「すみません」と短い言葉を交した場面まで綴る日記は珍しい。この一、二行の記述で、生活の濃厚な臭いが漂い出すのを感じる。

また、一読して忘れ難い一九三五年九月二日の長い日記がある。「人間には、あらゆることが可能なのだ」と書き出される幾つもの断章めいた文章は、キリスト教にふれ、ワイルドに言及し、ピカソに則して芸術の創造を考え、共産主義社会と意識の問題を念頭に浮かべる。その後突然、「この間、」と思い出した語り口の文章が始まる。雨が降ったために露出した水道の鉄管を埋めるよう祖母に言いつけられた「私」が、雨の中で夜それを埋めに行く顛末を描いた六ページにも及ぶ記述である。行為そのものより、煩わしいまでの心理分析、感情の起伏、意識の追跡が試みられ、その中に仕事とマルキシズムとの関係から、「強姦」への夢想までがちりばめられている。短篇小説の祖型にも近いこの記述は、体験の中から棘を出している記憶を忘れぬうちに書き留めたものであるのかもしれない。いわゆる「作家」の日記には見られない稚気と素朴のうちに、二十歳の青年の横顔が生々しく浮かびよってくる。

このような文章を読んでいると、日記のあちこちから、それに応えるかのような声が立ち昇っているのに気づく。

一九三四年九月二十日――

俺の書く小説はやはり、俺が体験にもとづいていなければならぬ。しかし、この「体験」ということに対して、また、見方が、幾つもできる。

ここでは、「幾つもできる」という体験の捉え方が重要であるのは断るまでもあるまい。

また、一九三五年七月十三日――

ものは固定させねばつかまれない、しかし固定させるとすれば、それは、もはや旧いものとなるのだ。しかし、固定がないとき、発展もない。空間のないとき、時間のみのとき発展もない。

そう考えてくるならば、この日記の随所に見出せる関西弁の会話、母、祖母、曽祖母や兄夫婦の登場する家族の光景、性の願望によって生み出される数々の慾情風景などは、日記という優れて時間的な表現を空間的表現に向けて押し拡げていく、特異にして重要な要素ではないかと思われる。友人や恋人との交渉がどちらかといえば時間軸にそって描かれるのは、同時に成長していく人間関係であるからだろう。それに対して一度しか出会わぬ他人や、固定したメンバーからなる家族は、より空間的な場を構成する機能を果す。

こういった空間性を孕む日記が小説と地続きであることは、記述者にとって意識されていたに違いない。小説のように日記を書くのではなく、小説のために日記を誌すのだ、とでもいえばいいだろうか。「また、日記をつけなくなってきた。／創作力が動いてきたからだろう。詩をかき始めたからだろう」という一九三五年十一月四日の呟きは、その間の事情を窺わせるものとなっている。

そして「創作によって考える。考えることによって創作するのではない」（一九三四年五月五日）という認識は、日記であると創作であるとを問わず、書く、ことが野間宏にとっていかに切実な営為であったかを推し量らせずにはいない。

それだけに、自由な言葉を奪われた、下巻資料篇の大阪市役所時代、軍隊時代、国光製鎖時代の手帳や断章の記録は痛ましい。そこからは、縛られた言葉が俯いて身悶えしている気配が伝わってくる。その意味で、日記篇の上巻と、資料を中心とする下巻との間には言葉のドラマが存在する。そのドラマこそが、一九三〇年代前半から一九四〇年代半ばまでのクロニクルを形成している事実に思い当らずにはいられない。

更につけ加えるなら、日記の中に絵画、音楽、舞踏について語られている点にも興味をそそられる。それらはいずれも一般的教養としての鑑賞者の言葉ではなく、創造者としての実践的な印象に基く綜合的な芸術への視点から放たれている。特に注目したのは、一九三三年に、クリムトやシーレの絵画について言及されている点である。

クリムトの絵をみせる。「これが一番すきなの、……あんた？」と美佐子さんがいう。春枝さんは、はずかしそうにして、坐っている。（一九三三年三月十八日）

この時、恋人に見せたのは「接吻」だったのだろうか。

ドランの絵にも、いやなのがある。エゴン・シエーレーは面白い。（一九三三年十一月二十二日）

クリムトの絵は「白樺」などにも紹介されていた筈だから、代表作の一つである「接吻」を、ある意図のもとに恋人に見せたとしても頷ける。しかし一九三〇年代の前半に当時はほとんど知られていなかった筈の「エゴン・シエーレー」の作品に触れ、「面白い」と感じている事実に驚いた。こちらは「自画像」の一つであったろうか。シーレの性への執念とその特異にして鮮烈な表現を考えれば野間宏がシーレに惹かれるのは当然ではあったと思われるけれど、この画家の日本への本格的な紹介が一九七〇年代の末であったことを想起すれば、それより半世紀ほども前の時期のシーレへの関心は、野間宏の芸術的視野の拡がりと深みとを感じさせずにおかないものといえよう。

野間宏『作家の戦中日記』上下巻は、このような広い展望のもとに文学の創造を目指す若き野間宏の肉体と精神が、期せずして生み出すこととなった壮大な作品であったのだ、と考えることも許されるのではあるまいか。戦後派の文学が、ただ戦後に誕生したものではない、という証がここにある。

（二〇〇二年四月　第九号）

『作家の戦中日記』

性と如来

——野間さんの思春期の日記から——

日野範之

あらゆる花が一つ一つ己が日を花弁《はなびら》にくるんでいる、
この花の一つ一つは宇宙の中心点、光の如く時が生れ溢れくる、花の陽炎。

（野間宏『星座の痛み』「菜の花」）

「大作家になろうとするよりも、うそをかかないことだ」（一九三三年一月一日）と始まる、十七歳の野間少年の日記を読んでゆくと、たちまち「性慾起る。春枝さんにすまない」「夜、女を見に大阪へ行く」「私の性慾は、ふつうの人のとは、ちがっているのだろうか」「夜、夜はいつもつらい」「性慾のくるしさ」など、性の悩みが赤裸々に記された文章と出会い、私は面食らい、赤面する。いや、そうでない、これは思春期の自然な姿が隠さず書かれ、ほっとすると言ったほうがいい。自分の思春期と重ねるとき、これらの記述が「うそ」でなく、紛れもなく私のありのままが露出されていることに気付く。私はそれを隠し、罪の意識をもち続けながら、屈折したものを日記に記さなかっただけだ。

さらに日記には、ストーカー行為に近いほどの女性への関心、手淫の記述と並行してトルストイ、ドストエフスキー、ジイド、シェイクスピヤなどが顕れ、問題意識の発露がある。それは創作者を目指す者の創作メモといってよく、「私は、芸術をやって、食えなくなったら、餓死してもいいいと、此頃やっと、決心ができてきた」（一九三三年一月十二日）と面魂は、太い。

＊

が、「日記」が単なる〝わがキタ・セクスアリス〟でなく野間少年独特のものであることに気付くのは、仏教に関わる記述が顕れることだ。

恋愛は、真の愛ではないと仏教がいう。仏教は、これを否定す（恵心僧都）。キリスト教は、肯定す（ダンテ）。（一九三三年一月二十一日）

「仏様」にすがろう。（同二月十四日）

「得る」という事、これは「実踐」を示すものだ。道元はこれを言っているのだ。（同五月九日）

宗教ト芸術は、全く同じところへ行くのだ。（同五月二十日）

ぼんのうの人間が、ぼんのうを離れることはできない。そのぼんのうの人間を、仏は救って下さるのである。救って下さると信じたとき、「ぼんのう」の形は、粟つぶ程にも小さくなってしまうのだ。（同六月三日）

ふいに立ち顕れてくるこれらの言葉によって少年の深層意識がいかに深く仏教に浸されていたかに気付かされる。私を釘付けしたのは、次の文章だった。

井口と、二人で法然院へ行った。途中、生殖器が、ボッキした。こんな境内でいけないと思って気をしずめたが中々なおらないので、オタマジャクシをみた。法然院で、からじいが口から水をはいていた。私は、はずかしく、「この水きれいか。」「うんきれいやろ。」井口がいった。／私はカラジシの口に唇をつけた。そして、舌から流れる水をのんだ。／接吻を思いだしていて、はずかしかったのだ。接吻のことを思いながらのんだ。そして、いけないと思った。私は、はなれて、如来仏をおがんだ。（同六月九日）

性の感情を恥ずかしいと思わすのも、救いを求めるのも、少年の奥深くから湧きだす如来感のせいだ。浄土真宗の寺の風土で育てられた私なども思春期、性について罪意識に近いものにさいなまれたが、それは背の後ろからたえず見続けていると感ずる如来の像のせいで、このあたりの文はよく分かる気がする。この法然院の場面は自ずから、意識の流れの方法となり、短篇といえるくらいだ。そして、野間少年は「ダンテの地獄」にふれ、「親らん上人」にふれ、これはすでに『わが塔はそこに立つ』あるいは『歎異抄』への萌芽が思春期に用意されていたと言えるのではないか。今回こんな発見ができたことが楽しかった。
そしてもう一つ。「母より為替がくる。母にすまない。感謝する」(一九三五年二月七日)「俺は、母のことを考えねばならない。母だけが苦しみ、母だけが働いているのだ」(同三月五日)など、女手一つでがんばる母への野間少年の思いが、胸にせまってくる。この母親の姿が、のちに『青年の環』のよし江像として結晶していくだろうことも、容易に理解できる。

*

いわゆる秘事法門である在家仏教の家に育った野間さんは「私の父は、織田信長にとらえられて石山のほとりで首をはねられた、親鸞より十二代目の祖である」という。近代的自我論でなく、野間文学を浄土真宗の地面から見つめ直すとき、幼少から蓄えられていた真宗、あるいは宇宙感のようなものが、よりふくらんで理解できると思える。宇宙感というのは、浄土感といっていいと思う。「親鸞——日本浄土教の流れ」の文章に、親鸞の書いた和讃を幼少期の野間さんが日々挙げ続けた場面があり、ハッと気付かされたことがあった。

一一《ちいち》のはなのなかよりは
三十六百千億の
光明てらしてほがらかに
いたらぬところはさらになし
(親鸞・浄土和讃)

これと、冒頭に引用した野間詩の二行を重ねるとき、親鸞の種が野間さんの内で発酵して宇宙感に広がっていったと思えてくる。野間さんと同時代を生きられたことは、私を励ます。
(二〇〇二年四月　第九号)

『作家の戦中日記』

冬の時代の青春

文芸評論家
石田健夫

苦しみとは、人間の進歩のための回転軸である。
(日記10・一九三七年四月二十三日　野間宏『作家の戦中日記』上)

それは狂気の時代だった、と言っていいだろう。

一九三二年には満州国の建国宣言があり、五・一五事件が起こって犬養首相が射殺された。翌三三年には京大事件(滝川事件)が起こり、小林多喜二の虐殺事件もあった。三六年には二・二六事件。三七年には日中戦争、三九年には第二次世界大戦が始まり、日本が太平洋戦争に突入するのは四一年の、すなわち十二月八日である。一口に〝激動の昭和〟などと言い捨てられるが、その時代を生きなければならなかった青春の苦悩を、いま、太平の世の若者たちに想像できるだろうか。

一九三二年、十七歳で第三高等学校(旧制、京都)の文科丙類に入学した野間宏は、たしかに幸せな青春のスタートを切ったと言えよう。文科丙類というのはフランス語を第一外国語とするクラスで、野間の願いはボードレールの『悪の華』を原語で読みたいということだったそうだ。友人の富士正晴の紹介で、サンボリスム研究に熱中した詩人竹内勝太郎を知ったのは、野間にとって大きな力となったろう。

もちろん、ことはそこにとどまらない。文学で言えばドストエフスキーからプルースト、ヴァレリー、ジッドまで、音楽ならベートーヴェンやらドビュッシー、絵画ならピカソやらエゴン・シーレやらと、多分にディレッタントふうでもある旧制高校的教養主義にどっぷり漬かって、その甘美さを味わったはずである。そして、その甘美さの中で、ときに自分に絶望し、ときに生きる意味について疑問を持ち、ときに社会から悪意を感じとったりする……。言ってみれば〝選ばれてあることの恍惚と不安〟……。本書の、三高時代に記されたノートには、その姿が率直に語られている。

性欲についても赤裸々に語られているが、それは青春のかたちを如実に示したものと言っていいか。「性慾を、常に内にたくわえていれば、文学が大きくなった」と記しているのは、作家たらんとする人間の言葉として、さすがである。

随所にアフォリズムめいた表現が見られるのも、また、青春の特徴と言えよう。

そう言ってよければ〝飛躍〟が野間に訪れるのは、ジッドとの出会いだ、とこれはほぼ定説になっている。ジッド自身は後に、「ソヴェト紀行」でソ連批判に転じるわけだが、「コンゴ紀行」ではコミュニスムに深い共感をして、コミュニスムへの転向宣言をするほどだった。一九三五年、ファシズムの台頭に対抗してヨーロッパで組織された人民戦線（フロン・ポピュレール）運動には、ジッドも加わっていた。野間が、そのジッドの文学とどのように格闘したかということも、本書の中で克明に語られている。

その結果として「ボードレールよりジイドへ」と、野間はノートに書き記す。

「私は、どうしても、プロレタリヤ小説（真の意味での）つまり、社会的なものを中心とした小説をかかねばならぬ。（下略）」

ほかでもない、一九三五年のノートである。

ここで付け加えておきたいのは、こういう決意を持って野間が進学した京都帝国大学の当時の思想状況についてである。最初にも記した京大事件の〝敗北〟を教訓（?）に、ヨーロッパの人民戦線運動にも呼応するものとして、やはり三五年、新村猛らの『世界文化』が創刊された。関連して『学生評論』という雑誌があり、これは京大コミュニスト達の、いわゆる「京大ケルン」と密接な関係にあった。当時、東京という〝権力の地〟から遠くにあって、京大は「左翼の楽園」とも言われたものだが、それから二年ほど後の大検挙で、『世界文化』グループも「京大ケルン」も壊滅する。

そのような状況の中で野間が「京大ケルン」の仲間とかかわり、「日本共産主義者団」などと接触を持つ。あげく、弾圧のもとで二人の友人の死を見ることになるという、冒頭に述べた「狂気の時代」は、また「冬の時代」でもあったのだ。

もちろん、それは野間自身にもかぶさってくる状況だ。京大を卒業して、大阪市役所勤務のころは融和事業を担当して、被差別部落の実態を知った。太平洋戦争中はフィリピン戦線に送り込まれ、マラリヤにかかって帰国したら、治安維持法違反で軍法会議にかけられる。自身は「共産主義者として働きたい」と願うが、「私の出世を望みながら」一生懸命に生きてきた母の悲しみを思わないわけにはいかない、というジレンマに苦しんだこともある——それらのことを、野間は決して声高でなく、しかし、しっかりとした口調で、倦むことなく語り尽くす。すなわち、本書に連ねられた言葉の数々である。

そして一九四五年八月十五日が来る。野間はその、これまでに書き付け、あるいは密かに飲み込んでいたかもしれない言葉の数々を抱えて、原稿用紙に向かう。

私たちはこうして、野間宏という一人の作家を得た。

（二〇〇二年四月　第九号）

日記の中の中野重治と小林秀雄

『作家の戦中日記』

日本文学　木村幸雄

この黒の重厚な装幀に包まれた『作家の戦中日記』上下二巻は、地下の暗黒から掘り出された熔岩の巨塊のような趣を呈している。性・肉体・思想・芸術・宗教などをめぐる記録が、混沌と錯乱とをはらんでせめぎ合っている。本多秋五によれば、日記とは、本来人には言えない秘密を抱くようになった人間が、日録の形で記す自家用の運行中の「運転記録」にほかならないが、第一部「学生時代の日記」は、まさしくそういうものである。

その中に、野間宏の文学と思想の形成過程の秘密を解く貴重な鍵がいくつもふくまれている。ここでは、その中の一つとして、日記の中に登場する中野重治と小林秀雄についての記述をとりあげて見ておきたい。二人に関する記述は、「京都帝国大学時代」の日記の中にしばしば出てくるが、両者が対比的に並んでいるのも興味深い。中野重治に対しては、共感的・肯定的であるが、小林秀雄に対しては批判的・否定的である。その姿勢は、一貫している。そのことにも、戦中における野間宏の文学と思想の形成過程の基本的なベクトルをとらえる一つの手がかりを見出せると思う。
まず、中野重治は、野間宏が三高から京大に進んだ一九三五（昭和十）年四月二十九日に登場している。「中野重治。私は、こんな好きな人をいままでに知らない。／私もいまに、これらの人のもとへ行くのだ」と、親愛と敬意とがきわめて素直に表白されている。中野重治の何が、野間宏をこれほどまで引きつけたのであろうか。

同年十二月十七日には、「中野重治の『或る《ママ》一つの小さい記録』をよんだ。／私など、小説をかくべきではないのだと思った。／私など私など、よみながら恐ろしくなる」と、作家としての畏敬の念が率直に記されている。「或る一つの小さい記録」とあるが、「一つの小さい記録」（『中央公論』昭和十一年一月）のことであろう。これは、中野が転向後あいついで発表した一連の転向小説の一つである。「日本の革命運動の伝統の革命的批判」をめざしたもので、自己の転向問題の追究に重ねて、革命運動の組織内における人間の質の問題を鋭く剔抉した作品となっている。当時、野間宏自身、非合法組織の学生グループ「京大ケルン」と接触し、永島孝雄、布施杜生らと交流を深め、また羽山善治との交友を通して人民戦線とのつながりをもっていたこともあり、中野のこの小説に強い衝撃を受けるところがあったのにちがいない。なお、十二月三十日には、「私は、中野重治の小説をよむと、苦しいと言った。／何故、俺が、いまの『車輪』のような小説をかくのかわからなくなる」とも記している。野間宏は、まず何よりも作家として中野重治の作品に向き合い、その重さを受けとめていたことがうかがわれる。

翌年一月十二日では、「中野重治の『子供と花』の序文［あとがき］をよんだ。やっているな、やっているなと思った。私の目が熱くなる」と、その傾倒を深めている。どういうところに目を熱くしたのであろうか。『子供と花』（沙羅書店、昭和十年十二月）は、中野の転向前後の随筆と評論を収めたもので、その「あとがき」には、作家同盟潰滅後の文学的逆流への抵抗を持続する強靭な意志がひめられており、「より若いジェネレーションは無数の力量ある働き手を生むであろう。……そしてそのかげに枯れしぼんだ一輪の押花のような私の仕事にかすかな泣笑いを投げてくれるかも知れない」と結ばれている。そこを読んで、野間宏は、「目が熱くなる」のをおぼえ、自分も「力量ある働き手」の一人になろうという決意をあらたにしたのではなかろうか。

中野重治に関する記述のなかで、私がもっとも注目したいのは、一九三六（昭和十一）年十二月十一日の「中野重治の『新潮』一月号にかいた茂吉論。私は、私の立場と全く同じものをかんじた。立ちよみしながら、うれしく、涙をだしてしまった」というところである。ここにいう「茂吉論」とは、「鑑賞と批評と――杉浦翠子の『斎藤茂吉論』および土屋文明の『斎藤茂吉論』についての断片」のことで、後に一九四〇年になって書きつがれることになる『斎藤茂吉ノオト』の原点となるエッセイである。これを読んで、野間宏が、「私の立場と全く同じものをかんじ」、うれし涙をだしてしまったのは、おそらくつぎのようなくだりであろう。

『赤光』に現われている杉浦のいわゆる女性観はむしろ性本能に関する思想であり、それは明星派のオナニズムからの普通の性慾の解放であり、一方では市民的個人の自覚された性生活とその享楽とのあらわれ、他方では彼らの性生活の四方ふさがりからくるところの享楽主義への沈降、もしくは性器崇拝的神秘主義への晶化の閾ぎわの陶酔に類するところのものだ。それは明治大正期の日本人が、旧道徳のかびの中から本能と感覚とをあるがままに掘り出した時代のみずみずしい生気を反映したもの」というようなとらえ方、性欲の解放と芸術の革新とを結びつけ、そこから人間解放の歴史的な道筋をたどるというようなとらえ方に、野間宏が、「私の立場と全く同じものを感じ」たのにちがいない。そして、野間宏は、中野重治を自分の先駆者の一人に見立てて、人間を肉体の底から、歴史を物質の底からとらえ返し、それらを宇宙の運動に結びつける方向で、芸術の革命と社会の革命とを統一してめざす道を突き進むことになるのである。

そういう立場から、小林秀雄に対しては、一貫して、厳しい批判・否定の姿勢が貫かれている。小林秀雄における肉体性、歴史的な客観性の欠如、そこから生ずる主観的な「抽象性」、「観念論」に対する批判・否定の記述がくりかえし出てくる。「小林秀雄ハ害毒を流す者。何故にということを決して問おうとしない。」(一九三五年十二月九日)、「小林秀雄は、まだ内へ内へくい入るのみだ。行為、行為というのみだ。生活、生活というのみだ。この抽象性。このおもい上りの酔い。観念論。ここにどうして生活があろうか。ここに、どうして広い新しさがあろうか、時代の色をかえて行く要素があろうか。」(一九三六年一月五日)。このような断片にも、野間宏の小林秀雄批判のポイントが示されている。

以上見てきたところは、『作家の戦中日記』の片鱗にすぎないが、その片鱗を通しても、戦後における野間宏の独自の文学と思想の開花が、戦中における実に粘り強い芸術的・思想的な格闘の蓄積の上にもたらされたものであったことがうかがわれよう。

(二〇〇二年四月　第九号)

『作家の戦中日記』

或日の野間宏

――その「身体」、芥川との比較を通して――

美学　山縣　熙

「或日の大石内蔵助」は芥川龍之介二十五歳の夏の作品である。「亡君の讐《あだ》を復し」細川家御預りの身である内蔵助の或日の心の変化を描いた「心理小説」として知られている。私的な思い出を記せば、「春風駘蕩」という言葉を知ったのはこの作品においてである。これは、島原や祇園での「心にもない放埒」と後になって評価される一年前の生活を、或日の内蔵助が回想した折の言葉である。「その放埒の生活の中に、復讐の挙を全然忘却した駘蕩《たいとう》たる瞬間を、味った」という。そして今その当時の自分を「推服」されるのを「内蔵助は、殆《ほとんど》侮辱されたやうな心もちで、苦々しく聞いてゐた。」

大正三年、二十二歳の折に書いた「老年」で文壇に登場した芥川は、続いて『今昔物語』に材を採った「羅生門」「鼻」を、それぞれ大正四年、五年に発表している。野間宏が生れたのは大正四年である。

およそ十年後、昭和二年に芥川は「今昔物語に就いて」という短い文章を書いている。その中で芥川は、自分に興味のあるのは「当時の人々の心」であると、端的に述べている。「羅生門」もそしてまた「鼻」も『今昔物語』の心理小説への改竄である。「今昔物語に就いて」語る芥川は畢竟今昔の世界を生きることのできない人である。「僕等は畢《つい》に彼等ではない。」彼等は「超自然的存在を如実に感じてゐた」のに対し、僕等はそこに「唯芸術的、美的感激」を見出すだけである。

『今昔物語』の芸術的生命は「生《な》まなましさ」であるとし、この生まなましさは「brutality（野生）の美しさ」であり、「優美とか華奢《きゃしゃ》とかに最も縁の遠い美しさである」とした芥川は『今昔物語』の中の「東方行者娶燕生子語《ひがしかたにゆくものかぶらにとつぎてこをうますものがたり》」の一節を引く。そこでは心理ではなく事実が、精神ではなく身体のありようが、シンプルな欲望がリアルに描かれている。

「今は昔、京より東の方《かた》に下《くだ》る者有けり。一《ひとつ》の郷《さと》を通《とほり》ける程に、俄《にわか》に淫欲盛《いんよくさかん》に発《おこり》て、女の事の物に狂《くるふ》が如く思《おもひ》ければ、心を難《しずめ》レ静《がた》めくて、思ひ繚《わづらひ》ける程に、大路《おほぢ》の辺りに有ける垣の内に、青菜《あをな》と云物《いふもの》糸高《いとたか》く盛《さかん》に生滋《おひしげり》たり。十月許《ばかり》の事なれば、蕪《かぶら》の根大きにして有けり。比の男忽《たちまち》に馬より下《おり》て、其の垣内《かきうち》に入《いり》て蕪の根の大《だい》なるを、一つ引《ひき》て取《とり》て、其《そ》を彫《ほり》て、其の穴を娶《とつぎ》て淫を成してけり。其の後《のち》其の畠の主《あるじ》青菜を引取らむが為に、下女共《げをんなども》数《あまた》具《ぐ》し、亦《また》幼き女子共《をなごども》など具《ぐ》して、其の畠に行《ゆき》て青菜を引取る程に、年十四五許《ばかり》なる女子《をなご》の、未《いま》だ男には不《ふれ》レ触《ざ》りける有《あり》て、其の青菜を引取る程に、彼《か》の男の投入《なげいれ》たる蕪《かぶら》を見付て、『此《ここ》に穴を彫《ほり》たる蕪の有《ある》ぞ。此《こ》は何ぞ』など云《いひ》て暫《しばら》く翫《もてあそび》ける程に、皺《しわび》干たりけるを掻削《かきけづり》て食《くひ》てけり。其の後《のち》此の女子《をなご》何《な》むと無く悩まし気《げ》にて、物なども不《く》レ食《は》で心地《ここち》不レ例《れいならず》有ければ、……奇異《あやし》く月来《つきごろ》を経《ふ》る程に、月既《すで》に満《みち》て糸厳《いといつく》し気《げ》なる男子《をのこ》を平《たひら》かに産《うみ》つ。……」

芥川には先に挙げた「羅生門」「鼻」以外にも、今昔や宇治拾遺のような古い物語に材を求めた作品が何篇かある。その理由を養老孟司は次のように説明する。「私はそこに、時代とともに、芥川の感性を見る。おそらくかれの時代は、今昔を『消す』方向に向かっており、芥川の感性は、それを逆手にとって、今昔をみごとに『生かした』のである。」(『身体の文学史』)

芥川の感性は、時代の流れを逆手にとって、今昔の世界をみごとに「生かした」。そしてそれはそれで十二分に評価されることではあるが、彼の理性はしかし、今昔の身体的で事実描写の世界を、精神的な心理劇の世界へと改変してしまった。芥川に限らず近代の知識人は、今昔的世界の身体を他者として排除、抑圧し、精神中心、心理中心の世界へと傾斜して行った。

それを養老孟司は「中世を近世に変換した」という。「なぜなら、身体とは人が持つ自然性であり、自然性の許容は乱世を導くと考えられたからである。」「かれ(芥川)はもちろん、自分は中世に生れたいとは思わない、という。現代で結構だと。芥川が『何かもっと切迫した息苦しさ』としか、言いようのなかったもの、それが中世であり、芥川は中世をそう表現するほかはなかった。そこでは、『作家』がことばを絶つ。」(『身体の文学史』)

「作家」野間宏の身体はまさしくそこに立つ。養老孟司が芥川に関して述べた「そこでは、『作家』がことばを絶つ」というその「そこ」こそが野間宏の出発点となる。作家野間宏はその「そこ」において言葉を紡ぎ始める。その文体の難渋は彼の身体の難渋である。野間宏は近世を越え、今昔の世界に直接に連らなる。その連らなりはしかし、決してシンプルではない。

二十歳の誕生日、一九三五年二月二十三日の日記に野間宏はこう記す。

昨日から、荒れ、寒く、冬がもどってきた。丁度、私の心が、もえたち、あれるのと全く反対のように。

私と美佐子の間を絶ちきってしまおうとするかのように。

三日前、二月二十日、

きっと、美佐子を手に入れること。どんなにしてでも、どんな行為をしてでも。（中略）

俺は、性器が、ふくれるのを感じた。

五日前、二月十六日、

女の笑う声がする。すると、すぐ、交りたくなる。

女の笑い、どんな笑いでも、性慾のはげしさを思わせる。

今昔的世界を連想させるシンプルな声である。

その更に十日前、二月六日、

下の娘《こ》に接吻した。逃げた。いやな気持。（中略）

「黙って、」娘が、なにか、きたないものにふれたようににげだした時、私は、興ざめ、しかも、下の人達に知られたくないと思ったりして、黙ってとひくく言った。（中略）どうだったのだ。どう考えているのだ。私は、こう考えたり、恥しいのかなと思ったり、して、上って行き、「言わんといて。」と言った。「うん」と娘は言った。私が外へでるとき、「一寸行ってきます。」というと、「ええ、どうぞ、おはようおかいりなさい。」と、一寸、上ずっているが、しっかりした声で言った。（中略）どうして、あんな、うすぎたない女にせんれん味をもたぬ女に、と思ったりした。春枝のことをけがした。雅子のことを、けがしたような気もした。

男。十五のうすぎたない女に接吻す。にげられる。男は、自分のその行為を知っているものが、この世にいるのを、（うすぎたない子供に接吻しようとしたりした、卑しい行為、彼は、とくに、その女が、子供であり、きたない、自分のすきな顔色をもっていないことをはじた。逃げられた。）この上なく気にし、その女の子を殺してしまう話。

女の子は今昔の蕪でもある。だが近代の身体と精神の交点は、複雑に屈折し、複合体《コンプレックス》を形成する。精神は歪曲され、身体は難渋する。今昔の世界の、欲望するあの自然な身体はもはや不可能である。逃げ道の一つは芥川流の心理主義である。野間宏は別の道

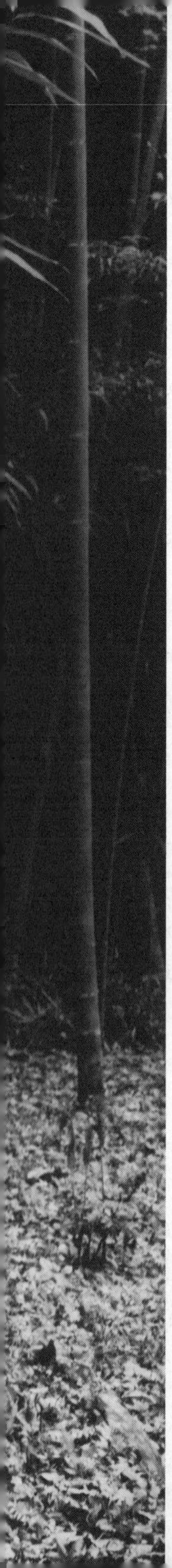

を行く。
後に作家野間宏のいう「全体小説」の出発点は、すでにこの『作家の戦中日記』の中に見出される。
軍隊制度をそのひとつとするさまざまな制度の中で、その制度そのものによって身体が管理・抑圧されていることを経験した野間宏は、そうした身体の解放、「肉体と精神とが、分裂しえないことを示す」（二月一日）ことを目指す。そしてそれこそを自らの文学の主題として意識的に展開することになる。

或日の大石内蔵助は、自らの心の内に閉じ籠り、懊悩する。或日の野間宏は、その肉体を解放することで、精神と身体の一なるあり方を志向する。
全体小説とは、今昔の世界の人々が、如実に感じ、生きていた「超自然的存在」、芥川が、「現代を生きる僕等には不可能」として、心理劇へと改変した世界を、再びに取り戻す困難な試みでもある。

（二〇〇二年四月　第九号）

〈あとがきにかえて〉

時代を予見する文学の力

富岡幸一郎

戦後文学。今、その文学史の上に記された文字に新たな時代精神の息吹を入れるべき時がきたように思う。

一九八二年にデビューし、ポストモダン時代の文学的旗手として活躍してきた作家高橋源一郎は、「僕は今、実は自分が戦後文学者の一番最後の一人なのかと思っています。大岡昇平とか、野間宏とか、椎名麟三とか、島尾敏雄の気持ちがわかるような気がする」（『群像』二〇一五年九月号）と語っている。一九五一年生まれの高橋氏は、戦後七十年目の時に、戦後文学の新たな継承者として自己を発見しているのである。

「戦後文学」とは、もちろんただ戦後すなわち一九四五年の敗戦後に現れた文学のことではなく、日本の歴史上未曾有の出来事である戦争によって三百万余の犠牲者を出し、全市街地の四〇パーセントが灰燼に帰するという壊滅的な敗戦を通して、これを思想的に文学的にいかに受けとめるべきか格闘し、そこから日本文学としての新しい課題を生み出した文学者たちの謂である。

そして、その先頭を切ったのが野間宏の『暗い絵』であったのは言うまでもない。「戦後派作家の第一声であり、ある意味では戦後文学全体の第一声ともいうべき」（本多秋五『物語戦後文学史』）作品であった。

草もなく木もなく実りもなく吹きすさぶ雪風が荒涼として吹き過ぎる。はるか高い丘のあたりは雲にかくれた黒い日に焦げ、暗く輝く地平線をつけた大地のところどころに黒い漏斗形の穴がぽつりぽつりと開いている。

ブリューゲルの画の執拗な描写からはじまる『暗い絵』は、戦前のプロレタリア革命運動や人民戦線の闘争、そして日中戦争と軍国主義下の閉鎖空間と自由への抑圧の空気を鋭敏に描き出しているが、それはあの時代のみならず、あらゆる時代のなかに潜在する人間的なるものへの弾圧の根源的悲劇を映し出しているのである。

野間宏が戦後文学の理念を代表するかたちで言った「全体小説」とは、文学が、人間・社会・思想・心理のまさに全体を、つまりこの世界を包含することを使命としなければならないということであった。これは近代市民社会の産物たる小説こそが、その社会の矛盾を内包しつつ、それを可能性としての言語によって映し出し、真実の相をえぐり出すことができるという確信であった。

「野間宏の会」は、一九九三年五月の第一回のテーマ「明日の地球を考える――野間宏の言い遺したこと」以来二十二年間、野間宏という一個の文学者の多様な仕事にあらためて光を当てることで、一言で言えばこの「全体小説」とは何かという課題を追い続けてきた。

戦争、革命から自然、産業、環境、資源、エネルギー等々、野間宏がテーマにした課題は二十世紀から二十一世紀の今日に至るもっともクリティカルで困難な問題である。

二〇一一年、東日本大震災と福島第一原発の事故の直後、同年五月の会では「震災・原発と野間宏」と題して開催したが、政府の原発推進策に生前から批判を突きつけてきた作家の、その先見性があらためて注目されたのは記憶に新しい。原発の危機を眼前のものとしたわれわれは、学者・専門家といわれる人々が真にその危機の本質に対峙していないのではないかという思いを強くした。一九七九年三月のアメリカのスリーマイル・アイランドの原発事故に際して、野間は「原発安全神話の幻想」は根底から破られたと言ったが、それは一般市民の声にこそ真実があるということを裏づけるものであった。

科学技術はその高度の専門性によって、素人の眼からは判断できないものになっているかのようだが、事態はむしろ逆なのであって、スペシャリストの視野が捉えきれないものを、野間宏的な物ごとの全体を総合的に検討し見通す力が今こそ求められている。

グローバルな文明社会は、今日どこに向かっているのか。資本主義のマネーゲームの行きつく先は、人間を破壊しつくす地獄のグローブ（地球）をもたらすだろう。野間宏は一人の文学者の想像力や予見性によって、現代世界への予言者となったのではない。戦後文学者たちと（日本だけではなくサルトルなど海外の作家とも）問題意識を共有し、科学者や宗教家や歴史家などの他分野の人士とも深く連携しながら、現代と未来へとその眼差しを注ぎ続けてきた。その根底にあったのが、文学の力であり、言葉への信頼であり、いかに絶望的な状況でも執拗に語り続けることの勇気であった。生誕百年の記念として「野間宏の会」のこの厖大な証言が、ここにまとめられることの意義ははかり知れないのである。

〈あとがきにかえて〉

未完の作家・野間宏

紅野謙介

本書を編むに当たって、藤原書店社主・藤原良雄さんの呼びかけにより、富岡幸一郎さんと何度か会合を重ねた。「野間宏の会」は、野間さんの没後、藤原さんと、元『海燕』編集長の亡き寺田博さん、中国、美術との関わりで晩年の野間さんと深く親交のあった藤山純一さん、岩波書店で『講座　文学』シリーズや『野間宏作品集』を編集した加藤亮三さんの肝いりで始まった会である。当初、多くの作家や評論家、研究者、編集者の方々が加わって、にぎやかにスタートした。それから二〇年以上になる。あらためて、毎年、一冊ずつ出していた会報全冊をふりかえり、発足以来の時の歩みにしばし茫然とさせられた。正直いえば、ここまでつづくとは思ってもいなかったのである。しかし、それ以上に、会報に名前がのった方のなかでも、多くの方々が鬼籍に入られている、そのことに感慨の深いものがあった。

木下順二さん、埴谷雄高さん、中村真一郎さん、安岡章太郎さん、小田実さん、三國連太郎さん、沖浦和光さんなど、登壇いただいたり、寄稿いただいたりした方々で、すでに故人となられた方を数え上げると切りがないほどである。会報は、毎年の会合の内容を報告するもので、講演を原稿に起こして、校正を確認していただいた上で掲載している。また、初めから原稿として頂戴して掲載したものもある。会員に頒布している小冊子ではあるが、そのままにしておくのは記録としてもあまりに惜しい。それぞれの書き手のドキュメントとして見ても、注目すべきものがある。もともと「野間宏の会」は野間宏研究の会ではなく、野間宏を触媒として人間と世界について考えるという趣旨を有していた。その趣旨のもと、野間宏を同時代の作家として見ていた方たちの話を聞くことから始まっている。ならば、区切りとして会の記録をより多くの読者に開くことはできないか。本書はそのような計画のもとに編まれた。

ただし、時がたつにつれて「野間宏の会」にお招きするゲストの年齢が次第に若くなっていった。野間宏をこれまであまり読んだことがないと思われる方たちにも声をかけるようになったのである。これは、『文藝』『作品』『海燕』と文芸雑誌一筋に編集の辣腕をふるった寺田さんの後押しによる。九・一一を契機として本格化した二十一世紀の戦争がいっそう野間宏を呼び出すことにつながった。寺田さんが二〇一〇年三月に亡くなったあと、その流れは翌年に起きた三・一一の東日本大震災と福島第一原子力発電所の事故によって、さらに私たちを、野間宏とその文学の前に突き動かす事になった。ここに収められた現代文学の担い手たちは、それぞれに文学の最前線で活躍されている方たちである。彼らが野間宏をどのように読んだのか。その応答は私たちの予想を超えて、手応えのある言葉となり、時代や世代を超えた文学のリレー、きわめて興味深い「読むこと」と「書くこと」をめぐる間－主体的な跳躍のときを目の当たりにすることになった。それは、この会にとって最高に喜ばしい瞬間だったと言えるだろう。

晩年、世界の終わりや危機の時代をさかんに口にしていた野間さんは、いささか大仰で、過剰にすら見えた。もう少し、文学としての洗練や技術的な完成を目指すべきではないか、そのような声は私自身のなかにも、そして周囲にも充ちあふれていた。しかし、それから二〇年以上をへて、いま現在、私たちはこの世界の不安に満ちたありようの前に佇んでいる。国際政治の軋轢は深まり、自然環境や社会的格差はもはや後戻りできないほど亀裂を抱え、人間の身体や生死をめぐる思考の枠組みは揺らいでいる。民族や国家の壁はふたたび高く厚くなり、差別や憎悪、暴力が形をかえて噴出してきている。安易な洗練や完成を目指さなかった野間さんの生き方は、私たちを文学そのものへの問いに向けることになった。文学は、孤独と不安のうちにある人々に世界の見え方を変える言葉を投げ、喜びと驚きを与えるものであると同時に、不透明で未完成であることによって人間とその世界に対して終わりのない問いの前に立ち会わせるものでもある。本書に集められた言葉は、その問いに出くわした人々の対話の記録である。

再録を許可いただいたみなさん、関係者の方々にあらためて御礼を申し上げる。作家としての「野間宏」という存在は一九九一年にこの世を去ったが、存在まるごとを賭けて指しだしていた問いは、ここに集った皆さん、そして読者のなかに生きていると思う。

最後に、二〇一二年八月に亡くなられた野間光子さん、寺田博さん、そして初期から「野間宏の会」を支えてくれた藤山純一さん、針生一郎さん、西川長夫さん、尾末奎司さんの霊前に本書を捧げたい。

野間宏　略年譜

一九一五年　二月二三日、神戸市長田区東尻池に、父卯一、母まつゑの次男として生まれる。
一九二七年　四月、大阪府立北野中学校に入学。夏目漱石、谷崎潤一郎などを愛読。
一九三二年　四月、京都の第三高等学校文科丙類に入学。一〇月、竹内勝太郎の指導で、富士正晴、桑原（のち竹之内）静雄と同人誌『三人』を創刊。詩小説・エッセイを発表。
一九三五年　四月、京都帝国大学文学部仏文科に入学。「京大ケルン」や「人民戦線」と接触。
一九三八年　三月、京大を卒業。卒論は「マダム・ボヴァリー論」。四月、大阪市役所に就職。
一九四一年　一〇月、歩兵第三七連隊歩兵砲中隊に補充兵として入営。
一九四二年　三月、フィリピンに。五月、マラリアのためマニラ野戦病院に入院。一〇月、帰国。
一九四三年　治安維持法に問われ、大阪陸軍刑務所で服役。年末出所し、原隊に復帰。
一九四四年　二月、富士正晴の妹・光子と結婚。一一月、大阪の軍需会社に敗戦まで勤務。
一九四五年　八月、長男・広道誕生。「暗い絵」の執筆を始め、一二月、単身上京して完成。
一九四六年　四月、「暗い絵」を『黄蜂』に連載。年末、日本共産党に入党、新日本文学会入会。
一九四七年　五月、花田清輝、埴谷雄高、安部公房らと「夜の会」を結成。
一九四八年　文京区真砂町に転居。日本共産党地区委員として地域人民闘争に参加。
一九五二年　二月、『真空地帯』を刊行。毎日出版文化賞受賞。現在の文京区小石川表町に転居。
一九五四年　二月、次男・新時誕生。
一九五五年　一一月、梅崎春生、椎名麟三、武田泰淳、中村真一郎らと「あさって会」を結成。

一九五八年　二月、「さいころの空」を『文学界』に連載開始（〜一九五九年一〇月完結）。一〇月、伊藤整、加藤周一、遠藤周作らとタシケントの第二回アジア・アフリカ作家会議に出席。
一九五九年　四月、千田是也、木下順二らと新しい演劇運動「三々会」を結成。
一九六〇年　五月、日本文学代表団団長として、大江健三郎、開高健らと中国を訪問し、毛沢東と会談。「わが塔はそこに立つ」を『群像』に連載開始（〜一九六一年一一月完結）。
一九六一年　一月、阿部知二とコロンボで開かれたA・A作家会議第一回理事国会議に出席。
一九六二年　九月、ソビエト作家同盟の招待をうけ、夫人とともに、ソ連・ヨーロッパを旅行。
一九六四年　一〇月、佐多稲子らと共に日本共産党から除名。
一九六六年　七月、第一回河出文化賞を受賞。
一九六九年　一〇月、『野間宏全集』全二二巻、別巻一（筑摩書房）が刊行開始。（〜一九七六年三月完結）
一九七一年　一月、『青年の環』（河出書房新社）完結。一〇月、第七回谷崎潤一郎賞を受賞。
一九七三年　六月、第四回ロータス賞を受賞。九月、アルマ・アタのA・A作家会議に堀田善衞、小田実らと出席。
一九七四年　「日本・アラブ文化連帯会議」結成後の最初のシンポジウムで議長をつとめる。第一回「アジア人会議」に参加し詩人・金芝河の助命を訴える。
一九七五年　二月、「狭山裁判」を『世界』に連載開始。
一九七七年　五月、第一回松本治一郎賞（部落解放同盟主催）を受賞。
一九七九年　五月、井上光晴、小田実、篠田浩一郎、真継伸彦と季刊『使者』を創刊。
一九八二年　三月、「差別とたたかう会議」議長としてインドを訪問し、被差別カーストと交流。一二月、日本文学者代表団団長として井上光晴、小田実らと中国を訪問。
一九八六年　五月、シンポジウム「日独文学者の出会い」出席のため西ドイツを訪問。
一九八七年　八月、日ソ作家「環境問題と文学」シンポジウム出席のため、イルクーツクを訪問。一一月、

『野間宏作品集』全一四巻（岩波書店）刊行開始。（〜一九八八年一二月完結）

一九八八年　五月、日高六郎、山田國廣らと「フロンガス規制強化」の要望書を、首相、環境庁長官、通産大臣あてに提出。

一九八九年　五月、シンポジウムでセヴァン湖に。一〇月、琵琶湖環境会議に。同二八日から、コーネル大学で講義のためアメリカに。

一九九〇年　一月、朝日賞受賞。五月八日から取材でフィリピンに（〜一二日帰国）。一七日港区の慈恵医大病院に入院（〜八月一五日退院）。その後、自宅から通院。一二月二八日同病院に再入院。

一九九一年　一月二日午後一〇時三八分、食道がんにより死去（享年七五歳）。同四日正午より港区の光明寺会館にて密葬。

〈付録〉

野間宏の会　二十年の歩み

第一回「明日の地球を考える――野間宏の言い遺したこと」
張偉、ギブソン松井佳子、山田國廣、黒井千次、安岡章太郎
（於）日本出版クラブ会館　一九九三年五月二十九日

第二回　シンポジウム「野間宏のコスモロジー――環境・宗教・文学」
中村真一郎、小田実、三國連太郎、中村桂子、富岡幸一郎、夏剛、紅野謙介
（於）日本出版クラブ会館　一九九四年一月二十二日

第三回「戦後五〇年と野間宏」
張石、J・レイサイド、中本信幸、奥泉光、三枝和子、沖浦和光、佐木隆三
（於）日本出版クラブ会館　一九九五年一月七日

第四回「文学の力――野間宏における創造と想像力」
川崎賢子、塚原史、菅野昭正、高村薫、針生一郎、荒川修作、映画『真空地帯』
（於）アルカディア市ヶ谷　一九九六年一月二十日

第五回「野間宏における詩と真実」
ブレット・ド・バリー、尾末奎司、辻井喬、長谷川龍生、歌曲「海の笑い」　児玉朗＋ギブソン松井佳子（朗読）
（於）アルカディア市ヶ谷　一九九七年一月十八日

第六回「「戦後文学」と野間宏」
山下実、道浦母都子、小田実、白石かずこ（朗読）

（於）アルカディア市ヶ谷　一九九八年七月十一日

第七回

田中泰賢、高田宏、ジェイムズ・レイサイド、富岡幸一郎、中薗英助、児玉朗（朗読）

（於）日本出版クラブ会館　一九九九年五月二十九日

第八回「野間宏とアジア」

辺見庸、庭山英雄、島田雅彦、高橋源一郎、児玉朗（朗読）

（於）アルカディア市ヶ谷　二〇〇〇年五月二十七日

第九回「戦中日記と野間宏」

針生一郎、尾末奎司、町田康＋富岡幸一郎、中沢けい、児玉朗（朗読）（於）アルカディア市ヶ谷　二〇〇一年五月二十六日

第十回「戦争と野間宏」

西川長夫、藤沢周＋川村湊、津島佑子、児玉朗（朗読）

（於）アルカディア市ヶ谷　二〇〇二年五月二十五日

第十一回「現代文明とは何か」

針生一郎、古井由吉、松井孝典

（於）アルカディア市ヶ谷　二〇〇三年五月三十一日

第十二回「野間宏の現代性」

石井洋二郎、紅野謙介、高史明、原荘介（歌唱）

（於）アルカディア市ヶ谷　二〇〇四年五月二十九日

第十三回「サルトルと野間宏――サルトル生誕一〇〇年　野間宏生誕九〇年」

澤田直、海老坂武、高銀＋辻井喬＋黒井千次（司会）、原荘介（歌唱）、児玉朗（朗読）

（於）アルカディア市ヶ谷　二〇〇五年五月二十八日

第十四回　シンポジウム「「戦後文学」を問う」

奥泉光／川崎賢子／宮内勝典／金石範／針生一郎／富岡幸一郎（司会）、原荘介（弾語り）、児玉朗（朗読）

（於）アルカディア市ヶ谷　二〇〇六年五月二十七日

第十五回「生命の科学と野間宏」

中村文則＋富岡幸一郎、岡田晴恵、中村桂子、大沢文夫、原荘介（弾語り）、児玉朗（朗読）

（於）アルカディア市ヶ谷　二〇〇七年五月二十六日

第十六回「世界性と地域性」

モブ・ノリオ、リービ英雄＋富岡幸一郎、亀山郁夫、原荘介（弾語り）、児玉朗（朗読）

（於）日本教育会館　二〇〇八年五月三十一日

第十七回　シンポジウム「文学よ、どこへゆく？――世界文学と日本文学」

奥泉光＋姜信子＋佐伯一麦＋塚原史、原荘介（弾語り）、児玉朗（朗読）（於）日本出版クラブ会館　二〇〇九年六月十三日

第十八回「戦後文学と現代――編集者・寺田博氏を偲ぶ」

黒井千次＋小林恭二＋富岡幸一郎、金時鐘、山下実、紅野謙介、原荘介（弾語り）、児玉朗（朗読）

（於）アルカディア市ヶ谷　二〇一〇年五月十三日

第十九回「震災・原発と野間宏――野間宏没二〇周年記念」

浅尾大輔、熊谷達也、髙村薫、井野博満、原荘介（弾語り）

（於）日本出版クラブ会館　二〇一一年六月四日

第二十回「天災・人災・文学――震災・原発と野間宏 Part II」

山田國廣、吉岡斉、古川日出男、高橋源一郎、原荘介（弾語り）

（於）アルカディア市ヶ谷　二〇一二年五月二十六日

＊著作権については出来る限りの調査を致しましたが、お気づきの点がありましたらご指摘下さい。（編集部）

文学《ぶんがく》の再生《さいせい》へ――野間《のま》宏《ひろし》から現代《げんだい》を読《よ》む

2015年11月30日　初版第1刷発行©

編　者　富岡幸一郎
　　　　紅野謙介

発行者　藤原良雄

発行所　株式会社 藤原書店

〒162-0041　東京都新宿区早稲田鶴巻町523
電話　03（5272）0301
FAX　03（5272）0450
振替　00160 - 4 - 17013
info@fujiwara-shoten.co.jp

印刷・中央精版印刷　製本・誠製本

落丁本・乱丁本はお取替えいたします　Printed in Japan
定価はカバーに表示してあります　ISBN978-4-86578-051-2

野間宏、最晩年の環境論

万有群萌

〈ハイテク病・エイズ社会を生きる〉

野間宏・山田國廣

ハイテクは世紀末の福音か災厄か？　今日の地球環境汚染をハイテクで乗り切れるか？　本書は全体小説を構想した戦後文学の旗手・野間宏と、環境問題と科学技術に警鐘を鳴らす山田國廣が、蟻地獄と化すハイテク時代を超える道を指し示す衝撃作。

四六上製　三二二頁　**二九一三円**
（一九九一年一二月刊）
◇978-4-938661-39-7

真の戦後文学論

戦後文壇畸人列伝

石田健夫

「畸人は人に畸にして天に侔《ひと》し」——埴谷雄高、福田恆存、広津和郎、深沢七郎、坂口安吾、織田作之助、荒正人、安部公房、中野重治、稲垣足穂、吉行淳之介、保田與重郎、大岡昇平、中村真一郎、野間宏といった、時流に迎合することなく人としての「志」に生きた戦後の偉大な文人たちの「精神」に迫る。

Ａ５変並製　二四八頁　**二四〇〇円**
（二〇〇二年一月刊）
◇978-4-89434-269-9

回帰する〝三島の問い〟

三島由紀夫vs東大全共闘 1969-2000

三島由紀夫
芥正彦・木村修・小阪修平・橋爪大三郎・浅利誠・小松美彦

伝説の激論会〝三島vs東大全共闘〟（1969）、三島の自決（1970）から三十年を経て、当時三島と激論を戦わせたメンバーが再会し、三島が突きつけてきた問いを徹底討論。「左右対立」の図式を超えて共有された問いとは？

菊変並製　二八〇頁　**二八〇〇円**
（二〇〇〇年九月刊）
◇978-4-89434-195-1

この十年に綴った最新の「新生」詩論

生光《せいこう》

辻井喬

「昭和史」を長篇詩で書きえた『わたつみ三部作』（一九九二〜九九年）を自ら解説する「詩が滅びる時」。二〇〇五年、韓国の大詩人・高銀との出会いの衝撃を受けて、自身の詩・詩論が変わってゆく実感を綴る「高銀問題の重み」。近・現代詩、俳句、短歌をめぐってのエッセイ——詩人・辻井喬の詩作の道程、最新詩論の画期的集成。

四六上製　二八八頁　**二〇〇〇円**
（二〇一一年一月刊）
◇978-4-89434-787-8